荷花淀派

研究资料汇编 上册

苗雨时　许振东◎主编

向淑君　任朝科　申朝晖◎编

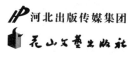
河北出版传媒集团

花山文艺出版社

河北·石家庄

图书在版编目（CIP）数据

荷花淀派研究资料汇编：全2册 / 苗雨时，许振东主编. —石家庄：花山文艺出版社，2021.3
ISBN 978-7-5511-4249-6

Ⅰ.①荷… Ⅱ.①苗… ②许… Ⅲ.①荷花淀派—文学研究 Ⅳ.①I206.7

中国版本图书馆CIP数据核字(2018)第208061号

书　　名：*荷花淀派研究资料汇编（上下）*
主　　编：苗雨时　许振东
编　　者：向淑君　任朝科　申朝晖
策　　划：张采鑫
责任编辑：梁　瑛　刘燕军
责任校对：李　鸥
装帧设计：景　轩
美术编辑：王爱芹
出版发行：花山文艺出版社（邮政编码：050061）
　　　　　（河北省石家庄市友谊北大街330号）
销售热线：0311-88643221
传　　真：0311-88643234
印　　刷：大厂回族自治县正兴印务有限公司
经　　销：新华书店
开　　本：710×1020　1/16
印　　张：53
字　　数：780千字
版　　次：2021年3月第1版
　　　　　2021年3月第1次印刷
书　　号：ISBN 978-7-5511-4249-6
定　　价：130.00元（上下）

目　　录

CONTENTS

三、作家自叙

第二编　荷花淀派主要作家创作和流派活动年表

第三编　荷花淀派研究论文选

一、流派总论

二、孙犁研究专辑

荷花淀派综论

□ 苗雨时

一

荷花淀派,在中国现当代文学史上此起彼伏的各种文学派别中,是一个不大但却重要并且影响深远的文学流派。其特异性在于,它不是由几个作家共同发动,一开始就有明确的宗旨和纲领,如创造社和文学研究会那样,而是以一个作家为先导,他的创作风格独特而鲜明,引起部分青年作家的倾慕、学习、效仿,通过师承关系而逐渐形成的有大致相同或相似的思想倾向、美学追求和艺术趣味的文学群体。

考察起来,荷花淀派肇始于20世纪40年代的抗日战争时期,经过演化发展,成型于20世纪50年代。流派的命名,是后来文学史的追认。

孙犁是荷花淀派的主要代表作家和艺术旗帜。他1913年5月生,河北安平人。14岁时,曾在保定读中学,后流落北平。1936年,到安新县同口镇小学教书。1937年,抗日战争全面爆发后,投身于抗战救亡工作,开始走上了文学与革命之路。1944年到延安,在鲁迅艺术文学院学习和工作。其间,发表小说《荷花淀》《芦花荡》等。1946年,抗战胜利后,他回到冀中,写了《嘱咐》《碑》《钟》等小说。1939年至1953年间,孙犁所写的小说、散文后结集为《白洋淀纪事》,1958年由中国青年出版社出版。

《荷花淀》是孙犁的成名作和代表作。它的发表,在当时炮火硝烟的氛围中，以少有的荷花出水般的清新、质朴的艺术风格，震惊了延安的文艺界。时任《解放日报》副刊编辑的方纪回忆说："读到《荷花淀》原稿时，我差不多跳起来了，还记得当时在编辑中议论——大家都把它看成一个将要产生好作品的信号。"又说，"《荷花淀》无论从题材的新鲜、语言的新鲜和表现方法的新鲜上，在当时的创作中都显得别开生面。"（方纪：《一个有风格的作家》，《新港》1959年第4期）孙犁本人也在《关于〈荷花淀〉的写作》中说："我在延安的窑洞里一盏油灯下，用自制的墨水和草纸写成这篇小说。我离开家乡、父母、妻子，已经八年了。我很想念他们，也很想念冀中。"他正是在这种心境下，深情地记写了冀中人民在抗日战争中经受的磨难和勇敢抗争的事迹。他说："《荷花淀》所反映的，只是生活的一鳞半爪。关于白洋淀的创作，正在方兴未艾，后来者应该居上。"也许正是当年的这种期许，成了历史的先兆，"荷花淀派"也因小说《荷花淀》而得名。

荷花淀派的真正成型，是中华人民共和国成立以后。1949年，孙犁从冀中来到天津，任《天津日报》编辑，并继续坚持抗战题材的写作。《山地回忆》《吴召儿》等篇是这时期较为重要的作品。同时，他又开始了长篇小说《风云初记》的创作。也是这段时期，他还创作了反映土改后互助合作化运动的中篇小说《村歌》和《铁木前传》。孙犁的这些代表他成熟风格的作品，在广大读者中引起了热烈的反响，特别是对一些文学青年产生了极大的吸引力和感召力。而他在担任《文艺周刊》编辑期间，又以《文艺周刊》为园地，致力于联系、扶持、培养青年作者。他对待作者的稿件，像对待自己的作品一样，认真为他们修改，悉心了解他们的生活，并通过谈话、通信、办讲习班等方式，激励他们的创作热情，提高他们的写作水平。而这些文学青年，也以孙犁的小说为典范，逐渐走上了坚实的文学道路。后来成名的青年作家刘绍棠、从维熙、韩映山、房树民等人，都是从这份周刊上起步并走向文坛的。

关于青年作家与《天津日报·文艺周刊》的关系和孙犁对他们的影响，可参见他们的回忆文字。刘绍棠在《重印〈运河的桨声〉和

〈夏天〉的后记》中写道："我还要深深感激对我的创作影响最大的孙犁同志。因为，没有孙犁同志的作品的熏陶，没有孙犁同志对我的扶持，我是不会写，更写不好的。孙犁同志主编的《天津日报·文艺周刊》，从1951年9月到1957年春，不到六年，发表了我十万字以上的作品……孙犁同志培养和影响了我这一代的许多人，也在更广泛更深入地影响着比我年轻的同志们。孙犁同志的巨大艺术成就和培植后生的劳绩，应该大书特书于当代文学史上。"韩映山也在《绿荷集·后记》中回忆："五十年代初，开始写作时，由于受作家孙犁同志的影响和指导，知道文学是要写生活、写人的……美是应该追求的。"这里，不可否认，师生情谊、文脉传承，对荷花淀派的形成与发展所具有的巨大的推进作用和意义。

当然，一个文学流派的产生和出现，不可能是完全无意识的混沌状态，总是要借重某种机缘和助力。尽管孙犁对荷花淀派的存在与否，一再持模棱两可的态度。在《再论流派——给冯健男的信》中，他说："荷派云云，社会虽有此议论，弟实愧不敢当。自顾无暇，何言领带？"但是，他在办《文艺周刊》时，却有自己的宗旨和识见。他主张："刊物要往小而精里办，不往大而滥里办"，"刊物要有地方特点，地方色彩。要有个性。要敢于形成一个流派，与兄弟刊物竞争比赛。"（《关于编辑与投稿》，见《秀露集》）这种办刊方针和实践，无疑会形成一种创作格局，一种精神气候，一种艺术风貌，这就是一个文学流派。荷花淀派正是在这块园地上生枝、展叶、开花、结实的。

任何文学流派的出现，都离不开特定的时代背景、文化历史语境和它得以生长的地域环境。荷花淀派作为一个乡土文学流派，更是如此。孙犁的创作，跨越两个时代，他带着战争年代的历史云烟，进入共和国的新生与建设时期。冀中人民也从觉醒、抗争到掌握自己的命运，开始新的生活，创造新的世界。然而，连接两个时代、一脉相承的，却是昂扬向上、积极进取、艰苦奋斗的理想主义的历史精神。这就是荷花淀派所处的时空坐标。孙犁中华人民共和国成立后的小说，一方面继续书写抗日战争的记忆，另一方面也密切关注现实的社会变革。前者有《风云初记》的出版，后者有《铁木前传》的问世。而刘绍棠等一批青年作家，他们从过去战地的孩子成长起来，在风华正茂时，赶上了新的时代，因此，他们在仰慕中传承上一代作家的文学血脉，面对新的生活，开始各自的创作，讲述土地上新的人民的故事，也就是很自然的事了，完全合乎历史发展的规律。此外，荷花淀派的生成，一个不容忽视的艺术要素，是它的地域特点和地方色彩。因为作家所写的人和事，都发生在以白洋淀为中心辐射的京、津、保所在的扇面形的冀中平原以及冀西山地。不管称不称他们的创作为"乡土文学"，但这一区域的自然景色、民间习俗和人文气质，都直接滋育着荷花淀派的生长。法国19世纪文艺理论家丹纳曾说："作品与环境必然完全相符。不论什么时代，艺术品都是按照这条规律产生的。"（《艺术哲学》）荷花淀派也必然描绘他们所处地域的风景画和风俗画，从而呈现出它不同于别处的特有的地理风情。

二

荷花淀派的形成，与其他文学流派的差异性是，它不是团体的共同发动，而是以孙犁小说的艺术风格为范型，把它的艺术精神化作流派的基因和血脉，而动态地发展起来的。那么，孙犁创作的艺术风格是怎样的呢？它又怎样泽被和滋润了一代青年作家呢？

风格，是一个综合的美学概念。它包括作家的生活与思想、创作的内容与形式等多种因素。但这些因素不是彼此孤立的，而是以作家的个性为核心结合起来的一个有机的生命体。正像别林斯基所说：风格"是才能本身，思想本身"，是在"思想和形式密切融汇中按下的自己的个性和精神的独特性的印记"（《别林斯基论文学》）。

可见，文学风格的确立，作家的个人主体性是关键的支撑。孙犁以自己卓尔不群的个性，把生活融入时代，又以优异的才华和深厚的文学素养从事创作，这便形成了他独树一帜的艺术风格。关于这种风格的艺术特质，我认为主要是：对乡土和人民的挚爱，立足生活的坚韧，鲜亮的理想主义色彩以及柔美细致的抒情、质朴清新的话语修辞，而这些又都被置放在美的光辉映照之下，并力求抵达完美和极致。同时，它的道德力量、精神境界和人格气质，统一寄寓于自然与人文的各种事物之中，由此构成一个缤纷的意象世界。如果打比方，这种艺术风格，犹如白洋淀中长出的一枝荷花，带着露珠的晶莹、朝霞的光彩，摇曳着历史的风云，不染尘埃，不随流俗，卓然特立，刚健、清奇、明丽、隽永，在自由的风中，传递脉脉幽香，播撒着东方风神。正是这种诗意的征象，使他与同时代描写同类题材的作家严格区别开来，而显示出了另一种风韵和境界。

孙犁的"文学和生活的路"，是现实主义之路。他所理解和实践的现实主义，不是旧现实主义，也不是批判现实主义，而是人道主义的现实主义，是美学意义上的现实主义。这种现实主义，催生了他小说创作的绚丽的艺术花束。

他在现实主义创作中，高标"真、善、美"。他说："文学作品的职责是反映现实，主要是反映现实中真的美的善的。"（《文学和生活的路》）这是他回顾创作历程的总结。但他的整个实践却也印证了此种文学理念和艺术精神。

（一）生活与艺术

文学创作应该根植于真实的生活，只有真实的生活，作品才可能有饱满的生机。孙犁说：我从不写不熟悉的东西，"我出生在河北省农村，我最熟悉、最喜爱的是故乡的农民，……我写农民的作品最多，包括农民出身的战士、手工业者、知识分子。"（《孙犁文集·自序》）他深入现实生活，在现实生活中提炼思想，深化感情，发现生活中的美好事物。但是，生活并不等于作品，从生活到艺术，需要一个加工、提炼、概括的创造过程。这往往体现在小说的构思与结构中。孙犁采取的方法是："要看一个事物的最重要的部分，最特殊的部分，和整个故事内容故事发展最有关的部分，强调它、突出它，更多地提示它，用重笔调写它，使它鲜明起来、凸现出来，发射光亮，照人眼目……就这样即使写的只是生活中的一个小小环节，但是读者也可以通过这样一个鲜亮的环节，抓住整个环链，看到全面的生活。"（吕剑：《孙犁会见记》）因此，他的小说，总是写得那么短，那么单纯，那么明净，其原因就是这种以小见大的锻炼的才华和功夫。他的作品，不以故事的曲折见长，而是从平凡的日常生活中发现美和向上的力量。但在"儿女情、家务事"的背后，却能开掘出深广的社会历史内容。在他的笔下，荷花淀里的一次小小的战斗，反映了人民历史性的觉醒和抗争，高昂的信念和热情（《荷花淀》）；一桩儿女的婚事，概括了新旧两个时代，展现了妇女解放的道路（《正月》）；夫妻一晚的夜话和清晨送别，使我们体味到了抗战的苦难和人民坚信解放战争胜利的"深藏的志气"（《嘱咐》）；即使一双"袜子"，也凝结了军民间血肉相连的无限深情……由此可见，他的短篇小说，都是从生活的泥土里发掘出来的珍珠。

这种转换生活真实为艺术真实的创造性，不仅表现在短篇小说中，也表现在中长篇小说的创作上。中篇小说《铁木前传》，是一部以农业合作化为题材的作品，但它不是直接去记录合作化的进程，而是侧重写土改后由于经济条件的变化而引发的人与人关系的变异，并把这种变异投射到人性和人的灵魂的深处。它没有轰轰烈烈的事件，而是先从童年的回忆落笔，然后娓娓地讲述了铁匠与木匠之间友情的变化，年青一代的爱情的波折。线索单纯，情节婉转，"它从容不迫地进展着，表面上并不凌厉热烈，但就在这看似平缓的水面之下，蕴藏着社会生活急剧壮阔的波涛"（吕剑：《孙犁会见记》）。在普通的友谊和爱情的纠葛中，作者集中地写出了历史的深刻性和人生的严肃性。长篇小说《风云初记》，也是同样。正如茅盾所说："他是用谈笑从容的态度来描摹风云变幻的。"整部小说以春儿的成长为引线，贯穿了抗日武装和根据地建设等多幅历史画面，着力描写时代风云在人民心头的震荡，所以"虽多风趣而不落轻佻"（《反映社会主义跃进的时代，推动社会主义时代的跃进》）。这种散文式的结构，挥洒自如，行云流水，表现了极大灵活性和跳跃性。有人把它比成

"一串连贯得不甚紧密的珠子"。但正是这样的珠串，提升了生活的美的本质，使之成为独创性的艺术作品。

（二）典型塑造的"景物一体"

典型人物的塑造，是现实主义文学的一项任务。孙犁说："凡是成功的典型，都有一个真人作它的模特儿，作创作的依据。"（《关于中篇小说》）他塑造典型人物，一般选择一个他最熟悉、最有兴趣、最有感情的原型，然后在这个人物身上，发现他的主要性格特点，并参考和他性格相近的人们，加以凝聚、升华，使之个性化并有概括性。运用这种方法，他塑造了各种各样的人物典型，特别是他塑造了一个多姿多彩的农村女性系列。这里，有女孩子，有媳妇，有知识分子，也有游荡于新旧边缘的女性人物。例如，吴召儿、春儿、双眉、李佩钟、小满儿等。总的价值取向是，表现她们人性中美善的"极致"。孙犁说："至于那些青年妇女，我已经屡次声言，她们在抗日战争年代，所表现的识大体、乐观主义以及献身精神，使我衷心敬佩到五体投地的程度。"（《关于〈荷花淀〉的写作》）这些妇女，不仅具有传统的美德，更充满了对新生活的热望，质朴善良、纯洁多情、坚强勇敢。作者写出了沉压几千年的中国妇女的灵魂，在新时代的觉醒和闪光，充分展现了她们的高尚情操和美好心灵。写她们的时候，"用的多是彩笔，热情地把她们推向阳光照射之下，春风吹拂之中"（孙犁：《关于〈山地回忆〉的回忆》）。而且，致力于"形色神态和环境"的统一，人与自然、人与社会的和谐一致。这就是所谓"景物一体"，完全符合恩格斯"典型环境中的典型性格"的论述，但更增添了一种情景交融的诗意的色彩。试以《风云初记》中春儿和老温妻子在瓜园里一起商量给各自在部队的爱人写信一节为例：

媳妇说："山里不知道离我们这里到底有多远，这样看着是多么近啊，云彩下边就是山，可走起来一定很远。人要是能像鸟儿一样多好啊。我们早该给他们写封信了。"

"我给你写一封。"春儿说。

　　"我们写在一块儿。"媳妇儿说，"话是一样的，末了落上我们两个的名儿就行了。"

　　这是在抗战风云初起的年代一个刚刚觉悟的普通农村妇女的心声，对前线的丈夫那么情深、那么信赖，从自己的切身体验中懂得了民族解放战争的意义。那真挚的话语、那纯朴的神态，映衬在远山和飞鸟之间，是多么和谐完美，充盈着诗情画意。这不能不说是典型塑造的艺术极致。

（三）优美洗练的话语形态

　　语言是小说风格的基础，甚至可以说，语言的风格就是小说的风格。孙犁的语言来自母亲，来自妻子，也来自书本，是口语和现代书面语的融汇：素朴、鲜活、清隽、秀逸。有人说："它像蓝天中的星星，清水中的砂石。"在语言技法上，他善于"白描"，用简练的笔墨描写和表现出完整的形象。他说："所谓白描，在写作上，就是避免浮夸，要简练，但这是很难的。"（《〈作画〉》）在这方面，他师法鲁迅，但又与鲁迅的白描明显不同。鲁迅是沉郁的，而他是明快的。随便举个例子，比如《投宿》中对那个农村少妇的描写："……是年岁小的缘故还是生得矮小一些，但身体发育得很匀称，微微黑色的脸，低垂着眼睛。除去做饭或是洗衣服，她不常出来，对我尤其生疏，从跟前走过，脚步紧迈着，斜转着脸，用右手抚摸着那长长的柔软的头发。"这里没有华丽藻饰，没有陪衬映托，寥寥几笔，就勾勒出了那么娇憨可掬的神态，而且满含着生活的情趣。孙犁的语言，不仅简练，而且含蓄，常能做到"言有尽而意无穷"。尤其是那些人物个性化口语，更是妙趣横生。例如《荷花淀》中那几个女人的对话：

　　女人们到底有些藕断丝连。过了两天，四个青年妇女集在水生家里来，大家商量："听说他们还在这里没走。我不拖尾巴，可是忘下了一件衣裳。""我有句要紧的话得和他说说。"水生的女人说："听他说鬼子要在同口安据点……""哪里就碰得那

么巧，我们快去快回来。""我本来不想去，可是俺婆婆非叫我
再去看看他，有什么看头啊！"

　　这里没写神态，没写场景，没有直接剖析内心隐秘，也没有交代
他们各自的阅历、性格、禀性，然而几句话，围绕着一个"去"字，
但闻其声，如见其人，写尽了"世态人情"。

　　在话语修辞上，孙犁大量而巧妙地使用比喻。可以写景，可
以叙事，可以抒情，也可以描摹人物，刻画心理，甚至可以点染气
氛，过渡情节。它已上升为一种艺术表现方式。例如，那白洋淀上的
"小船活像离开了水皮的一条打跳的梭鱼"（《荷花淀》）；那"日
光草影"里割草的孩子"一低一仰，像一群群放牧的牛羊"（《光
荣》）；而那穿红袄给八路军带路的小姑娘，"她爬得很快，走一截
就坐在石头上望着我们笑，像是在这乱石山中，突然开出一朵红花，
浮起一片彩云来"（《吴召儿》）；而清晨送丈夫上前线的大嫂，
"她轻轻地跳上冰床子后尾，像一只雨后的蜻蜓爬上草叶"（《嘱
咐》）；那春天去田野里种地的人们呢，则"像是一盘子好看的走马
灯"（《光荣》），如此等等。这些比喻来自生活，表现生活，贴切
传神，清新得像早晨的露珠，美妙得像雨后的彩虹，读了令人心旷神
怡。总之，孙犁语言的特色是：洗练而不雕琢，明丽而不浓艳，平中
见奇，柔中带刚，恬淡而浓郁，质朴而光鲜。这一切浸透着作者的情
思，便形成了他作品中那种特有的抒情格调和艺术风采。

　　孙犁的现实主义小说，之所以被称为美的文学、诗的艺术，是
由于他在反映生活时投入了真挚的感情。不仅有对人、事、景、物的
深切的爱，而且有对它们感同身受的体验。情感在审美活动中，总是
最强大的内动力。他说："在现实生活里，充满伟大的抒情，在现实
主义的作品里，作家的丰盛的情感含蕴在描写和人物的对话里。"
（《作品的生活性和真实性》，见《文学短论》）然而，这种生命的
激情，不是浅层次、无向度的，它的深厚的哲学底蕴是人道主义精
神。他说："凡是伟大的作家，都是伟大的人道主义者，他们是富于

人情的，富于理想的。他们的作品，反映了他们对于现实生活的这种态度。把人道主义从文学中拉出去，那文学就没有什么东西了。"（《文学和生活的路》）不难认知，所谓文学上的人道主义，不是浅薄的普度众生、惩恶扬善，而是指作家深刻、广泛地观察现实生活，了解和思考人类的生存状态，带着希望改变和扬弃这世界的伟大理想；在作品中，通过对社会生活的刻画、对典型人物的创造，表现出对人的命运的终极关怀。只有真正的现实主义作家，才能成为真正的人道主义者。而一旦成为伟大的人道主义者，他的现实主义作品就成为天地良心。这样的作品，就具有穿越时空的高远的精神境界和永恒的艺术魅力。古今中外伟大纯正的文学经典，毫无例外。应该说，孙犁的作品是进入了这种经典序列的。

三

（一）刘绍棠论

刘绍棠，1936年2月出生于河北省通县（今北京通州区）儒林村，是位于京东大运河边的一个村庄。10岁到通州城内上高小，就表现出了写作方面的天赋，在报刊上发表了十几篇作品。1951年被邀请到河北省文联，在《河北文艺》编辑部当见习编辑，同期接触到孙犁作品。半年以后，被保送到通县潞河中学读高中。读书期间，在孙犁主编的《天津日报·文艺周刊》上，接连发表了以家乡运河滩为背景的反映农村社会变革和建设中新人新事的小说二十多篇，也因此和主持"文艺周刊"编辑的孙犁建立了长达三十多年的师友之谊。

1953年，刘绍棠出版了第一部短篇小说集《青枝绿叶》，里面收录了《红花》《修水库》《青枝绿叶》《大青骡子》四个短篇。作者自述"短篇小说集《青枝绿叶》是我从习作进入创作，从萌芽进入成长，从试探进入定向的标志"（《我是刘绍棠》）。作者通过学习孙犁的小说创作经验，确立了自己的创作风格——写农民、写家乡的乡土文学之路。《红花》1952年在《中国青年报》以整版篇幅加编者按刊出，受到报社编委兼文艺部主任柳青的赞赏。

1954年刘绍棠考入北京大学中文系。在同年暑期和1955年发表了中篇小说《运河的桨声》《夏天》。后加入中国作家协会，成为当时最年轻的会员。1955年秋离开北大，到当时中国作家协会主办的文学研究所学习，开始专业创作的道路。

刘绍棠的创作深受孙犁的影响。由于不少短篇小说都刊登在孙犁主编的《天津日报·文艺周刊》，因此被称为以孙犁为代表的"荷花淀派"的主要成员。他的早期作品描写了20世纪50年代初期农村农业合作化的新气象，字里行间充溢着清新优美的田园牧歌情调，令人强烈地感受到50年代那个美好的时代风情，语言生动活泼，含蓄优美，擅长写景；描绘、讴歌了走在时代前列的美好人物和事物，从跃动的日常生活入手折射时代的变迁。这些作品具有鲜明的时代色彩。例如短篇小说《红花》和《修水库》讲述了50年代的运河大平原上，农村男青年去修水库以后，村中姑娘们克服旧思想的影响，晚上住在大堤上承担护苗保堤任务的故事，塑造了以井兰子、白窗花为代表的农村新人的形象。《青枝绿叶》和《大青骡子》写的是农村成立互助合作社时新观念、新事物和旧观念、旧事物的碰撞和斗争。作者后来曾经这样评价自己这个时期的作品："展示了我从1949年到1956年所走过的创作道路。这些作品，是刚刚破土的幼苗，吐绿的嫩芽，绽蕾的小花，充满着儿童的天真、少年的热情和刚刚跨入青年时代的不成熟的思考，也保存着由于时代原因而难免的失误，正是50年代的我和我的创作的真实写照。"（《新版〈青枝绿叶〉序》）尽管如此，我们仍然不能不肯定这些作品所留存的蒸蒸日上的时代影像和人民奋发向前的历史情绪，尤其是较为充分地展现了荷花淀派的精神气韵和艺术风采。

在创作的过程中，刘绍棠也初步形成了自己的创作理念，"忠实于生活"，"遵照自己的心的指示写作"，反对公式化、概念化的图解政治的做法，追求作品的艺术性和美的感染力。1957年，发表了小说《田野落霞》《西苑草》，也发表了一系列的理论文章。同年5月，刊于《文艺学习》第5期的《我对当前文艺问题的一些浅见》，指出文艺直接为政策条文服务虽然具有一定的特定时期的功用,但大多数不具有长久的生命力,倡导作家们探索追求尽可能完美的艺术形式,写作具有艺术性、艺术感染力和艺术魅力的作品。6月13日,由《文艺报》发起,全国报刊响应,对刘绍棠展开了两个多月的批判。8月21日,被错划为"右派";1958年回到家乡务农,从此进入二十多年的蛰伏期。

1979年重返文坛,致力于大运河乡土文学创作。代表作品《蒲柳人家》以20世纪30年代的抗日斗争为背景,展现了运河滩上充满诗情画意的乡风水色、习俗人情。仍然可以看出浓烈的《荷花淀》的影响,但是正如同为荷花淀派代表人物韩映山对他的评价:"绍棠虽未进大墙之内,但放逐回乡,其心情和思想已不是当年写《摆渡口》时的情景了。他虽竭力提倡'乡土文学',然其作品已失掉了原先作品中那馨香的泥土气息、高雅的诗情画意了。他的中、长篇增添了传奇色彩,故事见长,然失真之处,亦约略可见。其风格,与荷派艺术,变异颇大矣!"(见《韩映山文集》第三卷)。的确,此后刘绍棠开辟了运河文学的新生面,被称为"运河之子",成为"大运河乡土文学体系的创立者"。他所创作的大量短篇、中篇和长篇小说,以及很多理论和回忆著作,最后结集为《刘绍棠文集》12卷。

1997年3月12日,刘绍棠病逝于北京,年仅61岁。一个天才作家谢幕,完成了从荷花淀到大运河的历史转型,其创作业绩也将永留在我国的当代文学史册上。

(二)从维熙论

从维熙,1933年出生于河北省玉田县代官屯。1950年,入读于北京师范学校。毕业后,分配到青龙桥小学教书。1954年,调入《北京日报》工作,当编辑、记者。他从小喜爱读书,上师范时,萌生了文学冲动,而引导他踏上文学之路的是孙犁。他几乎读遍了孙犁所有的作品,痴迷于那种清新、淡雅的风格和对乡土的热爱。18岁时,开始在孙犁主持的《天津日报·文艺周刊》上发表作品,从此,与孙犁结下了师生情缘。1955年出版小说散文集《七月雨》,1956年,出版短篇小说集《曙光升起的早晨》，1957年，出版反映农业合作化的长篇小说《南河春晓》。

从维熙的作品主要以冀东广袤的乡土为背景，用农民熟悉的语言，讲述中华人民共和国成立后农民的新生活、农村的新气象；着重表现了合作化运动中，由于人与土地归属关系的变化，导致新的人与人、人与社会关系的调整，以及由此而生成的新的道德风尚。尤其是农村妇女，在这方面，首当其冲。她们从长期封建桎梏下解放出来，更展现了一种自主、新生的精神状态。例如，《故乡散记》中编席组组长翠枝儿，在给供销社供货时，因父亲以二等苇席充一等苇席，而骑马冒雨追换的故事，表现出一种新人的品格；又如，《鸡鸭委员》中那个十四五岁的女孩子，为合作社养鸭，她那种不辞辛苦、不怕危险的疯丫头的个性，令人喜爱；再如，《夜过枣园》中，一个乡村女医生先人后己，先给别村妇女接生，后给自家孩子看病的事迹，也让人感动。如此等等，都是那个时代才能出现的新的女性形象。从维熙这时期的小说创作，充分表现了农村社会变革中的新人和新的故事，语言纯朴、自然，带着泥土的芬芳和生活的气息，凸现了一种平原上热气蒸腾的景象和南河水波涛涌进的情韵。

正当文学创作处于旺季之时，从维熙却遭遇了一系列的挫折和冲击，1957年被打成"右派分子"，开始了二十多年的底层劳动生活，让他体验了人生的种种磨难。直至1978年，他才重新提笔创作。1979年中篇小说《大墙下的红玉兰》在《收获》上发表，他曾给孙犁去信，请他注意一下这部作品。有感于多年的精神联系，孙犁很快回了一封信，信中说：你的小说，"它的生活的真实的背景，情节的紧凑衔接，人物的矛盾冲突，都证明你近来在小说艺术探索方面的努力和成就"。但也提到了故事结局的悲剧性，认为尽管写了人物"美的灵魂""美的形象"，但悲惨的结局，却令人叹惋。从这里，我们可以看出从维熙小说前后的巨大变化：从清浅走向深沉，还有荷花淀派的艺术余绪，但已转换成一种反思性的批判现实主义。

（三）韩映山论

韩映山，1933年5月出生于河北省高阳县城北街。七七事变后，全家从高阳县城迁居白洋淀边的教台村外祖母家，在此他度过了童年和少年时代。1950年至1953年就读保定一中期间，接触了孙犁在《天津日报·文艺周刊》发表的作品和文学短论，又受到刘绍棠描写运河作品的启发，开始练习写作自己熟悉的生活，写自己的故乡白洋淀的父老乡亲。1952年，处女作《鸭子》由孙犁编辑发表于《天津日报·文艺周刊》，随后在《文艺周刊》上发表了大量作品。1955年出版了第一本短篇小说集《水乡散记》。因为孙犁主编的《文艺周刊》发表了大量年轻作家反映新社会乡村生活的作品，荷花淀文学流派一时蔚起，韩映山与刘绍棠、从维熙、房树民被并称为荷花淀派四杰。四人之间也因为共同的文学追求，建立了比较密切的联系。

1953年冬天，在河北省文联（当时河北省会在保定）组织的文学报告会上，韩映山初识孙犁，由此拉开了一生的师友之谊的序幕。孙犁对文学的美学追求也成为他终生创作的基调。

1956年6月，韩映山调入河北省文联《蜜蜂》文学月刊编辑部工作。1959年河北省文联随省会迁到天津，任《河北文学》编辑部编辑，初次拜访了孙犁。1960年，又调到天津市文联《新港》文学月刊编辑部，和孙犁开始因为工作关系有了较多往来。1960年、1962年、1963年连续出版了《跃进图》《作画》《一天云锦》三部小说散文集。1972年8月，从天津调入保定市群众艺术馆文学创作组，在《莲池》月刊社任编辑。

韩映山的作品，质朴、清新，比如，他在《苑苇和小芝》开篇写道："三台村是白洋淀南的一个小村庄。村东是河套，种着满洼的红高粱；村西淀沿上，庄稼常常被水淹没。现在，水退下去，生了满地的三菱草和芦苇。草儿挨着水沿，拼命地长，水灵灵地有半人高。"他描绘的始终是自己生活的白洋淀边熟悉的农村风貌和乡亲们火热的生活。他认为，写自己熟悉的生活，就像鱼儿在水里游浮一样的自由。他自述："我对故乡有着真挚的爱。我热爱那里的勤劳朴实的人民，热爱那里的河堤淀水，热爱那里的风光空气以及一草一木。我把这种感情溶进了自己的作品里，想使作品真实、朴素地记录下故乡人民的思想情操，反映这一带的风俗人情。这是我最初练习写作的一种淳朴的动机。"（《我是怎样开始写作的》）这些作品，虽不乏幼稚、天真，但具有浓郁的生活气息，格调积极向上，烙下了那个时代的鲜明印记。他对自己作品的评语是："按照生活的本来面目，朴素地描绘了一些生活画面，如实地记录了一些常见的人物肖像"，"都是些小说式的'散文'，散文式的'小说'"。

由于1957年的反右斗争和后来的"文革"动乱，韩映山把主要精力放在编辑工作上，创作基本上停止了。新时期又重新开始了创作，但自认为"我因生活经历平淡，又总是写水乡生活，故创作风格，变化不大"。他始终如一地学习孙犁的艺术风格，用秀丽的文笔勾勒白洋淀水乡人民新生活的优美画卷，成为荷花淀派在新时期的余响。

（四）房树民论

房树民，1935年生于河北省通县一个半矿区半乡村的小镇。1949年至1956年，靠国家助学金在通县读完初中和师范。师范毕业后，先后在《中国青年报》文艺部当编辑、主任，在作家出版社任副总编辑等职。求学期间，读了很多反映解放区生活的文学作品，萌发了写作念头，于是，尝试着文学创作。他说："被《文艺周刊》栽培的作者中，我也算是其中的一个。"他回忆："我是1952年上初中时，给《天津日报》副刊投稿的，凭着少年的兴趣和热情，不料从那时起，所写多以乡村为背景的习作，不断得以刊出"，到了1956年，"居然能够编一本小说集，并由新文艺出版社出版了"。"我虽知道我所崇敬的《文艺周刊》主编是孙犁同志，却从未给他写信，更谈不到拜望"，"第一次与孙犁同志见面，大约是1963年与冉淮舟同去的，此前十年中，孙犁同志不知耗心费眼地看了、退了和用了我多少稿子，而见面时我竟想不出用几句话感谢他"，而不论是作为作家，还是编辑，"孙犁同志都是默默耕耘，厌恶张扬，不求闻达，面对他是无须多话的"。（《熏陶》，《天津日报》2002年8月8日）这是知心之言，文字之交，恬淡而珍贵。

房树民20世纪50年代的小说，多以运河平原农村为背景，记写了新一代和老一代农民，在农村互助合作化运动中，旧的意识消退、新的思想风尚成长的故事，反映了时代脉动对农民精神面貌的重塑。例如《一天夜里》，写儿子和父亲对没入社的单干户生活陷入衰落和困难的不同态度，暗地里展开的思想交锋，虽没写结果，但结果已经不言自明；又如《花花轿子房》，写新时代男女青年结婚已不再沿袭旧俗坐轿子，老轿工只能改弦更张，适应新的风俗；再如《引力》，写一个老人因不同意入社与儿子、儿媳闹翻而出走他乡，但半年后的中秋月圆之日，被孙子接回家，一家人团聚的故事。这里的"引力"，是亲情，也是合作社兴旺发达的吸引。这些小说，满含着对乡土的挚爱，文笔清新流畅、委婉细腻，带着浓郁的泥土气息，犹如运河边的芦苇在阳光下、春风里，挺拔、摇曳……

房树民从1954年到1964年，活跃于文坛，出版过四部小说集：《诞生》《九月的田园》《樱桃园村》《雪打灯》；此外还写过一些报告文学，如《为了六十一个阶级兄弟》（合作）等。但由于长期做编辑，为他人作嫁衣裳，后来自己的文学创作较少。1985年，他曾与孙犁有书信往来。孙犁告诫他："你好久没有写东西，现在是否还把笔拿起来，写小说一时还有困难，可写些散文、读书评论之类的文章，这和你看稿也有联系。总之，我希望不断看到你的文字。你的文字朴实而简洁，文法修辞也有素养，我一向是很喜欢的。"（《致房树民》）殷殷之言，感人肺腑，足见荷花淀派中师生情谊，历久而弥新。

四

关于"荷花淀派"的形成，1956年是一个很值得注意的时间节点。这一年全国青年文学创作会议在北京召开。刘绍棠、从维熙、房树民、韩映山共同与会，都在华北组。会上，中国作家协会主席茅盾在讲话中，就把他们四个人放在一起，称赞他们创作的青春活力。这可能是对荷花淀派的初步认定。"文革"结束后，出于文学繁荣的热望和文学发展多样化的吁求，重新唤醒沉寂已久的审美意识，人们不约而同地忆起了孙犁，孙犁这一时期写的一系列文学短论，也引起了大家的关注。于是，1980年，河北文联邀请京、津、冀的作家、学者，评论家，齐集河北——荷花淀派的故乡，开展了一场以荷花淀派为中心议题的学术讨论。由此，一个"孙犁研究热""荷花淀派研究热"顺时而生，几乎形成一种学术潮流。鲍昌在《中国文坛上需要这个流派》的文章中，确认了荷花淀派的存在、艺术特点和文学史上的地位。1988年，保定地区文联创办《荷花淀》杂志（双月刊），5月11日举行创刊座谈会，刘绍棠任名誉主编，并撰写了创刊词。他十分明确地认定："在20世纪的中国文学史上，具有鲜明的河北地方特色的作品，曾有突出的成就，产生巨大影响；创作这些作品的作家，也因之而在国内外享有盛名。它的集中体现，公认的标志，便是'荷花淀流派'。"

新时期以来，孙犁除写散文和文学短论之外，曾给当时很多作家的作品写序或评论，跟许多文学青年有书信往来。后来成名的贾大山、铁凝、贾平凹等，都从孙犁的文学理念和作品中汲取了营养。贾大山的小说，与孙犁的风格极其相似。孙犁十分欣赏贾大山，1992年10月12日，在致徐光耀的一封信中，他这样谈到了贾大山："我也看了贾大山的短篇，还诌了四句顺口溜：小说爱看贾大山，平淡之中有奇观；可惜作品发表少，一年只见五六篇。"铁凝小说的成名作《哦，香雪》，深受孙犁的影响，也深得孙犁的称赞。铁凝认为，孙犁是她的精神和文学上的导师，引领她去探究文学的本质，去领悟小说审美层面的魅力，去琢磨语言在千锤百炼之后所呈现的润泽、力量和奇异神采。孙犁的确在书信中给了她很多具体的指导。在看了《哦，香雪》之后，他给予了这样的评价："这篇小说，从头到尾都是诗，它是一泻千里的、始终一致的。这是一首纯净的诗，即是清泉。它所经过的地方，也都是纯净的境界。"（《谈铁凝的〈哦，香雪〉》）贾平凹的前期小说，也曾受到孙犁的深刻影响，他尊孙犁为文学大师，通读过孙犁的全部作品。贾平凹的小说《腊月·正月》在1984年《十月》第4期发表后，孙犁在《致苏予》信中这样评价这部小说："贾平凹的这篇小说，没有色情的成分，也没有武侠的成分。从现实生活取材，写的是家务事，平凡的农民，却也能引人入胜、趣味横生、发人深思，有时代和社会的深刻意义。"此外，莫言以及河北的许多青年作家，都不同程度地浸染了孙犁作品的美学精神和艺术风范。

任何艺术风格和文学流派，都不能长时间存在。随着时代的演进、现实生活的发展，作用于文学的内在规律——"诗文随世运，无日不趋新"，孙犁主导的荷花淀派也必然从萌芽、生长、茁壮、成熟，最终走向淡远与消歇。然而，艺术即历史，有历史就有传统。传统是源头活水，必将滋润着现在和未来。孙犁和他的荷花淀派，可以随风远逝，但他们作为历史的见证者和讲述者，他们在作品中所体现出来的包涵着个人的文字、性情、禀赋和风骨的人道主义精神，和置身时代、贴近现实，真实、真诚、向美、向善的理想主义的现实主义诉求，以及把艺术当艺术，为艺术而献身，力求把语言文字锤炼成神秘的生命存在的极致高标的匠心，这一切都将永远地激励和影响着一代又一代的作家，推动文学从一个高峰攀上又一个高峰，不断迎接一次又一次东方文明的精神日出！

这就是孙犁与荷花淀派的文学史价值和意义。

第 一 编

荷花淀派作家文谈

一、文学创作主张

现实主义文学论

□ 孙 犁

随了资本主义发展到了极顶，为了挣扎在死坑的边沿，掠夺者在制作着各种的罪恶，每一个人都在感受着要命的威胁，战神咆哮在黑色的阿比西尼亚，西班牙的斗牛场，中国的上海、天津、南京和太原，黄河沿岸和长江流域。每天，新出山的太阳会带来新的刺激，一秒钟内，一方寸地方，会演出变化千万的奇迹，一切的卖野药的文学制作说明不了这个时代，这个时代将滤尽一切文字上的玩弄。动乱时代要求着多才艺的号手。

现实主义不能解释为"纯粹的"客观主义，也不能从"锐利斯姆"一词上望文生义地了解到这是描写现实的"写实主义"。写实——这仿佛只要把现实的事情写下来或者"纯粹客观地"分析事实的原因结果——就够了，如果这样去接纳这个口号，那至多不过是限于"影写"的桎梏里罢了。

（一）马、恩与现实主义

马克思恩格斯对于文学上的现实主义是非常看重的，恩格斯在写给哈克纳思的信里，对于现实主义曾做过最精审的解说：

> 依据我的见解，现实主义除开详细情节的真实性，还要表现典型的环境之中的典型的性格。

恩格斯在一八五九年五月十六日写给拉萨尔的信里说：

> 要"莎士比亚化"，不要把主角变成时代的传声筒，而要具
> 体地描写现实。

马、恩把莎士比亚和塞勒对立起来，是有原则上的意义的。前者是主观的理想化，后者是现实主义。马、恩是在鼓励创作上的现实主义的。

除去莎士比亚，荷马、但丁、歌德和狄更斯也是马、恩所喜欢的作家，因为在这些人的作品里，还能多少发现"现实"的气味，就是说，能多少地暴露一些客观的矛盾。

至于马、恩对于巴尔扎克的奖誉："巴尔扎克，我认为他比过去的现在的将来的一切左拉，都要伟大得多。"当然也是因为巴尔扎克是伟大的现实主义作家的缘故。

当然，现实主义是发展着的，马、恩并没有认为巴尔扎克、狄更斯的创作方法就是唯物辩证法的创作方法，而有意地教导我们照抄使用来描绘现在的现实，他们不过是看重这些作家们的作品里的现实主义的力量，那种认识的力量，蒲尔乔的创作方法和唯物辩证法的创作方法只能当作一种对比来理解的。

（二）"典型性格"的表现

然而"典型的环境的典型的性格"要怎样去"表现"呢？最超特的现实主义老作家玛克西姆·高尔基曾教示给我们许多可宝贵的断片：

> 艺术非有普遍化的能力不可，文字的创造艺术，性格及典型
> 的创造艺术，想象、推察、"考案"，是必要的，描写他所熟知
> 的一个小店主、官吏或工人，作家可以造出多多少少是成功的一
> 个人的照相，但那不过是丧失了社会的教育的意义的照相而已，
> 因而那对于关于人、关于生活的我们的认识之扩大和深化，完全

不能给与什么吧？但作家如果能从二十个、五十个，不，几百个商人、官吏、工人的每人之中，抽取最本质的特征、习惯、趣味、动作、信仰、谈风等等，拿来综合于一个的商人官吏工人之中，则便可以用这样的手法，创造出"典型"来。

神是创造出来的，恰如文学上的典型是由抽象和具体的法则而创造一样，把许多主人公本质的特点"抽象了"、分离了，然后再把那特征"具体化"，概括于一个主人公的姿影，例如每拉克来司，或里阿萨尼的农民伊里亚，穆洛梅茨的姿影中，分离了各个商人、贵族、农民，这样地，便产生了文学的"典型"，浮士德、哈姆雷特、堂吉诃德等等典型，便是如此创造的。托尔斯泰之于温顺地"被神打死"的卡拉泰叶夫，陀思妥耶夫斯基之于几个卡拉马佐夫，冈察洛夫之于奥浦摩洛夫，也都是这样的，上面所举的人物，人生中并非实有，实有的乃是与此类似的人物；这种人现在也还有着，只是比之远为微小，远为不全。言语的艺术家们，用这些微小的人物"考案"而且"造出"人类普遍的典型——名目上的典型，好比用砖瓦造宝塔、造钟楼一般，我们称一切说谎者为傅来斯泰诃夫，趋炎附势者为莫尔却林，伪君子为塔尔秋夫，嫉妒者为奥赛罗。

这样，我们就明白：在莎士比亚的《哈姆雷特》里，能发现代表遭遇没落的悲运的贵族阶级王子哈姆雷特，在塞万提斯的堂吉诃德里，能发现愚蠢的没落骑士堂吉诃德，原是被作家创造出来的典型人物。

当然，屠格涅夫的罗亭，代表了俄罗斯末期嘴行手不行的青年群，《溃灭》里的美谛克，代表了白热战斗期，为良心所硬打，尝试着革命，而结果必然会脱离了阵营的小有产的知识分子；同样的意义，□军的萧明，也就都是各个作家苦心经营创造出来的典型。

"典型的性格"是产生于"典型的环境"的。从荷马到梭罗珂夫，从奥德赛到被开垦的处女地，由于时代的不同，即"环境"的变化，"人物"也就明显的不同了，从普式庚的《杜勃洛夫斯基》里，找不出达维多夫，因为那时候，连梦想也不知道什么是五年计划，同样，在《死魂灵》里的乞乞可夫不会跑到《钢铁是怎样炼成的》里面去，因为果戈理所处的环境是不同于奥斯特洛夫斯基的。地域的不同也是有关系的，例如张天翼的《洋泾浜奇侠》里面的主角不会产生在伦敦、巴黎、莫斯科，那里是不会保存元、清以来封建余毒什么十三妹者流的。

因之，实际能表现出典型的作家非熟知周围生活不可，作家的现实生活之丰满，乃筑成表现这些典型的艺术之基础。

吉尔波丁说：

> 生活变化了，为着叙说生活的真实起见，则有不要落后地跟生活前进的必要，并且在□与具体性之间，须看到生活的步伐，须知道新造成的典型的情势，并须知道其新的典型的人类。

伟大的作家，在创造着完善的典型，但这些人物是靠着劳动经验，再用想象、分析比较诸技术的运用，才得以创造出来的。一个主人公，有时被作者夸大到可笑的地步，这不能说是艺术的欺骗，或减少了艺术的真实性。因为典型人物并不是代表了一个农夫、工人、学生、兵士……乃是代表某时代的某个地理环境内全体农人、工人、学生、兵士等的关系，而正因为典型人物的完善，一本作品，才能生动，才能普遍，才能垂久，被广大读者群众拥护起来。

（三）宇宙观，实践，创作

建立正确的宇宙观，多方面而深刻的人世间实践，坚决地参加集团生活，密切地和生产联系——是推动一个作家走向现实主义的最可靠的道路。

现实主义的任务，是在完善地表现现实，正确的宇宙观会帮助你去完善地认识现实、分析现实，把握现实而概括出现实来。

随着种种不同的哲学流派，而有种种不同的宇宙观，比较有力的，如耶稣教、目的论、不可知论、机械唯物论、康德主义、黑格尔主义……都有它们的对于客观世界的见解和学说。然而这些见解和学说，没有力量能够说明宇宙的任何现象，而陷入宗教观念论或不可知论的泥坑去。辩证法唯物论的宇宙观是最正确的宇宙观，是人类从前一切科学知识最精练的成果，是最高级最完整的宇宙观，把握了这种宇宙观点，我们才能够理解宇宙间各种现象——自然现象、社会现象、心理现象。

以正确的宇宙观为基础，建立各种学科的正确知识，认识了世界和人生，知道了历史的轨程，地理的情势，有机物或无机物……于是一个作家就可以多方面地处理着题材，可以写社会主义的建设，资本主义的罪恶、没落，帝国主义者间的矛盾战争，弱小民族的呻吟、反抗……而写出来，经得起检讨、化验，活现在人的眼前，生根在人的心里，不流于幻想，不流于狭窄，不流于机械或歪曲。

正确宇宙观的建立是基于顽强的社会实践，非常的作家更需要非常的环境的磨炼，只有道旁长年被践踏的野草，才知道什么叫暴风雨，什么叫彩霞和新月，永坐在暖气房的小姐们，你不能要求她们写出那在冰天雪地里为民族解放而斗争的英雄的事迹。

忠实的作家，要创作地工作，研究现实，留心生活，而必要地参加新社会的建设，旧建筑的破坏；从工作里你认识了现实，在作品里，你才能体现出现实来，许多名著，所以能够深入读者，感动群众，就是因为作家对于所描写的事象太熟悉了的缘故。

在这里，我们强调主张写作和生活统一的重要性，在过去或现在，努力的作者在用心准备着写作的材料，比如一个作家，为了写罢工事件而去工厂，为了写被损害的女性而去妓院，以至到什么地方去考察去统计，这种努力，当然比坐在房间里，凭耳闻常识所及写成的东西好得多，值得赞许。不过我们要求着一个作家同时就是一个工人、一个农夫或一个战士，在可能的范围内，我们希望文学和劳动再统一起来，融合起来，我们反对把写作看成特殊工作的倾向，它应该和一切生产部门结合起来，叫生产决定着创作，叫创作润洁着生产。一个作家除开他会运用笔杆以外，他还应该会运用步枪、手榴弹、锄头或木做的锯斧。

苏联的许多优秀作家是产生自国内战争，社会主义建设——农场或工厂。国际反法西斯主义的肉搏战，在马德里前线，许多作家穿上了军服，并有许多光荣地战死了。西班牙女新闻记者列昂的谈话，值得我们永久地记忆。

> 我们的家被毁了……一切作家们都想穿上军服，在前线上有我们的朋友作家们，如柯尔左夫、柳得维哥莱恩、古斯塔夫、莱哥列尔、甘托乐维基、安得莱、玛尔姬。著名的西班牙通的儿子——英人克里……战斗中英雄地死了，拉尔福、福克士……在出发之前二十天，阿里巴蒂和我曾到波拉达前线去，那儿发生着猛烈的战斗，在这个时候托利恩托被打死了……他在堑壕里站了起来，想发表演说，于是，就在这一瞬间他被敌人的机关枪打死了。直到最近战事还没有停止，所以也不可能去收拾死了的英雄的尸首……
>
> 我们西班牙的作家们，除过我们全体人民向法西斯所提出的负担之外，还有自己的一个特别的负担。我们不会忘记了费捷利哥、加尔西亚、乐尔基的杀害，这位著名的诗人以殉教者和英雄的死，死于法西斯的被房中，我们要报仇……

把文学事业看作特种事业，在苏联也有的。罗曼·罗兰在回答莫斯科沙尔莫福工厂一个青年工人作家的信里，针针见血地指出：

> 成为诗人并不妨碍同时成为一个技术家，我个人相信，所有的作家应该除了他们的文艺工作以外有其他的事情与职业，不能仅仅从事于文学。
>
> 简单地说：做诗人，这是浪费，在还不是社会主义的国家里面仅能使自己有钱与有闲，至于在你们的国家里的一切职业是那么需要着，我认为特殊地成为诗人简直是罪恶。

只有不断地积极参加社会活动，才能把握现实的变化性、复杂性，一个作家才不至于停留于一个时代，写完他的一段实际经验，便乏了力搁了笔，或者无耻地写着不关痛痒的东西；一个青年才不会为做空头文学家而消耗着本来有用的脑力、烟、茶，以及每晚跑跳舞场寻觅"灵感"。

生活是一切创作的源泉，忽视了生活，而想成功创作，等于水中捞月，潘菲洛夫造成了自己的荣誉，然而这种荣誉是从烟、酒、茶以至大学毕业证书换来的吗？他是写成了一部惊人的作品，便停留下来，自满地以老作家自居，而把推动历史前进的任务，骄傲地推诿给别人了吗？

艺术将永远是辛劳的结晶，使艺术高升的不是游山玩水的自在。只有病态的艺术，才要求幻想来掌扶，走上艺术宫殿正确的阶梯是艰苦卓绝的斗争，使艺术与人生分离是一桩危险的事，于艺术是危险的，于人生也是危险的。

柏德尼依曾为诗讽刺那些以为文学是轻巧事业的人们，而把写作劳动叫作"苦重的，黑暗的，紧张而顽强的，不断的劳动"。

实践而后写作，那你的表现，才能亲切，你描写一群人，而这一群人已是你的伙伴，你是他们之中的一个，你熟悉他们的生活、习惯、性格、思想、言语——因为那也都是你的。这样写出来的东西，才能兴奋你自己，教育你的伙伴，感动其他的人群。

在这里，我们想起了死去了的，奥斯特洛夫斯基，经过长时期狂潮里的斗争，终于使自己失去了四肢和目光，而且被判定连这样的生命都不能继续到多久。然而，他没有因为这便以功高或心冷而败退下来，他有坚强的求人类解放的斗争意志，抓住了艺术的武器，这样产生了震惊一世的两部作品：《钢铁是怎样炼成的》和《暴风雨的孩子们》。纪德会见了他以后这样写："就是宗教，也没有创造出过这样美的人！"——这已够流尽我们的眼泪，坚强信念：把工作看成神圣的人，才能从事艺术的神圣工作。

节末，而最紧的是，不要把实践、宇宙观、创作三种事项机械地对立起来，分离开来，它们是有互相联结性的，从而发生相互作用；它们之间发生着因果关系，是环形的锁链。

（四）内容，形式，语言

创作的过程，包括了主张或思想的建立、形态的决定——诗、散文、小说、戏剧——以及语言文字的选择使用，归纳起来，即所谓文学的内容和形式。

以上问题的强调，并非忽视文学技巧方面的修养，普希金、托尔斯泰、福罗贝尔以及莫泊桑，到如今还能为人重视，这与其说是为了他们作品的内容，不如说是为了接受那些精审的技巧。内容和形式同样决定了文学作品的命运。

为了到达现实主义，我们经验了生活，不过这是不够的，我们还要充实我们的能力，这样才能无遗憾地制成我们的作品。良好技巧的追求，结果帮助了作家的成就，因为，作者苦心孤诣地追求着和自己的身心的感应融然无间的表现的时候，同时也就追求人生，这追求的结果是作者和人生的相合，同时也就是人生和艺术的拥合了，不过这是作家的本质的态度问题，绝对不是锤字炼句的功夫所能够达到的。

内容是决定形式的。写作，不要由形式走向内容，而要由内容走向形式。有了革命的有价值的内容，你要为怎样的形式才能完善地表达出来而深思研求，你要时时想，我在写些什么，同时我在为谁们写，这样你就可以决定你的形式了。乌利雅诺夫说："我们要时时以为是立在劳苦大众的眼前。"这样，华丽的修饰就成了浪费，但你不要误解，这是叫你粗糙、低级、简单化。你如果那样地去偷懒，可就没有了成功的可能。

内容是决定形式的，然而内容和形式应该辩证地统一起来，形式是可以影响内容的。用旧式的陈腐的形式来表达新的进步的内容，那结果必是形式与内容的分离，必定在新的内容里参加了有害的旧观念，旧瓶子是可以腐毒新装的流汁的，复杂的内容必要灵活的形式，才使作品不陷于呆板寂寞。而作品之所以能生活下去，却是因为内容生气十足的缘故。总之，我们要重视内容的锐进发展力和积极性，但也不轻视可以保证并发挥此积极性内容的有力形式。

目前我们的作家在火线上，生活安定的时候，你可以创作大部头，你有时间去构思、去组织、去锤炼。不过，我们是在剧烈地做着斗争，我们要时时刻刻提防着敌人，谋算着进攻，一天没有一小时的睡眠……

在任何场合，艺术的武器是不能放弃的，《海上述林》的笔者把高尔基的论文，比之于鲁迅的杂感以后，接着说："战斗紧张和剧烈的时候，他们来不及把自己的情感、思想、见解溶化到艺术的形象里去，用小说戏剧的体裁表现出来。他们直接向社会说出自己的'心事'，吐露自己的愤怒、憎恶，或是赞美。"武器是放弃不得的，我们要发动文学的轻骑队向敌人袭击。

一切文学上的游击形式如速写、报告文学、墙头小说诸轻便的形式，为紧密与事实联系，白刃的现实性，其效果多是惊人的。

作者的世界观表现在作品的内容上面——

语言是传达内容的主要工具，高尔基说：

> 文学的基本材料就是范式我们的一切印象、感情及思想的词。古典作家教训我们，生动词句用得越简单、越清楚、越明了，则写实的描写及其对人的影响、个人性格的描写及其对人们的关系也就越强固、越真实、越确切。

古典作家深知语言的意义，所以他们颇致力自己作品的推敲。冈察洛夫写他的《奥勃莫洛夫》写了十年，所谓"我的写奥勃莫洛夫，犹如斗牛一样"。托尔斯泰把杂谈哥萨克写了十余年，而这作品的各种草稿达五百余页，写《战争与和平》曾改写了七次，以致使高尔基老人读起来，禁不住而伸出手去"碰一下"书中的人物，因为简直是活现在眼前了。列蒙托夫一行都不苟且，写一行要改好几次，柴霍夫曾说：稿子要让他倒下医治。

现实主义的作家要为语言的适用而斗争，大批评家迭那莫夫曾严格地指出：

> 清晰的思想，是包含在明快的文字内的，一种富于表白力的

文字就指出了那作者是完完全全而且彻底懂得这世界。

拉金也曾说过：

　　高尔基、富玛诺夫、绥拉菲摩维奇的作品在大众中间的成功的秘密，就包含在他们的言语的极度单纯性里面、他们的形象之结晶的明确的透明性里面、他们的故事的特殊的而又接近大众表现性里面、他们没有故意的饶舌和文句的不分明的"游戏"这个事实里面。

因为语汇的丰富，则你拣选的机会也就越大，则你所要表现的东西也就越正确、越可靠、越明晰、越有价值。

同时，为了储备自己的语言，你也可以更深刻地了解你的环境。

高尔基在谈自己的文学修养的时候说：

　　艺术家……必须知道国民的历史，那社会的、政治的思想，这思想有许多被表现在童话、口碑、传说、俚谚；尤其明白的，整个地表现着人民大众的思想。年轻的作家们倘和这些材料相接近，是极其有益的。他不但由此学好言语的节省、会话的简洁和写实性，还能够知道民众中的大多数的农民的思想。

这不是说，现实主义的作家，必须日夜推敲字句，为了一句俏皮话去耗白几十根头发。谨记着问题的根本：

不要把大地方给语言，把宽座住给思想吧！

只有没落阶层的作家，才竭力地在形式上下功夫，虚构新的字眼，新的技巧，华美的韵脚等。

用你所要达传的情感、情绪、思想，去构成你的用语、去转移你的用语。

结束我们的研究。

我们对于现实主义的文学这个命题应构成如下的概念：现实主义不同于旧的写实主义，它不是影写现实，而是表现现实概括现实，其间充分地显示了内容的积极性、展发性。现实主义的作家，应该有正确的宇宙观，因而正确地认识了世界、人类、自己。参与实际活动，丰富生活经验，把实践看得最重要最基本。现实主义的作品，对于社会，不但要指出灭亡的部分，而必要指出新生的部分，充满斗争、热望，最后胜利的前途。它的内容决定它的形式，形式适应着内容。作家为自己的用语的明确清晰有力生动而奋斗。而这样成功了他的艺术，而这种艺术最低限度可达到：

第一，是作品内面的真实和诚实。

第二，是内容的独创性和清新味以及从来不曾知道的新生活环境的再现。

第三，是所描写的生活环境的广大和价值。

本文第一段后，漏去一节，特补于此：

现实主义之被提出、被应用，像一道气流浸透着每一个有良心的作家，现实主义的作品，被大众无滞碍地欢迎接受，不是偶然。在桎梏就要脱落，一切人都盼望着天明，为自由而斗争的时候，文学又和现实生活紧密地联系起来，却是必然的。

（选自《孙犁全集》第10卷，人民文学出版社，2004年第1版；

原载《红星半月刊》创刊号，1938年。）

写作问题手记

□ 孙　犁

第一是通俗易懂问题。

我认为这个问题，不只是在用语上接近大众，要紧是在组织上、问题的想法上、故事的叙述方式上，去接近群众所习惯的样式。在边区，许多文艺工作者，在写作上还是用自己的思维方式、写作习惯创作东西，虽然在外表上用了些大众的口语，但还是不能与群众契合，而格格不入的。

苏联政治诗人白德宜，在名作《灯塔》一首诗里，说明了他的头脑是"像农民一样的生成"，这样才能使他的诗作深被大众所了解欢迎。

第二是紧紧地配合政治，配合工作的问题。

有许多作者是这样，企图写一些大的东西，或者是全面的东西。又有时常常是这样，想起什么，便写点什么。作为一种"工作"，文艺作者这种习惯是不对的。

又是白德宜，白德宜在苏联革命和建设的时期，他不是这样的。他常常依据了一定的题目而写作，而这个题目是紧紧反映着当前工作要求的。他写了食粮税的问题，写了贿赂、帝政时代大臣的搜捕、赤卫军的功绩、生产振兴、文盲捕灭、反对开小差、节省子弹、安慰灾荒等给战士教育、向群众解释的作品。他是，用柯根教授的话来说是"在人们需要他的时候，拿了他的诗而出现，而决不是在他心里有了灵感的时候产生出来"。他认为日常生活的例子，需要拿诗来表现的时候，他就表现了它们。

第三是主题的明朗及乐观性问题。

曾经看过一个剧社集体创作的剧本的原稿，那剧本企图表现这些东西：1. 土匪主义的游击队首领。2. 模范的政工人员。3. 大多数士兵的积极性。4. 一个动摇的汉奸。5. 日军的厌战情绪。

这个剧本，叫这五方面，平行地在剧本里表现着，想表现这个，又表现那个，没有一个中心，没有一个宾主之分，结果什么也没有表现出来。

有的作品，放两个重心下去，例如我们收到一篇名为《满仓伯》的小说原稿，里面把一个人物作为重心，又把一个和人物无多大关系的战斗作为重心，两个重心，等于没有重心。

还有一些作品，在主题上表现了晦暗不明，凌乱不堪。

还有一些作品，在情调上忧郁气氛太浓重。

我们对这类的作品，在创作观点上不同意。

群众要求在创作上主题明朗化，单一性。

群众要求在主题上，表现轻快乐观的性质，在总计初十年间苏联无产阶级文学的时候，柯根教授，指出关于诗的部分，群众欢迎倍兹敏斯基、甲洛夫的乐天性与充满希望的调子，而反对并轻视了主题晦暗而情调忧郁的作家。

所谓忧郁，不是指的悲歌。

这里联系到了浪漫主义倾向问题，我以为在现实主义的基础上，作品上的浪漫主义性、自然的情绪、悲歌性、爱的强烈、音乐性是有必要的。

因为我们的生活，的确是如倍兹敏斯基所呼喊：

"生活怎样的在那儿芳香！"

（选自《孙犁全集》第10卷，人民文学出版社，2004年第1版；
原载《抗敌三日刊》1940年8月9日，署名林冬苹。）

战争和田园

□ 孙 犁

翻阅司马相如等人的赋，乍看之下，真是声势浩大，包括宇宙，一排列山字旁的文字，一排列草字头，又一排列木字旁的，使你如同逛公园、动物园和植物园。于是又一排列丝字旁的，你就又进了绸缎店。这些赋是歌唱帝王苑圃的富丽或女人的姿容的，并且据说还有诤谏的意见，但结果只能使不知道这些事物的人头蒙眼花，使被诤谏的人养成更骄奢的愿望，这虽如司马相如等人的为人，不足垂训今天的我们，但空头罗列现实景象之弊，是更可证明了。

同样，外国田园诗人像果尔蒙那样：有青的苹果，有红的苹果，有半熟的苹果，有可以造酒的苹果，有可以造糖的苹果等的"苹果大全"的办法，也引不起我想吃苹果以外的任何兴味。

今天说我们的诗人忘记战争或无视战争是冤枉的。但如果是一个"念书人"或不是"念书人"，而也是出身自富裕的农家，也便常有一套私人的爱好：空洞的静止的美丽。在这种情形下，而就常常发见这种事，接触到这个"美"，便特别感到敏捷，思绪如泉水涌出，不可遏止，大幅铺张，在结尾才想到主题，从远处传来几声炮响。于是，战争的风俗画，也便像是交代了。

这结果自然和春秋郑卫地方的"曲终而奏雅"的办法一样，使读者为大量静物、感想所陶染，末了一个尾巴，就成了弦外之音。

司马相如不去综合概括现实事物，果尔蒙有他对田园素朴的趣味，是时代，也是他们的为人。我们不去责难古人了吧，假如责难古人的结果，不能殷鉴今天的诗作的话。

（选自《孙犁全集》第10卷，人民文学出版社，2004年第1版；

原载《晋察冀文艺》1942年第5、6期合刊，署名犁。）

慷慨悲歌

□ 孙 犁

司马迁写荆轲列传，在开始，轻描。荆轲的性格，就像一个影子，突然出现在读者面前，渐渐显真。直到："荆轲既至燕，爱燕之狗屠及善击筑者高渐离。荆轲嗜酒，日与狗屠及高渐离饮于燕市，酒酣以往，高渐离击筑，荆轲和而歌于市中，相乐也，已而相泣，旁若无人者。"形象才具现。以后，"荆轲怒，叱太子曰：'……请辞决矣！'遂发。""太子及宾客知其事者，皆白衣冠以送之。至易水之上，既祖，取道，高渐离击筑，荆轲和而歌，为变徵之声，士皆垂泪涕泣。又前而为歌曰：'风萧萧兮易水寒，壮士一去兮不复还！'复为羽声慷慨，士皆瞋目，发尽上指冠。于是荆轲就车而去，终已不顾。"以后，"秦王闻之，大喜，乃朝服，设九宾，见燕使者咸阳宫。荆轲奉樊於期头函，而秦舞阳奉地图柙，以次进。至陛，秦舞阳色变振恐，群臣怪之。荆轲顾笑舞阳，前谢曰：北蕃蛮夷之鄙人，未尝见天子，故振慑。愿大王少假借之，使得毕使于前。'秦王谓轲曰：'取舞阳所持地图。'轲既取图奏之，秦王发图，图穷而匕首见。因左手把秦王之袖，而右手持匕首揕之。……"以后，"秦王复击轲，轲被八创。轲自知事不就，倚柱而笑，箕踞以骂曰：'事所以不成者，以欲生劫之，必得约契以报太子也。'"就使荆轲慷慨悲歌，跃然纸上，经百世不能消敛了。

有人说，像这样好的英雄事迹的描写，会成为后人行动的号召和模范，文章使后来的英雄们更果敢机智，胜任愉快地去进行了他们的事业。这是不假的。英雄读过前代英雄的故事，新的行动证明古人的血泪的代价的高贵。

而在荆轲的时代，像荆轲这样的人还是很少的。英雄带有群众的性质，只有我们这个时代。像是一种志向，和必要完成这种志向，死不反顾，从容不迫，却是壮烈的千古一致的内容。

荆轲一个人带着一尺多长的匕首，深入秦廷，后来一些评论家，在武器上着眼，以为荆轲筹备几年的工夫所以失败，而秦王仓促间所以幸存的原因，是匕首的效果不如剑的缘故，都是事外的看法。荆轲很看重他的责任和使命，为了把事情进行得好，甚至说服一个同志自刎了首级。而在这以前还有一个老吏为了证明自己保守这件事的秘密，鼓励荆轲有志这个行动也是自刎了的。因为责任过于重大，荆轲所以采取了上面的动作。

当然这个动作引起了失败。而这一失败以致使燕亡国，但这个失败只能引起对荆轲的怀念，里面不会有所责备了。而司马迁正是在这种心情下面写成这个传记，使荆轲的勇敢、沉着、机智在文章上飘动招手，不断找寻继承者。而在那个时候，个人的冒险的刺杀，对燕国解除秦国的压迫确是一种釜底抽薪的办法。

然而失败了，读者有深深的遗憾和怒愤。这才是英雄的传记。事业留下缺陷，后来的人填补上了。能激起这种填补的热情，就是司马迁文章的效用！

司马迁和荆轲不同时，事件也不过从史书采取。但他把被历史简单化了的荆轲的面貌，补充起来，使他再生。这个再生法，就是司马迁用自己的感情把他喂养起来的。荆轲辞别燕太子和朋友，易水一条河而已，英雄的慷慨悲歌，才使易水永远鸣咽怒愤。被压迫的景仰争解放的勇士，和饥饿的人爱好饮食一样，而迫切的程度高于饮食。荆轲入秦这不过是历史上的一个故事。荆轲也不过是战国的刺客里面的一个，但能遇到司马迁就永远传流了。

而即使是传奇，司马迁也不过当作人间事来写，即使是英雄的行径，也有无数波折和困难。司马迁的感情，直到文章结束还没结束，文章的结束只是作者感情的高潮点，积累的感情就永远像一个瀑布，灌注到各个时代。用高渐离击筑，刺秦王结束了这个英雄的事业，几乎成为一种集体的复仇斗争！这个前仆后继的共同的复仇的要求，形成文章的伟大风格。使那碎了的筑的声音永远颤抖，使那条易水永远呜咽。

1942年12月

（选自《孙犁文集》第5卷，百花文艺出版社，2002年第1版。）

怎样认识解放区文学的内容和主题

□ 孙　犁

概括起来，解放区作家所写的不外是战争、生产和土地改革。

我们写了抗日战争的正规战斗和群众性的游击战斗，写了胜利，有时也写了悲壮的牺牲。占最大分量，是写了敌后广大农民怎样支援了这个战争，其中包括参军、送交公粮、出战勤、拥军爱民等。

当抗日开始，战争便是在极端困苦艰难的条件下进行的，在那些年月，军队除去打仗，还不得不开荒种地，不得不上山打柴，干部除去工作还得纺线、割草、从事运输。又因为广大的青壮年农民走上战场，农业生产经常遭受敌人的破坏和掠夺，在全面抗战的八年间，生产也成为解放区作品的主要内容。

总之，生产战线上的新型的组织工作，新的劳动态度和热情，战争的英雄主义和生产的英雄主义，就是这一时期文学上广泛的、交织着的两种主题。

战争和生产都是困难的，然而都在无比的激情里进行，一切，对于敌后的人民来说，都是有重大意义的工作。村中政权、群众团体、文化娱乐、风俗习惯都展开新的天地。这一时期的文学用短小的、直接的、激情热烈的形式反映了这个新时代的各种图景。

土地改革，好像是近二三年来，因为在农村广泛深入地进行了这一工作，才系统地反映在文学作品里。然而，就在抗日时期，有的关于农村生活的作品，就结合着这一主题来写抗日战争了。

　　因为抗日战争就其性质来说，就是人民的战争。在这战争里担任主角的是广大的农民。这一战争，直接抵抗成为死敌的侵略者，同时，要使战争胜利进行，还必须减轻和进一步解放农民身上的封建的重荷，使得他们身手自由，轻松热情地来从事战争。

　　人民的反对帝国主义的战争结合了反对封建主义的斗争，在自卫战争的这几年间，表现得更鲜明了。农村的阶级斗争和对敌斗争，错综交织着，这一现实，反映到文学作品里，成为深刻的主题。

　　这一现实，表现在敌我相持的地区，即所谓打拉锯仗的地区就更鲜明，斗争也更残酷，例如冀中大清河北地区。现实是复杂，多变，充满血泪的。

　　但反映在文学上的，远跟不上现实，我们通常写得比较单纯：简单的对比，轻易的胜利，这种单纯和轻易的胜利也表现在一般描写土地改革的作品里。

　　土地改革是解放区重要的社会变革的现实，是使中国封建主义在基础上崩溃的洪暴。表现这一现实，应该首先表现共产党在农村工作中怎样贯彻了削弱消灭封建的政策，教育和组织了农民，怎样战败了封建势力，在政治的理想上怎样培养了农民的认识。

　　要表现这一运动的复杂艰巨的工作历程，描写农民获得了土地，主要是如何获得了土地，获得了政治的果实。

　　在一个轰轰烈烈的运动里，把群众单纯化，是我们作品的主要缺点。它减低了作品的思想性，指导现实、贯彻政策的积极意义。

　　在现实里，作家首先体会到的是群众的力量，是英雄的性格，是抒情诗。但是，它不应该是单纯的美的抒情和抽象的英雄赞。应该说，现实里的美和英雄是在困难环境下的坚韧精神，危险关头的战斗献身勇气，是能扭转错误坚定立场的领导力量。

　　以上，算是我对大家提供的一个研究解放区作品现实内容的提纲。

　　我愿意再重复一次，在我们过去十几年的写作里，战争、生产、土地改革这三个主题是互相结合着的，因为现实本身就结合着它们。

一九四九年十二月

（选自《孙犁全集》第3卷，人民文学出版社，2004年第1版。）

晋察冀边区村剧团的组织、工作和特点

□ 孙 犁

边区各个中心村，目前都有了剧团的组织和活动。这个艺术史上的新页，是从今年春节开始的。

村剧团的领导还不一致。有的是由村救亡室领导，有的是由各个团体单独领导（儿童团、青抗先、妇女各有一个剧团）。有的，则更零碎，壮年收获队和青抗先分开，壮年妇女和青年妇女又分开，各有剧团，而在技术上，即编戏导演工作上，则多是本村的小学教师负责或协助。因此，有许多村子，剧团由小学教师领导。

组织系统和分工上，有的分成了戏剧、歌咏、美术、跳舞各组，但有的还不合理和不具体。有的分工太简单，一个团长，多少个团员。有的分工则太紊乱，虚设许多职务，如经济主任、研究员（松山剧团）。而有一些剧团的组织还不经常存在，只是遇到节日或必须演出的时候，才临时凑起来。

因为参加的人，成分都是农民，尤其是儿童和妇女占了大多数，所以才开始的时候，排戏和演出，都遇到了困难。但这些困难在热心的实践中逐渐克服，许多村剧团已走上健全之路。例如一分区的松山剧团，三分区的北神南剧团等。并且，政府方面，普遍地对这个工作投下了注意，在五月的各个节日，以村为单位，各县区先后进行了村剧团的公演比赛。村剧团在竞赛和挑战的方式下，进步很快。

在经费问题上，一般的不感到困难，因为用钱很少，随便用两条被单做幕帐，用黑墨、白粉、红颜色做化妆品，随地借来服装道具，只是晚会买些灯油而已。有的置备了简单的幕布和必用的布置用品或服装，如舞衣之类。在经费的来源上，有许多种方式：有的由合作社红利抽出，有的由政府或各团体补助，有的是自动捐的，来源不等，但有限的经费都还是有办法的。

这中间，也有这种倾向发生，即是一些大村镇，因为经常见到许多正规的脱离生产的大剧团公演，就发生了效仿大剧团，过于铺张的情形。见人就说：我们不如抗敌剧团呀，我们不如服务团呀！有的村剧团预算竟达一千元之多。

在成立的动机上，多数是响应上级的号召，为了宣传工作。但有的是为了好胜，娱乐性质比较浓厚。但不断的竞赛观摩的结果，这种缺点，逐渐没有了。充任演员的风头主义，个别村庄男女演员间的不正规关系——过于随便，不顾影响；或过于拘泥，妨碍工作，也逐渐克服。

边区村剧团的产生，虽只短短半年工夫，但也是一个艰苦奋斗的过程，只是妇女坚决地走上舞台，已经是一个明白的例证。当初，是有许多落后的父母，不愿自己的孩子到台上去当别的人的孩子，有许多落后的丈夫，不愿自己的老婆到台上去当别人的老婆。（有一个村子，一个青年汉子，看到演戏的时候，自己的女人在三个人同时出场的时候，第一个领头出来，回家去便和他女人打了架。）又有的，个别坏家伙混入了剧团，破坏剧团的组织和威信，从中"吃豆腐"，并向人造谣。

村剧团在路途的坎坷中突进，在它们目前的工作中，我们可以找出许多优点，而这些优点，有时竟是连一些大剧团也还不能完成的。第一，创造性很强。因为外来的剧本多半复杂，不适于村剧团，他们创作了许多自己用的剧本。第二，他们勇敢，能克服困难。农民的艺术水准很低，缺乏领导，顽固分子破坏——他们都能克服。第三，工作情绪很高。青年人即使在农忙时期，也抽闲练习演戏，妇女带着孩子到外村演出等等。第四，剧本多能把握目前政治口号，并能及时配合区村中心工作。如春耕、从军、保护麦秋等。第五，能利用本地事实，编写剧本。如宁家庄、北洪城利用演戏，现实地打击了顽固分子。第六，提高了农民对话剧的认识。目前，边区有一个特殊现象，就是大多数农民已经由喜爱旧形式而进到喜爱看话剧了。许多老年人都说：话剧比用旧形式演的戏好。这原因是利用旧形式，多数不得当，而妨碍了剧情；话剧则如实地表达了故事。第七，提高了村民的抗战情绪。这是事实。如刘家台村，自遭敌人烧杀，村民情绪曾一时低落，但自村剧团成立，配合其他政治工作，逐渐提高了村民的情绪。第八，表现了伟大的民族友爱和义愤。例如井陉煤矿工人遭难，柳坨男女被敌虐杀等事件发生后，许多村剧团马上编成了剧本演出，募捐、慰问、宣传。第九，这些村剧团差不多每次都有新东西演出。

在剧本问题上，他们是怎样解决呢？

有的村庄是自己编成。这个编成不是编写，更没有印出，多半是由一个人想一个故事，再由大家补充拼凑而成。有时，是由几个人共同想一个故事。所以，按创作方式来讲，则是有个人创作，有集体创作，而事实上都具备集体创作的性质。

有的村庄是模仿。看过大剧团演戏，根据印象，回来排练一下就演出。例如有的村剧团模仿了服务团的《人间地狱》，有的村剧团模仿《农村曲》。但多半过于简陋，或是表达不出原剧本的详尽旨趣。

有的是由一个歌曲或是几个歌曲发展混合而成。这种形式很普遍。把一个歌子，加以动作、演义而成为一个歌曲活报式的东西。例如《红缨枪》《洗衣曲》《慰劳伤兵》等歌曲都被这样编制过。

这些剧本，有十分之八九是配合了中心工作和中心口号，能反映地方情形，但也有多数是娱乐性质较重，例如一些秧歌戏的演出，虽是新内容，但效果是没有什么的。在村剧团刚成立的时候，有的村庄还演过纯粹的旧戏。有的剧本，纯由口号组成，效果不大。又有的，因为没有固定台词，演员说话有出入，以致发生毛病——甚至是在政治上发生坏影响，都应该克服。

在导演问题上，他们是怎样解决呢？

村剧团的导演人才很缺乏，导演方式，多半没脱离旧戏班"教师"的做法。谁演过新戏，或谁干过旧戏，谁好耍戏，就是谁导演。又因为没有剧本，所以导演工作进行非常迟缓错乱，一句句教，一句句学说话，一个动作，要拿手拿脚地去教。有的是集体导演方式，毛病则在于大家你一言，我一语，演员莫衷一是。有少数村庄的小学教员还能根据导演原则进行工作。在实践过程里，演员在技术上，在对话剧的认识上，逐渐提高，导演的技术也随经验提高了。在现在，在排剧上，妇女和儿童都表现了高度的聪明和热情，对导演者都很尊重。

他们怎样进行舞台工作呢？

在舞台工作上，目前已经普遍地注意起布景来了。许多村剧团的演出，都设置了简单的布景。许多老年人这样说，话剧没有布景还有啥味呢？这话能反映群众对布景的重视。但存在的缺点是：室内布景旧剧化，室外布景与室内布景不分（例如有一个戏的舞台面，台前布了树木，但后面还没撤去桌椅，并且演员还坐到椅子上去）。

前后台，虽是多半布置了负责人，但多不能实际发挥效能。前后台太乱，演员在后台说话，有时扯开后幕伸出头来看。或是非演员在前台随便走动，像旧戏台上"打梆子"的一样。大多数没有提词的。服装不合理，演员不顾剧情爱漂亮。动作旧戏化，表现不真实，滑稽（例如日本兵骂人："巴格牙鲁他妈那×，×你奶奶。"把中国的骂人话连在一起，逗人发笑）。化装定型化，成为脸谱，日本人一定是粗眉红脸，汉奸一定是头戴瓜皮小帽，身穿窄瘦长袍。这是个别存在的缺点。

灯光，因为是用马灯或挂灯，很难利用。

临末，我们附带提及，西北战地服务团，在三分区创办乡村文化娱乐干部训练班两处，对边区乡村艺术活动，给予很大的帮助和推动。解决了乡村艺术活动严重存在的干部缺乏问题。

而边区乡村的艺术活动之所以能奔腾突进，基本上还是因为边区民众的政治生活、经济以及文化教育之进步。显明的边区普及的民众教育，冬学、春学，随习班等进步的教育设施，给予乡村艺术活动以有利条件，农民普遍识字，政治文化水准的提高，才确立了乡村艺术活动的巩固基础。

一九四〇年五月二十九日

（选自《孙犁全集》第10卷，人民文学出版社，2004年第1版；

原载《抗敌周报》第2卷第11、12期。）

论 情 节

□ 孙 犁

小说的情节，就好像人体的脉搏，它表现着作家和作品的健康和气质，从总的方面来看，整个的情节就是作品整个的生命，它无疑是很重要的。

简单地说，情节要求什么？它的生命的基础在哪里？情节要求的是真实，它的生命的基础是作者的丰富的生活经历。

按照字面来讲，作品的情节，应该是合乎情理的或是合乎人情的。这种情理或人情又是应该合乎一个时代的伦理观念的。革命的年代里，社会生活提供了很多伟大的动人的情节，作家应该把时代的激动的脉搏，体现在他的作品里，这种成功也就是主题的和现实主义的成功。

这种情节虽然具备非常的力量，在完成这些情节的人物的身上，虽然表现着非常的意志，但它仍然是合乎情理的，能为广大的同时代以及后来的人所理解和得到教育的。

只有作家在自己的亲身的经历中间，体验了这种伟大的时代的情节，他才能够在作品中间组织和集中这些情节。但是，也有徒然的"追求"伟大的情节的作者。

这种"追求"事实上就是一种捏造。它不会感染任何人，而常常给人一种不愉快的感觉，甚至造成一种相反的效果。

这种"追求"来的情节，只会形成作品的一段空白，使人感到：唯独在这个地方，突出地表现了作者的生活的不足。

前些日子，我们修改和发表了一篇报告，这篇报告因为描写了国有农场土地上康拜因和拖拉机的工作，给人一种非常新鲜的兴奋的感觉。土地是广大的，机器是喧闹的，工作人员是热情的，收成是丰盛的。虽是炎夏，人们并不感觉困倦，太阳的照射，只是给摇曳的小麦增加了可爱的光影。

读着这篇作品，整个的心情是愉快的，和作品中的主角一起，是投进这些振奋的场面里了。

但是，忽然康拜因和拖拉机的喧闹停止了，读者不知道发生了什么变故，跟着主角跑到那里一看，原来顺利工作的康拜因手可怕地躺在机座上，发起疟疾来。

这是为了什么？有什么必要突然叫他的疟疾发作？原来作者的意图是：只有这样，才有一个机会，叫新到农场的一个小伙子，在突击收麦的时候大显一次身手。

不叫一个康拜因手陷入这样一个不幸的场面，就没有别的办法使另一个康拜因手表现能干和积极吗？

旧的康拜因手好容易才坐着救护汽车走了，郁闷的空气应该叫清新的风吹散了。新康拜因手坐到机座上。然而，不久他的机器又发生了故障，只好钻到车底下去修理。这一场变故的发生，又只是为了使另一个女修理员表现一下才力。

作者在增加这些突如其来的"动人"场面的时候，忘记了一个简单的算式：一个积极，一个病倒；一次加速，一次抛锚——加减乘除，抵消了表现的效果。

这样的表现方式，近来在我们的习作中间，是常常遇到的，作者为了表现一个先进人物，喜欢把他放到一种特殊的境遇里。前些日子，我们发表了一篇小说《诞生》，作者使女主人翁在临产之前去编筐，结果把小孩产在柳子地里面。最普通的是叫主人公带病工作或是在新婚之夜去加班。

并不是说，这些事迹不可能有。比这些更严重的事情也会发生。但要看发生在什么时间和什么地点，在什么环境里才有必要，才能构成真实的合理的情节。

法捷耶夫的小说《毁灭》里，有些严重的惊心动魄的情节，那些情节的发生，甚至使一些小资产阶级分子接受不了，然而读起来是合情合理的。因为小说所写的是非常艰难的游击环境。如果把一些情节放在描写和平环境的作品里，那就不合情理了。

英雄的行为不是奇人畸行，不生病或是不在产期，也可以完成英雄的行为和性格。我们总是把握不准英雄的性格，因此在表现他的思想行为的时候，就发生了凭空编造的现象。

我们的英雄很多是从工农群众中产生，他们都是平常人，和他们接近，我们感到非常亲切。但作品中间的英雄人物就有很多被表现成这样：他们笑的时候是高声大笑；他们谈话的时候是教训旁人；他们走动的时候是冲来冲去；他们热心的是"行政"，不懂得的是业务。这种小资产阶级的华而不实的人物，常常是作者的一部分气质的反映。

但是，我们作品中的情节的薄弱，主要是因为作者的生活不足。作者或者只有断片的生活，妄想构成一个长篇，在很多情节里就只能勉强求得衔接，求得发展。作品的情节就不可能是饱满的，作品的力量就不可能是充沛的。

情节的结构自然也是一种艺术手段，它表现着作者的艺术感觉和剪接的能力。这种感觉和这种能力，在中国古典的长篇小说里，我们可以得到最有教益的启示。《三国演义》所结构的复杂的政局和战争，《水浒传》所组织的一些英雄的传记，头绪线索都是很多的，然而每一个场面每一个人物，都是富于生命和光彩的。《红楼梦》只写宁荣二府，然而在小说中间涉及了多少方面的社会生活和人情动态？同时，这些小说的情节结构，也不像我们有些作品那样，是沿着一个河岸完成的旅行，或是响着一种单调的声音的演奏。它们的起伏波澜都是作家艺术才力的升华。每一个小插曲，每一个看来是闲文的段落，都负着多大的艺术使命啊！

艺术的高潮应该是情节发展，最后达到的道德力量，这种力量，读者几乎是不可抗拒的。终卷以后，读者被艺术的思想感情俘虏支配，这就是作品最后的成功。

这种艺术力量的形成，自然是渐渐的，逐步汇集增强的。它的力量，绝不是忽而紧张，忽而消散。它有一定的控制，然而这种控制，就像射手控制弓弦一样。这种力量的形成，最好的比喻，就是起于溪流，终于海洋。当云雾蒸腾，风雨交织，山林承接，形为泉渠。曲折奔溢，排击阻碍，汇为江河。它奔泻千里，所经过的有深山大泽，有禾田花岸，有各种风物，有各种情绪。互相激发，互相推重。但是总的目标，就是艺术的道德的目标，是非常明确的。

在我们有些创作里，都是很单调的，在那里，江河的形成，好像列车的线路一样。在音乐堂里只有大锣大鼓的声音；在气象台上，只预告大雨台风的消息；在画箱里只有一盘浓得化不开的颜色。因此，没有管弦形不成交响；没有阳光，看不到生气；没有调配，无法绘出生活的近处和远景。它给人的印象是枯燥的、烦嚣的、缺乏境界的。

这原因主要的不是艺术手法的薄弱，基本上还是因为生活的不足。作者并没有全部地感受和理解生活，没有研究在这一环境，生活的历史变化，主要和次要的冲突和矛盾。没有从日常的平凡的生活，看出它的意义，不能雕石塑泥，创造生动的形象之群。我们是应该怎样地深入研究生活和古典大师们的遗产啊！

当然，情节之能够成为跳动的脉搏，也在于艺术的加工。作品的反复修改，多次的充实，适当的剪裁衔接，都能够增加艺术的情节的效果。《三国演义》《水浒传》经过多口多手的补充编排，这些变化是应该研究的。《红楼梦》的"披阅十载，增删五次，纂成目录，分出章回"，作者虽自谦"荒唐"，而实寓无限的"酸辛"的劳苦。

情节，到什么时候也是一个生活和艺术修养的问题。

1953年11月23日

（选自《孙犁文集》第4卷，百花文艺出版社，2002年第1版。）

论 风 格

□ 孙 犁

风格形成的主要根基是：作家的丰盛的生活和对人生的崇高的愿望。丰盛的生活迫使他有话要说，作品充实；崇高的愿望指导他的作品为人生效力。

风格任何时候都不能是单纯形式的问题，它永远和作家的思想，作家的生活实践形成一体。

因此，在读者方面，如果离开一个作家的思想和生活，就没有办法探究和理解作家作品的风格。在作家方面，如果不努力使自己的思想前进和生活充实，而只是希望造成自己的风格，他就永远不会获得任何的风格。

带给作家风格的，是现实生活本身。曾经为现实生活努力，在斗争中体验过甘苦的作家，很自然地就能体现现实的生命和面貌。

但就是生活经历丰富的作家，也不是很容易地获得了风格。最初的时候，他好像并不能发觉周围生活的美丽，他从模仿开始自己的写作，他追踪前人，他爱好的只是别人的风格。只有等他走了一段很长的路，他才回过头来看见了自己的最可爱的人，展开全部思想赞美了她的宝贵的价值。

只有在作家自觉地努力表现现实生活和重视他的民族传统的时候，风格才开始在他的灵魂里醒来。一经觉醒，他在创作生活上就突飞猛进起来。模仿并不能成就作家的风格，但每个作家都要走这一段路。

因为风格的形成，带有革新的意义。作家阅读了很多别人的作品以后，才能有自己对写作的见解。当他尝试表现现实生活的时候，他不一定妄想超越别人，但是他希望向读者提供一点新鲜的东西，就是希望在艺术园林里栽培一株新的树。他的写作的实践，实际上就是在批判着、提高着。

《红楼梦》的作者曹雪芹在写作之前，无疑是广泛地涉猎了很多的前人的文学作品。从《红楼梦》里我们可以看出他喜爱的是哪些作品，他有时把他喜欢的风格引用到自己的作品里，他一有机会就发挥自己的创作观点。《红楼梦》开卷第一回的作者自白，就是曹雪芹的全部的创作纲领。

他用空空道人和石头的对话，批判了他不喜欢的野史小说，这些小说主要的缺点是：（一）假借名色。（二）淫秽恶臭，最易坏人。（三）千部一腔，千人一面。（四）假捏出男女二人名姓，又必旁添一小人拨乱其间。（五）之乎者也，非理即文，大不近情，自相矛盾。

他鲜明地提出了自己写小说的主张：（一）只按自己的事体情理反倒新鲜别致。（二）半生亲见亲闻。（三）其间离合悲欢，兴衰际遇，俱是按迹寻踪，不敢稍加穿凿，致失其真。（四）洗了旧套，换新眼目。

曹雪芹总结和批判了过去和同时代的文学成果，卓有识见地开辟了自己的道路。他这个纲领当然是一个现实主义的纲领。曹雪芹有了半生亲见亲闻的生活，他不愿这段经历泯灭，他迫切地要写书，建树了创作上的革新主张，才写出这样一部有伟大风格的《红楼梦》。

有人说《红楼梦》受另一部人情小说《金瓶梅》的影响。在风格上说，《金瓶梅》是不能和《红楼梦》相比的。《金瓶梅》确实有曹雪芹在批判中指出的第二条的缺点。

《金瓶梅》在运用民间语言上，详细地描写人情世态上，都有创造性的成果。它有自己的风格，然而是一种低级的含有毒素的风格，它的风格有些像作为它的主角的那个尖酸刻薄的妇人。

风格是一种道德品质。它包含在作品中间，贯彻得无微不至，如同在一个人的思想行为上所全部表现的那样。风格的高下自然不取决于题材的高下，不取决于所写的是高贵的人物或是低贱的人物。然而同样一种生活，同样一个人物，《红楼梦》的描写，给读者的感觉是热烈同情的，力量是鼓舞向上的，心理是陶冶教育的，境界是炉火纯青的。同样是群众的语言，《红楼梦》的语言是洁净的、美丽的、活泼的、温暖的。而我们读起《金瓶梅》来，则像吃了腐败的食品一样，即使这食品曾经有名的厨师烹调，也常常引起心情恶劣厌烦，不能终卷。

当然《金瓶梅》比起《红楼梦》来，更标榜了劝善惩恶的"警世"的目的。但是，作品风格的道德力量，是自然具体的，是潜移默化的，人为的情节布局或是强加的宣言口号，都不能提高它。真正的伟大的作品，几乎都没有任何的装潢的标榜。

因为艺术效果会有这样的不同，有人就把作品的风格和作家的人格联系起来。对于现实生活，因为作家的思想不同，能够一眼看高，一眼看低。有的作家看到人生的变革向上的力量，看到人物的美好崇高的品质，他努力发扬这些，在他的作品里，很多人物更完善更有生气，他把人生和人物美化了成全了。而在另外作家的笔下，他把人生和人物丑化了破坏了。这种成全和破坏，是就作品的实际效果而言，问题并不在于作家是在赞扬或是在讽刺。

曹雪芹对于人生是依恋的，对于很多人物是同情的。他所以有时忧闷，只是为了探索使得人生更美好的办法，他所以暴露一些坏人物坏性格，只是为了对善良的性格的维护。因此，在他的笔下，人物都是性格化的典型化的，感情的力量是广泛深厚的。这种为人生的热诚，贯彻在全部作品的字里行间，就使得作品像吸取了全部的有益的雨露的花朵一样，它的风格先是内在的形成了，然后发展到外面，在大自然界占取一个光辉的地位。

风格的土壤是生活，作家的前进的思想是它吸取的雨露。如果作家的生活和思想都是充实的、战斗的、积极为人生的，那他的作品就像是生长在深山大泽的树木一样，风格必然是奇伟的。否则，即使作家精心修饰，他的作品也不过是像在暖室里陈设的盆景一样。在暴风雨里长大的才能是海燕，在房檐上长大的只是家雀。它们的声音是完全不同的。

司马迁和苏子由都说，要游历名山大川，才能提高文字的风格。但是，司马迁文章所以写得好，是因为他掌握了丰富的材料。各地游历，也是为了实地考察，就是进行他说的"网罗旧闻"的工作。他所注意的当然是人物和口碑，不是单纯的山水。在材料和感受融合充实以后，才更发挥了他的思想和感情，形成了他的文章的风格。

所以说，风格虽然也是一个文学修养的问题，但是最主要的是深入生活的问题。如果一个作家抱着战斗的热诚投入生活，真正理解熟悉了同时代的人物，真实地表现了他们，那么，这些人物的高尚的品格，就同时成为作品的高尚的风格了。

我们的生活还很不充实，不从根本上去求得解决，单单惋惜自己的文字没有独到的风格，自然是很不实际的想法。同时，如果忽视了立场和思想，没有灯塔的照耀，作品的风格也是不能提高的。

1953年12月2日

（选自《孙犁文集》第4卷，百花文艺出版社，2002年第1版。）

文学和生活的路

——同《文艺报》记者谈话

□ 孙 犁

《文艺报》编辑部希望我谈谈如何艺术地反映生活，谈谈有关艺术规律方面的一些问题。我没有资格谈这个问题。我在创作上成就很小，写的东西很少。这些年，在理论问题上，思考的也很少。但是，《文艺报》编辑部的热情难却。另外，我想到，不管怎样，我从十几岁就学习文学，还可以说一直没有间断，现在已经快七十岁了，总还有些经验。这些经验也有成功的，也有失败的，失败的比较多，对青年同志们可能有些用处。所以我还是不自量力地来谈谈这个问题。

我感觉《文艺报》这个题目："如何艺术地反映生活"，是指文学作品的艺术性。一部作品，艺术的成就，不是一个技巧问题。假如是一个技巧问题，开传习所，就可以解决了。根据历史上的情况，艺术这个东西，父不能传其子，夫不能传其妻，甚至师不能传其徒。当然，也不是很绝对的，也有父子相承的，也有兄弟都是作家的。这里面不一定是个传授问题，可能有个共同环境的问题。文学和表演艺术不同，表演艺术究竟有个程式，程式是可以模拟的。文学这个东西不能模拟、模拟程式，那就是抄袭，不能成为创作。我的想法，艺术性问题，至少包括三个方面：第一是生活的阅历和积累，生活的经历是最主要的；第二是思想修养；第三是文艺修养。我下面就这三个问题漫谈，没有什么系统，谈到哪儿算哪儿。

生活的阅历和积累，不是专凭主观愿望可以有的。人的遭遇不是他自身可以决定的。拿我个人来说，我就没有想到我一生的经历，会是这个样子。在青年的时候，我的想法和现在不一样。所以过去有人说：青年的时候是信书的，到老年信命。我有时就信命运。命运可以说是客观的规律，不是什么唯心的东西。我们生活在这个世界上，是受这个客观世界，受时代推动的。学生时代我想考邮政局，结果愿望没达到，我就去教书。后来赶上抗日战争，我才从事文学工作，一直到现在。就是说生活经历不是凭个人愿望，我要什么经历就有什么经历，不是那样的。从事文学，也不完全是写你自己的生活。生活不足，可以去调查研究，可以去体验。

说到思想修养，这对创作、对艺术性来说，就很重要。什么叫艺术性？既然不是技巧问题，那就有个思想问题。你作品中的思想，究竟达到什么高度，究竟达到什么境界，是不是高的境界，这都可以去比较，什么东西一比较就可以看出来。文学艺术，需要比较崇高的思想，比较崇高的境界，没有这个，谈艺术很困难。很多伟大的作家、作品，它的思想境界都是很高的。它的思想，就包含在它所表现的那个生活境界里面。思想不是架空的，不是说你想亮一个什么思想，你想在作品里表现一个什么思想，它是通过艺术、通过生活表现出来的，那才是真正的作品的思想高度和思想境界。

第三是文艺修养。我感觉到现在有一些青年人，在艺术修养这方面，功夫还是比较差，有的可以说差得很多。我曾经这样想过，"五四"以来，中国的大作家，他们读书的情况，是我们不能比的。我们这一代，比起鲁迅、郭沫若、茅盾、巴金、郁达夫，比起他们读书，非常惭愧。他们在幼年就读过好多书，而且精通外国文，不止一种。后来又一直读书，古今中外，无所不通，渊博得很。他们这种读书的习惯，可以说启自童年，迄于白发。我们可以看看《鲁迅日记》。我逐字逐句地看过两遍。我觉得是很有兴趣的一部书。我曾经按着日记后面的书账，自己也买了些书。他读书非常多。《鲁迅日记》所记的这些书，是鲁迅在北京做官时买的。他幼年读书的情况，见于周作人的日记，那也是非常渊博的。又如郁达夫，在日本时读了一千多种小说，这是我们不可想象的。现在我们读书都非常少，读书很少，要求自己作品艺术性高，相当困难。借鉴的东西非常少，眼界非常不开阔，没有见过很好的东西，不能取法乎上。只是读一些报纸、刊物上的作品，本来那个就不高，就等而下之。最近各个地方办了读书班，我觉得是非常好、非常及时的一种措施。把一些能写东西的青年集中起来让他们读书。我们现在经验还不足，还要慢慢积累一些经验。前几天石家庄办了个读书班，里面有个学生，来信问我读书的方法。我告诉她，你是不是利用这个时间，多读一些外国作品，外国作品里面的古典作品。你发现你对哪一个作家有兴趣，哪个作家合你的脾胃，和你气质相当，可以大量地、全部地读他的作品。大作家，多大的作家也是一样，他不能网罗所有的读者，不能使所有的读者，都拜倒在他的名下。有的人就是不喜欢他。比如短篇小说：莫泊桑、都德，我也知道他们的短篇小说好，我也读过一些，特别是莫泊桑，他那短篇小说，是最规格的短篇小说，无懈可击的。但是我不那么爱好莫泊桑的短篇小说，我喜欢普希金、契诃夫、梅里美、高尔基的短篇小说。我感觉到普希金的短篇小说和契诃夫的短篇小说，合乎我的气质，合乎我的脾胃。在这些小说里面，可以看到更多的热烈的感情、境界。屠格涅夫的长篇小说，我都读过，我非常喜爱。他的长篇小说，是真正的长篇小说，规格的，无懈可击。它的写法，它的开头和结尾，故事的进行，我非常爱好。但我不大喜欢他的短篇小说《猎人笔记》，虽然那么有名。这不是说，你不喜欢它就不好。每个读者，他的气质，他的爱好，不是每个人都一样。你喜欢的，你就多读一些；不喜欢的，就少读一点。中国的当然也应该读。中国短篇小说很多，但是我想，中国旧的短篇小说，好好读一本《唐宋传奇》，好好读一本《今古奇观》，读一本《宋人平话》，一本《聊斋志异》，就可以了。平话有好几部：有《五代史平话》《三藏取经诗话》《宋人平话》《三国志平话》。我觉得《宋人平话》最好。我劝青年同志多读一点外国作品，我们不能闭关自守。"五四"新文学所以能发展得那么快，声势那么大，就是因为那时候，介绍进来的外国作品多。不然就不会有五四运动，不会有新的文学。我们现在也是这样。我主张多读一些外国古典东西。我觉得书（中国书也是这样），越古的越有价值，这倒不是信而好古，泥古不化。一部作品，经过几百年、几千年考验，能够流传到现在，当然是好作品。现在的作品，还没有经过时间的考验和淘汰，好坏很难以说。所以我主张多读外国的古典作品，当然近代好的也要读。

我们在青年的时候，学习文艺，主张文艺是为人生的，鲁迅当时也是这样主张的。在青年，甚至在幼年的时候，我就感到文艺这个东西，应该是为人生的，应该使生活美好、进步、幸福的。为了达到这个目的，你的作品要为人生服务，必须做艺术方面的努力。那时有一个对立的口号：为艺术而艺术。大家当时反对为艺术而艺术。但是，为人生的艺术，不能完全排斥为艺术而艺术。你不为艺术而艺术，也就没有艺术，达不到为人生的目的。你想要为人生，你那个作品，就必须有艺术，你同时也得为艺术而努力。

现在，大家都在谈文艺和政治的关系。我在读高中的时候，读了《政治经济学批判序言》，也读过《唯物论与经验批判论》和《费尔巴哈论纲》。华汉著的《社会科学概论》，是作为一门正式课程，在课堂上讲的。我们的老师好列表。为了帮助学生们理解，关于辩证法，他是这样画的：正——反——合。合，就是否定的否定。经济基础，一条直线上去，是政治、法律，又一条直线上去，是文学艺术，也叫意识形态。直到现在还是这个印象。文艺和政治不是拉在一条平行线上的。鲁迅一九二六——一九二七年在广州看到了当时的政治和文艺情况，他写了好几篇谈文艺与政治的文章，我觉得应该好好读。他在文章里谈到，"政治先行，文艺后变"。意思是说，政治可以决定文艺，不是说文艺可以决定政治。我有个通俗的想法。什么是文艺和政治的关系？我这么想，既然是政治，国家的大法和功令，它必然作用于人民的现实生活，非常广泛、深远。文艺不是要反映现实生活吗？自然也就要反映政治在现实生活里面的作用、所收到的效果。这样，文艺就反映了政治。政治已经在生活中起了作用，使生活发生了变化，你去反映现实生活，自然就反映出政治。政治已经到生活里面去了，你才能有艺术的表现。不是说那个政治还在文件上，甚至还在会议上，你那里已经出来作品了，你已经反映政治了。你反映的那是什么政治？我同韩映山他们讲，我写作品离政治远一点，也是这个意思，不是说脱离政治。政治作为一个概念的时候，你不能做艺术上的表现，等它渗入到群众的生活，再根据这个生活写出作品。当然作家的思想立场，也反映在作品里，这个就是它的政治倾向。一部作品有了艺术性，才有思想性，思想溶化在艺术的感染力量之中。那种所谓紧跟政治，赶浪头的写法，是写不出好作品的。

写"大跃进"的时候，你写那么大的红薯，稻谷那么大的产量，钢铁那么大的数目，登在报上。很快就饿死了人，你就不写了，你的作品就是谎言。文艺和政治的关系，表现在哪里？

中国古代好多学者，他们的坚毅的精神，求实的精神，对人民、对时代、对后代负责的精神，很值得我们学习。这里我想谈一些学术家们的情况。司马迁、班固、王充，他们的工作条件都是很困难的，当时的处境也不是很好的，但都写出了这样富有科学性的、对人民负责的作品。还有一个叫刘知几，他有一部《史通》。我很爱读这部书，文字非常锋利。他不怕权威。多么大的权威，他都可以批判，司马迁、班固，他都可以指责。他不是无理取闹。他对史学很有修养，他不能成为国家正式的修史人员，他把自己的学术，作为一家之言来写。文字非常漂亮，说理透彻。司马光的《资治通鉴》，是非常令人佩服的，当时没有读者，给谁看，谁都不爱看。他把这么长的历史事实，用干支联系起来。多么大的科学！李时珍的《本草纲目》，就不用说这部著作大的方面的学术价值，我举两个小例子，就可以说明这个人非常实事求是，非常尊重科学。对于人参的功能，历代说法不一，李时珍把两种说法并列在这一条目之下，使人对人参，有全面的知识。又如灵芝，这是一种了不起的药，一种非常名贵的药。但李时珍贬低这种药，说它一钱不值，长在粪土之上，怎么能医治疾病？我不懂医学，他经过多年观察，多年实践，觉得灵芝不像人们所吹嘘的那样，我就非常佩服他。王夫之写了那么多著作，如《读通鉴论》，从秦一直写到宋，每个皇帝都写了好多，那么多道理，那么多事实，事实和道理结合起来，写得那么透彻，发人深省。他的工作条件更坏，住在深山里，怕有人捉他。他写了《船山遗书》。我们的文学想搞一点名堂出来，在古人面前，我们是非常惭愧的。我们没有这种坚忍不拔的精神，我们缺乏这种科学的态度，我们缺乏对人民对后代负责的精神。中国的文学艺术和中国的历史著作是分不开的。历史著作，给中国文学开辟了道路。《左传》《史记》《汉书》，它们不完全是历史，还为文学开辟了道路。司马迁的《史记》在人物的刻画上，有性格，有语言，有情节。他写了刘邦、项羽，那样大的人物，里面没有一句空洞的话，没有把他们作为神来描写，完全当作一个平凡的人，从他们起事到当皇帝，实事求是。这对中国的文学创作有很大的影响，究竟一个人物怎么写，司马迁的方法，是科学的方法。我主张青年同志，多读一些历史书，不要光读文学书。

我最近给《散文》月刊写《耕堂读书记》，下面一个题目本来想写《汉书·苏武传》。《苏武传》写得非常好，他写苏武，写李陵，都非常入情入理。李陵对苏武的谈话，苏武的回答，经过很高的艺术提炼。李陵对苏武说的，都是最能打动苏武的话，但是苏武不为他的话所诱惑，这已经是写得非常好了。现在我们讲解这篇作品，讲完了以后，总得说班固写这个《苏武传》，或者苏武对李陵的态度，是受时代的局限，要我们批判地去看。我觉得这都是多余的话。每一个人都受时代的局限，我们现在也有时代的局限性，这样讲就是一种时代的局限性。假如班固不按他那个"局限性"，而按我们的"局限性"去写《苏武传》，我敢说，《苏武传》就一点价值也没有了，也不会流传到现在。我们不要这样去要求古人，我们的读者，难道不知那是汉朝的故事？

我们应该总结我们在文学创作上的反面经验。这比正面的经验，恐怕起的作用还要大些。多年以来，在创作上，有很多反面的经验教训。我们总结反面经验教训，是为了什么？就是教我们青年人，更忠实于现实，求得我们的艺术有生命力，不要投机取巧，不要赶浪头，要下一番苦功夫。蒲松龄说，"书痴"的文章必"工"，"艺痴"的工艺必"良"。这是经验之谈。蒲松龄为写《聊斋》，做了很多的准备工作。《蒲松龄文集》可以说是写《聊斋》的准备，下了多大的苦功！我们要养成认真思考，认真读书，认真修改稿件的习惯。我觉得我别的长处没有，在修改稿件上，可以说是下苦功的。一篇短稿改来改去，我是能够背过的。哪个地方改了个标点，改了个字，我是能记得的。长篇小说每一章，当时我是能背下来的。在发表以前，我是看若干遍的；在发表之后，我还要看，这也许有点孤芳自赏的味道。搞文字工作，不这样不行。我曾经把这个意思，给一些青年同志讲过，有的青年有兴趣，有的没有兴趣。

我们的生活，所谓人生，很复杂，充满了矛盾和斗争。现在我们经常说真美善和假的、邪恶的东西的斗争。我们搞创作，应该从生活里面看到这种斗争，体会到这种斗争。我现在已经快七十岁，我经历了我们国家民族的重大变革，经历了战争、乱离、灾难、忧患。善良的东西、美好的东西，能达到一种极致。在一定的时代，在一定的环境，可以达到顶点。我经历了美好的极致，那就是抗日战争。我看到农民，他们的爱国热情，参战的英勇，深深地感动了我。我的文学创作，就是从这个时候开始的。我的作品，表现了这种善良的东西和美好的东西。我也遇到邪恶的极致，这就是最近的动乱的十年。我觉得这是我的不幸。在那个动乱的时期，我一出门，就看见街上敲锣打鼓，前面走着一些妇女，嘴里叼着破鞋；还有戴白帽子的，穿白袍的，带锁钱的。我看了心里非常难过，觉得那种做法是一种变态心理。

看到真美善的极致，我写了一些作品。看到邪恶的极致，我不愿意写。这些东西，我体验很深，可以说是镂心刻骨的。可是我不愿意去写这些东西，我也不愿意回忆它。

我们幼年学习文学，爱好真的东西，追求美的东西，追求善的东西。那时上海有家书店叫真美善书店，是曾孟朴、曾虚白父子俩开的，出了不少的好书。幼年时，我们认为文学是追求真美善的，宣扬真美善的。我们参加革命，不是也为的这些东西吗？我们愿意看到令人充满希望的东西，春天的花朵，春天的鸟叫；不愿意去接近悲惨的东西。新中国刚成立时有个电影，里面有句歌："但愿人间有欢笑，不愿人间有哭声。"我很欣赏那两句歌。但这是不可能的。我们的生活里面，总是有喜剧，也有悲剧吧。我们看过了人间的"天女散花"，也看过了"目莲救母"。但是我始终坚信，我们所追求的文学，它是给我们人民以前途、以希望的，它是要使我们的民族繁荣兴旺的，充满光明的。我们民族是很伟大的。这一点，在这几十年的斗争生活中看到了。

凡是伟大的作家，都是伟大的人道主义者，毫无例外的。他们是富于人情的，富于理想的。他们的作品，反映了他们对于现实生活的这种态度。把人道主义从文学中拉出去，那文学就没有什么东西了。我们的作家，要忠诚于我们的时代，忠诚于我们的人民，这样求得作品的艺术性，反过来作用于时代。

作家不能同时是很有成就的政治家。我看有很多作家，在历史上，有时候也想去当政治家，结果当不成，还是回来搞文学。因为作家只能是纸上谈兵，他对于现实的看法可以影响人，但是不能够去解决人民生活的实际问题，一个时代的政治，可以决定一个时代作家的命运。

我认为，要想使我们的作品有艺术性，就是说真正想成为一个艺术家，必须保持一种单纯的心，所谓"赤子之心"。有这种心就是诗人，把这种心丢了，就是妄人，说谎话的人。保持这种心地，可以听到天籁地籁的声音。《红楼梦》上说人的心像明镜一样。文章是寂寞之道，你既然搞这个，你就得甘于寂寞，你要感觉名利老是在那里诱惑你，就写不出艺术品。所以说，文坛最好不要变成官场。现在我们有的编辑部，甚至于协会，都有官场的现象，这是很不好的。

一定的政治措施可以促进文艺的繁荣，也可以限制文艺的发展，总起来说政治是决定性的。文学的职责是反映现实，主要是反映现实中真的美的善的，古今中外的文学作品，都是这样。它也暴露黑暗面。写阴暗面，是为了更突出光明面。我们有很多年，实际上是不准写阴暗面，没有暗的一面，光明面也就没有力量，给人感觉是虚伪的。文学作品，凡是忠实于现实的，忠实于人民的，它就有生命力。公式化、概念化和艺术性是对立的。但是，对公式化、概念化我们也要做具体分析。不是说一切公式化、概念化的东西，都不起作用。公式化、概念化，古已有之。不是说从左联以后，从革命文学才有。蒋光慈、殷夫的作品，不能不说有些是公式化、概念化的。但是他们的作品，当时起到一定的政治宣传作用，推动了革命。"大跃进"时有很多公式化、概念化的作品。假如作者是发自真情，发自真正的革命热情，是可以起到一些作用的；假如是投机，在那里说谎话，那就任何作用也不起，就像"四人帮"后来搞的公式化、概念化。

这些年来，我读外国作品很少，我是想读一些中国的旧书。去年我从《儿童文学》上又看了一遍《丑小鸭》，我有好几天被它感动，这才是艺术品，很高的艺术品。在童话里面，充满了人生哲理，安徒生把他的思想感情，灌输进作品，充满七情六欲。安徒生很多作品用旁敲侧击的写法，有很多弦外之音，这是很高的艺术。有弦外之音的作品不是很多的。前几天我读了《诗刊》上重新发表的《茨冈》，我见到好几个青年同志，叫他们好好读读，这也就是小说，或者说是剧本，不只是诗。你读一遍这个作品，你才知道什么是现实主义，什么是浪漫主义。这才是真正的样本。

在理论方面，我们应该学点美学。多年我们不注意这个问题了，这方面的基础很差。不能只学一家的美学，古典美学，托尔斯泰的、普列汉诺夫的、卢那察尔斯基的，甚至日本那个厨川白村，还有弗洛伊德的都可以学习。弗洛伊德完全没有道理？不见得。都要参考，还有中国的钟嵘、刘勰。

现在还有很多青年羡慕文学这一行,我想经过前些年的动乱,可能有些青年不愿干这行了,现在看起来还有很多青年羡慕这一行。但对于这一行,认识不是那么清楚。不知道这一行的苦处,也看不见先人的努力。一个青年建筑工人,他给我写信,说他不能把一生的精力、青春,浪费在一砖一瓦的体力劳动上,想写剧本、写小说。这样想法不好。你不能一砖一瓦地在那里劳动,你能够一句一字地从事文学工作吗?你很好地当瓦工,积累了很多瓦工的生活、体验,你就可以从事业余的文学创作。各行各业的青年人,在本职的工作以外,业余学一点文学创作,反映他们的生活,我们的文学题材,不是就很广泛了吗?不是很大的收获吗?我希望青年同志们,不急忙搞这个东西,先去积累本身职业的生活。文学题材是互相沟通的。前些年,文学题材很狭窄。很多人,他不光想知道本阶层的生活,也想知道别阶层的生活,历史上古代人的生活,他见不到听不到的生活。这在文学上有很多例子。专于一种职业,然后从事文学,使我们文学题材的天地,广大起来。

我在上小学的时候,就很喜欢文学。我最早接触的,是民间的形式:河北梆子、各种地方戏、大鼓书。然后我才读了一些文学作品,先读的是《封神演义》,后来在村里又借了一部《红楼梦》。从小学(那时候分初级小学、高级小学),我一直爱好文学作品。在高级小学,我读了一些新的作品:文学研究会的作品,商务印书馆出的一些杂志。我上的是个私立中学,缴很多学费,它对学生采取填鸭式,叫你读书。我十九岁的时候,升入本校的高中,那时叫普通科第一部,近似文科。除去主要的课程,还有一些参考课程,包括一大本日本人著的,汤尔和翻译的《生物学精义》,有杨东尊著的《中国文化史》,有严复翻译的《名学纲要》,还有日本人著的《中国伦理学史》,冯友兰的《中国哲学史》。还叫我们学《科学概论》和《社会科学概论》。还有一些古书。在英文方面,叫我们读一本《林肯传》,美国原版的,读《泰国五十轶事》《伊索寓言》《英文短篇小说选》和《莎氏乐府本事》。在这两年的时间里,有这么些书叫你读。在中学里,我们就应该打下各方面的知识基础。当然这些知识还不是很深的,但是从事文学创作,需要这些东西。你不知道一些中国哲学，很难写好小说。中国的小说里面，有很多是哲学。你不知道中国的伦理学，你也很难写好小说，因为小说里面，要表现伦理。读书，我有这种感觉，一代不如一代。我们比起上一代，已经读书很少，现在的青年人，经过十年动乱，他们读的书就更少。在中学，我读了一些外国文学作品，那时主要读一些十月革命以后苏联的文学作品。除去《铁流》《毁灭》以外，我也读一些小作家的作品，如赛甫琳娜的、聂维洛夫的、拉甫列涅夫的，我都很喜欢。也读法国纪德的《田园交响乐》。这些作家，他们的名字至今我还记得很清楚，这说明青年时期读书很有好处。

抗日战争，我才正式地从事创作，我所达到的尺度很低。我写的那些东西，也不是一帆风顺的。有一些年轻的同志，对我很热情，他们还写了一些关于我的作品的分析，很多都是溢美之词。我没有那么高。自己对自己的作品，体会是比较深的。在过去若干年里，强调政治，我的作品就不行了，也可能就有人批评了；有时强调第二标准，情况就好一点。我的作品也受到过批判，在地方报纸上，整版地批判过，在全国性的报纸上，也整版地批判过。

最近山东师范学院编一本关于我的专集，他们搜集了全部评论文章。他们问我，有些文章行吗？编进去吗？我说，当然要编进去，怎么能不编进去呢。作为附录好吗？我说不行，应该一样待遇。对于作品，各人都可以有各人的看法，一个时期也可以有一个时期的看法。我不把自己的作品看得那么高，我觉得我的作品是微不足道的。我们可以说个笑话，我估计我的作品的寿命，可能是五十年。当然不包括动乱的十年，它们处于冬眠状态。在文学史上，很少很少的作品才能够永远被别人记忆，大部分的作品，会被后人忘记。五十年并不算短寿，可以说是中寿。我写东西，是谨小慎微的，我的胆子不是那么大。我写文章是兢兢业业的，怕犯错误。在二十世纪四十年代初期，我见到、听到有些人，因为写文章或者说话受到批判，搞得很惨。其中有的是我的熟人。从那个时期起，我就警惕自己，不要在写文章上犯错误。我在文字上是很敏感的，推敲自己的作品，不要它犯错误。最近在《新港》上重发的我的一篇《琴和箫》，现在看起来，它的感情是很热烈的，有一种生气，感染着我。可是当时我把它放弃了，没有编到集子里去。只是因为有人说这篇文章有些伤感。还有一篇关于婚姻问题的报告，最近别人给我复制出来。当时发表那个报告以后，有个读者写了一篇批评，我也跟着写了一篇检讨。现在看起来，并没有多大的问题。

我存在着很多缺点，除去一般文人的缺点，我还有个人的缺点。有时候名利二字，在我的头脑里，也不是那么干净的。"利"好像差一点；"名"就不一定能抹掉。好为人师，也是一患。

我觉得写文章，应该谨慎。前些日子我给从维熙写了一篇序言，其中有那么一段："在那个时期，我也要被迫去和那些流氓、青皮、无赖、不逞之徒、两面人、卖友求荣者、汉奸、国民党分子打交道，并且成为这等人的革命对象了。"写完之后，我觉得这段不妥当，就把它剪了下来。我们的道路总算走得很长了吧，是坎坷不平的，也是饱经风雨的，终于走到现在。古人说七十可以从心所欲。现在我们国家的政治很清明，文路广开。但是写文章就是到了七十，也不能随心所欲地写，仍然是兢兢业业的事业。前不久，有人还在威胁，要来二次、三次"文化革命"。我没有担心，我觉得那样的革命，发动不起来了。林彪、"四人帮"在这一场所谓革命中，基于他们的个人私心，几乎把我们的国家、我们的民族毁掉，全国人民都看得很清楚。

我有幸见到我们国家现在这样好的形势，这样好的前途。有些人见不到了，比如远千里、侯金镜。"文化大革命"刚刚结束，有人传说我看破了红尘，并且传到北京去。有一次文艺界的领导同志到天津来，问我：你看破红尘了吗？我说，没有。我红尘观念很重，尘心很重。我从来也没有想到西天去，我觉得那里也不见得是乐土。你看小说，唐僧奔那儿去的时候，多么苦恼，他手下那两个干部，人事关系多么紧张。北京团城，有座玉佛，很美丽，我曾为她写过三首诗。但我并不羡慕她那种处境，虽然那地方，还算幽静。我没有看破红尘，我还要写东西。

历史证明：文坛上的尺寸之地，文学史上两三行记载，都不是容易争来的。

凡是写文章的人，都希望自己的作品能够传世。能否传世，现在姑且不谈。如果我们能够，在七十年代，把自己六十年代写的东西，再看一看，或是隔上几年，就把自己过去写的东西，拿出来再看。看看是否有愧于天理良心，是否有愧于时间岁月，是否有愧于亲友乡里，能不能向山河发誓，山河能不能报以肯定赞许的回应。

自己的作品，究竟如何，这是不好和别人争论的。有些读者，也不一定是认真读书，或是对你所写当时当地的环境，有所了解。过去，对《秋千》意见最大，说是我划错了那个女孩子的家庭成分，同情地主。这种批评，在强调阶级斗争的时候，是很厉害的，很有些"诛心"的味道。出版社两次建议我抽掉，我没有答应。我认为既是有人正在批评，你抽掉了它，不是就没有放矢之"的"了吗？前两年，出版社又再版这本书，不再提这篇文章，却建议把《钟》《一别十年同口镇》《懒马的故事》三篇抽去。理由是《钟》的男主人公有些自私，《一别十年同口镇》没有写出土改的轰轰烈烈、贫农翻身的场面，《懒马的故事》写了一个落后人物，和全书的风格不协调。我想，经过"文化大革命"，这本书有幸得以再版，编辑部的意思，恐怕是要它面貌一新吧。我同意了，只是在后记中写道，是遵照编辑部的建议。

现在所以没有人再提《秋千》，是因为我并没有给她划错成分，同情那个女孩子，也没有站错立场。至于《钟》的男主人公，我并不觉得他有什么自私，在那种情况下，我们能要求他怎样做呢？《一别十年同口镇》写的是一九四七年春季的情况。老区的土改经过三个阶段，即土改、平分、复查。我写的是第一次土改，那时的政策是很缓和的。在我写的时候，我已经知道要进行平分，所以我也发了一些议论。这些情况，哪里是现在的同志们所能知道的呢。它当年所以受到《冀中导报》的批判，也是因为它产生在两次政策变动之间的缘故。

至于《懒马的故事》之落后，我想现在人们也会不以为意了。

《钟》仍然保存在《村歌》一书中，其余两篇如有机会，我也想仍把它们收入集内。

过去强调写运动，既然是运动，就难免有主观、有夸张、有虚假。作者如果没有客观冷静的头脑，不做实际观察的努力，是很难写得真实，因此也就更谈不上什么艺术。

文章写法，其道则一。心地光明，便有灵感，入情入理，就成艺术。

要想使文学艺术提高，应该经常有一些关于艺术问题的自由讨论。百花齐放这个口号，从来没有人反对过，问题是实际的做法，与此背道而驰，是为丛驱雀的办法。过去的文学评论，都是以若干条政治概念为准则，以此去套文艺作品，欲加之罪，先颁恶名——毒草，哪里还顾得上艺术。而且有不少作品，正是因为艺术，甚至只是一些描写，招来了政治打击。作家在这种情况下，是不能争鸣的，那将越来越糟。有些是读者不了解当时当地的现实而引起，作者也不便辩解，总之，作者是常常处于下风的。

新中国成立初，我曾和几个师范学校的学生，通信讨论了一次《荷花淀》。《文艺报》为了活泼一下学术风气，刊登了。据负责人后来告诉我：此信发出后，收到无数詈骂信件，说什么的都有。好在还没惹出什么大祸，我后来就不敢再这样心浮气盛了。

有竞争，有讨论，才能促使艺术提高。

清末缪荃荪辑了一部丛书，叫《藕香零拾》，都是零星小书。其中有一部《敬斋泛说》，是五代人作的。有一段话，我觉得很好，曾请曾秀苍同志书为小幅张贴座右。其文曰：

> 吾闻文章有不当为者五：苟作一也，徇物二也，欺心三也，蛊俗四也，不可以示子孙五也。今之作者，异乎吾所闻矣，不以所不当者为患，惟无是五者之为患。

所以我不主张空谈艺术。技法更是次要的。应该告诉青年们为文之道。

一九七六年秋季，我还经历了大地震。恐怖啊！我曾想写一篇题名《地震》的小说，没有构思好。那天晚上，老家来了人，睡得晚了一些，三点多钟，我正在抓起表看时间，就震了起来。我从里间跑到外间，钻在写字台下。等不震了，听见外面在下雨，我摸黑穿上雨衣、雨鞋，戴好草帽，才开门出去。门口和台阶上都堆满了从房顶震塌下来的砖瓦，我要往外跑，一定砸死了。全院的人，都在外面。我是最后出来的一个人。

地震在史书上，称作灾异，说是上天示儆。不是搞迷信吗？我甚至想，这是林彪、"四人帮"之流伤天害理，倒行逆施，达到了神人共愤，天怒人怨的程度，才引起的。我这个人遇见小事慌乱，遇见大灾大难，就麻木不仁，我在院里小山上搭了一个塑料薄膜小窝棚，连日大雨，不久，就又偷偷到屋里来睡了。我想，震死在屋里，也还算是"寿终正寝"吧。

所谓文学上的人道主义，当然不是庸俗的普度众生，也不是惩恶劝善。它指的是作家深刻、广泛地观察了现实，思考了人类生活的现存状态，比如社会关系、社会意识，希望有所扬弃。作家在作品中，通过对社会生活的刻画，对典型人物的创造，表达他这种理想。他想提高或纯净的，包括人类道德、理想、情操，各种认识和各种观念。但因为这种人道主义，创自作家，也常常存在缺点、弱点，会终于行不通，成为乌托邦。人道主义的作品，也不是千篇一律的。陀思妥耶夫斯基是伟大的现实主义作家，他的人道主义表现为一种不健康的形式。我只读过他一本《穷人》，别的作品，我读不下去。作家因为遭遇不幸，他的神经发生了病态。

只有真正的现实主义作家，才能成为真正的人道主义者。而一旦成为伟大的人道主义者，他的作品就成为伟大的观念形态，这种观念形态，对于人类固有的天良之心，是无往而不通的。这里我想举出两篇短作品，就是上面提到的安徒生的《丑小鸭》和普希金的《茨冈》。这两篇作品都暴露了人类现存观念的弱点，并有所批判，暗示出一种有宏大节奏的向上力量。能理解这一点，就是知道了文学三昧。

一九八〇年三月二十七日

（选自《孙犁全集》第5卷，人民文学出版社，2004年第1版。）

谈作家的立命修身之道

——给蒙古族作家佳峻的信

□ 孙　犁

收到你的来信和寄来的刊物《民族文学》一九八二年第九期。你的热情，感动了我有些枯寂的心。但一看到你的小说是个中篇，又是小字排的，我也有些为难。昨天下午，坐在阳光强的西窗下，开始阅读。

我从来不好夸大其辞。我读了几段之后，就为你的艺术的功力，你所反映的民族生活，你所投入的思想情感，你所运用的表现手法所吸引了。前些日子读了你写的《小草》，我就对人说，你进步很快，即将唱出不同凡响的歌。你的这篇《驼铃》，证实了我的话，我私心高兴极了。

当然，你的这种成就，并不是轻而易举地得来的。你来信说，廿年前你开始给我写信。可见，你从事此业，一定有更长的时间。现在，很有些人，以为文学事业，依靠天生之才或外界之力，可以速成，是很靠不住的。

近几年来，我也不断阅读一些新的文学作品，能使我净心涤虑，安静愉悦地读下去的东西，并不太多，你的作品，使我深受感动，你那些深沉的、真实的、诗一般的描述，竟使我干枯的老眼，饱含热泪。难道是我对你的作品的偏爱吗？我感觉到了你的艺术良心的搏动。它的音律，它的节奏，是我所熟悉的，是我能够理解的。它引起我对你所描述的生活的向往和热爱。它为我的心灵所接收容纳。它的全部音量，长时间在我的胸膛里汹涌。

你的作品，有宏大的艺术力量。这种力量来自生活，来自作家对生活的虔诚。你的生活积累，生活感受，是长期的、深厚的，是经过筛选的，是质地纯良的。生活、题材，在有些人的口头上，是多么简单的一回事！但读过他们的作品，并没有感动我。最初，我以为他们是吹牛。后来一想，也不尽然。他们是有生活，也有体验的，但对于生活，没有选择，没有取舍。他们的体验是偏狭的、卑琐的。没有经过提炼。作家站立的位置太低了。

艺术要求博大精深。我也做过一些努力，然而这一目标，对我来说，始终是可望而不可即的。有时在一个方面，用些功夫，好像有了些收获；但一看其他几个方面，又大大地失望。

你的艺术，在这四个字上，是有所开发的，如果你能不为易染的骄傲之气所耽误，是会大有希望的。我所以感到非常兴奋，就是因为看到了这个苗头，这线曙光。

因此，当你在信中提到因为我的作品，已经形成了一个什么流派的时候，我是非常惭愧的，并认为你也未能免俗，无心地重复着别人说过的话。并没有那么一个流派。或者说，所谓的那个流派，是隐隐约约的，若有若无的。

但是，当我读过你的小说《驼铃》，特别是它的前一部分之后，我忽然想：如果已经开始的，你的富有创造性的艺术，能够不弃涓细，把我的微薄的作品，潺潺的音响，视为同流，引为同调，我将感到非常荣幸。

所谓流派，须是风格相近，才能形成。然风格又常常因人而异，且时有变化，所以真正、持久的形成，也很困难。风格绝不是形式。有人把风格看成是形式，说成是外在的东西，实是皮毛浅见。其中最重要的是态度，即作家的"创作用心"。用心的高下、宏细、强弱、公私、真伪的分别，形成风格的差异。

你的风格，我认为是真诚的，高格调的。充满甘苦和血泪，欢笑和希望。你的行文似诗作，如怨如慕，如泣如诉，是能引起万物的共鸣的。

作家必须与自己的民族的命运，紧紧联系在一起。他要表现的，包括民族的兴衰、成败，优点和弱点，苦难和欢乐。包括民族的生活样式，民族的道德风尚。我对蒙古民族是生疏的，但从你的小说中，我看到了以上这些东西，并见到了我对自己民族的赤子之心。

有的人，忽视民族道德、伦理、文化的传统，他们强调"创作"，强调要"赶上时代"。当然，创新和时代都是重要的，但如果不在民族传统上去理解和认识，那所谓新，所谓时代，就容易变成了"时髦"。时髦是好赶的，不费吹灰之力，贩夫走卒皆优为之。君不见街头巷尾，宅前宅后，妈妈们拖着刚刚会说话的婴儿，教他们用英国话，与客人再见，到处是拜拜之声乎！

我的藏书中，有《元朝秘史》、多桑《蒙古史》，虽未细读，但我知道蒙古民族是伟大的民族，是有伟大体魄、宽阔胸怀和丰富情感的民族。你的小说，充分表现了这一点，这是决定你的艺术风格的根本。

你的小说，写了蒙汉两族人民的团结和主人翁具备的高尚品质。文学，就其终极目的来说，歌颂人民精神世界中高尚的东西，是它的主要职责。各个民族，都有它的道德规范。这种规范，并不是哪一个圣贤创造出来的，也不完全是统治阶级为了个人私利，强加于人民的。如果是那样形成的，人民就不会长期信奉遵守它。形成这种规范，是为了民族的生存和进步。规范是在不断完善中发展的。规范，在人的头脑中，形成观念，同时反映在文化教育之中，受政治的影响和制约。规范的形成是长期的，曲折的，甚至是困难的。但当它遭到破坏时，其崩溃之势，也是不易收拾的。

文学也是一种观念形态。因此，对作家的要求，常常是一些抽象的说法，比如说，要当一个正直的作家，作家要凭艺术良心写作等等。实际上，并不是每个人都能这样做到。或者说，有很多人并不能做到这样。因为文学工作是很复杂的精神劳动。在从事这种工作时，作家容易受到外界的各种事物，各种力量，各种利害关系的干扰。有些人就不那么正直了，就不那么能凭良心说话了。

但我们希望要严格要求自己，使自己成为一个正直的人，成为民族的忠实的热诚的歌手。

读着《驼铃》，我听到了你的忠实而热诚的歌。

作家要有主见和主张，不能轻易受外界的影响，动摇自己的信念，这是作家的道德规范。过去，我们见到了一些作家和批评家，今日东向，明日西向，大言不惭，没有固定形象，他们的"工作"，虽然在一个个时期，声势赫赫，是不足为训的。他们的作品，也是难以最终结集的。因为一结集，那些作品的主题，便会自相冲突，自我矛盾起来。

很明显，以你的努力，你即将跻身在文坛之上，崭露头角。文坛虽小，也是一个社会，并长期被人看作名利之场，所以，并不像年轻人所通常想象的那样，是个乐园，是个天国。历史上，这里也有所谓权势、地位，也有排挤和倾轧。站在这个文坛上，并不像登高山临大泽，那样能安闲地放歌行吟，远望沉思。它常常向你吹来纠纷和干扰的风。你应该冷静清醒，这样才能继续有效地工作。

对于蒙古族的文学史，我一无所知。近年，北京出版了一种刊物，叫《新文学史料》，上面主要登载"五四"以来作家的传记和逸闻。我是很喜欢看的,希望你也注意及之。从上面,你可以看到,作家这一行业的复杂性,作家所走的不同道路,所得到的不同结果。这些结果,有的是时代造成的,有的是自己造成的,读之惊心动魄,深可借鉴。

我虽驽钝,也曾想从近代文学史中,吸取一些为人作文的经验教训。深深感到,鲁迅先生之所以为众人景仰,无异辞,当之无愧,是因为他的伟大人格,对民族强烈的责任心,对文学事业的至死不渝的耕耘努力。

我想,既然从事此业,就要选择崇高一点的地方站脚。作品不在多,而在能站立得住。要当有风格的作家,不能甘当起哄凑热闹的作家,不充当摇旗呐喊小卒的角色。我已老矣,无所作为,但立命修身之道,愿与你共勉。

祝

安好!

1982年9月30日夜

（选自《孙犁文集》第3卷,百花文艺出版社,2002第1版。）

散文的虚与实

□ 孙 犁

秋实、建民同志:

我先后看了你们的几篇散文,又同时答应给你们写点意见。你们的散文,都写得很好,我没有多少话好说,拖下去又有违雅意,所以就想起了一个讨懒的办法,谈些题材外的话,一信两用。

这是不得已的。我的身体和精力,实在不行了。有些青年同志,似乎还不大了解这一点,把热情掷向我的怀抱,希望有所激发。但干枯的枝干上,实在开不出什么像样的花朵了。

我和你们谈话时,希望你们多写,最好一个月能写三五篇散文。后来认真想了想,这个要求高了一些,实际上很难做到。

小说,可以多产,这在中外文学史上,是有很多例子的。小说家,可以成为职业作家,有人一生能写几十部,甚至几百部。

诗人，也可以多产。诗人就是富于感情的人。少年有憧憬，壮年有抱负，晚年有抒怀。闻鸡起舞，见月思乡。风雨阴晴，坐车乘船，都有诗作。无时无地，不可吟咏。

报告文学，也可以多产。报告文学家，大都是关心社会疾苦、为民请命的人。而社会上，奇人怪事，又所在多有。只要作家腿脚灵活，笔杆利索，是不愁没有材料的。一旦"缺货"，还可加进些小说虚构，也就可以了。

唯独散文这一体，不能多产。这在文学史上，也是有记载的。外国情况，所知甚少，中国历代散文名家，所作均属寥寥。即以韩柳欧苏而论，他们的文集中，按广义的散文算，还常常敌不过他们所写的诗词。在散文中，又掺杂很大一部分碑文、墓志之类的应酬文字。

所以历史上，很少有职业的散文作家。章太炎晚年写一道碑文，主家送给他一千元大洋。据说韩愈的桌子上，绢匹也不少，都是用碑文换来的。一个散文作家，能熬到有人求你写碑文、墓志，那可不是简单的事，必须你的官望、名望都到了那个程度才行。我们能指望有这种高昂的收入吗？这已经不是作家向钱看，而是钱向作家看了。

所以，我们的课本上，散文部分，翻来覆去，就是那么几篇。

散文不能多产，是这一文体的性质决定的。

第一，散文在内容上要实；第二，散文在文字上要简。

所有散文，都是作家的亲身遭遇，亲身感受，亲身见闻。这些内容，是不能凭空设想，随意捏造的。散文题材是主观或客观的实体。不是每天每月，都能得到遇到，可以进行创作的。一生一世，所遇也有限。更何况有所遇，无所感发，也写不成散文。

中国散文写作的主要点，是避虚就实，情理兼备。当然也常常是虚实结合的。由实及虚，或因虚及实。例如《兰亭集序》。这也可以解释为：因色悟空，或因空见色。这是《红楼梦》主要的创作思想。有人可以问：不是有一种空灵的散文吗？我认为，所谓空灵，就像山石有窍，有窍才是好的山石，但窍是在石头上产生的，是有所依附的。如果没有石，窍就不存在了。空灵的散文，也是因为它的内容实质，才得以存在。

前些日子，我读了一篇袁中道写的《李温陵传》，我觉得这是我近一年来，读到的最好的一篇文章。李温陵就是李贽。袁中道为他写的这篇传记，实事求是，材料精确，直抒己见，表示异同。不以众人非之而非之，不以有人爱之而爱之。他写出来的，是个地地道道的李贽，使我信服。

散文对文字的要求也高。一篇千把字的散文，千古传诵，文字不讲究漂亮行吗？

所谓文字漂亮，当然不仅仅是修辞的问题，是和内容相结合，表现出的艺术功力。

散文的题材难遇，写好更难，所以产量小。

近来，有人在提倡解放的散文，或称现代化的散文。其主要改革对象为中国传统的散文，特别是"五四"以来的散文。20世纪30年代，曾今可曾提倡词的解放，并写了一首示范，被鲁迅引用以后，就没有下文，更没有系统的理论。现在散文的解放，是只有口号，还未见作品。散文解放和现代化以后，也可能改变产量小的现状，能够大量生产，散文作者，也可能成为职业作家了。

但也不一定。目前，就是多产的，红极一时，不可一世的小说作家，如果叫他专靠写书为活，恐怕他还不一定能下决心。有大锅里的粥作后盾，弄些稿费添些小菜，还是当前作家生活主要的也比较可靠的方式。

"五四"以来，在中国，能以稿费过活，称得起职业作家的，也不过几个人。

从当前的情况看，并不是受了传统散文的束缚，需要解脱，而是对中国散文传统，无知或少知，偏离或远离。其主要表现为避实而就虚，所表现的情和理，都很浅薄，且多重复雷同。常常给人以虚假，恍惚，装腔作态的感觉。而这些弱点，正是散文创作的大敌大忌。

近几年，因为能公费旅游，写游记的人确实很多。但因为风景区已经人山人海，如果写不出特色，也就吸引不了读者。

当代一些理论家，根据这种现状，想有所开拓，有所导引，原是无可厚非的。问题是他们把病源弄错（病源不在远而在近），想用西方现代化的方剂医治之，就会弄出不好的效果来。

　　一些理论家，热衷于西方的现代，否定"五四"以来的散文，甚至有的勇士，拿鲁迅作靶，妄图从根子上斩断。这种做法，已经不是一人一次了。其实他们对西方散文的发展、流派、现状、得失，就真的那么了解吗？也不见得。他们对中国的散文传统，虽然那样有反感，以斩草除根为快事，但他们对这方面的知识，常常是非常无知和浅薄的。人云亦云，摇旗呐喊，是其中一些人的看家本领。

　　我还是希望你们多写，总结一下经验教训，并多读一些书。中国的，外国的都要读。每个国家，都有它的丰富的散文宝库，例如我们的近邻印度和日本，好的散文作家就很多。但是，每个国家的文学，也都有质的差异，有优有劣，并不是一切都是好的，也不会凡是有现代称号的，都是优秀的。

　　祝

春安

孙　犁

四月一日

　　（选自《孙犁全集》第8卷，人民文学出版社，2004年第1版。）

关于"乡土文学"

□　孙　犁

　　去年冬天，绍棠来津晤谈时，曾说：他要给一个刊物编一个特辑，名叫"乡土文学"，到时要我在前面写几句话。对于绍棠，我是"有求必应"的，因为我知道，他不会给我出难题。他的一些想法，我也常常是同意的。但在谈话当时，我并没有弄清这四个字的含义，也没有细想为什么绍棠要编辑这样一组文章。我还是点头答应了。过了两天，当他同一群人来舍下合影留念时，他又对我说了一次，我说："我年老好忘，到时候你催促我吧！"

　　前几天绍棠果然来信催稿了。对于绍棠，我一向也是"有催必动"的。对这个题目，仍觉茫然，不得要领。因此，我托邹明同志写信去问，究竟要我写些什么。绍棠的回信未到，我已经沉不住气，只好在这里揣摩着写。

记得鲁迅先生，在许钦文初写小说时，曾称他的小说为"乡土文学"。我想，这不外是，许钦文所写都是浙江绍兴一带的人物故事、风土人情，甚至在人物对话方面，也保留了一些方言土语。所以鲁迅给了他这样一个称呼。这个称呼，很难说是批评，但也很难说是推崇。因为，鲁迅自己也写了很多篇以家乡人民生活为背景的小说，他并没有自称过这些小说为"乡土文学"。别人也没有这样称谓过，也不应该这样称呼。这已经不是什么"乡土文学"，而是民族的瑰宝。

说实在的，我对"乡土文学"这个词儿，也就是有这么一些印象，其中恐怕还有错误之处。

我又联想到绍棠这些年的一些言论和主张。他在好几个地方说，他是"一个土著"，他所写的是"乡土文学"，是田园牧歌。他又说，他写的越"土"，则外国人看来就越"洋"，等等。

看来，他好像是在和别人赌什么不忿，自己要树立一个与众不同的标榜。

这可能也有客观方面的激励，我是不大清楚的。我看的当代作家的作品很少，不敢冒充了解当今的文坛。

就我个人的认识来说，我以为绍棠其实是可以不必这样说，也可以不必这样标榜的。因为，就文学艺术来说，微观言之，则所有文学作品，皆可称为"乡土文学"；而宏观言之，则所谓"乡土文学"，实不存在。文学形态，包括内容和形式，不能长久不变，历史流传的文学作品，并没有一种可以永远称之为"乡土文学"。

当然，任何艺术品种，都有所谓民间的形式，或称地方的形式，例如戏曲。但是，这种形式并非永久不变的，它要进入都市，甚至进入宫廷。一为文人墨客所篡易，就不永远是乡土的了。艺术又是不胫而走的，不分东西南北的，宫墙限制不住它，城墙也限制不住它，它又可以衣锦还乡，重新进入荒山僻野，为那里人民所喜爱，并改变着那里人民的艺术爱好、艺术趣味。

古之于今，今之于古，外洋之于中国，中国之于外洋，其规律也是如此。

在文学史上，南宋以来，又有所谓"市民文学"，好像是与"乡土文学"对立的。其实这一名词，也很难成立。平话形式的梁山故事，固然可以说是"市民文学"，但一成为《水浒传》，就很难这样说。城市是个非常复杂的所在，人也是很混杂的，它固然可以是首善之区，藏龙卧虎；但也可以是罪恶的渊薮，藏污纳垢。以城市来划定一种文学形式是不稳定的，因此是不科学的。

凡是文艺，都要有根基，有土壤。有根基者才有生命力，有根基者才能远走高飞。不然就会行之不远，甚至寸步难行。什么是文艺的根基呢？就是人民的现实生活，就是民族性格，就是民族传统。根基也在受内在和外来的影响，逐渐变动。

因此，凡是根基深的文学艺术，它就可以为当时当地的人民所喜爱，它就可以走到各个地方去，为那里的人民所接受，它就可以传之永久。

绍棠当前所写的，所从事的，只要问根基扎得深不深，可以不计其他。我以为绍棠深入乡土，努力反映那一带人民的生活和斗争、风俗和习惯，这种创作道路，是完全可以自信的，是无可非议的。自己认真做去就可以了，何必因为别人另有选择，自己就画地为牢，限制自己？作家的眼睛，不能只注视人民生活的局部，而是要注视它的全部。绍棠不要把自己囿于运河两岸。没有一成不变的"乡土文学"，就像人间并没有世外桃源一样。不管多么偏远的地区，人民的生活，也在不断变化。外来的东西，总是要进来的，只要民族的根基深，传统固，自信力强，那是没有什么可怕的，也无需大惊小怪。

当然，我们不能提倡媚外文学。在二十世纪三十年代，鲁迅把那种讨好外国人，以洋人的爱好为创作标准的文学，称作"西崽相"的文学。

一九八一年二月十八日午饭之后记

（选自《孙犁全集》第6卷，人民文学出版社，2004年第1版。）

文学与乡土

□ 孙　犁

《农村青年》杂志就要创刊，编辑同志要我对农村爱好文学的青年讲几句话，我高兴地答应了。

我是在农村长大的，先后在农村生活、工作，近三十年。我很爱我的故乡，虽然它经历了长期的苦难与贫困，交通不便和文化落后，经历了频繁的战乱和天灾，无数农民流离失所。但我一直热爱它、留恋它、怀念它。直到现在，我已经很老了，还经常不断地做梦，在它那里流连忘返。

古今中外，都有许多作家，许多作品，描述他们的可爱的故乡。

农村是个神秘的、无所不包容、无所不能创造的天地。农村能产生桑麻，能产生五谷，能产生各种能工巧匠，当然也能产生艺术家、作家。

故乡，故乡的水土，故乡的风俗人情，在它产生的作家手中再现。

故乡，用母亲的乳汁，养育着它的歌手，像用它的水土培育禾苗树木一样。

故乡有遍地花开，有参天大树。谁对它的爱真诚、深厚，谁的根就扎得深，就越能吸收更多的乳汁；谁的发育也就会越好，长得高大茂盛。

俗话说："热土难离。"

故乡就是文学的热土。

你越是热爱它，你就越能了解它，你就越能表现它。

故乡像诚朴的农民一样，像勤劳的母亲一样，不喜欢三心二意的、华而不实的孩子。

你如果爱好文学，你就得先热爱你的乡土。

当然，热爱乡土，熟悉乡土，还只是积累生活的过程。此外，还有积累知识的过程，熟练技巧的过程。

不能把你的眼光，只放在那一亩三分地上；也不能把你的感情，只放在孩子、老婆、热炕头上。

有些农民出身的作家，作品得不到长足的进步，就常常是因为眼光短浅了一些。

一九八四年三月十七日午后

（选自《孙犁全集》第7卷，人民文学出版社，2004年第1版。）

再谈通俗文学

——致贾平凹同志

□ 孙　犁

平凹同志：

一月四日从北京发来的信，今天上午就收到了，出奇的快。寄一封平信到西安，要十天，挂号则更慢。可见交通之不便了。所以你不来天津，我是完全理解的，并以为措施得当。目前出门，最好不要离开团体，如果不是跑生意，一个人最好不要出门。

上次从西安来信，也收到，曾仔细读过。原以为你能看到我写的关于《腊月·正月》那篇文章，就没有复信。谁知道那篇文章写了已经半年，到现在还没有刊出。不过，我猜想，你在北京可能知道了它的内容，有些话就不在这里重复了。

你到北京去参加了那么隆重的会，是很好的事，这是见世面的机会，不可轻易放过。不过，会开多了也没意思。我只是参加过一次这样的会。

近来，我写了几篇关于通俗文学的文章，也读了一些文学史和古代的通俗小说。和李贯通的通信，不过捎带着提了一下。其实，这种文章，本可以不写，都是背时的。因为总是一个题目，借此还可以温习一些旧书，所以就不恤人言，匆匆发表了。

既然发表了文章，就注意这方面的论点。反对言论不外是：要为通俗文学争一席之地呀；水浒西游也是通俗文学呀；赵树理、老舍都是伟大的通俗文学作家呀。这些言论，与我所谈的，文不对题，所答非所问，无须反驳。

值得注意的是，凡是时髦文士，当他们要搞点什么名堂的时候，总说他们是代表群众的，他们的行为和主张，是代表民意的。这种话，我听了几十年了。二十世纪五十年代，有人这样说。六十年代、七十年代，有人还是这样说。好像只有这些人，才是整天把眼睛盯着群众的。

盯着是可以的，问题是你盯着他们，想干什么。

当前的情况是，他们所写的"通俗文学"，既谈不上"文学"，也谈不上"通俗"。不只与水浒西游不沾边，即与过去的施公案、彭公案相比较，也相差很远。就以近代的张恨水而论，现在这些作者，要想写到他那个水平，恐怕还要有一段时间的读书与修辞的涵养。

什么叫通俗？鲁迅在谈到《京本通俗小说》时说："其取材多在近时，或采之他种说部，主在娱心，而杂以惩劝。"

社会上的人心之不同，有如其面。文坛是社会的一部分，作家的心，也是多种多样的。娱心，是文学作品的一种作用，问题是娱什么样的心和如何的娱法。作品要给什么人看，并要什么样的心，得到娱乐呢？

有的作家自命不凡，不分时间空间，总以为他是站在时代的前面，只有他先知先觉，能感触到群众的心声。这样的作家，虽有时自称为"大作家"，也不要相信他的吹嘘之词。而是要按照上面的原则，仔细看看他的作品。

看过以后，我常常感到失望。这些人在最初，先看了几篇外国小说，比猫画虎地写了几篇所谓"正统小说"，但因为生活底子有限，很快就在作品里掺杂上一些胡编乱造的东西，借一些庸俗的小噱头，去招揽读者。当他们正在处于囊中惭愧之时，忽然小报流行起来，以为柳暗花明之日已到，大有可为之机已临。乃去翻阅一些清末的断烂朝报，民初的小报副刊，把那些腐朽破败的材料，收集起来，用"作家"的笔墨编纂写出，成为新著，标以"通俗文学"之名。读者一时不明真相，为其奇异的标题所吸引，使之大发其财。

其实，读者花几分钱买份小报，也没想从这里欣赏文学，只是想看看他写的那件怪事而已。看过了觉得无聊，慢慢也就厌烦了。

你在信中提到语言问题，这倒是一个严肃的题目。你的语言很好，这是有目共睹的，不是我捧你。你的语言的特色是自然，出于真诚。但语言是一种艺术，除去自然的素质，它还要求修辞。修辞立诚，其目的是使出于自然的语言，更能鲜明准确地表现真诚的情感。你的语言，有时似乎还欠一点修饰。修辞确是一种学问，虽然被一些课本弄得机械死板了。这种学问，只能从古今中外的名著中去体会学习，这你比我更清楚，就不必多谈了。

我这里要谈的是，无论是"通俗文学"或是"正统文学"，语言都是第一要素。什么叫第一要素？这是说，文学由语言组织而成，语言不只是文学的第一义的形式；语言还是衡量、探索作家气质、品质的最敏感的部位，是表明作品的现实主义及其伦理道德内容的血脉之音！

而现在有些"文学作品"，姑不谈其内容的庸俗卑污，单看它的语言，已经远远不能进入文学的规范。有些"名家"的作品，其语言的修养，尚不及一个用功中学生的课卷。抄几句拳经，仿几句杂巴的流氓的腔口，甚至习用十年动乱中的粗野语言，这能称得起通俗文学？

通俗也好，不通俗也好，文学的生命是反映现实。远离现实，不论你有多大瞒天过海之功，哗众取宠之术，终于不得称为文学。

过去，通俗小说有所谓"话本"和"拟话本"。话本产自艺人，多有现实性，而拟话本产自文人，则多虚诞之作，随生随灭，不能永传。现在的一些武侠小说，充其量不过是"拟"而已矣，还不能独立成章。

雪中无事，写了以上这些，不知你平日对此是何看法，有何见解？冒昧言之，希望你和我讨论。

祝

安好！

孙 犁

一九八五年一月五日

（选自《孙犁全集》第8卷，人民文学出版社，2004年第1版。）

流　派

□ 孙 犁

确实，我在文章里写过："我是一个低栏，我高兴地看到，你从我这里跳过去了。"也说过："我也写过女孩子们，我哪里有你写得好！"这些话。但是小满儿说过：话有百说百解。我虽然出自衷心的喜悦，但别人看了，并不一定就受感染，也随之感到喜悦。因为低栏，也是一种障碍，总不如飞机跑道那样平滑，任人驰骋。再说，人家要跳的，不是低栏，而是高栏！已经和你分道扬镳了。

你写的女孩子，是什么年代？什么意识？人家写的女孩子，又是什么年代？什么意识？你是什么创作方法，人家又是什么创作方法？早已经把你"发展"了。这样一来，我的好意，或者说我的吹捧，在不少人那里，引起的就不是快感，而是反感了。

其实，所谓流派，所谓发展，都是理论家的话语。理论家总是一阵子高兴说这个，又一阵子高兴说那个的。我们无妨查阅一下，近几十年的报刊，你就会发现：在同一个文艺问题上，甚至在同一个理论家的笔下，翻过多少次跟头了。文坛上的杂技现象，古今中外，并不少见。

说来说去，他们究竟说出了多少新鲜道理？对创作起到了什么积极作用？他们不断发表意见，不过是为了继续保持他们那理论家的地位，也就是一种"领导"地位。

方法不同了，何必又谈流派？已经分道了，何必又拉在一起？思想、志趣已经不同，流派即已各异，分开说不更为直截了当吗？但有时，还必须把区区拉上，作为陪衬。

其实，我对一些青年作家的关系，不过是沿袭中国文坛的习惯，或者说是常规。并没有什么新的内容。编刊物时，发表了他们几篇稿子；待他们出书时，应约给他们写过一篇序言。再多，有人带他们到家里来，随便谈了谈。都很简单。既谈不上恩，也谈不上怨。

应该补充的是，当他们随着走红，也蒙受一些流言蜚语的时候，那些最初带引他们来舍下的人，也背地或当面责备我。我极不愿意听这些话，我最不喜欢在我面前，议论别人家的私事。我也从不示弱，我说："就是有这些事，我看也不算什么。在当前的社会生活里，他（她）的所作所为，并不过分。"这真可以说是"惯"了。

一九九〇年十月

〔选自《孙犁文集》（续编2），百花文艺出版社，2002年第1版；

摘自《庚午文学杂记（二）》。〕

成活的树苗

□ 孙 犁

今夏，同院柳君，去承德，并至坝上，携回马尾松树苗共八株，分赠院中好花事者。余得其三，植于一盆，一月后，死二株，成活一株，值雨后，挺拔俊秀，生气四滋。同院诸老，甚为羡慕。

今晨，我正对它欣赏，柳君走过来说："带回八株，而你培养者，独能成活，望总结经验以告。"

我笑着说："这有什么经验，你给我三株，我同时把它们栽到一个盆里。死去两株，这一株活了，是赶对劲了吧。"

柳君说："不然，活一棵就了不起。我看见你常常给它松土，另外，这地方见太阳，而不太毒。太阳是好东西，但太毒则伤害万物。"

我不好再和他争辩，并说："种植时，我在下面还铺了一层沙子，我们院里的土太黏了。"

柳君的夫人在一旁说："这就是经验。"

我说："松土，加沙，不太毒的阳光，同施于三株，而此株独活。可能是它的根，在路上未受损伤，也可能是它的生命力特别强盛。我们还是不要贪天之功吧，什么事也不要贪天之功。"

大家一笑而散。

下午，鲍君来访。他要去石家庄开文艺座谈会，到那里将见到刘、从二君，我托他代为致问候之意，并向他们约稿。

谈话间，我说："近些日子，我常想这样一个问题：近几年，人们常说，什么刊物，什么人，培养出了什么成名的作家，这是不合事实的。比如刘、从二君，当初，人家稿子一来就好，就能用。刊物和编者，只能说起了一些帮忙助兴的作用，说是培养，恐怕是过重了些，是贪天之功，掠人之美。我过去写了一篇《论培养》，我想写一篇《再论培养》，说明我经历了几十年风尘，在觉悟方面的这一点微微的提高。"

鲍君说："我看你还是不要说得太绝对了。那样，人家会说你不想再干这方面的工作了，是撂挑子的话。"

鲍君聪颖，应对敏捷，他的话常常是一针见血的。

随之，大家又一笑而散。

夜晚，睡到一点钟醒来，忽然把这两次谈话联到一起，有所谓"创作"的冲动，遂披衣起床，记录如上。

一九八〇年九月十二日夜记

我对当前文艺问题的一些浅见

□ 刘绍棠

毛主席的《在延安文艺座谈会上的讲话》，发表已经十五个年头了。在这十五年中，文学艺术为工农兵服务的方针，取得了辉煌的胜利。对整个人民革命事业，做出了巨大的贡献，产生了不少优秀的作品，出现了任何时代没有的这么多的作家。

"百花齐放、百家争鸣"的方针提出以后，如何认识毛主席的《在延安文艺座谈会上的讲话》的指导意义，如何在今后的文学艺术创作上体现毛主席的文艺方针，这不能不说是一个新的问题。

作为一个年轻的初学写作者，写过一些被攻击为粉饰太平的田园牧歌式的小说，对生活的认识是很肤浅的；同时，在理论上和历史知识上都贫乏得可怜，要想对如此重大的问题发表意见，明知是自不量力的。但是在许多同志的鼓励，几经思想斗争之后，终于激起了"初生牛犊子"式的勇气，胆大妄为地谈一谈自己的想法和看法。当然，这根本算不得什么"鸣"的。

一

我认为毛主席的《在延安文艺座谈会上的讲话》，包含着两个组成部分。一个是指导当前文艺运动的策略性理论；一个是指导长远文学艺术事业的纲领性理论。当然，我们不可能断章摘句地在全书中找出这两个部分。我指的是，在整个理论中所含的这两种意义。

当时，是怎么样的一种历史情况呢？当时正是我们的抗日战争最艰苦的年月，国民党反动派对抗日动摇，暗中进行投降叛卖活动，并且对人民采取高压政策，文艺工作者存在着脱离群众和创作脱离政治的现象。

国家存亡，匹夫有责。在当时要求中华民族每一个人贡献出自己的一分力量，哪怕是最微小的力量。对于掌握着文学艺术武器的作家和艺术家来说，更应该积极地发挥自己的作用。而问题在于，这个武器掌握在什么人的手里，如何使用这个武器。

所以，必须对作家、艺术家们进行思想改造，要他们深入工农兵，深入实际斗争，要他们及时写出直接为抗日战争服务的作品，哪怕这些作品只是一块砖瓦，一块石头，只要它能够打击敌人就可以。

因此，当时的文艺为政治服务，就必须表现在为政策条文服务上。部队的宣传队、文工队与地方的各种专业剧团、业余剧团上演的剧本，大多数是根据某一宣传意图所写出的作品。《兄妹开荒》恐怕就是这类作品的代表作。作家们写这种作品，理论家写文章推动作家去写这种作品，文艺领导督促作家去写这种作品，都是必须的和必要的。一切为了抗战，一切为了打击敌人，给人民"雪中送炭"，这是最重要的前提，其他都是次要的。

由于这些作品反映的生活有一定的时间性，由于作家创作过程的匆忙和短促，所以这些作品的艺术性一般很差，思想性也有很大局限性，因此这些作品绝大多数的艺术生命是不长的，能够保存下来的是不多的。但是，应该说，这些作品所合成的力量，有力地打击了敌人，对人民抗日战争做出了很大的贡献，它们胜利地完成了它们在一定时期的宣传鼓动作用，这是文学艺术事业的光荣。尽管没有伟大的作家和伟大的作品产生，但是在文学史上，它们应该占有光辉的篇章；而且毫不夸大地说，这些众多的无名作品和无名作家，集体组成了史无前例的伟大作家和伟大作品。

在人民解放战争时期，虽然有些变化，但是在主要的方面仍然与抗日战争时期无异。

当时在提高和普及的问题上，是以普及为主的。其所以以普及为主，一方面是由于战争的需要，另一方面，也是由于当时人民的艺术欣赏力很低。人民需要的是"下里巴人"，对"阳春白雪"还不能接受，作家考虑人民最迫切的需要、创作最易于使人民接受的作品，也正是一个光荣的职责。

但是，新中国成立以后，人民生活发生了巨大的变化，人民欣赏艺术的机会多起来，欣赏能力也逐渐提高了。于是，只根据政策条文创作的作品，由于缺乏高度的艺术魅力，已经不能满足人民的需要；同时，生活环境的安定，使作家有充分的时间对作品进行孕育、构思和细致的艺术加工。再沿用过去的领导方式和理论思想来督促和指导作家的创作，势必只能起到"促退"而不是"促进"的作用了。

不能不承认，新中国成立后，我们的理论指导思想是守旧的，而且与之同时又深深地接受了外来的教条主义影响，在很大程度上，妨碍和束缚了文学艺术事业的发展和繁荣。公式化、概念化的根源，就在于教条主义者机械地、守旧地、片面地、夸大地执行和阐发了毛主席指导当时的文艺运动的策略性理论。但是应该公平地说，公式化、概念化的作品，在一定的历史时期，是起过积极作用的，然而在今天，它已经是有害无益的了。

文艺为政治服务，并不是表现在机械地为某一政策或某一方针的服务上，也并不是表现在根据宪法、党章和法律条文的创作上；它主要是表现在作品的阶级性、对人民的鼓舞作用以及对人民道德品质的美育作用上，也就是说，表现在人类共产主义灵魂工程的建设作用上。

要求文学艺术作品非常及时地为政策方针服务，其实是违反唯物论的基本原则的。存在决定意识。作为观念形态的文学艺术，它只有在生活中的事物已经发生和存在以后才能反映，也就是说，才能创作。而且，文学艺术的创作，需要给作家认识生活（存在），观察、体验、分析和研究生活（存在）的时间，需要给作家进行艺术形象的构思和创造的时间；因之，文学艺术的创作是必然落后于生活的发展的。那么，文学艺术作品对生活的推动、鼓舞和指导作用表现在哪里呢？前边已经说过，它主要表现在人类共产主义灵魂工程的建设作用上。

必须声明的是，我在上面所谈的"作品"，是指的那些工于塑造艺术形象的体裁的作品，例如小说和戏剧而言的；它不包括文学艺术创作中的杂文、小品以至报告文学、特写等。

当然，为了某些迫切需要的任务，根据政策方针去创作，也是应该的；并且也可能由于生活积蓄的丰富和艺术技巧的高超，写出优秀作品。但是，这并不符合艺术创造的正常规律的。因之，也就不能据此而去要求文学艺术服从和服务于某一方针政策；否则，就仍然会陷入公式化概念的泥坑中去。

据上所述，在今天，提高与普及以谁为主的问题，可以说是非常尖锐地提出来了。当然，毛主席所制定的原理："在普及基础上的提高，在提高指导下的普及"，是永远适用于概括和指导提高与普及的相互关系的。但是在今天，我认为，应该是以提高为主了。这不是谁主观地提出要提高，而是人民要求提高，因为人民已经不满足"小放牛"和"人、手、口、刀、牛、羊"了。用不着过多解释，这种提高，不是从空中提高，不是关门提高，而是在普及的基础上的提高，是为普及所要求、所决定的提高。

前些日子在电影问题上的争论，不正是反映出人民要求提高的强烈呼声吗？"百花齐放、百家争鸣"的方针，不也正是为了提高文学艺术创作和学术研究的水平和质量吗？

二

毛主席的《在延安文艺座谈会上的讲话》，其所以对文学艺术事业具有永恒的指导意义，就在于那纲领性的理论，就在于它对马克思列宁主义文艺理论最深刻、最完整、最联系实践的伟大发展。

文艺为工农兵服务，政治标准第一和艺术标准第二，作家深入生活和思想改造，过去、现在以至无穷远的未来都同样具有最根本的指导意义；这些原则和定理，是不容许修正或取消的，而且也是无法修正和取消的。"百花齐放、百家争鸣"跟这些原则和定理是没有任何矛盾的；背弃这些原则和定理，也就是背弃了马克思列宁主义的阶级观点和世界观，那么，就必然会去投靠另一家——资产阶级那一家去了。结果，绝不会放出什么

"花"，鸣出什好的名堂来的。

为工农兵服务的文艺方向，坚决不能动摇。因为文学艺术的生命源泉是工农兵群众的生活，文学艺术作品的读者和观众，是广大的工农兵群众；如果承认文学艺术是属于人民的，那就不能怀疑工农兵方向。但是，由于阶级关系的转化，知识分子这一阶层已经属于工人阶级，所以今天的为工农兵服务，实际上也就是为工人、农民和知识分子服务。当然，我们必须警惕，作家们不能由于自身是知识分子，气味相投，只是为知识分子服务；作家们应该主要为最大多数的工农劳动人民服务。

创作题材也应该有主从之分。作家应该努力去熟悉工农群众的生活，写工农群众的题材。当然，这不能用硬性规定和行政方式强迫作家去做，必须根据作家们各自不同的特点和条件，通过说服教育，使他们自觉自愿地、完全愉快地去做。必须说明，我所指的题材，并不是像陈其通等同志那样，把"家务事、儿女情"的题材跟工农兵生活的题材势不两立地对立起来。其实这种论调是可笑得很的。难道工农兵就没有"家务事、儿女情"吗？难道写工人只能写"炉火通红，机轮转动，铁锤叮当响"的题材吗？难道写农民只能写"唉咳唉咳哟，努力加油干，生产长一寸"的题材吗？难道写士兵只能写"端起冲锋枪，冲呀！杀呀"的题材吗？难道能够把"家务事、儿女情"和劳动、生产、战斗截然割裂吗？

我所谈的题材有主从之分，指的是工人农民的题材应该为主，知识分子和其他阶层的题材应该为从。这也不是谁主观决定的，客观现实的本身就非常分明地昭示出来，生活的主要创造者，是工农劳动人民；组成整个社会生活的主体，是工农劳动人民的生活。

但是，我们不能因为题材有主从之分，就得出教条主义、宗派主义的结论，认为"从"的题材的写作，就没有"主"的题材的写作有价值。其实，作品的价值，最终并不决定于题材和主题的重大与否，而是决定于作品通过艺术形象所表现的思想意义和艺术感染力。谁也不能否认，不同阶层的题材对不同阶级也同样具有教育意义；《静静的顿河》对知识分子有教育意义，《苦难的历程》对工农劳动人民也同样具有教育意义。

政治标准和艺术标准的问题，也是不能容许本末倒置的。因为这是作家对文学艺术创作的阶级观点问题。否认政治标准第一,事实上就是否认艺术的阶级性,否认艺术是武器,是工具,而把艺术看作是花瓶。但是,正像前面已经说过的,这绝不是像教条主义、宗派主义的理论那样,认为衡量政治标准——亦即是衡量作品的思想性和教育意义,只是决定于作品题材和主题的重大与否。也正如我前面已经说过的,思想性(政治性)不通过艺术形象去完成,是根本不存在的。毛主席说:"缺乏艺术性的艺术品,无论政治上怎样进步,也是没有力量的。"没有力量的"思想性",岂不是跟手无缚鸡之力的"勇士"一样滑稽吗?我们所应刻苦致力的,正是毛主席早就教导我们和期待我们的,"政治和艺术的统一,内容和形式的统一,革命的政治内容和尽可能完美的艺术形式的统一"。

在今天,最尖锐最突出的问题,只要求作家们,努力探索追求尽可能完美的艺术形式——亦即是艺术性、艺术感染力和艺术魅力。因为这正是人民文学艺术事业内部矛盾反映在当前作品本身的焦点。

深入生活和思想改造,也是绝不能动摇和怀疑的。脱离生活,或是走马看花地去生活,就不可能产生真正深刻地、真实地反映生活的作品,而且不可避免地将无所可写。即或勉强去写,也只能写些公式化、概念化的东西,而终归是要被淘汰的。无源之流,迟早总要干涸。由于矛盾是绝对的,统一是相对的,所以在千年万年之后,仍然会有唯心论与唯物论的矛盾,先进与落后的矛盾。有唯心论存在,有落后事物存在,就必须进行思想斗争和思想改造。一个作家没有先进的世界观——共产主义世界观,没有正确的立场、观点,也就必然地会造成方法上的错误。所以,一个有出息的作家,一个现实主义作家,必须整个生命都永远沉浸在生活激流里,必须毫不苟且地进行思想改造;只有如此,才能产生出对人民生活有意义、对人民文学艺术事业有贡献的作品。同时,要想严格地进行思想改造,就必须真正地深入生活,而要想真正地深入生活,就必须严格地进行思想改造;这个互为影响的关系,正是实践和认识的关系,是用不着多分析的。

但是,深入生活的方式因人而异,对于一个作家来说,是否深入,是要从他的作品来检验的。作家投入生活中去,正如鱼之入水,只要是在水里，它如何游泳、生存是用不着制定一个统一养育法的，生物之适应环境和改造环境，是决定于客观情况与主观条件的，作家的深入生活，也同此理。所以，深入生活担任工作固然好，但是以公民的身份，一生与人民生活在一起、直到老死，也同样是好的。至于思想改造，要采用说服的办法，而不能用压服的方法，这是我们党领导思想斗争的一贯原则，今天，这个原则就更加发展了；百家争鸣，求同存异，正是这个原则的新面貌。

毛主席的《在延安文艺座谈会上的讲话》给作家和艺术家指出了最正确、最光明的方向，给作家和艺术家提供了无限宽广地、有意义地发挥创造精神和艺术才华的最大可能。"百花齐放、百家争鸣"的方针，正是《在延安文艺座谈会上的讲话》在新时代的发展，它的基本原理是没有变的，而且是永远不会变的。

三

总观过去，我们清楚地看到，由于贯彻和执行了毛主席的文艺方针，文学艺术的现实主义精神，更加广阔地、深刻地发展了，文学艺术与人民的关系空前地密切了，作品的内容也史无前例地以反映工农兵劳动人民的生活为主了，产生了众多的生根于人民土壤上的作家；我国自《诗经》到鲁迅的现实主义传统发扬光大了。

但是，我们也不能不客观地、实事求是地看到，由于历史环境的限制，文学创作长期服从于一定的政策方针，我们的作品的艺术建筑比起思想建筑，要差得很多。

今天，我们艺术建筑的落后现象已经完全显露出来了，为消除艺术建筑的落后现象而斗争的任务，是刻不容缓的了。"百花齐放、百家争鸣"方针的提出，正是克服艺术建筑的落后现象和推动文学艺术事业繁荣与发展的唯一办法。

必须遵照毛主席的文艺方针，深入生活，进行思想改造，树立共产主义的世界观，掌握观察、体验、研究、分析生活的马克思主义的观点和方法。这些我已经在前面谈过了。

必须研究、学习和继承现实主义传统，研究、学习和继承古典作家的艺术技巧。

继承现实主义传统，就必须清除教条主义、宗派主义的理论和影响；就必须承认，只要作家具有和不断加强共产主义世界观，那么他们的创作方法是可以不同的；用定义制定一个统一的创作方法，是束缚和窒息作家的创造性的。我们既然承认世界各民族可以根据民族的特点，通过不同的途径建设社会主义，为什么就不能承认，作家为社会主义事业进行创作的方法有所不同呢？

继承现实主义的传统，就必须真正地忠实于生活真实。这种忠实于生活真实，就是忠实于当前的生活真实，而不应该在"现实的革命发展"的名义下，粉饰生活和改变生活的真面目。这种生活真实，必须具有时代的特征和时间的痕迹，而不能把一九五七年的真实等同于一九六七年的真实。但是这也不是说要摄影式地忠实生活真实，而是应该从"静"中看到"动"地忠实生活真实。不过它首先是基于"静"，而不是基于"动"。

学习古典艺术大师的艺术技巧，锤炼个人的艺术技巧，就必须考究语言的精练、生动和音响；就必须注意反映生活的色彩和风貌；就必须注意巧妙地安排故事情节和精选最富有形象性的细节；就必须注意引人入胜的布局。总而言之，也就是必须具有"语不惊人死不休"的那种追求艺术技巧的刻苦精神。

只有这样，才是真正地正视人民文学艺术事业的内部矛盾，只有这样，才能使我们的文学艺术事业得到繁荣和装展。

（选自王培洁：《刘绍棠年谱》，文化艺术出版社，2012年第1版；

原刊于《文艺学习》1957年第5期。）

要忠实于生活

□ 刘绍棠

几年来，在党的无微不至的培养和哺育下，我写了一些小说。我们的豪迈的伟大的事业，我们的丰富多彩的复杂的生活，给我提供了写作的主题，也提供了取之不尽、用之不竭的题材。我们的生活，就像我们祖国的地下宝藏一样，是开采不完的。

我的第一个短篇小说集《青枝绿叶》，还只是单纯地对新人新事、火热的劳动和纯真的爱情的歌颂，远远没有涉及生活中本质的斗争。在经过党在过渡时期的总路线的学习后，从一九五四年到一九五五年上半年这一年半的时间中，我出版了短篇小说集《山楂村的歌声》和中篇小说《运河的桨声》，比起《青枝绿叶》在反映生活斗争上，是有很大提高的，当然，这只是说我个人的提高，而比起我们这个时代的高度，显然是低得可怜的。家乡的斗争事实激励我又写出了中篇小说《夏天》，这个中篇也已经付印了。另外，还有一个包括几个不同主题的短篇小说集，也将要出版。

今天，在我们运河故乡，社会主义革命高潮已经冲走了土地私有制，我们已经组织起一个三千户的大型高级社，并且制订了七年到十二年的远景规划。党已经批准我定居在故乡，我每天所闻所见的惊心动魄的生活，使我激动而又不安，我要写一本书反映这伟大的时代的伟大生活。

我们的作品，必须也必然地要反映生活中复杂尖锐的矛盾和斗争，必须也必然地要写党的领导和人民那无坚不摧、无攻不克的雄伟力量。我们绝不能公式化、概念化地粉饰太平和伪造生活，我们也绝不能像自然主义那样，猥琐地、无聊地，不经选择地记录生活中五花八门的事实，因为那是降低了生活的意义，也就是歪曲了生活。

但是，这绝不等于我们是根据党的文件的条文和概念来写作，只有愚蠢的公式化、概念化才这样干。我们人人都是遵照自己的心的指示写作的，而我们的心是属于党和人民的，我们是以自己的艺术为党和人民服务的。

我的全部小说，写的都是我们运河的故事，写的都是我的乡亲和伙伴，小说中的人物几乎是共同的。但是我不能说出他们是谁的化身。

这是什么呢？

这是因为文学作品描写人物，不是复制一个人的照片，而是要使所写的这个人物具有普遍意义。这就必须吸取许多人身上的特点加以集中表现。一个作者在写他的人物时，已经是把他在生活中所见的人物"化合"

了，印在他脑海里的，活跃在稿纸上的，已经是另外一个人。

例如春枝，我是想刻画出一个勇敢、美丽、善良具有母爱的女人，可以在运河，在我们祖国更广阔的生活中发现她。在我写春枝的时候，我是要把她写成"仍然是女人"的女人；因为目前有一种可怕的现象，就是把我们生活中具有高度觉悟的女性形象，写得冷硬无情，或者是"男性化"了。这就像在服装上所流行的那种女人穿中山装的不合理现象一样，实质上是伤害了生活和人的美学特质。

其他像春宝、银杏、俞山松……都是我所熟悉的，而又是我所加工过的人物。

一个作者，由于他的职业的特性，对于生活和生活中的人，他本能地要加以观察、综合、分析、研究和提高，也就是说，在他的脑海中有无数活的人物和生动的故事，这些人物和故事不一定是"事实"，而是他想象的，虚构的，但是这种想象和虚构，是从生活中来的，因此是比"事实"更高的真实。

但是由于我对生活的观察和分析很不深刻，又由于那罪恶的公式化、概念化流毒对我的创作思想的影响，我在写党的领导同志的时候，还是调味式的和配药方式的。结果，在社会主义现实主义的化验下，这种混合物是支离破碎的。今后，只有更忠实于生活，在下一部作品中扫除公式化概念化的垃圾。

我喜欢大段大段地描写风景和浓重地渲染自然环境的气氛，曾经被一些同志批评为不是我们民族风格的传统。这当然是很久以前的事了，但是却使我苦恼和徘徊过，并且给创作带来了损失。《青枝绿叶》这篇小说就反映了这种矛盾思想。在写那个小说时，我有意识地避免描写风景，以致使我不能畅快地写我的家乡。直到现在，想起来我都非常不愉快，因为我违背了自己的心愿。

描写风景是不是违反民族风格呢？我从我们伟大的古典文学作品和民间文学中找到了答案。我们的人民和我们的伟大作家，从来都是热情歌唱我们祖国的土地和祖国的自然风景的。

我们的人民生活和劳动在大自然中，又怎么会不热爱大自然的景色呢？为什么在文学作品中不更加渲染呢？

在我写每一篇小说时，我的思想必须回到家乡的土地上，沉浸在家乡那醉人的青纱帐、树林、河流、白帆和布谷鸟的歌唱中，我才能栩栩如生地看到我要写的人物。我无法把我的人物拉到我的写字台前，点名答到；我必须和他们在家乡的土地上见面，而他们是劳动在彩色斑斓的自然景色中的。

有人怀疑，运河是不是像我在小说中所写的那样迷人。这要看站在什么角度上来。如果是作为一个旅行家到运河去浏览风景，那是会大失所望的，但是作为一个亲人，我刚刚踏上运河的土地，我就十分激动和陶醉。

在我的小说中，也有那种像拙劣的摄影师那样的，硬把人的背后放个毫不相干的布景的描写，这都需要我在今后的创作中改正的。

公式化、概念化不仅使我们伪造生活和粉饰生活，而且妨害了艺术风格的多样化。

党中央和毛主席关于农业合作化问题的英明措施，掀起了全国性的社会主义高潮，已经使我们的生活面貌大大改观了。最近，中国作家协会理事会（扩大）会议的召开，和即将开幕的全国青年文学创作者会议，使我们充满信心地相信，文学创作的社会主义高潮也将要到来了。

一九五六年二月

（选自刘绍棠：《乡土与创作》，吉林人民出版社，1982年第1版。）

暮春夜灯下随笔

□ 刘绍棠

一、由童年偶忆想起的

我六岁进小学那年，在给大成至圣先师三叩首之后，第一堂课，并不是先生教识字，而是由一位高班同学把着手腕描红摹纸。我当时目不识丁，手直哆嗦，便索性把整个行动权委托给我的大师兄，任他掌握着去左右挥毫。我对这种描画实在不感兴趣，但是对于被我描画的那些字，却颇为好奇，而且渴望能够认识它，知道它是什么意思——因为我来读书，是为了识字求学问的呀！

但是直到一年以后，我才全部认识它。原来是一首小诗。"一去二三里，烟村四五家。亭台六七座，八九十枝花。"而且也能理解它，甚至沉浸到这首诗的意境中去了，并且在图画课上，根据这首诗的描写，发挥了我的全部想象力，画了一幅稀奇古怪的画，这大概是我第一次被艺术所感染和陶冶。此后，两三年中，我都迷醉地喜爱这首小诗，它一直激荡着我那幼小的心灵。

但是后来，我虽然仍旧是读初小，却忽然有一天不满意它了，它无论如何再也拨不响我的心弦了。这是因为我在一个偶然的机会，读了李白的《静夜思》："床前明月光，疑是地上霜。举头望明月，低头思故乡。"它使我落泪失眠了。因为我当时正在远离故乡三十里外的一个学校里住宿读书，人地生疏，举目无亲，每日三餐吃些发霉味的饭菜，夜晚被蚊子、臭虫、跳蚤和虱子咬得全身红肿。因此，在读了这首诗后的那个夜晚，我躺在土炕上，望着窗外那皎洁的圆月，想起了母亲和伙伴们，想起了故乡的田野、河流、树林和葡萄架，想起了自家的土炕和窗棂，我忍不住哭了，直到脸腮上挂着眼泪睡去。

从此，"一去二三里……"以及"一去二三里……"之类的诗，我再也看不上眼了。

我上学，也是从小学到中学，从中学到大学，这么一个阶梯又一个阶梯地念上去的；我读书，也是从浅近的逐步地向较高深的读下来的，而且还在继续向更高深的读下去。

这，大概正是一个普遍性的发展道路，也就是一个具有普遍性的提高过程吧。

于是，由此十几年前的忆旧，我又重回到现实生活中来，想到了我们目前文学艺术创作的问题。

今天，谁也不能充耳不闻人民的呼声。人民对我们的小说、诗歌、戏剧，以至相声，都或多或少、或大或小地有意见。那么，我们就不能不严肃地研究一下，这些意见的根本的关键是什么呢？

我认为，根本的关键是，人民要求提高，要求我们的文学艺术作品提高。

由于公式化、概念化的流毒，近几年来我们很多的文学艺术作品，是非常缺乏艺术魅力和艺术感染力的。一读开头就能料到全局的小说，不能激动人的喜怒哀乐的诗歌、戏剧、电影，令人皱眉而不能令人捧腹大笑的相声，是相当不少的（当然，也有不少与此相反的作品——我必须做此注脚，声明我并不是否定一切）。这些作品，往往是根据某些政策条文或政治原则的抽象概念写出来的，也就是说，是把抽象概念图解了一下子。

这些作品，在一定的历史时期——在人民还只能接受"下里巴人"的时候，也就是像我只能欣赏"一去二三里……"的时候，它的确是起过好作用的，我们绝不能一笔抹杀它的历史意义和历史价值。但是，当人民已经不满足《小放牛》和"人、手、口、刀、牛、羊"，开始能够接受和感到需要"阳春白雪"或"阳春白雪"之类的东西的时候，也就是像我已经看不上"一去二三里……"而开始能够接受和感到需要《静夜思》或《静夜思》之类的东西的时候，仍然供给的是这些陈年旧货，人民怎么能不表示正当的不满呢？

这应该说是人民内部矛盾的一个表现，具体地说，这就是人民与作家之间的矛盾。我这样说，并不是故意要耸人听闻，也并不是故意来丰富人民内部矛盾的品种，而是因为这是客观存在的事实。

因此，就必须有勇气正视这个矛盾，有信心为解决这个矛盾而斗争（当然只是相对地取得缓和与统一）。而办法只有一条，那就是提高。

这提高，当然不是从空中提高，不是关着门提高，而是在普及的基础上提高，也就是说，要把"一去二三里……"提高到"床前明月光……"

提高，当然是思想性和艺术性一齐提高。但是，文学艺术的思想性，是要通过艺术形象的完成去实现的，因此，归根结底，是要提高作品的艺术魅力和艺术感染力。也就是要给人民写出引人入胜、屡读不厌的小说，激动人喜怒哀乐的诗歌、戏剧、电影，令人捧腹大笑的相声……

"百花齐放、百家争鸣"方针的提出，在我看来，正是为了使文学艺术和科学学术研究大大地提高。

今天，应该是以提高为主了。

二、繁　星

也是从童年想起的。

我在童年的时候，是最喜欢星星的，尤其在夏天的夜晚，我和我的伙伴们站在大场上，抬头仰望着广漠的天空，一个一个地数着星星，甚至还曾经到村边池塘去捞过星星。

但是，我们最熟悉和最感兴趣的，只有牵牛星、织女星和北斗星，因为它们是我们每天都要看、都要讲的。

于是，我想到我在四个月以前，给我的一个敬爱的长者（他担任一个报纸的领导工作）写的一封信，谈的是他们报纸的文艺副刊问题，就是用繁星做比喻的。

一个文艺副刊，或是一个文艺杂志，应该是以体裁的五花八门、花样翻新（或者如某些人所说的拼盘）为主呢，还是以发表有分量的作品、造就出众多的作家为主呢？也就是这个繁星的意义！指的是体裁的万花筒呢，还是指的是造就出一批作家呢？

可惜这个问题没有讨论下去，因为作为具体对象的这个文艺副刊夭折了。而在报纸上公开讨论，也就是说不是内部性的为这个文艺副刊的讨论，又因为我当时思想上有着种种顾虑，不敢抛出我的砖头去引起争端，因而只好把问题搁下了。

现在，虽然这个文艺副刊早已经不存在了，具体的对象没有了，但是我的勇气却产生出来！于是我就抛出了这块砖头。

我认为，一个文艺副刊，或是一个文艺杂志，它主要应该是发表有分量的作品！造就出一批批的作家。发表有分量的作品，尽管每期都是小说、诗歌，或者都是鼓词、相声，表面上看来，似乎单调一些，但是它给读者的实惠却是很大的；读者也许暂时会有意见，但是日子长了，便会感到所获甚丰，大为满意的。而造就出一个个、一批批的作家，对人民的整体事业——具体地说，对人民文学艺术的贡献是巨大的，要被写上史册的。当我们现在历数我们那些有成就的老作家的时候，我们就会想到《小说月报》《语丝》《莽原》《萌芽》《拓荒者》《文学》……文艺杂志和文艺副刊，因为正是在这些土壤上，播下了作家的种子，生根、发芽、开花、结果，以至长成大树。

因为万花筒式的花样翻新，虽然能够暂时地取悦读者，但日子长了，就会感到厌倦和乏味。因为任何一个人，都愿意穿一件料子好、色调整洁、美观、严肃的衣服，而不愿穿用各色各样布头缝制成的百衲衣。

但是，这并不是说，万花筒式的花样翻新根本要不得。比如一个知识性、趣味性的文化生活副刊，就应该办得五花八门。具体到这种副刊，我的看法就要因地制宜了，也就说，万花筒式的花祥翻新再好不过，它不是各色各样布头缝成的百衲衣，而是红、橙、黄、绿、青、蓝、紫织成的彩虹。

说到最后，就不能不干预一下现实生活了。

如果《北京日报》再办文艺副刊的话，应该是怎么个办法呢？

《北京文艺》是否可以把你们那儿的说唱文学部分，让给同时同地出版的《群众演唱》呢？

（选自刘绍棠：《乡土与创作》，吉林人民出版社，1982年第1版。）

创作漫谈剪辑

□ 刘绍棠

一

我这个人局限性很大，只能写"牧歌小曲，微言大义"之作。

过去、目前以及未来的一个相当长的时期，我们的文学创作还是以重大题材和尖端取贵；牧歌小曲不会被封为佳花美卉，仍将处于不平等地位。

是的，牧歌小曲本来就是野花，这也很好。

然而，牧歌小曲写起来并不比重大题材和尖端题材容易。

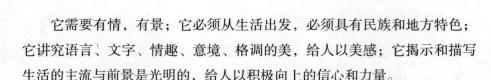
它需要有情，有景；它必须从生活出发，必须具有民族和地方特色；它讲究语言、文字、情趣、意境、格调的美，给人以美感；它揭示和描写生活的主流与前景是光明的，给人以积极向上的信心和力量。

美来自真。虚假的东西，丑恶的东西，不管如何浓妆艳抹，金玉其表，但时间无情，终究是要被揭露真相，暴露出败絮其中的。

除了"四人帮"的"三突出"创作方法那种不顾生活情理的捏造而外，文学创作都写的是生活中的偶然，即情理之中的意料之外——必然中的偶然。

艺术上的虚构，必须来源于生活的真实，才能合情而又合理；还原到生活中去，也如确有其事，实有其人。无巧不成书不等于无假不成书；编造离奇的情节，以追求哗众取宠的廉价效果，必定走入歧途，毁了艺术，也害了作者。

我要一生一世歌颂生我养我的人民。

我能够在农村平安生活十几年，十年浩劫幸免于难，而且写出了作品，是人民保护了我；而在衣、食、住、行各方面，更得到人民的许多救助。因而，我的感触很多，感受很深，不能忘恩负义的。

但是，人民的保护和救助，总是通过具体的人，具体的事，表现为对受难者的正义感、同情心、爱情和友谊。因此，也只能通过描写体现这些方面的具体的人和事，来表现人民的恩德。虽具体而微，却可以见微知著，求全反而空，拔高必然假。我不大喜欢目前流行的艺术性论说式的描写，我很不赞成作家对读者进行思想灌输，把作品的主题言传读者。应该留有余味，意在不言。"露"和"浅"，恰恰是写得"直"和"尽"。

我不主张在刻画人物上写"实"，应该给读者留有联想、丰富和再创造的余地。神似贵于形似；形而有神，神而有形。任何大作家的大手笔下的不朽形象，都不是在读者心目中塑造出一个标准相。林黛玉、薛宝钗、王熙凤、晴雯、阿Q……除了几条基本的性格特点得到公认之外，他们在读者心目中的血肉之身的具体形象，是千模百样，不大相同的，不同出身、经历、年龄、性格、气质的读者，根据他们各自的认识、想象和爱憎，创造出他们自己的林、薛、晴、阿Q……我心目中的林黛玉，就不是王文娟所扮演的那个样子。所以，写"实"了，也就写"没"了。因为读者无法可"想"了。

1978年11月

二

相形之下，目前反映农村生活题材的作品，比起反映其他生活领域题材的作品，显得后进。

这种情况，是多种因素造成的。但是，最主要的原因，还是思想不够解放。

多年来，极左的文艺观点，也如极左的政治观点一样，真是"溶化在血液中"。肃清流毒和荡除污染，并非轻而易举。而我们这些写农村生活题材的人，出生、成长和经历的客观环境，深受小农思想的影响和传统习惯势力的束缚，本来就比较因循守旧，故步自封。于是，在思想解放上，一开始就落后一步，甚至是落后了一大步。一步赶不上，步步赶不上，差距也就越来越大。现在，我们既然不甘落后，那就要从二十世纪八十年代第一春赶上去，步步缩短距离，早日与前行者并驾齐驱。

在文学创作上，什么叫思想解放？真正的思想解放归根结底表现于按照艺术规律进行写作。要从思想上认识文艺的特殊性，进行创作时掌握文艺的特殊性，写成作品后要表现出文艺的特殊性。文艺学、哲学、史学、政治学、法律学、新闻学、社会学……各有各的任务、功能和作用，不能等同，不能混淆，不能替代。文学创作不是政治宣传，不是新闻报道，不是理论说教，而是以真善美的思想感情对人们进行潜移默化。它是通过具体的艺术形象感化读者，而不是通过抽象的讲道理和简单的摆事实说服读者。它需要的是细腻入微，深沉含蓄，生动活泼，婉转多情。

这就必须真实地反映生活，而不能从概念出发将生活"削足适履"；这就必须描写有血有肉有个性的生活中的人，而不能从概念出发将人"改头换面"；这就必须使用生活中有特点有情趣有色彩的语言，而不能从概念出发将语言"标准化""规格化""系列化"。真实地反映生活，便不会千篇一律；描写有血有肉有个性的人，便不会千人一面；使用有特点有情趣有色彩的语言，便不会千部一腔。

我们既然都承认文学是人学这个真理，那么我们就要懂得人不是鸟，不是兽，不是木头，不是石块……人有人性，人有人情，因而就必须在作品中写出人性和人情。没有人性和人情的作品，没人爱看，不如不写。

农民占我国人口的绝大多数，农村生活极其丰富多彩，农民的语言非常生动优美。只要我们这些写农村生活题材的人思想不僵化，感觉不迟钝，视听不蒙蔽，是会写出很多的作品，很好的作品，很多的好作品的。

1980年1月

三

长篇小说太长，是当前长篇小说的一大积弊。

我们翻阅一本四五十万字和百万字多卷体的长篇小说，往往感到，如果手法讲究一点儿，剪裁精心一点儿，结构紧凑一点儿，多卷体一卷足矣，四五十万字则二三十万字足矣。冗长沉闷的叙述，拖泥带水的过渡，重复出现的情节，舍不得割爱的平庸场面，复杂纷纭又并无必要的头绪，浪费了大量的文字，浪费了大量的纸张。

我觉得，长篇小说的作者，需要研究一下文字技巧和改进一下表现手法。

长篇小说的作者应该学习一下短篇小说的写作方法，这就是简洁、精练和紧凑；不要由着性儿洋洋洒洒，像三年困难时期对作物搞"增量法"那样虚张声势，进行无谓的膨胀。

一些出版社和编辑部，只着重长篇小说的重大题材和生动的故事，对于长篇小说的文字水平却不重视，使得一些长篇小说作者在写作时，不但不是斟字酌句和锤字炼句，而且对语言问题采取马马虎虎的态度。因而，有的长篇小说虽然刻画人物不错，故事也很有趣，颇受一般读者欢迎。但是由于在语言艺术上的粗糙，却不能给人以艺术品的美的享受。

考虑到表现内容的实际需要，考虑到国家纸张的宝贵和缺乏，考虑到读者的一般购买力，我有个想法，长篇小说最好自我限制在三十万字左右。

由于大型丛刊的出现，更由于广大读者的要求，中篇小说应运而生。一年多来，发表了不少令人爱读的中篇小说。但是，中篇小说创作目前也暴露出一个问题，那就是相当多的中篇小说只是长篇小说的缩写。一部几万字的中篇小说却要表现几十万字的长篇小说的内容，人物、情节、故事都贪大贪多，头绪纷繁，主线和条理很不清晰。读者读完一部中篇小说，往往只留下一个长篇小说的轮廓印象，得不到充分和完整的艺术享受。

我觉得，中篇小说在题材上、情节上、头绪上，都不要贪大，更不要贪多，最好是小、少、精；要靠把人和事写得丰满，而不是靠追求内容的"丰富"吸引读者。不要想在中篇小说中，肩负和完成应该是长篇小说肩负和完成的任务。

中篇小说在血缘上跟短篇小说要比跟长篇小说近，因而，在写作时，更要以短篇小说的简洁、精练和紧凑，严格要求中篇小说的语言、剪裁和结构。对于中篇小说的文体美，要十分考究。

短篇小说不短，或像压缩的中篇小说，或像长篇小说的梗概，已经是大家都感到头疼的事。短篇小说本应表现生活的横断面，现在却差不多都写的是纵剖面，而且麻雀虽小，五脏俱全，喜、怒、哀、乐，苦、辣、酸、甜，应有尽有，无所不包。于是情节铺张，文字泛滥，短篇小说就走了样子，变了形。打个比方，短篇小说好比是平衡木运动，它本应该局限在窄而陡的平衡木上，做出高超优美的动作，如果从平衡木上掉下来，便是失败。现在却大不然，从平衡木上掉在了几十平方米的地毯上，任意翻筋斗打把式，变成了自由体操，仍然能够得彩和获奖。

形式当然是为内容所决定，然而形式反转来也会对内容的完整和完美起到促进作用。由于我们从来都不重视艺术性，所以对于文体问题更是不加考虑；这个被人忽略的积弊，已经成为长、中、短篇小说创作的一大致命伤，不能再置若罔闻，熟视无睹了。

1980年11月

（选自《刘绍棠文集》第10卷，北京十月文艺出版社，2003年第1版。）

也谈创作上的几个问题

□ 刘绍棠

　　我对天津的感情很深。我虽然现在北京，但真正的创作是从天津开始的。一九五一年九月我在《天津日报·文艺周刊》发第一篇小说《完秋》，在那以前虽然也发表了十几篇东西，但还处于愚昧、混沌状态。为什么呢？我找不到自己的路子，找不到适于自己的观察生活的角度，找不到适合自己的反映生活的手段，用农村的话说就是不开眼。我虽然从一九四九年十月开始发表作品，但到一九五一年九月，两年了，还处于不开眼的状态。孙犁同志的作品打开了我的美学眼界，它使我认识到应该从哪个地方的生活中得到自己创作的最直接的源泉，应该怎样去发现生活中美好的人和事，怎样把美好的人和事表现得美。我觉得孙犁同志对我的影响是与日俱增的。时过三十年之后，现在我仍然经常读孙犁同志的作品，像《铁木前传》《风云初记》，是经常陪伴我的。最近我在写几个中篇小说，我把《铁木前传》作为我的典范。我是把它作为教科书来读的。

　　回想起来，我在天津发表作品时也很有意思。当时我由河北省文联保送到通县念书。那时我才十五岁，虽然有助学金，但是我想自立。我本来存了点稿费，正好我父亲生活困难，我就把钱交给他了，再要上学就没钱了。于是我就到村子边柳棵子地里写了《完秋》，而且马上给孙犁同志写了一封信，希望发表以后能给我寄点钱来，我好上学。孙犁同志说可能有这样的事，他已经记不清了。孙犁同志的《风云初记》给我的印象很深，影响很大。那时抗美援朝战争刚开始，我每天到图书馆去看报纸。一是看消息，二就是看孙犁同志的小说连载。当我读到秋分披着口袋，追着小船，像投梭一样把包袱抛给小船上的高庆山时，我感动得流下了眼泪。后来远千里同志、克明同志都同孙犁同志谈起过我，但是没有通过信。我投稿后，时间不长，只半个月就发表了，寄来了二十六万稿费，相当于二十六元钱。我一个月的伙食费是六万六千，够四个月的了。第二个月发表了我的《暑伏》，十一月发表了我的《修水库》，此后几乎一两月就发表我一篇，这就使我得到了充分的鼓励，从此我真正走上了文学创作的道路。最近有个大学生，拿我做题目写毕业论文，问我的创作怎样分阶段。我哪有什么阶段呢？不过一定要分阶段的话，从一九四九年——一九五一年，叫不懂事；一九五一年在《文艺周刊》上发表作品算开了眼，一直到一九五七年；现在又算一段。我和孙犁同志许多年没见，当一九七八年十月他来北京开三刊编委会时，我和维熙去看他。我二十多年来不和任何人来往，无颜见江东父老。直到我改正时，团中央都不知我到哪里去了。我在北京的家跟北京市文联相隔一站半，他们也不知我在什么地方。许多人都以为我死了。我跟孙犁同志也没有来往了，见面时是令人激动的。孙犁同志作为我的老师，他是了解我的。他向我提出三点要求：第一点，不要再骄傲了。第二，不要赶浪头。这是一个严肃的老作家，最懂得文学创作的老作家对我的教诲。那个时候正是"伤痕"文学兴起的时候，孙犁同志说他喜欢光明、美好、阳光、爱情，悲哀、痛苦的东西写不来。孙犁同志的话更坚定了我的信念。当我重新恢复文艺活动后，我并没有想去如何诉说自己的苦难，去倾诉自己的哀怨，我一开始就抱定自己的宗旨，要写受难者如何得到人民的爱护和救助。但在当时，这样的作品是有点逆"潮流"，不被重视，也不太容易发表的。孙犁同志的话使我甘于"寂寞"。第三点，是保持自己的风格。我当然还谈不上风格。真正有风格的作家恐怕在全中国首先数孙犁同志了。我的作品不过有一点自己的特点，也是从孙犁同志那里师承而来的。孙犁同志很珍视我的这点特色。我第一次参加文艺活动是在一九七八年十二月，我宣布了恢复创作权利后的宗旨：第一条，永远歌颂生我养我的人民。第二条，我写的是牧歌，因为我不会写战歌，这在当时，人们觉得没有多大意思。有人就讲刘绍棠算完了，现在需要的是战歌，需要的是暴露而不是歌颂，他还想搞他那一套，有谁来看啊？认为我不行了，不过虚名而已。当然，我去年发表了一些作品，挽回了颓势，我发表了两个长篇、八个短篇和一些散文、短论，都不是尖端题材，这些作品在去年上半年，还是不大受欢迎的。下半年稍有好转，但仍不大时兴当令。我并不感到多大委屈，因为文学作品是要经受时空考验的，不必急于当场讨彩。粉碎"四人帮"以后的许多文学作品也给我们提供了这个教训，当时红极一时，但很快就过去了。有的同志说，绍棠你写了这么多东西，应该找个人给评论一下吧。找人评论，我想还不会遭到拒绝的，他们也会给我说好话，但我觉得没有这个必要。孙犁同志的作品现在比较多地被人们评论了，但仍然没有被大号的评论家或二号评论家所评论。从一九四九年到这一次文代会三十年来，他的作品没有上过大报告。这次文代会周扬同志的报告中提到了《风云初记》，我倒不是向老师邀功，那是在九月二十几号，我参加了三次会，讨论周扬同志报告稿，会上我强烈要求在大会报告中要提孙犁同志的《铁木前传》《风云初记》，得到魏巍同志的响应。我们只争取了《风云初记》列入优秀长篇小说中了，但是《铁木前传》这样的艺术珍品仍然没有提及。这是我们国家的一个大问题，只注意政治性，忽略了艺术性。孙犁同志的作品的影响，正像鲍昌来北京，我们两个人谈过的，他是我们这个世纪影响最深远的大作家之一。这一点我们越来越看出来了。他的同辈人对他的作品是那样的心悦诚服。比如远千里同志、康濯同志、秦兆阳同志、侯金镜同志等等，都对孙犁同志赞叹不已。而我们这一辈人，也越来越多地认识到孙犁同志的成就和接受他的作品的影响。斥澜特别从我这里拿去了《晚华集》《铁木前传》去读，他谈出了孙犁同志作品中许多我们还没有发现的宝藏。《文艺报》召开了一个五人座谈会，李准、白桦都对孙犁同志表示折服的崇敬之情。我到南方，像陆文夫、高晓声、艾煊这些同志都一再让我代问孙犁同志好。我们在开中、长篇小说和短篇小说两个座谈会上，大家最服气的是孙犁同志。陆文夫发明了一个很好的原理，我说是文夫定理，他说创作要从生活中来，而且能还原到生活中去。他说孙犁同志的作品做到了这一点。

从生活中来，使人感到真实、亲切、动人。还原到生活中去，就是虽然经过你的加工，但仍然让人们感觉实有其事，确有其人。《铁木前传》就没有做假的东西，孙犁同志的作品表现出严格的现实主义传统。

确实，我现在对研究孙犁同志的评论文章还不满足。人们还没有能够很好研究孙犁同志更高峰的作品，像《风云初记》《铁木前传》。一般人只从教学和指导初学写作的角度来介绍他的《荷花淀》《山地回忆》，最多加一个《嘱咐》。这些人对孙犁同志的了解是很不全面的。所以这次

《河北文艺》改刊，改成《河北文学》，我特地请鲍昌写了《一个有风格的作家》。文章我还没有拜读，但我知道他对孙犁同志的作品是有很精辟的见解的。我感到文艺思想的解放远远不够，远远没有百花齐放。什么叫思想解放？就是像列宁所说的从必然王国到自然王国的飞跃，也就是认识事物的规律。你不认识规律，你就飞跃不了。现在党中央是承认艺术规律，按照艺术规律领导文艺创作，指导作家思想解放的。小平同志提出，文艺不从属于政治，这又是一次思想大解放。然而有的同志偏偏还要文艺干预政治，让政治从属于文艺，我不赞成。文学有它特殊的功能，就是对人们进行美育，使人们的思想、精神、品格、情操美好起来，使社会更美好起来。它所通过的手段，是潜移默化的方式方法，不是直接地进行政治宣传。恩格斯要求作品具有倾向性，而且倾向性越隐蔽越好。孙犁同志的作品所以传世，原因就在这里。今天我们读起《荷花淀》来，我们的心情还在激荡，四十年后还这么打动人的心弦，就因为写出了劳动妇女的美德。革命战士的有情有义、有血有肉的东西，唤起人民心灵深处的共鸣，这样的作品才是符合艺术科学规律的。现在很多人的思想不解放就在这个问题上，总是有意无意地过分强调文艺为政治服务的直接性和题材的重要性。于是在我们的文艺创作中便产生两大怪现象。一个是对于所谓尖端题材，蜂拥而上，就像早晨早班挤电车，抢着了尖端题材，就可以一鸣惊人，红极一时；另一个是，身为作家，却不讲究语言、文字、文体，某些叫得很响，捧得很高的作品却语言粗糙，文字杂乱，文不成体，因而更加助长了轻视艺术和违背艺术规律的倾向。

由于题材上的出奇制胜是成名的捷径，便产生了脱离生活，编造耸人听闻的故事，追求哗众取宠的廉价效果的偏向。有人指责这是思想解放造成的不良现象。我认为恰恰相反，这其实是思想不解放所造成的不正之风。

北京出版社将出版我的小说选，孙犁同志给写的序。一九五七年以前的作品我只选了六篇，其实发表了不止六十箱，光集子就出了四个。王蒙说，你为什么选这么一点？我说我觉得这些作品不行了，拿出来就要改，我不愿意改。改以前的作品等于在读者面前做假。我二十世纪五十年代写了那么多配合政治任务的作品，现在看起来或者政策上不太适合，或者提法上不太适合，或者不够真实，我就全不选了，只选了六篇。

……

《花城》负责人在北京找我们一些人座谈，有人就提出我们的小说还得洋一点儿，外国才称赞。我说，错了，你再洋，洋得过人家洋人吗？我看，倒是更应该土一点儿。在洋人眼里，我们的土才是他们认为的真正的"洋"。所以，吸收外国的东西，不是要把我们变洋，是要使洋变土。要阅读、研究、学习外国作家的作品，更要阅读、研究、学习我们中国大作家的作品。我希望天津的同志从孙犁同志的艺术宝库中，多拿到一点东西。

1981年4月

（选自刘绍棠：《一个农家子弟的创作道路》，四川人民出版社，1985年第1版，选入时有删节。）

生活原型与创作

□ 刘绍棠

一位很下工夫研究我的小说的同志，最近想从发生学的角度，进一步深入探讨我的创作，提出了关于生活原型的若干问题，要我回答。下面，便是我们的问答。

问：现实主义创作方法认为社会生活是文学创作的唯一源泉，您是否认为重视对生活原型的积累，是您进行文学创作的源泉之一？

答：是的。文学创作的唯一源泉是社会生活。而组成和创造社会生活的是人。因此，通过艺术形象反映社会生活的小说，应以写人为天职。作家对于生活的熟悉和了解，不仅是熟悉和了解它发生发展的一般过程，更重要的是熟悉和了解生活中纷纭众多的"这一个"的人与人的关系。因此，积累的生活原型越多，创作的源泉也就取之不尽，用之不竭。

问：现实主义的创作方法强调文学作品的真实性，生活原型和作品的真实性有何关系？

答：真实性是创作的命根子。不管是高、大、全还是假、大、空，无论如何笔下生花，还是怎样标新立异，失去了真实性，便不会有艺术生命力；即便一时吃得开，早晚也会行不通。生活中不存在的人，没有发生的事，技巧多么高超，也是写不好的。硬要写出来，也不过是概念、理念、观念、意念的图解，只不过是机器人，傀儡戏。因此生活原型又是真实性的命根子。

问：现实主义的创作方法重视艺术形象的典型性，您是怎样把生活原型加工成艺术典型的？

答：每一个生活原型，虽然并不一定具有典型性，但是典型性的产生却是来自生活原型的概括、提炼和加工。任何生活原型都不是孤立存在的，作家要善于发现和表现它们相互之间不可分割的联系，亦即是放在整体、总体和群体中进行描写，艺术典型便会塑造出来。

问：您的"建立乡土文学"的主张与您重视对生活原型的积累、加工、提炼的做法有哪些相通之处？

答：乡土文学的特殊性是浓郁的地方色彩，局限性是它表现的社会生活面比较狭窄。然而狭窄虽为其所短，却又对其所表现的社会生活面熟悉得透彻，了解得深刻，也就是透彻地熟悉和深刻地了解这片天地中的生活原型。因此生活原型是乡土文学创作的主要依靠。

问：您在创作过程中是怎样对生活原型进行加工、改造和提炼的？一般是从原型出发去塑造小说中的人物呢，还是从人物塑造出发去寻找合适的原型呢？您是否有时不得不受到生活原型的限制而不能给自己留出更多的想象和发挥的余地？

答：我是从生活原型出发，塑造小说中的人物（经过提炼、加工、改造）；因为我的每一篇小说的产生，都来自生活原型对我的激动。

我在小说中塑造每一个人物形象，虽然基于一个生活原型，却并不受这一个生活原型的限制。因为，这个生活原型尽管是主体，也还需要其他原型予以补充和丰富。作家的想象力并非来自主观唯心论的随意性，而是丰富多彩的客观存在，在作家头脑中的反映。

问：在生活原型转化为艺术典型的过程中，您是习惯于多个合成呢，还是习惯于单个发挥呢？是否能举出利用同一原型创造不同的人物形象的例子？

答：我习惯于单个为主，多个为辅。没有主从的多个合成，便会丧失人物的个性。

我在《蒲柳人家》中所写的望日莲，故事取自两个童养媳和一个被姨母卖入娼门的农村少女，但是这个人物的个性则主要取自其中一位童养媳。我和她接触最多，感情最深，在我遭遇坎坷，匿居乡里的漫长岁月中，她从各方面给予我很多的救助。每一个人都是一口泉，不会汲上一两桶水便要干涸。因此，可以利用同一个原型，创造出一个以上的不尽相同的艺术形象。例如，我的《瓜棚柳巷》中的花三春和《荇水荷风》中的五月鲜儿，《瓜棚柳巷》中的柳叶眉和《草莽》中的陶红杏……

问：您是怎样看待自己这个"生活原型"的，在您的大多数作品中是否都有您自己的"影子"？

答：我自己这个"生活原型"常常是作为我的小说中的引线或纬编。

我的很多小说中都有自己的影子，如《蒲柳人家》中的何满子，《花街》中的伏天儿，《二度梅》中的洛文……有的是以我的原型为主体，有的是以我的原型作补充。

问：您的作品中的某些人物与其所依据的生活原型是否有过"面对面"的交流？他们（指原型）对此发表过什么意见？是否有人意识到您就是在写他（她）自己？

答：我的小说中的人物，已经对生活原型进行艺术加工，没有人对号入座。即便有人从小说中的人物身上看到自己，也不会对我不满。因为我主要是写美好的人和人的美好，毫无丑化他人之处。我非常反对借小说之便，揭人隐私，或指桑骂槐，那是人格卑污和道德堕落的表现。

问：在您的作品中，您认为哪些根据生活原型塑造的人物是比较成功的？有没有一些规律性的东西？

答：我觉得，我塑造的农村妇女形象比较成功，因为我最为中国农村妇女的吃苦耐劳和忠贞的节操所感动。在男性形象中，热情豪爽和多情重义的人物，我也塑造得比较生动，因为这些人物和我"性相近"。

问：您是怎样根据生活原型塑造反面人物的？它与正面人物的塑造有没有不同之处？

答：我的小说中的反面人物的形象，远比正面人物的形象肤浅和逊色得多，这是因为我对反面人物不如对正面人物熟悉和了解。

问：生活原型与您的创作风格有着什么联系？

答：可以说，生活原型对我的创作风格起到决定性的作用。因为我一直是努力开拓和表现人和人的生活中的美，所以我的创作风格才有清新优美的特色。

1982年3月

（选自刘绍棠：《四类手记》，中国社会出版社，1997年第1版。）

我说"荷花淀派"

——《荷花淀》创刊述旨

□ 刘绍棠

在20世纪的中国文学史上，具有鲜明的河北地方特色的作品，曾有突出的成就，产生巨大影响；创作这些作品的作家，也因之而在国内外享有盛名。

它的集中体现，公认的标志，便是"荷花淀流派"。

这个艺术流派，不是哪个人的独家经营，也不是一些人的有限股份公司。而是由艺术旨趣上相近的作家的共同劳作，艺术追求上可以引为同调的作品的日积月累，自然而形成。虽未申请注册，领取执照，但早已为广大读者有目共睹，人所共知。事实胜于雄辩，无须谁的钦定和恩准。

艺术流派不是艺术行帮，不是文友结盟，不能七拼八凑，结党营私。它产生于自发，确立于自觉，并无固定的模式。作家和作品在发展变化中免不了新陈代谢，但是在千变万化的推陈出新中也有其脉络可寻，表现为相对的稳定性和连续性。"荷花淀流派"虽然植根于河北大地，但是源远流长，纵横深广，早已跨越河北地域，蔓延全国。"荷花淀流派"是开放进取的艺术流派，不是封闭保守的艺术流派。"荷花淀流派"八方聚汇，而不是画地为牢。

古今中外，史实可证，凡是产生具有强烈艺术个性的作家和作品的时代，在文学史上都占有光辉灿烂的篇章。反之，只给文学史留下一片灰色，千人一面、千部一腔、千篇一律的平庸之作，愧对千姿百态的人生，愧对五彩缤纷的时代，愧对深远沉重的历史，已使读者望而生厌，大倒胃口。要想改变这种循环往复、积重难返的惰性，只有提倡和建立百花齐放、万紫千红的艺术流派，才能克服简单化，推进多样化，在艺术风格上造成差异，实现不同。《荷花淀》文学双月刊公开宣告办成荷花淀流派杂志，正是风起青蘋之末，要吹皱一池春水。

各种艺术流派的作家和作品，从来都是相互影响和相互渗透的。"荷花淀流派"需要继承和守真，更需要发展和革新。因此，必须充分尊重其他艺术流派的作家和作品，从中汲取充实和丰富自己的艺术营养。《荷花淀》文学双月刊绝不会对其他艺术流派的作家和作品采取轻视、贬低、对立、排斥的态度。我们真心诚意地欢迎非"荷花淀流派"的作家赐以佳作。

大话好说，实事难办。《荷花淀》文学双月刊全体同仁愿以敬业乐群之精神，把杂志办得言行一致。恳请海内外作家和读者随时监督，及时指正。

1988年5月11日于北京

（选自《刘绍棠文集》第10卷，北京十月文艺出版社，2003年第1版；收入《四类手记》，中国社会出版社，1997年第1版，名为《〈荷花淀〉创刊述旨》。）

柳暗花明又一村

□ 刘绍棠

《荷花淀》创刊已经三年，现在可以说站住了脚，扎下了根，有了自己的面貌，初步打开了场面。作为名誉主编，我喜出望外。

回想1988年创刊时，文艺界的资产阶级自由化思潮正在到处泛滥。但是，《荷花淀》没有动摇和混乱，固守千里堤不受污染。在办刊宗旨和编辑思想上，坚持党的"二为"方向和"双百"方针，三年来发表的各种作品，也没有出现政治失误和格调低下的不良现象。

然而，我们不能满足于"不求有功，但求无过"的四平八稳状态。总结三年的经验教训，我们已经认识到，《荷花淀》需要稳中有健。

我们要把目光放远一点儿，眼界放宽一些。

　　三年前，我在《〈荷花淀〉创刊述旨》中写道："荷花淀流派虽然植根于河北大地，但是源远流长，纵横深广，早已跨越河北地域，蔓延全国。荷花淀流派是开放进取的艺术流派，不是封闭保守的艺术流派。荷花淀流派八方聚汇，而不是画地为牢。"中国文坛是否曾经形成或已经存在一个荷花淀流派，目前众说纷纭，难做定论。我虽被不少同志认为是"荷派"代表人物之一，但我从未正式承认或否认这个我并不贪图的属性。然而我多次写过，更多次讲过，我的早期作品，深受"荷花淀"艺术风格的影响。这些年的作品虽然"荷"味淡薄，但仍隐约可见"荷"。全国各地，东南西北，承认自己从"荷花淀"艺术风格中吸取营养和受到教益，但是否认自己从属"荷花淀"流派的人，更是大有人在。

　　我个人始终认为，"荷花淀"艺术风格是革命的美文学的高度表现和具体标志。凡是爱好革命的美文学的人，无不赞赏《荷花淀》；凡是爱读《荷花淀》的人，又无不喜爱美文学。

　　所以，我们虽以建设流派为志向，却是以发展革命的美文学为旨趣。前几年，文学创作曾出现一个严重的反常现象。在作品中以出乖露丑为能事，文字上也是十足的脏、乱、差，造成了对社会的精神污染。我们的《荷花淀》，选用作品，尽量要求所描写的人物、故事和生活场景，所表现的思想和感情，所使用的语言和形式，都注重真、善、美。今后，更应该巩固和发扬。

　　我们要克服狭隘的地方观念，把《荷花淀》办成五湖四海。这个杂志是全国发行，就要"垒起七星灶，铜壶煮三江，摆起八仙桌，招待十六方"。本刊的作者和作品，应该是人不分老幼，地无论南北；群贤毕至，宾至如归，杂志虽是地方主办，却要具有充分的大家风范。小家子气只能抱残守缺，无所作为。《创刊述旨》向海内外许下的诺言，白纸黑字历历在目；有的做到了，有的还没有做到，需要进一步落实和兑现。

　　回顾创刊三年，令人无比痛心的是我们三位顾问的病故。康濯同志是我的老师，李英儒同志是我的前辈，鲍昌同志是我的好友，我非常怀念他们。他们对《荷花淀》的支持和指教，使人感念不忘。我们应该化悲痛为力量，以实际行动，开创新局面。把《荷花淀》办得更好，才是对他们的最切实的悼念。

（选自刘绍棠：《四类手记》，中国社会出版社，1997年第1版。）

关于乡土文学的通信

□ 刘绍棠

雷达同志：

收到你和我探讨乡土文学问题的长信，非常高兴。

两年前，我提出建立乡土文学的主张，得到不少志同道合的作家的赞同，并且与我并肩努力乡土文学的创作。我也得到十几家文学丛刊和月刊编者的支持，愿意为我提供充分的篇幅，发表我的乡土文学作品。

我多么希望文学理论工作者能助乡土文学一臂之力，给乡土文学的建立与发展以推动。

今年，从二十世纪五十年代便与我结下深交的鲍昌同志，在《新苑》文学丛刊一九八一年第三期上，发表了题为《论文学的地方色彩》的长文。在我的同辈人中，他是集教授、文艺理论家和小说作家于一身的三位一体人物，对文学创作的乡土特色问题，有很多独到、精辟和发人深思的见解与论述。此外，方晴、方顺景、张同吾等同志在他们的评论文章中，也为乡土文学进行呐喊。现在，你又对乡土文学产生强烈的兴趣，而且提出许多大有见地的看法与我探讨，这必将有助于乡土文学创作的进一步开展。

小说创作的一窝蜂现象，已有初步的改观。我相信，文学理论研究和评论工作也将改变一拥而上的"挤电车"风气。

一个作家在创作上提出自己热衷的主张，正是全面又综合地反映了作家本人的立场、观点、经历、教养、学识、气质和情趣。理论家应该严肃对待，花点功夫进行研究和分析。如果他的主张是积极的、正确的、有益的，就要扶助他；倘若他的主张是消极的、错误的，甚至是有害的，就要扭转他。理论家可有偏爱，但不可有偏向，因为你搞的是科学。

乡土文学这个词儿，我最早见于鲁迅先生的《中国新文学大系·小说二集序》；也记得毛泽东同志在五十年代曾多次号召编写乡土教材，以教育青少年热爱家乡，热爱祖国，热爱人民。因此，某位理论家指责我的建立乡土文学的主张是从台湾趸来的货色，未免数典忘祖。一般说来，理论家应该是有学问的人，但是不知他何以把鲁迅和毛泽东同志写过的文字忘掉了，也许是为了彻底反对"神化"吧？

在我阔别文坛二十二年，重新恢复创作权利，第一次出席北京文艺界聚会的发言中，我即宣告要"一生一世讴歌生我养我的劳动人民"，并且仍然保持"田园牧歌"的风格。一九七九年我发表的长篇小说《地火》《春草》《狼烟》，以及《芳草满天涯》等八个短篇小说，都写的是我的家乡大地的风云烟雨，讴歌的是我的乡亲父老兄弟姐妹的多情重义。一九七九年底，面对着当时五光十色的文学主张和创作现象，我又对自己的创作进行反省和深思；林斤澜同志在他的《读〈蒲柳人家〉》一文中，曾以他小说家的笔触，勾勒了我当时的景象。

我的创作向何处去？

从一九四九年十月发表第一篇习作算起，到一九七九年底，我在文学创作上已有三十年工龄，应该找到一条自己的路了。

仔细分析自己的短长，认识自己的局限性和特殊性，发现自己的有所能和有所不能，也就明确了在创作上的有所为和有所不为。于是，我决定致力乡土文学。

这是因为：

一、我在我的生身之地的弹丸小村，先后生活了三十年以上，是个土著；土生土长所形成的土性，使我只会写土气的作品。

二、在这三十余年中，童年遭遇三灾八难，是乡亲长辈们使我死里逃生；二十一岁以后经历了艰难坎坷的漫长岁月，是乡亲父老兄弟姐妹们扶贫济困，我才大难不死。家乡是我生身立命之地，乡亲们待我恩重情深。感恩戴德，我不能不满怀孝敬之心和报恩之情，描写和讴歌我的乡亲乡土。

三、我了解和熟悉我们那个小村的家家户户，男女老少；不仅了解和熟悉他们的音容笑貌，而且了解和熟悉他们的性格心理，以及只属于"这一个"的语言。

四、我了解和熟悉京东北运河两岸的历史、地理、风俗、习惯、人与人之间的关系和伦理道德观念，在说话和写作上，都能使用这个地区的生动、活泼、含蓄、优美、形象，富有诗情画意和音乐性的农村口语。

五、我自幼接受民间故事、小曲、评书、年画、野台子戏……的艺术熏陶，长大又深受中国古典文学的教养，因此我热爱创作方法上的民族风格，在表现手法上喜欢采用民族形式。

鲁迅先生是中国新文学的伟大宗师和奠基人，也是乡土文学的开拓者。他的小说《孔乙己》《风波》《故乡》《阿Q正传》《社戏》和《离婚》，不但写的是绍兴地方的农民生活，而且写出了富有地方色彩的绍兴农村的风土人情，是乡土文学的不朽丰碑。因此，乡土文学并非"世上本没有路"，只不过后来走的人少了，荒芜了若干年月。

萧红的《呼兰河传》，沈从文先生的《边城》，孙犁同志的《铁木前传》，以及好几位各自具有本国和本民族风格特色的外国大作家的名著，都给我的创作以深刻的影响。

一九八〇年和一九八一年，我已经创作和发表的十三部中篇小说，《蒲柳人家》《渔火》《瓜棚柳巷》《花街》《草莽》《蒲剑》《荇水荷风》算是乡土文学之作，都写的是我的童年时代的家乡风貌。《鱼菱风景》则是我运用乡土文学的手法，描写农村现实生活的试作。

通过创作实践，我总结出自己对于乡土文学的几点认识。当然，这算不上"成龙配套"的理论：

一、坚持文学创作的党性原则和社会主义性质；

二、坚持现实主义传统；

三、继承和发展中国文学的民族风格；

四、继承和发扬强烈的中国气派和浓郁的地方特色；

五、描写乡村的风土人情和农民的历史和时代命运。

我不是理论家，因而我的概括是不全面的，论点是有缺陷的。有的同志就向我提出，虽然不是写农村和农民的作品，但是具备了前四点的特征，也应该算是乡土文学。我希望得到理论家们的指正。

不过，我虽然认为乡土文学应该写农村和农民，却并不把所有写农村和农民的作品都算作乡土文学。

乡土文学有它特定的艺术范畴。我认为限定这个范畴的目标，就是我在上述概括的那几点。

大量写农村和农民的作品，重点不在于描写风土人情，而着重于反映人事和社会问题。它不一定具有强烈的中国气派和浓郁的地方特色，甚至没有多少民族风格，但是它揭示了农村和农民生活中的尖锐矛盾和重大斗争，很有政治价值，这是乡土文学所不能比拟的。

因此，乡土文学既有其鲜明的特殊性，又存在着突出的局限性。

乡土文学只是反映农村和农民生活题材的创作领域中的一个区域。

有人对我提倡建立乡土文学产生误解，认为我意在排他，这真是冤、假、错；乡土文学尚且不能囊括整个农村和农民题材，又如何能够在全部文学创作中一统天下？乡土文学只不过是文学创作百花园中的一畦野花，它更愿意开放在田野上。

农村的生产方式和生活方式正在走向现代化。三中全会使农民富起来，我那个生身之地，不但有了汽车和拖拉机，而且有了电灯、电话、自来水、电影放映机，有的人家购买了电视、电扇、洗衣机和摩托车，居住条件比北京的一般市民的平房住宅要好得多，但是也带来了空气和水的污染，破坏了生态平衡，我在《蒲柳人家》中所描写的风光景色，差不多已经不存在了。那么，乡土文学是不是只能惜往日，而不能写今天呢？

我的回答是，往日取之不尽，今天也用之不竭。

京、津、沪三大城市，可算是我国目前最现代化的地方了。但是有目共睹，这三大城市的风土人情，仍然存在着明显的差异。农村更是如此。

这种差异——特殊性和局限性，是为地方的历史传统、地理气候条件和生活习惯的不同所决定。近两三年来，我常到东北和南方十数省的农村走马观花，这些地方和我的小村一样，农民盖新房成风。但是，这些地方的新房样式，各有特色。而与我的小村的新房都不相同。究其原因，东北农村盖房特别考虑防风雪，南方农村盖房特别考虑防阴雨。因地制宜，各行其是。

我看，只要因地制宜这个词汇不消失，地方特色也就长存不已。

　　我那个小村，东、西、北三面各有一个邻村，相隔半里到二里，外乡人住上三年两载，也看不出它们之间的不同；而我这个生于斯，长于斯，活于斯的土著，却可以不假思索，列举出很多差异之处。

　　大道理我讲不了多少，我打算以《鱼菱风景》为开端，明年将全力以赴，投入描写农村现实生活风土人情的乡土文学创作。

　　你谈到，台湾乡土派文学已经在表现手法和技巧上向现代派学习。我从来认为，文学创作的表现手法，总是要不断地丰富增新，技巧上也总是要不断取长补短。我对意识流手法很感兴趣，描写人物的胡思乱想、心理变态、歇斯底里、神经错乱，意识流手法比别的手法高超，我真想在写农民闹失眠，妇女闹癔症时，运用一下意识流手法。只是由于我现在尚未探明其奥妙，又羞于皮毛模仿，不敢乱来一气。但是，不管怎么丰富、增新、取长、补短，说到底还是不能丧失中国气派和民族风格。学习现代派而失去了乡土文学的面目，那就是更名改姓，变成了倒插门女婿，算不得成功的经验。

　　说来说去，乡土文学的命根子，还是深入生活，下决心在一村一地打深井。而不要昨日南走，今日闯北，明天东奔，后天西忙，云游四方，露天采矿，摘几片浮光掠影，给自己的作品镀上一层彩色，那只能生产乡土文学的赝品。

　　这封信写得够长了。赶快打住！所答非所问，或越看越糊涂之处，以后再说，也希望能有更多的同志参与讨论。

　　紧紧地握手！

绍　棠

一九八一年十月三日黎明

　　（选自刘绍棠：《乡土与创作》，吉林人民出版社，1982年第1版。）

老　调

　　□ 刘绍棠

今年是我创作生涯40年。

从1949年发表第一篇习作到现在，40年齐齐整整。然而，我自1957年被逐出文坛，直到1979年才重操旧业，当了22年不可接触的"贱民"。因而，我的创作生涯40年含有一半以上的水分，是个浮夸的数字。年方十八而过40岁生日，可谓真实的荒诞，荒诞的真实。

新中国成立以后成长起来的第一代作家中，我的年龄最小，也已经临近老年。新中国成立40年的悲欢祸福，酸甜苦辣，在我们这一代人的身心上和作品中，都留下深刻的痕迹。研究中国当代文学史，这一代作家理当是重点。

这一代人都出生在新中国成立前的旧社会，其中很多人还参加了抗日或推翻国民党反动统治的革命活动，对新旧中国和国共两党有着比较充分的认识，树立了革命人生观和世界观。新中国成立那年我虽然只有13岁，但是我的家乡在我6岁那年（1942年）便是抗日游击区，我也就6岁便加入了儿童团，亲眼看见共产党领导的抗日革命斗争，亲身经历日寇和国民党的疯狂大"扫荡"。后来虽然来到国统区的北平念中学，但是一入学便亲近和追随高年级的进步同学，参加他们发起和组织的社团和集会。因而，新中国成立以后，我在中学入了团（14岁）、入了党（17岁）。

在这个历史背景和时代环境中成长起来的这一代作家，理所当然地认为自己的文学的创作乃是神圣的革命任务，自觉自愿地接受革命文艺理论的指导，心甘情愿地为政治服务，为政策服务。

这几年，有些人对于自己的这一段履历，感到很不光彩。不得不提起往事，口气上也充满忏悔和自嘲，以表示自己决心脱裤子割尾巴，从头到尾整个儿更新了观念。

我不想抹掉留在身后的脚印，对自己走过的道路仍旧引以为荣。从事文学创作，首先必须怀有坚定的政治责任心和严肃的社会使命感。不应唯利是图，不能海淫海盗，不可丑化我们的党、民族、祖国和劳苦大众。有所为有所不为，还是应该有个大框框。

文艺思想分歧，创作观点不同，本应互相尊重，各行其是，不必党同伐异，强求一致。谁想，我的几位新潮化了的老友，或骂我是"认左为母"（马上令人联想"认贼作父"），或斥我为"老观念太多"。真是

"同室操戈，相煎何急？"

我究竟是怎么个人？有我的白纸黑字的作品可供评价，评价不一也是正常现象。然而，在衡文标准上是使用中国尺，还是使用外国尺，得出的结论是不一样的。在存在着民族、阶级、国家差异的当今世界，衡量精神产品并没有国际通用的公尺。

那些反对我主张"要有个大框框"的人，却一头钻进洋框框里。且不说文学作品的政治性和思想性，只论艺术性便没有共同语言。使用中国的民族传统手法，便被手拿洋尺的同志视为低能。他们以洋尺为准，把古今中国小说分为低、中、高三等。他们明码标价：《水浒》为低等，《红楼梦》介于低、中等之间，鲁迅先生的小说算是中等还很勉强。只有当前某些新潮作家的代表人物的某些作品，才达到了高等水平。

这种迷信"西方文化中心论"而欺宗灭祖的奇谈怪论，竟然在文坛广为流行，并且蛊惑了不少醉心"洋货"的信士弟子，形成了一个小气候。

文学的第一要素是语言。但是，在这些人眼里，优美、含蓄、生动、活泼的中国人民大众的语言只算低级，而文不加点，损害祖国语言纯洁美好的几百字一句，才是高品。这还有是非曲直可言吗？

傲慢得唯我独尊，傲慢得矫情霸道，傲慢得专横跋扈，其实不过是仗势欺人，现在已经昭然若揭，清楚得很了。

为了给我的创作生涯40年留点纪念，文化艺术出版社要我自选了《乡土文学四十年》一书。我的40年创作生涯，正是逐步自觉确立乡土文学创作的40年。把我贬得一钱不值可以悉听尊便，但是要把我40年走出的路一笔抹煞，一扫而光，却只怕不那么容易。我的家乡那条龙头凤尾的北运河，已经多年不走船了，但是船夫们踩出的纤道，仍然依稀可见，有迹可循。

一位名气颇大的新潮理论家，几年前曾写信给我，要我回答："你认为中国和中国文学如何走向世界？"我提笔回答："中国人把自家的各种事情办好了，在世界上能起到举足轻重的作用，中国文学也便随之在世界上占有重要地位。"如果中国穷而且弱，势利眼的洋人不管你如何以西化标准整容，他也是看不起你的。我在一次国际作家会议上，曾经批评西方作家视力最差，心胸最窄，思想最不开放，只看自家和近邻那块天地，却对世界第一大语种的汉语和读者最多的中国文学毫无所知。我仍然坚持和宣扬我在《乡土文学四十年》中的一个主要观点："土即是洋，洋即是土；越土越洋，越洋越土。"只有靠中国特色，而不是靠全盘西化，中国文学才能屹立于世界文学之林。鲁迅先生是最主张实行"拿来主义"的人，同时却提出了这个著名论断："现在的文学也一样，有地方色彩的，倒容易成为世界的，即为别国所注意。打出世界上去，即于中国之活动有利。可惜中国的青年艺术家，大抵不以为然。"鲁迅先生55年前说的话，多么切中55年后的文坛时弊。

那些对鲁迅先生的至理名言"大抵不以为然"的新潮"精英"，吹周作人，拜林语堂，向鲁迅先生大泼污水。不讲历史唯物主义，为被鲁迅先生批判过的形形色色人物鸣冤叫屈，涂脂抹粉。所有这一切，都不过是廉价进口的海外旧货，把嚼过的馍冒充新产品，向国内读者倾销。

不是有人说，共产党对文学作品只重视政治标准吗？其实，最重视政治标准的首推资产阶级。所以鲁迅先生把诺贝尔奖金称之为诺贝尔赏金的一字之易便揭穿了实质。然而，这几年洋人不管给我们个什么奖，不少人便觉得脸上贴了金，身上刷了彩。连我们的某些领导同志，也傻呵呵地犯这个糊涂。

一年来我重病缠身，隐居静养，死里求生，与世无争；不曾步出家门一步，对文坛中事未置一词。谁想，几位言必新潮的"精英"，接连咒骂我的作品"令人厌倦""引不起读书界的激情"。鼓噪声中，也有我的多年老友，竟冷嘲热讽我主张共产党作家在创作中要讲党性为"老观念"。他们怀有成见，不读我的作品，也不注意我的作品的群众影响，便利用某些报刊提供的种种方便，对我围攻。其实只不过因为我的眼珠儿不是"蔚蓝色"，于是看我不顺眼。

"主体意识"四个字喊得震天价响。我看最主要的"主体意识"是做一个挺直脊梁走自己的路的中国人；政治上不做人家的附庸，文学上也不做人家的附庸。

1989年8月，蝈笼斋

（选自刘绍棠：《四类手记》，中国社会出版社，1997年第1版。）

对"社会主义现实主义"的几点质疑

□ 从维熙

《北京文艺》三月号刊登了长之教授对"社会主义现实主义"问题探讨的文章，作者以"社会主义现实主义可以怀疑吗"为题，对发表在一九五六年九月号《人民文学》上，对何直同志的论文《现实主义——广阔的道路》进行批驳。但是，读过长之教授的文章后，觉得教授过多地从名词、定义去挖掘，没能够从文学艺术的特点进行具体的分析，因此，看了之后不但觉着不过瘾，而且也没解决问题，我还是对"社会主义现实主义"这个概念提出几点质疑。

一

毫无疑问的，作家的世界观对于创作起着直接的制约和影响作用。它在作家的生活、作品的孕育和作品整个的产生过程——整个艺术实践过程中，起着无微不至的渗透作用。作家的世界观里对于生活的看法，对事物本质的判断……必然在作家作品的字里行间闪烁出来，这是不容有一丝怀疑的定理。文学艺术的党性也正在于此，否则就没有社会主义时代的文学艺术。也正是由于世界观对于文学艺术起着如此密切的作用（它直接影响着方法论），"社会主义现实主义"这个概念才更被人怀疑。

问题在这里：社会主义时代的现实生活里有没有社会主义精神？有！当然有！从现实生活中重大的政治事件到极其细微的新人新事；从惊天动地的抗美援朝到在汽车上给老人让座……不必列举很多例子了吧！我想谁也不会否认这是社会主义时代的精神面貌，因为这些闪光动人的事物，在旧中国是从来没有的，也不可能有的。那么既然现实生活里有社会主义精神，作家的无产阶级世界观又对这些社会现象起着能动性的作用，主、客观的互相结合，表现在创作方法和作品思想内容上已经有"社会主义精神从思想上去改造和教育劳动人民"的巨大因素，为什么在描写这些社会主义时代的现实生活时，还要加上"必须与用社会主义精神从思想上去改造和教育劳动人民的任务结合起来"这个概念——"社会主义现实主义"中的"社会主义"呢？长之教授引用了苏联著名作家费定的话："在'社会主义现实主义'这个概念里'社会主义'的定义是主导东西"，又在文章末尾讲解这个定义说："一方面提出真实性和历史具体性，一方面提出同时要结合社会主义教育作用，前者是说明现实主义的创作方法，后者是说明它的思想内容。"在这里我不知道"主导东西""思想内容"有多么大的存在价值。因为作家的世界观和现实生活——社会主义时代的现实生活里，已经包括了"思想内容"和"主导东西"。那么也许有人会说"社会主义时代现实生活里也有非社会主义精神哪！"是的，在复杂的现实生活中，还有着落后和个别阴暗的角落，这也是事实。比如还有小偷，还有私生活堕落的懒汉，有爱情的骗子手，有天天板着虚伪面以背诵马列主义教条而教训人的新传道师……作家在干预这些复杂的问题时，只要是透过无产阶级的世界观去分析解剖这些事物，就不会为这些表面现象所迷惑。当然，我们时代的作家们还不都是百分之百的马克思主义者，他们的思想和我们现实生活有着或远或近的距离，但是，这首先应当从提高作家的马列主义思想水平入手，因为这是一个根子；而"社会主义现实主义"里"思想内容"和"主导东西"却不能弥补作家思想里的缺陷。相反地，缺乏政治锻炼和生活经历的青年作家，反而会更多地搬出来"主导东西"而忽略"现实主义"。只有提高作家的思想水平和意识锻炼，才能消除某些妨碍作家看见生活本质的障碍；只有作家的思想意识或者说是对世界宇宙的看法完全是或者接近社会主义的了，看问题才能看得深而透彻；这是提高文学创作质量的根本前提，而不是凭借"社会主义现实主义"的"思想内容"。如果我们不从根本上寻找原因，就是再来一个"共产主义现实主义"对文学艺术事业也是无济于事。

因此，我觉得"社会主义现实主义"的概念，不如社会主义时代的现实主义更为确切。这样，没有像长之教授批驳的"阉割了社会主义而轻飘飘地换上一个社会主义时代的现实主义"，它，丝毫也不减少作为上层建筑的文学艺术为基础服务的功能。相反的，能减少作家在整个艺术实践过程中的不必要的顾虑。

二

目前，公式化、概念化的文学作品，已经在人人喊打的情况下暂时逃遁隐踪了。但是如果作家们能坐在桌前翻阅一下过去写过的东西，恐怕不难找到公式化、概念化的痕迹吧！当然，这个问题的产生，根本原因是由于作家马列主义水平不高和脱离生活或不深入生活，作家，特别是青年作家艺术表现能力不够，或缺乏文学天才，以至减低了文学为政治服务的作用。但与此同时，作家们在写东西时是否有意无意地想给加上点"思想内容"呢？我看不是没有。本来，作家在处理这些问题时已经从世界观中渗透了很多东西，但是还嫌不够，再加上点"用社会主义精神从思想上去改造和教育劳动人民"的水分，说完全由于"社会主义现实主义"这个定义导致公式化、概念化，未免有些夸大不合事实，但是，这个定义的概念，也不能不说是导致公式化、概念化的很多因素中的一个。有些同志力图把今天的公式化、概念化和古代历来的公式化、概念化联系在一起（见《北京文艺》三月号巴人同志、端木蕻良同志文），企图找到它的历史性，证明今天的公式化、概念化和"社会主义现实主义"这个定义没有一丝一毫的牵连；姑且不谈这种脱离时代专门拿出公式化、概念化来能否找到一个准确的衡量单位，就算能放在一个秤盘里吧，它们之间也有着异同。它们之间的相同点：古今的公式化、概念化都是陈词滥调；古今公式化、概念化的作家都是思想懒汉和艺术天才低下等等。但是他们有着一个不同点：今天的作家怕犯错误，唯恐作品不是"社会主义现实主义"的，因此，除去现实生活和作家世界观所给予他作品的"社会主义精神"之外，还要加上点政治口号，政治说教，我们不是经常读到这样的作品吗？这无论如何不能不算作公式化、概念化的一个类型。那么也许有人会质问我，说作家惧怕批评是没有根据的。那么请回想一下王林同志小说《腹地》的命运，王蒙同志小说《组织部新来的青年人》的命运。那人们也许会问我说：那是批评家曲解了"社会主义现实主义"，那我就要回答说：假如社会主义时代的现实主义是我们所遵循的创作法则，批评家在《组织部新来的青年人》面前，连贩卖教条的一点空隙都找不到。

前一个时期，文艺界单单指责《在前进的道路上》《英雄司机》等几部电影是不公允的，翻开我们的文艺书籍，类似这样思想上百分之百正确就是缺乏艺术生命的东西却也不少，只不过电影是经过演员排演，表现在银幕上，而我们的书却很少有人读过罢了。前些日子，我的一个朋友跟随高等教育代表团去苏联，他回来告诉我说他在基辅看了一场中国电影（太遗憾把名字忘掉了），进了电影院就使他吃了一惊，因为几百个座位只有六个观众（算他自己），电影演到中途，挨着他坐着的一个苏联同志幽默含蓄地对他说："片子的思想水平太高了！"我这位朋友脸红了，他没有方法回答他。因为在思想上这片子是万分之万的正确，但是由于没有艺术生命，也就失去了艺术为政治服务的作用。"人们看这样的电影，读这样的书，远没有买两本理论书读得明快干净。"我的朋友和我最后说了这么几句话。

我想：构成作品公式化、概念化的原因是复杂的。像我前边写的一样，思想水平低啊！生活不深入啊！缺乏天才啊！等等。但是，能写出这些干瘪作品的作家，或者扩大到每一个文学创作者身上，是否在思想深处潜伏着一种"主导东西"呢？这只有平心静气地去思索，才能挖掘出来。那么，这个因素，到底对我们文学繁荣有着多大的好处呢？

当然新中国成立几年来，我们文学创作的园地里还是有很多收获的，如受到人民热烈欢迎的《董存瑞》《保卫延安》《铁木前传》《农村散记》等等，说"社会主义现实主义"这个概念和实质完整无缺的人尽力把它们说是由于"社会主义现实主义"的提倡而取得的收获，但是赞扬"社会主义现实主义"这个创作方法的人却又说："如果有个作家，脑子里就是放不下几句'社会主义现实主义'的定义，而且一定要按照这定义所指出的范围去构思、去创作，那我认为一定写不成好作品！"（见巴人文）我觉得主张"社会主义现实主义"的人，也是非常矛盾，这是常常不能自圆其说的一例，是没人信服的。我感觉是现实主义在我们社会主义时代里的发展，而不是"社会主义现实主义"里的"主导东西"对于我们作家的指引；是凭借作家世界观和客观事物所给予作家现实主义作品的"社会主义精神"，而不是"社会主义现实主义"这个创作方法所给予优秀作品的思想性和艺术性的灵魂。

三

正是由于有些人认为"社会主义现实主义"这个概念对创作是天经地义不容怀疑的，长之教授才过早地、武断地下了定论说主张社会主义时代的现实主义的同志们，是忽视政治第一。长之教授非常直率地说："我们主张两条战线的斗争，政治也要，艺术也要。但是如果在迫不得已的时候，我们宁要政治，而不要艺术！"这些政治术语，说的不能算不对，也非常有声有色，但是这和"社会主义现实主义"的探讨没有多大关联，因为这种抽象的议论说教，没有从文学艺术的特点分析出发，就显得空而无力，丝毫不能动摇作家对"社会主义现实主义"这个概念的怀疑。因为文学艺术事业是党的事业的一部分，政治和艺术有着千丝万缕的联系，从来在文学作品中不可能有宁要政治不要艺术的情况，正如同在我们文学艺术园域里既要《董存瑞》和《刘胡兰》，也要定期举行齐白石先生的画展一样；既要篇幅浩长的《六十年的变迁》，也要单纯的抒情散文一样。齐白石先生的画赢得很高的国际荣誉；抒情散文能让我们生活得壮丽和美好，这也就是达到了文学为政治服务的目的。文学艺术的特点，就是要通过真实生动的人物形象来教育读者，在什么情况下也不会变成"宁要政治"的教科书，如果像长之教授写的那样，那就应当是一篇哲学论文，应当是一篇理论文章，那就不称之为文学艺术了。

恐怕没有一个人能说出一部文学作品里这儿是艺术，那儿是政治吧！长之教授可能说我错误地理解了他的意思，说他谈的"只要政治，而不要艺术"是指政治斗争而言，那么我就会问："既然是政治斗争的术语，为什么硬搬到文学艺术领域里来，不加分析地硬套呢？"这样说教式的评论，永远是不能使人心服的。翻阅一下古今中外伟大艺术大师们的作品，无论是曹雪芹的《红楼梦》，或是托尔斯泰的《安娜·卡列林娜》，无论是肖洛霍夫的《静静的顿河》，或是茅盾的《子夜》，都还没有直接向读者宣布：我这部书是什么什么政治。很难设想，假使这些文学名著离开生动的艺术形象它们还能产生什么巨大的政治效果，文学作品永远是依靠艺术的生命力来达到它思想高度的。我认为说政治标准第一，是指文学艺术这个上层建筑永远为基础服务，文学是有着倾向性（阶级性）的，而不是孤立地从一篇作品里去抽象地谈论它的政治标准。作为文学艺术来讲，艺术性是政治标准的大前提，文学作品里的思想高度首先取决于作品里的艺术形象的高低。这里所说的艺术形象，我认为它已经包括了作家马列主义水平的高低，已经包括了作家各方面的素质和修养，作家的世界观已经渗透在作品人物命运里及所塑造的艺术境界和气氛当中，因此，我认为在评断一部文学作品和一篇小说的质量时，只要这篇小说不是反党的、反革命的、反政策的，政治标准是吻合我们党的事业的，那么首先就要从它所完成的艺术生命上去考究。然而，长期以来恰恰相反，批评家常常是孤立地去分析作品的思想性，很少（至少我读过的不多）从艺术性入手进行评论。比如：在农业合作化高潮之后，批评家往往是按照"关于农业合作化问题"里边的词句来解剖作品，很少看到批评家评论过某个作家作品的艺术特征，从这里来判断我们作品的质量，来考究作品达到的思想高度。我认为所以如此，说完全归罪于"社会主义现实主义"是没有道理的，但至少这个不确切的定义——要求作家对于现实从其革命的发展中真实地、历史地、具体地去描写。同时艺术描写的真实性与历史的具体性必须与用社会主义精神从思想上去改造和教育劳动人民的任务结合起来——会给一些教条主义的批评家找到借口。

四

有人说："什么是'社会主义现实主义'或者'社会主义现实主义'要得要不得的争论，并不是很重要的，现在的问题，还是拿出货色来。"（见巴人同志文）我认为这种论调是不对头的，要是不把一些问题澄清，特别是不把带有方针性的问题搞清，请问"货色"从哪里来？马克思列宁主义不是静止不动的，那么指导我们文学艺术前进的法则和方针也不是静止不动的。正如同我们党要在一九五六年提出"百家争鸣，百花齐放"的方针一样。长之教授认为"社会主义现实主义"不能怀疑，我感觉"社会主义现实主义”有很多不完整和值得怀疑的地方。比如：在“百家争鸣，百花齐放”的方针提出之前，“社会主义现实主义”还是被认为是唯一的创作方法时，一些人物画、风景画算是什么主义的呢？能说自新中国成立后是“社会主义现实主义”的吗？那么不是社会主义现实主义的，又是什么主义的呢？“社会主义现实主义”是没有方法来概括这一部分的。又比如：文艺界同志们都知道何直同志是个有才能的作家，他的有些作品受到读者的热烈欢迎，按说何直同志对“社会主义现实主义”的质疑，也绝非一朝半夕，那么为什么从作品里找不到长之教授所说“个人主义的伤感的东西”的思想痕迹呢？

社会主义时代的现实主义由于受时代的制约，绝非和批判现实主义相等，批评怀疑“社会主义现实主义”的同志，往往过度担心因此会毁灭文学的社会主义的方向，不会的！作家的世界观，现实生活中已经给予作家们巨大的“社会主义”内容，“社会主义现实主义”不如以“社会主义时代的现实主义”代之而更加确切和完整，“社会主义时代的现实主义”会解除我们不必要的束缚，使我们作家更加大胆地去创作。

《人民日报》已经报道了苏联对于“社会主义现实主义”的保卫，中国很多作家也正写探讨和批判文章，但是，由于自己的思想意识认知只这么高，又确信不会像王蒙似的遭受到“围剿”，才有勇气把它写出来，知道一定是不全面或完全错误的，望得到同志们的批评指正。

（选自刘金镛、房福贤编：《从维熙研究专集》，重庆出版社、贵州人民出版社，1985年第1版；原载《北京文艺》1957年4期。）

关于“荷花淀”文学流派

□ 韩映山

小　引

近几年，关于“荷花淀文学流派”（以下简称“荷派”）议论纷纷，有褒有贬，其说不一。这是文坛活跃的现象。本文也想就自己的一点了解和理解，随便谈谈，凑凑热闹，供有志研究此"流派"的专家、学者作参考。

"荷派"是何年形成的？它最初的雏形怎样？以后经过怎样的挫折？如今它的状态和发展如何？这些问题，时常引起人们的争论和关注。

一九八三年，河北省文联，曾召开过"荷派"作品研讨会。天津、北京、山西都有作家、评论家参加。会后，报刊还发表了一些文章。

孙犁在回答一位记者提问时认真而又谦虚地谈了自己对孙犁派（或叫荷花淀派）的看法，他不同意以一个人形成什么流派的说法；但又说："至于说学习影响，那是另一回事，与流派无关。任何事业，年轻的一代总是要受前人的影响，或因为爱好，向某一位老的同行学习。"又说，"风格的形成包括两大要素，即时代的特征和作家的特征。时代特征的细节是：时代的思想主潮，时代的生活样式，时代的观念形态。作家特征的细节是：个人的生活经历，个人性格的特征，个人的艺术师承爱好。以上种种，都不能强求一致，每个人都会有所不同……"最后，他又说，"如果说流派，是只能从上面的原则，才能形成。因此我对流派也不抱虚无的态度。如果在我菲薄的才能之后，出现大材；如果在小溪之前，出现大流，而此大流，不忘涓涓之细，我就更感到高兴了。"

以上就是孙犁对于流派的意见。

小荷才露尖尖角

"荷派"的雏形，实际上是在二十世纪五十年代初，新中国刚刚诞生的时候形成的。

从解放区成长起来的作家孙犁，穿着一身带有征尘的军装，小口袋上插着一支旧钢笔，背着一沓粗稿纸，来到了天津市，住在多伦道一间简陋的小屋里，一面写作，一面编辑了《天津日报》的《文艺周刊》。

这是面向华北，以文学为主的周刊，每周四发整整一版。它的宗旨是：坚持现实主义创作方法，发表思想健康、高尚，内容切实，生活气息浓厚，形式活泼的作品。

在短短的两三年内，文艺周刊即培养出一批为数可观的青年作家。工人作者中有阿凤、董西相、滕鸿涛、郑固藩、大吕、崔春藩、魏锡林、万国儒等；写农村题材的有刘绍棠、从维熙、韩映山、房树民、吴梦起、青林等。

当时写农村题材的作者，年岁都较小，大都在中学里读书。

一九五二年，我十七周岁，正在保定一中读初中二年级。这之前，刘绍棠已经连续在《文艺周刊》上发表了好几篇小说。孙犁的长篇《风云初记》在周刊上连载，配上林蒲的插图，可以说是图文并茂。《风云初记》，像早晨的一片云霞，淀上的片片白帆，林间黄鹂的鸣啭，平原上摇曳的红高粱，带着奇丽的光彩，诗一般的意境，浓郁的生活气息，清新的溪流，出现在新中国的文坛上。

随即，孙犁的艺术，便影响了一批文苑新秀，像初春淀边的苇锥锥，拱出了地皮，披着水灵的阳光，带着紫绿的颜色，生命旺盛地出现在文苑里。如一股清清的溪流，汩汩地流向长江大河中，引起了很多人的注目。

刘绍棠的《摆渡口》、从维熙的《七月雨》、房树民的《诞生》、我的《鸭子》，先后在周刊上发表。这些作品，虽很幼稚、天真，但生活气息极其浓郁，格调健康、向上。尽管题材相近，但风格并不一样，各有长处和短处。彼此亦互相学习、借鉴、启发、取长补短。我们之间，建立了真诚的友谊。我和树民通信较多，相互还寄照片留念。稍后，刘绍棠调河北省文联工作；从维熙北师毕业后，在《北京日报》当编辑；房树民调《中国青年报》。我初中毕业后，因家境艰难、母亲有病，则中途辍学，回乡务农了。在农村时，从维熙给我寄过一本《文学论稿》；房树民寄我一部《被开垦的处女地》。我们的友谊，日益加深。

一九五六年三月十五日，我们共同参加了全国青年创作会议。我们几个分在华北组。当时，绍棠已名声大振，号称"神童"，他穿着一身呢子制服，叼着烟卷，举止潇洒，带着一股"神气"。

我和树民，沉默寡言，坐在小组会议的角落里，静静地听着人们发言。

风吹落叶萧萧下

天，有晴有阴；花，有开有落。这是自然规律。

"青创会"之后，我又回到农村，一面劳动，一面服侍病母，间或也坚持写作。此时，我出版了第一本集子《水乡散记》。

这年夏天，母亲病逝。家乡发了大水。六月，河北省文联调我到《蜜蜂》编辑部。当时，文坛上正活跃，各省刊物纷纷崛起，《山花》《火花》《雨花》，相继开放。河北起刊名《蜜蜂》，则别开生面，与众不同。然好多人不知是文学刊物，竟有人提罐来编辑部买蜂蜜。

这年，孙犁的《铁木前传》问世。它发表在秦兆阳编的《人民文学》上。当时，好像并未引起人们的注意。孙犁好多作品都是这样，发表之时，并不能引起轰动，然而，往往经过一段时间，反而才显露出作品的艺术之光。时间证明《铁木前传》是孙犁的一部成熟力作。这部仅四万来字的中篇，其容量之大，内涵之深，远远越过了和他同时代的反映合作化运动的许多作品。孙犁的艺术，在这部作品中，已达到了炉火纯青的境界。作品写到二十节，他一阵晕眩，栽倒在书橱上。从此大病一场，足有十年，没有动笔。

一九五七年秋，反右开始。刘绍棠、从维熙，相继在报上被批判，后被错划成右派分子。刘放逐回乡，到农场大墙内劳改。

《蜜蜂》被定为同仁刊物、反党小集团。我因刚从农村出来，又因有同志说情，才免遭此难，成为漏网之鱼。然从此也即不敢写作，宛如惊弓之鸟矣！

留得残荷听雨声

风乍起，吹皱一池春水。荷塘里，只有一两片荷叶，还在摇摇地摆动，展露着秃败的姿容，仿佛在聆听雨声的滴答。

参加过那次"青创会"的作者，几乎有百分之八十被错划为右派。

天津工人作者中只剩下阿凤一人。后来孙犁在给阿凤写的序言中，说他是"一颗寂寥的星"，仅存的"一员福将"，他从此也就谨小慎微，创作上也无大的进展。

我和房树民，把主要精力放在编辑工作上，偶尔也写一点小东西，创作也基本停止了。

孙犁一病十年，最初连书也不愿读了。后经疗养，渐渐有所好转，但创作完全停止。他把积存下的稿费，用来买书，主要是一些古书。他深居简出，甘于寂寞，埋头苦读，博览群书。晚年，他的散文，之所以写得那么好，跟他那几年读古文有着密切的联系。他的古文底子，打得很是坚实。

经过《文艺周刊》苦心培养的一批年轻的青苗，就这样凋零了。

煦煦春风吹又生

一九六四年，我国经济上有所回升，文艺界也开始有所活跃。编辑部的领导，为了照顾我的创作，让我每年有三个月的下乡时间。我像一条落在干岸上的鱼儿一样，迫不及待地回到故乡的淀水里去。活蹦乱跳，辗转扑腾。这一年，我一口气写出了两本小说、散文集：《一天云锦》和《作画》。当时，心气很高，似乎又看到了曙光，听到了苇塘里喳喳鸟的鸣叫。

我开始往孙犁家里跑，几乎每周都去一趟。他当时也很寂寞，门可罗雀。我一去了，他的话也格外多，谈深入生活，谈读书，谈写作。我把发表过的报样请他看，他看得很仔细。当《作画》送给他后，他很快就看完了（当时他正在感冒发烧）并写了篇评论，发表在《文艺周刊》上——这是他大病之后的第一篇文章。看来，对创作，对文学事业，他并未完全"洗手"，他仍在关注着祖国的前途，人民的命运，事业的兴衰。他并未脱离凡尘。有时，他也想续写《铁木后传》或《风云后纪》，但一想到"生活"，他又喟然叹息了。他在津郊，下过几次乡，又在蓟县老区住过一阵，曾写过几篇散文。看来，他的笔并未锈住，他还想在文苑里，植下几株花树。

房树民也有短篇发表；刘绍棠摘帽后也开始在《北京文学》露面。只是听不到从维熙的音响。听说他的问题很严重。

在工人作者中，除阿凤之外，又出现了万国儒、张知行、杨柏林。万国儒的作品，简练、隽永，很像孙犁的一些短篇。

唔！"荷派"艺术，似乎又萌生了新枝，展露了嫩叶。残荷下面，又露尖尖角。

然而，好景不长，天空又有阴霾铺展，有沉重的闷雷传来——一场时间最长、危害最大的雹灾又开始了。

十年动乱，文坛一片寂然。

然而，有诗云：野火烧不尽，春风吹又生。浩劫之后，必有振兴。

"十一届三中全会"之后，"双百"方针得到了真正的贯彻。百花园里，花繁叶茂；苇荷荡里，群鸟歌鸣。

"荷派"艺术的主将——枯寂、沉默了近二十年的孙犁，一反常态，重整旗鼓，操起宝刀，驰马上阵了。他广开门路，多方经营：《芸斋小说》《乡里旧闻》《小说杂谈》《读作品记》《文林琐谈》，种种题材、体裁，齐头并举，形式多样。其文字之洗练，蕴义之深刻，针砭时弊之锐利，文风之典雅，使文坛为之一振，许多文人墨客，不得不刮目相看。

他虽不写长篇巨著，然短文杂著，每年能出一本约十几万字的集子。现共出了七八本：《晚华集》《秀露集》《尺泽集》《远道集》《澹定集》《老荒集》。他确实焕发了青春，宛如一枝老荷，开出了芬芳的新花。他的风格也在变化、发展。《芸斋小说》不像《白洋淀纪事》那么清新、幽美了；然更深刻、隽永了，发扬了中国古典短篇小说之传统，继承了《史记》与《聊斋志异》之精魄。他的杂文，尖锐、泼辣、犀利，发扬了鲁迅之文风，又吸收了古文的精髓，成为他自己的一家之言。

在繁忙的创作之余，他每天花去大量时间接待远近登门来访的新老作者。凡有求者，他都热情地、耐心地、仔细地读他们的作品，并写了十几篇《读作品记》。他像从前一样，在关心着、扶植着文学新人的出现、成长。有良心的青年作家，都不会忘记他的。

一九八〇年，孙犁在北京虎坊桥一家旅社见到了刘绍棠和从维熙。他在给《刘绍棠小说选》的序文中说："……我不能见到他们，已经有二十多年了。见到他们，我很激动，同他们说了很多话……他们走后，我是很难入睡的。我反复地想念：这二十年，对他们来说，可以说是天寒地冻、风雨飘摇的二十年。是无情的风雨，袭击着多情善感的青年作家。承受风雨的结果，在他们身上和在我身上，或许有所不同吧？现在，他们站在我的面前，挺拔而俊秀，沉着而深思，似乎并不带有风雨袭击的痕迹。风雨对于他们，只能成为磨砺锤炼，助长和完成，促使他们成为一代有用之才……这一个夜晚，我是非常高兴的，很多年没有如此高兴过了。"

这是一次有意义的会见。

此后，绍棠与维熙，创作之泉，如火山爆发，其势，猛不可当。他们先后写出了几百万字的小说，成为一代之英才。

然而，他们的风格，也发生了极大的变化。这与个人的经历、素质有关，我在我的中篇集《串枝红》后记中说："文学流派，绝不是一成不变的，它随着时代的前进、作者的生活和思想的变动而变异。比如江河之水，它虽源于山泉，汇于海洋，但中经峡谷、港湾、淀泊、苇荡，其溪流水色，也不会是相同的。"

维熙在大墙之内，劳改了廿年，他的经历，遭际使他很难再用原先那种清雅、幽美的笔调来反映他的所见所闻了。他的文风，变得悲壮而遒劲。绍棠虽未进大墙之内，但放逐回乡，其心情和思想也不是当年写《摆渡口》时的情景了。他虽竭力提倡"乡土文学"，然其作品，已失掉了原先作品中那馨香的泥土气息，高雅的诗情画意了。他的中、长篇增添了传奇色彩，故事见长，然失真之处，亦约略可见。其风格，与荷派艺术，变异颇大矣！

树民"文革"以后，也写过一些短小文章，语言风格，很是质朴。但他忙于编务不大写作了，实是可惜。

我因生活经历平淡，又总是写水乡生活，故创作风格，变化不大。"文革"以后，也曾努力，共出版了短篇集三部，中篇集三部；写了百十篇散文，一部长篇。因近来出书，要自己花钱买书号，写作劲头，减弱许多。

不过春风毕竟是春风，何况白洋淀又来了喜水，水生植物又在萌生。菱角、浮萍、茬菜、鸡头，都露出了水面。荷淀里，不会没有莲荷，它会出淤泥而不染，一阵春雨之后，便会钻出水面，铺展开肥大的荷叶，挺出高高的箭杆，开出芬芳的花朵，亭亭玉立于淀面之上。

源远流长无终期

"荷派"虽有起有落，有兴有衰，然此流派的影响，是不会中断的，它不会是强弩之末。它将随着时代的推进向前发展，其形态会是万紫千红，婀娜多姿的。

这是因为，它的艺术根基是现实主义的。它的师承源泉，上溯到中国古典文学及世界各国文学的优秀传统，它是博采众家之长，转益多师是吾师。但重点是司马迁、曹雪芹与鲁迅；外国作家中，是普希金、梅里美、托尔斯泰、果戈理、屠格涅夫、契诃夫、肖洛霍夫……有人认为，荷派作家只学孙犁一人，那是一种无知之谈。世上决无只学一个人就能成为作家的。

孙犁一再告诫我们："要多读一些古今中外名著，要取法乎上。""不要以一人之藩篱，囿自己之手足。"他愿青年作者，跳得更高一些。愿在他"小溪之前，出现大流……"

孙犁在《刘绍棠小说选》序言中，反复强调了现实主义文学传统，他说："中国的现实主义文学传统，是来之不易的，是应该一代代传下去，并加以发扬的。'五四'前后，中国的现实主义，由鲁迅先生和其他文学前驱奠定了基础，这基础是很巩固、很深厚的。现实主义的旗帜，是与中国革命的旗帜同时并举的，它有无比宏大的感召力量。中国的现实主义，伴随着中国革命而胜利前进，历经了几次国内革命战争和八年全面抗日战争。这一旗帜，因为无数先烈的肝脑涂地，它的色彩和战斗力量，越来越加强了。"又说，"它们的现实主义，是同形形色色的文学上的反动潮流、颓废现象不断斗争，才得以壮大和巩固的。它战胜民族主义文学，第三种人文学，以及影响很大的鸳鸯蝴蝶派……现实主义将是永生的。"

正是因为孙犁忠实地继承了中国的现实主义文学传统，并根据自身的丰富经历，出色地发扬了这一伟大传统，所以他的作品经得住时间的检验。他在《孙犁文集》自序中说："……现在证明，不管经过多少风雨，多少关山，这些作品，以原有的姿容，以完整的队列，顺利地通过了几十年历史的严峻检阅。"

他反对那些哗众取宠，赶时髦的假现实主义者，说它们是：腾空而起，遨游太空，炫人眼目，三年五载，忽焉陨落的作品。

"荷派"艺术，主张人品和文品的一致，主张作家有高尚的道德修养；提倡为人生进步、幸福、健康、美好的文学艺术；坚决痛斥那些低级、下流、粗俗的诲淫诲盗的、败坏人伦道德的、黄色或粉色的东西。

"荷派"艺术，并不故步自封，停止不前。它要随着时代的大潮，向前流动，博采中外，兼收古今。但它要坚持民族传统和民族特色。作家应有强烈的民族自尊心和自信心，决不学"西崽相"。

总之，歌颂真善美，鞭挞假丑恶，是"荷派"艺术之宗旨；如果违背这一宗旨，就是对"荷派"艺术的亵渎！

历史将断定：只要人间有真善美的存在，"荷派"艺术就不会消亡，它的艺术生命和影响，将会与日月星辰共存。

一九九〇年二月十七日写

（选自《韩映山文集》第3卷，河北教育出版社，2011年第1版。）

文学的地方特色

□ 韩映山

我很喜欢读一些地方色彩浓郁的文学作品，觉得它们特色鲜明，能把读者带到作品所描写的场景里去，看到当地的风光，呼吸到那里的生活气息，体察到那里的民俗人情。给人以新鲜的、独特的艺术享受。

一个事物，一个场景，一个地区，是都有其个性的，也就是特点。每个作者，因时因地不同，所写的作品也各异，这也即是形成作品的特色和风格的一个方面。这样，才会百花齐放。

我想，如果别的星球已经有了人，有了文学，那个星球上的文学艺术，肯定和地球上的不一样。

时代不同，地理环境不同，水土、民情、风俗不同，文学艺术也不相同。世界文学，各个国家、各个民族都各有其不同的特点。不只文学是这样，连其音乐、美术、舞蹈也都有不同的地方特色。我们看印度电影《流浪者》，它的音乐、舞蹈，它的市容、建筑、风光、习俗，地方色彩是多么浓重啊！它的艺术魅力，吸引我们百看不厌。

法国文学和俄国文学，把几位大作家的作品摆在一起看，也都各有其不同的民族特色。然而他们又各都具有本民族的共同的特点。这很可能跟他们的民族性格、风俗人情有着密切的关系。我喜欢读十九世纪俄罗斯几位作家的作品，他们的作品调子高亢，天地广阔，气魄宏伟。我尤其喜欢读托尔斯泰的作品。从他们的作品中，可以看到这个国家的民族性格，民情风俗，以及河流、草原、森林。俄国文学，写农村的比较多，场面显得很广大，地方色彩浓郁。托尔斯泰的作品就像一幅大油画。即使他的一些不大重要的作品，像《哥萨克》《哈吉·穆拉特》也极其注意渲染地方色彩。这两部中篇，都是写少数民族的，其人物性格、风俗习惯、地理环境都描写得历历如画，能使读者如临其境，如闻其声，能呼吸到当地的泥土气息。

除了托尔斯泰的作品以外，像普希金、果戈理、屠格涅夫和契诃夫的作品，也都有极其鲜明的地方色彩。高尔基称赞契诃夫的中篇《草原》，带有一股草原的香味……他们每人都有着独特的艺术风格，然而却又都是俄罗斯的民族风格和民族气派。

我们中国的文学艺术也有着本民族的风格和气派。像古典作品《红楼梦》，她可以和世界优秀文学争芳比美，可以说是一流的作品。甚至在某些方面，例如就其在刻画典型人物的丰富性和多样性方面，在反映社会生活的深度和广度方面，可以说是世界难得的作品。作者通过黛玉的轿子，把读者带进贾府。又通过刘姥姥三进荣国府，把作品的地方色彩，作品的场景描写无遗。使人感到，这不是在读书，而是随着书中的人物一起生活。作品的艺术结构，像生活一样天然。读者跟着作者的爱和恨，看人物活动，看各种人物的遭遇、命运。通过这个独特的、具体的生活画面，看到了当时整个社会的面貌，看到那个时代各个阶层、阶级的生活和情绪。从宫廷到平民，从僧侣到妓女。贾府上下，奴仆之间，公婆儿媳，妯娌子侄，小姐丫鬟等等，无不写得错综复杂，惟妙惟肖。大观园成为封建社会的一面镜子，它给读者以极其丰富的艺术享受。作品里有美学，有人生哲理以及其他的艺术功力，并不单单为了图解、说明一个什么社会问题，也不仅只是为了成为"阶级斗争的工具"。它的艺术功力远比"工具"要广泛得多，丰富得多，深厚得多。它的艺术生命，能与日月同光。而且可以断定，时代愈久远它愈烁耀着夺目的光彩！

鲁迅的作品也是能够传之久远的。他的小说，继承了中国古典作品艺术的白描手法，汲取了外国优秀作品的特长，发展了民族风格。他也是从自己熟悉的生活里选取题材，很多作品，是从故乡绍兴一带反映辛亥革命前后的大事变，既有地方特点，又有时代风貌。瓜园的月夜，水乡的行船，城镇的酒店，村边的码头，都具有绍兴地方的色彩，和白洋淀水乡大不相同。

在我国当代，有几位作家，也都具有独特的艺术风格。他们也都很注意渲染地方色彩。

例如赵树理的作品，他熟悉的是山西的农村生活，他的作品都带着山西味儿。在他的影响和带动下，形成一个"山药蛋流派"。他们的作品朴实、幽默、通俗，汲取了很多民间文学艺术的特点，故事性强，语言口语化，适合农民阅读。他们这个流派在全国颇有影响。

陕西的柳青，他的《创业史》也十分注意描写陕西秦川一带的地方特色，他书中的人物言谈笑貌、风俗人情、地理环境都和其他地区不同。他所写的蛤蟆滩，使人感到，好像那里的蛤蟆和白洋淀的蛤蟆也不一样。他运用的语言，尤其人物对话，也都是秦川一带的语言。柳青生前常年住在皇甫村，对他的生活根据地充满感情，了如指掌，呼吸着那里的空气，食饮着那一带土壤里的粮食和井水，刻苦地从事创作，所写的许多农民，形象鲜明，性格突出，思想深刻，是一株难得的花树。

我也很喜欢周立波同志的短篇小说。自从他回到湖南深入生活以后，曾连续不断地写了好多短篇小说。它们明丽、天然、清新，具有江南水乡的地方色彩。作者十分注意运用当地的方言土语，好处是显得地方色彩更浓郁、更富于民俗性。缺点是外地读者读着费劲。不过，应该允许作家的偏爱，允许创新。他最近写的一个短篇，已经注意到不过多采用方言土语了。这可能跟题材有关。周立波同志的作品，风格独特，是跟别的作家不同的。

咱们冀中，有两位著名的作家，一是孙犁，一是梁斌，我是很喜欢他们的作品的。

他们的作品有冀中平原的共同风貌。民情、风俗、河流、景色，都纯粹是冀中特有的，和山西、陕西、江南等地绝不一样。人物的音容笑貌，衣着装饰，村庄的房屋建筑，屋里的摆设家具，都别具风格。

冀中的语言很好。两位作家有共同之处，但艺术风格却又各异。一个浑厚，朴实，高亢；一个明丽，清新，凝练。

我们看《红旗谱》，每逢读到描写千里堤旁，滹沱河两岸风光时，耳边似乎就听到那白杨树上哗啦哗啦的声响，看到河水的流淌情形，呼吸到平原上的泥土芳香。

我们从孙犁同志的《白洋淀纪事》《风云初记》和《铁木前传》中，虽然也看到同样的景色，同样的民情、风俗，但给人的艺术享受却又各异。孙犁同志用诗的语言写小说散文，作品里有一种崇高的、抒情的调子，所写的人物、事态、情节、故事、都亲切感人，艺术结构，也似乎天然形成，不留作者的斧凿痕迹。他的作品，达到了极高的艺术境界，并且影响和带动了很多青年作者的成长，形成一个流派。

我感到，文学作品的地方特色，也即是民族特色的个性表现。因此，地方特色越是浓重的作品，其民族性也越是强烈，这也即是说，同一民族的若干地方特色的共性，即民族特色。而这民族特色是寓于地方特色的个性之中的。

地方特色，虽是形成作品特色的因素之一，但形成作家的风格和流派，还有更多的因素，梁斌和孙犁的作品都写了冀中的地方特色，但风格却不一样，就说明这一点。

看来，作家风格的形成，是跟作家的为人、品格、作风、气质，以及他对艺术的偏爱、修养，他选材的角度，对生活的态度，对真善美的发掘和发扬，有着密切的关联。

风格不是个形式问题，它是来自作家的思想和生活，是在创作实践中，自然形成的。单单追求形式的新奇，卖弄技巧花样，投机取巧，故弄玄虚，哗众取宠，招摇撞骗，即使一时"红"得发紫，然而时间将会无情地将它们淘汰，艺术是不允许开玩笑的。

要使自己的作品具有一定的地方特色，我认为作者应该有自己的生活根据地。当然作者应该了解和熟悉各种生活，各种知识，但应该有一种生活最了解、最熟悉，像柳青熟悉他的皇甫村一样。有了这样的根据地，当你构思、写作时，你一合眼就看见了那里的人物、环境、房屋、场院，以及小狗小猫、鸡鸭猪羊、杈耙扫帚、锅碗刀勺。这就是生活的依据。有了这样的依据，再加上作者独到的艺术构思，写出的作品，才不会雷同，才会有自己的特色。

如果你没有一个生活根据地，就容易从主题、概念出发，从一般到一般，迎合一时的气候，图解政策条文；或者道听途说，追求离奇的故事，貌似"紧跟形势""冲破禁区"，可是，所写的作品依然雷同，不会有艺术生命和艺术特色。

有了生活根据地，不是说作者从此就足不出寨院，坐井观天，要适当点面结合、到外地走走，看看，开阔视野。

重要的是作者应经常保持与生活的联系，像婴儿不可断奶。如果我们的作者，都有自己熟悉的根据地，并在写作时，努力挖掘你最熟悉的生活的宝库，努力把你那个地区、行业的特色写出来，你的作品可能会与众不同。

比如，你熟悉草原，就把草原的特点写足，也像契诃夫似的，叫它有香味；你熟悉白洋淀，就把水乡的那股腥气味写足；你熟悉太行山，就把那里的石头和果树味儿写足。你在铁路、矿山、棉纺、邮电、钢厂工作，都要着力把那里的特点写足。我以为这也许是避免创作雷同化和一般化的途径之一吧！

一九七八年冬

（选自《韩映山文集》第3卷，河北教育出版社，2011年第1版。）

深水中去摸鱼

——致友人书

□ 韩映山

李大振同志：

你写给保定地区文联的信，他们转给了我，读后很受感动，倒不是因为你赞扬了我，而是觉得你很真诚，很了解我，在性格气质上，我们相近；在艺术见解上，我们有共同语言。

好几年不见你了，很是思念，本来想借着讨论会，和你见见面，好好谈谈心，不料你却没来成，实感遗憾。

这次讨论会，同志们谈了很多宝贵意见，我是很有收益的。孙犁同志特为这次会写了祝贺信，信是很中肯的，他用不多的文字，概括了我的作品的优缺点，指出今后努力的方向。他希望我打开创作的局面。去年五月间，我到天津看望他，他也曾嘱导我，创作不要太拘谨，要努力使自己的作品达到博大精深的水平。这个要求，对我来说是太高了，恐怕把吃奶的劲头用上，也不一定达到。不过，写作和读书一样，都应当取法乎上，有个较高的目标，比有个低目标好，你说呢？

刘绍棠同志也参加了这次会，他是个热情的、精力充沛的作家。他为"荷花淀"派摇旗呐喊，他愿意将这个"流派"充实起来，发展下去。他鼓励我坚持下去，不甘寂寞，走自己的路。

谈到"荷花淀"派我是很惭愧的。同志们认为我是这个流派的成员之一。老实说，我的成绩很微薄，并没有真正学到孙犁同志作品的精华。学好孙犁的艺术，谈何容易？而且，创作这个行业，只学一家是不行的，而是要博采众家之长，吸百花之髓，酿自家之蜜。但是，博采之中，也有重点，也有偏爱，比如蜂蜜，也不是百花酿成的，它也分枣花蜜、槐花蜜、苹果花蜜，这大概就是文学流派吧！

我们都是很喜欢孙犁同志的作品的，读多了，很自然地就受了他的影响，这种影响，比如血液，将终身会在我们肌体中流动。但这不等于，我们的创作，就是完全学的孙犁同志。创作是个复杂的活儿，它不同于演员演戏，有一个老师，有一定程式，就可以比画。创作需要有自己的思想见解和自己的生活经历，有自己从生活中观察来的人物，积存起来的生活细节，自己从群众中得来的语言。而生活素材，还必须由自己的头脑加工、制造，才成为作品，这作品一旦问世，必然会带着作者的修养和气质，带着作者所生活的时代风貌，带着作者生活土壤的气息，当然也带着作者师承的烙痕。因之，那种认为一个作者，只学一家就能写出作品的看法，是不科学的，也不符合实际。

我深深体会到，就孙犁而学孙犁，是一辈子也学不到家的。我曾经注意到他的艺术源头，注意到他喜欢读的书。他对祖国古典文学很有研究，他尤其喜欢柳宗元、欧阳修、司马迁的文章。他也很喜欢《西厢记》《水浒传》《聊斋志异》。他最喜欢的当然是《红楼梦》和鲁迅的作品。我们在读《风云初记》时，常常感到有《红楼梦》的味道，尤其写女孩子们的那些对话。我们读他的短篇，也能看出，他运用的是鲁迅的白描艺术。鲁迅那种传神的笔法，他学得很成功。他也吸收了俄罗斯十九世纪的伟大作家如普希金、果戈理、契诃夫等人的艺术之长。他也喜欢法国的梅里美，印度的泰戈尔等。

我曾经顺藤摸瓜地摸索了一下他的艺术渊源，真是不摸不知道，一摸吓一跳，他的艺术造诣太广、太深了，是令人惊叹的！有好心的同志，鼓励我们要超过孙犁，我听了，只默然恭听罢了。超越之说，也是不科学的。试问，谁能超过曹雪芹、鲁迅？在艺术的园林里，我们能够栽植出一株与众不同的果树，或是长出一棵异样的花草，就很不容易了。

在会上，同志们还谈到创新问题。创新当然是很重要的，创作的"创"字，就含着发明创造的意思，因此，优秀之作，其思想和手法，都应是新鲜的，非同一般的。比如《红楼梦》，它一问世，就打破了过去那些"才子佳人千部一腔，千人一面"的公式化概念化的小说作法，只按照自己经历的事迹情理描写，反倒新鲜别致。"全书所写，虽不外悲喜之情，聚散之迹，而人物事故，则摆脱旧套，与在先之人情小说甚不同……盖叙述皆存本真，闻见悉所亲历，正因写实，转成新鲜。"（鲁迅：《中

国小说史略》）

但《红楼势》也不是建筑在空中的"红楼"，它也是建筑在前人艺术的台基上。曹雪芹的艺术修养和文化知识，是极其丰富、深广的。他是先有借鉴而后有创新的。"他取鉴的不只是小说，对于戏曲，他也非常爱好……如果我们的民族遗产中，还没有产生《西厢记》和《牡丹亭》，《红楼梦》的艺术造诣，也不会达到如此高度。"（孙犁：《文学短论》）

因此，创新不是个简单问题，不是一朝一夕的事情。它要有多方面的准备。孙犁同志认为，至少要做到以下几点：

一、要有丰富而切实的生活积累。

二、要有正确的思想，科学的即辩证唯物主义的世界观。

三、要对所塑造的人物、所反映的生活，有真实的而非虚假的，强烈的而非肤浅的感情。

四、要对民族的文学遗产，有丰富的知识。

五、要吸收当代的文学创作中正反两方面的经验教训。

创新如果只是个形式问题，玩玩花活，弄点异样儿，那就好说了，它主要是由作家的思想和生活以及艺术修养来决定。

现在有的人，"创新""突破"不离口，而不肯做切实的刻苦的努力，那是不行的。甚至还有个别人，谁也看不起，连鲁迅都认为是"过时了"，一味地追求"离奇""荒诞"，人物说的都是外国话，行动做派都是洋的，却自诩为突破。要突到哪儿去？我还不如不突，还不如守着淀边的小河沟，掏点小虾小鱼儿闹点菜吃好呢！

但是，我也不想老在小河沟儿里掏小鱼儿。我想应当到大淀里深水的地方试一试。那儿水面更广阔，芦苇更幽绿，菱荷更茂盛，鱼儿更肥大。我还想摸条大鱼。

然而，到深水里摸鱼，需要有好的水性，需要有高超的游技，光会"狗刨"是不行了。因此，我准备多练几手，比如"蛙式""燕式""蟹式"。到深水里去，也许摸不到大鱼，摸不到，闹口泥汤喝也可以，反正姿势优美一些，也不错。

一时兴奋，胡乱写了这些，算作与知己谈心吧！

祝好！

一九八二年五月十八日上午草

（选自《韩映山文集》第3卷，河北教育出版社，2011年第1版。）

"大狗叫，小狗也要叫"

□ 韩映山

青年时期，爱好文学，开始总想找点窍门儿，让人家告诉我，如何生活，如何写作。因此，有一段时期，我读了不少指导创作的理论书籍。例如《文学手册》《文学论稿》《和青年谈写作》等。不能说一点作用也不起，但真正运用到写作上的方法技巧并不太多，原因是，那些文艺理论，只能做参考、借鉴，增加一些文艺知识，而不能代替自己的创作实践。

古人云："文无定法。"创作技巧，非自己在实践中摸索不可。鲁迅就不大赞成青年读"小说作法"之类的书。

然而，有些作家谈创作体会的书，还是可以读读的。那时，我读了高尔基《给青年作者的信》、鲁迅的《鲁迅谈创作》、孙犁的《文学入门》（后来改名为《文艺学习》）。这些书，是作家的亲身体会，论点准确、深刻，不端架子不唬人，不空泛地议论，读着很解渴。

孙犁同志在冀中工作时，曾和他的战友们，发起写作运动，编辑了《冀中一日》。出于工作的需要，写了这本书，当时叫《区村连队文学写作课本》，帮助和引导了那时的写作运动，不少的青年作家，都曾受过这本书的影响。

我在中学上学时，很喜欢读它。它通俗易懂，朴实生动，且引用了一些成功或失败的文稿例子，加以评点论述，引人入胜，孙犁的论文和他的散文一样，语言明快简洁，有他自己的风格。当时，我以为读了这本《入学之门》之后，幻想着写作很快就会"入门"了呢！结果，即使这样的书，也还是没使我入门儿。

真正引我入门的，倒是听了他一次报告。

那是一九五三年的冬季。孙犁同志下乡路过保定，省文联主任远千里组织了这个报告会。会上，孙犁同志就生活、学习、写作，谈了自己的创作体会（这次谈话，是根据我当时的摘记整理的）。他说："文学是表现生活的。作家表现的生活有两种，一是直接生活，一是间接生活。我习惯采取前者，即取材于自己的亲身经历和体会。例如我写的《荷花淀》，这篇作品是一九四五年，我在延安时写的。我曾在白洋淀同口镇教过一年书，经常见到乡亲们生活劳动。淀上的风光，那里的人情风俗，很使我怀念。因为怀念，写时就有所强调，我强调了生活中美好的、进步的方面。有人说，白洋淀并不都是那么美好，它也有臭水坑，堤坡上也晒大粪干，你怎么不写呢？我觉得作家不能照抄生活，生活有所强调。我怀念白洋淀，感情自然就赋予了那些美好和进步的方面。但这不等于粉饰生活。写作还是要实事求是，恰如其分。比如写到水生的女人跟丈夫有这样的对话：'你总是很积极的。''你走，我不拦你，家里怎么办？'有人说，这样写，不显得女人太落后了吗？应该写，她说：'好！你走吧！早就该走！我欢送你。'于是她鼓着掌送郎上了前线（笑声）。这样写，虽然显得女人很进步了，但不太真实。一不真实，就不生动了。写东西，还是要恰如其分。"

接着，孙犁同志又强调了那句老话：要写自己熟悉的生活，他以《风云初记》为例说：

有人问我，《风云初记》，你究竟写的哪一带的生活？是大官亭，是白洋淀？我实话告诉你们，主要是取材于我们村的人和事。为什么一开头写那轿车是从保定来的？因为我对保定熟悉，那时我在保定上学。有人说，写飞机扔炸弹、逃跑，那场面很像。因这是我亲眼所见，当时我正在村边掏小鱼。

但是，写作不能叫真人真事限制住。以真人做模特儿，再加以概括类似的人物。比如书中的变吉哥，是真人，但我没完全照他写，生活中的变吉哥，好喝好赌，我没写。我着重写了他的进步。因他搞宣传，就把我的性格加了进去。丁玲同志看了，对我说：'大高个儿，大眼睛，有点像你。'把近似的性格，糅在一个人身上，加以概括，加上作者的思想感情，但注意身份，泥差不多的可以捏。

他又谈到了高庆山和李佩钟的塑造过程。

他还谈了读书的问题，古今中外的书，要多读，精读；他强调了写作要刻苦、勤奋。

最后，他幽默地引了契诃夫的话鼓励青年作者："……大狗叫，小狗也要叫；不要因为有大狗叫，小狗就不敢叫了……"

此后，我便也取材于自己村的人和事，开始写起小说来，竟一发而不可收。

一九八五年七月七日

（选自《韩映山文集》第3卷，河北教育出版社，2011年第1版。）

我是怎样开始写作的

□ 韩映山

《河北文学》开辟了这个栏目，让我开先头炮。我想，这正像打埝掏鱼，先让小鱼在瓦门晃搭一下，然后把大鱼引出来。

自己学习写作，虽然年头不少了，但成绩很小，进步很慢，没什么经验可谈。不过"是怎样开始写作的"，倒是每个作者都有话可说，说出来，可供初学写作的同志们参考。

我想从童年爱好文学谈起，这样比较亲切。一个作者，童年的生活与写作关系很大。

我的故乡，环境很优美，村东是一条潴龙河和一条弯弯的河堤，村西是明净的白洋淀。村中间，有一个坑塘，坑塘布满了绿丛丛的芦苇；夏天，苇喳鸟儿叫得格外好听。我和小伙伴们，很爱在坑塘里洗澡、摸鱼、打"浇水仗"；有时还会去河套拾柴、打草、逮蝈蝈儿，累了，就到河边小屋旁的葡萄架下，喝一气井拔凉水。如果遇到雨天，我们便躲在瓜铺里，坐在高高的铺板上，听看瓜老人讲故事。小时候，什么故事都爱听，神狐鬼怪，"荤"的"素"的，高粱地里的，听一遍就能记住，还要跟没听过的小伙伴去讲。一到晚上，就害怕故事里的那些鬼怪，睡觉蒙上头，过黑门洞就跑。那时候，平原上正进行着抗日战争，故乡的人民抗日情绪很高涨，村子里成立了各种组织：青抗先、农救会、妇救会。我们参加了儿童团，学的是军事科目，练"劈刀"，练"打野外"，练体操。歌声很嘹亮，一开会，歌咏队就啦啦起来。课本是棉纸的，课文也是边区自编的，内容有抗日的小故事，有游击队之歌，我很喜欢读。后来我又看了姐姐保存下的一本《现代文学作品选》，里边有鲁迅、郭沫若、茅盾、巴金、丁玲、冰心等人的作品。我很喜欢鲁迅先生的《故乡》和冰心的《寄小读者》。我又在一个邻家讨索到一本红皮毛边的《呐喊》，一部《红楼梦》，一部歌德的《少年维特之烦恼》，"连唬带榜"地读起来。尤其《红楼梦》读了不知多少遍。有时我还给母亲念，母亲听了说："这书编得多么入情入理儿呀，家长里短儿的，就像真事儿。"

在小学里，我不发忧作文。我用黄草纸订了一个巴掌大的小本，每天写日记，榜地回来也写，摸鱼回来也写，养成了一种习惯，一种兴趣。新中国成立之后，我们村有个中学生，从学校里带来了几本赵树理主办的刊物《劳动文艺》。上边有民间故事，还有那个同学写的民歌，我感到很新鲜。从此我才知道有"投稿"这一说。于是我也练习投起稿来，也学着写民歌，写了很多，可是一篇也没投中。

一九五二年，我考入保定一中，这才有机会读了一些描写解放区生活的新的作品，并受解放区成长起来的一些作家的影响。当时，孙犁同志主编的天津日报《文艺周刊》，经常发表青年作者的作品，除了发表天津几位工人作家的作品外，还发表写农村题材的作品。刘绍棠的《大青骡子》对我启发很大，知道了一个作者写自己熟悉的生活容易写好。什么是自己熟悉的生活呢？无非是打草、掏鱼、放鸭、摇船。一想到这些生活，脑海里就像出现了一幕幕小电影似的，那些人物、场景就争先恐后地跳跃在我的眼前。于是我就写了《鸭子》《高洗子》《瓜园》《弯弯的河堤》等幼稚的习作，并有幸发表在《文艺周刊》和《河北文艺》上。

初中毕业后，我又回到故乡劳动，参加合作化运动，和故乡人民又一起度过了一段艰难的日子。

我对故乡有着真挚的爱。我热爱那里的勤劳朴实的人民，热爱那里的河堤淀水，热爱那里的风光空气以及一草一木。我把这种感情融进了自己的作品里，想使作品真实、朴素地记录下故乡人民的思想情操，反映出这一带的风俗和人情。这是我最初练习写作的一种淳朴的动机。

我认为，一个作者的成长是与时代的培育、党的关怀、人民的教养、师友的鼓励以及作家的提携紧密相连的。

很多作者，大多是从喜欢读书、爱好文学开始走上写作的路。尤其读书很重要。我深感自己读书少，文学底子薄，所以写作水平提高得很慢。前辈作家一再提醒我们，要多读古今中外名著，要取法乎上。光"土闹儿"是成不了大气候的。无论多么有才华的人，也不是一落生就是大作家。而是他读得书多，有丰富的生活阅历，又勤于写作实践才有所成就。作家都是受前辈和同辈作家的影响逐步成长的。什么人也不学，什么书也不读就成为作家？我不信。那样的"天才"，不可理解。也许有的人从娘胎里带来的"艺术细胞"多些，但如果他后天不学习、不勤奋、不谦虚，那些"艺术细胞"就会枯萎的。

书当然读得越多越好，要博览群书，取精用宏。但是世间的书太多了，也不可能全部都读完再开始写作，要边读边写。读书也要有选择，有重点。自己喜欢的作家、作品，要精读，反复读。对艺术，要有自己的偏爱，没有偏爱，不易形成自己的风格。把自己最喜欢的作家、作品读熟了，无形中就受了他们的影响。有人说，我只读孙犁同志一个人的作品，不是的。我比较喜欢他的作品，这是实情。但如果我没有白洋淀生活，没有读一些别的作家的作品，即使把孙犁同志的作品背过，也是不行的。我喜欢读俄罗斯十九世纪几位作家的作品，尤其喜欢读托尔斯泰、屠格涅夫、契诃夫的作品。在中国古典作品中，我最喜欢读《红楼梦》，这是在童年就开始了的。它的人物写得那么活，那么丰富，它的语言那么美，那么好，多会儿读多会儿喜欢。这是一株天才的花树，放散着奇光异彩，她的艺术花朵，是永世不会凋落的，后人是很难赶得上的。在现代作家中，我最喜欢鲁迅先生的作品，他的小说，我也读过很多遍。他的白描艺术，实在出奇地高超，是继承和发展了中华民族的文学艺术传统，又广泛地吸收了外国优秀作品的艺术手法而达到的。我们应该很好地学习鲁迅先生的作品，他是我们新文学的奠基人和扶犁人。在当代，我除了喜欢孙犁同志的作品外，还喜欢梁斌、远千里、周立波和柳青的作品，他们的作品，思想境界高，生活泥土厚实，语言亲切明丽，是一代之杰作。

除了读书之外，还要勤奋地写作，老老实实地写作。不要投机取巧，不要见风使舵，不要追风赶浪。凡是投机的作品，生命不会长久，只能取宠一时。初学写作，最好先下些"笨"功夫，多练习写短篇、写速写、写生活素描、写平凡的日常生活。如果你能把自己亲眼所见的一些生活、人物，写得很像很活，这就不简单，不容易。不信就试试看，比你凭空编造离奇荒诞的故事困难得多。现在有的作者，不认真地观察积累自己熟悉的生活，而是舍近求远，写自己不熟悉的人物和生活，甚至比胆子大，一味地追求别人没写过的题材，以为这样闹对了，可以打响，可以轰动。这种路子，我不以为然。还是"老牛拉车"一步一步地迈好。自然，写作的人，人跟人也不一样，"猪往前拱，鸡向后刨，各有各的道道"。

一九八○年八月三日

（选自《韩映山文集》第3卷，河北教育出版社，2011年第1版。）

二、序跋与文评

《白洋淀纪事》再版附记

□ 孙 犁

病稍愈，这次重印，自校一过。但校得也很粗略，只改正一些重要的错字；可改可不改的地方没有动，留待以后吧。

这次增加《张秋阁》等六篇，也都是过去发表过的。在一本集子的后记里写道："《张秋阁》一篇，是从旧稿中检出，这显然是一个断片，不知为什么过去我把它抛掷，现在却对它发生了一种强烈的感情，这也许是对于这样一个女孩子的回忆，越来越感觉珍重了吧。"（它的写作时间当是一九四七年）《访旧》等五篇，是我一九五二年下乡时感受的材料，一九五三年写成的。这样，这本集子的写作年代，就向后推移了。

一九六二年一月

（选自《孙犁全集》第10卷，人民文学出版社，2004年第1版；

原载中国青年出版社《白洋淀纪事》，1962年年版。）

《白洋淀纪事》重版后记

□ 孙 犁

此次重版，又校正一些错字，主要在书的后半部。增加一篇《女保管》。此外，遵照编辑部的建议，抽去《钟》《懒马的故事》《一别十年同口镇》共三篇。

一九七八年一月二十日

（选自《孙犁全集》第10卷，人民文学出版社，2004年第1版；

原载中国青年出版社《白洋淀纪事》，1978年年版。）

《读〈被删小记〉之余》读后附记

□ 孙 犁

近又有人编选国文教材，以"规范"为名，对《山地回忆》，大加删改。不过事先寄来改样，我复信说："请你不要这样体无完肤地改我的文章，也不要选我的作品。"

又：就是收到你的信的同时，来了两位老师，他们发现：中国青年出版社一九七八年新版《白洋淀纪事》，文字与旧版不同。除有整段删节外，文字改作也很多。这使我大吃一惊，因为关于删改文字，出版社一直没有同我打过招呼。这是一本书，事关重大，我已通知各处正在编印我的作品的同志：一九七八年版的《白洋淀纪事》，已不可据，请用一九五八年或一九六二年的版本。

一九八一年七月六日灯下

（选自《孙犁全集》第10卷，人民文学出版社，2004年第1版；

原刊于姜德明：《雨声集》。）

克明《荷灯记》序

□ 孙 犁

克明同志很谦虚，最近给我来信，要我为他的短篇小说集写篇序。这是不好推托的。

因为也是老朋友了。我现在年老力衰，很愿意为故交们做些引导、打杂、清扫道路的工作，使热心的游览者，得以顺利地畅快地进入他们精心创造的园林之中。

我和克明认识，是在抗日战争结束，我在河间一带工作的时候。真正熟起来，是在土地改革期间，我在饶阳大官亭工作的时候。

大官亭有个规模不小的完全小学。我每天晚上，都要在那间大课室里，召集贫农团开会。散会的时候，常常是满天星斗。有时是鸡叫头遍了。

学校的老师们，和我关系都很好。每逢集日，他们是要改善生活的，校长总是邀请我去参加，并请一位青年女老师端给我一碗非常丰盛的菜肴。我那些年的衣食，老实讲有些近于乞讨，所以每请必到。

吃饱了，就和老师们文化娱乐一番，我那时很好唱京戏。

在这种场合，常常遇到克明。他那时穿着军装，脸上总是充满笑容，很容易使人亲近。那时他已经常常在《冀中导报》的文艺副刊上发表作品了。

进城以后，克明常来看望我。我病了，他从北京给我买了一大瓶中药丸。三年困难期间，他同小秀（就是上面提到的青年女老师）给我送来一包点心，这包点心也不过一斤重，不知为什么，竟触动我心底的情感，写了一首旧诗。这首旧诗，几年后，我把它投入了火炉，内容也完全忘记了。

克明的文章，很多是写儿童生活的，明快流利，主题鲜明乐观，和他那总是笑眯眯的模样相仿。他在政治和生活的道路上，是屡屡跌跤。土改期间，以莫须有的问题受到审查；事情过后，又被错划为"右派"。背着这个黑锅，经过一九六六年以来的运动，其遭遇的艰辛，是可以想象的。他被下放到郊区，自己筑土、伐木，打坯盖房，携家带口，在那里生活了好几年。

克明有股牛劲，在这种情况下，他仍然坚持写作，计划还满不小。他和村中青年合写的小说初稿，我是看到过的。

现在，他也接近老年了，就是那位小秀，她的最小的女儿，也比她在大官亭教书时大多了。时光的流逝，确实是很快的。

受到克明的委托，我就开始考虑怎样来写这篇所谓序。半夜醒来，反复措辞，难得要领。我实在是没有什么新意的。而克明要求我，写一篇"教训的序言"。什么是我们的教训呢，我想到两点：

一、对于现实、对于生活，我们的态度，应该是看得真切一些，看得深入一些。没有看到的，我们不要去写，还没有看真看透的东西，暂时也不要去写，而先去深入生活。我们表现生活，反映现实，要衡之以天理，平之以天良。就是说要合乎客观的实际，而出之以艺术家的真诚。这样，我们写成作品以后，除去艺术加工，就不要去轻易做内容方面的改动了。遇到不正确的批评时，我们就可以有信心，不畏一人之言，甚至可以不畏由一人之言引起的"群言"。现在，有的作品印成出书，还不断随时改易，随势改易，甚至随事随人改易，像修订政策法令一样，这是不足为训的。

二、我们要对文学艺术的基础理论，进行必要的补课。缺多少补多少。在战争环境里成长起来的一些作者，我同克明都在内，得生活的教育多，受书本的教育少。遇到那些文痞们的棍棒主义文艺学说，不一定是慑于他们的权势，倒常常是为他们那些似是而非的、"左"得出奇的理论所迷惑，失去自己的主张，有时会迁就那些明明是错误的论点，损害了自己的良知良能。甚至有时产生悲观绝望的心情，厌世轻生。这都是因为我们平素没有充足的武器以自卫的缘故。

克明的阅历，比我广泛得多，积累的经验，也自然比我多，而且深刻。回顾过去，当然是为了前进。我想，克明目前虽然也显得有些衰老，又多病，但是他的一贯乐观主义的精神，丰富的生活体验，会支持与鼓励他进行新的创作，新的长征。

青春燃起的革命火焰，是不会熄灭的。对于生活，仍然是要充满信心的。长江大河，依然滔滔向东。现在正是春天，依然是桃红陌上，燕筑堂东，孕育着新生。

我十分高兴，把克明盛年开放的这一束花朵，介绍给亲爱的读者，请你们批评。

一九七九年四月十一日晨

（选自《孙犁全集》第5卷，人民文学出版社，2004年第1版。）

《从维熙小说选》序

□ 孙 犁

如果我的记忆力还可靠，就是一九六四年的秋天，我收到一封没有发信地址的长信，是从维熙同志写给我的。

信的开头说，在一九五七年，当我患了重病，在北京住院时，他和刘绍棠、房树民，买了一束鲜花，要到医院去看望我，结果没得进去。

不久，他便被错划为"右派"，在劳改农场、矿山做过各种苦工，终日与流氓、小偷，甚至杀人犯在一起。

信的最后说，只有组织才能改变他的处境，写信只是愿意叫我知道一下，也不必回信了。

那时我正在家里养病，看过信后，我心里很乱。夜晚，我对也已经患了重病的老伴说："你还记得从维熙这个名字吗？"

"记得，不是一个青年作家吗？"老伴回答。

我把信念了一遍，说："他人很老实，我看还有点腼腆。现在竟落到了这步田地！"

"你们这一行，怎么这样不成全人？"老伴叹息地说，"和你年纪相当的，东一个西一个倒了，从维熙不是一个小孩子吗？"

老伴是一个文盲，她之所以能"青年作家"云云，不过是因为与我朝夕相处，耳闻目染的结果。

两年之后，她就更为迷惑：她的童年结发、饱经忧患、手无缚鸡之力、终年闭门思过、与世从来无争的丈夫，也终于逃不过文人的浩劫。

作家的生活，受到残酷的干预。我也没法向老伴解释。如果我对她说，这是特殊历史条件下的特殊国情，她能够理解吗？

她不能理解。不久，她带着一连串问号，安息了。

我也不知道，为什么我没有安息，这一点颇使远近了解我性格的人们，出乎意外。既然没有安息，就又要有人事来往，就又要有喜怒哀乐，就不得不回忆过去，展望前景。前几年，又接到了维熙的信，说他已经从那个环境里调出来，现在山西临汾搞创作。我复信说："过去十余年，有失也有得。如果能单纯从文学事业来说，所得是很大的。"

同信，我劝他不要搞电影，集中精力写小说。

不久，他在《人民文学》上发表了短篇小说《洁白的睡莲花》，来信叫我看，并说他想从中尝试一下浪漫主义。

　　我看过小说，给他写信，说小说写得很好，还是现实主义的。并劝他先不要追求什么浪漫主义，只有把现实主义的基础打好了，才能产生真正的浪漫主义。

　　再以后，就是我和他关于《大墙下的红玉兰》的通信。

　　写到这里，本来可以结束了，但因为前些日子，为刘绍棠同志写序文时，过于紧迫，意犹未尽，颇觉遗憾。现在就把那未了的文字，移在这里，转赠维熙，并补绍棠。

　　在为绍棠写的序文中，我喊叫：要维护现实主义传统。究竟什么是现实主义传统呢？一个现实主义作家，需要何种努力？一部现实主义的作品，要具备什么样的条件呢？我曾写了一个简单的提纲，在绍棠的来信之上：

　　我以为，现实主义的任务，首先是反映现实生活。在深刻卓异的反映中，创造出典型。不可能凭作家主观愿望，妄想去解决当前生活中的什么具体问题，使他的人物成为时代生活的主宰。现实主义的作品，对于生活，对于人物，不能是浮光掠影的。作家在创作这样一部作品时，其动机也绝不是为了新鲜应时，投其所好，以希取宠的。

　　现实主义的作家，要有多方面的修养准备，其中包括在艺术方面的各种探求。经过长时期的认真不懈的努力，才能换来发掘和表现现实生活的能力。因此，凡是现实主义的作家或作品，都不会是循迹准声之作，都是有独创性的。

　　另外，现实主义的作家或作品，都具备一种艺术效果上的高尚情操，表现了作为人的可宝贵的良知良能，表现了对现实生活和历史事实的严肃态度。

　　写到这里，真的完了。但还有一点尾声。直到今日，我和维熙，见面也不过两三次。最初，他给《天津日报》文艺周刊投稿，有一次到报社来了，我和他们在报社的会议室见了一面。我编刊物，从来不喜欢把作者叫到自己家里来。我以为我们这一行，只应该有文字之交。现在，我已届风烛残年，却对维熙他们这一代正在意气风发的作家，怀有一种热烈的感情和希望。希望他们不断写出好作品。有一次，我写信对他说："我成就很小，悔之不及。我是低栏，我高兴地告诉你：我清楚地看到，你从我这里跳过去了。"

我有时还想到一些往事。我想，一九五七年春天，他们几位，怎么没有能进到我的病房呢？如果我能见到他们那一束花，我不是会很高兴吗？一生寂寞，我从来也没有得到过别人送给我的一束花。

现在可以得到了。这就是经过他们的努力，不断出现在我面前的，视野广阔，富有活力，独具风格，如花似锦的作品。

一九八〇年一月二十七日上午，收见维熙来信，下午二时写成

（选自《孙犁全集》第5卷，人民文学出版社，2004年第1版。）

读《蒲柳人家》

□ 孙　犁

绍棠敦于旧谊，每有新作，总是热情告我，希望看看。而我衰病，近年看新作品甚少。他奋发努力，写得又那么多，几年来，长、中、短篇，齐头并举，层出不穷。我只看过几个短篇，也没有提出具体意见。前不久，他签字寄来载有此作的《十月》一册，并附信。我感到实在应该认真读读他的新作了。用两个整天，读完。我视力弱，正值阴雨，室内光线不足，我多半站在窗下，逐亮光读之。

读毕，本想写篇短文。当时因事务多，只把联想到的意见，提纲告他。后又因发生严重晕眩，遂稽迟至于今日。心实愧之。

绍棠幼年成名，才气横溢，后遭波折，益增其华。近年来重登文坛，几个长篇，连载于各地期刊，成绩斐然。今读此作，喜欢赞叹之余，觉得有下面几个问题，可以同他商榷。这些问题，有的与绍棠之作有关，有的无关，是提出和他讨论。

绍棠对其故乡，京东通县一带，风土人物，均甚熟悉，亦富感情。这

是他创作的深厚基础。然今天读到的多系他童年印象，人物、环境比较单纯，对于人物的各种命运，人生的难言奥秘，似尚未用心深入地思考与发掘。人物必与社会风貌关联，才能写出真正时代色彩。绍棠的作品，时代色彩，并不凝重。人物刻画，重在内心，从内心反映当代社会道德伦理，最为重要。然做到此点，不似风花雪月描写之易于成功。在作品中，人物必须与社会结构、社会风尚结合起来写。不如此，所谓时代色彩，则成为涂饰标签，社会、时代、人物，不能实际融为一体。

此中篇，几个主要人物，都写得有声有色，然结构稍松，总体无力，其原因在此。这是高要求，我对于此点，也只是高山仰止，不得其途而进也。

爱情故事，为古今中外文学作品所共有，名著亦然。于是有人把爱情定为文学永久主题之一。其实似是而非。就文学史观之，传世之作，固有爱情；而专写爱情者，即所谓言情小说，产量最多，而能传世者甚为稀少。作品之优劣，读者之爱弃，自不在此。

饮食男女，人之大欲存焉。这只是从生理上说。文学作品固然不能忽视生理现象，然所看重者为心理、伦理现象。伟大作品之爱情，多从时代、社会、道德、伦理着眼，定为悲剧或喜剧的终极。小说之红楼，戏剧之西厢，无不如此。其他，如《牡丹亭》形之于梦中，《聊斋志异》幻之于狐鬼，虽别开生面，其立意亦同。伟大作品，实无为写爱情而写爱情者。

至于"三角"之作，或小人拨乱其间，虽改朝换代，变化名色，皆为公式，不足谈也。

绍棠写爱情，时有新意，然亦有蹈故辙处。不以自己的偏爱写文章，不迁就世俗的喜好写文章，而以时代和社会的需要写文章。这是我年近七十，才得出的结论。

艺术既发源于劳动，即与人类生活现象密切相关。中间虽亦有宗教、政治影响，究以反映人生现实为主。现实主义贯穿中外文学艺术历史，这既是规律，也是事实。

在这一主流之外，尚有旁支流派。写作手法，并不求同，而贵有新的创造。但如脱离现实根本，违反规律，则虽标新于一时，未能有传久者。中国"五四"新文学运动以来，现实主义为其基本传统，当时师承者，除民族遗产外，主要为十九世纪东、北欧现实主义作家和作品。这些作家，除去作品深刻的现实内容外，皆富有伟大的人道主义精神，个性解放思想，社会进步要求。

随着欧美资本主义的发展，及其时时遇到的危机，人的生活，在新情况下遇到的困惑，常常迫使文学艺术，脱离常轨，产生新的派别。此种派别，时时表现为对现实的怀疑、忧虑、不满，内心的反抗。在文学的内容和形式上，形成种种反现实主义的倾向。

这些新的文学流派，在过去，也常常引进到中国来，也常常有人仿效之，宣传之。但常常不能为广大群众接受，并经不起时间考验，迅速灭亡。近几十年，各种新的主义、流派，差不多都曾在中国传播过，但能在此土生根丰茂者甚稀。

文学艺术，自有其民族传统，惟妙惟肖的写实手法，最为中国人民所喜闻乐见。此外，中国的资本主义，并未得到长足的发展，更谈不上成熟与崩溃。社会上的竞奇斗异的趣味，远不同于欧美。此后，从国外引进一些新的文学流派，自亦难免，有的群众也许爱好一时，然从艺术来说，只能说是多了一种普及的样式，并非是对艺术的提高。

二十世纪三十年代，有所谓新感觉派，日本作家横光利一颇有名。中国穆时英初仿效之，后抄袭之，遂即名誉扫地，而此流派亦随之销声匿迹，不再有人称道。

横光利一有一篇小说，题名《拿破仑与疥癣》，他写拿破仑所以征服欧洲，是他的疥癣时常发痒的结果。中国的曾国藩也患有此症，时时对人搔扒，鳞屑飞落，拍马者誉为龙变。难道他的敉平太平天国，也是癣的作用？小说家可以异想天开，编造故事，有时以为越新奇，越能耸人听闻，其实是自促自己作品的寿命。海外奇谈，不能代替文学。

中华民族，这块伟大的土壤，是很肥沃的，对于外来的东西，也是热烈多情的，这一点，从南北朝翻译佛经起，就可以看得出来。但是，如果把文学艺术，比作花卉，只有那些真正有生命力的，并对这块土壤的现实有所补益的，才能在它身上繁殖成活。

绍棠不尚新奇突异，力求按生活实状，自然描述，是其风格之长。然于现实主义的师法继承，似应再为专笃。

绍棠幼年，人称卓异，读书甚多，加上童年练就的写作基本功，他的语言功力很深，词汇非常丰富，下笔汪洋恣肆。但在语言运行上，有泛滥之处。词句排比过长，有失于含蓄。有所长必有所短也。读书似亦甚杂，吸收未加精选。即如卿卿我我的文风，有时也在他的文章中，约略可见。

对于作品，历史有它自己的优选法。历史总是选择那些忠实于它，并对它起过积极影响的作品。历史最正直公平，不需要虚词，更厌弃伪词。任何企图掩盖历史真相，欺世盗名的人和作品，他的本来面目，迟早要被历史揭示出来。读书，博览之外，还要有选择，评文要有高标准。

以上不算评论，原来是想再写封信，告诉绍棠的。现在编入读书记，也要先抄录一份，就正于绍棠，恐不符合实际之处甚多。年岁相差，时代先后，老的见解，总常常是保守落后的。

一九八〇年八月七日立秋节

（选自《孙犁全集》第5卷，人民文学出版社，2004年第1版。）

韩映山《紫苇集》小引

□ 孙　犁

最近，因为学习李贺的诗，也读了杜牧写的序言。我的古文底子很差，反复诵习这篇序，才好像有所领会：古人对于为别人写序，是看得很重的，是非常负责的。杜牧谦让再三，但还是写了。他的序文，对李贺来说，我以为是最确切不过的评价。他用了很长的排偶句子，歌颂了李诗的优长之处，但也指出了他的缺点不足，这篇序文写得极有情致，极有分寸。

我正俯在桌子上读着杜牧的序文，就收到了映山寄来的一包稿子。附着一封信说：他要把自己过去写的短篇，编选成一个集子出版，要我写一篇序。这真是我意想不到也愧不敢当的事。

但因为这是映山的作品，我终于答应试一试。

我和映山，是一九五二年冬季，在保定远千里同志处认识的。那时他是一个农村青年，在保定一中读书。后来，他经常在《天津日报》的《文艺周刊》上投稿。一直到现在，我们之间的文字交往并没有断绝。

这些年，在我交往的人们中间，有的是生死异途，有的是变幻百端的。在林彪和"四人帮"等政治骗子影响下，即使文艺界，也不断出现以文艺为趋附的手段，有势则附而为友，无势则去而为敌的现象。实际上，这已经远劣于市道之交。映山很看不惯这种现象，他热爱农民的质朴，又回到他的家乡——白洋淀附近去了。我是非常赞赏他这种决断的做法的。

映山是很诚实和正直的。一次，我对他说："我有很多缺点，其中主要的是阇于知人，临事寡断。"映山坦直地说："是这样，你有这种缺点。"如果我对别人也说这种话，所得的回答可能相反，但一遇风吹草动，后者的情况，就往往大不相同。

艺术与道德并存。任何时候，正直与诚实都是从事文学工作必须具备的素质。如果谎言能代替艺术，人类就真的不需要艺术了。

映山无疑具备这种素质，应该发扬这种素质。他热爱农村和农民，这是可供文学才力驰骋的广阔天地。映山的作品，有他的特长，这是读过他的作品的人，都会感觉到的。广大的读者，是艺术质量最公平可靠的裁判者，他们不以势利衡文，也不以风向转舵。

凡是为广大群众承认的作家，都是因为他们真实地反映了群众的生活，与群众思想感情之间，建立了牢固、宽广而通畅的桥梁。作家的任务是经常地毫不懈怠地通向群众的心灵深处，长期地无条件地生活在群众中间。

作家不能满足于取得的成绩，不能满足于自己的长处。应该时时刻刻向远大的目标看，艰苦卓绝地沿着伟大的征途前进。不然，他们取得的长处，就会变为短处，而为从四面八方飞来的灰尘所蒙蔽，或为各种可能遇到的风浪所淹没。

映山是很勤奋的。他不断有新的成就，他的视野越来越广大，他的驾驭题材的手段，也越来越加强。近几年来，他除去在农村生活，还在大工厂生活，这对于他的创作前景，都会增加绚丽而有力的色彩。

一九七八年一月二十三日

（选自《孙犁全集》第5卷，人民文学出版社，2004年第1版。）

《刘绍棠小说选》序

□ 孙　犁

今天中午，收到绍棠同志从北京来信：

"现将出版社给我的公函随信附上，请您在百忙中为我写一篇序，然后将序和公函寄给我。

"由于发稿时间紧迫，不得不请您赶作，很是不安。"

于是，我匆匆吃过午饭，就俯在桌子上来了。

绍棠同志和我的文字之交，见于他在黑龙江一次会议上热情洋溢的发言，还见于他的自传，我这里就从略了。

去年冬初，在北京虎坊桥一家旅社，夜晚，他同从维熙同志来看我。我不能见到他们，已经有二十多年了。见到他们，我很激动，同他们说了很多说。其中对绍棠说了：一、不要再骄傲；二、不要赶浪头；三、要保持自己的风格——等等率直的话。

他们走后，我是很难入睡的。我反复地想念：这二十年，对他们来说，可以说是天寒地冻，风雨飘摇的二十年。是无情的风雨，袭击着多情善感的青年作家。承受风雨的结果，在他们身上和在我身上，或许有所不同吧，现在，他们站在我的面前，挺拔而俊秀，沉着而深思，似乎并不带有风雨袭击的痕迹。风雨对于他们，只能成为磨砺，锤炼，助长和完成，促使他们成为一代有用之才。

对于我来说，因为我已近衰残，风雨之后，其形态，是不能和他们青年人相比的。

这一个夜晚，我是非常高兴的，很多年没有如此高兴过了。

前些日子，我写信给绍棠同志，说：

"我并不希望你们（指从维熙和其他同志），老是在这个地方刊物（指《天津日报》文艺周刊）上发表作品。它只是一个苗圃。当它见到你们成为参天成材的大树，在全国各地矗立出现时，它应该是高兴的。我的心情，也是如此。"

文坛正如舞台，老一辈到时必然要退下去，新的一代要及时上演，要各扮角色，载歌载舞。

看来，绍棠同志没有忘记我，也还没有厌弃我的因循守旧。当他的自选集出版的时候，我还有什么话，要同他商讨呢？

我想到：中国的现实主义文学传统，是来之不易的，是应该一代代传下去，并加以发扬的。"五四"前后，中国的现实主义，由鲁迅先生和其他文学先驱奠定了基础。这基础是很巩固、很深厚的。现实主义的旗帜，是与中国革命的旗帜同时并举的，它有无比宏大的感召力量。中国的现实主义，伴随中国革命而胜利前进，历经了几次国内革命战争和八年全面抗日战争。这一旗帜，因为无数先烈的肝脑涂地，它的色彩和战斗力量，越来越加强了。

中国的现实主义，首先是与中国革命相结合的。同时，它也结合了中国文学的历史和世界文学的历史。毫无疑义，十八、十九世纪的西欧文学和俄国文学，东北欧弱小民族的文学，十月革命的苏联文学，日本和美国的文学，对我国的现实主义，也起了丰富和借鉴的作用。介绍这些文学作品的翻译家，我们应当给予高度评价。

我们的现实主义，是同形形色色的文学上的反动潮流、颓废现象不断斗争，才得以壮大和巩固的。它战胜民族主义文学，第三种人文学，以及影响很大的鸳鸯蝴蝶派。历次战斗，都不是轻而易举，也绝不是侥幸成功的。现实主义将是永生的。就是像林彪、"四人帮"这些手执屠刀的魔鬼，也不能把它毁灭。

但是，需要我们来维护。我们珍视现实主义文学的战斗传统，绍棠同志的作品，具备这一传统。

一九七九年十二月十九日下午二时

（选自《孙犁全集》第5卷，人民文学出版社，2004年第1版。）

《平原杂志》第三期编后的后记

□ 孙　犁

一九四五年八月，日本投降，我随华北文艺大队从延安出发，十月至张家口。我迫切想到久别的家乡看看，领导允许了，我单身步行十四日到了安平。在家住了四五天，到蠡县找当时任县委宣传部长的梁斌同志，他介绍我到县城东北的刘村住下来，大概住了有半年光景。在刘村，我写了几个短篇小说，就到冀中区党委所在地的河间去了。

区党委要我编辑一个刊物，这就是《平原杂志》。我接受了这个委托，邀请冀中区各有关方面的同志，在《冀中导报》社开了一个座谈会，大体规定了刊物的性质和编辑方针。关于时事、通俗科学方面的稿件，大都是请《冀中导报》社的同志们执笔，特别值得怀念的，是已经故去的老郑同志，他以残病之躯，好学深思，博识多能。一些国际问题的文章，都是请他写的。文艺方面的稿件则请冀中区一些作者帮忙。当时，区党委好像要配备一个女同志帮助编辑工作，我感到这样又多一个人的人事工作，辞谢了。

刊物的印刷、校对和发行，都由报社代劳。那时我的"游击"习气还很浓厚，上半月，我经常到各地去体验生活，从事创作，后半月才回到报社编排稿件，发稿以后，我就又走了。这种"个人主义"和"自由主义"的编辑方法，当然不足为训，但现在想起来，这个刊物也还不是那么随随便便就送到读者面前去的。它每期都好像有一个中心，除去同志们热情的来稿，围绕这个中心，我自己每期都写了梆子戏、大鼓词和研究通俗文学的理论文章，并且每期都写了较长的编后记。当时主要是想根据农村工作的需要，做一些工作方法的研究和介绍一些通俗的说唱材料。我那时对通俗文学很热心，竟引起一些同志对我的创作前途，有所疑虑。

刊物大约出了六期，我忘记是什么原因停止了。

刊物已不易见到，淮舟同志这次给我抄了一个编后记来。时光流逝，它已是十五六年前的逸文。大病以来，往事如烟，多已不能详细记忆。只记得，当编辑这个刊物的时候，我住在一个农家，在烟熏火燎的小房间里，伏在房东的破旧的迎门橱上从事刊物的编写，在这微不足道的工作里，也有酷冬炎夏，也有夜静更深。并在这个"编辑部"里会见过当时往来冀中，后来成为当代知名作家的一些同志。

一九六二年八月七日夜记

（选自《孙犁全集》第5卷，人民文学出版社，2004年第1版。）

为外文版《风云初记》写的序言

□ 孙 犁

一九三七年秋季，日本帝国主义者侵入中国的华北地区。那时我正在家里，亲眼见到冀中人民在中国共产党的领导下，掀起的巨大的抗日战争的怒潮。

人民的抗日情绪，是一呼百应的，奋不顾身的，排山倒海的。

这一年的秋季到冬季，可以说是人民抗日战争的动员、组织时期。在这一过程里，村庄的局面，开始是动荡不安的，经过党领导的一系列的宣传、组织、教育工作，使人民的抗日的意志和力量统一起来，更高地发扬起来，集中而有力地抗击侵略者。

大家知道，中国共产党从它诞生以来，在华北地区就有很大的政治影响，以后在农村更有了深厚的工作基础。日本帝国主义发动侵略战争前后，党很有远见地加强了这一地区的地下工作。

当我的家乡，遭遇到外敌侵略的时刻，我更清楚地看到了中华民族的高贵品质。在八年的全面抗日战争里，我更深刻地了解到中国农民勤劳、勇敢的性格。他们是献身给神圣的抗日战争的，他们是机智、乐观的。就是在最困难的时候，在最危险的时候，他们也没有低下头来。他们是充满胜利的信心的。这种信心，在战争岁月里，可以说是与日俱增的。

伟大的抗日战争，不只是民族的觉醒和奋起，而且是广泛、深刻地传播了新的思想，建立了新的文化。

在这个历程里，我更加热爱着我的家乡，这里的人民，这里的新的伦理道德、风俗习惯，甚至一草一木。所有这一切都在艰苦的战争里，经受了考验，而毫无愧色地表现了它们是不可战胜的。

所有这一切，都深刻地留在我的印象里，和我的思想、情感融合起来，成为一体。

所以，当一九五〇年，我在天津一家报社工作，因为环境比较安定，我想写一部比较长的小说的时候，我只是起了一个朦胧的念头，任何计划、任何情节的安排也没有做，就一边写，一边在报纸发表，而那一时期的情景，就像泉水一样在我的笔下流开来了。

大家开卷可以看到，小说的前二十章的情节可以说是自然形成的。它们完全是生活的再现，是关于那一时期我的家乡的人民的生活和情绪的真实记录。

我没有做任何夸张，它很少虚构的成分，生活的印象，交流、组织，构成了小说的情节。

我重复地说，再没有比战争时期，我更爱我的家乡，更爱家乡的人民，以及他们进行的工作和他们所表现的高尚品质。

我特别喜爱他们那种随时随地表现出来的、高度的乐观主义精神，这可以被称作革命的乐观主义精神。

我的作品自然反映了这种精神。它在我的心灵里印证最深，它是鼓动我创作的最大的动力。

因为我所经历的生活有限，我的艺术经验不足，加以写作时没有全盘的计划，小说的结构力量，在有些地方是薄弱的，所表现的生活是不够广阔的，以及其他种种缺点。

我希望热心的读者予以批评，赐以教益。

一九六三年九月

（选自《孙犁全集》第5卷，人民文学出版社，2004年第1版。）

文集自序

□ 孙 犁

当我把这几卷文集呈献在亲爱、尊敬的读者面前时，我已经进入七十岁。

当我为别人的书写序时，我的感情是专一的，话也很快涌到笔端上来。这次为自己的书写序，却感到有些迷惘、惆怅。彷徨回顾，不知所云。这可能是近几年来，关于我的创作，我的经历，谈得太多了，这些文字，就都编在书里，此外已经没有什么新鲜意思了。另外，计算一下，我从事文字工作，已经四十多年，及至白发苍颜，举动迟缓，思想呆滞之期，回头一看，成绩竟是如此单薄贫弱，并且已无补救之力，内心的苦涩滋味，富于同情心的读者，可想而知。

限于习惯和体例，我还是写几句吧。

一、每个历史时期，都有它的种种特点。因此，每个历史时期所产生的作家群，也都有他们特殊的时代标志。读历代大作家的文集，我常常首先注意及此，但因为年代久远，古今差异很大，很难仿佛其大概。

我们这一代作家，经历的也是一个特殊的历史阶段。青年读者，对这一代作家，并不是那么了解的，如果不了解他们的生平，就很难了解他们的作品。老一代人的历史，也常常难以引起青年一代的兴味。我简略叙述一下，只能算是给自己的作品，下个注脚。

二、我的创作，从抗日战争开始，是我个人对这一伟大时代、神圣战争，所做的真实记录。其中也反映了我的思想，我的感情，我的前进脚步，我的悲欢离合。反映这一时代人民精神风貌的作品，在我的创作中，占绝大部分。其次是反映解放战争和土地改革的作品，还有根据地生产运动的作品。

三、再加上我在文学事业上的师承，可以说，我所走的文学道路，是现实主义的。有些评论家，在过去说我是小资产阶级的，现在又说我是浪漫主义的。他们的说法，不符合实际。有些评论，因为颠倒了是非，常常说不到点上。比如他们曾经称许的现实主义的杰出之作，经过时间的无情冲击和考验，常常表现出这样一种过程：虚张声势，腾空而起，遨游太空，炫人眼目，三年五载，忽焉陨落——这样一种好景不长的近似人造卫星的过程；而他们所用力抨击，使之沉没的作品，过了几年，又像春草夏荷一样，破土而出或升浮水面，生机不衰。

四、我认为中国的新文学，应该一直沿着五四时期鲁迅和他的同志们开辟和指明的现实主义的道路前进。应该大量介绍外国伟大的现实主义作家的作品，给文学青年做精神食粮。我们要提倡为人生进步、幸福、健康、美好的文学艺术，要批判那些末流的海淫海盗败坏人伦道德的黄色文学。

五、我们的文艺批评，要实事求是，是好就说好，是坏就说坏。不要做人情。要提高文艺评论的艺术价值。要介绍多种的艺术论，提高文艺评论家的艺术修养。要消除文艺评论中的结伙壮胆的行帮现象，群起而哄凑热闹的帮闲作风，以及看官衔不看文章的势利观点。

六、文艺虽是小道，一旦出版发行，就也是接受天视民视，天听民听的对象，应该严肃地从事这一工作，绝不能掉以轻心，或取悦一时，以游戏的态度出之。

七、我是信奉政治决定文艺这一科学说法的。即以此文集为证：因为我有机会参加了抗日战争和土地改革，我才能写出一些反映这两个时期人民生活和斗争的作品。十年动乱，我本人和这些作品同被禁锢，几乎人琴两亡。绝望之余，得遇政治上的拨乱反正，文集才能收拾丛残，编排出版。文艺本身，哪能有这种回天之力。韩非多才善辩，李斯一言，就"过法诛之"。司马迁自陷不幸，然后叹息地说："余独悲韩子为'说难'，而不能自脱。"有些作家，自托空大之言，以为文艺可以决定政治。如果不是企图以文艺为饵禄之具，历史上并没有这样的例证。我是不相信的。

八、我出生在河北省农村，我最熟悉、最喜爱的是故乡的农民和后来接触的山区农民。我写农民的作品最多，包括农民出身的战士、手工业者、知识分子。我不习惯大城市生活，但命里注定在这里生活了几十年，恐怕要一直到我灭亡。在嘈杂骚乱无秩序的环境里，我时时刻刻处在一种厌烦和不安的心情中，很想离开这个地方，但又无家可归。在这个城市，我害病十年，遇到动乱十年，创作很少。城市郊区的农民，我感到和我们那里的农民，也不一样。关于郊区的农民，我写了一些散文。

九、我的语言，像吸吮乳汁一样，最早得自母亲。母亲的语言，对我的文学创作，影响最大。母亲的故去，我的语言的乳汁，几乎断绝。其次是我童年结发的妻子，她的语言，是我的第二个语言源泉。在母亲和妻子生前，我没有谈过这件事，她们不识字，没有读过我写的小说。生前不及言，而死后言之，只能增加我的伤痛。

十、我最喜爱我写的抗日小说，因为它们是时代、个人的完美真实的结合，我的这一组作品，是对时代和故乡人民的赞歌。我喜欢写欢乐的东西。我以为女人比男人更乐观，而人生的悲欢离合，总是与她们有关，所以常常以崇拜的心情写到她们。我回避我没有参加过的事情，例如实地作战。我写到的都是我见到的东西，但是经过思考，经过选择。在生活中，在一种运动和工作中，我也看到错误的倾向，虽然不能揭露出来，求得纠正，但从来没有违背良心，制造虚伪的作品，对这种错误，推波助澜。

十一、我对作品，在写作期间，反复推敲修改，在发表之后，就很少改动。只有少数例外。现在证明，不管经过多少风雨，多少关山，这些作品，以原有的姿容，以完整的队列，顺利地通过了几十年历史的严峻检阅。我不轻视早期的作品。我常常以为，早年的作品，青春的力量火炽，晚年是写不出来的。

十二、古代哲人，著书立说，志在立言；唐宋以来，作家结集，意在传世。有人轻易为之，有人用心良苦。然传世与否，实在难说。司马迁忍发汗沾衣之辱，成一家百代之言，其所传之人，可谓众多。然其自身，赖班固以传。《报任安书》，是司马迁的亲笔，并非别人的想当然之词。文章与作者，自有客观的尺寸与分量，别人的吹捧或贬抑，不能增减其分毫。

十三、我幼年尪怯，中年值民族危难，别无他技，从事文学之业，以献微薄。近似雕虫，不足称道。今幸遇清明之世，国家不弃樗材，念及老朽，得使文章结集出版，心情十分感激。

十四、很长一个时期，编辑作风粗率，任意删改别人文章。此次编印文集，所收各篇，尽可能根据较早版本，以求接近作品的原始状态。少数删改之作，皆复其原貌。但做起来是困难的，十年动乱，书籍遭焚毁之厄，散失残缺，搜求甚难。幸赖冉淮舟同志奔波各地，复制原始资料多篇，使文集稍为完善充实。淮舟并制有著作年表，附列于后，以便检览。

十五、文集共分七卷。计其篇数：短篇小说三十八，中篇小说二，长篇小说一，散文七十九，诗歌十二，理论一部又一百〇四，杂著二部又五十七。都一百六十万言。

文集的出版，倡议者为天津市出版局孙五川等同志，百花文艺出版社社长林呐同志主持其事。出版负责编辑为李克明、曾秀苍、张雪杉、顾传菁等同志。在讨论篇目、校勘文字时，又特别邀请邹明、冉淮舟、阿凤、沈金梅、郑法清等同志参加。正值溽暑，同志们热心讨论，集思广益，在此一并致谢。

一九八一年八月五日写讫

（选自《孙犁全集》第10卷，人民文学出版社，2004年第1版；

原载《人民日报》1981年9月2日。）

读小说札记

□ 孙　犁

一

去年的一期《莲池》，登了莫言作的一篇小说，题为《民间音乐》。我读过后，觉得写得不错。他写一个小瞎子，好乐器，天黑到达一个小镇，为一女店主收留。女店主想利用他的音乐天才，作为店堂一种生财之道。小瞎子不愿意，很悲哀，一个人又向远方走去了。事情虽不甚典型，但也反映当前农村集镇的一些生活风貌，以及从事商业的人们的一些心理变化。小说的写法，有些欧化，基本上还是现实主义的。主题有些艺术至上的味道，小说的气氛，还是不同一般的，小瞎子的形象，有些飘飘欲仙的空灵之感。

二

从今年四月号《小说选刊》读李杭育作《沙灶遗风》。

小说写一民间画屋工，穿插与女店主相恋情节，也写到此地特殊风光及乡俗。主题为农民富裕了，要改变旧生活，父子两代的矛盾。仍为"五四"以来农村小说写法。从中可看到鲁迅、茅盾等所开创的，表现农村题材的现实主义传统。这一传统，在新一代作者中，仍被尊重、继承、发扬，甚可喜也。小说气韵沉厚，无浮夸不实哗众取宠之弊。十分吸引人，读后有美感，有余味。因知生活深厚之作，自可凿凿在人耳目，招人喜爱。非那些搔首弄姿，打情骂俏之所谓言情小说，可以相提并论也。目前文艺刊物，多有那些廉价之作，数量虽多，无关文坛之繁荣。

此篇去年得奖。

三

近年评奖之风盛行，全国各省市所有期刊，争先恐后地举行。其对创作之作用，利弊两方面，究竟如何，尚不甚了了。然有一点甚明：创作的收获，是评奖的基础；不能说，有了评奖，才有了好收获。如果是这样，评奖未兴起之前，亦时有好作品问世，则不得其解矣。封建社会，有了科举制度，然后才有状元。然其所取，非必真正之人才，是例行故事，不能与小说评奖同日而语。今有人认为近年之有佳作，乃评奖之结果，并有人把每年全国得奖之前三名，拟之为"状元、榜眼、探花"。此不只颠倒本末，实不伦不类之甚矣。

四

在本年四月号《萌芽》上，读关鸿作《哦，神奇的指挥棒》。小说写一个青年乐队指挥，在一次汇报演出时的情景。兼写了青年作家、美术家成名道路上的不正之风。小说语言流畅明快，结构简洁。时有讽刺，亦不露浅薄。

近来阅读小说，发现当代青年作家对西洋音乐的爱好，这一方面的知识，较之我们这一代，浓厚丰富。当然有的作品，写音乐只是作为点缀，或卖弄知识。但总的说来，是时代不同的结果。我们这一代，在从事创作之初，革命的主题，是反封建和反帝国主义。革命带有启蒙的性质，口号是到民间去，到农村去。小说所表现的主要是农民。作家所追求、所熟悉的是民间音乐。作家无暇去研究、接触、欣赏西洋的音乐，作品也不需要这方面的描写和内容。

近年随着开放政策，随着电影、电视的普及，接触西洋文化的机会，比过去增多。在文学作品中，得到反映，这也是很自然的事。

但是，这种题材的小说，它的读者，当前恐怕还只能是在城市，不在农村。农民所喜爱的，恐怕还是民族的艺术，民间的音乐。农民对于文学艺术的爱好，不会像对物质生活，改变得那样快，是可以断言的。

五

去年读了汪曾祺的一篇《故里三陈》，分三个小故事。我很喜欢读这样的小说，省时省力，而得到的享受，得到的东西并不少。它是中国的传统写法，外国作家亦时有之。它好像是纪事，其实是小说。情节虽简单，结尾之处，作者常有惊人之笔，使人清醒。有人以为小说，贵在情节复杂或性格复杂，实在是误人子弟。情节不在复杂，而在真实。真情节能动人，假情节使人厌。宁可读一个有人生启发的真情节，不愿读十个没有血肉的假情节。

我晚年所作小说，多用真人真事，真见闻，真感情。平铺直叙，从无意编故事，造情节。但我这种小说，却是纪事，不是小说。强加小说之名，为的是避免无谓纠纷。所以不能与汪君小说相比。

六

古华写的《九十九堆礼俗》中，有一个寡妇叫杨梅姐；李杭育写的《沙灶遗风》中，有一个寡妇叫桂凤；张贤亮写的《绿化树》中，有一个"寡妇"叫马缨花。（这篇小说，目前我还只读了一半。）杨梅姐是小说的主角，桂凤是小说的配角，马缨花是小说中的重要人物。

我读小说很少，在不长的时间里，在当代农村题材小说中，遇到了三个寡妇。难道是作家们对寡居的妇女，有特殊的感情？或是像俗话说的"寡妇门前是非多"，好作文章？当然都不是。

这是和长期以来，在带有浓重封建色彩的农村生活里，寡妇所处的社会地位，她们生活的特殊困难，她们为了适应这种地位所锻炼成的性格特点，吸引了我们的作家。作家们都用同情的、近乎人道主义的态度去描写了她们。杨梅姐身上有风情，马缨花的风情更强烈些，杨梅姐并在似梦非梦的情况下，被露骨地、带有刺激性地描写过。桂凤则写得有节制、有拘束，没有肯放手去写，并急转直下，在小说结尾，成为对过去了的时代唱挽歌的人物。

七

张贤亮的中篇小说《绿化树》，这一期《小说选刊》只登了一半，我用两天时间读完了。作者的经历、学识，文学的修养，对事业的严肃性，都是当前不可多得的。

他的小说，受欧美，尤其是俄罗斯文学影响较重，时有普希金、果戈理、高尔基的创作精神，流露其间。开头一段，车夫所唱民歌，与大自然的协调，结合主人公的感叹，三方面交相激扬，其神韵，达到了使人惊心动魄，回肠荡气的效果。

马缨花这一人物写得很好，从中更可看到普希金、梅里美、高尔基人物创造的神髓。描写她的形象那一节，用笔自是不凡。

作者说这部小说，所得启示，与《资本论》有关，然从所读章节，实在还没有看出这一点。等看完以后再说罢。

八

为人、处世、写文章，都有拘谨和开放两途。有人写小说，总是显得局面小，意境、人物、故事，都好像有一个小围墙，突展不开，这就是一个缺点。有的人展开了，有时又漫无边际，使人物、故事不得集中，主题不得突出，这也是一个缺点。生活基础大，积累雄厚，写作时就能够触类旁通，头头是道。到处能够触景生情，因情见色，随意点化，无不成趣。如果生活的积累，还不到这种程度，文笔方面，虽有开放之长，也会产生流弊。量体裁衣，扬长避短，就不如先写些短小的作品。等到生活进一步丰富了，再写较长的作品，发挥自己的所长，自然就能相得益彰。

去年读了铁凝的《没有纽扣的红衬衫》，有这样一点意思。本想见面时和她谈谈，供她参考，但一直没有机会，就先记在这里，以备遗忘吧！

一九八四年四月十四日写讫

（选自《孙犁全集》第7卷，人民文学出版社，2004年第1版。）

书淮舟所拟文集目录后

□ 孙　犁

今年春节期间，天津市出版局孙五川同志、林呐同志来寒舍，提议由百花文艺出版社编印我的文集，这是一番好意，我很愉快地答应了。出版社负责审阅稿件的同志：李克明、曾秀苍，乃多年友好；张雪杉、顾传箐、董令生，系新识彦俊。编辑工作进行，颇为顺利。克明同志希望由我编出目录。但我年老多病，记忆力差，视力亦弱。而所为文章，大都年深日久，回忆旧事，查阅资料，均感困难。念及再淮舟同志，对我的旧作，涉猎较广，考索有年，一向热心，勤于任事。我就函请他代拟一份目录出来，供出版社参考。我请出版社也编一份目录，以便临时取长补短，互相对证。

淮舟很快就把目录编出来了，并写有一篇编目说明。所拟目录，系按文体区分为若干卷，每卷依写作年月，顺序排列。每题之下，除注明写作年月外，又尽可能查出最初发表在何种刊物之上。这样，就成为一份我的作品的分类编年表，使时代、地域、环境联系起来，除作文集编目参考外，还对从事教学及有兴趣研讨者，提供了一份比较可靠的资料。

这只是一份资料。"编目从宽，选目从严。"把现在可能找到的文章，全部编列在内，其旨在取精用宏，并非贪多务得。将来文集的具体编目，以及分卷、分类等体例问题，还要和出版社商讨，并听取读过这份拟目的广大读者的宝贵意见。

对目录，我做了一些订正。对编目说明，我也做了一些修改，主要是删除空泛议论，突出具体材料。

徐光耀同志和《莲池》编辑部，愿意提供宝贵篇幅，发表这样近于学术性的文字，乡土之情谊，同道之爱助，使我十分感动。

一九八一年五月二十七日灯下

（选自《孙犁全集》第10卷，人民文学出版社，2004年第1版；

原载《莲池》1981年第5期。）

《贾平凹散文集》序

□ 孙 犁

我同贾平凹同志，并不认识。我读过他写的几篇散文，因为喜爱，我发表了一些意见。现在，百花文艺出版社要出版他的散文集了，贾平凹来了两封信，要我为这本集子写篇序言。我原想把我发表过的文章，作为代序的，看来出版社和他本人，都愿意我再写一篇新的。那就写一篇新的吧。

其实，也没有什么新鲜意思了。从文章上看（对于一个作家，主要是从文章上看），这位青年作家，是一位诚笃的人，是一位勤勤恳恳的人。他的产量很高，简直使我惊异。我认为，他是把全部精力，全部身心，都用到文学事业上来了。他已经有了成绩，有了公认的生产成果。但我在他的发言中或者通信中，并没有听到过他自我满足的话，更没有听到过他诽谤他人的话。他没有否定过前人，也没有轻视过同辈。他没有对中国文学的传统，特别是"五四"以来的现实主义传统，发表过似是而非的或不自量力的评论。他没有在放洋十天半月之后，就侈谈英国文学如何、法国文学又如何，或者东洋人怎样说，西洋人又怎样说。在他的身旁，好像也没有一帮人或一伙人，互相吹捧，轮流坐轿。他像是在一块不大的园田里，在炎炎烈日之下，或细雨蒙蒙之中，头戴斗笠，只身一人，弯腰操作，耕耘不已的青年农民。

贾平凹是有根据地，有生活基础的。是有恒产，也有恒心的。他不靠改编中国的文章，也不靠改编外国的文章。他是一边学习、借鉴，一边进行尝试创作的。他的播种，有时仅仅是一种试验，可望丰收，也可遭歉收。可以金黄一片，也可以良莠不齐。但是，他在自己的耕地上，广取博采，仍然是勤勤恳恳、毫无怨言，不失信心地耕作着。在自己开辟的道路上，稳步前进。

我是喜欢这样的文章和这样的作家的。所谓文坛，是建筑在社会之上的，社会有多么复杂，文坛也会有多么复杂。有各色人等，有各种文章。作家被人称作才子并不难，难的是在才子之后，不要附加任何听起来使人不快的名词。

中国的散文作家，我所喜欢的，先秦有庄子、韩非子，汉有司马迁，晋有嵇康，唐有柳宗元，宋有欧阳修。这些作家，文章所以好，我以为不只在文字上，而且在情操上。对于文章，作家的情操，决定其高下。悲愤的也好，抑郁的也好，超脱的也好，闲适的也好。凡是好的散文，都会给人以高尚情操的陶冶。王羲之的《兰亭集序》，表面看来是超脱的，但细读起来，是深沉的，博大的，可以开阔，也可以感奋的。

闲适的散文，也有真假高下之分。"五四"以后，周作人的散文，号称闲适，其实是不尽然的。他这种闲适，已经与魏晋南北朝的闲适不同。很难想象，一个能写闲适文章的人，在实际行动上，又能一心情愿地去和入侵的敌人合作，甚至与敌人的特务们周旋。他的闲适超脱，是虚伪的。

因此，在他晚期的散文里，就出现了那些无聊的、烦絮的，甚至猥亵抄袭的东西。他的这些散文，就情操来说，既不能追踪张岱，也不能望背沈复。甚至比袁枚、李渔还要差一些吧。

情操就是对时代献身的感情，是对个人意识的克制，是对国家民族的责任感，是一种净化的向上的力量。它不是天生的心理状态，是人生实践，道德修养的结果。

浅薄轻佻，见利而动，见势而趋的人，是谈不上什么情操的。他们写的散文，无论怎样修饰，如何装点，也终归是没有价值的。

我不敢说阅人多矣，更不敢说阅文多矣。就仅有的一点经验来说，文艺之途正如人生之途，过早的金榜、骏马、高官、高楼，过多的花红热闹，鼓噪喧腾，并不一定是好事。人之一生，或是作家一生，要能经受得清苦和寂寞，经受得污蔑和凌辱。要之，在这条道路上，冷也能安得，热也能处得，风里也来得，雨里也去得。在历史上，到头来退却的，或者说是销声匿迹的，常常不是坚定的战士，而是那些跳梁的小丑。

一九八二年六月五日晨起改讫

（选自《孙犁全集》第6卷，人民文学出版社，2004年第1版。）

读冉淮舟近作散文

□ 孙　犁

淮舟从地方调到部队工作，不久，他就出差到东北和西北，并把旅行所见，写成散文，陆续在各地报刊发表。淮舟工作勤奋，文笔敏捷，当我看到他这些文章时，心里很是高兴的。以为，他在编辑部工作多年，生活圈子很小，现在有工作的方便，能接触广大的天地，这对他从事创作来说，当然是一个很好的转机。

他的文章，我只是看了很小的一部分，就我看过的来说，也还有不少不足之处。当然这也是写这类文章，常常不易避免的。旅行见闻，也可以说是见闻速写，多少年来，成绩虽说很大，也沿袭着一种缺点：就是走马观花，浮光掠影。因为刚刚到那里，所遇又都是生疏的人和事。如果说是经别人介绍，那就是转了一道手，材料的真实价值，更差一等。对人物，接谈一两次，谈者言不由衷，听者挂一漏万，写出来的东西，常常与现实生活，距离很大。加上，在进入这一地区之前，缺乏知识准备，例如历史、地理方面的；风土人情方面的；文物古迹方面的。因为知识不足，在写作时，就感到局促困难。我们常说调查研究。调查研究，谈何容易！有些借调查研究之名，贩卖主观唯心之实，实在不乏其例。

我以为，写这种文章，不要急于求成。不要见到就写。对于人物，对于生活，要多看看，特别是要多想想。对于材料，要有取舍，要舍得剪去那些枝枝蔓蔓。不要倚马万言。离开那里，回味一下再写，就会更好一些，更客观一些。

因为写这种文章，最容易带有个人主观成分。更何况，很长时期，我们对于这种文章，还提倡要有浓重的作者抒发。其实，这是很不可靠的。因为你既是人地两生，你既是仓促上阵，客观的把握还很小，主观的抒情，就更容易落空。

对生活看得准，写得真，这是很不容易的事。但是有补救之方，那就是多看，多听，多想。力戒从心所欲，力戒想当然。不要急于求成，不要贪多务得。让生活和人物的印象，在你的脑海里沉淀一下，再写不晚。

每一篇要有一个主题，一个中心。淮舟这次写的文章中，有些是太松散了。

一九八〇年十二月十二日上午大风寒

（选自《孙犁全集》第6卷，人民文学出版社，2004年第1版。）

再谈贾平凹的散文

□ 孙　犁

自从读了《一棵小桃树》以后，不知什么原因，遇见贾平凹写的散文，我就愿意翻开看看。这种看，完全是自愿的，很自然的。就像走在幽静的道路上，遇见了叫人喜欢的颜面身影，花草树木，山峰流水，云间飞雀一样，自动地停下脚步，凝聚心神，看看听听。

老年人精神不济，眼力不佳，报刊上的奇文佳作虽多，阅读的机会却很少。一是刊物太多太杂，看不过来；二是一看题目，又多是什么"青青"呀，什么"声声"呀，什么"风情"呀，好像吆喝小卖一样，一语道破，柜子里是什么货色，也就没有兴趣去急看过问了。当然，以题目取舍文章，很多好的东西，可能就失之交臂了。再有就是怕看长文章，还有就是怕看小字。

最近一个时期，先后读了贾平凹四篇散文。一篇写大雪中出行的，登在《天津日报》文艺周刊上，题目忘记了。另一篇题目好像是《泉》，写伐倒的一棵老槐树，又长出新枝的，却忘记了登在什么刊物上。第三篇是《静虚村记》，登在《文学报》上。第四篇就是登在近期《散文》上的《入川小记》。《入川小记》也是小字，却破例在灯下细读了。

说句真诚的话，读贾平凹的散文，对我来说，的确是一种享受。再说句请作者不要见怪的话，也是一种消遣。

我不大喜欢读，更不喜欢看那些"紧张、火炽"的，或者"香艳、肉感"的文艺场面。因为不喜欢，我就常常认为，这些场面，都是装腔作势的，虚伪编造的。避之唯恐不及，就像走在路上，遇到了什么使人不愉快或者厌恶的事物一样。

我常常想，人类是从山林里发源的，带有喜爱自然的天性。我曾对人讲，如果把一只新捉来的山雀，笼装挂在大城市的繁华街道上，不上两天，它就会无疾而终。这当然是我的杞忧，因为繁华的都市生活，正在以其宏大的物质力量，吸引着大量原来生活在山林里的人。

身处人海之中，心想山林之美，我读着贾平凹的散文，就像离开了大都市，又从容漫步在山野乡村的小道上了。在这种小道上，我闭上眼睛走，也不会遇到什么危险的。吹来的风，是清新的，阳光是和暖的，仰头彩云浮动，俯视芳草成茵。行路人即使忍饥挨渴，摩顶放踵，他的心情也是平静的，没有任何哀叹和怨言吧。

然而，自然的天地在逐渐缩小，物欲在人的精神世界里，比重越来越大。人口的密度越大，道德的观念越薄。这是不用做什么实验，就可以看得很清楚的。

为了寻求一种安宁身心的机会，不期然而然的，我遇到了贾平凹的散文。

有一位同志曾经好心地从北京写信告诉我："贾平凹近来的散文，哲理多了，生活少了。"我复信说："有这种现象。你是否写篇文字，和他讨论一下，促使他考虑呢？"另外我说，"年轻人喜欢上了什么，他总要热衷执着一个时期的。过后，他也许就会改变一下航道。"说这种话，已经是去年秋季的事了。那位同志，出于慎重，也没有写什么文章。

当然，例如写大雪的那篇，还有写古槐的那篇，哲理是多了一些。但像近来写的《静虚村记》和《入川小记》，其中就没有什么"哲理"，累累挂满枝头的，都是现实生活。

以这两篇散文而论，他的特色在于细而不腻，信笔直书，转折自如，不火不温。他的艺术感觉很细致，描绘的风土人情也很细致。出于自然，没有造作，注意含蓄，引人入胜。能以低音淡色引人入胜，这自然是一种高超的艺术境界。

他有些散文，在细致这一点上，好像受了泰戈尔散文的影响，这是可能的。在艺术感觉、作者用心上，时代不同，生活各异，也是会有相通之处的。但是，总的看来，他的散文是中国传统的，是有他自己的特色和创造的。最突出的就是《静虚村记》和《入川小记》。

他的创造在于：用细笔触，用轻淡的色彩，连续不断地去描绘现实生活中，人们所习见，而易于忽略的心理和景象。在他的笔下，客观与主观，都是非常自然的，非常平易近人的。而其声响却是动听的，不同凡响的。

他的文字，于流畅绚丽之中，略略带有一种山野朴讷的音调，还有轻微的潜在的幽默感。以这样的文字，吸引读者，较之那种以高调门吸引读者，难度更大。但他做到了。当然，在文字上，有些地方，还可以推敲，还可以更考究。

在这两篇之中，我尤其喜爱《静虚村记》，我认为这是一篇更完整，更格调一致，更自然，更有现实意义的散文。

过去，我确实读过不少那种散文：或以才华自傲；或以境遇自尊；或以正确自居。在我的读书印象里，残存着不少杂质。贾平凹的散文，代我扫除了这些杂质，使我耳目一新。当然，就像我最喜爱的这篇《静虚村记》，如果给它推算一下命运，也可能得不到多少选票，不能引起轰动。（好在作者著作宏富，我推算错了，也不妨事。）因为这不是一篇大富大贵的文字，而是一篇小康之家的文字。读着它，处处给人一种风调雨顺，五谷丰登，光亮和煦，内心幸福的感觉。这不能不说是足以表现我们的伟大时代的祥瑞之作。

一九八二年四月七日晚，大风降温，披棉袄，灯下记

（选自《孙犁全集》第6卷，人民文学出版社，2004年第1版。）

谈铁凝的《哦，香雪》

□ 孙　犁

收到你的信和寄来的《青年文学》。国庆节以后，我先是闹了几天肠炎，紧接着又感冒，咳嗽很厉害，夜晚不能安睡。去年这时，好像也这样闹过一次。人到老年，抵抗力太差了。

刊物一直放在案头上，唯恐叫孩子们拿走。今晚安静，在灯下一口气读完你的小说《哦，香雪》，心里有说不出的愉快。这篇小说，从头到尾都是诗，它是一泻千里的，始终一致的。这是一首纯净的诗，即是清泉。它所经过的地方，也都是纯净的境界。

读完以后，我就退到一个角落里，以便有更多的时间，享受一次阅读的愉快，我忘记了咳嗽，抽了一支烟。我想：过去，读过什么作品以后，有这种纯净的感觉呢？我第一个想到的，竟是苏东坡的《赤壁赋》。

我也算读过你的一些作品了。我总感觉，你写农村最合适，一写到农村，你的才力便得到充分的发挥，一写到那些女孩子们，你的高尚的纯洁的想象，便如同加上翅膀一样，能往更高处、更远处飞翔。

是的，我也写过一些女孩子，我哪里有你写得好！在农村工作时，我确实以很大的注意力，观察了她们，并不惜低声下气地接近她们，结交她们。二十多年里，我确实相信曹雪芹的话：女孩子们心中，埋藏着人类原始的多种美德！这些美好的东西，随着她们的年龄增长，随着她们的为生

活操劳，随着人生的不可避免的达尔文规律，逐渐减少，直至消失。我，直到晚年，才深深感到其中的酸苦滋味。

在农村，是文学，是作家的想象力，最能够自由驰骋的地方。我始终这样相信：在接近自然的地方，在空气清新的地方，人的想象才能发生，才能纯净。大城市，因为人口太密，互相碰撞，这种想象难以产生，即使偶然产生，也容易夭折。

你如果居住在一个中小城市，每年有几次机会到偏远的农村去跑跑，对你的创作，将是很有利的，我希望能经常读到你这种纯净的歌！

一九八二年十二月十四日

（选自《孙犁全集》第7卷，人民文学出版社，2004年第1版。）

《孙犁散文选》序

□ 孙 犁

这本集子，是谢大光同志受人民文学出版社的委托，编选而成。我看过了目录，以为：作为选家，大光是很有眼光的，他对编辑方法的见解，也很新颖，详见他所写的后记。

自从我决定不再为别人的书写序以来，为自己的书写序的兴趣，也大大淡薄了。各地委托别人代选的（有的广告上说是我自选，不确）、出版的我的别集，我都没有写序。这次，大光和出版社，一定要我写一点，屡辞不获。实在没有新意，就说几句闲话吧。

我一向认为，作文和做人的道理，是一样的：

一、要质胜于文。质就是内容和思想。譬如木材，如本质佳，油漆固可助其光泽；如质本不佳，则油漆无助于其坚实，即华丽，亦粉饰耳。

二、要有真情，要写真相。

三、文字、文章要自然。

三者之反面，则为虚伪矫饰。

以做人为譬：有的人，在那非常不光彩的年代里，他所贴的大字报，所写的大批判，所负责的刊物，所写的小说，目前仍在书店仓库里堆放着，废品站里收购着，造纸厂里还魂着，总之是还没有处理完毕，他已经忘记得干干净净了。坐而论道，大言不惭，神气十足，俨然君子。当然，以上种种，也算不得什么大事，忘记了也不影响国计民生。但对写作来说，却并不这样简单。因为，这不仅是一种文风，也是一种心术，如不痛下决心改正，要他写出有真情真相的作品，我以为十分困难。

另外，传说有一农民，在本土无以为生，乃远走他乡，在庙会集市上，操术士业以糊口。一日，他正在大庭广众之下作态说法，忽见人群中有他的一个本村老乡，他丢下摊子，就大惭逃走了。平心而论，这种人如果改行，从事写作，倒还是可以写点散文之类的东西的。因为，他虽一时失去真相，内心仍在保留着真情。

一九八二年十二月二十五日

（选自《孙犁全集》第7卷，人民文学出版社，2004年第1版。）

短篇小说集《青枝绿叶》前记

□ 刘绍棠

这里的五篇小说，都写的是我的家乡——北运河平原上的故事。我出生在这个平原上紧紧靠着河边的一个小村庄里。运河的河水和平原的土地，哺育我长成为一个充满青春活力的十七岁的青年。我和我的家乡，有着一缕深深的、就像"母子连心"那样的情感。

党给予我的培养教育，使我从一个蒙昧的孩子，逐渐成为一个具有革命思想的人；使我的眼睛亮起来能看到萌芽的新事物，看到更美丽更幸福的将来。

我，一个直接由党栽培起来的青年，即使有星星点点的成绩，也都是渗透着党的心血的；因此我没有任何理由骄傲自满。我要遵循着毛主席的文艺方针，长期地投身到火热的斗争生活中去，在艰苦的斗争生活中锤炼自己；也要努力学习政治理论和文艺作品，求得把写作水平提高一步。

这五篇小说，我是希望反映我们祖国的幸福生活，可爱的人物和模范的故事，但是由于我水平的关系，是写得非常不够的。希望读者同志们多多给我提意见，使我在写作上能获得帮助。

一九五三年五月

（选自刘绍棠：《乡土与创作》，吉林人民出版社，1982年第1版。）

新版《青枝绿叶》题记

□ 刘绍棠

虽然不是朝花夕拾，却也是明日黄花，过时的风景了。

这本书，收入了我从十三岁到二十岁的主要习作，展示了我从一九四九年到一九五六年所走过的创作道路。这些作品，是刚刚破土的幼苗，吐绿的嫩芽，绽蕾的小花，充满着儿童的天真、少年的热情和刚刚跨入青年时代的不成熟的思考，也保存着由于时代原因而难免的失误，正是20世纪50年代的我和我的创作的真实写照。

重读这些早年的习作，我的心情是百感交集的。我多么愿意重新回到往日的岁月，从头再生活一遍。然而，坐火车和乘飞机可以买回程票，已经告别的岁月却只能一去不复返了。

我是个出生在巴掌大的运河滩上的农家子弟，直到十岁才离开生身之地的儒林村，进城念书。先靠卖报，后靠稿费糊口和求学，没有照过几回相。但是，我却从这本书的篇篇习作中，清晰地回忆起从十三岁到二十岁那年年月月的发展变化的影子。我的每一寸成长，每一步前进，都是牵着伟大的母亲——党和人民——的衣襟取得的。

扉页上的照片，是一九五六年阳春三月，我二十岁整，加入中国作家协会，被批准专业创作时的留影。那时候，我年华似锦，一帆风顺；怎么也不会想到，一年之后竟头戴荆冠，降为贱民，走上历时二十二年的坎坷而又漫长的人生之路。

然而，这也使我深入到生活的最底层。赤子而来，赤子而归。我回到故土，住在当年我呱呱坠地的旧屋小炕上，又一次转世投胎。三伏酷暑，三九严寒，血雨腥风，愁云惨雾，我和我的乡亲父老兄弟姐妹们脸朝黄土背朝天，土里刨食，患难与共。我活了下来，深深扎根于家乡大地和人民大众中间。

两两相较，得大于失。

党的十一届三中全会以后，一九七九年一月二十四日，改正了我的五七年被错划问题，恢复了我的党籍。此时，我即将四十三岁。比起整个革命事业的惨重损失，我个人的不幸是微不足道的；比起党的山高海深的养育之恩，我个人的委屈更是微不足道。因而，我的内心燃烧着仍如二十一岁的炽烈的青春之火，以积聚二十二年的生命爆发力，夜以继日地写作，弥补我二十二年未能为党和人民正常工作的空白。

决心致力乡土文学，开始了我的创作新时期。

一九八三年七月

（选自刘绍棠：《青枝绿叶》，群众出版社，1984年第1版。）

重印《运河的桨声》和《夏天》后记

□ 刘绍棠

感谢河北人民出版社，重印我早期的两部中篇小说《运河的桨声》和《夏天》。

我生在河北，长在河北；我从事文学创作生涯，起自河北；我的主要作品，也写的是河北农村生活。

我本来是河北人，只是由于一九五八年行政区划调整，我的家乡通县划归北京领导，我才被改为北京人。但是，我和河北大地，存在着根深蒂固的母子连心的情感。去年，我曾在一篇短文中，充满激动的深情写道："野人怀土，小草恋山，我始终不想放弃河北省籍。"

这两部中篇小说，《运河的桨声》是我十八岁时的作品，《夏天》是我十九岁时的作品。

《运河的桨声》第一章，原是一个短篇，题为《中秋节》，发表在一九五四年夏季的《河北文艺》上。远千里同志非常喜爱这个只有三四千字的短篇小说，在他读后给我的信中，不惜用诗一般的语言加以赞美。

远千里同志和我，是师生，也是忘年之交的挚友。

一九五一年春二月，我在北京市立男二中读初中三年级。寒假结束，我从我的家乡，北运河畔的儒林村返回北京，传达室存放着一封寄自河北省文联的给我的来信。我打开一看，清秀流畅的文字写满两页信纸，寄信人署名远千里。当时，我还不知道远千里同志是一位杰出的诗人和河北省文联秘书长。对于一位陌生人的来信，我感到奇怪。仔细看下去，才知道一个月前，远千里同志来北京为河北省文联招考编创人员，考场设在南长街的北京市立男六中；正值寒假，我回家乡了，没有报考。我的几个爱好文艺的同学前去报名，跟远千里同志谈起了我，说我如果在北京，一定也来考试。那时，我已经在北京的几个报刊上发表过几篇小说，而发表在《河北文艺》上的小说《新式犁杖》，还得了个评奖第三名。因此，远千里同志邀我到河北省文联工作。

我在河北省文联仅仅工作了半年。当时，我还不满十五岁，天真幼稚，顽皮淘气，在办公室里坐不住，不是溜出去游荡，就是钻进图书室看书。远千里同志和其他领导同志都很爱护我，让我多看书。我在河北省文联工作了半年，读了一些古今中外的名著，得到远千里等富有创作经验的老同志们的指教，实际上是对我进行了一次文学创作基础训练。

由于我的年龄太小，省文联通过省文教厅，保送我到通县潞河中学读高中。临行之前，远千里同志和我促膝长谈到深夜十一点多钟，才依依惜别，相约不忘。他送我走出他的办公室，还久久伫立在大院高台上，连连挥手，目送我远去。

此后，我在孙犁同志主编的《天津日报·文艺周刊》以及其他报刊上，接连发表小说，写信向远千里同志汇报情况。他很快就回了信，喜悦之情洋溢于字里行间。他不许我再称呼他的职衔，提出要跟我兄弟相称；而且果然从第二封信起，就称我为"绍棠弟"。远千里同志比我年长二十多岁，又曾是我的首长，如此平等而亲密地对待我这个十五岁的少年，使我终生感念不忘。

一九五三年我入了党，又出版了第一本短篇小说集《青枝绿叶》，远千里同志高兴得给我写了一封长信，又是热烈祝贺我，又是谆谆告诫我。这一年夏天，我到深县段家佐村体验生活，途经保定，下车直奔文联，闯进他的卧室，他正有病，还没有起床。我们分别两年，相见分外激动，双手握着双手，就在床边畅叙起来。一九五四年春天我到保定出席省文代会，一九五五年夏天我到昌黎体验生活，又在保定逗留，都曾跟他见面欢谈。一九五六年夏天，他在北戴河疗养，我也住在天津休养所，我们虽然不住在一处，但是几乎每天晚饭后都一起散步，也一同洗过几次海水浴。我爱睡懒觉，他为了让我看大海日出，大清早就来到我居住的楼下喊我。半个月里，我们在他的卧室内，在小楼外的藤萝架下，在海滩上，在山谷间，在北戴河的林园和名胜地，我们触景生情，倾诉衷肠，往事、理想、创作、爱情……无所不谈。他正阅读我那本刚刚出版的中篇小说《夏天》，喜欢得要命，当着我的面朗诵了一大段。我从来没有见过像他这样喜欢我的作品的人。

一九五七年，我出了事，全国批判，口诛笔伐，头顶华盖，沦为不可接触的贱民。然而却在此时，深秋肃杀的十一月，我接到远千里同志仍然称我为绍棠弟的一封长长的来信，信中充满着同情与惋惜，寄予信任与希望。当时，他身为河北省委宣传部副部长和省文联党组书记，写这封信是冒着可怕的风险的。由此也可以看出，他对于我是何等情深义重。

但是，从此我们也不得不断绝了音讯和来往。

"文化大革命"中，北京家人焚烧了我所珍存的全部信件，其中也包括远千里同志历年给我的二十多封信。我匿居运河岸边弹丸之地的小村，得以苟全性命于乱世；寒村苦夜，常常思念千里同志，更担心他的命运。直到一九七六年十二月的一个雨雪霏霏的阴天，我在北京大栅栏街道上，猝然与阔别二十年的远千里同志的爱人于雁军相遇，才知道千里同志在一九六八年含恨而死。我望着于雁军那形容憔悴的样子，回忆起千里同志对我情深义重的往事，心中阵阵酸痛。我不知该怎么安慰她，也不敢安慰她。雨雪中，我们心情沉重地行走在前门大街，直到地铁车站，才怅然分手。

全国第四次文代会上，在庄严雄伟的人民大会堂，三千二百多名代表全体肃立，为惨遭林彪、"四人帮"迫害而死难的著名作家、艺术家默哀；当念到远千里同志的英名时，抚今追昔，我的泪水夺眶而出。泪眼中，我仿佛看到远千里同志那高大英俊的光辉形象。他一生忠诚于党，信仰马克思主义，兢兢业业为人民服务；他品格高尚，廉洁奉公，心地善良，珍惜人才；他是一位模范共产党员，是一位受人爱戴的文艺工作领导者，是一位美好的人；他是我踏上文学创作道路后的第一位良师。

重印这两部中篇小说，我还要衷心感激我的另一位老师康濯同志。

我和康濯同志相识，是在一九五二年夏天，《中国青年报》聘请他和另外几位前辈作家，对我的小说《青枝绿叶》的初稿进行指导。当时，我十六岁，康濯同志三十二岁，在这些前辈作家中以他最年轻，而他又一向非常热心帮助初学写作者，所以我跟他建立了亲密的师生之谊。

从我十六岁到二十一岁的五年间，我经常到康濯同志家里去，穿堂入室，情同家人。他不仅指导我的创作，而且也指导我的思想，对我是非常诚恳和宽容的。我这个人的优点和缺点，长处和短处，表现鲜明，不加雕饰，因而既有过誉，也有贬抑；康濯同志总是看到我的本质，对我十分爱护。

康濯同志和孙犁同志是多年相知的好友，对孙犁同志的作品评价很高，有着精深的见解。我虽然从少年时代就深受孙犁同志作品的熏陶，但由于和孙犁同志两地相隔，没有机会当面受教，倒是康濯同志指导了我向孙犁同志作品的学习。

前面讲过，《运河的桨声》的第一章，原是题为《中秋节》的短篇小说，由于受到远千里同志的称赞，我便将它展开，接着向下写去。这一年，我正高中毕业，在投考大学，等待发榜的一个多月中，我回到运河家乡，在我家的老房旧屋中，在村后的柳棵子地里，在河边堤畔的柳荫下，写出了《运河的桨声》的初稿，六万多字。在我接到录取通知书，前去北京大学报到的时候，把初稿放在了康濯同志那里，请他看一看。过了没有多久，我从北京大学进城，到东总布胡同二十二号中国作家协会参加座谈会；会后，康濯同志把我留下来，吃过晚饭，跟我详谈他对这部中篇小说初稿的意见。一谈就谈到了深夜，他就让我住在他那两小间的书房和卧室里，自己和家人挤在一起。

于是，我在北京大学图书馆，在风光秀丽的未名湖畔，在宁静清幽的朗润园，对《运河的桨声》初稿进行了全面修改。修改后，人物丰满了一些，内容丰富了一些，增加了四万多字，才交给出版社出版。

《运河的桨声》出版后，受到读者的欢迎，得到一些好评，产生了一点影响；至今，还有不少读者记得这本书。有几位读者来信，谈到他们在"文化大革命"中不忍将这本书焚毁，冒着风险，小心收藏，并把劫后残书寄赠给我，作为历史的纪念，充分表现出二十世纪五十年代作者和读者之间的深厚情谊。

继《运河的桨声》之后，我又写出了它的姊妹篇《夏天》。这部中篇的几章，是在花果之乡的昌黎山中写成的。与《运河的桨声》比较，《夏天》的文字有所进步，结构也显得紧凑。北京新华书店曾在王府井口南口树立广告牌，因而比较畅售，发行量较大。这部中篇小说虽然未请康濯同志阅稿，但是也曾向他谈过创作意图和故事情节，得到了他的指教。

由于出版了这两部中篇小说，康濯同志和秦兆阳同志介绍我加入了中国作家协会，成为当时最年轻的一个会员，并因此而开始专业创作。

我和康濯同志的师生之谊，也因反右斗争扩大化而中断。而令人负疚良深的是，学生有罪，祸及老师，康濯也为我所株连。

尽管康濯同志为当时的政治运动所迫，不得不写文章批判我，但是由于他非常了解我在一九五七年春天的思想状况和政治态度，所以他的批判文章使我感到实事求是得多。而且，我深知这是多么迫不得已。在团中央礼堂举行的几次批判大会上，康濯同志虽被邀发言而推辞不讲，也正表明他的于心不忍。会间休息时，康濯同志在礼堂外徘徊，于众目睽睽之下递给我一支香烟，默默相对，难言一语；我从他的眼神中，感受到他心情的痛苦。因此，二十多年来，我对康濯同志只有深深的负疚，并无丝毫的埋怨。

然而，想不到这却是康濯同志多年的一大隐痛。事隔二十多年后，师生久别重逢，康濯同志竟一再向我表示痛心；现在，又在这篇序言里，更加苛责自己。这使我深感不安，也使我无比感动，因而越发引起我对他的崇敬。

我想，如果我算作新中国成立后的新文苑中的一朵米粒大的小花，那么康濯同志正是栽培这朵小花的辛勤的园丁之一，园丁怎么会忍心扼杀自己辛勤劳动的成果呢？作为承受康濯同志教泽多年的学生，我是理解我的老师的苦心的。

这么多年，由于政治生活的不正常，在同志之间，师生之间，长幼之间，造成了许多伤害和隔阂。我觉得，为了维护和促进安定团结，聚精会神搞"四化"，不应再纠缠历史旧账，不应再计较个人恩怨；而应以党性为重，以国家和人民的利益为重，以大局为重，同心同德，共赴大业。

重印这两部中篇小说，我还深深感念已故杰出的马克思主义文艺理论家邵荃麟同志。这是因为，《夏天》的第一章，也曾以《船》为题，作为短篇小说发表在当时由邵荃麟同志主编的《人民文学》上。

荃麟同志是我们敬爱的老一辈无产阶级革命战士，担任着繁重的文艺领导工作。但是对于我这一棵刚刚破土的文学幼苗，却在百忙中加以关心和培育。我在孙犁同志主编的《天津日报·文艺周刊》上发表的《摆渡口》和《大青骡子》，都是十六岁时的习作，荃麟同志却十分看重，在《人民文学》上予以转载。而我在《人民文学》上发表的其他作品，也都是在邵荃麟同志担任主编的那几年。

最使我永远感激和难忘的，是一九五七年春天，荃麟同志当时是中国作家协会党组书记，看到很多会都邀请我参加，感到不对头了，三次找我谈话，警告我不要再参加会，不要写文章，赶紧走，回农村去。这位心地善良的革命长者，明明是在保护我，是想从灭顶之灾中把我拯救出来。虽然我终于在劫难逃，但是每一思及荃麟同志对我的慈爱和仁德，五内感恸。

最后，我还要深深感激对我的创作影响最大的孙犁同志。因为，没有孙犁同志的作品的熏陶，没有孙犁同志对我的扶持，我是不会写，更写不好的。孙犁同志主编的《天津日报·文艺周刊》，从一九五一年九月到一九五七年春，不到六年，发表了我十万字以上的作品，《夏天》的一些片断，也曾在《文艺周刊》上发表。孙犁同志培养和影响了我这一代的许多人，也在更广泛更深入地影响着比我年轻的同志们。孙犁同志的巨大艺术成就和培植后生的劳绩，应该大书特书于当代文学史上。

当年出版这两部中篇小说时，我还是个十八九岁的青年。现在重印这两部中篇小说，我已四十出头，步入中年了。回顾我三十年的创作历程，党和人民的养育，众多良师的教诲，使我成长和长成，因此常常扪心自问，不敢忘恩负义。生命有限，革命还长，我只有更加忠诚于党，报效人民，尊师重道，正直向上，以无负于党、人民和前辈们对我的山高海深的恩德。

一九八〇年二月

（选自刘绍棠：《乡土与创作》，吉林人民出版社，1982年第1版。）

《红花》与《青枝绿叶》

□ 刘绍棠

1989年秋季，我从事文学创作四十年整，纪念卡上要列出我的主要作品篇目。敝帚自珍，文人通病。我虽未必脱俗，但还是想趁机自我反省和自我认定，力求律己从严。因此，在短篇小说一栏，我只保留了《青枝绿叶》《摆渡口》《大青骡子》和《蛾眉》四篇，并且承认自己是短篇小说创作的失败者。

《青枝绿叶》《摆渡口》和《大青骡子》是我16岁时写的，当时我是北京通州潞河中学的高中生。其中《青枝绿叶》因编入高中语文教科书第三册，影响较大。现在50多岁的知识分子，差不多都读过这篇小说。

我15岁就确定了扬长避短的创作道路，即写家乡、写乡亲的乡土文学之路。在《青枝绿叶》发表之前，我已发表了几篇乡土短篇小说，这些小说都收在我的短篇小说集《青枝绿叶》（1984年出版）一书中。

我开始走上乡土文学之路时，创作上深受作家孙犁和苏联的肖洛霍夫的影响。我从1951年9月开始在孙犁主编的《天津日报·文艺周刊》上发表小说，与当时主持该刊编辑工作的孙犁、邹明、李牧歌同志建立了师友之谊，迄今已持续了30多年。因而我也被称为以孙犁为代表的荷花淀派的主要成员。中国文坛上有没有荷花淀派？我看20世纪50年代中有过雏形，但因政治运动的摧残，终究未成气候。待到春回大地，主要成员变化不同，人各有志，不可能也不必要重整荷花淀的旧日风景，留下个"雏形"

作为历史纪念，反倒更令人珍惜。

那时，《中国青年报》刚刚创刊，也有个不定期的文艺版。主编是作家柳青。康濯、马烽、谷峪都在这个文艺版上发表过小说，我也心动手痒，写出小说《红花》寄去。柳青读后大为欣赏，与总编辑商定，在1952年元旦，以整版篇幅发表《红花》，并加作者按。当时，我15岁，读高中一年级。这篇小说在全国青年中反响强烈，团中央便对我进行重点培养，希望我多写农村青年题材小说。

1952年夏，学校放暑假，我又回到我那生身之地的小村。我自幼串百家门，颇得乡亲父老喜爱，长大出外读书，是全村的"头名状元"；假期沿着童年的足迹到各家走动，更受欢迎。一年四季，我最喜欢家乡的夏天、蓝天、白云、大河、树林、田野、青纱帐……无处不风景如画，无处不令人心情激动。我不但坐遍各家的炕头，而且走遍河畔、堤边、田间、地头，整日奔忙在乡土上，跟乡亲们打成一片。那时，村里刚有几个农忙临时互助组。每组都是十来户人家，农忙时节人力换工，牲畜伙用，农具互通有无，不但提高生产，而且增进感情。这个新事物新气象，引起我浓厚的兴趣，我便走这个组串那个组，仔细了解了各组的情况。感到各组各有所长，也各有所短，如果集各组之所长于一体，那该多么称心如意。有了想象，便有了小说。于是，我从真实出发，写我想象中的人、事，在不知不觉中便有了艺术加工。

我已经产生创作冲动，但从何入手，却还捉摸不定。

是布谷鸟叫，给了我创作的灵感。

酷热的夏季，夜晚也闷热如蒸笼。我像本地的农家小伙子一样，天黑后扯一张苇席，到村外找个风凉空地，睡到后半夜，天降露水，再回家睡下半截觉。我已经16岁，智力早慧，心理成熟，夜晚入睡之前免不了浮想联翩。恰在这时，河边树林里布谷鸟声声啼唤："光棍好苦，光棍好苦！"声音清亮悠远，动人心弦，更使我辗转反侧，夜不能寐。

布谷鸟的啼叫给我的小说开了头，小说的开头就写了男女主人公在布谷鸟的啼叫声中相会河边。

小说写出来以后，就寄给了《中国青年报》。这时，柳青已经离开报社，到陕西长安县皇甫村落户。接替柳青的文艺部主任吴一铿和总编辑陈绪宗审阅了小说，一致认为写得好。他们对这篇小说非常重视，又请作家沙汀、周立波、严文井、康濯审阅，也得到充分的肯定。沙汀、周立波、严文井、康濯分别跟我谈了话，周立波的话我至今记得。他主张一篇作品的人物要尽可能少，开篇出场的人物更不能多，以免笔墨照顾不过来。

《青枝绿叶》中有名有姓的只有五个人。我的小说所写的人物，从来都有生活原型，经过我的添枝加叶而成艺术形象。小说中的永春大哥和永春嫂，甚至保持原型的真实名字。永春大哥是种菜园的把式，永春嫂是个改邪归正的风流女人，嫁给永春大哥以后没有再犯老毛病。永春嫂不能生孩子，我在小说中给她锦上添花，弥补了这个缺憾；不但怀了孕，而且到医院接受新法接生。

这篇小说我借鉴了民族传统手法，把民间故事糅进了小说。我后来概括的乡土文学创作原则"中国气派，民族风格，地方特色，乡土题材"，从这篇小说起，初见规模。

1952年9月5日，《青枝绿叶》又在《中国青年报》以整版篇幅发表出来。由于比较生动感人地反映了萌芽状态中的农业合作化的新气象，小说中的新人形象也令人喜爱，因而引起广泛注意，我接到大量读者来信。小说发表不久，就被臧克家主编的《新华月报》文艺版转载，也因而得到当时担任人民教育出版社社长的叶圣陶先生的赏识，编入高中语文教科书第三册，更加扩大了影响。后来，上海新文艺出版社又以《青枝绿叶》为书名，出版了我的短篇小说集，这是我的第一本书。

小说在全国各地中学讲授，也就要接受成千上万读者的检验。一位中学语文老师指出，小说中"三星正南"一段，星象与季节不符。我接受这个批评意见，再版时改为"夜深人静"。从此，我在写小说时，对细节描写更加仔细推敲，不敢疏忽大意。

《青枝绿叶》发表于我16岁之时，回首往事，令人不能不兴子在川上之叹："逝者如斯夫！"

1991年2月

（选自《刘绍棠文集》第10卷，北京十月文艺出版社，2003年第1版。）

《串枝红》序

□ 刘绍棠

三十年来，韩映山同志创作的小说，主要是从他的家乡白洋淀取材。他是一位优秀的乡土文学作家，一位形成了自己风格的作家。

我和映山，从少年时代就搭伴走上文学创作的道路，本是同根生。回头看我们的早期作品，不但有很多神似之处，而且有许多形似之处，经历了三十年的磨炼，我们的作品虽然已经各具特色，但是仍然可以看出异曲同工。近年来，为重建和发展乡土文学，我们更是志同道合。

1951年暮春初夏时节，我15岁的时候到过白洋淀。白洋淀翠堤绿水，荷田苇巷，雁行鱼凫，柳林烟村，真是风景如画，人在画中。第二年，我读到映山的处女作，又像身临其境，呼吸着白洋淀的花香水气。后来，我见到映山本人，眉清目秀温文尔雅，正是人如其文。我想他的气质和文品，都得自白洋淀的水土的养育。

对于映山的人和文，我的评语是：秀气。

但是，我觉得映山对自己的作品的评语，更为恰如其分："按照生活的本来面目，朴素地描绘了一些生活画面，如实地记录了一些常见的人物肖像。""都是些小说式的'散文'，散文式的'小说'。"没有自大，也没有自卑，真正是不卑不亢的自知之明。

曾在同一门下学艺的我们这几个人里，映山长于散文。他把他的散文优势运到小说创作中，便富有诗情画意，优美雅致，然而，也因此而在刻画人物的笔墨上清淡了一些。

映山在艺术追求上很有主见，却也并不故步自封。这几年的作品，尤其是他的中篇小说，正在扬其所长，补其所短；收入本书的《金喜鹊》《采菱村》《串枝红》，跃出了他的一个新的高度。

从进入文学创作行列的那一天，映山就是个不轻浮、守本分的人。他不会趋炎附势，投机取巧，也不会观测气象，乘风而起。他是一步一个脚印地走过了30年，不快也不慢，不歪也不斜；走的是正道，不曾误入歧途。我要说，映山没有得到他应有的评价。然而，我相信，当文学评论中的看重实用而忽视艺术的积习得到扭转之后，映山的作品也必将得到公正的对待。

当然我并不认为映山的创作水平可以到此为止，只待嘉奖，便功成名就了。映山来日方长，创作也正方兴未艾，将会取得更大的成就。映山今后的作品，还需要开阔，需要充实，需要出新。白洋淀的历史和现实，题材丰富广大；映山的三十年笔耕，只不过开垦了一隅和表层，今后既要精耕细作，更要扩大面积，深入开掘。映山的艺术风格，也将更加丰满和壮丽。这部中篇小说集的出版，可算映山创作道路上的过去与今后之间的总标。

我一边写这篇短序，一边深思映山的为人和小说。想起了鲁迅先生的《莲蓬人》一诗：

> 芰裳荇带处仙乡，风定犹闻碧玉香。
> 鹭影不来秋瑟瑟，苇花伴宿露瀼瀼。
> 扫除腻粉呈风骨，退却红衣学淡妆。
> 好向濂溪称净植，莫随残叶堕寒塘。

录赠映山，也为本书写意。

1982年12月31日凌晨4时30分

（选自刘绍棠：《论文讲书——文学创作指导》，语文出版社，1989年第1版。）

《七月雨》短篇、散文集序

□ 从维熙

这里面的散文和小说大部分是写我家乡的。

当中的人物，有和我一同度过童年的年轻人，有教导我正直生活和劳动的家乡老人，有聪明淘气的孩子，还有时刻使我怀念的冒着芳香气息的土地和在这土地上永流不息的南河。

文章正和我自己一样，流露着年轻稚气。

但是，在党的光辉教育下，我有决心提高政治艺术修养，深入生活，写出更宽阔和更好的作品来。

亲爱的读者，切盼你们的批评指教。

（选自《从维熙文集》第8卷，华艺出版社，1996年第1版。）

《曙光升起的早晨》后记

□ 从维熙

这些短篇是在一九五四年底到一九五五年底一年间写出来的。

它，和《七月雨》一样，多半是写我亲爱的故乡的变化，但是一年来，农村记者的生活，使我眼界扩大了，我试探着写了山区的几个短篇，企图反映出荒僻山村的变化。

这时期，我经历了农村社会主义高潮的大风暴，我们的领袖毛泽东同志的指示到达乡村后，农民们像决了堤的江水，以波澜壮阔、一泻千里的声势拥向农业社的大门。

合作化道路上的顽石被踢开了，"妖魔"被赶跑了，正气抬头了，贫农大踏步迈进了合作社的门槛。

这本集子所以命名为《曙光升起的早晨》，意义也正在于此。

亲爱的读者，希望得到你们的指正和批评。

一九五六年轻年文学创作者会议前夕

（选自刘金镛、房福贤编：《从维熙研究专集》，重庆出版社、贵州人民出版社，1985年第1版。）

病榻絮语

——读《花市》致贾大山

□ 从维熙

病中，人格外思亲。我躺在病榻之上，从众多的文学期刊中抽出家乡刊物《河北文学》翻看，目的是想从故乡的泥土中寻找点慰藉。但当我读完贾大山同志的《花市》之后，得到的似乎不仅仅是一种安慰，而是一剂医治病痛的灵丹妙药，39摄氏度的高烧仿佛不存在了——我伏案执笔，开始写这篇读后文章。

是不是大山作品中溢于字里行间的花香，抑制了我腹中苦涩的中药气味呢？可能是吧，反正我掩卷之后，魂儿仿佛还游荡在家乡的"花市"之中，不但感到了生活的美好，而且抚摸到了沸腾生活的脉搏。我好像喝了一口醇香而浓烈的酒浆，但仔细品了一品，"醉翁之意不在酒"，作者意在通过一幅花的画面，揭示出生活的深刻内涵。

我感觉，大山的小说《花市》，摄取生活的角度颇不一般。它不像最近一个时期许多描写乡村生活的短篇小说那样：由于农民富了，去买录音机、电视机或嘉陵牌摩托车，正面展现农村的生活变革。这些作品，尽管记录了当前农村的一些真实变化，但多因主题的裸露，而失其艺术的魅力。也有一些企图从新的角度来描写农村生活的作者，他们虽然注意到了主题立意的含蓄，但是忽略了美的追求，以及作品本身的美的意境，因而其作品也不能算是上乘之作。比如，近半年多，我在南北方大刊物上读到了几篇题材十分类似的小说：党在农村的经济政策的胜利，使农民有钱，有兴致去照相馆照相。应当承认，这些短篇小说的作者，是力图挣脱旧的窠臼，选择新的角度来表现生活的，但"英雄所见略同"，一时之间，竟然出现了几篇农民照相的短篇。

大山的《花市》，用短短三四千字，给我们画了一幅农村生活淡雅的水墨画，并用简练的笔墨，写了一个卖花姑娘，一个买花老汉，以及一个钻营拍马、欺上压下、想以"令箭荷花"去取悦领导的年轻干部。画面是美丽的，人物是干净的，小说没有冗长的描写，作者处处惜墨如金，这是大山勤于磨练艺术功力的一个见证。几年前，曾饱含喜悦之情，读了大山的小说《取经》，从这篇作品中，我已经发觉作者苦心研究写作技巧，尽量使自己作品的构思不同一般；读了《花市》之后，觉得作者在艺术追求上，百尺竿头更进一步，作品中不仅仅流露着泥土清香，生活之花的芳香也扑面而来。紫竹、刺梅、石榴、绣球、倒挂金钟、四季海棠……而花团锦簇之中，站着那位细眉细眼、薄薄嘴唇的姑娘。她嘴巧但不失于油滑，尖刻而又不失忠厚，最后以降低于老汉自愿出的价钱——十元，把令箭荷花卖给了老汉。

大山在作品中，善于用形象发言，细节情趣横生。当我读到"胡萝卜素"的字眼时，不禁哑然失笑；读过全篇掩卷沉思时，"胡萝卜素"却又使我肃然。这个小小的细节，不仅仅是为了增加小说的情趣，而且有着它的分量。因为在"那个年月"，老汉村里的口粮，只能够吃七八个月的，不足部分，用胡萝卜接替。所以，小说中"胡萝卜素"在这儿出现，既起到了活跃情趣的作用，而又是小说的一根潜在的脊梁——真可谓一箭双雕。

记得是一九八〇年盛夏的一天夜晚，我去作协文学讲习所看望属于我辅导的几个学员。大山同志和我不属一个组，但我离开讲习所时，大山一块送我出来，他剃着大光葫芦头，和韩石山等几个同志一直送我到公共汽车站。行间，他曾诙谐而又不失严肃地问我，对他作品有什么意见。我回答说："创作态度严肃，作品像干打垒的房子，结结实实。"话脱口之后，我仍觉词不达意，但一时也没能找到更好的说明。我恍惚感到大山的创作道路中，应当有一个开阔生活视野的问题；但因为和大山不够十分熟悉，唯恐提法有失准确，因而未能全盘托出。今天，躺在病榻上，读罢《花市》之后，我感到大山的创作思路，正在向生活的广阔领域奔驰；他不单单写干得掉了渣儿的土疙瘩，也写土疙瘩上生长的花花草草，字里行间浓溢着土地的芳香，使他在自己的文苑中，又多了一个新的品种，我觉得这尤其是可喜的。

大山这一两年内作品不够多，根本原因在于严格律己。但从他创作上探索，继续开阔创作思路，仍不失为大山的一个课题。《花市》这篇小说，应当成为大山另一个飞跃的起跑线。我们尊敬的孙犁同志，他的创作态度是十分严谨的，但是孙犁同志的作品所涉及的生活领域十分广阔，《光荣》《山地纪事》《荷花淀》《铁木前传》直到《风云初记》，作家驰骋的生活舞台、作家奔腾不息的创作思路，又是那么开阔，他笔下的人物是那么多，这一点值得我们借鉴和深思。

一个作家——特别是青年作家，最怕的是在某种意念中自我窒息。他应该是从生活中博采营养，以适合于表现它的艺术形式，铸成文字。就像大山写了"干打垒"的《取经》，又写了极富生活情趣的《花市》一样。高山上倾泻下来的水，是瀑布；安闲得如同镜子一样的溪水，是河湾。在描写这样互异的生活内容时，当然要忌讳用单一的形式，这似乎也是生活决定艺术的一条规律。

我很喜欢大山的《取经》，也很喜欢他这篇《花市》。如果从我个人的偏爱上讲，我更喜欢后者，因为文学是人们精神的升华，它应当是真、善、美最和谐的统一。在这一点上，大山汗水凝成的珍珠——《花市》，是熠熠放光的。

假如硬要寻找一点碧玉之瑕，我觉得那个卖花姑娘不必在收尾自报名姓，告诉那个干部，她叫蒋小玉。因为卖花姑娘这一形象，从头到尾是个巧嘴、厉害而诙谐的姑娘形象；最后，她只说他们支书叫蒋大河就够了，而通报姓名，有点破坏姑娘形象的完整和统一，也有损于全篇格调的一致。全篇小说没有名姓，将更富有魅力和色彩。这个意见，不知能否为大山同志所接纳。

病中胡言乱语一通，实为心情激动之所致，望继续读到大山更多的好作品，为家乡的刊物增色增光。

1981年11月25日病中

（选自刘金镛、房福贤编：《从维熙研究专集》，重庆出版社、贵州人民出版社，1995年第1版。）

《绿荷集》后记

□ 韩映山

《绿荷集》是《紫苇集》的姊妹集。

收在这里的短篇，都是写些小说式的"散文"，散文式的"小说"。

今年是新中国成立三十周年。作为一个文艺工作者，似乎应该有点贡献，可是自己深感惭愧，这么多年，并没有取得什么成绩，写的东西都很寒碜，没有一篇"轰动"文坛的佳作。

虽然从20世纪50年代初，我就练习写作，到现在已经二十多年了。可实际上，满共只才"折腾"过两阵儿。一阵儿是一九五二年至一九五六年，上中学和回乡当社员期间；一阵是一九六二年至一九六四年，在《蜜蜂》和《新港》当编辑的时候。其余的年月都是在"运动"中度过，"轰轰烈烈"地消磨了许多岁月，可珍贵的岁月啊！

按说，进入中年，应该总结点经验了。可是回想起来，觉得很是空虚，光阴像河水似的流走了，流走了！

那么，没有成功的经验，是否有失败的教训呢？

我想了想，倒是有一点。

第一，凡是真实地反映了人民的生活、情绪、情操和理想的作品，即便人物不很"高大"，主题不很"重大"，斗争不很"伟大"，今天看起来，也还能够收选入集。凡是为了图解政治概念，迎合一时气候所写的东西，即使是发表很容易，也得到过许多喝彩声，今天再看，自己都觉得味同嚼蜡，它的生命，就像爆竹。

理论家们也许不同意这种看法，但这却是一个作者在实践中的一点感受。开始练习写作时，由于前辈作家的影响和指导，写了些自己熟悉的生活，当时也不知什么叫"从主题出发"，什么叫"从生活出发"，只知按自己所见或所闻的实际事儿，朴朴实实地适当地加工、剪裁、提炼，尽量地让人物活起来，让事物像起来，并力争给读者些教育意义。《弯弯的河堤》等篇，都是这样写成的。现在看来，虽然十分幼稚，但并不因政策过时而过时，人物和情节，能够带着生活中的原型，保留着一定的生活气息，字里行间，也渗透着作者的真实感情。

一九六二年，艺术园林又开始茂盛起来，"双百"方针得到了贯彻。这一时期，我又回到了故乡去，连续不断地写了一些短篇，大部分收在《一天云锦》和《书画》里。当时，我是想认真地写一点生活。我想通过日常生活刻画人物，反映出水乡的人情风俗，描绘一些生活里美的画面，渲染上水乡的风景和气息，记录下故乡亲人们的面影。不追求离奇和浮夸，尽力写得朴素、自然和亲切。这样做了，也有了一定的收获。

美是应该追求的，但美绝不是孤立的。她是和时代、环境相关的，她是和"丑"相对立而存在的。否则，美是无力的，也不是真正的美。

经前辈指导，我意识到这一点，又回到生活中去，面向现实，并努力开拓自己的视野，试着写了几篇东西，想提高一步。

然而，园林不久就被冰雹砸毁了，各种花树都遭到了摧折……

十年之秋，在"梦"中度过，哪有心花再追求什么"美"呢？

如今，百花的春天确实降临到人间，各种花树都欣欣向荣。

文艺界空前活跃起来，大家又在探讨"艺术规律"了。

艺术虽然从属于政治，但确实有她自己的规律，谁违反了她，她就给你点脸色看。

有的人，企图让艺术起些不合实际的作用。让她代替别的东西，可是结果适得其反。

有的人，简单地要求文学解决社会上的重大问题。看起来是很重视文学的作用了，实际却是贬低了文学的价值。

文学，如果只是想告诉读者一个什么问题，那么，读者只能看一次，甚至一次也不看，因为社论比你说得明白、深刻。

也许你是用形象来说明问题，那也只能是画片。

文学艺术的作用，好像应该更丰富些，更广泛些。她应该有哲理和美学以及其他艺术的功力。她除了"战斗"以外，还应该有"陶冶"和"欣赏"的价值。她的教育意义应该寓于潜移默化之中。

不然，为什么古今中外，能够流传的作品，艺术生命那样久远？是什么东西在作品里闪光？是什么魅力诱使我们爱不释卷？那些艺术大师们，为什么画一只虾、几头驴，就能给人以美感，以精神上的享受？

是应该深思一下的时候了……

这些年，我们瞻前顾后，左右逢"圆"，"只求政治无过，不求艺术有功"，付出了很多无效的劳动。现在想起来，有负于人民，有负于师友，真是追悔莫及！

河水流去，不复流回；年华消逝，也无法补偿了。我们只能向前看。和煦的春风，吹散了阴霾；明丽的阳光，铺洒在新的征途。让我们重抖精神，医好创伤，再整行装，满怀信心和希望，向着新的目标，大踏步前进吧！

一九七九年三月三十一日于莲池

（选自《韩映山文集》第3卷，河北教育出版社，2011年第1版。）

《串枝红》后记

□ 韩映山

感谢吉林人民出版社和《新苑》编辑部，将我近年所写的中篇小说结集出版。这是我的一部中篇集。以前，我多是写短篇，很少写中篇。是一九八〇年吧，河北省文联曾召开"荷花淀"文学流派讨论会。在会上，我见到了刘绍棠和从维熙（房树民因忙于编务没有来）。他们是我多年的挚友，从二十世纪五十年代初，我们就曾在孙犁同志主编的《天津日报·文艺周刊》上发表习作，一九五六年早春，我们又一起参加了"全国青年作者创作会议"，在茅盾同志的一篇报告中，还把我们几个的名字写在了一起。当时，并没有什么文学流派之说，但我们几个都很喜欢孙犁同志的作品，因而，在学习写作时，自然而然地就受了他的影响。最近，人民文学出版社委托冯健男同志将我们早期的作品（连同孙犁同志的作品）选编成集，名为《荷花淀派创作选》。

老实说，把我算进这个流派，我心里颇不安。我的成绩很微薄，且才疏学浅，不敢以"目"混珠。

对于"流派"，大家议论纷纷，有褒有贬，听听也好。但有些话听多了对创作并没有多少好处。还是要意守丹田，静心潜思，排除杂念，埋头写作，沿着自己认准了的道路，朝着自己既定的目标，坚韧而切实地前进！

至于"荷花淀"文学流派，有也好，无也好，它不是人为地形成的，也不是哪个人划意追求就能达到的。它由作者的时代、环境、生活经历、思想感情、艺术见解以及性格气质所决定，尤其是作者的生活经历最重要，这可以从从维熙同志近年所写的作品来作为例证。

因此，文学流派，绝不是一成不变的，它随着时代前进，随着作者生活和思想的变动而变异。比如江河之水，它虽源于山泉，汇于海洋，但中经峡谷、港湾、淀泊、苇荡，其溪流水色也不会是相同的。

我从小生活在白洋淀畔，从未有远离过。虽然也受过时代风雨的锤击，但比起绍棠和维熙来，我的生活还算"安定"多了。所以，我写不出他们那样的作品。

在会余闲谈中，维熙曾建议我说："映山，现在大型刊物这样多，可以多写点中篇。"

"对，多写点中篇，明年《新苑》托我给他们组织个乡土文学专号，你来一篇吧。"绍棠扶扶眼镜，笑呵呵地也说，"乡土气息要浓浓的……"

盛情难却，我点头答应了。收在本集的《金喜鹊》，就是应绍棠之约写出的。它发表在一九八一年《新苑》第三期上，编辑周航同志还约孙犁同志写了篇评论。

从此，我就开始写起中篇来，先后又写出了《采菱村》《串枝红》《清风明月》等。这些作品除了《串枝红》是反映山区的生活外，其他都是写我熟知的故乡白洋淀的生活。它们依然很平凡，没有什么叱咤风云的人物，惊心动魄的故事。只不过是些常见的普通人和事，多家长里短、民情风俗、水乡气息、土话村言……作者不希轰动文坛，哗众取宠；只求朴素亲切、真实美善而已。

一九八三年一月

（选自《韩映山文集》第3卷，河北教育出版社，2011年第1版。）

《红菱集》后记

□ 韩映山

这个短篇集，是我近几年所写。内容多是反映党的十一届全会以来，农村新的生活面貌的。依然是普普通通的人物，平平常常的故事；没有什么惊天动地的事件和武打凶杀的情节，也没有什么引人入胜的色情描写和性的哲理蕴含。艺术手法，虽然也有了一点变化，但缺乏那种"多层次、多角度、多线条"。它们依然是朴素的、单纯的、自然的，像平原上披着绿叶的瓜果，水淀里闪着紫光的苇缨，或许能给人们润润口味，点缀一下风景吧？

我们正处在一个腾飞的时代。文坛空前活跃，思想很是解放。艺术园林，百花齐放。然而，田园里也有莠草，畦垄间也有臭蒿，它们常常混杂在佳木秀禾里，以假乱真，取悦于人，哗众取宠。

孙犁同志在给《贾平凹散文集》序文中曾说"……所谓文坛，是建筑在社会之上的。社会有多么复杂，文坛也会有多么复杂。有各色人等，有各种文章。作家被称为才子并不难，难的是在才子之后，不要附加任何听起来使人不快的名词……文章所以好，我以为不只在文字上，而且在情操上。凡是好的散文，都会给人以高尚情操的陶冶。"

是的，我以为当前，应该强调一下作家的情操了。作家是灵魂的工程师，品质应该高尚，作风应该正派。因为作家是在人们的心田上，栽植美好的花朵，纯净人们的灵魂，是给人以向上的道德陶冶的。如果作家自己营营苟苟，道德败坏，他的文格能够高尚吗？

一个国家，要讲国格；一个文人，要讲人格。古人尚且"不为五斗米折腰"，难道我们"今人"，为了金钱或别的什么目的，就出卖自己的灵魂，去炮制那些低级、庸俗的垃圾吗？

要想写出真善美的文学作品，作家本身必须具备真善美的素质。我是相信"文如其人"这句话的。

作家的名声，有大有小，才能有高有低，但在做人方面，应该有个高标准、严要求。不要辜负了那个光荣的称号。

以此后记为鉴，愿与同行者共勉。

一九八六年五月十八日于保定

（选自《韩映山文集》第3卷，河北教育出版社，2011年第1版。）

三、作家自叙

《善闇室纪年》序

□ 孙 犁

在天津这个城市，住了二十五年。常常想离开，直到目前还不能走；住的这个宿舍，常常想换换，直到目前还不能搬家。中间虽然被迫迁移一次，出去三年，终于又回来了。我不知道要在这个地方，住到什么时候。

街上太乱太脏，我很少出门。近年来也很少有人来我这里。说门可罗雀是夸张的，闭门却轨却是不必要的。虽然好弄书，但很少能安心看书。有些人不愿去接近，有些语言不愿去听。我并不感到寂寞、苦闷，有时却也觉得时间空过得可惜，无可奈何。

我很久、很久不写东西了。对于未来，我缺乏先见之明，不能展示其图景。对于现实，我故步自封，见闻寡陋，无法描述。对于过去，虽也懒于回忆，但究竟便于寻绎。因此想起了写个自传什么的，再向后退一步，就想订个年谱什么的，又觉得这个名称太堂皇，就改用了纪年的形式。这是轻车熟路，向回走的路，但愿顺利一些。

我自幼年，体弱多病。表现在性格方面，优柔寡断。多年从事文字生活，对现实环境，对人事关系，既缺乏应有的知识，更没有应付的能力。在各方面都是失败多，成绩少。声音将与形体同时消失，没有什么可以遗留于后人或后世的。

一生平平，确实无可取鉴。一生行止，都是被时代所推移，顺潮流而动作。在群众面前，从来不能发表独特的见解，表现超人的才略；在行动方面，更没有起过先锋的作用，建树较大的功劳。那么，这一年谱，就只能是记录：一己的履历，时代的流波，同行者的影子与声音，群众的帮助与爱护。

其中，有个人的兴起振奋，也有自己的悲欢离合。有崎岖，也有坦途。由于愚闇，有时也曾蹈不测的深渊；由于憨诚，也常常为朋友们所谅宥。认真记录下去，也可能有超出个人范围的一个时代的步伐，一个队伍的感情吧。

总之，在过去的几十年中，跟在队伍的后面，还幸而没有落荒。虽然缺少扬厉的姿态，所迈的步子，现在听起来，还是坚定有力的。对于伙伴，虽少临险舍身之勇，也无落井下石之咎。循迹反顾，无愧于心。

一九七五年六月一日，善闇记。

附记：昨晚暴风雨，花未受损。今晨五时起床，为玉树换盆，并剪海棠一枝，插于小盎，验其活否。

（选自《孙犁全集》第5卷，人民文学出版社，2004年第1版。）

《善闇室纪年》摘抄

□ 孙　犁

一九一三年至一九四九年

一九一三年（旧历癸丑），即民国二年，阴历四月初六日，生于河北省安平县东辽城村。村一百余户，东至县城十八里，西南至子文镇三里。子文四、九日有集，三、十月有药王庙会，农民买卖，都在此地。

我上有兄、姐五人，下有弟弟一人，都殇。听母亲说，家境很不好，一次产后，外祖母拆一破鸡笼为她煮饭。我出生时，家已稍裕。父亲幼年，由招赘在本村的一个山西人，吴姓，介绍到安国县学徒，后来吃上了股份，买了一些田，又买了牲口车辆，叫叔父和二舅父拉脚。家境渐渐好转。

我出生后，母亲无奶。母亲说，被一怀孕堂婶进屋"沾"了去，喂以糊。体弱，且有惊风疾，母亲为我终年烧香还愿。惊风病到十岁时，由叔父带我至伍仁桥一人家，针刺手腕（清明日，连三年），乃愈。

一九一九年，六岁，入本村小学。冬季，并上夜学。父亲给我买了一盏小玻璃煤油灯，放学路上，提灯甚乐。我家每年请先生二次，席间，叔父嘱以不要打，因我有病。

一九二四年，十一岁，随父亲至安国县上高级小学。初读文学刊物、书籍，多商务印。

一九二六年，十三岁，考入保定育德中学。保定距安国一百二十里，乘骡车。父亲送考，初考第二师范未取，不得已改考中学，中学费大。

一九二七年，十四岁。休学一年，从寒假起。实系年幼想家，不愿远离。这一年，革命军北伐，影响保定，学校有学潮，我均未见，是大损失。父亲寄家"三民主义"一册，咸与维新之意，是年订婚黄城王氏。越明年，遂与结婚。

一九二八年，十五岁。寒假后复学，见学校大会堂已写上总理遗嘱等标语。作文课，得国文老师称许，并屡次在校刊发表，有小说，有短剧。初中四年期间，除一般课程外，在图书馆借读文学作品。

一九三一年，十八岁。升入本校高中，为普通科第一部，类似文科。其课程有：中国文化史、欧洲文艺思潮史、名学纲要、中国伦理学史、中国哲学史、社会科学概论、科学概论、生物学精义等，知识大进。

读政治经济学批判等经典著作，并做笔记。习作文艺批评，并向刊物投稿，均未用。那时的报刊，多以马列主义标榜，有真有假。真的也太幼稚、教条。然其开拓之功甚大。保定有地下印刷厂，翻印各类革命书籍，其价甚廉，便于穷苦学子。开始购书。

攻读英文，又习作古文，均得佳评。

九一八事变。

一九三三年，二十岁，高中毕业。"一·二八"事变。

高中读书时，同班张砚方为平民学校校长，聘我为女高二级任。学生有名王淑者，形体矮小，左腮有疤陷，反增其娇媚。眼大而黑，口小而唇肥，声音温柔动听，我很爱她。遂与通信，当时学校检查信件甚严，她的来信，被训育主任查出，我被免职。

平校与我读书之大楼，隔一大操场，每当课间休息时，我凭栏南向，她也总是拉一同学，站立在她们的教室台阶上，凝目北视。

她家住在保定城内白衣庵巷，母亲系教民，寡而眇一目，曾到学校找我一次。

以上是三十年代，读书时期，国难当头，思想苦闷，于苦雨愁城中，一段无结果的初恋故事。一九三六年，我在同口教书，同事侯君给我一张保定所出小报，上有此女随一军官，离家潜逃，于小清河舟中，被人追回消息，读之惘然。从此，不知其下落。

一九三四年，二十一岁。春间赴北平谋事，与张砚方同住天仙庵公寓。张雄县人，已在中大读书。父亲托人代谋市政府工务局一雇员职。不适应，屡请假，局长易人，乃被免职。后又经父亲托人，在象鼻子中坑小学任事务员，一年后辞。

在此期间，继续读书，投稿略被采用。目空一切，失业后曾挟新出《死魂灵》一册，扬扬去黑龙潭访友，不为衣食愁，盖家有数十亩田，退有后路也。

有时家居，有时在北平，手不释卷，练习作文，以妻之衣柜为书柜，以场院树荫为读书地，订《大公报》一份。

一九三六年，二十三岁。暑假后，经同学侯士珍、黄振宗介绍，到安新县同口小学教书。同口系一大镇，在白洋淀边。镇上多军阀，小学设备很好。我住学校楼上，面临大街。有余钱托邮政代办所从上海购新书，深夜读之。暇时到淀边散步，长堤垂柳，颇舒心目。

同事阎素、宋寿昌，现尚有来往。在津亦时遇生徒，回忆彼时授课，课文之外，多选进步作品，"五四"纪念，曾作讲演，并编剧演出。深夜突击剧本，吃凉馒头，熬小鱼，甚香。

是年，双十二事变。

1985年8月30日抄

一九三七年，二十四岁。暑假归家，七七事变起，又值大水，不能返校。（原在同口小学任教）国民党政权南逃。我将长发剪去，农民打扮，每日在村北堤上，望茫茫水流，逃难群众，散勇逃兵。曾想南下，苦无路费，并无头绪。从同口捎回服装，在安国父亲店铺，被乱兵抢去。冬季，地方大乱。一夜，村长被独撅枪打倒于东头土地庙前。

一日，忽接同事侯聘之一信，由县政府转来。谓彼现任河北游击军政治部主任，叫我去肃宁。我次日束装赴县城，见县政指导员李子寿。他说司令部电话，让我随杨队长队伍前去。杨队长系土匪出身，他的队伍，实不整饬。给我一匹马，至晚抵肃宁。有令：不准杨队长的队伍进城。我只好自己去，被城门岗兵刺刀格拒。经联系见到宣传科刘科长，晚上见到侯。

次日，侯托吕正操一参谋长，阎姓，带我到安国县，乘大卡车。风大，侯送我一件旧羊皮军大衣。

至安国，见到阎素、陈乔、李之琏等过去朋友，他们都在吕的政治部，有的住在父亲店铺内。父亲见我披军装，以为已投八路军，甚为不安。

随父亲回家，吕之司令部亦移我县黄城一带。李之琏、陈乔到家来访，并做动员。识王林于子文街头，王曾发表作品于《大公报》"文艺"，正在子文集上张贴广告，招收剧团团员。

编诗集《海燕之歌》（国内外进步诗人作品），后在安平铅印出版，主持其事者，受到黄敬的批评，认为非当务之急。后又在路一主编的《红星》杂志上，发表论文：《现实主义文学论》《战斗的文艺形式论》，在《冀中导报》发表《鲁迅论》。均属不看对象，大而无当。然竟以此扬名，路一誉之为"冀中的吉尔波丁"云。

一九三八年，二十五岁。春，冀中成立人民武装自卫会，史立德主任，我任宣传部长。李之琏介绍，算是正式参加抗日工作。李原介绍我做政权工作，见到了当时在安平筹备冀中行署的仇友文。后又想叫我帮路一工作，我均不愿。至高阳等县组织分会，同行者有任志远、胡磊。

八月，冀中于深县成立抗战学院，院长杨秀峰，秘书长吴砚农，教导主任陈乔、吴立人、刘禹。我被任为教官，讲抗战文艺及中国近代革命史。为学院作院歌一首。学院办两期，年终，敌人占据主要县城，学院分散，我带一流动剧团北去，随冀中各团体行动。

大力疏散，我同陈肇又南下，一望肃杀，路无行人，草木皆兵，且行且避。晚至一村，闻陈之二弟在本村教民兵武术，叫门不应，且有多人上房开枪。我二人急推车出村，十分狼狈。

至一分区，见到赵司令员，并有熟人张孟旭，他给我们一大收音机，让抄新闻简报。陈颇负责，每夜深，即开机收抄，而我好京戏，耽误抄写，时受彼之责言。

后，我俩隐蔽在深县一大村庄地主家，村长为我们做饭，吃得很好。地主的儿子曾讽刺说："八路军在前方努力抗日，我们在后方努力碾米。"

曾冒险回家，敌人"扫荡"我村刚刚走，我先在店子头表姐家稍停留，夜晚到家睡下，又闻枪声，乃同妻子至一堂伯家躲避。这一夜，本村孙山源被绑出枪毙，孙为前县教育局长，随张荫梧南逃，近又北来活动。

时，刁之安为我县特委，刁即前述我至京郊黑龙潭所访之育德同学。刁深县人，外祖家为安平，所以认我们为老乡。为人和蔼，重同乡同学之谊。但我不知他何时参加党组织，并何由担任此重职。

一九三九年，二十六岁。王林与区党委联系，送我与陈肇过路西。当即把车子交给刁，每车与五元之代价，因当时车子在冀中已无用。我的介绍信，由七地委书记签名，由王林起草。我见信上对我过多吹嘘，以为既是抗日，到处通行，何劳他人代为先容，竟将信毁弃。过路后，因无此信，迟迟不能分配工作，迂之甚矣。

同行者，尚有董逸峰，及安平一区干部安姓。夜晚过路时，遇大雨，冒雨爬了一夜山，冀中平原的鞋底，为之洞穿。

过路后见到刘炳彦，刘是我中学下一级同学，原亦好文学，现任团长，很能打仗，送我银白色手枪一支。

在一小山村，等候分配。刘仁骑马来，谈话一次。陈以遇到熟人，先分配。我又等了若干日，黄敬过路西，才说清楚。

分配到晋察冀通讯社，在城南庄（阜平大镇）。负责人为刘平。刘中等个儿，吸烟斗，好写胡风那种很长句子的欧化文章，系地下党员，坐过牢。

通讯社新成立，成员多是抗大来的学生，我和陈肇，算是年岁最大的了。在通讯社，我写了《论通讯员及通讯写作诸问题》小册子，题集体讨论，实系一人所为，铅印出版。此书惜无存者。在通讯指导科工作，每日写指导信数十封，今已不忆都是些什么词句。编刊物《文艺通讯》，油印，发表创作《一天的工作》《识字班》等。

识西北战地服务团及华北联大文艺学院的一些同志。

生活条件很苦。我带来大夹袄一件，剪分为二，与陈肇各缝褥子一条，以砖代枕。时常到枣林，饱食红枣。或以石掷树上遗留黑枣食之。

冬，由三人组织记者团赴雁北，其中有董逸峰，得识雁北风光，并得尝辣椒杂面。雁北专员为王斐然，即育德中学之图书管理员也。遇"扫荡"，我发烧，一日转移到一村，从窗口望见敌人下山坡，急渡冰河，出水裤成冰棍。

一九四〇年，二十七岁。晋察冀边区文联成立，沙可夫主任。我调边区文协工作，田间负责，同人有康濯、邓康、曼晴。

编辑期刊《山》（油印）、《鼓》（晋察冀日报副刊）。发表作品《邢兰》等，冬季反"扫荡"期间，在报纸发表战地通讯：《冬天，战斗的外围》等。

写论文评介边区作者之作。当时，田间的短促锋利的诗，魏巍的感叹调子的诗，邵子南的富有意象而无韵脚的诗，以及曼晴、方冰朴实有含蕴的诗，王林、康濯的小说，我都热情鼓吹过。

识抗敌报（晋察冀军区报纸）负责人丘岗，摄影家沙飞等。

辩论民族形式问题，我倾向洋化。

一九四一年，二十八岁。在此期间，我除患疟疾，犯失眠症一次，住过边区的医院。秋季，路一过路西，遂请假同他们回冀中，傅铎同行。路一有一匹小驴。至郝村，当日下午，王林、路一陪我至家，妻正在大门过道吃饭，荆钗布裙，望见我们，迅速站起回屋。

冀中总部在郝村一带，我帮助王林编《冀中一日》，工作告竣，利用材料，写《区村、连队文学写作课本》一册，此书后在各抗日根据地翻印，即后来铅印本《文艺学习》也。

妻怀孕，后生小达，王林所谓《冀中一日》另一副产品也。

在冀中期间，一同活动者，有梁斌、远千里、杨循、李英儒等。

一九四二年，二十九岁。春末回路西文联岗位。此年冀中敌人"五一大扫荡"。冬季，文联解散，田间下乡。我到晋察冀日报编副刊，时间不长，又调到联大教育学院高中班教国文。

教育学院院长为李常青，他原在北方分局宣传部负责，自我到边区以后，对我很关心。抗战期间，我所教学生，多系短期训练性质，唯此高中班，相处时间较长，接触较多，感情亦较深，并在反"扫荡"中共过患难。所以在去延安途中和到达延安以后，我都得到过这些男女同学的关怀和帮助。

时达来信说，带来家庭消息，往返六日去听这一消息，说长子因盲肠炎，战乱无好医生，不幸夭折，闻之伤痛。此子名普，殇时十二岁。

一九四三年，三十岁。冬季，敌人"扫荡"三个月，我在繁峙，因借老乡剪刀剪发，项背生水泡疮，发烧，坚壁在五台山北台顶一小村，即蒿儿梁。年底，反"扫荡"结束下山，行山路一日，黄昏至山脚。小桥人家，即在目前，河面铺雪，以为平地，兴奋一跃，滑出丈远，脑受震荡，晕过去。同行康医生、刘护士抬至大寺成果庵热炕上，乃苏。

食僧人所做莜麦，与五台山衲子同床。次日参观佛寺，真壮观也。

一九四四年，三十一岁。返至学院，立即通知：明日去延安。（此节已发表，从略。）

一九四五年，三十二岁，八月，日本投降，当晚狂欢。我很早就睡下了。

束装赴前方。我为华北队，负责人艾青、江丰。派我同凌风等打前站，后为女同志赶毛驴。路上大军多路，人欢马腾，胜利景象。小孩置于荆筐，一马驮两个，如两只小燕。

过同蒲路，所带女队掉队，后赶上。

至浑源，观北岳。

至张家口，晋察冀熟人多在，敌人所遗物资甚多，同志们困难久，多捡废白纸备写画之用。邓康、康濯都穿上洋布衣装。邓约我到他住处，洗日本浴。又给我一些钱，在野市购西北皮帽一顶，蚕绸衬衣一件，日本长丝巾一副，作围巾。

要求回冀中写作，获准。同行一人中途折回，遂一人行。乘火车至宣化，与邓康在车站同食葡萄，取王炜日本斗篷、军毯各一件。从下花园奔涿鹿，经易县过平汉路，插入清苑西，南行，共十四日到家。黄昏进家时，正值老父掩外院柴门，看见我，回身抹泪。进屋后，妻子抱小儿向我，说：这就是你爹！这个孩子生下来还没见过我。

1985年8月1日抄

一九四六年，三十三岁。在家住数日，到黄城访王林。同到县城，见到县委书记张根生等。为烈士纪念塔题字并撰写一碑文，古文形式，甚可笑。以上工作，均系王林拉去所为。

到蠡县见梁斌，梁任县委宣传部长，杨崴为书记，杨志昌为副书记，周刚为组织部长。梁愿我在蠡县下乡，并定在刘村。刘村朱家有一女名银花，在县委组织部工作，后与周刚结婚。她有一妹名锡花，在村任干部。梁认为她可以照料我。

到冀中区党委接关系。宣传部长阎子元系同乡，同意我在蠡县下乡。在招待所遇潘之汀，携带爱人和孩子，路经这里，回山东老家。他系鲁艺同人，他的爱人张云芳是延安有名的美人。潘为人彬彬谦和。

又回家一次。去蠡县时，芒种送我一程。寒雾塞天，严霜结衣，仍是战时行动情景。到滹沱河畔，始见阳光。

刘村为一大村，先到朱家，见到锡花和她爷爷、父亲。锡花十七岁，额上还有胎发，颇稚嫩。说话很畅快，见的干部多了。她父亲不务正业，但外表很安静。她爷爷则有些江湖味道，好唱昆曲。

我并没有住在她家。村北头有一家地主，本人同女儿早已参加抗日，在外工作。他的女人，也常到外边住，家里只留一个长工看门。我住在北屋东间，实际是占据了这个宅院，那个长工帮我做饭。他叫白旦，四十多岁，盲一目，不断流泪，他也不断用手背去擦。看来缺个心眼，其实，人是很精细的。对主人忠心耿耿，认真看守家门。

村长常来看望，这是县委的关照。锡花也来过几次，很规矩懂事。附近的女孩子们，也常成群结伙地来玩。现在想起来，我也奇怪，那些年在乡下的群众关系，远非目前可比。

妇救会主任，住在对门，似非正经。她婆婆很势利眼，最初对我很巴结，日子长了，见我既不干预村里事务，又从不开会讲话，而且走来走去，连辆自行车也没有，对我就很冷淡了。

在这里，我写了《碑》《钟》《藏》几个短篇小说。

曾将妻和两个孩子接来同住几日，白旦甚不耐烦。在送回她们的途中，坐在大车上，天冷，妻把一双手，插入我棉袄的口袋里。夕阳照耀，她显得很幸福。她脸上皮肤，已变得粗糙。战斗分隔，八年时间，她即将四十岁了。

刘村有集，我买过白鲢鱼，白旦给做，味甚佳。

杨循的村子，是隋东，离刘村数里，我去过他家，他的原配正在炕上纺线。梁斌的村子，叫小梁庄，距离更近，他丈人家就在刘村。有一次，传说他的原配回娘家来了，人们怂恿我去看，我没有去。

到河间，因找杨循，住冀中导报社，识王亢之、力麦等。此前，我在延安写的几个短篇，在张家口广播，晋察冀日报转载，并加按语。我到冀中后，冀中导报登一短讯，称我为"名作家"，致使一些人感到"骇人所闻"。当我再去白洋淀，写了《一别十年同口镇》《新安游记》几篇短文，因写错新安街道等事，土改时，联系家庭出身，竟遭批判，定为"客里空"的典型。消息传至乡里，人们不知"客里空"为何物，不只加深老母对我的挂念，也加重了对家庭的斗争。此事之发生，一、在我之率尔操笔，缺乏调查；二、去新安时，未至县委联系。那里的通讯干事，出面写了这篇批判文章，并因此升任冀中导报记者。三、报纸吹嘘之"名"，引起人之不平。这是写文章的人，应该永远记取的教训。

我恋熟怕生，到地方好找熟人，在白洋淀即住在刘纪处。刘过去是新世纪剧社书记，为人好交朋友，对我很热情，当时在这一带办苇席合作社。进城后曾得病，但有机会还是来看我，并称赞我在白洋淀时的"信手拈来"，使我惭愧。在同口，宿于陈乔家。

六月，在河间。父亲病，立增叔来叫我。到家，父亲病甚重，说是耩地耪楼，出汗受风。发烧，血尿，血痰。我到安国县，九地委代请一医生，也不高明，遂不起。

父亲自幼学徒，勤奋谨慎，在安国县城内一家店铺工作，直到老年。一生所得，除买地五十亩外，在村北盖新房一所。场院设备：牲口棚、草棚、磨棚俱全。为子孙置下产业，死而后已。这是他们这一代人的哲学。另，即供我读书，愿我能考上邮政局，我未能如命，父亲对我是很失望的。

父亲死后，我才感到我对家庭的责任。过去，我一直像母亲说的，是个"大松心"。

我有很多旧观念。父亲死后，还想给他立个碑。写信请陈肇写了一篇简朴的墓志，其中有"弦歌不断，卒以成名"等词句，并同李黑到店子头石匠家，看了一次石头。后因土改，遂成泡影。

一九四七年，三十四岁。春，随吴立人、孟庆山，在安平一带检查工作，我是记者。他二人骑马，我骑一辆破车，像是他们的通讯员。写短文若干篇，发表于冀中导报副刊"平原"，即《帅府巡礼》等。

夏，随工作团，在博野县做土改试点，我在大西章村，住小红家，其母寡居，其弟名小金。一家人对我甚好。我搬到别人家住时，大娘还常叫小金，给我送些吃食，如烙白面饼，腊肉炒鸡蛋等，小红给我缝制花缎钢笔套一个。工作团结束，我对这一家恋恋不舍，又单独搬回她家住了几天。大娘似很为难，我即离去，据说，以后大娘曾带小金到某村找我，并带了一双新做的鞋，未遇而返。进城后，我到安国，曾徒步去博野访问过一次。不知何故，大娘对我已大非昔比，勉强吃了顿饭，还是我掏钱买的菜。归来，我写了一篇"访旧"，非纪实也。农民在运动期间，对工作人员表示热情，要之不得尽往自己身上拉。工作组一撤，脸色有变，亦不得谓对自己有什么恶感。后数年，因小金教书，讲我写的课文，写信来，并寄赠大娘照片。我复信，并寄小说一册。自衡感情，已很淡漠，难责他人。不久，"文化大革命"起，与这一家人的联系，遂断。

在此村，识王香菊一家，写两篇短文。

当进行试点时，一日下午，我在村外树林散步，忽见贫农团用骡子拖拉地主，急避开。上级指示：对地主阶级，"一打一拉"，意谓政策之灵活性。不知何人，竟作如此解释。越是"左"的行动，群众心中虽不愿，亦不敢说话反对。只能照搬照抄，蔓延很广。

与王林骑车南行，我要回家。王说："现在正土改试点，不知你为什么还老是回家？"意恐我通风报信。我无此意。我回家是因为家中有老婆孩子，无人照料。

冬，土改会议，气氛甚"左"。王林组长，本拟先谈孔厥。我以没有政治经验，不知此次会议的严重性，又急于想知道自己家庭是什么成分，要求先讨论自己，遂陷重围。有些意见，不能接受，说了些感情用事的话。会议僵持不下，遂被"搬石头"，静坐于他室，即隔离也。

会议有期，仓促结束。我分配到饶阳张岗小区，去时遇大风，飞沙扑面，俯身而行。到村，先把头上长发剪去，理发店夫妇很奇怪。时值严冬，街道满是冰雪，集日，我买了一双大草鞋，每日往返踯躅于张岗大街之上，吃派饭，发动群众。大概有三个月的样子。

冀中导报发表批判我的文章。初被歧视，后亦无他。

识王昆于工作组，她系深泽旧家，王晓楼近族。小姐气重，置身于贫下中农间，每日抱膝坐在房东台阶上，若有所思，很少讲话。对我很同情，但没有表示过。半年后，我回家听妻说，王昆回深泽时，曾绕道到我家看望，此情可念也。进城后尚有信。

十数年后，我回故乡，同立增叔在菜园闲话，他在博野城东村打过油。他说大西章是尹嘉铨的老家，即鲁迅《买小学大全记》所记清代文字狱中之迂夫子也。

一九四八年，三十五岁。春，由小区分配到大官亭掌握工作。情节可参看《石猴》《女保管》等篇，不赘。

麦收时，始得回家。自土地会议后，干部家庭成分不好者，必须回避。颇以老母妻子为念。到家后，取自用衣物，请贫农团派人监临，衣物均封于柜中。

夏季大水。工作组结束，留在张岗写了几篇小说。常吃不饱，又写文章，对身体大有害。

秋，到石家庄参加文艺会议，方纪同行。至束鹿辛集镇观京剧，演员为九阵风，系武旦。到石家庄，遇敌机轰炸。一次观夜戏，突发警报，剧场大乱，我从后台逸出。有本地同志，路熟，临危不肯相顾。

在饭馆吃腐败牛肉，患腹泻。时饭馆尚有旧式女招待，不讲卫生。

华北文艺会议，参加者寥寥。有人提出我的作品曾受批评，为之不平。我默默。有意识正确的同志说：冀中的批评，也可能有道理。我亦默默。

初识吕剑。

为妻买红糖半斤，她要在秋后生产。归途在方纪家吃豆豉捞面，甚佳。

调深县县委任宣传部副部长，区党委决定，为让我有机会接触实际也。书记刘，组织部长穆，公安局长吴，县长李。与县干部相处甚融洽，此因我一不过问工作，二烟酒不分，三平日说说笑笑。穆部长在临别时鉴定：知识分子与工农干部相结合的模范。

与深县中学诸老师游，康迈千最熟。

在深县时，经常回家，路经店子头，看望杜姓表姊。表姊幼失怙恃，养于我家，我自幼得其照料。彼姑颇恶，我到她家，姊仍坐于炕上，手摇纺车不停，一面与我说话。后二年，姊死于难产。

一九四九年，三十六岁。一月，我在深县接方纪电话，说区党委叫我到胜芳集合，等候进天津。到河间，与方纪、秦兆阳同骑车至胜芳。

胜芳为津郊大镇，值冬季，水景不得观览。赶集，有旧书。

冀中导报人员，集中于此，准备进城版面。我同方纪准备副刊一版，我写一短文，谈工厂文艺。另于夜间，写小说《荞儿梁》一篇。

杨循新婚，携来夫人贾凡，并介绍一新出城女同志至我处，忘其姓名，请吃葵花子一盘。

进城之日，大队坐汽车，我与方纪骑自行车，路上，前有三人并行，我们骑车绕过时，背后有枪声。过一村后，见二人只剩一人，我与方纪搜检之，无他。此自由行动之害也。比至城区，地雷尚未排除，一路伤员、死尸，寸步难行。道路又不熟，天黑始找到报社，当晚睡在地板上。

1985年8月24日抄

〔选自《孙犁文集》（续编）第3卷，百花文艺出版社，2002年第1版。〕

芸斋断简

□ 孙　犁

我读过的中篇小说

鲁迅很注意把国外优秀的中篇小说介绍到中国来。他自己就翻译过像《表》这样的中篇童话。在他所主持的《译文》上还登载过曹靖华译的《远方》，也是中篇。同译者所译聂维洛夫的小说《不走正路的安得伦》，也是中篇，也是鲁迅介绍出版的。我们在抗日战争年代，因为缺少读物，曾油印一次，对大家还是很有好处的。

我读的外国小说很少，近十几年，读不到新的译作，不知国外有什么新的好的中篇产生。就我所读过的普希金的《杜勃洛夫斯基》，梅里美的《卡尔曼》，果戈理的《布尔巴》，契诃夫的《草原》，这都是公认的名著，各有各的风格，能找来参考，总是好的吧。

读书，各人的爱好不同，有人喜欢读短篇，有人喜欢读长篇，但就有日常工作的人来说，中篇小说却是最适合的读物，一可不需要很长时间，携带也方便；二可得到较完整的艺术欣赏，也不会弄得太疲劳的。

当然，现在有些青年，一个晚上，躺在床铺上，就能读完一部几十万字的长篇，然后把书往床铺下面一扔，酣然入睡，中篇小说，恐怕就不是他所爱好的了。

1977年8月25日

我写过的电影脚本

四月八日夜，梦携眷远行，宿旅舍，与老母对话，内心感伤，及醒，泪挂眼角。开灯吸烟，却忽然想到与茅盾同志有关的一件小事：

　　一九四九年进城后，相熟的一位电影导演，要我写一个关于白洋淀的电影脚本。当时我正在青年，对这种洋玩意儿也跃跃欲试，就把我写过的一些小说、散文，重新编排了一下。就是把内容统一，把故事连贯，已有的用剪报，没有的另写篇章。弄成以后，剪贴抄录在一本旧公文纸簿之上。

　　过了很长时间接到那位导演来信，说脚本先送茅盾同志审阅，同意了。后又送另一位负责同志审阅，否定了。现将脚本奉还。他并把另一位同志的批示，抄录在脚本封皮之后。脚本封面，有茅盾同志的亲笔题字："阅，意见在另纸。茅盾。"但那写在另纸上的意见，却没有见到。另一位同志的指示大意为：这些故事，想象的成分多，还是以拍别一部小说为好。

　　"别一部小说"，也是写白洋淀的，当时颇流行。我翻看了一下，其中实录部分固然不少，却发现我的一篇作品，也被改头换面，采录在内。这是有书可查、有目共睹的事，绝不是出于我的"想象"。

　　当然，我那个脚本只是一次尝试，写得也确实很不像样子。一部作品，根据审定程序，谁肯定，谁否定，都系平常的事，其中并无恩怨可言。我把脚本新写部分摘出来，改成了一篇短篇小说，就是《采蒲台》，此脚本在"文化大革命"中被抄走，发还后，我清理旧稿时，用它生了火。从此打掉了我的兴头，以后，对写电影脚本的事，我一直持极其冷漠的态度，并劝别人也不要轻易搞这个。

1981年4月9日

删掉的忠告

　　我常常考虑到作家修身的问题。人们习惯认为文人的不幸和招祸，在于文字，其实细察历史，并不尽然。文人遭难，有的因为贫苦疾病，有的因为权大势重，有的因为依附不当，有的因为行为不端。毁于文字者十之三，毁于立身者十之七。其中自有仁人志士，垂名千古，确也有很多无辜者，甚至是想不到的飞灾横祸。查历代文字狱档案，其所谓文字狱，其直接起因，往往并非文字，而是因为别的事引到文字上，好加罪名。因此，在待人接物之间，出入进退之间，要留有余地，要特别小心。

所以，你应该读一些文学史的书，知道行文要注意以外，还要留心其他方面的事。同行之间，与其亲热，莫若疏远一些，对于批评家的言论，说你好或说你坏，不要过于认真，因为他们的话是靠不住，是要常常改变的。有些讨论会，也不要那么热心，因为有些问题，已经讨论多少次，多少年了，总听不到有什么新的意见。节省一些时间和精力，多回几次老家，和乡亲们谈谈，对创作才真正有利。

以上都是题外的话，你可能听得厌烦了。很多事情，正像鲁迅说的，在你没有经历之前，说多少也难领会其要义；在你经历之后，再说多少，也就没用了。

1982年9月30日

裁下的半截信

前些日子，我读了你发表在《人民文学》上的一篇小说，我坦率地说，我不大喜欢那篇小说，我以为这种写法，不能发挥你之所长。那篇小说，写的是市民吧。我说那个老人的性格不统一，这个词儿，可能不太准确。应该说是不突出，不完整。或者说性格复杂。把人物性格写得复杂一些，不要写得那么单纯，也可能是你在这篇作品中着意追求之点。

目前，有人说我写的一些评论文章，是在教训别人，或是要别人按照我的主张去写作，这是有意地歪曲和挑拨。无论是青年，老年，谁也没有权利要人家按照他的主张写作，我更没有那种野心。

但是，在当今的文坛上，确有那么一些人，急于求成，匆匆忙忙，想树立一面旗帜。虽有不少的人为之呐喊，时间也有几年了，他们那面旗帜，还是没能树立起来，这又是什么道理呢？

于是，有人又想标立一些新鲜名目。半年以前吧，上海一家刊物，要我参加"问题小说"的讨论。我回信说，我不知道什么叫"问题小说"，平时没有注意过，更没有研究过。"问题小说"，难道还有"没有问题"

的小说吗？

文学的旗帜，不是那么容易就树得起来的。二十世纪三十年代，有一个杨邨人，他想树一面"小资产阶级革命文学"的旗帜，但费尽心机，无论如何也没有能把他的旗子，插在中国的地面上。这很简单，大地不接受他这面旗帜。

另外，有人主张：一个作家要有几副笔墨。从我学习文学以来，就认为一个作家只能有一副笔墨，比如曹雪芹的笔墨，施耐庵的笔墨。如果都有几副，还怎样去区别作家和作品？他们的作品，岂不成了赶时髦、追风尚、百货杂陈的商店了吗？

有的作家，写了几篇小说，便自以为也是理论家，这是会自误误人的。为这种理论所指导，他们的作品，日见单薄空虚，很快就会出现胡编乱造的东西了。

1982年10月14日清晨

（选自《孙犁文集》第3卷，百花文艺出版社，2002年第1版。）

和郭志刚的一次谈话

□ 孙　犁

郭志刚：以前，我写的关于您的那些东西，多是研究性的，对象就是您的作品；现在为了写传，我想对您的作品以外的生平和生活方面的情况，就是道路吧，希望有个比较系统的了解。因为写传，生活是血肉，很重要。这部分写好了，可以更好地显示一个作家的品格和素质。所以，这回就希望您谈得深一点，生活方面的、经历方面的。

孙　犁：今天，咱们上午谈一会儿下午再谈一会儿，因为你那儿也比较忙，我这儿谈时间太多了也不行。以后有什么问题，你再给我来信。我先把我的意见跟你说一说，我觉得，关于写这个书，我不知道你是不是全部地看了我发表的那些东西，特别是，"文集"你那儿有，是吧？

郭志刚："文集"我有，我全部读过。

孙　犁："文集"收到哪一本了？

郭志刚："文集"收到《晚华集》……

孙　犁：《秀露集》也收了？

郭志刚：还有《澹定集》。

孙　犁：剩下的就是《远道集》《老荒集》《陋巷集》，还有一个交到人民文学出版社去的《无为集》，就这四本，这四本就是四十来万字。所以，你还有很多材料。当然，你从报纸上看到一些，有的好像还没有看。

郭志刚：那几个集子我都看了，就是《陋巷集》和《无为集》，这两集我没有看。您近来的文章，我能收集到的很少。

孙　犁：第一，就是把这些你没有看到的材料，都能想法看到；另外，在这些文章里面，有一篇最重要的，叫《〈善闇室纪年〉摘抄》，不知这文章你看过没有？

郭志刚：《〈善闇室纪年〉摘抄》我读过一部分，有些还在文章中引用过。我觉得，它对了解您非常重要，可惜我没读全。

孙　犁：可以给你弄全。

郭志刚：那太好了。

孙　犁：它是一个系统的东西，里边包括我个人的主要经历和时代的主要变化。它就是写到我入城那一年，入城以后，在天津这一段，变化不是像前边几十年那样大。后边我没有写。从文章里边找材料，对写我来说，还是很重要的。因为我主要的经历，时代的主要面貌，凡是在我心里印象深刻的东西，我差不多都写到文章里去了。有的是散文，有的是回忆，有的是小说，都有我个人的传记材料。我觉得，读我的作品，对你写这个书，是最重要的。假若让我谈呢，我这两天也考虑，我还是得给你谈《善闇室纪年》那些，可能谈得比较仔细一些，但主要的，恐怕还是那些。我无非还是回忆，七岁上学，十二岁在安国县上学，十四岁在保定上学。进城以后就是两件大事：一个是我得病，一九五六年得病，在外面养了几年病；一个是"文化大革命"。这两样大事，在粉碎"四人帮"以后，我写的散文，或者是小说里边，都写到了。譬如说，芸斋小说，就带有很大的自传性质。里边有很多地方写到我，都是第一人称。那里边，虚构的不太多，主要都是事实。还有一些散文，那就更明显了，譬如交游方面，回忆朋友的那几篇，就是我进城以后，所接触的一些人。我在一些什么地方待过，譬如，在青岛啊，在太湖啊，在北京医院啊，在小汤山疗养院啊，在颐和园啊，在北戴河啊，都有专门题目谈到，它叫《病期经历》。这些你都看过吗？

郭志刚： 看过《黄鹂》《石子》。

孙　犁： 那个不是。这个叫《病期经历》，那个是"琐事"，那是另外两篇。

郭志刚：《病期经历》我没见到，这是不是您后来发表的文章？

孙　犁： 大概有一部分已经收到集子里面去了，《陋巷集》里还有好几篇。所以，现在主要的要找一本《陋巷集》。晓明，回头你问问，看能不能再找一本。我这儿实在没有了，我原来是剩着两本的，不是答应你了吗？宗武急着要，因为宗武也送过我一些书，我说，要不先给了你吧。想法叫晓明给你找一本。

郭志刚： 好，我太需要了。

孙　犁：《无为集》里边的东西，回头有些剪报提供给你吧。《善闇室纪年》要搞个全份的，把头儿接上。其次就是，譬如我写的《乡里旧闻》，也都是关于我的历史方面的。另外，就是还可以找一些同志谈一谈，你觉得收获大吗？譬如说，跟邹明他们，跟韩映山他们，有收获吗？

郭志刚： 昨天去白洋淀的时候随便聊了一下，聊得不算太多。我从韩映山同志的一些介绍里边，是受到了益处的。例如，他说："从前孙犁同志帮我们改稿非常认真，我有篇《鸭子》，那条小河是朝西流的，孙犁同志一看，一般的河都是往东流啊，怎么会是冲西流呢？就想改过来。后来又想，也许有特殊情况，他那儿水是朝西流的。"他说，您亲自把他找到报社里去，一问，是朝西流的，就没有改。这件事很说明问题。

孙　犁： 类似的文章，我写过一篇《改稿举例》，不知这篇文章，你看过没有？里边是谈改稿，实际上也是我个人的经历，是别人给我改稿。这个对你写传大概也有用处。

郭志刚： 很有用处。

孙　犁： 所以，我写的东西，在目前来说，是最重要的取得材料的来源。我说这话，好像和以前咱们谈的有些矛盾，实际上也不矛盾，你可以试一试，去找一些朋友，找我的孩子们，跟他们谈一谈，你从那儿收获不会太大。譬如，你跟我的女儿小淼谈，谈不出什么来，绝对不是我不愿意叫她跟你谈，是因为我离开家里的时间比较长，跟她们在一块儿的时间很短；另外，我也很少跟她们说点这个那个的，我不大跟孩子们在一块待着，也很少跟她们说话，所以，她们都谈不出什么东西来。

郭志刚：我相信。我对访问别人也没敢抱很多希望。

孙　犁：朋友们也是这样，因为有一些写传的，他们也找过一些朋友，我看他们写的那些东西收获也不太大。

郭志刚：是的。所以对于访问别人，我也就犹豫了。孙犁同志，尽管您说得很少，但我每次来天津，在和您短暂的接触当中，老实说，倒给我不少感性的东西。

孙　犁：因为是直觉。

郭志刚：这我倒是有些体会。有一位傅正谷同志，他说，原来住在您的多伦道寓所附近。

孙　犁：我跟正谷见面比较多。

郭志刚：他说，您对他帮助很大。比如写文章，您提出来就是要钻些空子，意思是研究一些别人不曾研究过的东西，即空白点，他认为这对他启发很大。我听了也受启发。

孙　犁：正谷到我那儿去的比较多。

郭志刚：您的文章里说，您小的时候，患过惊风疾，这是种什么病？

孙　犁：就叫抽风。

郭志刚：我第一次见您的时候，那是在一九七九年，我一个人找到多伦道那个院子里去，第一面印象非常深刻，很难用三言两语表达清楚。但是，我还能够把见到您的那个印象和读您的作品联系起来，我觉得它们是一致的，都可以用"凝重""含蓄"这样的字眼来表达——我说不好，那是初次见面的印象。您当时说话，下巴有些抖动，是不是从小就这样？

孙　犁：从小不这样。但是，和那个病根儿有关系。我小的时候，我们家里还是比较贫穷，从小我没有奶吃，很弱，弱了大概就很容易得这种病；另外，乡下不大讲卫生，脐带剪的时候，或者是营养不良，都可以引起小孩的抽风。这个病对我以后的神经系统可能留下一些毛病，所以，一九五六年就得过一次很严重的神经衰弱，在这以前，我就经常失眠，经常有一些神经方面的症状，那年突然就重了。一九五六年，我算算多少岁呀，一九一三，那是四十三岁，岁数到了中年，有些病就要爆发了，得这个病以前，我这头有时就摆动，也不是老摆动，遇见情绪上激动的时候，它就动得厉害，你们大概也能看得出来，要是心情很平稳，它也不动，动的时候，自己也不大觉得。直到现在，我感觉，我神经方面不太健康，有时失眠，容易激动，容易恼怒，这都是神经系统的毛病。它可能对写作也有些影响。生理上的这种病态，它也可能反映在我的写作上，反映在写作上，好的方面它就是一种敏感，联想比较丰富，情绪容易激动。这是一些病理学家经常谈到的问题。关于生活方面，我这个人，你看文章就可以看得出来，比较简单，我这个经历，当然说起来也算复杂，但实际上也很简单。复杂的是时代，时代不平常。譬如，赶上了北伐，赶上了北伐失败，赶上了九一八事变以后日本的侵略，和对日本的反抗，以至于后来的抗日战争和解放战争。经历的时代变化比较大，我个人的生活，说起来还是比较单纯的：从上学，到教书，到参加抗日工作。抗日工作也不过就是教书、编报、写文章，比较简单。个人私生活方面，我觉着也比较简单，也没什么很离奇的恋爱故事，有一些也是浅尝辄止。随随便便就完了。但是，也留下一些印象，这些印象我也不大掩饰它，有时就在一些作品里边写出来了，如实地，不是加以夸大。实际情况是这样，我这个人也不善于此道。这方面我不行。张同志走了以后，马上找一个老伴，那时倒有这种想法，但是拖下来了，到现在呢，就不能再找了，因为年岁太大了；另外，我也很怕找那个。我这个人对于家庭里的那些事，也不善于处理，不善于处理这种关系。到这个岁数找一个，假如不好，反倒增加很多麻烦。我觉得一个人安安静静地能够读点书，写点文章，就可以啦。现在我考虑，找那个是弊多利少，也造成各方面的矛盾，弄得心情不大愉快。我觉得，只有我那个天作之合并主张从一而终的老伴，才能坚忍不拔，勉勉强强地跟我度过了一生，换个别人，是一定早就拜拜了。

希望你千万不要在这方面，虚构情节，所有感情的纠缠，我都写进作品里去了。

郭志刚： 孙犁同志，我不会。我能理解您的心情。

孙　犁： 关于文学这方面的事，我年轻的时候，也是很好名的，好利不好利，那时候无利可图，也谈不上，一直到进城以前，写文章也没什么利。我年轻的时候很好名，譬如说，上中学的时候，我们有个国文教员，每回发作文本的时候，好的作文都夹上点稿纸，准备在《育德月刊》上发表，老师发作文本的时候，我很注意我那里边是不是夹着稿纸。夹着，我就很高兴；不夹着，心里就很别扭，很失望。现在到这个年岁，走向世界，不走向世界，我从来没有想过。我也不以为走向世界就是光荣，或者不走向世界就是不光荣。过去，在抗日战争中，是有所为而写作的，是为了工作。现在，我写文章，说真的，是消遣。有时闷得慌，写惯了，就写一点，没什么目的，甚至"为艺术而艺术"都谈不上，就是随随便便地写一点，真正是随笔。至于写到别人的事，我当时也没有恶意，有些坏效果，得罪一些朋友，扪心自问，无愧于心。我也吸收一些经验教训，还是休息休息吧。现在我感觉，说话也没用，写文章也没什么用处。我从来也没有想过赶时髦，追求新奇，我不善经营，生活上无能，安于随随便便的简易生活，因此也不羡慕外国人，做梦也不想出国居住，如果在国外，我会吃不上饭的。我在银行里存了一些钱，我从来也不去管它，吃了很大的亏，可是，叫我买一个彩电，两千七，我还觉得它贵。

开这个学术讨论会，我兴趣也不大，刚一弄的时候，我坚决不干，我说，你们要开，朋友们来了我不去。那回是昌定他们，昌定当文学研究所所长。这次，我老了，也不跟他们争这个了，我说，你们头到我死，不弄一回，好像是个遗憾。昨天，学正来，跟我谈这个会的经过，谈完了以后，我说，学正，你这回没有遗憾了吧？究竟有什么意义，回头看文章，看有没有成果。对于文坛，对于写作，说真的，我有点不大关心，刚才，市里的那个负责同志说，无论如何，你还挂着作家协会的名。我是辞过好几次了，头到他们来，我还说，我坚决不干这个了，名誉的事也不干了。我说，我身体不好，我不能去开会；另外，对于一些青年同志，我也不大了解，他们对我也不大了解。今天又来谈，好像是说，你还得挂这么个名。我说，假如考虑这样对党有好处，那你们就看着办，按我个人说，我是不愿再干这种事了。

有些同志对我很热心，很热忱，对我很有感情，我是看得出来的，我对他们的心意，也很感激。但是，我不把我自己看得那么重，我从来也没有把我自己看得那么重，我也不觉得我有什么大的成绩，古今中外的一些作家，写的东西那么多，我才写了一点点东西。过去，干这行的人少，这叫什么，"没有朱砂，红土为贵"，是吧？大家研究呀，讨论呀，评论呀，做了很多文章，我自己有时也很惭愧。譬如说流派，我发表过好几次意见了，一位教授叫吴奔星，知道这个人，是吧？

郭志刚： 知道。现在在南京。

孙　犁： 他说，孙犁前边是不承认这个流派的，后边又说不违众议，好像也承认这个流派了。关于流派，本来我就不大懂。有人说有，有人说无；有人说限于河北，有人说别的省市也有。有人说要发展，不能一成不变。我想，发展当然好，也要有个限度。比如，有的同志，在商品经济面前，要改变创作机制，千篇一律的，谈情说爱的小说，还嫌不应时，不过瘾，开始描写乱伦的情节，把这种小说，也算作荷花淀流派，不大妥当吧？

郭志刚： 与会的同志们，既然都是来参加这个会议，多半还是志趣相同。也有人提出别的看法，那也是很自然的。我还听说——那倒不一定是在这次会上，别处也有这样的议论——说赵树理的出现是文学上的倒退。我不赞成这种看法。

孙　犁： 这也是很时髦的，前几年是超越，现在是否定。现在我总感觉到，有人极力地否定解放区的文学。解放区文学有它的一些缺点和所谓的局限性。但是，必须和时代联系起来，把那个时代抛开，只从作品上，拿今天的眼光来看，当然就发现它有很多不合时宜的地方。譬如说赵树理，你拿今天的一些理论，来判断他的作品，当然可以看出，这个那个，都不对。在抗日战争的时候，假如按今天这个理论去写东西，起到的作用，能够像赵树理起的作用那么大吗？不会，也不可能的，离开时代，来谈学术问题，那就失之千里。赵树理选择的创作方法，在当时，可能是他的最佳选择。如果他那时不是这样写作，而是按照今天一些人的主张，脱离政治、淡化主题、强调自我，那是不堪设想的。

那时的主题，就是抗日。这个主题是只能强化，不能淡化的。

批判一如创作，也并不是一件容易的事；必须有理有据，如果所据失实，那道理也就讲不通了。

作家总是带有时代的烙印，作品总是带有时代的特征。另外，文学与政治的关系，我过去总提离政治远一点，老给人家抓小辫儿。所谓远一点，就是不要图解，不要政治口号化。现在，有些人说解放区的文学，都是为政治服务，好像就是一钱不值了。我觉得，不是那么回事。当时为政治服务，也不是有人强迫，都是出自本心的。参加抗日战争，那是谁逼迫的？离着延安好几千里，跑到那里去，挺苦的，那是日本人逼迫的，那是大势所趋。不管怎么说，不能和政治一点关系都没有。现在一些新的文学作品和政治没有关系？都脱离尽了？我不相信。我看和政治更近了，功利性更强了。不是那么清高。有些人很时髦，过去强调政治对文学的作用；现在又强调文学什么都要脱离。现在又提什么"现实主义回归"，我觉得，谈不到什么"回归"，现实主义是个存在，它也没有到哪儿去。新把戏玩腻了，好像这又是一条路。现实主义是文学创作领域的土著，它不会轻易离开，更不会像一个棋子，随便被人移动。我也不认为暴露社会黑暗或渲染民族的落后愚昧，就是现实主义的新的深化。这种手法，古已有之，巧拙不同。目前有的，既谈不上新，也谈不上深。

现实主义的最大功能，是能在深刻广阔地反映社会现实之外，常常透露一种明智的政治预见。《红楼梦》创作于乾隆年代，并非创作于同光时期。但它预示了清朝统治的败亡前景。"好了"这一主题，出现于清朝盛世，而不是清朝末世，这就是曹雪芹的现实主义。现在，我也很少看小说，偶尔看个一篇半篇的。一是老了，眼不行；二是那内容和我的目前生活距离很大。当然，也有很多好的作品，不可否认。我觉得，乱七八糟的东西太多了。出书、出版社没有心思去印正经的书。《陋巷集》印得还不如旧社会一折八扣的货。我赠出去的书，不少人来信说缺斤少两（短页）。现在，有"以文养文"的说法，说穿了，就是以坏书养好书，以坑害人的书，养有益于人的书。坏书一印几十万，好书只印两千本。从社会效益看，这究竟是谁养谁，是多么颠倒的事！前些日子，"百花"要出《我与百花》一书，叫题个词儿，我不爱干那个，考虑和他们的关系，我写了点，和别人写的不大一样，也给我印上了。

郭志刚：孙犁同志，您就随便跟我们聊天得啦。

孙　犁：一会儿，我去拿照片去，拿照片你挑一挑。

郭志刚：印书的时候，还是希望有一些比较珍贵的照片，我拿走的话，用完之后再还回来。

孙　犁：因为动乱，青少年时期的照片，已经很难找到。看到一些人能把婴孩的照片也公之于世，真是羡慕不已。晚年送往迎来，照了一些像。选用时，最好不用和名流的合影，以免借重他人之嫌。可只用我个人的。家属的照片也最好少用。至于你在文章中，如何写我的交游，不在此限；咱们再谈一点儿，也不一定有用。

郭志刚：有用，就这么说吧，您讲话的声音，将来都会帮助我理解、回忆和想象，当然内容更有用了。写传，必须更贴近一点，因为我们又在两个地方，我如果住在天津，住在您的附近，还好办一点，录音呢，我回去可以放一放，听一听。

孙　犁：我弄过两次了，有一次是《文艺报》，跟吴泰昌谈的时间比较长，你这是第二次，我从来也不弄录音机的，也没谈过那么长时间。现在老了，的确谈不出新东西来了，我现在很少思考新的问题，就是一些旧的，恐怕都是重复的。

郭志刚：我懂。

孙　犁：我们常提"灵魂深处"这个词儿。只有真正看到作家灵魂深处的东西，才能写好作家的传记。就说文学，我经常思考的就是这个。小的时候就好这个，从上小学就好作文，老师在这方面也鼓励一些，中学也是这样。自己好看书，我们家里都说我是个书呆子，而且说我有点傻，我干这个，一是个人爱好，二是因为我干不了别的，没有能力去从事别的工作。按我这个家庭说，本来我可以去学徒，因为我父亲是从小学徒，是搞商业的，我父亲看我不行，说我伺候不了人，我小的时候比较娇惯，是独生子，好多弟兄就剩我一个人。所以，才叫我念书，家境也稍微好一点了。后来，我父亲愿意叫我考邮政局，就是考个邮务生。譬如说，县里的邮政局，有个局长，有一个邮务生，邮务生就是捡信。我正在北平流浪，我父亲一听到北平总局招考，就把我那中学毕业的文凭，用个小铁桶装上，给我挂号寄到北平，写信督促我去考。头一场我就没考上，一进屋子，就是英语会话。在中学里，我学英文还是很用功的，而且受到老师的好评，英文作文也能作好几页，念了好几本英文书。但是会话就不行。同时，邮政局里面，也是先用他们的子弟，就是顶替的意思，外人很难考上。没考上，我父亲当然就很失望了，也没有责备我，后来又给我找点职业，有两次职业，都是我父亲托人给找的。我都写过文章了，题目叫：在北平。我没有能力去一步一步地当个领导啊，或者是下边有一拨儿人呀，没有这个想法，也没有这个机会。所以，在抗日期间也好，在解放战争期间也好，我都是穿得破破烂烂的，生活很艰苦，搞了那么多年，连匹马都没有骑上，连个自行车都没有。我常有种自卑感，就是说，我这个人不行。

郭志刚：孙犁同志，就做官这方面来讲，也许您有这种感觉，至于搞文学，我觉得您不会有这种感觉。

孙　犁：这一生的经历，我不知道别人对我是怎么看法，自己心里觉得，假如不是抗日战争，可能我也成不了一个什么作家，也就是在家里继承我父亲那点财产，那么过下去，过成什么样子那也不知道。所以，对于参加抗日战争，参加共产党领导的工作，直到现在，我也不后悔。我总觉得，这是给了我一个机会，至少是在文学上给了我一个机会。至于今天，社会上的一些变化，国家的一些困难，我还是关心的，有时候想起来，心里也不是很平静。

郭志刚：您的文章早就流露出来了。

孙　犁：不是那么平静。我感到，我们的问题很多，遇见的困难也很多，至于个人，"文化大革命"，或者是以前，在革命过程里遇到的一些事情，或者说一些不好的遭遇吧，当然也不是在心里没留下什么痕迹。但是，究竟我们这个国家怎么治理，怎么朝前走，脑子里想得比较多一点。爱国之心，是一种天性。遇有机会，还总想为国家出一点力，但常常是力不从心，或者是事与愿违。"文化大革命"，你看到了，一些人的人性，或者说是灵魂，堕落到了什么程度，卑污到了什么程度！致使一些洁身自好之士，纷纷自裁。当前，在引导人民致富之时，应积极引导人民向善。为富不仁，必引起很多麻烦。这本来也是文学的职责，现在有些作品，却反其道而行之。我越来越感到什么作家也离不开这个时代，他也得受当前政治的影响，很难在这方面，完全逍遥，那么孑然独立，那是不可能的。

郭志刚：我在《孙犁创作散论》里边曾谈到，您在内心深处还是关心政治的。因为政治和人民的命运休戚相关，我在书里说，像您这样的作家，不可能不关心人生，因而也不可能不关心政治。有篇文章说，作家之从事文学事业，就好像"飞蛾扑火"，有一种力量吸引他，他专注于文学是可以理解的。夸张点说，他将整个的生活和生命都投入了文学，大概他也不去考虑别的了。

孙　犁：白乐天，"兼济天下"时，能写诗，"独善其身"时，也能写诗。我们不能和他相比，能做到独善其身，就算不错了。过去，我是很少用"小人""君子"这种词儿，现在写文章有时候也用了，你说这是儒家的什么也可以。古人有所谓鸿鹄之志，我们也不能高攀的。但出处的选择，还是应该有的，鸿鹄如果长期与鸡鹜为伍，终日与之争食、争宿，那它的高志也就降低为鸡鹜之志了。对于人生，对于社会，不像过去想得那么天真了。这种感情，在抗日战争期间，没有发生，在解放战争期间，也没有发生，就是从"文化大革命"以后，这种感情强烈了一些。有时候写文章就控制不住。人家说我现在变了。或者是笔法变了，我自己也克制这些。主要是我感觉到，现在写文章没有什么用处。

郭志刚：还是有用处的。

孙　犁：社会风气的形成，谁都很难说，究竟是怎么形成的，究竟向哪方面发展，究竟怎么才能收拾、改变。这是很复杂的问题，也不是一天、两天能够解决的。我在青年时期，我父亲开始也是净找那些老先生，给我讲一点什么东西。后来，到了学校里，也有一些老先生，引导着我们读一些旧书。但那个时候，我主要的是读新书，那个时候，革命的书，革命的小说，最能吸引青年学生。我在中学里，写的文言文也还可以，我们有个老师叫孙念希，是华北有名的古文家。这个人是做官的，给一些要人当秘书长。他在我们学校里教过一个时期国文。

郭志刚： "育德"？

孙　犁： 嗯，"育德"。他是蠡县人，那是高中，他教了我们大概有两年，我都是写文言文，他还说是写得不错的。但是，那个时候，我主要是读新书，你大概从文章里都能看到。从我病了以后，新书就读得少了，从病了以后，我就开始买旧书，你看，在我吃饭的那屋里，两个大柜子里边，全部是这个。有几柜子线装书。我买来呢，就得翻一翻，买以前，得查一查这书是什么内容，我也增加了一些版本的知识，关于那些作者，他的传记，书的提要，也得读几篇。弄了好多年，把时间消耗在这上面，从读新书到读旧书，这也不是我一个人，我看历史上，特别是从五四以后，走这个路的人很多。这也可能是一种倒退，也可以说是复古，也可以说是一种没落，也可以说是什么别的，但是，我觉得不是那么回事。我没有上过大学，对中国文化有这么一个学习的机会，还是有好处的。"文化大革命"以前，有人就说，孙犁已经埋在故纸堆里了。

郭志刚： 您写了这么多文章，把古书翻出新意来啦。

孙　犁： 现在大家又在那里批儒，"文化大革命"时叫什么？

郭志刚： 叫作"批儒评法"。

孙　犁： 对，现在我看又在那批儒，要建立什么新的儒学。

郭志刚： 有这个说法。

孙　犁： 我说，你不管是新儒学吧，旧儒学吧，中国这些旧的文化，作为一个中国的作家，一点都不懂，会闹笑话的。现在，笑话已经不少。我也是极力避免闹笑话，我老了，写"读书记"的时候，我是查了又查，翻了又翻，年代呀、姓名呀，有时候容易记错。所以，我对人说，你看我写"读书记"好像省劲，创作，我坐在那儿，脑子里有什么我就在那儿写了，"读书记"我得一个劲儿翻书，不定翻几遍，我才能写成一篇。我没上过大学，没受过科班训练，有时也出个别的差错。现在我写了这种文章，都是在《天津日报》发表，我可以自己校对，可以纠正一些东西。这几年写的"读书记"很不少。新书是读得少了，也很少看这几年介绍的文艺思想。弗洛伊德，二十世纪在三十年代，我就读过一些。那天，我看胡适给董康日记写的序，那是民国十九年，里边就提到弗洛伊德。弗洛伊德不是什么新的东西，早就介绍到中国来了，胡秋原编的读书杂志，也介绍过。为什么在过去吹不起来呢？那和时代有关系。在二十年代、三十年代，你吹这个，是吹不起来的，不是没人想吹，这个风刮不起来，青年人不接受这个，正像现在青年人不接受我们当年接受的那些东西一样。现在它就可以成为一个思潮，成为大家认为是了不起的东西。我那次跟吴泰昌的谈话，也谈到过弗洛伊德。我说，弗洛伊德就一点用处也没有吗？现在我不愿意谈这个问题，什么东西谈得太过头了，就没什么意思。你在会场上认识一个傅正谷，是吧？

郭志刚：对。

孙　犁：他经常买这些书。有时我说，正谷，你最近买什么书啦？你到书店里去了吗？有什么新书啊？他有时跟我念叨念叨，我才知道，现在又翻译过来一些什么书。翻译一些书比不翻译好，大家读一读。现在强调这些东西，说句老话，有社会根源。

郭志刚：傅正谷同志在会上发言，好像讲到这个意思，他说，他准备写一篇文章，叫作《孙犁同志和梦》呢，还是《孙犁同志和弗洛伊德》？

孙　犁：因为他正在写关于梦的东西，他也想给我来一篇。日本厨川白村的《出了象牙之塔》《苦闷的象征》，就完全是弗洛伊德，也可以说是发挥，早就介绍过来了，这两本书，我还很爱读，我在中学里就读了。鲁迅翻译过来了，丰子恺也译了一本。但是，鲁迅先生翻译了，他也不强调弗洛伊德，因为那个时候，整个的读书界、知识界、文化界都不是这个气候。那时候都是马克思主义，别的吹不起来。所以，哪一个时期，读什么书，是一种思潮，青年人的一种心理，一种要求，都和政治思想有关系。一个时代，知识分子，他的思想，他的遭遇，他的喜剧和悲剧，都和政治有关系。

郭志刚：孙犁同志，刚才您说，您是从读新书到旧书，一九五六年生病以后，就读旧书，当时具体的想法是什么？当然，可能是读旧书适于养病，带有一些消遣，解闷儿的性质。我想，不会完全是这个吧，您是不是有些别的想法呢？

孙　犁：我养病回来，已经是一九六〇年了，回来才大批地买书。当时，有点稿费，我又不好买别的东西，我从小就好买书，过去没有钱，现在钱比较方便了，我没别的用途，不买房子，不买地。田间劝我在北京买一所宅子，他们都买了，很便宜。那个时候，北京啊，几千块钱就可以买个四合院，我跟老伴商量，老伴说，无论如何不买房。因为家里的房，土改时分给贫农团了，盖了多年都给拆了，她伤心啦。我就各地方去邮购书，除了在天津逛旧书摊儿，南京啊，上海啊，苏州啊，北京啊，各地方去要目录，要了我就圈上圈，寄回去，它就给我寄书来。我那个台阶上，每天邮政局给我送一大包、一大包的旧书。当时的想法，我在文章里说是要想当藏书家，想当藏书家，好像是当时的一种兴趣，不是对于新的文学失望，或者是对什么有一种幻灭感。

郭志刚：不会。

孙　犁：不会是这个。当时情况，也不像"文化大革命"以后这样，可能就是要藏书，钻进去了，就出不来了。鲁迅说过，古书这个东西能把你陷进去。因为它那里浩如烟海，今天买了这个，明天又想买那个，买了很多没用的书。因为有用的书，人家早买去了，目录上剩下的没人要。我在那上边选择，也买不到什么珍贵的版本，花的钱也很不少。所以，关于历史的，关于哲学的，甚至于关于农业的，关于书法的，都有很多。也没有很好地看，弄了好多年这个。"文化大革命"就停止了。我也出不去了，现在古旧书店里也没有货了，也没有好书了，有一点都非常贵，一般的线装书，现在一本就是好几块钱，都是影印的，拿线一穿，就是好几块钱，买不起，也不想买了。除非我写什么文章，我才找出书来，不然，我也很少看了。

郭志刚：藏书家往往是这样。买了书，他就在那预备着，用的时候方便。您的读书记，我看精力占了很多，也是非常有价值的。这可能是跟人生的经验、阅历有关系。您的看法往往是非常新颖的，跟现实联系也很紧。您这些年写的，我没有都读，您前些年写的，我倒是都读了，"文集"里的我都读了。

孙　犁：在日常生活方面，我好像也多少写过。我这个人，现在显得很琐碎，很固执，有点吝啬。我的确是什么东西都不愿意糟踏。这回搬家，孩子们说，破破烂烂的，就不要搬到新房间里了。结果，整个又过来了，破衣服、破鞋、破袜子，全部带过来了，到这边也没有扔，又收起来了。我有很多稿纸，有一回，我还叫晓明拿回去好多，我说，我用不了那么多稿纸。我老是裁废纸条子，写东西、写信都是用那个。看见白纸就弄下来，放在写字台上边了。

郭志刚：这不是吝啬。

孙　犁：我跟家里人说，我是个穷学生出身，我过的那生活，从学生，到当个小职员，到当个小学教员，我那收入，是微不足道的，我还要买书，还要给家里一部分。我从小养成这个生活习惯。在战争期间，困难就更多了。我说，这很难改。我看见别人糟踏东西呀，心里就很别扭。直到现在，我铺的一个褥子，是我母亲铺过的，小孩们不要，给我扔过来了。我也不说这是一种好的品德，我觉得就是琐碎、固执、不开拓，啊?

郭志刚：您自己这样说。

孙　犁：人家都那么说，孙犁这个人很难处，谁跟他在一块儿，也待不长，造成这么一个印象，是因为"文化大革命"时，有些传言。我觉得，有别扭之处，也不完全是那样子。譬如，晓明，他要是不经常往我这儿跑呢，他对我也不了解，可能听见人们传说，就认为我是那么一个人。实际接触多了，也不完全是那样子。我倒是孤僻，这一点，我自己承认。现在，我的确是不愿意多接触人，朋友们来了，我也比较冷淡，就是不那么热情。我们也算熟了，你也会有这种感觉，不愿意接触人，不愿意追逐。康濯的爱人来了，她叫王勉思，她要在我这儿吃饭，我说，勉思，咱们买两毛钱的肉，吃饺子吧。那是前几年的事，现在两毛钱根本不卖给你，勉思回去说，老孙叫我吃两毛钱的肉饺子。康濯也是，我们算是最熟了，有一回，他跟我老伴说："今天好了，留我吃饭了。"我很少留人吃饭。

郭志刚：可以理解。这些跟您的文章、为人，倒是蛮一致的，无可厚非。人有各种各样。假如换一种方式呢，可能我们读到的就不是现在的孙犁的文章了。

孙　犁： 天津有个叫克明的，有一回，我留他吃碗面条儿。他说，相交这么些年，孙犁同志就请我吃过一顿面条儿。生活上，我现在的确是很少想，也没有什么欲望，可能是老了，不想再弄点什么名堂，或留些什么身后的名。年轻的时候，人家写一篇评论文章，里边有些不适宜的话，我心里还不大高兴。现在你把我写成什么样子都没关系。我都不会责怪你。可能是人到了无可奈何的时候，就是这么一种状态。

张同志在这儿待了那么几年，走了以后，我的确也写了有关她的故事，但是我对于她，并没有恶意。我觉得，她走那也是应该的，我并不责怪她，你看了我写的那个《幻觉》，是吧？在当时，人家有人家的想法。我还有一篇文章没有发表，在《人民日报》放着，题目叫《续弦》，回头你看一看，那篇小说可能还有点意思。我对她没有恶感，想起来，也是各有好处，各有缺点吧。有些人认为，孙犁很重感情，这样大的打击，好像受不了。也不是那么回事，这都是人生可能遇到的事情，我也不把它看得那么重。一生吧，我们不能比拟什么伟大的人物，就是我这个平凡的人，也遇到过洪水，差点把我冲到河里去，遭到灭顶之灾。几次炸弹没有炸死，枪子儿在身边跑的那就更多，"文化大革命"，几次想自杀都没有死成。这也不是什么悲剧。作为一个人，一个时代，在这个时代里走过来，他要遇见激流，遇见漩涡，遇见礁石。总而言之是走过来了，这就算命大。所以，一切事情，我都看得很淡，对于儿女们呢，我也不看得那么重，就像司马迁对朋友说的。总而言之，我目前的状态，在别人看来，是孤独寂寞，我自己还没有什么太寂寞的感觉。我只要写起文章来，我觉得很有意思。我说无论如何不能放弃写文章。你不叫我干别的可以，写文章好像对我很有用处。但我和我的文章，毕竟是像一片经过严霜的秋叶，它正在空中盘旋。人们或许仍在欣赏它的什么，飘落大地，化为泥土，才是它的归宿。

郭志刚： 这是您的修养。孙犁同志，您跟那些老朋友，现在还来往吗？来往还多吗？

孙　犁： 也没有多少人了，天津的老人们，有来往的就三五个人了，那天参加会的两个老头陈洁民、孙五川，都是老朋友。这几年陆续地死了一些，外地的这几年联系也少。写信也少了。我认识人并不少，文艺界老一代的，年轻时，曾整天在一块儿。

郭志刚：跟舒群同志有来往吧？

孙　犁：有时候，捎个信儿什么的。我这个人是这样，多么要好的朋友，也不是经常地、热烈地去接近。就是老领导，我也很少给他们写信，我也很少给他们赠书。周扬同志看到我的"文集"，说，你写了这么多辅导文章，过去我不知道。

郭志刚：从您跟丁玲同志的通信看，您对丁玲同志是比较敬仰的。

孙　犁：丁玲这个人，好交朋友，她好联系人。

郭志刚：舒群同志，我是从您写的文章里面看到的。还有朱寨同志，他说，他听过您讲《红楼梦》，到现在印象还很深刻，还说您比同时代作家，受社会科学，受文艺理论的影响更深。您对朱寨同志有印象吗？

孙　犁：有印象，他是文学系的，那时候，一块儿在"鲁艺"，因为就那么几个人，我都记得。

郭志刚：跟何其芳……

孙　犁：都在一排山上，但我很少到人家去，人家也不常跟我说话。我对人都是很尊重的，直到现在，提起过去的一些老同志，譬如，我写的《关于丁玲》那篇文章里，我说，严文井同志曾经带着我和邵子南，去听周恩来同志的报告。严文井同志看到那篇文章，马上给舒群同志打电话，他很高兴。我对于过去的一些同志，一些战友，或者稍微年岁大一些的，我都是很尊重的。我觉得，不管别人对我怎么看，我在文艺界，没有对不起朋友。我一生作文，像个散兵。我从来没有依附过什么人，也没有拉拢过什么人。我觉得，我没有必要那样去做。

我从小就有些孤僻，我在老家的时候，我那老伴就说，来了人呢，他要不就洗手绢呀，要不就是找什么东西呀，总是不能很好地坐在那儿，和人对着面地说话。我不好凑热闹，好往背静的地方走。当年，举国若狂，争先恐后往大寨、小靳庄参观，我一次也没有去过，也不想去。我现在的身体，也还可以，比上不足，比下有余。我一说话，声音特别大，是教书练出来的，我那时教书，是在大席棚里，五六百人坐着小板凳，我要喊到后边那一排也能听见。还有就是走路，直到现在，人们都说我走得很快，是抗日战争走出来的。一切还算是不错的。

郭志刚： 您谈的这些，对我非常宝贵，如果能多有几次这样的谈话就好了。

孙　犁： 我还是希望你多读我的作品。

一九八八年十月十七日

（选自《孙犁全集》第9卷，人民文学出版社，2004年第1版。）

保定旧事

□ 孙　犁

　　我的家乡，距离保定，有一百八十里路。我跟随父亲在安国县，这样就缩短了六十里路。去保定上学，总是雇单套骡车，三个或两个同学，合雇一辆。车是前一天定好，刚过半夜，车夫就来打门了。他们一般是很守信用，绝不会误了客人行程的。于是抱行李上车。在路上，如果你高兴，车夫可以给你讲故事；如果你困了，要睡觉，他便停止，也坐在车前沿，抱着鞭子睡起来。这种旅行，虽在深夜，也不会迷失路途。因为学生们开学，路上的车，连成了一条长龙。牲口也是熟路，前边停下，它也停下；前边走了，它也跟着走起来，这样一直走到唐河渡口，天也就大亮了。如果是春冬天，在渡口也不会耽搁多久。车从草桥上过去，桥头上站着一个人，一边和车夫们开着玩笑，一边敲讹着学生们的过路钱。

　　中午，在温仁或是南大冉打尖。一进街口，便有望不到头的各式各样的笊篱，挂在大街两旁的店门口。店伙们站在门口，喊叫着，招呼着，甚至拦截着，请车辆到他的店中去。但是，这不会酿成很大的混乱，也不会因为争夺生意，互相吵闹起来。因为店伙们和车夫们都心中有数，谁是哪家的主顾，这是一生一世，也不会轻易忘情和发生变异的。

　　一进要停车打尖的村口，车夫们便都神气起来。那种神气是没法形容的，只有用他们的行话，才能说明万一。这就是那句社会上公认的成语："车喝儿进店，给个知县也不干！"

确实如此，车夫把车喝住，把鞭子往车卒上一插，便什么也不管，径到柜房，洗脸，喝茶，吃饭去了。一切由店伙代劳。酒饭钱，牲口草料钱，自然是从乘客的饭钱中代付了。

牲口、人吃饱了，喝足了，连知县都不想干的车夫们，一个个喝得醉醺醺的，蜂拥着从柜房出来，催客人上路。其实，客人们早就等急了，天也不早了。这时，人欢马腾，一辆辆车赶得要飞起来，车夫坐在车上，笑嘻嘻地回头对客人说："先生，着什么急？这是去上学，又不是回家，有媳妇等着你！"

"你该着急呀，"一些年岁大的客人说，"保定府，你有相好的吧！"

"那误不了，上灯以前赶到就行！"车夫笑着说。

一进校门，便是黄卷青灯的生活。

这是一所私立中学，设在西关外一条南北街上。这是一条很荒凉的小街道，但庄严地坐落着一所大学和两所中等学校。此外就只有几家小饭铺，三两处糖摊。

整个保定的街道，都是坑坑洼洼，尘土飞扬的。那时谁也没想过，这个府城为什么这样荒凉，这样破旧，这样萧条。也没有谁想到去建设它，或是把它修整修整。谁也没有去注意这个城市的市政机关设在哪里，也看不到一个清扫街道的工人。

从学校进城去，还有一条斜着通到西门的坎坷的土马路，走过一座卖包子和罩火烧的小楼，便是护城河的石桥。秋冬风沙大，接近城门时，从门洞刮出的风又冷又烈，就得侧着身子或背着身子走。在转身的一刹那，常常会看到，在城门一边的墙上，挂着一个小木笼，这就是在那个年代，视为平常的，被灰尘蒙盖了的，血肉模糊的示众的首级。

经常有些杂牌军队，在西关火车站驻防。星期天，在石桥旁边那家澡塘里，可以看到好多军人洗澡。在马路上，三两成群的外出士兵，一般都不携带枪支，而是把宽厚的皮带握在手里。黄昏的时候，常常有全副武装的一小队人，匆匆忙忙在街上冲过，最前边的一个人，抱着灵牌一样的纸糊大令。城门上悬挂的物件，就全是他们的作品。

如果遇到什么特别重要的人物来了，比如当时的张学良，则临时戒严，街上行人，一律面向墙壁，背后排列着也是面向墙壁的持枪士兵。

这个城市，就靠几所学校维持着，成为中国北方除北平以外著名的文化古城。

如果不是星期天，城里那条最主要的街道——西大街上，是很少行人的。两旁店铺的门，有的虚掩着，有的干脆就关闭。有名的市场"马号"里，游人也是寥寥无几。这个市场，高高低低，非常阴暗。各个小铺子里的店员们，呆呆地站在柜台旁边，有的就靠着柜台睡着了。

只有南门外大街上，几家小铁器铺里，传出叮叮当当的响声；另外，从西关水磨那里，传来哗哗的流水声。此外，这就是一座灰色的，没有声音的，城南那座曹锟花园，也没有几个游人的，窒息了的城市。

那时候，只是一家单纯的富农，还不能供给一个中学生；一家普通地主，不能供给一个大学生。必须都兼有商业资本或其他收入。这样，在很长时间里，文化和剥削，发生着不可分割的关联。

这所私立的中学，一个学生一年要交三十六元的学费（买书在外）。那时，农民出售三十斤一斗的小麦，也不过收入一元多钱。

这所中学，不只在保定，在整个华北也是有名的。它不惜重金，礼聘有名望的教员，它的毕业生，成为天津北洋大学录取新生的一个主要来源。同时，不惜工本，培养运动员。北平师范大学体育系，每期差不多由它包办了。它是在篮球场上，一度成为舞台上的梅兰芳那样的明星，王玉增的母校。

它也是那些从它这里培养，去法国勤工俭学，归来后成为一代著名人物的人们的母校。

当我进校的时候，它还附设着一个铁工厂，又和化学教员合办了一个制革厂，都没有什么生意，学生也不到那里去劳动，勤工俭学，已经名存实亡了。

学校从操场的西南角，划出一片地方，临着街盖了一排教室，办了一所平民学校。

在我上高二的时候，我有一个要好的同班生，被学校任命为平民学校的校长。他见我经常在校刊上发表小说，就约我去教女高小二年级的国文。

被教育了这么些年，一旦要去教育别人，确是很新鲜的事。听到上课的铃声，抱着书本和教具，从教员预备室里出来，严肃认真地走进教室。教室很小，学生也不多，只有五六个人。她们肃静地站立起来，认真地行着礼。

平民学校的对门，就是保定第二师范。在那灰色的大围墙里面，它的学生们，正在进行实验苏维埃的红色革命。国家民族处在生死存亡危急的关头，九一八、"一·二八"事变，在学生平静的读书生活里，像投下两颗炸弹，许多重大迫切的问题，涌到青年们的眼前，要求每个人做出解答。

我写了韩国志士谋求独立的剧本，给学生们讲了法国和波兰的爱国小说，后来又讲了十月革命的短篇作品。

班长王淑珍，坐在最前排中间位置上。每当我进来，她喊着口令，声音沉稳而略带沙哑。她身材矮小，面孔很白，眼睛在她那小而有些下尖的脸盘上，显得特别的黑和特别的大。油黑的短头发，分下来紧紧贴在两鬓上。嘴很小，下唇丰厚，说话的时候，总带着轻微的笑。

她非常聪明，各门功课都是出类拔萃的，大楷和绘画，我是望尘莫及的。她的作文，紧紧吻合着时代，以及我教课的思想和感情。有说不完的意思，她就写很长的信，寄到我的学校，和我讨论，要我解答。

我们的校长，曾经跟随过孙中山先生，后来，有人说他成了国家主义派，专门办教育了。他住在学校第二层院的正房里。学校原是由一座旧庙改建的，他所住的，就是庙宇的正殿。他是道貌岸然的，长年袍褂不离身。很少看见他和人谈笑，却常常看到他在那小小的庭院里散步，也只是限于他门前那一点点地方。一九二七年以后，每次周会，能在大饭堂听到他的清楚简短的讲话。

训育主任的办公室，设在学生出入必须经过的走廊里。他坐在办公桌上，就可以对出入学校大门的人，一览无余。他觉得这还不够，几乎无时不在那一丈多长的走廊中间，来回踱步。师道尊严，尤其是训育主任，左规右矩，走路都要给学生做出楷模。他高个子，西服革履，一脸杀气——据说曾当过连长，眼睛平直前望，一步迈出去，那种慢劲和造作劲，和仙鹤完全一样。

他的办公室的对面，是学生信架，每天下午课后，学生们到这里来，看有没有自己的信件。有一天，训育主任把我叫到他的办公室，用简短客气的话语，免去了我在平校的教职。显然是王淑珍的信出了毛病。

我的讲室，在面对操场的那座二层楼上。每次课间休息，我们都到走廊上，看操场上的学生们玩球。平校的小小院落，看得很清楚。随着下课铃响，我看见王淑珍站在她的课堂门前的台阶上，用忧郁的、大胆的、厚意深情的目光，投向我们的大楼之上。如果是下午，阳光直射在她的身上。她不顾同学们从她身边跑进跑出，直到上课的铃声响完，她才最后一个转身进入教室。

我从农村来，当时不太了解王淑珍的家庭生活。后来我才知道，这叫作城市贫民。她的祖先，不知在一种什么境遇下，在这个城市住了下来，目前生活是很穷困的了。她的母亲，只能把她押在那变化无常的，难以捉摸的，生活或者叫作命运的棋盘上。

城市贫民和农村的贫农不一样。城市贫民，如果他的祖先阔气过，那就要照顾生活的体面。特别是一个女孩子，她在家里可以吃不饱，但出门之时，就要有一件像样的衣服穿在身上。如果在冬天，就还要有一条宽大漂亮的毛线围巾，披在肩头。

当她因为眼病，住了西关思罗医院的时候，我又知道她家是教民，这当然也是为了得到生活上的救济。我到医院去看望了她，她用纱布包裹着双眼，像捉迷藏一样。她母亲看见我，就到外边买东西去了。在那间小房子里，王淑珍对我说了情意深长的话。医院的人来叫她去换药，我也告辞，她走到医院大楼的门口，回过身来，背靠着墙，向我的方位站了一会儿。

这座医院，是一座外国人办的医院，它有一带大围墙，围墙以内就成了殖民地。我顺着围墙往外走，经过一片杨树林。有一个小教民，背着柴筐从对面走来，向我举起拳头示威。是怕我和他争夺秋天的败枝落叶呢？还是意识到主子是外国人，自己也高人一等？

王淑珍和我年岁相差不多，她竟把我当作师长，在茫茫的人生原野上，希望我能指引给她一条正确的路。我很惭愧，我不是先知先觉，我很平庸，不能引导别人，自己也正在苦恼地从书本和实践中探索。训育主任，想叫学生循着他所规定的，像操场上田径比赛时，用白粉划定的跑道前进，这也是不可能的。时代和生活的波涛，不断起伏。在抗日大浪潮的推动下，我离开了保定，到了距离她很远的地方。

我不知道，生活把王淑珍推到了什么地方，我想她现在一定生活得很幸福。

那种苦雨愁城，枯柳败路的印象，很自然地一扫而光。

一九七七年三月

（选自《孙犁全集》第5卷，人民文学出版社，2004年第1版。）

关于《荷花淀》的写作

□ 孙　犁

《荷花淀》最初发表在延安《解放日报》的副刊上，是一九四五年春天，那时我在延安鲁迅艺术文学院学习和工作。

这篇小说引起延安读者的注意，我想是因为同志们长年在西北高原工作，习惯于那里的大风沙的气候，忽然见到关于白洋淀水乡的描写，刮来的是带有荷花香味的风，于是情不自禁地感到新鲜吧。当然，这不是最主要的，是献身于抗日的战士们，看到我们的抗日根据地不断扩大，群众的抗日决心日益坚决，而妇女们的抗日情绪也如此令人鼓舞，因此就对这篇小说发生了喜爱的心。

白洋淀地区属于冀中抗日根据地。冀中平原的抗战，以其所处的形势，所起的作用，所经受的考验，早已为全国人民所瞩目。

但是，这里的人民的觉醒，也是有一个过程的。这一带地方，自从九一八事变以来，就屡屡感到日本帝国主义的威胁。卢沟桥事变不久，敌人的铁蹄就踏进了这个地区。这是敌人强加给中国人民的一场大灾难。而在这个紧急的时刻，国民党放弃了这一带国土，仓皇南逃。

农民的爱国心和民族自尊心是非常强烈的。他们面对的现实是：强敌压境，自己的生命，自己的家园，自己的妻子儿女，都没有了保障。他们要求保家卫国，他们要求武装抗日。

共产党和八路军及时领导了这一带广大农民的抗日运动。这是风起云涌的民族革命战争，每一个人都在这场斗争中献出了自己的全部力量。

在抗日的旗帜下，男女老少都动员起来了，面对的是最残暴的敌人。不抵抗政策，早已被人们唾弃。他们知道：凡是敌人，如果你对他抱有幻想，不去抵抗，其后果，都是要不堪设想，无法补偿的。

这是全民战争。那时的动员口号是：有人出人，有枪出枪，有钱出钱，有力出力。

农民的乡土观念是很重的。热土难离，更何况抛妻别子。但是青年农民，在各个村庄，都成群结队地走上抗日前线。那时，我们的武装组织有区小队、县大队、地区支队、纵队。党照顾农民的家乡观念，逐步逐级地引导他们成为野战军。

农民抗日，完全出于自愿。他们热爱自己的家、自己的父母妻子。他们当兵打仗，正是为了保卫他们。暂时的分别，正是为了将来的团聚。父母妻子也是这样想。

当时，一个老太太喂着一只心爱的母鸡，她就会想到：如果儿子不去打仗，不只她自己活不成，她手里的这只母鸡也活不成。一个小男孩放牧着一只小山羊，他也会想道：如果父亲不去打仗，不只他自己不能活，他牵着的这只小山羊也不能活。

至于那些青年妇女，我已经屡次声言，她们在抗日战争年代，所表现的识大体、乐观主义以及献身精神，使我衷心敬佩到五体投地的程度。

《荷花淀》所写的，就是这一时代，我的家乡，家家户户的平常故事。它不是传奇故事，我是按照生活的顺序写下来的，事先并没有什么情节安排。

白洋淀属于冀中区，但距离我的故乡，还有很远的路。一九三六年到一九三七年，我在白洋淀附近，教了一年小学。清晨黄昏，我有机会熟悉这一带的风土和人民的劳动、生活。

抗日战争时期，我主要是在平汉路西的山里工作。从冀中平原来的同志，曾向我讲了两个战斗故事：一个是关于地道的，一个是关于水淀的。前者，我写成一篇《第一个洞》，后者就是《荷花淀》。

我在延安的窑洞里，一盏油灯下，用自制的墨水和草纸写成这篇小说。我离开家乡、父母、妻子，已经八年了。我很想念他们，也很想念冀中。打败日本帝国主义的信心是坚定的，但还难预料哪年哪月，才能重返故乡。

可以自信，我在写作这篇作品时的思想、感情和我所处的时代，或人民对作者的要求，不会有任何不符节拍之处，完全是一致的。

我写出了自己的感情，就是写出了所有离家抗日战士的感情，所有送走自己儿子、丈夫的人们的感情。我表现的感情是发自内心的，每个和我生活经历相同的人，就会受到感动。

文学必须取信于当时，方能传信于后世。如在当代被公认为是诳言，它的寿命是不能长久的。时间检验了这篇五千字上下的小作品，使它得以流传到现在。过去的一些争论，一些责难，现在好像也不存在了。

冀中区的人民，在八年全面抗日战争中做出重大贡献，忍受重大灾难，蒙受重大损失。他们的事迹，必然要在文学上得到辉煌的反映，流传后世。《荷花淀》所反映的，只是生活的一鳞半爪。关于白洋淀的创作，正在方兴未艾，后来者应该居上。

一九七八年十一月五日草成

（选自《孙犁全集》第5卷，人民文学出版社，2004年第1版。）

在 阜 平
——《白洋淀纪事》重印散记
□ 孙 犁

中国青年出版社要重印《白洋淀纪事》。这本书是由过去几本小书合成的，而小书根据的原件，又多是战争年月的油印、石印或抄写本，不清晰，错字多。合印时，我在病中，未能亲自校对，上次重印，虽说"自校一过"，也只是着重校了书的上半部。

这本集子最初是由一位老战友协同出版社编辑的，采用了倒编年的办法，即把后写的排在前，而先写的列在后；这当然有他们的不可非议的想法，是一种好意。

这次重校，是从书的最后一篇，倒溯上去。实际上就是顺着写作年月看下去，好像又从原来的出发点开始，把过去走过的路，重新旅行了一次。不只对路上的一山一水，一石一树，都感到亲切，在行走中间，也时时有所感触。

一九三九年春天，我从冀中平原调到阜平一带山地，分配在晋察冀通讯社工作，这是新成立的一个机关，其中的干部，多半是刚刚从抗大毕业的学生。

通讯社在城南庄，这是阜平县的大镇。周围除去山，就是河滩沙石，我们住在一家店铺的大宅院里。我的日常工作是作"通讯指导"，每天给各地新发展的通讯员写信，最多可写到七八十封，现在已经记不起写的是什么内容。此外，我编写了一本供通讯员学习的材料，堂皇的题目叫作：《论通讯员及通讯写作诸问题》，可能是东抄西凑吧。不久铅印出版，是当时晋察冀少有的铅印书之一，可惜现在找不到了。

在这一期间，我认识了当代一些英才彦俊，抗日风暴中的众多歌手。伟大的抗日战争，把祖国各地各个角落的有志有为的青年，召唤到民族革命战争的前线。每天有成千上万的青年奔向前方，他们是国家一代的精华，蕴藏多年的火种，他们为抗日献出了青春的才力，无数人献出了生命。

这个通讯社成立时有十几个人，不到几年，就牺牲了包括陈辉、仓夷、叶烨在内的，好几位才华洋溢的青年诗人。在暴风雨中，他们的歌声，他们跃进的步伐，永不磨灭地存在一个时代和我个人的记忆之中。

机关不久就转移到平阳附近的三将台。这是一个建筑在高山坡上，面临一条河滩的，只有十几户人家的小村子。到这个村子不久，我被派到雁北地区做了一次随军采访，回来就过春节了。这还是我第一次离开家乡过春节，东望硝烟弥漫的冀中平原，心情十分沉重。

大年三十晚上，我的房东，端了一个黑粗瓷饭碗，拿了一双荆树条做的筷子，到我住的屋里，恭恭敬敬地放在炕沿上，说："尝尝吧。"

那碗里是一方白豆腐，上面是一撮烂酸菜，再上面是一个窝窝头，还在冒热气。我以极其感动的心情，接受了他的馈送。

房东是一个五十来岁的单身汉，他那干黑的脸，迟滞的眼神，带些愁苦的笑容以及暴露粗筋的大手，这在冀中我是见惯了的，一些穷苦的中年人，大都如此。这里的生活，比起冀中来就更苦，他们成年累月地吃糠咽菜，每家院子里放着几只高与人齐的大缸，里面泡满了几乎所有可以摘到手的树叶。在我们家乡，荒年时只吃榆树、柳树的嫩叶，他们这里是连杏树、杨树甚至蓖麻的大叶子，都拿回来泡在缸里。上面压上几块大石头，风吹日晒雨淋，夏天，蛆虫顺着缸沿到处爬。吃的时候，切成碎块，拿到河里去淘洗，回来放上一点盐。

今天的酸菜是白萝卜的缨子，这是只有过年过节才肯吃的。

我们在这村里，编辑一种油印的刊物《文艺通讯》。一位梁同志管刻写。印刷、折叠、装订、发行，我们俩共同做。他是一个中年人，曲阳口音，好像是从区里调来的。那时，虽说是五湖四海，却很少互问郡望。他很少说话，没事就拿起烟斗，坐在炕上抽烟。他的铺盖很整齐，离家近的缘故吧，除去被子，还有褥子枕头之类，后来，他要调到别处去，为了纪念我们这一段共事，他把一块铺在身下的油布送给了我，这对我当然是很需要的，因为我只有一条被，一直睡在没有席子的炕上。但也享受了不久，一次行军，中午躺在路边大石头上休息，把油布铺在下面，一觉醒来，爬起来就赶路，把油布丢了。

晚上，我还帮助一位姓李的女同志办识字班。她是一位热情、美丽、善良的青年，经过她的努力，把新的革命的文化，带给了这个偏僻落后的小村庄，并且因为我们的机关住在这里，它不久就成为边区文化的一个中心。

阜平一带，号称穷山恶水。在这片炮火连天的大地上，随时可以看到：一家农民，住在高高的向阳山坡上，他把房前房后，房左房右，高高低低的，大大小小的，凡是有泥土的地方，都因地制宜，栽上庄稼。到秋天，各处有各处的收获。于是，在他的房顶上面，屋檐下面，门框和窗棂上，挂满了红的、黄的粮穗和瓜果。当时，党领导我们在这片土地上工作的情形，就是如此。

山下的河滩不广，周围的芦苇不高。泉水不深，但很清澈，冬夏不竭，鱼儿们欢畅地游着，追逐着。山顶上，秃光光的，树枯草白，但也有秋虫繁响，很多石鸡、鹧鸪飞动着，孕育着，自得其乐地唱和着，山兔狍獐，忽然出现又忽然消失。

当时，我们在这里工作，天地虽小，但团结一致，情绪高涨；生活虽说艰苦，但工作效率很高。

我非常怀念经历过的那一个时代，生活过的那些村庄，作为伙伴的那些战士和人民。我非常怀念那时走过的路，踏过的石块，越过的小溪。记得那些风雪、泥泞、饥寒、惊扰和胜利的欢乐，同志们兄弟一般的感情。

在这一地区，随着征战的路，开始了我的文学的路。我写了一些短小的文章，发表在那时在艰难条件下出版的报纸期刊上。它们都是时代的仓促的记录，有些近于原始材料。有所闻见，有所感触，立刻就表现出来，是璞不是玉。生活就像那时走在崎岖的山路上，随手可以拾到的碎小石块，随便向哪里一碰，都可以迸射出火花来。

"四人帮"当路的年代，我的书的遭遇如同我的本身。有人也曾劝我把《白洋淀纪事》改一改，我几乎没加思考地拒绝了。如果按照"四人帮"的立场、观点、方法，还有他们那一套语言，去篡改抗日战争，那不只有背于历史，也有昧于天良。我宁可沉默。

真正的历史，是血写的书，抗日战争也是如此。真诚的回忆，将是明月的照临，清风的吹拂，它不容有迷雾和尘沙的干扰。面对祖国的伟大河山，循迹我们漫长的征途：我们无愧于党的原则和党的教导吗？无愧于这一带的土地和人民对我们的支援吗？无愧于同志、朋友和伙伴们在战斗中形成的情谊吗？

一九七七年九月十八日

（选自《孙犁全集》第5卷，人民文学出版社，2004年第1版。）

关于《山地回忆》的回忆

□ 孙 犁

一九四九年十二月，我写了一篇短篇小说《山地回忆》，发表在上海的《小说》杂志上。最近，有的地方编辑丛刊，收进了它。在校正文字时，我想起一些过去的事。

自己的生平，本来没有什么值得郑重回忆的事迹。但在"四人帮"当路的那些年月，常常苦于一种梦境：或与敌人遭遇，或与恶人相值。或在山路上奔跑，或在地道中委蛇。或沾溷厕，或陷泥泞。有时漂于无边苦海，有时坠于万丈深渊。呼叫醒来，长舒一口气想道：我走过的路上，竟有这么多的险恶，直到晚年，还残存在印象意识之中吗？

是，有的。近的且不去谈它。一九四四年春季，经历了敌人三个月的残酷"扫荡"，我刚刚从繁峙的高山上下来，就和华北联大高中班六七位同事，几十个同学，结队出发，到革命圣地延安去。这是一支很小的队伍，由总支书记吕梁同志带队。吕梁同志，从到延安分手后，我就一直没见到过他。他是一位善于做政治工作，非常负责，细心周到，沉默寡言的值得怀念的同志。

我们从阜平出发，不久进入山西境内。大概是到了忻县一带吧，接近敌人据点。一天中午，我们到了一个村庄，在村里看不到什么老百姓。我们进入一家宅院，把背包放在屋里，就按照命令赶快做饭。饭是很简单的，东锅焖小米饭，西锅煮菜汤。人们把饭吃完，然后围在西锅那里，洗自己的饭碗。

我有个难改的毛病，什么事都不愿往上挤，总是靠后站。等人们利用洗锅的那点水，把碗洗好，都到院里休息去了，我才上去洗。锅里的水已经很少，也很脏了，我弯着腰低着头，忽然"嗡"的一声，锅飞了起来，屋里烟尘弥漫，院子里的人都惊了。

我还不知道是怎么回事。拿着小洋瓷碗，木然地走到院里，同学们都围了上来。据事后他们告诉我，当时我的形象可怕极了。一脸血污，额上翻着两寸来长的一片肉。

当我自己用手一抹，那些可怕的东西，竟是污水和一片菜叶的时候，我不得不到村外的小河里去把脸洗一下。

在洗脸的时候，我和一个在下游洗菜的妇女争吵了起来。我刚刚受了惊，并断定这是村里有坏人，预先在灶下埋藏了一枚手榴弹，也可以说是一枚土制的定时炸弹。如果不是山西的锅铸得坚固，灶口垒得严实，则我一定早已魂飞天外了。

我非常气愤，和她吵了几句，悻悻然回到队上，马上就出发了。

村南是一条大河。我对这条河的印象很深，但忘记问它的名字。是一条东西方向的河，有二十米宽，水平得像镜子一般，晴空的太阳照在它的身上，简直看不见有什么涟漪。队长催促，我们急迫地渡过河流。水齐着我的胸部，平静、滑腻，有些暖意，我有生以来，第一次体会到水的温柔和魅力。

远处不断传来枪声。过河以后，我们来不及整理鞋袜，就要爬上一座非常陡峭的，据说有四十里的高山。一个姓梅的女同学，还在河边洗涮鞋里的沙子，我招呼了她，并把口袋里的冷玉米面窝窝头，分给她一些，作为赶爬这样高山的物质准备。天黑，我们爬到了山顶，风大、寒冷不能停留，又遇到暴雨，第二天天亮，我们才算下了山，进入村庄休息。

睡醒以后，同事们才有了精力拿我昨天遇到的惊险场面，作为笑料，并庆幸我的命大。

我现在想：如果，在那种情况下，把我炸死，当然说不上是冲锋陷阵的壮烈牺牲，只能说是在战争环境中的不幸死亡。在那些年月，这种死亡，甚至可以说是一种接近寿终正寝的正常死亡。同事们会把我埋葬在路旁、山脚、河边，也无须插上什么标志。确实，有不少走在我身边的同志，是那样倒下去了。有时是因为战争，有时仅仅是因为疾病、饥寒，药物和衣食的缺乏。每个战士都负有神圣的职责，生者和死者，都不把这种死亡作为不幸，留下遗憾。

现在，我主要回忆的不是这些，是关于那篇小说《山地回忆》。小说里那个女孩子，绝不是这次遇到的这个妇女。这个妇女很刁泼，并不可爱。我也不想去写她。我想写的，只是那些我认为可爱的人，而这种人，在现实生活中间，占大多数。她们在我的记忆里是数不清的。洗脸洗菜的纠纷，不过是引起这段美好的回忆的楔子而已。

"四人帮"派的文艺观是：不许人们写真人真事，而又好在一部作品中间，去作无中生有的索引，去影射。这是一种对生活、对文艺都非常有害的做法。

在一篇作品，他们认为是"红"的时候，他们把主角和真人真事联系起来，甚至和作者联系起来。以为作者是英雄，所以他才能写出英雄；作者是美女，所以她才能写出美女。并把故事和当时当地联系起来，拿到一定的地点去对证，荣耀乡里。在一部作品，他们忽然又要批判的时候，就把主角的反动性和真人真事联系起来，甚至和作者联系起来，拿到他的工作地点或家乡去批判，株连亲友，辱及先人。

有人说这叫"庸俗社会学"。社会学不社会学我不知道，庸俗是够庸俗的了。

我虽然主张写人物最好有一个模特儿，但等到人物写出来，他就绝不是一个人的孤单摄影。《山地回忆》里的女孩子，是很多山地女孩子的化身。当然，我在写她们的时候，用的多是彩笔，热情地把她们推向阳光照射之下，春风吹拂之中。在那可贵的艰苦岁月里，我和人民建立起来的感情，确是如此。我的职责，就是如实而又高昂浓重地把这种感情渲染出来。

进城以后，我已经感到：这种人物，这种生活，这种情感，越来越珍贵了。因此，在写作中间，我不可抑制地表现了对她，对这些人物的深刻的爱。

一九七八年九月二十九日上午

（选自《孙犁全集》第5卷，人民文学出版社，2004年第1版。）

我是一个土著

□ 刘绍棠

命运为我安排了一条反常的道路。

在二十世纪五十年代成长起来的作家中，我是纯学生出身。

从小学门进中学门，又从中学门进大学门，而一出大学门就专业创作。我是新中国的第一代大学生，也是共和国成立后培养起来的第一批青年作者。

然而，一九五七年把我赶出了文艺界，也远远地抛出了知识分子的生活天地。赤子而来，赤子而去，叶落归根，回到我呱呱坠地的农村当农民。

屈指算来，我从一九三六年落生到一九四六年，在我的运河家乡度过了整个童年时代，其间只有一九四五春，日寇对北运河东岸进行疯狂大"扫荡"，我和家里一些人逃到通州住了四个月，还在北京住了几天。从一九四六年到一九五五年，我在通州和北京上高小、中学和大学，而每年三个月的寒暑假，都回家乡。一九五六年我被批准专业创作，又回乡担任了大型高级农业社的党支部副书记。一九五七年夏到一九五八年春，我回北京参加反右运动。从一九五八年春到一九六二年春，我先在本村，后到京郊农村的铁路工地和水利工地接受劳动改造，一九六二年春到一九六六年夏我在北京等待安排工作，过了四年完整的城市生活，没有回过农村。一九六六年夏到一九七九年，我"大乱入乡"，回到本村当社员苟全性命于乱世，熬过了十年大浩劫。从一九八○年三月起，我又在本村觅屋常往，与乡亲乡土保持密切联系。

所以，我有生四十四年，倒有三十年以上是在农村度过的，而且主要是在我的生身之地的弹丸小村度过的。也正因如此，我对农村比对城市熟悉，对农民比对知识分子熟悉。三十一年来我发表和出版的三部长篇，八部中篇和上百个短篇，不但主要写的是农村题材，而且多半是在农村写的。

　　因此，我是一个土著，一个土著作家，写出的是土气的作品。

　　土气，在我看来，就是要具有鲜明的民族风格和浓郁的地方特色，也就是从内容到形式，都表现出强烈的中国气派，我还没有真正做到，但是我想努力做到。

　　作家必须深深植根于本国和本民族的社会土壤中。脱离本国的国情和本民族的传统，脱离本国和本民族的社会生活作品，只不过是空中楼阁，虽然耀眼夺目，但转瞬即逝。我们引进和借鉴外国文学作品，并不是为了仿造，而是要吸收和融合其某些可用的艺术技巧，以丰富我的表现手法。然而，任何形式必须取决于内容的需要，而不能削足适履，强使内容屈从于形式。

　　许多优秀的外国文学作品之所以吸引我们，是因为它们表现出它们本国和本民族的风格、特色与气派。而我们眼中的"洋气"，正是这些外国文学作品自身的"土气"；而我们的文学作品越具有中国的"土气"，在外国人眼里也最"洋气"。我们可以设想，如果外国作家以中国民族的风格写他们的生活，将是滑稽可笑的；而我们中国的作家以外国的风格写中国生活，也必然不伦不类。齐白石有一句至理名言，"像我者死"。把中国文学写得像外国作品，中国人读着不是味儿，外国人读着不够味儿，只怕要犯在齐白石的这一戒上。

　　创作必须从生活出发，作家必须熟悉生活。

　　对于一个作家，怎样才算是熟悉生活呢？我认为，必须深入细致地了解他所反映和描写的生活的过去与现在，也看得见未来，必须具体而形象化地熟识他所描写和规划的人物的身世、历史、相貌、性格、心理和语言，必须通晓他所描写和表现的生活天地的风土习俗和人情世态。

　　我个人有个偏见，检验一个作家是否熟悉生活，首先看语言。

　　一篇作品的语言大同小异，甚至相同而无小异，也就证明作者对这些人物并不了解，不了解就是不熟悉。不熟悉生活中的人物，也就并没有真正熟悉生活。

　　身在其中，朝夕相处，而只见共性，不见个性，只见一般，不见特征，描写和对话抓不住特点，归根结底也还是对于身在其中的生活和朝夕相处的人物并不真正熟悉。

怎样才算从生活出发呢？

我的看法，创作的欲望，必须来自生活中具体人物形象的激动，而不是出于图解概念。不仅不能图解政治和政策的概念，也包括不能图解一切抽象的概念，例如，图解"伤痕"，图解"干预生活"，图解"历史的教训"，图解高尚的情操，图解伟大的精神，图解社会主义新人和创业者的形象……去年，我写了两篇很失败的图解小说，一篇是《地母》，一篇是《起来行》。我给自己的创作规定了一个方针，抱定了一个宗旨：即永远感激人民，歌颂人民。这是因为在我的二十一年多的坎坷中，是人民扶危济困，救护我免遭于难，对我恩重情深，我要感恩图报。这个方针并没有错，但是我在这两篇小说中图解这个方针，那就错了。不是具体的人物形象激动我产生创作欲望，而是方针支配我找人来扮演故事，因此，它是一出傀儡戏。我写《芳草满天涯》，如果概括它的主题，也可以抽象为感激人民，歌颂人民。但是，激动我产生创作欲望的不是这个既定方针，而是我的家乡的一个未婚姑娘，为了带大她那遭遇不幸的姐姐的孩子，所表现出的母性。而且，不是这一件事激动了我，而是这一个人激动了我。

《蒲柳人家》是我进入二十世纪八十年代创作的第一部作品，激发我创作欲望的不是哪一个概念，或什么样的主题。《蒲柳人家》的主题思想，是《十月》编者在编后记中概括出来的，我完全同意，但是我在写作时，连想也没有想过。

是何满子和望日莲这两个人物，激动我写《蒲柳人家》。

何满子的性格和业绩，大半取自童年时代的我。

去年，我改正了一九五七年的问题以后，回到北京城里来住，但是，强烈的思乡情绪，时时在我心中骚动。我常常回想我在农村生活了三十多年的往事，而童年时代的生活最令人悠思难忘，打鸟、摸鱼、掏螃蟹、偷瓜、过家家、认字方、花兜肚、滚喜床……都涌上心头，历历在目，我仿佛看见童年的我，在村前村后，田野河边，渡头路口，欢蹦乱跳地嬉戏。我并不是孤立存在的，回忆往事必然怀念故人，于是其他人物便一一浮现出来。头一个，便是翩若惊鸿的望日莲出现在我的眼前，那是两个童养媳和一个被姨母卖掉的姑娘（这个姨母是开小店的，跟我家相隔一户）。在我六七岁时，这三个姑娘都是十七八岁。她们打青柴，拾庄稼，编筐织篓，推碾子和磨，受婆婆和姨母的气，我都亲眼所见，当时就对她们充满同情。我满河滩野跑，常跟她们搭伴，在我当时的心目中，她们是那么的美丽，那么的好心眼儿。现在，她们都是五十开外的人了，对于她们少女时代的身姿和画影，连她们自己都想不起来了，然而却活生生地保存在我的记忆里，而且并不是鱼化石。

《蒲柳人家》中的人物，除了一闪而过的周文彬，都是亲眼见到，有过接触，留下深刻印象的人。而周文彬也是我的母校的学生，比我年长二十八岁。我知道他的事迹，但是没有见过他。

因此，我是怀着要写这些我所熟悉的人的激情，创作这部中篇小说的。

在艺术上，我想使它具有民族风格和地方特色，这不是单纯追求形式，而是我在作品内容中所反映和表现的人与事，非这样写不可。

上高小时我就读大部头的名家名著，一直念到大学；外国作家作品也读过一些。但是，我的生活经历，成长过程，个人的气质和兴趣，使我更喜爱民族风格，外国文学作品也没有白读，它们充实和丰富了我，但是却并不能改变我这个土著的土性。

在粉碎"四人帮"之前，我在家乡的荒屋寒舍里写了三部长篇小说，已经分别在四个大型文学丛刊上选载，十几个文学月刊上发表片段，由于或有头无尾，或有尾无头，或无头无尾，没有引起注意。在这三部长篇中，我这是力求具有民族风格和地方特色。

粉碎"四人帮"以后，孙犁同志告诫我三句话，其中一句就是坚持自己的风格。形成自己的风格谈何容易！不过我在五十年代的作品是被称为田园牧歌的；那么，孙犁同志的这句话，也可以理解为希望我还像五十年代那样写田园牧歌。一般地说，田园牧歌要写光明美好，要写出地方特色。所以，我在《蒲柳人家》中，对于人物、语言、风俗习惯、人情世态、生活气氛和环境景色，都想写出运河农村的乡土风味；放大一点，想写出京东农村的乡土风味。

一位老革命家当面对我说，写信对我讲，文艺作品一不靠捧场，二不看一时，只有经过人民的评判和时间的考验，才能见分晓。《蒲柳人家》刚刚发表几个月，它究竟能有多长的寿命，还很难断定；至于经过人民的评判，也只是刚刚开始，好赖都不必忙下结论。使我高兴的是，我的家乡通县的人民广播站，从七月十日起每天早晨、中午和晚上，向全县五十二万乡亲连续播送这部小说，每次半个小时，因为是有线广播，除非捂上耳朵，都不能不听，所以我想等他们播送完毕以后，回乡听听乡亲们的反映。

一九八〇年七月

（选自刘绍棠：《一个农家子弟的创作道路》，四川人民出版社，1985年第1版。）

我的第一本书

□ 刘绍棠

我的第一本书，是短篇小说集《青枝绿叶》，一九五三年六月上海新文艺出版社出版。当时，我十七岁。收入这本书里的四个短篇小说，是我十五岁和十六岁时的作品。

从十三岁的下半年到十五岁的上半年，我发表了二十来篇短篇小说习作，都是写农村和农民的。那只不过是编出一个个比较完整的故事，没有刻画出生动形象的人物，也缺乏鲜明的地方色彩。十五岁那年夏季，我在家乡儒林村，开始自觉或不自觉地总结自己两年习作的得失，研究前辈作家的创作经验，思考同辈人在创作上的优劣长短。于是，我确定了我今后的创作方向———写农民、写家乡。我从鲁迅先生、孙犁同志和苏联的肖洛霍夫的小说中悟出一个道理，那就是在创作上一定要有个人特色，努力形成独特的艺术风格。

短篇小说集《青枝绿叶》是我从习作进入创作，从萌芽进入成长，从试探进入定向的标志。

《青枝绿叶》的第一版，是个插图本，收入四个短篇。封面是青年农民宝贵牵着一头大骡子进村，许多人在村口围观。收入的四个短篇是《红花》《青枝绿叶》《摆渡口》和《大青骡子》。第二版，增加了《修水库》，撤掉了插图，重新排版。封面也改为三分之二浅绿，三分之一深绿。深绿部分还有一条垂挂的青藤。第三版和第四版，浅绿部分分别改为鹅黄和豆青色。四版共印六万二千册。

《红花》和《修水库》是我十五岁时的作品。《红花》受到当时的《中国青年报》编委兼文艺部主任柳青和作家周立波的赞赏。它于一九五二年一月一日以整版篇幅，加编者按发表。于是，我引起文艺界和广大读者的注意，得到团中央的培养。柳青专业创作，回陕西深入生活，接替他的工作的吴一铿同志，更热情关心我的成长。《修水库》发表在孙犁同志主编的《天津日报·文艺周刊》上。我从一九五一年九月开始在《天津日报·文艺周刊》上发表小说，与当时主持该刊编辑工作的孙犁、邹明、李牧歌同志建立了师友之谊，迄今已持续了三十多年。

《青枝绿叶》《摆渡口》和《大青骡子》是我十六岁时的作品。

那是一九五二年的上半年，正是我高中一年级的下学期，我写出了《青枝绿叶》。《中国青年报》为发表这篇小说，曾经邀请沙汀、周立波、严文井和康濯同志审阅原稿，他们分别和我谈了话。从此，我在创作上不断得到名家指教。《青枝绿叶》在《中国青年报》发表以后，被编入一九五三年的高中二年级语文教科书，因而影响较大。一九五二年下半年，是我高中二年级的上学期，我又写出了《摆渡口》和《大青骡子》，先发表在《天津日报·文艺周刊》上，后又得到邵荃麟同志的厚爱，转载在当时他担任主编的《人民文学》上。

我十六岁时写作的这三个短篇小说，三十多年后，仍然被公认为我的代表作，先后收入各种选本。

当时在上海新文艺出版社工作的李俊民、蒯斯曛、刘金同志，很注意扶植年轻作者。出版社主动联系，给我出版短篇小说集。在事隔三十年后，我才从上海《文学报》的一篇专访中知道，《青山绿叶》的责任编辑是耿庸同志。抚今追昔，激慨万端。

在我接到这本短篇小说集样本书的前几天，即一九五三年五月二十七日，我宣誓加入中国共产党。因此，我把第一本样书敬献给党支部。

第二本样书，我呈赠当时的团中央负责同志。他多次和我谈思想，谈创作，指导我的做人和作文。一九七七年我和他久别重逢，他还记得这本书和这本书的篇目。

那一年正召开青年团第二次代表大会，苏联、捷克斯洛伐克等国的青年团组织，都派出代表团参加大会。团中央有关部门安排我和这些代表团会见，赠送这本书。他们分别授予我名誉团员的称号。阿朱别伊是当时苏联《共青团真理报》副主编兼文艺部主任，他访问了我，并且写了一篇访问记。不久，苏联青年近卫军出版社翻译出版了这本书，另一个国家也根据俄译本转译了一部分。我现在还保存着这两种译本，以及翻译《摆渡口》的英文杂志。

三十多年过去了，我的手中只有《青枝绿叶》的第二版和第四版的版本。那还是我的妻子保存下来的。第二版是我们订婚时我送给她的礼品。我在扉页上写下了对她的诺言，时间是一九五三年十月五日下午。

这本书的四种版本，很难找到了。北京的群众出版社即将出版我青少年时代的作品选集，大三十二开，半精装本，四十万字。我不仅把这第一本短篇小说集的各篇全都收入该书，而且以《青枝绿叶》作为这本选集的书名。

在我的青少年时代，许多老师、编辑、作家和革命前辈，为把我栽培成材，付出了很多心血。今天，回忆往事，感念不已。我无以为报，只有加倍努力创作，并且像他们那样关心和扶助新一代的文学青年，为繁荣发展具有中国特色的社会主义文学事业，竭尽绵薄微力。

一九八四年一月

（选自刘绍棠：《一个农家子弟的创作道路》，四川人民出版社，1985年第1版。）

一个农家子弟的创作道路

□ 刘绍棠

我是个农家子弟，出生在一个没有文化的村庄。然而，正是这个没有文化的村庄的村风民俗、口头文学和民间艺术，哺育我成为一个乡土文学作家。

十三岁发表习作，头顶高粱花走上文坛，我从事文学创作至今已经三十五年（三十五年中有二十二年被迫搁笔），共发表和出版了三部长篇小说，三十几部中篇小说，上百个短篇小说。除了一个短篇小说是写大学生活，其他的长、中、短篇小说都写的是农村和农民生活，而且都写的是我的家乡的农村和农业生活。

我的创作道路，在许多方面，也许可供爱好文学的农村青年参考。

京东北运河上的通县儒林村，是我的生身之地。在我出生的时候，这个小小的村落只有几十户人家，三百口人。四十八年后的今天，虽然增长到一百户，人口仍然不满六百，村名儒林，望文生义，读书人应该很多。其实，家家户户都是文盲或半文盲。我的曾祖父是个没有念过一天书的大车把式，祖父念了二年私塾便种地，父亲念了五年私塾去经商。我从六岁就顶风冒雨到外村上小学。新中国成立以后，办过学校，几起几落。目前，村庄富起来，家家住上青堂瓦舍，吃上大米白面，但是由于村子太小，地处偏僻，不宜建校，孩子们还是到外村的学校读书。京郊平原上的农村，已经村村有公路，通汽车，儒林村却因坐落在北运河湾的牛犄角尖上，还没有铺路通车。

如此狭隘而又孤陋的环境，我的童年时的艺术教养，主要来自母亲、村中父老和说书艺人所讲述的民间故事，同时也受到民间戏曲、歌谣和绘画的潜移默化的影响。优美动人的口头文学和农民所喜闻乐见的艺术品，启发了我的心思，培育了我的想象力。我的乡土小说的艺术特色——民族和地方风味，主要是童年时代的艺术教养给我打下了根基。

我今年四十八岁，却有三十几年生活在我那弹丸之地的小村。十岁以前，没有走出过方圆十几里的运河滩，十岁以后到县城和北京念高小、中学和大学，节假日都要回村，寒暑假更在家乡住上两三个月。二十岁专业创作，回乡挂职，担任大社副书记。二十二岁以后的二十年，更和乡亲父老兄弟姐妹们朝夕相处，脸朝黄土背朝天，土里刨食，挣的是工分，吃的是毛粮。三十多年的同呼吸共命运，使我这个农家子弟更深切地认识到农民是中华民族的脊梁。在农民身上，保存着具有中国特色的劳动人民的淳朴美德，保存着我们伟大民族的许多优良传统。在几千年的中国历史上，在民主革命时期，在新中国成立以后的三十多年中，没有哪一个阶级，没有哪一个阶层，能比农民的生活和命运丰富多彩，中国好比一座金字塔，八亿农民是塔基。不了解农民的心情，不考虑农民的需要，便是不懂中国特色，脱离国情。因此，一九七九年我重新拿起笔，更坚定不移地写农村，写农民，为粗手大脚的爹娘画像。六年来，我发表和出版的长篇小说《地头》《鸡鸣风雨女萝江》《狼烟》，中篇小说《渔火》《蒲剑》《鹊桥儿女》《燕歌行》等，是以我的家乡的革命斗争历史为题材。中篇小说《芳草满天涯》《两草一心》《二度梅》，短篇小说《含羞草》《燕子声声里》《十步香草》等，讴歌乡亲父老对落难子弟的扶危济困，是我的感恩图报之作。中篇小说《芳年》《莲房村人》《凉月如眉挂柳湾》等，写的是人民是作家的母亲。系列性中篇小说《鹧鸪天》《草长莺飞时节》《年年柳色》《虎头牌坊》，写一个遭到残酷打击的共产党员，平反以后，忠于党，孝于民，为开创家乡四化建设的新局面而任劳任怨的工作。中篇小说《蒲柳人家》《瓜棚柳巷》《花街》《草莽》《荇水荷风》，描写家乡二十世纪三十年代的风土人情。中篇小说《小荷才露尖尖角》《绿杨堤》《柳伞》《烟村四五家》《村姑》，短篇小说《蛾眉》等，以乡土文学的创作手法，反映党的十一届三中全会以后的家乡现实生活。中篇小说《花天锦地》《吃青杏的时节》《乡风》，写八十年代家乡青年的精神风貌。目前正在创作的长篇小说，仍然如此。热爱农村，热爱家乡，热爱农民，热爱乡亲，便可取之不尽，写之不竭。

土生土长，不改土性，我与乡亲父老兄弟姐妹们生活了三十多年，审美观点、伦理道德观念和艺术欣赏习惯，都和农民一致，因此我写小说，便首先想到的是为农民而写，要使有文化的农民看得懂，爱看，没有文化的农民听得懂，爱听。这就必须在创作中继承和发展中国小说的民族风格：传奇性与真实性相结合，通俗性与艺术性相结合。研究和学习《红楼梦》《三国演义》《水浒传》，古为今用，有所出新。只有继承才能发展。而只有发展才是真正的继承。

语言是文学的第一要素。农民的语言最富于比兴，形象生动，含蓄优美，诗情画意，有声有色。我和乡亲们朝夕相处，劳动在一起，生活在一起，每日言来语去，耳濡目染，说话用词，发生了变化，反映在我的小说创作中，写人物对话，运用了大量新鲜活泼而又具有个性的口语。刻画人物首先依靠人物的性格语言，这是我国小说的优良传统，也是我国小说在民族风格上鲜明的特色。

创作必须从生活出发，作家必须熟悉生活，但是，对于一个作家，身在其中，朝夕相处，并不等于对生活就很熟悉。作家不仅要熟悉生活中的工作和生产过程，最重要的是熟悉生活中一个个人：看到他们的特征，抓住他们的特点。必须深入细致地了解所反映和描写的生活的过去与现在，也看得见未来；必须具体而形象化地熟悉所描写和刻画的人物的身世、历史、相貌、性格、心理和语言，必须通晓所描写和表现的生活天地的风土习俗和人情世态。

毛主席说，生活是创作的唯一源泉。同时又指出，古典文学和外国文学是应该学习、借鉴的两个流。因此要多多读书，剔除糟粕，吸取精华。有些人急于写作而对读书不感兴趣，这是很错误的。俗话说，磨镰不误砍柴工；多读书才能写得多，写得好。目前我坚持每天要读书三万字以上，深感读书太少，学问不多，因而提高不快。

拉杂写来，文章已经冗长，总结我三十五年的创作实践，深深地认识到，坚持毛主席指引的民族的科学的大众的方向，采用为人民大众所喜闻乐见的艺术形式和表现手法，才能建设、发展和繁荣具有中国特色的社会主义文学。

愿借《农村青年》出刊的机会，与广大爱好文学的农村青年共勉。

（选自刘绍棠：《一个农家子弟的创作道路》，四川人民出版社，1985年第1版。）

题　记

□ 刘绍棠

我从一四九年发表习作，开始了文学创作生涯，至今已经三十三年了。但是，中间间断了二十二年。因此，划为两个阶段。

一九四九年到一九五七年，即十三岁到二十一岁，是一个阶段。由于遭遇坎坷，相隔年深日久，这一阶段的作品多半散失，也回忆不全了。

党的十一届三中全会后，彻底改正了我的一九五七年错划问题，从农村重返阔别二十二年的文坛，我的创作生涯开始了新阶段。又由于连年多产，创作活动和社会活动极其繁忙，也没有对已经发表的作品进行统计。

近年来，研究我的创作的同志，高等院校中文系的师生，爱好文学的青年，热情阅读我的作品的读者，常常写信给我，向我索取我的作品目录。但是，我很难抽出时间进行这项工作，也就未能满足这些同志的要求，内心是深感负疚的。

张棣同志为研究我的创作和创作观，这二年经常到舍下与我问答，并深入我的家乡进行实地调查，是个刻苦努力的青年。他写的评论我的作品，报道我的创作生活的文章，已经在报刊上发表几篇。这份材料，就是他不顾严寒酷暑，四处奔走，到北京图书馆和其他单位的资料室，翻阅过去的报刊，进行查找、复制、拍照和整理，所取得的成果。由于我不能提供全部的线索，过去的报刊也很难全部找到，因而可能遗漏了几篇，所以只算要目。现在，借《南充师院学报》的宝贵篇幅发表出来，献给研究我的作品的同志，高等院校中文系的师生，爱好文学的青年和热情阅读我的作品的读者们。

我在文学创作上，没有多大成就，却有一点特色，而且是新中国培养的第一代作家；对我的创作和创作思想进行全面了解和深刻分析，总结我的成败得失，或许对于比我年轻的作者有些益处。

我从一九五一年发表短篇小说《完秋》起，即从十五岁便确定了我的创作道路。三十多年来，我的长、中、短篇小说，除了《西苑草》是写大学生生活，其他作品都写的是我的家乡——北运河岸边的农村故事，主人公都是农民或农民的儿女。我提倡建立和发展乡土文学，在创作中力求保持和发扬强烈的中国气派和浓郁的地方特色，继承和发展中国文学的民族风格，以及我从20世纪50年代便开始形成，现在已经比较完整的创作思想，都希望得到评论和指教，以便开创一个新局面，跳过一个新高度。

一九八二年九月

（原载《南充师院学报》1982年第4期）

清新优美的田野牧歌

□ 刘绍棠

《摆渡口》和《大青骡子》这两个短篇小说，现在读起来，仍然激动人心，令人强烈地感受到20世纪50年代那个美好的时代风情，字里行间充溢着清新优美的田野牧歌情趣。

只有那样美好的时代，才有那样纯情的作者，才能写那样天然本色的作品。

因身患重病而衰老的我，重读我这两篇40多年前写出的小说，一下子好像又回归到当年那个16岁的少年身上了。

那是1952年夏季，我暑假回村，7月写完《青枝绿叶》以后，创作激情不但没有减低，反而意犹未尽，兴致勃勃，有如水涨船高，处于最佳竞技状态。8月雨量更多更大，三日小下五日大下；北运河槽涨满了水，河上拆除了木桥，过河的人马车辆，都靠大船摆渡。

摆渡船有官有私。官船是乡政府的，收费有官价，每过一人只要旧币1000元（折合现在人民币1角），价格不涨不落，固定不变。私船是沿岸农民的副业，收费较高，也不固定。但是，官船行动迟慢，人马车辆不凑够一批便不起锚。私船却只要给钱多，单身一人也可以过河。心急赶路的人，不怕花钱的人，都坐私船。

我每天都到摆渡口闲坐，跟官船的管船人张老头谈天说地，讲古论今，有时也帮他给过往行人搬一搬跳板。细心的读者可以发现，在我的50年代作品中，每一写到渡口管船人，管船人都姓张。事隔三四十年之后，1990年我动手写一部长篇小说，在写到一个北运河渡口时，竟又好像身不由己，又让管船人姓了张。可见当年留下的印象多么深刻，深刻得不可磨灭。

我也跟撑私船的农民打成一片。撑私船的农民五光十色，良莠不齐。这些人中，有勤劳朴实的庄稼汉，挂锄时节撑一撑渡船，挣几个活钱，打油买醋，换盐扯布。但是，也有不少赌徒和酒鬼，挣几个钱便在渡口柳荫下，掷骰子推牌九，喝大酒打死架。我村有个姓赵的小伙子，水性大得像鱼鹰子。几丈深的河水，他一个猛子能扎到河底，捞上淤沙中的鹅卵石，活像鱼鹰子下水叼鱼。他每天都到河边捕鱼捞虾摸螃蟹，也搭救过不少溺水的人。我的一个远房侄女，在河边洗野菜，一阵头晕栽下了河，俗称被水鬼拉了替身，就是被他抢救上岸，幸免于难。姓赵的小伙子是我童年最亲密的伙伴，虽没有上过几天学，却求知若渴，我上了高中，他更喜欢跟我接近，形影不离。在河边，我跟管船老张说话，他去看赌鬼拴船要钱，故意跟他们捣乱。有时手痒闲不住，便解下赌鬼拴船的缆绳，撑船过岸渡人，分文不取。过往行人都夸他热心肠儿，好心眼儿。

阴历七月初七那天夜晚，我坐在河堤下乘凉，仰望夜空银河两岸的繁星，心中忽有所动，当夜便在睡前构思了这篇小说。人物是现成的，故事也现成，我只不过添枝加叶、缝连补缀而已。

小说的主人公俞青林，分明就是姓赵的小伙子。两个二流子的原型，来自撑私船的赌徒酒鬼。

我添枝加叶有两个人，一是爱上俞青林的少女春兰，一是教育俞青林的党支部书记关山。

非常巧合，姓赵的小伙子后来结婚，媳妇就叫春兰。不幸的是姓赵的小伙子在四十岁时，身患癌症而死。

《摆渡口》最初发表在孙犁同志主编的《天津日报·文艺周刊》上，偶然被当时担任《人民文学》主编的邵荃麟同志看到，颇为欣赏，批示转载。这是我第一次在《人民文学》上露面，从此我便成为《人民文学》的基干作者之一。

我的第一本书——短篇小说集《青枝绿叶》中，收入了《摆渡口》。我将这本短篇小说集赠送当时的团中央第一书记胡耀邦同志。他从头到尾读了一遍，也很喜欢《摆渡口》，但是同时指出缺点："为了体现党的领导，便写了个党支部书记讲一些大道理，是公式化概念化的败笔。"

写完《青枝绿叶》和《摆渡口》，团中央安排我到河北省深县农村深入生活。深县的蜜桃，全国闻名。从八月中旬到九月中旬，我先后在深县段家佐村和贾各庄村住了一个月。在段家佐村我住在白大娘家，在贾各庄村我住贾大伯家里。

白大娘是个热情好客、温和爽快的老太太。她的儿子在乡里工作，二女儿在县里工作，大女儿已经出嫁。家里除了她，还有儿媳和小女儿。那一年深县水涝，农民口粮短缺，白大娘为了叫我吃好，变着法儿给我粗粮细作。我爱吃油炸辣椒，她便四处找辣椒换菜油，充分满足我的口味。她的大女儿嫁到外村，当八路的丈夫在战场上阵亡，大女儿又改嫁本村的一个农民，她觉得大女儿给她丢了脸，多年不肯来往。我一方面觉得白大娘的封建思想过重，一方面也感到她对革命烈士的深情。我劝她跟大女儿和好，她默默不语。我在她家住了18天，临别想交饭钱，怎么说她也不要。回到县城，我买了一块衣料，交给她在县里工作的二女儿，表示一点我的心意。

贾大伯是个颇有传奇色彩的人物。他年轻时不但在本乡扛长工，打短工，还到外乡烧砖、赶脚、背纤，眼界较宽，心胸也广。新中国成立初期有名的两大贪污犯刘青山和张子善，他都熟悉。他跟刘青山一起烧过窑，跟张子善的哥哥是把兄弟。当年跟他是江湖弟兄的人，还有的当了将军。1937年吕正操将军在冀中建立人民自卫军，他曾想参加，但那时他已40岁左右，团长就是他烧窑的哥们儿，感到收下他很难安排，就劝他到地方上当村长。他把16岁的儿子留在部队，自己回了村。1945年日本鬼子投降，儿子回家探亲，在家住了3天，娶了本村一个姑娘。1948年冬，儿子已经当上营长，解放锦州时牺牲。贾大伯大哭一场，擦干了眼泪便把儿媳收为干女儿，替儿媳择婿再嫁，嫁到距离贾各庄村很远的外地。我住在他家，称赞他的嫁媳之举表现了胸怀宽广的先进思想，他苦笑着摇了摇头，说："啥个先进！她年纪轻轻，怎能守得住？等她给我丢人现眼，还不如我赶早把她打发走，眼不见为净。"原来，他只是明智而不是开明。1952年的贾大伯，不但是一村之长，而且是一社之长。他响应党的号召，带头在贾各庄村成立了一个初级农业合作社，当时叫土地社。土地社仍然保持土地私有，劳五地五分红，抽取一部分公积金。贾大伯用公积金买了一头大青骡子。他疼爱这头大青骡子如自己的亲生儿女，养在他家，亲自照管，不许别人碰一指头。我到贾各庄村时，正值挂锄的农闲时节，他每天牵着大青骡子到滹沱河边吃嫩草，我都随他同去。在河边，我听他讲了很多闻所未闻的故事。有一天，天色一变下了雨，我们赶忙回家。他脱下了衣裳罩在大青骡子背上，自己却淋得像落汤鸡。我又夸他不愧为先进人物，他又摇头否认，说："先进个啥！我一辈子就是喜爱好牲口。"

我离开贾各庄村，贾大伯牵着大青骡子把我送出十多里地，大青骡子的背上驮着我的行囊。

我从深县归来，暑假已经结束，《青枝绿叶》和《摆渡口》已经发表，新的创作冲动又在心中升腾着。我坐在教室里，心思常常飞到深县。我从教室的玻璃窗向外远望，眼前变幻着白大娘和贾大伯的面容身影。在10月的一个秋雨连绵的傍晚，我的创作冲动阵阵高涨，突然有如河汛决堤，动笔便不能遏止，一口气写出了《大青骡子》。

《大青骡子》中的桑贵老头的原型是贾大伯，桑老奶奶的原型是白大娘。我只是把地理环境，写在北运河农村。在小说创作中，我常移外地之花，接家乡之木。

白大娘和贾大伯如果还活着，都已是百岁老人了。

1991年3月

（选自《刘绍棠文集》第10卷，北京十月文艺出版社，2003年第1版。）

在创作的道路上
——回忆学习写作中的体会和教训
□ 从维熙

我是刚走出校门不久的学生，在童年时代我就喜欢听故事，看图书，近三年来才尝试学习写作，曾发表过一些粗糙的短篇作品，回头来看，成品虽不多，但走过的弯路确实不少，几乎是每前进一步，都要流下不少的汗滴。

我是在急躁的情绪下开始写作的。我记得很清楚：每天从早到晚在头脑里臆造着故事，上课时精神也不集中，眼睛看着老师的面孔，心里却勾勒着人物的脸谱，臆造着形象，还没等故事情节思考成熟，就忙于动笔来写，潦草成篇，寄给报社和杂志。那时候每星期几乎都要寄出两篇稿子。

稿子寄得很快，退还得也很快，打开信封，多半是编辑部附来的一封油印的综合退稿信。当时，很少去领求教益，还暗暗骂过编辑同志"势利眼"，看不见"萌芽的幼苗"。编辑部不登，便采取了增加产量的办法，小说写不好，就写诗，诗写不好就写散文，因此不仅创作态度急躁轻浮，在写作形式上也很少考虑，看见报纸上有小说，就想写小说，看见散文，就学写散文，结果是一塌糊涂，没有效果。

一个生活经历和文学修养都还很浮浅的中学生，怎么能同时学写这么多不同体裁的文学呢？记得胡耀邦同志给高等学校同学做过一次报告里谈到的几句话，放在学习写作上是很合适的，他说："我们有理想是好的，但是不要腾云驾雾，好高骛远，求大求快。水浒传里的李逵只会使两把板斧，但却勇武无敌。"我们初学写作者，先不要贪图十八般武艺，样样俱能，这样只能使我们更加手忙脚乱，甚至使我们拿不起任何一种兵器。而盲目地、轻率地乱写一通，更会使我们荒废学业，疏远了同学，不关心斗争。我由于写作的碰壁和学校里党、团组织的教育，逐步认识到急躁、贪多实质上是反映了腐朽的资产阶级的名利思想，不把文学当成政治斗争的武器，而把它当成获得名利的猎箭。这种人，总是想一挥而就，平地登云，一声雷响，宇宙皆知。其实是根本行不通的。

树立正确的写作态度，老老实实勤勤恳恳地去写作，这对我们初学写作者有头等重要的意义。

我爬过这一段弯路之后，写作是比以前严肃得多了。写到这里，我确实感激对我孜孜不倦教导过的编辑。他们告诉我：先从短小的生活故事写起。我一步比一步深刻地认识到创作的意义。我忠实地执行了他们对我的建议和帮助，开始从短小的生活故事、人物素描写起。同时，我在写每一篇以前都要经过苦思，甚至于连人物的每一句对话，每一个细节都想通了，方才提笔。当然，在写时还要经过修正。记得第一篇小故事写了整整两个多星期，把它寄给刊物，很快就发表了。

我写了些素描、速写之类的东西，虽然觉得对掌握文字、刻画性格有了一点门路，但还没有开始学习写小说。

是哪一年的八月，我记不清了，我从故乡回来，怀着和往常一样写小故事的心情，来写故乡的一件事。事情大致是这样的：村子里邻居的老头子和他孙子，为了抢救互助组的鱼苗，拼命堵着堤口，后来实在不行了，把水引进自己的瓜地里，解除养鱼坑里的鱼被水冲走的危险。我当时很激动，写时几乎是一气呵成。但是，写完后，我后悔起来了，我嫌它太长，它超过我原来计划字数的一倍。为什么要写五千字呢？我后悔地自问。我拿起"判官"笔想涂了它，但是拿笔画了半天，那里也删不动，我觉得一字一句都有用。我怀着不安的心情寄了出去，不过半月的时间，在《天津日报·文艺周刊》上发表了，这是我第一篇小说的诞生。

有一个内蒙古的同学来信问我："你在学校里，怎么写反映农村生活的小说，你的生活是怎么积累的？"我给他回信说："我家在农村，故乡的人和事给了我的创作绝大的恩赐！"可是他又来信问："我家也在农村，为什么总觉得没有什么可写呢？"

我不了解这位同学还有没有其他原因，我觉得一个在党、团教育下的青年，一旦在寒暑假回家看见家乡的变化，比如：互助组转了社；东庄西店的青年男女闹自由恋爱；过去的老光棍突然娶上了媳妇和一些区乡干部的动人事迹。这都使我自己的心情无法平息，这种情感是无法抑制的。我感到党的力量在我的家乡开着花，我匆忙地记下他们的事情，有时是用一两句话记下。这都成为我的宝贵材料。因为我熟悉他们，深爱他们，虽然是记上一两句话，但是当我坐在桌子前开始回忆这些事情时，这些人的言谈举止，甚至这些人物的细节和过去的经历都在我眼前结成一串闪光的形象，于是我才能较顺利地写出他们的面貌。

我自己体会：一个初学写作的青年，或者说有一些生活的青年，只熟悉生活还不够，必须还要爱着这些熟悉的生活。我最喜欢家乡的夜晚，无论是春、夏、秋、冬的夜晚，在街头石阶上，大场院里，火盆旁边，一聊就聊到深夜，从张家聊到李家，而我是聊天的热烈参加者。我在灯下匆忙地记下他们的故事、幽默的形象、一句有趣的话。也许这样做是很愚笨的，但我总不相信自己的记忆，非拿本子记下来不可，那么当时不可能记全部，我就紧张地记下一两个字，然后有机会就把它填充起来。我有时独自一人坐在儿时曾经挨淹的南河边上，去写写摆渡的场面；有时记下一个人物的形象，记下在野花上沉睡打盹的蜜蜂，大部分时间是消磨在这群庄稼人中间。我的《七月雨》中的《故乡散记》和《鸡鸭委员》都是写的一个叫翠枝儿的姑娘，前几年她还是鼻涕过河的孩子，今天她长得结结实实，带领一群妇女当了副业组组长，她处处为合作着想，于是我写了她。

记得最清楚的一次是在冬天的雪后，村里小伙子叫我去和他们砸冰打鱼。本来我刚从北京到家里，因为冷丁到家，睡热炕弄得我很不舒服，但是，我还是去了。在半路上，他们由打鱼提到富农李明莱进法院了。他们只提了一句，我便抓住了紧问下去，他们详细地把情况告诉了我。于是我把素材思索一下，写了《老莱子卖鱼》。

在记载生活细节时，我几乎集中一切精力去想、去描绘。一次，在夏天我写雪景，雪花飘飘下降的各种形象，充满我的脑子。但始终找不到最准确的语言，思索累了，我想出去，出门使我吃一惊，门口竟没有下雪，而是酷日当空，原来，雪占据了我的脑海。

总之，我觉得初学写作的我们，时刻关心生活，热爱生活，生活中是有写不完的题材的。但是，我记素材时，也有缺点。一次有位作家同志告诉我："……有些人物写得还缺乏光芒。"他又告诉我不要回避斗争。我发觉我怀着好奇心去写故事情节较多，还没能更深刻地去写人。以后，我着重观察各种不同类型的人了，记下农村不同阶层人物的谈话和特征。

有了素材之后，我曾一度迷恋于写作，每天我都要求字数、要求效果，结果是很坏的。作品永远停留在一定水平上，尤其是表现方法的单一，使人读起来新鲜感觉不大。我很难找到原因，后来编辑同志来信告诉我："亲爱的同志，你有些生活，写作激情也是可贵的，但是对于你重要的是读书。"

我停笔，埋头读起书来，我读了些文学理论和长短篇小说。苏联名作家肖洛霍夫《静静的顿河》《被开垦的处女地》教导我如何去认识矛盾，如何去写斗争，如何揭露人物的内心世界……我爱它描写的森林的喧哗，春夏秋冬四季不同的景象。卡达耶夫的《我是劳动人民的儿子》的泥草气息熏染着我，要我联想到如何写我的人物背景。龚查尔短篇小说给我展现了那样一种亲切而简短有力的风格。我国作家康濯、秦兆阳同志的作品指示我要写严峻的生活真实，用作品帮助一切美好的事物在斗争中胜利。

这几百万字，都深深地吸引着我，我开始感觉我差得太远了，明白的太少了。我不顾一切地读起书来，我突然感到该读的书是那么多啊！

有一个阶段，我在创作上沉默了。编辑部又来信告诉我，让我多写。写什么呢？不是让我多读书吗？编辑部同志告诉我必须"边写，边读，边生活"。

我又提起笔来写了，写的小说，编辑同志看过说有了进步，有了提高，还有的编辑同志写了评论来鼓励我鞭策我。通过这一段的时期，我才理解到边读边写边生活的重要意义。只读不写必然养成眼高手低，能看出别人作品的一些缺点，自己却无法动笔。只写不读使写作停止在一定水平，不能提高。

在边读边写边生活的过程中，我比较认真地阅读了一些政治理论书籍和文件，例如毛主席的《在延安文艺座谈会上的谈话》，《联共（布）党史》中关于农业集体化的几章和当前党的政策等。我觉得，它们不仅教导我如何写作，而且能提高我的思想水平，使我初步学会能透过五光十色的现象去观察事物的本质，去挖掘萌芽的新鲜事物。虽然我在这方面做得不太够，但，如果说我最近的几篇作品写得稍微好些，加强政治学习是起着直接的作用的。

此外，我体会最深切的一点就是创作的勇气和信心的必要。在我的同伴当中，有人常为退回一篇稿子而面红耳赤，把退稿信拿到厕所去看，还有我看到同学们的来稿，附信里有这样写的："刊登请用真名，不登用笔名退回。"都反映了他们对写作的艰苦性还认识不足，这些人只可能有投机的勇气，却没有创作的勇气。

当然，我花了很大精力写的一篇稿子，一旦成为废品，我心里也结成个疙瘩，但是从没影响过我征服它、写好它的欲望。相反地，创作的欲望反而烧得心痛。前几期《文艺学习》发表的柳青同志的一段话，对我们是亲切的，也是有深刻的教育意义的，他说："我的经验就是自我克制，就是忍耐。""如果谁怀疑到他自己是否会有效果，那是很危险的。"

当然，写作这不是一件很轻松的事。一个人物，一篇素材闷在心里都坠得你心疼。但是，当听到它真正发生效果时，那是最幸福的。

（选自刘金铺、房福贤编：《从维熙研究专集》，重庆出版社、贵州人民出版社，1995年第1版；原载《文艺学习》1955年9期。）

写作回忆

□ 韩映山

现在，中国作家协会和中国新民主主义青年团中央委员会通知我参加"全国青年文学创作者会议"。我很激动，很想回忆一下自己学习写作的路上遇到过的问题和体会，向青年朋友们谈谈。

我写的一些短篇，大部分收集在《水乡散记》里了。那些短篇多半是在初中念书的时候写的。

我在上小学的时候，就很爱好文艺。当然，那时根本不懂得什么是文艺，不过是喜欢看书，喜欢上语文课。在乡间流传着的旧小说，我从十一二岁上就读。像《水浒传》《红楼梦》《西游记》《镜花缘》……那时认字很少，常常有许多字念不上来。但无论怎样，我还是读得津津有味。有一次，因为看着书，场上的庄稼都顾不过来看管，结果被猪吃了好些。应当承认，这些书对我是有很大作用的，使我养成了读书的习惯。

在抗日战争期间，我们儿童团念的语文，多是一些小英雄的故事。有时八路军唱的歌词也插进一两课，如《游击队之歌》等，我都能背诵下来。同时，我对我的家乡不自觉地怀上了一种深深的爱情。我爱着白洋淀的可歌可泣的抗日英雄的故事，爱着白洋淀的幽美的风景。当然，当时并没有想到表现这些东西。

记得我有一个同学，那是他由中学放假回家，每天伏在桌上"索索"地写什么，我很好奇，就偷偷地看了看，强赖着要他告诉我写的是什么。那个同学眯缝着眼，神秘地告诉我说，这叫写稿，并且还发表过了哪。从那次起，我也很想写稿，但是一想自己还没上中学，怎么能行呢。不过，我终究也摸索着写了。写了很多像神话一样的故事，写了也不知道寄到什么地方去。后来考入保定第一中学后，才知道天下有许多更好更新的描写我们现实生活的书。由于和河北省文联的接近，我受到了很大的启示。在这个时期，我拼命读了许多新的文艺作品。我尤其爱读抗日战争斗争的故事。有些作品的朴素优美的语言，恰如其分的描写，使我爱不释手，学习到不少的东西。就在那年的暑假，我写了两个短篇。那就是《苑苇和小芝》和《鸭子》。接着报刊的编辑同志就和我取得了联系，常常地鼓励我，常常地寄给我书报，常常耐心地指导我，使我增添了无穷的力量。我渐渐地知道了，应该写自己熟悉的东西。我想我熟悉什么呢？我是生长在农村的孩子，熟悉的也是农村的孩子。于是我继续写了《高洗子》。同时体会到，熟悉的东西写起来是那样地顺手。《高洗子》是在一个早自习（做完功课之后）的时间写成的。因为高洗子和我从小就在一起玩，我们曾一同在秋季涨大水的河里洗过澡、摸过鱼；在碧绿的青纱帐里尝过甜棒；在浓密的苇塘里，悄悄地掏过雀蛋儿。他的音容笑貌，脾气性格，我一合眼就"听得见，看得着"。所以，写熟悉的人物是最好不过了。

在熟悉的基础上，可以获得很多技巧，在写的时候，有许多细节不必构思，自然而然地就添补上了。好像在写之前并没预想到什么地方应该怎样写似的。什么地方该简该繁，只要所写的事物熟悉，在写的过程中顺手就处理了。我的《弯弯的河堤》就是随手写的，让人物自己来创作故事，没有先规定好故事情节。

写了几个短篇之后，对文艺更加有兴趣了。鲁迅先生的《呐喊》给了我深刻的印象，尤其是那篇序。我开始认识到文艺的庄严的使命，并非只是为写作而写作，为爱好而搞创作，它应该是为人生。应该在写作之前，就打下个良好的动机，这是再重要不过的。如果动机不纯，在路上遇到刮风下雨，就会畏缩不前，甚至把大笔一丢，洗手不干了。

我开始意识到，生活对写作是如何的重要。在每个假期里，我和人们一起去生活。一天傍晚，我和人们一同耕地回来，大家都挺口渴，就在堤下坡老高的瓜园里休息。老高把一挑子西瓜分给我们吃。这些西瓜是他刚摘下来，准备在明天去卖的，但是他爱互助组的人们，他看见大伙儿的汗流水似的，从心底乐意把瓜分给我们吃。一种新的道德的萌芽，在老人的身上滋长着（过去他是很顽固的）。于是我感动了。这种舍己为人的优美的灵魂，使我不得不写。这就是我写《瓜园》的来历。写的时候我把故事扩大了。即便是萌芽的东西，也应看到它的青枝绿叶，甚至开花结果。因为文艺是指导生活的，怎能落在生活之后。同时也知道了，生活中是没有现成的故事摆着的。我写的那些短篇都是通过联想后写成的。在生活中发生了憎、爱而想到写的。

前些日子，故乡的几个同学找我来，要我告诉他们创作方法。我说创作方法不是能够告诉就会，而且我也没有呢。我告诉他们主要的是要靠自己去探求。同时别人的方法，不见得自己就用得上。我让他们先做一些基本练习。每人订一个本子，天天有空就练习写生活素描，练习把一个事物写明白，把一个问题分析得清楚。慢慢就会有效的。

下边我想谈一谈我近来学习写作的情况和遇到过的问题。

近两年来，我写得很少。原因是我在学校里不关心身体，闹病了。回家休养，病还没好，母亲又病了。我的仁慈的妈妈患了半身不遂，不能动弹了。我难过极了。我一生最爱母亲，她的病给我带来了莫大的悲痛。我一面服侍老人家，一面养我的病，创作情绪低落下去了，把时间用在一些零碎的家务上了。

另外一面，回到农村后，看到了许多复杂的事，并不像以前所写得那么单纯。许多生活我不能理解不能分析了。我不能从容易使人迷惑而感到无所适从的社会现象中，去摄取人民所最需要的东西了。我看问题分析问题的能力限制了我。摆在我面前的就是政治学习了，就是学习马克思列宁主义。同时，也愈来愈觉察出，我还什么都不懂，连起码的东西都还没有具备。创作的道路是很长很长的，它像是长途赛跑，不是短距离的百米赛。但是，我有勇气。党和祖国如此珍爱我们，我们只有一颗小土粒似的成绩，而党却把它当成一颗亮星来看护。我们怎能不努力，我们怎能不上进？

通过这次大会的学习，我要检查过去，规划今后，我一定要长期地投入到生活的海洋中去，要卷进激流中去，和故乡的亲人，一起斗争，一起建设我们的新生活。不站在刚刚没脚面的浅滩上观望着排山倒海的运动，不戴着大眼镜到处去访问、观察生活。要和人们一起搬砖盖楼。

亲爱的青年朋友们，我们这一代是多么幸福啊！幸福地生活在毛泽东的时代，我们的母亲般的党，时时刻刻在注视着我们的成长啊！

为了党，为了祖国，献出我们的青春力量！

一九五六年三月八日，于教台村赴会前所感

（选自《韩映山文集》第3卷，河北教育出版社，2011年第1版。）

四、通信、日记

关于小说《荷花淀》的通信

□ 孙 犁

安乐师范的文艺研究小组：

你们给我的信，由《文艺报》转给我了。很感谢你们对《荷花淀》这样的精细研究。对于你们提出的问题，我谈一点自己的意见：

第一，你们根据文章中间有一句"女人们到底有些藕断丝连"，就说我"有点儿嘲笑女人的味道"。

"女人们到底有些藕断丝连"这一句话的上面下面还有文章。这一句是在一定的情节下面写出来的。那情节是这些女人要去看她们的丈夫。既是写的这些女人，我自然就说"女人们到底有些藕断丝连"，这里所说的"女人们"，是指小说里的那些女人，"到底有些藕断丝连"，是指她们在当时的情况下到底有些牵挂她们的丈夫，这样写是可以的。如果不根据上下文，不根据故事发展的整个情节，单单摘出这一句话来，并把这句话理解成为"一切女人在一切的情况下都藕断丝连"的意思，并根据这种理解说我"嘲笑女人"，说我"显然是说明妇女在这方面更较男人为甚。同时也否认了这些'藕断丝连'是青年们应有的情感，认为这是可耻的，是女人们特有的至少是较甚的卑鄙的弱点之一"，那就完全不是我的原意了。自然，我是应该把字句的意思表现得更明白一些的。但是，如果为了避免误会，把文章中的那句话写成"人是有感情的动物，男女双方都有些藕断丝连，所以……"我想，你们也会觉得不很妥当吧？我以为看文章，应该从全篇着眼。在《荷花淀》里，我自认是对祖国的妇女同志们，抱着歌颂赞扬的态度的。即使写了一句"女人们到底有些藕断丝连"，我想女同志们也不会就抗议，因为"藕断丝连"，从什么字典上查，它也不是"女人们特有的至少是较甚的卑鄙的弱点之一"。

同时，你们根据文字中有一句"女人们尤其容易忘记那些不痛快"，就问："莫非是她们的脑子比男人简单吗？"其实，《荷花淀》全文，和我的全部作品，都没有说过女人比男人的脑子简单。

然而你们的理由也是很多的，如你们来信所说。但请你们注意，我所写的女人要忘记的事，并不是什么"杀父之仇"，也不是什么"亡国之恨"，要忘记的是找不到丈夫那点小小的不愉快。忘记这个不愉快，才能有利于民族解放战争。忘记了比不忘记好。这不是证明她们脑子简单，而是证明她们很会运用思想情感。问题在于为什么加上"尤其"二字？天津市塘大中学初二乙翟钟瑞同学也提出这个问题，他的理由是："就女人的天性是比男人爱想事的，不痛快的事一般的是比男人难忘的。"现在，一并在这里答复一下吧。

这还是和上下文有关。问题在于上面有一句"青年人永远朝着愉快的事情想"，下面接上一句"女人们尤其容易忘记那些不痛快"。就使你们怀疑：好像我把"女人"和"青年"对立起来，或者好像把女人从青年里特别强调出来了。

这里边有强调的意味。因为是写的女人，而又是在歌颂她们。我以为不能把男人和女人对比，问他们究竟谁忘记得快些。不分男女，谁思想开展，谁就忘记得快些，谁思想不开展，谁就忘记得慢些。既然写的是进步的妇女们，所以说她们容易忘记是没错的。

但问题还在这个"尤其"上，为什么她们就"尤其"？这是因为在我的印象里，解放区的女人们聚在一起的时候，好说好笑，愉快活泼，所以就这样写出来了。这可以说我在生活认识上，还不够全面，也可以说我在文字技术上还不够确切，但并不是轻视妇女，嘲笑妇女。

第二，你们说我"拿女人来衬托男子的英雄，将女人作为小说中的牺牲品"。是因为文章中的一句："……战士们，正在聚精会神瞄着敌人射击，半眼也没有看她们。"

你们的理由是："当然，被高尚的爱国主义精神所鼓舞着的作战的人们是不能为自己的爱人而忘掉战斗的，但他们并非不爱自己的妻子。而作品中却说'半眼也没有看她们'，这是否暗示着水生这些英雄看不起这群落后女人呢？否则为啥不说是'没有顾得看她们'呢？"

"半眼也没有看她们"这一句，丝毫也没有暗示着民族英雄们看不起女人的意思。你们也知道在大敌当前，间不容发的当儿，青年们不能像在戏台下面一样可以东瞅西斜，飞眼吊膀。既是非常紧张，我写的一句"半眼也没有"，就觉得比你们提出的修改办法"没有顾得"，更有力量，更能把战士们的"聚精会神"形容出来。

因为队长问："都是你村的？"水生说了一句："不是她们是谁，一群落后分子！"你们又说这是对女人的"嘲笑咒骂"，是给"远来送衣的爱人以凶相"。

水生这句话可以说是嘲笑，然而在当时并不包含恶意，水生说话的时候，也没有表现"凶相"。他这句话里有对女人的亲爱。这并不等于给她们做鉴定，肯定她们是"落后分子"。在日常生活里面，夫妻之间是常常开这样的玩笑的。

我们看作品，不能仅仅从字面上看，还要体味一下当时的情调，理解人与人之间的关系。不只和概念理论对证，还要和生活对证，就是查一查"生活"这本大辞书，看究竟是不是真实，如果不是这样，许多事情都是无法理解的。

第三，你们说："不是郑重地反映妇女们的事迹。在文章的最后，作者对女人们好像有些正确的积极的描写……是作者为了掩饰自己的轻视妇女的观点，不得不这样。"

这是从你们的以上的观点，最后达到的结论。我认为《荷花淀》是一篇短小的文章，它只能表现妇女生活的一部分。在这个部分里，我觉得是郑重的。当然"学习射击""配合作战"更为郑重，但是这些内容还可以写成别的作品，不一定都要写在《荷花淀》里。就《荷花淀》这篇文章来说，它的重点并不在后边那几句抽象的叙述，那几句叙述不过是补足文章的意义而已。

你们又检查她们建立武装的动机。以为她们说了那样几句话，"就势必使人认为女人们虽然积极行动起来了，但她们总不如男人们伟大"。

我以为在一个具体的场合下，妇女说这样几句话，并不掩盖更不抹杀她们素日的抗日要求。这个要求，就是你们说的"正义的伟大的基础"。在这个基础上，还可以有临时的刺激，和临时的影响的作用。

最后一个问题，就是水生叫女人说话小声一点，我的意思是水生从军，还有点担心父亲难过，我这只是从水生这一方面着想，就是说这样一个青年，有时对自己的父亲也可能有些感情上的牵挂罢了。

《荷花淀》只是一篇短短的故事，它不足以表现我们时代的妇女们的多方面的伟大的生活面貌。它只是对于几个妇女的简单的、一时一地的素描。它自然是有缺点的。我本来可以不谈它。今天我所以详细地和你们讨论，是因为我看到，我们的同学在读书的时候，常常采取了一种片面的态度。一篇作品到手，假如是一篇大体上还好的作品，不是首先想从它那里学习一点什么，或是思想生活方面的，或是语言文字方面的，而是要想从它身上找出什么缺点。缺点是要指明的，但是，如果我们为了读书写字，买来一张桌子，不先坐下读书写字，而是到处找它的缺点，找到它的一点疤痕，就一脚把它踢翻，劈柴烧火，这对我们的学习并没有帮助。在生活里或者不致如此，对于作品，却常常是这样的。在谈作品中的问题的时候，往往不从整个作品所表现的思想感情出发，而只是摘出其中的几句话，把它们孤立起来，用抽象的概念，加以推敲，终于得出了十分严重的结论。这种思想方法和学习方法，我觉得是很不妥当的。我们对一篇作品所以不能理解，或理解得不对，常常是因为我们对作品所反映的当时当地的生活缺乏理解和知识的缘故。但愿你们不要根据这个说我反对批评。

总起来说，对于同学们这样热诚地关心我的作品，使我知道有这些同学在读它，研究它，我是很感激的。但我希望同学们在练习批评分析的同时，养成一种实事求是的读书态度。不知你们以为怎样？

孙　犁

一九五二年

（选自《孙犁全集》第3卷，人民文学出版社，2004年第1版。）

附：平原省聊城专区安乐镇师范文艺研究组的来信

孙犁同志：

我们读过您的《荷花淀》后感到非常满意：文字简练而不粗糙，细腻而不烦琐，里面的人物都如活的一般。正是在这种基础上引起了我们对您这篇作品的更进一步研究的兴趣。研究的结果使我们知道了在抗日战争中，我们的上一代是怎样地付出了鲜血和智慧，战胜了敌人，换来了我们今天的幸福。担与这同时也遇到了一些疑问，我们自信没有批判的能力，然而我们希望通过这一次讨论能使我们更进一步了解这个作品，我们相信您是肯帮助我们解决这些疑问的。下面是我们的意见：

一、有点儿嘲笑女人的味道。当水生离家他往后，妇女们前去探望，作品中说"女人们到底有些藕断丝连"，这句话是说明什么问题呢？人是有感情的动物，当人刚离开自己的同伴时双方都是有些恋恋不舍的心情，尤其是青年夫妇。这种感情不应当单独存在于男方或女方，亦不能偏重于男方或女方。但是您的作品中却说"女人们到底有些藕断丝连"，就显然是说明妇女在这方面更较男人为甚。同时也否认了这些"藕断丝连"是青年们应有的情感，认为这是可耻的，是女人们特有的至少是较甚的卑鄙的弱点之一。

"女人们尤其容易忘记那些不痛快"，作者用这样的话来说明女人们没有找到自己的丈夫而失望以后又变得愉悦的情况，并且是用在"可是青年人，永远朝着愉快的事情想"的下面，青年人永远朝着愉快的事情想，这是事实，是青年人的特点，但是"女人们"为啥"尤其"是这样呢？莫非是她们的脑子比男人简单吗？她们没有永不忘却的不合自己心意的事情吗？事实证明不是这样，刘胡兰、郭俊卿等英雄，她们对民族敌人和阶级敌人的仇恨，并不亚于男人，她们对自己过去所受的压迫亦不比男人们易于忘却。是的，过去是有人认为女人的脑子是简单的。红玉娥为了爱罗章的容姿，而不报杀父之仇、亡国之恨（旧剧《秦英征西》）；在农村中也普遍地流行着"女人挨打睡夜就好"的嘲笑妇女的谚语。但是今天我们谁也知道这种观点是不对的，是吃人的旧礼教使妇女那样，并非妇女的本质。但您的作品中却依然存在着这种味道，不知用意何在？

二、拿女人来衬托男子的英雄，将女人作为小说中的牺牲品。水生等隐在荷叶下打伏击的时候，女人们也刚巧来到这里，作品中形容当时的情形："……战士们，正在聚精会神瞄着敌人射击，半眼也没有看她们。"当然，被高尚的爱国主义精神所鼓舞着的作战的人们是不能为自己的爱人而忘掉战斗的，但他们并非不爱自己的妻子。而作品中却说"半眼也没有看她们"，这是否暗示着水生这些英雄看不起这群落后女人呢？否则为啥不说是"没有顾得看她们"呢？

"都是你村的？""不是她们是谁，一群落后分子！"这是结束战斗后区小队的队长和水生谈论女人们的话。这话我们认为也不够恰当，我们想把女人们这次行动的动机，她们这次行动所招致的结果来研究一下。根据作品中的叙述："……几个青年妇女把掉在水里又捞出来的小包裹，丢给了他们……"由此可知女人们此次前来的动机，除了青年夫妇的爱情，还为了自己的丈夫们作战。她们怕自己的丈夫受冷，不避艰难危险前来送衣，但结果却遭到了嘲笑、咒骂。她们前来使整个的战斗受到了损失吗？没有。相反的，"……不是你们，我们的伏击不会这么彻底……"她们说拖尾巴的话了吗？从女人们的谈话中没有半丝的透露。她们给自己的丈夫送来了衣服，使他们直接受到了物资的支援，那么水生他们说这些话是为了什么呢？水生是作者心中所崇爱的人物，对我们读者也是如此。大家所以爱他的原因是因为他能起来保卫祖国，而不是因为他能够给远来送衣的爱人以凶相。那么作者想塑造水生的英雄性格，就应当着重描写水生如何以忘我的精神杀敌才是。但是您却在表现他杀敌的同时加上了些如何对自己的爱人要凶以衬托水生的英姿，这样的写法我们不赞成。

三、不是郑重地反映妇女们的事迹。在文章的最后，作者对女人们好像有些正确的积极的描写："……她们学会了射击……她们配合子弟兵作战……"但我们觉得还不够。因为这不是郑重地反映女人们先进的一面，而是作者为了掩饰自己的轻视妇女的观点，不得不这样。这可以从女人们建立自己武装的动机得到证明："你看他们那个横样子，见了我们爱搭理不搭理的！""刚当上兵就小看我们，过二年，更把我们看得一钱不值……"抗日战争中，以至于今天的人民起来自卫，打击民族和阶级的敌人，是为保卫自己的国土，是为了使自己得到解放，正是以这种伟大的意志做基础，所以能拿出忘我的精神来和敌人做你死我活的斗争。妇女们同样是爱好和平的，她们同样乐意更好地活下去，所以她们在遭到敌人的迫害时也要自卫，来消灭自己的敌人。但作者将这些妇女们武装自己的动机，没有放到这一正义的伟大的基础上，却将它写成是为了个人争口气，为了使自己的丈夫看得起自己。当然，个人的利益能够和民族的利益结合起来，并在这种基础上发挥积极的作用，那是好的。但是作者却将她们建立武装的动机放在渺小的为个人争口气的基础上，这样就势必使人认为女人们虽然积极行动起来了，但她们总不如男人们伟大。

最后，还有一点儿小地方，就是当水生由区上回来和爱人谈话的时候，"水生指着父亲的小房叫她小声一些"，怕惊醒了父亲的困头吗？前面已经和爱人谈了不少的话，从文字当中也看出以前的谈话用的声音小。是怕父亲知道后来阻止自己吗？那么当水生离开时父亲是那样积极慷慨："……我不拦你，你放心走吧。大人孩子我给你照顾……"若说水生对自己的父亲不够了解，也说不过云，当儿子的还能不了解自己的父亲吗？或者是水生对自己的父亲进行了说服，但文字中却始终没有丝毫描写，请您解释一下。

我们的意见不够成熟。我们是青年学生，相信您是能够谅解的。

平原省聊城专区安乐镇师范文艺研究组

关于《荷花淀》被删节复读者信

□ 孙 犁

陈炜同志：

接到你的来信。

这几年，我病了。有些读者来信，不能及时、详细地答复，常常感到一种歉疚。

但我不能不回答你的来信。

这并非单单因为你的父母是我在晋察冀工作时的伙伴，更不是因为你在信的前半部那样客气地称赞了我的作品的优点。我坦率地说，我的作品并没有写到如你们所说的那些好处。这很可能是由于你的偏爱。文学作品应该写得叫读者满意，这是作者分内的职责。即使有些长处，也没有什么可以沾沾自喜的理由。

有一个时期，我曾经接到过一些读者那样的来信：他们的赞美或是指责，好像都是道听途说，并没有仔细地阅读我的书。他们是人云亦云的。他们是听到风声便随着来了雨声的。

但从你的来信里，我知道你是细心地阅读了我的作品，并且有自己的见解。作为现在的一个高中学生，这并不是很容易就能做到的。

我指的是你的来信的后半部。我衷心地说，你提出的这些意见，都是非常切实，非常正确的。自从《风云初记》发表以来，还很少听到这样具体、这样切实可行的意见。你知道，有些读者，都是从"原则"提出问题，他们对一篇作品，不是捧到天上，就是摔到地下。有时简直使作者目瞪口呆而且措手不及，没法据以修改自己的作品。

假如我以后能够修改这部作品，你这些意见，我一定是要郑重参考的。

其中一点，高庆山是高四海之误。这次重印，这一部分我没得亲自校对，以前怎样错下来的，也不能详查了。这是一个很重要的错处。

至于课本上的《荷花淀》和原作有很大不同，我想这是课本的编辑人有意删掉的。他们删去"假如敌人追上了，就跳到水里去死吧！"可能是认为这两句话有些"泄气""不够英勇"。他们删去"那棵菱角就又安安稳稳浮在水面上生长去了"。可能是以为这样的描写"没有意义"，也许认为这样的句子莫名其妙，也许以为有些"小资产"。总之，是有他们的一定的看法的。他们删掉："哗哗，哗哗，哗哗哗！"最后的一个"哗"字，可能是认为：既然前面都是两个"哗"，为什么后面是三个？一定是多余，是衍文，他们就用红笔把它划掉了。有些编辑同志常常是这样的。他们有"整齐"观念。他们从来不衡量文情：最后的一个"哗"字是多么重要，在当时，是多么必不可少的一"哗"呀！至于他们为什么删掉："编成多少席？……"我就怎样想，也想不出他们的理由。这一句有什么妨碍？可能是，他们认为织出多少席，难道还没有统计数字吗？认为不妥，删去了。

有些编辑是这样的。有时他们想得太简单，有时又想得太复杂。有时他们提出的问题不合常情，有时又超出常情之外。

所以，当你问道：哪一个本子可信的时候，我只好说，这课本是不大可信的，还是《村歌》的原文可信。

当然，这也不是什么大问题。课本的编辑，只是删掉了几句话，比起从选集里特别把它抽掉的人，还是喜爱这篇文章的。不是你提起，我并不知道有这些删节。

我的身体，比起前二年是好了一些，但是还不能多写和多想。

专此

敬礼

孙　犁

一九六三年七月二日

（选自《孙犁全集》第5卷，人民文学出版社，2004年第1版。）

关于《大墙下的红玉兰》的通信

□ 孙　犁

维熙同志：

你以前来信，叫我注意你在《收获》上发表的作品，我是记着的。我收到刊物也比较早，翻了一下，你的小说是写监狱生活的，而老干部的遭遇又不幸，我就惘然地又把书本合上了。书放在准备阅读的书中间，告诉家人不要拿走，但一直没顾得看。

昨天上午收到你挂号寄来的刊物，我知道这是对我无声的督促，不能再拖了，从下午开始阅读，晚上读到十一点。我平日是八点半就上床睡觉的，不敢再多看。留下两节，今天早上读完。

我读书很慢，但是逐字逐句认真去读。文字排印上还有些技术问题，不一一指出了。二十页"看透这层窗户纸，葛翎血如潮涌……"葛翎二字应是路威之误。

你的小说能一下子就把我吸引住。它的生活的真实背景，情节的紧凑衔接，人物的矛盾冲突，都证明你近来在小说艺术探索方面的努力和成就，是非同一般，非同小可的。我一直兴奋地高兴地读下去，欲罢不能，中间有些朋友来访，我拿着书本对他们说："从维熙这些年进步很快，小说写得真好！"

你反映的是一个时代的、生活方面的真实面貌。对那两个运动员的描写，使我深深感动，并认为他们的生活遭遇、思想感情，是典型化了的，是美的灵魂，是美的形象。

但是，你的终篇，却是一个悲剧。我看到最后，心情很沉重。我不反对写悲剧结局，其实，这篇作品完全可以跳出这个悲剧结局。也许这个写法，更符合当时的现实和要求。我想，就是当时，也完全可以叫善与美的力量，当场击败那邪恶的力量的。战胜他们，并不减低小说的感染力，而可以使读者掩卷后，情绪更昂扬。

我不是对你进行说教。也不反对任何真实地反映我们时代悲剧的作品。这只是因为老年人容易感伤，在现实生活中见到的，或亲身体验的不幸，已经很不少，不愿再在文学艺术上去重读它。这一点，我想是不能为你所理解的吧？

我当继续读你的新作品。

专此　祝

全家安好

孙　犁

一九七九年四月二十七日下午

（选自《孙犁全集》第5卷，人民文学出版社，2004年第1版。）

关于《铁木前传》的通信

□　孙　犁

阎纲同志：

昨天收到《鸭绿江》评论组转来的你写给我的关于《铁木前传》的

信。说是等我的复信写好了，一同在刊物上发表。

这当然是叫我作文章。但是，我首先问候你的病体，祝你早日康复！

近两三年来，在我写的短小文章里，谈到我自己的地方太多了。我自己已觉得可笑，这样急迫地表现自我，是一种行将就木的征象吧！

其实，作家表现自己，这是不足为奇的，贤者也不免的。真诚的作者，并不讳言这一点。而作品之能具有一些生命力，恐怕还离不开这一点。

你以为小说里就没有作家自己吗？那是古今中外，都无例外，有。

《铁木前传》里，也有我自己，以下详谈。这几年我谈了自己的不少作品，但就是没有谈这本书，在写给一个地方的自传里，我几乎把这本书遗漏了。因为，这本书对我说来，似乎是不祥之物，其详情，请你参看拙著《耕堂书衣文录》此书条下。

初看到你的来信，我还是无意及此。但是我很为你的热心和盛情所感动。今天早晨起来，才有了一些想法。

这本书，从表面看，是我一九五三年下乡的产物。其实不然，它是我有关童年的回忆，也是我当时思想感情的体现。

我下乡的地方，村庄叫作长仕。这个村庄属安国县，距离我的家乡有五十里路。这个村庄有一座有名的庙宇，在旧社会香火很盛。在我童年时，我的母亲，还有其他信佛的妇女，每逢这个庙会，头一天晚上，煮好一包鸡蛋，徒步走到那里，在寺院听一整夜佛号，她们也跟着念。

但我一直没有到过这个村庄。这次我选择了这个村庄，其实不只没有了庙会，寺院也拆除了，尼姑们早已相继还俗；其中最漂亮最年轻的一个，成了村支部书记的媳妇。

在这个村庄，我住了半年之久，写了几篇散文，那你是可以在《白洋淀纪事》中找到的。

其中有两篇，和《铁木前传》有关。但是，我应该声明，小说里所写的，绝不是真人真事，所以无论褒贬，都希望那里的老乡们，不要认真见怪。

创作是作家体验过的生活的综合再现。即使一个短篇，也很难说就是写的一时一地。这里面也不会有个人的恩怨的，它是通过创作，表现了对作为社会现象的人与事的爱憎。

读者可以看到，《铁木前传》所写的，绝不局限在这个村庄。许多人物，许多场景，是在我的家乡那里。在这个村庄，我也没有遇到木匠和铁匠，当我来到这个村庄之前，我还在安国城北的一个村庄住过一个时期，在那里，我住在一位木匠家里。

我的写作习惯，写作之前，常常是只有一个朦胧的念头。这个念头，可能是人物，也可能是故事，有时也可能是思想。写短篇是如此，写长篇也是如此。事先是没有什么计划和安排的。

《铁木前传》的写作也是如此。它的起因，好像是由于一种思想。这种思想，是我进城以后产生的，过去是从来没有的。这就是：进城以后，人和人的关系，因为地位，或因为别的，发生了在艰难环境中意想不到的变化。我很为这种变化所苦恼。

确实是这样，因为这种思想，使我想到了朋友，因为朋友，使我想到了铁匠和木匠，因为二匠使我回忆了童年，这就是《铁木前传》的开始。

阎纲同志，在我这里，确实没有"情节结构的特点，以及这种形式独特奥妙之处"。你把这本小书估价太高。

需要申述的是，所谓朦胧的念头，就是创作的萌芽状态，它必须一步步成长、成熟，也像黎明，它必然逐步走到天亮。

小说进一步明确了主题，它要接触并着重表现的，是当前的合作化运动。

一种思想，特别是经过亲身体验，有内心感受的思想，可以引起创作的冲动。但是必须有丰富的现实生活，作为它的血肉。

如果这种思想只是抽象的概念，没有足够的生活基础，只能放弃这个思想。为了表达这种思想，我选择了我最熟悉的生活，选择了最了解的人物，并赋予全部感情。如此，在故事发展中，它具备了真实的场景和真诚的激情。

我国文学艺术的现实主义传统，是非常丰富，非常值得学习、值得珍贵的。这个传统的特点之一，就是真诚，就是文格与人格的统一和相互提高。

投机取巧，虚伪造作，是现实主义之大敌。不幸的是，这样的作品，常常能以其哗众取宠之卑态，轰动一时。但文学艺术的规律无情，其结果，当然是昙花一现。

我们目前应该特别强调真正的现实主义，至于技法云云，是其次的。批评家们应该着重分析作品的现实意义及其力量，教给初学者为文之法的同时，教给他们为文之道。

所答恐非所问。

祝

好

孙 犁

一九七九年十月一日

（选自《孙犁全集》第5卷，人民文学出版社，2004年第1版。）

致丁玲（1980）

□ 孙 犁

丁玲同志：

刚刚邹明同志带来了您的信，我读了以后，热泪盈眶。这些日子，我和我的同事们，焦急地等待您的信，邹明同志几乎每天到我这里问："你看丁玲同志的信，不会出问题吧？"

我总是满有信心地安慰他："不会的。丁玲同志既然答应了我们，一定会给我们寄来的。不过她已经那么大年纪，约稿的又那么多，过两天一定会给我们寄来的。丁玲同志是重感情的，绝不会使我们失望的。"

信，今天果然收到了。我们小小的编辑部，可以说是举国若狂，奔走相告。您的信又写得这样富有感情，有很好的见解。您的想法，我是完全赞同的，我们这些年龄相仿的人，都会响应您的号召的。

我自信，您是很关心我们这一代作家的，也很了解我们的。不只了解我们的一些优长之处，主要是了解我们的缺短之处。我们这一代人，现在虽然也渐渐老了，但在二十世纪三十年代，我们还是年轻人的时候，都受过您在文学方面的强烈的影响。我那时崇拜您到了狂热的程度，我曾通过报刊，注视您的生活和遭遇，作品的出版，还保存了杂志上登载的您的照片、手迹。在照片中，印象最深的，是登在《现代》上的，您去纱厂工作前，对镜梳妆，打扮成一个青年女工模样的那一张，明眸皓腕，庄严肃穆，至今清晰如在目前。这些材料，可惜都在抗日战争和土地改革时期丢失了。

我有很多缺点，不够勤奋，在文学事业上成就很小。又因为多年患病，使我在写作大部分的方面，遇到不少的困难。我还有容易消沉的毛病，这也是您很了解的，并时常规诫我。但是，这些年来，我的遭际虽然也够得上是残酷的了，可我并没有完全灰心丧志。文学事业不断鼓励我，使我做了力所能及的工作。最近两年，我每年可以写一本散文集，今年将要出版的，名叫《秀露集》，出版后一定寄呈，请您指教。

成绩虽然小，但在说实话、做实事方面，我觉得是可以问心无愧，也不辜负您对我们的教导的。对于创作，我是坚信生活是主宰，作家的品质决定作品的风格的。在我写的一些短小评论中，都贯彻着我这些信念。

丁玲同志，我近来很忙，又时常晕眩，今天收到您的信又非常激动，请容许我先写这么一封信，以后再详细谈吧！

　　祝您

健康长寿！祝

陈明同志身体健康！

孙　犁
1980年11月2日上午12时天津

附：丁玲给孙犁的信

孙犁同志：

前两年吧，我就看到过你谈创作的文章，感到很大的安慰。记得是一九五七年春天，你正住在医院，我介绍过一个专门从事心理学研究的医生去看过你，以后就不再听到你的消息。再后，我常年乡居，与文坛隔绝，更无从打听你的情况，偶尔想到也无非以为……既然你现在又写文章了，可以想象大约还过得去吧。

你是一个不大说话的人，不喜欢在人面前饶舌的人，你很早就给我这样一个印象。在我们仅有的几次见面中，我们没有交谈过很多，我实在想不起来，你谈过什么，和我谈过什么。但你的文章我是喜欢的。含蓄、精练、自然、流畅。人物、生活，如同一幅幅优美的风景画带着淡淡的颜色摆在读者面前。我没有读全你所有的著作，但从你这篇，那篇均文章中，我好像对你很熟。而且总以为你对我也会有同样的看法和关心。去年以来，你来过两封短信吧，我应该复你了，却常为一些杂事羁绊着，我还不能做到完全脱离"尘世"，专事创作。现在写封信复你，不是应酬，也不是投稿，而是向一个老朋友（我总以为你是我们的一个老朋友）谈谈心。想到什么就说什么吧。

知道你现在有一个小小的职业，编一个副刊，很好。花时间不多，可以在一小块园地里勤勤恳恳地耕耘，登几篇好文章，发现几棵好苗苗加以培养。年纪大了，身体也不强，在小范围以内老老实实、扎扎实实做点事还是有意义的。我们都不是神通广大的人，做一件两件事还可以，做就做好，于心（共产党员的起码要求）无愧，于人有益就行了。不学庙堂里的千手佛，手多，手长，什么都要抓，什么也抓不好。客观存在是不以一个人的欲望为转移的。我祝愿你们的小园地是一块丰收的园地。

我们都是搞创作的。我们喜欢读好作品。现今，作品很多，新人辈出。也有一些作品，启发人思索，有些作品切中时弊，得到读者欢迎。我对这些作品也很欣赏，只是我还感到有些不足。我从这些作品想到这一批作者，他们的确像初升的太阳，含苞的鲜花，是我们文艺的希望。我从他们又联想到另外的一批作家，这些同志，现在将要进入老年了。他们大都生长在战争年代，在火热的斗争中成熟，曾经与人民一道滚过几身泥土，吞过几次烈火浓烟，是熟悉人民、热爱人民、忠于人民的人。他们为了斗争、为了工作，他们学过使枪，学过使锄，也学过使笔。他们曾经写过许多感人的篇章，为革命的胜利，做出了贡献。他们饱经近二十年的动荡（特别是那十年动乱）和四年的拨乱反正，现在是不是正在深思熟虑，积蓄力量，磨刀擦枪，再上战场，要为党，为人民，为社会主义磨炼出一部辉煌的史诗来呢？我写过一篇《我读〈东方〉》，就是为了激励这些老兵而响起的锣鼓。但是，有人说："工农兵不吃香了，写打仗不受读者欢迎。"好吧，让历史去证明吧，一百年以后，有人想要了解抗美援朝，他们还得去读《东方》。我并不是希望大家只写过去，我认为写现在，写动乱，写伤痕，写特权，写腐化，写黑暗，可是也要写新生的，写希望，写光明。不管你怎样写，总要从生活出发，写得深，写得热，写得细，写得豪迈。不管怎样令人愤怒、发指，但终究是要给人以力量，给人以爱，给人以前途，令人深思，促人奋起！要让全世界都看到，中国人民，中华民族是不可侮的，是了不起的。我现在就等着读这样一本书，我相信一定会产生的。你，你有这个意思吗？你的熟人，老朋友有这个意思吗？能不能告诉我一点好消息？可能已经有这样的作品在酝酿，或者已经写出来了，或者将要问世了。我告诉你心里话，没有这样的作品读，真是不过瘾。我们没有这样的作品，不管怎样叫喊繁荣，总感到空虚，至少有点空虚。我们实在需要真正反映这个伟大时代，伟大人民的巨著。孙犁同志！我是不喜欢悲观的。我常常注视着你，注视着许多老朋友，注视着曾经崛起过的老一代而又仍在壮年的战士啊！

自然，我们也喜欢读批评文章，现在好像少一些。理论文章长篇大论的倒不少。只是我有那么一点感觉：我以为原来也还有一点知识，就是马克思主义的文艺观、世界观吧，我靠这点知识支配我做人、处世、讲话、写文章，好像还能对付过去，几十年了，惹过祸，也没有什么大错；自然我还要继续学习，但有时一读某些理论宏文时，反倒有点糊涂了。我不理解为什么有些文章总要从"盘古开天地"写起，总要先来个扫盲，什么现实主义，新现实主义，浪漫现实主义，批判的现实主义……使人感到完全是空对空。我希望你们的园地不要赶这样的浪头，凑热闹，而是扎扎实实用马列主义观点分析几篇当代和过去的作品，给作家以启发，给读者以享受就好了。要认真研究作品，把作品放在一定的历史环境来看，把作品、作家拿来与同时代的作品、作家相比较，要确有真知灼见，不要东抄西摘，人云亦云。骂人的时候，大家是一副嘴脸；说好的时候，又同是一个强调。怕这怕那是写不出好文章来的，看风使舵更不是好品质。孙犁同志！批评文章是很重要的。你那小小的园地，装不下大块文章，却能栽种奇花异草，像当年鲁迅先生的那样锋利的美隽的文章，我想仍是应该继承的。自然还可以发展。我们也可以献上一些颂辞，有德可歌，还是可以歌的。

信就写到这里了，希望你回信。

丁　玲

一九八〇年十月三十日

（选自《孙犁全集》第6卷，人民文学出版社，2004年7月第1版。）

致丁玲（1984）

□ 孙　犁

丁玲同志：

晚饭前收到了您九月九日寄给我的信，像往常一样，读过以后，我处在一种非常兴奋和激动的心情之中，不得不吃罢饭就拿起笔来，在灯下给您写回信。

关于办刊物的事，我早已听到，并且见到报道。我非常高兴，要尽一切力量为它服务。十月初，我要寄一篇短文去。（最近我只能写些短文，而近几个月里连短文也很少写了。）

前不久，我已向报社编委会和市委宣传部提出申请，辞去《天津日报》的顾问名义，以及其他事务，要求离休。前此，并已提出辞去天津作协分会的职务。其主要困难，是我感到越来越力不从心，集中剩余的一点精力，写一点东西。老是不前进，这是我一生最大的缺点，您是最了解我的人，所以刊物编委就不要再列我的名字。不然，向报社和市委就都不好说话了。

热烈地期待刊物的创刊，祝安好，并问陈明同志安好。

孙　犁

九月十一日（一九八四年）

（选自《孙犁全集》第8卷，人民文学出版社，2004年第1版。）

致铁凝信（1979，二封）

□　孙　犁

铁凝同志：

昨天下午收到你的稿件，因当时忙于别的事情，今天上午才开始拜读，下午二时全部看完了。

你的文章是写得很好的，我看过以后，非常高兴。

其中，如果比较，自然是《丧事》一篇最见功夫。你对生活是很认真的，在浓重之中，能作淡远之想，这在小说创作上，是非常重要的。不能胶滞于生活。你的思路很好，有方向而能作曲折。

创作的命脉，在于真实。这指的是生活的真实和作者思想意态的真实。这是现实主义的起码之点。

现在和过去，在创作上都有假的现实主义。这，你听来或者有点奇怪。那些作品，自己标榜是现实的，有些评论家，也许之以现实主义。他们以为这种作品，反映了当前时代之急务，以功利主义代替现实主义。这就是我所说的假现实主义。这种作品所反映的现实情况，是经不起推敲的，作者的思想意态，是虚伪的。

作品是反映时代的，但不能投时代之机。凡是投机的作品，都不能存在长久。

《夜路》一篇，只是写出一个女孩子的性格，对于她的生活环境，写得少了一些。

《排戏》一篇，好像是一篇散文，但我很喜爱它的单纯情调。

有些话，上次见面时谈过了。专此

祝好

稿件另寄。

孙 犁

一九七九年十月九日下午四时

铁凝同志：

上午收到你二十一日来信和刊物，吃罢午饭，读完你的童话，休息了一会儿，就起来给你回信。我近来不知犯了什么毛病，别人叫我做的事，我是非赶紧做完，心里是安定不下来的。

上一封信，我也收到了。

我很喜欢你写的童话，这并不一定因为你"刚从儿童脱胎出来"。我认为儿童文学也同其他文学一样，是越有人生经历越能写得好。当然也不一定，有的人头发白了，还是写不好童话。有的人年纪轻轻，却写得很好。像你就是的。

这篇文章，我简直挑不出什么毛病，虽然我读的时候，是想吹毛求疵，指出一些缺点的。它很完整，感情一直激荡，能与读者交融，结尾也很好。

如果一定要说一点缺欠，就是那一句："要不她刚调来一说盖新粮囤，人们是那么积极"。"要不"二字，可以删掉。口语可以如此，但形成文学，这样就不合文法了。

但是，你的整篇语言，都是很好的，无懈可击的。

还回到前面：怎样才能把童话写好？去年夏天，我从《儿童文学》读了安徒生的《丑小鸭》，几天都受它感动，以为这才是艺术。它写的只是一只小鸭，但几乎包括了宇宙间的真理，充满人生的七情六欲，多弦外之音，能旁敲侧击。尽了艺术家的能事，成为不朽的杰作。何以至此呢？不外真诚善意，明识远见，良知良能，天籁之音！

这一切都是一个艺术家应该具备的。童话如此，一切艺术无不如此。这是艺术独一无二的灵魂，也是跻于艺术宫殿的不二法门。

你年纪很小。我每逢想到这些，我的眼睛都要潮湿。我并不愿同你们多谈此中的甘苦。

上次你抄来的信，我放了很久，前些日子寄给了《山东文艺》，他们很高兴，来信并称赞了你，现在附上，请你看完，就不必寄回来了。此信有些地方似触一些人之忌，如果引起什么麻烦，和你无关的。刊物你还要吗？望来信。

　　祝

好

孙　犁
一九七九年十二月二十三日

（选自《孙犁全集》第5卷，人民文学出版社，2004年第1版。）

致铁凝（1980，三封）

□　孙　犁

铁凝同志：

　　你有半年读书时间，是很好的事。

　　关于读书，有些人已经谈得很多了，我实在没有什么新意。仅就最近想到的，提出两点，供你参考：

　　一、这半年集中精力，多读外国小说。中国短篇小说，当然有很好的，但生当现代，不能闭关自守，文学没有国界，天地越广越好。外国小说，我读得也很少，但总觉得古典的胜于现代的。不是说现代的都不如古代，但古典的是经过时间选择淘汰过，留下的当然是精品。我读书，不分中外，总觉得越古——越靠前的越有味道，就像老酒老醋一样。

　　二、所谓读进去，读不进去，是要看你对那个作家有无兴趣，与你的气质是否相投。多大的作家，也不能说都能投合每个人的口味。例如莫泊桑、屠格涅夫，我知道他们的短篇小说好，特别是莫泊桑，他的短篇小说，那真是最规格的。但是，我明知道好，也读了一些，但不如像读普希金、高尔基的短篇，那样合乎自己的气质。我不知道你们那里有什么书，只是举例说明之。今天想到的就是这些。你读着脾气相投的，无妨就多读它一些，无论是长篇或短篇。屠格涅夫的短篇，我不太喜欢，可是，我就爱读他的长篇。他那几部长篇，我劝你一定逐一读过，一定会使你入迷的。另外，读书读到自己特别喜爱的地方，就把它抄录下来。抄一次，比读十次都有效。

你后来抄的信，此地工人们办的《海河潮》发表了，并附了你的来信。我也曾想到，连续发表书信，不太好，当时无稿子，就给了他们。今后还是少这样做才好。

代我问候张朴同志、张庆田同志好。望你注意身体。

祝学安

孙　犁
一九八〇年三月十六日晚

铁凝同志：

收见你二十七日的信。你写的散文《盼》和小说《灶火的故事》我都看过了，原想写篇短文，后以病终止。我们编辑部在发你那篇小说时，配一篇评论介绍，听说要用克明写的一篇。你的小说是这期的头条创作。

《盼》写得很好，你看写试穿新雨衣的那段，多么真切、生动、准确！后面一段稍失自然，然亦无关大体也。

小说开头用的语言，可以看出你的立意也是要创新，但也是有伤自然，读着也绕口了。文字还是以流利自然为主。

写柿子，为什么写那么多？我猜想这是你经过修改，留下的痕迹。农村的政策，时在变化，政策是最不好写的。后面写得好。这种老人我在农村是见过很多的，你写得很真实。

我的病，是严重晕眩，已查过，心脏及血压正常，尚需查脑血流及骨质增生两项，因天气热，我尚未去查。现已不大晕，但时又有不稳定之感，写作已完全停止，下期《散文》，亦将无稿。无可奈何也。专复　敬祝

夏安

孙　犁
一九八〇年八月二十九日

铁凝同志：

来信收到了。现在寄上我买重的一本《孽海花》，这无需谢。这本书

所写不是"艺人"，是赛金花。这是曾孟朴所著，就是我在《文艺报》上说的开真美善书店的那位，是清末的一名举人，很有文才，他在书中影射了很多当时的名人，鲁迅在《中国小说史略》中，曾列有对照表（即真人与书中人），也没有听说有谁家向作者提出抗议，或是起诉。他吸取了一些西洋手法，是很有名的一部小说。你从书中，可以知道一些清朝末年的典章、制度、人物。

我和这部书很有缘分，第一次是在河间集市上，从推车卖烂纸的人手中，买了一部，是原版本，《小说林》出版的，封面是一片海洋，中间有一枝红花。书前还有赛金花的时装小照。战争年代丢失了。进城以后又买了一部，版本同上。送给了一位要出国当参赞的同事张君。提起这位张君，我们之间还发生过一次不愉快。原因是张君那时正在与一位女同志恋爱，这位女同志，绰号"香云纱"，即是她那时穿着一件黑色的香云纱旗袍。她原有爱人，八路军一进城，她迅速地转向了革命。有一天，我到张君房中，他俩正在阅读《安娜·卡列尼娜》这本书。这本书，我只读过周扬同志译的上卷，下卷没读过，冲口问道："这本书的下册如何？"这样一句话竟引起了张君的极大不快，他愤然地说："中国译本分上下，原文就是、就是一部书！"弄得我莫名其妙。后来我左思右想，他发怒之因，几经日月，我才明白：张君当时以沃伦斯基自居，而其恋人，在下部却遭遇不幸。我自悔失言，这叫作言者无心，听者有意。因此，当他出国放洋之日，送他一部《孽海花》。因为他已经与那位女性结婚，借以助其比翼而飞的幸福。这次，张君没有发怒。但出国后不久，那位女士又与一官职更高者交接上，以致离婚。我深深后悔险些又因与书的内容吻合，而惹张君烦恼。可能他并没有看这本书。

"文革"前，国家再版了这本书，我又买了一部，运动中丢了。去年托人又买，竟先后买了两部。以上所写对你来说，都是废话。以后有人向你要我的信，你就可以把这一封交他发表，算是一篇《耕堂读书记》吧！

庆田所谈，也有些道理，不要怪他。我觉得你写的灶火那个人物很真实。我很喜爱你的这个人物，但结尾的光明，似乎缺乏真实感。

明年春暖，我很想到保定、石家庄看望一些朋友。

祝好

孙　犁

一九八〇年十一月三十日晚

（选自《孙犁全集》第6卷，人民文学出版社，2004年第1版。）

致铁凝（1992）

□ 孙　犁

铁凝同志：

收到你十一月十七日来信，很是高兴！

我有很多年，不看小说了。但遇到熟人的作品，我也总是看看。前几个月，看了你一篇写一个妇女牵牛赶集，回来的路上，坐在石碑上描字的小说，觉得很好，印象很深。

《他嫂》一篇，我是逐字逐句看完的，大概看了三四天，我看书很慢。看时，我只注意故事和语言。农村场景描写入微，惟妙惟肖；行文如流水飞云，无滞无碍。这都是你的超长之处，应该发扬。至于后半部，有个别场面的描写，以及词句的使用，当然还可以讨论。我以为这也许是你的一时的兴趣，或艺术上的尝试，原无不可，也无可厚非的。

但文学语言，还是需要纯洁的。小说后半部的用语，似乎滥了些，这样，就对艺术无补，反而成为多余的了。

在当代作家中，您的语言，还是很有修养的，素质很好。有些名家，并不注意语言之美，有的名家还公开声言：写几个错字，文法不通，没什么了不起，这是骇人听闻的。古今中外的作家，都像爱护眼睛一样，爱护自己的语言，从来没有人说过这样的话。今天却能在中国文坛上听到。

承问，直言如上，不知当否？即祝

近安！

孙　犁

十一月二十二日（一九九二年）

（选自《孙犁全集》第9卷，人民文学出版社，2004年第1版。）

关于我的琐谈

——给铁凝的信

□ 孙 犁

铁凝同志：

二月十九日信，今天下午收到。说实话，我在年轻时，是很热情的。一九三九年，我在晋察冀通讯社工作，每天给通讯员写信，可达数十封。加里宁说，热情随着年龄，却是逐年衰退的。现在老了，很不愿写信。我的孩子们来信，我很少回信，她们当然可以原谅我。但有些朋友，就不然了。来了两封信，并无要紧事，我没有及时答复，就多心起来，认为是"从来没有的"事。他不想一想，一个七十岁多病的人，每天要生火，要煮饭，要接待宾朋，要看书写东西，哪能每封信都及时回复！人老了，确实没有那么多的精力了。

我对友人，都一视同仁，从不厚此薄彼，更不会因为这一个去得罪那一个。

你看过《西游记》，一路之上，两位高徒互讲谗言，唐僧俯耳听之，还时常判断错误。我是凡人，办法是一概不听，而且非常不愿意听这些谈论别人是非的话。我愿意听些愉快的事，愉快的话。或论文章，或谈学术，都是能使人心胸开阔，精神愉快的。

有些关于我的文章，起了副作用。道听途说，东摘西凑，都说成是我的现实，我的原话。其实有些事，是我几十年前才能做的。这样就引来很多信件、稿件、书籍，叫我看。我又看不了多少，就得罪人。对写那些访问记的人，也没有办法。想写个声明，又觉得没有必要。

例如有些访问记，都说我的住处，高墙大院，西式平房，屋里墙上是名人字画，书橱里琳琅满目，好像我的居室是奇花异草，百鸟声喧的仙境。其实大院之内，经过动乱和地震，已经是断壁颓垣，满地垃圾，一片污秽。屋里门窗破败，到处通风，冬季室温只能高到九度，而低时只有两度。墙壁黝暗，顶有蛛网。也堆煤球，也放白菜。也有蚊蝇，也有老鼠。

来访的人，能看不到？但他们都不写这些，却尽量美化我的环境。最近因为有人透出我的地址，有一个青年就来信说，可能到我家来做"食客"。你想，我自己都想出家化缘，他要真的来了，将如何办理？

另有一个青年，来采访我的业余生活。观察半日，实在找不到有趣的东西，他回去写了一篇印象记，寄给我看，其中警句为：

"我从这位老人那里，看到的只是孤独苦寂，使我感到，人到老年，实在没有什么乐趣。因此我想，活到六十岁，最好是死去！"

并叫我提意见，我把最后两句，给它删掉了。

我还要活下去呀！因为我想：我从事此业，已五十年。中间经过战争、动乱、疾病，能够安静下来，写点东西，还是国家拨乱反正以后，最近几年的事。现在我不愁衣食，儿女成人，家无烦扰，领导照顾，使安心写点文章，这种机会，是很难得的，我应该珍视它。虽然时间是很有限了。我宁愿闭门谢客，面壁南窗，展吐余丝，织补过往。毁誉荣枯，是不在意中的了。

最近《文汇报》发了我的一封信，不知见到否？

我身体不好，心情有时也很坏。最近写了几篇小说，你如能见到，望批评之。

你写的那篇散文《我有过一只小蟹》，谢大光已经给我介绍过，登出来，我一定看。就说你近年的作品吧，我本想找个心境安静的时候，统统看一遍，而一直拖着，我想你就不会怪罪我，我却时常感到不安。此外，别人的作品，压在我这里的还有很多，我都为之不安，但客观情况又如此，我希望能得到谅解。而有些人，平日称师道友，表示关怀，稍有不周，便下责言，我所以时有心灰意冷之念也。当然这是不应该的。

总之，我近来常感到名不副实的苦楚，以及由之招来的灾难。

春天，你如能来津，我很欢迎！我很愿意见到你！

祝

好！

孙　犁

二月二十一日晚灯下

（选自《孙犁全集》第6卷，人民文学出版社，2004年第1版。）

致贾平凹（1981）

□ 孙 犁

平凹同志：

今天上午收到你十二日热情来信，甚为感谢。

我很早就注意到你的勤奋的，有成效的劳作，但我因为身体不行，读你的作品很少，一直在心中愧疚。"五一"节在《文艺周刊》，看到你短小的散文，马上读了，当天写了一篇随感：《读〈一棵小桃树〉》，寄给了《人民日报》副刊版，直到今天还没有信息，我已经托人去问了。如果他们不用，我再投寄他处，你总是可以看到的。

文章很短，主要是向你表示了我个人衷心的敬慕之意。也谈到了当前散文作品的流弊，大致和你谈的相似，这样写，有时就犯忌讳，所以我估量他们也可能不给登。近年来我的稿子，常常遇到这种情况，不足怪也。

你的散文的写法，读书的路子，我以为都很好，要写中国式的散文，要读国外的名家之作。泰戈尔的散文，我喜爱极了。

中国当代有些名家的散文，我觉得有一个大缺点，就是架子大，文学作品一拿架子，就先失败了一半，这是我的看法。我称你的散文是不拿架子的散文。

读书杂一些，是好办法。中国哲学书（包括先秦诸子）对文学写作有很大好处，言近而旨远，就使作品的风格提高。所谓哲理，其实都是古人说过的，不过还可以和现实生活结合起来，加以运用发挥。《红楼梦》即是如此成功的。

在创作方面，要稳扎稳打，脚步放稳。这样前进的人，是一定成功的。

等我再读一些你的作品，再谈吧。

祝你

安好

孙 犁

一九八一年五月十五日下午三时

（选自《孙犁全集》第6卷，人民文学出版社，2004年第1版。）

致贾平凹（1982）

□ 孙 犁

平凹同志：

昨天晚上收到你的信，因为赶写一篇文章，未得及时奉复。今天早些起床，先把炉子点着，然后给你写信。

我们虽然没有见过面，可以说神交已久，早就想和你谈谈心了。前几个月，我也忽然梦到你，就像我看到的登在《小说月报》上你的那张照片。

我很孤独寂寞，对于朋友，也时常思念，但我怕朋友们真的来了，会说我待人冷淡。有些老朋友，他们的印象里，还是青年时代的我，一旦相见，我怕使他们失望。对于新交，他们是从我过去的作品认识我的，见面以后，我也担心他们会说是判若两人。

但是，你这次没到天津来，我还是感到遗憾的。我想，总会有机会见面的。

入冬以来，我接连闹病，抵抗力太弱了，又别无所事，只好写点东西，特别好写诗。前些日子，在《羊城晚报》发表了一首诗，题名《印象》，收到一位读者来信说："为了捞取稿费，随心所欲地粗制滥造。不只浪费编辑、校对的精神，更不应该的是浪费千千万万读者的时间。"捧读之下，心情沉重，无地自容。他希望我回信和他交换意见，因为怕再浪费他的时间，没有答复。

我的诗的毛病，曼晴同志为我的诗集写的序言，说得最确切明白不过了。但因为一开头就如此，所以很难改正过来。其实不再写诗，改写散文也行，又于心不甘，硬往诗坛上挤。我的目标是：虽然当不成诗人，弄到一个"诗人里行走"的头衔，也就心满意足了。

过去，作品发表以后，常常遇到一些棒喝的批判。近几年，因为有一些勇士，在那里扫荡，这种文章少见了。好写这种文章的人就改变方式，用挂号信，直接送货上门，随你爱听不听。言者无罪，闻者足戒，最好置之不理。

　　有些人是由于苦闷和无聊，和你开开玩笑，比如，我在一篇文章的末尾注明：降温，披棉袄作。他就来信问："你一张照片上，不是穿着大衣吗？"又如，我同记者谈话时说，"文化大革命"时，有人造谣说我吃的饭是透明的。他就又问："那就是藕粉，'荷花淀'出产的很多，你还买不起吗？"

　　说实在的，我收到的信，远远不如你们青年作家收到的多。其中，多数都是好心好意，我常常为他们那种幼稚天真的心灵所感动，有时甚至难过：天下的事，哪里像他们所想象的那么容易！我回复的也很少，我确实有很多别的事要做，没有那么多精力了。

　　有的人也许会这样想：他们的稿子所以不得发表，是因为有老年人在那里挡着。我认为在官阶职位上，这种现象确实存在，在文学艺术上，就不能这样理解。各家刊物、出版社，虽有时对老年人不得不有所照顾，但就其总的趋势来说，其欢迎年轻人的劲头，比起欢迎老年人来，就大多了。历来如此，人之常情，谁也喜欢年轻的。其实也不必着急，不上十年，这些老家伙就会逐个消失，这是历史潮流所向，任何人不能阻挡的。

　　我的经验是：既然登上这个文坛，就要能听得各式各样的语言，看得各式各样的人物，准备遇到各式各样的事变。但不能放弃写作，放弃读书，放弃生活。如果是那样，你就不打自倒，不能怨天尤人了。

　　祝
全家安好！

孙　犁

一九八二年十二月四日清晨

（选自《孙犁全集》第7卷，人民文学出版社，2004年第1版。）

致贾平凹（1983）

□ 孙　犁

平凹同志：

　　今天晚饭前，收到你的信，我心里有些不平静，吃过饭，就给你写信。

今年天津奇热，我有一个多月，没有拿过笔了。老年人，既怕冷，又怕热。

我觉得，从事创作，有人批评，这是正常的事。应该视若平常，不要有所负担，有所苦恼。应该冷静地听，正确地吸取，不合实际的，放过去就是。不要耽误自己写作，尤其不可影响家人，因为他们对文艺及其批评，不明底细，你应该多给他们解释。

前几天北京来人，和我谈起了你。我说，青年人一时喜欢研究点什么，甚至有点什么思想，不要大惊小怪。过一段时间，他会有所领悟，有所改变的。那位同志也是这样看。

我也买过一些佛经，有的是为了习字（石刻或影印唐人写经），大部头的，我都读不下去，只读过一篇很短小的"心经"，觉得是其中精华。作为文化遗产，佛教经典，是可以研究的。但我绝不会相信，现在会有人真正信奉它。中国从南北朝，唐朝达到顶点，对佛教的崇奉，只是政治作用。人出家，却大多为了衣食，而一入佛门，苦恼甚于尘世，这是我们从小说中，也可以看出的。

所以说，传说中你有这种思想，我是从不相信的。但人生并非极乐世界，苦恼极多，这也是事实。青年人不要有任何消极的想法，如有，则应该努力克服它。

你的小说，我只看过很少的几篇，谈不上什么"出世"或"顿悟"之类。但我觉得，你的散文写得很自然，而小说则多着意构思，故事有些离奇，即编织的痕迹。是否今后多从生活实际出发，多写些日常生活中的人和事，如此，作家主观意念的流露则会少些。

我的话，不知引起你的愉快或是不愉快，请你原谅我的信笔直书。

祝

好！

孙　犁

一九八三年七月三十一日晚七时

（选自《孙犁全集》第7卷，人民文学出版社，2004年第1版。）

致贾平凹（1992）

□ 孙 犁

平凹同志：

很久没有联系，忽然奉到您的信，我的高兴，可想而知。

联系少，也是因为我近年身体大不如前，再加上各种因素，心情时常不佳，很少高兴的时候。给朋友们写信很少。

知道您要办一个散文刊物，名叫《美文》，我很赞成。美术、美声、美文都是很好的名称。当然要看实际。现在，散文的行情，好像不错，各地报刊争办随笔一类副刊，也标榜美文，但细读之，名副其实者少。

我仍以为，所谓美，在于朴素自然。以文章而论，则当重视真情实感，修辞语法。有些"美文"实际是刻意修饰造作，成为时装模特。另有名家，不注意行文规范，以新潮自居，文字已大不通，遑谈美文！例如这样的句子："未必不会不长得青枝绿叶"，他本意是肯定，但连用三个否定词，就把人绕糊涂了。这也是名家之笔，一篇千字文，有几处如此不讲求的修辞，还能谈到美文？

另有名家，本来一句话，一个词就可说清的意思，他一定连用许多同类的词，像串糖葫芦一样，以证明词汇丰富，不同凡人，这样的美文，也是不足称的。近年"五四"散文，大受欢迎，盖读者已发现新潮散文，既无内容，文字又不通，上当之余，一种自然取向耳。

来信所谈，作家、作品与政治的关系，是实情。现虽不再谈为政治服务，然断然把文学与政治分离，恐怕亦不可能。服务与否，原可不论。官总得有人做，谁做也一样。只是有些作家，只能得意，不能失意，只能上，不能下，则有愧于古人。韩柳欧苏，并非如此。

毋庸讳言，当代一些所谓新潮作家，他的处女成名作，也是适应了当时的政治需要，而得以走红。这本来无可厚非，继续努力，自然可以成名家。然每当跻身官场（文艺团体也是官场），便得意忘形，无知妄作。政治多变，稍遇挫折，便怨天尤人，甚至撒泼耍赖。这不只有失政治风度，也有损作家风采。

文坛现状，使我气短，也很想离得远些了。写东西已很少，也写不好了。但如有像样的东西，我一定寄您请教。

我现在主要是心脏不好。祝您

身体健康！

孙　犁

四月二十五日（一九九二年）

（选自《孙犁全集》第9卷，人民文学出版社，2004年第1版。）

致　王　蒙

□　孙　犁

王蒙同志：

柳溪同志携来惠赠小说集，甚为感谢。名篇似锦，庋架增辉，当从容拜读，以为艺术之享。

弟年老多病，精力衰减，今年写作甚少，俟有成篇，当寄呈请教。

祝

撰安

孙　犁

十一月二十八日（一九八四年）

（选自《孙犁全集》第8卷，人民文学出版社，2004年第1版。）

烬余书札

——致冉淮舟

□　孙　犁

关于《津门小集》

淮舟同志：

收到你写来的信和抄来的稿，面对着你那抄写得规规矩矩、整整齐齐的字体，我感激得无话可说。这些短稿，本来弃之无甚可惜，我竟同意累你去抄写它，只是因为一个人病了之后，常常有无能为力之感，也就顾不得你的烦劳了。

你们正在年轻有为，但常常要付出精力去做这些意义不大的工作，有时还要说是"一种学习"，这就是我在感激之余，无话可说的原因。

我说的"无能为力"，指的是：这些文章本来无足轻重，在我年轻气盛的时候，把它们抛弃不管，它们明显是我那时的小小的"雄心"的牺牲品。现在病了几年，只字未写，想起它们来了，珍惜起它们来了，很有些像一个破落户对待残留的财产，也很有些像浪荡子情场失意之后对待家里的"糟糠"的心情一般。

既然是珍惜，也就偏重看见了它们身上带着的优点。写作它们的时候，是富于激情的，对待生活里的新的、美的之点，是精心雕刻，全力歌唱的。这些优点，是我今天想到的。在当时发表的时候，反应并不完全如此。我在农村采访的时候，有一位从事材料整理的同志，就当面指出它们的浮光掠影，批评过我的工作不深入，劝告我到北屋去开会，那时北屋里的会议是昼夜不息的。当然，我并没有完全执行他的建议，没有整天去做会议记录，因为我知道如果要求一个作者整天在会议上，他是连光影也收获不到的。

《津沽路上有感》一篇，尤其如此，发表以后，有一位青年有为的领导文艺工作的同志，对我说，很使他失望。当时我在惭愧万分之余，只好热诚地希望他的已经宣称要动手的踏踏实实的作品问世，但是这几年我病了，很多伟大的作品，都没有机会拜读——例如那劝我去听开会的同志，很早就在计划着创作，不知已经完成没有？——真是没有办法的事。

以上所谈，只是想说明，即使是一纸短文，在批评指责的时候，也应该采取一个比较全面的态度，指路给人，也要事先问明他要到哪里去。

这些短文，它的写作目的只是在于：在新的生活激剧变革之时，以作者全部的热情精力，作及时的一唱！任务当然完成得有大有小，有好有坏，这是才力和识力的问题。蝴蝶和蜜蜂，同时翩舞，但蜜蜂的工作，不只表现在钻入花心，进行吸琼的短暂之时，也表现在蜂房里繁重的长期的但外人看不见的劳动之中。

事到如今，我也只能面对这些短小的简直是微不足道的文章，发些近于呻吟的感慨了，当然这是有病的呻吟。

而你竟还那样郑重，甚至一个字的改正，还要提出商榷，这完全是不必要的。在今后处理我那些稿子的时候，请即随手改正，即便改得不当，我不是还可以划回来吗。

《访苏纪要》，先不忙于整理，因为我对那里的知识很有限，写得很浅薄。《在苏联文学艺术的园林里》一篇，以后可以作为创作集的附录。你看其中有关文学的，如有比较完整，内容没有错误的，记出来，以后编入《文学短论》之中。

至于那些短论，务请你严格地选一下，空洞的、无甚新意的、好为人师的，都不要，有些好的记下来，以后编入《文学短论》。

你要的书，等我找一找，《风云初记》合订本，恐怕没有，一本也没有了。《文学短论》可能有，找出即寄上。

深深地感谢你的热情的帮助。信的前半有些像作文章，这是我想在《小集》出版时，摘录一部分，作为后记，有一举两得之意。

春节，我哪里也没去，因为谈话多，初三支持不了，睡了一下午。身体不好，所以事先我也没请你们来我这里过节。

敬礼

孙　犁

一九六二年年二月八日下午

淮舟同志：

小集，我改了一个名字为《津门小集》，但仍觉不妥。如果为《天津小集》则似更俗，请你给想一想，好吗？

后记原拟写得很长，今附去所开头，即可想象其规模，我忽然觉得废话太多，非病中之急务，乃中止。并移录其中平妥部分于稿本之后，已定稿矣。望你看看。稿本，我略看一遍，昨日百花出版社来人，表示愿看一看。现在，我先送给你，请你再做些发稿前的技术工作，然后即由你交给该社编辑部，俟清样出，我再仔细一看，你看好吗？

你来信附上，备你校字，后可连同后记废稿一并交还我保存。

敬礼

孙　犁

一九六二年二月九日

小集就叫《津门小集》吧。一切事务你费心去弄吧，和出版社采取商量的态度，不必提得条件太高，也得看到目前条件困难，另外这么一本小书，也不要过于张扬。

小集后记，我以为不要在《新港》上登，因为没有内容。

二月十三日又及

关于契诃夫

淮舟同志：

前去一信，想已收到。我来这里后，精神较好，饭量大增。李季同志回去了，这里文联运动开始。

这期《文艺报》登了那篇评《风云初记》的文章。已告知《文艺报》直接寄此。

我这几天看《给契诃夫的信》一书，这真是一本最好的作家的传记，从其中我了解契诃夫的为人，有如下几个方面：

一、他写文章，那些幽默，是用出人不意的方法写出的。在前面，他正正经经地谈着，甚至是严肃沉痛地谈着，忽然出来一句，使人不禁发笑。他的幽默不像我们那些幽默，我们的幽默是，故作声态，读者没笑，作者先笑，读者是否笑，还在未可知之数。

二、他对出版社、剧院，出版或上演他的作品，是很厚道的，不斤斤计较金钱，只要把书印好，把剧演好就好，甚至只要好，金钱上吃大亏，他也高兴。

三、书里有一张他和托尔斯泰的合影，照得真好，两个作家的性格活现纸上。

四、他身体不好，颇为达观，在写给妹妹的信中，有一段，甚像中国的《庄子》。

五、——写至此，金镜同志雨中来访，打断了。

《红楼梦》文章，《人民文学》今天电话：他们不用，已"支援"《文艺报》。我说，文章写得不好，不用就退还，不必转让。两次投稿《人民文学》都被否定，看来，我实在是写不好了。

但吃饭还是很多，今晚吃炒面，四两迅速而下。

祝

好

孙　犁

一九六三年五月二十日晚

淮舟同志：

二十二日信及转件收到。文稿尚未收到，估计明天可到，因印刷总要慢一些。

此处今日又降雨，天气骤凉，好在我带了厚衣。近日天气变化多，希注意身体。

今日读完《给契诃夫的信》。作家晚年，多病，因与剧院发生联系，此一时期创作多为剧作。

其与克尼碧尔突然结婚，对其身体似不为利。其结婚决定，显然是在一种兴奋状态下，故引起其家属不安。然此系表面现象，当时俄国处于革命前夜，契诃夫思想是极为复杂激动的。

此书看完，我正看王夫之《楚辞通释》。

文稿来了，就校文稿。

我身体很好，食量一直很好，就是寂寞一些，这是无关紧要的。

专此

敬礼　并致候

编辑部诸同志

孙　犁

一九六三年五月二十三日晚

关 于 习 字

淮舟同志：

当即找出字帖三种：

一、皇甫碑——欧阳询书，楷书墨拓本，碑在西安。原系王林同志送我，今转赠你习楷书。我另有一本。

我很喜欢欧字，方正削利，很有风骨。此碑与九成宫为欧帖之姊妹篇。

二、曹全碑——汉隶，可以欣赏，暂不必临。此碑所据原碑甚好，而编辑部之出版说明殊可笑。加以这样的说明是什么意思，以为读者都是白痴吗？都是废话。

中国书法，由隶而楷，楷书以不失隶法者为上，欧字是也。

三、文徵明小楷《离骚经》——供你习小楷之用。此系大家名作，规模宏深，后面补写，相差万里。

我平日买书，多系平常贱值之本，借以浏览，长些常识，非如一些名人之搜采古物，冒充书法家也。承你问索，而无佳本奉送，甚抱歉也。

专此

敬礼

孙　犁

一九六四年一月十一日下午

淮舟同志：

接到你的来信。

我的小说没有续写，原因是我有时还是不好，再一放，恐怕就完了。

听牧歌同志说你们在一块学习，熟人很多，我想是很好的。

皇甫碑推为欧书首作，一些书法家并谓初学者应首临之帖，因此送你一临。折叠起来临，也很方便。此碑年久，此本虽系原碑，恐已经重开过，但规模风韵仍存。

欧字实好，不比较则不知，如与唐碑其他作家相比，我最喜爱他的字。他的碑除此以外，尚有九成宫、虞恭公、化度寺之类。据称，欧字上溯兰亭，雄视有唐一代，并为此后楷书典基——这都是我现趸现卖的话。

托天津书店买的书，可以告诉不要找了。

附上书目二纸，请写信给上海文艺出版社那位同志，请他便时到书店给我们找找，你看可以吗？

祝

好

孙 犁

一九六四年一月二十二日

淮舟同志：

二十七日晚信收悉。

你对写字发生兴趣，实在和我是同好，我近些日，到处购买字帖，但是没有动笔练，只是读而已。

故宫影印九成宫，据说很好，我只有八角的，有一种线装的十元，听说成色更好。

买字帖，我以为影印者最好，价钱便宜，又得见古碑真面目。墨拓者，新拓近日无货源，而旧拓被视为古董，我们又不懂此行，反易受骗。

听说映山已经进院，不知他近来好些否，你可以代他买一本故宫影印的九成宫，他上次没有买到。

敬礼

孙 犁

一九六四年年一月二十九日

关于修改文稿[①]

淮舟同志：

我把具体意见记在下面：

---

① 指冉淮舟的《论孙犁的文学道路》。

一、我把小引大加删削，因空泛，距离作品分析太远。

二、按年代对作品进行介绍和分析——成为这部论文的基本间架。

三、把论风格的一节移到最后。并把其他章节中与此节重复之字句删除。

四、各节中空泛政治说明，可更简要。

五、引用我的《文学短论》或《文艺学习》之处，可酌量删除。

六、引用作品原文，或情节叙述，越少越好。

七、你对当时环境的咏叹歌颂，也可以删一些。

八、别人论文的意见可少引用，对不同意见的批评，则有助于论文的泼辣。

九、最后与其他作家相比较之处，我以为作品创造的形象，不能比较哪个高大哪个渺小，因为如都高大了，名著岂不汗牛充栋，还有何独特之处？可以不这样比，只论述我的缺点就可以了。

以上意见，为的是使论文单纯明确，使读者读起来更有实际感受。改一下，可请别的同志看看，并可放放，重新考虑搞些别的事情，如选择一些小题目作些短文章。人，不能老叫一件事情拖着。

孙　犁

一九六一年十一月十四日上午

（选自《孙犁全集》第6卷，人民文学出版社，2004年第1版。）

至万力、冉淮舟

□　孙　犁

万力、淮舟同志：

同时收到你们的来信，甚感。

忆邵子南一文，写成后即为报社拿去发表，也没有五千字，系我计算错误，但亦先后弄了三天，后来又补写一段，因已打版未及印出。最近我不拟再写文章，因身体很不好。忆沙可夫一文，望便中将你们准备付排的稿子寄我，我想修改。《风云初记》题字，再写几个送上。

专此

敬礼

孙 犁

四月五日（一九六二年）

（选自《孙犁全集》第11卷，人民文学出版社，2004年第1版。）

致房树民（1983）

□ 孙 犁

树民同志：

寄来报纸，收到，甚为感谢。

千字散文，看了两篇。《南瓜小忆》一篇，写得很好，我喜欢这样的散文。它写的是作者的真实的经历和真实的感情。事情虽不大，但内容绝不限于南瓜，是对乡土、亲人，过去与现在的怀念和写照，具有一篇短篇小说的内涵。文字也很朴实。

《广福寺里的佛》一篇，则是写的一种社会现象，当今的一种民俗现象。虽然是一个小小角落的现象，也真实地表现了时代的特点，作者运用讽刺的手法也不错。

可见，个人感受，社会现象，都可以用简短的散文表现，而且可以表现得很充实，很有内容。

长文，短文，浮泛的写法和朴实的写法，一个报刊，提倡什么，都会对作者们发生影响。你们这样提倡朴素短小的散文的做法，我认为对改变散文的浮泛之风，会有好处。专刊标为"千字"，当然不一定都限在千字之内，只是提倡与内容相称的短小而已。过去课堂作文，限两小时，虽然死板一些，但训练学生构思集中，写短文，是有好处的。因为看了这两篇，感到高兴，就写了一些啰唆的话，就正于你们。

黄秋耘同志已收到书，谢谢你。

祝

编安

孙　犁

十二月二十三日（一九八三年）

（选自《孙犁全集》第7卷，人民文学出版社，2004年第1版。）

致房树民（1985）

□　孙　犁

树民同志：

收到来信并寄来的报纸，甚为感谢。你调动工作的事，我前几天就听到了。换个地方也好，新环境总会使人振奋一下。像我几十年蛰居在一个地方，实在不是办法。出版社现在的困难也很多，但慢慢会好起来，你和维熙同事，再好不过了。请代我问候他。

你好久没有写东西，现在是否还把笔拿起来，写小说一时如有困难，可写些散文、读书评论之类的文章，这和你看稿也有联系。总之，我希望不断看到你的文字。你的文字朴实而简洁，文法修辞，也有素养，我一向很喜欢的。

祝

好

犁

十月二日晨起（一九八五年）

（选自《孙犁全集》第8卷，人民文学出版社，2004年第1版。）

致韩映山（1972～1978，六封）

□　孙　犁

映山同志：

接到来信，看样子你在新环境，心情很好，颇以为慰。

我近来一切如常，参加学习。剧本，白洋淀所拟提纲，已否定。现林、赵再拟，尚未见稿。最近我仍在京剧团参加此事，恐需至年终。

莲池地方很好，中学时，常到那里，很想在那里谋一图书馆员的职位，不得。自清咸、同以后，保定为重镇，总督所在。亦附文人。吴汝纶曾主莲池书院，并印了一些书籍。

你在那里安心写些东西为好。天津已凉爽，何时来津，仍希到舍下一叙为盼。你家中有什么事，可来信。

敬礼

孙　犁

一九七二年八月六日

映山同志：

收到你的来信，致达生信当即转交。

知你在那里安下家来，甚以为慰。保定这地方还是很好的，住在莲池，应该认为是佳遇佳境。徐光耀同志和你在一起吗？望代我问候他。

我一切如常，每天到报社上班看稿，稿子很多，弄得很累，但好的稿件实在少有。我看河北乡下来稿，很有生气，但有的作者，发表一两篇文章后，即忙于交际，亦甚可虑，然此亦常规，过去也是这样。

应该打破一切消极障碍，勇敢地深入生活，以你的素养，我想不久就会文思泉涌。

剧本事又弄了一个提纲，但并不好，近亦无事。

明年春季，我们或可能去看你们。

祝

全家安好！

孙　犁

一九七二年国庆节

映山同志：

寄来信、照片、稿件均收到了。

小说，我看了，觉得写得不错。生活方面，还要深入发掘，语言也要再求有力，结构也要力求严谨。我的作品失败在以上不足，希你借鉴改正。

我们一切如常，报社稿件还是很多，剧团近来无事。

河北组织的五公写作，你参加吗？

敬礼

孙　犁

一九七二年十一月二十七日

映山同志：

读过了你的发言稿，我以为是很好的。我在写给"人文"的文章里，大概也是表达这个意思。我以为这十多年，中国是没有什么文艺产生过。帮派文艺，活像二十世纪三十年代的民族主义文学，只会装腔作势，是没有艺术良心的。

我的房昨天下午，顶棚塌下一块，夜间大雨，我通宵未眠，总结这两年修房经验为：

不漏不修，不修不漏，越漏越修，越修越漏。

每日来四五人修房，招待烟茶、糖果、西瓜，上房一小时，陪坐两小时，上下午都如此，实是苦事。所以，房顶漏雨如瀑布一般，我也觉得没有什么。今天院中积水大腿深，像乡下发了大水，所有临建都泡了。匆匆祝好！

孙　犁

一九七七年八月三日

你代我问候光耀、张朴以及他的爱人，我好久没给他们写信，也因为"乏善可述"。

映山同志：

发在《人民文学》上的，你写的小说看过了。我以为写得很好。今后，应该向更深处开阔一些。这些人物，我也是有兴趣的。如果写的是王家寨那位"瞎架"，我也认识，那年我在他村，他照顾我很好，找了一家会做饭的，给我在拉痢时吃。不知是不是他？

开春我倒想出去转转，也太闷了。但不一定到白洋淀去。熟地方，没有什么老的熟人，例如我的故乡，我也不愿多回去了。还不如到个新地方，感受多一些。

最近的《上海文艺》及将出的《儿童文学》各有我写的散文，不知你能见到否？

祝

全家安好！

孙 犁

一九七八年三月二十二日

映山同志：

收到刊物和来信，前信也收到的。我看了你写的《灯光》，以为很好。

我近来忙了一些，房子已收拾完，连续写了关于速写、关于中篇、关于长篇和《白洋淀纪事》后记。写这样短小文章，我都感到很吃力。这些文章，大都找到了发表地方，刊出后，有些问题，你或有兴趣。

至于艺术生命问题，则不好谈，不想写成文章。我以为这是个复杂问题。在中国，这样的作家（即文章能传世）每一个朝代，也不过几个人，而自元朝以后，虽也有传世之作，但颇为寥寥，这问题就很难说。我以为能传世是很困难的，但如果认真做去，即追求真、美、善，包括感情之真，记事之确，文字的加工，思想的合于实际，并代表进步思潮，虽不能传世，也可以为后人参考。能做到这样，已十分不容易。"五四"以后，鲁迅可以说是永久的。

祝好！

孙 犁

一九七八年十月二十一日

（以上六封信选自《孙犁全集》第6卷，人民文学出版社，2004年第1版。）

致韩映山（1978～1994，十八封）

□　孙　犁

映山同志：

刊物及来信均收到。手术后不知已痊愈否？甚为惦念。

此次来津，望来舍下，我们好几年不见了。

《天津文艺》上第二首诗，是指郭。

纪"远"一文已寄《河北文艺》，来信说要用，有些地方需商酌云云。

小引已排过，我看了样子。

大星给我刻名章，实在感谢得很，你带来吧。

我又感冒，咳嗽。

祝好！

犁

一九七八年五月二十三日

映山同志：

一月前寄上新版《白洋淀纪事》一册，不知收到否？念念。

我一切如常，近来事也多些。写了一篇《关于〈聊斋志异〉》交报社，另整理旧稿（新发见）分寄上海《少年文艺》及《宁夏文艺》。

纪念远的文章，《人民文学》拿去，据说可用。祝好！

犁

一九七八年八月十九日

映山同志：

那篇《紫河套》超出了保定范围，写到北京去了，也并不好，今天叫《十月》来人拿去了。

这并不可惜，我想给你个京剧脚本，字数不多，不知你那刊物，登不登戏曲？这个剧本是写白洋淀抗日斗争的，我看虽不能上演，却有些生活。而且，我正为它写一篇长序，已写成几千字，如果你能登，则连同序文也给你。

我原想把剧本寄给叶蓬同志，已封好了，又拆出来，原因是也不了解他那刊物登不登这种东西。

如你不愿要剧本，则等我把序写好，单独登序也可以。

祝

近安！

犁

一九七九年四月十三日

映山同志：

来信收到了。前天已经把剧本挂号寄出，想已收到。

你看可以用吗？如不好用，千万不要勉强。发不发都没有什么。如可用，可以分期刊登，不要占篇幅太多。

那个序，只写了一半，又放下了，回头看看，是否结束一下，就寄给你。作为后记发也可。

我近来杂事太多，写篇短文，也很吃力，并写不好。有时也很泄气。祝

好！

犁

一九七九年四月十九日

映山同志：

今天把那篇序，交给克明他们，由他们看过后寄给你。共六千字。收到后望来信。

此系抄件，即可据以付排，但如同时发剧本，则希把剧本重抄一下，保存原稿，便中寄还。

排好后，可寄清样看一次。祝

好！

犁

一九七九年五月三十日

映山同志：

剧本原稿收到。

刊物收到，还没有细看，大体是好的。

你的书面的字"紫苇集"，我又写了几条，寄给出版社美术组了。不如上次好，因为很久不动毛笔了。

那篇序，《新港》从克明那里看到原稿，要登，我已婉言谢绝了。

我近来身体不很好，浮肿，不知何因？近日抄录那些年写在书皮上的字，已抄得一万余字。序及第一部分，将发在《长城》上。另寄一些给《长春》。

另一个材料是《善闇室纪年》。序发在《榕树》。另一段给《江城》。《十月》上那篇你是知道的。此外就没有将发的东西了。祝

好！

犁

一九七九年六月二十四日灯下

映山同志：

前来信收到。

我近日为《散文》月刊续写读书记，已成七则，在二、三期发表。另为从维熙写一序言，将在七日的《文艺周刊》登出。

关于文艺理论问题，最好认真读些书，先读马克思：《政治经济学批判序言》。如欲深造，可再读《鲁迅译文集》第六卷中那四本书。这样心里有底，并可以知道，现在的理论之争，其实在几十年前已经争论过多少次了，老是弄不清楚，是因为有些理论家不断在那里摇摆之故。祝

好！

犁

一九八〇年二月三日

映山同志:

收到你和大星的信及印章,甚为感谢。大星治印进步很快,慢慢将成名家。但戒骄戒躁,精益求精,多浏览名家印谱,从正途逐步创新。日常写信,可用毛笔,以便习字。我对此完全外行,我觉模汉印的数方,都很好,先不急于别开途径。给我刻的两方,也很好,有便人捎来吧。

我自春节后,很忙乱。近《文艺报》来人采访,在津停留一星期,连续录音三日,题目为《如何艺术地反映生活》(指《文学和生活的路》),此系大题目,将来刊出,请你看看。

其他也没写什么。李季逝世,写一短文,在《文艺周刊》。祝
全家安好!

犁

一九八○年三月二十九日

映山同志:

寄来保定市报并信收到,散文写得很好。

我的身体,已逐渐恢复。但这次病,究竟是一个前兆,并使身体受到影响。今后只能更加注意了。

这次患病,蒙你多次关心来信,十分感谢。

近来我只是读一些书,偶尔给《人民日报·海外版》写点读书记,你大概不能见到。

《羊城晚报》的万振环来信,称赞你写的印象记(指《孙犁印象记》)是"权威"的。祝
好!

犁

一九八六年三月十四日

映山同志:

三月十六日信收到。《中国青年报》上的散文当即读过,"羊城"一

篇，前天也读过，我觉得越写越带劲了。

　　我身体如常，也不愿多写了。

　　望你注意休息。祝

安好！

犁

一九八六年三月二十一日

映山同志：

　　接到来信和报纸，近来读到的印象记，写得不错。

　　我一切如常，偶尔写一点文章，有时用"姜化"的笔名，不知你注意到了没有。

　　每天也不知怎样，就过去了，看东西的时间很少，压着人家不少要我看的东西，只好分缓急处理。

　　自己看书也没计划，逮住吗看吗。近看《吕氏春秋》，为《人民日报·海外版》写读书记，想来你是看不到的。

　　听说金星已结婚，谨向他致贺！

　　祝

全家安好！

犁

一九八六年十二月九日

映山同志：

　　先后来信，及寄来的东西都收到。我这里近来乱一些，迟复为歉。

　　你写的论文（指《关于荷花淀文学流派》），我又在《文艺报》读了一遍，写得很好。

　　孟庆祝已来信，我复信：因看不了长稿，请他送你或别的同志，帮他看看。

　　以后，不要寄挂号件，因我下楼盖章不便。

　　信，可抄出放着，有机会再说。

　　《北京晚报》的小文指《读孙犁的〈无为集〉记》读过了，不错。祝凯瑞安好!

犁

一九九〇年二月二十四日

附记: 以上短信十二件,年前映山即抄来,希望有机会发表。我复信说:"机会难得。编辑们对这些东西没兴趣,不好意思拿给人家。这是我近些年投稿得来的一点儿经验。"

情况不断变化,今年各地报纸,大兴"增刊"之风,而所增刊,又多"随笔"一版,而随笔版约稿,又多有"书简"一项。我想,映山抄来的这些东西,或有时来运转之机遇乎?遂找出来试试看。

任何事情,如果单从"宏观"着眼,或者就觉得没有什么意思。甚至可以说:某某创作才情已断,发表之欲未消,捞取稿费,迹近无聊。如果从"识小"方面去想,则从这批短信中,可以看出:在一九七八年之时,"四人帮"早已垮台,而我的写作,我的投稿,尚处在托熟人,寄边远,多挑剔,遭退还的情况,不是那么顺利,曾遇到不少波折。其原因何在?结果如何?这都是评论家,所愿意接触的问题,可惜很少有人去思考过,研究过。有些人,不知道注意这些看起来不起眼的材料,因此,他们写出的东西,就很难深入到"几微"的领域。

信中小注,都系映山所加。

一九九一年十一月十三日孙犁识

映山同志:

来信收到。见面后,我的身体,逐渐又有些恢复,虽然很慢,但总的来看,是不错的,希你勿念。你专程来津看望我,我由衷感谢!

最近给关心我的朋友们,都写了信,报告近况。郭志刚教授,来过一次。

东西是不想写了,书也很少看。每天只是看看《参考消息》和《天津日报》。另外研究一点鲁迅晚年的书信。即祝

近安!

孙 犁

十月二十七日(一九九三年)

映山同志：

　　来信收到。您在《人民日报》发表的文章，我听说后，即托人去复制，但一直也未见到。

　　我写给大星的几封信，段华复制寄来，前几天在《天津日报》登载了，请转告大星知道。

　　我的身体基本恢复正常，除做饭，一切又都自理，每天整理整理书籍，也多少看一点。近读《民国通俗演义》。您买的韩、柳文集，是什么书店印的，有无注释？可再买一部白乐天。即祝
近安！

孙　犁

十二月十二日（一九九三年）

映山同志：

　　收到来信，剪报都看过了。您的讲话很好，但看不出是登在什么报上。关于写我的文章，别人讲的，不要轻易引用。我是一九四二年才在山里入党，我的工作单位在路西。这些事都写在我的自传里，查阅一下就弄清了。过去，有人写文章，说我是吕正操用小毛驴接去参加抗日的，郭志刚引用了，我劝他删去，因为这不是事实。我前两年，也说过要注意细节的真实性，希望您不要见怪才好。

　　剪报寄回，您保存。大星给您寄了些什么禅书？请把书名告诉我（我不要书）。信的剪报，寄上一份，请转大星。陆游的文集，当然可以买。我最近也读了两部禅书：一、《华严金狮子章校释》。二、《坛经校释》。但只是细读了前言及附录的材料，正文没细看。我不是对佛经发生了兴趣，只是为了长一些知识。

　　前几天，早上七点到凉台活动，叫冷风吹了，呼吸道发炎，现正在服药。我有时很大意，就引起麻烦。

　　即祝
新年全家快乐！

孙　犁

十二月二十一日（一九九三年）

映山同志：

收到来信。我过去写文章，也有很多不注意的地方，特别是《风云初记》中，用了一些当地的真名真姓，而事迹又系创作，与真人无关。后来颇为后悔，然已不及改。好在是乡亲，也没人追究这些，不然就会造成麻烦。所以现在写文章，顾虑重重，也就没有生气了。

《容斋随笔》，是随笔中的上乘之作，我买过多种版本，后来送人了。这是一部很有价值的书。至于你读的那些禅书，我看都是现代化了的佛书，就像现代化了的《周易》一样，看起来实用，但已非原教旨，而上海古籍影印的佛教典籍，又非常之贵，也不易读懂，对于此道，也只好略加涉猎了。

我的身体，手术后已经半年，一直很好，最近天气一凉，先是感冒，前天又因吃饭不慎，引起腹泻，今天请大夫来，打了一针，还按时服药，恐怕也就止住了。我有时大意，家里人又缺乏卫生常识，虽屡屡嘱咐，有时还是疏忽。现在有病不敢再拖延，只能赶紧吃药。

我读书没有计划，现在读柳溪拿来的《阅微草堂砚谱》，此书卖得很贵。因为我当了《纪晓岚全集》出版委员会的一个顾问，她就送我一本。纪是大学者，河北出的全集，不知能保质量否？现在的出版物，实在令人不放心。所以我宁可读一些旧版本或影印的书。

今天大风，有病不能做别的事，就给您写了一封长信，耽误您的时间。即祝

新年快乐，全家幸福！

孙　犁
十二月三十日（一九九三年）

映山同志：

接到来信。我近来还在读书，读的是明末野史，这类书，新版、旧版，我有数十种，过去没有系统看过。这次看得比较详细的是张献忠和李自成的故事。他们杀人很多，妇女尤其遭殃。他们攻城时，叫妇女们裸体

围城，向城上守兵大骂，这样，城上的大炮，就会点不着，响不了，甚至炮身会崩裂。有人说：张李杀人多，但明太祖起事时，也是这样。果然，我昨天读《明史纪事本末》一书，就读到了同类的故事：元兵包围明太祖的城，他叫兵士们进屋掩藏，叫妇女们"倚门，戟手大骂，元兵错愕不敢逼"。元兵为什么这样老实？因为是少数民族？也不一定。反正明太祖的战法起了作用，张、李用妇女帮忙进攻，他用妇女帮忙守卫罢了。历史如此反复循环，所以很多人就信佛经和易经了。

明末清初，中国大动乱，时间之长，情况之惨，人民真难活下去。张、李之起，主要是因为天灾、饥荒、政治腐败。再加上异族入侵，镇压掠夺，知识分子，尤其不容易过关，非死即降。

我的身体，逐渐恢复正常，不读新书，只好读旧书，好在我存书很多。即祝
春节全家快乐！

孙　犁
二月七日（一九九四年）

映山同志：

来信敬悉。《中流》我有，文章是×××所写。

光耀处，只要我病后的书信，您的和光耀的，叫光耀编一下，找个地方发表，算是我病后的文字。其他书信，先放在您那里，以后，可能要编书信集，再寄来。但这些事，恐怕是由别人做，也不知在何年何月。

您最好系统地读些书，这对写作以及思路的开拓，都有好处，现在文章不好写，可节省时间多读书。即祝
春安！

孙　犁
二月十六日（一九九四年）

（以上十八封信选自《孙犁全集》第9卷，人民文学出版社，2004年第1版。）

致韩映山（1980）

□ 孙 犁

映山同志：

十二月十六日来信收到。我近来所写的文章，你不知道的，记有：

《读作品记》（二）（谈刘心武作品）将在《新港》一九八一年一月号发表；

《读书品记》（三）（谈林斤澜作品）将在近期文艺周刊发表；

《燕雀篇》（诗）已寄曼晴同志，如你能见到他，问问他收到没有？我无底稿。

《耕堂杂录》后记，已寄李屏锦同志。

为《旅行家》写一短文。

你在《文艺增刊》上的、在《海河潮》上的短论文，我都看过，写得很好。

今日文坛，有些现象，甚难言矣。至如色情，又其末焉者也。理论家以此等现象为解放思想之征，于是一些青年乃引张资平为艺术大师，向之膜拜。未上推至张竞生，亦国家民族之大幸矣。其实，这些东西，古已有之，二十世纪三十年代，有一粉色作家，名章衣萍，其名著为《情书一束》，有警句为：

无聊的春天啊，

连女人的屁股也不愿意摸了。

然当时均斥责之，未见封之为解放思想也。

贩卖旧货，以为新奇，实今日文坛之特点。今天一个突破，明天又一个突破，突破来，突破去，还是那些老调重弹。今天一个里程碑，明天一个划时代，后天一个文起八代之衰呀，大后天有一个英雄时代的典型呀，到头来，叫喊者自己，也忘了它究竟喊叫的是什么货色了。

又成帮结伙，自己壮胆。这是因为这些作品及其作者甚为虚弱之故。

××同志是有所感的，但她说得很委婉。这些人，是不好碰的。我写文章，也不愿正面去谈，只能顺便表表态而已。

入冬以来，我身体不太好，明年想少写一些。《散文》及《新港》的稿子，都想停止。

曾秀苍送我这种纸，今天给你写信，试用之，还是很不习惯。

祝

学安！

犁

一九八○年十二月十八日晚

（选自《孙犁全集》第7卷，人民文学出版社，2004年第1版。）

致韩映山（1985～1986，五封）

□ 孙　犁

映山同志：

四月二十七日惠函敬悉。照片很好。

我今年写东西也少了，原因很多，主要是觉得没有什么意思。但希望你还是多写，不要只写小说，可以写些散文、评论、感想之类，以便思想和手，都不至于生疏，不知你以为如何？

前寄大星字条一件，不知收到没有？祝

好

犁

一九八五年四月三十日

映山同志：

七月二十六日信收到。你写那种文章（指印象记），最好把你见到的我的性格上的缺点，也写进去，这样你的文章，就有了不同一般的性质。不要单纯歌颂，那样是站不住脚的。这是我对你最有用的建议。

入夏以来，庭院大乱，我什么也干不了。每天下午读古文一篇，以定心驱暑，效果很好。

那部印谱的作者名陈师曾。

　　我给你和大星的字幅，都写得不好，且有失误，是送你们玩的，裱就
很不值得了。

　　祝

好

　　　　　　　　　　　　　　　　　　　　　　　　　　　犁

　　　　　　　　七月二十八日下午（一九八五年）

映山同志：

　　来信收到。今天收到房树民寄来的《中国青年报》，读了你写的
《修书》。

　　我觉得写得很好，有些真实感。写这种文章，最怕添油加醋，也怕
只讲道理。主要应写被记的人的言与行。而且最好是多记些无关重要的小
事，从中表现出他的为人做事的个性来。例如你记的，我要为你修书的一
段就很好，很有风趣。

　　我是无足记叙的。自己也不愿写回忆录，发表的《善闇室纪年》，也
只是寥寥数语，一年就过去了。甚至一年之中，连寥寥数语也无。为了不
给你泼冷水，故作鼓励之词如上。

　　不好发表，是可以想到的。现在文章，一是要看谁写，二是要看写
谁。我和你，都不是时兴的人物。

　　不过，最近几天，见到和听到一些有影响的理论家、批评家的言论，
又在做大幅度的转动，强调现实主义和中国传统了。

　　祝

全家安好

　　　　　　　　　　　　　　　　　　　　　　　　　　　犁

　　　　　　　　十月二日（一九八五年）

映山同志：

　　前后来信及剪报，均收到。几篇散文都看过了。以《书法》《赠书》
两篇为佳，因较真实而具体。

今年很冷，我精力衰减，已经有很多日子不动笔了。老年问题很多，心情也不佳。

希望你多写些散文。祝

全家安好

犁

十二月十七日下午（一九八五年）

映山同志：

前托报社寄还刊物二种，想已收见。其中一篇，我删去了有关家乡的两段。青年时写作，考虑不周，借用一些真名，所写内容，实与人家无干。说话也冒失，如说所写人物，都有一个真实的模特儿等等。你形成文字时，万望代我注意及此。不然极易引起误会。发表过的文章，如有类似情况，也希推敲，然后出书。《中国青年报》上新发的一篇，也读过了，最后引我说的几句话，末一句，似欠含蓄。

以上都不是什么大问题，是我近来读了一些别人写我的文章，引起的感想，也可以说是多虑，通报给你。因为文字，得罪人，是难免的。但我很不愿意因为写小说，得罪乡里。当初也实在没有这种意图。

祝

好

犁

一九八六年四月二十九日

（以上五封信选自《孙犁全集》第8卷，人民文学出版社，2004年第1版。）

致刘绍棠

□ 孙 犁

绍棠同志：

我生日期间，您赠送的《古寿千福》一册，著作四种，均拜收领，十分感谢。您发表的文字，也都阅读。文章写得都很好。

此次大病，全由我平日不去医院检查，延误所致。非常危险，幸遇名医，得以存活。然元气大伤，至今仍非常虚弱，预计要半年之后，方可平复。

手术后，饮食情况，大有好转，这是好现象。

近年来，您写作十分努力，成绩斐然，实可庆贺。然仍需劳逸结合，以利长期战斗。亟应注意休息，是盼。

知关注，近稍能写字，即报告如上，以免挂念。

即祝

全家安好！

孙　犁

九月十九日（一九九三年）

（选自《孙犁全集》第9卷，人民文学出版社，2004年第1版。）

致 魏 巍

□ 孙　犁

魏巍同志：

今天收到惠寄大著，甚为感谢！这样厚的一部书，足见兄近年的努力。

弟一切如常，有时写一些短文章，都发在报纸上，想已见到。

这几日正在搬家，先写这几句。祝夏安，并问秋华同志大安！

孙　犁

八月四日（一九八八年）

（选自《孙犁全集》第9卷，人民文学出版社，2004年第1版。）

致肖复兴（1994年）

□ 孙　犁

复兴同志：

四月二十四日大函，今晨奉悉，至为感谢！

您去年评我致邢海潮书信，其中一句，为河北报刊多次引用，可以说是知音之言。

您在各地报刊发表的短文，我能读到的，都拜读了。以为写得很好，文风很正。

当今，只是文风正，已很不容易，这期间，要有很大的自持力。因为文坛风气不正，致使一些本来很有前途的作者，受不住诱惑，走入歧途。每念及此，能不伤心！

我原来好发一些议论，屡碰钉子之后，乃知此非一人一言所能奏效，近日亦安于缄默。

贪图名利于一时，这是很容易的。但遗憾终生，得不偿失，我很为一些聪明人，感到太不值得。

也很少写东西，三月二十三日《天津日报》有一篇《读画论记》，还算是一篇稍为像样的文章，不知北京能见到该报否？

希望读到您更多的作品，并时常赐教！即祝大安！

孙　犁

四月二十六日（一九九四年）

（选自《孙犁全集》第9卷，人民文学出版社，2004年第1版。）

致肖复兴（1994，四封）

□　孙　犁

复兴同志：

顷收到六月三日大函，所询问题：

一、宋元以前读书记，除该二书外，专书未见，然于一些笔记或文集中，亦多有关于书籍之记载。至于现代，则涉猎甚少。我看这方面的书，截至鲁迅、郑振铎。

二、有效途径，我以为最好买一部《四库全书总目提要》，或简明目录，甚为实用。另，可将鲁迅日记书账通读一遍，藉知一个作家治学之方。

三、您正在青年，读书当以中西兼顾为主，中国古籍择要读之即可。

四、四五两月，我情绪低落，几乎白白过去。仍读一些书法和画法的书，近日找出一些字帖画册观赏，都是过去商务、中华、文明、有正书局印的珂罗版。

读书烦了，就读字帖；字帖厌了，就看画册，这是中国文人的消闲传统，奔波一生，晚年得静，能有此享受，可云幸福！

即祝

大安！

孙　犁

六月六日（一九九四年）

复兴同志：

六月十三日大函收悉。书籍尚未收见。

我的身体还可以，现已能下楼活动，回忆去年此时，正在医院手术，一年时间恢复成这样，实在可说是幸事了。然我患有忧郁宿症，情绪时常不稳，过一段时间也就好了，希勿念。

您买的两本书，《书目答问》，我用了很多年，查考起来，简便实用。虽旧的版本，已无法买到，但新出的古书，还是可以参考的。余先生的著作，我读过一些，他对目录学，是专家。

天气突然变得热了，昨晚天津无风奇热，一夜睡不实。

即问

夏安！

孙　犁

六月十七晨（一九九四年）

复兴同志：

六月二十二日大函敬悉。您写的文章，在《天津日报》刊出后，当天就读过了，写得很好。寄来的书也收到了。这两天正在读，我读书很慢，您难以想象，但我读得很细，这也是年轻人难以想象的。

您的回忆文章，使我得以了解您的身世。这很重要，了解一个作家及其作品，是一回事，分不开。不了解作家的身世，贸然谈论他的作品，是不妥当的。好像在街上，看人的面孔，总不会认识他的。

但据经验，作家的身世回忆，也有真实与否的问题，有的人在偶然的机遇下，成为名家，你就很难见到他真实的身世了。他的自传都带有传奇的成分，其作品之不可信，就可想而知了。

您的身世写得很真诚，使我感动，并愿意继续读下去。您的童年，无论如何，不能说是幸福的，使我伤感。

先写到这里。

日本女士的论文，我从中文字面看了一遍，还是很用功的。

天津昨夜下了雨。

即祝

编安！

孙　犁

六月二十五日（一九九四年）

复兴同志：

您的信来得快一些，我发信，是托人代投，有时耽误。

您的书，我逐字逐句读完第一辑。其他选读了几篇。

在这本书中，无疑是《母亲》和《姐姐》两篇写得最好。

文章写得好，就是能感动人。能感动人，就是有真实的体验，也就是真实的感受。这本是浅显的道理，但能遵循的人，却不多，所以文学总是无有起色。

关于继母，我只听说过"后娘不好当"这句老话，以及"有了后娘就有了后爹"这句不全面的话。

您的生母逝世后，您父亲"回了一趟老家"。这完全是为了您和弟弟。到了老家，经过亲友们的商议、物色，才找到一个既生过儿女、年岁又大的女人，这都是为了你们。如果是一个年轻的，还能生育的女人，那情况，就很可能相反了。所以，令尊当时的心情是很痛苦的。

当年《文汇月刊》，我是有的，但因为很少看创作，忽略了。又不看电影。

这篇文章，我一口气读完，并不断和我身边的人讲，他们有的看过电影。

现在，有的作家，感受不多，而感想并不少，都是空话，虚假的情节，虚假的感情，所以我很少看作品了。

谢谢您给我一个机会，得读了这样一篇好文章，并希望坚持写真实。不断产生能感人的文章。

即祝

暑安！

孙 犁

七月四日上午（一九九四年）

（以上四封信选自《孙犁全集》第11卷，人民文学出版社，2004年第1版。）

致刘心武信

□ 孙 犁

心武同志：

十月二十日惠函奉悉。刊物亦收到。《江城》我也有，当时见到你的文章，曾函托绍棠同志，代致感谢之意，想已转达。

你的作品，除《班主任》外，还看过一些（去年《上海文学》登有一篇以业余作者访问你为题材的小说，我也看过，恕我忘记了题目）。我以为都是写得很好的。但先有概念，然后组织文章的说法，我不太赞同。等我看过《十月》及《新港》所登的，再和你讨论。我以为，风格是每人各异的，所谓艺术性，也不是划一的。每人有每人的起点，只能沿着起点前进，不必改变自己的基本东西。另约稿太多，也可适当推辞一些，我觉得你们的负荷太重，也于艺术不利。以上只是臆测之词，比较详细的意见，等我看过那两篇作品，再写信给你。我读书很慢，但读得比较认真，时间如果拖得长了，请你谅解。

我身体不好，今年又加上时常晕眩，已经不能从事认真的创作，所写杂文，有时兴之所至，也没有什么分寸，好在一些同志能够宽宏对待，还没有出什么大娄子。不过，以后就是写这种文章，也要慎重了。

你怎么不到天津来玩玩？

专此　祝

撰安

孙　犁

一九八○年十月二十七日

（选自《孙犁文集》第5卷，百花文艺出版社，2002年第1版。）

日记摘抄

□ 韩映山

一

一九六二年二月十六日下午三时，和××去看孙犁

他在屋里靠在床上休息，身上盖一条毯子。

××拿出抄好的《风云初记》最后几章，请他看，并建议他重新再发表一下。他摇摇头，不大同意。他说："这样不好，从来没这么干过。"他对自己要求很严格。

他谈到我的创作，说，因为身体不好，看得很少，他愿找来看看，印象中，以为我写得还明丽，但含蓄不够。应该有弦外之音。文学应该弄点幽默、俏皮和哲理味道。他说，果戈理的《死魂灵》很好，声东击西，我特别喜欢他坐着马车抒情的那一段。

他一再强调读古典作品，喜欢谁的多读读，不要光看当前的杂志。

他说，写作要刻苦，要有所探求，要严肃对待。

"你们已经有了点小名声，各报刊也容易发表，如果自己满足这一点，不肯努力写，就很不容易提高。"

"写一篇东西，要花大气力，把它当成一种艺术品，调子要高一点，要有所抱负！"

"到什么时候也别骄傲，这几年毁了不少人。如××，他是河北比较有才能的青年作家。"

"工作、创作、待人接物，都要切实，养成一致。"

"也要注意身体，写作要有时有量，玩玩，多欣赏一些艺术。鲁迅说，不要搞成病态。"

当我们谈到写作要从容时，他很同意。他说："过去我一直记住这两个字，从容很重要，写的时候，不要着急。"

但他也强调形式严谨。

最后，他一再推崇鲁迅的作品。他说，在中国，鲁迅是首屈一指的。别人，还不行。ＸＸ我也很佩服，但比起鲁迅的小说，还差不少。

曹禺同志的剧本很好，语言好。

我问他看了肖洛霍夫的《被开垦的处女地》第二部否？他说看过了。"我是从后边往前边看的，可以看出，书的结尾很草率，可能改了。要不，他结尾会结得很好的。"

谈到评论，他说，ＸＸ的论文，新鲜东西不多，老实说，还幼稚。创作上的东西知道得太少，说不到点上。

当谈到ＸＸ作品时，他以为写得散了些。这是个生活问题，生活不足，言不由衷，就容易写散。除了充实生活外，还要多修改作品，在语言上弥补。但这也容易叫人看出来。所以，生活对创作来说，是基本的，是首要的，然后才是多读书呀、多修改呀！

这次，孙犁同志谈了两个来钟头，兴致很高。

天近黄昏，我们告辞出来，他送到门口，握手说："以后多来玩儿吧！"

二

一九六二年三月二十九日

远千里同志打来电话，要我们今天晚上去他家玩儿。（远千里当时任河北省委直传部副部长，是诗人。）

他住在天津尖山红光里，离我家不远。我高兴地去了。

他高个儿，红光满面，见了我，笑着说："哦，映山，还刮脸呀？"

我也笑了。他的住室很朴素，没有软床、没有沙发。只有两个书橱、一双藤椅、一张写字台。

远部长拿出糖来。谈话一下转到孙犁的小说上来，问我他的小说有什么特点。我不假思索地说："亲切、朴素、自然，好像不陌生似的……"

远笑了，说："读老孙的文章，能读到作者；读别人的作品，只是读个故事，故事读完了，印象也就完了，孙犁小说里，有作者的声音，这也许就是风格吧！他的小说，不拘一种形式，形式和内容是一致的。有的极短小，如《懒马的故事》，只三百字。这正如鲁迅说的，适合什么形式就写什么，不要勉强拉成小说。老孙的小说，篇篇不一样。就是《女保管》与《石猴》有点近似。"

远，身为部长，工作那么忙，对孙犁的小说，却研究得那么细。这使我想起，素常孙犁对远，也是十分敬重的，说远人品好，爱才，是文艺界好的带队人。是的，河北的青年作家，都尊敬他，喜欢他，他也真正关心作者的成长。他为人厚道，平易近人，不拉帮结伙，不搞宗派。

谈到孙犁的语言，他认为是诗的语言，土洋结合，简练、明快。

他说，我写的《作画》，能够做到朴素、清新，白描生活。但是，缺少孙犁作品里的议论。

说着，他打开台灯，拿出《白洋淀纪事》，翻到《天灯》那个短篇，旁边画着红线。他念了起来："她大声地说着，夹着爽朗的笑。使我立时觉到：如果那天灯是穷人翻身的标志，她的话语就是人民胜利的宣言！"

远说，类似这样的议论还很多。这就使人听到作者的声音，也看见作者的模样了。远，多么内行啊！

三

一九六二年四月二十七日　上午阳光明丽

我同阿凤、国儒、劳荣等同志去孙犁家做客。

又谈到创作问题。

说到生活，他说："在一个地方待熟了，可以到各地去走走，这样会扩大视野，感觉新鲜。比如你老逛百货公司，有好多女人，都很好看，但就是留不下什么印象；如果在乡间小路上碰见一个，却能留下很深的印象。两口子熟了，有时也留不下什么影子，熟视无睹。又比如在画店里看画儿，叫人眼花缭乱。有时在一个农家屋里看到一张画儿，却觉得很美。"

谈到如何发现美的问题。他说："作家首先要陶冶自己的心灵美，然后才能印证和吻合生活中的美。如果一个作家的心灵不美，他能发现和反映生活中的美吗？"

谈到刻画人物，他说，写人物要把感情放进去，要有同情心。鲁迅、契诃夫都是如此。

没有真情实感的作品，不会感动人的。

四

一九六二年七月十七日上午

孙犁同志说："要多写。古人云要'著作等身'，相比之下，我们写东西太少了。在身体条件允许下，要多写。写了，放一放，多改改。"

"屠格涅夫的六部中篇好。结尾太好。"

我说，正看果戈理的《鼻子》，看不大懂。他说："我也看不太懂，他的《死魂灵》第一部好。梁斌喜欢托尔斯泰。喜欢谁的作品，跟自己的气质有关。"

五

一九六二年八月二十日

孙犁托人转来他读《作画》的意见。

他正看《作画》，下午发烧，不然就看完了。他说。"当然优点很多，写得自然，明丽，但容量不大，写成这样已不容易。作者胆子小了点，我不是叫你们去犯错误，只要别出大格，个别地方，还应放开点写。我写《秋千》，当时有人批评我的阶级界限模糊，我主要是写女孩子的纯洁。要离开点写，有怀念再写。我的那些短篇，都是这么写的。好像树的影子，投在水中就好看。语言基本还好，个别词句不太规范。年轻，阅历少，太单纯。这得慢慢来。"

六

一九六二年八月三十一日

孙犁同志说："读《作画》的稿已写好，《人民文学》的编辑拿走了。"

关于如何写"人民内部矛盾"，他说："不要赶那个浪头。前些天××来了，说写了'请愿'，我听他念叨了一下，那不是开玩笑吗？人民生活，是多种多样的，你不是没看到，是不敢写。创作的事，我知道，这不怨你。"

"还是多学习，多读书，多掌握几种形式。语言得下大功夫。如'喂脑袋'，不好，'鞋透窟窿拉了，挂拉着'。不如说'趿拉着鞋'。"

七

一九六三年二月十七日

看望孙犁。

他说："格调问题，是思想修养问题。"

"永远要保持谦虚谨慎。当有人说你好的时候，你应当冷静，不要飘飘然；当有人批评时，也要经得住，不要颓丧。"

"要多写，多读书。"

八

一九六四年四月二十一日

昨天疗养院放假，我和刘怀章去看望孙犁同志。

已是上午九点四十五分。阳光很好。他在院子里的台阶上弄花盆，手上满是泥土。他和我们握手。

他的老伴儿在门口，说我模样好了。

"出院了吗？"孙犁问。我说："还没有呢。"

进了屋，屋里很凉爽。他穿上个棉背褡。我们走热了，怀章解开怀，孙犁说："快穿上，别感冒了。"

孙犁说，他已去郊区七八趟了。去了，开始吃派饭。人家太费事，我吃得又少，后来我就带点面包。

看来，孙犁同志精神很好。他还想去承德玩玩儿。

谈到青年作者，他说："鲁迅说过，青年作者，古怪者居多。要注意这个问题。李大振不错，看着挺本分。你们要注意培养这个人。他给我寄来一本他写的书，文字还好。"怀章点点头，又谈到ＸＸ，说话不着调，他哈哈大笑。

他劝我，养病期间，先不急于写东西。"你们病房里，那么多人，怎么写呢？先养病吧！"

他问我看什么呢，我说正看《古诗源》，他说这书很好。

他说，最近想写点东西，写了个开头，怎么也写不下去了。以前写《津门小集》——当然，写得不好，可那时候，跑一天回来，就能写一篇，现在不行了。赵树理说得对，长久离开生活，乍一写不行。

他说："北京把《文艺学习》校样寄来了，校起来很费劲儿。里边有的地方，对初学写作者，批评得有点过火，这不好。批评，应该恰如其分。我把那些地方都改了。"

九

一九六四年十月十六日下午，看孙犁同志

他正在屋子里整理书。

他给我看了一首诗，是写他与他老伴儿的，其大意是：

我与你，少年结发，媒妁之言，没猜也无爱。以致爱情升发，烽烟遍乡野，我一去八年。待中年归，两鬓已斑白。生离死别，我与你共担承。

（可惜未记住原诗）

谈到写作，他说："要按照生活里的事写，不要投机取巧，不要迎合一时。过去，我在张岗村，写了三篇小说。《光荣》写得好。在张岗，××他们也写，当时挺轰动，可过后是错误的。"他一再强调，"写东西别投机。按生活面貌写，糟蹋的东西不多，都能编入集子，当然，也有的叫人害臊。搞土改时，我在滹沱河滩上，走来走去，写了《光荣》。"

这天，他的精神很好，他送给我一部书，并题了字。他说，正要给我写信呢。

谈到××，他说，爱人不在一起，他很紧张。战争时期，我在外边，并没觉得怎样，这跟环境有关系。

我说起，有的人，只凭材料就能写小说。他说路子不一样，××就是看许多小册子写。《李自成》好几百万字，也是凭材料写。我不行，路子不同。

十

一九六四年十月二十八日

下午看孙犁同志。

谈起生活、写作。

他强调要到生活里去。

"当然，光有生活也不行。"他说，"主要是对生活的感受和态度，也就是对艺术的态度，不能投机。"

"马列主义那几个原则，什么时候也不能忘记……还有高尔基那些关于现实主义的论文。对生活、艺术，自己要永远有个基本的观念。"

他又提到《光荣》那篇小说，他以为比《荷花淀》好。"《荷花淀》，人们有点好奇。当时，我们听到一位同志讲了那个故事，写了那篇东西，当时很轰动。后来还想写个中篇，没写成。"

十一

一九六四年十一月十五日

今天和郑智去看孙犁。

郑智在八一厂工作，搞编剧，他计划写白洋淀的故事的电影剧本。他原来见过孙犁。他们谈起抗战的干部，有好多相识。

郑智说，在抗日时期，在冀中，看过孙犁写的《区村连队文学写作课本》（后来改名《文学入门》《文艺学习》）很受教益。孙犁笑着说："这本书，居然能对你起了作用。"

孙犁拿出香烟，让郑智抽。

谈到写雁翎队，孙犁说："好好写写，后来者居上。作家写东西，只知道一点，不行。多访问访问，还是好的。听说白洋淀今年干了。可以在别处拍片子。其实，白洋淀之所以出名，并不单是风景美。比白洋淀美的地方还很多。白洋淀是因为抗战时有过革命斗争。"

谈到他写的作品，他说："我那点底儿，映山知道，我对白洋淀并不太熟，只在同口教过一年书。"

谈到剧本，他说："映山学着写点剧本，各种形式都试试。我在延安时，读过曹禺的剧本，那语言真好，精雕细刻。对作家，要从一个方面去学习，不能求全责备。"

我们告辞出来，他戴上帽子，一直送到大门口，握手说："有空来吧！"

一九八五年八月六日伏天、大热

（选自《韩映山文集》第3卷，河北教育出版社，2011年第1版。）

日记摘抄（续）

□ 韩映山

一九六四年十一月三十日

我去看望孙犁，说了会儿话，他忽然说："那天，我在院里摆弄花草，想起一件事，木匠出师，在学徒时期，应让他看许多手艺精巧的家具，不然，交给他一些木头，他也不会做出好木活儿。"

一九七九年三月二十日

和克明去看望孙犁同志。

当我们坐下之后，孙犁同志说："绍棠给我来了封信，说我给他提的三条：一、不要再骄傲了；二、写东西不要赶浪头；三、要保持自己的风格。他表示愿意接受，认为很中肯。"

谈到一些时髦的作品，艺术生命总是很短暂，他说："我多年的经验就是写东西别投机，别媚世，别图解政策，艺术要离'政治'远一点，但又不脱离政治。×××写了部长篇，一会儿改成反左，一会儿又改成反右，改来改去，改没了。要按照生活的面目写，看准了，不要变来变去。《风云初记》再版，问我改不改，我说不改。"

谈到《铁木前传》，我说，您写农业合作化，牵涉不到"大脚女人"和"小脚女人"，经得住时间检验。

他劝我除了写小说、散文，也写点诗。

谈到他那篇《谈赵树理》的文章，他说，主要是谈政治和艺术的关系，别人看不出这一点。

他说："从维熙来信，征求我对他××小说的意见，他想弄点浪漫主义。我说，还是弄现实主义吧！前些年，有的人把浪漫主义歪曲了，以为浮夸、说大话、骂大街，就是浪漫主义。"

我说，现在文艺作品，净是揭露阴暗面，写丑的事太多，叫人看了，起不到鼓舞人的作用。他说，艺术作品还是应该写美，写光明面。

他答应给我们办的《莲池》写篇稿，题为《紫河套买书》。上中学时，他去过那儿。

在百花文艺出版社，我看到他给阿凤写的序文，说他是一颗寂寞的星，一员福将，以他的角、刺、年龄、性别，是不能受宠的。真逗哏儿。他哈哈笑起来。

临走，谈到我离京返保。我说，天津要我回来，搞创作，我是不想来了。他说："这是上策。"

一九九〇年八月五日（节选）

……

我说："去东三省回来，特来看看您。"

孙犁说："看看吧！见一面少一面了。"他诙谐地说着，让我们坐在沙发上，让玉珍沏茶。（玉珍是给孙犁做饭的人，编者注）

……

说到最近对他的一些评论，他说："写评论，一定要多掌握作家的材料，仔细、认真地读作家的作品，不能光是硬吹捧。比如，有人要把'名家'评为'大家'，名家和大家，有什么区别？文学史上，写上几行，都不是想吹个什么就是个什么，要实事求是，用作品本身来证实的。最近我看到一刊物，评我的《晚华集》。我觉得写得很好，是我读过的评文中最好的一篇。人家真下了功夫，读作品，很仔细，很用心。有的评论不行，漏洞百出，前后矛盾，文章拉得还挺长。"

还谈到有的刊物向他约稿，非得搭配着，才发表。好像处理什么水果似的。这样约稿，我就是不给。我说，您不给他们写稿，结果也把我一万多字的稿子给丢了，问谁谁不知道。

"丢稿子，是叫人气愤的，不尊重别人的劳动果实。我对稿子，是认真对待的，多么小的稿子，也没给人丢过。"他说着，拿起书橱上一封读者来信，让克明亲手交回出版社，要有个着落。

谈到前些年走红的一些作品，他说："都把是非、善恶倒了个过儿。有些青年作者，开始还不错，后来就变了。你们一直还跟我保持着联系。"

我说："有人说我，总是固守着旧有的营垒……"

"别听那个，自己要有主见，你写你的，我写我的。听那个，就什么也干不成了。"孙犁停了停说，"我挺喜欢读贾大山的小说，只要见到目录，就找来读一读。上期《长城》发的那三篇，写得不怎么好。最近又读了一篇，写得不错。"

我说："我写信邀他来看您，他连个信也不回，不回拉倒吧！"

孙犁哈哈笑了。克明提起最近新发现的孙犁的一部论稿。他说："这是我二十六岁上写的，我以为找不到了呢！找着了，我很高兴，闲时翻了翻，还真不错。"

……

后来，又谈到《荷花淀》发表的《孙犁和沈从文》一文，他说："我没受过沈的影响，读他的小说，也很少。"

"写这篇文章的是一位青年教师。他只是根据您爱读《大公报》引发而写的。"我说，"发时，'荷'的主编，征求我的意见，我说作为一家之言吧！"

"也算是别开生面吧！"孙犁笑着说，"这作者看书很仔细，很用心。"

……

一九九〇年　伏天

（选自《韩映山文集》第3卷，河北教育出版社，2011年第1版。）

五、文坛忆旧

远的怀念

□ 孙 犁

一九三八年春天，我在本县参加抗日工作，认识了人民自卫军政治部的宣传科长林扬。他是七七事变后，刚刚从北平监狱里出来，就参加了抗日武装部队的。他很弱，面色很不好，对人很和蔼。他介绍我去找路一，说路正在组织一个编辑室，需要我这样的人。路住在侯町村，初见面，给我的印象太严肃了：他坐在一张太师椅上，冬天的军装外面，套了一件那时乡下人很少见到的风雨衣，腰系皮带，斜佩一把大盒子枪，加上他那黑而峻厉的面孔，颇使我望而生畏。我清楚地记得，第一次和诗人远千里见面，是在他那里，由他介绍的。

远高个子，白净文雅，书生模样，这种人我是很容易接近的，当然印象很好。

第二年，我转移到山地工作。一九四一年秋季，我又跟随路从山地回到冀中。路是很热情爽快的人，我们已经很熟很要好了。

在我县郝村，又见到了远，他那时在梁斌领导的剧社工作，是文学组长，负责几种油印小刊物的编辑工作。我到冀中后，帮助编辑《冀中一日》，当地做文艺工作的同志，很多人住在郝村，在一个食堂吃饭。

这样，和远见面的机会就很多。他每天总是笑容满面的，正在和本剧团一位高个的女同志恋爱。每次我给剧团团员讲课的时候，他也总是坐在地下，使我深受感动并且很不安。

就在这个秋天，冀中军区有一次反"扫荡"。我跟随剧团到南边几个县打游击，后又回到本县。滹沱河发了水，决定暂时疏散，我留本村。远要到赵庄，我给他介绍了一个亲戚做堡垒户，他把当时穿不着的一条绿色毛线裤留给了我。

一九四五年，日本投降后，我从延安回到冀中，在河间又见到了远。他那时挂着双拐，下肢已经麻痹了。精神还是那样好，谈笑风生。我们常到大堤上去散步，知道他这些年的生活变化，如不坚强，是会把他完全压倒的。"五一大扫荡"以后，他在地洞里坚持报纸工作，每天清晨，从地洞里出来，透透风。洞的出口在野外，他站在园田的井台上，贪馋地呼吸着寒冷新鲜的空气。看着阳光照耀的、尖顶上挂着露珠的麦苗，多么留恋大地之上啊！

我只有在地洞过一夜的亲身体验，已经觉得窒息不堪，如同活埋在坟墓里。而他是要每天钻进去工作，在萤火一般的灯光下，刻写抗日宣传品，写街头诗，一年，两年。后来，他转移到白洋淀水乡，长期在船上生活战斗，受潮湿，得了全身性的骨质增生病。最初是整个身子坏了，起不来，他很顽强，和疾病斗争，和敌人斗争，现在居然可以同我散步，虽然借助双拐，他也很高兴了。

他还告诉我：他原来的爱人，在"五一大扫荡"后，秋夜蹚水转移，掉在旷野一眼水井里牺牲了。

我想起远留给我的那条毛线裤，是件女衣，可能是牺牲了的女同志穿的，我过路以前扔在家里。第二年春荒，家里人拿到集上去卖，被一群汉奸女人包围，几乎是讹诈了去。

她的牺牲，使我受了启发，后来写进长篇小说的后部，作为一个人物的归结。

进城以后，远又有了新的爱人。腿也完全好了，又工作又写诗。有一个时期，他是我的上级，我私心庆幸有他这样一个领导。一九五二年，我到安国县下乡，路经保定，他住在旧培德中学的一座小楼上，热情地组织了一个报告会，叫我去讲讲。

我爱人病重，住在省医院的时候，他曾专去看望了她，惠及我的家属，使她临终之前，记下我们之间的友谊。

听到远的死耗，我正在干校的菜窖里整理白菜。这个消息，在我已经麻木的脑子里，沉重地轰击了一声。夜晚回到住处，不能入睡。

后来，我的书籍发还了，所有现代的作品，全部散失，在当作文物保管的古典书籍里，却发见了远的诗集《三唱集》。

这部诗集出版前，远曾委托我帮助编选，我当时并没有认真去做。远明知道我写的字很难看，却一定要我写书面，我却兴冲冲地写了。现在面对书本，既惭愧有负他的嘱托，又感激他对旧谊的重视。我把书郑重包装好，写上了几句话。

远是很聪明的，办事也很干练，多年在政治部门工作，也该有一定经验。他很乐观，绝不是忧郁病患者。对人对事，有相当的忍耐力。他的记忆力之强，曾使我吃惊，他能够背诵五四时代和二十世纪三十年代的诗，包括李金发那样的诗。远也很爱惜自己的羽毛，但他终于被林彪、"四人帮"迫害致死。

他在童年求学时，后来在党的教育下，便为自己树立人生的理想，处世的准则，待人的道义，艺术的风格等等。循规蹈矩，孜孜不倦，取得了自己的成就。我没有见过远当面骂人，训斥人；在政治上、工作上，也看不出他有什么非分的想法，不良的作风。我不只看见他的当前，也见过他的过去。

他在青年时是一名电工，我想如果他一直爬在高高的电线杆上，也许还在愉快勤奋地操作吧。

现在，不知他魂飞何处，或在丛莽，或在云天，或徘徊冥途，或审视谛听，不会很快就随风流散，无处召唤吧。历史和事实都会证明：这是一个美好的、真诚的、善良的灵魂。

他无负于国家民族，也无负于人民大众。

1976年12月7日夜记

（选自《孙犁全集》第5卷，人民文学出版社，2004年第1版；

原载《人民文学》1978年第9期。）

记 邹 明

□ 孙 犁

我和邹明，是一九四九年进城以后认识的。《天津日报》，由冀中和冀东两家报纸组成。邹明是冀东来的，他原来给首长当过一段秘书，到报社，分配到副刊科。我从冀中来，是副刊科的副科长。这是我参加革命十多年后，履历表上的第一个官衔。

在旧社会，很重视履历。我记得青年时，在北平市政府工务局，弄到一个书记的职位，消息传到岳父家，曾在外面混过事的岳叔说："唉！虽然也是个职位，可写在履历上，以后就很难长进了。"

我的妻子，把这句话，原原本本地向我转述了。当时她既不知道，什么叫作履历，我也不通世故宦情，根本没往心里去想。

及至晚年，才知道履历的重要。曾有传说，有人对我的级别，发生了疑问，差一点没有定为处级。此时，我的儿子，也已经该是处级了。

我虽然当了副刊科的副科长，心里也根本没有把它当成一个什么官儿。在旧社会，我见过科长，那是很威风的。科长穿的是西装，他下面有两位股长，穿的是绸子长衫。科长到各室视察，谁要是不规矩，比如我对面一位姓方的小职员，正在打瞌睡，科长就可以用皮鞋踢他的桌子。但那是旧衙门，是旧北平市政府的工务局，同时，那里也没有副科长。科长，我也只见过那一次。

既是官职，必有等级。我的上面有：科长、编辑部正副主任、正副总编、正副社长。这还只是在报社，如连上市里，则又有宣传部的处长、部长、文教书记等等。这就像过去北京厂甸卖的大串山里红，即使你也算是这串上的一个吧，也是最下面，最小最干瘪的那一个了。但我当时并未在意。

我这副科长，分管文艺周刊，手下还有一个兵，这就是邹明。他是我的第一个下级，我对他的特殊感情，就可想而知了。

但是除去工作，我很少和他闲谈。他很拘谨，我那时也很忙。我印象里，他是福建人，他父亲晚年得子，从小也很娇惯。后来爱好文学，写一些评论文字，参加了革命。这道路，和我大致是相同的。

他的文章，写得也很拘谨，不开展，出手很慢，后来也就很少写了。他写的东西，我都仔细给他修改。

进城时，他已经有爱人孩子。我记得，我的家眷初来，还是住的他住过的房子。

那是一间楼下临街的，大而无当的房子，好像是一家商店的门脸。我们搬进去时，厕所内粪便堆积，我用了很大力气淘洗，才弄干净。我的老伴见我勇于干这种脏活儿，曾大为惊异。我当时确是为一大家子人，能有个栖身之处，奋力操劳。"文化大革命"时，一些势利小人，编造无耻谰言，以为我一进报社，就享受什么特殊的待遇，是别有用心的。当时我的职位和待遇，比任何一个同类干部都低。对于这一点，我从来不会特别去感激谁，当然也不会去抱怨谁。

关于在一起工作时的一些细节，我都忘记了。可能相互之间，也有过一些不愉快。但邹明一直对我很尊重。在我病了以后，帮过我一些忙。我们家里，也不把他当作外人。当我在外养病三年，回家以后，老伴曾向我说过：她有一次到报社去找邹明，看见他拿着刨子，从木工室出来，她差一点没有哭了。又说：我女儿的朝鲜同学，送了很多鱿鱼，她不会做，都送给邹明了。

等到"文化大革命"开始，她在公共汽车上，碰到邹明，流着泪向他诉说家里的遭遇，邹明却大笑起来，她回来向我表示不解。

我向她解释说：你这是古时所谓妇人之恩，浅薄之见。你在汽车上，和他谈论这些事，他不笑，还能跟着你哭吗？我也有这个经验。一九五三年，我去安国下乡，看望了胡家干娘。她向我诉说了土改以后的生活，我当时也是大笑。后来觉得在老人面前，这样笑不好，可当时也没有别的方式来表示。我想，胡家干娘也会不高兴的。

从我病了以后，邹明的工作，他受"反右"的牵连，他的调离报社，我都不大清楚。"文化大革命"后期，有一次我从干校回来，在报社附近等汽车，邹明看见我，跑过来说了几句话。后来，我搬回多伦道，他还在山西路住，又遇见过几次，我约他到家来，他也总没来过。

"四人帮"倒台以后，报社筹备出文艺双月刊，人手不够。我对当时的总编辑石坚同志说，邹明在师范学院，因为口音，长期不能开课，把他调回来吧！很快他就调来了，实际是刊物的主编。

我有时办事莽撞，有一次回答丁玲的信，写了一句：我们小小的编辑部，于是外人以为我是文艺双月刊的主编。这可能使邹明很为难，每期还送稿子，征求我的意见，我又认为不必要，是负担。等到我明白过来，才在一篇文章中声明：我不是任何刊物的主编，也不是编委。这已经是几年以后了。

在我当选市作协主席后，我还推荐他去当副秘书长。后来，我不愿干了，不久，他也就被免掉了。

"文革"以后，有那么几年，每逢春季，我想到郊区农村转转，邹明他们总是要一辆车，陪我去。有人说我是去观赏桃花，那太风雅了。去了以后，我发现总是惊动区、村干部，又乱照相，也玩不好，大失本意，后来就不愿去了。最后一次，是到邹明下放过的农村去。到那里，村干部大摆宴席，喝起酒来，我不喝酒，也陪坐在炕上，很不自在。临行时，村干部装了三包大米，连司机，送我们每人一包。我严肃地对邹明说，这样不行。结果退了回去，当然弄得大家都不高兴，回来的路上，谁也没有说话。以后就再没有一同出过门。

邹明好看秘籍禁书，进城不久，他就借来了《金瓶梅》。他买的宋人评话八种，包括金主亮荒淫那一篇。他还有这方面的运气，我从街头买了一部《今古奇观》，因是旧书，没有细看就送给他了。他后来对我说，这部书你可错出手了，其中好些篇，是按古本三言二拍排印的，没有删节，非一般版本可比。说时非常得意。前些日子，山东一位青年，寄我一本五角丛书本的中外禁书目录，我也托人带给他了。在我大量买书那些年，有了重本，我总是送他的。

曾有一次，邹明当面怏怏地说我不帮助人。当时，我不明白他指的什么方面，就没有说话。他说的是事实，在一些大问题上，我没有能帮助他。但我也并不因此自责。我的一生，不只不能在大事件上帮助朋友，同样也不能帮助我的儿女，甚至不能自助。因为我一直没有这种能力，并不是因为我没有这种感情。

这些年，我写了东西，自己拿不准，总是请他给看一看。

"老邹，你看行吗？有什么问题吗？"我对他的看文字的能力，是完全信赖的。

他总是说好，没有提过反对的意见。其实，我知道，他对文、对事、对人，意见并不和我完全相同。他所以不提反对意见，是在他的印象里，我可能是个听不进批评的人。这怨自己道德修养不够，不能怪他。有一次，有一篇比较麻烦的作品，我请他看过，又像上面那样问他，他只是沉了沉脸说："好，这是总结性的！"

我终于不明白，他是赞成，还是反对，最后还是把那篇文章发表了。

另有一次，我几次托他打电话，给北京的一个朋友，要回一篇稿子。我说得很坚决，但就是要不回来，终于使我和那位朋友之间，发生了不愉快。我后来想，他在打电话时，可能变通了我的语气。因为他和那位同志，也是要好的朋友。

邹明喜欢洋玩意，他劝我买过一支派克水笔，在"文革"时，我专门为此挨了一次批斗。我老伴病了，他又给买了一部袖珍收音机，使病人卧床收听。他有机会就兴致勃勃地给我介绍新兴的商品，后来，弄得我总是笑而不答。

邹明除去上班，还要回家做饭，每逢临近做饭时间，他就告辞，我也总是说一句："又该回去做饭了？"

他就不再言语，红着脸走了，很不好意思似的。以后，我就不再说这句话了。

有一家出版社委托他编一本我谈编辑工作的书，在书后，他愿附上他早年写的经过我修改的一篇文章。我劝他留着，以后编到他自己的书里。我总是劝他多写一些文章，他就是不愿动笔，偶尔写一点，文风改进也不大。

他的资历、影响，他对作家的感情和尊重，他在编辑工作上的认真正直，在文艺界得到了承认。大批中青年作家，都是他的朋友。丁玲、舒群、康濯、魏巍，对他都很尊重，评上了高级职称，还得到了全国老编辑荣誉奖。奖品是一个花岗岩大花瓶，足有五公斤重。评委诸公不知如何设计的，既可作为装饰，又可运动手臂，还能显示老年人的沉稳持重。难为市作协的李中，从北京运回三个来，我和万力，各得其一。

邹明病了以后，正值他主编的刊物创刊十周年。他要我写一点意见，我写了。他愿意寄到《人民日报》先登一下，我也同意了。我愿意他病中高兴一下。

自从他病了以后，我长时间心情抑郁，若有所失。回顾四十年交往，虽说不上深交，也算是互相了解的了。他是我最接近的朋友，最亲近的同事。我们之间，初交以淡，后来也没有大起大落的波折变异。他不顺利时，我不在家。"文革"期间，他已不在报社。没有机会面对面地相互进行批判。也没有发现他在别的地方，用别的方式对我进行侮辱攻击。这就是很不容易，值得纪念的了。

我老了，记忆力差，对人对事，也不愿再多用感情。以上所记，杂乱无章，与其说是记朋友，不如说是记我本人。是哀邹明，也是哀我自己。我们的一生，这样短暂，却充满了风雨、冰雹、雷电，经历了哀伤、凄楚、挣扎，看到了那么多的卑鄙、无耻和丑恶，这是一场无可奈何的人生大梦，它的觉醒，常常在眼目临终之时。

我和邹明，都不是强者，而是弱者；不是成功者，而是失败者。我们从哪一方面，都谈不上功成名遂，心满意足。但也不必自叹弗如，怨天尤人。有很多事情，是本身条件和错误所造成。我常对邹明说：我们还是相信命运吧！这样可以减少很多苦恼。邹明不一定同意我的人生观，但他也不反驳我。

我发现，邹明有时确是想匡正我的一些过失；我有时也确是把他当作一位老朋友，知心人，想听听他对我的总的印象和评价。但总是错过这种机会，得不到实现。原因主要在我不能使他免除顾虑。如果邹明从此不能再说话，就成了我终生的一大遗憾。此时此刻，朋友之间，像他这样了解我的人，实在不太多了。

邹明一生，官运也不亨通。我在小汤山养病时，有报社一位老服务员跟随我，他曾对我老伴说：报社很多人，都不喜欢邹明，就是孙犁喜欢他。他的官运不通，可能和他的性格有关，他脾气不好。在报社，第一阶段，混到了文艺部副主任，和我那副科长，差不多。第二阶段，编一本默默无闻，只能销几千份的刊物，直到今年十月一期上，才正式标明他是主编，随后他就病倒了。人不信命，可乎！

邹明好喝酒，饮浓茶，抽劣质烟。到我那里，我给他较好的烟，他总是说：那个没劲儿。显然，烟酒对他的病也都不利。

二十世纪二三十年代，有那么多的青年，因为爱好文艺，从而走上了革命征途。这是当时社会大潮中的一种壮观景象。为此，不少人曾付出各式各样的代价，有些人也因此在不同程度上误了自身。幸运者少，悲剧者多。我现在想，如果邹明一直给首长当秘书，从那时就弃文从政、从军，虽不一定就位至显要，在精神和物质生活方面，总会比现在更功德圆满一些吧。我之想起这些，是因为也曾有一位首长，要我去给他当秘书，别人先替我回绝了，失去了做官的一次机会，为此常常耿耿于怀的缘故。

现在有的人，就聪明多了。即使已经进入文艺圈的人，也多已弃文从商，或文商结合；或以文沽名，而后从政；或政余弄文，以邀名声。因而文场芜杂，士林斑驳。干预生活，是干预政治的先声；摆脱政治，是醉心政治的烟幕。文艺便日渐商贾化、政客化、青皮化。

邹明比我可能好一些，但也不是一个聪明人。在一些问题上，在生活行动上，有些旧观念。他不会投政治之机，渔时代之利，因此也不会得风气之先。他一直不能成为一个时代的宠儿，耀眼的明星。他常常有点畸零之感，有些消极的想法。然又不甘把时间浪费，总想做些力所能及的事情。考核他几十年所作所为，我以为还都是于国家于人民有益的。但像这种工作方式，特别在目前局势来说，是吃不开的，不受重视的。除去业务，他没有其他野心；自幼家境富裕，也不把金钱看得那么重。他既不能攀援权要以自显，也不屑借重明星以自高。因此，他将永远是默默无闻的，再过些年，也许会被人忘记的。

很多外人，把邹明说成是我的"嫡系"，这当然有些过分。但长期以来，我确把他看作是自己的一个帮手。进入晚年，我还常想，他能够帮助我的孩子们，处理我的后事。现在他的情况如此，我的心情，是不用诉说的。

写于一九八九年十二月十一日

（选自《孙犁全集》第9卷，人民文学出版社，2004年第1版。）

悼 康 濯

□ 孙 犁

　　整整一个冬季，我被疾病折磨着，人很瘦弱，精神也不好，家人也很紧张。前些日子，柳溪从北京回来说：康濯犯病住院，人瘦得不成样子了，叫她把情况告诉我。我当即写了一封信，请他安心治疗，到了春暖，他的病就会好的。但因为我的病一直不见好，有点悲观，前几天忽然有一种预感：康濯是否能熬过这个漫长的冬季？

　　昨天，张学新来了，进门就说：告诉你一个不幸的消息，我没等他说完，就知道是康濯了。我的眼里，立刻充满了泪水。我很少流泪，这也许是因为我近来太衰弱了。

　　从一九三九年春季和康濯认识，到一九四四年春季，我离开晋察冀边区，五年时间，我们差不多是朝夕相处的。那时在边区，从事文学工作的，也就是那么几个人。

　　康濯很聪明，很活跃，有办事能力，也能团结人，那时就受到沙可夫、田间同志等领导人的重视。他在组织工作上的才能，以后也为周扬、丁玲等同志所赏识。

　　他和我是很亲密的。我的很多作品，发表后就不管了，自己贪轻省，不记得书包里保存过。他都替我保存着，不管是单行本，还是登有我的作品的刊物。例如油印的《区村和连队的文学写作课本》《晋察冀文艺》等，"文革"以后，他都交给了我，我却不拿着值重，又都糟蹋了。我记得这些书的封面上，都盖有他的藏书印章。实在可惜。

　　"文革"以前，我写给他的很多信件，他都保存着，虽然被抄去，后来发还，还是洋洋大观。而他写给我的那两大捆信，因为不断抄家，孩子们都给烧了，当时我并不知道。我总觉得，在这件事情上，对不住他。所以也不好意思过问，我那些信件，他如何处理。

一九五六年，我大病之后，他为我编了《白洋淀纪事》一书，怕我从此不起。他编书的习惯，是把时间倒排，早年写的编在后面。我不大赞赏这种编法，但并没有向他说过。

他和我的老伴，也说得来。孩子们也都知道他。一九五五年，全国清查什么"集团"，我的大女儿，在石家庄一家纱厂做工。厂里有人问她：你父亲和谁来往最多？女儿不知道是怎么回子事，想了想说：和康濯。康濯不是"分子"，她也因此平安无事。

他在晋察冀边区，做了很多工作，写了不少作品。那时的创作，现在，我可以毫不含糊地说，是像李延寿说的：潜思于战争之间，挥翰于锋镝之下。是不寻常的。它是当国家危亡之际，一代青年志士的献身之作，将与民族解放斗争史光辉永存，绝不会被数典忘祖的后生狂徒轻易抹掉。

至于新中国成立之后，他在工作上，容有失误；在写作上，或有浮夸。待人处事，或有进退失据。这些都应该放在时代和环境中考虑。要知人论世，论世知人。

近些年，我们来往少了，也很少通信，有时康濯对天津去的人说：回去告诉孙犁给我写信，明信片也好。但我很少给他写信，总觉得没话可说，乏善可述。他也就很少给我写信，有事叫邹明转告。康濯记忆很好，比如抗日时期，我们何年何月，住在什么村庄，我都忘记了，他却记得很清楚。他所知文艺界事甚多，又很细心，是个难得的可备咨询的人才。

耕堂曰：战争时相扶相助，胜利后各奔前程，相濡相忘，时势使然。自新中国成立以来，数十年间，晋察冀文学同人，已先后失去邵子南、侯金镜、田间、曼晴。今康濯又逝，环顾四野，几有风流云散之感矣！

一九九一年一月十九日下午

（选自《孙犁全集》第9卷，人民文学出版社，2004年第1版。）

一个有风格的作家

□ 刘绍棠

孙犁同志在《近作散文的后记》中写道："惭愧的是，鲁迅先生的思想、感情、文字，看来我这一生一世，只能望尘莫及，望洋兴叹，学习不来了。"这些话发自内心深处，充分表现出他对鲁迅先生的无比敬仰和深情。

13年前，我收到孙犁同志寄赠的《晚华集》，读后给他写信，说他进入老年所写的随笔文字深得鲁迅先生神髓，是紧步后尘，望尘可及。

不是我戴着有色眼镜看人料事。我敢说，1942年以来的共产党员作家，孙犁同志的人格和文品，最具有鲁迅精神。因此，他的水平最高，成就最大。他是真懂《讲话》的作家。

时间能沙里淘金，历史无情却又公正。孙犁同志的短篇小说，大多数可以传世。长篇小说《风云初记》记录了抗日战争的历史风貌，富有强烈的时代气氛和浓郁的地方色彩。正如鲁迅先生的《田军作〈八月的乡村〉序》所说："作者的心血和失去的天空、土地、受难的人民，以至失去的茂草、高粱、蝈蝈、蚊子，搅成一团，鲜红的在读者眼前展开，显示着中国的一份和全部，现在和未来，死路与活路。"孙犁同志的中篇小说《铁木前传》，是中国社会主义文学的一大丰碑，至今无人越过这个高度。土地改革以后，20世纪50年代之初，北方农村和农民是个什么样子，活灵活现地保存在《铁木前传》里。这是一部用四万字写成的史诗。

写出《铁木前传》，孙犁同志病患缠身，不再以写小说为主。古稀之年"故技重演"，《芸斋小说》引人注目。这使我想到《聊斋志异》和《阅微草堂笔记》，也想到鲁迅先生的《故事新编》。

孙犁同志的老年作品，达到了"七十而从心所欲不逾矩"的化境。品味他那些怀旧忆往的散文，有如拜读鲁迅先生《朝花夕拾》所得到的感受。他也写了不少议论文坛、社会、世态的文章，字里行间常常流露出忧虑、愤懑和愠怒，这也像鲁迅先生对国家和民族命运那"灵台无计逃神矢"的深沉忧患。

我在创作上深受孙犁同志影响，但是个人往来上并无深交。我热爱、敬佩他的作品，但绝非盲目崇拜，也并不为长者讳、贤者讳。我敬重他的党性原则和艺术规律不可分割地结合成浑然一体。1978年6月26日他写道，对于党性原则，看得比生命还重要。我还要补充一句：对于文学艺术创作的科学规律，他也视如生命。正因如此，他超过了许多杰出卓越的同辈作家，也为接踵而至的晚辈树立了典范。孙犁一向不露锋芒，从不口出狂言。但是他在为文集所写的序里曾说道，几十年来他所写的作品都可以原有的姿容，原有的队列，通过严峻的历史检阅。熟悉他的作品的人都公认这些话毫无夸张之意。

我曾听说，一位伟人称赞孙犁同志，"是一位有风格的作家"。这个评价，可谓知遇之言，准确无误。孙犁同志是当之无愧的。

1993年5月

（选自《刘绍棠文集》第10卷，北京十月文艺出版社，2003年第1版。）

忆旧与远望

□ 刘绍棠

我先知道天津卫，后才知道北京城。

这是因为，我出生长大在北运河畔的一个小小村落；在地理上，和天津卫一脉相通，血肉相连。北运河北起通州，南到天津入海河；在我七岁之前，每天都有高高的桅杆上扯满白帆的大船，打鱼捕虾的叶叶扁舟，北来南去，从我们村的西口往返。我们村的许多长辈人，在大船上当船工和纤夫；他们每趟下卫归来，眉飞色舞地讲述在天津卫的所见所闻，深深吸引了我这个只见过巴掌大的一块天的土著小儿。我多么想跟他们拉一条纤，或是搭乘一只打鱼小船，走出运河滩狭天窄地，到天津卫大开眼界。

我们村的孩子，长到十二三岁，不少人到天津卫学手艺。水旱荒年，年轻的媳妇到天津卫当奶妈子，中年妇女到天津卫当老妈子，少女被人贩子拐卖到天津卫的下处。可以说，我们村的命运，和天津卫紧紧拴在一起。事隔三四十年以后，我把这些当年的风土人情和悲欢离合，写成了我的乡土小说，而在这一类的小说中，每一部都提到了天津卫。

我的生活道路，虽然没有走向天津，但是我的创作道路，却是从天津车入正辙。

我的创作起步很早，在受到孙犁同志的作品影响之前，已经发表二三十篇习作；然而却是混沌未开，一盆浆糊。只有在接受孙犁同志的作品和创作思想的熏陶，并得到《天津日报·文艺周刊》这座文学苗圃的栽培以后，我才能够迅速成长。三十年来，我从《文艺周刊》这块立足之地出发，走上一条因人制宜的正确的创作道路，也就从天津走向了全国。我和孙犁同志建立了三十年的师生之谊，和《天津日报》的文艺编辑同志建立了三十年的知己之交，是我的文学生涯中的一大幸运。

从山西讲学归来，看到邹明同志四月七日的来信："《天津日报·文艺周刊》即将出到1000期，他们想搞一个纪念，孙犁同志让牧歌约你和维熙同志写一篇文章，他大约几日内即专程去找你和维熙同志。"又说，"对于这个刊物，咱们都是有感情的，我学习做文艺编辑，还是从《文艺周刊》开始的，那时只是二十五岁的小青年，现在年近花甲，真有不少感想。"

这封短信，引起我的无比激动和无限感慨，念旧之情涨满了胸腔。

前些日子我写信给邹明和牧歌同志，信中抚今追昔。谈到我对《文艺周刊》的旧情难忘，谈到我和他们三十多年的文字之交，虽然只不过寥寥数语，心却久久不能平静。

流年似水，不舍昼夜。当年在《文艺周刊》上发表小说时只有十五岁的我，也早已人过四十天过午了；而当年的《文艺周刊》主编孙犁同志，已是年届古稀了。我是多么愿意我仍然是十五岁，孙犁同志也仍然是当年的三四十岁啊！

然而，燕子去了，有再来的时候，杨柳枯了有再青的时候，桃花谢了，有再开的时候，我们的日子却一去不复返了。

但是，《文艺周刊》出版了1000期，这是一座一砖一瓦砌造起来的丰碑，为国人所有目共睹。那么，它的编者和作者，便不是等闲白了少年头，更不会老大徒伤悲。因为，我们将我们的一分热发一分光，奉献给一桩规模虽小，长年累月却大有成就的庄严事业。

一份地方报纸的副刊，尤其是文艺副刊，能够办到1000期，据我所知，全国只有《天津日报》一家。对于《天津日报》的远见卓识，扶植文学创作的热情和决心，栽培文学新人的智力投资，我是非常钦佩和感念不忘的。孙犁同志把《文艺周刊》比喻为苗圃，我正是从这片苗圃中成长起来的一株树木。因此，我希望《天津日报》坚持和发扬这个光荣的传统，代代相传。《文艺周刊》不但已经出版1000期，两且还要出版2000期，3000期……10000期。同时，我也希望各地的报纸都以《天津日报》为榜样，为初学写作者开辟育秧的园地。我与不少报纸有所来往，它们的文艺副刊，或昙花一现，或半途而废；尽管确有种种困难，而缺少恒心，却是主要原因。

创办《文艺周刊》时，孙犁同志已经是著名作家，但是为了"造出大群的新的战士"，不惜花费很多的时间和精力。我们这些从《文艺周刊》上成长起来的人，对他感谢不尽，并非出于一己之私的报答，而是发自对于他的学习鲁迅精神的崇敬。近年来，我也在做这项工作，但是相差很远。

纪念《文艺周刊》出版1000期，更应该发扬光大《文艺周刊》的20世纪50年代的编辑作风。即编者和作者亲密无间，却不徇私情，不搞私相授受。我自一九五一年在《文艺周刊》上发表小说，与孙犁同志和编辑同志书信往还甚多，但是直到一九五六年，才和他们见面。至今，三十多年了，我和孙犁同志见面不过四次，并无吹嘘标榜，更无请客送礼。我与邹明和牧歌同志之间交往虽多，友情虽笃，但是文章之事，一丝不苟。他们全心全意献身编辑工作，甘愿为他人作嫁衣裳，像蜡烛一样照亮别人，成人之美，因而被我敬重，引为知音和知己。作为编者和作者，虽然人事变化，有如沧海桑田，但是我们能够保持三十多年前的旧谊，情深义重，我是很感到骄傲的。

铁打的营盘流水的兵。时间推移，时代发展，《文艺周刊》编者和作者将不断新陈代谢。但是我相信，历史悠久的《文艺周刊》传统，根深蒂固的《文艺周刊》风格，将久葆其革命之青春。

一九八三年四月十五日凌晨

（选自刘绍棠：《一个农家子弟的创作道路》，四川人民出版社，1985年第1版。）

喜 寿

□ 刘绍棠

孙犁同志今年80岁了。

1949年春，我初读他的小说时，他才36岁。天增岁月人添寿，44年过去，如今他已是八十老翁。我这个当年的"儿童团"，也年近花甲，沦为老、弱、病、残具备一身的"四类分子"了。

孙犁同志的短篇小说，世人异口同声赞美的是《荷花淀》。然而，当初最令我感动的却是《浇园》和《光荣》。这两个短篇小说所描写的人物、生活和情趣，我也有此经历和感受。一见钟情。先入为主，我至今仍对《浇园》和《光荣》最为偏爱。

1952年我认识了康濯同志。他告诉我，毛主席读到发表在延安《解放日报》副刊上的《荷花淀》后，提笔在报纸边沿的空白上写道："这是一个有风格的作家"，我才对《荷花淀》刮目相看，拜读再三，加深理解，感到果然值得毛主席御批钦点。今年是毛主席的百岁冥寿，老人家说"秦皇汉武，略输文采，唐宗宋祖，稍逊风骚"。由此也可见毛主席比嬴政、刘彻、李世民和赵匡胤懂得文学。

康濯同志是孙犁同志的老友。我认识康濯同志之前，早就认识孙犁同志的另一位老友远千里同志。远千里是我参加革命工作后的第一个上级，他比我大21岁，却跟我结为口盟兄弟。1957年我被划右，"世人皆欲杀"，只有远千里"独怜才"，给我写了一封热诚深情的信，表示惋惜，倍加鼓励。我在远千里手下吃粮的时候，《天津日报·文艺周刊》正连载孙犁同志的长篇小说《风云初记》。报纸一到，我和远千里争相传阅。我知道远千里的前妻在"五一大扫荡"的夜行军中，失足落井而亡。却不知道《风云初记》中李佩钟的牺牲，竟是以远千里的亡妻为原型。那时远千里正跟于雁军新婚，不愿多谈婚姻上的往事。我跟远千里说话虽然一向童言无忌，可也不是一点不懂眉眼高低，就没有多问人家的隐私。远千里无比悦服孙犁同志的作品，每谈必赞不绝口，激情万状。文人相轻，同辈尤甚，远千里对孙犁同志评价至高，足见孙犁同志的成就出人头地，也可见远千里的品格忠厚高尚。孙犁同志所写的《远的怀念》，可与鲁迅先生哀悼范爱农的文章媲美。他悼念郭小川的文字，也是没人写得了的。孙犁同志晚年的散文随笔，更得鲁迅先生之神髓，继承了《朝花夕拾》的文风、文格和文统。

论者众说纷纭，荷花淀流派似有若无。我被封赐为荷花淀派主要代表作家之一。受之有愧，却之不恭；没有否认，并非默许。

其实，我在创作上虽然深受孙犁同志影响，但是从一开始就不想一招一式进行模仿。我跟孙犁同志经历、性格、气质、情趣和修养上差异很大，学也学不像，只能我行我素。

在私交上，我跟孙犁同志更是"淡如水"。通过阅读作品，我拜识孙犁同志已经44年，小半个世纪。然而，44年我只见过孙犁同志四面，直接交谈拢共不到40分钟。

1956年夏，我和从维熙到天津，鲍昌和邹明陪同我们去看孙犁同志。孙犁同志43岁，按照现今标准，还应算是"青年作家"。初次见面，都很拘谨，话少时间短，纯属礼仪上的拜会。1957年夏，孙犁同志患病，我到天津问安，住在鲍昌家里。鲍昌陪我到孙犁同志养病处看望。他俩是熟人不拘礼，无话不谈，有说有笑，我只有在一旁洗耳恭听。一晃21年，1978年冬，孙犁同志到北京开会，我和从维熙前往孙犁同志下榻的远东饭店拜访。这一年他已65岁，我也四十出头；相见恍如隔世，感慨万千。跟孙犁同住一室的是曹靖华先生，曹先生年事已高，晚上睡得早。我们不敢久留，知趣告退。1980年冬，我和北京几位作家应邀到天津观光讲学，活动日程有会见孙犁同志一项（后来被某些人挖苦为"麦加朝圣"）。那几位作家对孙犁同志是"久闻大名，无缘相见"。今日得偿夙愿，个个争说抢话。我只有奉陪末座，默不作声。临别，大家和孙犁同志摄影留念，摄影师是百花文艺出版社的一名年轻编辑，连拍数张都只留得白茫茫大地真干净。因此我和孙犁同志的文字之交并无影像可作史证。

但愿孙犁同志寿比南山不老松，我恢复行走能力健步如飞；来日方长，后会有期。

我敬赠孙犁同志《古寿千幅》书法集一册，正是暗含着我的这个祝愿。

1993年5月

（选自刘绍棠：《红帽子随笔》，燕山出版社，1996年第1版。）

从维熙剪影

□ 刘绍棠

中篇小说《大墙下的红玉兰》，是一九七九年文学界引起强烈反响的作品之一。

它的作者从维熙，是一位四十六岁的中年作家，胖胖的中等身材，不善言谈，从外貌上看，更像一位历尽辛酸的老工人。

从维熙是二十世纪五十年代成长起来的作家，是人民共和国成立后培养出来的第一批青年作家之一。他是我少年时代的同学和密友，又从少年时代就手挽着手，肩并着肩，一同走上文学创作的道路。三十年来，沧海桑田，浮沉变化，而我们的友谊与日俱增，根深蒂固。虽然他比我年长三岁，但是人们把我们看作是文学上的孪生兄弟。

在同辈作家中，从维熙的道路更为崎岖坎坷。

他生于一九三三年，祖籍河北省遵化县。他的父亲是著名的北洋工学院学生，抗日战争爆发后，曾参加了南京学生的卧轨请愿，威逼国民党抗日，但不幸在毕业时死于肺病，因此，从维熙从四岁就与父亲永别，和母亲相依为命。

他先是靠姑姑们的周济读书，后来为了自立，初中毕业后考入由国家供给食宿费用的北京师范学校。这个学校给了从维熙文学创作的丰富营养。已逝世的中国现代大作家之一的老舍，就是这所学校的毕业生。

从那时起，他开始在北京的一些报刊上发表短小的习作，第一篇习作，发表在《光明日报》的征文园地上，一九五二年，他在中国著名作家孙犁主编的《天津日报·文艺周刊》上，发表了第一篇小说。

我们都深受孙犁的艺术风格的影响，奉孙犁为我们的文学导师，在孙犁的熏陶和指导下，从维熙的作品洋溢着中国北方农村的泥土气息，语言文字也力求清新优美，为美好的生活和生活中美好的人而歌唱，因而深受青年读者的欢迎。

一九五三年秋，从维熙从北京师范学校毕业。被分配到北京远郊的青龙桥小学教书。当年冬季，他被调到《北京日报》任农村记者，一九五四年出版了第一本短篇小说集《七月雨》。

这一年，我考入北京大学中文系，于是我们聚首京华。那时候从维熙年轻文秀，书生气十足，正在恋爱，他的爱人是著名教育家张宗麟的长女。

一九五五年和一九五六年，从维熙先后出版了短篇小说集《曙光升起的早晨》和长篇小说《南河春晓》。一九五六年春，我们一同出席全国青年创作会议，并同时被批准为中国作家协会会员。

在同辈人中，从维熙最不锋芒外露，因而很不引人注意。当我们一起参加集会的时候，他总是坐在我的背后，或是坐在后排和边座，很少发言。他在同辈青年作家中以憨厚和敏感著称，这是人所共知的。

但是，在创作上，他并不甘居后排。在同辈人中，他比任何人都刻苦努力。他不信奉天才，而是靠刻苦勤奋，崭露于二十世纪五十年代的青年作家之林。

我们也真是有着共同的命运。一九五七年，我们被无辜地戴上右派的帽子。我离开了文艺界，回到故乡当农民，从维熙也离开了《北京日报》社，先在北京西山绿化大队等处劳动，当过马车把式，后又到渤海之滨的茶淀农场种水稻和葡萄，以后又到山西，在砖窑场里当过窑工，在煤矿挖过煤，当过瓦斯检查员。有一次矿井里冒顶塌方，几乎夺去他的生命。他的妻子也跟他遭到同样的待遇，一同度过了十八个充满着艰辛和磨难的春秋。

我和从维熙天各一方，他的处境比我更为艰难。偶尔，他也能回京探望老母和幼子，事先总是写信通知我，我便从农村赶回北京，跟他团聚到他离京之日，直到送他上了归程的火车，含泪而别。

一九七八年秋，党召回她的那些蒙冤和受难的儿女，从维熙和我终于在经历了漫长的坎坷之路后，又重返阔别二十年的京华。

从维熙的外貌苍老了，但是内心燃烧着炽烈的青春之火。他在饱经风霜之后，积累了大量的生活素材，而且都是他亲身经验和实感的生活素材。对于一个作家，这是非常丰富的创作原料，只是为了换取这些创作原料而付出的代价，过于昂贵了。

二十世纪五十年代成长起来的北京青年作家群，又站在了同一条起跑线上，而一马当先的却是当年最不锋芒外露的从维熙。从维熙第一个发表了短篇小说《初春》，揭开了二十世纪五十年代北京青年作家群文艺复兴的序幕；紧跟着，其他战友们的作品像潮水般涌向各个杂志，造成了一幅群星灿烂和花团锦簇的画面。

峰回路转，从维熙在发表了几个短篇以后，又向中篇小说的创作冲去。

他在北京的《十月》丛刊上发表了中篇小说《第十个弹孔》，又一鼓作气，写出了第二个中篇小说《大墙下的红玉兰》，发表在上海的《收获》丛刊的首要位置上。他作品的风格从早年的抒情清新变为慷慨悲歌而显得更深沉了。

《大墙下的红玉兰》在全国引起强烈的反响，从维熙成为文学界最引人注目的作家之一。

一九七九年，是从维熙创作上大飞跃大丰收的一年。他将上述的两部中篇小说改编成电影剧本，《第十个弹孔》已经由西安电影制片厂开拍。不久前，他又在《新苑》丛刊上发表了中篇小说《杜鹃声声》，目前又完成另一部中篇小说《泥泞》。

我们同是全国四次文代会的代表，这一年又同被调到北京市作家协会任专业作家。只是由于这二十多年的经历不尽相同，我还在写农村和与农村有血肉联系的知识分子，他则从他那丰富的生活经历之树上，摘取一颗又一颗的艺术果实。

〔原载：《中国文学》（英、法文版）1980年4期，《芒种》1980年5期；

选自刘金铺、房福贤编：《从维熙研究专集》，重庆出版社、贵州人民出版社，

1985年第1版。〕

荷香深处祭文魂

——悼文学师长孙犁

□ 从维熙

他从荷花中走来，又走向了荷香深处

2002年7月15日上午10点。在贝多芬的哀乐《安魂曲》中，我弯腰鞠躬，向一代文学大师的遗体告别。此时此刻，孙犁正躺在故乡安新百姓采摘来的荷花丛中——他年轻时从这片花香中走来，此时他又向荷花丛中安然走去，是完成他生命恬静而美丽的旅程之后，向天宇自然的回归。

我不知道在已故的文学师尊中，有哪一位在完成人生的旅程后，能再一次闻到童年的荷香，能最后一次享受到泥土亲吻和大自然的抚摸——而孙犁享受到了。这些带着晨露绽开的红荷，是家乡父老在今日黎明时分，从荷塘里采摘下来，运送到天津北郊这个灵堂里来的；其情之真，其意之切，反衬出孙犁人文品格，在庶民百姓心中沉甸甸的分量。这些来自乡土对孙犁的情思，不仅是对作家驾鹤西去的最高礼仪，还意味着对孙犁文学的认同和肯定，更是对孙犁人品与文品崇高敬意的最好表达。因而，那些来自白洋淀的乡亲，在灵堂内默默无言地摆放荷花时，我已然无法控制内心的悲怆，一滴滴泪水，滴落在那清纯的荷花花瓣上……

是的，孙犁生命的气质就像是这些莲荷。古人对莲花早有"出淤泥而不染，濯清涟而不妖"的美誉，因而那一朵朵远路而来的荷花，正是对孙犁人生的定位。说其"出淤泥而不染"，是指他在斑驳的文坛中，一生中没有留下人格失节的败笔。说他"濯青莲而不妖"，是指孙犁文学成就尽管让后人高山仰止，但孙犁从不自恋自擂，始终以普通文化人自居。记得几年前曾举办过孙犁作品讨论会，当传媒将其界定为荷花淀文学流派的师尊时，孙犁曾认真地纠正过这个界定。他说："在我的认知里，没有这么一个文学流派存在，因而其他就无从谈起了。"当然，这种表态中既有其自谦的成分，更多出自于他厌恶"成群结伙"。这种超然出世的人文品德，与那些"拉虎皮、扯大旗"、自标自唱的文人和"文伙"，其距离不是远若霄壤吗？！

因而在我眼中托起那美丽荷花的莲叶，是孙犁洁身自好的品德化身。那雅静飘香的文字，是远避凡尘的孙犁，织锦于碧莲上的一朵朵荷花。

九十年前，孙犁从荷塘中走来；九十年后，又神态自若地向荷花丛中走去……

孙犁远去，标志着一个文学时代的终结

孙犁是7月11日早晨走的。那天北国天空突然飞落一阵霏雨，天似在为一代文学大师，走完了他九十年的人生，告别了他耕耘播种了大半生的文学世界而哭。大地也失去了往日的安静，人们送来的各色鲜花，灵堂内摆放不下，只好放在室外，那花海一直连到通往灵堂的小路尽头。天哭、民泣——整个津门都为孙犁的辞世而动容。

对孙犁的辞世，我是有精神准备的。几天之前，天津友人就为孙犁病危一事打来电话，但当真传来孙犁辞世的消息时，我还是陷入了一片茫然之中。这不仅因为孙犁在20世纪的50年代，以他的人文精神影响了一代青年作者，我也是其中的一个；更重要的是他的辞世，不仅让当代文学出现了无法弥补的空缺，还标志着一个文学时代的终结。中国只有一个孙犁，而这个孙犁代表着五四运动之后，一批布衣箪食、淡泊明志作家中的"这一个"。我们可以回眸一下百年文坛，除了沈从文先生的文学脚印，与孙犁有着近似之外，在现、当代文学史上，似难以寻觅"另一个"了。如今孙犁老人走了，不仅带走了他的文魂，连他的灵肉形体也消失在冥冥的天宇之中，这不仅是感情难以割舍的依恋，也是中国文学的悲怆。尽管中国文学百家，状若天穹星空，但是在杂色斑驳的文苑里，永远闪耀着独特梦幻之光的星座，只有孙犁一个。可是它陨落了——在7月的酷夏的早晨。

这天的日历，将是中国文学史上的一个难以忘却的祭日，抚摸中国社会发展脉搏，中国文学史上不会再出现第二个孙犁了——如果有，那一定属于克隆之例，而不会再生孙犁的文字。

两段久久使我为之动情的文字，可以视为孙犁的人文情怀的自白

从20世纪50年代初，我首先结识的是孙犁的作品，他小说和散文中那种清淡如水的文字，曾使我如醉如痴。如果说我的文学生命孕生于童年的乡土，那么孙犁的晶莹剔透的作品，是诱发我拿起笔来进行文学创作的催生剂——我的小说处女作，是在他主持的《文艺周刊》上萌芽出土的。之后我结识了孙犁本人，他那种恬淡清纯的个性，以及在无为中展现有为的人文品格，都给了我强烈的冲击和感染。如果说，我得以进入文学行列，孙犁的美文是影响我的第一要素——直到1957年后我身陷囹圄，孙犁仍然没有把我看成"异己分子"，并在其内心深处，充满了同情。这是由一封信引发出的事情：1963年秋，出于对孙犁的思念，我从某劳改队寄给孙犁一封信，因怕威胁到孙犁的生存，我除去隐去寄信地址之外，还特意叮嘱孙犁不必寻找发信地点，并不要给我复信。十多年之后，当我这个游子重返京城后，在孙犁一篇为我小说集作序的文章中，反馈出孙犁当年的真实心绪，在纸面上留下这样一段文字：

> ……夜晚，我对患了重病的老伴说："你还记得从维熙这个名字吗？""记得，不是一个青年作家吗？"老伴回答。
>
> 我把信念了一遍说："他人很老实，我看还有点腼腆。现在竟然落到了这步田地！"
>
> "你们这一行，怎么这样不成全人？"老伴叹息地说，"和你年纪相当的，东一个西一个倒了，从维熙不是个小孩子吗？"……

这几行孙犁昔日的心灵独白，除了折射出孙犁内心的人性的光华之外，还可以解读成孙犁对当时极端政治的无奈。不能小看了这一段文字，他曾使我久久为之情动，要知道在那个"以阶级斗争为纲"的年代，有许多文化人丧失了人的良知良能，在台风眼中充当了文坛的杀手；包括有个

别的文坛泰斗，似已忘却文学的本质里赋有的人道情愫；又有几个文人，能保留下孙犁冰清玉洁的人文品格？

同在这篇序文中，孙犁写下了让我脸红心跳的文字。他说：

> ……现在我已风烛残年，却对维熙他们这一代意气风发的作家，怀有一种热烈的感情和希望。希望他们能不断地写出好作品。有一次我写信给他说："我成就很小，悔之不及。我是低栏，我高兴地告诉你：我清楚地看到，你从我这里跳过去了……"

孙犁是给我写过这样一封信，但我即刻给前辈孙犁复信说，我清醒地认知，这是对我的鞭策和鼓励；以我的文学才质和文字能力，永远也无法攀崖到他的高峰。

我说的是后人对前辈的真情实感。

他说的是长者对后来人的真诚期望。

两代人共有的真诚，勾画出这幅文苑史话，除了其情感价值之外，精神内涵也是极其丰富的。那是在彼此遥望中，两代文学行者都在给对方加薪助燃。当然，由于时代的间隔以及生活经历的不同，在文学观念和美学价值取向上，两代人之间出现一些细微的不同，也是自然而然的事情。比如，孙犁曾就我的《大墙下的红玉兰》的悲情收尾，与我在通信中进行过商讨，老人说他年纪大了，不希望看到小说主人公的死亡结局，并提示我"少写悲剧"。对此我曾复信给老人，十分婉转地言及我的生命脚印与前辈人履痕之间的相异，因而产生了美学索求上的距离（双方通信发表在1979年《文艺报》）。但是这些因生活主轴变化而带来对局部文学理念的相异，并不影响对文学总体观念终极的一致——那就是对文学臻美与语言雕塑能力的追求。对我来说，孙犁的作品的清新与纯净，永远不是他自谦的"低栏"，而是马拉松跑道上的"高栏"！我自视为他文学高山脚下的一棵树、一株草、一块石、一朵花……这种自我审视的结果不是让我退却，反而激起我"望山跑死马"的蛮力——因为孙犁在高山之巅凝视着我，我理应不知疲倦地进行马拉松长征。

开掘人情与人性之美，是孙犁作品之初，也是孙犁作品的归宿

能不能这么说，只有内心怀有深邃人文情怀的作家，才更能与文学中的人情与人性相通？如果作家与其作品，只是一个时期的政治符号，或者是博物馆中的一件社会标本，那只是起到了"人瑞"的作用。而文学是个活的精灵，其内在灵肉是与人性、人情融而为一的活物，是用文字筑造起的一尊美神。以如是的高标准，去看孙犁的作品，就会发现人情与人性这个文学精髓，贯穿了孙犁的全部美文当中；不仅今天是活的，就是到了明天，它也是一个个鲜活的文学文本。从他早期的散文，直到世人皆知的小说《荷花淀》；从他的长篇小说《风云初记》、中篇小说《铁木前传》，到晚年的多篇"文学短论"，有的评论家只从他的文学表现手段着眼，定性为驾驭文字的艺术大师；这只是对孙犁作品的表面开掘，而深埋于泥土中的文学之根，是人类灵性与悟性的贯穿与交叉。以短篇小说《荷花淀》而论，战争的烽烟被隐藏到文字后边去了；《风云初记》又何尝不是如此？在战火燃烧的大地上，那书页中的一个个人物，演绎出来的故事，没有刀光剑影和枪炮轰鸣，有的却是人类的最高期冀：美好战胜邪恶，正义与和平永生。至今我还记得孙犁笔下的那幅焦土画面，连树上落下来的，都是"沙沙"作响的虫子……能不能这样说，孙犁作品所以经得起时间的磨砺而芳香长存，其底蕴在于他有一颗悲悯人世的情怀，在行文落墨时，把这一人类的美好共性，张扬到了"无声胜有声"的臻美地步？因而在许多作家及其作品，在时间面前褪色变形之际，孙犁之作仍靓丽如初的渊源所在？

回首中国文学发展曲线，我们这种悟知来得很晚。似曾记得，早在20世纪的50年代，孙犁作品一度曾被有些文坛头面人物，视为淡化革命战争的文学的另类。出于对孙犁的关注，当时曾有这样的设想，如果1957年的年历上没有出现"反右"这件牵动全国的大事，把这些"大雅声稀"的艺术杰作，挂上审判台并非没有可能。之所以这么说，是因为在我年轻师承

孙犁文学时，在当时的文艺报刊上，已有隐晦的对孙犁的发难之声。指责其作品中，没有血光的描述文字，似乎在文字中隐去了烽火场面，就非革命文学一样，其评论之内核，正如漫画家廖冰兄的打油诗中写的一样：生活必需如此，创作必需那般，最好人如机器，没头没脑简单。但这是一些更为直观的文学现象（如廖冰兄这首直接刺向文坛背后的诗），把孙犁作品这个次要矛盾，闲置于案旁了，这可以说是孙犁不幸中之万幸。

但孙犁并没因此而改变文学之初衷，依然我行我素，于是这个远避一切功利（包括政治功利）的智者，获得了文学的永久。综观中国文学经纬，应景于一时之作，多能爆响于一时，而不能留芳于永久。孙犁的文学心志，恰好与之相悖，他从未希望自己的作品大红大紫；其文学马拉松的结果，倒是一些当年大红大紫的风潮之作，茎叶与花朵随风而去，风景深处却独留下了孙犁。难道不是吗？

请你喝粥吃烧饼，我保证做得到，狗还没有吃掉我的文胆

孙犁不仅仅具有悲悯人生的脱俗情怀，他一生与人无争还不乏他做人之刚毅。记得20世纪80年代的一个寒冬，我与作家康濯一起去天津看望孙犁，我告诉孙犁这么一件往事：有一次，劳改队放假，我骑着一辆破旧自行车返回京城，虽然这已然有二百多华里的行程，但是担心他在"文革"中出了什么事情，便又绕了大弯，拐到了天津。但是到了他住的楼前，心里又嘀咕开了，生怕一个劳改犯叩门，给他招来无穷无尽的麻烦，因而徘徊许久而未敢叩门，最后还是忧伤地离开了津门。孙犁听罢哈哈大笑说："那时候我正挨整，你来的话，算是一对儿黑。别的我不敢保证，请你喝粥吃烧饼，我绝对做得到。那时虽然我也身在难处，可是我的那个文胆，还没有被狗吞掉。维熙，你信不信？"

如果是一个"风标"式的作家，对我说出这话来，我可能要判别一下真伪；对于一生讲真话的师长孙犁，我相信他的话发自肺腑。自古以来，多少文人雅士，都难以泯灭天地良心。从烽火连天的解放区走来，一直没有为官之心也没有做过官的孙犁，虽然没发表过人格宣言，但他的书，他

的小说，他的散文，他的文学短论（包括他在"文革"后出版的《耕堂劫后十种》）都在平淡之中，深藏着一个文人灵魂的崇高。不知为什么，当天在他谈笑风生时，我突然联想起另一个在天津生活了很久的弘一法师，孙犁虽无遁入空门之心，但家中简陋的陈设与寒山寺院，简直没有多大区别。屋子中间那个火炉似明似暗，我在那间寒舍里始终没有能脱下大衣；康濯本身就有肺心病，当天就犯了哮喘，他居室虽然不大，但书柜却林立于室内四周，他还兴致勃勃地拿出几本线装古书，让康濯和我浏览……因而，在归途的火车上，康濯无不感慨地对我说："从解放区来的作家中，只有一个孙犁独行其路。如此甘居清贫远避世俗的作家，在当代怕也难寻第二个了。"

我说："其文学成就，怕也难寻能与他媲美的另一个了！"

他的那一行泪水，是回眸人生的心灵交响诗

这次探视孙犁，给我留下的印象极深。他不仅学识非常渊博，而且以普通人自居。既无鹤立鸡群之态，更无自恋自怜之俗。对比斑驳文坛芸芸众生，可谓又是一个"独此一家"——正因为孙犁肖像之独特，作为一个文坛后来人的我，对孙犁始终一往情深。大概是两年前的早春，我和友人房树民，专程到天津医院去探望病中的孙犁。那是我一生中，难以忘怀的时刻，因为一生泪不轻弹的孙犁，那天竟从眼角滴落出了泪水。我想那泪滴的含量，超越了一切文字的表达，使我和树民顿时泪如泉涌……我想，老人的泪水，绝不是对自己生命的依恋，一定是在这个瞬间，忆起了他的文学与人生，忆起了他新中国成立初期的岁月，一张小小的《文艺周刊》，竟然献给文苑满天星斗——那是喜泪，情泪，那是老人自慰心灵的一曲交响诗！

孙犁走了。友人房树民、林希、冯骥才、刘心武……先后打来电话，话题都是对孙犁辞世的悲伤和感慨。林希说："孙犁是个好老师，作家中并不都是好人！"冯骥才说："孙犁的辞世，若同文苑失去了一轮皎月——而这轮美丽的月亮，是无法重复无法取代的。"心武在电话中直白

他的心声时，表示了对时尚文坛的愤慨："一些评论家，在时尚风潮的影响下，争先恐后地去追风热炒应时小卖了，孙犁作品中丰厚的美学价值，只有等待有良知、有见地的评论家去开发了。"我说："时间是最严厉的法官，今天孙犁的人文品格与他的作品，已然流芳于世——它将跨越时间的隧道，铭刻于历史的永远。"这是一些后来的文学行者，对前一代文学大师的理性审视。

此时，孙犁已然西行至他故里的荷香深处，那儿水鸟低哀凄鸣，荷花无言垂泪。孙犁此刻一定如生时那般神态从容，因为他看见了花间的莲蓬——那是献给人间甘甜的丰硕果实。

孙犁的人文精神不朽！

孙犁的真情文字永生！

2002年7月20日修订于北京

（原载《天津日报·文艺周刊》2002年7月25日）

月光下的孙犁

□ 从维熙

去年七月，孙犁走完了他布衣布履的一生。一年之后的7月10日下午，我和友人房树民驱车奔往水乡白洋淀，去瞻仰建立在北国明珠上的孙犁纪念馆。

孙犁生前曾受到过这方水土的养育，他的小说《荷花淀》又让白洋淀美丽的红荷醉倒了无数读者，使白洋淀的名字香飘世界。因而，在孙犁遗体火化的当天，这儿的乡亲曾在黎明时分，摇船下水采摘了塘中的几十朵红荷，并即刻运往天津，摆放在孙犁的遗体周围，让孙犁最后一次感受他熟悉的红荷幽香。记得当天，我面对这些放出幽香的红荷，当真为之流下了激动的眼泪，因为在我的记忆里，众多仙逝的作家中，只有孙犁能有这样独特的礼遇。不久，孙犁研究会的友人告诉我，白洋淀的乡亲们正在水淀中最美丽的"荷花大观园"，为孙犁建造一座纪念馆，到孙犁逝世一周年的七月，希望我能来这儿看一眼荷塘中的孙犁雕像——此行驱车奔往白洋淀，就是为这个宿愿而来。

下了车，没有住在陆地的宾馆，一条白色的机动船，载着我们穿过层层绿苇织成的翠峰，向万顷碧波中驶去。不知道是不是孙犁文魂荫荫这片水乡之故，年年少雨的白洋淀，今年不仅雨水充沛，冀中水库还为白洋淀送了上亿立方米的清水，使白洋淀碧波浩渺无垠。我凝望着平了堤岸的波光水影，不禁想起了诗人孙敬轩对孙犁文学主体的评说："孙犁是云化成的雨，雨织成的云。"他之所以这么诠释孙犁的文学主体，因为在孙犁的作品中，没有大红大紫和轰轰烈烈，笔锋流露出的多是充满人间的纤细而真挚的真情。他是月亮——不是太阳——他是云和雨，不是炽热灼人的火山。如此说来，孙犁此时是回归到他的母体中来了；进一步推论，可不可以这么说，这水天一色的白洋淀就是孙犁灵与肉的化身？！

半个世纪之前的1936年，孙犁在水淀边的同口小学任教时，曾放舟于这片天然之水；到了1945年抗日战争胜利之后，他又从延安回到冀中地区，由于他眷恋这片水乡，又曾多次到这儿来深入生活，这儿的每一只舟影，每一朵荷花，都和他文学的神经有着"剪不断，理还乱"的联系。因而，尽管小说《荷花淀》诞生在黄土高原的延安，但小说之魂却怀胎于这片水天一色的乡野。此时，孙犁又回到了这儿，如果他地下有知的话，一定会为此而动容。

船到下榻的宾馆已是黄昏时分，隔窗遥望，见满地红荷已然绽放，美丽的红荷尽头，一片刚刚建起的青堂瓦舍，那就是孙犁纪念馆。在那片青堂瓦舍之前，有一尊拔地而起的银色雕像，那就是孙犁。本来孙犁纪念馆的开幕仪式在第二天的上午举行，但自青年时代就倾心于孙犁文字的我和树民，似已无法化解内心的激动，扔下手中的背包，就匆匆地奔向了"荷花大观园"。久违了，白洋淀的红荷；久违了，北国的这颗水上明珠！昔日，我们曾几次来白洋淀神游，如今一代文学大师的文魂又给它添上了新的人文光泽。

通过纪念馆，要穿过水中的红荷之塘，那儿没有路，只有一条百余米长的水上浮桥。我们踩上去它就左右摇摆起来，好在桥下有气筒连环支撑，因而行走在上面，尽管有点儿心跳，但是有惊无险。此时已是黄昏，归巢的水鸟在空中啾啾而鸣，满池红荷吐出爽人心肺的幽香。目光穿过初绽的美丽莲荷，眺望岸边的孙犁的银色塑像，那是一道十分撩人思绪的风暴：荷是红的，塑像是白的；水是清的，苇叶和莲叶绿如翡翠……好不容易走过了那长长的浮桥，一身布衣布履的孙犁（身着中山装），像他生前那么清淡闲雅地端坐在塘边，正在凝视着满塘的红荷。雕像高二点五米，底座高一米，底座由光洁的太行花岗岩铺就，而雕像是来自四川的汉白玉塑成。其实，孙犁的第一故乡并不在安新县的白洋淀，但是这里的人民，出于敬重孙犁的人文精神和怀念他留在水淀中的行影，县政府和民营企业家辛会来先生，不惜艰难硬是从四川购来质地无瑕的汉白玉石，让雕塑家完成了这项文化工程。纪念馆内的陈设，也力求避开世俗而寻求高雅，没有时尚的装饰，而是按着孙犁生前淡雅的人文生态，展示孙犁从小到老的各种图像和文字。这是吻合孙犁的人文精神的，因为他来去匆匆的一生中，最忌那些"绣花枕头———肚子草"的外在点缀。因而这座孙犁的水上纪念馆，让我和树民为之怦然动情。

走出纪念馆，暮色已然降临。月亮已高悬于天穹之角，月光与汉白玉的孙犁雕像相互交映，真是一道人间难觅的美丽风景。我们在月光下向孙犁弯腰鞠躬，并祝愿老人灵魂永生。我当真佩服水乡人民的审美眼光，白洋淀如此浩渺无涯，但是孙犁的石雕，不落成在其他任何景区，而偏偏落生在"荷花大观园"。之所以产生这样的感悟，是因为孙犁的一生就美如他面前的莲荷，古人写下的《爱莲说》中，对莲荷的生命特征，有"出淤泥而不染，濯清涟而不妖"的描写，他回归到了无边无际的莲荷之中，是他生命的还原。此为令我动情的缘由之一。其二，他虽然如同莲荷那般，如今已化作地下之藕，但由于他的文学作品的强烈辐射，中国无数的红荷般的花蕾，已然开出绚丽的花朵，并在那绿绿的荷叶之间，结出一个个硕大的莲蓬——那无数颗蕴生其内的莲子，就是后来人的文学果实！难道不是吗？！

踏上归途时，回首孙犁的汉白玉雕像，与月亮的光泽融为一体。不，那不是天上月亮的投影所致，孙犁就是中国文苑的一轮明月，那是他人文精神的光华，在扫描今天斑驳杂色的文坛，并向茫茫天宇倾吐着他的心声……

（原载《人民法院报》2003年7月22日）

遥望天鸟（心香一瓣）

——文祭孙犁逝世十周年

□ 从维熙

　　孙犁离开人间十年了。这十年间，孙犁的精灵似乎始终没有离开文坛，他的人文潜影，既在天宫瑶池，也在人间大地。一位一生不争不抢、远离官场、布衣布履的散淡文人，何以会在中华文坛留下永生的精神肖像，让后来者仰望不已？笔者感悟有三：

　　一曰人文一体。人是文之根，文是其滋生的花朵与果实。自古以来，就有文如其人之裁定，以此为尺丈量一下孙犁的人生，可谓是一生淡定如水。如此的人生，决定了他从文后从作品的标题直到他笔锋下的文字，也如一眼碧清之泉，从他的小说《荷花淀》《风云初记》《铁木前传》直到他的散文命名，也都雅如菊荷。比如《采蒲台》《琴和箫》《秀露集》……我们可以以此追溯到孙犁用过的笔名"芸夫"，这些都可以透视孙犁的人脉与文脉的链接。因而，可以说孙犁布衣布履的散淡为人，绣织成其文采的莲荷幽香。在乡土文学的田园之中，孙犁展现出来的艺术大家的风采，可谓是独立于群峰之上的一朵祥云，几乎无人可以与之媲美。

　　二曰拒绝名利。中国当代文坛，受孙犁文学影响的后来人，可以说不计其数，除了我们这一代中的刘绍棠、韩映山、房树民、冉淮舟、段华直接秉承了孙犁文胆与文风之外，孙犁作品还影响到当代著名作家铁凝、莫言、贾平凹的行文笔锋；但当评论家将孙犁纳入"荷花淀派"文学旗手之时，孙犁却淡然地向媒体澄清，"不存在荷花淀文学流派"之说。当说到受其直接影响并在他主编的《文艺周刊》初绽芳菲的作者时，他说这是作者本身生活和才情决定的，而非他的影响和功德。这又是孙犁师长的一声绝响——君不见有些文人把文苑当成名利的角斗场，哪有像孙犁这样远离荣誉桂冠的？笔者认为，孙犁这种人生的恪守，又是一首人文绝唱，为文坛之仅有。行文至此，笔者记起一位知名的老作家，留给后人的，是与孙犁清纯精神对立的人文肖像，资料中记载这位即将逝世的作家，在其要进天堂之际，告之子女：

他写下的几卷长篇，拓展了古典名著中描写人物的艺术手段……以此为镜，就更衬托出孙犁自律自审的高雅精神，让人景仰。

三曰不当五颜六色、随风而飘的彩色风筝，一生只做食中华大地五谷杂粮，又为中华大地而歌的一只天鸟。多年来我翻阅过孙犁的代表作，无论是什么文体的文字，都没有找到一篇图解政治之作。这里我所以用风筝与天鸟作为对比之物，因为天鸟——无论是布谷还是百灵——生命自身来自大自然的赐予，因而歌喉也为大自然而歌；而风筝无论涂鸦得多么艳丽多彩，也无论其形象为水下蛟龙还是天宫仙女，更不管它飞得有多高，都是靠东西南北的风力推动，而非自身功能。更为重要的是，高空的风筝起落升降，都要听命于放飞人手中之线的遥控。孙犁作品是一只天鸟，无论是为人间报春或为大地鸣秋，都来自他对人间万象的感悟，然后织成文学中人物的悲与欢，倾吐给中华大地。这又是孙犁人文行为有别于一些追风作家的重要标志。

孙犁在文坛几十年中的画像，是很难全面描述的。笔者仅以孙犁的"三声绝响"，抒发一个文坛后来人对前辈的感悟。除此之外，当此孙犁逝世十周年到来之际，还有一个让我为之惊异的发现：文史资料中，记载着孙犁师长的生辰是1913年的4月6日，而我的生日为1933年4月7日；除了年纪整整大我20岁之外，生辰日期的紧密连接，引发了我的一丝禅悟：天上的文曲星辰似在提示自己，要学孙犁这只文学天鸟的人文精神；因而，我在7月1日的手记上，写下了如下自励的话语：我当不了天鸟，但我竭力做一只"月圆而歌，月残则泣"——鸣啼人间冷暖的云雀……

（原载《人民日报》2012年7月11日第16版）

孙犁与《文艺周刊》

□ 韩映山

一提起《天津日报》的《文艺周刊》，就令人有一种怀恋的感情。这种感情，就像游子思念家乡一样。

二十世纪五十年代初，《文艺周刊》发现和培养的作者，计算起来，不下几十个。天津工人作者中有：阿凤、滕鸿涛、董迺相、郑固藩、崔椿藩、魏锡林。稍后，又有万国儒、张知行、杨柏林等；写农村题材的有：刘绍棠、从维熙、韩映山、房树民、吴梦起、李克明等。稍后又有青林、周渺、刘东海、李大振等。在《文艺周刊》发表过东西的作家，就更多了。它确实影响很大。

那时，孙犁同志年富力强，精力旺盛。他一边写长篇，一边编青年《文艺周刊》。有些新作者的稿件，他都亲自看阅，一旦发现是棵苗子，就尽力成全发表。这样，在短短的几年中，就出现了一支很可观的作者队伍。

发现作者，这是一种才能，需要有伯乐式的眼睛；更需要有"爱才"的崇高热情——孙犁同志确实具备这两种素质。

他对待青年作者的稿件，是非常认真负责的，总是一个字一个字地仔细看；对于可用的来稿，修改时也是非常细心的，"像对待自己的作品一样，删除一个字，或是添改一个字，都是多番斟酌，照顾文情的"。因为他自己有创作体会，他认为"编辑使作者伤心的地方，常常不在于删除，而在于他除掉了一棵苗，却在行间留下了一棵草"。

就我亲身所感，经《文艺周刊》发表的作品，一般都改动甚少。尤其编辑同志，不任意在作品中给你添枝加叶，捉刀代笔。

"文周"的编风是正派的，从来不搞私人拉拢，不树立"个人威信"，不搞"商品交换"……一句话，不"以刊谋私"。

编辑与作者之间，完全是一种高尚的"文字之交"。

孙犁同志一直遵循着鲁迅先生的编辑遗风，继承了他的奖掖新人的光荣传统。他说："今天，我们的刊物和作者，是一种完全新的关系，是一种亲密的家庭关系，编辑对作者的投稿，应该像对待远方兄弟的来信一样。编辑要知道作者在这一时期，生活和工作的全部情况，来研究他在文学上所达到的反映。对作者的生活和经历，要具备充分的同情心，才能看出作品的优点和缺点。"（《论培养》）

孙犁同志主张刊物要办得切实、朴素和活泼，要办出自己的特色和风格。并用这种风格，去影响作者，影响文坛，招徕作品。他说：这是一个强调现实主义的文艺刊物，它欢迎生活气息浓厚，有真情实感，手法通俗、主题鲜明的文艺作品；反对那些"堂而皇之的、不中不洋的、胡编乱造的、华而不实的东西"。因此，在二十世纪五十年代出现的一批新作者和作品，基本上是具备上述要求，尽管作品的思想和艺术，都还幼稚，不够成熟，但它们却给文坛带来了一股清新的溪流，一股馨爽的春风。

这与当时的社会背景、时代要求有关。当时，文坛上的风气很正，作家们都十分强调深入生活，强调文艺要为广大的人民群众服务。在这种社会背景下，山西出现了以赵树理为首的"山药蛋派"，陕西形成了一个以柳青为首的作家群。

当时，孙犁同志的《风云初记》在"文周"上连载，林蒲插了一些具有生活气息的图画，真是文图并茂，确实影响和带动了一些青年作者的文风，很自然地形成了一种流派，这就是后来人们说的荷花淀派。

可惜，孙犁不久就因病搁笔了，其他经"文周"辛辛苦苦地培养起来的一些颇有才华的青年作者，也因风雨的袭击，相继夭折了。

十年动乱时期，"文周"停办；孙犁同志被揪。整个文坛，一片空白。

随着拨乱反正，经济复升，文坛兴盛，"文周"复刊，孙犁的晚年，也焕发出了青春的光彩。他虽然不再亲自审阅"文周"的稿件了，但对"文周"的文风也还是十分关切的。在他的倡议下，这几年又增办了一个"文艺"，并亲自为它撰写了《致读者、作者》《辟栏说明》《更名，缩短期刊启事》等短文。他还热情地写作短评，为"文周"上发表的一些优秀作品，培土浇花。他确实像一位老园丁一样，孜孜不倦地苦心经营着苗圃，使一株株树苗，尽快地成活、苗壮，开出芳香的花朵，结出丰硕的果实。

一九八五年七月

（选自《韩映山文集》第3卷，河北教育出版社，2011年第1版。）

孙犁与白洋淀

□ 韩映山

今年是孙犁同志诞辰八十周年，大家在白洋淀聚会，颇有意义。我这篇文章，题目叫《孙犁与白洋淀》，就更有意义了。

孙犁并不是白洋淀人，他的老家是河北安平县，但他对白洋淀有着深厚的感情。他在评我的短篇集《作画》一文中说："我在白洋淀一带生活过，那时我在安新县同口镇完全小学校教书，白洋淀边这个村镇的明丽景色，早晨晚上从野外吹来的那种水腥气味，小镇上人们的劳动和生活，给我留下了深刻的印象。"

孙犁是一九三六年暑假后，在同口小学教书的，同口这个村镇，离我的家乡——教台村有十五华里。青少年时期，我曾到同口赶过庙会。村子很大，坐落在大堤之侧，村东北是茫茫的淀水、苇荡，依堤傍水，风景很好，是有名的水旱码头。一到集日或庙会，格外热闹，大小船只，停泊在淀边，船桅，就像一片小树林。卖席的妇女，把雪白的席子摆在街道两边，招呼顾客买席。渔民们大声吆喝："买鱼来，活蹦乱跳啊！"如果庙会上再有一台大戏，那人群就更挤不动了。二十世纪五十年代初，评剧演员新艳琴曾来唱戏，乡亲们说："卖了窗门儿，也来听听新艳琴儿。"

新中国成立前，同口有好几个大财主，最富最讲排场的首推陈调元了。他是大军阀，又是官僚资本家兼大地主。他家的房子，盖得又高又大，几乎占了半个村子。孙犁教书的那所小学，是在陈家宅院的东北边，教室有二层楼，如今已拆去了上层，下层成了大队的仓库。学校的大门脸尚在。去年夏天，保定电视台拍摄作家群，曾去同口拍照了这个门脸，我和徐光耀赤着臂膀，在门口合了个影。

孙犁在教书之余，读了不少文学书籍。那时同口有个邮政代办所。他节衣缩食，邮购他喜欢的报刊。他读了很多鲁迅的文章。每天晚饭以后，除了到淀边、大堤上散步以外，一个人就钻进自己的小屋里。孤灯一盏，行李萧条。把书摊在桌上，认真地阅读。据他的学生回忆，孙犁当时叫孙芸夫，讲课时不照着讲义宣读，而是结合着实际，讲些革命的道理。孙老师还写过一个小剧本，纪念"五一"节演出过。他穿着长衫，戴一顶旧礼帽，说话很和气……

孙犁只在这儿教了一年书。第二年，七七事变，全面抗日战争爆发，孙犁"弃笔"从戎，在故乡参加了革命，走上了一条光荣的征途。在这条征途上，他经历了千难万险，锻炼了他坚强的革命意志，铸造了他忠于祖国、忠于人民的崇高品质和灵魂，成就了他卓越的艺术才能和造诣。这是一位吃着冀中平原上的红高粱、白洋淀的鱼虾成长起来的人民无比喜爱的优秀作家，他像一面鲜亮的旗帜，带着家乡的泥土芳香，闪着理想的光辉，招展、飘扬！

孙犁随着无数的中华优秀儿女，跋山涉水，来到延安，住在窑洞里。有时站在山头，遥望东方滚滚的烟尘，思念家乡故土。一次，从冀中去了一位同志，给他谈了白洋淀雁翎队的"荷叶军"和地道战的故事。他听了很受感动，立时激起了他的创作热情。他伏在窑洞的小油灯下，用粗糙的黄纸，写成了《荷花淀》这篇作品。一经发表，立刻震动了延安文艺界。大家一致认为它意境优美，语言新鲜活泼，表达了冀中人民的爱国热情，是一篇诗体小说。不久孙犁又写了《嘱咐》《芦花荡》《采蒲台》等反映水乡斗争生活的小说。这一组小说，有个共同的特点，就是把白洋淀人民的精神面貌写得很美，美的景色，美的人物，美的情操。曾有人说："白洋淀并不是处处都是美好的，也有丑的，恶的，甚至堤坡上常晒大粪干，埋死人……"孙犁在一九五三年，下乡路过保定，在红星剧场，给我们做报告，说："这些小说，我是作为怀念写的，对家乡亲人的怀念，自然就想到她们的好处，她们的坚贞不屈，她们的爱国热情。这样写，我以为不能说是粉饰生活。无中生有，才叫粉饰。我写水生夫妻的对话，还是恰如其分的……"

是的，美是来自现实生活的。白洋淀人民的美德，是产生在抗日战争那个大环境之中，是在那艰苦的大背景之下。离开时代，离开生存的环境，美就不存在了。而生活中的美，需要艺术家的发现和提炼，它不是"自然主义"的产物，它是由艺术家的美的素养、美的情操印证、提升，才产生美的作品，这作品必然闪烁着艺术家的理想光辉。因之，自然主义，很难产生美，其作品也很难起到鼓舞人、振奋人的道德作用。

孙犁这一组反映白洋淀生活的作品，是现实主义和浪漫主义相结合的典范。它的根基，主要是现实主义（现实主义本身亦包含理想主义）。

一九四七年，孙犁从延安起步，拿着一根六道木棍子，披着一件田间送的日本大衣，经张家口，回到冀中，摇摇摆摆走了半个多月。在家住了几天，就顺着大堤，来到白洋淀。旧地重游，感受很多。他写了《一别十年同口镇》《新安游记》《采蒲台的苇》《织席记》《渔民的生活》《白洋淀边一次小斗争》等速写式的散文。他曾在端村住过，在冀中隆昌商店吃饭。商店的经理刘纪，招待他很好。端村离同口不远，坐上小船，一小时就到。孙犁到了同口，看到街道房屋，尚残留着战争的创伤。人民生活还不富裕，他教过的学生，大都到外边工作去了，他也没找过去的同事熟人。他投宿在老朋友陈乔的家里。因为孙犁在《一别十年同口镇》那篇散文的结尾，说了几句朋友交情的话；还在《新安游记》里，把街道方向闹错了，曾受过批判，说他是"克里空"。如今看起来，并无什么问题，当时弄得那么严重，是因为他家里的成分所致。

在战争年代，和群众相交，孙犁是做得很好的，曾被誉为"知识分子与工农相结合的模范"。与群众相结合，他有两条经验：一、无所不谈；二、烟酒不分。他常常是从接近老大娘开始，一旦使她们对他有了好感，全村的男女老少，就都对他有了好感。孙犁幽默地说："至今还有人说我会拍老太太的马屁。"他下乡，不好任职当官儿，这样，接近群众比较随便，群众对他也无所顾忌，以为他像山水花鸟画儿一样，无益也无害，说个家常理道儿的，很是随便，当成自家人。那时，作家与群众，确实打成了一片，是鱼水关系。不像如今，不下乡，听听汇报；或是人没下去，官御先下去了，什么书记呀，县委常委呀，先宣扬卖弄一番。蜻蜓点水，然后就大写什么，中篇呀，长篇呀，性呀，情呀，多层次呀，网状式呀，花红热闹，评家吹之，编者捧之。而人民群众，还不知怎么回事。这是个悲剧。

新中国成立以后，孙犁进了天津，对这个大城市，他有点不大适应，就像一只黄鹂，突然离开了空气新鲜的森林，来到周围尘嚣喧闹的大笼子里，他那美的鸣啭，没有了朝霞和晨露的陪伴。人跟人的关系，也不像战争岁月那么单纯，那么和谐了。他很苦恼。他对家乡，对白洋淀这片抗日的圣地，是时常怀念的。凡是从白洋淀去天津看望他的父老乡亲、青年作者、基层干部，接待都十分热情。他详细打听白洋淀的情况，愿叫人们多谈谈。

一九五三年冬季，他到安国下乡一年，住在一家外屋养着马的人家，写了《铁木前传》，未竟，大病。

一九七二年，"文革"后期，他刚刚得到"解放"，便随着天津京剧团来到白洋淀。那时，京剧团正在搞一个"样板戏"，剧本也上不去，想让孙犁帮他们鼓捣上去。"文革"十年，孙犁被批斗，被下放干校，关进牛棚，"伤口"还流着血，跟那些争名于朝、争利于市的"青年作家"，能有共有语言吗？那些年轻人，视"样板戏"为入党、升官的阶梯，得志的高台，能让一个"封资修"的老作家施展才情吗？

但是，"御令"难悖，孙犁只好木然地随着大队人马下来了。

夏季的时候，他们来到白洋淀。先到安新，后到寨南、王家寨、郭里口。在寨南，他认识了一位外号叫"老瞎架"的人，孙犁得了痢疾，老瞎架给他做饭吃，照顾得很好。后来我写了小说《夏加大伯》，就是以他做的模特儿。后来孙犁到郭里口，这是淀里有名的富村；同口、赵北里、郭里口，号称三口。郭里口有个爱好文艺的小伙子，名叫刘双库，爱说爱道。一天，他向孙犁大声说："他们剧本里写的白洋淀，都是从您的书上抄的！"这使孙犁大吃一惊。

有时，孙犁也到淀里转转，他看到：淀水已经很浅了，水面越来越小，芦苇长得也不景气。荷花淀里，也没多少莲荷，再不像过去那么清纯，那么水灵了。小船穿过荷丛，淀水浑浑的，水鸟也很少，他们的鸣叫，给人一种凄凉的感觉。"造反派"夺了村里的政权，正在大搞"围堤造田"，苇荡遭到严重的破坏。

他们访问了抗日时期的几位妇救会员。有一位叫曹真的妇女，给孙犁印象很深。她的穿着打扮，还是二十世纪三十年代式，白夏布短衫，长发用卡子来拢，搭在背后。这位妇女，我也访问过。她原来的丈夫，是雁翎队员，早已牺牲了。她从十八九岁就入了党，当通讯员，救护八路军伤员，曾用嘴喂伤员鸡蛋。我写《绿荷姐》是以她为模特儿。面对这些当年的女战士，孙犁常常感到内疚，以为自己的作品，在反映白洋淀人民斗争方面，太不够了。这些年来，孙犁的所见所闻，与抗日时期相比，是另一种情景，另一种现实。抗日时期，党所领导的那是一种神圣的战争，人民做出了重大牺牲，人民的精神道德，升华到了无比崇高的境界，而在"四人帮"肆虐时期，到处都是虚伪和丑恶，风沙摧毁了花树，粪便污染了淀水，鹰枭吞吃了飞鸟……

善于歌颂真善美的孙犁，面对着现实，暂时决定不写小说了，他又沉默了……

然而，他还是认真访问了那些抗日时期的群众。在郭里口小学，他见到了延安时期的老战友、诗人葛尧，畅谈了一番，并写了《芸斋小说·葛覃》。孙犁住在一个叫小凤的家里。对这位作家的举止言谈，小凤觉得很像过去的"老八路"，没什么架子。她跟我说："老孙说话很和气，吃饭很随便。有时，还帮我抱孩子。"

一九九三年重写

（选自《韩映山文集》第3卷，河北教育出版社，2011年第1版；
原载《文艺理论批评》1983年第5期。）

孙犁与远千里

□ 韩映山

远千里生前，非常推崇孙犁，认为他是我国少有的杰出的作家之一，说他的短篇小说，"是真正的短篇，达到了短篇的高峰"。说他的作品中，"有作者的声音，也就是作者的人格……"远千里这些话，是一九六四年夏天，把我叫到他的家里说的，当时对我启发很大，我还写了日记，写进了回忆远千里的散文里。

其实孙犁对远千里的评价也是很高的，说远为人正派，作风朴实，待人真诚，举止亲切，没有官架子。文艺工作者有他带队，是会感到很幸福的。

远千里是冀中任丘县人，童年学过电工。少年时在保定红二师读书，和梁斌同过学，同时受到了党的教育，时代风雨的锤炼，树立了人生的理想、处世的准则、待人的道义。在学生时代就开始写诗，发表在校刊和一些杂志上。是抗日的大潮，把他推向了革命的激流中去。从学校出来之后，便与路一、梁斌等同志参加了冀中区的革命工作。

孙犁第一次见远千里，是一九三八年春天，他去找路一。路一在候盯村，介绍了远千里。孙犁看见他，高个子，白净文雅，黑眉亮眼，书生模样，立时留给孙犁一个很好的印象。

第二年，孙犁转移到冀西山地工作。一九四〇年秋天，又跟随路一回到冀中，在平安县郝村，又和远千里见面了。当时，远千里正在梁斌领导下的剧社工作，担任文学组长，负责编印几种油印的小刊物。孙犁是来帮助编辑《冀中一日》的。他们住在郝村，在一个食堂吃饭，彼此见面的机会就多了。远千里正和剧团的一位高个女同志恋爱，总是笑容满面的。有时孙犁给剧团团员们讲创作课，远千里也总坐在地下，静静地听着，这使孙犁深为感动和不安。

这年秋季，冀中区一次反"扫荡"，孙犁和远千里跟随剧团到南边几县打游击，后又回到平安县。当时滹沱河发了大水。剧团决定暂时疏散，孙犁留在本村，远千里要到赵庄。孙犁给他介绍了一个堡垒户，临别，远千里把一件绿毛裤送给了孙犁。一九四五年，日本投降后，孙犁从延安回到冀中，在河间市，又见到了远千里。远千里下肢麻痹了，走路拄着双拐，但精神很好，谈笑风生，他们常到大堤上散步，彼此谈了这几年的情况。在冀中最残酷的年月，远千里转移到白洋淀水乡，长期在船上生活战斗，受了潮湿，得了全身性的骨质增生……他原来的爱人，"五一大扫荡"后，秋夜蹚水转移，掉在旷野一眼水井里牺牲了。这给孙犁留下了很深的印象，后来在写《风云初记》的时候，把这个情节，写在了一个人物的结局里。

新中国成立以后，孙犁到《天津日报》工作；远千里调到河北省文联当了副主任。这时候，他们才三十多岁，风华正茂，感情丰富，精力旺盛，一面工作，一面创作。

　　孙犁通过编辑《文艺周刊》，发现和培养了一批青年作家，同时在写他的长篇《风云初记》；远千里除了做行政领导工作，还主持编辑了《河北文艺》，创办了一期文学创作练习班。刘绍棠就曾在这个班里学习过。远千里还在业余创作了大量的诗歌，他的诗，质朴而热情，赤诚而亲切，就像作者的为人一样。后来结集《三唱集》，封面有几株白杨，象征了平原的景色，书名是孙犁题的字。

　　一九五三年冬，孙犁下乡到安国，途经保定时，远千里组织了个报告会。还陪他到"马号"里吃了一顿孙犁爱吃的小馆，还看了保定的古迹"大列国"，还到紫河套买书……

　　一九五九年，河北省省会搬到天津，远千里和孙犁见面的机会就多了。孙犁的老伴儿有病住院，远千里亲自去医院看望她。孙犁在《远的怀念》一文中说："……惠及我的家属，使她临终之前，记下我们之间的友谊。"

　　这两位作家，尽管性格不同，艺术形式各异，但他们有着很多共同的素质，就是为人光明磊落，真诚热情，他们爱才不妒才，从不搞小圈子、拉帮结伙、培植私人势力。他们爱惜人才，完全是为了文艺事业，为了文坛后继有人。他们兢兢业业地工作着，创作着，给人民留下了宝贵的精神财富，然而，他们的命运和遭际，却并不好。"文革"动乱中，他们都遭受了极左路线的残酷迫害。孙犁勉强活了过来；远千里因为战争年月所患的骨质增生，使他每次挨批斗时，身如针刺火烧一般疼痛。一斗几个小时，他大汗淋漓，在脚下，滴成一片水泽……他没死在日寇"五一大扫荡"中的屠刀下，却死在林彪、"四人帮"残酷斗争的口诛笔伐下了……

　　听到远千里的死耗，孙犁正在干校的菜窖里干活儿。这突来的消息，使他麻木的脑子里，沉重地轰击了一声。夜晚，回到住处，不能入眠。他沉痛地回忆了远千里和他的结识、交往，热泪流湿了枯瘦的颜面……

　　林彪、江青反革命集团覆灭以后，孙犁又燃起了写作欲望，他写了很多回忆性的散文。我以为他写得最感人的还是那篇《远的回忆》。文章最后一段这样写道："现在，不知他魂飞何处，或在丛莽，或在云天，或徘徊冥途，或审视谛听，不会很快就随风流散，无处召唤吧。历史和事实都会证明：这是一个美好的，真诚的，善良的灵魂。他无负于国家民族，也无负于人民大众。"

这是用血和泪写的文字，每次读到这里，我的热泪就流下来。

一九八七年二月

（选自《韩映山文集》第3卷，河北教育出版社，2011年第1版。）

孙犁与青年作家

□ 韩映山

孙犁发现和培养了许多青年作者。这些作者，有的后来成了名家或大家，成了文坛上炫耀一时的人物。有良心的作者，都没有忘记他，还经常跟他保持着联系。

20世纪50年代初，孙犁在《天津日报》编《文艺周刊》，他和他的助手们，就培养了一批为数可观的工农作家，如果开名单，可以开一大串。写农村题材的，也有七八个，后来人们说是形成了一个"文学流派"。

其实，早在20世纪40年代，孙犁在晋察冀当记者和编辑期间，就很注意培植青年作者的工作。那时他虽然还没有成什么"家"，但对文学理论，已经有了一定程度的修养和研究。出于革命斗争的需要，他和他的战友们编辑了《冀中一日》，发起了一个群众性的写作运动，活跃了冀中的文学创作。这一次写作运动，为解放区成长起来的作家，开阔了现实主义的创作道路，为作者们的创作准备打下了坚实的基础，著名作家刘流、冯志、徐光耀等，就都受过这次写作运动的影响。

20世纪60年代，在他养病期间，他虽停止了写作，但依然关心着青年作者们的命运和前途。每当我到他家去看他，闲谈中，时常流露出对刘绍棠、从维熙、谷峪等青年作家的惋惜和同情，对他们的才情充满着赏识和喜爱，为他们的不幸和遭际，感到悲叹。记得有一天，当我把自己刚出版的短篇集《作画》送给他时，他非常高兴，很快就看完了。他当时正患感冒，发烧。他还带病写了一篇读后记，指出了我创作上的优点和不足，意见中肯而亲切。他劝我把胆子放大点，不要太拘谨，要按生活里的事儿写。随后，又说："当然，我并不是让你去犯错误，而是要放开些。""生活里，有好多事是可以写的。你不是没看到，而是不敢写……这也不怨你。"我深深被他知心的话语感动，他的意见，确实一针见血，自从伙伴们一个个"跌倒"之后，我确实像一只惊弓之鸟。

后来，孙犁同志还劝我们多读一些古典名著，学习写作，要"取法乎上"。

"文革"以后，孙犁精神大振，重操宝刀，写作十分勤奋、刻苦。他除了自己写，也鼓励别人写。在繁忙的创作之余，每天还要接待来自山南海北的造访者。对来访的青年作者，他尤其热情。有名的和无名的，他一视同仁，从不看人下菜碟。有的作者把发表的作品寄给他求教，只要精力允许，他力争写读后记或写回信。后来成了名作家的贾平凹、铁凝、李贯通等人，都受过他的指点与扶持。

贾平凹的一篇散文《一棵小桃树》发表在《天津日报》的《文艺周刊》上，孙犁读了以后，非常高兴，立即写了一则读后感，认为这是一篇亲切的、有着真情实感的、不端架子的散文。以后，每逢看见贾平凹发表了散文，孙犁都找来阅读，并经常给贾写信。他在《再谈贾平凹的散文》一文中掩不住内心的喜悦之情，写道："……这种看（读），完全是自愿的，很自然的。就像走在幽静的山道上，遇见了叫人喜欢的颜面身影，花草树木，山峰流水，云间飞雀一样，自动停下脚步，凝聚心神，看看听听。"他谈了贾的四篇散文，尤对《静虚村记》评价较高，认为是"足以表现我们的伟大时代的祥瑞之作"。说贾的散文"于流畅绚丽之中，略略带有一种山野朴讷的音调，还有轻微的潜在的幽默感"。"出于自然，注意含蓄，能以低音淡色引人入胜，这是一种高超的艺术境界"。

当贾平凹在创作道路上遇到一些坎坷，有过一点曲折的时候，有的评论家大惊小怪，说三道四。而孙犁却不慌不忙，从容若定。他循循善诱地指导贾平凹走中国现实主义的创作道路，博览群书，深入生活。孙犁在给苏予同志的信中说："过去，我读过他（指贾平凹）几篇小说，印象是故事总有些离奇，好像在追求什么技巧，有编织雕琢的痕迹。""在他尝试了一些西洋'技巧'和现代'手法'之后，转移到了中国新文学的现实主义道路上来。这位作家，一踏上这条从现实生活着眼，从现实生活取材的道路，他的才华就如鱼得水似的，表现了极其泼辣的声势，极其闪耀的光芒。"（《陋巷集》第174页）

在孙犁给贾平凹的散文集序文中，针对着文坛上的一些不正之风，声东击西地指出，有的作者，有了一些成绩之后，便趾高气扬，不可一世。认为贾平凹不是这种人："他已经有了成绩，有了公认的生产成果。但我在他的发言中或者通信中，并没有听到过他自我满足的话，更没有听到过他诽谤他人的话。他没有否定过前人，也没有轻视过同辈。他没有对中国文学的传统，特别是'五四'以来的现实主义传统，发表过似是而非的或不自量力的评论。他没有在放洋十天半月之后，就侈谈美国文学如何，法国文学又如何……在他的身旁，好像也没有一帮人或一伙人，互相吹捧，轮流坐轿。他像是在一块不大的园田里，在炎炎烈日之下，或细雨霏霏之中，头戴斗笠，只身一人，弯腰操作，耕耘不已的青年农民。""我喜欢这样的文章和这样的作家。"（《尺泽集》第174页）

孙犁对这种朴实、谦虚的文学青年的热爱，是抱着真挚而又崇高的感情，是没有任何私心杂念的。他不想拉帮结伙，也不想培植私人势力。尽管他扶持过一批又一批的青年作者，但并不以"师长"自居，沾什么"知名作家"的光。言谈中，从没有听他流露过：某某作家是他培养的。甚至他有意或无意地想方设法避开或"疏远"那些一时走红的作家。他是这样想的：一个作家，在他不大出名的时候，或者刚刚学走路的时候，你扶他一把，哪怕轻轻一把，他会感激的，也是他所需要的；一旦这位作家名声大噪，周围鼓吹者蜂拥而上，围得水泄不通的时候，你最好退下来，不要再趋乎了。因为这时候，他已经不需要你原先那样的扶持和指点了。他需要的是另外一种"扶持"和"指点"。

我钦佩孙犁这样的品德，他默默地在那里耕耘着土地，培植着稼禾，渴望着丰收。

他是一位真正的伯乐。他把一批批千里马，扶上了征途，只要看到它们那跳跃奔腾的身姿，自己就比什么都高兴了。

他已是近八旬的老人了，近来写东西也少了，可是对崭露头角的青年作家，还是那么充满着感情。去年秋天我去看他，他又提到了在南开大学学习的小青年段华，陕西青年教师陈晓峰。对默默写作的贾大山也格外注意。他说："一看见贾大山写的短篇，我就找来读读，我很喜欢他的小说。"

他正在关注着新的青年作家。

一九九一年五月

（选自《韩映山文集》第3卷，河北教育出版社，2011年第1版。）

同 口 镇

□ 韩映山

最近《荷花淀》编辑部，在安新县召开了一次作品讨论会，研究了孙犁同志的杰作。会后，我到了孙犁当年教过书的同口镇，访问了几位他教过的学生，看了小学校的旧址。

学校的旧址，是在村子的北头，原来是二层楼，面积不小。现在，楼已拆除，楼下尚有数间平房，成了乡镇企业的皮毛加工厂。只有校门口，还保留着当年的容貌，门脸儿呈菱形，似乎还镌刻着一些花草的图案，风雨的吹打，使壁砖变了颜色。

孙犁在《同口旧事》一文中说，他是于一九三六年暑假后，经同学侯士珍介绍来同口任教的。只教了一年。第二年，七七事变，"天下大乱，家乡又发了水，就没到学校去"。在同口学校，他担任五六年级国文老师，住在二层楼一间窄小的屋子里。晚上，孤灯一盏，很是安静，一个人坐在书桌前，埋头苦读。他喜欢读的是鲁迅和俄国的一些进步作家的作品。据他的学生王文明（他现已六十多岁，是村里的水电保管员）回忆说："孙芸夫（孙犁）老师给我们讲课，总是离开课文，讲他自己的讲义，常常介绍普希金、果戈理、契诃夫和高尔基的作品；也讲一些革命歌词，什么《九一八》呀，《黄水谣》呀，《义勇军进行曲》呀！同学们都喜欢接近他，他也没什么架子。下了课，我们愿意跟他玩，常常到他的宿舍里。他宿舍的墙上，贴着一张高尔基的半身像。他的行李很简朴，铺板上，铺着一条褥子，放着一个叠得很整齐的被子。书桌上放着一排书。他个子瘦长，穿着长衫，留着分头，有时也戴礼帽。"

王文明的记忆是真实的。孙犁在《同口旧事》最后说："……在天津，近几年发现两个当年的学生，一个是六年级的刘学海……一个是五年级的陈继乐……刘学海说，我那时教国文，不根据课本，是讲一些革命的文艺作品，对于这些，我听起来很新鲜，但都忘记了。查《善闇室纪年》，关于同口，还有这样的记载：'五四纪念，作讲演，学生演出之话剧，系我所作，深夜突击，吃冷馒头，熬小鱼，甚香。'"

可见，那时孙犁的思想，早已接受了革命大潮的推动和党的阳光的照射。这位农民的儿子，一旦风云突起，便毅然决然地投身革命的洪流里，发挥了他卓越的才华，给新文学做出杰出的贡献。

在同口，孙犁在教课之余，晨起或黄昏，好在村边的大堤上散步，看到勤劳的渔民打鱼，帆船在淀上荡漾，茫茫的大芦苇，像一片绿海。风从荷花淀里吹来，带着一股股清香和鱼腥的气息；在街口或场院，常有俊俏勤巧的妇女们在织席，苇眉子在怀里跳跃。苇喳喳鸟和野鸭子的鸣叫，像一支奏鸣曲。早晚霞光，映射着家家的炊烟，像是飘向空中的红绸纱……这一切，给孙犁留下了深刻的印象。直到他离开家乡，住在延安的窑洞；或是站在阜平的高山头上，眺望东方的烟云，不时地产生思乡之情。他的名篇《荷花淀》，就是听到来自冀中的一位乡亲，讲到白洋淀的荷叶军，匆匆写成的。发表之后，立即引起轰动，得到一致赞扬。这是一篇诗体小说，反映了冀中人民爱国主义的崇高理想和坚贞不屈的情操。作品流传到现在，其生命力越来越强烈，众多的青年作者，都在受它艺术的影响，以至形成一个引人注目的清新的文学流派，源远流长，繁衍不息。

在"荷"派作品讨论会上，同志们都认为：孙犁的作品的艺术生命不息，其影响也是不会终止的。它并不是强弩之末，而是方兴未艾。

我站在同门小学的旧址前面，眼前时时出现孙犁同志的年轻形象。

一九八九年十月

（选自《韩映山文集》第3卷，河北教育出版社，2011年第1版。）

初次相识

□ 韩映山

孙犁同志在给我写的《紫苇集》小引中说："我和映山，是一九五三年冬季，在保定远千里同志处认识的。那时他是一个农村青年，在保定一中读书。后来，他经常在《天津日报·文艺周刊》上投稿。一直到现在，我们之间的文字交往并没有断绝。"

是的，孙犁同志的记忆力是很好的，那时我正在保定一中上初中，年龄是十七岁，我酷爱着文学。在未和孙犁见面之前，我已经几乎读了他发表的所有作品，有的篇章，甚至读了不止一两遍。它们像磁石一样，深深地吸引了我，使我爱不释卷。我觉得他写得非常亲切，非常真实。好多作品，又是写我的故乡白洋淀，乡亲们的面影，村镇的容貌，水乡的风光、风俗、人情，人物的语言声调，我似乎都曾经历过，好像写的就是我们村的事。《荷花淀》中写到的同口、端村、马庄，离我们村只有十多里路，小时候我曾经坐着小船赶过集，串过亲。那织席、摇船、游泳、打伏击的场面，我也是很熟悉的。

可是我为什么写不出？即使写了，也没那么美，那么生动？

刘绍棠同志说：孙犁同志的作品，引起了我（们）对家乡的美感……是这样，当时每读一遍孙犁同志的作品，就使我产生和增添对家乡的热爱的感情，我觉得哪儿也不如自己的故乡美。于是，一股青春的文学热力在我的身上周流、激荡，我决心练习写作，立志当一名作家，反映生我养我的故乡的人和事。

那时候，刘绍棠已经开始在《文艺周刊》上连续发表了好几篇小说：《摆渡口》《大青骡子》《伏天》；不久，又出现了从维熙的《七月雨》，房树民的《诞生》……我对他们佩服极了，他们的年龄和我相仿，也都正在读书，他们行，我为什么不行呢？

于是，我大着胆子，把刚刚由一家小报退回来的两篇小说模样的东西，寄给了《文艺周刊》。没想到，很快就发表了其中一篇《鸭子》，紧接着又发表了另一篇《苑苇和小芝》。这是一九五二年夏天的事。它们的发表，使我高兴异常，给我以莫大的鼓舞和力量，使我增加了走文学之路的决心和勇气，就像白洋淀上空吹过的春风，推动我行进在水面上的白帆。这是我终生难以忘却的。

第二年初冬，一天上午，天气晴好，阳光明丽，我正在校园里散步，教我们语文的曹泰陵老师笑眯眯地告诉我："省文联（当时保定是省会）组织了个报告会，让咱们出几名学生去听听，你去吧！"我自然是非常高兴去的。

会址是红星剧场，里面已经坐满了人，大多是青年学生。台上右侧坐着的是省文联主任远千里同志。他是一位诗人，对培养青年作者，是非常热心的，爱才不妒才，为人正直、厚道。看来，今天，他也格外兴奋，他那红扑扑的圆脸上，一双黑亮的眼睛，透着喜悦的光。他站起身，向大家致开场白，他说："今天，作家孙犁同志来做报告……"随着热烈的掌声，台上走出一位穿灰布大衣的高个儿的人，他从容、自然地走到台中央的桌子前，微笑着说：'我哪里要做什么报告，我是下乡路过这里，老远是雁过拔毛……'"

这就是孙犁！几句风趣的话语，一副和善的面容，平易近人的举止，和我神交已久的作品中的孙犁，和谐地连在了一起，不是两张皮，而是水乳交融。文如其人，这句话太对了。

他的谈话，真实而亲切，没有半点装腔作势、粉饰和浮夸。

讲完了话，同学们伸着小本，请他签名。他走下台来，一一给人们签名。同学们围着他，我挤不到前边去。他一边签名一边问同学们："你们是哪个学校的？"

有的说是女中的，有的说是二中的，有的说是一中的。当他听到说一中时，就问起了我。一中的同学把我拉到前边。他和我握手，我无言地看着他，看清了他那一双聪敏的笼着一层水光的眼睛。

"你写的那篇《鸭子》，有个细节，说是中秋昏过去了，我把它改了改，我觉得值不得昏过去。还有一段，你写村边那条河，向西流，怎么倒流？把我闹糊涂了。后来我考虑，可能是实际情况，于是就没改。还有另

一篇《学习》题目不明确，我改成了《苑苇和小芝》……"（这段话是我当时小本上的记录）

我仍是默默地，静静地听着。但觉得眼睛有点发酸。

散会以后，已近中午，我和同学任彦芳，不知不觉地又跟着他到了省文联——他的住处。

"以后，我们多通信吧！你们给我写了信，我一定复信，真的。这次下乡，到安国县，要去半年。"

这次下乡，他住在安国县淤村，一个木匠家里。他的外屋，房东养着一匹马。

他写了散文《访旧》《杨国元》《家庭》《婚俗》《齐满花》。不久，他的《铁木前传》就问世了。

一九八五年七月

（选自《韩映山文集》第3卷，河北教育出版社，2011年第1版。）

编辑之德

□ 韩映山

孙犁同志从事过多年的编辑工作，他不仅熟悉编辑的业务知识，而且十分强调和重视编辑的道德修养。他在《关于编辑工作的通信》《关于编辑和投稿》《我和〈文艺周刊〉》等文章里，都说了自己的意见。

他编过的刊物有：一九三九年晋察冀通讯社编印的《文艺通讯》，一九四一年晋察冀边区文联编印的《山》，一九四二年《晋察冀日报》副刊，前此由晋察冀边区文协编的《鼓》，也附刊于该报。一九四六年在冀中平原编《平原》杂志。一九四九年起，编《天津日报·文艺周刊》。

进城之前，他编的那几份刊物我没见过。但进城后，他主编的《文艺周刊》我是亲眼所见，并且在上边发表作品。《文艺周刊》，给我们留下了难忘的印象，它是苗圃和摇篮，曾经给过我们这些当时还十分稚嫩的幼芽以浇灌和滋养，使之能够萌生和成长。我觉得，凡是有良心的作家，都不应忘记最初发现和扶植过自己的辛勤的园丁。即便你得跻高位、名扬四海，红得发紫之后，也不要忘记这一点。

当时《文艺周刊》的"编风"是很正派的。它不以势衡文，以名衡文。对作者，一视同仁，既热情扶植，又要求严格。非常尊重作品的原貌。

孙犁本人有创作体会，深知创作之甘苦。他不愿别人大段删改自己的稿件，因此，也不粗暴地任意删改别人的作品。他对待来稿，是非常认真负责的。"拆封时，注意不要伤及稿件，特别不要伤及作者的署名和通讯处。要保持稿件的清洁，不要给人家污染。"他说："我的稿子，有时退回来，稿子里夹杂着头发、烟丝、点心渣，我心里是很不愉快的。至于滴落茶水，火烧小洞，铅笔、墨水的乱涂乱抹，就更使人厌恶了。推己及人，我阅读稿件，先是擦净几案，然后正襟危坐。不用的稿件，有什么意见，写在小纸条上，不在稿件上乱画。"

我觉得，这是一种编辑的道德。我们多么需要学习这种编风啊！

孙犁在《关于编辑和投稿》一文中强调，编辑和作者的关系，应该是文字之交，要互为关心，目的是为了繁荣文学事业，而不应该掺杂上别的什么关系。

……（此处有删节）

一九八六年三月

（选自《韩映山文集》第3卷，河北教育出版社，2011年第1版。）

写　信

□ 韩映山

在作家中，像孙犁这样爱给人们写信的，还不多见。

有的人，还算不上什么作家，只不过手中掌有一些文权，你连去几封信，他也是只字不复的，这是因为你名声还小；你一旦飞黄腾达，红得发紫了之后，他会立即赶着给你写信，或是趋身拜访。文艺界这种势利眼，并不罕见。

孙犁是看不惯这种现象的。所以，他身体力行，从来不看人下菜碟，以势衡人。他对本分的青年作者，有一种特殊的偏爱之情，不管你当时名声大小，只要看着素质好，是棵苗苗，他都给以热情的关注。如果你给他写了信去，只要他有时间，一般他会回信的。这几年，只因他年事已高，精力有限，全国写信求教的人又很多，复信才较少了。

过去，他在晋察冀边区工作的时候，给通讯员和文学爱好者写信是很多的，有时一天竟写几十封信，信写得很长，也很有感情。

他与友人们的通信，如果不是战乱和动乱，收集起来，印成书，会是厚厚的一大本。书信，表达作家的感情，最真实，因而也最可贵。

据孙犁说，康濯那儿存有他一百多封信。我手里也有几十封，还有一些明信片。

他给我写的第一封信，是一九六四年初春，我患病在家休养，他托人给我捎了封信，对我进行了亲切的宽慰。我当时很受感动，读完信，眼睛都湿润了。当时，我仅仅是一名不大显眼的青年作者和普通编辑，有什么资格得到一位名作家的关怀呢？想起自己当编辑，对一些青年作者，回信并不都很热情的，有时甚至还有不耐烦的时候。我给孙犁回了信以后，不久，他竟又给我写了信来。后来，我住进柳林疗养院，他给我写信就更频繁了，三两天一封，五六天一封。只要我写了信，他立即复信，一天也不耽误。有时谈养病，有时谈读书，有时谈写作。我们的通信，就是从这个时候开始的。

离开天津，我回到保定，我们之间的书信，并没有断绝。

近几年，我们的通信少了起来，主要我考虑到，孙犁同志毕竟是年老了，精力有限了，给他写信的朋友和作者，越来越多了，每天他还要迎接宾朋，还要挤空儿写东西、读书，一个老年人，哪会应付得过来呢？

可是，我要老不给他写信，他还托人捎信儿，说："映山怎么老不写信来了呢？"

我只好隔些天，就给他写封信，并在信中声明，没什么事就不必给我写回信了。

一九八六年十月

（选自《韩映山文集》第3卷，河北教育出版社，2011年第1版。）

忆刘绍棠

□ 韩映山

听到刘绍棠同志逝世的消息，我很是难过。前不久，《天津日报·文艺周刊》编辑宋曙光邀我们四个（刘、从、房、韩）写稿，组成一期，名曰"回娘家"。绍棠写了散文《一亩八分地》，从文章中，看不出，他已是个病人，仍然充满着青春的朝气和对人生的乐观情绪，是的，绍棠始终是个"乐天派"。

我常常忆起二十世纪五十年代初期的刘绍棠。那时，我正在保定一中读书，从《文艺周刊》上，经常看到刘绍棠写的小说，如《大青骡子》《摆渡口》等等，令我十分羡慕。我心想，什么时候我也能在此副刊上登篇稿呢？我年龄虽比绍棠大几岁，但远没他写得好。绍棠把农村的日常生活写得那么美，充满着诗情画意，简直像一幅幅动人的风景画。小说的字里行间，流露着饱满的生活气息，人物也非常可爱，语言清新朴实。当时，我觉得，除了孙犁能写这么美，再就是刘绍棠了。所以，很长一段时间，我们都学习这种写法。

后来，我又不断看到从维熙、房树民的作品。于是在三五年间，《文艺周刊》上竟形成一种气候，有的评论家说是出现一个"荷花淀文学流派"。这个"流派"持续到一九五六年末，孙犁同志患病搁笔，刘、从被错划成"右"派，我与房都当了编辑。

但是，这段历史是不能抹掉的。在文坛上，以孙犁为首的这几个作者，确实给刚成立的新中国的文苑，增添了一股清新的、洁净的溪流，一簇新鲜的、茂盛的花束，在晴空丽日下闪闪发光，摇曳着独特的风姿！在这年春天的全国青年创作座谈会上，在茅盾同志的报告中，把我们四个人的名字写在了一起。而刘绍棠是这四个人中最年轻的一个，他十三四岁开始发表文章，被称为"神童"。

反"右"以后，刘绍棠就被流放到农村老家去了。从维熙则到矿山劳动，彼此音讯全无。就像树上的一群鸟儿，猎枪一响，便各奔东西，再也不能聚集在一起，叽叽喳喳地歌唱了！

刘绍棠下放劳动，整整过了二十年，可贵的青春年华！

一九八〇年春天，孙犁在北京虎坊桥一家旅社，见到了刘绍棠和从维熙。他在给《刘绍棠小说选》的序文中说："……见到他们，我很激动，同他们说了很多话……他们走后，我是很难入睡的，我反复地想念：这二十年，对他们来说，可以说是天寒地冻，风雨飘摇的二十年。是无情的风雨，袭击着多情善感的青年作家。承受风雨的结果，在他们身上和在我身上，或许有所不同吧？现在，他们站在我的面前，挺拔而俊秀，沉着而深思，似乎并不带有风雨袭击的痕迹。风雨对于他们，只能成为磨砺锤炼，助长和完成，促使他们成为一代有用之才……"

是的，复出后的刘绍棠，比以前更成熟了，为人做事，"并不带有风雨袭击的痕迹"。他曾来保定数次。一次是来参加"荷派"研讨会，他依然谈笑风生，朝气勃勃，好像身上有使不完的劲儿。一次是来参加讨论我的作品的座谈会，他专程来保定"站脚助威"。他建议我多写中篇，共同搞乡土文学，把生活气息搞得浓浓的……

再以后，他的许多文章中，他的许多观点，我是很同意的。例如，他提倡文学的民族化，语言的乡土气息，拜人民为母亲，等等。尤其使我感动的是他虽罹难二十年，对共产党、对毛主席，没有丝毫的个人恩怨。他以为把他划成"右派"，是"亲娘错打了孩子"，他对共产党始终是忠贞不贰的，他说："有人说，我是'棒打出孝子'。我就是愿当这样的孝子！"他处处维护党的荣誉与威信；他对曾经批判过他的同志，也从不怀恨在心，他的胸怀很宽厚。

他走了，他才六十一岁！不知他是否看到了曾抱着病残之躯赶写的四卷本的长篇《村妇》问世？

愿他的灵魂安息！

（选自《韩映山文集》第3卷，河北教育出版社，2011年第1版。）

绍棠的性格

□ 韩映山

绍棠少年出名，发表他作品最多的是《天津日报·文艺周刊》。因之，受孙犁同志影响最深。

他早年的短篇小说，如《大青骡子》《摆渡口》《伏天》，达到了一种美的极致。其语言亦朴素、简洁，写景状物，颇有情致，对我启发很大，我十分羡慕他的才华。

罹难二十年复出后的刘绍棠，变得更豁达、成熟，待人接物，更加诚挚、热情。

他曾先后来保定数次，与友人促膝谈心，吃瓜饮酒，彻夜不倦。他一生念念不忘的有两个人，一是作家孙犁，一是诗人远千里。是孙犁引导他走上文学之路。孙犁的作品，帮他发现了生活之美。

远千里在生活上特别关照过他，像大哥哥对小弟弟一样。即使在患难中，远亦写长信鼓励他，要他接受教训，切勿颓废，增加信心，来日方长。这使他感动得落泪。

一九九四年，在白洋淀召开庆贺孙犁八十寿辰大会时，刘绍棠执意要来带病参加。后经人劝阻，才未赴会。他写来很好的祝词。

他对孙犁，有很高的评价，有很深的感情。当有人因个人私怨，找到绍棠，并鼓励要批孙犁时，绍棠斥之曰："你过去写过那么多吹捧孙犁的文章，如今又批孙犁，何前后判若两人，不一致乎？"那人满面羞红，灰然离去。

绍棠很是正直。惟正直，方敢直言。这几年，他在病中，一面写长篇，一面写杂感，痛斥那些骂共产党、崇洋媚外之徒。他对党是忠贞的；对家乡，对祖国是怀着赤子之心的。

这种性格最为宝贵，尤其是现在。

（选自《韩映山文集》第3卷，河北教育出版社，2011年第1版。）

一个未被污染的作家

□ 韩映山

文坛上的兴衰冷热，常常与一时的政治变幻有关。有的作家，善于迎合各种气候，他的作品就常常走红。

贾大山也红过，那是20世纪80年代初，他发表了短篇小说《取经》，获得了全国奖，省作协给他开了讨论会。第一次见他，是个赤红脸的小伙子，说话带着浓重的乡音。他称我为老师，说在上小学时，就读过我的作品。后来，他来保定开会，去了白洋淀，还到我家中做客，相谈颇投缘。

自《取经》走红之后，大山的作品，不胫而走，全国许多报刊均有刊载。河北也把他当成一个典型烘托。电视台、主席台，均有他的位置。可是，他天生"害羞"，不愿出头露面，总是关键时刻，他溜了。

后来，全国计划出一套文学什么大系，把我和贾大山的作品编在一起，请"师大"教授刘云涛执笔。刘教授还为此专门到保定访问了我，写成几十万字的评论。然此事已成泡影，教授白费了劲。一次开会，大山还问起此事。

渐渐，随着"新潮"的崛起，大山就不怎么红了。对一些时髦的写法，他有点不适应，他沉寂起来。一次会上，他说："新潮时兴了，旧潮不行了，我不写了。"不久，他又写起来，他说，"如今，新潮旧潮都不行了，我又写了。"

经过几年的思考，他总结了创作体会。他不想再写一时"走红"的东西了。他以为那些东西，名为现实主义，实则是伪现实主义，是迎合某种气候，是经不住时间检验的"媚态"之作。他不想图解政治，也不想图解弗洛伊德。他追求真善美，追求天籁。他认真地、详细地，研读了鲁迅、孙犁以及赵树理的创作。他继承了笔记小说的精华，结合着自身的生活体会，写出了《梦庄记事》等精品，引起了许多读者的注意。有些评者，一方面赞赏他的作品；一方面又指出，他应该开放，应该走向世界，学些诸如意识流、魔怪、野兽等手法。

但，贾大山，还是贾大山！

"大道任人游，小路由我走！"大山执着地走着自己的路。不争名，不争利，淡泊明志。

我很喜欢大山的这种性格。在政协会上，我们常常谈到深夜。一次，我建议他把自己的作品结集出一本书。他说："出书自己还得拿钱。""不是领导批了，不让你拿钱吗？""人家出版社都挺困难的。暂不出了！"一会儿，他吸口烟又说："甭看我没出本书，可有一家出版社出《笔记小说选》，选了孙犁先生十一篇，我两篇，还有好多名人。这是什么劲头？"话语中，他对自己的作品，是充满着自信的，自信时间是最公平的检验者。

对贾大山的为人、品格，我更是十分赞赏，自愧不如。那些年，文艺界人人都在争职称。如果贾大山在文艺界，评个一级作家是没问题的。可是，他是正定县政协副主席，是行政单位。关心他的领导，都认为不评职称，他吃亏了。有人给他出主意，成立个县文联，自己任个名誉主席。这样，一级作家的职称就到手了。可是，他不，他说："为评职称成个文联，我算个啥呢？"他甘心拿县政协的工资。"够吃够花就行啦，钱多了也没用。"他说，过年时，他给母亲一百，给岳母一百，再给佛爷一百。"满够呢！"他慢慢地吸着烟。

他跟妻子感情很深。他们是下乡时结识的。"那时候，俺吃不饱，小梅（他妻子之名）净给俺粮票。"开政协会，晚上，人静时，他给小梅打电话，彼此说一会儿知心话。这些年，新潮派净闹离婚，他有点看不惯。他说："喜新厌旧，见一个爱一个，要那样，俺原来的妻子怎么办？西方鼓吹性解放，狗才性解放哩！"

在正定时，他刚刚学习写作，最初是原省文联副主席李满天发现了他，给他推荐稿件。大山一直不忘，没有因出了名而忘记过去。李满天住院时，他去看他，说了很多宽慰话。他说，滴水之恩，当涌泉相报！

他给《长城》写稿，每次把稿件放在传达室，就走了。他不愿打搅编辑们的工作。

他敬仰的人，只是在心里默默地敬仰，不愿登门拜访，不愿见名人。

他几次念起孙犁先生，总说想去见见他。"你说，什么时候去？我陪你去。"我问他。他又沉默起来，半天，才说："再说吧！"

我跟他说起孙犁先生的为人，他听了，点点头说："你跟他捎话去，就说，孙先生虽然不信佛，可完全是按照佛家的方式生活哩！他是位老活佛。"

我寄给他一册《孙犁的人品与作品》，他一口气读完了，给我打电话说："在我读过的几本写孙犁的书里，这是我最喜欢读的一本书……"

孙犁先生老早就关注着大山的创作，在20世纪80年代末，我去看孙犁。孙犁拿着一本河北出的《作家评论集》，每个作家，都自己写了小传，唯独大山没有。孙犁笑着说："就是大山没写……"

孙犁曾给一位青年作家写信，谈到贾大山的创作，写了一段精彩的话。大山知道了，很高兴。一次，我问他，是什么话？他犹豫了一下，说："我忘了……"他不大愿自我炫耀。

孙犁在给徐光耀和我的信中，都写了一段顺口溜：小说爱读贾大山……去年，孙犁在致徐光耀的信中，有一句话：……读贾大山的小说，就像吃（未被污染）的棒子面一样，是难得的机会，他的作品是一方净土，未受污染的生活反映，也是作家一片慈悲之心向他的信男信女施洒甘霖。当然，他还可以写出像他在作品中描述的过去正定府城里的饼子铺所用的棒子面那样更精醇的小说，普度众生。我们可以稍候，即能读到。

贾大山素喜幽默。有时开会，眯缝着眼，一言不发，似在禅坐。有时忽然两眼一睁，目光炯炯，妙语连珠，语惊四座。但有时幽默过分了，也有副作用。一天晚上，他跟我和申跃中背诵了他写的一篇遗嘱，从始至终，一字不差，令人听了，有点凄然。当时，他才五十来岁，怎么一点也不忌讳呢？

他大病之后，我们经常通电话。他对疾病，还是很乐观的，但有时也悲观。不好时，他说："我只有招架之功，没有还手之力了。你说，我这病，还能好吗？"我鼓励他，能好，别失去信心。"最好让中医看看。"我介绍了位老中医。最后一次通话，他不接了，让他的妻子接。

但愿上天公平点，让大山的病尽快痊愈，出现奇迹，保佑这位未被污染的作家，让他的净土，开辟得更多更大些！不然，这样的作家，是越来越少了……

他的死，我很悲痛，但愿他在"仙界"有一席之地。

（选自《韩映山文集》第3卷，河北教育出版社，2011年第1版。）

记贾大山

□ 韩映山

今年五月，到省政协开会，见到了贾大山。他是正定县政协副主席，往年开会，总是打个幌就不见了。今年却从始至终坚持把会开完，实是"太阳从西方出来"。

我们分在一个组参加讨论，他发言依旧幽默风趣，妙语连珠，给人留下深刻的印象。他的记忆力极好，常常一字不差地背诵一段领导人的讲话，并形象地加以比喻、解释，令人叹服。

几乎每天晚上，我们都聚在一起畅谈好久，天文地理，人情世故，文坛政界，涉及颇广，而且"英雄"所见略同。他对佛学的研究，使我有点吃惊。他吃斋念佛，已经好几年了。

"你已皈依佛门了？"我问。

"还没呢！"他笑笑说，"我思想上信了佛；组织上还未加入。"

他谈话，虽然常常流露着"出世"的意思，但议论起社会人生，却倍加关心，甚至愤世嫉俗，完全是"入世"的心态，哪有一点儿超脱？莫非正像他的姓，是一位假（贾）居士？

再看他近几年写的短篇小说，虽有评者说作品里还含有禅意，但那人物，那主题，亦多采撷现时的众生相，针砭时弊，颂扬美善，劝人"入世"。

也许贾居士是在本着佛家的宗旨，要"普度众生？"

他的小说，确实写得好。精炼、自然、隽永，得闻天籁。在当前文坛上，很少看到这样的好小说。他深得鲁迅、孙犁短篇小说的神韵，如果把他算进"荷花淀"文学流派里，一点儿也不勉强，而且我感到非常荣耀。

孙犁先生几次赞赏大山的小说，他亲口跟我说："我喜欢大山的小说，只要看到发表的目录，就找来读读。"

前几天，孙先生来信，写了一段顺口溜：

> 小说爱读贾大山，
>
> 平淡之中见奇观。
>
> 可惜作品发表少，
>
> 一年只见四五篇。

会间，我将这段顺口溜念给贾大山，他默默地笑了。他对孙犁先生的鼓励很是感激，老早想去天津拜望孙先生。

今年七月，当淀里荷花放香的时候，我们应省文联之邀，一起到白洋淀祝贺孙犁八十寿辰。到时，我们还会见面、畅谈的。

一九九三年五月十五日

（选自《韩映山文集》第3卷，河北教育出版社，2011年第1版。）

饮水思源

□ 韩映山

在庆祝《文艺周刊》发表一千期的时候，我愿意写下一段文字，抒发一下感情。

确实，我与《文艺周刊》是有着特殊的深厚感情的，我愿意把她比作摇篮，比作苗圃。

二十世纪五十年代初，当我在保定一中念初中的时候，就喜欢读《文艺周刊》上发表的作品。它虽是报纸上的周刊，其文学性质却是很强的，作品内容很切实，生活气息很浓厚，格调很清新，语言很优美，有时还配上一些插图，显得版面既活泼健康，又美观大方，没有低级趣味的小家子气，更没有那些谁也看不懂的洋玩意儿。当时孙犁同志的《风云初记》和方纪同志的一些作品曾在上面发表，影响和带动了不少的青年作者。

后来，我又看到了天津工人作家的作品，如阿凤、董迺相、滕鸿涛、郑固藩等。再后来我又看到了刘绍棠、从维熙、房树民等同志的作品。刘、从、房那时都在学校读书，年龄都和我差不多，他们所写的都是农村题材，作品中的人物和风景我也都熟悉。我想，他们能写，我为什么不能写呢？

于是，我在课余里，也就偷偷地写了。

开始，我并不敢给《文艺周刊》投稿，先是给小报投，结果投中了一篇小故事，把我高兴坏了。紧接着我又给那家小报寄了两篇小说，可是很快就退了回来，嫌那作品写了蚊子。于是大着胆子把这两篇稿子给了《文艺周刊》。天哪！我做梦也没想到，《文艺周刊》竟连续都登了，而且有一篇还是头条。是多么激动啊！发表了这两篇作品以后，我的写作劲头就足了，于是便一发而不可收。

后来，孙犁同志来河北安国下乡，路过保定时，给我们做了个报告。在会上，我们见了面，他曾提及了我那两篇稿子。他的记忆，竟是那么清楚，使我非常惊异。

一九五六年春，我参加了全国青年创作会议。开会之前我写了篇文章，题目叫《献出我们的青春力量》，发表在《文艺周刊》上。在这次会议上。我见到了刘绍棠、从维熙和房树民，以及天津的一些工人作家。茅盾同志在一篇报告里，曾把我们四个人的名字写在了一起。

本来《文艺周刊》还可以继续培养更多的作者，园地里可以长出更苗壮的幼苗。可是无情的风雨，严重地袭击了苗圃，使得好多很有生气的苗苗，夭折了，枯萎了……

但是《文艺周刊》的主将和苗圃的园丁们，并没一蹶不振。当妖雾消散，阳光又普照大地的时候，他们又重整篱栅，再耘土地，播种浇培，于是，在这小小的田园里，又焕发了她原有的姿容。

现在想起来，当时的《文艺周刊》风气是很正的。她不拉帮结伙，营私舞弊。编辑与作者之间，完全是文字之交；她不以势衡文，看人下菜碟；她重作品的质量，不重作者的名望；她尊重作者的风格和特色，从不大删大改，以刀代笔。

哦，《文艺周刊》！不知不觉，您已出刊一千期了。这一千期里，您风风雨雨几十年，自然有心酸和苦衷。但是，面对如今万紫千红的春天，您是可以自慰的。您老实本分，始终辛辛苦苦，孜孜不倦，踏踏实实，兢兢业业地耕耘着这片小小的园地。您虽不敢说建立了什么辉煌的里程碑式的业绩，但在您经营的这片园地里，总是不断地伸展着一株又一株的生气勃勃的禾苗。因之，您是问心无愧的！值此一千"周岁"的时候，谨以此短文，向您祝寿。愿您长寿！

一九八三年四月九日晨

（选自《韩映山文集》第3卷，河北教育出版社，2011年第1版；
原载《天津日报》1983年5月5日。）

对《文艺周刊》的回忆

□ 韩映山

《文艺周刊》复刊了，真是令人高兴！

一看到这几个字，心里就觉得热乎乎的。不由使我产生很多兴奋的联想。

是的，《文艺周刊》与我们有一种特殊的感情。20世纪50年代初，当我们刚刚练习写作的时候，就与《文艺周刊》打交道。据我所知，好多青年作者的头一篇作品，都是《文艺周刊》发表的。

刊物发表作者的第一篇作品，会使作者终生难忘。那时候，《文艺周刊》经常出现新的作者，像春雨后的小苗苗，一层又一层，带着一种紫绿的颜色。尽管这些禾苗还幼稚、单弱，但颇有生机，它们披着鲜亮的朝阳，饱含着晶亮的晨露，透出泥土的芳香，显得苗圃很丰盛，园林很景气。

园林和苗圃的兴盛，是园丁辛勤培植的结果。在禾苗的汁浆里，饱含着培植者的血汗，编辑精心地选种、耕播、锄草、浇灌、施肥……为了保护幼苗的成长，还在周匝编夹上篱笆，防止暴风雨的袭击，还经常施洒农药，不让害虫腐蚀稼禾的枝叶。

《文艺周刊》的编辑，就像经验丰富的老农，眼力准，办法多，使得刊物很切实、生动。

刊物也配合当前的中心任务，但不机械地、生硬地去配合。它是与副刊《文化生活》有分工的。《文艺周刊》主要是发表文学创作，作品多是从生活出发，真实地反映时代精神，并不单纯为了配合一时，图解政策。所以，作品一般都有生命力，是能够结集留存的。当时的文风比较正，作者有广阔的创作领域。风格和流派可以自由地发展。

刊物发表什么样的作品，对作者影响很大。常常是读了别人的作品，引起自己的联想，兴起创作的冲动！就像一群科班在舞台上习练武艺，彼此关照，互相提携，共同提高。

那时候，处理稿件很是及时，能用的稿子发得很快。这给初学写作的作者的鼓舞是多么大啊！

稿子一般改动不大，尤其编辑不大段地给作品添加，只适当地删减或修改错别字句。作品保留着作者的天真和偏爱，也保留着作者成长的痕迹。

《文艺周刊》有时也发表长篇片断和评论文章。孙犁同志的《风云初记》和文学短论深受广大读者的欢迎，影响和带动了很多青年作者的成长。

《文艺周刊》面向华北，发行全国，形成自己的地方特色和独特的风格，培育了大批的作者。这成绩是有目共睹的。

如今，涤清妖毒，横扫"帮"气，把《文艺周刊》的光荣传统恢复、继承、发扬起来，该是多么好啊！

一九七八年

（选自《韩映山文集》第3卷，河北教育出版社，2011年第1版。）

祝愿《文艺周刊》永葆青春

□ 从维熙

值此精神萎靡、物欲横流、全国报纸上的文艺副刊不断变形和消亡的今天，《天津日报·文艺周刊》仍不改诞生时的文学初衷，按周期出版各式各样的文学作品，这本身就是中国的一个文化奇迹。君不见有多少报纸的副刊，已经在金钱的冲击下，改变了其原有的风貌吗？但唯独天津这张有着2000期出版记录的文学园地，依然十分执着地走着兴我中华文学、培养文学新人的路子，向着无极的巅峰攀登，可谓是"独此一家"了。这种对人文良知的张扬，称得上是全国报刊丛林中的一朵奇葩！这是我向《文艺周刊》深怀敬意的原因之一。之二，作为在这块沃土上萌芽、开花的一颗文学种子，当我在回眸昨日文学脚步时，我不能忘怀一代又一代《文艺周刊》的编者，表示一个文学工作者发自内心的真挚敬意！20世纪的50年代初期，孙犁同志主持《文艺周刊》时发现了我这颗瘪种，他与邹明、牧歌同志给了我文学营养——受益者不仅仅我一个，我同时代的友人刘绍棠、房树民、韩映山、魏锡林、阿凤、何苦……文学之初，都起步于这块圣土。一家市级报纸的副刊，在培养文学人才上，能有如此的辉煌业绩，在报界怕也是"别无分号"了。而今这批文学新军中有的人虽已然离开了人世，但是他们的文学情结与文字情缘中，都滚动着《天津日报·文艺周刊》的精神因子——如果是排阵列队，他们都属于《文艺周刊》的士兵；无论是进了天堂的，还是留在人间的，都会以曾经在这块沃土上耕耘和在这片园地上开花、结果为荣。

值此《文艺周刊》出满2000期之际，我希望编者能继续弘扬当年《文艺周刊》的精神和传统，为中国文学的千帆竞渡、百舸争流，多出一份血热，并以《文艺周刊》四季常青的精神旗帜，铸造出更多的文学新人。

（原载《天津日报·文艺周刊》2002年8月8日）

熏　陶

□ 房树民

被《文艺周刊》栽培过的作者中，我也算是其中的一个。只是我的写龄甚短，后来这几十年的职业是当编辑了。想一想，从作者到编辑，倒也有趣，总觉得精神上与文艺周刊有点血脉相通。

我是1952年上初中时，给《天津日报》副刊投稿的。凭的是少年的兴趣和热情。不料从那时起，所写以乡村为背景的习作，不断得以刊出，以至到1956年中学毕业前，居然够编一本小说集，并由新文艺出版社出版了。而此时我虽知道我所崇敬的文艺周刊的主编是孙犁同志，却从未给他写信，更谈不到拜望。

第一次与孙犁同志见面，大约是1963年与冉淮舟同去的，此前10年中，孙犁同志不知耗心费眼地看了、退了和用了我多少稿子，而见面时我竟想不出用几句什么话谢谢他。然而我也知道，无论作为风格不可模仿的作家，还是作为散发独特芳香的副刊主编人，孙犁同志都是默默耕耘，厌恶张扬，不求闻达，面对他是无需多话的。长期负责编辑《文艺周刊》的邹明和李牧歌同志同样让我难忘，在这块园地上，这对夫妇从青年时期熬至衰老。他们在成捆成捆的来稿中挑选备用的稿子，有幸我被多次选中，于是他们不嫌作者稚幼，用雕版那样规整的字体，一封一封地给我写过大量书信，指点、商榷，助我的习作变为铅字。

20世纪80年代末，邹明同志去世，我代表维熙和亚方由北京赶到天津，向邹明同志告别。我流着眼泪，在内心中一遍一遍地说，邹明同志，我得向您说几句什么呢？当我们在艰难成长的50年代，可供发表作品的报纸期刊很少，以孙犁同志的知名度和《文艺周刊》已有的影响，不难吸引当时国内著名作家为其撰稿。但我的印象，文艺副刊很少采用名家之作，而被推到版面上的是一茬一茬新作者的名字。编者与作者之间没有功利往还，没有吹捧爆炒。《文艺周刊》的朴素面貌和编辑品行，眼见心记。回想退休前，我在编辑岗位上的作为，自然不能与孙犁、邹明等同志并谈，但自问在做人和编辑作风方面，是受到他们无形熏陶的。

（原载《天津日报·文艺周刊》2002年8月8日）

我 的 感 谢

□ 铁　凝

在写作《哦，香雪》之前，我写过一篇名叫《灶火的故事》的短篇小说，说是短篇，其实挺长，15000字吧。我很看重这篇小说，把它拿给省内的一些老师看，有长者好意劝我不要这样写了，说"路子"有问题。我斗胆将它寄至孙犁先生，想不到他立即在《天津日报》的《文艺》增刊上发了出来，《小说月报》很快也做了转载。那是1980年吧，我仅是一个没发过几篇小说的业余作者，《天津日报》能用那么大的版面刊登一个年轻人的作品，可以想象这对我是多么大的激励。这使我对自己的写作"路子"充满自信，至今我一直把《灶火的故事》看作自己最初的探索到人性深度的小说，虽然这小说在艺术上有着许多不成熟之处。一张优秀的报纸，有时候的确能够起到鼓舞一个年轻作者写作信心的作用。没有孙犁先生和《天津日报》当年的慷慨，我不知道我会走到哪条"路子"上去。

今天是《天津日报·文艺周刊》2000期的喜庆之日，2000期里有多少岁月的沧桑和结结实实的辉煌？我愿借此机会说出我的感谢，并祝《天津日报》一切都好！

（原载《天津日报·文艺周刊》2002年8月8日）

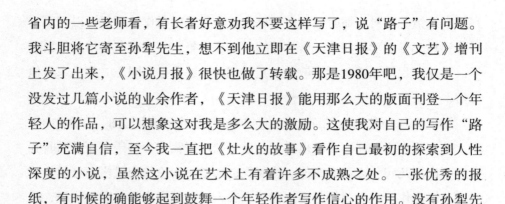

孙犁书事1962

□ 冉淮舟

我是1961年9月到《新港》做编辑工作的。10月，主编万力让编辑部的劳荣带着我和另外几位青年编辑，去看望孙犁。这是我第一次面见孙犁。他说他的身体比前几年初得病时好多了，但看去还是不很健康。谈话间我讲到，在查阅《天津日报》等报刊时，见到署名纪普、孙芸夫、纵耕、少达、石纺的一些文章，我判断都是他写的。孙犁听后，点头笑了。于是谈起将这些文章辑录成书的事，我说我在笔记本上记下了篇目，这时孙犁从书橱里取出一个信封交给我，里面装着几篇剪报。

于是我开始查阅《天津日报》，抄录没有剪报的孙犁的文章。1962年春节，我没有回老家探亲，利用那几天时间，整理、编排、核对了孙犁这本散文集书稿。我给孙犁写了一封信，连同散文集稿本寄给了他。孙犁看到信和稿本后颇为激动，当天下午即给我写了一封长信，并说明信的前半部分有些像作文章，是想在这本书出版时，摘录一部分，作为后记，有一举两得之意。第二天，孙犁又给我写一封信，把散文集定名为《津门小集》，并附后记。

就在《津门小集》编辑过程中，同时还进行着《风云初记》第三集和《文学短论》三编的编辑工作。

《风云初记》第三集写于1953年5月至1954年5月，《天津日报》两次发表十节，《人民文学》一次发表五节，《新港》一次发表五节，有十节（十六至二十、二十六至三十）尚未发表。就在此时，周扬在文代会上对《风云初记》第二集提出了严厉的批评："作者却把我们带到了离开斗争漩涡的中心而流连在一种多少有些情致缠绵的生活气氛里，这就使第二部中的描写成为软弱无力了。"这使孙犁产生强烈的不满情绪，也因此不能继续发表第三集未发表的章节了。

从1961年开始，政治气氛有所缓和，于是万力让我向孙犁约稿，新作、旧作都行。孙犁答应将《风云初记》第三集中十六至二十共五节交《新港》发表，这便是《新港》1962年4月号的《山路》和5月号的《河源》。文章发表后，读者反映很好，万力决定连载《风云初记》第三集，重新发表过去已刊发部分。这时，人民文学出版社也来人拜访孙犁，联系出版《风云初记》第三集单行本及第一、二、三集的合本。

我着手编辑《风云初记》第三集：《天津日报》发表的一至五节，孙犁有剪报；未发表的十六至二十节、二十六至三十节，孙犁有手稿；《天津日报》以《家乡的土地》为题名发表的六至十节，《人民文学》以《蒋象父女》为题名发表的二十一至二十五节，我从报纸和刊物上抄了下来；《新港》以《离别》为题名发表的十至十五节，我从《新港》编辑部资料柜中找到两本刊物剪了下来。稿子备齐了，我又仔细校阅一遍，送给孙犁。他在2月24日晚写给我的信中说："今日已把《风云》三集之结尾写好，尚觉满意。如此，则此集已大致就绪矣……三十节——结尾，系一诗一大段抒情尾声。"

《新港》从1962年7月号起连载《风云初记》第三集，至11月号结束。并与人民文学出版社商定：他们排出的《风云初记》第三集清样，照《新港》已发稿改校后，我再协助孙犁校对。

11月初，我去北京颐和园云松巢，协助孙犁为人民文学出版社核对《风云初记》一、二、三合集，办法是我读他听。仅进行了一两天，因为孙犁觉得头有些不适，我便到人民文学出版社招待所接着校了几天，把全书校完。

1963年3月，人民文学出版社以作家出版社的名义，出版了《风云初记》第一、二、三集合本，同年6月，出版了第三集单行本。

《文学短论》的编辑工作，因为上海文化工作社于1950年12月出版了一本《文学短论》，1953年3月又出版了一本《文学短论》续编，我建议孙犁编一本《文学短论》三编。他在1962年2月24日晚写给我的信中，让我编好目录，给他看看，并同意就叫《文学短论》三编。在信的结尾，他颇感欣慰地写道："我们在短短期间，把三本小书弄出个头绪，想起来也算不错了。"

人民文学出版社得知，表示愿意出版此书，并提出正、续、三编合印，我也早就有此想法。于是排出正、续、三编目录，备好稿本，仔细校阅后，寄给孙犁订正。他在3月4日晚写给我的信中说："《短论》三编合出，甚佳。"后来与出版社商定出一个选本，孙犁写了一篇《〈文学短论〉新版后记》，一千几百字。在1963年11月，人民文学出版社以作家出版社名义印《文学短论》时，孙犁又把后记删削，仅剩一百多字。

孙犁在3月4日的信中还写道："我想找一本在冀中油印之《区村和连队的文学写作课本》，因后来之《文学入门》以及《文艺学习》各版，系我删后付印，而当时不知是什么情绪竟删去三分之一，现在想来，实觉可惜。你便中可和百花商量一下，问问他们能不能从保存《冀中一日》的那位同志那里，探寻一下有没有这本书。"

《文艺学习》是1941年孙犁参与编辑《冀中一日》后，根据自己的心得体会所写，冀中文建会1942年春油印出版，书名为《区村和连队的文学写作课本》，在八路军第三纵队的《连队文艺》、晋察冀的《边区文化》上也连载过。吕正操、黄敬把这本书带到太行山区，铅印一次，书名改为《怎样写作》。1947年冀中新华书店出版时，孙犁删去了主要谈及理论的前四节和后六节，剩下的多是分析《冀中一日》作品即谈论创作实际的部分，书名改为《写作入门》。太岳新华书店和中南新华书店分别于1948年和1950年重印了这个版本。1950年上海文化工作社印行这个版本时，书名改为《文艺学习》。1956年上海新文艺出版社出版的《文艺学习》，也是这个版本。

人民文学出版社得知孙犁想要恢复《文艺学习》的原貌后，便决定重印这本书，但是苦于找不到原本。过了很长时间，孙犁于11月15日晚写信给我，说康濯同志处存有油印《区村和连队的文学写作课本》。不久，康濯同志亲手把这本书交给了孙犁。当天夜晚，孙犁便浏览一遍。第二天即给我写信，让我把删去的部分抄好补入《文艺学习》。后经孙犁订正，写了一篇新版题记，附录了《怎样体验生活？》《和下乡同志们的通信》，人民文学出版社于1964年8月以作家出版社名义出版。

另外，我知道孙犁是写过一些诗的，1962年7月，我在《冀中导报》上看到他的《翻身十二唱》，便想到协助他编一本诗集。不久，我从晋察冀通讯社编印的《文学通讯》上，看到了孙犁1939年12月2日写于阜平东湾的叙事诗《白洋淀之曲》，立即给他写信说："看了《白洋淀之曲》，对于编诗集，我是充满信心的。"孙犁在回信中说："如果我们真的能编一个诗集，使我也得有诗问世，真是不错。我们是要编一个诗集的。"

孙犁在看过《白洋淀之曲》抄稿后，又给我写信说："《白洋淀之曲》似尚可用，第三部颇为激动，这种调子，在我以后的作品中少见。编辑诗拟用为首篇。"于是我整理好稿本，孙犁订正后，1963年8月10日写了后记，定书名为《白洋淀之曲》。这本诗集，1964年4月由百花文艺出版社出版。

1962年夏天，我去冀中平原深入生活，在肃宁县档案馆，看到了一些残破的《晋察冀日报》《冀中导报》《平原杂志》，翻阅后，竟然发现孙犁的短篇小说《爹娘留下的琴和箫》、散文《二月通信》、诗歌《翻身十二唱》和《〈平原杂志〉第三期编辑后记》，便抄了下来。回天津后，立即把这些抄稿给孙犁送去。孙犁于当日夜间便给我写了一信，说："我想把旧作四篇，联为一组，加一前言，各附后记，找一地方发表之。"并附上已经写出的前言——最初叫《旧篇杂缀》，后改为《旧篇新缀》。接着，孙犁又相继写了四篇后记，分两次寄给我。后来我把收集到的孙犁的旧作，连同新写的一篇前言、五篇后记和五篇散文，编出了《旧篇新缀》

稿本，并经孙犁过目定稿，但因为政治气氛越来越紧张，这部分书稿在"文革"前未能出版。

除此之外，1962年孙犁还为中国青年出版社重印《白洋淀纪事》校阅一遍，改正了一些重要的错字，增加了《张秋阁》等六篇文章，并写了《再版附记》。另外还写了五首旧体诗和七篇文章：《自嘲》（二首）《勤学苦练》《回忆沙可夫同志》《1962年3月28日晨承光殿看玉佛》（三首）《清明随笔——忆邵子南同志》《黄鹂——病期琐事》《石子——病期琐事》《某村旧事》《读〈作画〉后记》等。

今年，是孙犁一百周年诞辰，我以回忆1962年和他的交往，来寄托我的哀思。

2013年5月于北京莲花池

（选自《新文学史料》2014年第2期）

孙犁活在我们心中
——读《回忆孙犁先生》
□ 冉淮舟

前不久，刘宗武、段华、自牧编的《回忆孙犁先生》一书，终于出版了。

我收到书后，便立即拜读起来。全书所收文稿，计150篇（包括孙犁生平、编后记等）、41万字，是从几百篇文章中选出来的。文章的作者，有孙犁同志的老战友、老同事、至亲后辈，还有作家、评论家、学者、教授及普通读者。文章中，或记人叙事，或评论作品，方方面面，林林总总。可以这样说，这是一部不可多得的孙犁同志的传记，从不同角度、不同层面，真实、全面地记录了他的生活之路，形象、具体地描述了他的文学之路。很多细节，不仅鲜活生动，而且鲜为人知。要想学习和研究孙犁同志的人品和作品，当然首先要读他的著作，但我建议，《回忆孙犁先生》这本书，是一定要读的。编者编辑出版《回忆孙犁先生》这本书，不仅是对孙犁同志的最切实的纪念，对社会也是非常有意义的，是实实在在地做了一件大好事。我认为，这部书会随着孙犁同志作品的传世而留存下来的。

四年前送别孙犁同志，向他鞠躬时，想到他从此就永远地离开了我们，我的热泪止不住地流了下来。但当我走出告别厅，却忽然觉得，孙犁同志这是摆脱了病痛的折磨，静静地休息了。于是，在我的眼前，又出现了他那挺直高大的身影，看到了他那给人以美的享受的一篇篇文稿；在我的耳边，又响起了他那亲切的话语，听到了他高兴时那爽朗的大笑声……当一些报刊约我写纪念孙犁同志的文章时，我都一一谢绝了。这是因为，关于孙犁同志作品的评论文字，我从20世纪50年代在南开大学中文系读书时就开始写了，虽然水平不能说高，但数量总算不少，还出版了专著《论孙犁的文学道路》；关于和孙犁同志的交往，我也写了《在文学的园林里》《欣慰的回顾》等篇幅较长的文章。更为主要的，我觉得孙犁同志还活着，所以我不能写纪念他的文章。

但是，我还像过去一样，仍然做着我应该做的工作。我协助宗武编辑出版了孙犁写给我的信件——《幸存的信件（给淮舟的信）》，共计127封。这是孙犁写给我的全部信件，一封也没有丢失。与此同时，我还编辑出版了孙犁同志保存下来的，我写给他的信件，共计120封，书名《津门书简》，孙犁曾写下题记。

在编辑这两本书的过程中，我写了一篇16000字的文章，综论孙犁的文学成就。我还应邀为解放军艺术学院文学系，以《孙犁三讲》为题，分为概述、抗日小说、晚年，讲了三次。我参加了中央电视台关于孙犁电视专题片的拍摄。我还整理了一本论文集《孙犁和他的作品》，不久就要出版了，其中有几篇文章，是孙犁同志改过的。我也在不断地梳理着关于孙犁的回忆，准备写一本《孙犁印象记》……

臧克家先生为纪念鲁迅先生，曾经写下一首非常有名的诗《有的人》，诗中有这样的句子："有的人死了，他还活着。"孙犁同志，正是这样的人。

（原载《天津日报》2007年1月7日）

来往书信结集成书

□ 冉淮舟

20世纪50年代，我在南开大学中文系上大学时，就开始研究孙犁同志的作品，并写一些评论。

记得当时手头没有几本孙犁的著作，发愁之际，在书店偶然看到有孙犁的《铁木前传》，定价是两角六分钱，非常想买，可自己又没钱。掂量了又掂量，就是没钱买，一直到参加了一场篮球比赛，得到了三角钱的误餐费，用这个钱得以实现了买书的心愿，而且还剩了4分钱。尽管饿着肚子，也感到满足。经过二三年的努力，终于完成了《论孙犁的文学道路》书稿。

1961年，我大学毕业分配到天津《新港》编辑部工作，之后与孙犁先生有很多的书信往来。关于和孙犁同志的交往，我写了《在文学的园林里》《欣慰的回顾》等篇幅较长的文章。

我协助出版了孙犁写给我的信件——《幸存的信件（给淮舟的信）》，共计127封，最近我又找到两封，现在一共是129封了。这是孙犁写给我的全部信件，一封也没有丢失。与此同时，我还编辑出版了我写给孙犁的信件，共计120封，书名《津门书简》，孙犁曾写下题记。我们的来往信件，大都是讨论与文学相关的话题。

我给孙犁同志的信，是我去他家中时，他拿给我的，原来，那些信他都精心保存着。

（原载《保定晚报》2012年7月16日）

戴套袖的孙犁先生

□ 铁 凝

我产生要当作家的妄想是在初中阶段，我的家庭鼓励了我这妄想。父亲为我开列了一个很长的书目，并四处奔走想办法从已经关闭的市级图书馆借出那些禁读的书。在父亲喜欢的作家中，就有孙犁先生。为了验证我成为作家的可能性，父亲还领我拜会了他的朋友、《小兵张嘎》的作者徐光耀老师。记得有一次徐光耀老师对我说，在中国作家里你应该读一读孙犁。我立即大言不惭地答曰：孙犁的书我都读过。徐光耀老师又问：你读过《铁木前传》吗？我说，我差不多可以背诵。那年我十六岁。现在想来，以那样的年龄说出这样一番话，实在有点不知深浅。但能够说明的，是孙犁先生的作品在我心中的位置。

1979年，我从插队的乡村回到城市，在一家杂志社做小说编辑，业余也写小说。秋天，百花文艺出版社准备为我出版第一本小说集，我被李克明、顾传箐二位编辑热情请去天津面谈出版的事。行前已故作家韩映山嘱我带封信给孙犁先生。

我带了信，在秋日的一个下午，由李克明同志陪同，终于走进了孙犁先生的"高墙大院"。这是一座早已失却规矩和章法的大院，孙犁先生曾在文章里多次提及，并详细描述过它的衰败经过。如今各种凹凸不平的土堆、土坑在院里自由地起伏着，稍显平整的一块地，一户人家还种了一小片黄豆。那天黄豆刚刚收过，一位老人正蹲在拔了豆秸的地里聚精会神地捡豆子。我看到他的侧面，已猜出那是谁。看见来人，他站起来，把手里的黄豆亮给我们，微笑着说："别人收了豆子，剩下几粒不要了。我捡起来，可以给花施肥。丢了怪可惜的。"

他身材很高，面容温厚，语调洪亮，夹杂着淡淡的乡音。说话时眼睛很少朝你直视，你却时时能感觉到他的关注或说观察。他穿一身普通的灰色衣裤，当他腾出手来和我握手时，我发现他戴着一副青色棉布套袖。接着他引我们进屋，高声询问我的写作、工作情况。我很快就如释重负。我相信戴套袖的作家是不会不苟言笑的，戴着套袖的作家给了我一种亲近感。这是我与孙犁先生的第一次见面。

其后不久，我写了一篇名叫《灶火的故事》的短篇小说，篇幅却不短，大约一万五千字，自己挺看重，拿给省内几位老师看，不料有看过的长者好心劝我不要这样写了，说"路子"有问题。我心中偷偷地不服，又斗胆将它寄给孙犁先生，想不到他立即在《天津日报》的《文艺》增刊上发了出来，《小说月报》也很快做了转载。

我再次见到孙犁先生是次年初冬。那天很冷，刮着大风。他刚裁出一沓沓粉连纸，和保姆准备糊窗缝。见我进屋，孙犁先生迎过来第一句话就说："铁凝，你看我是不是很见老？我这两年老得特别快。"当时我说："您是见老。"也许是门外的风、房间的清冷和那沓糊窗缝用的粉连纸加强了我这种印象，但我说完很后悔，我不该迎合老人去证实他的衰老感。接着我便发现，孙犁先生两只袄袖上，仍旧套着一副干净的青色套袖，看上去人就洋溢着一种干练的活力，一种不愿停下手，时刻准备工作的情绪。这样的状态，是不能被称作衰老的。我第三次见到孙犁先生，是和几位同行一道。那天他没捡豆粒，也没糊窗缝，他坐在写字台前，桌面摊开着纸和笔，大约是在写作。看见我们，他立刻停下工作，招呼客人就座。我特别注意了一下他的袖子，又看见了那副套袖。记得那天他很高兴，随便地和大家聊着天，并没有摘去套袖的意思。这时我才意识到，戴套袖并不是孙犁先生的临时"武装"。

多年之后，有一次我把友人赠我的几函宣纸精印的华笺寄给孙犁先生时，收到他这样的回信，他说："同时收到你的来信和惠赠的华笺，我十分喜欢。"但又说，"我一向珍惜纸张，平日写稿写信，用纸亦极不讲究。每遇好纸，笔墨就要拘束，深恐把纸糟蹋了……"如果我不曾见过习惯戴套袖的孙犁先生，或许我会猜测这是一个名作家的"矫情"，但是我见过戴着套袖的孙犁，见过了他写给我的所有信件，那信纸不是《天津日报》那种微黄且脆硬的稿纸就是邮局出售的明信片，信封则永远是印有红色"天津日报"字样的那种。我相信他对纸张有着和对棉布、对衣服同样的珍惜之情。他更加珍重的是劳动的尊严与德行、人生的质朴和美丽。

（原载《北方人·悦读》2015年第8期）

图书在版编目（CIP）数据

荷花淀派研究资料汇编：全2册 / 苗雨时，许振
东主编. —石家庄：花山文艺出版社，2021.3
ISBN 978-7-5511-4249-6

Ⅰ.①荷… Ⅱ.①苗… ②许… Ⅲ.①荷花淀派—
文学研究 Ⅳ.①I206.7

中国版本图书馆CIP数据核字（2018）第208061号

书　　名：荷花淀派研究资料汇编（上下）
主　　编：苗雨时　许振东
编　　者：向淑君　任朝科　申朝晖
策　　划：张采鑫
责任编辑：梁　瑛　刘燕军
责任校对：李　鸥
装帧设计：景　轩
美术编辑：王爱芹
出版发行：花山文艺出版社（邮政编码：050061）
　　　　　（河北省石家庄市友谊北大街330号）
销售热线：0311-88643221
传　　真：0311-88643234
印　　刷：大厂回族自治县正兴印务有限公司
经　　销：新华书店
开　　本：710×1020　1/16
印　　张：53
字　　数：780千字
版　　次：2021年3月第1版
　　　　　2021年3月第1次印刷
书　　号：ISBN 978-7-5511-4249-6
定　　价：130.00元（上下）

目　　录

CONTENTS

三、作家自叙

四、通信、日记

第二编　荷花淀派主要作家创作和流派活动年表

第三编　荷花淀派研究论文选

一、流派总论

二、孙犁研究专辑

第 二 编

荷花淀派主要作家创作和流派活动年表

1913年

5月11日，孙犁出生于河北省安平县一农民家庭，原名孙树勋。

1933年

孙犁论文《〈子夜〉中所表现中国现阶段的经济的性质》，刊登于1月第41号《中学生》杂志，署名芸夫。

4月7日，从维熙出生于河北玉田县代官屯。

5月15日，韩映山出生于河北高阳县城北街；七七事变后，全家从高阳县城迁居白洋淀边的教台村外祖母家，在此度过童年和少年时代。1950～1953年，就读于保定一中。

1934年

孙犁于《大公报》上发表《北平的地台戏》一文，署名芸夫。

1935年

房树民出生于河北通县（今北京市通州区）；1949～1956年在通县读完初中和师范；师范毕业后，先后在《中国青年报》文艺部当编辑、主任，在作家出版社任副总编辑等职。

1936年

孙犁23岁，经同学介绍，在安新县同口小学教书，开始接触白洋淀的明丽风光、风土人情，并感受当地人民的劳动生活。

2月29日，刘绍棠出生于河北通县（今北京市通州区）儒林村。

1937年

冉淮舟出生于河北高阳县。

1938年

4月5日，孙犁写作论文《民族革命战争与戏剧》；论文《现实主义文学论》，在冀中《红星》杂志第1期发表，首次署名孙犁。

1939年

孙犁调往晋察冀边区通讯社，做通讯指导工作，写作《论通讯员及通讯写作诸问题》，编辑晋察冀最早的文艺刊物之一——《文艺通讯》；10月，写作叙事诗《梨花湾的故事》，载北岳区文救会主办的刊物《边区诗歌》，署名林冬苹；11月，写作短篇小说《一天的工作》，载《文艺通讯》；12月，创作叙事诗《白洋淀之曲》，载《文艺通讯》。

1940年

3月，孙犁短篇小说《邢兰》，载晋察冀《新长城》月刊；9月，写作论文《关于墙头小说》，载1941年3月7日《晋察冀日报》。

1941年

孙犁年初写作《鲁迅·鲁迅的故事》；2月，写作叙事诗《春耕曲》，论文《接受遗产问题》；5月，写作短篇小说《懒马的故事》，写作论文《谈诗的语言》，载5月14日《晋察冀日报》。秋季，孙犁应王林之邀，在安平县郝村协助编辑《冀中一日》，主编第二辑《铁的子弟兵》。12月，写作《论战时的英雄文学》，载12月16日《晋察冀日报》。冬季，孙犁根据编辑《冀中一日》心得，写作《区村和连队的文学写作课本》，副题为"给《冀中一日》的作者们"（后改名《文艺学习》《写作入门》，多次重印，在晋察冀边区文学界影响深远）。同年，孙犁写作短篇小说《芦苇》《战士》，散文《摘树叶》《投宿》，短篇小说《女人

们》，载晋察冀《新长城》月刊。

1942年

8月，孙犁写作短篇小说《琴与箫》，原题《爹娘留下的琴与箫》，载1943年4月10日《晋察冀日报》文艺副刊《鼓》，因当时有些同志认为它过于"伤感"，1980年以前的作品集均未收录；同月，写作短篇小说《走出以后》；9月，写作短篇小说《丈夫》，载12月23日《晋察冀日报》文艺副刊《鼓》；11月，写作短篇小说《老胡的故事》；12月，写作论文《慷慨悲歌》，载《晋察冀日报》文艺副刊《鼓》；年底，写作论文《怎么体验生活》。

1943年

孙犁诗歌《大小麦粒》，载《晋察冀日报》文艺副刊《鼓》。春季，孙犁写作短篇小说《黄敏儿》。5月19日，孙犁短篇小说《第一个洞》，载《晋察冀日报》。

1944年

春夏，孙犁奉命赴延安，先后在鲁迅艺术文学院任研究生、教员；同年写作短篇小说《山里的春天》、散文《游击区生活一星期》。

1945年

4月16日，孙犁短篇小说《杀楼》，载延安《解放日报》，此文最初曾在延安鲁迅艺术文学院墙报发表，为当时计划写作的中篇小说《五柳庄纪事》之一节。5月15日，孙犁短篇小说《荷花淀——白洋淀纪事之一》，发表在延安《解放日报》；这篇小说的发表，其清新独特的风格震动了延安文艺界。6月2日，孙犁散文《白洋淀边一次小斗争》，载重庆《新华日报》，副题为"解放区生活报导"；本文与《游击区生活一星期》的发表，在国统区引起强烈反响。7月3日，短篇小说《村落战》，载《解放日报》，副题为"五柳庄纪事"；8月14日，短篇小说《麦收》，载《解放日报》；8月31日，短篇小说《芦花荡——白洋淀纪事之二》，载《解放日报》。

同年，从维熙随外祖母到北京念书，先后在北京西四北小学、北京山东中学以及北京二中就读，后转至通县男师附中叔父任教的学校读完初中。

1946年

年初，孙犁写作短篇小说《碑》《钟》及散文《蠡县抗战烈士纪念塔碑记》；4月初，论文《谈乡村文艺工作》载4月8日《冀中导报》；4月22日，在冀中通讯会议上讲话，题为《谈谈写作问题》。同年，孙犁写作短篇小说《藏》《嘱咐》。

11月，《荷花淀》由华中新华书店出版，大众文库编委会编，为"大众文库（文艺类）"之一种，仅收入《荷花淀》一篇作品，小64开，正文21页，应为《荷花淀》最早版本，存世极少。第六段第一句"这年轻人不过二十岁"，1955年版改为"这年轻人不过二十五六岁"；"那里水浅过不去"，1981年文集本改为"那里水浅，大船过不去"；"枪声紧紧地清脆"，1981年文集本改为"枪声清脆"。

1947年

孙犁在《冀中导报》发表散文《相片》《天灯》《小陈村访刘法文》《织席记》《采蒲台的苇》《新安看卖席记》《一别十年同口镇》，短篇小说《新安游记》。9月，全国土地会议召开。冬季，冀中土地会议召开，土地会议期间，孙犁受到批判；散文《一别十年同口镇》《织席记》，小说《新安游记》，同时在《冀中导报》被批判。《一别十年同口镇》写土改后富农家庭的人们参加劳动，被指责为"立场"问题；《织席记》被指责为"丑化农民"；《新安游记》因将实际生活中的城西南头写为东北头，被指责为"客里空"。

本年，《荷花淀》在香港出版，是周而复在香港主编介绍解放区文学的"北方文丛"中的一本书。

1948年

7月10日，孙犁于饶阳县东张岗写就短篇小说《光荣》，视为自己最喜欢的一篇小说；同月，短篇小说《种谷的人》，载《石家庄日报》；同年写就短篇小说《浇园》。

1949年

1月，孙犁写作短篇小说《蒿儿梁》。1月15日，天津解放，随解放大军进城，孙犁任《天津日报》副刊科副科长。

1月17日，《天津日报》创刊。

3月24日，《天津日报·文艺周刊》创刊。此后，孙犁以《文艺周刊》为园地，培养了大批青年作者，如阿凤、刘绍棠、从维熙、韩映山、房树民、冉淮舟等；主办副刊写作小组，结合业余作者的写作实践讲课，还经常就业余作者的写作状况或具体作品，直接写出评论文章刊登在《文艺周刊》上；同日，旧作短篇小说《嘱咐》，载天津《进步日报》。

11月，孙犁写作短篇小说《石猴——平分杂记》，载《文艺报》1卷7期；写作短篇小说《吴召儿》，载11月25日《天津日报》。

12月，孙犁写作短篇小说《山地回忆》，载上海茅盾、巴金主编的《小说》杂志1950年3卷4期。

同年，孙犁写作短篇小说《采蒲台》，载1950年"十月文艺丛刊"第二辑《雪》。

12月10日，13岁的刘绍棠在《北京新民报》发表生活小故事《邰宝林》；12月22日，短篇小说《缝鞋匠》刊于《北京新民报》。

1950年

1月，孙犁写作短篇小说《小胜儿》，刊于天津文协刊物《文艺学习》1卷1期；写作短篇小说《秋千》，载《人民文学》1卷5期；写作短篇小说《女保管——平分杂记》初稿。

刘绍棠通讯报道《穷孩子的乐园——记二中临时小学》《我们打算

这样过寒假》《事前准备得好考试不慌不忙——男二中考场秩序良好》陆续刊发于《北京新民报》1月17日、1月19日、1月28日"文化与教育"专栏；短篇小说《柳树良变了》刊于2月24日《北京新民报》，被《北京新民报》编辑晏明喻为"神童"。

2月，孙犁中篇小说《村歌》由天下图书公司出版；短篇小说《正月》，刊于《文艺学习》1卷2期；农村生活作品集《农村速写》由天津读书书店出版。

4月3日，刘绍棠随笔《我的写作过程》刊于《天津日报·副刊》；4月24日，短篇小说《乡下妇女》刊于《北京新民报》；9月15日短篇小说《一顶轿子》刊于《光明日报》。

5月9日，孙犁论文《五四运动与中国文学遗产》，刊于《天津日报》，署名纵耕。5月12日（国际护士节），孙犁写作短篇小说《看护》，刊于6月2日《天津日报》。

7月7日，孙犁论文《抗日战争的文学作品》发表于《天津日报》；7月14日，短篇小说《婚姻》（原题《一篇关于农村婚姻问题的报告》）发表于《天津日报》。7月，孙犁开始写作长篇小说《风云初记》第一集。

7~9月，孙犁先后写作反映城市生活、工人生活的散文九篇，载《天津日报》，包括《学习》《节约》《小刘庄》《团结》《宿舍》《挂甲寺渡口》《保育》《慰问》《厂景》。

9月25日，刘绍棠通讯报道《搞好歌咏为了学习——介绍男二中的歌咏活动》刊于《北京新民报·新音乐副刊》；9月28日，与陈万魁、梁绍成合写的短篇小说《猪圈》刊于《北京新民报》。

9月14日~17日，孙犁出席天津市第一届文学艺术工作者代表大会，当选为文联委员。9月22日，孙犁长篇小说《风云初记》第一集开始在《天津日报》连载，至次年3月18日止。

10月4日，刘绍棠散文《和尚还俗搞生产》刊于《北京新民报·新北京副刊》；10月14日，短篇小说《支票回家》刊于《北京新民报》；10月29日，短篇小说《半截血斑碑》刊于《光明日报》。

12月，孙犁短篇小说集《采蒲台》，由北京生活·读书·新知三联书店出版，列为"文艺建设丛书"，收入《正月》《小胜儿》《山地回忆》《看护》《吴召儿》《石猴》《采蒲台》《钟》《种谷的人》《杀楼》《走出以后》《黄敏儿》《老胡的事》十三篇。

同年，从维熙考入北京师范学校；在《新民报》副刊发表处女作《战场上》。

1951年

1月1日，刘绍棠短篇小说《新式犁杖》刊于《河北文艺》2卷3期，同期刊有随笔《我怎样写〈新式犁杖〉》；1月30日，短篇小说《三岔口》刊于《北京新民报》。

1月1日，从维熙在《光明日报》举办的全国大、中学生征文比赛中，以碧征为笔名写作《共同的仇恨》小小说，获第一名；陆续在《新民报》《天津日报·文艺周刊》上发表散文、短篇小说、诗歌。

1月15日，孙犁参加《天津日报》副刊写作小组讨论会并发言，此发言题为《作品的生活性和真实性》，载1月21日《天津日报》。

2月，刘绍棠接远千里信，应邀去河北省文联工作，认识河北省文联秘书长、著名诗人远千里。

2月28日、3月2日，刘绍棠短篇小说《蔡桂枝》分两次载于《北京新民报》，刘绍棠自述为"我的短篇小说处女作"，认为以前的十几篇作品是"生活小故事"。

3月，刘绍棠被分配到《河北文学》编辑部文学组工作，组长柳溪。同期接触到孙犁作品。

4月15日，孙犁长篇小说《风云初记》第二集开始在《天津日报》连载，至9月9日止。

4月，刘绍棠短篇小说《过帖》刊于《进步青年》第4期。

5月，孙犁写作《关于文艺作品的"生活"问题》，载6月《河北文艺》2卷8期，副题为"代《河北文艺》答读者"。

5月，刘绍棠短篇小说《红飘带》刊于《河北文艺》2卷7期；5月6日，短篇小说《大庚叔》刊于《河北日报》；5月19日，散文《人民向往北京——白洋淀散记》刊于《北京新民报》；5月25日，短篇小说《雁翎队长》刊于《北京新民报》。

6月8日～14日，刘绍棠短篇小说《七月里高粱红》连载于《光明日报》，后收入短篇小说集《中秋节》时改名为《来历不明的医生》；6月14日，刘绍棠短篇小说《幸福林》刊于《北京新民报》；6月16日，短篇小说《谷穗》刊于《石家庄日报》。

7月16日，刘绍棠短篇小说《未婚夫妻》刊于《北京新民报》。6～7月，刘绍棠由河北省文教厅保送河北通县中学即通州潞河中学读高中，在儒林村写出短篇小说《完秋》和《暑伏》。

8月，刘绍棠第一次给孙犁写信，第一次给孙犁寄稿件。

9月16日，刘绍棠短篇小说《完秋》刊于《天津日报·文艺周刊》。

10月14日，刘绍棠短篇小说《暑伏》刊于《天津日报·文艺周刊》。

10月6日，《光明日报》同时刊登林志浩、张炳炎《对孙犁创作的意见》和王文英《对孙犁〈村歌〉的几点意见》，指责作家的作品是"依据小资产阶级的趣味来观察生活，表现生活"，"歪曲地塑造了几个新人物的典型形象"。

10月，孙犁长篇小说《风云初记》第一集由人民文学出版社出版，列为"文艺建设丛书"，12月再版。

同年，孙犁作品《致安乐师范文艺研究小组的信》，以《关于小说〈荷花淀〉的通信》为题，载次年《文艺报》第17期。

1952年

1月1日，刘绍棠短篇小说《红花》加编者按语，以整版篇幅刊于《中国青年报》，受到报社文艺部主任柳青赞赏。

1月6日～3月9日，孙犁在《天津日报》陆续发表八篇访苏观感：《马雅可夫斯基》《托尔斯泰》《斯大林格勒》《巴库》《幼稚园》《莫斯科》《列宁格勒》《格鲁吉亚》。

3月9日，刘绍棠创作短篇小说《修水库》，后刊于《天津日报·文艺周刊》。

4月18日，刘绍棠随笔《我是怎样写小说〈红花〉》刊于《中国青年报》。

6月29日，房树民在《天津日报·文艺周刊》上发表第一篇作品《麦秋》。

8月，刘绍棠短篇小说《摆渡口》刊于《天津日报·文艺周刊》，10月《人民文学》转载，此为首次在《人民文学》发表作品。

9月5日，《中国青年报》整版刊出刘绍棠《青枝绿叶》。9月19日，刘绍棠短篇小说《小红》刊于《北京新民报》。

10月6日，韩映山处女作《鸭子》，由孙犁编辑发表在《天津日报·文艺周刊》。

初冬，孙犁到达安国县于村及东长仕村深入生活，居住半年；这次下乡，为中篇小说《铁木前传》的写作做了准备。

10月19日，刘绍棠创作随笔《我要更加努力学习》，刊于《天津日报》。

11月11日，刘绍棠创作随笔《苏联小说对我的影响和指引》，刊于《北京日报》。

12月1日，刘绍棠短篇小说《大青骡子》，刊于《天津日报·文艺周刊》。

本年冬，刘绍棠被团中央第一书记胡耀邦约谈，此为两人第一次见面；此后，胡耀邦对于刘绍棠的成长一直很关注，两人一直保持联系。

1953年

3月，孙犁论文集《文学短论》（续编），由上海文化工作出版社出版，列为"未名丛书（10）"，收入《抗日战争的文学作品》《作品的生活性和真实性》《关于文艺作品的"生活"问题》《马雅可夫斯基》《关于小说〈荷花淀〉的通信》《鲁迅的小说》等十四篇。

4月，孙犁《风云初记》第二集，由人民文学出版社出版。

6月4日，刘绍棠短篇小说《运河滩上》，刊于《天津日报·文艺周刊》。6月，刘绍棠第一部短篇小说集《青枝绿叶》由新文艺出版社出版，包括《红花》《修水库》（后改名《落雨季》）《青枝绿叶》和《大青骡子》四个短篇，再版时增加了《摆渡口》一篇，自述："短篇小说集《青枝绿叶》是我从习作进入创作，从萌芽进入成长，从试探进入定向的标志。"同月，被团中央作为赠送外宾的礼物，并被苏联近卫军出版社翻译出版。

7月9日，孙犁《风云初记》第三集开头五节，刊载于《天津日报》。

8～9月，孙犁写作一系列"农村人物杂记"的散文：《访旧》《杨国元》《婚俗》《家庭》《齐满花》，均刊于《天津日报》，署名孙芸夫。

9月23日～10月6日，全国第二次文代会召开，全国文协改为中国作家协会，孙犁当选为中国作家协会理事。

11月9日，孙犁写作论文《论培养》，载11月19日《天津日报》；23日，写作论文《论情节》，载11月26日《天津日报》。

12月2日，孙犁写作论文《论风格》，载12月31日《天津日报》。

同年，从维熙毕业于北京师范学校，在青龙桥小学任教半年。

同年冬，韩映山在保定河北省文联组织的报告会上，初识孙犁。

12月，华北人民出版社出版短篇小说集《运河滩上》，收入从维熙、刘绍棠、吴梦起、韩映山和房树民六人的九篇作品。

本年，刘绍棠俄文版短篇小说集《摆渡口》，由苏联近卫军出版社出版。

1954年

2月，从维熙调往《北京日报》社，先后任文艺部编辑、农村部记者。

3月，刘绍棠特写《高通海》发表于《河北文艺》第3期。

4月，韩映山短篇小说《弯弯的河堤》选入华北人民出版社出版的《弯弯的河堤》小说选集。

7月，刘绍棠短篇小说《山楂树的歌声》刊于《人民文学》第7期。

8月19日，刘绍棠短篇小说《布谷鸟歌唱的季节》，刊于《天津日报·文艺周刊》。8月，刘绍棠短篇小说《运河滩上》改标题为《中秋节》，刊于《河北文艺》第8期。

本年，刘绍棠报考北京大学被录取，进入中文系学习。

11月3日，刘绍棠创作随笔《为祖国永不疲倦地劳动》，刊于《天津日报》。

11月3日~4日，孙犁写作论文《〈红楼梦〉的现实主义成就》，刊于同年第12期《人民文学》，署名林冬平。

12月，孙犁小说散文集《农村速写》，由通俗读物出版社根据天津读者书店1950年4月版本重印；其中，《新安游记》更名为《除奸英雄》，抽去《塔记》，增加《张秋阁》《访旧》《杨国元》《家庭》《齐满花》五篇。

1955年

2月，孙犁论文《新的里程》、评论《谈〈海鸥〉》，刊于《天津日报》。

3月，刘绍棠短篇小说集《山楂树的歌声》由新文艺出版社出版，其中收入《布谷鸟歌唱的季节》《山楂树的歌声》《十字路口》和《永不疲倦的斗争》，这是他的第二本短篇小说集；短论《给爱好文艺的青年同学们》刊于《文艺学习》第2期。

4月，孙犁中篇小说《风云初记》一、二集合订本，由人民文学出版社出版。

5月，从维熙小说散文集《七月雨》由新文艺出版社出版。

6月，孙犁《风云初记》第三集21~25节以《蒋家父女》为题，载同年第6期《人民文学》。

9月，孙犁短篇小说《荷花淀》由通俗读物出版社出版。

10月，韩映山《水乡散记》由新文艺出版社出版，收入短篇小说九篇。

10月29日，刘绍棠中篇小说《运河的桨声》单行本由新文艺出版社出版；秋季离开北京大学，到中国作家协会文学研究所学习（此研究所在肃反运动中停办），专职文学创作。

12月，孙犁写作散文《妇女的路》《刘桂兰》《青春的热力》《一天日记》；后三篇以"津郊小集"为副题，分别载于本月《天津日报》。

同年，房树民短篇小说集《诞生》由新文艺出版社出版。

1956年

3月15日，刘绍棠、从维熙、房树民、韩映山在北京出席全国第一次青年文学创作者会议，四人都在华北组；会上，中国作家协会主席茅盾在讲话中，提到四人的创作并加以称赞。

3月16日，刘绍棠加入中国作家协会，成为最年轻会员，介绍人为康濯和秦兆阳；同日，论文《要忠实于生活》刊于《天津日报·文艺周刊》，后收入文艺论集《乡土与创作》一书附录；3月20日，散文《生活在阳光普照的沃土上》刊于《中国青年报》；同月，短篇小说《收获》刊于《北京文艺》第3期。

3月，从维熙加入中国作家协会。

4月，刘绍棠被团中央批准，从事专业创作，回乡挂职任乡党委副书记，体验生活；4月4日短篇小说《初春夜》刊于《中国青年报》；同月，中篇小说《夏天》单行本由新文艺出版社出版。

6月，天津《新港》月刊创刊，孙犁任编委。同月，韩映山调河北省文联《蜜蜂》文学月刊社任编辑。

同月，刘绍棠创作随笔《生命的春天》刊于《文艺报》第5、6期合刊，短篇小说《瓜棚记》刊于《少年文艺》第6期。

初夏，孙犁写作中篇小说《铁木前传》，载同年第12期《人民文学》；小说写到第二十节，突然晕眩，栽倒在书橱上，从此大病一场，足有十年，几未动笔。

夏，刘绍棠和从维熙到天津，在鲍昌和邹明二人陪同下看望孙犁，此为与孙犁初次见面。

7月5日，孙犁《风云初记》第三集第6～10节以《家乡的土地》为题，载《天津日报》；同月，《风云初记》第三集第11～15节以《离别》为题，载同年第11期《新港》。

7月，从维熙短篇小说集《曙光升起的早晨》由新文艺出版社出版。同月，房树民短篇小说集《九月的田野》由新文艺出版社出版。

同月，刘绍棠短篇小说《私访记》刊于《新港》创刊号；短篇小说集

《中秋节》由通俗读物出版社出版，其中收入《竹青嫂》《中秋节》《来历不明的医生》《航空信》《婚礼》和《绣花针》等作品。

8月31日，刘绍棠短篇小说《闹林记》刊于《天津日报》。

9月，刘绍棠短篇小说《瓜棚记》单行本由中国少年儿童出版社出版。

同月，天津人民出版社出版"青年作家创作选集第一集"《绣花针》，收入刘绍棠《绣花针》《婚礼》，从维熙《亲如骨肉》，房树民《花花轿子房》《九月的田野》共九篇短篇小说。

12月6日，刘绍棠小说《槐花夜奔》刊于《天津日报》；同日，创作随笔《花房里养不出劲松》，刊于《中国青年报》。

1957年

1月，孙犁中篇小说《铁木前传》由天津人民出版社出版。

同月，从维熙长篇小说《南河春晓》由新文艺出版社出版。

同月，刘绍棠与从维熙合著论文《写真实——社会主义现实主义的核心》刊于《文艺学习》第1期。

3月，刘绍棠短篇小说《田野落霞》刊于《新港》第三期。

4月，刘绍棠小说集《私访记》由作家出版社出版，书中收入《红花》《摆渡口》《大青骡子》《布谷鸟歌唱的季节》《山楂树的歌声》《十字路口》《船》《朝霞燃烧起来了》《收获》《初春夜》《瓜棚记》《私访记》和《闹林记》十三个短篇；同月，短篇小说《西苑草》在《东海》刊出，这是作者乡土小说外唯一一部写大学生的作品；同月，文艺论文《现实主义在社会主义时代的发展》刊于4月号《北京文艺》。

5月14日，刘绍棠文艺短论《暮春夜灯下随笔》刊于《北京日报》，后收入《乡土与创作》一书附录；同月，《我对当前文艺问题的一些浅见》刊于《文艺学习》第5期；6月13日，被《文艺报》点名批判，全国报刊响应，对刘绍棠展开两个多月的批判；8月21日，被划为"右派"，成为"青年作家堕落反党典型"。

同年，从维熙被打成"右派"，身陷囹圄。

1958年

3月，刘绍棠被开除出党，还乡务农，回到通县儒林村。

4月，孙犁小说散文集《白洋淀纪事》由中国青年出版社出版，列为"播种文艺丛书"，全书收录自1939~1950年间所写绝大部分小说、散文，共五十四篇，其中包括曾经引起争议、遭受批判的《钟》《秋千》《新安游记》《一别十年同口镇》等。

12月，房树民短篇小说集《樱桃园村》由上海文艺出版社出版。

1959年

4月，房树民、黄际昌合著的长篇报告文学《向秀丽》由中国青年出版社出版。

6月，孙犁短篇小说集《荷花淀》由人民文学出版社出版，列为"文学小丛书"第三辑，收入《采蒲台》《荷花淀》《嘱咐》《光荣》四篇。

7月，孙犁中篇小说《铁木前传》由百花文艺出版社出版。

夏季，孙犁到北戴河疗养。

同年，韩映山随河北省会搬到天津，任《河北文学》编辑部编辑。

1960年

2月28日，王石、房树民共同创作的报告文学《为了六十一个阶级兄弟》刊载于《中国青年报》，后入选多个版本的语文教材。

7月，全国第三次文代会召开，孙犁当选为中国作协理事会理事。

年初，韩映山调入天津市文联《新港》文学月刊社编辑部工作，任小说组组长。

1961年

冉淮舟于南开大学中文系毕业；9月，到天津市文联《新港》月刊社任编辑；10月12日，在《天津日报·文艺周刊》发表作品《春种》。

10月，《新港》月刊编辑劳荣带冉淮舟和其他几个青年编辑看望孙犁，这是冉淮舟第一次见到孙犁。

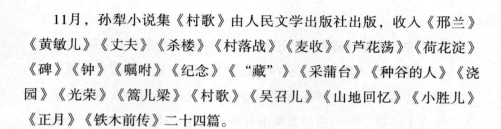

11月，孙犁小说集《村歌》由人民文学出版社出版，收入《邢兰》《黄敏儿》《丈夫》《杀楼》《村落战》《麦收》《芦花荡》《荷花淀》《碑》《钟》《嘱咐》《纪念》《"藏"》《采蒲台》《种谷的人》《浇园》《光荣》《篙儿梁》《村歌》《吴召儿》《山地回忆》《小胜儿》《正月》《铁木前传》二十四篇。

1962年

1月，孙犁写作《〈白洋淀纪事〉再版附记》。

2月13日，孙犁写作论文《勤学苦练》，载同年《河北文学》第3期。

4月1日，孙犁写作散文《清明随笔——忆邵子南》，载4月5日《天津日报》；同月，写作散文《石子》《黄鹂》；同月，小说散文集《白洋淀纪事》由中国青年出版社再版，增加《访旧》《杨国元》《家庭》《齐满花》《婚俗》《张秋阁》六篇，《再版附记》一篇；同月，《风云初记》第三集第16～17节以《山路》为题，载《新港》第4期。

5月，孙犁《风云初记》第三集第18～20节以《河源》为题，载《新港》第5期。

7月～11月，孙犁《风云初记》除《山路》与《河源》外，其余25节，连载于《新港》。

8月，韩映山短篇散文集《作画》由上海文艺出版社出版，收入短篇小说、散文十二篇。

8月24日，孙犁读韩映山散文集《作画》后，写作评论《读〈作画〉后记》，载1963年3月14日《天津日报》。

9月，孙犁散文集《津门小集》由百花文艺出版社出版，大部分写城市工厂生活，可视为《农村速写》的姊妹篇。

10月4日，冉淮舟在《天津日报·文艺周刊》上发表作品《家乡梦》。

1963年

2月，韩映山散文集《一天云锦》由百花文艺出版社出版，收入散文二十三篇。

3月，孙犁《风云初记》一、二、三集合订本由作家出版社出版。

5月，韩映山《跃进图》由百花文艺出版社出版，收入短篇小说、散文十八篇。

6月，孙犁《风云初记》三集单行本由作家出版社出版。

8月10日，孙犁写作《〈白洋淀之曲〉后记》。

9月，孙犁为外文版《风云初记》作序。

11月，孙犁《文学短论》新编选本由作家出版社印行，收入文论二十七篇，《新版后记》一篇。

同月，房树民和冉淮舟拜望孙犁，这是房树民第一次和孙犁见面。

11月21日，冉淮舟在《天津日报·文艺周刊》发表作品《山地情思》。

1964年

4月，孙犁诗集《白洋淀之曲》由百花文艺出版社出版，收入《儿童团长》《梨花湾的故事》《白洋淀之曲》《春耕曲》《大小麦粒》《山海关红绫歌》《小站国旗歌》七篇，一篇《后记》。

8月，孙犁《文艺学习》由作家出版社出版，依据《区村和连队的文学写作课本》油印原本，把后来删削的部分补录，除原有《前记》《油印本后记》《校正后记》外，又加《新版题记》，并附有《怎样体验生活》《和下乡同志们的通信》，是此书最全版本。

11月，房树民短篇小说集《雪打灯》由作家出版社出版。

同年，《天津日报·文艺周刊》停刊。

1966年～1969年

孙犁受"造反派"冲击，家中被多次查抄，先后至"干校"、北郊区四合庄劳动，全家被迫迁居佟楼一间小屋里。

1970年

4月15日，孙犁妻子病逝。

1972年

夏季，孙犁随天津市京剧团赴白洋淀，先后到达新安、王家寨、郭里口等地，与遭遇迫害的老抗日战士相遇。

8月，韩映山从天津调入保定市群众艺术馆文学创作组工作。

1975年

6月1日，孙犁写作《〈善闇室纪年〉序》。

1976年

12月7日，孙犁写作粉碎"四人帮"以后的第一篇散文《远的怀念》，回忆十年动乱中被迫害致死的远千里，投稿后被退回；后载于《人民文学》1978年第9期。

1977年

3月，孙犁写作散文《保定旧事》。

7月21日，孙犁应《人民文学》之约，写作论文《关于短篇小说》，载同年第8期《人民文学》，为十年动乱之后公开发表的第一篇作品。

8月12日，孙犁复郭志刚信，以《用实事求是的方法写文艺评论》为题，载《文艺报》1978年第4期；写作论文《关于中篇小说》，载同年第12期《人民文学》，副题为"谈《阿Q正传》"。

9月12日，孙犁写作论文《关于文学速写》，载同年第11期《北京文艺》；18日，写作散文《在阜平——〈白洋淀纪事〉重印散记》，载《上海文艺》1978年第3期。

10月25日，孙犁写作论文《关于散文》，载同年第12期《解放军文艺》；同月，写作论文《关于长篇小说》，载《人民文学》1978年第4期。

11月26日，散文《服装的故事》改讫，载同年《儿童文学》第2期；同月，写作散文《回忆何其芳同志》，载《广东文艺》1978年第3期。

12月19日，论文《创新的准备》改讫，载《解放军文艺》1978年第3期；同月，整理论文《编辑笔记》，载《天津文艺》1978年第2期。

1978年

1月20日，孙犁写作《〈白洋淀纪事〉重版后记》；23日，写作《韩映山〈紫苇集〉小引》，载同年《河北文艺》第6期。

2月，韩映山中篇小说集《绿苇丛中》由中国少年儿童出版社出版。

3月28日，孙犁写作《〈文学短论〉增订本后记》；同月，1962年旧作散文《回忆沙可夫同志》改讫，载同年《辽宁文艺》第5期，副题为"晋察冀生活片段"。

4月，孙犁小说散文集《白洋淀纪事》由中国青年出版社再版，增加《女保管》一篇，并遵照编辑部建议，抽去《钟》《懒马的故事》《一别十年同口镇》三篇；书中除原有编者《编后说明》、作者《再版附记》外，又增加一篇《重版后记》。

8月23日，孙犁应徐州师范学院《中国现代作家传略》编辑组之邀，写作《我的自传》，载《长城》文学丛刊1979年第1期，后收入《中国现代作家传略》一书（四川人民出版社出版）。

9月29日，孙犁写作散文《关于〈山地回忆〉的回忆》，载同年《延河》第11期。

10月，孙犁来北京开三刊（《人民文学》《诗刊》和《文艺报》）编委会，刘绍棠和从维熙到北京虎坊桥远东饭店去看他。孙犁对刘绍棠提出三点要求：第一，不要再骄傲了。第二，不要赶浪头。三，要保持自己的风格。孙犁在给《刘绍棠小说选》的序文中记了这次见面。

11月5日，孙犁写作散文《关于〈荷花淀〉的写作》，载《新港》1979年第1期，副题为"应教学参考之用"；11日，写作散文《谈赵树理》，载1979年1月4日《天津日报》。

12月11日，孙犁写作散文《文字生涯》，刊于《山花》1979年第2期；20日，写作散文《吃粥有感》，载1979年1月21日《天津日报》；同日，写作论文《谈柳宗元》，载《新港》1979年第2期；同月，中篇小说《铁木前传》由百花文艺出版社再版。

同年，从维熙重返北京文坛，以《大墙下的红玉兰》等描写劳改生活的小说，被誉为"大墙文学"之父。

1979年

1月4日，被迫停刊十三年之久的《天津日报·文艺周刊》复刊。

1月24日，刘绍棠恢复名誉和党籍，《中国青年报》对此作了报道。

2月，刘绍棠长篇小说《春草》片段刊于《莲池》。

3月19日，天津市文艺、出版、新闻单位召开文艺作品落实政策座谈会，《铁木前传》得到重新评价。

4月11日，孙犁为克明小说集《荷灯记》作序，以《克明短篇小说集序》为题，载4月19日《天津日报》；17日，整理论文《编辑笔记》（续二），载同年《新港》第8期；27日，复从维熙信，对他的新作《大墙下的红玉兰》表示赞赏，此文载同年《文艺报》11、12期合刊；同月，写作散文《书的梦》，载同年《十月》文艺丛刊第2期。

5月2日，孙犁写作《〈耕堂书衣文录〉序》。《耕堂书衣文录》系整理汇集1973年10月1日～1976年9月26日期间一百六十六则书衣文字而成，连同十年动乱之前的三则，及一《序》（1979年5月2日）一《跋》（1978年8月26日）；4日，出席天津市文联恢复活动大会；25日，写作散文《京剧脚本〈莲花淀〉自序》（即《戏的梦》），连同1972年旧作京剧脚本《莲花淀》，刊于《莲池》1979年第2期。

同月，刘绍棠短篇小说《燕子声声里》刊于《新港》。

6月，孙犁小说集《荷花淀》由人民文学出版社出版，收入《采蒲台的苇》《荷花淀》《嘱咐》《光荣》四篇。

同月7日，刘绍棠短篇小说《花烛之夜》刊于《天津日报·文艺周刊》。

7月，韩映山《紫苇集》由孙犁题写书名，百花文艺出版社出版，收入短篇小说、散文二十九篇；同年，加入中国作家协会。

8月，孙犁散文集《晚华集》由百花文艺出版社出版，收入《平原的觉醒》《在阜平——〈白洋淀纪事〉重印散记》《装书小记——关于〈子夜〉的回忆》《吃粥有感》《服装的故事》《童年漫忆》《保定旧事》《某村旧事》《关于〈山地回忆〉的回忆》《关于〈荷花淀〉的写作》《回忆沙可夫同志》《远的怀念》《伙伴的回忆》《回忆何其芳同志》《谈赵树理》《方纪散文集序》《韩映山〈紫苇集〉小引》《阿凤散文集序》《近作散文的后记》等散文三十篇。

10月1日，孙犁复阎纲信，以《关于〈铁木前传〉的通信》为题，载同年《鸭绿江》第12期；9日，致铁凝信《耕堂函稿》，载《山东文学》1980年第1期。

12月19日，孙犁为刘绍棠短篇小说集作序，以《刘绍棠自选集序》为题，载1980年1月10日《天津日报》。

1980年

1月，刘绍棠文艺随笔《忆年华》刊于《莲池》，文章回忆了在河北省文联工作半年当中接触的人与事，后收入文学短论集《乡土与创作》。

1月27日，孙犁写作《〈从维熙小说选〉序》，载同年2月7日《天津日报》。

2月，《风云初记》一、二、三集合订本，由人民文学出版社根据作家出版社1963年3月版本重印。

3月，铁凝短篇小说《灶火的故事》发表在《天津日报》《文艺》增刊，被《小说月报》转载并引起争论。

《天津日报》编辑出版的刊物《文艺》增刊本年第1期发表《烬余书札》，乃孙犁致冉淮舟信八封。

6月，刘绍棠中篇小说《蒲柳人家》刊于《十月》第3期，自述："从1980年1月创作这篇小说《蒲柳人家》开始，我决定致力于乡土文学的创作。"同年，提出乡土文学创作的评价尺度，后来归纳为"中国气派、民族风格、地方特色、乡土题材"十六个字。

7月，刘绍棠短篇小说《十步香草》刊于《河北文学》，后收入短篇小说集《蛾眉》。

8月，刘绍棠中篇小说集《运河的桨声》由河北人民出版社出版，收入《运河的桨声》和《夏天》两个中篇，是刘绍棠20世纪50年代的作品。同月，《早期中篇小说后记》刊于《河北文学》，后收入文艺短论集《乡土与创作》时改名为《重印〈运河的桨声〉和〈夏天〉后记》。

8月7日，孙犁读刘绍棠中篇小说《蒲柳人家》后，写作《读作品记（一）》，载同年《新港》第10期。

9月18日～19日，《河北文学》编辑部邀请北京、天津、山西的作家、学者、评论家，在石家庄召开了荷花淀派文学作品研讨会，孙犁因病未能参加，参加者有刘绍棠、从维熙、房树民、韩映山、铁凝等作家，以及评论家鲍昌、阎纲和赵树理研究专家董大中等人。

10月，刘绍棠散文《从维熙剪影》刊于《芒种》。

11月2日，孙犁复丁玲信，载同年《天津日报·文艺》增刊第4期。

12月12日，孙犁写作评论《读冉淮舟近作散文》，载《莲池》1981年第3期。

12月，刘绍棠创作随笔《我是一个土著》，刊于《十月》第6期。

同年，中国作家协会河北分会、河北省文联文艺理论研究室、《河北文学》编辑部、《长城》文学丛刊编辑部联合举办文艺理论写作班，就荷花淀派问题，进行了热烈的讨论。

1981年

1月，刘绍棠短篇小说《头顶着高粱花的孩子》刊于《天津日报·文艺周刊（增刊）》。

2月18日，孙犁写作论文《关于"乡土文学"》，载同年《北京文学》第5期。

4月，刘绍棠《〈露珠〉读后感》刊于《天津日报·文艺周刊（增刊）》。

同月，韩映山短篇小说《塘水清清》入选山东人民出版社"农村文艺丛书"之一的同名小说集《塘水清清》。

4月30日，贾平凹在《天津日报·文艺周刊》上发表了散文《一颗小桃树》，孙犁读后，马上写了一篇推荐文章，发表在《人民日报》上，此后，二人通信不断。

5月11日，孙犁读李准短篇小说《王结实》后写作《读作品记（六）》，载同年《新港》第7期；致贾平凹信，载同年《长安》第10期；

27日，写作杂文《书淮舟所拟文集且录后》，载同年《莲池》第5期。

5月，韩映山《绿荷集》由孙犁题写书名，河北人民出版社出版，收入短篇小说、散文二十六篇。

6月17日，孙犁写作散文《同口旧事——〈琴和箫〉序》，载同年《莲池》第6期；同月，由冉淮舟选编的孙犁小说选《琴和箫》，由河北人民出版社出版。

同月，刘绍棠《建立冀东的乡土文学》刊于《唐山文艺》，后收入文艺短论集《乡土与创作》。

8月5日，孙犁写作《文集自序》，载同年9月2日《人民日报》，系为自己半个世纪以来的文学里程所作的总结。

同年，莫言处女作《春夜雨霏霏》发表于《莲池》第5期。

1982年

《孙犁文集》五册七卷，由百花文艺出版社编辑出版，集末附录冉淮舟所编《孙犁著作年表》《孙犁作品单行、结集、版本沿革年表》。

5月，刘绍棠随笔《我看到一位站起来的年轻人》刊于《莲池》。

6月，刘绍棠散文《老师引进门》载于《语文教学之友》，随笔《创新感言》刊于《莲池》。

7月29日，刘绍棠随笔《保定，作家的摇篮》刊于《保定日报》。

1983年

2月，刘绍棠随笔《祝愿》刊于《莲池》第1期，短论《再谈建立冀东的乡土文学》刊于《冀东文艺》，短篇小说《走出青藤巷》刊于《莲池》。

3月，冯健男编选《荷花淀派作品选》，由人民文学出版社出版，冯健男作序，收入孙犁作品《琴和箫》《白洋淀边一次小斗争》《荷花淀——白洋淀纪事之一》《芦花荡——白洋淀纪事之二》《碑》《嘱咐》《"藏"》《光荣》《村歌》《吴召儿》《山地回忆》十一篇；刘绍棠《摆渡口》《大青骡子》《中秋节》《船》《瓜棚记》五篇；从维熙《夜过枣园》《故乡散记》《七月雨》《鸡鸭委员》《远离》五篇；韩映山

《鸭子》《瓜园》《水乡散记》《作画》《日常生活》五篇；房树民《一天夜里》《花花轿子房》《引力》《渔婆》四篇。

3月17日，刘绍棠短篇小说《银杏》刊于《天津日报·文艺周刊》。

5月5日，《天津日报·文艺周刊》出刊1000期，刊登了刘绍棠、从维熙、韩映山等写作的纪念文章。

5月11日，刘绍棠散文《珍贵的回忆》刊于《天津日报·文艺周刊》，后收入《一个农家子弟的创作道路》。

8月，孙犁诗集《白洋淀之曲》由新蕾出版社出版。

10月，《串枝红——韩映山中篇小说选》由孙犁题写书名，吉林人民出版社出版，收入《采菱村》《串枝红》《清风明月》《金喜鹊》四个中篇小说。

同年，孙犁的《读小说札记》第一条，对莫言发表在《莲池》上的小说《民间音乐》进行评论，对莫言的文学创作有过重要激励作用。

1984年

8月，韩映山《满淀荷花香》由新蕾出版社出版。

1985年

1月，重庆出版社、贵州人民出版社出版崔西璐、王万森、陆思厚编《刘绍棠研究专集》。

5月，韩映山任保定市文联主席；7月，任保定市文联主办《大千世界》文摘报总编辑；10月，《红菱集》由孙犁题写书名，百花文艺出版社出版，收入韩映山短篇小说二十九篇。

10月，重庆出版社、贵州人民出版社出版刘金镛、房福贤编《从维熙研究专集》。

1988年

5月，保定地区文联创办《荷花淀》文学双月刊，公开宣告要办成荷花淀流派的杂志，刘绍棠主持了《荷花淀》创刊座谈会并撰写发刊词

《〈荷花淀〉创刊述旨》（后收入杂文散文集《蝈笼絮语》），并被聘为《荷花淀》名誉主编，他在文中说："在20世纪的中国文学史上，具有鲜明的河北地方特色的作品，曾有突出的成就，产生巨大影响；创作这些作品的作家，也因之而在国内外享有盛名。它的集中体现，公认的标志，便是荷花淀流派。"

1990年

10月，韩映山中篇小说《春秋情》荣获中国作家协会河北分会1987~1990年度文学创作奖。

1991年

2月，刘绍棠写作短文《〈青枝绿叶〉的故事》，为文学创作回忆录，后收入《如是我人》书中；后又题作《〈红花〉与〈青枝绿叶〉》，收入《刘绍棠文集》第10卷。3月，刘绍棠写作短文《田野牧歌》，文中追忆了20世纪50年代《摆渡口》和《大青骡子》两个短篇的创作过程，后收入《如是我人》书中；后又题作《谱一曲清新优美的田野牧歌》和《清新优美的田野牧歌》，分别收入《我是刘绍棠》和《刘绍棠文集》第10卷。

4月22日，《荷花淀》创刊三周年，刘绍棠写作《柳暗花明又一村》的纪念文章，文中讲述了自己和荷花淀派的关系："中国文坛是否曾经形成或已经存在一个荷花淀流派，目前众说纷纭，难做定论。我虽被不少同志认为是'荷'派代表人物之一，但我从未正式承认或否认这个我并不贪图的属性。然而我多次写过，更多次讲过，我的早期作品，深受'荷花淀'艺术风格的影响。这些年的作品虽然'荷'味淡薄，但仍隐约可见'荷'。"文章后来收入文集《如是我人》和《四类手记》。

1992年

5月，韩映山参加《北京晚报》征稿，荣获"生活一页"一分钟小说特等奖。

6月，《孙犁文集》"珍藏本"由百花文艺出版社出版。在1982年版本上二次编辑，并整合新著，补入新发现旧作为续编三集，前后两编共八册。

11月，韩映山散文集《作家之路——给文学青年》，作为《莲池文学丛书》之一由黄河文化出版社出版。

1993年

1月，韩映山长篇小说《明镜塘》由香港天马图书有限公司出版。

7月，孙犁诞辰八十周年，河北省文联在白洋淀召开了"孙犁作品研讨会"。刘绍棠因病未赴会，写了《喜寿》，贺孙犁八十寿诞，记述了孙犁作品的风格以及与孙犁交往的经历；又有《一个有风格的作家》写孙犁人品和文品，后皆收入《红帽子随笔》一书。

9月，韩映山在《文艺理论与批评》1993年第5期上发表《孙犁与白洋淀》。

1994年

3月，韩映山《香溪集》作为《保定作家群丛书》一种，由河北大学出版社出版，收入短篇小说四十七篇，散文四十九篇，文论八篇。

1995年

1月，韩映山著《孙犁的人品和作品》由大众文艺出版社出版。

7月16日，"刘绍棠乡土文学创作展览"开幕，《刘绍棠文集·大运河乡土文学体系》首发式在劳动人民文化宫举行，"刘绍棠乡土文学研究会"正式成立，中央电视台在《晚间新闻》中报道；7月22日，展览闭幕。

7月，郑恩波著《刘绍棠传》由社会科学文献出版社出版，贺敬之题写书名。

1996年

《我是刘绍棠》《我是从维熙》由团结出版社出版，为刘绍棠、从维熙自传散文随笔集。

同年，孙犁《荷花淀》由中国文联出版社出版，1998年再版。

1997年

3月12日，刘绍棠逝世于北京，安葬于通州大运河边。10月，北京燕山出版社出版《论刘绍棠》，收入栾保俊研究论述文章十四篇。

1998年

6月12日，韩映山病逝于保定。

同年，孙犁《荷花淀》由新世纪出版社出版。

2002年

7月11日，孙犁逝世，享年九十岁。

7月15日，《天津日报·文艺周刊》发表从维熙《荷香深处祭文魂——悼文学师长孙犁》。

孙犁逝世后，河北省安新县人民政府在白洋淀荷花大观园修建了孙犁纪念馆，题匾由贺敬之书写，馆内碑亭汉白玉石碑正面书"荷花淀派创立者孙犁"。

同年，中国报纸副刊研究会设立了以孙犁命名的全国报纸副刊最高奖——"孙犁报纸副刊编辑奖"。

8月8日，《天津日报·文艺周刊》出刊2000期纪念专刊，发表了从维熙《祝愿〈文艺周刊〉永葆青春》、房树民《熏陶》、铁凝《我的感谢》等纪念文章。

9月，孙犁《风云初记》，人民文学出版社出版第2版。

10月，《孙犁文集》（八册）由百花文艺出版社出版。

2003年

6月，孙犁书信集《幸存的信件——孙犁给淮舟的信》，由长征出版社出版，收入孙犁致冉淮舟书信一百二十七封，编辑刘宗武《后记》一篇。

7月22日，《人民法院报》发表从维熙《月光下的孙犁》，抒写自己和房树民在白洋淀参观孙犁纪念馆后对孙犁的怀念。

2004年

7月，《孙犁全集》十一册由人民文学出版社出版，收入迄今孙犁已发表、出版的作品和以前未收入专集的作品，新搜集到的佚文、诗词、书信等。

2005年

11月30日、12月7日、12月14日，冉淮舟为解放军艺术学院文学系作了《孙犁三讲》的演讲，后收入香港天马图书有限公司出版的《平原文学论稿》（上）。

2006年

6月，郑恩波著《刘绍棠全传》由文化艺术出版社出版。

2008年

12月，《孙犁文集》（天津日报珍藏版）两卷本由文汇出版社出版，以编年体的方式收录了孙犁从1949年1月到2005年7月，在《天津日报》上的所有作品百余万字，书末附录"报人眼中的孙犁"，刊发了报社二十多位同事、职工对孙犁的回忆文章。

2010年

河北教育出版社编辑出版《韩映山文集》五卷本，由北京师范大学中文系博士生导师郭志刚教授撰写序文，河北大学中文系教授、书法家熊任望题签。

2011年

冯健男编选《荷花淀派小说选》由人民文学出版社出版，选本内容同

1983年版《荷花淀派作品选》。

2012年

7月11日，《人民日报》第16版发表从维熙文章《遥望天鸟——文祭孙犁逝世十周年》。

同年，王培洁著《刘绍棠年谱》由文化艺术出版社出版。

2013年

3月，《孙犁文集》（补订版）由百花文艺出版社出版，在1992年"珍藏本"基础上增收了《曲终集》和当年未能收入文集的旧著以及近年搜集到的书信，共九卷十册。集末附录冉淮舟所编《孙犁著作年表》《孙犁作品单行、结集、版本沿革年表》和张金池《孙犁著作年表续编》《孙犁作品单行、结集、版本沿革年表续编》《孙犁著作年表续编补》《孙犁作品单行、结集、版本沿革年表续编补》。

5月12日，孙犁图书馆在河北省安平县开馆。在安平中学校园内建孙犁纪念馆，一楼各苑以"荷"命名，意在突出孙犁作为荷花淀派创始人的内涵。二、三、四楼阁、堂、斋皆以孙犁文学作品命名，表达了家乡人民对孙犁的敬爱与怀念。

2014年

5月5日，为纪念孙犁诞辰101周年，河北省安平县孙遥城村将孙犁年轻时的故居原址复建，正式对外开放，"孙犁故居"由莫言题写。

2015年

首届"孙犁文学奖"颁奖。该奖由河北省政府设立，河北省作协组织评选，每两年评选一次。

2016年

7月，孙犁《孙犁书札·致韩映山》影印本由百花文艺出版社出版。

2017年

4月，孙晓玲（孙犁之女）、李屏锦主编《孙犁读本》十种：《孙犁抗日作品选》《孙犁诗歌剧本选》《孙犁评论选》《孙犁书信选》《孙犁作品·少年读本》《孙犁作品·老年读本》《孙犁晚作选》《孙犁论读书》《孙犁论孙犁》《孙犁名言录》由花山文艺出版社出版。

6月1日，河北省作家协会主办的"'荷花淀派'继承与创新——京津冀三地作家、评论家研讨会"在石家庄举行。

附录：《天津日报·文艺周刊》1949年3月24日～ 1963年11月21日荷花淀派作品篇目

孙犁《农村速写》（1949年3月24日）

孙犁《互助组（第一篇）》（1949年5月6日）

孙犁《互助组（第一篇续）》（1949年5月12日）

孙犁《吴召儿》（1949年11月25日）

孙犁《看护》（1950年6月2日）

孙犁《一篇关于农村婚姻问题的报告》（1950年7月14日）

孙犁《风云初记》（1950年9月22日、9月29日、10月6日、10月13日、10月20日、10月27日、11月17日、11月24日、12月1日、12月8日、12月15日、12月22日、12月29日）

孙犁《风云初记》（1951年2月5日、2月11日、2月18日、2月25日、3月4日、3月11日、3月18日、4月15日、4月22日、4月29日、5月6日、5月13日、5月20日、5月27日、7月8日、8月12日、9月9日）

刘绍棠《完秋》（1951年9月16日）

刘绍棠《暑伏》（1951年10月14日）

刘绍棠《修水库》（1952年3月9日）

房树民《麦秋》（1952年6月29日）

刘绍棠《摆渡口》（1952年8月12日）

房树民《秋天》（1952年9月14日）

韩映山《鸭子》（1952年10月6日）

韩映山《苑苇和小芝》（1952年10月12日）

刘绍棠《大青骡子》（1953年12月1日）

韩映山《高洗子》（1952年12月17日）

韩映山《媒婆》（1953年3月25日）

从维熙《红林和他爷爷》（1953年4月15日）

韩映山《凤儿的亲事》（1953年4月23日）

刘绍棠《运河滩上》（1953年6月4日）

房树民《年底》（1953年6月26日）

孙犁《风云初记》（1953年7月9日）

从维熙《老莱子卖鱼》（1953年7月16日）

韩映山《瓜园》（1953年7月23日）

从维熙《七月雨》（1953年8月6日）

从维熙《红旗》（1953年9月18日）

房树民《诞生》（1953年10月10日）

房树民《夏夜》（1953年10月29日）

从维熙《社里的鸡鸭》（1953年12月3日）

房树民《爱国售粮》（1953年12月10日）

韩映山《两条道路》（1953年12月10日）

从维熙《接闺女》（1953年12月17日）

从维熙《在河渡口》（1954年1月17日）

从维熙《远离》（1954年2月18日）

韩映山《冰上雪花飘》（1954年3月11日）

房树民《退粮记》（1954年3月18日）

从维熙《代耕》（1954年4月8日）

房树民《燕子，快快飞吧！》（1954年5月6日）

从维熙《合槽》（1954年6月17日）

刘绍棠《十字路口》（1954年7月9日）

刘绍棠《布谷鸟歌唱的季节》（1954年8月19日）

从维熙《故乡散记》（1954年9月16日）

韩映山《船》（1954年9月16日）

房树民《照相》（1954年10月14日）

从维熙《夜过枣园》（1954年11月4日）

韩映山《水乡散记》（1954年12月30日）

房树民《深秋之夜》（1955年1月6日）

房树民《花花轿子房》（1955年2月17日）

刘绍棠《婚礼》（1955年2月17日）

房树民《一天夜里》（1955年4月7日）

韩映山《解》（1955年5月12日）

刘绍棠《竹青嫂》（1955年8月18日）

房树民《引力》（1955年8月25日）

房树民《莲子和她的妹妹》（1955年9月30日）

从维熙《窦婆》（1955年10月21日）

从维熙《八月的梆声》（1955年11月3日）

韩映山《高兴的夜晚》（1955年12月8日）

刘绍棠《喜讯》（1955年12月29日）

房树民《九月的田野》（1956年1月5日）

韩映山《小辫》（1956年1月26日）

刘绍棠《收获》（1956年3月29日）

韩映山《兰燕娘》（1956年4月12日）

韩映山《锄麦》（1956年5月31日）

孙犁《风云初记》（1956年7月5日）

韩映山《姐妹们的信》（1956年8月23日）

刘绍棠《闹林记》（1956年8月31日）

房树民《渔婆》（1956年9月14日）

从维熙《雪夜》（1956年10月25日）

刘绍棠《槐花夜奔》（1956年12月6日）

韩映山《分红的时候》（1957年2月7日）

房树民《荒地清晨》（1957年8月29日）

房树民《樱园村》（1957年12月26日）

韩映山《初识八儿——故乡散记》（1958年5月15日）

韩映山《清晨》（1958年10月16日）

韩映山《吃大鱼……》（1959年1月29日）

韩映山《在河坡上》（1959年6月11日）

韩映山《红英——农村散记》（1959年8月6日）

韩映山《录音记——建明人民公社见闻》（1959年11月12日）

韩映山《小辫姑娘》（1960年7月28日）

韩映山《鞋》（1961年9月7日）

冉淮舟《春种》（1961年10月12日）

韩映山《姥姥家好》（1961年10月26日）

韩映山《一天云锦——农村一日记》（1961年12月7日）

冉淮舟《家乡梦》（1962年10月4日）

韩映山《凤仙婶》（1963年2月21日）

韩映山《女拖拉机手周爽》（1963年6月27日）

韩映山《赤心记》（1963年10月10日）

房树民《年货》（1963年11月14日）

冉淮舟《山地情思》（1963年11月21日）

第 三 编

荷花淀派研究论文选

一、流派总论

关于"荷花淀派"的讨论

□ 白海珍

中国作协河北分会、河北省文联文艺理论研究室、《河北文学》编辑部、《长城》文学丛刊编辑部，最近联合举办文艺理论写作班，就文学流派——"荷花淀派"的问题，本着"百家争鸣"的精神，畅所欲言，各抒己见，进行了热烈的讨论。

关于"荷花淀派"的形成问题

在当代文学史上，是否形成了一个以孙犁为代表的"荷花淀派"，是这次讨论中一个有争议的问题，大家认为，文学流派是在一定历史时期里，文学主张、创作方法、审美趣味、政治思想倾向等，基本上相同或相似的一些作家自觉或不自觉的结合体。而形成一个文学流派，要具备以下三个因素：一、要有一个以有影响的作家为代表的作家集群；二、这个作家集群要有基本相同或相近的政治思想倾向、审美趣味、创作方法；三、这个作家集群的作品要有相近或相似的艺术风格，形成了流派风格。同志们以此为依据，对是否形成了一个以孙犁为代表的"荷花淀派"，提出了两种不同的意见。

一种意见认为，在当代文学史上确实形成了一个以孙犁为代表的"荷花淀派"。许多同志指出，"荷花淀派"发端于20世纪40年代，形成于50年代。孙犁同志在30年代末开始文学生涯，40年代中期写出了他的成名之作《荷花淀》，以其独特的风采和清新的韵味，博得了抗日根据地广大读者的喝彩。到了50年代，孙犁同志先后写出五十四个短篇（《白洋淀纪事》）、一个中篇（《铁木前传》）和一个长篇（《风云初记》），他的艺术风格臻于完美成熟，为"荷花淀派"的形成奠定了坚实的基础。同孙犁同志一起在冀中生活过、工作过、战斗过的老一辈作家，如方纪、王林、秦兆阳、魏巍，他们极其赞赏孙犁的艺术风格，并给予很高的评价，这对于"荷花淀派"的形成，发挥了积极的促进作用。新中国成立以后，孙犁同志以《天津日报·文艺周刊》为阵地，发现和培养了刘绍棠、从维熙、韩映山、冉淮舟、房树民等一批文学青年。这批文学青年推崇孙犁的艺术，他们在孙犁的周围，直接或间接地追求、学习、模仿孙犁的创作，写出了一批有特色、有影响的作品。到了20世纪50年代中期，不仅形成了一个以孙犁为代表的作家集群，而且他们有着大体相同或相似的艺术风格，于是孕育而成一个文学流派——"荷花淀派"。

另一种意见认为，"荷花淀派"的种子虽然早在20世纪40年代埋下，但是因为没有适宜的土壤、水分、空气和阳光，一直未能萌发，并没有真正形成一个文学流派。持这种论点的同志的理由是：一、新中国成立以来，特别是1957年以后，由于政治、思想、理论上的极左错误的影响，我们文学界推崇的是"阳刚之美"，而"阴柔之美"受到了责难，故而孙犁的艺术非但没有被认识，反而遭到了排斥和冷落；二、20世纪50年代初期虽有一批文学青年推崇、追求孙犁的艺术，但他们只是模仿孙犁的作品，并没有学到孙犁艺术的真谛；这批文学青年写出的作品虽有特色，但在艺术上只是初露端倪，并没有成熟的风格；三、20世纪50年代初，孙犁以《天津日报·文艺周刊》为园地，发现、培养、团结了一批文学青年，但50年代中期的政治风暴把他们冲散，一批富有艺术才华的青年作家被错划成"右派"，并没真正形成一个以孙犁为代表的作家集群，充其量也只有那么一个雏形、一个胚胎，没有形成一个文学流派——"荷花淀派"。

关于"荷花淀派"的前景问题

"荷花淀派"的发展前景如何？这是人们所关注的。是逐步走向衰亡，还是方兴未艾？人们有着截然不同的看法。

一种意见认为，文学流派是历史范畴的东西，是特定社会历史条件下的产物。任何文学流派都要经历一个产生、发展和消亡的过程。万古常青、经久不衰的文学流派，是不存在的。这是一个不以人的主观愿望为转移的文学规律，"荷花淀派"必然要受到它的制约。有的同志说，从文学发展史来看，外国的、古代的且不论，我国五四时期，文学社团繁杂，刊物林立，流派可谓多矣。这些文学流派存在的时间和影响大小各不相同，也有进步、落后、反动之别。但没有一个文学流派能"流"到今天的。即使是有重大影响的"文学研究会"和"创造社"，也是很快发生了分化、瓦解和更替，不久就消逝了。

"荷花淀派"形成于20世纪50年代中期，时代的前进，社会的发展，政治、经济、文化的变革，以及由此引起人们文化素养和艺术趣味的变化，目前它正面临着严峻考验。一些同志指出，二十多年间，"荷花淀派"的创始人孙犁同志，由于身体和政治上的原因，几乎没有发表文艺作品，这个流派的作家队伍并没有发展壮大起来，他们的作品无论从数量上还是从质量上都没有重大的收获。因此，"荷花淀派"面临着三种结局：要么因循固守，师承模仿，被淘汰；要么在分化中改组，走向变种；要么继承其优秀，吸收其精华，创造新的风格，以新型流派取而代之。"荷花淀派"的消亡，新流派的出现，这是文学发展的规律，是文学繁荣的标志，也是"荷花淀派"的一个重要贡献。

与此相反，一部分同志对上述看法表示了异议。有的同志说，现在"荷花淀派"开始复苏；也有的同志说，"荷花淀派"正出现新的局面。他们认为，目前有了比较适宜的土壤、气候、水分和阳光，为"荷花淀派"的形成和发展创造了良好的条件，其理由是：一、粉碎"四人帮"以后，特别是十一届三中全会以来，思想解放运动，迎来了艺术的春天，文艺百花竞相开放，不同风格、不同流派互相竞争；二、孙犁艺术价值被越来越多的人所认识，学习他的人越来越多，"荷花淀派"的主将重返文坛，已经成熟，后起之秀不断涌现；三、现在具备了多种因素，只要我们加以提倡和扶植，"荷花淀派"的创作方兴未艾，前途是光明的，有着广阔的发展前景。

"荷花淀派"命运的浮沉说明了什么？

对"荷花淀派"的形成、发展和前途，尽管存在着分歧，但有一点大家的看法完全是一致的。即"荷花淀派"走过了艰辛、坎坷的路，回忆它历史命运的浮沉，教训是深刻的。

第一，政治、思想路线、理论上的极左，干扰了"双百"方针的贯彻执行，破坏了艺术民主空气，不仅摧残了文学人才，而且妨碍了创作个性的发挥，致使文学流派不能形成——即使是形成了，也不能顺利地发展，互相竞争，促进文学事业的繁荣。第二，按着文艺规律领导文艺，指导创作，是发扬不同风格、不同流派的关键。多年来，我们的文艺不能从"为政治服务"的口号中解放出来，成为政治的工具致使不同风格受到限制，不同流派得不到发展。第三，新中国成立后的十七年，文艺评论虽有成绩，但没有起到应有的作用，在"政治标准第一，艺术标准第二"的指导下，谈论作家作品的思想内容多，评论艺术技巧不够，对文学流派避而不谈，缺乏对文学内部规律的探索和研究。更有甚者，一些文学评论，缺乏自由讨论的空气，其实成了棍子，对流派的形成和发展起了阻碍作用。

同志们指出，"荷花淀派"的作品：一、没有直接"为政治服务"，成为"阶级斗争的工具"；二、它的风格本身与多年来所提倡的"重大题材""金戈铁马式的战斗""叱咤风云的英雄气概"是格格不入的；三、"荷花淀派"的作家们恪守现实主义之法，违背公式、概念的"章法"，受到排斥和打击，遭到白眼和冷落，自然是不可避免的。有的同志说，艺术与专制不相容，艺术与教条主义、形而上学不相容，艺术与极左路线不相容。而这，正是"荷花淀派"命运浮沉所说明的一条历史教训。

（原载《河北文学》1980年第12期）

漫谈"白洋淀"派

——在《河北文学》关于"荷花淀"流派座谈会上的发言

□ 冯健男

风格和流派是文艺创作和文艺理论中的一个相当重要的问题。但我们不弹此调久矣，特别是关于流派，尤其是在文学方面。正是因此，前些时候山西文艺界的同志们提出"山药蛋"派并就此进行的讨论，引起了许多人的兴趣，有的同志还由此提出"白洋淀"派的问题来，希望就此进行探讨。这又是一个引人兴趣的题目。

在这里，我们首先遇到的一个问题是：在我国的现代和当代文学中，是否存在一个可以"白洋淀"命名的文学流派？

对于这个问题，我的回答是"江流天地外，山色有无中"。前一句是说，以孙犁同志为代表的、具有独创艺术风格的、以描写冀中人民的革命斗争生活为中心的文学创作，其影响力早已越出了"白洋淀"四周的范围，而遍及大河上下，长江南北；后一句是说，文学上的"白洋淀"派可以说是"有"，也可以说是"无"，可以说是形成了，也可以说是并未真正地形成。

为什么说有呢？

在抗日战争的后期，一位从晋察冀来到延安不久的作家写了《荷花淀》《芦花荡》等短篇小说，在《解放日报》发表以后，关于他的消息真是不胫而走。作品以其深刻的抗日意识、浓郁的乡土气息、鲜明的诗情画意和独创的艺术风格，引起各地读者的兴趣和文艺界的注意。到了后来，这位作家把他在战争年代和新中国成立前后所写的几十篇短篇小说和散文编为一集，题名《白洋淀纪事》。于是乎，本来就以水上游击战争的动人事迹和传奇色彩驰名中外的白洋淀，借了《白洋淀纪事》的思想和艺术的助力而更加有力地牵动着人们的情思；在《白洋淀纪事》出版前后，长篇小说《风云初记》和中篇小说《铁木前传》的发表和出版，更加确立了孙犁作为一代名家的地位。

在新中国成立之初，《白洋淀纪事》中的作品确实吸引了不少青年作者，他们乐于以孙犁为自己创作的楷模，这是事情的一方面。另一方面是，孙犁向来热心于培养青年作者，在新中国成立以后，他以他自己编辑的《天津日报·文艺周刊》为园地，吸引、团结和培养了一批有志于文学创作的青年；他不但选发和连发他们的习作，而且从中细心发现人才，并通过改稿、交谈、通信、办讲习班、讲课、在发表青年习作时加编者按语等办法，对这些青年作者进行坚持不懈的创作指导。在孙犁的传、帮、带之下成长起来的知名青年作家（当然，并不只是孙犁一人在培养他们），是可以数出一串名字来的，而韩映山、刘绍棠、从维熙可说是他们的代表，他们在20世纪50年代就显露出自己的才华，至今仍然活跃于社会主义中国的文苑。要说有个"白洋淀"派的话，大概这就是了。

作为一个"流派"，当然是有其特色的（当然，这又并不排斥其中的作家们各自的特质和特点）。概括地说来，"白洋淀"派的特色是：

一、写农村生活见长。孙犁就是农村生活的出色的歌者和描绘者，他写白洋淀（这是主要的），写冀中平原，写冀西山区，而很少写城市生活——他进城后虽然住在大城市，但一写起小说来，所歌所绘还是他热爱的农村。韩映山一直是写农村的，并且主要是写白洋淀的。他自称他的作品"就像淀边初拱土的苇锥锥"，是它们的"一枝一叶"（《紫苇集·后记》），而孙犁嘉许"他热爱农村和农民，这是可供文学才力驰骋的广阔天地"（《紫苇集·小引》）。刘绍棠说他别无他求，"只想住在我的运河家乡的泥棚茅舍里"写小说，因为，"我喜欢农村的大自然景色，我喜欢农村的泥土芳香，我喜欢农村的安静和空气清新，我更热爱对我情深义重的乡亲父老兄弟姊妹们"（《野人怀土》）。热爱农村，热爱农民，从农村的日常生活中吸取和提炼题材，这是"白洋淀"派作家的一个共同之点。当然，孙犁培养的青年作家之中也有写城市生活和工厂题材的，但在人们的心目中，他们跟"白洋淀"派似乎是联系不起来的。

二、以挖掘和表现生活中的"美"见长。孙犁作品的主要特点，就是给人以很高的美学享受，他的文章真是美文。孙犁说过，"人天生就是喜欢美的"（《画的梦》）；当然，他不是唯美论者，所以他又说，"作家永远是现实生活的真善美的卫道士"（《文字生涯》）；他还说："善良的东西、美好的东西，能达到一种极致。在一定的时代，在一定的环境，可以达到顶点。我经历了美好的极致，那就是抗日战争。"他说他的作品通过描写农民的"爱国热情"和"英勇参战"表现了抗日战争这种"真善美的极致"（《文学和生活的路》）。由于致力于表现生活之美，人情之美，醉心于美的形象，美的境界，因而孙犁对于艺术技巧是刻意以求的，为此，他向鲁迅学习（当然，向鲁迅学习不只是学习他的技巧），向中外的古典作家学习。孙犁的这种爱美和捕捉美、创造美的特点，对于一些青年作家是有很大的魅力和影响力的。刘绍棠说："是孙犁同志的作品，唤醒了我对运河家乡的母子连心的深情，打开了我认识生活和表现生活的美学眼界。"（《开始了第二个青年时代》）在这里，"美学眼界"四字是值得注意的。孙犁的作品真是"打开了"一些青年作者的"美学眼界"（这与"唤醒了"他们对于他们家乡人民的"深情"是分不开的），于是人才被发现了，受到培养了，这也正是"白洋淀"派得以形成的关键。对于他们，这个"美"是如此重要，以致从维熙说，"文学有个强大的内涵，那就是——美"（《关于〈大墙下的红玉兰〉答读者》），他自称他早年的作品有如"早晨喇叭花上滚动的露珠，清新透明"，因而受到孙犁的赏识；而近期作品如《大墙下的红玉兰》等，孙犁更许以创造了"美的灵魂""美的形象"（孙犁、从维熙：《关于〈大墙下的红玉兰〉的通信》）。由此可见"美"在"白洋淀"派作家心目中和作品中的地位和分量。

三、以现实主义描写和浪漫主义的气息见长。孙犁作品的重要特点，是现实主义的真情实景的深刻描写和浪漫主义的诗情画意的浓郁气息的水乳交融的统一。这一点，是和他的美学观念和艺术追求分不开的，是一而二，二而一的。不如此，就不能"表现真善美的极致"。孙犁不止一次地说过，他很喜欢普希金、梅里美、果戈理、契诃夫、高尔基的作品，"我喜欢他们作品里那股浪漫气息，诗一样的调子，和对美的追求"（《勤学苦练》），这样的作品"合乎我的气质，合乎我的脾胃。在这些小说里面，可以看到更多的热烈的感情、境界"（《文学和生活的路》）。由此可见，在孙犁看来，诗和小说，美和人的感情、气质、境界，浪漫主义的气息和现实主义的描写，是可以而且应该结合和统一起来的，他所喜欢的这些作家体现了这一点，他自己的作品也体现了这一点。从维熙也说，"古今中外的艺术大师，如雨果、莎士比亚、曹雪芹、屠格涅夫、梅里美……都为了追求作品中内在的美和真正的浪漫主义（不是被'四人帮'扭曲玷污了的浪漫主义）而呕心沥血，我喜欢这些作家和作品的艺术气质"，他还说，"我爱文学中美的、真正的浪漫主义内涵"（《关于〈大墙下的红玉兰〉答读者》）。很显然，从维熙的这番话固然是出于他自己的爱好，但也可以说是从他的老师孙犁那里学习和感染得来的。他们都是把"美"和"浪漫主义"看成是同一"内涵"的。确实，离开了现实主义笔力和浪漫主义精神，那就没有什么"白洋淀"派的美的创造。

　　四、以生动的故事和画面表现渗透了政治内容和革命激情的日常生活见长。孙犁的作品从不脱离政治，但又从不贴政治标签，他的作品的革命性和人民性总是从现实生活中的诗情画意的抒写中自然而然地流露出来的。用他自己的话来说，"我写东西要离'政治'远一点，这个'政治'应该是加引号的。我的意思是，我不在作品里交代政策，不写一时一地的东西，但并不是说我的作品里没有政治"（转引自《语重心长话创作——访孙犁同志》）。"政治作为一个概念的时候，你不能做艺术上的表现，等它渗入到群众的生活，再根据这个生活写出作品"，这样，政治倾向就"溶化在艺术的感染力量之中"（《文学和生活的路》）。以他的代表作《荷花淀》为例，他说，"《荷花淀》所写的，就是这一时代，我的家乡，家家户户的平常故事"，通过这个故事，"我写出了自己的感情，就是写出了所有离家抗日战士的感情，所有送走自己儿子、丈夫的人们的感情"（《关于〈荷花淀〉的写作》）。又以《山地回忆》（这也是孙犁的代表作）为例，他说，"我想写的，只是那些我认为可爱的人，而这种人，在现实生活中间，占大多数。她们在我的记忆里是数不清的"；"我在写她们的时候，用的多是彩笔，热情地把她们推向阳光照射之下，春风吹拂之中"（《关于〈山地回忆〉的回忆》）。这样创造出来的艺术形象和意境，当然不是那种图解概念、交代政策、"写一时一地的东西"所能望其项背的。而从他学艺的那些当年的青年作者、如今的中年作家们也正是这样进行他们的创作的，正是如此，他们的创作是有生活有感情有形象的，不大有那种令人乏味和生厌的概念化的东西和脱离艺术的政治喧嚣。

为什么说"白洋淀"派又是在"有无"之中，并没有明确地形成呢？

孙犁是在抗日战争时期真正走上"文学和生活之路"的。在抗日战争和解放战争时期，除了在延安学习和工作了一个不长的时间以外，他都是在晋察冀抗日根据地度过的。在晋察冀抗日根据地，作家不少，但由于战争环境和其他原因，并没有形成什么文学上的"流派"。进城以后，原先在晋察冀抗日根据地工作的一些作家如王林、方纪、魏巍、梁斌、康濯、秦兆阳、远千里、李英儒、柳杞、李满天等同志仍然工作在河北的土地上（包括京、津），他们与孙犁过从甚密，时相往还，对孙犁的创作交口称赞，推崇备至，一致认为他是一位树立了独创的艺术风格的作家。但是，说也奇怪，这些同志虽然也都是写小说、散文的（有的人也以诗著称），他们的创作又都是从革命战争年代的晋察冀人民生活取材的（当然也写社会主义时期的人民生活），但他们一直没有形成"流派"，而是各具特色，各有千秋。我们现在提出的"白洋淀"派这个名称，是并不能把这些作家从风格和流派上联系在一起的。

如前所述，"白洋淀"派则是由孙犁及在他培养下成长起来的一批青年作家在新中国成立后形成的。在这当中，只有孙犁是老作家，而韩映山、刘绍棠、从维熙等在当初都是初学写作者，说不上以他们各自的而又互相接近的艺术风格形成"流派"。而到了1956年以后，孙犁主要是因病，同时也可能还有其他原因，基本上不写小说了；而刘绍棠、从维熙等青年作家则由于在政治上发生了不成问题的"问题"，被从文学创作的园地里"清除"了出去；韩映山、冉淮舟等青年人固然还在勉力沿着原来的路子进行创作，但在"左"的政治气候之下，似乎也不能像以前那样尽情抒写了。这样，这个略具规模的"流派"就不但未能巩固和发展，反而削弱了，甚至解体了。而这个状态竟然持续了二十多年之久！在十年浩劫当中，全国的文艺界都被摧残，被打散，哪里还谈得上什么"流派"！

所幸的是，历史上和现实中的真的、善的、美的东西是有生命力的，是砸不烂、也打不散的，文学上的"白洋淀"派（尽管它并未很好地形成）就是如此。粉碎"四人帮"以后，特别是党的十一届三中全会以后，党的生活、人民的政治生活渐趋正常，社会主义的文艺也得以复兴。已逾"不惑"之年的从维熙、刘绍棠等人得以恢复名誉和创作活动，并继续和重新向年近古稀的孙犁长者执弟子礼。这样，几乎中断了二十多年的"白洋淀"派似乎又活动了起来。孙犁的健康情况虽然总不是很好，但近三年来写作甚勤，收获甚丰，虽然没有再写小说，但散文、评论时见发表；从维熙、刘绍棠、韩映山等人的创作力突然旺盛了起来，三年来不断有短篇和中篇的力作发表，不但是他们的创作，就连他们和孙犁的谈话、通信，孙犁为他们的作品所作的序言，在文艺界都是引人注目的，也是有一定影响的。

我们从他们近年的各种著作中可以看出，他们的文学思想和美学信念，和他们在二十多年前的文字比较起来，是有其一贯性的，例如他们对于美和真实的追求，对于现实主义和浪漫主义的结合的追求，他们在作品中所表现的激情，就都是有其一贯的脉络可寻的。但是，时代毕竟不同了，生活向前跨出了很大的步子，特别是二十多年来的现实造成的他们的生活经历和思想感情的重大变化，也不能不在这个"流派"中体现出来。这一点，在从维熙的创作中尤其分明地表现出来了。他不但写农村，也写城市；不但写日常生活，也写非常生活；不但写出了诗情画意，也写出了生活悲剧；在有些问题上，由于年龄的不同，特别是遭遇的不同，和他老师的感受、思路是不尽一致的。

例如，在《关于〈大墙下的红玉兰〉的通信》中，孙犁在对从维熙的新作加以赞赏之余，还这样说："但是，你的终篇，却是一个悲剧。我看到最后，心情很沉重。我不反对写悲剧结局，其实，这篇作品完全可以跳出这个悲剧结局。也许这个写法，更符合当时的现实和要求。我想，就是当时，也完全可以叫善与美的力量，当场击败那邪恶的力量的。战胜他们并不减弱小说的感染力，而可以使读者掩卷后，情绪更昂扬。"这一番话，不但是表明了孙犁对一部小说的感受和意见，也是传达了他向来的美学观点和信念的。

但这一点，并未为从维熙所全部接受。从维熙在回信中说："您在信中提到小说悲剧性结局问题，使我感到有许多话想和您说……"于是就向老师尽情诉说起他二十多年的经历来了。他在小说中所写的"大墙"内外，就正是他的亲身经历的艺术写照。他说，"我只不过写了'四人帮'屠杀革命者罪行的沧海一粟"！他说，他要写"在特定的历史条件下，悲而壮，慨而慷，给人以鼓舞力量"的东西。我们在这里可以看到：就从维熙个人来说，二十多年的惨痛经历和经验，使他的视野扩大了，观察深刻了，在气质上也有了变化了；就"白洋淀"派来说，也是不能没有发展和变化的。这种发展变化，甚至使得"白洋淀"派无复旧观了。

在这里还应该提到的是，孙犁的创作和艺术风格的影响，是比以上所谈到的情况更为广泛和深远的，全国各地有不少作家和文艺爱好者喜欢孙犁的作品，并不同程度地受其影响。就河北省的作家来说，张庆田的小说和散文中的诗情画意，不能不说是和孙犁的创作有某些思想和技法上的联系的；近年出现的文学新人贾大山也从孙犁的作品汲取了养料和光彩。但他们是不能归入"白洋淀"派的，因为他们也有"山药蛋"味，他们不但学孙犁，而且也学赵树理，似乎还可以说，他们学赵的成分更多些。就河北省以外的作家，举例来说，远在陕南山区的贾平凹（这也是一位文学新人）所写的短篇小说和散文，很有些孙犁作品的味道和气息，简直可以归入"白洋淀"派了。至于爱读孙犁作品并为之倾倒的作家，更是各地都有，例如李准、白桦、梁信等同志就异口同声地说，"《风云初记》《荷花淀》，今天读起来仍然使人有一种清新的快感"（《"文艺的社会功能"五人谈》）。孙犁作品的影响如此之大，是不是有助于说明"白洋淀"派的形成呢？我想不是这样的，这倒是意味着这是"流派"所不能局限的。

以上就我的浅薄的所知和所感，谈了一些情况和看法，在事实上可能有差误，在识见上可能贻笑大方。但孙犁的创作的影响之大而且好，他在培养青年作者方面成绩卓著和精神可佩，他们在文学事业上的坚韧和创新精神，我想总会是大家的共同看法。而这一切，正是我们应该学习和发扬的。

关于创新，现在人们谈得很多。谈风格、流派，其实也还是为了谈创新。这当然是需要的、应该的。离了创新，哪里会有文学艺术？哪里会有文学艺术的发展？不过在这个问题上，我想无论是怎样的创新，不能离了生活，离了人民的需要和理解的可能，也不能离了无产阶级的革命理想，也就是说，不能离了文学上的现实主义和浪漫主义；只要这些基本的东西有了保证，那就是有了创新的丰富的源泉和坚实的基础。"白洋淀"派是创新的，"山药蛋"派也是创新的，它们的创造，都是适应了人民的要求和生活发展的需要的。当然，时至今日，"白洋淀"派要向前发展，"山药蛋"派要向前发展，也要在原有的基础上创新，发展起来并不一定要抱住哪个"流派"，"流派"是自然地"流"起来的，不是人为地造成的。随着生活和文学的向前发展，已有的流派可能进一步发展壮大，也可能发展不了，新的流派也可能产生。三十年来，我国的政治生活有时不很正常或很不正常，这是不利于"百花齐放，百家争鸣"方针的贯彻执行的，当然也是不利于不同风格和流派的形成和发展的。现在的情况正在改观，我们国家的政治、经济、科学、教育、文学、艺术将会在已经取得的成绩的基础上蓬勃发展，我们对此是有信心的，我们要为此而坚持不懈地进行工作和斗争。

孙犁说，农村"是可供文学才力驰骋的广阔天地"。这话我要在这里再引一次。文学描写农村生活，创造各种各样的农村人物形象，当前似有大力提倡的必要。道理很简单，也很实在：我国有八亿人口生活在农村，而农业的现代化在"四化"中居于什么名次和地位，也是大家都知道的。当前现实既然是如此，文学艺术岂能不一如既往，对农村给予足够的重视？"山药蛋"是农产品的一种，"白洋淀"是中国农村的一环，它们在当代文学中都已各自放出了很大的光彩，我们如今谈文学的流派问题，也是不应忽视农村的。离开了农村，离开了农业现代化的发展，文学的流派也是不好发展的。我想，这也许不能算是题外的话吧。

（原载《河北文学》1981年第4期）

中国文坛上需要这个流派

——在《河北文学》关于"荷花淀"流派座谈会上的发言

□ 鲍 昌

　　《河北文学》编辑部就"荷花淀"文学流派问题，组织了这样一个座谈会，很令人兴奋。风格的形成，是作家成熟的标志；文学流派的出现，是文艺运动蓬勃发展的表现。近来，山西省文艺界讨论了"山药蛋派"，咱们这里提出了"荷花淀派"，听说河南省有人还要提倡"黄河派"，这是"四人帮"倒台后文艺运动发展的表现，情况当然是令人兴奋的。

　　所谓"荷花淀派"，实际上就是以河北省老作家孙犁为代表的文学流派。不久前，我在接到《河北文学》编辑部的请柬后，在天津访问了孙犁同志一次，想听听他对"荷花淀派"的看法。孙犁说，应当先看看中外文学史上的流派是怎样形成的。于是我们谈到了宋朝的江西诗派、明朝的公安派、清朝的桐城派等等情况。研究了这几个流派后发现一个文学流派的形成，大概需要这样几个因素：一、一个志同道合的作家群；二、彼此相同或近似的创作风格；三、共同的文学见解和主张。比如江西诗派，他们的共同文学主张是泥古的，要求"字字有来历"，并崇尚"瘦硬风格"。再如明朝的公安派，基本上是袁宏道、袁宗道等兄弟三人，都是湖北公安县人，他们的共同文学见解是"抒写性灵"，反对当时的拟古风气。清朝的桐城派也是一样，以方苞、刘大櫆、姚鼐为首，作文讲究"义法"，要求有"雅洁"的风格。这样一来，三个文学流派都在历史上留下了影响。不管是好是坏反正是留下了影响。像公安派的小品文，直到20世纪30年代，林语堂等人还在模仿呢！

　　今天我们来谈"荷花淀"流派。到底有没有这个流派呢？我觉得可以用上述的标准来衡量衡量。首先来看看它的作家群。应当承认，从20世纪50年代初期开始，就有刘绍棠、从维熙、韩映山、房树民、苑纪久等同志，崇拜而且追随孙犁；直到现在，他们还坚决地自称为孙犁的弟子，而且竭力提倡"荷花淀"流派。从这一点上看，"荷花淀"流派是有一个作家群的。其次，看看这些作家的风格。在20世纪50年代初期，他们的作品都是模仿而且颇为接近孙犁风格的。但我要指出：经过了二十多年，特别是经过十年浩劫后，这些同志的创作风格有了不小的变化。例如维熙同志，由于他二十二年的独特经历，现在他写了许多揭露阴暗面的作品，这与孙犁的风格就有了差异。绍棠在粉碎"四人帮"后头两年，也写了些"伤痕文学"，直到最近的《蒲柳人家》，才又重新回到孙犁的风格上来。关于共同的文学主张，情况与此类似。大家都愿学习孙犁同志，坚持一条积极而又深化的现实主义道路。但在选择题材、运用语言乃至具体的描写手法上，现在也未必完全一致。从这后两点来看，"荷花淀"流派似乎又没有正式形成。用句古诗来形容，是一种"草色遥看近却无"的情况。孙犁同志在和我谈话时，十分自谦，也说并没有形成"荷花淀"流派。

那么，要不要在今天提倡"荷花淀"流派呢？我的意见是肯定的。多年以来，我们的文学不讲求风格，更不提倡流派，严重地影响了文学创作的发展。今天的情况不同了。我们粉碎了"四人帮"，双百方针可以贯彻了，我们就应当来提倡风格与流派。既然孙犁的作品拥有广大的读者，也有一些作家愿意来创立"荷花淀"流派，我们就该提倡它、支持它，以便繁荣文学创作。而且，提倡"荷花淀"流派还可以进一步发扬我们的现实主义文学传统。我是这样来看"荷花淀"流派的：它是一种植根于人民生活（特别是农民生活）的积极而深化的现实主义文学。提倡这个流派，有助于这一文学传统的发扬。

现在的中心问题是如何来创立"荷花淀"流派？前面说过：光有一个自称是孙犁弟子的作家群是不够的；甚至彼此宣称有共同文学主张也是不够的。关键问题是：大家的作品要具有《荷花淀》式的孙犁作品风格。而为了达到这一点，又必须先弄清楚：什么是孙犁作品的风格？

在去年七月号的《河北文学》上，我曾写了一篇讨论孙犁创作风格的文章，题为《孙犁——一个有风格的作家》。那篇文章，事先我请孙犁同志看过。他表示基本上同意我的分析。我在那篇文章里说过："文学作品的风格，实际上就是作品的艺术特色，或者说是作家的创作个性。作家的创作个性，决定于作家的生活经历、思想观点、知识素养、艺术趣味以及作家的性格特征。尤其作家的生活与思想，是形成风格的主要因素。"孙犁自己在一篇文章里也说："风格形成的主要根基是：作家的丰盛的生活和对人生的崇高的愿望。"孙犁是有丰盛的生活的。他在青年时代，投身于抗日战争，足迹遍于冀中、冀西、雁北一带土地。他和人民同呼吸，共命运，从而形成了他的深厚的现实主义。而孙犁也是有对人生的崇高愿望的。他总是想挖掘人民心灵中那些美好的东西，并希望人民的生活美好起来。我觉得，孙犁由于他独特的生活经历而形成的现实主义精神和他的人生理想，乃是形成他的风格的出发点。任何人想要学习孙犁的风格，都必须站在这个出发点上。可以说，这是学习孙犁创作风格的先决条件。

当然，在谈论孙犁创作风格时，只提出这两个先决条件是不够的。我们应当对孙犁的创作风格，做些更具体的分析。在《孙犁——一个有风格的作家》文中，我对孙犁的创作风格，概括出四个特征。这里，我想换一个角度，把孙犁的风格特征归纳为以下的三条：

一、从生活的各个方面，主要是从普通人民的日常生活方面，不加掩饰地来表现生活的真实。大家知道，孙犁很少描写叱咤风云的大场面，他主要描写的是人民的日常生活。而人民的日常生活，正是人民最熟悉也最关心的。这包括人们的家庭生活、爱情生活、劳动生产，以及融入日常生活里的思想斗争、政治斗争乃至军事斗争。孙犁笔下的人物，很少有所谓"高、大、全"的英雄形象，大都是些普通的农民、战士、干部、小知识分子。孙犁绝不有意识地去拔高它们，总是按照生活的本来面貌，既写他们的优点，也不回避他们的弱点。因此，孙犁塑造的人物都是真实的、可信的。这是一个"真"的问题，是孙犁创作风格中的灵魂。上午的发言中，有同志把孙犁的风格特色，单纯地归结为一个"美"字，这我是不同意的。从美学理论上说，真正的艺术，应当是真善美的统一。而美是建立在真与善基础上的。只有真的、善的东西，才能成为美的东西。这一点非常重要。如果我们忽略了真的东西，片面地去追求美，那是不会得到真实的美，也就是真正的美的。

二、用非常富有感情的笔触，来体现劳动人民（主要是农民）的质朴、仁爱，有时还是一种幽默的美好心灵。孙犁笔下的人物，大都具有这种美好的心灵。这是中国人民（主要是农民）善良品质的集中表现。我觉得，孙犁是怀着崇敬、挚爱的感情来表现它们的。任何文学作品中，都体现作家的自我。孙犁是怎样体现自我的呢？在他的作品中，"自我"是低于人民的。比如在《山地回忆》中，孙犁承认自己不如那个妞儿；在《吴召儿》中，他也承认自己不如吴召儿。孙犁总是把人民心中那些美好的东西挖掘出来，和"自我"（一个看起来有点迂腐，实际却朴素正直的革命知识分子形象）做对比，很自然地表达出"自愧弗如"的心情。这样一来，我们既看到了作品中人物的心灵之美，也能品味出作者自我的心灵之美。而这些心灵之美，因为多是通过日常生活的画幅平和地显现出来的，所以基本上属于优美（也就是阴柔之美）的范畴。但我要注明的是，孙犁的作品绝不都属于"优美"的类型，他也表现过刚美——刚烈之美。他照样写出了人民的苦难、战争的残酷，只不过他不去对血淋淋的场面肆意渲染罢了。无论是客观或主观的心灵美，也无论优美与刚美，本质上就是人的心灵之善。在这里，善和美是统一的，是一回事。任何优秀的文学作品，都必须有"善"的内核。孙犁作品中"善"的内核，是带有普通人民（主要是农民）的思想特色的。它表现为农民式的质朴、仁爱乃至农民式的乐观幽默，干脆说，它具有醇厚的农民的人情味。我认为，这是构成孙犁创作风格的第二个因素。离开了这一点，也谈不上孙犁的创作风格。

三、在艺术形式符合艺术内容的总的要求下，运用白描为主的各种艺术手法，体现出多种艺术美的极致。这就牵涉孙犁作品中"美"的问题了。我觉得，孙犁的作品创造了许多种艺术美。首先，他的作品有内容符合形式的美，也就是一种真实的美。上面说过，孙犁作品的内容，主要是描写普通劳动人民的日常生活及其内心世界，那么，孙犁作品的形式（即作品的体裁、结构、语言、表现手法等等），是非常适于表现其内容的。之所以做到这一点，是因为孙犁能遵循现实主义原则，正确地反映生活现实，这才达到了内容与形式的完美统一。这是孙犁作品的第一种艺术美。其次，孙犁作品的艺术形式，本身也是美的。孙犁最爱使用小说和散文相融合的那种文学体裁，经常采取的是表面上看来松散，实际上很能写出人物性格成长的艺术结构。这种结构，往往像抒情诗一样，具有一种特殊的韵味。至于孙犁的语言，那么大家都认为是美的，是一种既具有浓郁的乡土气息又经过锤炼的文学语言。这种语言，绝不矫揉造作，在表达人物之间的对话时，简直就像生活中的口语；然而，当作者去叙事、写景、抒情时，却又在人民口语基础上予以提炼，形成了相当精粹的诗的语言。这种语言具有质朴的美、简洁的美。"简洁是艺术的姊妹"，质朴而简洁的语言，恰好就是真正的艺术语言。我觉得，孙犁是我国当代文学中一位语言大师。关于他的文学语言的成就，是需要认真地加以研究的。而孙犁的艺术语言，又同他的表现手法紧密联系在一起。孙犁最爱使用白描的手法，所以，他才能简洁地、传神地勾勒人物，描画风景。值得注意的是，不管孙犁的笔墨如何经济，他并不丢下重要的细节，也不使故事的主线中断。就是说，他能惜墨如金，做到字字有考究，句句有必要，读者阅读之时，不会感到枝蔓丛生，拖泥带水，能够一气读完全篇，达到一种质朴简洁的审美感受。

为了说明这一点，我想随便举个例子。孙犁的短篇小说《"藏"》，描写冀中抗日战争最艰苦时期，一个年轻的村干部新卯，每天夜里要出去好久直到天亮才疲惫地回来。怀孕的妻子浅花起了疑心，以为他夜出是有不正当行为了；于是，一天晚上她尾随丈夫出去，这才发现丈夫原来正在秘密地挖地道，掩护一个"外路人"干部。误会消除之后，浅花也就每夜来帮他们挖地道。不久，浅花快生育了，三个人在小菜园里有以下的一番对话：

> 那个人很快地吃完饭，站起身来，望望她的肚子笑着说：
> "大嫂子，快了吧，还差多少日子？"
> 浅花红了脸看着丈夫。那人又问新卯，新卯说："谁闹清了她们那个！"
> "你这个丈夫！"那个人说："要关心她们么！我考虑了这个问题，在家里生产不好，就到这洞里来吧，我们搬到上面来睡，保护着你，你说好不好？"
> 浅花笑着说：

"那不成了耗子吗？"

"都是鬼子闹的么！"那个人愤愤地说。

新卯吃完了饭，跑去摘了几个熟透了的大甜瓜，自己吃着一个，把那两个搬到浅花面前。他说："还是这个玩意省事，熟透了不用摘，一碰自己就掉下来了。"

浅花狠狠地斜了他一眼。

这一番对话，是冀中农民的口语，乡土味是很浓的，非常切合人物的身份。例如浅花一听人劝说她到地道里去生产，马上联想到"那不成了耗子吗"，这完全是当时农村妇女的心理和感情。新卯拿"熟透了的大甜瓜"向自己妻子开玩笑，也完全是一种可爱的农民的幽默。孙犁就有这样的本领，仅仅用寥寥几句对话，就把人物的身份和个性凸现出来，使人们觉得很真实，很生动。这是孙犁对话艺术的生命力所在。在对话当中，孙犁偶尔写写人物之间的表情和动作，如"浅花红了脸看着丈夫""新卯吃完了饭，跑去摘了几个熟透了的大甜瓜""浅花狠狠地斜了他一眼"等等，都是质朴而简洁的交代，并不大肆铺陈，而把主要笔墨放在能够传神的对话上。这就是所谓白描手法，是鲁迅力倡过的、孙犁应用得很熟练的艺术手法。

让我们再看看小说结尾的一段：

不久，她能在洞里生产了。

洞里是阴冷的、潮湿的，那是三丈深的地下，没有一点光，大地上的风也吹不到这里面来。一个女孩子在这里降生了，母亲给她取了个名，叫"藏"。

女孩子的第一次哭声只有母亲和那深深相隔不远的井水能听见，哭声是非常悲哀和闷塞的。

在外面的大地里，风还是吹着，太阳还是照着，豆花谢了结了实，瓜儿熟了落了蒂，人们还在受着苦难，在田野里进行着斗争。

　　这一段，是状事抒情的段落。作者在前面写了夫妻间的误会、冲突、以及冲突过去后的共同欢快的劳动情景，结尾时，又把读者带回严酷的战争现实中来。在这结尾处，作者只是交代妻子在地道里生产了，给孩子起名叫"藏"（借此为全篇文章点题），作者并没有大力渲染在地道中生孩子如何艰苦，如何困难，只是简洁地写一句女孩子的哭声"是非常悲哀和闷塞的"，至于如何"悲哀和闷塞"，作者不再发挥，让读者们自己去联想。因此，简洁造成含蓄，含蓄产生余味。这又是孙犁语言简洁美的一例。最后一个自然段，孙犁用大地上的风、太阳、豆花结实、瓜儿落蒂一组意象，比喻着人民的苦难和斗争。这简直就是一节诗了。这是孙犁抒情手法的一例。孙犁擅长把对话、状物、写景的白描手法与"自我"的抒情手法，巧妙地融合起来，形成了形式上的多种艺术美。

　　以上，就是我对孙犁创作风格的三点概括。无须多加解释，这种为广大读者喜闻乐见的创作风格，乃是导源于孙犁的雄厚的生活基础；导源于他对劳动人民（主要是农民）的了解和热爱，导源于他"对人生的崇高的愿望"。没有这些先决条件，就无法形成孙犁的艺术风格。

　　有人认为：孙犁的艺术风格，主要是白洋淀地区人民生活的乡土色彩。我觉得，这样的理解是片面的。孙犁艺术风格的精髓，是我们上面强调的那几条。只要有了那几条，不管你描写哪个地区的生活，都会有那个地区的乡土色彩。乡土色彩，是现实主义深化时的自然衍生物。当然，孙犁作品主要是描写河北省的农民生活斗争的，追随他的也大都是河北省的青年作家。人们说孙犁作品含蕴有浓郁的白洋淀乡土色彩，那也是可以理解的。

　　假如我们要推广"荷花淀"流派的文学，我们就应当深入地认识并借鉴孙犁的艺术风格，这就是我对于创立、发展"荷花淀"流派的基本建议。

　　我还有一个建议，那就是今天要创立、发展"荷花淀"流派，应当在孙犁艺术风格的基础上有所突破。比如说，在题材广度上就该有所突破。谁都知道，孙犁的作品基本上是写农村的。今天，我们就该考虑如何把孙犁艺术风格的基本特征，贯彻到其他题材领域里去。是不是可以在城市生活、工业题材、知识分子题材中贯彻呢？我觉得是可以贯彻的。假如有人真能做到这一点，那就是突破。在突破时，我希望人们借鉴中外各方面的作家经验。举例说，苏联20世纪50年代的作家安东诺夫，他写的短篇小说如《在电车上》《舍格勒沃小车站》等篇，用笔简洁，主旨是在描绘普通人民的日常生活及其内心世界之美，在风格上，就有若干与孙犁相通之处。我们的某些工人作家，特别像阿凤这样直接由孙犁培养起来的工人作家，如果能从这方面开拓出一条路子，必定会受到读者的欢迎。

当然，"荷花淀"流派的长处还在于描写农村生活题材。"四人帮"被粉碎后，题材禁区被打破，文坛上百花竞艳，出现了许多描写知识分子、干部的"伤痕"以及青年人恋爱的作品。这是一件好事，其中也确实出现了不少佳作。但相对来说，近两年来农村题材的作品减少了，读者们对此很是不满。因此，我希望"荷花淀派"的作家能发挥原有长处，多多描写农村生活。绍棠同志写了《蒲柳人家》之后，我希望他本着这条路子走下去，更多地去描画他那运河故乡的风土人情之美。维熙同志二十二年来的遭遇是悲惨的，我希望他把这些经历写到差不多的时候，还是回到他的冀东山区，这是他的生身土地，他是最熟悉它的。映山同志呢，我希望他不要离开故土，就在莲池旁边开放荷花吧！他们是而且应当是"荷花淀派"的几员主将，我对他们的唯一赠言是："记住，你是大地之子，农民之子！"对于其他一些人（如纪久、淮舟、铁凝等同志），我的赠言是相同的。

绍棠同志在发言时，希望有评论工作者来为"荷花淀"流派鼓吹，并期望我也参加进来。我愿意这样做。我尊敬孙犁，喜爱他的作品，我要进一步对他的作品学习、探索。如果有可能，我就要为"荷花淀派"摇旗呐喊。中国文坛上，需要这一个流派，需要这样一个植根于黄色的泥土，沁润着庄稼的芳香，既能记录人民的苦难，又能展示光明未来的积极、深化的现实主义文学流派！

（原载《河北文学》1981年第3期）

《天津日报·文艺周刊》与"荷花淀派"

□ 布莉莉

内容提要： "荷花淀派"作为中国现当代文学史上为数不多的"跨时代"的文学流派，其形成、发展、变迁与孙犁及其主持下的《天津日报·文艺周刊》息息相关。本文主要以1949~1966年的《天津日报·文艺周刊》为考察对象，在把握刊物整体风格及编辑原则的基础上，通过具体的定量分析对"荷花淀派"的发展与零散轨迹做一些探隐发微的工作，同时借由对孙犁具体编辑实践及办刊理念的考察，细致地探究其对"荷花淀派"文艺的影响与塑造。

关键词： 孙犁 《天津日报·文艺周刊》 "荷花淀派"

富于个性特征的文学报刊，是组织文学社团、形成文学流派必需的手段，从某种意义上说，报刊在为知识分子提供发表园地的同时，也以其大众传媒的运作方式深深地影响着文学的传播、阅读以及作家的生存和交往方式等。但在1949年后"一体化"的文学体制下，带有同人色彩的报刊在一段时期内是不允许出现的。从某种程度上说，当代文学流派的干涸与消匿，与同质化的期刊生态环境有着很大关联。然而需要注意的是，这种说法也多少抹杀了当代文学"一体化"进程中诸多话语成分互相渗透、调整、博弈的过程。就报纸副刊而言，主编多由政治上可靠的共产党员负责，但是每个人在文学观念和审美趣味上存在着一定差异，使得"当代文学在所谓'一体'的内部暗涌着不同的文学成分和话语方式，甚至埋下了流派'萌芽'的可能"[1]。

"荷花淀派"作为中国现当代文学史上为数不多的"跨时代"的文学流派，其形成、发展、变迁与孙犁及其主持下的《天津日报·文艺周刊》（为表述方便，下文简称《文艺周刊》）息息相关。正是由于孙犁文本的优秀示范及其以《文艺周刊》为园地对青年作者的悉心培育，才使得"荷花淀派"渐成气候。然而当下的研究对"荷花淀派"的发表重镇——《文艺周刊》观照不足，只是作为背景被简单地提及，这不能不说是一大研究缺憾。

本文主要以1949～1966年的《文艺周刊》为考察对象，通过具体的定量分析对"荷花淀派"的发展与零散轨迹做一些探隐发微的工作，同时借由对孙犁具体编辑实践及办刊理念的考察，细致地探究其对"荷花淀派"文艺的影响与塑造。

一

《文艺周刊》创刊于1949年3月24日，是《天津日报》的纯文学副刊。1948年12月，孙犁与郭小川、方纪等人赴天津筹备《天津日报》的创刊工作。1949年1月17日《天津日报》创刊，该刊由《群众日报》《冀东日报》合并组成，黄松龄任社长，王亢之任副社长，朱九思、范瑾分别任正、副总编，编委有邵红叶、郭小川、方纪、孙犁等人。《天津日报》自创刊起，每期都有综合性副刊。在副刊出到第50期的时候，编委会决定增出一个纯文艺副刊——《文艺周刊》，为此于1949年3月16日下午召开了"文艺座谈会"，出席者有方纪、鲁藜、荒煤、田野、芦甸、王林、李克简、杜宾礼、韩维正、商展思等。方纪说："过去旧的《文艺周刊》往往是几个人的小园地，我们所以没有一开始就搞，也是害怕弄成那样。现在副刊已开始和天津的群众建立了联系，有了搞《文艺周刊》的基础，因此，这个文艺周刊也应该是群众性的。在这个周刊上，我们是预备把一些反映人民生活更真实、更深刻的作品集中起来，在新文艺理论的建设上，要把毛主席提出的文艺方针具体地加以贯彻。"[2]

《文艺周刊》是省级党报副刊，然而值得注意的是，其在新中国成立初期"反映政治，但不紧跟政治"的办刊姿态以及对"荷花淀派"潜移默化的形塑，在当时的党报副刊中别具一格，尤其是对"荷花淀派"文艺的大力扶持与悉心培育，使得社会主义时期文学流派较为干涸的河床涌现出涓涓细流，这一点弥足珍贵。

《文艺周刊》在"同质化"的期刊环境中所做的这种可贵努力，与其灵魂人物——孙犁有密不可分的关系。孙犁虽然不是《文艺周刊》的总编，但却是它的实际掌舵者[3]。《文艺周刊》在办刊理念及选文标准上都不同程度地带有孙犁的个人风格。孙犁向来以文学队伍中的一名"散兵"自居，他喜欢"有生活、有感受，手法通俗，主题明朗，切切实实的文艺作品"[4]，而不追求《文艺报》孜孜追求的"思想性"和"战斗性"，只是老老实实与习作者讨论怎样观察、怎样描写、怎样遣词造句以及怎样形成风格等技术话题。他将这种文学理念践行到具体的编辑实践中，尽自己最大努力为文学新苗营造了一种相对自由的发展空间。

在孙犁主持刊物期间（1949~1956），《文艺周刊》基本没有参与到大的政治斗争中去[5]，无论是对电影《武训传》的批判，还是对萧也牧《我们夫妇之间》的批判，抑或是对俞平伯《红楼梦研究》的批判，《文艺周刊》大多是蜻蜓点水、一带而过，这在当时的期刊环境中尤为难得。

当全国很多刊物都展开对萧也牧《我们夫妇之间》的群众性批判时，《文艺周刊》几乎没有一篇正式的批判文章，仅仅是在第135期转载了萧也牧发表于《文艺报》上的《我一定要切实地改正错误》一文，简单加了"编者按"应付了事。萧也牧曾在《文艺周刊》上发表多篇作品，如《追契》（第21期）、《"腊梅花"及其他——文学学习笔记之一》（第32期）、《"我等着你"》（第38期，后来改为《海河边上》）、《识字的故事》（第61期）等等。1949年后，中国报纸、期刊等大众媒介在每一次批判运动中都扮演着富有攻击性的角色，且一般来说如果一个文本受到批判，发表该文本的报刊必须迅速做出反应和检讨。在批判《我们夫妇之间》时，姜素明就指责《人民文学》"对于文学创作中如此重大的思想斗争事件"完全不过问[6]，随后《人民文学》编辑部立马展开了自我批评，以编辑部的名义发表《文艺整风学习和我们的编辑工作》。相比较而言，《文艺周刊》只是转发了《文艺报》上萧也牧的自我批判，加了"编者按"应付交差，并没有上纲上线为文艺批判运动的扩大化推波助澜。

此外，在1954年全国开始批判俞平伯《红楼梦研究》时，《文艺周刊》先后刊出了二十多期，从未发表任何涉及此次批判运动的文章。孙犁十分欣赏《红楼梦》的现实主义，对俞平伯《红楼梦研究》也很赞赏。1959年曾为

《铁木前传》绘制插图的画家张德育拜访孙犁，"我们短暂的面对面谈话，孙犁先生一直慢声细语，但当说到对《红楼梦研究》的批判这一问题时，他猛地一挥手，大声吼道：'打不倒！'慷慨激昂、振聋发聩"[7]。平心而论，孙犁并没有越过体制的边界，但他反对文艺作品紧跟政治运动的浪头，反对文艺单纯配合政治宣传甚至沦为政策的传声筒。关于文艺与政治的关系，孙犁这样说道："什么是文艺和政治的关系？我这么想，既然是政治，国家的大法和功令，它必然作用于人民的现实生活，非常广泛、深远。文艺不是要反映现实生活吗？自然也就要反映政治在现实生活里面的作用、所收到的效果。这样，文艺就反映了政治。政治已经在生活中起了作用，使生活发生了变化，你去反映现实生活，自然也就反映出政治。……那种所谓紧跟政治，赶浪头的写法，是写不出好作品的。"[8]

《文艺周刊》与主流意志相对疏离的话语姿态，在当时"同质化"的期刊生态中营造了一种小范围的气候群落。这种别具个性的办刊实践，为文学新苗的发展及文学流派的形成营造了一种相对宽松、自由的空间，使其较少受到政治风波的影响。孙犁曾说："这块园地里，有时也会刮过一阵不利苗圃的风，我们有时也必须设备防御的篱笆，保护创作。"[9]《文艺周刊》以其独特的美学磁场及扶持新人的办刊传统吸引了一批具有相同艺术追求的文学青年，他们于此园地默默耕耘，并生发成一种具有虎虎生气的群体性文学现象。

二

据笔者不完全统计，1949～1966年发表于《文艺周刊》上的与"荷花淀"风格相近的作品至少有九十多篇（见下文图表），这些小说呈现出一种共同的创作趋向：小说并不正面描写革命、战争或国家政策，而是透过对乡村人物、风俗、景色的细致描摹，反映时代变迁，尤其注重思想性与艺术性的结合，语言清新、秀丽、朴素、含蕴，富有浓厚的地方气息、艺术美和人情美。

时　间	篇名及发表日期
1949年	孙犁《农村速写》（1949年3月24日） 孙犁《互助组（第一篇）》（1949年5月6日） 孙犁《互助组（第一篇续）》（1949年5月12日） 孙犁《吴召儿》（1949年11月25日）
1950年	孙犁《看护》（1950年6月2日） 孙犁《一篇关于农村婚姻问题的报告》（1950年7月14日） 孙犁《风云初记》（1950年9月22日、9月29日、10月6日、10月13日、10月20日、10月27日、11月17日、11月24日、12月1日、12月8日、12月15日、12月22日、12月29日）
1951年	孙犁《风云初记》（1951年2月5日、2月11日、2月18日、2月25日、3月4日、3月11日、3月18日、4月15日、4月22日、4月29日、5月6日、5月13日、5月20日、5月27日、7月8日、8月12日、9月9日） 刘绍棠《完秋》（1951年9月16日） 刘绍棠《暑伏》（1951年10月14日）
1952年	刘绍棠《修水库》（1952年3月9日） 房树民《麦秋》（1952年6月29日） 刘绍棠《摆渡口》（1952年8月12日） 房树民《秋天》（1952年9月14日） 韩映山《鸭子》（1952年10月6日） 韩映山《苑苇和小芝》（1952年10月12日） 韩映山《高洗子》（1952年12月17日）
1953年	韩映山《媒婆》（1953年3月25日）

时　　间	篇名及发表日期
1953年	从维熙《红林和他爷爷》（1953年4月15日） 韩映山《凤儿的亲事》（1953年4月23日） 刘绍棠《运河滩上》（1953年6月4日） 房树民《年底》（1953年6月26日） 孙犁《风云初记》（1953年7月9日） 从维熙《老莱子卖鱼》（1953年7月16日） 韩映山《瓜园》（1953年7月23日） 从维熙《七月雨》（1953年8月6日） 从维熙《红旗》（1953年9月18日） 房树民《诞生》（1953年10月10日） 房树民《夏夜》（1953年10月29日） 从维熙《社里的鸡鸭》（1953年12月3日） 房树民《爱国售粮》（1953年12月10日） 韩映山《两条道路》（1953年12月10日） 从维熙《接闺女》（1953年12月17日）
1954年	从维熙《在河渡口》（1954年1月17日） 从维熙《远离》（1954年2月18日） 韩映山《冰上雪花飘》（1954年3月11日） 房树民《退粮记》（1954年3月18日） 从维熙《代耕》（1954年4月8日） 房树民《燕子，快快飞吧！》（1954年5月6日） 从维熙《合槽》（1954年6月17日） 刘绍棠《十字路口》（1954年7月9日） 刘绍棠《布谷鸟歌唱的季节》（1954年8月19日） 从维熙《故乡散记》（1954年9月16日）

时　　间	篇名及发表日期
1954年	韩映山《船》（1954年9月16日） 房树民《照相》（1954年10月14日） 从维熙《夜过枣园》（1954年11月4日） 韩映山《水乡散记》（1954年12月30日）
1955年	房树民《深秋之夜》（1955年1月6日） 房树民《花花轿子房》（1955年2月17日） 刘绍棠《婚礼》（1955年2月17日） 房树民《一天夜里》（1955年4月7日） 韩映山《解》（1955年5月12日） 刘绍棠《竹青嫂》（1955年8月18日） 房树民《引力》（1955年8月25日） 房树民《莲子和她的妹妹》（1955年9月30日） 从维熙《窦婆》（1955年10月21日） 从维熙《八月的梆声》（1955年11月3日） 韩映山《高兴的夜晚》（1955年12月8日） 刘绍棠《喜讯》（1955年12月29日）
1956年	房树民《九月的田野》（1956年1月5日） 韩映山《小辫》（1956年1月26日） 刘绍棠《收获》（1956年3月29日） 韩映山《兰燕娘》（1956年4月12日） 韩映山《锄麦》（1956年5月31日） 孙犁《风云初记》（1956年7月5日） 韩映山《姐妹们的信》（1956年8月23日） 刘绍棠《闹林记》（1956年8月31日） 房树民《渔婆》（1956年9月14日）

时　　间	篇名及发表日期
1956年	从维熙《雪夜》（1956年10月25日） 刘绍棠《槐花夜奔》（1956年12月6日）
1957年	韩映山《分红的时候》（1957年2月7日） 房树民《荒地清晨》（1957年8月29日） 房树民《樱园村》（1957年12月26日）
1958年	韩映山《初识八儿——故乡散记》（1958年5月15日） 韩映山《清晨》（1958年10月16日）
1959年	韩映山《吃大鱼……》（1959年1月29日） 韩映山《在河坡上》（1959年6月11日） 韩映山《红英——农村散记》（1959年8月6日） 韩映山《录音记——建明人民公社见闻》（1959年11月12日）
1960年	韩映山《小辫姑娘》（1960年7月28日）
1961年	韩映山《鞋》（1961年9月7日） 冉淮舟《春种》（1961年10月12日） 韩映山《姥姥家好》（1961年10月26日） 韩映山《一天云锦——农村一日记》（1961年12月7日）
1962年	冉淮舟《家乡梦》（1962年10月4日）
1963年	韩映山《凤仙婶》（1963年2月21日） 韩映山《女拖拉机手周爽》（1963年6月27日） 韩映山《赤心记》（1963年10月10日） 房树民《年货》（1963年11月14日） 冉淮舟《山地情思》（1963年11月21日）

除了目前学界公认的刘绍棠、从维熙、韩映山、房树民等"荷花淀派"骨干的作品以外，还有很多效仿孙犁风格、具有"荷派"韵味的文本：如孙铭《曲河村的游击小组》（第170期），魏锡林《婆媳俩》（第193期）、《梁成嫂》（第195期）、《秋夜雨》（第271期）、《我和孙大爷》（第606期）、《早晨》（第616期），吴梦起《未婚妻》（第203期）、《秋天的夜晚》（第259期）、《方士信的前途》（第273期）、《肥料委员》（第310期），苑纪久《白青文》（第344期）、《浇苇——白洋淀纪事》（第360期），青林《山村的春夜》（第347期）、《守园员》（第364期）、《陪送》（第372期）、《槐树下》（第619期）、《山村的夜》（第672期）、《红梅》（第674期），许少轩《秋山夜雨》，郭澄清《麦苗返青的时候》、田草《鱼哥》（第509期），孟振东《李大娘》（第538期），马云鹏《秀青母子》（第568期），江虹《在河滩上》（第684期），陈道华的散文《运河波浪》（第717期）、《运河春晓》（第748期）等等。这些文本多以京、津、保定地区的农村为主，有鲜明的地域特色，小说中不仅有大量的对秀丽水乡及冀中平原的风景描写，而且其间穿插着很多朴实亲切的地域方言，透过儿女情、家务事，反映农村中的新人新事或新旧思想的斗争，描写细腻，风格清新朴实。

从上述表格中，我们可以清晰地观察出"荷花淀派"的发展与流变轨迹：1952年以前主要是孙犁的文本；1952～1956年一批青年作家迅速崛起，并形成了令人瞩目的群体效应；1957年后渐呈零落之态，只剩下韩映山、房树民还在继续创作。"荷花淀派"渐趋消散的原因，一方面缘于流派灵魂人物孙犁的被迫封笔，1956年3月孙犁大病了一场，"十年荒于疾病，十年废于遭逢"，写作几乎中断了近二十年；另一方面是由于愈益激烈的政治运动，1957年反右运动中，刘绍棠、从维熙等"荷花淀派"骨干被打成"右派"，失去写作资格。"荷花淀派"从一个具有鲜明特点和蓬勃朝气的流派，渐渐零散消匿。

其实，关于"荷花淀派"是否存在，学界一直存在争论，有研究者称"荷花淀派"是孙犁"一个人的流派"[10]，也有研究者认为该流派是"草色遥看近却无"[11]"山色有无中"[12]"若即若离，忽隐忽现，宛在堤柳烟波之间"[13]。从某种意义上来说，这种说法有一定的合理性，"荷花淀派"
并不是一个自觉的文学流派，而是"文革"结束后学术界追加的概念，且
"荷花淀派"的成员多是青年习作者，创作还不成熟，加之崭露头角即被
政治运动冲散，贸然称其为"流派"确实有些"其实难副"。杨义认为，
流派要"不同程度地具备五个要素：风格要素、师友要素、交往要素、同
人刊物和报纸专栏要素、社团要素"[14]。如果按照这五个要素来框定"荷
花淀派"，流派之说似乎很难成立。

　　笔者以为，严格界定一个文学流派是很困难的，它从来不是一个边
界清晰的几何体，更像是一个美学雾界，是一种共同的创作趋向。此外，
文学流派的形成，也不尽是同人之间有意倡导的结果，往往是基于共同的
文学理念、文化积淀、时代精神、地域民俗的自发聚合，彼此默契艺术共
性的结果。放眼"十七年"时期的报纸副刊，孙犁主持下的《文艺周刊》
确实以其独特的美学磁场，吸引了一批来自农村的文学青年，他们效法孙
犁，同声相应、同气相求，创作出一批艺术风格相近似的文本，这种群体
现象是无形而实存的。

<h2 style="text-align:center">三</h2>

　　"荷花淀派"由涓涓之细到初具规模，与孙犁的办刊理念及悉心培
育有很大关联，他曾多次表示："刊物要有地方特点，地方色彩。要有个
性。要敢于形成一个流派，与兄弟刊物竞争比赛。"[15]"物以类聚，文以
品聚。虽然是个地方报纸副刊，但要努力办出一种风格来，用这种风格去
影响作者，影响文坛，招徕作品。不仅创作如此，评论也应如此。如果所
登创作，杂乱无章，所登评论，论点矛盾，那刊物就办不出自己的风格
来。"[16]上述编辑思想虽然并不是写于主持《文艺周刊》时期（分别写于
1978年和1983年），但是其具体的编辑实践却始终贯彻着这一理念，"荷
花淀派"出现在当代文坛便是最有力的证明。

　　此外，"荷花淀派"骨干成员的崭露头角与《文艺周刊》扶持新人的
办刊传统密切相关，"稿约"中明确写道："一、本刊欢迎内容现实，文

字通俗的各种形式的文艺创作；二、本刊欢迎及时的、生动尖锐的文艺批评；三、本刊尽先刊载各生产部门初学写作者的稿件。"[17]孙犁更是以发现新作者、培育新作者为己务，1953年他在《论培养》中写道："新的作者，按照规律，他们很可能在地方刊物上出现。所有专业的有经验的作家们，应该注意到各个地方刊物上的新人的作品，并指导他们。地方刊物与应该认识接近底层的方便，积极发挥开采的职责。"[18]刘绍棠、从维熙、韩映山等人都是在孙犁的细心发掘与耐心培育下成长起来的，当时他们还是刚刚离开学校或者正在学校念书的青年，孙犁不仅亲自写信指导他们的创作，还积极联系出版社将作品结集出版，短篇小说集《运河滩上》[19]将1953年发表在《文艺周刊》的9个短篇小说，包括刘绍棠《运河滩上》、从维熙《红旗》、韩映山《瓜园》、房树民《年底》、吴梦起《未婚妻》等汇成一册。此外，《文艺周刊》及时组织对新人新作的相关批评，如萧来《〈运河滩上〉读后记》[20]、邹明《谈从维熙的几篇小说——兼谈最近关于表现农村新生活的来稿》[21]、李牧歌的《读刘绍棠的创作》[22]、孙犁《读〈作画〉后记》[23]等。

虽然孙犁晚年曾一再推托："我做工作，向来萍踪不定，但不知为了什么，在《天津日报》竟一待就是三十多年，迄于老死。虽然待了这么多年，对于自己参加编辑的刊物，也只是视为浮生的际会，过眼的云烟，并未曾把精力和感情，胶滞在上面，恋恋不舍。更没有想过在这片园地上，插上一面什么旗帜，培养一帮什么势力，形成一个什么流派，结成一个什么集团，为自己或为自己的嫡系，图谋点什么私利，得到点什么光荣。"[24]孙犁之所以有上述顾虑，主要是经历过当代政治话语的规约，对宗派主义心存余悸。由于反右扩大化和持续不断的政治运动，文人的聚合动不动就被安上"反党小集团""二流堂""裴多菲俱乐部"等罪名，使人们对"开宗建派"视为忌物，唯恐避之不及，还有谁公开声明自己属于什么流派？但是围绕着《文艺周刊》确实成长起来一批风格相似、年轻有为的青年群体，这是不争的事实。刘绍棠、从维熙、韩映山等人曾多次表达孙犁以及《文艺周刊》对自己写作的影响。韩映山说："20世纪50年代初，当我还在保定一中念初中的时候，就喜欢读《文艺周刊》发表的作品。它虽是报纸上的周刊，其文学性质却是很强的，作品内容很切实，生活气息很浓厚，格调很清新，语言很优美，有时还配上一些插图，显得版面既活泼健康，又美观大方，没有低级趣味和小家子气，更没有那些谁也看不懂的洋玩意儿。"[25]从维熙也说："从20世纪50年代初，我首先结识的是孙犁的作品，他小说和散文中那种清淡如水的文字，曾使我如痴如醉。如果说我的文学生命孕生于童年的乡土，那么孙犁的晶莹剔透的作品，是诱发我拿起笔来进行文学创作的催生剂。"[26]刘绍棠曾回忆说："对于《天津日报》的远见卓识，扶植文学创作的热情和决心，栽培文学新人的智力投资，我是非常钦佩和感念不忘的。孙犁同志把《文艺周刊》比喻为苗圃，我正是从这片苗圃中成长起来的一株树木。饮水思源，我多次写过，我的创作道路是从天津走向全国的。"[27]

孙犁曾把《文艺周刊》比作一处苗圃，认为"一旦这些新作者，成为名家，可以向全国发表作品了，就可以从这里移植出去，再栽培新的树苗，再增添新的力量"[28]。纵观"十七年"时期的文学报刊，《文艺周刊》虽页码单薄不足以跻身大型期刊之林，但是以荆钗布裙之素质，培育了一批文学青年，使"十七年"文学流派较为干涸的河床，涌现出"荷花淀派"的涓涓之细，这一点弥足珍贵。

注释:

［1］张均：《报刊体制与中国当代文学的发生》，《文艺理论研究》2014年第5期。

［2］《文艺座谈会记录》，《天津日报》1949年3月23日第4版。

［3］目前关于《文艺周刊》编委会成员并无明确记录，据笔者考察初期主要有郭小川、方纪、孙犁、邹明等人，其中郭小川是编辑部的副主任，方纪任副刊科科长，孙犁任副科长。然而，1949年6月，郭小川南下赴湖南筹组《湖南日报》，1950年5月方纪调离《天津日报》到市里负责文化、宣传部门的工作，后又调到中苏友好协会任职，《文艺周刊》实际上由孙犁掌管，职责是二审，手下还有一个兵，就是邹明。这种情况一直持续到1956年3月，当时孙犁大病了一场，生病后卸下编辑任务一直外出疗养，实际上已不负责《文艺

周刊》的具体事宜。

［4］孙犁：《编辑笔记》，山西人民出版社1985年版，第90页。

［5］直到1955年批判"胡风反革命集团"时，《文艺周刊》才不得不陷入泥淖。

［6］姜索明：《我对〈人民文学〉的一点意见》，《文艺报》第5卷第5期。

［7］孙晓玲：《布衣：我的父亲孙犁》，《拜访张德育先生》，三联书店2011年版，第156页。

［8］孙犁：《孙犁全集》第6卷，人民文学出版社2004年版，第29页。

［9］［18］孙犁：《孙犁文集》第4卷，百花文艺出版社2002年版，第266～267、267页。

［10］叶君：《一个人的流派》，《文艺报》2012年2月13日第3版。

［11］鲍昌：《中国文坛上需要这个流派》，《河北文学》1981年第3期。

［12］冯健男：《漫谈"白洋淀"派》，《河北文学》1981年第4期。

［13］阎纲：《孙犁的艺术》，《河北文学》1981年第5期。

［14］杨义：《流派研究的方法论及其当代价值》，《海南师范学院学报（人文社会科学版）》2001年第5期。

［15］孙犁：《孙犁文集》第5卷，百花文艺出版社2002年版，第172页。

［16］［24］［28］孙犁：《孙犁文集》续编3，百花文艺出版社2002年版，第304、303、304页。

［17］《稿约》，《天津日报》1949年5月26日第4版。

［19］刘绍棠等：《运河滩上》，华北人民出版社1953年版。

［20］萧来：《〈运河滩上〉读后记》，《天津日报》1953年7月16日第4版。

［21］邹明：《谈从维熙的几篇小说——兼谈最近关于表现农村新生活的来稿》，《天津日报》1953年8月20日第4版。

［22］李牧歌：《读刘绍棠的创作》，《天津日报》1955年3月24日第4版。

［23］孙犁：《读〈作画〉后记》，《天津日报》1963年3月14日第4版。

［25］韩映山：《饮水思源》，《天津日报》1983年5月5日。

［26］从维熙：《荷香深处祭文魂——悼文学师长孙犁》，《天津日报》2002年7月25日。

［27］刘绍棠：《忆旧与远望》，《天津日报》1983年5月5日。

（原载《中国现代文学研究丛刊》2016年第2期）

中国当代文学民族化道路

——从孙犁到铁凝

□ 张　莉

孙犁是少有的能跨越现代与当代文学史并对中国当代文学创作持续产生影响的作家。他被视为"荷花淀派"的代表，其"诗化、散文化的艺术追求，影响了当代文坛一批作家，特别是京、津、冀地区的作家，如刘绍棠、从维熙、韩映山、房树民、冉淮舟等"（金汉：《中国当代文学发展史》）。以往研究通常聚焦于"荷花淀派"主要描写冀中平原，传达欢快明朗的气氛等，未免失之表象。不把荷花淀派当作一种地方写作流派是重要的，将孙犁及其"荷花淀派"重置于它的起源地解放区，进而将其置于当代文学的发展脉络中去认识与理解，会重新发现孙犁与"荷花淀派"艺术追求的当下意义。

文学民族化的两个路向

赵树理与孙犁是20世纪40年代解放区文学重要作家，他们都共同致力于中国文学民族化的实践工作，因极具特点的艺术追求与创作，也形成了文学史上的两个重要流派："山药蛋派"和"荷花淀派"。他们的作品热情表现了解放区土地上出现的新人、新事、新生活场景。中国农民的面貌在他们的作品里发生了根本性的变化，不是作为被启蒙和被同情的对象，而是农村和土地的主人。这是解放区文学为中国文学现代化发展做出的重要贡献。

"一切景语皆情语"是孙犁小说的艺术追求，是"荷花淀派"的写作范式，这与赵树理有很大差异，赵树理重视叙述，重视吸取民间评书体的方式，致力成为人民大众的"说书人"。赵树理关注"问题"，更关注人物外在命运的变化；孙犁偏重描写，关注"人"，关注人的情感与内心世界的微妙波澜。《荷花淀》中水生嫂编席一节被称为有代表意义的孙犁式表达方式，也是"荷花淀派"的典型创作手法。致力于表达"人情美与人性美"，人物内心之美好愿景往往与生活环境的美好高度统一，进而在文本中构建出了一种美好而令人向往的意境——这也是在残酷的战争年代"荷花淀派"受欢迎的主因。战争年代的人们格外向往美好而宁静的日常生活，"这篇小说引起延安读者的注意，我想是因为同志们常年在西北高原工作……忽然见到关于白洋淀水乡的描写，刮来的是带有荷花淀香味的风，于是情不自禁感到新鲜吧"（孙犁）。孙犁与荷花淀派在"非常态"的战争语境里，书写了人内心的"常态"——人内心对安宁、幸福生活的欲求，"荷花淀派"将这样的向往视为人性与人情最朴素和最基本的部分，这是最深层次的孙犁和荷花淀派的美学追求与价值。

追求作品的诗意与美好使孙犁的小说具有雅致、抒情气质。在解放区，孙犁小说的主要读者是知识青年和"同志们"，而赵树理小说的读者则是不计其数的农民群众——赵树理看重"文艺大众化"，看重作品的"喜闻乐见"，关注的是文学作品的普及。不同的艺术追求导致两位作家语言风格的不同：赵树理讲究简单、直接、准确，孙犁则追求朴素、洗练、有音乐性。

荷花淀派小说与现代文学史上的京派小说在艺术追求上渊源颇深。丁帆、李兴阳认为这两个派别的共同点是作家将自己对人类的悲悯或热爱倾注于画面和写意人物的描写之中；不同点则是孙犁小说关注"注入了新的时代和阶级内容的人性和人情美"，而后者则是"完全返归自然的人性和人情美"。其实，孙犁及其美学追求应该被看作是中国现代以来"抒情"写作传统在解放区文学的流变——无论京派小说还是荷花淀派小说，也都是中国文学抒情传统的一部分。

铁凝的独特性与创造性

文学史上对荷花淀派的影响只追溯至20世纪60年代。在此之后，孙犁并没有更多的小说创作出现，刘绍棠后来在乡土小说有所发展，从维熙则在"大墙文学"做出重要成绩。"荷花淀"派的退隐与当时的社会环境有关，在"十七年"文学创作中，荷花淀派的审美追求与"知识分子气息"很容易被认为是"小资产阶级情调"。新时期以来，孙犁对铁凝、贾平凹的欣赏显示了他不凡的艺术眼光，无论是年轻的铁凝还是年轻的贾平凹，他们与孙犁之间都有着深厚的师生情谊。本文仅以铁凝为例说明这个问题。铁凝的早期创作被视为荷花淀派写作的延续似乎已有定论。笔者更为关注的是孙犁艺术追求如何影响铁凝的整体创作，以及，作为有独创性的作家，铁凝对孙犁艺术追求的超越之处。

"引我去探究文学的本质、去领悟小说审美层面的魅力，去琢磨语言在千锤百炼之后所呈现的润泽、力量和神异奇彩的，是孙犁和他的小说。"铁凝多次讲述过孙犁对她的影响，在青年时代，她尤其对孙犁《村歌》中的"双眉"情有独钟。孙犁对有争议女性形象的关注潜在影响了铁凝的艺术趣味与追求。铁凝笔下有许多美好、善良的青年女性形象，香雪、凤娇、安然、白大省等，但更有饱受争议的小臭子、大芝娘，以及被称为"恶之花"的司猗纹。饱受争议的女性形象是"中间地带"人物，长久以来，在传统中国的文化语境中，她们无法被安置在合法空间里，她们经由铁凝的长期的、持续的、深入的写作而绽放了艺术的光泽。

铁凝笔下的女性人物既有单纯、善良、明朗，也有强大和强悍，她的女性人物呈现出更复杂的欲望和内心世界，更具有丰富性、矛盾性与艺术性。女性人物的美好在孙犁那里则是外化的，是作为审美对象出现的，孙犁对女性美德的理解有传统的道德层面——他将所有的美好希望都寄予年轻女性身上，但并未对女性内心的复杂性和女性成长际遇的艰难性给予关注。这与孙犁的写作语境有关，也与其文人道德价值取向有关。在书写女性人物精神与内心世界的丰富性上，铁凝具有她的独特性。

　　孙犁的日常美学观念影响了铁凝的写作。孙犁喜欢写"美"，不愿意直接书写战争年代的暴烈与残酷，更不喜欢面对鲜血的场面。尽管我们可以说"审美洁癖"（王彬彬语）是孙犁的特点，但其实未尝不是其局限。孙犁晚年对从维熙"大墙小说"结尾表示遗憾，是由他的审美惯性所决定的。铁凝小说也常常回避直接的暴力场景，并不直接书写血淋淋的现场，但是，她与孙犁也有不同，她不回避暴力带给人的杀戮和对日常现实生活的无端破坏，她可以正视世界的肮脏和黑暗。在《玫瑰门》《大浴女》中，她关注"文革"时代庸俗的恶和习焉不察的压迫、关注人与人日常生活中的暴力书写——并不直面鲜血的书写同样具有令人震惊的艺术力量，这是铁凝之所以成为铁凝的重要标识。历史环境给予了铁凝超越的可能性，但更与作家本人的写作胆识相关。

　　孙犁与汪曾祺对铁凝的创作影响力不容低估。正如上文所提到的，荷花淀派与京派小说具有艺术趣味的相似性。这意味着，两位大师对铁凝的赞赏并不是偶然的，也不应该仅仅理解为前辈对晚辈的厚爱，更深层次原因缘于他们与铁凝有共同的艺术理念，是文学写作之路上的"同道之人"——他们共同心仪中国诗化小说传统，心仪中国小说的素朴之美、写意之美，共同执着于中国文学的抒情传统。作家们对艺术的共同追求应看作是对优秀文学传统的有意承继而不应只看作是对某一流派的追随，作家总是在成为传统一部分时也在寻找着属于他（她）自己的道路。就此而言，铁凝的写作虽与孙犁和汪曾祺有共同的艺术追求，但又有独属于铁凝的那部分：关注日常生活的美好但并不畏惧日常生活中的隐形暴力和残酷；珍视农村及农民身上的美德但并不止于表现人性美与人情美。铁凝面对世界的"仁义"态度，正是中国文学传统中向善向美的雅正之气。

孙犁文学财富的当下意义

　　《荷花淀》《风云初记》已成为中国现代文学传统中的经典之作。孙犁之于中国文学的贡献也逐步为学者所识。杨联芬在《孙犁：革命文学中的多余人》中认为，孙犁是"'主旋律'边缘的知识分子言说"，在阶级论语境中有"人道主义的守持"；王彬彬在《孙犁的文学史意义》中认为孙犁的"人道主义立场"、孙犁语言的"洗练"和"繁复之美"，孙犁的幽默与坦诚都至为宝贵。本文想着重补充的是孙犁文学艺术追求的当下意义。

虽说是知识分子，但孙犁从未将他的写作对象——农村和农民视之为"底层"。作为解放区干部，他珍视与农民兄弟的情感，这态度表现在作品里是"我们在一起"；在他笔下，农村和农民不是自上而下进行苦难书写的对象，更不是传达个人关怀的抒情道具，农民是和作家一样的、有血有肉有智力的人。

孙犁强调作为小说创作的艺术性："一部作品有了艺术性，才有思想性，思想融化在艺术的感染力量之中。那种所谓有紧跟政治，赶浪头的写法，是写不出好作品来的。"他对真实有自己的理解："创作的命脉在于真实。这里指生活的真实和思想意态的真实。这是现实主义的起码之点。有些评论家认为反映当前之急务，以功利主义代替现实主义的假现实主义是经不起推敲的，作者的思想意识是虚伪的。"面对现实题材，孙犁并不拘泥于僵化的现实逻辑而求之于人内心的情感认知，"现实主义"在孙犁和荷花淀派那里不是对现实的简单描摹而是作家对生活的独特理解与文学艺术的独到创作，读者通过作品能感受到现实中被我们忽略的东西——孙犁的文学理念并未过时，尤其是在"写实小说""底层写作"普遍同质化、概念化的今天。

（原载《文艺报》2012年2月8日第2版）

"新荷花淀写作"的坚守与突破
——兼论其当代文学史意义

□ 许振东

摘 要： 当下，很多文学创作者过于急功近利，他们的创造力和想象力被紧紧绑缚在名利的巨桩下难以逃离，从而使文学人物显得平庸化、原始化、野蛮化、类型化。评论界一致肯定孟德明、焦喜俊二人多年的文学坚守和精神守望，高度褒扬他们对"荷花淀派"那种幽香恬静、醇美清芳风致的追寻，更极大地肯定他们对孙犁作品中那种文化与人性之美的持续关注和阐扬。这些体现了当代文坛指向大众、指向生活深处所包蕴的人文与人性之美的热灼追求。

关键词： "新荷花淀写作" 精神守望 文化与人性之美

2014年3月29日，来自京、津、冀的四十余名知名评论家、作家齐聚廊坊师范学院文学院，以廊坊两位散文作家孟德明、焦喜俊的作品为切入点，就冀中涵盖的廊坊、保定、沧州地区所展现的一种文学现象——"新荷花淀写作"进行了广泛研讨。

虽然大家的角度不一，观点也不同，但都一致肯定了孟德明和焦喜俊多年的文学坚守和精神守望，都高度褒扬了他们对"荷花淀派"那种幽香恬静、醇美清芳风致的追寻，更极大地肯定了他们对孙犁作品中的那种文化与人性之美的持续关注和阐扬。孟德明和焦喜俊散文的特色与追求，还有大家的肯定与褒扬，令人感受到一种热灼的呼唤与探寻，它昭示着当代文学发展的一种新的动力和转向。孟德明和焦喜俊的散文也许不是很成熟的，更难称为是一流的，但他们的坚守和守望确实是非常有价值的，大家给予他们的肯定和褒扬寓示出当代文学的血液中应该有些新的东西。

在生活节奏日益加快且不断被全球化和一体化的背景下，文学虽有几分被边缘化之感，但一直以来并不缺少鼓手与看客，甚至偶尔也有躁动、热闹与喧嚣。根和原欲，曾为一切平庸、丑恶、凶残、纵欲找到了宣泄口，似乎不贫瘠、不挽个大裤腿、不爆几句粗口、不裸露一下身体，就不是真实的存在，就不是全面正常的自我；根本没有什么英雄，有也被世俗化、野蛮化；也很难找到美、善，最原始的真——吃、穿、玩、性，几乎可以替代一切。本来初衷是返归真实，但最终返归到的却是千人一面的动物本性；本来意欲创造多样的个性，最终却又浅层面地返归到顽主、土匪样的新的类型。这样的文学描写，迎合了西方人心目中的真实，也为西方人造就出我们自己的形象——落后、野蛮，甚至淫邪，进一步加重了西方人对中国人的歧视与偏见，使我们的文化和族群得不到应有的尊重。不能遏制的商品大潮，使文学越来越难以摆脱被商品化和产业化的命运。很少有人能够深潜下来，聆听与挖掘深藏在生活深层中的美与善。很多文学创作者过于急功近利，他们的创造力和想象力被紧紧绑缚在名利的巨桩下难以逃离，裸露或挑逗人的原欲，成了他们吸引读者眼球或网络点击的妙招，这样就更加深了文学人物的平庸化、原始化、野蛮化、类型化，并使作品中美和善的成分受到更深的挤压，甚至使之完全地丧失。

孟德明和焦喜俊"新荷花淀写作"的追求以及众多评论家的观点，给当代文坛传来一种新的信号。河北省作家协会原主席尧山壁指出，孙犁的文学创作是现实主义写法与浪漫主义情调的结合，他有一种语言的"洁癖"，常像追求真理一样追求语言的美。河北著名评论家刘绍本认为，孟德明和焦喜俊的散文篇章，"让人读后不仅收获智慧的启迪、行进的昭示，而且能得到有如水润心田、荷香徐来的美学享受"。著名评论家、《文艺报》评论部主任刘颋提出，好的文章应该是灵性、智性、根性三者的结合。她所说的根性，是对土地与其文化的热恋，是一种对生命之美善的讴歌。著名评论家、《光明日报》领衔编辑韩小蕙强调文学的审美力量，认为以审美为基质的纯文学仍是文学的支柱。著名评论家、中国社会科学院研究员李晓虹通过结合分析当代不同类型的散文，强调在物欲充盈的时代，应该有发自生命起点的呼唤，应该善于表现灵魂最初的眺望。她认为，越是生活节奏加快越应该学会"等待"，没有学会等待的生命，没有生存的资格。

谈及中国明末清初的小说时，文学巨匠歌德说："那些人几乎和我们同样地思想、行动和感受，读者不久就觉得自己和他们是类似的人，只不过在他们那里，一切都来得更加澄明、清纯和文雅罢了。"他充满崇敬地赞叹："中国有千百种这样的小说，在我们的祖先还在树林里生活的时候，他们已经有小说了呢。"歌德发此感慨之时，是在1827年1月，距今已近两百年了。而令人费解的是，经过近两个世纪之后，我们的文学却有一种把"当代人"塑造成仍在"树林里生活"状态的取向。这固然易越过文化的阶梯，令很多其他文化区的读者产生共鸣，却失掉了我们民族曾有的许多美善和宝贵的东西。

近些年来，韩剧一直在我国风行。以前的如《澡堂老板家的男人们》《孪生兄妹》，近期的又如《来自星星的你》等，曾打动吸引了不同层次的观众。为什么能有如此效果？主要是因为他们的作品中所细腻展示的文化与人性的魅力，这其中很多又是源自我们的文化传统，但这些在国内作者创作的文学作品中却很少见了。和优秀的韩剧作品塑造的人物相比，我们自己作品中的人物倒显得没有文化积淀与熏陶了。大家对韩剧的痴迷，实际上正体现了当代大众对文化与人性之美的呼唤。这与孟德明和焦喜俊对"荷花淀写作"的自觉追求如出一辙。在如此背景下，本次会议对孟德明和焦喜俊的高度肯定与褒扬，也就不难理解了，这体现了当代文坛的一种共同精神追求与新的发展指向。

这种精神追求和指向，是指向大众的，是指向生活深处所包蕴的人文与人性之美的。希望"新荷花淀写作"的作家们，都能在这种精神追求和指向下茁壮成长，并结出更多更璀璨的硕果。

（原载《廊坊师范学院学报·社会科学版》2014年6月第30卷第3期）

二、孙犁研究专辑

孙犁的艺术（上）

——《白洋淀纪事》

□ 冯健男

一

由于健康上的原因，孙犁同志在1956年初夏写成《铁木前传》以后，就把笔搁下来了。这就是说，到现在，这位作家已经有五六年没有创作和发表作品了。但是，尽管如此，众多的读者并没有冷淡这位作家的作品，大家仍然以很大的兴趣阅读着、欣赏着、感受着、谈论着他在六年前、十年前甚至二十年前所创造的画面和形象。这说明孙犁的作品是经受得起时间的考验的；这说明孙犁的作品具有丰富的和深刻的思想内容，这个思想内容是以高明的和圆熟的艺术表现出来的；这说明孙犁是艺术家。

我们现在习惯把作家和艺术家这两个词分开来用。即使是这样，孙犁也是艺术家。大家不是说他的小说富有诗情画意吗？不是有人说他的小说是抒情乐曲吗？不是有人说他的小说是民歌——用笛子吹出来的民歌吗？

在已有的对于孙犁小说的评价当中，我愿意引用一下远千里同志的评价：

孙犁同志的作品，是从短篇小说《荷花淀》发表后，就开始风靡全国的。他的短篇小说集《白洋淀纪事》里的作品，可以说是达到了短篇小说的高峰。他的语言清新、朴素、富有节奏感，往往着墨不多，就给读者勾勒出一个生动的人物形象来。他所描绘的妇女形象，总是那样聪明、智慧、勇敢，惹人喜欢。读他的作品，不但可以接触到特定生活的横断面，而且可以帮助读者引起种种回忆，似乎还可以使人嗅到冀中平原醇厚的泥土气息。他的中篇和长篇，也具有这个魔力。据我所知，河北省有不少青年作者受到他的影响。（《谈刊物的风格》，《河北文学》创刊号。）

我是同意这个评价的。

孙犁同志的作品既然达到了某一种"高峰"，具有某一种"魔力"，并且在青年作家和文艺爱好者中起到很大的和很好的影响，那么，我们就有了两方面的愿望：一方面，希望孙犁同志早日恢复健康，继续和重新提起笔来，写出更新更美的作品；另一方面，进一步地鉴赏、分析这位作家已经做出来的贡献，看看这究竟是怎样的一种艺术。

二

让我们首先谈谈《白洋淀纪事》。

《白洋淀纪事》是孙犁的短篇集，是作者从1939年到1950年间所写的短篇小说和散文的结集。在这54篇文章里，作者所写的是怎样的故事呢？要说明这个问题，我想最好是借用一下孙犁本人的如下一段话：

> 文章是一个小故事，它叙述了人生的一个小节，作者把这小节写活了，写得那样鲜亮，使读者深深地感动，投入到故事里，感受到一个大的生活的刺激。读者用心灵抚摸这一鲜明夺目的小环，也就捉住了那上面的环节和下面的环节，捉住了这整个鲜明的环练（链）了。就是：读者因为你这一段生活的记载，看到全面的生活，受到全面生活的感动。（《文艺学习》，新文艺出版社版，第74页。）

这是孙犁同志在二十年前说过的话，这话是他作群众创作的编辑工作和辅导工作时说的，但恰好借用来说明《白洋淀纪事》里的故事。是的，这本书里的每一个故事都是"鲜明夺目的小环"，而全书就是一条"鲜明的环练（链）"。这环链中的每一小环都是经受着读者"用心灵抚摸"的，它们使读者"投入到故事里，感受到一个大的生活的刺激"，并且使读者"看到了全面的生活，受到全面生活的感动"。

啊，生活，生活，这是怎样的一种生活呀！这是全中国人民在中国共产党领导下进行八年抗日战争，接着又进行三年解放战争的伟大的斗争生活。作者写的大部分是冀中平原的故事，小部分是冀西山区的故事，一个人物、一对夫妇、一个家庭、一个村庄的小故事，但它们可以使我们看到全面的生活，感受到整个时代的暴风雨的震撼。

在《光荣》中，作者这样描写秀梅："她眉开眼笑，好像是一个宣传员。她好像在大秋过后，叫人家看她那辛勤的收成；又好像是一个撒种子的人，把一种思想，一种要求，撒进每个人的心里去。"

我要说，孙犁同志也正是这样的一个宣传员。他以他的生花之笔，叫人看中国人民在漫长的和严重的战争岁月中所播下的革命的种子和取得的收成，他把一种思想，一种要求，连带一种诗意，撒进我们的心中。这就是他的作品的思想意义，这就是他的作品的艺术力量。

三

孙犁所创造的形象的鲜明性，表现了他的相当高明和圆熟的艺术技巧。怎样了解他的这个技巧呢？为了探讨这个问题，还有必要引用作家自己的一段话：

质朴的形象，大都是用人民生活里习惯的认识、比喻，使大家能理解领会，能立刻感到那描写的好处和趣味。……单纯的形象是用顶简单的描写，表现出完整的形象。为什么简单了又能完整呢？作者不断地练习，使他能看出一个事物的最重要的部分，最特殊的部分，和整个故事内容、故事发展最有关的部分。作者强调这些部分，突出它，反复提示它，用重笔调写它，于是使这些部分，从那个事物上鲜明起来，凸现出来，发射光亮，照人眼目。（《文艺学习》，第12~13页。）

孙犁要求别人这样写，他自己也这样创作。他所创造的形象，正是"发射光亮，照人眼目"的鲜明的、浮雕的形象，他所追求的境界，是质朴、单纯和完整的统一；而他所使用的手段，就往往是强调、突出、反复提示和用重笔调写那事物的最重要的、最特殊的部分。很显然，孙犁的这个主张和追求，和前面谈到的他所说的在人生中"抓取重要的一环"也就是"捉住了这整个鲜明的环练（链）"，是一脉相承的。在全面的和整个的生活和时代的环链中，抓取重要的小环，而在捉住了这一小环之后，又尽力突现其中的最重要、最特殊、最有本质意义的部分，从而创造单纯而又完整的形象——这就是孙犁的美学愿望和艺术实践。

有趣的是，《白洋淀纪事》也自成一个环链，由许多小环组成的、一环套一环的环链。反映了和概括了整个抗日战争和解放战争年代的生活的环链。这环链中的许多小环所包含的时间和空间，有的相类似而又各有特点，有的很不同而又互相关联互相辉映。例如《光荣》反映了一对未婚夫妇的整整十年，两次战争年代的生活；而《嘱咐》反映的却是一对夫妇在战争年代中一个夜晚和一个早晨的生活景象；《山地回忆》概括了新中国成立前后的人民战争以至和平建设的生活景象；《吴召儿》却是突现了山区游击战争的一小节斗争现实……这一切，作者都同样地把它们分别纳入"小环"中，突现它们的特殊的和本质的意义，使它们发射出光彩和香味。从生活里提取"小环"，又把它们纳入由艺术花朵所编制的单纯而又完整的"小环"中，这就是《白洋淀纪事》的艺术。

故事和画面为什么能完整呢？因为它单纯，因为作者尽力反复强调和突现那些重要的部分和要点。例如，在《碑》中，老人每天撒着网，"打捞一种力量，打捞那些英雄们的灵魂"，这个充满了崇高的诗意的意念，就是全文的要点。正是因此，这个故事的题目叫作"碑"，作者把老人塑造成为

"平原上的一幢纪念碑"，故事中的有关战斗的描写，有关人民军队和人民群众的血肉关系的描写，都是为了树立这个"碑"，故事从这一点出发，又归结到这里来，因而单纯而又完整。又如，在《光荣》中，作者概括了故事中人物十年的生活，但其中最重要的、最引人兴趣的、自始至终牵引着故事中人物和我们读者的思绪的，是秀梅把原生叫去缴下国民党逃兵的枪支并送他参军的情节。战争进行着，庄稼生长着、收割着然后又播种着，人们在战斗着、成长着，但在秀梅和原生的心中和眼前时刻出现的，正是七七事变那年那个黄昏的景象，他们说着"男的去当游击队，女的参加妇救会"。故事的情节，甚至那光荣，都是从这里出发，又归结到这里来，正是因此，作者对于英雄原生以及整个人民战士的歌颂，特别是作者对于原生的英雄事迹的发动者、支持者的秀梅以及对于整个农村妇女的歌颂，就不空洞了，就很自然了，令人感到这个歌颂就像他们的姻缘一样，"好像雨既然从天上降下，就一定是要落在地上，那么合理应当"。

在这里还需要注意的是，导致完整的单纯和浅显完全不是一回事。是的，孙犁的故事有一些是没有太多的层次和曲折的，甚至有的是从某一个诗的意念出发并完成于这个意念的。但即使如此，它们也是丰富的，圆满的，意味深长的；另一方面，孙犁的有些故事也有着较多的层次和曲折的、引人入胜的情节，例如《"藏"》就是这样的一个故事。新卯夜晚老不回来，他到哪里去了呢？这对于他的妻子浅花是个谜，对于读者也是个谜，而这个谜底不揭晓，对于浅花是不能忍受的。后来，由于她的追踪，她才知道丈夫夜晚是钻到井里去挖地洞，是在顽强地进行抗日工作。最后，由于洞中"藏"有战士，全村的人才得以从屠杀中被解救出来，浅花也才得以"藏"在洞里生产，新生的婴儿也就被叫作"藏"。这个故事虽比较曲折，但仍然表现了作者故事的"单纯"的特点，层次多些，但线索只是一个。我们在此还可以举出《山地回忆》为例。应该说，这也是一个多层次的和引人入胜的故事，作者所强调和反复提示的，不过是一双袜子，由袜子而关联到纺线、织布，并由此而关联到买布、做国旗，作者写得那么自然、丰富和圆满！应该说，这个作品的人物形象、情节结构，都是异常完整的，也是异常单纯的，很好地表现了单纯和完整的统一。

四

现在，让我们从人物描写、景物描写等方面来谈谈孙犁的艺术技巧。

孙犁是善于刻画人物的，尤其善于刻画农村妇女的形象。青年妇女和少女的形象，更是被他描写得绘声绘形和生动活泼，体现了中国劳动妇女的聪明、美丽、多情、勇敢的特色。例如《荷花淀》里的水生妻和她的伙伴们，《嘱咐》里的水生妻，《吴召儿》中的吴召儿，《山地回忆》中的妞儿，等等，难道不是我们民族的骄傲吗？和她们一经接触，谁能忘记她们的形象呢？除了可爱的妇女形象之外，像《芦花荡》和《碑》里的老人形象，《荷花淀》《嘱咐》《邢兰》和《"藏"》里的水生、邢兰、新卯等等青壮年男子的形象，《黄敏儿》和《一天的工作》中的少年儿童的形象，以至于受批判的人物如《光荣》里的小五、《石猴》中的老侯等人的形象，也是写得真实动人，甚至是传神的。

在人物描写上，孙犁也是致力于"用顶简单的描写，表现出完整的形象"。用鲁迅的话说，就是"极省俭地画出一个人的特点"。孙犁正是师法鲁迅的。他用的是白描的传神手法，他摄取的是人物的"眼睛"而完全不计较其"全副的头发"。

人物的思想感情和性格，总是借行动和说话表达出来的，无论是怎样"省俭"的艺术家，也不能不写人物的行动和语言。这在孙犁的小说中，是以高度简练和明快的手法来加以表现的。就人物的行动来说，吴召儿只是拿起书来念那么一段，就表现出了她的聪明伶俐；只是飞起一块石头打落一颗枣儿，就表现了她的活泼明快；只是向山上一爬，在高峰上一坐，就表现出她的轻盈敏捷；只是把红棉袄翻过个来往身上一披，就表现了这头"小白山羊"的勇敢机智。邢兰给干部送来柴火，给干部烧炕，表现了她身后的积极感情；他苍白着脸、挺直腰板把大树干扛上坡，表现了这个"拼命三郎"拼命抗日的革命精神；他坐在榆树上吹口琴，表现了他的优美情操和乐观主义。

孙犁不但善于写人物的动作以表现人物性格的不同的方面，而且也善于表现人物性格的发展和成长。例如，在《"藏"》里，浅花的性格的发展和成长，是很显著地被表现出来了的。这是通过她一系列的行动（包括思想活动）来表现的。她的追踪和发现丈夫的行踪的秘密，是她的性格变化和成长的关键和转折点；在这以后，她对于丈夫爱得更深了，她对于革命工作不但有了认识，而且有了热情，而且有了行动了。《荷花淀》里的女人们的性格也是有着非常自然和非常可喜的发展的，话别、寻夫、遇敌、逃脱、战斗等一系列的行动表现了这个发展，经过了这一场战斗，她们由只是有战斗要求和可能的女性成长为英勇战斗和善于取胜的女性。《芦花荡》里的那位可敬可爱的老人的性格，也是多方面地，并且是发展地得到了表现的。他的从容和悠闲（这是由于他的熟知水性和敌情），他的自信和自尊，他的对革命同志和革命后代的深厚的爱和对敌人的刻骨的恨，都写得传神。说他的性格有变化有发展，主要是表现在女孩受伤，他感到"没脸见人"，因而激发起来的复仇的意念和活动中。这个意念和活动，把老人的爱和恨、自信和自尊的性格推进和提高到更高更美的境界。而他在诱敌深入时自由自在地撑着船、剥着莲蓬的动作，他"举起篙来砸着鬼子们的脑袋，像敲打顽固的老玉米一样"的动作，在对于他的性格刻画中起到多么大的作用！

对话是孙犁用以刻画人物的重要手段。他的人物的对话是个性化的，生动活泼的。请听下面的对话吧：

"你吃枣儿！"她说，"你们跟着我，有个好处。"

"有什么好处？"我笑着问。

"保险不会叫你们挨饿。"

"你能够保这个险？"我也笑着问，"你口袋里能装多少红枣，二百斤吗？"

"我们走到哪里吃到哪里。"她说。

"就怕找不到吃喝哩！"我说。

"到处是吃的呀！"她说，"你看前头树上那颗枣儿多么大！"

我抬头一望，她飞起一块石头，那颗枣儿就落在前面地下了。

几句话，加上一个动作，就把吴召儿的活鲜鲜泼辣辣的性格表现出来了。再举一个例子：

那个人很快地吃完饭，站起身来，望望她的肚子笑着说："大嫂子，快了吧，还差多少日子？"

浅花红了脸看着丈夫。那人又问新卯，新卯说："谁闹清了她们那个！"

"你这个丈夫！"那个人说，"要关心她们么！我考虑了这个问题，在家里生产不好，就到这洞里来吧，我们搬到上面来睡。保护着你，你说好不好？"

浅花笑着说："那不成了耗子吗？"

"都是鬼子闹的么。"那个人愤愤地说。

新卯吃完了饭，跑去摘了几个熟透了的大甜瓜，自己吃着一个，把那两个搬到浅花面前，他说："还是这个玩意儿省事，熟透了不用摘，一碰自己就掉下来了。"

浅花狠狠地斜了他一眼。

这一段对话表现了三个人物的性格：干部的革命感情和深思熟虑，浅花的羞、嗔和爱，新卯的率直和风趣，都有所表现。不但如此，它还表达和展现了深刻的思想。地洞的挖成，本来是用以"藏"干部、"藏"革命力量的，现在也要用以"藏"产妇了。这形象地表明了革命战争和群众生活的血肉关系、领导和群众的血肉关系，这正是真实地再现了生活和斗争。而浅花及其即将降生的婴儿，也正是宝贵的革命力量啊！

在孙犁的小说中，对话不但用来突出地表现主要人物的性格和个性，还用来集中表现群众的思想和感情。例如，在《小胜儿》中，当群众观看行进中的队伍的时候，我们听到了这样的对话：

"是出发打仗？还是平常行军？"一个青年农民问他身边一个青年妇女。

"我看是打仗去！"妇女说。

"你怎么看得出来，杨主任告诉你了？"

"我认识小金子。你看着，小金子噘着嘴，那就是平常行军，他常常舍不得离开房东大娘。脸上挂笑，可又不笑出来，那准是出发打仗。傻孩子！你记住这个就行了。"

像这样的对话，不是生动地表现了群众的神情体态和思想认识吗？不是深刻地表现了我们军民之间的鱼水关系和我军的充满乐观情绪的战斗精神吗？是的，它不但表现了群众，也通过群众的感受、认识、赞扬，表现了故事中的重要人物——战士小金子的性格特色和精神面貌。

孙犁就是这样通过人物的行动和语言，富于表现力的行动和语言，来刻画人物性格的。动作不多，对话不多，可人物性格一下子就出来了，活起来了。人物的言语行动和他们所应具有的思路没有游移的迹象，和他们所处的环境适应得非常贴切，而且"常行于所当行，常止于不可不止"（苏东坡：《文说》）。这是孙犁的艺术手腕和艺术特色的重要表现。

五

除了人物描写以外，景物描写在孙犁小说中也是非常引人注意和惹人喜爱的。它不但是在创造环境、创造气氛中起到极为重要的作用，而且与人物描写交融成有机的整体。性格本来是要在特定的环境中成长和活动的。孙犁善于为他的典型人物创造典型环境。这个创造，往往是简练地、突出地完成了的；一经完成，就使我们身临其境，与故事中的人物同甘共苦。

夜晚，敌人从炮楼的小窗子里，呆望着这阴森黑暗的大苇

塘，天空的星星也像浸在水里，而且要滴落下来的样子。到这样
深夜，苇塘里才有水鸟飞动和唱歌的声音，白天它们是紧紧藏到
窠里躲避炮火去了。苇子还是那么狠狠地往上钻，目标好像就是
天上。

这是《芦花荡》的首段。多么富有特色的描写！作者把苇塘的个性都
写出来了！值得注意的是，这个苇塘是由敌人的"呆望"中得到表现的，
在敌人的警戒之下，竟有这么一个景色如画而又草木皆兵的环境！有了这
个环境的创造，英雄就有用武之地了，老人的从容和悠闲，自信和自尊，
复仇和胜利，就能自然而又传奇地表现出来了。哪怕是复仇的战斗已经展
开了哩，那战场也被作者写得极为明亮和优美："水淀里没有一个人影，
只有一团白绸子样的水鸟，也躲开鬼子往北飞去，落到大荷叶下面歇凉去
了。从荷花淀里却撑出一只小船来。……"就这样，鬼子受到无情的惩罚
了，而昨天刚由老人带来的那个女孩子，正藏身在芦花下面，目击老人的
这场惊心动魄而又逍遥自在的斗争！

她一个人坐在井台上。风渐渐小了，天空渐渐清朗，星星很
稀，那几颗大的星星却很亮。她探望井里，井虽然深，但可以看
见那像油一样发光，像黑绸子一样微微颤抖的泉水。一颗大星直
照进去，在水里闪动，使人觉得水里也不可怕，那里边另有一个
小天地。

这是《"藏"》里的一段。这是人物和景色交融起来描写的一例。
这时的浅花，刚刚发现了丈夫的秘密，知道他"夜间出来不是为了男女关
系，倒是为了抗日工作"，愉快、羞愧、爱情、好奇，交织在她的心中。
很显然，这里的景色描写，对于她的心情是很好的烘托。清风，大星，在
星光下抖动的黑绸子似的泉水，不只是她这时所守望着的"小天地"，而
且也简直是她的心境中的小天地的写照了。
像这样美妙的情景交融的描写的例子是举不胜举的。孙犁描写景物

的手法是多样的。不只是正面描写，有时还用从旁点染之法来使人感触到景物的特有色彩、分量和温度。例如，在《芦花荡》里，借发烧的女孩的脸所感到的快意来表现风的清凉，借女孩子洗手、洗脸、洗头发来表现水的明净；在《吴召儿》里，极力写山之高而且险，就时而写吴召儿坐在山上，山之高处"突然开出一朵红花，浮起一片彩云"，时而写山上的灯光"不能同星星分别开"，时而写"我们坐在那平石上，月亮和星星都落到下面去，我们觉得飘忽不定，像活在天空里"。这样描写出来的景物，就是立体的，有机的，性格化的，可以感触的了。在孙犁的作品中，我们还可读到更多概括性的和行动性的描写。例加，他这样写平原气象："太阳一升出地面，平原就在同一个时刻，承受了它的光辉。太阳像流水一样，从麦田、道沟、村庄和树木的身上流过。这一村的雄鸡接着那一村的雄鸡歌唱。这一村的青年自卫队在大场院里跑步，那一村也听到了清脆的口令。"（《小胜儿》）他这样写山区田园："他们所有的，只是像炕台那样大，或是像锅台那样大的一块土地。在这小小的、不规整的，有时是尖形的，有时是半圆形的，有时是梯形的小块土地上，他们费尽心思，全力经营。"（《山地回忆》）他这样概括许多地方的风土人情："不用说从阜平到王快镇那一段讨厌的砂石路，叫人进一步退半步；不用说雁北那蹚不完的冷水小河，蹚不住的冰滑踏石，数不尽的阴山背后；就是两界峰的柿子，插箭岭的风雪，洪子店的豆腐，雁门关外的辣椒杂面，也使人留恋想念。"（《吴召儿》）

这样的景物描写，都是非常鲜明的，打动人心的，这无不是由于作者深入他所描写的生活环境，抓住事物的特征和事物与事物之间的内部联系，并且渗透了作者自己的感情，这才能三言两语地道破其奥秘，创造其形象。

在孙犁创造形象的手段中，还有一点必须谈到的是比喻的运用。孙犁是非常重视和善于比喻的。在《文艺学习》中，他一再提及它的意义和作用，甚至把比喻和认识、描写并提。他说："描写，比喻，把一件东西一个人或是一件事情形象起来，是为的叫人对这些东西、人、事情认识清楚，记得准确，感到兴趣。""质朴的形象，大都是用人民生活里习惯的认识、比喻，使大家能理解领会，能立刻感到那描写的好处和趣味。"在他的作品中，比喻确实成为具有特效的形象化手段。例如，他这样写人物：

> 她轻轻地跳上冰床子后尾，像一只雨后的蜻蜓爬上草叶。
> （《嘱咐》）

> 这个女人，好说好笑，说起话来，像小车轴上新抹了油，转得快叫得又好听。（《"藏"》）

> 在他后面，浅花像一片轻轻的叶子从门里取出来。
> （《"藏"》）

请看，只是一个比喻，就活灵活现地写出了青年妇女的轻盈灵巧的神情体态了！

> 孩子睡着了，睡得是那么安静，那呼吸就像泉水在春天的阳光里冒起的水泡，愉快地升起，又幸福地降落。（《嘱咐》）

一个比喻，就把孩子的睡态写得多么美，多么富于春意啊！比喻不但用来表现个别的人物，还用来表现众多的人物：

> 田野里，大道小道上全是忙着去种地的人，像是一盘子好看的走马灯。（《光荣》）

好一个走马灯！真是好看煞人！这难道不是对于农业劳动和劳动人民的最有力的表现和歌颂吗？

以下是运用比喻以状物的例子：

> 小船活像离开了水皮的一条打跳的梭鱼。她们从小跟这小船打

交道，驶起来，就像织布穿梭，缝衣透针一般快。（《荷花淀》）

到了春天，苇锥锥像小牛犊头上钻出来的紫红小犄角，水灵灵的充满生气。（《钟》）

灯光很小，却很亮，像一个刚刚解剖出来的小青蛙的心脏，活泼地跳动着。（《钟》）

这里写小船的飞跃，写苇子的生气，写灯光的跳动，写得如此之神妙，全得力于比喻。比喻不但予事物以形象，而且予以感情。梭鱼之喻，紧接着又来了穿梭，透针之喻，不但写了船行之快，而且也写了撑船的妇女之快和美，读之令人欣然色喜。小牛犊头上的小犄角之喻，特别是小青蛙的心脏之喻，也极为难得，足见作者对于事物的体察入微。

作者有时还用比喻来写大的场景和大的斗争。例如：

人们面前的土地是这样的平整和无边际。一小队人滚动在上面，就像一排灿烂的流星撞击在深夜的天空里，每一丝的光都在人们的心上划过了。（《碑》）

这是写人们在观战，在注视着自己的战士们的对敌斗争。一个比喻，把平原夜战的景象写活了，并且歌颂了人民战士的英勇战斗，也表现了群众的深刻而强烈的感情。

比喻用得这样巧妙，往往成为作者的"神来之笔"。"神"从何"来"呢？来自生活，来自作者对于生活的洞察、敏感和热爱，也来自作者对从单纯到完整的艺术的刻意以求单纯——完整，这确是孙犁的艺术的重要表现。他的描写、叙述、对话、比喻，以至于题目，都极精练，正是因此，他的短篇小说都极为短小，往往是三两千字，就完成一篇小说。这也是他的短篇小说的艺术的一个特色。

六

孙犁是一位具有独创风格的作家。这一点，通过以上的对于他的短篇哪怕是很粗略的分析，大概也是可以达到的吧。那么，这是怎样的一种风格呢？杜甫诗云："清新庾开府，俊逸鲍参军。"这个清新、俊逸，加上李义山的婉丽，也许可以说明孙犁的风格。当然，比喻总是跛足的（但孙犁的比喻可不跛足），以古代的诗人和当代的作家相比，更难免不恰当；但是我还是想用诗人来比这位作家，因为孙犁写的虽是小说，但他的小说却是诗，他的短篇小说，简直就像绝句。孙犁喜欢普希金，这也不是偶然的。普希金创造了"诗体小说"，我想我们也不妨借用一下这个名称来称呼孙犁的作品，虽然他的小说又只能是他自己的一"体"。

为什么说他的短篇小说有如中国诗体中的绝句呢？因为他的短篇小说往往出发和完成于诗的意念，而又充满了诗情画意。编席女人"像坐在一片洁白的云彩上"，潜伏在荷叶深处的战士们开始战斗了，"荷花变成人了"，这当然是诗，是美；殊死的战斗、闲荡的轻舟，树立在河边上的纪念碑、打捞英雄灵魂的老大爷，这当然是诗，是美；前面谈到的比喻，也无一不是诗、不是美，有时一个比喻就有一首诗的容量。

浓厚的抒情味，这是孙犁的短篇小说风格的又一特点。他的短篇小说的整个调子往往是抒情的。这位作家在延安回忆冀中平原的斗争，写出了优美的"纪事"，在全国解放后的天津"回忆"那战斗的"山地"，又写出了隽永的篇章。全篇如此，从全篇取出部分来，也往往如此，满带抒情味。妞儿说要给"我"做一双袜子，"我看了看我那只穿着一双'踢倒山'的鞋子，冻得发黑的脚，一时觉得我对于面前这山，这水，这沙滩，永远不能分离了"。吴召儿说她身负重任，顾不得害怕，"她的话同雷雨闪电一同响着。响在天空，落在地下，永远记在我的心里。"这样的叙述，当然是抒情的。而客观的描写也往往是抒情的。例如秀梅和原生常常想到卡枪的那个黄昏的景象，小胜儿和小金子想念和谈论杨主任的牺牲，由于在故事中前后呼应，带有极为深厚和浓重的感情。小说中的鲜明的地方色彩和清新的泥土气息，也非常有力地牵动人的情思。

孙犁所使用的文学语言，是美的诗的、抒情的语言。他的语言赢得了不少读者和作家的喜爱。梁斌同志就很喜欢孙犁的语言，他说孙犁"是在古典文学和新文学语言的基础上吸收了广大群众的语言，而且提炼加工得很巧妙，不着痕迹。他的文学语言的特点是便于抒情"（《关于文学作品民族化问题》，《文艺报》1960年第23期）。本文在前面谈到孙犁的艺术技巧时所举的所有的例子都可以说明他的文学语言的这个特色。这里再举一个例子：

> 这个女人，嘴快脚快手快，织织纺纺全能行，地里活赛过一个好长工。她纺线，纺车像疯了似的转；她织布，梃柏乱响，梭飞得像流星；她做饭，切菜刀案板一齐响。走起路来，两只手甩起，像扫过平原的一股小旋风。
>
> 婆婆有时说她一句："你消停着点。"她是担心她把纺车转坏，把机子碰坏，把案板切坏，走路栽倒。可是这都是多操心，她只是快，却什么也损坏不了。自从她来后，屋里干净，院里利落，牛不短草，鸡不丢蛋。新卯的娘念了佛了。（《"藏"》）

这是多么"干净""利落""牛不短草，鸡不丢蛋"，叫人"念了佛了"的语言！这种语言，是充分地运用了群众的口语，并且做了巧妙的提炼加工的。

孙犁从生活和传统的多方面提取他的文学用语，精选他所需要的词汇，并且予以巧妙地运用。例如写姐儿要买织布机："无论姥姥、母亲、父亲和我，都没人反对女孩子这个正义的要求"（《山地回忆》），这"正义"二字，用得多有深意！在对比新中国成立前后的生活条件时，作者写道："要是像今天，好墨水，车载斗量，就不会再为一个空瓶子争吵了。"（《吴召儿》）这"车载斗量"四字，用得多有分量！写七七事变时炮声已从村庄四面响过："证明敌人已经打过去了，这里已经亡了国。"（《光荣》）"亡了国"三字真有千钧之力，沉痛地落在我们心上！写革命志士在菜园里藏身："远远望去，他们是两个安分的农夫，大大的良民。"（《"藏"》）这"大大的良民"五个包含着国耻的字，用在这里却形成了一个讽刺，带着喜剧的色彩！还有，在动词的运用上，也往往表现了作者的匠心独运，具有特别的表现力。例如"整个村子被欢笑声浮了起来"（《吴召儿》），"太阳慢慢地垂下去"（《邢兰》），"他几乎拉细了自己的身子，才钻到了最后一个横洞"（《"藏"》），"浮""垂""拉细了"用得多么传神，多么有力量！孙犁说过"鲁迅的语言是简练到'家'，因此也就是最有力量的。它们全是从拉满了的弓弦上射出去的箭，每一句都会刺透人的心"（《文艺学习》，第55页）。孙犁自己的语言，也是这样的"箭"，简练而有力量。他还说过"文学是生活、思想、语言的血肉的结合"（《文学短论》，第7页），他的语言是来自生活和思想，又与他所表现的生活和思想形成血肉的结合，形成他的独创的风格。

总的来说，《白洋淀纪事》里的故事是诗的小说，小说的诗。它的风格，有如那个撑着冰床子飞行的媳妇，"像一只雨后的蜻蜓爬上草叶"，那么清新，那么秀媚，那么轻盈；又如那个驾一叶扁舟出没于苇塘的老人，"很少见到这样尖利明亮的眼睛，除非是在白洋淀上"。作家写的是美和丑的斗争，而着重于创造美。这个美，反映了人民群众对美的追求和革命的乐观主义，这就使得故事具有浪漫主义色彩的诗情画意。《芦花荡》里的女孩子感到"眼前的环境好像是一个梦"。对于孙犁的"小故事"，也可以这样看。说它如"梦"，并不是因为梦的朦胧，而是因为梦的明晰和美丽，也因为它是炮火纷飞中的令人心旷神怡的景象。这是浪漫主义的表现，当然，这是革命的浪漫主义，它和革命的现实主义相结合。很明白，如果它的根子不是扎在现实生活的土坡之中的话，那就不用说创造出"完整"的故事，就连一个最"单纯"的比喻，作者也不能拿到手和想出来。

1961年11月29日至12月8日写成

（原载《河北文学》1962年第1期）

孙犁的艺术（中）

——《铁木前传》

□ 冯健男

一

社会主义和资本主义两条道路的斗争，它是民主主义革命结束后必然
要开始发生的，并且要贯穿于整个社会主义革命和建设中，它是我们的生
活发展中的最重要的内容和最主要的动脉，因此也是我们的科学工作和艺
术工作的最重要的对象。它的表现是这样丰富而又曲折，它的影响是这样
普遍而又深远，它需要，也必然会动员、吸引作家们从不同的角度、用不
同的手法来抒写它，来处理它，来表现它的发生和发展的必然性、重要性
和深刻性。

是的，社会主义和资本主义两条道路的斗争，这是一条巨流，历史和现实
的巨流。作家通过《铁木前传》所做的，是"探源"的工作，斗争的"流"，
在《铁木前传》中可以说还没有写到，那也许是《铁木后传》的任务。

两条道路的斗争是政治斗争，也是思想斗争。是不是要深入人们的
思想中最深沉最隐秘的地方，把它揭示出来，表明这个斗争给予人的灵魂
的影响？还有，选择什么对象、站在什么角度、采用什么方式深入人们的
思想深处，这是对于作家的才能的一个重大考验。柳青在《创业史》中通
过梁三老汉和梁生宝的父子关系的变化来揭示这个斗争对于人们的思想影
响，表现了一位作家的独创性；孙犁在《铁木前传》中通过铁匠傅老刚和
木匠黎老东的友谊的变化，揭示了农村阶级分化的必然性和两条道路斗争
的滥觞，表现了又一位作家的独创性。当然，在这两部小说里，情况又是
大不相同的。梁三和梁生宝是父子关系，同时又是互助组员和互助组长的
关系，《创业史》着重写的是互助组的历史；而在《铁木前传》里，傅老
刚和黎老东始终只是朋友关系、阶级兄弟关系，孙犁所写的虽然只是这个

友谊和兄弟关系的建立和破裂的历史，但就在这一页历史中，农村在土改后的阶级分化的景象，两条道路斗争的萌芽状态，却也得到了充分深刻而又自然的表现和揭露。

现在，让我们检阅一下这页历史吧，拿着生活和科学的尺子。

二

远在全面抗日战争以前，傅老刚和黎老东就结成"亲家"了。这"亲家"一词是要打引号用的，因为，与其说它是儿女亲家的意思（这个关系是一直没有明确地建立起来的），不如说它是血肉相连的穷苦朋友或阶级兄弟的代词。木匠黎老东曾经被穷困逼下关东，回乡后仍然是只能给有钱人家干活，自己更加穷苦了。铁匠傅老刚是外乡人，每年春末夏初到这里来，在村里的街上安下铁匠炉，阴雨天就住在黎老东家里。他们的友情，他们的互助，本来是亲密无间的，肝胆照人的，毫无代价的。全面抗战前一年的那一次铁木夜话，非常深刻和动人地表现了这一对"亲家"的处境和心绪：

> "明年把孩子带来吧。"晚上黎老东和傅老刚在碾棚里对坐着抽烟，傅老刚一直不说话，黎老东找了这样一个话题。他知道，在这个时候，只有这样一把钥匙，才能通开老朋友的紧紧封闭着的嘴，使他那深藏在内心的痛苦流泻出来。
>
> "那能又多一个人吃饭，"傅老刚低着头说，"女孩子家，又累手累脚。"
>
> "你看我，"黎老东忍住眼里的泪说，"六个。"
>
> 这种谈话很是知心，可是很难继续。因为，虽然谁都有为朋友解决困难的热心，但是谁也知道，实际上真是无能为力。就连互相安慰，都也感到是徒然的了。

我们从铁、木二人的悲怆的话语里，从他们"低着头""忍住眼里的泪"的神情里，确确实实、真真切切地看到了旧中国加在劳动人民头上的苦难，看到了他们在这苦难中的"知心"和"热心"，可叹的是，这个"知心"和"热心"往往是"徒然"的，他们虽然都掌握了互相开启心灵的"钥匙"，但是他们所能办到的一切，只不过是使那"深藏在内心的痛苦流泻出来"罢了！

全面抗日战争开始的那一年，傅老刚真的把他的女儿九儿带来了。战争的突然爆发断绝了他们的归路，在整个抗日战争时期，他们就生活在黎老东的村里。铁、木二人和他们的儿女九儿和六儿更加相依为命、亲如家人了。一直到抗日战争结束，傅老刚才有了回老家看望的可能。临别时的又一次铁木夜话，也是激动人心的：

> "亲家，你心里有什么事？"
>
> "有点事儿。"黎老东突然兴奋起来，他是单等着老朋友这句问话的。
>
> "亲家，我想向你请求一件事。你看，我有六个儿子，穷得这样，我这一辈子也不打算什么了。不过六儿这孩子，我看还许有些出息。"
>
> "亲家，"傅老刚打断他的话，"你就是娇惯了他一些。孩子们是要管得严紧些的。"
>
> "是这样。"黎老东急于把话说完，"咱也别绕圈子，据我冷眼观看，九儿和六儿，两个人的感情还合得来。按说，像我这个穷光蛋，还想支使儿媳妇？不过，咳！"
>
> 他一口把壶里的酒喝干了，就又低下头去。
>
> "我明白你的意思了。"傅老刚说，"你穷，我就富吗？"
>
> "不过，不过，养女儿总是要攀个高枝儿的。"黎老东低着头说。
>
> "孩子们年纪还小。等我们从老家回来再定亲，你说好不好？"傅老刚这样冷漠地结束了这场本来应该激动人心的交谈，使得老朋友的心冷了半截。

这一段对话的思想内容是丰富的、深刻的。全面抗战前一年的那一次夜话"难以继续",是由于生活的重压,表现了两"亲家"的亲密无间和患难与共,这一次的夜话"冷漠地结束",已显露出性格的差异,预示了两位老朋友以后的决裂。听哪,他们"亲家""亲家"地叫得多么亲热、多么习以为常啊,但是,真正的儿女亲家关系竟然未能肯定下来,未能达成协议。在这里,我们看到了黎老东还不免以世俗的眼光来对待问题,所以表现出碍难启齿的样子,而傅老刚则有所不同,他不像黎老东那样受到世俗的习惯势力的影响,他没有立即把这门亲事应允下来,完全不是因为他"要攀个高枝儿",他明明白白地说:"你穷,我就富吗?"而且,我们记得,还是在抗战以前,当人们笑问他们这"亲家"是"干亲家"还是"湿亲家"的时候,轻易不说笑的傅老刚笑着回答:"湿的也行哩!"看来,他如今在这个问题上表现得比较冷漠是因为他感到六儿被他的老朋友"娇惯"了,不如等到以后"再定亲"。

抗日战争之后,接着又是解放战争。傅老刚的家乡被蒋匪军盘踞着,他和九儿回乡以后,黎老东没有得到他们的音信。黎老东在土地改革中分到好地,领到抚恤粮(他的二儿子在战争中牺牲),在天津做生意的大儿子又给他捎来现款,他的生活,他的心境,和以前都大不相同了,他忙着发家致富了。他很想念他的"亲家",因为他正在打大车,他希望傅老刚来成全它,使它"成为他们多年合作中的代表作品,象征他们终身不变的深厚友谊"。他还想到,"凭眼下这日子光景,再求婚也就理直气壮了。"我们看到,这时的黎老东还是一个可爱的人物,他还没有忘记他们之间的友谊,在儿女婚姻的问题上,他虽说还是表现了世俗的和势利的观念,他感到自己如今就是"高枝儿"了,但还没有忘记、还不嫌弃他的穷"亲家"和他的女儿。

当傅老刚父女真的回到这个村庄来的时候,那"人情"就发生了真正的、急剧的变化,令人感到无情了。这时的傅老刚,"小车已经破烂不堪,吱扭的声音,也没了当年的气派",和黎老东的光景成了鲜明的对照。黎老东高兴地带着亲家看他的新屋、新车、猪圈、马房,竟然没有想到领客人进屋休息。"现在运销很赚钱，车轱辘儿一动，就是大把的票子"——这就是他的语言。他还翻起大羊羔皮袍给亲家看，使得傅老刚"忽然觉得身上有些寒冷"！终于，在他们最后一次的铁木合作中，友谊决裂了。不，这不再是合作，不再是兄弟关系和手足关系，而是监督和被监督的关系，是东家和雇工的关系了！就在这个时候，我们听到了如下的一场惊心动魄的对话：

> 当铁工也接近完成，一次吃饭的时候，黎老东忽然笑着说："亲家，我过日子越来越细了，你不要笑话我，我要积些钱给六儿他们把房子盖好。我想，你是不争这些的。"傅老刚以为他要提说九儿和六儿的事了，抬起头来听着，谁知道下文却是这么一句："这些日子，就当你们是在老家度荒年吧！"。
>
> 最后一句话，十分激怒了傅老刚，他把饭碗一推，立起身来，说："亲家，我不是到你这里来逃荒呀！"
>
> 他叫出女儿来，提起水桶，泼灭了炉灶。他打整好小车，推到了街上来。……

就这样，我们的故事发展到了高潮，多少年来建立起来的推心置腹的友谊，破裂了——发出阶级分化的响声。"这些日子，就当你们是在老家度荒年吧！"这是多么冷酷无情的语言啊！这个语言，是多么合乎俨然富家翁的黎老东的身份、心境和逻辑啊！我们的"省俭"到极点的作家，惜墨如金，竟然一点也没有写到黎老东摆出什么饭菜来对待他的"亲家"，但这一句话，也就胜过了千言万语的叙述和描写，从桌面到内心的一切应有尽有了，揭露无遗了。阶级感情，儿女婚姻，这都已成了"历史"了，是不"现实"的了。黎老东说"你不要笑话我"，是的，不会笑话他的，这哪里是"笑话"！黎老东说"我想，你是不争这些的"，这却"想"错了，这可办不到，这是大是大非问题，安得不"争"？"亲家，我不是到你这里来逃荒呀！"傅老刚的这一句话，也抵得上千言万语。这里是解放区，从蒋匪区来到这里，就是从地狱来到天堂，怎么会是"来逃荒"呢？这里有"亲家"，有阶级友爱，有同心合力的铁木合作，怎么会是"来逃荒"呢？……

可是，不管怎样，傅老刚的小车，毕竟推到街上来了！这是多么严峻的历史和现实啊！这个铁匠的炉灶，从来就是安在街上的，几十年的穷苦生活，本来都是这么过的，他在变富了的"亲家"院子里待了几天，现在又回到街上来了！十分痛苦的傅老刚，这时提出了一个十分吃紧的问题："这到底是怨谁呢？"黎老东也很难过："究竟为了什么，傅老刚这样决绝？"不只是两位当事人想不通、说不出个"到底"和"究竟"，"村里人都说不出那真正的道理"。是啊，这是从来未曾有过的新闻，这是太深、太大、太重要的道理，人们怎么能够一下子说得出呢？

我们的作家倒是把道理"说"出来了，把真理化为形象，通过人物性格发展的历史表现出来了。原来这就是这样的一条真理：

> 人们在自己生活的社会生产中彼此间发生一定的、必然的、不依他们本身意志为转移的关系，即与他们当时物质生产力的一定发展程度相适应的生产关系。……不是人们的意识决定人们的存在，恰恰相反，正是人们的社会存在决定人们的意识。（马克思：《〈政治经济学批判〉序言》，《马克思恩格斯文选》两卷集，第340～341页。）

这个放之四海而皆准的道理，在傅老刚和黎老东的故事中也表现出来了。他们的友情的变化，难道不正是反映了他们的生产关系的变化吗？他们想不通、说不出他们之间的问题，难道不正是因为这是"必然的、不依他们本身意志为转移"的吗？黎老东的发家致富和冷酷无情的"意识"，不正是由土地、现款、抚恤粮等"社会存在"所决定的吗？

马克思主义的普遍真理和中国革命的具体实践相结合，就产生了这样的真理：

> 工人阶级领导农民推翻封建地主的土地制度之后，农民的生产积极性表现在两个方面：一方面是个体经济的积极性，另一方

面是互助合作的积极性。……这就不可避免地在农村中产生了社会主义和资本主义这两条发展道路的斗争，而由于农业经济的恢复和逐步上涨，这两条发展道路的斗争，就越来越带着明显的、不能忽视的性质。（中共中央《关于发展农业生产合作社的决议》，1953年12月。）

和科学的社会主义的创始人的语言一样，这里说的也是历史、是现实、是科学。而《铁木前传》正是这个生活和科学的具体化和形象化。特别可贵的是，这个两条道路斗争的性质在生活中还表现得不很明显、易于被人忽视的萌芽状态，被作者清晰地、深刻地表现了出来。这个故事写于1956年初夏，但它是作者在1952年的半年农村生活的产物（当然，他动用了在这以前长期农村生活的积累），当时，我国还处在经济恢复时期，但新的阶级分化已经开始了。

马克思主义的任务不只是要说明世界，更重要的是要改造世界，无论是科学和艺术，都应该是这样。作家之所以深刻地表现出严峻的现实，之所以深刻地表现出由土地等生产资料的所有权所决定的黎老东的意识的变化和友谊的决裂，正是为了表明：这个现实必须改变，这个历史必须扭转——而这也正是科学的必然。在民主主义革命和社会主义革命之间，不能有一个革命的停顿时期，我们要不断革命。正是这样，故事的高潮并不是故事的终结，友谊的决裂并不等于老铁匠的孤立无援。故事情节不但还要发展，而且急转直下，完全符合实际生活的进程。真有意思，老铁匠把小车推到了街上，但他用不着像从前一样在街上安起他的炉灶了，他倒是从此进入了新的天地，参加了集体主义、社会主义的劳动。就在他感到痛苦和惶惑的时候，黎老东的儿子、青年团员四儿把他拉进青年团办公的大院里去了。青年们正在捐献钢铁，组织钻井队，要把村里的水井都钻好下管，正需要铁匠来修理工具。"这样正好。"四儿说。"我们想请你帮忙，又怕我爹不让。这样一闹，你就可以去帮助我们了。"青年们替老铁匠把窗子糊好，抱柴来给他烧炕。于是，傅老刚在黎老东的羊皮袄那里感到了难以忍受的寒冷以后，在青年人为他烧起的新的友谊的火焰中感到温暖了！

至于黎老东呢，他对傅老刚说过，"时代是不断前进的，可是，我们过日子，还得按照老理儿才行。"他在走着他认定了的道儿。四儿拿一点油出去开会，拿一把破铁锹出去打井，都会引起黎老东的不满和反对。"上级号召打井，我号召打车！"这就是他的"老理儿"。他备了酒菜款待富农黎七儿，他把爱子六儿和新车交给富农，"拉什么利大，就拉什么。"他很兴奋，很得意，只是在村长劝他加入合作社的时候，才变得焦躁和不安。

　　这就是傅老刚和黎老东的友谊从建立到决裂的历史。这页历史既符合社会生活发展的辩证法，也符合"心灵的辩证法"。它给予我们的感染和启发，有利于我们进行两条道路的斗争。

三

　　《铁木前传》不只是抒写了两个老朋友的友情的故事，也抒写了两个小朋友的友情的故事。这个友情，本来也是亲密无间、相依为命的，并且开始发展成为爱情，但到后来，不但爱情没有建立起来，连那友情也完全不能继续了，它用不着"决裂"，就那么消亡了。

　　关于幼小的九儿和六儿的亲密情谊和不同性格，作者做了非常动人的描写。和表现他们的父亲的性格时一样，这往往是用最简要的语言和动作就表现出来了的。比如他们各执一把小镐儿（这当然是他们的铁匠和木匠爸爸合作的产物）出门去打柴：

　　　　"我们赶紧拾柴吧。"九儿劝告说。
　　　　"忙什么？"六儿说，"天黑拾满一筐回去就行。"
　　　　"我们不许一人拾两筐吗？"九儿说。
　　　　"就是一天拾三筐，也过不成财主！"六儿严肃地驳斥着。

　　请看，简简单单几句话儿，不但表现了小人儿的鲜明个性，也表现了严峻的现实。

又如，六儿的玩物小田鼠钻进洞了，引起了他们两个人如下的活动：

> 六儿发急了，他命令九儿：
> "你看瓮里有水没有？"
> 瓮里干着。六儿抓起瓢来，跑到咸菜缸那里，淘来一瓢盐水，灌进了鼠洞。看着不顶事，又要去淘。
> "大叔回来要骂了，"九儿说，"盐是很贵的。"
> 六儿用力把瓢扔在地下，瓢摔裂了。

一个任性，一个谨慎；一个只顾自己玩儿，一个深知生活艰难。不同的性格，但同以天真出之，表现得跃然纸上。

这两个小人物在抗战的烽火和饥寒里度过了他们的童年。他们经常在一起逃难。在对待爱情关系上，六儿和他的父亲一样，是主动提出问题的。他对九儿说："你谁也不要跟着，就跟着我吧。"他保证"日本鬼子不敢着我的边""我会像一只大老家（雀），给你打食儿吃"。在抗战胜利、九儿回老家前到村里婶子大娘家辞行的时候，"六儿也一直跟在后面"。人家笑话他，他说："我就是跟着！"六儿很多情，又很能干，这使九儿常常感到感激和喜欢。这一切，都是非常生动的描写，读之令人感到童年的欢乐和幸福。

我们知道，这两个人物在这次分别之后还要重逢的，但是他们之间的友情，或者说爱情，却从此永诀了。当九儿在两年后拉着他父亲的那辆破小车重来这个村庄的时候，她和六儿已经完全没有共同的语言了。黎老东已经发了家，在穷苦的日子里就已经娇惯了的六儿，现在发展成为一个专好玩乐，不务正业的二流子了。他和落后的人物小满儿、杨卯儿、黎大傻夫妇等成天搅在一起，干起卖包子、放鸽子、玩鹰儿这样的事情来了，青年团员九儿和四儿想要教育他、挽救他，他是不能听从的了。

关于九儿和六儿的关系变化的描写，当然是与傅老刚和黎老东的关系的描写有密切的关联的，不过它又自成线索，自成局面；它在一定程度上也反映了阶级分化和两条道路的斗争，但它不完全是由于这个，作者在这一方面的抒写，也不完全是为了表现这个，甚至可以说主要不是为了表现这个。说到这一点，就必须谈谈小满儿这个人物形象了。

四

小满儿是一个非常重要的角色，也是一个非常出色的艺术形象。在这个人物的塑造上，明显地表现了作家在技巧上和风格上的特色。

有的同志把小满儿和双眉（孙犁同志的另一个中篇小说《村歌》中的人物）相比，说后者是前者的"影子"，或者说前者是后者的"发展"，我认为这样的说法是不确切的。这两个人物初看起来有点儿相像，但实质上是完全不同的两个性格。双眉的"落后"，这是人们（《村歌》中的人物）对她的误解，人们说她落后的根据，只是她爸爸开店，她妈妈名声不好，加上她自己的好胜、爱演戏、强迫命令、母牛下犊儿时她跑去帮忙等等，这些，有些不但不是缺点，甚至还是优点，有的虽是缺点，但也不能成为她"落后"的根据。双眉不但不落后，而且还应该说是先进人物，故事中的区长老邴同志就不同意人们说她"落后"，倒是表扬她的先进，作者也是把她作为先进人物来表现，表现她先进到可以参加共产党。但是，小满儿却大不相同，这是一个真正复杂的性格，复杂到难以分辨她究竟是无耻还是无邪的程度。总之，这是一个美丽、热烈、大胆、伶俐、狡黠、尖刻的人物，充满了想象、生命力和内心矛盾的人物，这是一个表现了深刻的、复杂的和丰富的社会内容的形象。

小满儿十九岁，已经结了婚，丈夫长年在外。她和她的丈夫都不是发生这故事的这个村庄里的人，她是被她的姐姐——黎大傻的女人从娘家接来的，姐姐接她来，是为了招蜂引蝶，使包子买卖兴隆。她和六儿很快就建立起亲密的和热烈的感情，这是促使六儿更加浪荡的重要动力，也是使得九儿和六儿的友情和爱情难以重提的主要原因。六儿和小满儿深夜爬上大树去捉鸽儿，白天爬上屋顶去放鸽儿，玩困了就埋在草堆里睡觉，或是一同钻进姐姐让出来的热被窝中去暖和……这就是小满儿和六儿的生活。在这当中，作者多方面地表现了小满儿的性格。当九儿和四儿发现她和六儿在捉鸽子，九儿因受到她的讽刺而质问她"你是什么人"的时候，她冷笑着说"我是和你一模一样的那种人"，这表现了她的自疚和自负；她指着走开的九儿和四儿、又指着树上的鸽子说"也好像是一对儿哩"，这表现了她的灵巧和尖刻；六儿说卖了鸽子给她买一件棉袄，她说"你和我的交情并不在吃穿上面"，这表现了她爱六儿爱得真切；当杨卯儿大清早走来骂六儿"霸占我的鸽子，还霸占有主的青年妇女"的时候，她打开门子，挺身而出："你有什么证据吗？你抓住了男的，还是抓住了女的？"这表现了她的敢说敢当、天不怕地不怕；她的母亲前来动员她到婆家去，她拒绝说"婚姻是你和姐姐包办的，你们应该包办到底"；母亲说不回去"名声不好听"，她立眉立眼地说："是你们留给我的好榜样呀！"这表现了她的倔强，也表现了她的精神创伤；母亲的到来，反而使得她感到"她是没有亲人的，她是要自己走路的"，她因为"了解自己，可怜自己，也痛恨自己"而跑到菜园子里去啼哭，这表现了她悲惨的社会经历和深刻的内心矛盾。村里宣传婚姻法，一向不肯参加会议的小满儿忽然积极起来，自动到会，但后来有些人想把问题引到检查村里的男女关系上去，她就退了出来，仍然放荡起来，这表现了她既想自新，又有畏惧。我们的惜墨如金的作者在描写这个人物的时候表现得加倍含蓄，从来不曾讲过她到这个村庄来以前的经历，如果说也介绍了一点的话，那就是"已经结了婚，丈夫长年在外面"这十二个大字，但是，通过已有的抒写和点染，这个人物的性格在我们眼前活动起来了，产生这性格的社会环境，也在我们眼前显现出来了。特别是在高级干部搬到黎大傻家去住以后，小满儿这个人物形象进一步地活跃起来、鲜明起来，但同时也进一步使人感到难以捉摸。深夜，她竟然跑到干部屋里来，对他说："同志，倒给我一碗水。"干部叫她喝完水去睡觉，她说："你这炕头儿上暖和，我要多坐一会儿。"这不能不使人迷惑，使人惊讶，但她的表情是那样纯洁和天真，不容人们责怪她邪恶，特别是当她和干部谈到"了解人"的问题的时候，她的痛哭失声、伤心落泪，更加使人不能怀疑她的真诚。但是，在这以后又发生了一件事情，推翻了我们对她的信任和同情。这是一段极为出色的描写。那位干部坚持着要在晚上带她一道去参加青年团员的学习会。小满儿千方百计想逃脱，但摆不脱干部的耐心说服和好意相跟，于是她从被动转为主动了。她拿着手电领干部抄近路前去开会。她走的是一条磕磕绊绊、上上下下、深一脚浅一脚的路，害得干部吃了好些苦头。一路之上，她仍然不断地想办法，找借口，想要退却，未能得逞。但到最后，还是她得到了胜利——在他们走过大庙中的一棵曾经吊死过尼姑的大树的时候，她忽然翻着眼，倒下来，被六儿背走了。她在六儿的肩上哭泣，掉泪，但是，走到街上，她忽然热烈地吻着六儿的脸。……啊，小满儿，这是怎么的一个花招儿，不，这是怎样的一个恶作剧啊！

　　小满儿从干部的护送下脱逃，可以说是小说的又一个高潮，这个人物的特殊的、复杂的性格中的一切特点，在这一次的行动中达到了最有力、最鲜明的表现，同时，也就加深了我们对于这个人物的疑虑。兵不厌诈，她因善诈而凯旋。这个女子有能耐，但未免太无耻了，太下流了，真是不可教育的了——人们也许会得出这样的结论。但是，作家的艺术力量并不让读者达到这个结论。我们应该感受得更多，想得也更多。是的，小满儿很不好，很落后，甚至很无耻。但是，借用傅老刚的话说："这到底是怨谁呢？"她果真不堪教诲吗？在宣传婚姻法的时候，她不是很主动、很积极地到会和听读报吗？而且，就在这一次她被六儿背走以前几分钟，她还和干部进行过如下的对话：

　　　　……

　　"那么，"小满儿停下来，转回身说，"我们不要去开会了，回到家里去，我给你讲一晚上故事吧。"

　　干部摇了摇头。

　　"他们不会斗争我吧？"走出大殿，小满儿小声问。

　　"绝对不会的。"干部说，"你想到哪里去了？"

　　"有一个尼姑，曾经吊死在这里。"小满儿指着大殿前面的一棵大树说，"因为恋爱不自由。活着的时候，我见过她，她会吹笙，长得也很好。"

　　干部没有说话，有一阵风扫过树尖和屋顶。

正在这时，她叫声"我害怕"，就翻着眼，流着泪，连声嚷着她看见"她"了。不管她是真见鬼还是假见鬼，"因为恋爱不自由"而在树上吊死了尼姑，这件事出自小满儿之口，可不会是玩笑。这个尼姑"会吹笙，长得也很好"，可就是"恋爱不自由"，不得不为自由而死，这个悲剧可说已成了"历史"，可是，它的"阴魂"却大有可能来牵引小满儿的"现实"，大有可能再演出一次悲剧。这可不是玩笑！"这到底是怨谁呢？"对于这个问题，小满儿的形象其实已经做了回答。

当然，小满儿太幸运了，她大有可能不再充当悲剧的主角了，因为她已经跨进了新时代，新社会，村里不但在宣传，而且要贯彻执行婚姻法。但是，所受到的精神上的创伤，难道能一下子就痊愈吗？旧社会的坏习惯所给予她的影响，难道会一下子就能清除吗？这样看来，她表现得愈是矛盾，愈是复杂，愈是沉痛，愈是放荡，就愈是有力地控诉了旧社会的罪恶，就愈是有力地提出了这样的要求和发出了这样的呼吁：要治好她的创伤啊！对她要耐心地做工作啊！她刚从黑暗里出来，还不能一下子就习惯这光明啊！不要厌弃"落后分子"，要耐心地教育她、改造她，要把她的聪明才智和旺盛的青春力量引上正路啊！

我认为，这就是作者的意图，这就是作者创造这个形象的思想要求和艺术要求。

五

落后群众是可以改造的，落后可以转化为先进，这曾经是《村歌》的主题（双眉并不落后，但她所领导的互助组的成员却都是落后人物，这个落后的互助组后来变成模范的互助组），也是《铁木前传》的一个主题。这一点，作者通过四儿的口做过说明："人怎样才能觉悟呢？学习是重要的，个人经历也是重要的，但更重要的是社会影响。我有这样一个比方，六儿的心，就像我们正在改造的旱地。我们工作得好，可以在这块地上开发出水泉，使它有收成，甚至变成丰产地……"作家之所以创造小满儿的形象，创造六儿的形象，以及创造其他落后人物的形象，正是出于改造他们和动员大家都来做好这一工作的热忱。是的，只要不是人民的敌人，我们都要争取，都要教育，何况是像小满儿和六儿这样的青年呢？

只要认清了这一点，我认为，就可以消除部分读者对这部小说的不满和误解了。对于这部小说的异议，在很大程度上是由落后人物的形象，特别是由小满儿的形象引起的。她使人感到迷惑，感到不安，以致有些好心的读者发出这样的疑问："在新社会，难道还会有这样的人，这样的事吗？"这个疑虑其实是没有必要的，道理已经说过了。

就艺术构思说，在这部小说中，阶级分化、两条道路的斗争的主题和落后群众可以改造的主题，傅老刚、黎老东的友情变化的情节和九儿、六儿的友情变化的情节，是有机地结合起来得到表现的，使这个作品成为统一的、和谐的整体。两条道路和改造落后是有密切联系的概念，但不是同一的概念，因为，具有资本主义自发思想的人必定落后，但落后的人们并不一定都是想发家致富的人；不过，不论是怎样的落后，他们又都是易于结合在一起的。请看：

> 出村，黎七儿的双套大车，赶在前面。杨卯儿要到石门去办年货，坐在他的车上。出了寨墙口，黎七儿摇动鞭子，把车轰开，跟着跑了几步，然后一窜身，坐了上去。他回头望望六儿，六儿也照黎七儿的样子窜上了车。黎老东在村边望着，望着六儿的车转过大沙岗，才转回身来。
> ……
> 车辆转过大沙岗，突然停下来。小满儿怀里抱着一个小包裹，坐在一棵老杨树下面等候着。她站起来，爬到六儿的车上去了。
> 然后，黎七儿大声说笑着，摇动长鞭。两辆大车的后面，扬起了滚滚的尘土。

应该说，这是一幅具有深刻而丰富的思想意义的画面和形象，这简直是两条道路斗争中的资本主义道路的一幅缩影。这是富农的道路。开始和领头的正是富农黎七儿。杨卯儿坐在他的车上，随后跟着的是黎老东的新车，六儿坐在车上，"也照黎七儿的样子"行动。小满儿总是善于抄近路，她在路上等着，"爬到六儿的车上去了"。看哪，落后的人们都赶在一条道儿上了！严重的问题在于教育农民！我们要加强工作，我们要进行斗争！我们要进行社会主义革命！——作家所创造的画面和形象不正是这样打动我们、教育我们吗？

<h2 style="text-align:center">六</h2>

《铁木前传》表明了孙犁在思想上和艺术上的发展。更高度的概括，更深刻的观察，更集中而迫切地提出社会问题，反映了这位作家能够适应日益广泛和深入地开展着的革命进程。

在艺术技巧和艺术风格上，作家保持了并且发展了他素有的特色和独创性。例如，在形象创造上，他仍然是坚持着他那"用顶简单的描写，表现出完整的形象"的表现手法，并且达到了更简练同时也更集中的地步。"傅老刚和女儿，给来往不断和越聚越多的骑兵打钉马掌"，只是这么一句话，就表现了抗日战争时期冀中平原上的千军万马的战斗生活，表现了劳动人民对军队的支援。在人物描写上，作家仍然主要是用白描手法，通过人物行动和对话来表现性格，我们在上面所举的许多例子，都可以说明这一点。不过，由于新的题材和新的主题的需要，也由于作家艺术表现力的增强，作家描写人物的手法也有所增益，有所丰富，例如对于人物的外形描写和心理描写，就有助于人物形象的鲜明性和深刻性。关于人物的外形描写，这里举一个例子：

他的瘦干的脸就像他那左手握着的火钳、右手抡着的铁锤，还有那安放在大木墩子上的铁砧的颜色一样。他那短短的连鬓的胡须，就像是铁锈。他上身不穿衣服，腰下系一条油布围裙，这围裙长年被火星冲击，上面的大大小小的漏洞，就像蜂窝。在他那脚面上，绑着两张破袜片，也是为了防御那在锤打热铁的时候迸射出来的火花。

不用解释，任何人都可以立即感到这是多么形象的动人的描写，它不但明确地赋予了傅老刚以栩栩如生的肖像，而且通过肖像表现了这个人物的刚毅、正直的性格，铁一样的性格。附带说一下，这一段描写也表现了作者所乐于和善于运用比喻的特点，人物的肖像就是通过一连串比喻的运用塑造成功的；同时，这一段描写也表现了作者的文学语言方面的特点，朴素、生动，还要注意那最后一句的"防御"一词，我们记得，作者是善于发掘动词的潜在力量，赋予它以特殊的意义和音响的。

关于人物的心理描写，这里也举一个例子：

黎老东一个人呆呆地坐在院里一截木头上。当傅老刚决绝地推车出门的时候，他心里也曾经想：这样的交情，断绝了也好。你晒不了我黎老东的干儿，剩下的活，我会找别人来帮助，天下又不是只有一个铁匠。他拿起斧头来，气愤地锤击着车尾板上的大钉。但是，当他渐渐平静下来，听到只有他的斧头声音，在空旷的院落里回响，失去了亲切的钢铁的伴奏的时候，他忽然不能工作了，把斧头放在一边，坐了下来。他想，同傅老刚的交情，不是一年二年建立起来的，而且经过了多次患难的考验。他用手抚摸着左边这一只脚。有一年，他同傅老刚给一家做活，他心情不好，一时失手，这只脚被锛砍伤了。那时离家在外，举目无亲，手里没有多少钱。在自己养伤的几个月的时间里，是傅老刚请医生，花药钱，背出背进，给水给饭。当然，这也报答过他了。同一年热天，傅老刚被热铁烫伤，自己曾经服侍了他。

他难过的是，究竟为了什么，傅老刚这样决绝？是他看我过得好些了，心里嫉恨？但想来想去，傅老刚从来也不是这样的人。是我变得嫌贫爱富，慢待了多年的朋友？他回忆着在这一段日子里，自己的言谈举动，他的痛苦就被惭愧的心情搅扰，变得更加沉重了。

不用解释，任何人都能立即感到这是多么自然的、清晰的、符合人物思想的辩证发展的描写。这远远不是那种沉闷的、冗长的、离开人物行动和情节发展的心理描写，而是充满行动性的、富有抒情味的，简直是情节的组成部分的心理描写。作者向来不大做心理描写，就是在《铁木前传》中，心理描写也不多，但像这样的心理描写，加上人物的外形描写，在人物的性格刻画和形象塑造上起到重大的作用。

浓重的诗意和醇厚的抒情味，鲜明的地方色彩和清新的泥土气息，在这个故事中也随时散发出来。这些特色，不但有利于这个作品的艺术风格的形成，而且有利于这个作品的思想内容的表现。例如，作者以童年回忆的诗意抒情开始和结束他的故事，就不但是适应了这首散文诗的形式的需要，更重要的是适应了题材和主题的需要，新的社会来到了，新的革命开始了，新的人物成长起来了，童年的回忆"像航行在春水涨满的河流里的一只小船"，充满了轻松愉快，但也有风雨和礁石。这个故事中的半数以上的主要人物，例如九儿、四儿、六儿、小满儿，在故事开始时只有十来岁，在故事结束时也不过二十岁，他们的童年是美丽的，也是痛苦的，而他们的前景是光明的，远大的，幸福的，但也是充满了斗争的；就是像傅老刚、黎老东这样的老一代，也有过他们的美丽而又痛苦的童年，也有着他们的光明和幸福的前景，当然，他们的思想斗争，会更加严重。让旧的、丑的、痛苦的回忆快快成为历史吧！欢呼和争取新的、美的、幸福的现实吧！让光明和青春永在吧！

浪漫主义的诗情，表达了现实主义的图景，寓严峻于明快，是这个小说的总的特色。在这个作品里，基于对生活的深刻观察和分析的革命现实主义，有了非常明显的表现和进一步发展。在正面人物的塑造上，还不够深刻、鲜明、丰富和有力。这主要是指的九儿和四儿的形象。这两个青年团员是小说中的两个主要正面人物，改造社会、实现理想的重任和希望主要寄托在他们身上，如果赋予他们以更有力的行动、更鲜明的性格特色和更强烈的理想化色彩，作品的思想性和艺术性必会进一步提高和加强，同时，也会受到更多读者的欢迎，对于这个作品的分歧意见也有可能较少发生甚至不会发生。其实，从作者的创作经验来看，从这个作品已经提供的基础来看，这一点是完全有可能达到的。幼年的九儿的形象本来是很动人和富有性格特色地表现出来了的，但后来，在这个人物形象的塑造上却嫌火色不足，就形象的鲜明性和性格的深刻性来说，不足以和小满儿的形象和性格相抗衡。四儿的形象，整个说来比较平面，缺乏浮雕性，也不足以和六儿的形象争辉。有的很重要的场面，例如青年人开会的场面，青年人打井的场面，也还有进一步发掘生活和驰骋想象的余地，还需要运用更多的思想、热情、色彩、节奏来加以深化、美化、充实和提高，以建立和封建残余与资本主义自发势力做坚决斗争的强大阵地。由此也可以看出，塑造新型英雄人物的形象，是我们的作家艺术家的一个头等重要的课题，特别是在写新与旧的斗争的时候，新的英雄人物的形象需要毫不含糊地，出人头地地塑造起来，达到足以长自己志气、灭敌人威风的地步。孙犁同志曾经塑造出水生妻、秀梅、吴召儿、水生、新卯、李三、老邴等出色的、各种不同的正面人物形象，我想这一点在铁木故事中也是不难达到的。《铁木前传》不过是一部生活史和革命史的一部分，斗争还仅仅是在开始，新人的成长和发展，正自不可限量，现实生活为他们，也为作家提供了远大的前程和广阔的天地，这是用不着我多说的了。

1961年12月11日至14日写成

12月28日修改

（原载《河北文学》1962年第2期）

孙犁的艺术（下）

——《风云初记》

□ 冯健男

一

这也是很有意味的事情：平庸的作家不能引起人们的联想，而具有艺术特色和独创风格的作家却往往使人想起文学史上的光辉的名字。我们在前面说过，孙犁的风格和我国古代的某些诗人有某些相通之处，现在我还想说，读这位作家的小说，有时使我们联想到某些外国作家的作品。例如梅里美，就是我们有时联想到的一位作家。我想，中国当代的这位作家和法国19世纪的那位作家尽管有许许多多的不同，却又有某些相似之点的。例如简练、精致、鲜明、高洁，不是这两位作家共同具有的艺术特色吗？当然，不用说，这些特色，在他们各自的创作里是以各自的独创风格表现出来的。

已故的苏联革命家和文艺批评家阿·卢那察尔斯基在他为《梅里美选集》俄译本所写的序言中说过这样的话："作为一个伟大的语言版画家，他从来不制作巨幅的图画，因为他那整个极其精密的压缩的创作方法不适于绘制皇皇巨画。梅里美的武器是一把像冰一样冷、也像冰一样透明的金刚钻的刻刀。这是他雕琢文句的工具，他的'风格'。"（《挑停滞时期的天才》，《世界文学》1961年12月号）这是对于梅里美的有见地的评论。我们从这个评语中也可以看出两位作家的各异和相似。

首先，孙犁不是版画家，而是水彩画家；他的武器不是坚硬的冰冷的刻刀，而是流利的热情的彩笔。但是，尽管有这样大的不同，那"透明"，那"雕琢"，那对艺术技巧的追求，却是两位作家都有着鲜明的表现的。还有，那"精密的压缩的创作方法"也相似。我想，说梅里美不制作巨幅图画，并不完全是指作品的幅度而言，主要还是就作品所展现的图景而论。其实梅里美的小说如《卡尔曼》《高龙巴》等的篇幅是并不小的（当然，比起《浮士德》《人间喜剧》《战争与和平》来，它们就连篇幅也是小的了），但它们所展现的图景，它们所开创的境界，却总是与那"精密的压缩的创作方法"相适应的。这个情况，在孙犁的创作中也有所表现。孙犁除了写篇幅很短的短篇小说以外，还写章节很短的中篇小说和长篇小说，他的中篇小说和长篇小说所展现的生活图景和所开创的艺术境界，当然也是不能不与他的水彩画的笔法和简练的表现方法相适应的。这种情况，在《铁木前传》中体现出来了，在《风云初记》中也体现出来了。

二

《风云初记》已出版二集，写于1950年至1953年间，说的是全面抗日战争的第一年的故事。和作者的短篇和中篇一样，这部长篇小说的故事也是在一个小村庄里发生的，但伟大抗日战争初期的风云变幻，却在这里得到了集中的表现。

这个小村庄名叫五龙堂，是一个具有坚强的斗争性格和深厚的革命传统的村庄。十年前，在高蠡暴动中，这个村庄第一次打出红旗。暴动失败了，但红旗不倒，永远激励着人们的斗志，鼓舞着人们前进。十年前参加过农民暴动的英雄人物，高四海和他的儿子高庆山，现在又带领着劳动群众进行如火如荼的抗日战争。在这个伟大的斗争中，人民革命极为广泛、深入和迅速地发展起来了。

这里所反映的就是这样的伟大的斗争生活。在我们面前展开的，又是清晰的、明净的水彩画。不过，我们这次观赏的不是一张一张的单幅画，而是一套连环画。如果说，在《白洋淀纪事》的许多各自独立的水彩画里，作者反映了抗日战争时期的生活的片段和小节，那么，在《风云初记》这一套连环的水彩画里，作者是意欲反映它的全貌了。

打开《风云初记》，在我们面前展现的第一个画面是：滹沱河边，大堤埝上，一棵大榆树的树荫里，有两个年轻的妇女，对着怀纺线。

这个画面是可喜的，因为它阴凉，而且明丽。两个年轻的妇女的出现，更是令我们欣然色喜：描写农村青年妇女的形象，正是孙犁之所擅长啊！

是啊，这两个人物，特别是妹妹春儿，我们是似曾相识的。在《光荣》《小胜儿》等等短篇小说中，我们都曾经见过类似的心灵和身影。看，她有多灵巧，多美丽，"纺车轮子在她怀里转成一朵花"。芒种（地主田大瞎子家的小做活的）出来饮牲口了；他"直直地望着"她，"春儿回过头来笑了"，这个小伙子我们也有些面熟。他的这一望，她的这一笑，都是美的——这不但是这两个青年的爱情美，而且是和平劳动的生活美。虽然是处在地主阶级的剥削下，年轻人还是有他们的美丽的爱情和幻想。

作者用他的干净利落而又善于抒情的语言，连续不断地描绘出清新鲜亮的画幅，来表现这一对十七八岁的青年男女的美妙的处境和心境。"芒种望着天河寻找着织女星。……他好像看见牛郎沿着天河慌忙追赶，心里怀恨为什么织女要逃亡。他想：什么时候才能制得起一身新人的嫁装，才能雇得起一乘娶亲的花轿？什么时候才能有二三亩大小的一块自己名下的地，和一间自己家里的房？"而春儿呢，这时的春儿啊——

> 这时候，春儿躺在自己家里炕头上，睡得很香甜，并不知道在这样夜深，会有人想念她。养在窗外葫芦架上的一只嫩绿的蝈蝈儿，吸饱了露水，叫得正高兴；葫芦沉重地下垂，遍体生着像婴儿嫩皮上的茸毛，露水穿过茸毛滴落。架上面，一朵宽大的白花，挺着长长的箭，向着天空开放了。蝈蝈儿叫着，慢慢爬到那里去。

请看，这岂不是画中有诗，诗中有画吗？芒种寻星，这是一首诗——一幅画；春儿熟睡，这又是一首诗——一幅画。在前一幅画里，芒种见景生情，他的所见所思，叫作者写得委婉有致；在后一幅画里，春儿"睡得很香甜"，当然不能有什么"心理描写"，作者一转而写窗外景色——真个景色如画，景色宜人！但作者只是在写景吗？不！作者的写景，也正是写情，也正是写人！窗外的一切"嫩绿"的，"高兴"的，"吸饱了"和"滴落"着露水的，"向着天空开放"的东西，一切生机活泼、玲珑剔透的东西，都是在烘托——或者干脆说在比喻这"睡得很香甜"的春儿；她的模样以至心性儿，正是这样美丽、纯洁、生动！是的，这是烘云托月的写法，也是比兴的运用。

这种诗情画意和对于幸福生活的追求，很快就被侵略者的进攻和剥削者所制造的混乱冲破了。我们的这一对年轻的主要角色投身到对敌斗争的旋涡中去了。春儿一开始就表现得斗争性很强，在政治上敏感。老蒋奉田大瞎子之命要她摊钱买枪，老蒋因她拒不从命而要她"到大众面前说理去"，春儿报之以冷笑和呵斥："你是什么大众！"管账先生说明这次摊派买枪是为了打日本，春儿就说"打日本，我拿"，并且从腰里掏出票来了。芒种呢，他不当"小做活的"了，春儿把他交给了她的姐夫高庆山，从此当了人民的战士。

我们读着小说，越来越感觉到，在春儿这个姑娘身上体现着中国先进妇女的最纯洁的思想感情和最革命的战斗要求。一幅一幅的画面展现着：她发动妇女群众支援前线，她自己给抗日战士做的鞋子顶漂亮顶坚实；她把她的名字绣在鞋底中间空心的地方，"这个女孩儿的名字随着战争的脚步，在祖国这一片光荣的土地上，留下鲜明的痕迹和使人兴奋的影响"；她不但从事发动妇女的工作，而且"思想一些关于妇女的问题"；她纺着线，望着墙上的画儿：丈夫投军打仗去了，妻子苦守在家，并不变心。她喜欢这些画儿她熟悉画中情节，"可是都没有我们好，我们除了纺线织布，不是还练习打仗吗？"她和高四海大伯一同进行侦察，当她坐在树杈上守望敌人的动向的时候，她想："如果没有敌人，这时候大道上就会有送粪拉土的车辆，有吆喝牲口的声音，有接连的鞭子的响动，有小孩子们去砍草放羊。这样好的天气，也许有妇女们打扮好了，到近处去赶庙会，有男人们带着本钱和行李出外去经营。他们的妻子，一直送到大路边。在这条大路上，经常有热闹红火的迎亲的花轿和鼓乐，那些老年的乐手们，永远在吹奏着轻快和振奋的调子。"她想："假如叫敌人占据了我们的国家，我们就什么也没有了。"这时，她看见了敌人的汽车，她揭开了手榴弹的盖儿……这些，都是很平易很亲切的描写，充满抒情味——这是怎样的一种抒情啊！这样的描画和抒情，表现了中国普通劳动人民的真挚而高尚的爱国心和革命情感，揭示了反击帝国主义侵略的最本质的意义和它在人们心灵中的最直接而又最深刻的反应。这样的描画和抒情，和在小说开始时那种恬静优美的诗情画意的描写，那种对于爱情和幸福生活的幻想和追求的描写，是互相生发又互相呼应的。少男少女们现在不再是望着天河、对着织女感怀自己的爱情、希求新人的嫁装和娶亲的花轿了，侵略者的炮火，使得自己家乡的这条大道上再也见不到迎亲的花轿和鼓乐了，"假如叫敌人占据了我们的国家，我们就什么也没有了"，庄稼，牛羊，花轿，鼓乐，葫芦架，蝈蝈儿，露水，红的花白的花……什么也没有了。这样的描画，这样的语言，有如"国破山河在，城春草木深"似的令人惊心和溅泪，同时又有如"举头望明月，低头思故乡"似的明白、平易而又真切，用之以抒写爱国和保国之心，用之以刻画春儿这样纯洁、热情、聪明、勇敢的少女，是最恰当的，同时又是需要生活和功力的。

正是在这个纯真的、代表了千百万普通劳动妇女的最本质的思想感情的基础上，春儿表现出了出众的才能和气概。作者写她集合和带领妇女自卫队，喊出"妇女们保卫祖国的第一声口令"，写她要求入党和实现了这个崇高的愿望……总之作者是要把她写成农村姑娘中的一个代表的而又是拔尖的人物，把她刻画成为一个英雄形象。这个形象，在春儿和吕正操司令员会见的场面里很好地表现了出来：

春儿远远地站住，细细打量人民自卫军的司令员，说起来，这也是她的上级呀，想不到这样大的人物，能到子午镇来。

吕司令和农民们说，破路的工作，做得不彻底。这样小的墩坑，只能挡住拉庄稼的大车，挡不住敌人的汽车和坦克，必须把大道挖成深沟，把平原变成山地。又问村里人民武装自卫队的情形，农民们说：

"都成立起来了，人马也整齐，就是缺少枪支，吕司令！你从队伍上匀给我们一点吧，破旧的我们也不嫌。"

吕司令答应了这个要求，春儿一高兴，觉得自己也该上前去说两句话，她慢慢走到吕司令的身后边。

"春儿来干什么？"一个年老的农民说，"也想要点东西？"

吕司令转过身来，看见了这个女孩子。在冀中，他遇见过很多这样的女孩子，她们的要求更不好驳回。

"我是这村的妇女自卫队的队长。"春儿立正了笑着说。

"我把枪支送给村里，自然也有你们的份儿。"吕司令说。

"除去这个，我还有个要求。"春儿说，"我们不会排操打仗，吕司令教教我们吧，我就去集合人！"

"等明天吧，我派一个连长来教你们。"吕司令笑着说。

"军队上要女兵不要？"春儿问。

"你愿意去打仗？"吕司令笑着说，"现在还没有招收女战士。我们政治部成立了一个剧团，你要是喜欢演戏唱歌，可以去报名。"

"俺不学那个！"春儿转身跑到妇女群里去了，妇女们都冲着她笑。

这又是一幅动人的图画。多么美妙的人与人之间的关系啊！我们从将军和群众的笑谈中，感受到春风杨柳、鸟语花香的悦人眼目，沁人心脾的景象和空气，同时，又从中体察出千军万马、铁壁铜墙的伟大人民自卫力量。这个画面表现的是群众场面，但突出了两个人物，即吕正操和春儿，司令员和妇女自卫队长。这两个人物的形象是相得益彰的。吕司令员的形象在这部长篇小说中只出现过这一次，但给人以深刻的、准确的人民将军的形象；春儿的性格，她这个形象的意义，在这里也得到了鲜明的、突出的显现。"吕司令员转过身来，看见了这个女孩子。在冀中他遇见过很多这样的女孩子，她们的要求更不好驳回。"这一句话写遍了整个冀中以至整个中国的抗日战争高潮，写遍了冀中妇女以至中国妇女的共同性格特征。但春儿又自有其个性的特色。"我是这村的妇女自卫队的队长。"这是她对司令员说的第一句话，说得多么得体，多么自豪！她说这句话的时候，是"立正了"的，又是"笑着"的，庄严而又活跃。"我就去集合人！"——多迫切，多坦率！"俺不学那个！"——有一点娇羞，有一点任性。对话是生动的、好听的，笑容和笑声也是诱人的，悦耳和悦目的。"妇女们都冲着她笑"，一笔写了许多妇女，又突出了她们的队长。是啊，对敌斗争是异常严重的，但在中国共产党所领导的革命根据地里，在八路军所到之处，政治局面是生动活泼的，军民关系是如鱼似水的。文学作品可以着重写这个严重的对敌斗争，也可以着重写这个生动活泼的政治局面。《风云初记》是着重写后者的，但对敌斗争的严重性和我们取得最后的全面的胜利的必然性，我们从画面中也完全感受到了。

三

两个老人在破路，在挖沟。对，让我们在这个画面面前停留一会儿吧：

> 田大瞎子……把已经刨好的坑，填了靠里面一半，再往大道上伸展，这样，他可以保存自己的地，把大道赶到对面的地邻。……
>
> 对面地邻，挖沟的也是一个老人。这老人的头发半秃半白，用全身的力量挖掘着。他的地是一块窄窄长长的条道地，满共不过五个坑儿宽，他临着道沿儿，一并排连挖十二个大沟，差不多全部牺牲了自己的小麦。……
>
> 这老人是高四海。
>
> ……
>
> 高四海对田大瞎子说："看！你这不是挡日本，你这是阻挡自己人的进路。你的地里，留下了空子，日本人要是从这里进来，祸害了咱这一带，你要负责任！"
>
> "我怎么能负这个责任呢？"田大瞎子一背铁铲回家去了。
>
> "什么也不肯牺牲的人，这年月就只有当汉奸的路。一当汉奸，他就什么也出卖了，连那点儿良心！"高四海又挖起沟来，他面对着挖得深深的土地讲话。

这一段描写，也是具有由小见大、意味深长的特点的。它表现了、对比了两个人物——不，两个阶级是怎样在进行抗日战争的。高四海最后的那句话很精辟，是警句，又是结论，但终归是这个人物性格的一种表露，他是从具体情况、实际感受出发，"面对着挖得深深的土地"讲了这么一句话的。

是的，高四海老人是在斗争中，他的行动，他的说话，都是斗争。他挖沟，是全力以赴、不惜自我牺牲的，因为这是进行神圣的抗日战争；他质问和斥责田大瞎子，是义正词严、一针见血的，因为这是进行反投降的斗争，又是进行反剥削的斗争。反对外国侵略者的斗争和反对本国剥削者的斗争是交织着进行的，在全国是这样，在《风云初记》里也是这样。

在十年前的高蠡暴动中，高四海和田大瞎子就面对面地交锋过不知多少回合了。田大瞎子的一只眼睛，就是在当时被革命的农民打瞎了的。十年前打出来的革命的红旗，就是由高四海保存到如今的。

作者用来刻画高四海这个人物的笔墨并不多，但赋予了他突出的行动和有力的语言，使我们有强烈的印象。上面所举的，就是一个例子。关于这个老人在敌机轰炸和扫射之下凫水打捞难民的描写，是又一个例子。这也是令人激动和难忘的画面。看哪，高四海老人投身血色飞溅的河水中救起了一个小孩子；老人把孩子抱上岸来，他在难民中找不到孩子的娘，于是又跳下水去；他打捞上来好些女人，还是找不到孩子的母亲；他眼里汪着热泪对他的儿媳秋分说："他娘死了，我们收养着吧！"从此这孩子就成了他家的人了。作者并不是一般地叙述这个人物的见义勇为和奋不顾身，而是通过动人的情节和突出的描写，表现了这个人物的崇高的感情和英雄的气质。

被高四海老人打捞和收养的那个难童是应该引起我们注意的小人物。因为，他的悲惨而幸运的经历和遭遇，作者不但用来有力地刻画了高四海，也用来有力地刻画了高庆山。在十年前出走后参加了红军的高庆山回到家中，发现炕角里有一个小孩，当然会有些惊异的。当秋分告诉他这是从关东逃难来的难民中打救出来的孩子的时候，"庆山笑了，他把孩子抱了起来，好像是抱起了他的多灾多难的祖国，他的眼角潮湿了。"这一笔，带有多么大的力量啊！庆山"笑了"，同时"他的眼角潮湿了"，表现了这个老战士的极为丰富的内心世界和伟大的感情力量。他笑了，是因为他抱起了可爱的孩子，他眼角潮湿了，是因为他好像是抱起了他的多灾多难的祖国。像这样的抒写，这样的笔法，是凝聚了和表现了作者的革命情感、生活感受和艺术上的想象、比喻等等特征的。

创造高庆山这样一个红军战士、支队司令员的形象，是一个艰巨的工作，对于孙犁来说，又是一个新的任务。可喜的是，这个人物给我们以真实的、亲切的印象。由于在归途中需要掩护，他是穿着一身山地里浅蓝裤褂、赶着一群羊回来的。作为一个支队长，他的艰苦朴素的老红军作风，他的断然摒弃一切的官气和排场，一度引起了他的通信员芒种的失望，并且引起了他的部下高疤的不安，这对于这个人物的英雄品质也是有力的渲染和烘托。总之，要把高庆山这样的革命领导人物的形象塑造得鲜明而又丰满，是一件很不容易的事情，作者在这个人物的描写中，比较着重地表现了他与群众的联系，表现了他的性格中的某些特色，这是值得我们重视的。

四

俗儿和高疤这两个人物的故事，是孙犁的出色的新创造。在这位作家的所有其他的作品中，是找不到和高疤相类似的人物；俗儿有些像《铁木前传》中的小满儿，但和小满儿又是全然不同的性格。

俗儿和高疤的故事是小说的情节中的一条重要的线索，关联到革命和反革命两方面人物的许多活动。它的发生和发展的最重要的场所，不是别的地方，正是俗儿的充满头油香粉气味的卧房。但我们在这儿首先看到的男人并不是高疤，而是田大瞎子的儿子田耀武。

孙犁在写反动的和落后的人物的时候，从来不将他们脸谱化、简单化，而是用简练的笔法，生动的、富有特色的情节和场景，突现出他们的性格特征、生活趣味和政治倾向。请看——

这天前半夜田耀武又来了，把盒子放在炕沿上吓唬她说：

"小心着！你要再和别人好，这个玩意可不饶你！"

俗儿笑着说：

"你觉得我怕那个吗？我摸过的比你见过的还多哩！你瞎背着，会使吗？你能这样——"她说着一只手抓起盒子来，抬起穿着红裤衩的大腿，只一擦就顶上了子弹，对准田耀武。田耀武赶紧探到炕头里面去说：

"别闹，别闹！看走了火打着人。"

俗儿关上保险，把枪放在桌子上，说：

"你用不着拿这个唬我们，我们不怕这个。你这样说：你再
和别人好，我就不给你钱花了——那我就没有话说了。"

就是这样，只是几个动作，几句对话，就表现出来了这两个人物的身
世和性格。俗儿这里第一次在故事中出现，但已是出语惊人，神气逼人。
而田家的少东家呢，这位大学法科的毕业生，国民党政权的区长，却不过
是这样的一个窝囊废，被俗儿玩之于掌上！

高疤的第一次出现，是在俗儿卧房的窗外，我们只闻其声，不见其
人。时当夜半，田耀武刚从俗儿的热被窝里走开：

俗儿刚刚合上眼，就听见有人轻轻敲打着窗棂说：

"走了吗？"

"走了。"俗儿说。

"问清楚了没有？"

"问清楚了！有枪有钱，老常送他，在五龙堂过河。"

"日期哩？"

"没有定准。"俗儿说，"你每天在河口上留意点就是了。
得了便宜，可别忘了我。"

"你的大功一件。"窗外的人压着嗓子笑着，"给你买件花
袄。"

"你还进来睡不？"俗儿撒着娇问。

"你叫我就热锅吗，他妈的！"那个人说着，爬上房去走了。

就是这样，极简单的对话，表现了俗儿对于窗外的人物的态度和情
意。大不同于她之对待田耀武，也表现了还未吐露脸面和姓名的大贼高疤
的气味和行径，而且，通过这样的对话也发展了情节，省却了许多叙述，

田耀武的再次被捉弄，被打劫，也透露消息了。

在田耀武仓皇南逃的时候，在五龙堂渡口，我们第一次看到高疤其人，当时仍然不知道他就是以门窗不动能盗走大骡子出名的高疤，在船上，我们还看见了俗儿。田耀武的枪和钱，叫他们"留下"了。"你们这不是明抢明夺吗？"田耀武挣扎着。"眼下很难说清是谁抢谁的了，县政府的八辆大车，全叫我们留下了，你还想怎样？不想走旱道，就到河里去。"说着就把田耀武悬空举起来。——就是这样，又是简单的对话，简单的动作，表现了人物的性格、事态的发展和当时的混乱局面。

在这以后，就是高疤"自称团长"以后娶俗儿的"红火"和"新奇"场面了。俗儿家里里外外挂满了喜幛，几十匹马和一营步兵前呼后拥着官轿和花桥，一路上连放排子枪，子弹皮撒了满道满街。这种排场当然是适合俗儿和高疤的身份和趣味的，和紧接着出现的高庆山的艰苦奋斗作风形成了鲜明的对比。

但高疤很快就感到自己应该收敛了，不能为所欲为了。吕正操司令员的布告贴出来，红军整编各地杂牌队伍的消息传过来，"底子不正，怕受管束"的高疤就不安了。俗儿倒总是表现得心安理得，会找门路，她去跟正要进城去找高庆山的秋分"拉关系"，让高疤和秋分一起进城去"联络"。临走的时候，在俗儿的安排之下，高疤脱掉了绸缎衣服，摘下了盒子炮上的大红丝线穗子，减退了军队身上的红红绿绿的东西，穿上了俗儿早给他打好的雪白毛线草鞋，总之，按照他们的理解，尽力减免了"红军不稀罕"的，换上了"红军那里兴"的，想要到红军那里"领个委任"。这些描写，又很好地表现了这两个人物的精神面貌，并且有力地渲染了红军的声威和人民革命高潮的到来。

在这以后，就是人民自卫军支队的成立和高疤等杂牌队伍的整编了。"巩固抗日民族统一战线，坚持敌后游击战争"的口号在四处响起来，并且开始变成人民群众的伟大实践。高疤走上了正道，成为一个堂堂正正的人民自卫军的团长了。

正在这个时候，俗儿由于"脸皮又厚，嘴也上得来"，当上了妇女救国会主任。这个也是"底子不正"的人物，暂时表现为革命队伍中的一员闯将，她直捣田府，摊派军鞋，受到了田大瞎子老婆的辱骂，而田大瞎子老婆也受到了她的猛烈的顶撞。这是俗儿"革命"的"高潮"，作者做了有声有色的描写。俗儿此后的不革命，也是富有特色地表现了的。例如，村里来了队伍，春儿动员老蒋家腾房子，老蒋推说俗儿"占了房"，春儿走进俗儿的卧房，"俗儿一撩大红被子坐起来，穿着浑身过年的鲜亮衣裳，自己先忍不住笑了。"在应该是羞愧难当、无地自容的时候，这个女人却"忍不住笑了"！只一笔，人物的性格特色就出来了！

高疤呢，他的思想斗争和内心矛盾，又是通过一个有特色的场面（还是俗儿的炕上）、一个有特色的行动（请道士来给他摇卦）、一阵有特色的对话，揭示在我们眼前。"我这卦不摇，你写两个字儿吧！""你不知道我不识字是怎么的！""那你随便说两个字儿就行了。""受训！"高疤像吐出什么咬不动的东西一样狠狠地说。——请看，高疤的神气，口吻，心理，不是已经出来了吗？这一段对话不但鲜活地写了人物，而且自然地发展了情节：通过道士之口，传达了田大瞎子的反革命宣传和挑拨。"日本人灭亡中国，是活该有这么一劫！这一带的人，免不了血光之灾。……有见识的人，得早些找自己的明路儿走！"——这正是蒋介石、汪精卫以至张荫梧、田大瞎子的哲学。高疤本来已经走上了真正的"明路儿"，在这个哲学的影响下，终于又走上黑道儿了。这是环境使然，也是性格发展的必然。

在这个情节的发展中，高疤和田耀武在俗儿家的相遇，又是一场好戏。田耀武从南方归来，又爬上了俗儿的热炕头，不提防门帘一撩，进来了高疤。俗儿说，他是代表一方来"联络"的。"哪里联络不了，到她妈的炕上联络！"高疤叫喊着，把国民党的"专员"抓起来了。可是，他这回一不要枪，二不要钱，倒是提出了这样一个问题："像我这样的，到你们那里，能弄个什么职位？"于是，他们当真"联络"上了。这是这两个人物在俗儿家里的最后一次出现，和一年前他们在这里最初出现的情景相映成趣。是的，谁能说这不是他们这一流人物的"爱情"和"政治"的真实的、恰如其分的表现呢？

看来，写"底子不正"的人物，又是孙犁之所擅长，他们的存在和发展，总是那样富有特征，而作家对于他们描画，也总是那样明显和突出地运用了他的极为"省俭"的、白描的而又是水彩的笔法。《风云初记》里的这一流人物，和这位作家其他作品中的邪门左道的人物比较起来，具有更明显、更浓重的政治色彩。俗儿和高疤的故事情节是很吸引人的，也是较完整的，适应了现实生活和人物性格的发展，表现了作家提炼、组织和概括生活的本领和才能。

五

重大政治斗争和军事斗争的题材，用铺张的、详尽的表现方法，用压缩的、简练的表现方法，都是可以达到完美的艺术境界的。举例来说，托尔斯泰的《战争与和平》，普希金的《上尉的女儿》，就是以两种不同的途径和方式创造的两种不同的但都是完美的艺术品。当然，它们都是在极为广阔的生活体验和极为丰富的历史知识的基础上创造而成的。我们知道，普希金对于普加乔夫所领导的农民暴动的史实，托尔斯泰对于十二月党人的革命活动的史实，都是做过专门的、精深的和广博的研究的。

孙犁同志特别喜爱《上尉的女儿》这部诗人所写的小说，这又是很有意味的一件事情。普希金的这部小说反映了俄国农民暴动的军事斗争和政治斗争，他给我们叙述的故事，他给我们描绘的画面，是如何别出心裁而又生动活泼啊！又是如何适应了他那诗意的情怀和简练的表现手法啊！他讲的主要只是年轻人的恋爱故事，他画的主要只是一个小村庄——边防军驻地的小村庄的图景，但他准确地、真实地反映了普加乔夫所领导的伟大农民暴动，他的这部小说是文学史上最完美的成果之一，托尔斯泰曾给它以最高的赞誉。

孙犁的《风云初记》也是一部用压缩的方法和短小的章节来反映重大的政治斗争和军事斗争生活的小说。它的显著的艺术特色和诱人的艺术魅力我们已经谈过一些了。我在这里提起《上尉的女儿》来，一方面是想借此印证我在上面已经做过的一些论述，一方面是想借此涉及《风云初记》的不够完美的地方。

《风云初记》是一部令人感到好读和喜读的小说，但它是还不能令人满足的，它不是在所有的地方都令人惬意的。有的人物写得不够深刻或不够准确，有的情节发展不够充分或不够自然，影响到这部小说的完整和完美。

例如，李佩钟这个人物和与她有关的故事情节，就是不够深刻和不够充分的。在小说里，李佩钟是主要的最引人注意和关心的人物之一，这不但因为她是人民政权的县长，而且因为她是田大瞎子的儿媳、田耀武的妻子，以她为主要人物的故事情节不但是小说的一条主线，而且其中的重要事件（如她当众审判她的公爹，她当众反驳和拒绝了她的父亲反对拆城的无理请求）构成了小说的高潮。这个人物及其故事是值得写的，也是有特色的，因为她的经历集中体现了反封建、反侵略的尖锐复杂的斗争，而且很有现实生活的依据。在抗日战争初期的冀中地区，在共产党的领导下，确实有不少身受封建迫害、经历婚姻痛苦的妇女，参加了革命工作，对迫害者和侵略者进行坚决的、英勇的斗争，后来成为革命政权或革命军队的骨干力量和领导力量。这样的人物及其故事写好了，是能出色地、有力地表现这部长篇小说的主题的，是能真实地、生动地体现当时当地的风云变幻的斗争局面的。但李佩钟却不足以担此重任。这个说起话来"娇声嫩语"的、吃起饺子来"嘴张得比饺子尖儿还小一些"的、把手枪像女学生的书包一样"随随便便挂在左肩上"的新参加革命的女性，还太娇嫩了，或者说，还太像是田家的媳妇和李家的闺女了，她还远没有改造和成长为坚强的女战士，足以担当一个县的人民政权的主要负责人。她在革命队伍中的突然出现和她的表现，不但使得秋分感到惊异，也引起我们读者的猜疑；到后来，我们看出作者是把她作为一个重要的正面人物来描写了，但还是没有真切地感受到她的心理和行动的实在和必然。这个人物的性格，她和田耀武、田大瞎子、她的父亲李菊人等人物的关系，以她为主要力量所造成的一些重大的政治事件和生活场景，都写得比较表面和简单，没有能表现出他们和它们的内部的和必然的联系，也就没有能因此揭示出其中的深刻、丰富和广阔的历史图景和生活内涵。

除此以外，小说中写得不能使人满足的地方，还可以举出一些来的。

例如在田大瞎子家举行的那次革命派和投降派的"谈判"，田家和汉奸白先生的联系，天主堂和圣姑庙里的反革命活动以及群众在拆城时捉住破坏分子的故事，就都写得不够突出和充分，如能深入到历史环境、现实斗争和形象世界里去，做进一步的发掘和展现，那么，小说的思想内容和艺术力量，是会进一步丰富和加强的。

达到完美境地的艺术是难能可贵的。想到《风云初记》是孙犁同志的第一部长篇小说，想到它所反映的是如此之重大的政治斗争和军事斗争的题材，我们是难以求全责备的了。

六

孙犁同志的主要的作品，我们又观赏过一番了。我们观赏的次序和作者写作的先后是并不一致的，我们是由短及长，而不是由远及近。就作者创作的顺序来说，是先写短篇，次写长篇，然后才写中篇《铁木前传》的。

孙犁是属于那种较多地凭借和表现了灵感和冲动的作家，他的创作活动，往往是一触即发的样子，出发以至完成于诗的意念。而他的触发和意念，是来源于他所熟悉的、深入的生活面。这在他的短篇、中篇和长篇小说中都有着明显的表现，而在他的短篇中尤见特色。的确，短篇小说，特别是孙犁式的名副其实的"短"篇小说，是最能适应他的这种创作活动方面的特点的。他的最为人们喜爱的珠圆玉润的短篇佳作，最能说明这个问题，有些读者和论者所说的孙犁的圆熟的艺术技巧，我想主要是指这一点。

在经历了十年的创作实践，写出了几十个短篇和一个具有中篇模样的《村歌》（也收入《白洋淀纪事》中）之后，孙犁坐下来写长篇小说《风云初记》了。《风云初记》仍然表现了这位作家的艺术独创性，具有动人和诱人的魅力。但是长篇小说的创作不但需要灵感和诗情，还需要强大的生活基础、广阔的视野和周详的计划，前者是孙犁的所长，后者却是他的所短。这位作家在一定的生活范围内是深入的、敏感的，在感情上有血肉联系的，但他的生活基础、积累和知识却还没有丰富到足以顺利和完善地构建反映重大斗争生活的长篇小说。正是因此，《风云初记》的第三集一直未能完成和出版。

那么，这是不是说，这位作家在创作上的这些情况是注定了的、是不可改变的呢？不，不能这样说！作家的所长是应该发扬的，而他的所短和不足，是可以克服和充实提高的。这个应该和这个可能，在《铁木前传》中不是已经体现出来了吗？把《铁木前传》和《村歌》相比，和《风云初记》相比，我们很明白地看出了这位作家的艺术是在向成熟发展。《村歌》的结构比较松散、主题不够突出的情况，在《铁木前传》里是完全没有了；《铁木前传》的题材的洗练、主题的深刻、情节的自然、形象的鲜明等方面，也超出了《风云初记》，并且开创了新的境界。当然，《铁木前传》的题材较之《风云初记》的题材易于掌握，它的画面和故事没有很多地方超出作者所熟悉和深入的生活面，这也是它更能见长的一个原因——而题材的汲取、提炼及其与主题、形象的适应，也恰好是作家的思想和艺术的发展的一个表现。

说到这里，倒是有必要涉及有关孙犁同志的评论中的一个问题了。有的同志在欣喜地赞赏孙犁的创作的时候，还提出一种批评，说法不尽相同，但意思都差不多：孙犁所写的不是重大的题材和尖锐的斗争。这种意见，在孙犁同志其人其书的熟知者和热爱者当中，甚至在孙犁同志的老故友当中，也是有所表示的，例如说"在生活面前不够勇敢，有时回避生活中的尖锐矛盾，有时只表现自己所感受到的一个较小的精神世界"，是孙犁创作中的主要的"弱点"。我认为，这种意见是并不切合孙犁的创作实际的。这位作家的创作，无论是短篇、中篇还是长篇，都并没有回避尖锐矛盾的迹象；至于说他有时表现较小的生活面，这却不是作家的"弱点"，因小见大正是他的长处，故事和篇幅有时是小的，但"精神世界"却不小，甚至深远和高大。进一步开阔视野和胸怀，进一步深入矛盾和斗争，这不但是大家的愿望，也正是作家自己的要求，这是必然的和自然的事情；而就创作实践来说，达到这个愿望和要求的努力和结果，应该是这位作家所创造的画面和形象一次比一次更鲜明、更突出、更成熟地表现出他的艺术特色和独创风格，而不是它们的冲淡。

写到这里，消息传来：最近人民文学出版社重新编辑出版了孙犁同志的小说了。这是一件很可喜的事情。我想，我不应该再说下去了，我已经说得太多了。我的眼光和议论是浅薄的、鲁钝的，但我的热情和兴趣却很高。我的意见中的粗疏和谬误之处，希望得到孙犁同志和读者的指正；如果它能引起读者对于孙犁同志的创作更高的热情和更大的兴趣，更多的讨论和更深的研究，那么，我的目的就算达到了。

1962年1月16日至26日初稿

1月28日至30日改写

（原载《河北文学》1962年第3期）

人物、描写、语言
——《白洋淀纪事》阅读札记

□ 郭志刚

如果能用几个字来概括一个作家的创作风貌的话，我愿意用秀雅、隽永这样的字眼来形容孙犁同志的作品，尤其是他的《白洋淀纪事》。孙犁是河北省安平县人，1913年生，大革命前后到保定育德中学读书，七七事变前夕，在白洋淀地方小学教书，抗战以后，参加晋察冀边区的革命工作，从这时起，他同自己的祖国一道，进入了一个火红的战斗的年代。那时，他还是一个二十多岁的青年。这以后，作者把自己的年华，同战争和革命、故乡和人民更紧密地联结在一起，在漫长的岁月里，当他同人民一起创造着可歌可泣的英雄业绩的时候，他的"生活之树"上的艺术的花朵也成熟了。这是在古老的河北平原上，由作者融合了过去年代战争的烈火、故乡的泥土、人民的血汗和自己的气质、才能等等而培育出来的一枝卓具风格的花朵，无论从思想意义和艺术特色上，都是很值得进行学习和探讨的。现仅就《白洋淀纪事》谈点看法，作者的《风云初记》《铁木前传》等作品，这里暂不叙及了。

读过孙犁《白洋淀纪事》的同志，都会对作者笔下冀中儿女的精神风貌产生深刻的印象。他们是在抗日战争和解放战争中成长起来的一代英雄儿女，他们的音容笑貌，明显地反映着那个时代的风云变幻，有着强烈的时代特色。作品中那些栩栩如生的人物形象，将和冀中一带的风土人情、山川景物等一起，长久地留在读者的记忆里。

作者是很注重表现人物的时代气质的。"战争和革命，改变了人民的生活，也改变了民族的精神气质。"[1]他的《白洋淀纪事》，正是要努力反映出这种变化来，反映出那个时代在人民的生活方式、思想情绪乃至行止状貌上所铸成的最明显的特点。作者这样做是有道理的。只要我们想一想鲁迅笔下的闰土、祥林嫂等，是怎样体现了他们那个时代兵、匪、官、绅以及封建的四大绳索（政权、族权、神权、夫权）在他们精神上和外形上所造成的深刻烙印，就会知道这是一个高明的做法。作者在一个短篇里，不可能对他的人物做面面俱到的刻画，但由于他紧紧把握住了表现人物的时代气质这个重心，就使得他描绘的人物，在历史的长河里站立起来了。在我们看到的作品里，孙犁的《白洋淀纪事》是对那个时代冀中人民斗争风貌描绘得最好的画幅之一，直到今天，它还有着重要的教育意义和认识价值。

《荷花淀》是传诵已久的佳作，他在写到水生报名参军、只把老人和孩子留给"女人"时，有两处对话写得极好，这正是那个时代的妇女的语言或心声："你走，我不拦你，家里怎么办？"当水生告诉她"家里的事，你就多做些"之后，她只用一句话作为回答："你明白家里的难处就好了。"这两处对话，揭示了根据地这位年轻妇女的十分丰富的精神世界："你走，我不拦你"，说明她在大敌当前之际深明大义；"家里怎么办？"这是她希望丈夫在出发之前能够考虑一下的问题。这是一种含有深情的"启发"，却并不要求他来解决。"你明白家里的难处就好了。"这一句表示了她对丈夫的深刻谅解，她所要求于丈夫的，也就是这些。应该说，这是一个合理的要求。这里，当然有感情上的矛盾，但这种矛盾不但不损害人物性格，倒是加强了这一性格动人的力量和正面教育的效果。因为她在民族利益和家庭利益发生冲突的时候，正确处理了两者的关系，毅然决然地承受了全部家庭重担，让丈夫安心去打仗。这就是当伟大的抗日风暴来到冀中平原的时候，一个普通的农村妇女，对于国家时局所给予的切实回答。这个回答，表现了在党的领导下，根据地人民心中正在觉醒的意识，或者说，表现了时代的灵魂。作者抓住了这个"灵魂"，也就突现出了他的人物的时代气质、时代特点。正像《荷花淀》所显示的那样，当作者这样做的时候，他总是从当时的实际生活出发，真实可信地勾勒人物的精神世界和周围的环境、气氛，努力让它们反映出那个革命时代的各种色彩来。

再看看《投宿》这篇不足千字的速写吧。它通过"我"的眼睛，这样描写那位腼腆而又庄重的农村少妇："……是年岁小的缘故还是生得矮小一些，但身体发育得很匀称，微微黑色的脸，低垂着眼睛。除去做饭或是洗衣服，她不常出来，对我尤其生疏，从跟前走过，脚步紧迈着，斜转着脸，用右手抚摩着那长长的柔软的头发。"熟悉北方一带农村生活的读者会深切地感到，这正是过去革命战争时期受着时代激流冲击的那些年轻妇女的面影。一方面，这个年轻妇女受着革命战争的熏陶和家庭环境的影响（她的丈夫就是一个八路军战士，后来当了连长），对于我们的抗日干部无疑是信赖和尊敬的；另一方面，应当估计到传统的思想意识在她身上的影响，因此，她的信赖和尊敬，是用一种无言的，略带忸怩和腼腆的仪态表现出来的。作者这几笔简单的勾勒，含蓄而蕴藉，所画的正是那个时代我国北方农村某些青年妇女的神态和气质。这可以说是一个过渡着的性格，因为就在这篇作品里，作者告诉我们她已经"扔下那些绣花布"，到丈夫的部队上"去学习了"。"她的生活是怎样地变化着呢？"作品的最后一句，是这样一个充满希望的问题。现在，我们大概很少看到这样的农村女性了，但作为一种对历史生活的认识，作者的这几笔勾勒不是很有意义的吗？

《走出以后》里的王振中，虽然她的婚姻状况和这个少妇绝不相同（这个少妇在婚姻上是幸福的，而她却被封建婚约羁绊在一个顽固落后的家庭里），但她在出走以后的变化，却可以作为这个少妇的性格的补充。我们清楚地看到，作者是多么善于观察和捕捉时代在这个女孩子精神上和外形上所留下的印记，当她未走出婆家之前是这样的："这个女孩子说话声音低，但听来很清楚响亮，老是微笑着，还有些害羞。……只是在说话中间，有时神气一萎，那由勇气和热情激起的脸上的红光便晦暗下来，透出一股阴暗；两个眉尖的外梢，也不断簌簌跳跃。"及至和婆家脱离关系、进入抗属中学之后的几个月，她变了："正月间，冀中各地非常热闹，抗属中学驻的村子里，有五千个中学生参加大检阅，其中有一千七百个是女生。早晨，在会场上，我看见王振中穿了黑色棉军装，外罩一件长大的棉背心，背包、挂包、小碗、防毒口罩，一色齐全，和那些小同学一样站在队里。她的脸更红、更圆，已经洗去了那层愁闷的阴暗：两个眉梢也不再那样神经质地跳动，两片嘴唇却微微张开，露着雪白的牙齿……"又有一天早晨，"王振中穿了护士的白布罩单和翻卷的白布单帽走过，手里还托了一个药瓶。看见我，大远跑来，敬了礼""我问她那是什么药，她用德文告诉我那药的名字"。如果说，上面讲的那个少妇是"过渡着的性格"的话，那么，王振中则把这个过渡完成了。封建婚约，这是旧时代产物，反映着旧的生产关系，它在王振中身上造成的那种"神气一萎"，实质上是旧时代在这个女孩子身上的阴暗投影。但王振中毕竟生活在充满阳光的抗日民主根据地。所以她萌发了冲出那个顽固家庭的革命要求，并在很短时间内变成了另一个人。她那洗去了愁闷的红润面颊、举手敬礼的大方姿态以及用"德文"做的回答，都是新时代战胜旧时代的胜利标志！王振中，这应该是抗日战争时期在冀中农村教育出来的第一批新的女性中的一个。

还有《邢兰》。作者这样刻画主人公邢兰："这个人，确实是三十二岁，三月里生日，属小龙（蛇）。可是，假如你乍看他，你就猜不着他究竟多大年岁，你可以说他四十岁，或是四十五岁。因为他那黄藁叶颜色的脸上，还铺着皱纹，说话不断气喘，像有多年的痨症。眼睛也没有神，干涩的。但你也可以说他不到二十岁。因为他身长不到五尺，脸上没有胡须，手脚举动活像一个孩子。"就是这样一个人，却对抗日工作表现了非凡的热情和精力："还是去年冬天，敌人'扫荡'这一带的时候。邢兰在一天夜里，赤着脚穿着单衫，爬过三条高山，探到平阳街口去。敌人就住在那里。等他回来，鲜姜台的机关人民都退出去。他又帮我捆行李，找驴子，带路……"作者接着写他如何在白天劳动，夜间主动做侦察工作，如何从坡下硬是将一条大树干扛上来，"当他放下，转过身来，脸已经白得怕人。他告诉我，他要锯开来，给农具合作社做几架木犁。"然而，有一天，这个"怪物"却在爬上一棵高大的榆树修理枝丫时，"竟从怀里掏出一只耀眼的口琴吹奏了。他吹的调子不是西洋的东西，也不是中国流行的曲调，而是他吹熟了的自成的曲调，紧张而轻快，像夏天森林里的群鸟喧叫……"邢兰就是这样一个人。没有真实的生活经历，是无论如何也写不出这样一个有着特殊的外表和特殊的性格的人的。他的矮小的外表是旧时代造成的："小时放牛，吃不饱饭，而每天从早到晚在山坡上奔跑呼唤。……直到现在，个子没长高，气喘咳嗽……"而他的特别旺盛的革命精力，却是共产党领导的伟大的抗日战争诱发出来的。可以说，邢兰是以旧时代的控诉者和新时代的开拓者的双重身份活跃在伟大的抗日战争中的。

总之，像作者笔下的这样许多人物，都以各自的方式反映着那个时代，在他们身上，有着明显的新旧时代相互斗争和交替的影子。这许多人物，虽然情景境遇各不相同，但都不同程度地反映着时代的个性、时代的特色。他们是活泼的、充满生气的，一旦接触他们之后，就知道他们是那个时代的人物。因此，在经过这么多年之后，重读《白洋淀纪事》，仍然感到那些人物的神态是亲切的、值得纪念的。作者在《种谷的人》这个短篇里，曾这样记述一个小炮手在解放天津时首先跃入河里、登上对岸的身姿："这孩子跃身一跳的姿势，永远印在我的心里，这是标志我们革命进展的无数画幅里的一幅。"这里，作者情不自禁地采用了电影笔法给我们保留了一个历史性的镜头。应该说，作者描写的其他许多人物，也是收到了这样的艺术效果的。他为我们摄取下来的过去革命战争年代里的那许多人物镜头，生动地展现着那个革命时代的光彩和风貌，展现着毛主席、共产党领导中国革命的丰功伟绩。这等于是一部很好的教本，它不仅有重要的教育意义和认识价值，而且在艺术上也提供了一定的经验。当我们今天在党中央领导下进行新的伟大长征的时候，应该认真学习这些经验，创造出具有我们今天的时代气质和时代特色的英雄群像。

现实主义要求描写得精确。也只有描写得精确，才能给人以新鲜、真实的感觉。孙犁同志有着丰富的农村生活经历，又是一个十分重视作品生活内容的作家（他曾把我们的文学作品分为两种：一种以故事见长，一种以生活见长。我觉得，作者自己的作品就是以生活见长的）。他的《白洋淀纪事》，有许多描写是具有生活实感的，是做到了精确和传神的。如《"藏"》这样描写一个巧媳妇："媳妇叫浅花，这个女人，好说好笑，说起话来，像小车轴上新抹了油，转得快叫得又好听。这个女人，嘴快脚快手快，织织纺纺全能行，地里活赛过一个好长工。她纺线，纺车像疯了似的转；她织布，挺柏乱响，梭飞得像流星；她做饭，切菜刀案板一齐响。走起路来，两只手甩起，像扫过平原的一股小旋风。"这里写的简直就像民间故事里的人物，这说明作者对他的人物是何等熟悉和亲切。这是植根在现实生活土壤中的真实的人物，是几乎每一个村庄都会有的那样一种人物。再看看《走出以后》，作者这样描写一个"张狂"的姑娘："我的习惯，不喜欢女人那一种张狂，她却以张狂为能事，也是她的习惯。说话哼哼唧唧，不撇嘴就跺脚。我最不爱看她那走路的样子，特别在大街之上，两只手垂直，手心向后，稍稍外张，两个脚尖向里靠，两只眼睛看着脚尖前行，两手就急急摆动。远远望去，使人想到鸭子凫水，我一见，就笑。"这样一种走路姿势，大概也是读者每天都会在自己的生活圈子里遇到过的。岂止是走路姿势，实际上连人物的性格和情状都一齐写出来了。再如《光荣》，这样描写群众欢迎原生（一个参军十年、立功归来的革命战士）的游行场面："敲鼓手疯狂地抡着大棒，抬匾的柱脚似的挺直腰板，原生的爹娘安安稳稳坐在车上，街上的老头老婆们指指画画……"想想看吧，这是多么生动的一个画面：第一句中"疯狂的"三个字名副其实地表现了敲鼓手们的欣喜若狂（或者说他们要把整个游行队伍那种欣喜若狂的场面敲出来），第二句中"柱脚似的挺直腰板"，神气十足地传达出了抬匾人的矜持和庄重；第三句写原生爹娘的安详和欣慰，两个老人在期待中熬过了漫长的十年岁月，终于盼到儿子有了这样的出息，是应该毫无愧色地"安安稳稳坐在车上"的；第四句写"老头老婆们指指画画"，其唏嘘赞美之声和别的大人孩子的情状，也就都寓于字里行间了。这段描写的精确之处在于：作者不仅为我们描绘了一幅色彩强烈的画面，而且用准确的字眼和明快的语言节奏表现了不同人物的神态和心理。如果我们用力透纸背这样的字眼来称赞这段描写，那也不算是很过分的。

不唯写人物，有些景物描写，作者处理得也是干净、利索的，往往几笔，就做到了"象、意"并茂、情景交融。例如，他这样写解冻的白洋淀："风越刮越大，整整刮了一夜。第二天，我从窗口一看，淀里的凌一丝也不见，全荡开了，一片汪洋大水，打得岸边噼噼啪啪地响。"（《采蒲台》）这样，就不只使人看到了大淀里的茫茫水势，听到了它那拍打堤岸的阵阵声响，而且似乎还感到了那夹着丝丝暖意的残冬的朔风：视觉、听觉、触觉全都有了，这该就是人们常爱说的"立体感觉"吧。他这样写滹沱河："滹沱河在山里受着约束，昼夜不停地号叫，到了平原，就今年向南一滚，明年往北一冲，自由自在地奔流。"（《光荣》）这就把滹沱河写活了，作者没有具体介绍这条河的外貌和流势，但我们已经从这种描写里想象到了它的样子以及它和人民生活的关系——这一点很重要，因为文学作品是离不开表现人民生活的。他这样写大旱之年的景象："谷，有的秀出半截穗子就卡住了，像难产的孩子，只从母亲身上，舒出一只手来。"（《村歌》）这种描写是新颖而高明的：不具体渲染、铺陈大旱的景象，却从人们的感觉和情绪上写出了干旱的严重，至于干旱的具体情景，都会由读者的生活经验去进行补充的。

鲁迅是运用白描手法的巨匠，孙犁同志对鲁迅作品是十分爱好并做过认真研究的，他的作品，也是擅长白描的，在这方面，他也许是当代作家中比较突出的一个。就从以上几段描写，也可以看出作者白描的功力来。当然，像那样的例子还有很多。一般说来，不在描写对象的外形上精雕细刻，而力求其传神，这是孙犁在描写上的一个特点。换句话说，他不过多追求"形似"，而着重追求"神似"。前面举的对浅花和那位"张狂"姑娘的描写，主要也不是写她们的动作和外貌，而只选取她们那些最富有特征的动作，写出她们的风致和神韵来。如果拿作画来比喻，他的描写主要不是工笔画，而是更近于写意画。《白洋淀纪事》里的很多作品，读后令人感到意味隽永，这大概是原因之一吧。

关于白描，鲁迅曾经这样说："'白描'却并没有秘诀。如果要说有，也不过是和障眼法反一调：有真意，去粉饰，少做作，勿卖弄而已。"[2]作者的见解和这有些相似："所谓白描，在写作上，就是避免浮夸，要求简练。"[3]说到白描，有时读者会误解为这是较简便易行的一种写法，其实不然："能几笔画出一个人，是要有经验的画家才行。在初学画的时候，一定是擦了再画，画了再擦，不知经过多少次练习，然后才能一笔是一笔。"[4]这些全是甘苦自知的经验之谈，是应该结合作者的创作实践好好研究的。也可以这样说：孙犁是利用白描手法来达到现实主义所要求的精确描写的。这是他的作品既富有生活气息，又具有民族传统的一个重要原因。

作者在语言运用上也是很有特色的。那是真正从群众中、从生活中提炼出来的活的语言，《白洋淀纪事》之所以具有那样浓郁的时代色彩和地方色彩，在很大程度上得力于它的语言。例如，《光荣》写原生参军走后，他的媳妇小五思想落后，被坏人挑唆着和原生爹娘吵架，要闹离婚。原生小时的伙伴、妇救会主任秀梅和一群青年妇女来做小五的工作，发生下面一场争论：

> "……当兵是为了国家的事，是光荣的！"秀梅说。
>
> "光荣几个钱一两！"小五追着问，"我看也不能当衣穿，也不能当饭吃！"
>
> "是！"秀梅说，"光荣不能当饭吃、当衣穿；光荣也不能当男人一块过日子！这得看是谁说，有的人窝窝囊囊吃上顿饱饭，穿上件衣裳就混得下去，有的人还要想到比吃饭穿衣更光荣的事！"
>
> 别的妇女也说：
>
> "秀梅说的一点也不假，打仗是为了大伙，现在的青年人，谁还愿意当炕头上的汉子呀！"
>
> ……
>
> "我等不来，"小五说，"你们能等可就别寻婆家呀！"

秀梅的脸腾地红了，她正在说婆家，就要下书定准了。别人
听了都不忿，说："碍着人家了吗？你不叫人家寻婆家，你有汉
子好等着，叫人家等着谁呀！"

这场对话，完全是群众化、性格化的。这篇讲什么叫"光荣"的道
理，如果让没有生活实感的读书人写来，简直可以写成一篇论文，但在群
众的嘴里，却写活了，而且句句讲到了点子上，闪耀着群众智慧的光芒。
实际上，这里表现了当时农村中两种思想的尖锐对立。这种尖锐的对立，
不是凭借空喊，而是凭借生活的真实样子进行的。换句话说，是这段出色
的语言赋予了这场斗争以完全真实、具体的形式。的确，读了上面这场对
话，我们不仅看到了那个紧张对立的场面，而且似乎看到了她们争论时的
动作、表情，甚至还听到了她们讲话的语调。

艺术的要求总是以少胜多。语言也是这样，愈是精炼，就愈有表现
力。如果运用得体，甚至一个字都会起到画龙点睛的作用，给作品增加不
少的光彩。如《浇园》中描写香菊正在悉心护理一个生命垂危、处于昏迷
状态的伤员时，妹妹二菊帮着到鸡窝摸鸡蛋给伤员吃，不料惊得鸡又飞又
叫起来。这时，作品这样形容那个小女孩天真而又担心的举动："二菊心
里害怕姐姐骂，托着鸡蛋进来，叫姐姐看。"这个"托"字，就用得活灵
活现，它不仅写出了小女孩那副赔着小心、懂事而又"可怜"的样子，而
且也从一个孩子的心理上反映出了香菊对伤员的爱护和关心。

《白洋淀纪事》仿佛追求着这样一种语言：用极俭省的笔墨表达出尽
可能丰富的内容，同时不事修饰，把朴素和抒情自然地融化在一起，竭力
保持那种物我一体浑然天成的特色。作者往往并不铺张笔墨，而许多极富
有表现力的、诗一样的句子却已跃然纸上。

在《浇园》里，他用这样奇妙的比喻来描绘那迷人的天空：

天空里只有新出来的、弯弯下垂的月亮，和在它上面的那一
颗大星，活像在那旷漠的疆场，有人刚刚弯弓射出了一粒弹丸。

在《钟》里，他这样概括一个饱经忧患、落发为尼的女孩子的崇高心愿：

> ……她心里的天地很宽阔，她的希望很高；既没有母亲的抚爱，她就默默地修理着嫩小的羽毛。她觉得一旦自己的羽毛长成，谁能猜想她会飞到多么高的地方，多么远的地方呢？

在《芦花荡》里，他这样叙述着那个富有传奇色彩的老人的撑船本领：

> 老头子站起来，拾起篙，撑了一下。船转弯抹角钻入了苇塘的深处。

只撑了"一"下，小船便居然会"转弯抹角"地跑起来，不是一生过着水上生涯的老艄公，是不会熟练到这种地步的。这里，作者简直用他那支出神入化的笔给小船添进了生命，小船变成一个很听话的"动物"了。

像这样的例子，在作者笔下真是比比皆是。

语言问题不单纯是个技巧问题。"语言实际就是群众生活的一部分。"[5]作者的这个见解，已经被我们上面举的许多例子证实了。不了解群众生活，不和群众在思想感情上息息相关，也将无法驾驭和提炼他们的语言。因此，作者正确地指出："因为你同群众一起考虑问题，一同把精神深入一个事件里去，生动的群众的语言，有力的表现手法，附带地收获到了。"[6]所以，作者熟练运用群众语言的程度，标志着他和工农兵群众结合的程度，标志着他的生活素养和世界观改造的成绩。

但绝不是说，只要深入了群众生活，就可以自然而然地获得好的群众语言。语言，毕竟还有个技巧问题。因此，"从事写作的人，应当像追求真理一样去追求语言，应当把语言大量贮积起来。应当经常把你的语言放在纸上，放在你的心里，用纸的砧，心的锤来锤炼它们。要熟悉你的语言，像熟悉你的军队，一旦用兵，你就知道谁可以担任什么角色，连战连捷。"[7]《白洋淀纪事》的语言具有凝练、朴素、流畅、明快等特点，不仅善于使用方言、俗语，而且善于吸收古典文学语言中的有生命的成分，这些东西在作者笔下熔于一炉，不露痕迹，正是他在语言锤炼上下了苦功的结果。

群众的语言无疑是异常丰富和生动的，但绝不能因此产生一个错觉，以为可以不加选择地采用群众的现成语言。在这方面，就是孙犁同志，也还有值得商量的地方。如《石猴》中，在写群众听到"各村值钱的果实，边区都要拿走"的谣言后，曾有这样的话："穷人斗争半天，只能分点破补拆、烂套子的，杀人白落两手血。"这"杀人白落两手血"，就是没有经过选择的群众语言，这样的语言，不是表现翻身农民思想觉悟的典型的语言。又如《村歌》中支部书记李三在向双眉交代慰问荣军的演出任务时说："人家既然指名请咱们，咱们就得露一手，不能丢人！"在群众的语言里固然"露一手"有着质朴的成分，含有把真功夫拿出来的意思，并不是表现自己，但它究竟反映着小生产者的眼光和意识，特别是和"不能丢人"连用时，更容易损害人物的性格，影响作品的思想意义。在这些方面，也许作者出于对这些群众口语的偏爱而不忍罢手，但这确实说明，一个作者在深入群众生活的时候，如果失去了警觉，也会把群众中某些落后或不够健康的成分连同他们的原始语言一块带到作品里来的。

注释：

[1] 孙犁：《文学评论》，作家出版社1963年版，第13页。

[2] 鲁迅：《南腔北调集·作文秘诀》。

[3] 孙犁：《文学短论》，第82页。

[4] 孙犁：《文学短论》，第82页。

[5] 孙犁：《文学短论》，第4页。

[6] 孙犁：《文学短论》，第9页。

[7] 孙犁：《文艺学习》，作家出版社，1969年版，第51～52页。

（原载《文学评论》1978年第6期）

论孙犁作品的艺术风格

□ 郭志刚

"他不一定妄想超越别人，但是他希望向读者提供一点新鲜的东西，就是希望在艺术园林里栽培一株新的树。"[1]孙犁在这里说的，是泛指一切作家，也是他个人多年来的追求和愿望。他的创作实践说明，他在这方面的努力是成功的：在五四以来的文坛上，他是建立了自己卓异的艺术风格的作家之一。

一、从平凡生活表现时代的主要旋律

孙犁从青年时代就参加了革命，在半个世纪中，他经历了我国历史上一个充满变革的剧烈动荡的时代。虽然这样，他却主要不是通过重大生活场面来反映社会的斗争和变化，而是更多从日常生活事件的摹写中，多方面地展示时代的风貌和特点。他在谈到苏联小说家聂维洛夫的作品《一个女布尔什维克》（据作者介绍，作品描写一个叫玛利亚的妇女如何摆脱丈夫和社会习惯势力的控制，逐步走向觉醒和进步）的时候，说："故事在十月革命发生，作者根据那个时期乡间生活的内容和形式，动态和节奏，制成他的文章。""所以，我们仔细端详这个故事，在各方面，它都是十月革命期间发生在俄国乡间的一个故事。"[2]这是作家在20世纪40年代说的话，那时，他刚刚开始进行创作不久。在这段朴素的论述里，寄寓着他的欣赏趣味和美学理想；这种趣味和理想，恰恰伴随着他的创作生涯的开始。多年来，他正是力图通过在我国革命进程中那些最普通、最常见的生活现象，表现出他所经历过的那个时代的"内容和形式，动态和节奏"，使之"在各方面"呈现出自己时代的色彩和气息。这样，由于他的这些作品"把一个时代的社会和人生的特点写出来了，便具备了历史的意义"[3]。

并不是任何作家都能从自己周围常见的生活现象中，神情毕肖地显示出时代和社会的特征的，孙犁却是这方面的一个能手。但是即令是他，好像也已经意识到这样做的困难，所以，还在20世纪50年代之初，他就这样呼吁："如果读者同志们从这些短文里指摘出，在哪些地方我遗漏了生活的重要的部分，在哪些地方，我没把握住时代的基本精神，生活前进的方向，那对我的教益，就更深刻了。"[4]他"遗漏"了什么重要的东西吗？没有。让我们还是用他自己的话做一个回答吧："就算文字的风格有如合奏中的粗细乐器，表现得有所不同吧，但无论是一支箫管，一面铜锣，在表现生活大乐章的时候，都不能忽略表现那决定乐章精神的主要的旋律。"[5]例如，在《荷花淀》里，我们听到了冀中人民抗敌的呐喊；在《嘱咐》里，我们听到了广大妇女送郎参战的心声；在《山地回忆》里，我们听到了人民拥爱子弟兵的真情表诉；在《光荣》里，我们听到了庆功祝捷的欢快鼓点……这些作品，或者像《荷花淀》，描写的是几个妇女寻找丈夫的遭遇；或者像《嘱咐》，描写的是一个离家八年的战士在家度过的一晚；或者像《山地回忆》，描写的是一次河边的摩擦与和解，以及居家度日等生活细事；或者像《光荣》，描写的是对一个立功回来的战士的等待与欢迎……总之，正是从这些平常而又平常的生活事件中，传达出了那个时代的"主要的旋律"。孙犁的大部分作品，都是反映抗日战争和解放战争这一时期的生活内容的，我们可以毫不夸张地说，如果把它们比作不同的乐器，它们是可以共同演奏出关于那一时代的雄壮而优美的乐章的。"苏州司业诗名老，乐府皆言妙入神。看似寻常最奇崛，成如容易却艰辛。"[6]不仅孙犁的短篇具有这样似平而奇的特点，就是他的长篇和中篇，也大都是通过一些日常的生活场景，来勾勒时代的风云变幻的。如《风云初记》，是一部描写滹沱河两岸人民在党的领导下进行抗日战争的长篇，这当然是重大题材。但是，如我们所知道的，作者并没有描写重大的战争场面或轰轰烈烈的群众斗争场面。他主要是写人，写这场神圣的民族自卫战争在每个人和每个家庭中间引起的各式各样的反响，战争如何改变了冀中人民的生活节奏和精神面貌，以及他们迅速动员起来的情况。在小说中，我们看到，人民动员的程度是相当广泛的：青壮年背起了"三八式"，孩子们组织起儿童团，就是妇女们碾一口袋粮食，也尽先想着交公粮，支援军队，至于老人们，他们除了贡献出自己的子弟和可能有的力量外，还用自己的经验和智慧关心着、计算着这场战争的前途。总之，小说通过大量普通生活场景的描写，把那一时代群众的情绪表现得异常饱满而热烈。它虽然没有直接写战争，但写了从事战争的人民的伟大力量。这不是炮火纷飞组成的威武雄壮的战斗场面，是心灵、力量组成的同样令人雀跃鼓舞的激动场面。这样，通过作者这些"看似寻常"的描写，我们同样看到了一个大时代的变动。再如《铁木前传》，虽然被认为是反映合作化初期农村斗争的代表作之一，但也没有描写两军对垒的重大冲突。相反，它细腻地描写了铁、木两家友谊的建立及破裂的过程，由此显示了新中国成立前后北方农村的矛盾和分化；尤其它那样曲折、动人地描写了青年一代在对待生活、劳动和爱情上的不同态度，以及由此将要展现的错综复杂的人生旅程，更使小说反映的生活画面光彩斑斓、蕴藉深厚。所有这些，就使得这部中篇小说在描写同类题材的许多作品中，保持了自己独树一帜的鲜明风貌。总之，题材上的"细"和精神上的"大"，组成了孙犁作品的一种似淡而浓、似素而绚的又清新又繁富的格调。

孙犁在1962年写的一首题为《自嘲》的诗中说："小技雕虫似笛鸣，惭愧大锣大鼓声，影响沉没噪音里，滴瀝人生缝罅中。"[7]既题"自嘲"，免不了有一时即兴或游戏之意；但态度还是严肃认真的：就是一支小小的叶笛，也要拼将全部力气，将真、善、美的人生大道理，化作歌声的清泉，滴瀝人们的心中。作者是难得对自己的作品发表正面评论意见的，借着这首《自嘲》，我们才这样近距离地看到了他在艺术上怀抱的理想。

二、创造美的意境

现在，让我们观察一下孙犁艺术风格的另一个方面，这就是他的作品中经常受到读者称赞的美的意境。

先让我们欣赏一下《荷花淀》中这段有名的描写：

> 这女人编着席。不久在她的身子下面，就编成了一大片。她像坐在一片洁白的雪地上，也像坐在一片洁白的云彩上。……

　　下面还有好文章，但我们不必引下去了。这里描写的不过就是编席，如果采用大事记的写法，只需用一句话说明这女人编席的进度就可以了，但在这里却出现了这样富有舞蹈美和色彩美的动人景象：每天进行的繁重劳动变成了一首诗，辛苦的劳动者和她的劳动产品变成极富有诗意的美丽迷人的形象了。通过这个画面，我们可以间接地感到作家对劳动和劳动者以及荷花淀水乡的热爱与赞美，没有这种真挚的感情，他笔下是不会出现这样令人陶醉的画面的。

　　《琴和箫》[8]中有一处描写也是令人难忘的。酷爱音乐的年轻母亲在吹奏一支黑色竹箫的时候，"凝视着丈夫的脸（他也是一位音乐爱好者，正在演奏一把南胡），眼睛睁得很大，有神采随着音韵飘出来"，——这一句描写，已经把这位母亲在演奏过程中的内心激情勾勒无遗了，但更出色的一笔是描写她的女儿的时候。这时候，母亲正以肯定的口气，在友人面前为女儿的音乐禀赋进行辩护，于是，对方折服了：

　　　　我也觉得这孩子将来能够继承父母的爱好，也能吹唱。她虽然才八岁，当母亲吹箫的时候，她就很安静，眼里也有像她母亲那样的光辉放射出来了。

　　如果说前一笔写的还是一位乐手在演奏中流露的激情，那么，这一笔描写则更入木三分，它把一个尚未成熟的未来乐手的音乐激情发掘出来了！而这一笔描写又加强了前一笔的描写，说明这孩子是生长在一个何等具有音乐气氛的家庭里，这种气氛自幼就在感染、塑造美的艺术灵魂了。这样的描写，真可谓"以一目尽传精神"，这是作家创造出来的一种音乐美的意境，没有对别人的艺术充分理解和同样陶醉于音乐生活中的感觉，是很难创造出这种意境来的。

　　再如《纪念》，当那个家乡被战友解放、自己也在守卫着战友家乡的八路军战士，听到战友的妻、女在深夜絮语中将一家安危系于自己的部队时，这位正在站岗的战士被激动了，他"不禁心里一震"，感到了自己责任的沉重。于是，他很自然地向着正在和自己做伴的星星寻找感情的寄托，在群星之间织成了这样美妙的意境：

> ……我望一望那明亮的三星，很像一张木犁，它长年在天空游动，密密层层的星星，很像是它翻起的土花，播撒的种子。

画面是新奇的，而且是跳动的，它能够使读者的思想随之活跃起来，发生一连串丰富而邈远的联想。作者感情的火花是这样富有生命的活力，它似乎能随时随地构造出令人向往不止的美的意境，包括那离开人间很远的天上。是的，一个在深夜站岗的战士，只有天上的星星最能寄托他的遐思，使他把现在和将来、把守卫着的这块土地和遥远的家乡联系起来。所以，无论孙犁作品中那些美的意境延伸得多么遥远，又总是没有离开地上的生活。深厚的生活基础是他创造美的意境的源泉。

但是，为什么在很多同样具有深厚生活基础的作家中，并非人人都能像孙犁这样，在自己的作品中给读者留下关于"美"的如此强烈的印象呢？

我觉得这需要从作家的思想气质方面做出回答。这种思想气质，很可能在他童年时代，在抚育过他的那个美丽而淳朴的故乡（一个在滹沱河岸边的古老、静谧的小村庄）的摇篮中，就已经播下了茁壮的种子。"幼年的感受，故乡的印象，对于一个作家是非常重要的东西，正像母亲的语言对于婴儿的影响。这种影响和作家一同成熟着，可以影响他毕生的作品。它的营养，像母亲的乳汁一样，要长久地在作家的血液里周流，抹也抹不掉。"[9]可以肯定，作家对他的故乡是十分眷恋热爱的。几十年来，他不仅经常从故乡（包括他生活和战斗过的第二故乡）汲取素材和灵感，而且在长期的艺术实践中形成了表达故乡人情风物之美的"动型"。这同样可以由他自己的话来加以验证："看到真善美的极致，我写了一些作品。看到邪恶的极致，我不愿意写。这些东西，我体验很深，可以说是镂心刻骨的。可是我不愿意去写这些东西，我也不愿意回忆它。"[10]可见，一个作家的艺术情操和艺术趣味，是受着他的思想气质制约的，是在艺术实践中形成的。也可以说，从孙犁的气质和习性来看，他是喜欢和美做伴的作家，是倾向于或习惯于表达美好事物的——虽然在现实生活中，丑恶的事物是避免不了的，揭露和鞭挞它们也是艺术的重要使命，但他却"不愿意去写"，甚至"也不愿意回忆它"。当然，这是就作家的一般倾向来谈的，也是附有一定条件的（他特别不愿意回顾十年内乱期间发生的那些事情），并不是说在他的创作中没有揭露过丑恶的事物。

现在，让我们继续回到关于他作品中的意境这个问题上来吧。我们知道，创作本身的意义，就是创造和发现。那么，孙犁是怎样在自己的作品中不断创造和发现美的意境呢？

从孙犁一系列作品完成的情况来看，我们可以认为，感情在推动、酝酿和形成他的作品意境的过程中，起了十分重要的作用。自然，感情对于任何艺术创造来说，都是绝不可少的重要因素，19世纪法国雕塑家罗丹，甚至以"遗嘱"的庄严形式讲出"艺术就是感情"[11]，但这并不能冲淡感情因素在孙犁作品孕育过程中的特别突出的作用。读者在他作品中普遍感受到的那种美的愉快和激动，就是作家的思想感情作用于生活并结晶为形象画面的结果，这从上面举的例子中可以看得出来。在这个意义上，我们完全可以说，他的艺术就是感情化成的。《庄子·外物》讲了一个故事："苌弘死于蜀，藏其血，三年而化为碧。"对于把全部心血倾注于自己的作品的作家来说，这个感情化为艺术的过程，也像"藏其血，三年而化为碧"的故事一样，是一种精诚的结晶，是从生活到艺术的再生和升华，它本身就显示着对艺术事业坚贞不渝的献身精神。孙犁那些晶莹婉好、意境隽美的作品，反映着他在创作中呕心沥血、精益求精的特点。这种对于艺术的严肃态度，要求作家通过生活画面的体系，将自己全部真实的感情坦率地、信任地交给读者，这样，他就最大限度地赢得读者的感情，也就是共鸣。这些，就是孙犁获得成功的主要原因。

三、造成含蓄的条件

在世界民族之林里，中华民族的性格是比较含蓄和内向的。也许和这不无关系：在我国古代文论里，比较强调艺术的含蓄。据《世说新语·巧艺》记载："顾长康画人，或数年不点目睛。人问其故。顾曰：'……传神写照，正在阿堵中。'"这个故事，就强调了含蓄的特点和力量。在艺术上，有时候不说出来是比说出来更有表现力的。

孙犁的作品，充分体现了我国传统艺术的这个特点。他也讲了自己的一段切身感受。有一年夜晚听广播，他一下被收音机里传来的一个女孩子如泣如诉、若隐若现的细微声音所吸引：原来杨虎城将军那位宋秘书的女儿正在报告亲人遇害的经过。作家被这低声哭诉感动得"热泪盈眶"，整整一晚上不能平静："当时，并非没有更强烈的大声喊叫，或者痛哭流涕的节目，而这位烈士的女儿的声音，只是若隐若现的时候，就那样强烈地震动了我的心。含蓄，必须包括真实的感情在里面。"[12]

说含蓄必须包括真实的感情，这是完全正确的，正如我们在上一节里讲到的，感情也构成了他的整个作品意境的基础。但是，光有真实的感情还不能构成含蓄；含蓄，还是一种艺术能力的表现。这种能力，有点像骑马的技术，对此，作者用《颜氏家训》里的话做了清楚的阐明："'凡为文章，犹乘骐骥，虽有逸气，当以衔勒制之。'就是说写文章应该有节制，应该适可而止，应该有含蓄。"[13]那位烈士女儿"若隐若现"的低声哭诉，在这隐、现、断、续之间，就表现着她的节制，而节制，正是她的感情极其丰富和强烈的表现（否则，是用不着节制的），所以它才那样强烈地震动了作者。

同样，作者的许多作品，由于感情极其深厚而表现出来的这类"节制"，也强烈地感动了读者。"你总是很积极的。"这是《荷花淀》中水生媳妇听到丈夫报名参军以后说出来的七个字，这七个字，就表现着她的"节制"，因为在她的心里，是绝不止这七个字的。正由于这样，读者就在这七个字之中，听出了许多弦外之音：既像表扬，也有不满，甚至于还流露着一些女人才会有的怨刺，总之，是一种十分复杂的感情表现。但是，她却并不冲动。这样，这七个字就在造成她的性格上（从各方面看，她身上体现着从前我国农村妇女那种典型品质：任劳任怨，纯朴善良，对于来自生活和丈夫的压力，也能表现出理解与宽容），表现出了很大的力量。这就是含蓄。由于它是在有真情而又能节制的情况下产生的，所以反而更能震动读者。这是毫不奇怪的，因为"女人"的话在震动我们之前，她的手指已经先"震动了一下"，就是说，她自己的感情已经先震动了。

作者的很多作品都是这样，它们在感动读者之前，先感动了自己，因为"被情感支配的人最能使人们相信他们的情感是真实的，因为人们都具有同样的天然倾向，唯有最真实的生气或忧愁的人，才能激起人们的愤怒和忧郁。"[14]可见，感情在艺术中的作用，是一个古老的真理，亚里士多德在这里虽然是就戏剧表演艺术发表的议论，其实也适合于文学创作。

我们把话题扯得稍稍远了一些。总之，真实而深厚的感情是形成含蓄的一个重要条件，当作家有节制地、恰如其分地表现出这种感情的时候，就可能获得含蓄的效果。含蓄，是感情力度的表现。我们在孙犁的作品中，几乎到处可以感觉得到这种感情的力度，因而读他的作品，不会感到疲倦乏味，而总是得到一种陶冶、一种鼓舞或一种启示。

因为孙犁的作品真正做到了含蓄，他也同时收获到了"短"。"短"，是孙犁作品，尤其是他的短篇小说创作的一个显著特色。五四以来，只有鲁迅等极少数作家的短篇小说是真正地做到了"短"的。"短"是含蓄的外在形式。在我国文学遗产中，"短"常常和丰富联系在一起。明代茶陵诗派的领袖李东阳说："《大风歌》止三句，《易水歌》止二句，其感激悲壮，语短而意益长；《弹铗歌》止一句，亦自有含悲饮恨之意。后世穷技极力，愈多而愈不及。予尝题柯敬仲墨竹曰：'莫将画竹论难易，刚道繁难简更难。君看萧萧只数叶，满堂风雨不胜寒。'"[15]孙犁的作品，就是"画竹"，不要看只有那么几笔挺劲的疏叶，却能引起"满堂风雨"的联想：那里是飞泉泻玉的幽谷吗？是花繁林翠的园林吗？抑或是星汉璀璨的夜空呢？……反正是一个能够勾起读者遐思翩翩的十分可爱的地方。"删繁就简三秋树，领异标新二月花"，是作家灿若云霞的绮思和鬼斧神工的笔力，营造了这样令人心驰神往的艺术。

好的艺术都是含蓄的。据说在西班牙首都马德里普拉度美术馆，有一幅毕加索1937年创作的名画《格罗尼卡》，这幅画画的是西班牙小镇格罗尼卡于同年四月二十六日惨遭纳粹德国轰炸的景象。在那次轰炸中，十五分钟内死了好几千人。但反映这一惨象的绘画，没有画出一枚炸弹，一滴鲜血，整个画面都是对于战争和暴行的控诉[16]。由这幅画，我想到了《风云初记》第六十七章一段关于战斗的描写。在那段描写里，作者其实并没有直接写战斗，他主要是写这场战斗在旁观者心中引起的焦急和担心，也就是说，他是通过旁观者眼睛和心灵的折光来反映这场战斗的。但这样一来，这场战斗的气氛和结局反而在读者心中造成了更强烈的悬念。在这群旁观者中，有烧窑的老百姓，也有八路军干部，他们是在无可奈何的情况下，才退到村外一座砖窑的后面窥看着村中进行的这场战斗的。这是一场敌众我寡、力量悬殊的战斗，因而才使这些旁观者（还有读者）变得异常紧张和激动。看吧，敌人已经攻进了村子；原来冒着黑烟、有着哭喊声的村子一下子变得沉寂起来；但"这种沉寂是可怕的"：不仅"田野紧张起来"，太阳"收敛了光辉"，就连砖窑附近那一排排水坯，一垛垛柴火，也"都像在那里激动着"。但直到这时，我们在作品的画面上还没有看到任何激烈的拼搏；等我们从一个老人的描述中间接地"看"到这场拼搏时，敌我双方只涉及三个人，而且也临近这场战斗的尾声了。

试想，如果请画家按照这个题意画出一幅画来，那该是什么样子呢？显然，在这场进行得十分激烈的、白热化的战斗中，我们看到的，将主要不是敌我双方的拼搏，不是枪弹的扫射和刺刀的闪光，而是焦急的窑工和我军干部，是沉寂得可怕的村庄和紧张得令人透不过气来的田野，是那失去了光辉的太阳……这样，我们除了能用心灵更深刻地感受到这场战斗的激烈和令人压抑的气氛外，还能看到那在战斗之外的、用自己的全部感情关注着这场战斗的广大人民的心。

我在这里无意将毕加索的画和孙犁的作品加以对比。描写战争或战斗，总的说，不是这位作家的所长。但我们确实在这里看到了：处于不同条件下、用不同的艺术语言进行创作的两个艺术家，在追求自己作品的表现力上，却不约而同地采取着同样的方法，这是很值得玩味的。当然，孙犁说过："我回避我没有参加过的事情，例如实地作战。"[17]恰巧，《格罗尼卡》的作者毕加索当时也正在巴黎流亡，没有经历过那次轰炸事件。

这也许是促令这些严肃的艺术家们不对事件做直接表现的主观原因。但是，如上所说，这丝毫没有减弱他们作品的艺术魅力。

四、地方色彩——实现现实主义要求的结果

孙犁的作品具有浓郁的地方色彩，这种色彩渗透在人物性格、地理环境和风习民情等各个方面，是构成作品整个生活画面不可分割的内在因素。也就是说，它是纵深的，不是平面的。

例如，在下面这段描写里，我们看到了北方的"社戏"：

> ……乡下人看戏，要拼着全部力气和一身大汗。戏唱到热闹中间……台下就像突然遇到狂风的河水一样，乱挤乱动起来。那些年轻力壮的小伙子们，讲究看戏扒台板，就像城里的阔人，听戏要占前五排一样。他们通常是把小褂一扒，三五个人一牵手，就从人群里劈进去。挤到戏台前边，双手一扒台板，然后用千钧的力量一撅屁股，这一动作，往后说可以使整个台下的人群向后一推，摧折两手粗的杉篙，压倒照棚外的小贩；往前说，可以使戏台摇摇欲坠，演员失色，锣鼓失声……[18]

和我们在鲁迅的《社戏》中看到的江南水乡充满优雅气氛的民间唱戏不同，这里是北方平原上的粗犷格调；但在热闹和喧扰之中，一样洋溢着人们的热情和兴奋。只有对自己经历过的故乡风情怀着温暖的感情和记忆，才能用寥寥无多的笔墨勾画出如此热烈的场面。

再看看下面这段描写，这是抗日战争时冀中平原的一角：

> 太阳刚刚升出地面。太阳一升出地面，平原就在同一个时刻，承受了它的光辉。太阳光像流水一样，从麦田、道沟、村庄和树木的身上流过。这一村的雄鸡接着那一村的雄鸡歌唱。这一村的青年自卫队在大场院里跑步，那一村里也听到了清脆的

口令。[19]

这是一幅素描，可以题作《平原即景》。从画面上，我们观察和感觉到：太阳的光线是流动的，冀中的土地是平敞的（不平敞不可能"在同一时刻"承受阳光），雄鸡的歌唱是高亢的，抗日的生活是热烈的——这就是处于"五一大扫荡"前夕的冀中平原，它正以蕴蓄着的全部光明和美丽，对抗着即将到来的敌人强加在这块土地上的罪恶战争。在故乡的色彩里，原来包含着这么多沸腾的感情和力量。这当然不是土地有知，草木有情，而是自古以来劳作、生息在这块土地上的人民，用自己的汗水和劳动灌育了它，打扮了它，用自己创造出来的富有热力和特点的生活点缀了它。敏感的作家是从人民的情绪和大自然的交融中捕捉了它的色彩的。

下面一段是写农村一对小儿女的爱情的：

　　春儿回到屋里，在针线筐箩里翻了一阵，纫着针走出来，一条长长的白线，贴在她突起的胸脯上，曲卷着一直垂到脚下……

顺便说一句，这里结合动作写人物的身姿、风采颇见精神，比单纯描写人物的外形活脱多了。春儿替芒种"密针"缝好了小褂子，"用牙轻轻咬了咬，又在手心里平了平"，"扔"给了芒种。但作者似乎决心要把冀中平原上这对贫苦儿女的情意表现得更缠绵、更饱满，他并不肯就此罢手；芒种为春儿家担水，刚缝好的褂子，又有一处"像小孩子张开了嘴"。于是，作者又写下去：

　　"来！再对上几针，"她招呼着芒种，"就穿着缝吧，给你叼上一根草棍儿！"
　　"叼这个干什么？"芒种说。
　　"叼上，叼上！要不就会扎着你，要不咱两个就结下冤仇了！"春儿笑着，把一根笤帚苗放在芒种的嘴里。

凑在身上缝衣服要叼上根草棍儿，这是冀中乡间的古老风俗；至于这种风俗是怎么来的，我们无法考其究竟。我们能够想象的是，叼上这根草棍儿，一定能够加重这对当事人的心理气氛。接下去，果然演出了这样急迫、热烈的场面：

> 两个人对面站着，春儿要矮半个头，她提起脚跟，按了芒种的肩膀一下，把针线轻轻穿过去。芒种低着头，紧紧合着嘴。他闻到春儿从小褂领子里发出来的热汗味，他觉得浑身发热，出气也粗起来。春儿抬头望了他一眼，一股红色的浪头，从她的脖颈涌上来，像新涨的河水，一下子就掩盖了她的脸面。她慌忙打个结子，扯断了线，背过身去说：
>
> "先凑合着穿两天吧，等我们的布织下来，给你裁件新的！" [20]

这是很有生气的一段妙文。在一般小说里，还很少嗅得到这样活泼而强烈的气息。是冀中那质朴的土地和质朴的环境，孕育了这些淳朴笃厚的男女，以及那带着传统乡风的纯洁爱情；透过它，读者除了可以熟悉这块土地上人们的生活特点和精神面貌外，甚至还会对那里的风俗、乡情、伦理等等产生多方面的印象和联想。

孙犁是很善于描写风俗的一个作家。在他那里，关于风俗的描写常常具有多方面的意义。如《风云初记》第七十三章关于"灯笼红"的描写，就很富有诗意：一个用萝卜雕成的精巧花篮儿，春节前后挂在房梁上，"里面种上麦子，等麦苗长高，萝卜缨儿也就开花了。过年的时候，还可以在里面插上一支蜡烛……"这个用象征着五谷丰登的麦苗、菜蔬和表示喜庆的蜡烛构成的小小"灯笼红"，寄托着平原人民多么朴素、美好的愿望啊，但这些，都被入侵的敌人破坏了！这样，这个"灯笼红"的故事在帮助读者了解冀中乡俗的同时，还是对人民的赞美和对敌人的揭露！再如《菇儿梁》中关于山民生活的介绍，《采蒲台》中对于水乡面貌的勾勒，也都透露着各自不同的风俗特点。这些特点或者显示着那里的民风古朴，或者显示着那里的拥挤喧闹，总之，又都带着敌人入侵造成的纷扰与创痕，使作品反映的这些地区的生活，呈现着一种十分复杂的时代色相。这些，正如别林斯基说的，习俗"构成着一个民族的面貌，没有了它们，这民族就好比是一个没有脸的人物，一种不可思议、不可实现的幻象。"[21]而在孙犁笔下，在那个特殊的年代，他关于风俗的这种种描写，在表现着我们民族（通过一个地区的特殊色彩）艰苦卓绝、美好崇高的情操的同时，也揭露了敌人加在我们民族头上的损害与污垢。孙犁的作品和历史的进程都已证明，我们民族是能够彻底清除这些损害与污垢，以更加昂扬的精神面貌自立于世界民族之林的。

现在，我们应该回到这一节开头所讲的，即所谓一个作家的创作的地方色彩，绝不是某些外在的东西，而是渗透在他的整个作品结构之中，既构成作品的思想又构成作品的艺术的那种东西。因此，所谓地方色彩，是现实主义创作的一项基本要求。孙犁作品中的地方色彩，由于深刻地实现了现实主义的要求才那样鲜明、强烈地显示了出来。

五、孙犁塑造人物的特点

有人说："孙犁同志的短篇集你读完后，不能说出鲁迅先生小说里那样有个性的人物，也没有完整的故事，可是它却非常吸引人，感动人，它是以情调意境来征服读者的。它不是写人吗？它写的是人的意境。"[22]这个说法抓住了孙犁小说创作的一个重要特征，即写"人的意境"，以情动人。但有一点说得不够清楚：以描写人、塑造各种人的性格为主要特征的小说，如果离开有个性的人物，它的意境又怎么能够实现呢？小说固然有各路的写法，但孙犁的小说，似乎不是那种不重视描写人物性格的小说。相反，他作品中的许多人物，特别是其中一些妇女形象，都因为具有鲜明的个性而给读者留下了难忘的印象。

在《悲惨世界》第一部里，当雨果描写到主人公冉阿让由于面临痛苦的抉择而处于剧烈的内心矛盾时，这样写道："世间有一种比海洋更大的景象，那便是天空；还有一种比天空更大的景象，那便是内心的活动。"

孙犁就是一个十分注重对人物的内心活动做深入探讨的作家。在《铁木前传》里，他写道："如果不是父亲母亲来叫，孩子们是会一直在这里观赏的，他们也不知道，到底要看出些什么道理来。是看到把一只门吊儿打好吗？是看到把一个套环儿接上吗？童年啊，在默默的注视里，你们想念的，究竟是一种什么境界？"我们看到作者在这里对他的人物采取的是一种研究的姿态；他所使用的笔调，是一种咏唱的笔调。因为研究，他不断地深入到他的人物的内心；因为咏唱，他不断地加重了小说的抒情气氛。而这两者的结合，就常常使他能在单调中看到丰富，在重复中看到变化，并因而创造出一种动人的意境。但我们一点也没有忽略，这种意境的存在，却是首先以写出人的精神面貌的特征为前提的。如果不是作者写出那些围绕着铁匠炉默默出神的孩子们的特殊表情，如果不是作者十分含蓄地揭示出他们内心的热烈向往，这种意境就写不出来。可是，即便是写"一群"人的意境，也必须抓住富有个性特征的东西。再如《正月》[23]，作者同样以研究和咏唱相结合的写法，深深触及了一个待嫁姑娘十分隐秘的内心世界："她穿得干干净净，头发梳得光亮。在结婚以前，为什么一个女孩子的头发变得那样黑，脸为什么老是红着？她拉动机子，白布在她的胸前卷出来，像小山顶的瀑布。她的头微微歪着，身子上下颤动，嘴角上挂着猜不透的笑。"在这里，从外部表现到内心活动，作者都紧紧抓住了这个待嫁姑娘的神态和心理特点，因而才那样富有诗意地写出了她的意境或情调。不过，在孙犁的创作中，这种意境一旦在画面上铺展渲染开来，它是那样婉转动人，以至于有时可能要引起我们一些错觉，以为这意境就是一切，而忽略了作者在人物个性化方面所做的巨大努力。

孙犁在关于人物性格的塑造方面，有不少独到的体会和经验。我们在前面讲过，他是很重视对人物的内心描写的，他说："人物必须与社会风貌关联，才能写出真正时代色彩。……人物刻画，重在内心，从内心反映当代社会道德伦理，最为重要。然而做到此点，不似风花雪月描写之易于成功。在作品中，人物必须与社会结构、社会风尚结合起来写。不如此，所谓时代色彩，则成为涂饰标签，社会、时代、人物，不能实际融为一体。"[24]这些话，是在评论一个晚辈作家的小说时讲的，也正是他自己的创作经验的总结。我们读他的一系列小说，其中之所以提供了那么多生动、鲜明的社会风俗画幅，根本原因，就是因为这些小说里的人物，通过各自的个性特点及其相互关系，反映着当时的社会结构、社会风尚和道德伦理。这些人物大都平平常常，但又都音容笑貌各自分明。他们的出现和发展，都有自己具体的生活依据，而且总是合乎一般规律地吻合着自己的环境。例如，即以《铁木前传》一部小说来说，在铁匠家里产生了自幼懂事而知道爱惜柴盐的九儿；在五十多岁还爱打扮、行为不检点的女人家里产生了放荡不羁的小满儿；在黎老东溺爱的家里产生了游手好闲的弟弟六儿；在同一个偏心的父亲——他毕竟也是一个受过苦的劳动者——家里又产生了争气而进步的哥哥四儿……"典型环境中的典型人物"，不是任何人生硬的安排，它是生活的十分自然的发展。同一个国家，甚至同一个家庭，养成了这样许多不同的儿女，生活这部大书，是多么复杂、多么值得认真思考啊。好的小说，丰满的小说，实际上也都是生活的教科书，它那"人的意境"，常常是很浑厚、很悠远，有时简直是高深莫测的，要真正做到这样，就必须创造出真实的、有血有肉的性格。

孙犁笔下的有些人物形象，具有很强的雕塑性，有时就是单纯通过外形的描写，也能显示出性格来。原因是，作者很善于把外部形体的描绘和人物内在的精神气质结合起来，或者说，他不单纯用静止的线条去描绘人物的样子，而是同时把那活跃着的、人物的内在精神气质注入这线条中去，使性格的表现获得一个和谐、准确的外部形式。例如，《铁木前传》中关于傅老刚的描写，就表现了这种特点：

> ……他有五十岁年纪了。他的瘦干的脸就像他那左手握着的火钳，右手抡着的铁锤，还有那安放在大木墩子上的铁砧的颜色一样。他那短短的连鬓的胡须，就像是铁锈。

这里的描写，刻满了人物的生活经历。作者为我们提供的这个铁匠的形象，本身就像铁铸的一样。如果请雕塑家按照这里的描写塑一座像，那将是一座很有生活气息、很有性格、强而有力的塑像。

作者也很善于在细微的地方找到人物性格的分界线，使得甲就是甲，乙就是乙，绝不互相混淆。春儿和芒种是《风云初记》中的两个主要人物，也可以说是普通农民中成长起来的英雄人物，在他们之间有着很多共同之处。但即便是他们，作者也绝不把本来属于前者的思想和行为，错放到后者身上，或者相反。例如，小说的故事刚开始时，在拿不拿国民党逃兵那支枪的问题上，春儿找芒种问主意，芒种毫不犹豫地说要拿，这种地方，显示了他作为一个男子的果断。但拿了枪要投奔哪里去呢？作为一个未更世事的毛头小伙子，他想去高疤那里，春儿却不要他去："他的行为不正，你准知道他能成事？"她要芒种等着高庆山。这些地方，显示了春儿的细致、沉稳。这时，是冀中平原刚刚面临敌人的入侵而处于兵荒马乱的年代，他们这一对"雏凤"还没有凌空而起，有这些表现也是很自然的。

不仅在这些细微的地方，作者善于找到人物性格的分界线，就是在同一个人物的性格之中，他也善于发现那些不同的因素，使人物性格沿着自身的逻辑，在不同的时间和环境下，产生不同的反应和变化，而绝不使性格的表现，流于一个简单的程式。

例如《铁木前传》中的小满儿，这是一个在危险的道路上走得很远的人物了。但对于她，作者却有这样一笔描写："今年，村里宣传婚姻法的时候，这女孩子忽然积极起来。她自动地到会，请人读报给她听，正正经经地沉默着，思想着。"这时，作者像对我们演算一道复杂的数学习题那样，忽然抓住了一个症结、一个要点：他在一个极其复杂的女孩子的极其复杂的心灵上，找到了一把通向光明的钥匙，一下子就使这个令人迷惑的性格放出了异彩，大大丰富了这个性格的内涵，加深了它的意义。这是作家的神来之笔，是他向他的人物的内心世界突进时爆发出来的一种灵感——正像一个数学家在解决一道数学难题时必须具有的那种灵感一样。这种灵感当然是以生活为基础的。在形象构思过程中经常闪现这种灵感的火花，使他笔下的人物形象具有一种新奇的、富有诱惑力的色彩和力量，这也是孙犁塑造人物的一个特点。

六、"质以传真"的群众语言

当读者流连于孙犁作品中那些洋溢着诗情画意的生活场面时，不会不对他的语言产生深刻的印象。和他同乡、同时代的作家梁斌，曾经这样谈到他的语言："我还喜欢孙犁同志的语言，他是在古典文学和新文学语言的基础上吸收了广大群众的语言，而且提炼加工得很巧妙，不着痕迹。他的文学语言的特点是便于抒情。"[25]

我不想全面探讨孙犁语言的渊源和师承。我只想说，他的语言保持了河北平原上群众语言的精华。这个平原上的人民将会感谢他，因为他（还有其他几位卓有成就的作家）使他们的语言在文学创作上获得了一个地位，有了一个向外界展示它的魅力的机会。因为自五四新文学运动以来，在他这一代作家之前，历史似乎还没有在这块土地上提供出和自己的时代、自己的群众结合得如此紧密的作家；而在和他大体同时的一批作家中，又极少有人能够把这块土地上群众的语言运用得如此纯熟，加工得如此优美、如此富有文学的特色。我们甚至于可以这样说，如果后代的读者有机会读到孙犁的作品，即使单从语言上来看，也有助于他们揣摩祖先的性格、认识祖先的历史，有助于他们考证祖先的风俗、习惯、生活等等。我们读孙犁的作品，会强烈地感觉到，他是那样忠实于群众的语言，就像忠实于他们的生活和他们的思想一样。他描写的冀中农民的对话，其中不仅找不到读书人的腔调，也找不到外乡人的腔调，完全是一派当地乡亲的声口和习惯，而且在感情、见解、气度、用语等方面，无不适合着对话人的身份和性格，我们看了以后，会相信清代学者章学诚说的："叙事之文，作者之言也，为文为质，唯其所欲，期如其事而已矣；记言之文，则非作者之言也，为文为质，期于适如其人之言，非作者所能自主也。"又说："与其文而失实，何如质以传真也。"[26]孙犁作品中的农民语言，就是"适如其人之言"的，是做到了"质以传真"的。空口无凭，今举一例：《风云初记》第六十五章中描写变吉哥的窗外有两个妇女推碾子，青年妇女要求正在工作的中年妇女停下来，让她先推，后者不肯："'你的脸有天那么大，'中年妇女笑着说，'我好容易摸着了，让给你？'"并反守为攻，要求青年妇女帮她"推几遭"——

"呸！"青年妇女一摔笤帚离开她，"你这家伙！"

"我这家伙不如你那家伙！"中年妇女摊开粮食，推动碾子，对着青年妇女的脸说，"你那家伙俊，你那家伙鲜，你那家伙正当时，你那家伙擦着胭脂抹着粉儿哩！"

青年妇女脸上挂不住，急得指着窗户说："你嘴里胡突噜的是什么，屋里有人家同志！"

"同志也不是外人，"中年妇女说，"同志也爱听这个。"

青年妇女跺跺脚，背起口袋来，嘟囔着："我是为的快交公粮，谁来和你斗嘴置气呀！"

"你说什么？"中年妇女咯噔一声把碾子停了。

"公粮！"青年妇女喊叫着。

"你的嘴早些干什么去了？"中年妇女赶紧扫断了推得半烂的粮食，"你呀，总得吃了这不好说的亏！来，你快先推。"

这是十分精彩的对话，可惜篇幅有限，不便再引下去了。这样的对话，完全是生活化的。真实、崇高的思想感情，就寄寓在这样真实、平常的对话之中，鲜明生动的人物形象也就从作者笔下一跃而出了。在这里，我们看到，作者忠实于群众语言的结果，是更忠实地表现了群众的生活和群众的思想。而且，当一种可贵的感情以这样谈笑从容的态度出之的时候，我们是感到这种感情更加质朴自然，因而也更加可爱可贵了。我们有些作者，主观上为了提高人物的思想性，总是喜欢把作品（包括戏剧和电影）中人物的语言"加工"得政治色彩很浓，而语言的生活色彩却暗淡下去了，结果适得其反。

有美就有丑。对于落后人物的话，作者也提炼得很好。请看《风云初记》第二十六章老蒋讽刺妇女自卫队练兵的话。

这时候，妇女们排着队，"用力迈开脚步，身子扭动着"走在街上。

正在打水的老蒋看见了，说："消停着点扭。别扭出屁来，砸了我的脚面哪！"

这是卑污的语言。卑污的人的嘴里只能吐出卑污的语言，所以作者还是"忠实"地记下了它；它表面上虽然没有任何政治色彩（例如，这位俗儿的爹没有喊反对抗日的口号），但它是那样画龙点睛、入木三分地揭露了一个人对于抗日群众的敌对情绪。

至于孙犁那些"叙事之文"，即叙述的语言，虽然不必尽如"记言之文"，必须因人而异，——适如其人之言，但并不缺乏变化。而且，由于作者有着长期和群众同甘共苦、生死与共的生活经历，他自己的思想和语言，也已经经受了群众斗争和群众生活的洗礼，从而达到了很大程度的群众化。这样，就使他的作品（主要是小说创作）的整个语言色调，达到了和谐一致。重要的是，由于他的思想真正深入到群众感情之中，他总是能够很快地捕捉到那些最富有表现力的字眼。在《浇园》中，香菊看见她救护的伤员从昏迷中醒来，并听到问她是谁的时候，这个能干的姑娘竟慌乱到这个地步："'我叫香菊，这就是我的家。'香菊不知道说什么好，她竟是要哭了，可还是笑着说。"因作者把握人物的感情好，所以能用这样精炼的笔墨写出人物感情的跳跃。我们简直无法想象还有比这更精确、更俭省的笔墨。在《梨花湾的故事》[27]中，开小差回来的丈夫骂王兰是"浪老婆"，这首诗接下去写道："王兰没有和他骂，只是白着嘴唇说……"没有骂，而"白"着嘴唇，可见被控制着的感情激动到了什么程度。在上面举的这两处例子里，作者每处都基本上只使用一两个字（"哭""笑""白"），但他却撒"豆"成兵，收获到这样丰盛的成果。只有在感情上做到和群众（通过作品中的人物）喜怒哀乐息息相通，才能获得这样准确、深刻的表现力。在《风云初记》第五章，高翔媳妇用孩子在她和丈夫之间所做的那些比喻，也是生花妙笔："在她想来：比做衣裳，孩子就是一个小针，能把母亲心里这条长长的线带到那边去，并且连在一起；像一条小沟，使这个洼里的水流进那一个洼；像一只小鸟，从这个枝跳上那个枝，从这棵树飞到那棵树。"这些劳动人民生活里所熟悉的比喻，经过作者如此一番润色，是多么贴切、动人啊。让我在这里也用一个蹩脚的比喻：作者的才思好比火柴，当它点着了带着劳动人民感情特点的这些美丽的比喻时，它也燃烧得更加绮丽动人了。是的，孙犁作品的语言本身，就是色彩绚烂、绮丽动人的，它能够因地、因时、因人而异地把我们这个世界表现得风光楚楚、千姿百态，使得这个世界在读者心里更明亮、更可爱。例如，同是星星，山地里冬季的星星是："天空异常晴朗，星星在风里清寒可爱。"白洋淀夏天的星星则是："像浸在水里，而且要滴落下来的样子。"[28]同是孩子，在一个美丽、健壮的少妇那里是："孩子在她手里旋转，像一滴晶莹的露珠，旋转在丰鲜的花朵里。"而在黑发、黑脸、穿着黑色棉装、"黑劲连成一个"的杨国元那里，则是："这孩子（一个'点着胭脂，抹着粉儿''打扮得很华丽'的小女儿）在他怀里，就像是在一块大黑石旁边，伸出来开放的一箭花朵。"[29]……好了，一个作家的语言无论多么精彩，掇拾过多总是令人生厌的。让我们这样说吧：正像那些能工巧匠用金砖碧瓦建筑了我国具有民族特色的富丽堂皇的宫殿，孙犁也用他自己优美、洗练的语言构成了别具一格的文学作品。这些作品是"诵之流水行云，听之金声玉振，观之朝霞散绮，讲之异茧操丝"[30]。

七、孙犁与"荷花淀派"

如果孙犁作品的风格是一幅色彩绚丽的画，那么，以上这些方面就是不同的着色点，每一种颜色，都强烈地表示着他的风格的面貌。好的作家都是善于运用这各种色彩的丹青妙手，孙犁是他们当中的一位。

要问有没有"荷花淀派"，我的回答是没有。因为缺少足够的反映同一气质、同一命脉的荷花组成这个流派。有些花的外观虽然像荷花，但细看来又不是，它们的区别，就像真花和绢花的区别一样。自然，绢花也是一种艺术，也体现着美，但不像孙犁的荷花美得那样真趣自然、俊逸潇洒："出淤泥而不染，濯清涟而不妖，中通外直，不蔓不枝，香远益清，亭亭净植"[31]。风格即人，孙犁作品的风格，也正像这里描写的荷花，也就是他本人风采、精神的写照。1980年《河北文学》编辑部举行了一次关于"荷花淀派"的讨论会，这次会议的报道上这样写着："同志们指出，孙犁同志是不折不扣的现实主义大师，这是透过时间的波光和历史的烟云所得到的结论。他不迎合，不媚俗，不投机，其创作态度之严肃，在当代文学家里是十分突出的。"[32]这个评价，反映了孙犁的真实历史；他的风格，是他的历史发展的自然结果。他这样说过："带给作家风格的，是现实生活本身。曾经为现实生活努力，在斗争中体验过甘苦的作家，很自然地就能体现现实的生命和面貌。"[33]实际上，他在这里用很简洁的语言讲出了形成作家风格的主客观因素：现实生活和作家的态度、他参加生活的深度以及他的感受。孙犁的风格是在几十年的现实生活和现实斗争的熔炉里冶炼而成的。如我们所知，他经历了抗日战争、解放战争、土地改革等一系列群众斗争，在和根据地人民长期的共同生活中，他摸准了他们的生活脉搏，也摸准了他们的思想、脾气和秉性。同时他自己也在各个方面融化为群众的一分子，因而能够那样神情毕肖地描摹他们的生活和风俗，那样知心知意地反映他们的情绪和愿望，并在这一过程中，自然地表示着作家个人的爱好、厌恶、赞成、反对等真实而火热的情感。这样做下去的结果，就必定能"体现现实的生命和面貌"，形成自己作品的鲜明风格。作家的学识、才能、艺术修养等等，当然也会在这个过程中发挥作用。前人有所谓"读其诗，千载而下，如见其人"的话，孙犁的作品，也是能够从中看出他本人来的。只有一个大胆、热烈、真诚地在艺术中表达自己的见解和态度，同时又具有相当文学修养的人，才能达到这步田地。

斯大林说："内容是无产阶级的，形式是民族的——这就是社会主义所要达到的全人类的文化。"[34]孙犁的创作，开始于中国共产党领导人民进行民族民主革命的一个全面高涨的时代，而从文学上说，则是"五四"时期开始的、无产阶级领导的新的文学艺术进一步走向成熟的时代。他的作品，就是这个时代的产物，是继承了五四以后以鲁迅为代表的新文学的光荣传统，在民族革命战争和人民解放战争的烈火中锻炼出来的"凤凰"——正如俗话说的，是从山沟和村野中飞出的金凤凰。正因如此，它取得了这一资格：内容是无产阶级的，形式是民族的。不管它有多少不足吧，例如，他作品中反映的生活面还不够开阔，有时因过分拘泥于生活的真实而限制了自己的艺术视野；在小说创作上，有时因散文化的倾向而影响了结构的严谨；在运用方言上，有些词语过分生僻——尽管这样，它总是朝着社会主义的"全人类的文化"这一辉煌目标进军的，带着它的生命，它的特色，它的热与力。

在孙犁几十年的文字生涯中，充满了创造的愉快，也充满了路途的坎坷。有时候，他听到了赞歌，在很多时候，他也受到过不公正的批评，甚至诅咒。18世纪法国启蒙主义作家卢梭，在分析周围的环境对一个艺术家的影响时，这样说过："每个艺术家都愿意受人称赞，他的同时代的人的赞誉是他报酬中最珍贵的一部分。如果他不幸生在这样一个民族，生在这样一个时代，那儿的学者们风靡一时，并且让轻浮的少年们左右着风气……当那儿诗剧的杰作受人鄙弃而且最繁富乐调被人否定的时候——那么为了要获得别人称赞，他会做出什么事情来呢？诸位先生，他会做出什么事情来呢？他会把自己的天才贬低到当时的水平上去，并且他宁愿写一些生前为人称道的平庸作品而不愿意写唯有在死后很长时期才会为人赞美的优秀作品。"[35]这真不愧是启蒙主义思想家的警世良言，这些话对于后世的启迪作用，将在很长的时间里都存在着。唯其这样，当我们回顾孙犁那种"不迎合，不媚俗，不投机"的精神时，才更觉得可贵。而这种精神，对于形成一个作家的风格，无疑地将会起着中坚作用。

优美的艺术风格总是要引起人们的爱好和模仿的，在孙犁那里，确实有不少热心的追求者。在读者一面，因为受到孙犁作品的熏陶和感染，也希望有一个"荷花淀派"在我国文坛上活跃起来。的确，在一度显得单调和寂寞的我国文坛上，我们太需要有各种流派来输送一些清新、热闹的气息了。于是，在追求者的向心力和读者的愿望之间，便有了一个"荷花淀派"的产生；于是，在上述《河北文学》编辑部关于"荷花淀派"的讨论会上，便有了一个"草色遥看近却无"的印象。倒不妨说，这个印象还是可以接受的。

在我国文坛上，今后会不会有一个名副其实的"荷花淀派"形成起来，这要看实际的发展。但有一点是清楚的，模仿虽然可以成为流派形成的开始，但单纯的模仿产生不出风格，也无助于流派的形成。"后之人未有不学古人而能为诗者也。然而善学者，得鱼忘筌；不善学者，刻舟求剑。""熊掌、豹胎，食之至珍贵者也；生吞活剥，不如一蔬一笋矣。牡丹、芍药，花之至富丽者也；剪采为之，不如野蓼山葵矣。味欲其鲜，趣欲其真，人必知此，而后可与论诗。"[36]大概人类关于艺术经验的思维，都是英雄所见略同吧，一位18世纪英国诗人也这样说："愈少抄袭古典名作家，就愈像他们。"[37]而我国京剧艺术家梅兰芳这样告诉他的艺徒："你演戏时，不要老想着梅兰芳是怎么样，如果学得完全像我，那你是在演梅兰芳。要……按照自己的条件大胆实践，不断创新。"[38]甚至自然科学家李政道也这样说："一个人做研究工作一定要走自己的路，不必用太多的精力去研究别人已做过的工作，只要了解他在干什么，他的弱点是什么就够了。"[39]可见，无论在任何学科、任何领域，求异都是走向创造的起点。孙犁自己就是既善于学习，又善于标新立异的。我们知道，他从青少年求学时代起，就是鲁迅先生的热烈崇拜者，他不仅精读了鲁迅先生的著作，甚至还按《鲁迅日记》中的书账购置图书，亦步亦趋地领略之、学习之。可是他的小说与散文，一点也没有模仿鲁迅先生（还有他喜欢的其他中外作家）的痕迹，而是全新的创作，并形成了他在新文学史上不同于他人的卓异风格。

文学史上的事实证明，好的风格的作品生命力是非常旺盛的，它常常是不翼而飞、不胫而走的。它将到处都遇到欢迎的人群，到处都获得生长的地方，正如印度诗人泰戈尔在《飞鸟集》中说的："我们地方的荷花又在这里陌生的水上开了花，放出同样的清香，只是名字换了。"

（《中国现代文学研究丛刊》1983年第3期）

注释：

[1]《论风格》，《孙犁文集》第6卷。百花文艺出版社1981年版，下同。

[2]《文艺学习·第四章》，《孙犁文集》第6卷。

[3]《文艺学习·第一章》，《孙犁文集》第6卷。

[4]《〈农村速写〉后记》，《孙犁文集》第7卷。

[5]《编辑笔记》，《孙犁文集》第7卷。

［6］王安石：《题张司业诗》。

［7］《文字之路》，《天津日报》1979年10月11日。

［8］这是作者1942年写的一个短篇，新中国成立后未曾收集，1980年在《新港》重新发表后第一次收入《秀露集》（百花文艺出版社1981年版）。现见《孙犁文集》第1卷。

［9］《鲁迅的小说》，《孙犁文集》第6卷。

［10］《文学和生活的路》，《孙犁文集》第6卷。

［11］《遗嘱》，见《罗丹艺术论》，人民美术出版社1978年版。

［12］《进修二题》，《孙犁文集》第6卷。

［13］《进修二题》，《孙犁文集》第6卷。

［14］亚里士多德：《诗学·第十七章》（罗会生译），人民文学出版社1962年版。

［15］《怀麓堂集·杂记》卷十。

［16］香港《大公报》1982年6月26日。

［17］《孙犁文集·自序》。

［18］《风云初记》第五十八章。

［19］《小胜儿》，《孙犁文集》第1卷。

［20］以上均见《风云初记》第三章。

［21］《文学的幻想》，见满涛译《别林斯基选集》第一卷，人民文学出版社1958年版。

［22］林斤澜：《漫谈小说创作》，《芙蓉》1981年第1期。

［23］《孙犁文集》第1卷。

［24］《读作品记（一）》，《孙犁文集》第6卷。

［25］《文艺报》记者：《关于文学作品民族化问题——梁斌同志访问记》，《文艺报》1960年第23期。

［26］《文史通义·古文十弊》。

［27］《孙犁文集》第5卷。

［28］《老胡的事》《芦花荡》，《孙犁文集》第1卷。

［29］《"帅府"巡礼》《杨国元》，《孙犁文集》第4卷。

［30］袁枚：《随园诗话》卷八，引谢茂秦语。

［31］周敦颐：《爱莲说》，《宋镰溪周元公先生集·卷四》。

［32］宋木林：《本刊编辑部举行"荷花淀派"讨论会》，《河北文学》1980年第12期。

［33］《论风格》，《孙犁文集》第6卷。

［34］《论东方民族大学的政治任务》，《斯大林全集》第七卷。

［35］《论科学和艺术》（何兆武译），《西方文论选·上卷》，上海译文出版社1979年版。

［36］袁枚：《随园诗话》卷二，43页；卷一，44页。

［37］杨格：《论独创性的写作》（郑敏译），《西方文论选·上卷》，上海译文出版社1979年版。

［38］沈小梅：《"要去想剧中人物！"》，《北京晚报》1981年8月30日。

［39］严生园：《科学家的可贵品德》，《光明日报》1981年12月25日。

（原载《中国现代文学研究丛刊》1983年第3期）

试论孙犁的美学理想和短篇小说

□ 金 梅

孙犁，是一位为广大读者所熟知和喜爱的、有独特艺术风格的作家。

在纪念毛泽东同志的《在延安文艺座谈会上的讲话》（以下简称《讲话》）发表十周年的时候，孙犁同志写过一篇题为《领会和收获》（收在他的《文学短论》一书中）的文章。他在文中说："作家投入战斗，深入生活，像延安文艺座谈会以后这样的热情，这样的规模，这样的收获，在中国历史上是没有的。延安文艺座谈会，开扩了祖国文艺的幅员，指导了革命文苑的耕种，使文艺劳动得到自由宽阔的工作场所，并学得了保证收成的工作方法。"孙犁同志的这些话，讲得很深刻，也道出了他自己在《讲话》精神指导下生活实践和创作实践的深切体会。如果说，在延安文艺座谈会之前，是伟大的抗日战争，促使孙犁走上了文学之路，开始创作了一些文学作品，那么，毛泽东同志《讲话》精神的指导，则使孙犁更自觉地投身到了火热的革命斗争中去，使他的创作更坚实地建筑在生活实践的基础之上，从而获得了丰硕的成果。正是在延安文艺座谈会之后，孙犁写出了一系列引人注目、脍炙人口的名篇佳作，对中国现代文学做出了杰出的贡献。

在孙犁的创作中，短篇小说的成就，尤为突出。他的短篇小说就数量而言，并不是很多的。到目前为止，我们所能看到的，一共只有三十多篇（除个别的篇章之外，这些作品，都汇集在《白洋淀纪事》第一辑中了）；它们又几乎全写于三四十年之前。但就是这些数量不能说很多，写作年代又较远的作品，却一直在吸引着广大读者。并且可以预言，它们也将传之后世，历久不衰。这是为什么呢？其中一个重要的原因就在：孙犁有他自己的美学理想和艺术表现方式。

一

在《文学和生活的路——同〈文艺报〉记者谈话》[1]一文中，孙犁说："什么叫艺术性？既然不是技巧问题，那就有个思想问题。……文学艺术，需要比较崇高的思想，比较崇高的境界，没有这个，谈艺术很困难。很多伟大的作家、作品，它的思想境界都是很高的。它的思想，就包含在它所表现的那个生活境界里面。"那么，在文学创作中，孙犁所追求、所发现和所要歌颂的，是一种什么样的生活境界和思想境界呢？从其一贯的美学理想和创作实践来看，他是一个善良和美好事物的极致境界的追求者、发现者和歌唱者。

孙犁有一篇以散文形式写作的美学文章，题目叫作《黄鹂——病期琐事》[2]。在这篇文章中，他托物喻志，借景述怀，从三个方面表述了他在文学创作上的美学理想。一是说，他从长期的实践经验中体察到，"各种事物都有它的极致"；二是说，从小，他就向往美的（自然也是真的和善的）事物，后来，"因为职业的关系，对于美的事物的追求""简直近于一种狂热"了；三是说，以歌颂真善美的事物的极致为职责的文学创作本身，在艺术上也应该达到真善美的境界。

现在，我们先分析前两个方面。

在孙犁看来，我们的生活——即所谓人生，是错综复杂的。其中，充满着真善美和假恶丑之间的矛盾和斗争。而各种事物的极致状态，只有在"一定的环境里"，才能得到充分的表现、充分的发挥。或者说，某种特定的环境，促使不同的事物——真的、善的，美的事物，或假的、恶的、丑的事物——达到了一种顶点，从而淋漓尽致地显露出了它们各自的极致状态。"虎啸深山，鱼游潭底，驼走大漠，雁排长空，这就是它们的极致。"[3]而一个以促使生活变得美好、进步和幸福为职责的作家，就应该去发现、去描写真的、善的和美的事物的极致。孙犁的这种美学理想，既是从人类文艺史中总结出来的，也是他个人生活实践和创作实践的产物。

孙犁走上革命道路和从事文学创作以来，经历了我们民族、我们国家的几个重大的变革时期。在这中间，他既看到了真的、善的、美的事物，也看到了它们的对立物——假的、恶的、丑的事物，以及两者之间的矛盾和斗争。特别是在伟大的抗日战争中，他看到了真的、善的和美的事物的极致，即人民群众爱民族、爱国家、爱同志的高尚思想和优美情操，以及他们高度的革命乐观主义精神。他更深切地体察到了，正是这种高尚思想、优美情操和革命乐观主义精神，挽救了我们民族和国家的命运；要使我们的民族和国家，从敌人的铁蹄下彻底解放出来，使我们的生活变得美好、进步和幸福，就需要不断发扬这种思想、情操和精神。就在这种生活实践的启示和鼓舞下，孙犁开始了他的文学创作。他对真的、善的和美的事物，有一种发自内心的向往和追求，而战争年代中人民群众的高尚思想、优美情操和革命乐观主义精神，使他深受感染，更加强了他的这种气质，进而又加深了他的美学理想。

正是这样两个方面——来自客观实践的体验和他的特殊气质相结合，使孙犁的短篇创作，具有了这样的艺术特色：他把笔触，主要地放在了对真、善、美事物的表现和歌颂上面。孙犁经历了严酷的战争生活，他的短篇小说中写的，大多也是战争年代中的人物和事件。但一般来说，他不从正面去描写战争场景，更不去着意叙述和渲染战争的残酷。孙犁是这样的一个短篇小说家：他把战争年代的风云变幻，凝聚在人们思想精神生活的一些侧面上；而集中描绘的，则是人民群众爱民族、爱国家、爱同志的高尚思想和优美情操，以及他们的革命乐观主义精神。有时，他也描写某些假、恶、丑的事物，但只是为了要更好地去衬托、去突出那些真的、善的和美的事物。孤立地去揭露，或故意地去渲染假、恶、丑的事物，这在孙犁的小说中是见不到的。《荷花淀》《嘱咐》《光荣》《丈夫》《碑》和《山地回忆》等作品，是最能体现孙犁创作思想的几个短篇。

　　我们可以把《荷花淀》和《嘱咐》当作姐妹篇来读。两篇中的主要人物，都是水生夫妇。作者的构思是别具意味的：前一篇中描写的，是丈夫奔赴前线时对妻子的嘱咐。嘱咐她，在民族生死存亡的关头，什么事也不要落在别人后面，要把"千斤的担子"挑起来，"不要叫敌人汉奸捉活的。捉住了要和他拼命。"妻子答应了。而后一篇描写的，则是八年之后，妻子对丈夫的嘱咐了。嘱咐他，在妄想把活着的人完全逼死的国民党反动派面前，应该记住老人的话，"向上长进，不要为别的事情分心，好好打仗""一定要把他们完全消灭！"丈夫在妻子的鼓励下，又一次走上了革命的征途。《荷花淀》和《嘱咐》着重描写的，是水生女人的志气。虽然，孙犁没有正面地和详细地展现出，广大农村妇女在抗日战争中如何经受住了严峻的考验，但从水生女人开始答应丈夫的嘱咐，到后来嘱咐丈夫的过程，使读者看到了她们的"深藏的志气"。夫妻别离，尤其是战争年代的这种别离，不能不是依依难舍的、"藕断丝连"的，甚至是不无伤感的。你看，正在编席的水生女人，第一次听说丈夫要外出打仗时，"手指震动了一下""鼻子里有些酸"，和丈夫话别时，还"流着眼泪"。但她深深懂得，民族大义和身家性命的可贵，懂得两者不可分割的关系。因此，她丝毫不想用家里的难处拖丈夫的后腿，她只是要求丈夫明了这些难处"就好了"。而当丈夫明白、体谅了之后，她还盼望着丈夫更多地嘱咐嘱咐自己哩。她也答应了丈夫提出的，那些远比承担家中千斤担子重要得多的意愿。在做这些描写时，孙犁并没有让水生女人发表那种慷慨激昂的誓言，而只是用夫妻间心心相印时特有的几个"嗯"字，含蓄深沉地写出她此时此刻的思绪和决心。

《荷花淀》中描写的，是全面抗日战争刚开始时的夫妻离别。《嘱咐》中描写的则是经过了八年之后的又一次离别。如果说，前一种遽然离别，尽管也是"藕断丝连"的，但毕竟由于对未来岁月中将会遇到的苦难还没有切身体验，再加上风起云涌的抗日热潮的推动，这种离别，也还比较容易一些。那么，在经历了八年的千辛万苦之后，特别是在盼等了八年，只能聚会不到一个晚上，这样一种特定情景之下，再一次去送别丈夫，这对水生女人来说，就不是很容易的事情了。水生女人，当听到傍晚才回来的丈夫说，明天一早就得返回部队时，确实有些"呆了"，"无力地"仄在了炕上。此情此景，她的心里，不能不是"很乱的"。但她还是飞快地撑起了冰床子，再次把丈夫送上了征程。并且，这一次不是要求丈夫多嘱咐她几句，而是自己在叮咛着丈夫了。从第一次答应丈夫的意愿中，我们已经看到了水生女人的崇高思想境界。她想的，不仅仅是家务事、儿女情，她还考虑着更为重要、更为神圣的民族大义和阶级利益。而现在，从她对丈夫的嘱咐中显示出来的思想境界，又有了新的升华。

在有关民族、国家的荣辱存亡和劳苦大众的安危生死这样重大的问题面前，一个人能否视死如归、英勇捐躯，固然最能表现出节操的高下，思想境界的宽窄，但崇高的节操，宽阔的思想境界，又常常反映在如何处理好夫妻之爱、父子之情和道德风尚等一类事情上。孙犁短篇小说的笔触，主要就在这后一个方面。他不仅在《荷花淀》和《嘱咐》中，从正面描写了水生女人、水生父亲，顾大局识大体的崇高思想和宽广胸怀；也在《光荣》《丈夫》等作品中，从两种思想、两种伦理观的对比中，以及人们思想境界的发展中，深入一层地肯定和赞扬了这种节操和思想境界。

参加抗日战争，是神圣而光荣的事。但《光荣》中的小五却认为，这种"光荣""不能当衣穿"，也"不能当饭吃"，更不能当男人一起过日子。在这种思想支配下，丈夫原生外出不几年，她就不安生了，不能等待了。由于坏人的挑唆和怂恿，小五始则迁怒于秀梅，继则跑回娘家，最后，吵吵闹闹地逼迫公婆，让她离婚走了。从小五身上，我们看到了善良和美好事物的对立面。但在《光荣》中，作者加进这些描写，主要不是为了要去塑造出小五这样一种落后人物的典型形象。写她，是为了更好地衬托出秀梅的高尚思想和优美情操。就是这个秀梅，她时时想着的，是"比吃饭穿衣更光荣的事"。她把抗日光荣"看得比性命还要紧"。她懂得，只有大家一起"给前方的战士助劲"，胜利才能来得更快一些。为了尽心尽力于抗日事业，她推迟了自己的婚事；完成了自家的劳动，还主动去帮助原生父母料理家务，耕耘田地。在一般人看来，小五离婚走了，秀梅这样做，也许是为了要获得原生的爱情。确实，作为从小一起长大的伙伴，秀梅对原生是有美好的感情的。但她现在这样做，却不是为了要得到原生的爱情。她的精神境界，远比世俗的爱情宽广得多，高尚得多。面对小五的恶意中伤和一般人可能会有的误解，秀梅赤诚坦率地说过："我不是等着他，我是等着胜利。"是的，为了让胜利早日到来，她才日夜不停地竭尽着自己的力量。也正因为有无数像秀梅这样能够尽心尽力、甘愿牺牲个人利益的人，我们才取得了抗日战争和解放战争的胜利。秀梅做出个人牺牲和采取那一系列行动，原意不在为了换取原生的爱情。但她的宽广胸怀和优美情操，却使她获得了真正的爱情。

爱情和婚姻纠葛本身，并不是《光荣》所要描写的重点。从这一纠葛中，表现和赞扬秀梅的高尚思想和优美情操，才是小说的主旨。爱情、婚姻和家庭，在人们的精神生活中，是一个内容十分丰富而又复杂的领域。由于生活的目的、思想情操和意趣的不同，人们对爱情、婚姻和家庭生活的观念，也是千差万别的。但究竟什么是真正可以称之为崇高的爱情、美满的婚姻和幸福的家庭呢？又怎样才能获得这样的爱情、婚姻和家庭生活呢？在这些方面，《光荣》就包含着深刻的美学和伦理学的意义。它通过秀梅、原生、小五三个青年人之间的思想纠葛，特别是通过秀梅和小五的不同精神境界的对比描写，形象地说明了这样一个生活真理：只有那些把民②、国家、人民的利益置于个人利益之上的人，在政治思想上有远大目标的人，才能自然而然地获得真正的爱情和婚姻上的幸福——"就好像雨既然从天上降下，就一定是要落在地上，那么合理应当。"

在揭示两种思想、两种伦理道德和两种节操观念的矛盾和斗争上，《丈夫》是一篇更为深刻的作品。它从对比中和发展中，写出了人们在大是大非面前，思想上和情操上的不同状态及其变化。作品中的"她"，看到大姐的女婿能说能玩，找他去热闹的青年子弟很多，是一个场面上的活络人物；而自己的丈夫，却整天翻书本、抄字书，很少和人交游往来，多么呆气，多么孤僻。日本侵略者来了，大姐的女婿守着女人孩子过日子，帮助做许多家务事，而自己的丈夫，却一反常态，东奔西跑，忙于抗日的事，很少在家待上一天。在这种对比下，她很羡慕大姐的幸福，觉得自己真倒霉，没兴致。更使她感到委屈的是，每当和丈夫提说这些事，并用大姐的女婿作比时，丈夫总是埋怨她"不懂事"，批评她"真糊涂"。但是，慢慢地，她看到了这样一系列事实：大姐的女婿，由于贩卖白面，参加伪军，受到了八路军的惩罚和乡亲们的白眼、斥责；过去得意忘形的大姐，现在却萎蕤慌张，没有了精神；母亲也觉得，大姐女婿的行为不光彩。她自己，更逐渐感到，有这样一个姐夫，是很脸红的事情。而再看看自己的丈夫，却越来越得到村里的尊敬，许多人找到家来问东问西，同志和朋友也经常找来谈谈笑笑了。这就使她感到，有这样一个丈夫，实在是很荣耀、很光彩的哩。她觉得，生活也变得有了新的意趣和新的力量了。就是这样，作者坚实有力而又层次清晰地写出了一种新的、美的思想感情和道德情操的生长过程。也正是这种从现实生活中逐渐生长起来的，广大人民群众普遍具有的新的、美的思想感情和道德观念，成了我们的革命事业不断取得胜利的力量源泉。

孙犁在他的小说和散文中，反复表达过这样一个意念：他非常怀念战争年代，在晋察冀经历过的那些战斗的岁月，生活过的那些村庄，作为伙伴的那些战友和人民。因为，在那个年代和那个地区，孙犁不仅经历了风雪、泥泞、饥寒、惊忧和胜利的欢乐，还铭心刻骨地感受到了人民群众对革命战士的热爱，感受到了"同志们兄弟一般的感情"[4]。他从人民群众的阶级友爱和"战斗伙伴的关怀和温暖"[5]中，看到了人世间的真正的人情美和人性美。这种美好的情操，是使他终生难忘的。随着岁月的流逝，也变得更加珍贵起来。而作为一个作家，他的职责，就是要"如实而又高昂浓重地"[6]，把这种人情美和人性美渲染出来，歌唱出来，使之成为更多人的精神财富。这样，描写人民群众和革命队伍内部的人情美和人性美，在孙犁的短篇小说中，也就很突出了。其中，《碑》和《山地回忆》

两篇，是特别动人心弦的。如果说，在以上提到的那组作品（《荷花淀》《嘱咐》《光荣》《丈夫》）中，作者着重描写和歌颂的，也是一种人情美和人性美的话，那么，它们的描写和歌颂，更多的是在家庭生活的范围内进行的；而《碑》和《山地回忆》，则是在更广阔一些的社会生活的背景上，进行这种描写了。

《碑》中赵老金的老伴，像熟悉自己的儿女一样，能说出在她家住过的（哪怕只住过一个晚上）每个八路军战士的容貌、声音和脾性；像关心儿女的婚事一样，惦记着他们是否有了对象；像思念远行的儿女一样，望眼欲穿地盼等他们早早归来；而当他们一旦路过时，她又像见到了久别重逢的儿女，惊喜得"出溜下炕来，把纺车也带翻了"；听说他们就要走时，她"眼里有些酸""求告"似的非让吃点东西喝口水不可……通过这些充满着人情美和人性美的细节描绘，小说写出了人民群众和八路军之间亲如一家的关系。而赵老金，当战士们沉没冰河以后，他每天在战士牺牲的地方敲打着，然后又打捞着，硬是不让河水冻结起来。他明明知道，这样做，也许是徒劳的，但还是在虔诚地、不停地动作着。他觉得，英雄们的力量是可贵的，他们的灵魂是至高无上的、永生的，应该把他们打捞上来，让其永留人间，流芳百世。只有这样做了，他也才能使自己的心情，平静一些，熨帖一些。赵老金的心理和行动，是很奇特的，但又完全是真实的，合情合理的。通过这样一种心理和行动，小说淋漓尽致地写出了人民群众对革命战士如同亲子之爱一般的深挚情感。什么叫人情味、人性美？从赵老金和他老伴的心理和行动上，我们看到了最典型的表现。在描写同类题材、表现同类主题的新文学作品中，孙犁的《碑》，无疑是最杰出的篇章之一。

《山地回忆》中，对人民群众关切、爱抚子弟兵的描写，也是感人肺腑的。乍一看，妞儿的性格，也许过于直爽了一些。但她的直爽，正是她心地纯洁、对人赤诚的一种独特表现。你看，正在和"我"争吵的当儿，她一见到天气这么冷了，"我"还没有穿上袜子，就立即心疼起来，主动提出，要用家中剩下的一块布料，马上为"我"做一双袜子；后来，又要"我"每天去她家，用热水洗脸。与《碑》中的赵老金相比，妞儿的行动要平淡一些，但是，不也生动地体现了人民群众对革命战士的无限温情吗？而这种温情，在《山地回忆》中，由于是通过妞儿的独特的个性形式和在特定的情景中表现出来的（这一点，下面还要详细谈到），也就特别激荡人心，令人难以忘怀。

描写、歌颂战争年代，广大人民群众（孙犁写的，主要是农民，其中又主要是妇女）爱民族，爱国家、爱同志的高尚思想和优美情操，是孙犁短篇创作主要的题材和主题。以上提到的，是其中最突出的一些篇章。另外一些作品，如《邢兰》《浇园》《小胜儿》《看护》《吴召儿》《蒿儿梁》等等，虽然有各自的题材和主题，但它们在故事情节的开展中，也无不包含着这方面的描写和歌颂。可以说，孙犁的短篇小说，是革命人民的高尚思想和优美情操的赞歌。

顺便说一下，孙犁小说中对妇女的描写问题。为什么孙犁要把妇女作为主要的描写对象和歌颂对象呢？其原因，作家自己有过说明。他在《关于〈山地回忆〉的回忆》和《关于〈荷花淀〉的写作》[7]等文章中，曾多次说过：在他亲身感受到的人民群众的高尚思想和优美情操中，妇女"所表现的识大体，乐观主义以及献身精神"，尤其使他"衷心敬佩到五体投地的程度"[8]。他甚至觉得，女人比男人要更加乐观。因此，当他写到她们的时候，"用的多是彩笔，热情地把她们推向阳光照射之下，春风吹拂之中"，以不可抑制的崇敬的心情，表现了对她们的"深刻的爱"[9]。另外，孙犁常常把妇女作为描写的主要对象，似乎与他观察生活、概括生活和表现生活的独特角度有关。在他看来，人生的阴晴冷暖，悲欢离合，总是与妇女有关。因此，通过对她们的经历的描写，也许可以更充分深入地去展现错综复杂的人生吧！

二

关于孙犁的美学理想和他的小说，我们听到过一些似是而非的议论。这里，我想简略地讨论一下。

生活中充满着真善美和假恶丑的矛盾和斗争。而在错综复杂的生活形态面前，孙犁作为一个作家，他着重描写和表现的，是善良的东西和美好的东西。我们在上面说过，孙犁也看到了生活中的假的、丑的和邪恶事物的极致，甚至比一般人要体察得更加深刻一些；痛恨的程度，也要更加强烈一些。但他不愿意去描写这些东西。这是否像某些人所责难的，孙犁在假恶丑的事物面前，没有尽到一个作家应尽的职责呢？我以为不是这样的。事情很明显，孙犁之所以要把描写歌颂善良的和美好的事物，作为自己创作的主要任务，正是他对假的、丑的和邪恶的事物，势不两立和深恶痛绝的一种表现。他之所以要这样写，正是为了要以真的、善的和美好的事物，去压倒、战胜假的、丑的和邪恶的事物，促其逐渐灭亡。如果孙犁看不到假的、丑的和邪恶的事物，或者视而不见，听而不闻，无动于衷，没有一点痛恶之感，他就不可能，也何必去描写和歌颂那与之对立的真的、善的和美的事物呢？这是一。

二，生活是一个整体，其中充满着对立物的矛盾和斗争，作家应该尽可能充分地去反映这种矛盾和斗争，但是，任何一个作家，只能根据自己一定的美学理想、个人气质和生活实践，从一定的角度去选择题材和确定主题。文艺创作中，在题材和主题的选择上，没有自己特定的角度和侧重点的作家，从来就没有过。古今中外的文艺史证明，一些有杰出成就的作家，所以能与众不同，戛戛独造，正是由于他们有着自己的特定角度和侧重点的缘故。创作上没有自己的特定角度和侧重点，永远不能成为一个有独特风格的作家。孙犁既没有对生活中的假的、丑的、恶的事物视而不见、听而不闻，更不是无动于衷。他也并不是在作品中丝毫不去揭露和鞭笞假恶丑的事物。他说过，在文学作品中，不准写阴暗面，"光明面也就没有力量，给人感觉是虚伪的"[10]。他自己的作品，也确实描写了一些阴暗面的东西（如短篇小说《光荣》中，就描写了落后人物小五的思想面貌；至于长篇小说《风云初记》，对敌人的揭露，就更多了）。但是，在他看来，"写阴暗面，是为了更突出光明面"[11]。他的作品中写到阴暗面时，就是以此为尺度的（如以上谈到的《光荣》），孙犁还说："群众有高级的心理、情操，也可能有低级的心理，趣味。人可以有作为人的本能，也可以有来自动物的本能。文学艺术，应该发扬其高级，摈弃其低级，文以载道，给人以高尚的熏陶。创造英雄人物，扬励高尚情操，是文学艺术的理所当然的职责。"[12]正是孙犁的这种一贯的美学理想、加上他个人的气质和生活实践，三者相结合，使他的作品（这里，我们主要以他的短篇小说为例），带有了以歌颂人民群众的高尚思想、优美情操和革命乐观主义为重点的独特风貌。如果离开了孙犁一贯的美学主张，离开了他的个人气质，离开了他的生活实践，指责他表现生活还不够全面，或者硬要他像别人那样去描写和表现，其结果，将是一个风格独特的作家的消失！

在短篇小说创作中，孙犁把他的笔触，主要放在对人民群众的高尚思想、优美情操和革命乐观主义的表现上，而不以揭露和抨击生活中的假恶丑为主，或较少地做这方面的描写。于是，有人就说，孙犁的创作方法，不是现实主义的，是浪漫主义的。这也是对孙犁创作的一种误解，对现实主义和浪漫主义的皮相之见。

我以为，从总体上说，孙犁的小说是现实主义的，而不是浪漫主义的。这主要表现在，孙犁从来不写他所不熟悉的生活，更不做脱离生活实际的天马行空式的畅想。他小说中描写和歌颂的人民群众的高尚思想、优美情操和革命乐观主义，是他自己从战争年代中反复看到和体验得来的。作为创作，当然要有所选择，有所概括，有所升华。但孙犁小说创作的基础，是现实的生活和人生。近几年，孙犁写过不少回忆战争年代斗争生活的散文。把这些散文所写的内容，与他的短篇小说（以及长篇小说）比较一下，就能看出，他小说中的不少人物和事件，可以从他亲身经历的生活中找到原型。不少小说中描写的，甚至就是他个人的亲身经历。他曾说过，他的小说带有较多的自传性成分[13]。

只因为孙犁的小说，侧重于描写了人的高尚思想和优美情操，而较少涉及黑暗邪恶的事物，就否认他的创作是现实主义的，这岂不等于说，只有揭露黑暗邪恶事物的作品，才能算作现实主义的文学吗？在我们看来，文学上的现实主义和浪漫主义的创作方法，其主要区别在于：作品中所写的内容，在现实生活中占有多大的普遍性。一个作家，尽管把主要笔力放在对善良美好事物的描写和歌颂上面，但只要他是真实地反映了生活，他所描写歌颂的善良美好的事物，确是从生活的某种普遍形态中概括出来的，那么，他的作品，就应该说是现实主义的，而不能说就是浪漫主义的。相反，如果在他的作品中，虽然充斥了所谓黑暗邪恶的事物，但所写的这些内容，并不是真正从现实生活的某种普遍形态中概括出来，而是作者单凭主观想象胡编乱造的，那么，这样的作品，同样不能说是真正的现实主义文学，与浪漫主义更是绝缘的。

孙犁比较喜欢描写欢乐的东西。他的短篇小说，真实地反映了战争年代人民群众的高尚思想、优美情操和革命乐观主义精神，也真切地反映了他个人对美好生活的追求。他的小说，作为特定历史时期产生的美的赞歌，是时代生活和他个人的美学理想的完美结合。他的这些赞歌，从基本点上说，是现实主义的，而不是浪漫主义的。

三

美的赞歌，需要有一定的美的表现方式。不同的作家，又应该采取自己特有的方式，去歌唱美的事物和美的情操。

作为一位短篇小说家，孙犁的作品，不以复杂曲折的故事情节取胜。他在编织美的颂歌时，是以热烈浓重的诗情画意和丰赡的生活实感、生活韵味，抓住读者的心弦的。

孙犁十分倾慕于普希金、契诃夫（还有梅里美、高尔基、果戈理等作家）短篇小说中的那种热烈的感情、境界，和诗一样的调子。与他自己的生活实践、个人气质相结合，他把普希金、契诃夫等人短篇小说所富有的这些特色，作为美学理想，贯彻在自己的创作实践中。他成功地把短篇小说和诗有机地结合起来。如果说普希金的《欧根·奥涅金》是在用诗的形式写小说的话，那么，我们可以这样说，孙犁的一系列短篇作品，是在用小说的形式写诗了。这就使孙犁的短篇小说充满了热烈浓重的诗情画意。这是孙犁短篇小说艺术风格的又一个重要特色。

需要指出的是，当我们说孙犁的短篇小说，是美的颂歌，它富有热烈浓重的诗情画意时，并不像某些同志那样，仅仅是从他作品的个别部分，和他文笔的如行云流水、明丽天然上着眼的。我们是从他所描绘的典型环境、人物的性格、思想、感情，和他倾注于其中的自己的思想情感，以及他描绘叙述时所使用的独特文字，这样几个方面有机地统一起来，去体会、去把握孙犁所创造的诗情画意这一艺术美的特征和风格的。

按照孙犁的美学观点，既然任何一种真正称得上是美的事物，它的极致状态，只有在一定的环境里才能得到充分地发挥；那么，一个作家，为了表现出某种美的极致状态，在描绘叙述时，就需要在生活实践的基础上，努力创造出一种能把情、意、景（境）水乳般交融在一起的艺术境界——"这就是形色神态和环境的自然结合和相互发挥，这就是景物一体。"[14]孙犁的短篇小说，是成功地创造了这样一种艺术境界的。我以为，他是通过以下一些途径，去进行创造的——

一是有情而发，缘情成文，力求创造出一种流贯于全篇的高昂热烈而又浓重的抒情色调。

茅盾同志在谈到孙犁的创作时，曾经这样说过："他的小说好像不讲究篇章结构，然而绝不枝蔓。"[15]不讲究篇章结构，却能不枝蔓、不松散，这是因为，孙犁在创作小说特别是短篇小说时，其着眼点，主要不在故事情节的安排上，而在感情（包括作家自己的和作品中人物的感情）的抒发上。孙犁的每一个短篇小说，都是他那由现实生活所孕育和激发的思想情感的表现和抒发；在整篇小说的行文中，也以描绘和表现人物的思想情感作为运笔的重点。他以自己的和人物的思想情感的发展逻辑作为线索，并以酣畅淋漓地倾诉出自己的和人物的思想情感为旨归。没有真情实感，他是绝不写作的；如果未能尽情地倾诉出，或让读者从已有的描绘叙述中体味出作者的或人物的思想情感，他也绝不会搁笔完篇。在这方面，《荷花淀》《嘱咐》和《山地回忆》，同样是很典型的作品。

在写作《荷花淀》时，作者"事先并没有做什么情节安排"。他只是要"按照生活的顺序"，写出那些青年妇女，"在抗日战争年代，所表现的识大体、乐观主义以及献身精神"，和使他（作者自己）"衷心敬佩到五体投地"的激动心情。就是说，在《荷花淀》中（同样也在《嘱咐》中），作者的着眼点，是在写出那个年代中，自己的和广大人民群众的一种情感。他说："我写出了自己的感情，就是写出了所有离家抗日战士的感情，所有送走自己儿子、丈夫的人们的感情。我表现的感情是发自内心的，每个和我生活经历相同的人，就会受到感动。"[16]在《山地回忆》中，也没有贯串始终的故事情节，作者只是按照生活的顺序在写；而着眼点，则在尽情地渲染出自己的情感——"在那可贵的艰苦岁月里，我和人民建立起来的感情"，渲染出人民群众对革命战士的无限热爱的感情。[17]在短篇创作中，孙犁以不可抑制的激情写出了对人物的深刻的爱，也写出了人物本身的思想感情，这是他写作的重点。就因为这样，他的短篇小说，富有了热烈浓重的抒情色彩。

从总体上说，孙犁并不是一个冷静地描摹、剖析生活和人物的作家，而是一个用"如实而高昂浓重"的热情笔调反映生活、描写人物的抒情诗人。他那"高昂浓重"的抒情笔调，主要是表现在对人物的思想、性格特别是感情的细摹细绘上。但是，通过第一人称的手法，直接地和放怀地表述出自己的爱憎感情和喜怒哀乐，无疑地增加了他小说的抒情色彩的浓度，开阔了整篇作品的思想和艺术的境界。如《山地回忆》中的这样两段描写：

> 她端着菜走了，我在河边上洗了脸。我看了看我那只穿着一双"踢倒山"的鞋子，冻得发黑的脚，一时觉得我对于面前这山，这水，这沙滩，永远不能分离了。

> 当她卸下第一匹布的那天，我出发了。从此以后，我走遍山南塞北。那双袜子，整整穿了三年也没有破绽。一九四五年，我们战胜了日本强盗，我从延安回来，在碛口地方，跳到黄河里去洗了一个澡，一时大意，奔腾的黄水，冲走了我的全部衣物，也冲走了那双袜子。黄河的波浪激荡着我关于敌后几年生活的回忆，激荡着我对于那个女孩子的纪念。

通过这些诗一般的文字，作者把他对人民群众、对战斗生活的依恋怀念之情，酣畅淋漓地直陈纸面了。

二是着力于选择特定的生活环境，为人物创造出一个能充分地显示出崇高思想和优美情操的极致的典型境界。

按照孙犁的美学见解，一种美的事物、美的思想、美的情操，其极致状态，在普通的情景中，是难于充分显示、充分发挥的；或者，它即使有所表现、有所发挥，也不一定能被人们所认识。在现实生活中是这样，在反映现实生活的文艺作品中，更是如此。这样，在文艺创作中，为人物创造出一个特定的生活环境，就十分重要了。在文艺创作中，为了要充分地表现出某种事物、某种思想、某种情操的美的极致，就得在现实生活提供的素材的基础上，进行选择、概括、集中和加工，以创造出一种特定的也是典型的生活环境。

文艺上的所谓典型环境的创造，常常是指一定的社会环境的描写而言的。而在一个短篇小说中，就需要把这种社会环境，具体化为某种特定的生活情景。孙犁按照他自己的美学见解，在短篇小说创作中，是很注意也很善于选取和创造出特定的生活情景，以便让人物能充分地显示其思想美和心灵美的极致。《山地回忆》是最能说明这一点的。在平常的情景下，为人家做一双袜子，并不一定能充分地表现出一个人的高尚思想和优美情操的极致。甚至，就是在战争年代，这也不能算是特别突出、令人钦敬的事。而《山地回忆》中所写的，妞儿为战士做一双袜子的行为却就显得特别高尚、特别动人了。为什么？这与作者把她放在了一个特定的、典型的情景中有关。她正在和人家吵架的气头上，并且以为都是对方的不是。在这种特定的情景下，一看到对方还没穿上袜子，她就立即提出要为他做一双。此时此刻，这种动作，一般人是不易做到的，她却做到了。况且，她要用来做袜子的，又是家里仅有的一块早已另有用处的布料。这就更难得了。

三是借景抒情，景中有情，情中有景，创造一种情景交融的艺术境界。

凡是比较优秀的艺术品，大多含蕴着一种诗情，这种诗情主要是从作者所描写的典型环境和人物的思想情操中流露出来的；但也与作者描绘的景物有关。

孙犁在为人物创设一个能充分表现其高尚思想和优美情操的极致的典型环境时，从大的、全篇的范围来说，他着力于创造出一种特定的、典型的生活情景；从小的、局部的细节来说，他则精心于对景物的描绘，努力创造出一种诗情画意的艺术境界，以衬托出人物的高尚优美的思想感情，也以此寄寓他自己对人物、对生活的热烈情感。他在这种描写中，或景中有情，或情中有景，形式多变，侧重互异，又都真正达到了情与景"妙合无垠""互藏其宅"（王夫之语）的高度的艺术境地。

例如，在《正月》中有这样一段景物描写：

> ……天空上只有两朵白云，它们飘过来，前后追赶着，并排浮动着；阳光照着它们，它们叠在一起，变得浓厚，变得沉重，要滴落下来的样子。

从这段描写中，我们感受到了一对青年夫妇的浓重的情感和美满的生活。这是在以景写情，景中出情，情含景中。

再看《吴召儿》中的最后一节《联想》：

> 不知她现在怎样了。我能断定，她的生活和历史会在我们这一代生活里放光的。关于晋察冀，我们在那里生活了快要十年。那些在我们吃不下饭的时候，送来一碗烂酸菜；在我们病重行走不动的时候，替我背上了行囊；在战斗的深冬的夜晚，给我们打开门，把热炕让给我们的大伯大娘们，我们都是忘记不了的。

从作者抒发的，对根据地人民的思念、感激的深情中，我们可以联想出，人民群众关怀、照料革命战士的一幅幅动人图画。这是在以情写景，情中出景，景寓情中。

在景物描写中，孙犁不仅写出了人物的思想情感，也把作为作者的"我"的感情交融在里面。而表现"我"的感情的方式，也是多种多样的：有时是内含的（如上述《正月》的例子），有时是直露的（如上述《吴

召儿》的例子），有时又是时显时隐的。例如，也是在《吴召儿》中，当
"我"第一次，在夜校与吴召儿见面时，她那认真严肃的念书态度和动听的
声音，一下印进了"我"的记忆。这之后，作者有如下一段描写：

> ……下课回来，走过那条小河，我听到了只有在阜平才能听
> 见的那紧张激动的水流的声响，听到在这山草衰白柿叶霜红的山
> 地，还没有飞走的一只黄鹂的叫唤。

在这段文字中，作者通过对河水的声响和黄鹂的叫唤，既衬托出了吴
召儿的优美品性，也寄寓自己对她的欣悦。其中，虽直接提到了"我"，
但"我"的感情却又不是直接表现出来，而是蕴含在对河水、对黄鹂的赞
叹之中。

在文学作品中，"一切景语皆情语"（王国维语）。孙犁是深知此
中三昧的。他的一切景物描写，都围绕着一个"情"字，深藏着一个
"情"字。

四是，巧作比喻，托物言情，于精微隽永处见深情。

除了直陈自己的赞美之词，孙犁还常常用一种美好的事物作比，形象
地去歌颂他为之倾心的人物和生活。而他的比喻之新颖、优美、准确，和
意趣的精微、隽永，是有口皆碑的。这里，从《荷花淀》里举一个例子。

> ……那一望无边际的密密层层的大荷叶，迎着阳光舒展开，
> 就像铜墙铁壁一样。粉色荷花箭高高地挺出来，是监视白洋淀的
> 哨兵吧！

用密密层层的荷叶，比喻铜墙铁壁般不可战胜的人民武装，用高高挺
立的荷花箭，比喻守卫在白洋淀的革命战士，既准确，又富有地方特色。
从中，我们也看到了作者对革命力量、革命前途坚信不疑的心绪。

另外，对美的向往、美的赞颂，需要有一种美的语言形式。孙犁在
语言上追求的，是一种与整个作品的抒情色调相结合的清新朴素的美。

他笔下的事物所呈现的美的形态，他的人物所流露的高尚思想和优美情操，都是清新的、朴素的、真挚的。而当他在描绘和赞颂它们时，采用的语言，也同样是清新的、朴素的和入情入理的，这中间，又自然而然地渗透着一种朴实而真挚的思想情调。无论是写景状物、刻画人物的思想心理，或描写人物行动，孙犁的语言文字，都是这样的。以上在谈到他借景抒情、巧作比喻时所举的那些例子，都已说明了这一点，因此无须再举出其他例子了。

在谈到孙犁的语言风格时，有位评论家说，孙犁的语言，"有如那个撑着冰床子飞行的媳妇，'像一只雨后的蜻蜓爬上草叶'，那么清新，那么秀媚，那么轻盈"[18]。这是对的，但不够全面，应该加以补充。孙犁小说的语言，是清新、秀媚、轻盈的，却并不纤弱浮佻；在清新、秀媚、轻盈中，包含着朴实和真挚。这是因为，他的这种语言形式，来自对生活、对人物、对事物的精细准确的观察；运用这种语言形式，又是为了传达出他对朴实的美的事物、美的思想情操的衷心向往和赞颂，是有深厚坚实的生活基础和感情基础的。

从以上谈到的一些方面，已经可以看出，孙犁小说的表现形式，是丰富多彩、灵活多样的。但有如千流归海，辐辏于毂，孙犁在采取众多的艺术途径和众多的表现方式时，始终瞻望着一个目标，围绕着一个中心，那就是：反映和歌颂他为之倾心叹服的、善良的和美好的事物，尤其是广大人民群众的高尚思想、优美情操以及革命乐观主义精神。这就使他的小说，富有了明朗的色彩、热烈的情感，充分表露了生活之流的神韵。

四

我们在上面已经谈到，孙犁的小说，一般来说，并没有复杂曲折的故事情节。但它们何以能那样吸引读者呢？我以为，主要是由于他的小说中歌颂的那些人物的优美情操和充溢全篇的诗情画意本身，就有一种艺术魅力。而除此之外，另一个重要原因，是由于孙犁的小说，能使读者产生一如在现实生活中生活那样的感觉。

在我们看来，艺术固然不能等同于生活，它比生活更高、更典型、更集中、更具普遍性；但它既然来源于生活，是生活的反映，那么，在经过了典型化过程之后，它又应该是酷似生活的。艺术应该源于生活，高于生活，又酷似生活。无数事实证明，如果作品中描绘出来的生活形态，不能使读者产生一如在现实生活中生活那样的感觉，这样的作品，是不可能有真正的生命力的。也不能认为，这种作品是真正典型化了的。典型化，从效果上来说是为了使艺术更加酷似生活，而不是要它乖离实际生活的形态，更不是乖离得越远越好。只有那些经过了典型化过程，而又酷似生活的艺术，才能真正称得上是美的艺术。孙犁的小说，就是这种美的艺术。具体表现在，他的作品，具有丰赡的生活实感和浓郁的生活韵味。

所谓艺术上的生活实感，就是我们通常所说的，能使人产生身临其境的那种感觉；而所谓生活的韵味，则是指生活本身所带有的，可以令人品之再三的那种意味。为了造成这种感觉和这种意味，孙犁特别注重对日常的生活场面、人物对话和细节的描绘。他的多数短篇小说，往往只有几个生活场面、几段对话、几个细节，而没有明显的、贯串始终的故事情节。但他的描绘，又绝不是对日常生活的原始形态的照抄和临摹。他是经过了严格的选择和剪裁的。通过它们，作者概括进了比个别生活的形态要广阔得多、深刻得多的时代画面和社会内容。

在《秋千》中，作者写了一个女孩子们嬉戏游乐的场面。作者的这种描写，绝不是单纯地在写女孩子们的一种日常生活而已。从这中间，我们看到了，经过土地改革之后，广大农村女青年的明朗的思想和喜悦的心情；也使我们体会到了，党的路线、方针、政策的正确与否对人们思想、心绪的影响之大。

这里值得注意的是，孙犁小说中所反映的时代色彩、社会生活内容和人物精神面貌，往往就包含在日常生活的场面之中。孙犁不像某些作者那样，一味地用编造貌似紧张激烈的故事情节去刺激读者。但他作品的艺术效果，却常常比以崇尚紧张情节的写法，要持久一些，也耐人寻味一些。他的写法，更平易近人，富有逼真之感。

人物的对话，在日常生活中，就忌讳咬文嚼字、装腔作势，因为它显得虚假浮泛。在文学作品中，尤应避讳这种弊病。孙犁是一个写作人物对话的能手。他笔下的人物对话，就像在日常生活中那样自然和逼真，富有浓郁的生活情趣。例如，在他的名篇《嘱咐》中，水生夫妇在晚上的那些对话：

> （水生女人）"说真的，这八九年，你想起过我吗？"
>
> "不是说过了吗？想过。"
>
> "怎么想法？"她逼着问。
>
> "临过平汉路的那天夜里，我宿在一家小店，小店里有个鱼贩子是咱们乡亲。我买了一包小鱼下饭，吃着那鱼，就想起了你。"
>
> "胡说。还有吗？"
>
> "没有了。你知道我是出门打仗去了，不是专门想你去了。"

说得多么平常、普通，却又神情毕肖。通过这段对话，活脱脱地写出了农村夫妇间在特定情景中的一种思想和感情的自然交流的形式。有语气，有"手势动作"，有感情色彩。读着读着，我们似乎就在水生家窗户外面，偷听着这对久别重逢的青年夫妇的互诉衷肠。热切而深挚的感情，以轻快的甚至是嬉戏的方式出之，却不落轻佻。这就更加令人玩味了。

孙犁很重视对生活细节的描绘，这是造成他作品丰赡的生活实感的一种基础。他笔下的那些生活细节，真正是从生活海洋中捕捉和挑选来的，而不是他刻意编造的。它们有如夏天清晨里的绿叶那样，滚动着晶莹的露水——生活的露水；又有如咀嚼橄榄，清香美味久留于唇舌。在《浇园》中，当香菊给伤员拭擦脸上的灰尘时，她妹妹二菊，"到窗台上的鸡窝去摸鸡蛋，鸡飞着，叫起来，二菊心里害怕姐姐骂，托着鸡蛋进来，叫姐姐看。"女孩子收拾鸡蛋这种事，是最地道的日常生活中的小枝小节了。但在这里，作者却不是随意地摄取到《浇园》中来的。在此时此地加入这样一个生活细节，使我们逼真地看到了一个女孩子在日常生活中的神态和心理；也从她那种惧怕而又心服的神态和心理反应中，使我们体味到了她姐姐香菊对待伤员悉心关怀的柔情。

我们说，孙犁为了给作品造成一种生活实感和生活韵味，使之酷似实际生活形态，他是很注重对日常生活中的场面、对话和细节的描绘的。但这并不等于说，只有描写了日常生活的作品，才能有丰赡的生活实感和浓郁的生活韵味，而凡是描写日常生活以外的某种特殊的生活，或有比较复杂曲折的故事情节的作品，就难于有这种实感和韵味。作品有没有生活实感和生活韵味，不全在它是否描写了日常生活，更不在是否描写了儿女情、家务事，关键在于：作者是否把他所要反映的生活，描写得符合那种生活形态本身的实际，是否入情入理和生动逼真，是否富有那种生活本身所应有的特定的色彩和韵味。这是一。二，作者能否写出某种特定的生活对日常生活形态的影响；或者说，能否从日常生活形态的变化中，反映出某种特定生活所起的作用。在这两方面，孙犁的小说，也是做得很出色的。

《芦花荡》《吴召儿》，和孙犁的其他短篇小说比较起来，主要描写的，并不是日常生活，而是两场特殊的战斗。故事情节也较为复杂曲折一些。但作者把它们同样写得很富于生活实感和生活韵味。白洋淀渔家的撑船技术，是众所周知的。孙犁在《芦花荡》中，描写那个"老头子"在淀上撑驶渔船，说他的轻快熟练，有如"一片苇叶""飘"动在水面上。这是很有生活实感和生活韵味的一笔。作品的描写又告诉我们，"老头子"的渔船，是在"月明风清的夜晚""从苇塘里撑出来"的，他不是回家，而是"奔着东南去了"；"飘"回来时，"船舱里装满了柴米油盐，有时还带来一两个从远方赶来的干部"，这样描写，就使作品的生活实感和生活韵味，又增加了一层战争年代所特有的色彩。在《芦花荡》的后半部，作者极力渲染了"老头子"撑船时的飘逸和精到：他"只穿一条破短裤，站在船尾巴上，有一篙没一篙地撑着，两只手却忙着剥那又肥又大的莲蓬，一个一个投进嘴里去"；"小船离鬼子还有一箭之地，老头子才看出洗澡的是鬼子，只一篙，小船好像溜溜转了一圆圈，又回去了"。接着，还细致地描绘了"老头子"如何利用他的高超的技能一步一步地使鬼子入我彀中的过程。就是样的描写，把读者引入了水上斗争的环境当中，领略了那种特殊生活的情景和韵味。

在《吴召儿》中，当吴召儿带着一组战士往神仙山转移时，作者写了这样一段对话、一个细节：

　　……吴召儿问我：

　　"你带的什么干粮？"

　　"小米炒面！"

　　"我尝尝你的炒面。"

　　我一边走着，一边解开小米袋的头。她伸过手来接了一把，放到嘴里，另一只手从口袋里掏出一把红枣送给我。

　　"你吃枣儿！"她说，"你们跟着我，有个好处。"

　　……

　　当大家到了神仙山吴召儿的姑家，"吃过了香的、甜的、热的倭瓜"，躺下来休息时，作者又写了如下一段对话、一个细节：

　　……吴召儿和她姑睡在锅台上，姑侄俩说不完的知心话：

　　"你爹给你买的新袄？"姑问。

　　"他哪里有钱？是我给军队上纳鞋底挣了钱换的。"

　　"念书了没有？"

　　"念了，炕上就是我的老师。"

　　这两段对话、两个细节，很普通、很平常：几个人走在路上，互相交换着吃东西，是常见的事；姑侄间说说家务事、儿女情，更是人之常情。但就在这常事、常情中，我们看到了战争年代人民群众和革命队伍之间的鱼水关系。这类滚动着生活露珠的文字，是很能引人回味的。

　　孙犁是一个有风格的作家。他的短篇小说，是独树一帜的。探讨和总结他的艺术经验，对提高我们的创作水平，是会有启发的。这里我所谈的，只是平常在阅读、学习孙犁同志小说时产生的一些随感而已。希望有深湛艺术修养的评论家们，来做好这项工作。

注释:

[1] [10] [11]《秀露集》,百花文艺出版社1981年3月第1版。

[2] [3]《晚华集》,百花文艺出版社1979年8月第1版。

[4]《在阜平——〈白洋淀纪事〉重印散记》,见《晚华集》。

[5]《服装的故事》,见《晚华集》。

[6] [9]《关于〈山地回忆〉的回忆》,见《晚华集》。

[7] [8]《关于〈荷花淀〉的写作》,见《晚华集》。

[12]《耕堂读书记(一)》,见《秀露集》。

[13] 参阅孙犁:《答吴泰昌问》。

[14]《黄鹂——病期琐事》,见《晚华集》。

[15] 茅盾:《反映社会主义跃进的时代,推动社会主义时代的跃进》。

[16]《关于〈荷花淀〉的写作》,见《晚华集》。

[17]《关于〈山地回忆〉的回忆》,见《晚华集》。

[18] 冯健男:《孙犁的艺术(上)——〈白洋淀纪事〉》,见其《作家的艺术》一书。

(原载《文学评论》1982年第3期)

论孙犁与"荷花淀派"的乡土抒写

□ 丁帆　李兴阳

摘　要:孙犁影响下形成的"荷花淀派"是中国新文学史上为数不多的"跨时代"的文学流派之一。他们的乡土抒写,在即时性的政治意识形态话语中,灌注和张扬具有恒久魅力的人性与人情。其内在精神蕴含,既有传统美德的承传,又有现代人道主义精神。在叙事形式上,承续京派乡土抒情小说传统,善于在诗化、散文化的小说中,创造清新明丽的意境,形成优美、婉约的艺术风格。这样的审美形态在其流派活跃的年代,始终处在主流话语的边缘;而在其流派沉寂的年代,却又获得了恒久的艺术魅力与影响。

关键词:孙犁　荷花淀派　乡土小说

　　孙犁以《荷花淀》名世，却始终处在主流话语的边缘。在孙犁影响下形成的"荷花淀派"，形成于20世纪40年代，初具规模于50年代初期，活跃于50年代中期，其后在日益酷烈的政治文化语境中渐趋零落。这一过程，虽然始终处在同质的权力体系中，但也经历了中国社会形态总体的历史大转型，因而与"山药蛋派"一样，"荷花淀派"也是中国新文学史上为数不多的"跨时代"的文学流派之一。

　　"荷花淀派"存在的历史时限与指涉范围，学界持论不一，至今尚未有定论。但以孙犁为旗帜，以刘绍棠、从维熙、韩映山等受到孙犁培养和直接影响的作家为主要成员，以《荷花淀》《白洋淀纪事》《青枝绿叶》《运河的桨声》《南河春晓》《七月雨》等为其代表作，则是被普遍认同的识见。荷花淀即白洋淀，"荷花淀派"的得名，既与白洋淀这个地方有关，也与孙犁的成名作《荷花淀》有关。《荷花淀》这曲革命年代的"水乡牧歌"，以风光明媚的白洋淀为背景，其朴素、清新、柔美的风格，洋溢的诗情与浓郁的浪漫主义色彩，成为流派风格的集中体现。孙犁影响下的"荷花淀派"作家，虽然无出其右者，但都自觉地以孙犁作品的美学趣味为追求目标，着力追求诗情画意之美，其具有流派风格特征的作品都流溢出华北泥土和北方水乡的清新气息。

　　从某种意义上说，孙犁是一个具有现代意识的知识分子，求学之初即开始接触五四新文学，启蒙主义和人本主义思想由此成为其思想的重要组成部分，对个性的崇尚和对人的尊重与传统的"仁爱"思想契合，并沉潜在意识的深处，成为毕生的追求；而自身亲历的革命活动又使革命的政治意识形态话语成为其思想的另一个重要组成部分。因此，追求"革命"与"人性"的和谐，就成为20世纪40年代到50年代孙犁小说创作的基本主题。孙犁是一位诗人气质的作家，虽然在主流话语的大潮中追求叙事的社会政治化、通俗化和大众化，但趋近"京派"的审美趣味使他创造出的却是叙事艺术的典雅化与高贵化。尽管孙犁小说的总体风貌是清新自然、淡雅和谐的，但从精神内质到叙事形式，孙犁的小说创作始终处在多重话语相互冲突的紧张之中。

　　孙犁的乡土小说总是与特定的时代密切相连，抗日战争、解放战争和土地改革都在他的小说中留下了历史的刻痕。在晚年的追记中，孙犁将自己的小说创作与抗日战争紧密地联系起来："人们常说，每个时代，有每个时代的作家。时代一变，一切都变。我的创作时代，可以说从抗日战争开始，到'文化大革命'结束。"[1]战争带给孙犁的生命体验是复杂的，一方面，战争的苦难，战争带给民族心灵的创痛，使亲历其中的孙犁有着深切的悲剧性人生体验："我的一生，残破的印象太多了，残破意识太浓了，大的如'九一八'以后的国土山河的残破，战争年代的城市村庄的残破，……个人的故园残破、亲情残破、爱情残破。"[2]另一方面，他又在战争中看到了"善"与"美"的极致："善良的东西、美好的东西，能达到一种极致。在一定的时代，在一定的环境，可以达到顶点。我经历了美好的极致，那就是抗日战争。我看到农民，他们的爱国热情、参战的英勇，深深地感动了我。我的文学创作，就是从这个时候开始的。"[3]孙犁对战争的书写是有选择的："看到真善美的极致，我写了一些作品。看到邪恶的极致，我不愿意写。这些东西，我体验很深，可以说镂心刻骨的。可是我不愿意去写这些东西。我也不愿意回忆它。"[4]在与沈从文相近的艺术选择中，孙犁有意忽略战争的残酷、惨烈和血腥气，凸现的是普通农民被战争所净化了的高尚心灵和人性的闪光，是人们对"善"与"美"的卫护，是善良的人们之间温情和爱的真诚流露，战争风云就此在孙犁的笔下化为一片浪漫诗情。《荷花淀》里的那场水上伏击战，就略去了战争厮杀的残酷，却将更多的笔墨倾注在多情女人与有情男人的眉目传情甚或打情骂俏的浪漫场景的描绘中。这种将战争时期乡土生活"田园牧歌"化的理想追求，在孙犁来说，既是自觉的，同时也是痛苦的："从去年回来，我的精神很不好。检讨它的原因，主要是自己不振作，好思虑……关于创作，说是苦闷，也不尽然。这主要是不知怎么自己有这么一种定见了：我没有希望。原因是生活和斗争都太空虚。"[5]在晚年的自传体作品中，他对自己的这种心境更有明确的表露："这是一种心病，由长期精神压抑而成，主要是控制不住自己的感情。"[6]

　　在痛苦的艺术抉择中，孙犁将个人的浪漫情怀与战争年代的革命意识紧密相连，使其乡土小说不仅有革命的崇高与英雄的壮烈情怀，而且还渗透了"小资"情调的对生命的礼赞和美的毁损的感伤。在战争时期的解放区文坛，乃至其后的中国当代文学中，孙犁的这种拒绝丑恶、张扬真善美和提炼生命诗意的创作追求，确实是独特的，孙犁的乡土小说也因此而获得了恒久的艺术魅力。

在白洋淀乡土小说中，孙犁对人物的选择与塑造，与沈从文的湘西乡土小说一样，将"真善美的极致"主要置放在众多优美而充满温情的女性形象身上。孙犁曾谈过对他创作影响最大的两位女性是他的母亲和妻子，他也从不讳言自己对女性的偏爱："我以为女人比男人更乐观，而人生的悲欢离合，总是与她们有关，所以常常以崇拜的心情写到她们。"[7]从中我们似乎看到了曹雪芹通过贾宝玉之口说出的那个著名的审美选择，而孙犁确实信奉曹雪芹的女性审美观念："二十多年里，我确实相信曹雪芹的话：女孩子们心中，埋藏着人类原始的多种美德。"[8]写心灵美的妇女形象，表现出具有新时代人情美、人性美的主题内涵，成为孙犁小说的美学追求。《荷花淀》与其续篇《嘱咐》中的水生嫂，《风云初记》中的春儿，《吴召儿》中的吴召儿，《采蒲台》中的小红母女，《光荣》中的秀梅，《山地回忆》中的妞儿等等，都是孙犁寄寓着自己的文化理想和美学追求的美好女性形象。这些女性形象，既善良又刚强，既柔情似水又美丽动人；既有正常家庭伦理的渴望，又要为战争献出自己的丈夫和青春，承受着比男人更多的现实困难和精神磨难。《荷花淀》中的水生嫂就是这类女性形象的代表。水生嫂对丈夫的革命选择既无奈又原谅，她毅然挑起了整个家庭的重担，也就承受了民族的灾难，并准备为之拼命一死。她将这一切都默默地隐藏在心底，代之以含泪的微笑，送丈夫走，又从容而坚韧地生活着，等待着丈夫的归来，这其实就是一个有着传统美德的劳动女性所能给丈夫的最深的爱。但孙犁并没有停止在战争年代非常态的日常伦理生活的叙述中，叙事逻辑因革命化的需要将美的"人情""人性"引向"革命"。女人们因战争造成家庭伦理生活的不健全和爱的渴求，在结伴寻夫的路途中巧遇伏击战，却因此激发起"革命"的要求与热情，回乡组织队伍，不仅学会了射击，而且一个个登在流星一样的冰床上，穿梭在芦苇的海里，配合子弟兵作战。于是，水生嫂们在"多情女人"的伦理身份之外又有了"革命女人"的社会政治身份，"革命"与"人性"就此建立起了和谐的联结。战争破坏了人的生存环境，也让"革命"获得了必要性与真实意义，而革命的终极目的就是要将幸福生活还给水生嫂和所有善良的人们，美的人性与崇高的革命，就这样统一在孙犁的浪漫叙事中。

孙犁对自然的赞美不亚于对女性的赞美，那些充满诗情画意的"风景画""风俗画"描绘不是一般意义上的艺术装饰，而是其乡土小说不可或缺的重要组成部分。这正是与赵树理和"山药蛋派"乡土小说不同的地方。赵树理及"山药蛋派"乡土小说的"风俗画"描写，大都将民俗"人化""社会化""政治化"。他们基本上消灭了风景的描写，而"物"的描写也显示出"人物身份的标记"。孙犁则特别强调要有景物描写，他批评没有景物描写的作家及其作品时说："有的作者根本不要这些，他要使作品里的人物事件和环境景物绝缘。只要叙述人的活动、谈话，好像这个人出现在白布上，是影戏上的人物一样。世界上就剩了这些人，天塌地陷了，没有了自然界和物质。"[9]孙犁偏爱描写的"风景画"和"风俗画"是乡村，而不是城市。晚年孙犁每谈及城市，总掩饰不住内心的厌恶与绝望："我是绝对走不出这个城市了。一想到这里，就如同在梦中，掉进无边无际的海洋一样，有种恐惧感、窒息感、无可奈何感。"[10]而对于自然淳朴的乡村生活和传统农业文明的理想形态，孙犁表现出更多的亲和与仰慕："农村是个神秘的，无所不包容，无所不能创造的天地。"[11]"在农村，是文学，是作家的想象力，最能够自由驰骋的地方。我始终这样相信，在接近自然的地方，在空气清新的地方，人的想象才能发生，才能纯净。"[12]

在孙犁的意识世界里，充满人情、人性、人伦之美的乡村是生命诗意栖居的乌托邦，是乱世流寓者安放灵魂的栖息地，是精神守望者的梦中家园。于是，在孙犁的乡土小说中，美的女人总是活动在河北冀中平原和阜平山地等特定地域美的自然中。如《荷花淀》的开篇就是一幅人与自然和谐一体的美妙图景：

月亮升起来，院子里凉爽得很，干净得很，白天破好的苇眉子潮润润的，正好编席。女人坐在小院当中，手指上缠绞着柔滑修长的苇眉子。

苇眉子又薄又细，在她怀里跳跃着。

要问白洋淀有多少苇地？不知道。每年出多少苇子？不知道。只晓得，每年芦花飘飞苇叶黄的时候，全淀的芦苇收割，垛起垛来，在白洋淀周围的广场上，就成了一条苇子的长城。女人们，在场里院里编着席。

编成了多少席？六月里，淀水涨满，有无数的船只，运输银白雪亮的席子出口，不久，各地的城市村庄，就全有了花纹又密、又精致的席子用了。大家争着买："好席子，白洋淀席！"

这女人编着席。不久在她的身子下面，就编成了一大片。她像坐在一片洁白的雪地上，也像坐在一片洁白的云彩上。她有时望望淀里，淀里也是一片银白世界。水面笼起一层薄薄透明的雾，风吹过来，带着新鲜的荷叶荷花香。

在这里，孙犁撷取了具有白洋淀地域色彩的几个物象：苇眉子、荷叶、荷香、淀水、船只、蓝天、明月、微风、薄雾，它们共同织就一幅清馨、淡雅、优美的风景画。而在这幅美妙动人的风景画里，孙犁又镶嵌了垛芦苇、淀边织席、淀上运席等水乡风俗画和风情画。而不论是风景画、风俗画还是风情画，孙犁都把自己的仁爱之心与对自己生活着的这片土地的眷恋之情融于其中，构成了一幅空灵剔透、诗意盎然、情景交融的图画。王国维在《人间词话》里说："境非独谓景物也。喜怒哀乐，亦人心中之一境界。故能写真景物、真感情者，谓之有境界。"[13]孙犁写出了白洋淀的"真景物"，也写出了自己的"真感情"，也就有了"真境界"。这境界，其实是孙犁在革命洪波中清唱的一支"水乡牧歌"。

从《荷花淀》《芦花荡》《白洋淀纪事》到《铁木前传》，孙犁不断追求"地方色彩"与"异域情调"，不断开拓"风景画""风俗画"和"风情画"的真境界，这也是他与赵树理乡土小说风格颇为不同的地方。在写下成名作《荷花淀》时，孙犁就曾明确地说："这篇小说引起延安读者的注意，我想是因为同志们长年在西北高原工作，习惯于那里的大风沙的气候，忽然见到关于白洋淀水乡的描写，刮来的是带有荷花香味的风，于是情不自禁地感到新鲜吧。"[14]显然，孙犁是深得乡土小说之要义的。

"地方色彩"和"异域情调"是构成乡土小说本质特征的要素，不理解这一点，一个作家就消弭了自己的创作个性，也就落入浮泛的乡土小说创作中去。孙犁的乡土小说之所以显得更有艺术的魅力和生命力，其原因就在于他用"风景画""风俗画"和"风情画"构筑出乡土小说的"地方色彩"和"异域情调"，使其具有了特别的民族风格和民族气派。

孙犁乡土小说具有"地方色彩"和"异域情调"的"风景画""风俗画"和"风情画"的叙事艺术，从乡土小说的发展史看，是前期"京派"作家废名、沈从文等的"田园牧歌"风格的承继与发展。他们的不同点是在人物塑造上，前者是注入了新的时代和阶级内容的人性和人情美，而后者则是完全返归自然的人性和人情美；而他们的共同点就在于把自然景物描写和具有风俗美的人与事的描写作为小说美学追求的总体象征，将自己对人类的悲悯或热爱倾注于画面和写意人物的描写之中，具有浓郁的浪漫抒情气息。就外来文学资源而言，孙犁小说富有浪漫气息的乡土风味，显然有哈代、契诃夫、梅里美等的小说影响的印痕。孙犁曾说："我很喜欢普希金、梅里美、果戈理和高尔基的短篇小说，我喜欢他们作品里的那股浪漫主义气息，诗一样的调子，和对美的追求。我也喜欢契诃夫，他的短篇写得又多又好，他重视单纯、朴素、简练、真挚，痛恶庸俗和做作。"[15]可见，孙犁对于吸收外国文学营养是很重视的，这使他的小说在解放区文学中独树一帜。如果说赵树理及"山药蛋派"使乡土写实小说来了个"大转型"，那么，在这"大转型"的时代洪流中，孙犁以其乡土写意小说簇拥起了一朵耀眼的浪花。

孙犁的乡土小说虽然也追求大众化和通俗化，但那只不过是在小说语言口语化的尝试和探索中，采用了简约、明快、通俗、易懂的语言。孙犁乡土小说语言的质地依旧是优美而典雅的，质朴中蕴含着清馨可人的诗意。这首先可归因于中国古典小说语言艺术的熏染。孙犁读过许多古典小说，最崇拜的是《红楼梦》，他说："曹雪芹的文学语言，可以说达到了中国文学语言空前的高度。他的语言有极高的境界，这个境界就是：语言的性格化。……这样浩瀚的一部书，我们读起来，简直没有一句重复没用的话，没有一句有无均可的话，句句有声有色，动听动情。而且，语言的风格极高，它们的生命力，就像那些女孩子活跃的神情。……《红楼梦》里的对话，能立刻把读者引到人物所处的境界里。它的每一句话，都是人物心灵的交流。"[16]孙犁乡土小说的人物对话语言也都是人物心灵的交流，而叙述语言则与作者的人生体悟、淡泊情致和审美趣味相表里，清新俊逸，清辞丽句，清淡高雅，清通隽永，在貌似大众化、通俗化中，透露出难以遮蔽的高贵与典雅。简言之，"清水出芙蓉，天然去雕饰"就是孙犁乡土小说的美学风范。

孙犁乡土小说的艺术风格，深深地影响了同时代及其以后的许多乡土小说作家。而受影响最深者，莫过于刘绍棠、从维熙等"荷花淀派"诸作家。

刘绍棠有中短篇小说《青枝绿叶》《蒲柳人家》《蛾眉》和长篇小说《京门脸子》等"运河乡土文学"行世。刘绍棠的乡土小说创作深受孙犁的影响，他自述说："我在河北省文联时，最大的收获就是深深地热爱上了孙犁的作品，并且受到了孙犁同志作品的熏陶。我在接受孙犁同志的作品影响前，虽然发表了十几个短篇小说，但是对于文学创作仍处于一种蒙昧的状态。孙犁同志的作品唤醒了我对生活强烈的美感，打开了我的美学眼界，提高了我的审美观点，觉得文学里的美很重要。我从孙犁同志的作品中吸取了丰富的文学营养。"[17]刘绍棠也有自己的乡土文学理论，他认为："乡土文学有它特定的艺术范畴；乡土文学有它的特殊性，当然也有它的局限性；它的特殊性，主要是侧重于风土人情的描写；写一个地方的特色，地方的人情，人情的美好……但是，乡土文学也有它的局限性，它很难正面地、直接地反映波澜壮阔的斗争。"[18]在1984年创作的《京门脸子题记》中，刘绍棠将自己的乡土文学理论概括为："中国气派，民族风格，地方特色，乡土题材。"刘绍棠不仅是中国当代乡土文学的积极倡导者，也是坚韧的实践者。如他所说："我十多岁就写农村，也在农村写。"[19]刘绍棠几乎所有的作品都是写故乡京东北运河农村的风土人情，其总的主题就是讴歌乡村劳动者的美德和恩情。他较少描写俗世生活的苦难，多以明丽的色彩来描绘乡村生活情趣与人的心灵奥秘。虽然也有抗日战争、"文革"动乱等时代投影，但特别偏爱张扬淳厚善良、痴情侠义、重名持节、轻利厚谊、扶贫济困等具有浓厚传统德行色彩的人情美和人性美。在乡土叙事上，刘绍棠对运河农村的风景画、风俗画和风情画的描绘充满了浓厚的兴味。他兴致勃勃地描绘休妻仪式、指腹为婚、喝烟灰、拍花子、放鹰、看野台子戏、过家家、戴红肚兜、滚喜床、喜三、满月、百岁、周岁、小孩起下贱名字、借童子暖窝、小车会、鬼节等或野蛮或温厚的乡风民俗。在他的名作《蒲柳人家》中，小说在望日莲与周檎的情爱故事的展开中，精彩地描写了农历七月七日拜月乞巧、隔河夜唱情歌、发辫传情等蒲柳运河的独特的地方风俗。在何满子童心童趣的眼睛里，生命的欢乐就是光着屁股满河滩子野跑，或藏进芦苇丛中，或跟姑姑戏水、游戏，或打鸟偷瓜。蒲柳运河的风景画也很独特：纵横交错的河汊，星罗棋布的水洼，连绵起伏的沙岗，啾啾的水鸟，飞舞的蜻蜓，蒲草铺顶的土屋，爬满豆角藤的篱笆，柳枝篱笆围就的院落，光屁股戏水的顽童，裸浴的村姑，撑船的大汉，唱情歌的艺人，这些有别于白洋淀的风景画与独特的地方风俗画镶嵌在一起，其朴素、宁静、清新、和谐的韵致，是与孙犁的白洋淀乡土小说的美学风范相类的。刘绍棠曾明确说："我要以我的全部心血和笔墨，描绘京东北运河农村的20世纪风貌，为21世纪的北运河儿女，留下一幅20世纪家乡的历史、景观、民俗和社会学的多彩画卷，这便是我今生的最大心愿。我的名字能和大运河血肉相连，不可分割，便不虚此生。"[20]他以自己的全部创作躬行了自己的诺言。

从维熙有中短篇小说《七月雨》《大墙下的红玉兰》和长篇小说《南河春晓》《北国草》《鹿回头》等作品行世。从维熙的小说创作，以"文革"为界，分为前后两个时期。前期属于"荷花淀派"，具有田园牧歌风格；后期以"大墙文学"为主。20世纪50年代，从维熙在小说艺术上师法孙犁，出版《七月雨》《曙光升起的早晨》两部短篇小说集和长篇小说《南河春晓》，是"荷花淀派"的代表性作家之一。1983年冯健男编《荷花淀派作品选》收录了他早期的《七月雨》《远离》《社里的鸡鸭》《故乡散记》《夜过枣园》等篇，这种大量的收录足见当时评论界对从维熙早期作品流派归属的看法是普遍而清晰的。从维熙的早期作品，大都采用儿童视角，以童稚的目光欣喜地打量春天的大地、清澈的南河、正直的老人、淘气的孩子，还有那带着七月雨水的苞谷棒子、欢腾的"社里"鸡鸭，体现出真挚的故园恋情与生命的欢乐。虽然叙述者所持的是集体主义与阶级斗争话语，但也表达出青年从维熙对自己所处时代及其生活方式的热爱之情，有那个年代特有的浪漫激情与理想主义色彩。在乡土叙事艺术上，从维熙师法孙犁，以诗化和散文化的笔法书写田园牧歌，着力营造一种诗情画意、清新自然、优美和合的艺术境界。其浪漫抒情格调，表现出"荷花淀派"的风格特征。只因一场并不突然的历史大劫难，从维熙的小说创作才由早期田园牧歌式的荷花淀气质陡然转向苍凉与悲壮。

概而言之，孙犁及其影响下的"荷花淀派"作家，虽然相互间有许多不同的地方，但在乡土小说的风格特征上也有不少共同点，简要归纳起来，至少有这样几点：其一，诗意地描绘河北乡村生活，在风景画、风俗画和风情画的彩笔精绘中熏染出浓郁的河北"地方色彩"与"异域情调"。其二，在即时性的政治意识形态话语中，灌注和张扬具有恒久魅力的人性与人情。而其内在精神蕴含，既有传统美德的承传，又有现代意义上的人道主义精神。这使得"荷花淀派"乡土小说在单纯明快中，显露出思想蕴含的复杂性，在和谐中隐含着不和谐的内在裂隙与冲突。其三，崇尚女性美，擅长青年女性的塑造。所塑造的女性形象，其文化人格，既有传统的良善，也有特定的时代色彩。女性形象的外在容貌与内在的复杂情感，相互映衬，相得益彰，是作者理想的寄寓者或象征。其四，以现实主义张目，但艺术的质地却是浪漫主义的，具有亲切可人的浪漫气息。其五，上承废名、沈从文的乡土抒情小说传统，擅以诗为小说，以散文为小说，在诗化、散文化的小说中，创造清新明丽的意境，形成"荷花淀派"独特的优美、婉约的艺术风格。这样的审美形态在其流派活跃的年代，始终处在主流话语的边缘；而在其流派沉寂的年代，却又获得了恒久的艺术魅力与影响。

注释：

〔1〕孙犁：《文事琐谈·文虑》，《孙犁文集》续编2，百花文艺出版社2002年版，第446页。

〔2〕孙犁：《残瓷人》，《芸斋梦余》，人民日报出版社1996年版，第165页。

〔3〕〔4〕孙犁：《文学和生活的路》，《孙犁文集》第4卷，百花文艺出版社2002年版，第391、392页。

〔5〕孙犁：《给田间的两封信》（1946年4月10日），《无为集》，人民文学出版社1989年版，第72页。

〔6〕孙犁：《如梦集》，百花文艺出版社1992年版，第52～53页。

〔7〕孙犁：《〈孙犁文集〉自序》，《孙犁文集》第1卷，百花文艺出版社2002年版，第10页。

〔8〕〔12〕孙犁：《谈铁凝的〈哦，香雪〉》，《孙犁文集》续编2，百花文艺出版社2002年版，第174页。

〔9〕孙犁：《文艺学习》，《孙犁文集》第4卷，百花文艺出版社2002年版，第47页。

〔10〕孙犁：《致山西杨炼》，《陋巷集》，百花文艺出版社1987年版，第44页。

〔11〕孙犁：《文学和乡土》，《孙犁文集》续编2，百花文艺出版社2002年版，第358页。

〔13〕王国维：《人间词话》，群言出版社1995年版，第4页。

〔14〕孙犁：《关于〈荷花淀〉的写作》，《孙犁文集》第4卷，百花文艺出版社2002年版，第610页。

〔15〕吕剑：《孙犁会见记》，《孙犁研究专集》，江苏人民出版社1983年版，第11页。

〔16〕孙犁：《〈红楼梦〉的现实主义成就》，《孙犁文集》第4卷，百花文艺出版社2002年版，第559页。

〔17〕〔18〕刘绍棠：《乡土文学与创作》，吉林人民出版社1982年版，第11页、第200页。

［19］刘绍棠：《乡土文学四十年》，文化艺术出版社1990年版，第189页。

［20］刘绍棠：《温故知新》，《写作》1989年第11期。

（原载《汉江论坛》2007年第1期）

孙犁小说"荷花淀风韵"的审美结构特征

□ 崔志远

摘　要： 孙犁小说对文学审美结构各层面的矛盾，诸如语言—结构层的风云线和人情线（结构）、写实和写意（语言），艺术形象层的合情与合理，历史内容层的生活折光和诗意表现，进行了巧妙的处理，并注意各层面的相互联系，一以贯之地倾心于风俗人情、写意、合情和诗意表现等主观因素，在此基础上升华出深邃的哲学意味，实现了审美结构的整体优化。这便是孙犁荷花淀风韵的审美内涵。这种审美特征奠定了孙犁举足轻重的文学史地位。

关键词： 孙犁　荷花淀风韵　审美结构　荷花淀派　乡土文学

一

孙犁小说的荷花淀风韵，表现在对文学审美结构成熟把握的基础上，形成自己独特的追求。童庆炳先生在他的《文学活动的美学阐释》一书中，将文学作品的审美结构析为四个层次：语言—结构层、艺术形象层、历史内容层和哲学意味层。语言—结构层和艺术形象层为形式层，以具体的感性特征给人以审美的愉悦。历史内容层和哲学意味层则属内容层，前者是对生活美的诗意表现，后者是对某种人生精义、生活真谛的深刻揭示，常激起读者的心灵震颤。孙犁在每个结构层面上都有新异的追求，每一层面都有闪亮的艺术火花。各层面的有机统一，形成孙犁作品的整体优化，也形成为人称道的荷花淀风韵。

语言—结构层。这是文学作品表层的两片外壳。孙犁作品的结构，并不像当时的流行小说那样，从时代生活进程中直接摄取矛盾片段，组织情节、层层展开，显示出紧跟形势的迫切感；他将咄咄逼人的生活进程稍做沉淀、稀释，开掘生活激流深处隐匿的风俗人情，使之与生活进程交织、碰撞，互相淘洗和筛选，融为一体。这样，孙犁作品便存有两条结构线：时代风云线和风俗民情线。二者碰撞、交融，不仅透过纷繁的生活现象把握了生活底蕴，避免了图解政策、粉饰生活的流弊，而且使作品有了丰富的内涵。更值一提的是，作家把生活激流线稍做淡化，移至幕侧，留出更多的艺术空间写人、抒情，任自己的情思驰骋飞腾，作品便洋溢着浓郁的抒情氛围。

在两条结构线的交叉中，孙犁的成熟表现在"融会"之功。著名剧作家威廉·阿契尔在《剧作法》中提出三种"结构的一致"：其一，"葡萄干布丁式的一致"，就是"把许多成分搅揉在一起，包在一块布里，煮到一定程度，于是用轻轻的幽默的蓝色火焰，端上桌来让我们吃——这就是萧伯纳的《结婚》一剧的一致"。其二，"链条式的一致"，就是把一连串事件，或多或少地牵连在一起，但不是相互依赖地组织起来的，如《水浒》《儒林外史》等。其三，"巴特农神殿式的一致"（巴特农神殿是祭祀雅典女神的神殿，以完整一致、匀称美观著称于世），是真正的有机统一，其内部因素经精心排列又不露痕迹，如我国的《红楼梦》。孙犁的融会之功使其小说结构达到"巴特农神殿式"的一致。《荷花淀》的时代风云线是抗日战争，风俗人情线是水乡妇女别夫、思夫、寻夫。作品通过北方水乡美丽的生活画面上青年妇女的语言、行动和美好的心态，将两条结构线融会在一起。水生女人等寻夫遇敌，逃入荷花淀，在一枝荷花下面惊喜地看到丈夫的脸。夫妻情、水乡味、时代感天衣无缝地定格在这美丽的画面上。《铁木前传》的时代风云线是即将来临的农业合作化，风俗人情线是两代人的友情和爱情。作家通过两代人的交好和交恶，从人物性格发展中显现出时代发展的年轮。如此看来，孙犁是将时代风云寓于风俗人情的描写中，是"用谈笑从容的态度来描摹风云变幻的，好处在于虽多风趣而不落轻佻"[1]。虽然表面淡化时代风云，时代氛围又是那样真切、浓郁，可谓"不着一语，尽得风流"。"云空未必空"，这便是孙犁讲的"文学离政治远一点"的妙处。

　　同有机统一的抒情结构相对应，孙犁小说语言追求写实和写意的结合。写实，使语言准确；写意，使语言含蓄；二者结合，语言便有"味外味"，诗意油然生。孙犁的景物描写，常表现为情景交融："野外起了风，摇撼着场边的一排柳树，柳树知道，狂风里已经有了春天的消息，地心的春天的温暖已经涌到它身上来，春天的浆液，已经在它们的嫩枝里涨满，就像平原的青年妇女的身体里，激动着新的战斗的血液一样。"（《风云初记》）这是叙述春儿带领妇女自卫队练兵成绩超过男人之后的一段描写，"绿柳嫩枝里春天的浆液"和"青年妇女身体里新的战斗的血液"融成优美的诗意，颂扬人民战争的春天。人物描写，常表现为"意"和"象"的结合。《铁木前传》中，傅老刚和黎老东新中国成立后见面，作者是这样写的："傅老刚打量着亲家高高翻起的新里细布的大毛羔皮袍，忽然觉得身上有些寒冷似的。"是身上寒冷吗？不，是心寒！傅老刚前来践约结亲，亲家不仅穿着阔气了，而且语气神态也变得不及当年知心，不觉一阵心寒……前句是"象"，后句是"意"，意象交融，蕴藏了深广的生活内容。人物对话中，孙犁能赋予诗的象征意味。黎老东让六儿第一次出车，请富农黎七儿喝酒，嘱咐道："七兄弟，我把六儿这辆车交给你，你要好好带动他，把你半辈子跑车的经验教给他，叫他在正道上走，不要翻车跌脚。"黎老东说的"正道"，显然是人生之道，他心目中的"正道"是什么，这辆大车将主人拉上什么样的人生之道，作者并没有写出，提供了想象空间。

　　在语言—结构层面，孙犁的语言和结构追求是相辅相成的：风云线与人情线交融的艺术结构，徐缓从容，为抒情提供了开阔的艺术空间，写实和写意相结合的语言正好以优美的诗意充溢其间，人们既感受到孙犁小说的语言美，又体验到结构美。语言—结构层面也就成为美的层面。

　　艺术形象层。它隐在语言—结构层之内，是经过读者的想象、联想等在头脑中唤起的具体可感的、动人的艺术世界。艺术形象因其本身的可感性、艺术概括性具有独立的审美价值；同时，它又处在作品审美结构的中间地带，是通向深层结构的桥梁。实事求是地说，孙犁小说创造的形象真正称得上艺术典型的并不多，但有自己鲜明的特色，简言之便是"纯真"，实实在在，真切感人。一是生活的真，即合生活之理，艺术形象符合生活逻辑，可以被人理解。《风云初记》中春儿讲了个圣姑雕像的传说。为了雕像的"眉眼神情"，高超的雕塑师要寻一个"长得十分好看"的女孩子做模特儿，但是，对于那些穿绸挂缎的、擦胭脂抹粉的、走动起来拿拿捏捏的、说起话来蚊声细气的，师傅都看不上眼。一个女孩子从地里背了一大捆红高粱穗子回来，叫高粱压得低着头，她擦汗休息时，抬头向上一看，师傅却惊叫道：圣姑显圣了。这可说是孙犁的"纯真"宣言。在他看来，美的极致便是不加粉饰、不事做作的质朴的真实，"清水出芙蓉，天然去雕饰"才是至美。他总是从自己的生活基地选取熟悉的题材，绝不违背自己的生活体验去趋时，即使《风云初记》这样与战争密切相关的作品，他也没写自己不熟悉的战争场面。他善写妇女，一个个都纯真鲜活，如生活中所见。《荷花淀》中那纯朴的近乎天真的女人们，时而陷入离别丈夫的痛苦，时而为寻夫编排各种荒唐而可爱的理由，时而对丈夫的转移发出埋怨和谑语，时而撞见鬼子大船表现出惊恐和镇定，时而意外遇见亲人感到兴奋和羞愧……多么合乎女人的生活逻辑！

二是心灵的真，即合作家之情，反映作家真切的感受、真挚的感情、真诚的意向。同生活的真相比较，孙犁似乎更讲求"情"的真。他的"情"，并非像有些人一样，"咀嚼着身边小小的悲欢，把这小悲欢当作全世界"；而是同人民的感情、民族的命运紧紧连在一起。孙犁在《关于〈荷花淀〉的创作》中说："可以自信，我在写作这篇作品时的思想、感情，和我所处的时代，或人民对作者的要求，不会有任何不符节拍之处，完全是一致的。""我写出了自己的感情，就是写出了所有离家抗日战士的感情，所有送走自己儿子、丈夫的人们的感情。我表现的感情是发自内心的，每个和我生活经历相同的人，都会受到感动。"[2]正因如此，孙犁笔下那些普通人的心理微澜，都连着时代的风云。孙犁的情是一种美好的"纯情"，如飘动的白云、清澈的溪水，这与生活真的"纯真"追求相得益彰，给人以优美和温馨之感。孙犁对心灵真实的追求，往往使他更注意人物的感情世界，孜孜不倦地探索着人的心底奥秘。他调动自己的感情爆发点，同笔下人物的激情碰撞出耀眼的火花。《风云初记》中，有这样一段描写：

> 春儿躺在自己家里炕头上，睡得很香甜，并不知道在这样的深夜，会有人想念她……养在窗外葫芦架上的一只嫩绿的蝈蝈儿，吸饱了露水，叫得高兴；葫芦沉重地下垂，遍体生着像婴儿嫩皮上的茸毛，露水穿过茸毛滴落。架上面，一朵宽大的白花，挺着长长的箭，向着天空开放了。蝈蝈儿叫着，慢慢爬到那里去。

青春时代的春儿有着美的纯情，葫芦架上的花、果、嫩绿的蝈蝈儿，为她生长、开放、歌唱。这与其说是清幽的水墨画，毋宁说是隽永的抒情诗。我们可以感受到，作家那诚挚的、"铿铿地跳动的"心，正向纯洁、向上的春儿进行着美好的祝愿，作家心灵同主人公心灵的融合与沟通，使这段描写具有诱人的魅力。

孙犁小说艺术形象的"纯真"在于合"情"与合"理"，情和理相矛盾时，他宁可"牵理就情"，由于情真，人们照样感到真实。《风云初记》中，老佃户告诉芒种和老温滹沱河的源头，说："指导员，不要认生，这就是你们滹沱河发源的地方。""谁要是想念家乡，就对着这流水讲话吧，它会把你们的心思，带到亲人的耳朵旁边。"虽不合生活之理，却极合人物思乡之情。作家将自己的思乡体验融入其中，真挚的乡情不仅使读者毫不怀疑这段话的真实性，而且产生优美的诗情。

历史内容层。这是文学作品审美结构的深层。文学作品既是特定历史时期、特定民族社会生活的反映，又是经过作家审美意识过滤的诗意表现，因此，其历史内容层包括两方面：社会生活的折光、作家的诗意表现。关于社会生活的折光，别林斯基说："艺术和一切活的、绝对的事物一样，是从属于历史发展过程的，我们时代的艺术应该是在当代的优美的形象中，表现或体现当代对于生活的意义和目的、对于人类的前途、对于生存的永恒真理的见解。"[3]作家的诗意表现，即历史生活的艺术化。文学创作不能单纯用政治学、社会学、伦理学的观点评价生活，也不能用实用的科学观点看生活，而是用美学的观点看生活。苏联作家康·帕乌斯托夫斯基说："优秀的画家从来不画建筑物的正面，而是取仰角或俯角。这条原则对文学反映现实来说，也是必须遵守的。正面描写现实的是报纸。小说和特写应该使现实中从前留在阴影中的那一面转向读者（作为出发点），从而赋予现实一种自然的必不可少的光彩。"[4]现实的正面只有一个，而现实的侧面则有多种；对于同一社会现实，不同的作家可挖掘出各种各样的诗意。

历史内容层是生活折光和诗意表现的有机统一。一个成熟的作家，必须在自己的作品中体现这种统一。在这方面，孙犁的贡献是卓越和独特的。孙犁有深厚的生活功底，他熟悉冀中平原和白洋淀地区人民的生活和斗争，熟悉新时代解放了的农民的性格、习惯和心理。作为历史生活的折光，他的作品表现了解放了的冀中农民的生活美、灵魂美和人性美；作为诗意表现，他的作品一般不从正面，而是从侧面、从平凡的日常生活事件、从普通人的心理变化展示时代风貌；注重感情抒发，并以此为中介，着力表现一种乐观向上的进取精神和浪漫主义审美理想。二者的合一使他的作品成为诗的生活和生活的诗。对于这种统一，还可以作历时性考察。

社会的发展似应分为两种情况：一种是社会动荡、群情激奋的时代，此时，文学表现出鲜明的意识形态性，时代对文学的历史折光的要求大大超过诗意表现。一部艺术平庸的作品，由于提出某些社会问题也可引起强烈的反响。别林斯基称之为"非艺术的时代"。另一种是社会发展成熟、平和稳定、生活多样化的时代，此时，文学的社会意识形态性弱化，其审美、娱乐等多种功能得以充分发展。可对应称为"艺术的时代"。就中国来说，从五四运动到"文化大革命"，基本处于前一时代；20世纪80年代以后开始进入后一时代。这种划分只不过是说，在不同的历史时期，文学的功能的诸因子要不断调整，以满足社会和人民的不断发展的文化需要，并非宣布某功能的消亡。一位成熟的艺术家，在"艺术的时代"不会闭上面对现实的眼睛；在"非艺术的时代"也不会放弃对艺术的追求。孙犁正是这样，在"非艺术的时代"，以精湛的艺术作品建立了自己诗化、散文化的风格，被茅盾誉为"有他自己的一贯风格"的作家；在"艺术的时代"，又写了大量的散文、杂文等谈论时事、抨击时弊。如在《芸斋琐谈》中，谈妒、才、谀、谅、慎，就当代文人常遇到的人生课题发表见解，抒发感慨，笔调辛辣犀利，振聋发聩。《谈名》《谈谀》中说，如事先揣摩意旨，观察"气候"，写一篇小说或报告；谀他人为求回敬，倘不如愿便口出不逊，想从另一途径得名者……孙犁对生活折光和诗意表现关系的准确把握，使得他在文学长河的搏击中很少失误。正因如此，他愈来愈受到读者的喜爱，也愈来愈受到文坛推崇。自然，他也曾受到批评和指责，"十七年"间说他"小资产阶级情调"；近年间又说他"僵化"。这恰从反面证明他作为杰出作家的一贯风范。

哲理意味层。从作家的角度说，哲理意味是其对人生真谛的刻骨铭心的体验，是他用全部的痛苦、血泪、青春、生命换来的人生感受，是他全部创作心理机制和活跃的创作个性达到的最高艺术概括。体现在作品当中，便是一种超时空的、具有永恒性的人生精义的心理蕴含，是作品获得不朽的艺术魅力的重要原因。一些作品轰动一时，时过境迁之后便在人们记忆中消失，一个重要的原因就是缺少这种含蕴；孙犁小说愈来愈显出巨大的魅力，一个重要的原因便是具有了这种内涵。《铁木前传》是孙犁创作的高峰，他用"纸的砧，心的锤"锤炼三载，倾注全部身心，4万字可背诵下来，而今，这部小说感动读者的，并非那场即将到来的合作化运动，而是由于经济和地位的变化而引起的友谊和爱情失落的悲剧，以及对真正的人情美的真诚呼唤。在商品大潮来临、贫富悬殊日甚的今天，上述体验更易引起情感的共鸣。这便是《铁木前传》的哲理意味。这种意味并非孙犁偶然得之，而是长期生活中深切的体验。在战争年代里，孙犁对革命队伍的团结、温暖、亲密无间的革命人情美有深切的体会，那种体验是刻骨铭心的。但是，孙犁感到，"进城以后，人和人的关系，因为地位，或因为别的，发生了在艰难的环境中意想不到的变化。我很为这种变化所苦恼"。他说："确实是这样，因为这种思想，使我想到了朋友，因为朋友，使我想到了铁匠和木匠，因为二匠使我回忆了童年，这就是《铁木前传》的开始。"[5]孙犁用一生的痛苦、欢乐、坎坷、幸福等换来的人生感受熔铸《铁木前传》，自然也就有了超文本、超时空的普遍意义。

这里已经涉及历史内容层和哲学意味层的关系。诚然，文学作品的永恒魅力在于哲学意味层，但是，其根基深扎在历史内容层之中，《铁木前传》阐发的人生精义，是扎根于对合作化前夕社会关系的描写之中的，没有这些描写，哲学意味就成为无根的游魂。皮之不存，毛将安附？对此，孙犁说："文学取信于当时，才能传信于后世。如在当时被公认为是诳言，它的寿命是不会长久的。"

总之，孙犁对文学审美结构各层面的矛盾，诸如语言—结构层的风云线和人情线（结构）、写实和写意（语言），艺术形象层的合情与合理，历史内容层的生活折光和诗意表现，进行了巧妙的处理，并注意各层面的相互联系，一以贯之地倾心于风俗人情、写意、合情和诗意表现，在此基础上升华出"酸咸"之外的哲学意味，实现了审美结构的整体优化，形成诗化、散文化的抒情风格。这便是孙犁小说荷花淀风韵的审美结构特征。

二

孙犁小说荷花淀风韵的审美结构特征不仅具有很高的审美价值，而且具有重要的文学史意义。

虽然孙犁对"乡土文学"持保留态度，但乡土文学的存在是一个不容否定的事实。而且，乡土文学研究界形成了一个共识：孙犁是乡土文学的重要作家。

严家炎先生曾对"乡土文学"做如下界定："通常指以农村生活为题材、具有较浓的乡土气息与地方色彩的一部分小说创作。"严先生认为，鲁迅最早写出乡土小说，在他的影响下，"20世纪20年代中期，出现了一个以文学研究会青年作者为主的乡土文学作家群""到20世纪30年代，由于创作倾向的不同，大陆上的乡土文学作家已经分道扬镳：沈从文的《边城》《长河》，废名的《桥》代表着一种类型；而萧红的《生死场》，萧军的《第三代》，端木蕻良的《科尔沁旗草原》代表着又一种类型。40~50年代以后，乡土文学朝着具有地区特点的流派（如以赵树理、马烽、西戎为代表的"山药蛋派"，以孙犁、刘绍棠、从维熙、房树民、韩映山为代表的"荷花淀派"）的方向发展，理论主张也显得更为自觉"[6]。

沿着这一思路，可以理出中国乡土小说的发展脉络。乡土文学由鲁迅创始，经历了发生、发展、繁荣和深化过程，至今已有近百年的历史。20世纪20年代是乡土文学的产生期，鲁迅之外，乡土文学作家还有潘训、叶绍钧、许杰、鲁彦、许钦文、徐玉诺、王思玷、蹇先艾、彭家煌、台静农、黎锦明、王任叔等，到20年代中期，形成一个流派——乡土文学派。其代表作品，除鲁迅的《药》《祝福》《社戏》《阿Q正传》《风波》《故乡》之外，还有许杰的《惨雾》、鲁彦的《菊英的出嫁》、蹇先艾的《水葬》、彭家煌的《活鬼》、台静农的《红灯》、许钦文的《鼻涕阿二》等。这些来自各地而"侨寓"北京的作家，怀着深深的乡情和乡愁，描绘家乡的风土景观、民俗民情、人生命运，显示出勃勃的创作生机。但是，毕竟显示出初生时的稚嫩，除鲁迅外，艺术画面上并没有站起几个颇具口碑的形象，不同籍贯的作家，描写不同的生活也仅能形成一个流派。20世纪30年代是乡土文学的发展期。此时，统一的流派解体，各地区出现不同的支流。一支是牧歌型作家，首推废名，其《竹林的故事》《浣衣母》等可归入乡土小说派作品，中篇《桥》显示着田园牧歌风格的成熟。成就斐然的是沈从文，代表作《边城》和《长河》以开阔的笔触描绘出带有浓郁地域色彩的"湘西社会"。一支是挽歌型作家，代表作是茅盾的"农村三部曲"、吴组缃的《一千八百担》、艾芜的《南行记》、沙汀的《丁跛公》等。这些作品除注意描写地域风情，更着意于写乡村社会现实的破败和凄凉。一支是壮歌型作家，主要指九一八事变后流亡关内的东北作家群，包括萧红、萧军、端木蕻良、舒群、罗烽、白朗、李辉英等。代表作品是萧红的《生死场》，萧军的《八月的乡村》《第三代》，端木蕻良的《科尔沁旗草原》等，描写了东北地区人民对统治者和入侵者的悲壮反抗，显示着雄浑粗犷的"力之美"。此期，乡土小说派的分流，标志着作家队伍的发展壮大；较多的中长篇的出现，显示着对这类题材把握的成熟；东北作家群的出现，预示着以地域为特色的创作流派的产生。这一切，报道着文学走上繁荣的信息。20世纪40～50年代是乡土文学创作的繁荣期，繁荣的标志是：其一，出现了地域文学流派和作家群。山西的赵树理、马烽、西戎、束为、孙谦、胡正等善写黄土高原风情，质朴、幽默的风格形成山药蛋派；京、津、保交叉地带的孙犁、刘绍棠、从维熙、韩映山、房树民等善写华北水乡风光，以清新、明丽、优美的风格形成荷花淀派。周立波、谢璞、周健明等结成带楚湘特色的湖南作家群；梁斌、李英儒、冯志、徐光耀、刘流、雪克等被视为保定作家群。此外，尚有渭河作家群、岭南作家群等。其二，塑造了一些颇具口碑的艺术典型，如朱老忠、张嘎、梁生宝、梁三老汉、二诸葛、三仙姑、小飞蛾、赖大嫂等。其三，艺术表现上的成熟。赵树理对现实主义的追求，孙犁的散文化风格，梁斌对人物的历史开掘，柳青对史诗性的追求，都取得可喜收获。20世纪80年代是乡土文学发展的深化期。乡土文学于20世纪70年代末复苏，80年代便开始阔步前进。深化的标志是，繁荣期的流派虽已式微，开掘地缘文化却成为普遍性追求，以地缘文化为特色的作家群星罗棋布，遍及全国，呈"群雄割据"的峥嵘气势：燕赵文化区有刘绍棠、浩然、铁凝、贾大山等；秦文化区有贾平凹、路遥、陈忠实、邹志安等；晋文化区有马烽、成一、张石山、韩石山、郑义、李锐等；齐鲁文化区有莫言、张炜、王润滋、李贯通、矫健等；楚湘文化区有古华、叶蔚林、莫应丰、彭见明、谭谈等；吴越文化区有高晓声、汪曾祺、林斤澜、李杭育等。在割据的群雄中，莫言的"高密小说"、刘绍棠的"运河文学"、贾平凹的"商州小说"、李杭育的"葛川江系列"等甚是引人注目。

历览中国乡土小说史便不难发现，孙犁是繁荣期的成熟作家，是屹立在中国乡土小说史上的一座高峰。进而思之，孙犁有继往开来的重要历史作用。

其一，承前继往，深入开拓。如前所述，孙犁在文学作品审美结构的各层面上巧妙地处理了四组矛盾，然后进入哲学意味层。这四组矛盾的各层面又纵向连为两链：时代风云、写实、合理、历史折光为客体链；风俗人情、写意、合情、诗意表现为主体链。客体链以时代风云为基石，主体链以风俗人情为基石；两基石沿着自己的链条轨道步步深化，交融而出作品的哲学意味。据此，乡土文学作品可简释为时代风云、风俗人情和哲学意味的三角结构。形成这种稳固的金三角的作品，方为乡土文学的上乘。

乡土文学产生期，创始者鲁迅在乡土作品中无疑完成了审美结构的三角构架：他的作品不仅有浓郁的风俗人情，而且有强烈的时代感；更重要的是，他站在哲学文化意识的高度去鸟瞰中国的芸芸众生，通过十分冷峻的描写剖开一颗颗麻木愚钝的心灵，聚焦为民族的魂灵，透辟深邃的形而上哲理成为鲁迅小说稳固的支撑点。《阿Q正传》采用似实而虚的"曲笔"对整个民族文化心态乃至人类文化心态的抽象厘定，早已超越其质朴平实的形式外壳。鲁迅之外的乡土小说派作家便逊色得多，虽然对风俗人情的生动描写足以使他们跻身于乡土作家之列，但是，时代感较弱，更没有在二者的交融中深化出耐人思索的哲学意蕴。正因如此，茅盾后来在《关于乡土文学》一文中批评道："关于'乡土文学'，我以为单是有了特殊的风土人情的描写，只不过像一幅异域的图画，虽能引起我们的惊异，然而给我们的，只是好奇心的餍足。因此在风土人情之外，应当还有普遍性的与我们共同的对于命运的挣扎。"茅盾要求的，便包含着哲理意味。

发展期的乡土文学，牧歌型的作家沈从文可谓乡土文学大家，对风俗人情的描写具有很高的美学价值。然而，其作品飘逸有余而现实底蕴不足，对现实斗争的疏离暴露出时代感不足，并不能像鲁迅小说那样给我们以深刻的哲学意味的启迪。壮歌型作家情形恰恰相反，面对民族危亡的激愤情绪使他们的笔触紧连着时代风云，对风俗人情则缺乏深入开掘，没能进入哲学意味层。挽歌型作品以茅盾的"农村三部曲"为最，《春蚕》《秋收》《残冬》无论写时代风云还是描风俗人情，均取得较高成就，虽有哲学意味，却缺乏鲁迅小说深沉的震撼效果。

孙犁作为乡土文学繁荣期的成熟作家，在文学审美结构的金三角中，找到了自己的平衡。这自然同他学习前人、勤奋探索有关。如，他崇敬鲁迅，学习鲁迅，连购书、读书都按鲁迅开列的书目。在他的小说中，对时代风云链和风俗人情链关系的巧妙处理，为前代鲁迅以外的乡土作家所莫及；在哲学意味层获得的成果，虽然存在于部分作品，也远不及鲁迅精湛和深邃，但是，在乡土文学史上，实是鲁迅之后少有的佼佼者。与此相关的是孙犁的诗化、散文化风格，这种风格由鲁迅首创，经废名、沈从文的发展，到孙犁达到成熟，成熟的标志便是"荷花淀派"的诞生。

其二，启后开来，引领后学。孙犁在继承基础上发展而成的审美结构的金三角和诗化、散文化风格，为后学者竖起难以逾越的高标。这种高标不仅在于20世纪50年代围绕孙犁形成令人注目的荷花淀派，更重要的是，孙犁的荷花淀风韵延宕不断，影响着一代代作家。如新时期的重要作家刘绍棠、贾平凹、古华、叶蔚林、铁凝、韩映山等。有的作家直接受到孙犁的关心和培养，贾平凹和铁凝曾被称为孙犁的"金童玉女"。

作为"荷花淀派"掌门弟子的刘绍棠，其小说常注意风土人情的开掘和描写，甚至为此把时代风云描得更淡，从而写出北运河的风俗文化史，其弱点是缺乏精辟的哲理意味。古华则追求"寓政治风云于风俗民情画，借人物命运演乡镇生活变迁"，追求的成功使《芙蓉镇》获首届茅盾文学奖，然而，哲理意味的薄弱终未形成审美结构的三角构架。成就突出的是贾平凹，一方面，他关注着现实生活的进程；另一方面，开掘着商州古老的风俗文化，常借商州山地一种或数种古老的民俗，当前农村的一项或几项致富门路，旷男怨女的一场或几场感情纠葛，写人性的善与恶，心灵的美与丑，人情的淡与浓。他虽对商州古风深怀厚爱，一旦用写实笔触挑开现实生活帷幕时，便痛惜地剥露出古朴中包裹的自私、偏狭、愚昧与野蛮。他的一些作品虽有哲理意味，但缺乏新颖、独到的思想。值得一提的是叶蔚林的《在没有航标的河流上》，这是一条流淌着风土人情的自然之河，也是一条满载着人生悲欢的社会之河，尤其是通过两代放排人在同一条河流上的命运遭际的描写，形象地再现了整个社会的兴衰，具有深刻的象征意蕴。

上述作家在时代风云和风俗人情链上取得令人瞩目的成果，虽然到达哲理意味的山巅便暴露出弱势，有志者如贾平凹等奋力进行着攀登。值得警惕的是，一些思想浅薄而又心情浮躁的作家，闭上了直面人生的眼睛，抛掉时代风云的基石，企冀踩着风俗人情基石金鸡独立地跃上哲理意味层面，这无异于缘木求鱼。须知时代生活是文学艺术的根基，风俗人情对此亦有依附性，抛掉时代生活，哲理意味便成了无根的游魂。

参考文献：

［1］茅盾. 反映社会主义跃进的时代，推动社会主义时代的跃进［M］. 北京：人民文学出版社，1960：25.

［2］孙犁. 关于《荷花淀》的写作［J］. 新港，1979（1）.

［3］别林斯基. 别林斯基论文学［M］. 梁真，译. 上海：新文艺出版社，1958：26.

［4］帕乌斯托夫斯基. 面向秋野［M］. 张铁夫，译. 长沙：湖南人民出版社，1985：43.

［5］孙犁. 关于《铁木前传》的通信［C］. 孙犁文集：第5卷. 天津：百花文艺出版社，2002：615.

［6］编写组. 中国大百科全书·中国文学卷［M］. 北京：中国大百科全书出版社，1988：1077.

（原载《保定学院学报》2013年第3期）

说不尽的孙犁

——孙犁研究的回顾与期待

□ 张学正

摘 要：新中国成立以来，特别是新时期以来，对孙犁的研究已取得了许多成果，并成为文坛的一个热点。然而，孙犁研究仍存在着一些尚未涉及或研究较薄弱的领域，如："文革"后孙犁作品的研究；作家的本体研究（孙犁的心理、气质、人格研究、孙犁文化意识研究、晚年孙犁研究）；孙犁的文学个性及在中国现代、当代文学史中的定位；孙犁研究中的方法论问题等，这些问题的解决将有助于把孙犁研究推向一个新阶段。

关键词：孙犁文本研究 作家本体研究 文学个性 作家定位

本来是寂寞的孙犁，进入新时期后，突然成了文艺界的热点人物。与20世纪40年代中期到50年代中期孙犁创作的第一个高潮期不同，在新时期（也是孙犁的第二个创作高潮期），他不仅创作和发表了大量作品，而且还主动、积极地介入文坛：追忆文苑的故人往事，坦陈自己的文艺观念，评论老中青作家的新作，抨击社会及文坛的流弊，为旧友新朋撰写序文，并不断接待来访，回复来信。他的仰慕者、追随者云集。可以说，孙犁成了当时文坛的一个亮点，一面旗帜，给正在恢复并逐步走向繁荣的文坛以很大影响。曾有"南巴（巴金）北孙（孙犁）"之说。

这一时期，对孙犁的研究与评论也大量增加。[1] 关于孙犁的传记、评传、年表、作品论集、学术专著等也有近20种面世。[2] 面对孙犁研究的日益广泛而深入的形势，河北省及天津市曾于1981、1988、1993、1998年先后四次召开过由京、津、冀等地区的专家、学者参加的孙犁创作研讨会，在文艺界引起很大反响。1994年4月2日，天津市还成立了"孙犁研究会"，几年来，开展着十分活跃的关于孙犁及其作品的学术研讨活动；同时，在孙犁作品的出版及孙犁研究资料的搜集、整理方面做了大量工作。《天津日报》于2000年10月11日、11月2日、12月17日三次开辟专版《祝福你，孙犁》《孙犁跨世纪》《大师孙犁》，从不同侧面介绍了孙犁的生活与创作状况以及文学界对孙犁的研究与评价，引人瞩目。

这里特别要指出的是，孙犁的封笔之作《曲终集》于1995年出版后，各种选本的孙犁作品的出版及对孙犁的研究、评论反而多起来了。据我粗略统计，1996～2000年，新出版的各种孙犁作品单行本及作品集有17种、28册之多，评论文章近70篇。孙犁自己宣告"退出文坛"，然而出版家、评论家及广大读者，对他的兴趣与热情不仅丝毫未减，反而有升温之势，充分显示了孙犁的人格魅力及其作品的强大生命力。

回顾新中国成立五十多年来对孙犁的研究，大致经历了这样两个时期：

第一时期是"文革"前十七年。在一些现当代文学史著作中，孙犁被定位于"文学名家"，当时的评论，大多集中于对他的一些名篇名作（《荷花淀》《白洋淀纪事》《风云初记》《铁木前传》等）的评介和创作风格的描述。[3]

第二时期是新时期的20世纪80—90年代。在一些论著中，孙犁被定位于"文学大家""文学大师"。[4] 这一时期对孙犁的研究与评论在广度与深度上都大大超越了前一个时期。许多评论者在对孙犁"文革"前的作品继续进行评论或做出重新评价的同时，开辟了孙犁研究的新领域。如：对孙犁新时期创作的新追求、新风格的研究，孙犁小说、散文、诗歌、文论等的综合研究，孙犁文艺思想（现实主义、人道主义、文学与政治的关系等）的研究，孙犁与"荷花淀派"的研究，孙犁的文化意识研究，孙犁对青年及业余作家的培养与在现当代作家中的影响研究，孙犁与现当代文学史中的名家、大家（如鲁迅、巴金、沈从文、赵树理等）的比较研究，老孙犁（"文革"前的孙犁）与新孙犁（"文革"后的孙犁）异同的研究，孙犁的品格与人格研究，等等。新时期的孙犁研究已不是零散地对他的某些作品进行分析解读，也不是孤立地对他进行个案论述，而是从综合性、整体性、宏观性上对孙犁进行研究，把他放在现当代文学发展史的大背景下，对他进行重新评价与定位。

新时期以来对孙犁的研究取得了许多重要的成果，但毋庸讳言，也还存在不少问题。概括起来可以说有"四多四少"：一是内容重复的多，诸如白描手法、诗情画意、人物美、人情美、语言美……不少文章辗转抄录，大同小异，具有新意者少；二是评论过去作品的多，20世纪40～50年代的作品占评论的比例较大，对新时期作品的评论相对较少；三是对作家、作品进行表层的阐释和平面描述的多，深入作家的内心世界和作品内核进行"深井作业"的少；四是笼而统之、大而无当的评论多，细致具体、深切著明者少。1994年4月27日，孙犁在会见"天津市孙犁研究会"的负责人时坦率表达了他的意见，他强调说："研究不能老重复过去那些东西，什么孙犁文章行云流水呀，富有诗意呀，还有荷花淀流派等等，要拿出一些新的东西。"他还要求研究者"掌握第一手资料，要搜集得完全一些。从这些东西出发，做扎实的研究工作，才能有成绩"[5]。这表明，在新世纪里，无论是作者、评论者、还是读者，都期待着孙犁研究有新的深化和突破。

我认为，目前的孙犁研究有这样几个值得关注的问题：

首先，要重视新时期孙犁新作品的研究。

文本研究是作家研究的基础。没有对作品认真地、反复地研读与阐释，作家的研究就无从谈起。就孙犁研究而言，老作品需要"再释"——选择研究的新视角，对作品的思想内蕴和艺术创造做出新的解读，对作品中所隐含的作家的思想、情感、人格信息有新的发现。然而我认为，当前更需要加强对"文革"后孙犁作品的研究。[6]这不仅是因为"文革"后孙犁作品数量大（约150万字），品种多（小说、散文、杂文、随笔、读书记、读作品记、书信、序跋、日记等），而且，从内容到风格都有很大变化。孙犁从小说家走向散文家、杂文家，从作家走向批评家、理论家，从文学家走向思想家，风格则由早期的明丽、欢乐转为沉郁、激愤。孙犁的创作和思想中有许多新现象、新特点值得研究。如从写"美的极致"到写"丑的极致"的"芸斋小说"，知人论世、贯通古今的书论、文论，忆乡土、忆童年、忆亲人、忆故旧、忆"青春遗响"的散文，"极有精致、极有分寸"的序跋，可作为作家心灵实录的"书衣文录"，里面都包含着大量关于社会的、历史的、人生的、文学的、艺术的、民俗的等多方面的知识与智慧，是一座值得深入开掘的思想文化宝库。然而，这方面的评论，特别是有分量的评论，比起《荷花淀》《白洋淀纪事》的评论，数量太少了，期望这方面的研究能有新的扩展与深化。

其次，要加强对作家的本体研究。

过去一个长时期中，存在着只重文本研究，而忽视作家本体研究，特别是作家心路历程研究的现象。就拿孙犁来说，他的作品所以具有撼人的艺术魅力与长久的生命力，除了同他所处的时代有关，还同他的出身、学养、师承、经历，同他的性格、气质、心理、人格有着密不可分的联系。特别是他的"五大情结"（童年情结、故乡情结、抗日情结、女性情结、"文革"情结）不仅激发了他的创作灵感，而且作为一种刻骨铭心的心理烙印，作为一种挥之不去又化解不开的精神积淀几乎渗透于他所有的作品之中，有必要一个一个地、深入细致地进行研究、探讨，以揭开"孙犁文学之谜"。这方面虽已有一些文章见诸报刊，但仍是孙犁研究方面的一个薄弱环节。

孙犁的文化意识，孙犁同传统文化、现代文化的关系也是本体研究要解决的问题。有人提出孙犁小说中反映出的是"农民美学意识"[7]，有人认为孙犁具有儒文化成分和士文化心态[8]，有人指出孙犁对现代文化的隔膜与拒斥，患有"都市文化恐惧症"[9]等等。这些关于孙犁文化意识类型、文化心理特征的讨论，有助于人们更准确、更深刻地去把握作家及其作品的文化内涵。

孙犁晚年的研究是孙犁本体研究中的一个新问题。孙犁晚年，既是他创作的又一辉煌期，也是他人生中最苦闷、最忧愤，并产生虚无感、幻灭感的一个时期，充满着种种的心理矛盾。特别是1995年后，孙犁的精神状态出现明显变化，他不再写作，不再读书，甚至闭门谢客，断绝了与朋友的书信往来，走向了完全的自我封闭。孙犁是热爱人生的，最后又冷漠了人生；孙犁是执着于文学的，最后竟弃绝了文学。这是孙犁的一个悲剧。这里深层的原因是什么？如何评价他晚年的这种矛盾心态？如何理解类似孙犁这样一些作家的"晚年现象"？这无论对于孙犁来讲，还是对当代文学事业来讲，都是值得深入研讨的一个大题目[10]。

总之，我们既要知其文，又要知其人；既要知其然（作家写了什么，做了什么），而且要知其所以然（为何写，为何做）。应当把对孙犁的文本研究同对作家的本体研究结合起来。

再其次，关于孙犁的文学个性与文学定位问题。对此众说纷纭，但有一点是共同的，就是越来越多的论者对孙犁给予了很高的评价。

"文革"前许多现当代文学史把孙犁作为"解放区的作家"。滕云则认为，"孙犁在当代文学史上的地位很独特"，他不仅与鲁迅、巴金、冰心等不同，与许多在解放区成长起来的同辈作家也不同。"孙犁有农民的气质，又有文人的气质，书卷气很浓。他不是纯文人型作家，不是纯战士型作家，不是纯学者型作家，他兼而有之。"[11]杨联芬指出："孙犁是主流作家中极少的能同时为艺术论者和政治功利论者都接受的作家，也是主流作家中少有的艺术生命能超越'解放区'和主流政治文化，并能在新时期继续与当代读者对话的作家。"由此，她认为，"孙犁在主流文学中的地位一直具有某种'边缘'性，是"革命文学中的'多余人'"。[12]这都是很新鲜的见解。

关于孙犁在中国现当代文学史中的地位，滕云认为，孙犁"文革"前是"名家"，新时期以来是"大家"，现在，可以把他当作一个"历史性的作家"来研究。贾平凹说："长期以来，我是把孙犁称为大师的。"从维熙称孙犁"是一代文学宗师"。严家炎评价孙犁是"深谙文学之道的一位真正的大师"。曾镇南认为：孙犁的晚年，"登到了几欲摩鲁迅项背的高度，成了20世纪中国文学革命的、进步的、具有社会主义倾向的文学的又一个标志性的伟大人物"[13]。

我认为一位作家在文学史上的位置与价值，是一种客观的存在。所以，所谓定位，不是人们根据自己的主观意愿对作家进行随意的吹捧或贬抑，而是根据已存在的作家作品及其在文学界、社会上所产生的影响的客观事实，对他的价值和地位给予一种科学的文字表述；或者说，定位就是根据客观存在的作家作品的文学现实对作家的一种命名。具体到孙犁来说，现在不是我们要人为地给孙犁争一个什么位置，而是讨论孙犁本应当有一个什么位置。我赞同孙犁是"文学大师"的观点。这就涉及一个"文学大师"的标准问题。过去，推行"政治标准第一"的原则，强调单纯从政治功利的角度去评价作家的功过，作品的优劣，并由此排定他们在文学史上的位置，或因此贬低或取消了一些人在文学史上应有的位置。这显然是片面的和不公平的。正是由于强调所谓的"政治标准第一"，孙犁曾几次受到不公正的批判。最近又有人主张把"文本"，把"作品的审美价值及文学影响"作为选择和确定文学大师的标准。[14]这是另一种片面性。我理解，"文学大师"应是一个整体性的概念，它既包括文本，又包括作家本体；既要讲作品的审美价值，又要讲作家的思想与人格，二者缺一不可。也就是说，文学大师应当是对作家全面的一种价值判断。根据这样一种理解，我认为"文学大师"应有以下几方面的标准：

第一，他应有广博的文化素养与深厚的学养，具有社会、历史、哲学、文化以及文学艺术等方面的丰富知识。这既是成为文学大师所必备的前提条件，也是文学大师应有的文化标识。

第二，有足够数量的、堪称是艺术精品的作品。文学大师的作品应有相当的数量，但更重要的是作品的质量。这些作品应当具有深刻的思想性与完美的艺术性，多数可以传世。

第三，大师的思想与艺术、人品与道德在文学界具有广泛而深远的影响，为同代人甚至于几代人所学习和效仿。

孙犁是一位参加过抗日战争和解放战争的革命战士，是一位创作了大量经过历史严格筛选而能传世的作品的作家，是一位培育了一批又一批文学新人的园丁，是一位在文学理论、文学批评方面有重要建树的文学理论家和文学批评家，也是一位对哲学、史学、美学、新闻学、文献学等有着丰硕著述的学者。像他这样集战士、作家、理论家、批评家、学者于一身的人，在中国现代与当代文学史上是不多见的。孙犁作为20世纪中国文学的一名大师当之无愧。

最后讲讲研究的方法论问题。重要的一点是孙犁研究要倾听不同的声音。既要有肯定性研究，也要有批评性研究。一个作家的一生划分若干阶段，创作有高潮也有低潮；他有多个侧面，有好的一面，也有不好的一面。我们不能只知其一，不知其二。也就是说，对于一个作家要采取一种唯物的、辩证的、科学的态度，要综合各方面的因素对其进行全面考察，才能对其人其文做出比较准确、公正的评价。对于文学大家、大师也不例外。大家、大师的成就、业绩要给予充分的评价，大家、大师的不足、失误、存在的问题，也要实事求是地予以指出，不为贤者讳。

像所有伟大的人物一样，孙犁作为一位文学大师也有他特具的思想上、艺术上的局限和某些人性的弱点。正视这些"局限"和"弱点"，是对作家与读者负责的表现；并且从文学发展来说，坦诚地指出这些"局限"与"弱点"，正是对文学创作、文学批评的一种积极的促进与推动。

20世纪80年代以来，对孙犁的评论开始出现一些不同的声音。如有人认为"缺乏大悲大喜是孙犁美学思想的弱点"，这表现在，在继承鲁迅的文学传统时，"忽视了鲁迅对中国社会的狠狠的鞭笞与无情的抨击。或者说孙犁对中国文化不似鲁迅那样批判大于继承"。另外，孙犁的作品"缺乏忧患意识""孙犁反映解放区生活的小说确乎有点过于用美的洋溢来包容错综复杂的现实生活""孙犁在写小说时，多少有些孔子的不语怪力乱神的儒者风度"[15]。有人提出孙犁思维方式的偏执问题。如对抗战时期人与人关系的绝对肯定，对和平时期人与人关系的过多否定；他对现代工业文明、都市文明的深恶痛绝；他把市场经济某些负面效应完全归之于是市场经济造成的恶果，等等。不能说孙犁的看法是完全错误的，然而他的确夸大了事物的某些方面而走向了极端化、绝对化。正是"偏执的思维方式导致了他对形势的片面认识和对现实的失望与拒绝"[16]。在2001年孙犁研究会年会上，有人说，从战争文学的角度看，孙犁作品中反映的战争与实际的战争有较大距离，未写出现代战争的残酷性、复杂性、深刻性；从艺术上看，孙犁作品的诗化，给情节和人物刻画带来不少缺陷。这些论者都是力求从不同于已有评论的另一些侧面去解读和认识孙犁，这样或许可以启动批评者的新的思路，引起学术界的争鸣，比只有一种声音，或只是一味地"颂"和"捧"要好。

我们反对文坛上那些哗众取宠的酷评者。他们出于一种不良的动机，以歪曲的、甚至是捏造的"史料"为炮弹，以最尖酸刻薄的语言，"横扫一切""骂倒一切"。在"打权威""灭名人"的喧嚣声中，对文学、文化造成严重的破坏。这是我们所不齿的。但是我们也不主张对文学大家、大师采取一种仰视的态度，似乎他的什么都是好的，什么都是对的，都是神圣不可侵犯的。我们既要尊重文学大家、大师，虚心向他们学习、求教，又要走出大家、大师的"阴影"，以平等的、冷静的、客观的态度看待他们的是与非、功与过、优与劣，还文学大家、大师以历史的真面目。

忠实于历史和生活，忠实于自己的艺术良心，使孙犁的作品超越了时空而不朽。孙犁是一面不褪色的文学旗帜，他吸引、召唤着一代又一代的作家、艺术家去为真、善、美而奋斗、献身。

孙犁的作品是一座文化宝库，那里有无数思想与艺术的瑰宝等待我们去勘探、发掘。孙犁又是一个伟大的矛盾体，需要我们怀着一颗赤诚的心去接近他、理解他、认识他、评价他。

孙犁是说不尽的。

参考文献：

［1］参见百花文艺出版社出版的《孙犁作品评论集》（张学正、刘宗武编选，1982）、《孙犁作品评论续编》（滕云、张学正、刘宗武编选，1992）

及附录：1949～1988孙犁研究资料目录索引。

[2]代表性著作有：周申明、邢怀鹏：《孙犁的艺术风格》，河北人民出版社，1980；冉淮舟：《孙犁的文学道路》，陕西人民出版社，1982；林焕标、卢斯飞：《孙犁作品欣赏》，广西人民出版社，1984；傅瑛：《孙犁年表》，《新文学史料》，1984（3～4）；郭志刚：《孙犁创作散论》，山西人民出版社，1986；李永生：《孙犁小说论》，北岳文艺出版社，1986；郭志刚、章无忌：《孙犁传》，北京十月文艺出版社，1990；周申明、杨振喜：《孙犁评传》，百花文艺出版社，1990；郭志刚：《孙犁评传》，重庆出版社，1995；金梅：《孙犁的现实主义艺术论》，陕西人民出版社，1996；等等。

[3]可参阅方纪：《一个有风格的作家——读孙犁同志的〈白洋淀纪事〉》，《新港》，1959（4）；冯健男：《孙犁的艺术（上）——〈白洋淀纪事〉》《孙犁的艺术（中）——〈铁木前传〉》《孙犁的艺术（下）——〈风云初记〉》，《河北文学》，1962（1、2、3）；黄秋耘：《关于孙犁作品的片断感想》，《文艺报》，1962（10）。

[4]参见刘文田、周相海、郭文静主编：《当代中国文学史》，河北大学出版社，1991；张炯编著：《新中国文学史》，海峡文艺出版社，1999。在书中，编著者把孙犁同赵树理、柳青、周立波等文学大家相提并论。

[5]孙犁. 语重心长一席话——孙犁谈文学研究[Z]. 天津市孙犁研究会简报，1994（1）.

[6]孙犁新时期的作品，除合集出版的《晚华集》《秀露集》《澹定集》《尺泽集》《远道集》《老荒集》《陌巷集》《无为集》《如云集》《曲终集》及《耕堂杂录》外，专题结集出版的有：《耕堂序跋》，湖南人民出版社，1988；《耕堂读书记》，百花文艺出版社，1989；《芸斋小说》，人民日报出版社，1990；《孙犁书话》，北京出版社，1996；《芸斋书简》（上下），山东画报出版社，1998；《书衣文录》，山东画报出版社，1998；《耕堂劫后十种》，山东画报出版社，1999。

[7]滕云. 孙犁研究新声息——孙犁创作学术讨论会随想[J]. 文学评论，1989（3）.

[8]汪凌. 淡泊与智慧：试论中国传统文化对孙犁晚年创作的影响[J].

河北文学，1992（8）．

[9] 李素莉．谈孙犁的文化选择 [J]．河南大学学报，1995（2）．

[10] 杨栋．论世、论事和论文——晚年的孙犁 [J]．当代作家评论，1993（3）；丛正．晚年孙犁简论 [J]．徐州师大学报，1997（2）；张学正．观夕阳——晚年孙犁述论 [J]．当代作家评论，1998（3），新华文摘，1998，（8）转载；学正．寻觅旧梦——评孙犁晚年的思想与创作 [J]．南开学报，1998，（5）．

[11] 滕云．在天津市孙犁研究会成立大会上的发言 [Z]．天津市孙犁研究会简报，1994（1）．

[12] 杨联芬．孙犁：革命文学中的"多余人" [J]．中国现代文学研究丛刊，1998（4）．

[13] 大师孙犁 [N]．天津日报，2000-12-17．

[14] 参见王一川编：《20世纪中国文学大师文集》，小说作家入选的有：鲁迅、沈从文、巴金、金庸、老舍、郁达夫、王蒙、张爱玲、贾平凹。

[15] 张春生．"农民美学意识"与孙犁小说 [A]．孙犁作品评论续编 [C]．天津：百花文艺出版社，1992．

[16] 张学正．寻觅旧梦——评孙犁晚年的思想与创作 [J]．南开学报，1998（5）．

［原载《天津师范大学学报（社会科学版）》2002年第4期］

孙犁研究著作简介

《百年孙犁》

作　　者：铁凝　贾平凹

出 版 社：百花文艺出版社

出版时间：2013年5月

《百年孙犁》讲述孙犁是当代文学中一个独特的存在：孙犁生前身后，固然有各种名号加诸其身，孙犁依然只是自己。孙犁的独特，不在于狷介，不在于浪漫，而在于平实，在于真气逼人。孙犁反复谈到"真"，从做人到作文，在最后的《曲终集》中，孙犁坦承："大家都希望作家说真话，其实也很难。" "我以为真话，也应该是根据真理说话。真理就是公理，也可说是天理。有了公理，说真话就容易了。"孙犁的文字，都是从自己的切身体验中生发，就像老农躬耕于田间，汗水落地，庄稼长出。大真大美，归于自然。越是普通的读者，越是感到亲切，越是能体味出孙犁文字的真味，成为孙犁的知音。《百年孙犁》所选，大体分为两类，一是亲属、战友、同事、后学关于先生的回忆，一是专家、读者阅读先生作品的感受。选文不论作者，只求莫悖了先生的精神。这些平实的文字，好像藏有无量的层次。时间的磨洗，只能透露出内存的丰赡和隐秘，益增其魅力。

《孙犁传略》

作　　者：管蠡

出 版 社：百花文艺出版社

出版时间：2004年7月

《孙犁传略》真实记录了作家孙犁的生活、学习与艺术上的追求，表现了孙犁的思想、感情和事业的发展，展现了孙犁的内心世界和才气。包括《白帆、水鸟和野菜篮子》等十六章。

管蠡，原名郑法清，1938年生，河北省蠡县人。中国作家协会会员。1960年开始从事文学评论工作。曾任百花文艺出版社社长兼总编辑，《小说月报》《小说家》《散文》《散文·海外版》主编，天津市新闻出版局副局长。现为中国出版工作者协会常务理事、天津编辑学会名誉会长、孙犁文学研究会副会长。

《晚年孙犁研究》

作　　者：阎庆生

出　版　社：中国社会科学出版社

出版日期：2004年12月

孙犁晚年心态的复杂性以及主体对其思想与艺术个性的某种自我遮蔽，增加了读者认识这位大器晚成的文学大师的困难。本书的前半部分深入地评述了孙犁晚年的心态：浓厚的忧患意识、思想家气质的彰显、入世与出世的意识冲突、孤独意识、鲁迅情结、情爱情结等等，近于晚年孙犁的心理评传；后半部分着力探析了孙犁晚年美学思想的内涵、结构、特征及其现代转型的艰难历程，并论述了"耕堂文体"的艺术创造与审美意蕴。本书富于独创性、学理性与浓郁别致的情采，文笔优美隽永，论说精当有力，有助于读者走进晚年孙犁的心灵世界与审美世界。

《孙犁评传》

作　　者：周申明　杨振喜

出　版　社：百花文艺出版社

出版时间：1990年1月

《孙犁评传》没有刻意写孙犁的性格，但由于作者比较准确地把握住了孙犁的文化个性，就在对孙犁人生经历及创作实践的具体描述中，在对孙犁作品思想内涵及美学风格的具体分析中，在对孙犁创作自述及文艺观点的深刻评论中，把孙犁的性格或直接或含蓄地表现出来，使人读罢全书，脑海中立刻映现出一个乖僻而又真诚，淡泊而又热情，孤高而又平易，朴讷而又睿智，随和而又耿介，软弱而又倔强，与世无争而又积极参与，不触犯他人而又坚持己见的知识分子的形象。

全书用主要篇幅对孙犁各个时期所创作的那些产生过广泛影响的作品进行了洞幽察微、深入肌理的分析。本书作者对孙犁研究有着较长时间的积累，对于孙犁的全部作品，他们几乎都了如指掌。正是这种深厚积累，使他们比较准确地把握住了孙犁创作的总体精神和整体风格。作者在描绘孙犁所创造的外在世界及其内心世界的时候，并没有将问题简单化。他们没有简单地将孙犁与农民画等号，而是通过对孙犁作品的具体分析让人认识到，孙犁所认同的，只是农民中的那些佼佼者，是农民中那些经过革命战争洗礼的热情开放、大胆追求并努力创造新生活的积极向上的人物。

三、刘绍棠研究专辑

《蒲柳人家》及刘绍棠小说的民族化、乡土化特点

□ 徐文海

内容提要： 在刘绍棠的诸多小说创作中，《蒲柳人家》是代表作品。在所表现的情调、塑造的人物、情节的结构、语言的使用等各个方面，《蒲柳人家》都体现了民族气派和乡土气息。他的创作实现了他要建立北京的"乡土文学"的创作主张，在中国当代文学中占有重要位置，影响日益深远。

刘绍棠是一位令人瞩目的作家。随着中华人民共和国诞生的脚步，他"头顶着运河滩的高粱花，脚沾着运河滩的泥土走上文坛"，在长期而又曲折的创作生活当中，他逐渐摸索出了自己的一套创作经验。他认为：作家的才能总是具有个人特点的，个人的特点发挥得越充分，他的才能越能最大限度地表现出来，也越有利于形成作品的特色。郭沫若有郭沫若的气质，郁达夫有郁达夫的气质。刘绍棠也有自己独到的地方：第一，在生活上，他熟悉农民。他生在农村，长在农村，前后有三十年以上生活在他出生的儒林村；也熟悉农民的思想、感情、心理和愿望，熟悉农村的风土人情，在伦理道德观念和审美观点上，也和农民一致。第二，在艺术风格上，他比较擅长描写美好的人、生活中的光明面和优美的风光景色。第三，在语言上，他的口语已完全农民化了，没有知识分子腔。第四，由于他自幼接受民间文学和民间艺术的熏染，和农民有共同的文学欣赏习惯。第五，他在性格气质上，热情外溢而不深沉内向，不善于发现问题和抓住矛盾，而长于写风土人情。经过一段时间的苦苦追寻，他终于找到了属于

自己的艺术天地，他要写农民，建立北京的"乡土文学"。

刘绍棠不仅是一个"乡土文学"的成功实践者，而且是一个"乡土文学"的鼓吹者、提倡者。几年来，他结合自己创作实践，写了《关于建立北京乡土文学》《我是一个土著》《关于乡土文学的通信》《现实生活激动着我》等。在这些文章中，他粗略地勾画了他的乡土文学理论主张和创作设想。

他认为，文学史早就有"乡土文学"。鲁迅在《中国新文学大系·小说二集序》中提到了"乡土文学"；20世纪50年代，毛泽东同志也曾多次号召编写乡土教材。他认为，从当前创作来看，乡土文学是为了充分发挥某一类作家的创作优势，推动文艺创作的百花齐放。他说："王蒙属于城市，我属于农村，我是一个土著。"因而，乡土文学的主张是能全面而又综合地反映"作家本人的立场、观点、经历、修养、学识、气质和情趣"，能充分发挥创作优势。在《关于乡土文学的通信》一文中，刘绍棠将自己的乡土文学主张归结为五条：一、坚持文学创作的党性原则和社会主义性质；二、坚持现实主义传统；三、继承和发展中国的民族风格；四、继承发扬强烈的中国气派和浓郁的地方特色；五、描写农村的风土人情及农民的历史和时代的命运。

为了实现其文学主张，他敏于思考，勤于创作，硕果累累。其中，中篇小说《蒲柳人家》既是其"乡土文学"的发轫之作，也是上乘之作，为其后来的一系列中篇小说奠定了基调，集中体现了刘绍棠的创作风格和艺术风貌。

《蒲柳人家》充满了理想色彩和田园牧歌的情调。正如有的评论者所说："他是带着田野的芬芳气息和牧童的悠扬乐曲，从乡间的小路上朝我们走来的。"他呈现给读者的是一首优美的田园诗。读者读此作品，仿佛进入了京东运河滩那风景秀丽、人情淳厚的乐园里，田园、村庄是那样可爱，而那具有浓郁地方色彩的民俗乡风、人情世态也是那么美丽动人。

《蒲柳人家》是20世纪30年代冀东运河沿岸农村绝妙的自然风景画和历史风俗画。作品以九一八事变后、卢沟桥事变前，殷汝耕在冀东建立汉奸政权，抗日运动方兴未艾这一历史为背景，着力描写作家的故乡——冀东运河滩上的风土人情以及历史变迁。

作品展示了冀东运河滩农村迷人的自然风光：“一条条河汊纵横交错，一片片水洼星罗棋布，一道道沙田连绵起伏，河汊里流水潺潺，春天只有脚面深，一进雨季，水深也只过膝，宽窄三五尺，也不搭桥，可以一跃而过，河汊长着浓荫蔽日的大树，枝枝丫丫搭满了大大小小的鸟窝。水洼里丛生着芦苇、野麻和蒲草，三三五五的红翅膀蜻蜓，在苇尖、麻叶和草片上歇脚，而隐在深处的红脖儿水鸡儿，只有蝴蝶大小，啼唱得婉转迷人……”“夏日的傍晚，运河上的风景像一幅瑰丽的油画。残阳如血，晚霞似火，给田野、村庄、树林、河流、青纱帐镀上了柔和的金黄。荷锄而归的农民，打着鞭花的牧童，归来返去的行人，奔走于途，匆匆赶路。村中炊烟袅袅，河上飘荡着白雾似的水气。鸟入林，鸡上窝，牛羊进圈，骡马回棚，蝈蝈在豆丝下和南瓜花上叫起来。月上柳梢头了。”这是对运河风景艺术的概括，既有静态的自然物，又有活动其间的人物，还有家禽野鸟点缀其间，飘逸着令人心醉神迷的泥香水气。进入村中，更别有一种情趣，每一个农家屋“四面都是柳枝篱笆，篱笆上爬满了豆角秧，豆角秧里夹杂着喇叭花藤萝，像密封的四堵墙。墙里是一棵又一棵的杏树、桃树、山楂树，花红果子树，墙外是杨、柳、榆、槐、桑、枣、杜梨等等，就好像给这四堵墙镶上了两道铁框。院子里还搭了几铺黄瓜架，而且不但占地，还要占天，累累连连的南瓜秧爬上了三间泥棚瓦舍的屋顶，石碾子大的南瓜横七竖八地躺在屋顶上……”这真是“蒲柳人家”！和江南的小桥流水人家不同，和岭南的四季花果飘香也有异，这是大运河特有的风光。

《蒲柳人家》还为我们描写了一幅又一幅的风俗画面。小说中写望日莲和周檎儿时玩“拜花堂”游戏：小周檎以柳圈为礼帽，望日莲顶荷叶作红盖头，他们身上斜挂着柳枝花环代十字披红，堆土为天地桌，插蒿为香，以地梨充当子孙饽饽，画地做洞房，嚼甜草根算吃长寿面。通过儿童天真的模仿，生动逼真地表现当时当地结婚时的风俗礼仪，充满地方特色和生活气息。七夕之夜乞巧拜月的风习写得更加优美动人。七月七的晚上，“年已及笄”的姑娘，半夜三分悄悄找个僻静角落，给垂拱中天的月牙儿焚香叩拜，然后拿出一根针、一条红线，在月色朦胧中穿行，如果一穿而中，今年必能跟自己心爱的人儿结成美满良缘。一丈青大娘给何满子讲的牛郎织女相会泣啼，望日莲给何满子讲"偷看姑娘家脱衣裳，要长枣核那么大的针眼"的趣谈；为保子孙平安，一丈青大娘缝"百家衣"、打造长命锁的风俗俚习，鬼节水鬼拉替身的古朴传说等等，都充满了十足的民俗气，作品的描绘都是十分生动真切的。

从《蒲柳人家》我们可以看到，作者对故乡风貌俚习的描绘，目的在于更好地塑造人物，为主题服务。作品中描写的风俗习尚无一不为此。"拜花堂"的游戏现出了周檎、望日莲的爱情萌芽；望日莲乞巧拜月表现了她忠于爱情的坚贞性格和矛盾苦闷的心理状态；缝制百家衣、打造长命锁显示了一丈青大娘爱孙情重的性格；就连牛郎织女的传说对下文描写周檎、望日莲爱情起了烘云托月的作用。作品又不是简单地描写故乡的风俗习尚，而是使之同人物一道联系时代、社会、国家的命运，从而使古老的风情具有了更深更新的意蕴。小说结尾写周、望的婚礼，按乡俗风习本应"大办喜事"，然而国难当头，日寇铁蹄已踏入中华沃土，他们只能从简，给这古老习俗注入了时代血液，使得古老乡俗更具特色，更具风采。

故乡土地，故乡人民养育保护了刘绍棠，他对故乡怀有深挚的感情。正是因此，他的作品字里行间充溢着深厚的乡土人情。作者用笔深情地讴歌着故乡的土地、人民和他们的生活，字字句句饱含着对故土无限的爱，作品表现出的浓郁乡情乡音，正是作者发自心底挚爱的流露。

《蒲柳人家》通过表现故乡人民的人情美，讴歌了劳动人民的美德。作品表现赞颂的家乡人民的人情美是多姿多彩、感人至深的。小说写一丈青大娘与何满子的骨肉之情，深挚真情，她是把何满子看成是自己的心尖子、肺叶子、眼珠子、命根子。"何满子在奶奶身边长大，要天上的星星，奶奶也赶快搬梯子去摘""他整日在河滩野跑，奶奶八样不放心，怕让狗咬了，怕让鹰抓了，怕掉在土井子里，怕给拍花子的拐走。老人家提心吊胆，就像丢了魂儿，出来进去团团转"，找他"喊哑了嗓子"。何满子却四处隐匿，同奶奶捉迷藏，"等到天黑回家去，奶奶抄起顶门杠子，要敲碎何满子的光葫芦头，何满子一动不动，眼皮眨也不眨，奶奶只得把顶门杠子一扔，叫了声'小祖宗儿'，回到屋里给孙子做好吃的去了，不是煮鸡蛋，就是烙白面饼"。又如描写望日莲与何满子的姑侄之情，何满子为给姑姑解渴充饥，不顾一切去偷地主瓜田的瓜；乞巧之夜，他听到了周檎与望日莲的情话，当望日莲嘱咐他不告诉别人时，何满子"委屈地哭了，说道：'原来……你们也信不过我呀！'""你们在河滩上钻柳棵子地，说悄悄话，你把辫子绕到檎叔脖子上，我跟别人说过吗？"望日莲激动地把何满子紧紧贴在心窝上说"满子，我的亲人哪"。这精彩的描写，细致而深沉地写出了他们之间无限的情谊，令人荡气回肠。除此之外，《蒲柳人家》在有限的篇幅里，还成功地描写了周檎、何大学问对何满子，一丈青大娘、柳罐斗对望日莲的亲情；周檎与望日莲、柳罐斗对云遮月的爱情；何大学问、吉老秤、郑端午、柳罐斗之间，周檎与郑整儿、荷妞间的友情等等，全面深刻地表现了劳动人民的人情美。通过对劳动人民高尚纯洁的美德的盛赞，增强了作品的思想内容和撼动人心的艺术力量，并使人物形象更加血肉丰满。

细致入微地描写十八里运河滩的风土人情，是刘绍棠独特创作风格与特色的集中反映，在刘绍棠的创作中占有特殊地位。

作为乡土文学作品，《蒲柳人家》的另一个特色是塑造了一系列粗犷豪勇的传奇式英雄人物。这些人物性格特质和民族美德的形成，是与他们生活的北运河的特殊地理环境及文化的熏染分不开的。首先，从地理环境来看，大运河横穿运河滩，南来北往的大船常常在此停泊，这里的人也可以去京津卫，得风气之先，不像边远乡村那样闭塞。农民们从事着三教九流各式职业：赶马、保镖、撑船、摆渡、钉掌、看瓜、行游卖艺、开店接客……人们视野较宽，所以多善表达，朴实而不木讷，机智流于外向，行为机敏泼辣。另外，由于北运河靠近京城，地处天子脚下，受古文化的熏染，影响很大，说评书、唱大鼓的艺人常常光顾。这样，历史上传奇、演义中的英雄人物对这里的人们产生了很大影响，凝聚在他们身上的善良、豪爽、侠义、勇敢、扶危济困、疾恶如仇等传统的民族美德则多被运河滩上的人们效仿、吸收，加上清末义和团运动曾波及这里，在共同反对民族压迫的患难生活中，又加深了他们身上这些民族美德。这个曾经受燕赵古国"慷慨悲歌"影响的地方，人们多勇武刚烈，江湖气派浓。

　　作品中的一丈青大娘是一个巾帼英雄的形象。她"有一双长满老茧的手，种地、撑船、打鱼，都是行家里手，她还扎得了针、拔罐子、接生、接骨、看红伤""她大高个儿，一双大脚，青铜肤色，嗓门也亮堂，骂起人来方圆二三十里敢说找不出能招架几个回合的敌手。她也能打架，动起手来，别看五六十岁了，三五个大小伙子也不够她打一锅的"。她站在篱笆外的伞柳荫下放鸭子，见几个纤夫赤身露体，只系着一条围腰，裤子卷起来盘在头上，便大声断喝，"站住！都给我穿上裤子，不能叫你们腌臜了我们大姑娘小媳妇的眼睛"。有一个纤夫不知好歹，用手一推一丈青大娘，还恶语伤人，一丈青大娘勃然大怒，"一个耳刮子抡过去"，打得那纤夫"转了三转，拧了三圈儿""随后，一丈青大娘折断了一棵碗口粗细的河柳，带着呼呼的风声抡舞起来，把这几个纤夫扫下河去，就像正月十五煮元宵，纷纷落水"。她不仅疾恶如仇，也热情善良，最能表现其性格特质的是对邻居童养媳望日莲的态度。当一丈青大娘知道望日莲要遭暗算，便冒险抢救，认作义女。为成全望日莲与青年学生周檎的婚姻，让她跳出火坑，一丈青大娘甘愿赔出了四亩地，损失了"半壁江山"，并对周檎和望日莲说："只要你们俩恩恩爱爱，和和美美，我跟你爹这两把老骨头，还能为你们熬出个斤儿八两的油来。"这对于一个普通的农村妇女来说，该是多么伟大的举动，她使我们看到了我们民族舍己为人的精神闪光。她做到了外在行动和内在品质的统一，农民美好心灵和凛然正气的统一；她时而怒目金刚，时而又菩萨心肠，与传统农民英雄的爱憎分明品格是一脉相承的。

　　柳罐斗是更具有民族精神的形象。别林斯基指出："必须使人物一方面成为一个特殊世界的人们的代表，同时还是完整的、个别的人。"柳罐斗正是这样的一个人物。作者虽然在他身上着墨不多，但却写得极为成功。小说第九章首先写他"是小村的头一条汉子，一副庄严的神态，深沉大度的气势"，是"活赵云、赛平贵"。这虽是粗线条勾勒却不虚浮。他参加过北伐军，当他认识到国民党反动派的阶级本质后，毅然与国民党划清界限。与国民党"连副割袍断义"一节描写得颇为生动，富有传奇色彩，表现出他爱憎分明的性格特点和阶级意识的觉醒。他人品出众却中年不婚，是怕娶妻与姐姐不和，使姐姐伤心。姐姐去世后，他又怕娶妻让外甥周檎受到虐待，他决心为外甥扛一辈子"长工"。他对周檎的深挚疼爱，更表现了他自我牺牲的高尚性格。这一疏一亲的对比，便体现了柳罐斗形象性格的精神内核。对云遮月的情爱与对麻雷子的阶级仇恨的对比描写，更显示出了中国觉悟农民的内在之美。据此，可以说柳罐斗这一形象堪称20世纪30年代中国先进农民的代表，同时又不失为一位个性鲜明的艺术形象。

何大学问也是作家精心描绘的人物。他是一个在卖力气走江湖的人中叫得山响的人物。他"人高马大，膀阔腰圆，面如重枣，浓眉朗目，一副关公相貌""年轻时当过义和团，会耍大刀，拳脚上也有几下子"；他会摆弄牲口，打一手好鞭花。他不但是赶车人，也是保镖的，"几百匹野马，在他那一杆大鞭的管束下，乖得像一群温顺的绵羊""沿路的偷马贼，一听见他的鞭花在山谷回响，急忙四散奔逃，躲得远远的"。何大学问也养成了一种绿林好汉的性格：好喝酒，脾气大，为朋友两肋插刀，而且仗义疏财，赶马路上遇见老弱病残，伸手就掏荷包抓多少就给多少。为帮助望日莲逃脱虎口，他不惜破产卖掉一半土地为她赎身。这个普通的懂得武艺的农民之所以被人们称为"大学问"，是因为他见多识广，又爱当众讲谈，"编起故事来有枝有叶，有文有武，曲折生动，惊险红火"。但自他荣膺"大学问"这个尊号以后，当真在学问上下起功夫来。在赶马途中，他腰里常揣个唱本，投宿住店，歇脚打间，都咿咿哦哦地嘟念。而且在仪表上，他也要打扮成斯文模样，说话也咬文嚼字。于是，"人们看见，在长城内外崇山峻岭的古驿道上，这位身穿长衫的何大学问，骑一匹光背儿马，左肩挂一只书囊，右肩扛一支丈八尺长的大鞭。那形象既威风凛凛又滑稽可笑"。这是一个亦文亦武、可敬可爱而又有几分可笑的人物。他是那个时代、那个地区的"特产"，他的身上散发着浓厚的乡土气息和时代气息。

除此之外，作品还塑造了望日莲、周檎、云遮月、何满子、吉老秤、郑端午以及麻雷子、花鞋杜四、豆叶黄等形象，这些形象也是栩栩如生、各具特色的。他们代表着当时社会中方方面面的人物。作品通过揭示他们之间的关系，把他们放在特定的历史社会环境中，有机地组合在一起，为我们艺术地再现了20世纪30年代中国京东运河农村的社会风貌。

作者说过，他笔下的那些人物都是他熟悉的，"绝大多数都是以我的乡亲父老兄弟姐妹们为生活原型"（《〈蒲柳人家〉二三事》，《北京师院学报》1981年第2期），因此，给人的印象是真实亲切、个性鲜明的。作者选择特定时代为历史背景，把人物放在尖锐的矛盾冲突中，将农民阶级的命运与整个国家的前途命运紧紧地融合在一起，把农民的生活与斗争投入到伟大的人民解放事业中去描绘，这就使农民性格中基本的也是最光彩照人的特征表现无遗，使人物形象更有分量，更具有丰富的内涵。而且，刘绍棠塑造人物形象的主要成就还不在于刻画出了什么极为杰出的典型，而在于刻画了中国一个特定地区农民整体形象，揭示了具体农民形象身上的共性，为勤劳纯朴、正直善良、明大义识大体、见义勇为、互相扶助、具有高尚情操的中国农民竖起了一座伟岸的艺术雕像。

这里有一点值得提出，就是刘绍棠描写农民，表现他们生活与斗争所选择的艺术视角。无须讳言，中国农民具有保守落后性，受封建意识影响极深，对此，作者没有呆板机械地表现，而是将广大农民投入到伟大的历史洪流中。这样做的结果是使农民的命运与时代、国家的命运统一起来，而使这个阶级的落后性得以"淡化"，服从了主题的需要。作者讴歌的是中国农民义重情深的传统美德，表现其不足不是创作的意图与目的。虽然如此，作者并没有完全回避这个现实，而是恰当地、有限度地进行了显示，如一丈青大娘这个女中豪杰在孙子落生后，"又烧香，又上供，又拜佛又许愿""挨门挨户乞讨零碎布头儿，给何满子缝制了一件五光十色的百家衣"，还"打造了一个分量不小的包铜镀金的长命锁"。这里虽然写她爱孙情切，也显出她思想中迷信、封建性的因素。望日莲在何满子劝她与周檎结合时，她凄然地说："今生没缘了，来世再说吧！"何满子骂周檎，她便"慌忙双手捂住他的嘴巴：'不许你咒他。'"这虽写她对周檎恋情之深，也看出她身上软弱、宿命的弱点。作者就是这样歌颂劳动人民的美德，又不至于使人物脱离自己的身世与生活环境。作品中我们看到基于实际对农民的特性做了合情合理的"扬善抑恶"，这样处理对于表达主题思想，激发读者的爱憎感情是必要的，也是成功的。

为了适应作品内容和题材的需要，《蒲柳人家》采用了舒缓、和谐的散文化的艺术结构来书写作者的田园牧歌，这也是极有特色。刘绍棠主张小说"无主角"，而应由多个人的多个故事所组成，以适应众多读者传统的欣赏习惯，因而他的作品在同一主旋律下分奏出不同的乐曲。他认为："生活中有主导、有主线、有主体，但没有主角。一篇小说的人物，只能置身于一个主体之中，被一个总的命运所主导，沿着一条主线活动。硬要其中一个人物扮演主角，其他人物都围绕这个主角团团转，便要削生活之'足'，适突出个人之履，造作拼凑，破坏生态平衡，伤害自然情趣。因此，近年来我的小说，想方设法从主角戏的桎梏中挣脱出来，只对生活进行自然的剪辑，使每个人物都有自己的戏，互相之间既有不可分割的制约，也有个人表现的自由。"（刘绍棠：《我与乡土》）《蒲柳人家》写了许多人物和许多故事。这里面的人物没有主次角之分，"六岁的顽童何满子从头至尾都出场，但是这个光着屁股野跑的小家伙显然不是主角，他只不过是穿针引线，把其他人物串联起来。周檎和望日莲是主角吗？也不是，他们不但不能左右其他人物，其他人物反而在左右他们。何大学问、一丈青大娘、柳罐斗和吉老秤，都各有其重要作用，相辅相成而并无主从"（刘绍棠：《乡土与创作》）。"无主角"决定了刘绍棠作品的结构是具有天然美的散文化的艺术结构。著名作家王蒙曾说过："我认为最好的结构是没有结构痕迹的行云流水式的结构；最大的匠心是完全放松、左右逢源、俯拾即是的，看起来像是毫不费力的，没有丝毫匠心的匠心。总之，好的作品，应该是让读者和作者沉浸在它的形象、情绪、境界里边，其他全忘了。文无定法，无法之法是为法也。"（王蒙：《漫话小说创作》）刘绍棠追求的是"清水出芙蓉，天然去雕饰"的美，因而他对作品的结构不是刻意地去描摹，却注意于自然水到渠成的描写，透露出真诚质朴和单纯的美。这种单纯的美是作家对自己所要表现的事物获得深刻透彻的认识，并在此基础上对素材进行选择组合以后表现出来的，从而达到思想感情之丰富和艺术表现之单纯的统一。

刘绍棠在他的作品中像生活本身那样自然地展开了多头绪、多线索的情节描写。这种散文化的结构，主导线索来自作者对生活的思想认识和美好的理解。作品往往在既定的思想感情的推动下，虽然也着意于人物的性格刻画，但并不是通过一个完整故事来表现的。它是以许多故事相结合的方式，向读者呈示一幅幅表面看来没有直接联系，但在思想意蕴上却富有递进性连接的画面——"形散而神不散"，就是散文化艺术结构的表现方式。作品是由许多组合而成的完美的整体。每一个故事又都显示着自己的色彩，但它们不是随意地出现在作品中，而是依赖着作者思想感情的这条主线的牵引，因而作品中的故事的选择是自由而又不自由的。作品以何满子引出了一系列人物的相互关系，但是故事的选取与组合却始终没有构成严格意义上的冲突。作者似乎只是漫不经心地描写了一些普通人物和故事。在表面看来有一些松散的描写中，作者却自然而富有凝聚性地传达出了作者的思想感情。他对故乡的怀恋和热爱的情绪始终在作品中回旋着，也始终激荡与拨动着读者的心弦。散文化的艺术结构，使作品的叙述角度由单一的、固定不变的而转向多元的，随时可以变化的角度，使作者得以灵活地描写社会生活的纷纭万状的情态，自由地表现作家的审美观念和审美理想。这样的写法新颖独特，因而也强化了作品的艺术魅力。

孙犁说："刘绍棠的语言功力很深，词汇非常丰富，下笔汪洋恣肆。"（孙犁：《读作品记》，载《新港》1980年10期）确实，刘绍棠的语言丰富多彩和有音响效果。他创作上的巨大成功，有很大程度是靠精湛的语言实现的。他从小生长在运河岸边的农村，不仅对北方农村农民那种极富描摹性的乡言土语十分谙熟，而且还善于借助自己很深的古典文学修养将其加以选择锤炼并融进作品中，并运用了民间评书的艺术语言和中国传统的艺术手法，文白杂糅，以拙见巧，不追求辞藻的华丽，但求美的意境产生，以写实传神的笔触，为读者勾勒出了一个个活灵活现的艺术形象，即便是对于比较抽象的事物描述，也必定给人具体生动形象的比喻，使人看得见、摸得着。例如以"桑木扁担宁折不弯"形容刚正耿直；以"拉了秧的黄瓜""上了架的烟"形容萎靡不振；以"守着金山没柴烧，怀抱金碗讨饭吃"形容有优势的客观条件，却由主观上的失误所造成的困难局面；以"寒霜单打独根草，漏船偏遇顶头风"形容双重不幸；以"磨扇子压住手"形容遭遇窘困；以"强扭的瓜不甜"形容勉强行事效果不好；"牛不喝水强按头"形容强迫命令；"天上下火"形容炎热；"巴掌大"形容小院；"鸽子笼"形容小屋等等举不胜举。

试读介绍一丈青大娘的一节叙述语言："何满子的奶奶，人人都管她叫一丈青大娘，大高个儿，一双大脚，青铜肤色，嗓门也亮堂，骂起人来，方圆二三十里，敢说找不出能够招架几个回合的敌手。一丈青大娘骂人就像雨打芭蕉，长短句，四六体，鼓点似的骂一天，一气呵成，也不倒嗓子……"这里使用的几乎都是口语，比喻恰当精妙、朴实、自然、形象而又给人以幽默之感。

刘绍棠是"大地和人民的儿子"，他虽然经历了伤痕时代，但并没有写出伤痕文学作品，因为他站在时代的高度，用敏锐的目光，看到了生活是美好的，邪不压正，所以，他用歌颂劳动人民的阶级情义和纯洁的人性美来表达对人民的感戴，用赞美被压迫者的崇高理想、革命志气和斗争精神，去鞭挞黑暗和邪恶。以对生活真挚的爱，闪烁生活中本质的美，生发、升华美的力量，激起人们爱国的热忱和对美好生活的追求。他的乡土文学作品，在中国当代文学中占有重要位置，影响日益深远。

［原载《内蒙古民族师院学报（哲学社会科学·汉文版）》1992年第2期］

刘绍棠小说的独特风格和固定程式

□ 南 帆

倘若一个作家不愿将自己独特的艺术风格向纵深拓展，而是仅仅停留于表面化的扩散，那么，这种风格很可能流为一种固定的程式，甚至一种桎梏——也许，我们应当把这个问题郑重地提到刘绍棠小说面前了，尽管这很可能是一种杞忧。

1980年，刘绍棠的中篇小说《蒲柳人家》以独树一帜的内容和形式震动了文坛。这使不少怀疑刘绍棠创作才能的读者舒了一口气，而一些有见识的评论家当时就意识到：这不是偶然的成功，而是厚积薄发的产物。作家在这篇小说中的纵横自如，意味着他找到了自己创作才能与某一部分现实生活的交会点。因而，《蒲柳人家》的独特之处将成为刘绍棠小说创作成熟的转折标志。果然，一批清新峻拔的中篇小说相继诞生。这些小说之间具有一种明显的内在联络和呼应。它们情节发展的箭头最后总是指向运河滩。作家铺开运河两岸两百八十里风光时，贯注了明快的统一基调。小说中没有原始自然力的渲染，运河几乎不曾咆哮过。当各种小船在水面上如飞地划过时，我们总是隐隐地感到人的力量统治着自然。当然，运河滩上也曾有月黑杀人，风高放火，打鱼时一网下去也可能捞上个尸首，但这些场面中也同样洋溢着一种活泼泼的情趣，而不是深不可测的神秘和恐怖。运河滩上一批彪悍泼辣的男女正是出现在这种背景中。他们的性格体现了运河滩居民生活的传统准则——豪侠仗义，疾恶如仇。这是运河滩上各种风俗人情所围绕的核心。刘绍棠一系列小说从不同侧面来表现了这个传统准则在各个时代不同的阶级内容和民族内容，而对这个准则的称颂则成为连贯这些小说的基本主题。

　　然而，我们感到作家成熟的同时另外还感到些什么。一个传奇故事，又一个传奇故事，一系列小说的风格是否有些单调，甚至有些单薄？对于那些前后出现而又似曾相识的人物，我们似乎还不太了解——或许应该说太了解了，以至于不免产生这种疑问：他们的内心都像小说所表现的那么简单吗？当我们对这一系列还有些纷乱的印象进行整理时还将发现，作家总是对各种素材进行一种轻快的处理。这不由得使人感到，在作家那种驾轻就熟后面是否隐藏着一种避重就轻的倾向？

　　应该做出这么一种估计：这种倾向是在作家还不曾意识到时悄悄地形成了。它并不体现于作家对创作思想的理论性表述上，而是深深地渗透在具体的小说艺术之中。尽管刘绍棠"乡土文学"的理论主张是令人赞同的，但是这些小说的美学效果并没有如期地到达目标。因此，我们的分析将从小说本身开始，更具体地说，将从小说的技巧和形式走向内容——这使我们回忆起别林斯基的一句话："确定作品美学上的优劣程度，应该是批评家的第一步工作。"

　　许多批评家注意到了刘绍棠小说中舒卷自如的叙述语言。从运河边上各个村庄的形成和奇异的习俗到涨满的白帆和忧伤的渔歌，甚至到红脖水鸟、草鱼和花脚蚊子，其间或点或染，无不显示出作家对于运河的熟悉。也正是这种熟悉决定了作家使用的小说观察点——刘绍棠小说大都使用了全知全能的叙述角度。

当小说理论还没腾出精力详细探讨各种叙述角度如何形成不同的艺术效果时，我们无须在此花费过多的笔墨来扰乱人们的视线，更不愿意因此造成一种误解，似乎这种叙述角度造成了刘绍棠小说的浮浅。其实，这种全知全能的叙述角度恰恰同时适合了刘绍棠的艺术修养、美学趣味和这些中篇小说的题材性质。我们不过想由此进一步指出，在刘绍棠这种叙述语言所形成的叙述角度折射下，他的小说的结构类型已经规定了：当作家借用结构作为提炼素材的手段之一时，他不是从人物的主观感受和意识流动的角度把握事件，而是在时间、空间秩序的控制下，客观地遵循着因果转化的必然逻辑结构情节。这时，作家对某些生活领域的特殊关注和理解程度将清晰地烙印在对种种事件的舍弃、突出和重新组合之中。

刘绍棠申明，他不愿在小说中固定一个人物作为主角。这种结构意味着作家特殊的艺术追求。像《蒲柳人家》《渔火》或者《花街》，小说不是在茫茫人海中跟踪某些人的命运，而是将一连串人物活动的交叉点连缀成一个环环相连的故事，脱离了贯穿始终的人物以及他们所造成的事件，小说则轻松灵活地调动各种风光习俗、趣闻逸事，而情节的离奇性也无须接受人物性格所能承担的程度限制，然而，也正是在纷至沓来的人物交替中，有些性格令人惋惜地失去了充分展现的机会，这些机会为新的人物所填补和占据。像《荇水荷风》中的龙爷爷，一旦表演过精彩的片段之后，为了服从情节便轻易地死去，轻易得无法引动我们的感情。兴许我们已经从小说结构中看出，在小说的传奇性和表现丰满的人物性格之间，作家显然偏倚于前者。

一些评论者对这种结构的击节称赏是令人难解的。他们笼统地在民族传统的原则下肯定这种结构。当一些评论文章援引《水浒传》的结构作为印证时，我们不得不指出这是一种疏忽。可以暂时不必讨论中国长篇小说的结构在"讲史"影响下的演变，也不必讨论《红楼梦》的结构在中国小说史上的显赫地位，仅仅就《水浒传》而言，小说相对松弛的整体结构中包含了许多严谨的单位结构——否则小说无法塑造一批独特而又丰富的人物性格。所谓"单位"，正是以一些圆满地表现人物性格的章节作为划分的范围。"圆满地表现人物性格"——刘绍棠小说在承袭民族形式时，却恰恰遗落了这些民族形式中的美学精华。

当然，我们愿意考察小说中的人物作为上述观点的佐证。如果刘绍棠小说中的各种人物按照不同类型编组，我们会惊异地发现这个工作竟那么容易。运河滩上总要走来一位年轻的读书人，他们说话、办事知书达礼，在父老乡亲们的心目中也都有个特殊的位置。但是，这些青年人在小说中更多是负有情节意义上的使命，而缺少独特的个性。《蒲柳人家》和《瓜棚柳巷》中倘若没有周檎和吴钩，故事就难以发展和收束；《渔火》中的阮碧村身上几乎积聚了整个情节的重量——一旦他离开了，小说的结构也就崩塌了。他们总是在回到故乡时，将外面世界的动荡输入偏僻的小村子，从而搅动各种波澜，生发出情节的契机。小说中更为引人注目的是另一组现象。《蒲柳人家》中的柳罐斗和吉老祥可以作为这组形象的发端。嗣后，《渔火》中的马名雅、解连环；《瓜棚柳巷》中的柳梢青，《草莽》中的桑木扁担和桑铁瓮，《蒲剑》中的蒲天明和阮家兄弟，《荇水荷风》中的金大戟和龙抬头……他们一律武艺惊人，义重如山，身后常常拽着一串饶有趣味的身世。小说中女性也总是以巾帼英雄的面目出现：一丈青大娘手脚好生了得，春柳嫂同样勇猛强悍，柳叶眉学得一手好拳脚，即使一年难得开几回金口的金不换大娘也有一手飞绳套人的绝技。这些女性常常以一种出奇大胆的方式追求自己心爱的男人，可是她们一旦发现自己同这些男人难以般配，便将一段柔肠掩藏到慷慨侠义之中——她们总是亲自为自己的男人寻找出色的女人。无疑，这些人物的行为大都令人景仰，令人钦佩。然而我们也终于感到，他们的秉性、脾气、语言都十分接近——太接近了。各种事件万花筒一般地变化，而他们的性格却是静止的、平面的。刘绍棠并不注意捕捉各种人物细腻飘忽的思绪，这同他所推崇的沈从文小说大不相同。我们常常看到一些伶牙俐齿的精彩对话，然而这些对话的过分痛快，有时也将使我们由于无可咀嚼而茫然若失。有些语调铿锵的对话——特别在当代题材的小说中——后面所包孕的潜在内容远不如鲁迅小说《故乡》中闰土的"老爷……"两个字。这种"蜻蜓点水式"的写法后面留下的人物性格，更多是一种缺乏内涵的鲜明和单一。如果我们意识到复杂的人物性格中常常郁结着生活本身的复杂性，那么，刘绍棠小说中这些性格是难以令人满足的。

我们并不想持一种狭隘的小说观指责刘绍棠小说的传奇性。情节，作为小说的重要和主要组成部分，它的美学意义不仅仅在于构成人物性格的发展史，情节中蕴含的各种矛盾以及由此形成的因果转化，同样深刻地反映了生活的必然。然而，刘绍棠小说中的情节转化更多的是完成在一种巧合之中。基于对生活美好而简单的理解，刘绍棠小说——包括当代题材的小说——总是有意无意地安排了大团圆的结局。无论是《瓜棚柳巷》《蒲柳人家》，还是《柳伞》《花天锦地》，中途消失了的人物总是在关键时刻不迟不早地回来，敌对力量一概三拳两脚被打垮，各种冲突都得到满意的解决，有情人终成眷属，果然是"天上月圆，地上花好，人间喜临门"。可是当我们的欢喜平息之后，却不得不发出这种疑虑：生活是否被过滤得不自然了？尤其同每个现实生活的历史阶段相比较，这种小说是否失去了分量？

这种巧合在刘绍棠小说中并非偶一为之，而是鲜明得不容忽视。无疑，古典小说和民间艺术中"无巧不成书"的美学观念在刘绍棠小说中暗暗散发着影响。可是，古典作品中既有黛玉之死恰逢宝钗成婚这种动人心弦的匠心独运，也有才子、佳人、小人其间拨乱所设下的种种肤浅的机关。后者这种巧合一旦脱离了事理和时间、空间上的依据，它们的巧合程度恰恰与艺术的深刻程度成反比例。应该顺便指出，对于各种具有民族风味的艺术技巧和形式，同样必须在反映现实生活的前提下吸收和融化。民族形式的真正意义在于真正地表现民族生活。

刘绍棠以令人咋舌的速度创作和发表小说。而近来一些小说，似乎总是匆匆地开头，匆匆地结束。我们不想将问题归咎于小说的数量。相反，我们甚至可以引用巴尔扎克的丰富创作为作家开脱。但是，我们同时也应该引用一段左拉对于巴尔扎克的评价："很明显，"左拉说，"他的手脚很笨重，有时会把东西压坏，因此，我们应该根据他全部作品庞大的整体来对他加以评判。这样，我们便会看到一个英勇的斗士，他和所有的一切都搏斗过，甚至也和风格搏斗过，而每次总是他得胜而归。"作家之间可能更容易沟通。如果"搏斗"的说法能够启发刘绍棠对小说艺术进行一些新的思索，那就无须我们喋喋地饶舌了。纵观近年文坛，我们丝毫无意否认刘绍棠小说的明显成就，仅仅想做出这么一种提醒：目前刘绍棠小说中的不少迹象，是否意味着作家又已经面临着一个新的重大转折了？

对于一个很有才华而又久负盛名的作家哪怕是略有微词，批评者所担的危险可能比作家大得多。然而也正是由于期望作家不至于因为矜才使气而导致名不符实，我们才不得不稍进微词——这就是我写这篇小文的动机。

（原载《文艺理论研究》1983年第3期）

刘绍棠小说创作研究述评

□ 张妙文

摘　要：刘绍棠小说研究起于20世纪50年代，80年代前期取得了不少成果，80年代中期以后重归沉寂。历经几十年的刘绍棠小说研究虽取得一些成就，但有些方面尚未涉及，或虽有涉及而有待于进一步探讨。

关键词：刘绍棠　历史分期　乡土小说　社会人情小说

刘绍棠是我国著名的乡土文学作家，他从13岁（1949年）发表处女作至1998年去世，共创作了12部长篇小说，30部中篇小说，100余篇短篇小说，还有数百篇散文和政论文章，约700万字。评论界对刘绍棠小说的注意起于20世纪50年代，50年代后期，刘绍棠受到批判，被迫遁隐乡间，六七十年代几为人们所遗忘。直到1980年3月《蒲柳人家》的发表，才引起文坛的广泛关注。从整体上看，80年代前期是刘绍棠小说研究的鼎盛期，评论文章数量多，涉及范围广，取得了一定的成果。80年代后期乃至90年代，由于各方面的原因，刘绍棠的研究重归沉寂，成果不多，未能将刘绍棠的小说研究推向新阶段。

一

刘绍棠是共产党为了培养自己的文学新军而拔苗助长培养起来的作家。我们循着他20世纪50年代的创作，可以看出他的作品配合政治的发展轨迹。

《运河的桨声》是刘绍棠50年代的重要作品，这篇小说出版后受到很大关注。何家槐的《关于〈运河的桨声〉》，高七的《充满战斗音响的农村》等是这一阶段比较重要的评论。何的文章通过对小说中各个阶层的人物的逐一分析，指出这是"反映农业合作化运动的一部较好的作品"，同时指出作品"主要集中在中农身上""无疑是把农村中尖锐的、复杂的阶级斗争简单化了"[1]。这些评论明显地打上时代的烙印，评论的依据是成分论、阶级分析法。当然从刘绍棠的创作目的来看，这种解读和评价的角度还是准确的。

肖殷的《要更多地和更深入地理解生活》现在看来是一篇较有分量的评论，肖在肯定刘绍棠小说"有一种吸引人的清新的气息""洋溢着对先进人物的热情"的同时，着重批评了刘绍棠小说的不足之处，指出刘绍棠小说生活内容和思想内容的单薄；对生活的简单化，缺乏行动逻辑的处理；人物有共性而无个性；强调阶级性而忽视人性等等。肖殷还对刘绍棠小说中的先进人物未卜先知、洞若神明地进行了批评。肖的这些批评无疑是准确而深刻的，对当时创作的类型化倾向有比较清楚的认识。

李牧歌的《谈刘绍棠的创作》，虽然也明显带上时代的烙印，却是一次试图从刘绍棠20世纪50年代的整个创作历程来全面把握其发展变化的有益的尝试。李牧歌指出，随着年龄的增长，"刘绍棠已经逐渐能够从政治方面去分析农村生活的各种现象，从阶级斗争的本质上去观察各种事物了"；"作者用生动朴实的语言和对农村自然景物的确切的描绘，更能帮助读者去体味人物的思想感情，使他的作品形成了一种独特的风格"；"善于选取生活中富有特征的细节来表达现实生活的丰富性和复杂性"[2]。这些评论的确把握住了刘绍棠50年代小说的特征及变化。

20世纪50年代刘绍棠的小说研究，一般都是从阶级分析法入手，这虽然也符合刘绍棠小说为社会政治意识形态服务的创作目的，但仅仅从这一角度进行评判显然是不够的，因为刘绍棠在注重为具体政治任务服务的同时，仍在不懈地追求文学的特质。1957年他在《我对当前文艺问题的一些浅见》一文中提出"文艺为政治服务并不是表现在机械地为某一政策或某一方针的服务上"。可见，从文学本身对刘绍棠50年代小说进行重新解读是极为必要的。

另外，我们现在重读刘绍棠20世纪50年代的小说，至少还有一些方面是值得注意的。首先是小说的认识价值，从为数不多的十几个短篇和几个中篇能感受到50年代农村的政治风云变幻。其次，小说向我们生动地展现了农民对土地的挚爱，对脱贫致富的强烈愿望等等。这是刘绍棠从生活中积累出来的真实，并非当时评论所批评的那样"站在资产阶级、富农或者具有资本主义自发倾向的富裕中农的立场上去观察生活反映生活"。这些角度至今尚无人涉及。

20世纪50年代刘绍棠还有值得注意的两篇小说，那就是1957年上半年发表的《田野落霞》和《西苑草》。刘绍棠一反他以前小说轻快明亮的调子，显得较为低沉忧郁。而且题材有所拓展，技巧、风格上开始走向成熟，但这两篇小说除了在反右中作为批判的靶子，后来的刘绍棠小说研究几乎没人提起。

1957年夏，刘绍棠因"鸣放"蒙祸，随即，各大报刊上就展开了对刘绍棠的大批判。这不再是学术领域的争论，我们当然也不能将其看作学术意义上的评论。

二

刘绍棠1978年重返文坛，写出了《含羞草》等一批作品，都因淹没于同类型的伤痕文学的烟尘之中，没能引起评论界的注意。直到1980年3月《蒲柳人家》的发表，才引起评论界的广泛关注，因为它提供了当时文坛盛行的伤痕文学迥然不同的美学风格，以表现人情美、人性美为主题，给文坛上带来一股清新之气。随着刘绍棠风格的逐步形成，在20世纪80年代前期形成了刘绍棠小说研究的高潮。

这一时期，无论是刘绍棠小说的综论，还是单篇小说的专论，都试图从整体上把握刘绍棠的艺术特征，这些评论一般都从题材、主题、情节结构、人物形象、表现手法、语言特点等方面入手，以文本为观照对象来论述刘绍棠小说的民族风格。

许多评论文章都谈到刘绍棠的题材。伦海指出，刘绍棠取材没有离开过他家乡，一方面以感恩戴德之情，尽力去讴歌他家乡父老兄弟姐妹多情重义的美德；同时又"刻意表现和描绘京东平原的风俗习惯、生活气氛和环境景色"[3]。一些评论家注意到，刘绍棠即使描写重要的历史事件，但一般将这些事件作为背景，主要力量还是描写乡村琐事、家长里短。张同吾指出，"作为描写武装斗争的作品，《地火》中当然有金戈铁马、刀光剑影，但它不同于这类题材的其他作品之处，是作家着力描绘农家生活的场景和各种人物感情的细流。"[4]王教祝也指出，刘绍棠"比较擅长描写生活长河中一朵浪花，时代激流中的一片微澜，或心灵世界的一星爝火"[5]。也有评论者对刘绍棠的选材持批评态度，如方顺景就指出，"没有以反映现实的生活和斗争为主，没有努力表现这个新时代，塑造新人物，我总觉得是一个不足。"[6]这种说法当然是片面的，还笼罩于题材决定论的迷雾之中。

刘绍棠小说的主题，我们可用刘景峰的一篇评论文章的题目——《乡情的礼赞》来概括，许多评论文章都指出了这一点。鲍昌指出了刘绍棠小说主题的隐含性，"乍一看去你会眼花缭乱，不知它的主题是什么……只有当你认真思考之后才会发现：《蒲柳人家》的主题是讴歌作者的故乡，讴歌故乡的风土人情之美。"张同吾指出："他试图用艺术的笔触，生动地描绘生活的风貌，从而揭示生活的本质。"[7]这些评论在20世纪80年代初，文艺为政治服务的观念还相当根深蒂固的情况下是很有积极意义的。但也有一些评论者（如唐挚、方顺景）对刘绍棠小说未能反映重大主题提出了批评，显然，这是文艺为现实政治服务、文艺要表现重大主题的余音。

关于刘绍棠小说的结构特点，方顺景在《一颗闪光的珠子》中指出，"总是先说故事发生的时间、地点和原因，人物出场时，总是先交代他们的身世和特征，然后逐步展开情节，在情节发展中进一步完善人物性格，最后以明确笔墨收尾。"刘景峰也在《乡情的礼赞》中指出"在结构布局上先注意设伏、系扣，然后层层展开，环环相扣，情节发展大开大阖，错落有致"。他们都指出刘绍棠小说对中国传统小说结构的继承和运用。

对艺术形象的塑造，张同吾指出，刘绍棠新时期小说"创造了许许多多富有鲜明个性和独具光彩的人物形象，充分表现了普通农民心灵深处所蕴含的深厚的情操美和浸润着善良的人性美"[7]。方顺景指出，我国人民在漫长的历史斗争中，"他们团结友爱，互相扶助，流血牺牲，义无反顾，从而形成了刚毅豪爽、扶弱济危、热情真挚、见义勇为的传统美德。尤其是燕赵之地，更多慷慨悲歌之士。这是民族精神，也是民族的性格和气魄"[6]。有的评论还指出对于有缺点的人物，刘绍棠也"极力发掘隐匿在污垢尘灰之下的不为人知、甚至也不为己见的美的因素，滋养它，培植它，使它光大"[8]。不少评论谈到刘绍棠善于塑造女性形象，"她们几乎出现在每一篇作品中，并且几乎都是主角，她们经历不同年龄有别。然而她们又都命苦心甜，灵魂高洁，并且和男子一样重义多情。"[6]行人在《命运的风筝随时代的风云而升沉》中指出，刘绍棠小说中的人物"不论是正面的还是反面的，也不管是悲惨的还是欢愉的，是沉是浮，是升是降，它都必须像风筝紧紧地系于整个时代的民族的阶级的命运这纽带上，随着时代的民族的阶级的斗争风云而沉浮和升降，从人物中透视出时代的气息"[9]。

还有一些文章探讨了刘绍棠塑造人物的方法，提出了诸如"采用肖像的描绘""采用对比对照的艺术手法""通过典型的行动描写和典型的情节展现"[10]，或"大多有生活原型作基础""不无作者的影子"等等，都失之于简单。

对刘绍棠小说的语言特色，评论家看法似乎较一致，"大量地娴熟地运用家乡人民的口头语言""善于把我国古典文学语言与人民口头语言熔炼在一起""富有个性的语言表现""这种雅俗共赏、传神怡目、声情并茂、传统说书味和地方口语都重的民族语言"等等。伦海还指出刘绍棠小说语言有三个特征："行文没有长句，喜用和善用短句""喜用和善用比兴""喜用和善用夸张"[3]。徐振辉在《刘绍棠小说语言管窥》中还特别提到刘绍棠小说语言的诗意美，包括人情美、色彩美和意境美。

在这一时期，王教祝还探讨了刘绍棠与孙犁的师承关系。他从四方面来论证：一是"他们的作品都具有共同的特色，作品所描写的对象也相似"；二是"他们的作品都焕发着劳动人民的人情美和人性美，激荡着亲如骨肉的阶级感情"；三是"就孙犁和刘绍棠的大多数作品来说，他们比较擅长于描写生活长河中的一朵浪花，时代激流中的一片微澜，或者心灵世界的一星燐火"；四是"创作时所运用的艺术手法也相近"。[5]这方面的探讨显然是有益的，同时我们又感到仅仅找到他们创作的一些共同点就说孙犁和刘绍棠具有师承关系，是远远不够的。伦海在《刘绍棠的"运河文学"》中就指出，"虽然刘绍棠的'运河文学'创作最早师承于孙犁，但如果由此得出结论说，刘绍棠的创作风格属于'荷花淀'一派，这却不敢苟同。"伦海指出："孙犁向以生活见长，而刘绍棠兼有赵树理说故事的能力；孙犁惯用谈笑从容的态度描写风云变幻，刘绍棠则多用传奇的笔调讲生活斗争；孙犁的作品讲究恬淡的美，而刘绍棠的作品不乏雄浑之情。……"[3]

综观这一时期的评论，我们可以看出，刘绍棠小说的研究取得很大的成果，评论数量多，涉及面广，基本上把握住了刘绍棠小说的特点。与此同时，我们也看到这些评论内容重复的多，不少文章或拾人牙慧、人云亦云，或流于肤浅、不求深刻。而将这一时期的研究推向高潮的是南帆的《刘绍棠小说的独特风格和固定程式》及赖瑞云的《独特与局限——刘绍棠创作道路得失刍议》。

南帆是第一个客观全面地分析刘绍棠小说局限性的研究者。南帆指出，刘绍棠小说主题单一，思想内容单薄；作品过分注重小说的传奇性，而忽视表现丰满的人物性格；在承袭民族形式的同时，却恰恰遗落了民族形式中的美的精华。对于刘绍棠小说中的人物，南帆指出："如果刘绍棠小说中的各类人物按照不同类型编组，我们会惊异地发现工作竟那么容易。"他将刘绍棠小说的人物归为三组：第一组是一位在父老乡亲中有特殊位置的年轻的读书人，这个人物在小说中负有情节意义上的使命而缺少独特性；第二组是作为小说中主要人物的男性，"他们一律武艺惊人，义重如山，身后常常拽着一串饶有趣味的身世"；第三组是以巾帼英雄面目出现的女性，"这些女性常以一种出奇大胆的方式追求自己心爱的男人，可是她们一旦发现自己同这些男人难以般配，便将一段柔肠掩藏到慷慨侠义之中——她们总是亲自为自己的男人寻找出色的女人"。南帆对刘绍棠小说语言的过于直白也不以为然，特别指出其人物对话是一些令人无可咀嚼而茫然若失的直白。对于刘绍棠小说的传奇性，南帆也认为"情节转化更多的是完成在一种巧合之中""总是有意无意地安排大团圆的结局"[11]。南帆的这篇评论辩证地分析了刘绍棠的独特风格，指出的局限，应该说是很有见地的。

赖瑞云的评论更是追溯了刘绍棠小说的历史渊源，指出刘绍棠小说是对明末的"传奇性与日常生活的结合"的社会人情小说（如"三言""二拍"）的继承和发展，刘绍棠的小说"这种对光明和胜利的偏重，已经不只是继承了，它充满着历史进入新中国新时期才有的时代气息。作为多数作品主旋律的'造福他人'的美德，就已经超出了'燕赵士风'的积淀，而闪耀着共产主义思想的光华，包含着'拨乱反正'的今天所要努力造就的时代新风"[12]。赖瑞云还辩证地分析了刘绍棠"一口井"的创作观，指出这"一口井"即是其高度的独创的源泉，也是其封闭局限的原因之所在。"儿女情多，风云气少"是刘绍棠的独创，也是其局限。赖瑞云指出刘绍棠小说缺乏含蓄深思的力量，是其重大不足；而且"一口井"创作观的局限还是造成刘绍棠作品的某些雷同，甚至内容的"自我重复"现象。赖瑞云的一些观点非常独到，如刘绍棠后来的作品越来越像"社会人情小说"，特别是他20世纪80年代中期以后的一些作品，从中我们看到了社会人情小说的影子。

南帆、赖瑞云的评论既是对这一阶段成果的总结，又可以说对刘绍棠的创作具有惊醒作用，具有承前启后的意义。不久，刘绍棠在《我这几年的乡土文学小说》中表示："乡土文学不能停滞不前，一成不变。它要继承，更要发展；它要守真，更要革新。因此这部选集是个总结，更是个起点。"[13]

三

1985年以后，刘绍棠小说评论应该说又进入了相对冷落的阶段，评论文章不仅数量大为减少，而且质量不高。我们将1985年以后的刘绍棠小说研究看作第三阶段。这一阶段的评论，可以分成以下几类：一类是重复着他人的说法，只不过将别人的观点加以综合，或增加了一些新例证；二是大致持否定的态度；三是力图从新的角度来把握，但一般都失之肤浅。

郑恩波的《奇异馨香之果》《刘绍棠和他的乡土文学》，高扬的《深深的乡土情》，崔志远的《刘绍棠的"运河文学"的语言风格》，乃至肖云儒的《刘绍棠论》，基本上属于第一类的评论。这些评论虽然没有多少新意，但也并非一无是处，如高扬将刘绍棠的小说看作"雅俗共赏的大众文学"，这比"乡土文学"更能准确地概括刘绍棠小说的特点。肖云儒的《刘绍棠论》从刘绍棠的生活经历入手，结合他的乡土文学主张来观照他的创作实践，指出"刘绍棠使民俗风情的描写主要起环境烘托的作用上升为刻画人物、展开情节的主要手法""将政治风云的变幻，由直接描写隐蔽在一幅幅诗情画意的乡居图背后""他的人物的分量主要是在道德的天平上称量出来的"。[14]这些分析比以前的评论要全面具体些。

袁元的《但愿仅仅是通俗》是这一时期一篇不容忽视的评论，文章尖锐地批评了刘绍棠小说模式化、思想浅、"千部一腔"之后，重点从道德角度批评了刘绍棠的《四梦二妻》，指出小说写的"是些卑俗、肮脏的男女之间的情欲纠葛""反复出现的淫词浪曲，绘声绘色的男女关系场面，令人不堪入目"，通篇淹没在"低俗的男女恋情以及色情描写之中""缺乏历史、哲学以至人格意义上的思考与升华"。[15]这有一定道理，但该文有较多的情绪化因素，而且，袁元对刘绍棠创作日益通俗化似乎认识不够。

一些研究者试图从新的角度来观照刘绍棠的小说，这些评论大都泛泛而谈，最终没能向我们提供新东西。李一安的《历史纵深感的凸现》探讨了《敬柳亭说书》的叙事结构，郑恩波的《作家美的心灵的写照》探讨了刘绍棠小说中情爱性爱描写，算得是其中的佼佼者，但也缺乏深度，却又无疑给我们提供了进一步研究的新视角。

20世纪90年代以来，刘绍棠的研究更可谓波澜不惊，1991年下半年，《作品与争鸣》曾连续发表三篇对刘绍棠的新作《牛背》评论文章，因研究视角和对作品内容的评析缺乏新意而最终也未能引起重大反响。

近几年对刘绍棠小说进行集中研究的是栾保俊，从1995年至1997年，他连续发表了《刘绍棠的辩证思维与他的文学创作》《刘绍棠小说的历史感》《民族文化在刘绍棠作品中的积沉》《石韫玉而山辉——刘绍棠的成功之路》，这四篇评论均从政治思想道德层面入手，或综合归纳作品内容，或由文及人地赞美作者，但因只悬浮于政治思想道德层面，显得浮泛，缺乏深度。

综观整个刘绍棠小说的研究，虽已取得很多成果，但有一些方面尚未涉及，或虽有涉及而有待于进一步深入。

（一）不少评论者认为，生活经历将成为刘绍棠的优势，而事实并非如此。20世纪50年代后期迫于形势搁笔二十二年，隐居乡村，这大大缩小了他的生活圈子。他的新时期小说不仅人物性格重复，语言也常常重复几个评书的语汇，这无疑与他知识面、生活面狭窄有关。尤为重要的是，他形成了一种农民的思维定式，这使小说的思想停留在一个浅层次上。刘绍棠的生活经历对其创作的影响需要进一步探讨和研究。

（二）在评论刘绍棠小说的爱情描写时，常常出现两种对立的观点。袁元就批评过刘绍棠的情爱性爱描写，而郑恩波却赞美道："他笔下的情爱与性爱，总是与历史环境、时代风云紧紧联系在一起，总是要表现、颂扬人间最美好的感情与人性美。"[16]其实他们都只是看到刘绍棠性爱、情爱描写的一个方面。刘绍棠似乎在"崇高"和"粗俗"之间徘徊，当他趋向"崇高"之时，他的情爱、性爱描写往往是适可而止，而趋向"粗俗"时，就显得有些放纵。另外，许多人都指出刘绍棠喜欢写大团圆结局，但刘绍棠笔下的大团圆决然不同于传统的大团圆。传统的才子佳人戏的大团圆，男女主人公虽历经磨难，但男女主人公还是"圆满"结合。而刘绍棠笔下的男女主人公往往总是得不到所爱，被迫另嫁（娶），直至残花败柳才有"大团圆"。刘绍棠笔下的爱情故事的结局，大多是这种有缺憾的"大团圆"。他似乎企图消解爱情的美满，使期待大团圆的读者感到满足的同时，有一种挥之不去的遗憾。我们姑且将其称之为"解构美满爱情情结"。刘绍棠为何有这种情结很值得探讨。

（三）赖瑞云曾经指出刘绍棠小说是对明末"社会人情小说"的继承和发展，这种说法是极有见地的。我们读刘绍棠后期小说，这种感觉似乎更为明显。但刘绍棠逐渐向"社会人情小说"靠拢，这种创作与作者自身的经历，以及20世纪80年代中期以后社会风尚之间的变化是有关系的，这方面的关系值得深入研究。

（四）刘绍棠在20世纪80年代中期以后，一直在追求变化，而且我们也能感受到这种变化，如日益大众化、通俗化，如向"新写实"的借鉴。但他不论如何求变，却依旧未能实现对自己的超越，经常被人批评为重复制作。这与作者的文学主张、生活经历有一定关系，有待于进一步研究。

参考文献：

［1］何家槐. 关于《运河的桨声》［J］. 人民文学. 1956（1）：117～120.

［2］李牧歌. 谈刘绍棠的创作［N］. 天津日报，1955-3-24.

［3］伦海. 刘绍棠的"运河文学"［J］. 赣南师专学报，1982（3）：21～32.

［4］张同吾. 江自长流山自峨［J］. 北疆. 1983（3）：245～249.

［5］王教祝. 孙犁、刘绍棠的艺术师承［J］. 艺谭. 1982（4）：48～53.

［6］方顺景. 一颗闪光的珠子［J］. 文学评论丛刊. 1982（12）：134～139.

［7］张同吾. 生活剪影和田园牧歌［J］. 长城. 1981（3）：239～243.

［8］王振荣. 心灵美的颂歌［J］. 钟山. 1981（4）：229～233.

［9］行人. 命运的风筝随时代的风云而升沉［J］. 小说选刊. 1981（6）：70～72.

［10］刘景峰. 乡情的礼赞［J］. 新苑. 1982（1）：157～162.

［11］南帆. 刘绍棠小说的独特风格和固定程式［J］. 文学理论研究. 1983（3）：82～84.

［12］赖瑞云. 独创与局限——刘绍棠创作道路得失刍议［J］. 当代作家评论. 1984（5）：10～12.

［13］刘绍棠. 我这几年的乡土文学小说［J］. 农民文学. 1985（1）：3～5.

［14］肖云儒. 刘绍棠论［J］. 花城. 1986（4）：78～86.

［15］袁元. 但愿仅仅是通俗［J］. 文学评论. 1988（2）：97～98.

［16］郑恩波. 作家美的心灵的写照［N］. 光明日报. 1989-11-7（3）.

（原载《南京师范大学文学院学报》2000年第4期）

在光芒与冷落中行进

——21世纪以来刘绍棠研究述评

□ 梁玉洁

摘　要：21世纪以来，关于刘绍棠的研究主要集中于有关他的整体研究和文学创作研究。总体而言，研究价值较高的可谓凤毛麟角，存在的问题亦较多，特别是对"刘绍棠现象"缺少整体探讨，对以刘绍棠为代表的乡土小说的转向问题鲜有提及，关于刘绍棠文学史中的一些较为深刻性的问题也挖掘甚少。经过研究发现，研究者可以将刘绍棠置于20世纪80年代文学的大视野中，在纵深的时代框架中重构刘绍棠的文学史意义和价值。

关键词：刘绍棠研究　述评　乡土小说　重构

刘绍棠自20世纪40年代末（时年13岁）初登文坛，就以"神童作家"的身份一跃成为中国引人注目的作家之一。在近五十年的文学生涯中，其发表、出版了12部长篇小说、27部中篇小说选集、8部短篇小说集和13部杂文散文短论集。他坚持以"中国气派，民族风格，地方特色，乡土题材"[1]为创作原则，描写北运河农民的历史和民族的命运。他的一系列乡土小说写作，为学者提供了巨大的阐释空间，学界对刘绍棠的研究在20世纪80年代前期达到较高水平，其中以南帆、赖瑞云为代表的文学评论家将刘绍棠研究推向顶峰。本文拟系统地梳理21世纪以来对刘绍棠的研究成果，以此探讨有关刘绍棠的研究现状，同时发掘相关研究中存在的问题与不足，以为学界提供借鉴和参考。

21世纪以来，学界对刘绍棠的研究总体趋于平淡。根据中国国家图书馆官网的统计数据，研究刘绍棠的专著有4部。中国知网中国学术期刊网络出版总库的统计数据（截至2016年8月25日）显示，以刘绍棠研究为标题的硕士论文有7篇；以刘绍棠研究为主题的期刊论文共有120余篇，其中有些文章刊登在中国现当代文学研究领域内较有影响的学术期刊和报刊上，如《中国文学研究》《文艺争鸣》《南都学坛》《文艺理论与批评》《文艺报》等，其中以《文艺理论与批评》上刊载文章数量最多，约11篇。这些专著和学术论文的研究视角各有不同，主要集中在以下几个方面：一是对刘绍棠生平、身世和情感经历等的整体研究；二是对刘绍棠文学创作的研究；三是多元化的研究视角展开的相关研究，比如从比较学的角度观照刘绍棠、从女性主义视角管窥刘绍棠小说中的女性形象和作家的女性书写意识，以及从文学的外部研究如经济学的视角切入，探讨刘绍棠等"右派"作家的经济收入对文学创作的影响。本文主要从这三大方面展开对刘绍棠研究的论述。

一、整体研究

21世纪以来对于刘绍棠的整体研究，主要包括对刘绍棠的生平、身世和情感经历等方面进行总述性研究的专著和论文。

刘绍棠在新中国的发展史上是一位传奇式的人物，少年成才，青年划"右"，中年平反，他的成长历程就是新中国发展史的一个缩影。作为一个承载较多文学现象的作家，刘绍棠的坎坷经历和传奇人生一直吸引着广大研究者的目光。20世纪末，刘绍棠驾鹤西去，一时间许多研究者致力于刘绍棠生平经历的考证、撰写，陆续有几部专著问世。郑恩波《刘绍棠全传》（文化艺术出版社2006年6月出版），郑恩波、张明《刘绍棠纪念文集》（中国展望出版社2006年12月出版），王培洁《刘绍棠年谱》（文化艺术出版社2012年12月出版），另有杨广芹口述资料形成的《心安是归处——我和刘绍棠》（当代中国出版社2013年1月出版）等。这些论著对于我们更好地了解刘绍棠的生平及其文学创作的背景有着极其重要的作用。

郑恩波作为"刘绍棠乡土文学研究会"会长，对于撰写刘绍棠传记，有着"得天独厚"的优势。刘绍棠生前与他有长达18年的亲密接触，在长期的交往中，建立了十分深厚的"兄友弟恭"的友谊（刘绍棠散文《师弟》中对二人关系的概括），所以郑有着一般研究者所不具备的切身感受。刘绍棠去世之后，他一直在开展刘绍棠生平研究的工作，因而拥有充分的文献准备和独到的研究心得，研究成果也较为丰富。包括《运河之子刘绍棠》《刘绍棠传》《刘绍棠全传》等。

郑恩波的《刘绍棠全传》分为四卷十九章。各卷名和章节名都极富诗意，如"青枝绿叶""苦乐岁月""春回大地"和"老骥伏枥"，这些命名显然是刘绍棠人生阶段的真实写照。郑恩波写出了刘绍棠命运的跌宕起伏，还深入探索了其文学创作、艺术生命和精神世界，巧妙地把人物传记和作品评论、艺术技巧融为一体，使刘绍棠的为人和为文水乳交融。这是一部"为优秀作家立传、为伟大时代传神的作品"[2]。郑恩波、张明的《刘绍棠纪念文集》是一部刘绍棠研究论文的部分汇编，分为悼文（54篇）、评论（11篇）和附录三个部分。这本论文集发表于刘绍棠逝世十周年之际，多是以追忆、怀念刘绍棠为目的，完成的是对刘绍棠研究资料的系统整理工作。王培洁《刘绍棠年谱》，近50万字的长篇巨作，记录了刘绍棠的生平，事无巨细，高度还原，极少赘述。目录前的35张刘绍棠个照与合影，有非常珍贵的价值。然而，从严格意义上讲，这本年谱的文学性并不强，文学史价值也并不高，王培洁的编撰内容多是以刘绍棠本人的自述为依托，既缺少客观化的史料佐证，又少有编撰者独立的思考，视野相对局限和狭窄。作为刘绍棠的年表足够，但作为作家的年谱而言，纵深度有所欠缺。杨广芹口述、沱沱记录的《心安是归处——我和刘绍棠》，是一份独特的研究资料。该著作一改局外人的采访立传姿态，以"当事人"

杨广芹的口吻讲述，刘绍棠在儒林村避难时那段鲜为人知的生活和情感故事。大量刘绍棠亲笔信件被公布于世，证明了他与杨广芹在非常时期的一段纯洁的情感——"憧憬做精神上的妻子，却又止步于兄妹情谊"[3]。本书完全有别于前几部男性角度的立传著书的笔法，书中这段珍贵、细腻的情感，向我们展示了一个多面的刘绍棠，是个很生活化、情绪化，有精神需求和渴望被理解的普通人。刘绍棠与杨广芹的感情令人动容，在刘绍棠的很多作品中可以看出杨广芹就是其中某些人物的原型。

　　"关于现代作家的生平研究和传记写作，多年来实在深受浪漫主义态度和做派的影响。这一方面表现为浪漫传奇的叙事做派，另一方面则表现为感情主义的论事态度。"[4]当代作家研究也或多或少存在这样的问题。上述几部论著，多少存在这样为人诟病的做派。郑恩波与刘绍棠近二十年的亲密关系，观察者较难"有距离"地看待作家作品现象，而强调一种对作家的"拥抱和进入"，就造成了客观化立场的缺失，甚至还多少存在着对刘绍棠评价的"隐恶""溢美"之嫌。阅读王蒙的《半生多事》、浩然的《浩然口述自传》和李洁非的《典型文案》等书中的某些部分，可见王蒙和浩然等对青年时期刘绍棠的评价（1956年前后刘绍棠少年成才的"狂""志满意骄"），并不像郑恩波所言的这般和谐。《心安是归处》中的许多情节在郑恩波的《刘绍棠全传》中几乎很少出现，虽然记录的侧重点不同，但也可见记录者对某些话语的主动选择或忽略，因此其呈现出的内容的真实性是有待商榷的。王培洁的年谱属客观展示，虽少有作者的个人情感，但是对于一些资料的搜集还是极具主观性的。沱沱的立意点不同，在貌似杨广芹的回忆中，其实也加入了作者后续整理的情感态度和价值取向，虽没有炒作刘绍棠情感生活之嫌，但也有加工美饰的痕迹。

　　在笔者搜集到的相关资料中，对刘绍棠的整体研究除了4部专著外，还有70多篇论文可供参考。其中，介绍其生平逸事类的居多，有50多篇；涉及政治人物和政治话题的文章有17篇；回忆感情经历的有2篇。

　　郑恩波的《在新中国的阳光下——著名乡土文学作家刘绍棠逝世三周年祭》（载《文艺理论与批评》2000年第2期）展示了刘绍棠五十年的文学成就，总结出刘绍棠是"十个最多"的作家。从人品、文学、政治思想三方面，给予刘绍棠高度的评价，也寄予了深厚的怀念之情。涂途的《轮椅上的"拼命三郎"——怀念"大运河之子"刘绍棠》（载《文艺理论与批评》2007年第4期）同样是从刘绍棠创作、与其交往的印象方面，评价其人、其思想，更加突出了纪念刘绍棠的当代意义——继承和发扬他的遗志和未竟的事业。2007年是刘绍棠逝世的十周年，当年有许多纪念刘绍棠的文章发表，都无一例外地赞美其人的刚正不阿、忠贞不渝和其宏伟的"大运河乡土文学体系"，高度评价他是真正懂得毛泽东《在延安文艺座谈会上的讲话》精神的作家。郑恩波《当代中国乡土文学领军作家的美好心声——刘绍棠千篇千字文解读》（载《文艺理论与批评》2007年第2期）对几乎没有评论家涉足的刘绍棠杂文和随笔进行解读，充分展现了刘绍棠的"文如其人"。该文不仅在文学作品的艺术性上肯定刘绍棠，还澄清了错划刘绍棠为"右派"时的政治误解，高度赞扬刘绍棠是关心人民利益、国家命运和民族未来的人民作家。虽然郑文要表达的思想蕴含，在其他文章中已有所论述，但是以千字文解读切入，无疑是个新颖的视角。忽培元《至情至善的大运河之子——思念刘绍棠》、郑恩波《终身不入仕途的刘绍棠》、倪勤《我与恩师刘绍棠》等等文章，都从不同的角度赞扬刘绍棠的高尚品德。值得一提的是，杜宏谋、王梓夫等四人共同创作了19首真诚感人的小诗，深切地表达了通州人民对刘绍棠先生的缅怀和感念之情。对作家的生平经历和情感态度的了解有利于我们更好地研究作家的文学作品，尤其是对于已经逝去二十年的刘绍棠而言，对于一些历史问题，作家已经无法开口言说，研究者只有通过对其研究资料的鉴读来了解其人，从而对其文进行深入地解读。

二、对刘绍棠文学创作的研究

刘绍棠于1979年复出文坛，1980年以小说《蒲柳人家》获得全国优秀中篇小说奖，重回大众的视野。此后，其创作基本延续《蒲柳人家》的乡情乡恋的基调，较少有改变和突破。所以，文学评论者将刘绍棠的创作大致分为三类：乡土文学理论的阐释、审美风格的张扬和民族文化的传承。

（一）乡土文学理论的阐释

《蒲柳人家》的获奖坚定了刘绍棠建立自己的乡土文学理论的信心，也使他更殷切地宣传和践行自己的乡土文学理论，从理论角度分析其创作是一种追根溯源、行之有效的方法。

郑恩波《新时期乡土文学述评》（载《文艺理论与批评》2000年第5期）展示了农村题材写作的"四小名旦"（李准、浩然、马烽、刘绍棠）的新风采，着重梳理了刘绍棠的文学理论主张，从1981年的乡土文学理论五大要点到1984年的"中国气派，民族风格，地方特色，乡土题材"的"四项基本原则"。刘绍棠始终坚持着"城乡结合，今昔交叉，自然成趣，雅俗共赏"[5]的创作方向。翁扬、余飘的《论刘绍棠与革命现实主义》（载《理论与创作》2000年第5期）以孙犁肯定刘绍棠的现实主义创作方法为切入点，找寻他革命现实主义文学创作的五大独特之处。实则，该文还是在解说刘绍棠乡土文学理论的五大要点，只是将理论更加结合文本做了具体化探讨。翁扬、余飘的《论刘绍棠的乡土文学理论》（载《南都学坛》2001年第1期）在2000年其发表的文章的基础上又进一步展开论述了刘绍棠乡土文学理论的五大要点，更加详细地阐释了刘绍棠对毛泽东《在延安文艺座谈会上的讲话》精神的拥护和践行，充分肯定刘绍棠身上所体现的1978年以来新一代作家的探索精神。两篇文章的切入点和对理论的论述十分接近，后发表的这篇文章并无甚新颖的见解。

（二）审美风格的张扬

刘绍棠小说乡村叙事的总基调是田园牧歌情调，其小说的美学风格、民间文学传统形成了他乡土文学独特的审美范式。石兴泽的《刘绍棠论》（载《文艺争鸣》2008年第8期）和陈昭明的《论刘绍棠乡土文学的审美范型》（载《南昌大学学报》2003年第1期）既有对刘绍棠乡土文学独特的审美范式的肯定，也贬抑了"其现实乡村叙事显示出早年文学经验中'党性原则'熏陶和社会主义性质的一面"[6]。陈文较详细地分析了造成其审美特点的三个原因，最后也不无含蓄地批评刘绍棠乡土写作缺乏现代审视色彩的现象。石文通过刘与几位现当代乡土作家的比较，展开了对其乡土写作的批判，深刻剖析了刘绍棠创作的弊病。相较而言，石文立论充分、可圈可点，是研究刘绍棠的创作风格最全面深刻的一篇论文。相比石文和陈文对刘绍棠为文的"社会主义性质"的批评，李万武《刘绍棠文学的当下意义》（载《文艺理论与批评》2007年第4期）一文从现实意义的角度高度评价了刘绍棠的文学。李文借用了郑恩波在《刘绍棠纪念文集》中对刘文学写作的命名："社会主义美文学"，以刘绍棠"美文学"的文学精神观察和检讨当下某些文学病相，并赞扬刘绍棠是距离我们最近的"美文学"标志性作家。对刘绍棠文学审美进行整体性地探讨之后，还有几篇文章是从不同的角度出发，分别探讨刘绍棠小说中呈现的审美意识。朱旭晨《论刘绍棠文学创作文化意蕴初论》（载《华北矿业高等专科学校学报》2001年第1期）从刘绍棠主题文化意识形态倾向的生成、作品文化主题内涵和作品外在表现形式三方面探讨刘绍棠作品的文化意识。

21世纪以来，研究刘绍棠小说的文化审美范式方面的论文，具有较高价值的屈指可数，除石兴泽《刘绍棠论》外，大都落入了前人研究的窠臼，20世纪80年代初南帆、丁帆、伦海、栾保俊等人关于刘绍棠的评论文章，成了多数人研究刘绍棠的底版，有些文章甚至是对前人研究的重述和组合。《刘绍棠"运河文学"之美浅析》分析浅显，语言之美部分可说是对崔志远《刘绍棠"运河文学"语言风格》一文的重述，无甚新意和见解。《析刘绍棠"运河文学"之特色》与《刘绍棠文学创作文化意蕴初论》的语言特色部分，更是直接对伦海《刘绍棠的"运河文学"》语言部分观点的挪用。这样没有新意和诚意的研究文章，不仅不会丰富刘绍棠研究的资料，反而给相关研究带来泥沙俱下的即视感。

（三）民族文化的传承

刘绍棠的小说创作深受传统文化的影响。"我自幼深受民间故事、小曲、评书、年画、野台子戏……的艺术熏陶，长大又深受古典文学的教养，因此我热爱创作方法上的民族风格，在表现手法上喜欢采用民族形式。"[7]刘绍棠的生长环境提供了他文学创作中民族文化的素材。

刘绍棠热衷于从评书、曲艺和地方戏等民间艺术中汲取养料，表现在他的小说中就是浓郁的地方特色："小说作者应该学习评书艺人使用口语抓住听众的本领。曲艺也是如此，地方戏的最大特色是浓郁的生活气息，主要依靠语言的生动活泼和个性化。"[1]李旭《论刘绍棠乡土文学的民族性》（载《岱宗学刊》2007年第4期）肯定了刘绍棠在继承民族精神文化的基础上发展了我国民族文学，创造了独特的文学新风尚和美学范式。裴军的《刘绍棠小说与传统评书》（2003年）和《刘绍棠小说与中国民间文学》（2012年）认为刘绍棠在小说创作中，借鉴了传统评书的人物刻画方法和艺术手法，从民间传说和谚语中获取丰富的创作素材。但是，两篇文章的基本结构一致、思想内容也高度相似，相较2003年发表的文章，2012年的研究并无太多创新之处。

崔志远《燕赵的豪侠——刘绍棠"运河文学"形象与京剧行当》（载《文艺理论与批评》2010年第1期）当属极具价值的一篇论文。该文从京剧"角色行当"的角度将刘绍棠小说的人物世界分为"生、旦、净、丑"四大类，高度概括刘绍棠的运河文学在京剧舞台上，寻找着原型的地域化，发掘出运河儿女的文化特征。崔志远致力于乡土文学研究，早在1994年就发表了关于刘绍棠的研究——《刘绍棠"运河文学"的语言风格》，京剧人物这一篇也是保持对刘绍棠研究的连贯性，是试图从已有的人物研究视角中找寻新的解读方式的一次成功尝试。

除了对民间文艺的借鉴，刘绍棠还从古典诗词文赋中吸收精华，善于化用古辞赋的骈四俪六，语言澎湃有情致。"农民说得口齿伶俐，都是四六句，你看舌底板压人的主儿全是这样，敲鼓点一样有张有弛，有紧有慢，说得你绝没有办法。"[8]李旭《论刘绍棠乡土文学的民族性》中的语言民族化部分，就阐述了刘绍棠文本语言的农民口语化，是吸收了民间艺术和古典诗文的精华，具有丰富的内涵、表现力和包容性，由此可见刘绍棠深厚的古典文学功底。

三、更多视角下的相关研究

在文学研究追求多元阐释、开拓新视野的情况下，纵观21世纪的刘绍棠研究，可见跳跃其间的更加多元化的研究视角。

20世纪80年代中后期，女性主义文学批评在我国兴起，许多学者开始将此法介入文学研究中。邓寒梅、罗燕敏《论刘绍棠新时期小说中女性人物的侠义精神》（载《中国文学研究》2007年第1期）以"文革"后刘绍棠小说中的女性形象，来表现刘绍棠对女性的关爱和人性的思考。"在80年代，从'文革'中走出的人，普遍认同'文革'是对人性、个体尊严、价值的剥夺和蹂躏。因此'新时期'存在如五四那样将人从蒙昧中解放的'启蒙'的历史任务。"[9]所以，刘绍棠新时期小说塑造的女性具有人性的光辉，她们改变了传统文学中女性柔弱顺从的面貌，以"情侠"和"义侠"的燕赵女儿形象登场，这些女侠同时又是"民族母亲"[10]，寄予着作家希望她们更加自强、自尊、勇敢的美好愿望。不过，从刘绍棠的小说中也可窥见其塑造人物的模式化形象，"他们的秉性、脾气、语言都十分接近——太接近了……这种人物性格，更多是一种缺乏内涵的鲜明和单一"[11]。这也是刘绍棠小说的局限性，并且这种局限性到刘绍棠创作的后期更加明显，成为他无法逾越和跳脱的写作羁绊。

韦勒克把从文学和传记、心理学、社会、思想等维度进行的文学研究称为"文学的外部研究"。在社会与文学的关系中，他强调应"研究文学产生的经济的基础，作家的社会出身和地位及其社会意识的整个问题。"[12]郭剑敏的《划为右派后作家的收入及生活水平考——以丁玲、刘绍棠、傅雷、王蒙为研究个案》（载《文艺争鸣》2016年第8期）一文正是从文学的外部研究切入的解读。该文从社会经济角度，看被划为右派后作家的收入及生活状况，体现出"划右"后他们不同的生命体验和独特感受，探究这些差异性的生活经历对他们平反复出后的文学创作的影响情况，从而形成了不同右派作家的不同文学书写。郭文借助文学的外部研究方法，为我们进行作家研究提供了极好的突破口和思路，间接以刘绍棠的经济状况来澄清1957年"划右"时"为三万元而奋斗"的历史误解，展示出刘绍棠不为利益、艰苦朴素的高尚品格，更深刻地揭示出历史的偶然性和个人的物质条件对作家创作与生活的巨大影响。

此外，比较研究在刘绍棠研究中也占有较重要的位置，这里主要以现当代作家为参照系，对具有某种相似性或关联性的作家进行并置研究。汤盼盼《台静农和刘绍棠代表作中农民形象差异性研究》（载《湖南大众传媒职业技术学院学报》2015年第7期）从时代变迁、作家差异和农民身份变化的角度，解读台静农笔下的中国农民的愚昧、麻木，对比刘绍棠笔下具有传奇、侠士风范的农民，反映不同时代的典型农民形象，为时代农民立传。侯平《晚菘新榆，滋味仿佛——论汪曾祺和刘绍棠的小说创作》（载《山花》2015年第22期）论述了汪、刘两位以相似的美学追求和创作对乡土小说的承继关系，肯定二人在当代文学史上发挥的承上启下作用，但也间接批评了刘绍棠后期作品失之通俗，终未对严肃文学产生重大影响。石兴泽的《刘绍棠论》将刘绍棠与当代几位作家进行了比较，认为在田园风光的书写上，刘绍棠缺少张炜那种明显的生态意识。在小说画面感上，刘绍棠不像汪曾祺和阿城空灵飘逸，对农民精神世界的刻画不及高晓声的深刻。石文的比较是褒贬分明，有理有据，深入全面的。

刘绍棠的乡土文学创作，扎根于民族文化土壤的同时，也广泛地借鉴外国乡土文学的宝贵营养。他尤其推崇苏联作家肖洛霍夫，"我欣赏每一位为人类文化做出贡献的外国古典作家，……外国现代作家中我最佩服的是苏联作家肖洛霍夫。"[1]刘冬梅《肖洛霍夫的写景对刘绍棠的影响研究》（载《辽宁广播电视大学学报》2010年第1期）将小说《静静的顿河》中的意象和刘绍棠小说中景物意象进行比较，来研究肖洛霍夫对刘绍棠小说中景物意象的写人、叙事功能等方面的积极影响。

四、刘绍棠研究的问题和设想

目前学界对刘绍棠的研究偏向于整体性的作家生平研究和创作研究，忽视了对单部（篇）作品的研究。而单部（篇）作品研究中从文学角度切入的少之又少。其中具代表性的研究成果当属辛中正的《刘绍棠抗日小说〈狼烟〉试解》（载《文艺理论与批评》2012年第5期）一文。该文高度评价《狼烟》"首次深度拷问全民的国防意识，是一部大胆探寻军队建设科学发展、跨越发展新途径的军事题材力作"。[13]另有部分研究是从语言学角度和语文教学角度展开的。对造成刘绍棠人生转折的短篇小说《田野落霞》和《西苑草》的文学史角度的解读，至今没有涉及。这两篇小说基调灰暗、低沉，一反刘绍棠积极乐观的创作态度，研究者应当思考风格突转中隐含的创作者心理的变化，有助于深入探究在一元化格局下政治和文学的关系问题。

20世纪下半叶，中国社会的几次重大变革都牵扯着刘绍棠命运的大起大落，作为当代颇具典型意义的作家，刘绍棠的身上贯穿着诸多的文学命题：神童作家、"右派"作家、复出作家、退潮作家。但是目前深度解析刘绍棠身份现象的研究却不够，学界应该对"刘绍棠现象"进行整体深入地探讨，而不应仅停留在对作家生平的赘述、对作家遗风的追忆等方面。当赵树理、孙犁分别被许多人认定为开创了"山药蛋派"和"荷花淀派"并获得不少追随者时，刘绍棠的"乡土文学"理论却至今未有形成运动的势头，作为乡土文学理论大师，其文学创作的"四项基本原则"在当下是否还具有借鉴意义，值得我们深入探讨。

20世纪80年代中期，文学经历了"寻根"思潮，到90年代后期"乡土"的概念可以视为现代性反思的概念，是以情感的及形象的方式表达对现代性的一种批判和反动。乡土中大量讲述历史的作品开始占据主导地位，它们构成了对乡土中国历史的重新书写。张炜的《古船》、陈忠实的《白鹿原》，突破乡土书写的惯常模式，复活了传统的民族文化，重建了乡土的审美架构，在宏大的历史框架中"寻找自我""升华主体"、彰显"生命力"等，极大地拓宽了乡土叙事的内涵。相比之下，刘绍棠的乡土小说就过于清浅和直白了，刘绍棠的家乡儒林村也像洼狸镇、白鹿原一样，被众多的历史事件裹挟着、席卷着，但他的作品却未能呈现出儒林村深厚的历史感和文化感，这不能不说是作家的创作视野和知识结构的局限造成的。历史进入新纪元，在莫言、贾平凹、阎连科、刘震云们已经做出了一种乡土叙事的深刻转型并取得极大的成功中，隐约可见跳跃在乡土文学中的一些后现代元素，给乡土带来了美学上的奇异性，赋予当代本土性更深厚的力量。这种现代性的转型解构了乡土，为乡土文学提供了开阔的发展方向，以此可进一步反观以"刘绍棠风格"为代表的乡土文学的转型之路该何去何从。乡土文学作为中国乡土记忆的承载体，肩负着传承民族精神、记录时代命运和凸显人文关怀的伟大任务，怎样在源远流长的历史长河中，撷取一段记忆，以更加自由多样化的方式和更加独特的中国力道来展开乡土写作，是乡土文学在新世纪发展中开启广阔未来必须要思考的问题。

参考文献：

［1］刘绍棠. 乡土文学四十年［M］. 北京：文化艺术出版社，1990.

［2］严昭柱. 为伟大时代传神写照——读郑恩波著《刘绍棠全传》［N］. 文艺报，2006-07-29（3）.

［3］杨广芹口述、沱沱记录·心安是归处——我和刘绍棠［M］. 北京：当代中国出版社，2013.

［4］解志熙. 与革命相向而行——《丁玲传》及革命文艺的现代性序论［J］. 文艺争鸣，2014（8）：27～35.

［5］王培洁. 刘绍棠年谱［M］. 北京：文化艺术出版社，2012.

［6］石兴泽. 刘绍棠论［J］. 文艺争鸣，2008（8）：143～149.

［7］刘绍棠. 一个农家子弟的创作道路［M］. 成都：四川人民出版社，1985.

［8］刘绍棠. 刘绍棠谈自己的经历、情趣和创作——北京市作协评论组的发言［J］. 当代文学研究参考资料，1981（09）. 转引自崔志远. 刘绍棠"运河文学"的语言风格［J］. 文艺理论与批评，1994（2）：68～69.

［9］洪子诚. 当代文学三十年［M］. 北京：北京大学出版社，2011.

［10］刘绍棠. 四类手记［M］. 北京：华文出版社，1993.

［11］南帆. 刘绍棠小说的独特风格和固定程式［J］. 文艺理论研究，1983（3）：82～84.

［12］［美］勒内·韦勒克，奥斯汀·沃伦. 文学理论［M］. 刘象愚等译，南京：江苏教育出版社，1984.

［13］辛中正. 刘绍棠抗日小说《狼烟》试解［J］. 文艺理论与批评，2012（5）：97～100.

（原载《广东第二师范学院学报》2017年第2期）

刘绍棠对新时期文学的贡献

□ 崔志远

●地域文化的结构层次分为：地域文化景观、地域文化风俗和地域文化性格。地域文化景观是表层和外观，地域文化风俗是中层，地缘文化性格是核心和深层放射源。对地域文学的深入开掘，则应从地域的文化景观、文化风俗层层深入，最终发掘其文化性格。

●刘绍棠小说发掘了燕赵文化性格，在新时期作家中，刘绍棠是对燕赵地域文化罕有的深入开掘者。

●关注民族、地域文化已成为文坛的共识，无论表现什么样的生活，都要考虑民族传统文化这个无形的巨手。

今年3月，是刘绍棠辞世二十周年的日子。刘绍棠这批"文革"后复出的"五七战士"，于20世纪70年代末和80年代，以井喷式的创作在文坛掀起接二连三的轰动效应，从而成为引领文学发展的弄潮儿。而今，这一切都成为历史，但是，历史的经验值得注意。我们不仅要纪念他们，而且要认真研究他们的创作成就和经验，从而作为今后文学发展的资源和滋养。今天，我们已与他们当年的创作拉开较大的历史距离，在较长的历史背景上考察他们的创作，可以得出更加理智、客观的结论。

其一，创造出集大成式的文学语言。

孙犁说："绍棠幼年，人称卓异，读书甚多，加上童年练就的写作基本功，他的语言功力很深，词汇非常丰富，下笔恣肆汪洋。"轻易不称赞别人的孙犁，对绍棠的小说语言连用三个形容词："甚多""很深""非常丰富"，可见其赞赏之至。"恣肆汪洋"的概括也极为准确。我曾将刘绍棠的小说语言梳理概括为：（1）多声的音乐美：以四六句为主体句式，从而形成鼓点般跳荡节奏的音韵主调，同时加入较长、较短的句子进行音韵调整；（2）多样的色彩美：以红和绿为语言色彩主调，同时又有橙黄青蓝紫，色彩斑斓；（3）多姿的形象美：不仅追求用字、遣词、造句的形象美，而且设置特定的语言情境，形象地塑造人物。正是这种"多声""多彩""多姿"，形成语言风格的"恣肆汪洋"。"恣肆汪洋"风格的背后，是丰厚的语言根基和丰富的语言资源。

刘绍棠小说的语言根基，一是京东农民口语，这是其文学语言的主体。他生在农村，长在农村，"划右"后又在农村生活二十余年，具有很深的农村语言根基。二是古典文学语言。他除了古代小说、经典名著之外，逸事、志怪、言情、武侠、公案等也无所不读，还涉猎各种散文如诸子、史传、《史记》、六朝散文，各种诗词如历代诗、词、曲和辞赋等，有深厚的古典文学功底。其三是民间戏曲和说唱艺术语言。他酷爱京剧和各种戏曲，喜听评书、小曲、大鼓等各种曲艺，深谙其语言的韵律感和音乐美。四是外国文学语言。他自认为"读外国小说比读中国小说多"，欧亚美小说无所不读，写小说从啃俄苏文学起家。这种语言根基，几乎涵盖了文学语言资源的各个方面，带有集大成性。刘绍棠语言的集大成性，不仅在于资源之广，更在于将这一切化入自己的心理机制，熔铸成自己的语言风格。刘绍棠说："我运用农民口语时，常常以古典诗词和散文为师范，斟字酌句，推敲规整；希望能够多一句不说，多一字不写，句子要短，字要精当。"这是对古典文学语言和农民口语的"化"。刘绍棠还有各种各样的"化"。整体看，刘绍棠小说语言以京东农民口语为基础，用古典诗词文赋语言规范去炼字、炼句、炼意，以民间说唱艺术语言去润色音韵，加强表现力，并借鉴外国文学语言细腻、深刻之优长，熔铸成自己的语言风格。如《蛾眉》写道：

> 这一方，上京下卫，小伙子娶媳妇难，难于上青天。花枝一般俊俏的姑娘，好比彩云追月，鸟飞高枝，不是心向北京，就是眼望天津；剩下的不那么水灵秀气的柴火妞儿，开口一要彩礼，也能把人吓出一溜筋斗。

地道的农民口语，被规整得凝练而含蓄；嵌入的古诗句，衔接自然，情趣内蕴；说书人的口气，铿锵的音韵，朗朗上口；化用古代辞赋的骈四俪六，铺张扬厉，对仗工整，更增澎湃的语势。令人称道的是，最雅的古诗句"难于上青天"和最俗的农民口语"吓出一溜筋斗"相辅相成，相映成趣。可谓广纳熔铸，厚积薄发，"究天人之际，通古今之变，成一家之言"，非集大成而何？关于外国文学滋养，如20世纪50年代的《瓜棚记》："夏夜，运河南的瓜园里洒满乳白色的月光，闷热的南风吹得瓜架发出簌簌的幽响，浓郁的瓜香气弥漫着整个瓜园。"其旋律多么像优美的俄罗斯民歌。20世纪80年代的中篇《村姑》，开头一段一百二十余字竟是一个单句。前边八十余字由四个动宾短语组成，最后一个动宾短语的宾语又是一个复杂的动宾词组，它的宾语带有由动宾词组、主谓词组和名词组成的七个定语。这一切不过是单句的状语。后边三十余字，才是单句的主谓宾语，宾语又是一个由动宾结构作主语的主谓结构。这是一个非常欧化的长句。但有人却批评刘绍棠对外国文学借鉴不足。个中原因，我以为刘绍棠涉猎的外国文学多是19世纪批判现实主义文学和20世纪苏联文学。一则这些作家的风格已为中国文坛所熟悉，加之绍棠的融会之功，人们已浑然不觉；二则绍棠的古典文学功力太深厚，深厚到淹没前者的程度。简言之，对西方现代主义文学的借鉴少了些。须知，绍棠创作的发轫期在20世纪四五十年代，那时传入中国的外国文学仅有批判现实主义文学和苏联文学，对现代主义可谓"不知有汉"。对绍棠语言借鉴的不足，似无须苛求。在同龄作家中，他的借鉴已是佼佼者。

刘绍棠的语言根基是对前辈作家经验的承继和发展。赵树理发掘山西农民口语的语言魅力，融会民间说唱艺术的语言营养，形成独步文坛的语言风格。柳青则在山西农民口语的基础上融入欧洲文学和古代文学元素，形成自己的语言特色。刘绍棠踏着前辈的步伐，将各种语言资源冶铸得更为丰富、深刻。例如，他对辞赋语言的融会在小说界便有些"前不见古人，后不见来者"（诗歌方面有郭小川的"新辞赋体"）。这一切又成为后辈作家的艺术滋养。如贾平凹的语言资源便有商州农民语言、古代文学语言、外国文学语言（主要是拉美文学、日本文学）等。他对古代文学语言的借鉴又有自己的特色：常常变现代语言的双音词为古代语言的单音词，形成语言的迟涩感。

其二，对地域文化进行深入开掘。

地域文化的结构层次分为：地域文化景观、地域文化风俗和地域文化性格。地域文化景观是表层和外观，地域文化风俗是中层，地缘文化性格是核心和深层放射源。对地域文学的深入开掘，则应从地域的文化景观、文化风俗层层深入，最终发掘其文化性格。本文拟从刘绍棠小说的文化风俗说起。具体讲，是从地方戏曲说起。京东最有影响的戏曲是京剧。通州是戏曲之乡，刘绍棠从小就是个戏迷，最迷的是京剧。9岁随父到北京小住，看了马连良、谭富英、程砚秋、荀慧生、张君秋、叶盛兰、赵荣琛、杜近芳等名家的数十出戏。对京剧就更为痴迷。这一切融入他的深层心理，形成他的精神血肉。他的小说带有丰富的戏曲元素。如《蒲柳人家》写何大学问"面如重枣""一副关公相貌"，柳罐斗是"活赵云""赛平贵"；《瓜棚柳巷》中描写柳梢青和柳叶眉杀死仇人、抗日离家的情境，使人想起《打渔杀家》萧恩父女的报仇离家；《碧桃》写碧桃在严酷的政治环境中，独守村边茅屋二十二年等待戈弋，使人想起王宝钏的十八年寒窑……

刘绍棠小说的人物形象，几乎都可找到与京剧行当的对应关系。如《蒲柳人家》对应的行当便有：何大学问（红生）、柳罐斗（武老生）、周檎（小生）、何满子（娃娃生），一丈青（武老旦）、云遮月（花衫）、望日莲（小旦）、豆叶黄（彩旦），吉老秤（副净），花鞋杜四（鞋皮丑）、麻雷子（鞋皮丑）……《蒲柳人家》的舞台可谓"角色齐全，文武旦打"，正如林斤澜在《写在〈蒲柳人家〉之后》中说的："人物的唱念做打，文友谈情说爱，斗嘴吵架，软说和，硬做媒；武有镰刀长鞭，鱼叉铁拳，旱地上的黑旋风，水里边的浪里白条……"

仔细梳理，刘绍棠小说的旦行形象，正旦有花藕娘、香翠儿、灯草儿、襄嫂、云遮月、水芹、碧桃等，小旦有望日莲、花碧莲、旱莲、杨天香、翠枝等，武旦有一丈青、武大师姐、春柳嫂子、柳叶眉、陶红杏等，彩旦有豆叶黄、狗尾巴花、五月鲜儿、秦办、锦囊娘子等。

其生行形象，武老生（红生）有何大学问、叶三车、桑铁瓮、柳梢青、谷老苴子、老虎跳等，小生有周檎、阮碧村、吴钩、叶雨、艾蒿、戈弋、柳岸、蔡春井、俞文芊、邢春塘等，娃娃生有何满子、摸鱼儿、小芝罘、春闹儿、伏天儿等。净行形象有秋老虎、谷大顺、牛脖子、邵正大、黄金印等。丑行形象有于二甲子、麻雷子、花鞋杜四、汤三元子、连阴天、花狗、白苍狗子、杜小铁子、苗小秀子等。

在这些形象中，最叫座的有两类。一是旦行中的正旦形象，她们饱经磨难又有顽强生存精神，各有各的命运，各有各的悲剧，其性格或犷或直或柔或奇或痴或韧，均鲜活生动，个性鲜明，但有共同的道德品格：多情重义，她们用这种精神，追求自己的爱情与幸福、理想与未来。二是生行中的武老生形象，他们经历丰富，眼界开阔，是运河碳钢铸铁般的男子汉，作家将他们置于社会矛盾和伦理冲突的旋涡，无情地拷问他们的灵魂，剖出他们侠骨中的"柔肠"，从而使他们成为个性鲜明的"圆形人物"，他们共同的道德品格是豪侠仗义，以其安身立命，打造自己的人生之途。女人多情重义、男人的豪侠仗义正是古燕赵大地上生出的文化性格——勇武任侠、慷慨悲歌的具体表现。

燕赵大地由北而南依次为高原、山脉、丘陵、平原。高原上自古生活着游牧人，平原上生活着农耕人，古燕赵便成为游牧文化与农耕文化的交会地，其社会结构则是农耕人与游牧人的对峙和交融，这就导致胡汉间的相互征战，残酷杀戮，在征战中统一，在杀戮中融合。燕赵自古是胡汉征战的前线，古燕赵的历史便是一部胡汉征战交融史。在几千年的征战交融中也就诞生出众多豪侠勇武、慷慨赴死的豪杰与英雄。如此，燕赵文化性格中虽然既有游牧人的粗犷勇武，又有农耕人的文雅平和，但更偏向阳刚。"勇武任侠、慷慨悲歌"的文化性格便由此而形成。

刘绍棠小说不仅发掘了燕赵文化性格，还在他的绝唱《村妇》中描写了其形成过程，将近2000年的胡汉交融史浓缩在20世纪匈奴后裔刘姓家族四代的更替变迁中。第一代年轻胡刘的族长汉根偷抢汉刘女儿玉儿（后仿昭君改姓王，名胭脂）成亲，隐喻胡汉和亲的原初历史；汉根与胭脂生子金童，长大后自称"刘二皇叔"，这位胡汉交融的产儿刚烈豪爽，流淌着匈奴人桀骜勇武的血液；第三代金榜文而儒雅，进一步汉化，生死关头却显出祖上的刚烈遗风；第四代牛蒡已经是一个学识渊博的知识分子，但坎坷的命运并未消弭他的"蛮性"，占主导的还是中华民族知识分子的共同精神：家国情怀和忧患精神。如果第一代隐喻胡汉交融的"原初历史"，第二代、第三代隐喻其"后世发展"，第四代隐喻其"现实形态"，那么，本书的描写便浓缩了一部胡汉对峙交融史，也显示着燕赵文化性格形成和发展的过程。

可以说，在新时期作家中，刘绍棠是对燕赵地域文化罕有的深入开掘者。

其三，开地域风俗小说之先，引领寻根文学潮流。

1979年2月，刘绍棠的短篇小说《地母》在《北京文艺》发表，并未产生什么反响，王蒙诙谐地说："你写不了政治性太强的作品，这个题材应该我来写，你还是写你的运河、小船、月亮、布谷鸟……田园牧歌。"对于这种坦率而不客气的意见，刘绍棠却视为知音。他似乎从王蒙的话中获得灵感，1980年1月便写出反映北运河风俗民情的代表作《蒲柳人家》。之后又写出《瓜棚柳巷》《花街》《渔火》《鱼菱风景》等，被称为京味乡土小说。"春江水暖鸭先知"，天才作家的感悟常能引领出一个时代的文学潮流：邓友梅1981年3月写出《寻访画儿韩》，之后又写出《那五》《烟壶》等，被称为京味市井小说；汪曾祺1980年8月写出《受戒》，后又写出《岁寒三友》《大淖记事》等，被称为苏味乡土小说；陆文夫1983年写出《美食家》，后又写出《井》等，被称为苏味市井小说；冯骥才1984年始写出《神鞭》《三寸金莲》等，被视为津味市井小说；乌热尔图1983年写出《琥珀色的篝火》，后又写出《七岔犄角的公鹿》等，被称为黑土地小说；张承志1982年发表了他的草原小说的代表作《黑骏马》……这是一批天才作家，他们汇集成一个地域风俗小说潮流。其声势和影响虽不及此前的伤痕、反思、改革小说，也不及此后的寻根、先锋、新写实、新历史、新现实主义小说，但却有重要的文学史价值：它不仅较早摆脱了"文革"的浓重政治化遗风，而且也与当时的伤痕、反思、改革小说拉开距离，率先进入风俗文化领域。这是富有民族色彩和审美品格的领域，也是极其广阔的领域。风俗文化的表层是文化景观，其深层则是文化性格，实际是民族乃至人类的集体无意识，它保留着民族、种族的先祖族群一辈辈积累下来的生产生活经验，时间跨度达数千年乃至上万年，空间跨度涉及民族生产和生活的各个方面。这些经验构成现实人们认识世界、改造世界的最深层的价值取向和生存依据；它们像一只无形的巨手，规定和制约着当今人们的思维方式和行为方式。地域风俗小说的描写虽然还主要着眼于地域的文化风俗，却为深入地域文化性格开辟了道路。

从以上列出的创作时间表看，刘绍棠无疑是地域风俗小说的领跑者。此时，他对自己的创作已有清醒的定位："我要以我的全部心血和笔墨，描绘京东北运河农村的20世纪风貌，为21世纪的北运河儿女，留下一幅20世纪家乡的历史、景观、民俗和社会学的多彩画卷，这便是我今生的最大心愿。"为此，他提出在家乡深打"一口井"的主张："在960万平方公里的国土上，我退而经营9.6平方公里的乡土。""儒林村就是我的创作源泉。"

地域风俗小说引发了20世纪80年代中期的寻根小说潮流。这是一个有系统理论建树和辉煌创作实绩的文学潮流。其主要思想是，文学的根在民族文化之中。民族文化包括规范的官方经典文化和非规范的民间文化，文学的根应扎在民间文化中，作家应关注民间的俚语、野史、传说、笑料、民歌、神怪故事、习惯风俗、性爱方式等，从中发掘丹纳《艺术哲学》所说的人的特征的"第三层"，即"可以存在一个完全的历史时期，虽经剧烈的摩擦与破坏还是屹然不动"的文化心态。这就形成寻根作家对地域文化的深层开掘，如贾平凹的"商州小说"对秦文化的开掘，韩少功对楚文化的开掘，李杭育的"葛川江系列"对吴越文化的开掘，莫言的"高密小说"对齐文化的开掘，乌热尔图对草原文化的开掘等，他们都在自己的家乡深挖"一口井"，并掘井及泉，较地域风俗小说大大前进一步。

到20世纪90年代，寻根小说作家们又汇入新历史小说潮流。在这里会合的还有新写实小说作家和先锋小说作家。对新历史小说虽然评价不一，但有一点应当肯定：新历史小说家们以民间文化视野观照历史，民间视野包括百姓的世俗观照和在野文人的无为观照，前者体现的是民间的生存意识，后者则是儒、道的道德意识的在民间的体现；这就导致他们对民族、地域文化的关注和发掘，寻根小说家自不必说，新写实作家产生了刘震云

的"故乡系列"，先锋小说家出现了叶兆言的"夜泊秦淮系列"、苏童的
"红杨树系列"，等等。

时至今日，关注民族、地域文化已成为文坛的共识，无论表现什么样
的生活，都要考虑民族传统文化这个无形的巨手。李杭育曾说："一个好
的作家，仅仅能够把握时代潮流而'同步前进'是很不够的。……他眼前
过往着现世景象，耳边常有'时代的召唤'，而冥冥之中，他又必定感受
到另一个更深沉、更浑厚因而也更迷人的呼唤——他的民族文化的呼唤。
这呼唤是那么低沉、神秘、悠远，带着几千年的孤独和痛苦、污秽和圣
洁、死亡和复活，也亢奋也静穆，隐隐约约，破破碎碎，在那里招魂似的
时时作祟。"当年以揭示现实社会矛盾冲突著称的"三驾马车"之一的关
仁山，而今深感民族传统文化这个无形巨手对现实生活进程的潜在影响，
他的《麦河》描写农村现实的土地流转，却又发掘着传统的小麦文化、土
地文化，并采用能与死人对话的盲艺人的叙事视角，以月相变化结构作
品。这使得作品具有了文化的厚重感。

这些成果自然来自新时期以来一代又一代作家们的辛勤实践，来自对
世界文学诸如福克纳、马尔克斯、艾特玛托夫等巨匠的汲取与借鉴，来自
赵树理、孙犁、柳青、周立波等老一辈作家的率先垂范，然而，刘绍棠和
汪曾祺、邓友梅、陆文夫等才华横溢的作家的筚路蓝缕，更有不可磨灭之
功勋。

（原载《文艺报》2017年4月21日）

四、从维熙研究专辑

从维熙小传

□ 房福贤

从维熙，当代著名小说家，早期曾用笔名碧征、丛缨。1933年农历三月十三日出生于河北省玉田县玉官屯一个破落的地主家庭里。他的祖父是清朝末年的秀才，父亲是天津北洋工学院的高才生。在这个书香门第里，幼小的维熙曾受到很好的艺术熏陶，当他在村口大庙里上小学第一堂语文课，摇头晃脑地读着"人手耳鼻口、马牛猪羊狗"时，已经会背"一去二三里，烟村四五家，亭台六七座，八九十枝花"的诗了。在祖父填鸭式的早期教育下，他背熟了许多浅显的唐诗，虽然他还不能理解其中的诗意，但在他童年的心田里，却起到了一种形象思维的播种作用。但是，从维熙的童年却是不幸的。当他四岁的时候，他的父亲——一个二十八岁的爱国进步青年，在奔赴革命圣地延安的途中，遭到国民党的追捕，悲愤交加，肺病复发去世。从维熙的家庭尽管属于和酒肉无缘的书香门第，但旧社会尔虞我诈的投影，仍然在这个家族中留下鲜明的痕迹，失去了父爱的维熙和他目不识丁的年轻母亲从此沦为孤儿寡母，成了家庭排挤的对象。到他进入小学四年级时，家中就不再继续供他读书了。当时他的家已从农村迁到县城城关，从维熙失学后，就从县城回到了他落生的依山傍水的小村庄。

尽管童年的从维熙在家庭生活中遭到了不公平的待遇，但却接受了大自然的无限恩惠。乡野里无拘无束的奔跑嬉戏，农村古老而又新鲜的民间传说，家中散落的残破不全的各种古典名著，萌发了他对文学的浓厚兴趣。从维熙十分怀念这一段失学后的童年生活，他后来回忆说："无论从我思想的形成和文学创作这个角度上去回忆，这都是我最有意义最有色彩的一段生活了。……离开学堂的生活，似乎使我对于眼前的世界，有了一个朦胧的新概念，特别是大自然和故乡泥土对我的熏陶，常常成为我后来提笔写作时的艺术遐想。"（《文学的梦》）

从维熙的母亲，是一个善良慈祥的普通农家妇女，出于对唯一的儿子的钟爱和希望，便把维熙送到北京的亲戚家里借宿，插班继续读书。家里不给钱，她变卖了结婚时的全部金银首饰。在当时国民党统治的北京城，物价一日三涨，这点钱根本不能满足维熙生活和学习的需要，于是她毅然离开那个不属于她的家庭，到北京来给有钱人家当保姆，用微薄的收入维持从维熙的学业。这段时间的困窘生活对从维熙的思想影响很大。"这段艰难的生活，是我思想形成的重要阶段，我开始觉察到那个社会如同一盘石磨，有钱人花天酒地，穷苦人在磨缝里挣扎。"（《文学的梦》）正是愤然于旧北京这样一种"朱门酒肉臭，路有冻死骨"的悲凉的社会现实，从维熙在来到北京的第二年，曾写过一篇《大红门里的笑声》的小说，寄给当时的《太平洋月刊》。小说虽然没有发表，不过从这里可以寻觅到为什么作家在后来的创作中对新生活表现出那样热情的一点蛛丝马迹。

在母亲和亲朋们的帮助下，从维熙先后在北京二中和通县男师附中读完了初中。因为对数学的不感兴趣和对文学的热爱，也为了生活上的独立，1950年，他考入了由国家供给食宿费用的北京师范学校。这个学校曾培养了老舍这样的现代著名作家。在这里，从维熙阅读了大量的解放区文学作品和中外文学名著，加强了他的文学修养。也许是气质的关系吧，他特别喜欢孙犁和屠格涅夫的作品。这两位作家纤细的笔调和洋溢着的诗意美，对他早期的创作产生了很大的影响。在大量阅读的基础上，从维熙产生了强烈的创作冲动。他一边学习，一边习作。

1950年11月10日，北京《新民报》发表了他的第一篇作品《战场上》。这是一篇描写他们北师的同学在抗美援朝热潮中，愤怒谴责帝国主义侵略行径，决心"挺起胸膛，走上抗美援朝的战场"的小故事。以后，他又陆续发表了《美国之夜》《共同的仇恨》《一朵光荣花》《红林和他爷爷》《老莱子卖鱼》《七月雨》《红旗》《社里的鸡鸭》等散文、杂文、诗歌和小说，这些作品虽带有练笔之初的稚嫩，却初步显露了他的创作才华。特别是小说，引起了文艺界前辈和读者的注意。

1953年，从维熙在北京师范学校毕业。苦于当时小学教师质量不高，为了党的教育事业，他毅然放弃了学校破格保送他到北京大学深造的机会，怀着满腔热情，主动要求离开繁华的市区，到郊区青龙桥当小学教师。在努力完成教学任务的同时，他勤奋写作，先后发表了《远离》《在河渡口》等短篇小说。1954年春，从维熙被调到北京日报社工作，先任文艺编辑，后任农村部记者。记者的生涯，大大开拓了他的生活视野。这期间，他不仅为报纸写了大量的通讯报道，还在《天津日报》《北京文艺》《河北日报》等报刊上发表了《报矿姑娘》《春雨》《故乡散记》《夜过枣园》《芦花开放的时候》《第一层台阶》《合槽》《云间摆渡》等十多篇小说。这些小说在反映家乡生活的同时，也描绘了偏僻山区农村的变化，显示了他在题材上的开拓。1955年，新文艺出版社出版了他的第一本小说集《七月雨》，次年又出版了第二本小说集《曙光升起的早晨》。从维熙的这些取材农村新人新事的早期作品，艺术上师法孙犁，追求一种诗情画意的艺术境界，虽然在内容上还略嫌浅直，但充满激情，就像"曙光升起的早晨"，有一股清新的气息和泥土的芬芳。

1956年，从维熙参加了全国青年创作会议，并由康濯同志介绍加入中国作家协会，从此开始了他的专业创作生涯。1957年1月，出版了第一部长篇小说《南河春晓》。这部反映农业合作化时期北方农村两条道路斗争的作品，在表现复杂尖锐的生活矛盾上，比起他的短篇来，在思想深度与场景描绘上都有着明显的进步。

作为新中国培养起来的第一代作家，从维熙在短短的几年里，艺术进展很快。他本应有着更为广阔的驰骋天地，但不幸的是，他和他的许多同辈作家一样，被一场历史的风暴卷进了可怕的"炼狱"，而且比他的许多同辈磨难更多，坎坷更大。1957年，当从维熙正准备创作反映北京青年开垦祖国边陲的长篇小说《第一片黑土》（即《北国草》初稿）时，由于他和刘绍棠合写了《写真实——社会主义现实主义的生命核心》等对文学创作中的"左"倾教条主义、概念化进行批评的理论文章，以及批评某些农村干部好大喜功、不关心群众生活的小说《并不愉快的故事》，被打成"右派"分子，送往东郊大山沟搞开山破石的劳动。1959年"反右倾"运动开始后，出于对党的忠诚和对社会主义事业的热爱，他在向党交心时谈及了自己对反"右派"及"大跃进"的真实看法。这本是从维熙至真至诚的本性，结果却成了他"反党反社会主义"的又一次表现。1960年，他和他的"右派"妻——一个出生于革命家庭，十六岁就参加了上海地下党的年轻记者，被迫离开了他们年迈的母亲和刚刚三岁的儿子，先后双双进入了劳改队。从此，这个才华初露的年轻作家，开始了辗转挣扎的泥泞生涯。他先后在北京延庆、渤海之滨、山西等处的劳改工厂和农场接受劳动改造。1963年，他虽然因表现好提前撤销劳教，摘掉了"右派"分子的帽子，但生活境遇丝毫没有得到改变。二十年里，他当过车把式、烧过石灰、种过水稻、干过窑工、挖过煤炭……三次死里逃生。当他终于从历史的泥泞小路上走过来时，已是一个外貌苍老的中年人了。

一个意志薄弱的人，在沉重得令人窒息的生活重压下，往往容易变得世故消沉。但从维熙在二十年的坎坷中，却从没有丧失对生活的信心和对文学事业的热烈追求。即便是在"大墙之内"那严酷的逆境中，他依然奋发工作，努力学习。他曾给他的好友刘绍棠写信说："无论在任何逆境中，我都不放弃文学创作。"1958年，当他在京西一个山沟里做着盖疗养院的沉重的"赎罪"劳动时，还利用每月四天的公休时间昼夜笔耕他的长篇小说《第一片黑土》。1963年，在他成为公民以后，立即写了一篇小说《彩凤打擂》，虽然《中国妇女》将这篇小说发排之后又撤了下来，使他意识到自己还未得到真正公民的身份，但他并不灰心，仍然不懈地追求、积累。1975年，在"反击右倾翻案风"甚嚣尘上的时候，他又写了带有自传小说意味的中篇小说《远去的白帆》。是什么鼓舞他如此不屈地追求呢？是信念的力量，是母亲无私的爱。"应当说，我能坚强地生活下来，除了信念上对真理的坚信以外，也从母亲身上吸取了坚强的力量。"（《文学的梦》）在二十多年的坎坷路上，一本《可爱的中国》，始终跟随在他们夫妇身边，成为激励他们奋进的精神武器，而他们的母亲默默坚强地承受着社会上的巨大压力为他们哺育幼子，减少了他们沉重的负担。

正是这种对党对祖国忠诚的信念力量和母亲的爱，使他和他的妻子承受住了来自精神和肉体的超负荷重压，把不幸的遭遇当作对自己的考验，坚强地生活下来，而且在新时期更加坚定、勇敢、热情地投身于新的事业中。

1977年，当从维熙在山西还没有恢复创作权利的时候，就写出了歌颂敬爱的周总理的长诗《一月的怀念》，后以"临汾地区文艺工作室集体创作"的名义发表在《汾水》月刊。他又很快写出了《女瓦斯员》《春水在残冰下流》等短篇小说，最早"揭开50年代北京作家群文艺复兴的序幕"（刘绍棠：《从维熙剪影》）。这些小说和后来发表的《洁白的睡莲花》《梧桐雨》《静静的夏夜》等小说一起结集为《洁白的睡莲花》，于1982年出版。这部小说集中的十三篇小说，"题材面相当广泛，有煤矿，有农村，有农场，有化工厂，有劳改队……从某种意义上来说，它是我二十多年生活脚步的一个缩影，这些小说风格也不尽相同，有些篇我追求抒情——那是我对50年代的风格的回顾，有些篇又显得冷峻深沉——那是我坎坷的生活道路，给予我的巨大影响。"（《洁白的睡莲花·前言》）这些小说的出现，显示了复出后的从维熙文学创作上的巨大潜力，但最能代表他在新时期创作成就的却是他后来所致力的中篇小说。

1979年1月6日，从维熙彻底平反回到了北京。与此同时，他立即以奇突峭拔的气势，一年之内向文坛献出了《大墙下的红玉兰》《第十个弹孔》《杜鹃声声》等四个中篇，引起了轰动，使消失了二十年的新星重新放射出耀眼的光辉。这四个中篇都写于十一届三中全会前后，当时"两个凡是"的阴影还浓重地罩在人们心头，但从维熙却以悲而壮、慨而慷的雄健笔触，画出了中华民族在同"四人帮"进行伟大的政治搏斗中的雄姿，显示出作家的胆识和勇气。这些作品虽然在艺术上还带有重新握笔之初的某些生涩和直硬，但却具有一种扑面而来的灼热的战斗气息。特别是思想和艺术都比较完整的《大墙下的红玉兰》，更具有一种扣人心弦的艺术力量，受到人们广泛的喜爱，获1977～1980年全国优秀中篇小说奖。《第十个弹孔》也很快被搬上银幕，获文化部颁发的1980年优秀故事片奖。作为当代文学史上从未涉足的"大墙文学"，从维熙的这些小说不仅率先揭开了监狱、劳改农场的题材禁区的帷幕，让人们透过历史的受难者同邪恶势力的生死搏斗看到历史颠倒的真相，开拓了一个崭新的艺术天地，也推动了整个文坛的中篇小说向新的高度迈进。著名评论家孔罗荪在一篇文章中说，新时期文学的一个显著的特点是中篇小说的崛起，而从维熙的《大墙下的红玉兰》则起了短篇小说《班主任》的作用，"把中篇小说的创作推向了时代的前列"（孔罗荪：《我们需要中篇小说》）。

从1980年到1981年上半年，从维熙又写下了《泥泞》《第七个是哑巴》《遗落在海滩的脚印》《没有嫁娘的婚礼》等四部中篇小说。这些作品也是反映"大墙"内外生活的，但它不再仅仅局限于从刚刚结束的与"四人帮"的政治搏斗中取材，而是深入一步，从十年浩劫往前回溯到1957年的"反右派"斗争。这正是三中全会以来在全国范围内蓬勃开展的思想解放运动对从维熙创作思想开拓的结果。他的这些作品，在较长的历史跨度上，描绘出了我们民族的坚贞儿女在长期的劳改生涯中对党、对人民、对祖国无比忠贞的节操和灵魂。特别是中国知识分子百磨不灭、九死不悔的对社会主义的信念和爱国主义情怀，成了作家一再咏叹的主题。这些小说在艺术上比先前有所进步，结构更紧凑，文笔也更为凝练。

1981年下半年以来，从维熙写作了《伞》《燃烧的记忆》《鼎》《雪落黄河静无声》等中篇小说，修改发表了1975年创作的《远去的白帆》。这些作品在继续描写坚强的知识分子形象的同时，还把触角伸向了构成我们民族的大多数的底层劳动人民，如普通的农民，矿工，犯罪少年，从这些普通民众之中，开掘中华民族深厚的伟力。在这些描写底层劳动人民的作品中，充满了作家对劳动人民的真挚感情，艺术上也更加成熟。特别是与《大墙下的红玉兰》一起被评论界并称为作家的代表作的《远去的白帆》，代表了从维熙小说艺术达到的新高度。在这篇描写三年困难时期发生在劳改队里的一出悲喜剧的小说中，作家用舒卷自如的诗的笔致，创造了一种寓丰富于单纯的美的境界，唱出了一支真善美的歌，从而获得了第二届全国优秀中篇小说奖。

重返文坛以来，从维熙以井喷般的热情创作了三十多个中短篇小说，这些小说大多收在《洁白的睡莲花》和《燃烧的记忆》中。这些描绘劳改生活的"大墙文学"，具有浓重的悲剧色彩。它们一改从维熙早期那种抒情的田园风格，而显示出冷峻深沉悲壮的基调。并不是从维熙立意要改变自己的风格另择新路，而是二十年坎坷的生活道路给予他巨大影响。他也曾试图恢复他前期的风格，写了《洁白的睡莲花》《梧桐雨》等作品，但生活的主轴却使他难以在这方面有更新的发展。从维熙的小说有"伤痕"，有"反思"，有"暴露"，有着血淋淋的现实主义真实性，但他并不片面地理解现实主义，以单纯展览自己在坎坷的生活道路上所经历的那些使人难以置信的丑恶事物为快事，而是"有倾向性而不是自然主义地描写出来"。（《答木令耆女士》）因此，他的小说虽然"都是悲剧性题材，而且小说内容都写了严酷的历史生活真实（都是劳改队中的各种人物），但字里行间充满了希冀和追求"，有一种令人振奋的浪漫主义因素在。正如作者所说："我把自己的创作，看成是在粪堆里寻找黑金。"（《答木令耆女士》）因此他的"大墙文学"与一般的"伤痕""反思"文学不同，悲剧不悲，有一种"艺术效果上的高尚情操"（孙犁语）和激动人心的艺术力量。

1983年，从维熙发表了小说《北国草》。这部以《第一片黑土》为题在20世纪50年末期就完成初稿的长篇小说，在"文化大革命"中，为避灾祸，被他的老母亲偷偷烧掉了。但50年代两次深入北大荒生活的记忆却时刻在他心头萦绕。粉碎"四人帮"以后，他又一次开始了艰苦的笔耕。这部描写20世纪50年代中期由北京自愿到北疆垦荒的可爱的年轻人火热的战斗生活的小说一发表，立即引起广大读者、特别是青年读者的强烈共鸣，被认为是1983年出现的一部文学佳作。这部小说所以受到人们的喜爱，主要是因为作者比较好地解决了历史感与时代感的融合，塑造了一批闪射着集体主义思想光芒、充满了生龙活虎般的青春活力的青年群像。它不仅引起了人们对20世纪50年代那种美好生活的遐想，也鼓舞了当代青年向美好明天的奋进。在风格上作者也有新的追求，早期与近期风格交织，诗情画意与悲壮深沉并存，别有一种艺术魅力。

新时期以来，从维熙的创作极为旺盛，短短几年就出版了六个中短篇小说集，还写了大量的散文和短论。不少作品还被译成外文介绍到国外，受到外国朋友的好评。目前，他正在继续写他的"大墙文学"。他二十余年积累的大量丰富的生活矿藏，还远远没有全部挖掘出来。1984年秋到1985年秋，他又写出了长篇新作《断桥》，即将在《中国作家》上发表。

1983年，从维熙光荣地加入了中国共产党，实现了他追求了几十年的愿望。

从维熙现为中国作协党组成员，中国作协理事，作家出版社总编辑，北京市政协常务委员。

[原载《北京师院学报（社会科学版）》1985年第4期]

论从维熙"荷花淀派"时期的文学创作

□ 程小强

作家从维熙于1953～1957年间，创作了为数不多的短篇小说和散文，这些作品主要收录在散文小说集《七月雨》和小说集《曙光升起的早晨》。凭借这些数量和质量均有限的创作，从维熙始列于"荷花淀派"队伍中。在当前的文学史叙述中，从维熙的"荷花淀派"身份都无异议，但几乎无人知晓他的贡献，即使其20世纪50年代唯一的长篇小说《南河春晓》也被文学史深沉地遗忘了，被遗忘并不代表其文学成绩无可观之处，反而给"十七年"文学研究留下开拓空间。

一、"二元"叙事：如何平衡

"二元"对立的"新人新事/旧人旧事"叙事模式成为延安文艺及"十七年"文学的一大传统，显现着"十七年"文学在创作主题和人物形象塑造上的政治化和概念化特征。基于对新时代全方位呈现的诉求，和同代大部分作家一样，从维熙的创作表现出对时代政治和祖国建设事业的极大热情，深情讴歌"新人新事"。如《报矿姑娘》中义务报矿员青兰为祖国建设事业无私奉献；《接闺女》中老井顺义接普选员；《代耕》中青年鱼枝和春贵抢着为军属卢大爷代耕；《夜过枣园》中医生石翠兰深明大义、先公后私的品德；《鸡鸭委员》中翠枝儿为社里无私奉献；《云间摆渡》中摆渡姑娘红铃忘我的工作。而对于"旧人旧事"，从维熙则以同情的理解和诗意感伤的笔触传达着他们在转折时代里的困境和诸种负面情绪，他们对急遽变动时代的不适感和患得患失感尤为触目。如《春雨》中张老汉在借种子事件上流露出矛盾复杂的心理；《夜过枣园》中铁虎子因媳妇石翠兰在自己小孩病重却先医治别人小孩时流露出憋屈等复杂情绪；《望月老头》中单干户中农鲁春拒绝加入合作社；《老莱子卖鱼》写老莱子的一己之私；《远离》中秋儿娘除夕之日面对刚回家旋即离家的丈夫时颇感无奈；《红旗》和《合槽》中单干户老歪人物在入社问题上的内心矛盾与挣扎被如实记录；《第一层台阶》中写老中农田本顺掘掉自家旧地界石时的痛苦。纵观从维熙的创作，他的"新人新事"叙写大都狭义化为新时代里的青年们合乎政治标准的奉献和人生理想的实现，这些"青年被重新定义为未来、希望、创造，而且指涉新的中国，老年也再次被描写为传统、保守、四平八稳"[1]而"从文学与现实关系的角度来看，'新人的故事'反映了这一历史时期社会革命的要求，以及由此带来的新的时代氛围。对'新人'的赞许和期待中包含着时代对社会变革热烈的期待。"[2]

从维熙的"旧人旧事"叙写注目于转折时代里落后的中农们和他们的"矮子"形象。他们因不忍割舍一己之私而犹豫徘徊，内心的痛楚以及对新社会的不适感均被纳入观察视域。究其因，这些中农甚或富农，在个人物质利益与新时代的无私奉献要求之间大都选择了个人眼前利益，这样的选择确乎不合时代政治规训。他们大都被人为设置的先进人物引导进而无条件放弃眼前利益。从维熙不回避这一过程中小人物们内心的矛盾和痛楚，这在很大程度上源于其对乡土民间朴素又深厚的感情和他的平民立场，他不会像同代一些作家那样粗暴地对待这些本来已经不幸的人们。

因战争思维的惯性和中共高层对当时社会主要矛盾判断上的反复，阶级斗争和"继续革命"路线一再影响着文学创作，"好人好事"和"坏人坏事"遂成为作家们塑造人物形象的又一固定模式。"坏人坏事"叙事的选择有效地保障了作家们的政治生命，从维熙自不例外。如《远离》中党员井泉除夕之日舍弃与家人团聚前往合作化运动的前线；《春雨》中合作社村组组长郭林与生俱来的先进；《望月老头》中望月老头公而忘私，能先别人之急；《入社的礼物》写即将入社的贫农满福添钱为社里献出一份大礼；《春子落生的时候》中区委书记井连春为治水患过家门而不探看怀孕待产的妻子，最后于突发水患中牺牲。同时，从维熙遵循阶级斗争的指向，启用"坏人坏事"模式力图"描写各种各样的否定人物及其所代表的社会势力，是为了使读者认识，并鼓舞读者去批判和斗争"[3]。按照中国共产党的阶级斗争理论，富农是被限制、中立和斗争的对象，青年从维熙更为激进。《八月的梆声》和《村野的风暴》着重讲述富农们猖狂破坏合作社的顺利进行和社会主义乡村建设的正常开展，"继续革命"由此被合理化。短篇小说《曙光升起的早晨》已探及中国共产党农村基层政权中变质堕落干部问题，对这一问题的持续关注，成为1957年下半年从维熙遭受批判的重要原因。

从维熙通过"新人新事/旧人旧事""好人好事/坏人坏事"的叙写，从形式上印证了农业合作化运动的无比正确，他和同代作家一道致力于"批判集体化过程中的小农意识"，再现"'一大二公'的合作化"与"实行'单干'的两条道路、两种思想的斗争"[4]，认可集体主义价值观对乡土中国的政治—经济走势和乡土子民的日常生活拥有的统领地位，强化着"以阶级斗争为纲"的时代风潮，真诚地拥护党这一时期几乎所有涉及农村和农民的方针政策。表现在作品中即作者欣喜于落后人物发自内心的转变，如在"入不入社"问题上，从维熙通过大量事实肯定了合作社有助于提升农业生产力，满足了人民尤其是贫民们"翻身农奴把主做"的愿望。只是当合作社的发展方向有违乡土中国子民"有吃有喝，分房子住"的简单理想时，乡民们则不得不"放弃农民祖祖辈辈赖以安身立命的土地"[5]，进而表露出对合作社的认同危机。这被从维熙敏锐地捕捉到了。实质上，"从土地主人向国家主人的转型不只是一种外在形式上的变化，它更意味着试图对于个体思想和情感加以历史改造的实质，以便适应新形势之下的社会主义制度诉求。……它首先预示着放弃。"[6]从维熙基于合作化运动对中农、富农的利益诉求的剥夺，重点考察了政治对民间的强势介入及中农、富农们在面对这一历史巨变时的隐曲心态。这成为其稍后创作上的突破点。

其时，从维熙的小说集中凸显了政治青年们至公至诚的无私奉献、超乎想象的政治热情、神乎其能的政治动员能力及对未来积极乐观的体认。我们毫不怀疑政治动员时代里一个崭露头角的文学青年对政治痴迷的传奇，但从维熙的歌颂有时就过了头，如《红林和他的爷爷》中当河堤被水冲决时，十一岁的红林跳下水"上牙紧咬嘴唇，嘴唇出了血"救大堤时想着："这是全组的副业，大伙儿的财产……"一个十一岁的孩子发自天性的合乎其年龄特征的内容全然消失。《七月雨》中劳动模范老福叔偷摘苞谷棒时被年仅十二三岁的二林子发现，二林子即以集体主义荣誉感与价值观批评老福叔。作者的这些设计有悖人伦常情，而情节设置上的小题大做甚或符号化显现着创作者的浮躁和稚嫩，尤其替先进人物老福叔设计如此低级的错误凸显着小说理念化与符号化的痕迹。

二、"天鸟"之音：突破概念化

从维熙在《七月雨·前记》中谈到这本集子叙写的对象："……有聪明淘气的孩子；还有时刻使我怀念的冒着芳香气息的土地，和在这土地上永流不息的南河。"这些叙写对象逸出了"十七年"文学的政治规训。乡土中国恒常的一面、民间日常生活诗性以及童年体验融为一体，这构成了"十七年"文学的独特风景。从维熙对诗意化、风俗画、优美自在的人性等执迷与其精神导师孙犁自不可分：

> 多年来我翻阅过孙犁的代表作，无论是什么文体的文字，都没有找到一篇图解政治之作。这里我所以用风筝与天鸟作为对比之物，因为天鸟——无论是布谷还是百灵——生命自身来自大自然的赐予，因而歌喉也为大自然而歌；而风筝无论涂鸦得多么艳丽多彩，也无论其形象为水下蛟龙还是天宫仙女，更不管它飞得有多高，都是靠东西南北的风力推动，而非自身功能。更为重

要的是，高空的风筝起落升降，都要听命于放飞人手中之线的遥控。孙犁作品是一只天鸟，无论是为人间报春或为大地鸣秋，都来自他对人间万象的顿悟，然后织成文学中人物的悲与欢，倾吐给中华大地。[7]

年逾耄耋之年的从维熙追念孙犁创作中言为心声、不跟从政治随波逐流甚或有意疏离抗拒应制时代文学的为人与为文气象，并在观照乡土中国坚韧的生命形式时表现出虽朴讷但充满诗意的生命底蕴："我从孙犁同志作品浓郁的乡土气息中，找到了艺术上的自我，因而孙犁同志成为我从事文学创作的启蒙老师。"[8]多年来，从维熙在各个场合或回忆录里追忆孙犁对自己人与文的巨大影响："1953年我刚二十几岁的时候，受孙犁的影响走上文学道路"[9]，受惠于孙犁文学实践的影响，从维熙自创作伊始便发自内心地认可"天鸟"之音，他倾心叙写的诗意美、风俗画、朴素的人物感情、泥土气息等成为"概念化"文学的突破口。

另一方面，在农业合作化运动中，小人物们的欢喜与忧伤进入从维熙的观察视域。从维熙抒写着贫农们积极入社的喜悦心情，而部分中农和富农因惧怕、抵制甚至拒绝加入合作社，一心单干而忧心忡忡。从维熙叙写着他们大都因谋求一己之私、坚持单干、反复入社退社等不合时宜的行为而付出了相应代价。这是"十七年"时期乡村题材小说的普遍写法："乡土中国的经济形态已经逐渐被合作化运动瓦解了，……入了社的贫苦农民的欢天喜地和那些与自己的土地、耕牛告别的农民的戚戚忧伤，而后者是作家于不经意间写出的最动人的画面。"[5]从维熙进一步发现，这些落后人物因天灾人祸的付出会持续到他们入社或更久。作品即使机械地描写这些代价来自天灾，但历史证明，其更多当来自人祸。从维熙尤以复杂的心态叙写着农业合作化作为中国共产党治理乡村社会的大政方针对那些久久徘徊在入不入社道路上的落后人物产生的精神压力，他们感受着更多的集体主义压迫。这些因中国共产党相应的农村政策作为权威解释，其正确性不容置疑，但从维熙却如实地叙写他们面临两难抉择时的人生困境，还原了这些暗哑的心声是如何作为革命对象被当时的集体主义话语和阶级斗争运动以轮番改造的，直至他们从内心滤除一己利益而无条件加入合作社为止。"十七年"文学关于落后人物改造主题的创作影响深远，其强化了政治对个体意识层面的控制。

在所有的女性形象中，从维熙成功地刻画了母亲形象。农村妇女内心的痛苦和她们的生命韧性被积极传达，这和从维熙在童年时代的母子亲情体验密不可分："如果说我所以能走过二十年劳改生活的凄迷驿路，没有沉沦，没有颓废，没有自残，都能从我母亲性格对我的影响和雕塑上找到根源。"[10]在对这些母亲形象塑造上，从维熙敏感于转折时代里弱势女性最朴素的情感诉求和绵延于精神上的困苦，播撒着丰厚的现代启蒙视角下的人道主义种子。只是党的教育明确要求在党需要的时候必须无条件放弃自己的任何私利，小说《远离》即为明证。普通女性秋儿娘除夕之日面对刚回家旋即离家的丈夫时："秋儿娘抱着秋儿坐在炕头上，也没去送奎发（引者按：区委书记，此时前来给甫进家门的井泉分派任务），两眼直棍似的瞧着玻璃窗户外打着旋子的白雪"。在平凡女性秋儿娘身上，她大概读不懂所谓"劳模模范"的男人经天纬地的大事业，她只想要普通真实的生活，可现实是在除夕之日短暂的团聚都不可得。而井泉的安慰："社里就是咱们家，我在不在，还不是一样啊！"这种举重若轻的口吻证明了个体只有通过让渡私利才能获得"党"的最大化信任与支持。从维熙向来重视农民与生俱来的最朴素也最为卑微的诉求："农民就是农民，没有更大的宏观鸟瞰，他们更多是从人性和人情出发。"[11]以此看来，男主人公井泉积极表现以期顺利"入党"，毫不犹豫地放弃了难得的一家人团聚机会，此时"入党"变为褫夺个人幸福的利器，像噩梦一样布散于普通乡民对幸福最卑微的诉求之路上。"远离"一词由是获得反讽效果：在伟大的农业合作化运动如火如荼开展之际，只要党有需要，就可以满怀豪情地随时牺牲小我。可以说，从维熙和同代部分成长经历相似的作家们"在革命中获得一种政治信仰和生活理想，也接受了一种有关未来社会的美好图景的许诺。但在这之后，他们逐渐觉察到理想与现实之间的距离，并在新的思想形态和社会制度中看到裂痕和污垢。而个人和社会之间的矛盾，也并未如他们原先想象的那样消失。这使他们惶惑，也使他们痛苦。他们在这批作品中表达了这种复杂的体验。"[12]此可谓肯綮之论。

1956年，受"双百"方针的鼓励，部分作家很快创作了一批干预社会现实的作品。短篇小说《并不愉快的故事》[13]就是从维熙在"大鸣大放"期间完成的。该作讲述了山区看护果园老人齐东海的悲惨遭遇，他辛劳一生，老伴有病却没钱治。伴随着农业合作化运动的红火开展，所有钱都被拿去"勤俭办社"，最后向社里也借不到给老伴治病抓药的钱以致老伴病死。而作为合作组主任的白长禄却因为"勤俭办社"经验丰富、成果丰硕被推选为全区的劳模，且即将要被推选到地、省里去。从维熙剑指农村基层干部的官僚主义习气及"大跃进"式的好大喜功，该刊编后记如是推介："从维熙的《并不愉快的故事》，以清新的笔触，为我们揭开农村中的矛盾斗争的一幕。作者的文字优美，并注重刻画人物，使我们看到了'不关心人'的官僚主义者的形象。"[14]借着稍微宽松的环境，在政治标准和民间诉求之间，从维熙毫不犹豫地选择了后者，作品由揭示问题转向批判社会阴暗面，达到了"加强创作的社会政治干预性，要求作品更多承担揭发时弊、关切现实缺陷的责任"[15]，而因政治原因引起的欲说还休的言说困境均亦释然。

三、《南河春晓》：如何"写真实"

《南河春晓》是从维熙20世纪50年代创作的唯一一部长篇小说。该作符合时代政治对文学的规训："这部小说，描写荣誉军人井满祥，复员后在村里担任支部书记，在他的领导下，全村的党员、团员和积极分子，向嫌贫爱富的合作社主任，向反革命分子进行了一系列尖锐而又复杂的斗争。后来，在农村社会主义高潮中，全村的贫苦农民，终于扫除了障碍，胜利地参加到合作社里来"[16]。《南河春晓》完成了作者为文的重要转折：在短篇小说开拓的清新自然风格渐退后，代之以阶级斗争话语强力登场，并杂以大量的风俗画、民间生活诗意等场景。从维熙着力克服既往创作的概念化，对乡村政治进程的观察视角不再单一，日常生活诗性的张扬和对乡土子民生存理想的人道主义观察成为"十七年"文学的重要收获。

沿着"革命"文学、左翼文学及延安文艺传统，"十七年"文学仍以附和社会主流意识形态走向、无条件应和时代主潮为起点。和孙犁讲述战争应和时代的方式不同，从维熙介入政事的姿态更为激进，国家建构乡村新秩序的曲折进程成为叙事核心。

首先，尊重中国共产党在新中国成立后实施的乡村管理和不断完善的政党政治，并凸显其正当性和重要性。和同代作家的合作化叙事同步，从维熙肯定中国共产党在新中国成立初期的一系列有关农村、农民和土地政策，如借贫农朱四道出"共产党是我们的救命恩人，分了房子分了地，带我们往幸福道上走"，从维熙认可并欣喜于中国共产党能将各项农村政策的着力点置于乡民们的经济获益，进而保障革命——政治事业。在《南河春晓》中，复员军人井满祥迅速走向乡村权力中心，成为中国共产党实施乡村管理的代言人，他的适时出场有力杜绝了乡村基层政权因变质堕落干部走"回头路"的可能。《南河春晓》在对井满祥和腐化堕落干部霍玉山的对比叙述中，二人关于"谁说了算"的权力斗争被一再青睐，井满祥善于斗争、敢于斗争的一面被有意放大："如果我们将故事理解为人物的行动以及行动的环境，那么这样的人物就具有控制行动及环境的能力，这种能力先于行动和环境，并且是它们的意义来源。"[17]井满祥在错综复杂的环境下驾驭宏大场面的能力合乎中国共产党建立基层组织、开展乡村管理事业的需要。个人卓绝的斗争能力展示、领导才干的获得和中国共产党实施乡村管理同步展开，英雄形象渐趋固定："他们得以成为先进分子和英雄，唯一的根据就是他们在实际生活中斗争着，作为矛盾冲突中革命力量的一个代表，作为广大革命群众的代表人物或模范人物。"[18]以井满祥为代表的正义力量显示了中国共产党在建构基层政权和实施乡村管理过程中付出的持久的、艰苦卓绝的努力。与之相对，从维熙在对变质堕落干部霍玉山的心性行为叙写中，一方面揭示其身上存在着诸如傲慢自负、嫌贫爱富、政治立场不坚定、无党性无纪律等政治问题，另一方面也不回避其个人作风如贪图小利、禁不起诱惑、贪婪女色等道德层面上的问题，使之在上失之于政治信任，在下失范于民间道德规范。从维熙的观察将政治立场不坚定与道德行为失检相互激荡，强化着中国共产党实施乡村管理中斗争的重要性。

其次，"继续革命"理论的文学实践。"继续革命"理论是中国共产党在新中国成立后多次重提并饱受诟病的主导路线之一，这一认识在文学创作中的滥觞反映了新中国成立后中共对当时社会主要矛盾的界定不清。尖锐的阶级斗争成为《南河春晓》的主线之一："何况从他（引者按：指井满祥）复员回来，看见很多老党员，他们甚至是抗日战争里的民族英雄，现在天天眯缝着眼睛，沉溺在陈谷子乱芝麻的聊天里，以为天下太平了，丧失了共产党员的警惕性"。从维熙发现，在农业合作化运动曲折开展之际，在"地富反坏右"不断抬头的危局中，作为"继续革命"的中流砥柱的老党员们的懈怠危及革命，相应的克服仍有赖于复员军人井满祥绝对纯正的红色出身、坚定的政治信念和近乎完美的道德人格。这一克服过程包括以井满祥为代表的农村基层政权不断同"地富反坏右"、变质堕落干部霍玉山等开展党内党外的斗争。至于对充满"颓加荡"般肉欲感的女性秋霜勾引的断然拒绝，则保证了无产阶级革命"去欲望化"的道德本质。而霍玉山的存在证明：即使在共产党内部，基层干部也可能随外部环境异变而发生不利于农村基层政权稳定、不利于农业合作化运动顺利开展并可能转变为阶级敌人。即使地主在新中国成立后已失却存在土壤，从维熙还是将地主伙同富农蓄谋破坏农业合作化正常开展作为"继续革命"的现实依据。如以满天星为代表的几户富农从开始惧怕革命、惧怕农业合作化到被地主麻老五拉拢成为反革命斗争的马前卒。

最后，农业合作化运动的曲折。从维熙敏锐地写出了因中央层面的农业合作化政策分歧引起贫农们无法顺利入社，部分中农和富农积极入社但变相为富富联合，结果拉大了贫富差距，严重挫伤了贫农的劳动生产积极性，进而引发中国共产党农村基层政权的信任危机。问题的解决除井满祥的努力外，中央在1955年年末发布的关于支持贫农无条件入社的文件内容也直接进入文本："在有些地方，他们的工作犯了一些错误，一方面排斥贫农入社，不照顾贫农困难，另一方面又强迫富裕中农入社，侵犯他们的利益。"[19]此前，因"中央的落脚点"不定引发的贫农被排斥，中农和富农被强拉入社现象被从维熙在不违反政治正确的前提下如实地叙写出来。从维熙没有从观念出发一味图解政治，而是贴近底层体察民情，能在时代中国表面刻板模式化的背后有限度地还原那个时代的政事与人情。

在《南河春晓》中，农业合作化已取得决定性胜利，新入社的贫农们为表达入社的喜悦之情而合力在南河上架起了一座桥作为入社礼物献礼给这片大地："河水闪耀着寒光，河坡上燃着红火，往社会主义道路飞跑不知疲倦的贫、中农们，没有任何号召，就修起桥来。""桥"是个隐喻，是贫农们走向社会主义大道的阶梯，国家建构乡村秩序得到来自底层民间的支持。而《南河春晓》更传达着农业合作化进程中乡土子民的心声，低调关注着"这一运动本身对于农村社会，对于农民心灵世界的影响"[20]，着眼于普通人的生命遭际和他们的生存理想，越界的反面人物心声也被有限度传达：

第一，民间立场。民间"就文化形态而言，它有意回避了政治意识形态的思维定式，用民间的眼光来看待生活现实，更多地注意表达下层社会，尤其是农村宗法社会形态下的生活面貌。……具有浓厚的自由色彩，带有强烈的自在的原始形态。"[21]《南河春晓》中，贫农福贵和地主女儿麻玉珍的"勾搭"行为被福贵母亲及众乡民所不齿，可福贵却另有想法："你说咱们翻身为什么？还不是享两天福，几十亩耕地一头牛，孩子老婆热炕头嘛！"这一人生理想有悖政治规训。只有引入民间立场，方可理解其传达一个乡民最朴实的生活诉求和人生理想。作者借福贵之口指陈高级合作社严重挫伤了乡民生活、生产积极性："眼下我家吃白面，喝香油的生活蛮不错！入了社多吃亏呀！"历史地看，1955年之前的"互助组"和"初级社"基本符合农民利益，有助于农村生产力的恢复和发展，但在走向高级社过程中，急躁冒进、盲目扩大等做法损伤了农民生产积极性，而剥离农民和土地联系的政策设计更是一大败笔。从维熙从民间立场出发抒写着小人物们复杂辛酸的心灵史，因限于时代政治规训，只能将这一不合时宜的洞见置于"走错路"的福贵身上。

第二，日常生活诗情。当"农业题材"成为"十七年"乡土文学的主要叙事内容时，"人与乡村或土地的情感关系就要被转换为政治抒情，它们被一种更为'重要'和宏大的叙事所遮蔽"[22]，但从维熙基于中国古典诗学素养，受"荷花淀派"主将孙犁小说诗化叙事的影响，其"早期小说以散文笔法书写田园生活，清新透明，节奏舒缓"[23]。《南河春晓》中，澄澈开阔的南河水乡、明秀的乡村风貌和四季南河映照着井儿峪村如诗如画的风景描写随处可见。这有助于舒缓因革命与阶级斗争过于集中和尖锐引起的紧促的叙述节奏。在对初登上乡村政治舞台的新一代青年们的叙写中，甜美的爱情与解放了的乡村大地上浓郁的生活气息相互激荡。优美的风景、有分寸的爱情叙写、日常生活诗情等让生硬刻板的阶级斗争和农业合作化不再成为悬于乡民心头上的重担。恰是从维熙这些异于时代政治和主流意识形态的叙写，继承了中国现代乡土小说传统，成为从维熙文学叙事中浓重的一笔。

第三，反面人物的心灵痛苦。中国现代文学传统中，心灵的痛苦专属于仍处于逆境中的先进人物，至少也是中间人物，如鲁迅笔下的涓生、魏连殳，路翎笔下的蒋氏兄弟等。从维熙不仅抒写着正面政治青年面临爱情时因自身残疾引发的心灵痛苦，也叙写反面人物满天星和麻玉珍因阶级仇引起的恐惧。越界之处在于反面人物麻玉珍无论何其反动，在父女情面前，作者仍能回归普通人性体认他们的诉求："好个共产党，分了房子分了地也就罢了，还把我爹逼得成一把干骨头架子""麻老五像铅块似的坠疼了她的心"。《南河春晓》不经意间叙写的父女情超越了阶级和政治而走向了普遍人性。在对满天星的刻画中，作者既叙写满天星本质上"骨子里像蝎子尾巴那样阴毒"的一面，也不回避其勤俭能吃苦的一面。这样的人物形象设置都是作者有意为之的结果："文学作品永远依靠艺术的生命力来达到它思想高度的。"[24]《南河春晓》祛除了短篇创作中有意图解政治和机械教条地为人物立传的手法，展现了从维熙对文学作为人学命题的体认。他善于观察人，敏感于人性中无论善恶但总显恒常的一面："作家们的真诚感情和深厚的生活功底，为他们乡村世界的细致描画提供了坚实的基础，也使作家们有可能超越时代限定的简单政治图解，去更多地关注乡村人的命运和生活本身。"[25]从维熙的创作悖论就此凸显：反面人物外在形象上的脸谱化和性格上的丰富性相矛盾，脸谱上的"扁平"化和性格上的"圆形"化并存。

第四，风景之发现。风景描写在从维熙短篇小说和《南河春晓》中随处可见，大地荒原景象、农村日常生活印象、四季南河多彩斑斓的风景、乡土文学诗性、不经意间的田园牧歌等俱有所显。从维熙努力"以诗化和散文化的笔法书写田园牧歌，着力营造一种诗情画意、清新自然、优美和合的艺术境界。"[26]这些风景描写大都和当时的政治意识形态无关："原野，哪里是它的边缘啊！深绿色的麦苗，从肥沃的黑土底下，挺直了腰板；嫩绿色的草芽，一条子一块地盖满了小路和田洼""河水，在这春天到来的时刻也变色了，从深蓝变为蓝中透绿，它在河床里哗哗地旋转着身子，激昂地唱着春歌，歌声温柔地，既不像冬天那样冰冷，又不像七八月那样粗犷和高昂。"此番场景俯拾皆是。从维熙有限度地重返"乡土文学"关于地方色彩、风景画与风俗画的叙事传统。这源于作者的个人经历和文学传统教育："在青年时代我喜欢充满诗意的作品，而这两位作家（引者按：指契诃夫和孙犁）笔调纤细，作品中具有许多作家没有的诗意美"[27]"特别是大自然和故乡泥土对我的熏陶，常常成为我后来提笔写作时的艺术遐想。"[28]从维熙敏慧于生活周边的人情物事，尤留恋于长期生活过的南河水乡和四季南河变幻无尽的风景。"风景问题还涉及了人们如何观照自然、山水甚至人造景观问题，以及这些所观照的风景如何反作用于人类自身的情感、审美、心灵甚至主体结构，最终则涉及人类如何认知和感受自己的生活世界问题"[29]。那些不随政治走向而固定成型的风景就这样完完整整地存留在从维熙的脑海里，即使在一个"低气压的时代"，也会一发不可收地倾泻出来。

从维熙关于文学本质真实的书写使作品不仅仅是时代的传声筒和政治规训的符号。在一个政治规训文学的时代，关于反面人物心灵的痛苦、正面政治人物浪漫诗意的爱情，乡土中国子民在转折时代的焦灼与痛苦、大写的风景都逸出了时代政治对文学的规训，使文学创作不再囿于历史真实而有限度地回归文学本身，这种文学本质真实的实现反而有助于文学历史真实的完成。

余　　论

孙犁被定义为"革命文学中的'多余人'"[30]，从主流话语走势看，这一界说无疑是有道理的。孙犁在文学史上的尴尬处境无疑也属于以他为主将的整个"荷花淀派"：在20世纪40～50年代的文学版图上，"荷花淀派"与左的、右的文学流派多有不入又沾亲带故。在风潮涌动的"十七年"，小将从维熙比孙犁更彻底地投入党的文学事业中。尽管从维熙和同代的大部分作家一样热衷于讴歌"新人新事"和"好人好事"，鼓吹国家建构基层政权和实施乡村管理的政绩，可无论从维熙何其努力，在"荷花淀派"内部以至于当时的文坛上很难脱颖而出，其时更出风头者当属刘绍棠[31]。即使从维熙在个别话题上的书写之大胆远超"十七年"社会主义文学之总和[32]，也曾于"双百"时期大鸣大放，其1953至1957年间的文学影响却始终有限。而现有的文学史论述更是语焉不详，他对"十七年"文学的真正贡献一直未被认真地阐发。可以说，于"荷花淀派"以至"十七年"文学而言，从维熙变成了一个可有可无的作家，他是一个失踪者，即使从维熙在"文革"之后另树"大墙文学"之典，亦因时代风潮急速转向等多个原因而快速过时。笔者的努力希冀能致抛砖引玉之用，亦期能更中肯地还原一个并不那么单薄的作家之于文学史的真正地位。

注释：

[1]蔡翔：《革命/叙述——中国社会主义文学—文化想象（1949～1966）》，北京大学出版社2010年版，第140页。

[2][4]董之林：《热风时节——当代中国"十七年"小说史论（1949～1966）（上）》，上海书店2008年版，第140页、141页。

[3][18]冯雪峰：《英雄和群众及其他》，见洪子诚编《二十世纪中国小说理论资料（第五卷）》，北京大学出版社1997年版，第100页，95页。

[5]王又平：《从"乡土"到"农村"——关于中国当代文学主导题材形成的一个发生学考察》，见王光东编《中国现当代乡土文学研究（上）》，东方出版中心2011年版，第150页。

[6]路文彬：《论"十七年"中国乡村文学中的土地意义之变》，《中国现代文学研究丛刊》2011年第12期。

[7]从维熙：《遥望天乌——文祭孙犁逝世十周年》，《人民日报》

2012年7月11日。

［8］［27］［28］从维熙：《文学的梦》，见刘金镛、房福贤编《中国当代文学研究资料：从维熙研究专集》，重庆出版社、贵州人民出版社1985年版，第69～70页、71页、69页。

［9］从维熙：《文学的恩泽》，《人民日报》2011年7月30日。

［10］［11］从维熙：《从维熙自述》，大象出版社2006年版，第27页、28页。

［12］［15］洪子诚：《1956：百花时代》，北京大学出版社2010年版，第73页、72页。

［13］从维熙：《并不愉快的故事》，《长春》1957年第7期。

［14］《长春》编后记，《长春》1957年第7期。

［16］从维熙：《南河春晓》，新文艺出版社1957年版。

［17］［22］萨支山：《试论五十至七十年代"农村题材"长篇小说——以〈三里湾〉〈山乡巨变〉〈创业史〉为中心》，见王光东编《中国现当代乡土文学研究（上）》，东方出版中心2011年版，第131页、133页。

［19］毛泽东：《关于农业合作化问题》，《毛泽东选集》（第五卷），人民出版社1977年版，第168～169页。这句话同时出现在《南河春晓》第247页。

［20］［25］贺仲明：《一种文学与一个阶层——中国新文学与农民关系研究》，人民出版社2008年版，第28页、94页。

［21］陈思和：《民间的沉浮——从抗战到"文革"文学史的一个解释》，《陈思和自选集》，广西师范大学出版社1997年版，第202页。

［23］王庆生：《中国当代文学史》，高等教育出版社2003年版，第278页。

［24］从维熙：《对"社会主义现实主义"的几点质疑》，见刘金镛、房福贤编《中国当代文学研究资料：从维熙研究专集》，重庆出版社、贵州人民出版社1985年版，第24页。

［26］丁帆：《中国乡土小说史》，北京大学出版社2007年版，第187页。

［29］吴晓东：《郁达夫与中国现代"风景的发现"》，《中国现代文学

研究丛刊》2012年第10期。

［30］杨联芬：《孙犁：革命文学中的"多余人"》，《中国现代文学研究丛刊》1998年第4期。

［31］洪子诚：《1956：百花时代》（北京大学出版社2010年版）第二章最后一节："'尾巴翘得比旗杆还高'"。

［32］在"性叙事"的话题上，《南河春晓》的描写幅度和大胆程度几乎冠绝于"十七年"文学，相应分析参见拙文《"十七年"的"性叙事"——以〈南河春晓〉为中心》（《中国现代文学研究丛刊》2014年第3期）。

（原载《扬子江评论》2017年第1期）

《裸雪》：人生黎明风景线

□ 蔡　葵

每个人都有自己的童年，尽管各自的童年各不相同，但它作为人生旅程的黎明风景，总是带着璀璨的光彩和温馨的记忆留在人们心田。那种毫无讳饰地记叙童心童趣的作品，也往往会受到人们格外的喜爱。从维熙同志描绘他童年往事的自传体长篇小说《裸雪》，就是一部独特的亲切的抒情小说，是一部富有生活感和历史感的高品位的艺术作品。

清代诗人龚自珍说过："少年哀乐过于人，歌泣无端字字真。"《裸雪》就"字字真"地记录了作者幼年时在冀东家乡从四五岁到十二岁离家到北平上学的一段经历，真诚地诉说了他童年的喜怒哀乐。小说开篇所叙乡野孩提岁月的庸常琐事，一下就将读者带到了"返璞归真、还童归诚"的圣洁天地。书中"丫头"和小芹两个小伙伴蹲在指甲草下看蜜蜂蝴蝶在花蕊里"吃奶"，在夏天的夜空仰脖寻找月宫里捣药的兔儿爷，以及稚气憨实的小小子童真无邪地看小女孩撒尿，和挨打后的疑问、懊丧和莫名其妙等等，就极富儿童情趣和生活实感。作者善于捕捉和挖掘平凡生活中蕴蓄的诗意，把具有风俗美的人和事以及大自然的景物描写，作为小说的一种美学追求，抒情地将童真童趣倾注于人物和画面之中。那古老神秘的磨坊，就是"我"接受人生启蒙的课堂，罗锅子奶奶絮絮叨叨所说"月亮娘娘和日头爷爷"的故事，以及长大要"当骡子当马"孝敬母亲的教导，就是伴随着磨轴的"吱呀"声响印入孩子脑际的。在那有神有鬼的城隍庙，大人们乞求佛爷保佑降灾，孩子们则编织着"过家家"的无邪银梦。尤其是春节前后，更是孩子们欢乐的节日，那过"小年"时给各行各业送门神贴对联的喜景，既包含了向往美好生活的传统民俗，又体现了里邻间关怀体贴的淳厚民情，而孩子们更是得到了满嘴栗子味和糖稀味的欢乐。"童年情贞，贞如白雪"，故书名《裸雪》。小说对雪国故土有着多处出色的描写，那白雪像面粉，像棉花糖，像白衫白裙的女学生，像满天飞舞的蝴蝶；无论是在旷野雪原的追逐，或是在白皑雪山采撷艳红的山楂和红豆，都进入了一种情景交融、物我两忘的境界。这是一首清新优美的田园抒情诗，又是一幅自然逼真的乡村风俗画。这是《裸雪》的第一个特点。

第二，《裸雪》立意描写童年的摇篮诗情，它重情绪轻情节，重童趣轻教化，因而它淡化复杂的社会关系，追求单纯自然、清新灵动的美学风范。但是《裸雪》并不逃避现实而一味空灵飘逸，因为完全剔除社会内容，势必违背生活的真实，造成作品的虚假感；至少也会丧失时代气息，形成作品的陈旧感。《裸雪》从童眸的视角，选取适合童心的细节，从侧面落墨举重若轻地描摹了时代风云。这就使它和单纯的儿童文学区别了开来，更和那种"牢记阶级仇，不忘民族恨"的社会学创作有了明显的不同。我以为这是小说最成功的一点。书中描写无知的小芹因为捡了日寇的一个"胃之素"小盒，竟然引起了一场轩然大波，她被爷爷打肿了屁股，还被父亲提上碾盘说要碾死她，从而透露了普通老百姓强烈的民族意识。又如作者的父亲是一个革命青年，在校参加学生运动，毕业后放着飞机工程师不干而要投奔革命圣地延安，结果病死在国民党的陆军监狱。但作品并不正面描写这些，而是通过三叔开笼放鸟和母子放鹰等细节，来刻画对亲人的思念和祝福。这些描写都明显地反映了那个时代的面貌，加强了作品的历史内容。

《裸雪》的第三个特点在于人物描写相当生动。作品似乎并不刻意塑造典型，它采用的是一种大写意的笔法，并不精雕细刻；但它写人物的神态和心理气质，却气韵灵动栩栩如生。作品中的小芹，倾注了作者全部的热爱与同情，是一个灵秀热情、莹洁鲜亮的艺术形象。和"我"两小无猜，对明天的生活充满了憧憬。然而传统观念使她命运多舛，她经常受着重男轻女的父亲的毒打，小小年纪就被赶到河边捡柴火，最后竟和她娘一起被赶出了家门，逼得孩子竟想去当小尼姑。小说结尾她那站在雪坟之上、辫梢开着两朵小"红花"的身影，是那样萧瑟悲凉、令人落泪！小芹的形象很容易使人联想到孙犁《风云初记》里的春儿和《铁木前传》里的九儿，我认为她们都是我国当代文学中最可爱的几个女性形象。作品里另一个值得重视的人物，就是在凄风苦雨中摸索的瞎表姐。她出世后就没见过天日，从小又失去了父亲，孤儿寡母在悲凉的生活中颠簸。她苦心热肠，真诚待人。她眼瞎心不瞎，凭手的触摸就能编织惟妙惟肖的形象。但她却惨遭了日寇的蹂躏直到疯癫而死。这个人物的描写，拓宽了作品所反映的生活画面，增添了小说的悲剧氛围，加强了作品的力度。此外，作品中尚武不习文的姥爷，他一有机会就要奚落秀才爷爷，以及他从不认输的个性，都写得异常生动。这些人物形象，无疑是《裸雪》成功的一个重要方面。

从维熙同志20世纪50年代初就是一位才华横溢的青年作家。我曾读过他的长篇小说《南河春晓》和一些描写农村新人新事的短篇，感到他的作品清新自然，富有抒情色彩，但难免略显稚嫩。1957年后的缧绁之灾，使他饱经忧患历尽沧桑。新时期复出后的创作，多半取材于他亲身经历的监禁苦役的生活，被称为"大墙文学"。这时他的创作饱含愤懑，格调沉郁，在新时期文学中占有突出的地位。但由于现实触发下的历史责任感，使他直接倾诉的冲动过强，往往显得直露甚至有理念化的痕迹。小说《裸雪》我认为是他创作的一大突破，它吸收了他早期清新隽永的风格，又有着后来创作深邃凝重的特点，在艺术上也更加老练和成熟。如果说它有什么不足的话，似乎有些拘泥于生活真实，未能充分放开艺术视野，作品格局略显拘谨，但这只是一个题材处理问题。就我个人的阅读欣赏经验，我喜爱《裸雪》超过喜爱"大墙文学"，尽管"大墙文学"的历史地位毋庸置疑，但它们的艺术成就可能存在着不同和差异。

作者在《裸雪》自序中说到，小说的第一节《指甲草》发表于1987

年。而全书完成已到了1992年，创作过程长达五六年，这在他的创作历史上也是少见的。我以为这一方面说明了作者对这部作品的重视，另一方面似乎也透露了创作的难度。日月更替，光风濡染，花甲老人对半个世纪以前生活的记叙，不仅要克服生理年龄的障碍，更重要的是消弭心理年龄的差别。在某种意义上说，"赤子之心"不仅是对于描写童年题材，而且是一切创作的基础。所以法国作家都德说过："诗人就是还能用儿童眼光去看的人。"祝愿维熙童眸永驻，天籁在耳，文采横流，气象万千！

（原载《文学自由谈》1994年第2期）

五、韩映山研究专辑

论韩映山短篇小说的艺术风格

□ 刘宗正

韩映山自1952年处女作问世，近三十年来，发表了大量短篇小说。这些小说，散见于《人民日报》《人民文学》和许多地方报刊，部分收进《紫荸集》《绿荷集》两个选集。1954年写的《水乡散记》就已显示出独特的艺术特色，1961年《作画》的发表，标志着风格形成。从《塘水清清》《红尾鲤鱼》和《残阳如血》等近作可以看出，作家不仅保持和深化了原来的风格，而且有了新的变化。

马克思引用过布封一句话："风格就是人。"[1]一个人的七情六欲，一举一动，无不带有他本人的特点，这就是那个人的风格。艺术风格成熟的作家，他的作品，在题材的处理、主题的表达、人物的刻画、表现方法和语言的运用等方面，也有他本人的特点，这种内容和形式统一以后所显示出来的创作个性，这种无限丰富的多样性的统一体，就是那个作家的作品的独特的艺术风格。

韩映山短篇小说的艺术风格，同孙犁幽默俊逸的风格相近，具有一种阴柔之美。这种艺术风格，具体表现在哪些方面呢？

一

韩映山短篇小说的创作意图和指导思想，在他的《〈绿荷集〉后记》中说得很清楚："……在鞭挞假恶丑的同时，宣扬真善美，给人以道德力量，鼓舞人类前进。"

他较好地实现了自己的创作意图。他的短篇小说创作有三个旺盛时期：1952年～1956年，1961年～1964年，粉碎"四人帮"以后至今[2]。尽管他"笼天地于形内，挫万物于笔端"，但往往离不开这样的主题：前两个时期，用欢畅轻快的笔调描写新生活，贬自私自利，颂集体主义精神，引人面向集体。后一个时期，写十年内的动乱，以冷峻之笔解剖和批判帮派体系的假恶丑，展现悲剧主人公的觉醒和奋争，讴歌英雄人物的公正、刚直、善良和奋不顾身的斗争精神，引人向善；写新时期的生活，则以欢快激越的笔调，反映四化建设主流，痛击不正之风，引人心于四化建设。

从1949年到1956年，全国大部分地区基本上完成了对生产资料私有制的社会主义改造。1956年9月，党的八大指出："……国内主要矛盾已经不再是工人阶级和资产阶级的矛盾，而是人民对于经济文化迅速发展的需要同当前经济文化不能满足人民需要的状况之间的矛盾；全国人民的主要任务是集中力量发展社会生产力……"[3]最近，党的十一届六中全会肯定了八大的这个提法，认为它"为新时期社会主义事业的发展和党的建设指明了方向"[4]。十一届六中全会还指出："历史已经判明，'文化大革命'是一场由领导者错误发动，被反革命集团利用，给党、国家和各族人民带来严重灾难的内乱。"[5]事实证明，韩映山短篇小说的主题，是时代和社会的主题。这是由于从生活出发，真实地反映生活，而不是赶时髦、图解政治概念的缘故。

这样的主题，韩映山是如何表达的呢？探讨这个问题，毫无例外地要涉及他对题材的处理和事件的选择等诸项问题。

在题材的处理、事件的选择和主题的表达上，是很能看出一个作家的作品的独特的艺术风格的。不同艺术风格的作家，写什么，不写什么，选择什么样的事件，用什么样的方法表达主题，在用同一种方法表达主题的时候，侧重在哪个角度，都是不同的。同是现实主义作家，峻青就善于写重大的战争题材，他总是选择时代生活激流中的重大事件，构置大起大落、一波三折的情节，从正面绘制血肉相搏的激战场面，于紧张的气氛和波澜壮阔、五光十色的战争画卷之中，显现人物性格、表达主题。孙犁在写这种题材的时候，往往截取生活中的几个片段，出人预料地展开紧张的生死角逐的场面，绘制出一幅幅富有诗情画意的动人画面，着重在人物思想、情操的表现，于舒缓、简约的情节之中，裸露人物性格，表达主题。韩映山既与峻青不同，又与孙犁有异。他往往是刻意地捕捉白洋淀农民日常生活中的细波微澜，摘取朵朵浪花，由"一滴水见太阳"，由一个特定的小小的角落，见整个丰富复杂的大千世界。

所有这些，都是与作家的生活经历和创作兴趣紧密相关的。一个作家，只有在写他最熟悉、最感兴趣的生活的时候，才能显示出自己的艺术风格。韩映山出生在白洋淀边的一个小村落，经历和平环境中的生活比较多，对白洋淀农民的日常生活最熟悉，也最感兴趣。他的短篇小说的主题，大多是用一般题材和白洋淀农村日常生活中的小事件来加以表现的。爱情、婚姻、家庭、生产，是他常常驾驭的题材，恋爱、家务事、下箔……是他常写的小事件。用小事件显示社会主要矛盾，用一般题材表达比较深刻的主题，是韩映山短篇小说创作的一贯笔法。请先看一看他是如何处理爱情题材的吧。

《红楼梦》《罗密欧与朱丽叶》等中外古典小说和戏剧通过描写爱情反映广阔的时代风貌和社会发展趋势，孙犁爱情小说显示出来的高尚情操，给韩映山以深刻启示；爱情，绝不是单纯的性爱，它必然要涉及政治、伦理、道德、情操等多方面的问题；有价值的爱情小说，都是通过写爱情反映某一特定时代的社会风貌，显示出有益于人的思想、道德、情操，揭示出某些生活规律的。

为了实现自己的创作意图，他认真取舍了从现实生活中取来的有关爱情的素材，深入开掘了这种题材的客观思想内蕴，赋之以崭新的时代精神，力图通过写爱情，反映出我们这个时代光明总是战胜黑暗、善总是战胜恶、美总是战胜丑、资产阶级的爱情观正失去赖以存身的地盘、无产阶级的爱情观日益发扬光大、犯罪者必受惩的社会风貌，给人以共产主义思想、道德教育。

在他的爱情小说里，爱情的描写往往同生产斗争、政治斗争的描写结合起来，以群众的活动构成十分重要的积极背景，使爱情于集体劳动中产生，于生产斗争、政治斗争中健康发展，成为恋爱者或夫妻间积极生产、努力上进的动力。这样的画面，客观思想内蕴是异性间无产阶级感情的契合，共产主义思想道德的一致，昂奋向上精神的统一。虽然他的笔触有时也涉及坏人利用爱情犯罪，但他从不去正面展现败坏风俗的淫乱画面，而是从侧面去赤裸裸地暴露犯罪者的丑恶灵魂，从思想道德上予以无情鞭挞，并从他们身上显示出犯罪的社会原因和历史背景。因而，这样的小说，往往是以爱情为起点，进而生发出新意，最后以社会问题为归宿，以强有力的共产主义思想道德和崭新的时代精神，来澡雪人的精神境界。《耐冬嫂》中每个画面，都是正面展现耐冬嫂同丈夫之间的纯洁、真挚的爱情的。他们的爱情建立在建设美好家乡的共同理想之上，成为双方共同进步的动力。他俩土改前上树捋榆钱的画面，20世纪60年代初到自留树上摘大梨的画面，一个是在苦难中共济，一个是在幸福中同欢，客观地表明了他们身世的变迁，给我们留下了旧时代的阴影、新时代的光明。《蒲花和蕊花》展现了蒲花恋爱和她同表妹蕊花两种爱情观斗争的一系列画面。每个画面，都或明或暗地显示出蒲花美好圣洁的情操。小说把胡科长诱骗蕊花作为暗场，而以大量笔墨写蒲花对胡科长本性的揭露，和蕊花上当前后思想感情的跌宕变化，直率地、非常有力地鞭挞了胡科长的灵魂。这些画面，客观地告诉我们，即使在今天，也有极个别品质恶劣的干部，仍会钻我们工作中的空隙，利用职权之便，以名利地位为诱饵，使那种思想不健康的青年人上钩，把爱情的苦恼和灾难加在他们头上。这不是值得深思的一个社会问题吗？这些画面，使我们深切感受到，只有在无产阶级爱情观的指导下，才能谋求到爱情的幸福；把爱情当成商品，只会自投罗网；在人生道路上，要防微杜渐；要择交，不可乱交。这就是这篇小说题材的客观思想内蕴。而蒲花恋爱看重的是人品，偏的是朴实，爱的是上进，她一心挽救表妹，勇于揭露胡科长罪恶灵魂的精神，就是渗透在题材中的昂奋向上的时代精神。小说以胡科长受惩罚、蕊花被挽救、蒲花的胜利收尾，客观地反映出我们这个时代蒸蒸日上的社会风貌。作家在《串亲》《美满》《线子草》等爱情小说里，也是这样处理题材的。因此，他的这类小说，没有污浊之气，而是满带着清新之风，呈现在读者面前，使人看了觉得醒神爽目、痛快淋漓。

　　不只是对爱情，在对婚姻、家庭、生产等题材的处理上，也是以深入开掘客观思想内蕴、赋之以崭新的时代精神为准则的。"平凡中寓深沉"，是韩映山短篇小说题材的显著特点。

　　单单题材处理得好，并不能决定主题的深刻和正确，还有一个作家对生活的主观评价问题。韩映山靠对现实较为深刻的理解，构置比较典型的环境，使人物置身于这种环境之中，寓自己的爱憎褒贬于形象的美丑善恶，通过较为典型的性格的塑造，来表达主题。这种方法，奠定了他的短篇小说的现实主义基调。因此，他的短篇小说，倾向性和真实性能够较好地统一起来，能够反映出生活的某些本质方面。

　　在用这种方法表达主题的时候，韩映山的独到之处在于，往往选择日常生活中小小的事件，准确地把握住人物每一刹那的真实感情，对这种感情表露得较为精到。一般说来，在他的短篇小说中，自始至终贯穿着人物真实感情发展变化的激流。人物感情波澜起伏的过程，人物关系发展演变的过程，人物性格发展变化的过程，三者有着较高程度的统一。没有令人拍案称奇的场面，情节也很简约，但人物性格塑造得却较为鲜明，主题表达得也较为深刻。成仁（《父子之间》）一家只有他和爹娘三人。娘是个老牛舐犊式的家庭妇女，爱占小便宜。爹为人勤劳、廉洁、有远见。成仁小时候，娘娇惯他，爹反对，形成家庭矛盾。这种矛盾，一直未能得到解决。成仁生长在这样一个不和谐的家庭，长期的熏陶浸染，爹娘的争夺，势必会形成他性格上对立的两个方面。成仁稍大些后，就沾染了爱占小便宜的毛病。当他把泥水溅到别人身上时，他是何等高兴啊！但这时爹管教他，他还显得温顺，"在人前背后，也算知情识理"。后来，由于娘的影响，他把占小便宜看成合情合理的事情。他劝当队长的爹在劳动时，"只要干个样儿，影响影响，等人们都干起来，您就可以歇歇了"，爹不同意，他竟觉得爹的脾气"有点怪"，从感情上开始与爹隔离了，但还没有完全隔离。因而，他当队长后头两年，表现还基本不错，爹见了很高兴。但是，娘在对待儿子的态度上从不向爹让步，仍一味地纵容成仁偷懒耍滑、占小便宜。在这种情况下，外来的社会影响就显得格外重要：先进势力拉他，他就会变好；邪恶势力拉他，他就会变坏。爹求过支书管教他，但支书当时大意了。当过地主管家的大浪荡利用了成仁的弱点，拉拢腐蚀他。这就形成了以爹为代表的先进势力，同以大浪荡为代表的落后势力的矛盾冲突。这种矛盾冲突，在小说的情节发展中起主导作用。在这种冲突中，因落后势力占了上风，成仁性格上不好的一面迅速发展，变得不仅爱睡懒觉，而且穿戴也讲究起来了，自家吃的水，也让队里的饲养员给挑，劳动时，在地头吆三喝四，"像个甩手的大东家"。这时，他对爹的管教，已很感厌烦了。成仁性格的畸形发展，完全是由于围绕在他身边的社会关系、社会力量变动的结果。特别是他吃了大浪荡的请（喝了一次酒）以后，打算投机倒把，爹再管教他，他竟公然撕破父子之间的情面，表现出生硬的对抗态度。矛盾激化到这种程度，如果没有外来先进势力的帮助，爹将是无能为力的了，成仁的下场将会不堪设想。喜于指导生活的作家，这时让支书出现在成仁爹面前，队里整风也已开始，党和群众向成仁伸出了挽救之手，成仁的前途就有了转机。小说结尾，展示了光明的前景——成仁得救。他对爹的感情和态度，也随之发生改变。请看，人物感情表现得何等真实、准确！人物感情、人物关系、人物性格，多么协调！成仁一家及其所在的农村，体现了1963年农村阶级斗争的形势和发展趋势，成为当时农村社会的缩影。成仁身上鲜明地体现出当时历史条件下那种处于争夺状态中的意志薄弱的基层干部的某些本质特征，成仁爹则有集体事业的中坚、善良家庭的台柱的一些本质特征。小说的倾向性同真实性有机地结合起来，热情歌颂了成仁爹大公无私、勤朴廉洁的优秀品质，讽刺了成仁娘的自私与糊涂，批判了大浪荡腐蚀干部的恶德恶行，对成仁时而进行褒扬，时而进行善意地嘲笑，倾注了关心和爱护的激情。小说正确估价了党和群众的力量，展示了光明的前景，揭示出青年人的健康成长，全靠党和群众的帮助教育；社会问题不解决，家庭问题也不会解决好的本质规律。有趣的是，小说选取的事件，只不过是当时农村中常见的小事件，但却通过这种小事件，表达出这样深刻的主题。这种情形，在韩映山的短篇小说中是颇为常见的。"由微事达宏义"，是韩映山短篇小说主题表达的显著个性。

作品中的人物体系，是作家作品独特艺术风格的重要标志。韩映山短篇小说中的人物，是最普通最平凡的农民。也有干部，最大不过《下放前夕》中的张县长，然而也是一个平易得和农民一样的人物。

韩映山笔下最出色的是新时代的妇女群像，尤其是中期和近期塑造的妇女形象，真实，生动，富有时代气质，具有各自的阶级特质和鲜明的政治倾向性，大都是在比较典型的环境中成长起来的具有一定典型性的人物。林红红（《作画》）、郭先锋（《线子草》）纯洁朴实，善良多情。她们都热爱农村，热爱农民，有新时代青年学生的明显特征。她们的个性也较鲜明：林红红性格是内向的，她对奎栓的爱情深深地藏在心底，隐隐地表现在行动上；郭先锋性格是外向的，她一旦认准水山纯朴可爱，就大胆地吐露出爱情。深沉稳重、朴实善良的蒲花，疼爱丈夫、为实现四化辛勤奔忙的凤荣（《雨点下淀》），泼辣的爱兰（《爱兰》），温柔的小素（《鞋》），以及一心为公、忍辱负重的绿荷姐（《绿荷姐》）等，都是时代精神的体现者，纷然多姿，栩栩如生。作家正是用这些社会主义新人形象，比较准确地反映了他置身其中的这个时代——社会主义革命和社会主义建设时期旺盛上升的社会生活。

表现人物的时代气质，是韩映山短篇小说创作把握的重心。

1963年，随着集体事业的巩固，集体主义精神成为时代的灵魂。满月（《麦收时节》）头天当队长，就带领妇女们欢欢快快地和丈夫冬林搞生产竞赛，同损害集体利益的老云嫂和自私的会计刘七做了两次严肃的思想斗争，还不徇私情，禁止母亲占集体的便宜，闪现出"一心为集体，不怕风和浪"的精神气质。作家抓住时代灵魂，突出人物的时代气质，为我们塑造了这个20世纪60年代初先进的农村基层干部形象，生动地展现了那个年代集体事业兴旺发达、蓬勃向上的景象。

《梅花寨》中的小晴，是个活泼伶俐、含蓄蕴藉的农村姑娘。她同二叔开了一次富有喜剧性的玩笑，嘲弄了他的行贿思想。随后，有句话说得极好："搞关系，拉近乎，怎么还是这一套？不怨你侄女要弄你，可你就没改志？会上答应得好好的，会下你又捣鬼？'四人帮'的流毒哪天才肃清哩？亏你也在战争年月过来的，怎么把当年的光荣传统都抖搂光了？还想不想拾起来？"多么尖刻，多么泼辣！不是小晴的性格变了，而是走后门的不正之风太使她深恶痛绝了。乍看起来，人物关系与人物感情是矛盾的，但实际上是统一的。全国大规模展开四化建设以后，广大人民要求匡正不良世风的愿望极其强烈，小晴对二叔的错误思想敢于批评，才是对他最大的关心和爱护。小晴代表人民发出了社会的呼声、时代的强音。她是我们眼前的一个先进青年社员形象。从她身上，看不到革命传统正在社会上迅速恢复的时代风貌吗？

"嘣豆嫂"以媒婆身份出现在《塘水清清》中。她讨厌"评价儿""论份儿"寻对象的姑娘，也认为"世界上什么也不如人品金贵"。当她看到养鱼员柳清塘和香莲人品都好，而且也有爱恋的"意思儿"时，就踊跃地去串门拉线。正当清塘娘为儿子寻不上对象难受时，"院里一阵脚步响，'嘣豆嫂'已经掀帘子进来了"。于是，"嘣豆嫂"就"吧啦吧""炒嘣豆儿"似的向清塘和清塘娘数说起香莲的人品和她对清塘的爱情来。她和旧媒婆有相近的地方——深通世故，但她和旧媒婆本质不同，她不图名，不图利，不怕香莲娘"鸽子眼，向上翻"，认准"什么时候娘也得听闺女的"，运用香莲"是八百亩地的一棵苗儿——独生女儿"的优势，说完，"就要马上去找香莲娘"做工作。她出门，"一笑，一噘小桃嘴儿，一掀门帘，扭搭扭搭走了，像刮走一阵小旋风"。作家着力描写她说话办事干巴利落脆，为的是在更高程度上表现她成全新式姻缘不犹豫、不动摇。这是一个多么可爱的人物啊！她是新《婚姻法》颁布后，扎根于现实生活的一个新媒婆形象。

这些先进妇女形象，尽管身份不同，处境不同，但都敢想、敢说、敢干，思想解放，生气勃勃，各以自身的时代气质，标明自己是属于20世纪50年代以后新中国那个年代的人物。

时代在前进，人物关系在演变，人物思想在不断进步，精神面貌、时代气质也明显地发生变化。从任大娘（《日常生活》）和玉芬（《春月夜》）身上，不是可以清楚地看到人物的时代气质，在十年之间，发生了多么巨大的变化吗！从《飞奔》到《在幽静的山谷》，姐妹关系变化了，存在于人物身上的时代气质，不是也有了翻天覆地的变化？由《鸭子》，看《知情人》，再看《塘水清清》，乡亲关系的巨变，人物时代气质的巨变，会给我们两次恍若隔世的感受，那正是自20世纪50年代以来，我们阶级、民族生活剧烈变化的反映。每个人物的精神脉搏，都伴随着时代的脉搏而跳动。韩映山以他那富有时代气质的人物形象，真实地记录了时代前进的脚步，留下了社会行进的路标。

作为陪衬人物，韩映山也为我们塑造了一些落后的妇女形象。她们在新生活的裹挟和促使下，大都开始转变，各自迈着不同的步伐，程度不齐地追赶着时代前进的脚步。她们身上，既有旧时代的影子，也有新时代的影子。

人物的时代气质，使韩映山同孙犁短篇小说的艺术风格显出明显差异。孙犁笔下的水生媳妇（《荷花淀》）、秀梅（《光荣》）、慧秀（《钟》），体现着抗日战争时期广大农民那种勇于争取民族解放、反抗地主阶级压迫的斗争精神，使作品基调充满了革命乐观主义。韩映山笔下的满月、小晴、"嘣豆嫂"，从说话方式到思想情绪，乃至行止状貌，体现的完全是社会主义新人的特点。她们的时代气质，同孙犁笔下人物的时代气质截然不同。在韩映山的全部短篇小说中，找不到一个水生媳妇、秀梅、慧秀式的人物；同样，在孙犁的全部短篇小说中，也找不到一个类似满月、小晴、"嘣豆嫂"的人物。韩映山笔下的先进妇女形象，像白雪一样纯洁，心像水晶一样透明，意志像山石一样坚强，感情像白洋淀一样丰富，精力像火一样旺盛。这是新时代铸就的特质。韩映山用这些人物反映崭新的时代，使得自己的小说，除了乐观以外，还有一种秀朗的别致风韵。

韩映山的短篇小说，为我们塑造了大几十个农民形象，大多是白洋淀地区的社会主义新人形象。从这些形象身上，我们可以看到新时代的新式人物关系，党的领导和社会主义制度的优越性。可以说，他笔下的每一个社会主义新人形象，都是一支格调清新的社会主义赞歌。

这些人物在社会交往中显示出来的意志，淳厚的乡俗民情，他们的悲欢离合、婚丧嫁娶、生老病死等生活场景，使我们看到了我们这个时代的较为广阔的社会新风貌。淀上荷花的秀美，莲蓬的俊逸，芦苇、芳草的舞摆，鱼虾的嬉戏，水乡的明月丽日、彩霞薄云，也无不在他的笔下着色生辉，异彩纷呈，芬芳可掬。所有这些描写，交织成一幅幅隽雅的人生图画，一个个别致的艺术天地，使作品具有了白洋淀地区所特有的浓郁的生活气息，形成一种较大的艺术魅力，以致使我们在读的时候往往像真的走进人物的生活场景之中，去和他们一起谈家常，叙里道，一起喜怒哀乐，一起分清是非曲直，探索人生的哲理。富有白洋淀地区所特有的浓郁的生活气息，也是韩映山短篇小说艺术风格的重要标记。

二

恩格斯指出："我觉得一个人的性格不仅表现在他做什么，而且表现在他怎样做。"[6]一个作家的作品的艺术风格，不仅表现在写什么，而且表现在怎样写。

小说作为人生的图画，韩映山在缘事写人上，以写人为主；写人以刻画人物的内心世界为主。

他的短篇小说中的人物肖像描绘得十分出色。他总是以极简的笔墨，勾勒人物外形的基本轮廓，突出其主要特征，以人物之"形"，传其性格之"神"。比如，他这样写"嘣豆嫂"："小巧个儿，瓜子脸儿，小桃嘴儿，一说话，摇头拍巴掌，外加上纵肩膀。"一见这个肖像，就知道她是个活泼人。高洗子（《船》）找见了偷船的三秃，三秃"像冷水浇了头，直着脖子，瞪着像鲫鱼样的眼，半晌……"一座天然雕像，活现出张皇失措的神情和心怀鬼胎的两面性格。

韩映山笔下的每个人物，都有比较强烈的欲望、要求，内心深处都律动着一定的激情。这种欲望、要求、激情，是人物性格发展变化的内在推动力。作家紧紧把握住这一点，来表现他们的言行心理，结果，人物就处处以自身的言行心理去显示自己的内心世界。孙锁（《野鸡红》）单干时，干起自家的活来不要命；入社后，干起队里的活来稀乎松，还暴打队里的骡马，造成它落驹。平时，自私得"抠抠屁股还得嗍嗍手指头，有摊屎也得拉到自家茅坑里"。作家在写了他大量这样的言行后，接着写他的心理：单干时，他追求的是："自己家垛上几囤粮食，马棚里拴上几头大牲口，场院里滚着几个大青碌碡，家里再使上几个长工"，力图"像本村大地主当家院里那种气派"；如今，他想的是："你糊弄我，我糊弄你，大伙的东西，显不出来，反正分到自己头上，也吃不了多少亏。"这样，就把孙锁自私、刻薄的灵魂剥了个精光。

　　缘事写人以写人为主，《左传》《史记》是光辉典范。韩映山继承了民族传记文学的优秀传统。他的短篇小说，大部分只有三千多字，有的甚至只有一两千字，但往往可以从中看到主要人物的一生，空间容量也较大。然而，他描写详细而委曲，用笔变幻而熟达，又避免了古代传记文学的脱略和粗疏。《田珍小传》就是一个最清楚不过的例证。

　　他弥补这种脱略和粗疏，是用一系列比较真实、生动、典型而又具有一举两得之功的细节描写。白洋淀的老年妇女亲闺女亲得要死，一会儿见不到就亲昵地骂开了："我的小姑奶奶，你得把娘急死呀！我绕世界喊了你个八开，就喊不来你个死丫头。"（《月色朦朦》）闺女干活多了，娘心疼，闺女要钱，明明愿意给，可口头上还得别别扭扭："依了你吧！小姑奶奶，干了两板的活儿，得要仨板的工钱。"（《倒虾篓》）"小脸又圆又胖，两个小眼又黑又亮"的傻旦，对人抱怨："我娘光叫我看看《劈山救母》。"（《一天云锦》）这句话不仅藏着这个儿童聪明的灵魂，而且披露出他娘内心的奥妙。像《红英》中大发嫂同姑娘们谈论红英寻对象的细节描写，极富情趣地活现出当嫂子的对小姑子那种爱开玩笑，但又似露非露、故作神秘的活泼神态……韩映山正是选用了这样的一系列细节，不仅有力地刻画了人物性格，而且生动地表现了淳厚的水乡风俗，或者说，他以比较真实、生动、典型的细节为明晰线条，勾勒成一幅幅文明隽雅的人生图画。

　　艺术风格是由多方面的因素组成的。在论韩映山短篇小说的艺术风格的时候，我们不能不谈到他的短篇小说中最明显突出而又最成功的白描。

　　东晋大画家顾恺之最早提倡"传神写照"的写意画。现代大画家齐白石，论画说"贵在似与不似之间"，也提倡写意。明末清初有个爱国的名画家，他画了张写意兰草，那兰草有根无土，很能表明遗民对国土流失的亡国之恨。齐白石解放后画的虾，没有工笔，只是在白纸上勾勒数笔，但远远望去神态毕肖，似在澄澈无边的水中往来倏忽，表现出新生活的自由欢快。可见，这种但求神似，取形并不拘泥的画品，在气质、神韵上也是有个性的。

现实主义文学对反映生活的要求是严格的，真实是它的基石。但是，正如绘画，它绝不是要求对现实生活做机械地照相，而是要求运用文学创作的特殊手段，去塑造形似而又神似的形象，以此来真实地反映生活。塑造这种形象的高明手法，就是所谓"有真意，去粉饰，少做作，勿卖弄" [7]，"避免浮夸，要求简练" [8]的白描。

白描的优秀之作在我国当代文学中是不乏先例的，如孙犁的小说。他勾勒的春儿的肖像，我觉得很难依照那些文字给她绘出一幅工笔画。但是，她的神态、气质，却给过目者留下极深刻的印象。我们不能不佩服孙犁是白描大师。而上边提及的"嗍豆嫂"和三秃的肖像，不是也能给我们留下一定印象吗？可见，韩映山的白描也是有相当功力的。而他的白描的个性又是什么呢？

我们先来看峻青《老交通》里的一段有代表性的白描：

> 我抬头看了看天，乌蓝色的夜空被炮火映得通红，星星在红光中闪烁。

这是一幅色彩浓重、气象雄浑的泼墨油画。

我们任意拈来韩映山的几段白描：

> 月的柔光在水皮上飘荡，金黄黄的映成一条胡同，那里边有白色的云影和一个圆圆的风圈。（《水乡散记》）

> 我们听着老人家的脚步声，由近而远。然后，是谁家的篱笆门儿开了，接着又是一家的门闩在响。淀里传来一声声清亮的鸟鸣声——处在水乡的村村庄庄，迎着黎明醒来了。（《水乡散记》）

赶集人们越聚越多了，大娘、大婶儿，提着篮挎着篓的，牵羊的抱鸡的，从各个胡同里走出来，人人脸上嘻嘻笑着，说话搭理儿，都奔淀边上来了。(《淀边》)

正如唐代王维的山水画，在山间虚出一截儿空白，就有"山腰云塞"之妙，沙洲中留下几块素白，就生"烟波浩渺"幻景。上举几段白描，略绘月映淀水，就交织出一幅五彩风景图；点写农村黎明，就铺开一张包罗万汇的淡淡青青的水乡画；简描人们出门赶集，就勾画了一帧图情并茂的新时代的"清明上河图"。没有渲染，可笔锋间妙趣横生；妙趣没用文字表达，却给我们以触觉，驱策我们神思纵横，想象沛然。真是虚实相生，以少胜多！色彩浅淡，意趣邈邃，是韩映山短篇小说白描的个性。这种个性，显然与峻青白描的个性迥异。

韩映山的白描同孙犁的白描有共性，但是，二者还是有差异的。孙犁的白描更含蓄，更活跃，字里行间那含意之深之广，是韩映山的笔力还不能达到的：

采蒲台是水淀中央的一个小村庄，平常敌人"扫荡"不到。这里，房屋街道挤得像蜂窠，一条条的小胡同窄得两个人不能并肩行走，来往相遇，只能侧身让过，一家家的小院落，飘着各色各样的破布门帘。满街鸭子跑，到处苇花飞。(《采蒲台》)

一个"飞"字，一个"飘"字，把日伪时期动荡的农村局势，一下子就烘托出来了。一个贫穷而富有生气的乡村的神貌尽收眼底，整个画面不仅有立体感，而且有流动感、飞动感。从中可以想象到许多东西；破布门帘里边尽是饥饿，可是这里的人们俭朴，即使勒紧腰带，也让鸭子活着。既有苇花飞，也许就有人正在屋里织席……这个偏僻的在河之洲，不是什么"世外桃源"，处在鬼子的四面包围之中，抗日的怒火，正在它的地下运行……人情，自然风景，政治环境，熔三者于一炉，真有一石三鸟之妙。在韩映山的白描中，还没见过这么深的功力。

韩映山的白描，是形象的绘制，也是诗情画意的创造。下边这段白描，是最能代表他的艺术风格的：

> 远近的渔火明灭，村子里的窗口闪着黄色的灯光，偶尔传来
> 几声狗叫。（《月色朦朦》）

这种措辞简淡除去雕饰的描写，制造了多么安谧的黑夜的氛围！有光胜似无光，有声强过无声，气韵澄澈，风格秀朗，多么富有诗情画意！

比兴手法的成功运用，创造了"有我之境"。林红红在淀边作画那个场面，作家先写日出前多变的自然景色，然后写林红红触景生情，感慨世上事物的千变万化、丰富多彩。事物千变万化的"理"，导致林红红感慨的"情"；情是主观的，乐观秀朗的，景是客观的，清新明丽的。"有我之境，以我观物，故物皆著我之色彩"[9]，情与景、物与我、客观与主观浑然统一，形成了一种清新明丽而又乐观秀朗的意境。

象征手法的成功运用，创造了"无我之境"。《雁叫长空》把大雁拟人化，使大雁与小说中的人物物我一体，庆吊相通。人们对"四人帮"积怨甚深，在揭批之前，怨愤还没有尽情排遣时，大雁的叫声也是"深沉"的；揭批起来之后，人们心情愉快了，大雁的叫声也"清朗"了；当人们在高音喇叭上揭批时，大雁得志高飞，在清新明丽的淀上高空发出声声鸣啭，作家对客观景物的美，根据人物的感情、气质、想象，摄其风神而改造其形貌，寄情于物，借物言志，"一切景语皆情语"，铸成了清新明丽而又乐观秀朗的"无我之境"。

人物的浪漫主义抒情，拓深了意境。韩映山善于刻画人物的内心世界，而人物浪漫主义的抒情，最能透露人物的内心奥妙了。所以，他的短篇小说中这种描写很多。值得注意的是，他的这种描写往往兼有拓深意境的作用，如《激奋》中关于金兰听说粉碎"四人帮"以后的一般抒情性描写：

十月啊！天为什么这样高洁？气候为什么这样清爽？人们的心情为什么这样舒畅？她的耳边好像又响起多年曾经唱过的那首歌曲：解放区的天是明朗的天，解放区的人民好喜欢……

"思与境偕，乃诗家之所尚。"[10]开始几句，情在景中，物我两忘，主客统一，创造了一种清新秀朗的意境。"意贵乎远，境贵乎深"，那首歌曲的插入，把这种意境又开远了一步，拓深了一层，不露斧痕，又能深入浅出、返璞归真。

"文学之工与不工，亦祖其意境有无，与深浅而已。"[11]没有意境的小说，不是上品。不同风格的作家，在小说中创造的意境，其个性是截然不同的，相近风格的作家，在小说中创造的意境，其深浅程度不同，个性也有差异。峻青短篇小说有壮美而深厚的雄浑意境，孙犁短篇小说有优美而深醇的俊逸意境……韩映山的短篇小说，有优美的较深的"清新明丽而又乐观秀朗"的意境。这种意境，给人物布下了优美的氛围，与人物的形神契合无间，犹如绿叶之扶红花，人物就更显得仪态万千，活灵活现了。韩映山的短篇小说，以有较深的意境而增加了它本身的艺术价值。

16世纪法国"七星诗社"文艺运动的领导人龙沙说过这样的至理名言："不用怀疑，在相当高妙的创造之后，美丽的结构跟着就会出现，因为结构与作为一切事物之母的创造相随，有如影之随形。"[12]韩映山善于写日常生活，就必定要追求和这种内容相适应的结构形式。

1963年写的《放鸭》，是篇结构较单纯的小说。其结构方式，很有代表性。小说情节沿春安儿和爷放鸭一条线索发展，分四个场面。第一个场面为第三个场面作交代，第二个场面为第三个场面作陪衬，第四个场面为第三个场面作铺垫。全文以第三个场面为中心，形成众星捧月之势。整体与部分之间、部分与部分之间配搭合理，详略得当。场面之间以人物顺时间、空间顺序的活动作联结，以鸭子的叫声开头作尾，首尾照应。通篇结构像生活本身那样浑朴自然，无懈可击。

到近年，这种结构艺术就更熟巧了。从上边《蒲花和蕊花》的简析中可以看出，这篇小说结构较复杂。但主线、副线经纬交织，错落有致，布局匀称和谐。没有比较娴熟的结构技巧，三千多字的小说，要做到这样，是不可想象的。

不少人认为韩映山的短篇小说是小说式的"散文"，"散文"式的小说。我觉得，这主要是指他的小说有散文的某些显著特点，并不是指结构松散。上边已经提到，他的小说有散文所特有的意境。除此之外，还有散文所特有的"文眼"。"顾注，即所谓文眼者也"[13]，它"揭全文之旨，或在篇首，或在篇中，或在篇末。在篇首则后必顾之，在篇末则前必注之，在篇中则前注之、后顾之"[14]。比如，《野鸡红》的"文眼"就是"每回到井台上去饮水，保员总是手里牵着几头大牲口，后边还跟着一群小牲口，一个蹶子一个屁地撒欢"。它先出现在开头，结尾处又出现一次。"夏加大伯颠搭颠搭地来了，满身披着苇毛毛"是《夏加大伯》的"文眼"。它在开头、中间、结尾部分各出现一次。这样的情形在韩映山的短篇小说中屡见不鲜。这种"文眼"，像探照灯的焦点一样闪光，像人的眼睛一样传神，又像联结前后的纽带一样，使整个结构更臻完善、严谨。

把人物性格作为安排情节的内部根据，以生活见长，不以故事见长。"严谨简约而又从容自如"，是韩映山短篇小说结构的显著特点。

只要想一想峻青短篇小说森严壁垒式的结构，适应于他表现雷鸣电闪式的战争生活就会知道，这种结构方式，对于表现日常生活，是多么合宜。

鲁迅在论民族风格的时候指出，"中国人和中国事"越特殊到地方色彩，就越具体，"地方色彩也能增加画的美和力"[15]。韩映山短篇小说的语言适应他写白洋淀农村生活的需要，朴素，流畅，具有鲜明的地方色彩。

邻居"嘣豆嫂"总想给他张罗上个媳妇，过了门帮他照料一下家务，服侍老人。可是，提过几处，任凭她的嘴"吧啦吧"的，怎样会"炒嘣豆儿"，可人家女方不听完，就撇撇嘴儿，摇摇头儿，摆摆手儿说："你就是说得天上掉下星星来，俺也不寻。噢，一过门儿先去伺候病婆婆？墙上挂帘子——没门儿！"还有的女方说："有病婆婆也可以，不过得答应一条——一过了门儿就分家！"也有的嫌清塘没新房；也有的嫌清塘的工作是在鱼塘……清塘一怒之下，干脆横下条心，打光棍！（《塘水清清》）

这段话能反映出韩映山短篇小说语言的大致风貌：人物语言带有浓重的白洋淀乡音，是地方化、性格化的语言；叙述语言，地方化到白洋淀的群众口语。

我们还会看到，不少处严肃之中带有诙谐，浅显之中寓有深意，因而引起我们会心的微笑，使我们在笑中玩味文意、体察物情，不由得受到感染。这种语言，有幽默的素质。

同时，我们还不难发现，这种语言的一个显著特点，便是简洁。作家不事铺排，不事渲染，用笔简质，但绘制的形象鲜明。有时候，只用少量词语，就能勾出一个惟妙惟肖的形象：

黄一清……怒从心起，又举起了小榔头似的大拳头，刚要照着小果身上夯去……（《知情人》）

一个"夯"字，把黄一清的形神和盘托出。韩映山善于点这种"句眼"。他往往把一些表物名词当作动词谓语使用。这种词表示的物体本身就有一定形状，用它作谓语，人物动作就更有鲜明的形象性了。

朴素简洁而又幽默流畅的语言，符合以少胜多的美学原则。它能以有限的量，表达无限量的情意。韩映山又使它带上自己的感情特质，鲜明的地方色彩、时代色彩，用它来歌唱新中国成立后的新生活，就很容易形成清新、秀朗的调子，用它来绘制人生的图画，就很容易形成隽雅之图。

韩映山的短篇小说，像用时代精神穿起来的一串小巧玲珑、晶莹剔透的珠贝。

它所表现出来的语言的美，自然的美，生活的美，像欢腾跳跃、叮咚作响的小溪，像蕴含丰富的白洋淀，摇曳多姿的出水芙蓉，也像淳朴和悦的水乡风俗画，显示出清新、秀朗、隽雅——兼人所独专——的艺术风格。

三

1979年，全国揭批"四人帮"的斗争取得了伟大胜利。但是，某些地区和单位，清查搞得还不彻底，派性仍然存在。同时，社会上又有一种新的个人崇拜露头、滋长。在这种情况下，韩映山纵览了十年动乱，深究了治乱的根源，根据历史发展的观点，选出能够表现现代思想的材料，以史鉴今地写出了一组悲剧性的小说，这就是《残阳如血》《田珍小传》《寒冬的夜》。对于这个惯于写"笑声"的作家来说，这是风格发生明显变化的标志，笔者不能不另立别论。

马克思的悲剧观认为，产生悲剧的核心内容是阶级斗争。革命人民在同旧世界斗争，当着反动势力还暂时强大的时候，一些革命者不可避免地会遭受不幸，甚至蒙受牺牲。韩映山正是以马克思的悲剧观为指导，来进行尝试性的创作的。这三篇小说，悲剧主人公因个性差异而成为不同类型的悲剧人物：伍老槐是被派仗扼杀的一个公正、刚直、清醒、无私无畏的英雄，田珍是被帮派体系吞噬的一个天真、善良、正直的觉醒者，柳小河是被"左"倾路线抬上又压下，被黑暗势力嘲弄了再嘲弄，开始愚昧，后又变得麻木的懊悔者。他们分别以死、疯、傻向"左"倾路线告别，有力地控诉了"四人帮"的滔天罪行，从不同角度彻底否定了那个戕害人命的所谓"文化大革命"。小说中，指挥用枪炮杀人的派性头子马司令，凶暴残忍的造反派头头苟二耀，惯施阴谋暗算伎俩的帮凶汪风，残酷无情的革委会主任王卯，各以历史倒退的行动，宣布自己为时代的畸形儿、道德沦丧的权欲狂、人民的公敌。他们走进艺术殿堂，成为一伙新的生动的反面教员。

反映十年动乱生活的悲剧性小说，其创作成功与否，关键在于它在读者心目中培植一种什么样的情绪：是给读者以鼓舞力量，还是使读者消沉，或者瓦解他们的斗志。作家的立场不同，小说引起的悲剧效果就不同。

伍老槐是抗日、打国民党匪兵的英雄，十年动乱中，为了拯救每时每刻都有牺牲的乡亲，制止用真枪实弹交锋的派仗，只身深入马司令的巢穴述陈利害，凭机智和勇敢展开攻心。他明知道这样做不能见容于两派坏头头，自己甚至全家都有覆灭的危险，但他心目中只有国家的前途、人民的命运。他宁肯蹈袭个人悲剧、家庭悲剧，也要力图换来众乡亲的生存。然而，动乱的年代是无情的，派仗是"四人帮"导演的一场木偶剧。伍老槐的善良愿望与残酷的现实，一明一暗，一善一凶，水火不容，这就必然导致悲剧出现。结果，伍老槐全家遭到两派同时炮击，化为灰烬。伍老槐的殉难，标志着正义被扼杀。这是那个动乱年代的真实写照。

小说以武斗为背景，但没有写血肉模糊的景况，这些，似乎有意留给读者去想象。伍老槐同派性头子的思想交锋，以及在这之前他在家庭中的思想斗争，才是作家的重笔所在。场面不大，但伍老槐"明知山有虎，偏向虎山行"的精神，却很能撼动人心，他在对敌斗争中正义凛然、临危不惧的浩然气魄，却有排山倒海般的鼓舞力量。作家热情歌颂了这位含笑以赴的壮士。伍老槐虽然与世长辞了，"但是这个悲剧的'主角'却生了一个强壮的儿子"[16]。伍老槐的形象和精神，在读者的泪水和真理的光辉中复兴，成为人们心目中不朽的丰碑，鼓舞着人们为正义而战，不惜用生命去殉我们的事业。

这种悲剧效果，是化悲痛为力量，不使读者仅仅局限于诅咒十年动乱和帮派体系的衣冠禽兽，而在于使我们从中学会更清楚地认识自己敌人的本领，认清他们"翻手为云，覆手为雨"的真相，以便更好地投入现实斗争，揭露暗藏的敌人，打中他们的要害，把清查"四人帮"余党的伟大斗争进行到底。这种悲剧效果，是化悲痛为力量，不使读者仅仅局限于对今天幸福生活的珍惜，而在于使我们更加振作起来，继承先烈遗志，搞好四化建设，创造出更大的物质文明和精神文明，以有效地防止重演相去并不甚远的人为悲剧。这也是这组小说表达出来的现代思想、渗透在作品之中的时代精神。即便今天看来，也是有比较珍贵的认识价值的。

伍老槐殉难前显示出来的崇高情操，把小说的基调由悲痛推向壮美。通篇没有颓唐阑珊的调子。《田珍小传》也大致类似于此。而《寒冬的夜》稍有凄凉情绪的流露，这主要是因为没有把群众对柳小河的拯救插入造成的。但是，柳小河毕竟是同旧世界诀别、有意向新生活迈进的主要正面人物，他在觉醒之后，不向黑暗势力屈服的意志，还是坚不可摧的。作家用大量篇幅描写他的这种意志，因而小说的基调仍不失悲壮。在这三篇小说中，我们还不难见到作家在描写几个反面人物时所用的冷峻笔调。冷峻悲壮，是这组小说的共同基调、独具的艺术风格。

韩映山是一个忠于生活的现实主义作家。粉碎"四人帮"以来，他发表的短篇小说，大多是反映积极投身四化建设生活的。这些小说中的"笑声"更多更朗了，清新、秀朗、隽雅的艺术风格有了进展。例如，一篇题名《红尾鲤鱼》的小说，就喜剧性地讽刺了一位记者借职业之便图占小便宜，使作品增添了一种深沉的警策力量。

韩映山的近作，有的又进一步表现出创新精神。如《虹》，既是喜剧，又是悲剧：四化建设成全了一桩美好婚姻，"门当户对"的旧意识，今天仍是横隔在一对未婚的有情男女之间的鸿沟，它无情地拆散了鸳鸯，使双方引为终身憾事。通篇悲喜相辅相成，别具一格，为他笔下的一朵奇葩，表现出创作态度上已突破拘谨，敢于直面人生的艺术胆略。

韩映山短篇小说艺术风格的这些变化并不奇怪。鲁迅说："然而风格……不但因人而异，而且因事而异，因时而异。"[17]十年浩劫，全国人民深受荼毒，作家本人也"像在'噩梦'中度过"[18]。社会生活的重大变化，决定了他的短篇小说"在内容和形式上，也起了些变化"[19]。悲剧性小说的产生，就是阶级、民族生活发生剧烈变化的反映。粉碎"四人帮"之后，随着他阅历的不断加深，观察生活的眼力越来越接近人们的心灵深处。他既能较好地表现人民心灵深处的"喜"，又能大胆地反映人民心灵深处的"忧"。现实生活的丰富多彩，与人民的感情息息相通，文艺修养越来越深湛，决定了他的短篇小说的艺术风格不仅有了进展，而且有了新的变化。

韩映山的短篇小说，是倾向性和真实性的统一，内容和形式的统一，政治性和艺术性的统一。但是，这并不意味着他的短篇小说已经完美无缺。相对说来，他对生活的开掘还不够深。少数细节仍流为杂芜，如《父子之间》中支书说的"……龙生龙，凤生凤……"，就不能显示人物的内在性格。小说中的主观抒情，有时游离于形象之外，如《木匠豹》的结尾。语言方面，还应向古典学习，求得凝练，同时，应避免再用那种因过于偏僻而令人费解的词语，如《冰上雪花飘》中的"三角毛四门斗"，《塘水清清》中的"保定到北河——一百一"。从迄今为止已发表的全部短篇小说看，韩映山同志还潜藏着比较丰富的生活经验。希望他在今后的创作实践中克服这些缺点，向博大精深方面发展。

1981年4月初稿，6月改完，12月再改

注释：

［1］马克思：《评普鲁士最近的书报检查令》。

［2］韩映山：《〈绿荷集〉后记》。

［3］［4］［5］《关于建国以来党的若干历史问题的决议》（1981年6月27日中国共产党第十一届中央委员会第六次会议一致通过）。

［6］恩格斯：《致斐迪南·拉萨尔》。

［7］鲁迅：《南腔北调集·作文秘诀》。

［8］孙犁：《文学短论》。

［9］王国维：《人间词话》。

［10］《诗品集解》本附录《与王驾评诗书》（人民文学出版社版本）。

［11］樊志厚：《人间词乙稿序》（人民文学出版社版本），《人间词话》附录。

［12］龙沙：《法语诗艺简编》。

［13］［14］转引自吴周文《画眼与点睛》（《散文》1981年第5期），引语为刘熙载语。

［15］《鲁迅全集》卷十，第156页。

［16］《法兰克福关于波兰问题的辩论》，见《马克思恩格斯全集》第5卷，第408页。

［17］《鲁迅全集》卷五，第299页。

［18］［19］韩映山：《〈绿荷集〉后记》。

（原载《河北大学学报》1982年第1期）

韩映山创作风格初探

□ 梁志林

韩映山同志是白洋淀边成长起来的作家。在二十年的创作道路中，他先后出版了《一天云锦》《作画》《水乡散记》和《紫苇集》《绿荷集》等短篇小说选集，以及中篇小说《绿苇丛中》《莲蓬荡》《金喜鹊》。本文就其短篇，试从艺术上初步探讨一下他的创作风格。

一

作品的艺术性，不只是技巧问题。它还包括作品的思想高度和思想境界，体现在作家反映的生活里。

韩映山的作品，主要是通过描写日常生活，塑造普普通通的农民、渔民形象，反映社会主义时代的风貌和社会主义新人的精神面貌。

他的创作，大致可分为三个时期，从1952年至1956年，是他学习、探索的时期；从1961年至1963年，是他创作的旺季，也是风格形成的时期。第三个时期则是打倒"四人帮"至今，重拿搁置十年的笔，不断开拓着自己的创作道路和视野。

20世纪50年代初期，我国农业集体化处于萌芽状态。在党的领导下，农民逐步摆脱旧传统、旧思想和小农经济的束缚，积极走上合作化的道路，展示了广阔的社会主义前景。这时韩映山写的《鸭子》《弯弯的河堤》《水乡散记》等作品，就真实地反映了社会的大潮，即农民只有团结起来，才能战胜灾难；只有着眼全局利益，才能走上富裕的道路。《鸭子》表现了一位青年沉没传家宝"小船"，堵住大堤漏洞的热爱集体的新精神，《弯弯的河堤》写了本乡异地、男女老少协力抗洪保大堤的战斗故事，歌颂了集体的力量，1954年写的《水乡散记》，语言精练生动，反映了一家人加入合作社后的思想、精神风貌，"男的打鱼、织布，女的编席、织网"，栉风沐雨，冷餐凉饮，不仅为了战胜自然灾害，而且为了全国人民。在不到3000字的篇幅里，描绘了一家人的天伦乐趣，塑造了一位可敬的"公德老"的老农民形象，初步显示了作家的创作个性。

到20世纪60年代初期，我国经历了几场大的政治运动，人为的灾难和自然灾害双重地压到人民身上。而我国人民，特别是农村社员，依靠党的领导，振奋精神，坚持集体化道路，出现了欣欣向荣的农村经济繁荣景象。在这一时期，作家反映的社会生活有了新的进步。一方面他看到了新形势下农民思想上的变化，一方面也看到了存在于农民身上的顽固的落后意识，以及思想矛盾的斗争，从而丰富了作品内容。像写于1961年秋的《作画》，1962年秋的《日常生活》，1963年的《爱兰》《麦收时节》《父子之间》，可为这一时期的代表作，也是他全部作品中比较成功的作品。

《作画》是一个富有哲理性的短篇。它以林红红几次作画为线索，反映了农民群众高贵纯朴的心灵和绮丽的自然风光，展现了白洋淀水乡特有的魅力和"真、善、美"的艺术境界。这生动说明，人民的生活是美的，只有同人民水乳交融在一起，才能得到艺术的真谛。

《麦收时节》《爱兰》《父子之间》三篇，集中写了母女之间、夫妻之间、父子之间的思想冲突和个人、家庭与集体之间的关系，歌颂了他们的劳动热情和公而忘私的精神，同时批判了个人利己主义、懒散、停滞不前的自满思想。

《日常生活》是作家的一篇力作。他写了"母亲"的一天，塑造出一位平凡而又伟大的母亲形象。这位母亲最早起床，最晚就寝，一边做活，一边唠叨。由于经历了旧社会的苦难，对新社会、新生活无比热爱；不仅自己为集体兢兢业业，而且也不容丈夫自私偷懒。她是队里妇女的表率，集体的"管家"，又是家庭的中心支柱、"贤妻良母"，操持全家吃穿住行，教育子女勤劳节俭。她的一天在忙碌中度过。她的心不闲，为别人想着；她的手不住，为别人做着。她热情、朴实、善良，仿佛是爱的化身。每一个人都可在她的身上看到自己母亲的影子，得到深切的感受。

在这些作品中，除《作画》之外，都写了新思想、新人物的对立面，像《日常生活》中的任大伯、《爱兰》中的囤头、《麦收时节》中的老云嫂等。作品真实地揭露了他们个人利己主义的思想，同时也不抹杀他们朴实能干的本质方面，使他们都能感到新潮流的撞击，以致最后觉醒。这在他的前期作品中是少见的，也是他写人物的一个特点。它鲜明地显示了作者的美学观和创作观。在这个时期的作品中，他都是以"公"与"私"的思想斗争、矛盾冲突为线索，通过他们的爱情生活、家庭生活、劳动生活，反映了巩固的集体经济和社会主义制度的优越性，反映了农村在20世纪60年代初期的社会风貌和农民群众的精神境界。

打倒"四人帮"后，作者很快写出了十几个短篇，一方面揭露十年浩劫对人民的残害，一方面歌颂人民在新的历史时期中"激奋"实现四化的精神，表现了作者深沉的思想。

《田珍小传》和《残阳如血》是两篇社会主义时代的悲剧。前者表现了十年浩劫把一颗对党、对无产阶级事业的"天真"的童心，竟一步步摧残到"呆子"的地步；后者写了一位农民英雄伍大槐，没有死在对敌斗争之中，而为说了几句真话，就葬身于幼稚愚昧的两派青年的武斗里。《寒冬的夜》则写了人性的毁灭。这些作品，深刻揭露了"四人帮"及其帮凶的罪行，引起人们的思索。

《夏加大伯》《塘水清清》《梅花寨》等篇，则反映了当今农村的风貌和复杂的人物关系，表现了人民群众主动医好创伤，清除"四人帮"留下的恶习，积极实现四化的高度热情，批判了封建主义以及资本主义的不良影响。

在这些作品中，无论从思想的广度和深度上都较前有所突破，特别是伴随着时代的发展，也出现了一些全新的、以前没有的人物形象。比如《田珍小传》中的风派人物汪凤，《知情人》中充当帮凶而有罪恶的"争取对象"李小果，《梅花寨》中只顾走后门拉关系的小晴叔，《雨点下淀》中闻名的大懒汉雨点，还有《塘水清清》中一尘不染、有崇高品德和理想的柳清塘、香莲等。作品揭示了这些人物的内心世界，恰如其分地反映了人物所处的时代，以及在他们身上所表现出来的时代特点。

纵观韩映山的作品，可以看出他反映人民的日常生活，是站在了美学的高度和道德的高度。他热情歌颂了他们优美的心灵和火热的生活，赞扬了中华民族勤劳朴实的传统美德以及渗透社会主义思想的母慈、父爱、子孝等新的伦理观念，批判了旧的思想意识以及新生的恶习，表达了人民美好的愿望、理想和情趣，从而反映了社会时代的主要潮流。因此，人民是他作品中的主人，是生活的主体，尤其是普普通通的农民。

写普通的农民群众，诸如任大娘、凤仙婶、满月、中秋、爱兰、成仁爹、夏加大伯等等丰富多彩的形象，构成了一条光彩照人的人物长廊，闪耀着共产主义思想的光辉。但这些人都不是"高大全"的完美人物，作者毫不掩饰他们身上的弱点，如同不抹杀落后人物的本质方面一样，像任大娘絮絮繁繁的唠叨，夏加大伯热情的"瞎加"，使人物更加真实可感。夏加大伯由于对人热心得过度，常常办下一些带有缺陷的好事。他主动帮助小伙子成亲，却同时介绍两个姑娘；他代村干部派饭，同时把一人派到两个家中，以致伤害一些人的自尊心，造成误会，引来嘲骂。但他毕竟出于真诚，终归还能被人谅解。作者深刻挖掘了他的心灵美，展现了他崇高的精神境界。他虽不是"叱咤风云"的英雄，没有多大本事做出"惊天动地"的业绩，却处处存在着人民英雄的气质。他不计较个人报酬，不停地为集体做着修桥铺路的不惹眼的小事。像他自己所说："办点杂七杂八的小事，不是为的叫人知情，咱是为腾出整工夫，让别人多办大事。"因此，他甘愿充当建设社会主义大楼和泥搬砖的小工角色，表现出惊人的勇气。俗话说，盖房不打坯，垒墙不和泥。这最苦、最脏、最累、最易被人瞧不起而又不可缺少的活路，他倾心倾身地去干，不正体现了我们的"英雄本色"吗？作家表现了这些高尚的人、这些平凡的人。他们，创造了美的生活；他们，在大灾大难时奋发图强；他们"是我们社会的主人"。

短篇小说表现的是社会的一个横断面，它不仅将美好的事物呈现给人们，而且也暴露批判那些庸俗丑恶的东西。任何一位现实主义作家，都应该从生活出发，使两者统一起来。韩映山三个时期的作品，标明了他题材上的不断开拓，尤其在他原有风格上写的几篇悲剧小说，使他另辟一块新的天地；也使我们看到，他的作品反映了社会的某些本质方面，展现了社会的发展趋势，即美战胜丑，善战胜恶，真战胜假，社会主义必然胜利的趋势。而不受一时一地的政策条文束缚，不图解政治概念。倘若做假，宁可不写。因而使他能够在1957年"反右"中、十年"文化大革命"中，保证自己的作品不成为"抽象化、概念化"的风派文艺。查其原因，主要取决于作家的现实主义态度，取决于作家的一颗艺术"良心"，从生活出发，从人民的愿望、理想出发，而不是从一句政治口号出发。这对人民的艺术家来说，应该是有所启示的，也是我们研究他的作品的意义之一。

二

韩映山同志曾在《绿荷集》后记中标明自己的作品，"都是些小说式的'散文'，散文式的'小说'"，是说小说和散文融于一体，无疑是精当的总结。但我们认为，小说式的散文终归是散文，散文式的小说终归是小说，我们赞成的是后者。

散文式的小说并不是韩映山首创，早在鲁迅的作品里就已经出现过，像《社戏》《猫和狗》《故乡》。后来又有孙犁的名篇《荷花淀》等等。所谓散文式的小说，就是在艺术形式上融进了抒情散文的一些写作技巧。例如清新的诗一般的语言，优美或深沉的意境，以及结构上不拘一般小说要有发展、高潮等特点，但关键是意境的创造。因为这种意境，需要熔铸、调动各种文学手段，需要较高的艺术修养。在语言上，韩映山继承了我国古典小说朴实无华的语言风格，融合白洋淀水乡明快的群众口语，显示出鲜明的民族色彩和地方色彩。在描写上，采用了传统的白描手法。但他的作品，并不像我国传奇那样靠故事情节取胜，而是着重揭示人物的内心世界，表现他们的性格和命运，并借助作品的意境来突出人物的形象，使读者感情上引起共鸣，形成作品的鲜明特色。这种写法，在我国当代作家中是不多见的。

作者是怎样创造意境的呢？

首先，作者在一幅幅风俗画中倾注进与人民一致的崇高的情感，造成作品的意境。作者很善于描写人物活动的场面，就像一位画家，把集日摆渡，淀上放鸭，日下织席，或锄地，或割麦，或是鹤发童颜的老人，或是心灵手巧的少女，或喜或怒，或哀或乐，一个个精心捕捉描绘下来，通过生动的细节、对话，构成了极为真实的生活画面，洋溢出浓郁的北方水乡的生活气息。例如《麦收时节》中母亲怕二女儿累坏而向新任队长大女儿求情的场景：

满月一听，是叫她徇私情儿，这绝对不行，她想分辩，只见妹妹跑进院来，拉住娘撒娇地说：

"我知道你又来瞎叨叨了。"

"个短命鬼。你骂娘瞎呀！"娘被满芝拽得趔趄了一下，说，"没大没小的，我是为你，看你说话这么不着调，磨烂了你那爪子才该呢！"

满芝咯咯地笑了，满月和冬林也笑起来，小林也咧着小嘴笑，从姥姥怀里出溜下来扑到满月怀里，用小手解开妈妈的衣扣儿摸奶头含在嘴里，满芝凑过来，拨弄着小林的脸蛋说：

"没羞，没羞，这么大了还吃奶。"

满芝是才参加劳动的中学生，下手割麦，一上午磨了几个大泡。母亲心疼女儿，要满月照顾满芝少割几垄。满月坚持原则，有意让满芝锻炼锻炼。满芝是农村朝气蓬勃、争强好胜的新一代，性格开朗活泼。她阻挠说情，无意骂了母亲，又差点把母亲拽倒，自觉鲁莽有趣，禁不住银铃般地咯咯笑了。母亲的嗔怪责备，却含着深切的爱子之情。作为女婿的冬林，当然不好表明自己的态度；满月则准备严肃对待，这时都被满芝的坚强乐观所感染，笑了，连小林也被逗得咧开小嘴。而小林的一溜、一扑、一解、一摸，满芝的拨弄，更是情趣盎然，可为精彩的一笔。在这里，虽然没写母亲的神态，但我们不难看到她由佯怒到含笑的面容。总共约有250个字，表现了鲜明的人物性格。母亲的慈爱，小林的天真，满月的坚定深沉，满芝的倔强乐观，无不栩栩入神，尤其满芝这一少女的形象，更是表现得淋漓尽致。而这一切的背后，作家喜悦赞美之情自然跃然纸上，令人沉醉。至于作家所使用的语言，也可"借一斑略窥全豹"了。

其次，通过一幅幅风景画的描绘，选取北方水乡特有的清水浮白鸭、绿苇映荷花、渔船惊蛙跃等等色彩鲜明的景象，形成作品清新优美的意境。例如《父子之间》成仁爹背着粪筐到处转悠找着活做：

> 有时在早晨，他转到白洋淀边上，用清清亮亮的淀水洗一把脸，又用手捧着淀水喝上几口。然后，他看到：一个红通通的大日头带着一身水气，从东方升起来，淀水像油一样动荡，云空染上一片云霞，各种水鸟翻着白肚皮飞翔。是哪里一阵船篙的响动，从碧绿的苇塘里洗刷洗刷摇出一排渔船来。

这是多么美丽迷人的景色，仿佛"人在图画中"。他通过老人的视觉、听觉、嗅觉，写出景物的变化。红白橙绿，五彩缤纷；静中有声，生气勃勃，"清清亮亮的淀水"似乎溢出醇厚的味道，与勤劳的人民浑然一体，相得益彰。这些不仅渲染了气氛，也增强了作品的感染力，提高了作品的审美价值。

一般说来，韩映山的风景画情调流畅欢快，同他所表现的新人相统一，同他的情感相协和，同时也使丑恶相形见绌，造成深邃的意境。比如轻浮的蕊花（《蒲花和蕊花》，《莲池》1981年第1期）生在清秀的水乡之中，透明的湖水映着她细嫩漂亮的脸蛋儿。然而，一经受骗被胡部长玷污后，还是这一池水，竟再也照不出她原来的面孔，而是无限的惆怅和悔恨。因为她失去了最宝贵的贞节。这怎不使人深思、不令人痛惜呢？美的山，美的水，陶冶美的心灵。这是人民的愿望、理想，与之违背，也就违反了人民的意志，也必被人民所不容。这样写，呈现出作家细致的感情潜流、独特的创作个性和令人神驰的诗意，加深了主题。值得注意的是，作者不只创造明快的意境，也能创造像鲁迅《祝福》那样深沉悲怆的意境。例如《残阳如血》中，作者一开始就用"苍白"的月光，"昏黄"的田野，"闷然"的夏风，"灰蒙蒙烟雾里"的"一两声狗叫"和"此起彼伏"的"枪炮声"以及"低声啜泣"的、没人收割的"熟透了的麦子"，构成满天阴霾的郁闷画面，倾注了作家愤怒沉痛的心情。尤其结尾处，两派武斗的炮口，"都同时对准了堤拐角的小屋，只听轰隆，轰隆一片巨响，小屋连同它的主人，全部覆灭在硝烟火海里……"乡亲们闻声跑来，"看到伍老槐全家的惨状，都止不住号啕大哭！"此时，"太阳沉落下去了，天空的火烧云，那颜色，像血。"仿佛一切都在泣诉，都在痛苦地呼叫。这不由得使人心痛难禁，眼泪盈眶，思绪萦绕，为什么呀？……我们的党，我们的人民，我们的后代！啊——

意境的创造有多种多样的方法，韩映山的作品除上述两种方法外，也还有别的方法。比如《鞋》这篇作品，以一双鞋为线索，引出丰富的爱情生活，展现人物高尚的情操，使这一事物富有象征意义，从而形成"此物最相思"似的意境。

韩映山同志努力发现蕴于平凡生活中的诗意，或"春光融融"，或"风雨凄凄"，得来俱佳。这种努力追求短篇小说意境的创造，无疑开阔了自己创作的道路，丰富了艺术表现手段。但是，短篇小说的意境，尽管能使作品的思想性和艺术性高度统一，也只是很限于具体描绘画面的时候。它的根本道路，还是通过典型化的途径来塑造人物形象的。作家必须集中笔墨于人物身上。写人物的性格变化，写人物的典型环境，否则，就是一篇抒情散文，或者是别的什么东西，而不能称其为"散文式的小说"。韩映山在创造意境时显然也注意了这一点。他在许多个灿若星光的场景描写中，能准确地把握人物的性格，表现人物的内心世界，使环境描写和细节描写紧紧围绕人物的心理变化，水乳交融在一起。例如《瓜园》中，作家写道：

可是在哪儿流水呢，当然这个旧河沟顶好——又淹不了什么庄稼，顺沟就到淀里去了……

瓜……

老人心里很厉害地颤动了一下。

雨后的秋风飒飒地吹起来，太阳落下去，地面罩上一层雾，远处有一声半声蟋蟀叫声，叫得老人心里凄凉。他慢慢地下了堤，回到窝铺上。

他坐下了。

月亮上来了。在他眼前展开的，是一片碧绿的瓜园，瓜叶发出亮晶晶的光辉。白天没有压完的瓜蔓，伸着长长的须。瓜蔓上一个个圆圆的小球球，从茂密的叶丛中，偷偷地探出头来。

他无力地拿着瓜铲，又压了几棵瓜蔓。一种抑制不住的心情使他不安。

要丢失瓜园的念头使老人心里"凄凉"。多么可爱的瓜田吧！明月皎皎，瓜叶亮晶晶，圆圆的小瓜，就像调皮天真的小娃娃一样，偷偷探出头来，仿佛逗趣，又像是悄悄窥探着老人心中的秘密，竟使老人倍加不舍。他"又压了几棵瓜蔓"，但却是"无力的"。这不仅写出了老人矛盾复杂的心情，也把老人的神态惟妙惟肖地、通过"潜语"表现了出来，使内容含蓄蕴藉，情感浓烈，显示了作者面壁功深以及坚实的生活根底。

创造意境，丰富的生活和崇高的情感是其基础。

三

韩映山的"散文式的小说"，在结构上，很像是微波荡漾，天然成锦，而没有冲涛旋瀚的故事高潮。第一，他的小说大部分三五千字，截取的时间也在一天或几天内，反映大家司空见惯的日常生活。这一点很像契诃夫的小说。第二，故事性不强，通篇大都要由三四个人物和几个不大的生活场面构成，很像我们常说的"网式结构"。这与契诃夫不同。契诃夫的短篇大都只写一个场面，"焦点"也集中在一个人物身上，《凡卡》《渴睡》《罪犯》《变色龙》等均是，结构非常严谨。但要把几个具有相对独立性的场面组合起来，就特别需要"密针线"，以致"天衣无缝"。那么，韩映山是如何结构的呢？

散文常常以人的感情变化为线索，展开驰骋联想的天地，做到"形散"而"神不散"。韩映山的作品就有这种"形散而神不散"的特点，但他是以人物为中心，靠人物的活动，靠一个两个的细节，草蛇灰线地把前后的场景连接起来，做到事出有因，前呼后应。例如《麦收时节》，满月抱着小林喂奶，用"小林兜里的花生"，引出会计拉拢新上任队长满月的情节，这样就使他的一个个精彩的场景描写，仿佛一个个明珠连环起来，形成作品闪烁的光圈。在全篇布局上，韩映山追求天然自成，滴水不漏，首尾相顾。例如《塘水清清》，开始写香莲摇船出来换清塘回家吃饭，描绘了他们情意缠绵的对话，揭示出他们心中难言的隐秘；接着写清塘回家，引出媒人穿针引线，确定了他们不平常的爱情关系；最后香莲为去学习的清塘送行，两人幸福地在一起。从合到分，从分到聚，一出一回，整齐自然，就像茅盾先生所说的："结构指全篇的架子。既然是架子，总得在前、后、上、下都是匀称的，平衡的，而且是有机性的。"（《漫谈文艺创作》）

契诃夫说"简洁是天才的姐妹"，这是短篇小说创作的座右铭。韩映山描绘场面，突出人物，或从正面插手，精雕细琢，或从侧面反映，粗线勾勒，或泼墨如画，或工笔素描，都力求形式上的"简洁"。他的《塘水清清》总共三千五百字，两个场面，而使四个人物性格鲜明，每个形象都有一定的典型性，用短小的篇幅表现了丰富的内容。像他长篇幅的《日常生活》，也仅有七千字，而写了七八个场面，四五个人物，结构也很完整。他的这种写法，与内容相适应，达到了艺术和内容较完美的统一。

我们认为，结构问题不只是艺术技巧问题，它还要取决于作品的主题人物和作家对生活的认识。韩映山同志反映的是普通人民的普通生活，他们在现实中，较少出现惊心动魄的大搏斗，更多的是日常生活和家长里短。他确是"认真地、如实地写了一点生活，刻画了一些人物形象，描写了一些水乡的人情风俗和生活里的'美'。而没有去追求离奇、荒诞的故事和浮夸、惊险的情节"（《绿荷集·后记》）。他着重于表现日常生活的场景中溢出来的"人情美""心灵美"，而不着重表现轰轰烈烈的场面。所以，他的作品虽然很少有冲天大浪的高潮，但却能使我们在幽静美丽的艺术园林中"施施而行，漫漫而游"，尽情随意地享受。他的作品虽然不能使我们仰天大笑和号陶大哭，但却能使我们衷心地感到喜悦、幸福和切身的悲哀、愤懑。这是他的作品的又一鲜明的特色。

四

韩映山的创作成就，标明了他独特的创作个性和创作风格。

什么是风格？风格即人格！"风格形成的主要根基是：作家丰盛的生活和对人生崇高的愿望。"（孙犁：《论风格》）我们知道，韩映山受了曹雪芹、鲁迅和孙犁的影响，尤其受孙犁影响很深。但他绝不是模仿，如同鲁迅的《狂人日记》不是模仿果戈理的《狂人日记》一样。模仿是自己没有生活，单单照葫芦画瓢。而韩映山作品所写的，完全是自己独得的生活，独得的人物，独自的情感。像《日常生活》中的任大娘，就是以自己的岳母和母亲作为模特，怎么能叫模仿呢？

作家所处的时代不同，反映的生活自然也不一样。比如孙犁主要是反映抗日战争时期的爱国主义的人情美，而韩映山主要反映的是社会主义时期集体主义的人情美。反映的社会主流有别，也就根本上把他们的风格区别开来。在艺术形式上，由于韩映山反映的是崭新的时代，崭新的人物，崭新的思想，色彩上也就显得更柔和、更明丽，情调更欢快、更委婉，是新从白洋淀中飞出来的一朵浪花。当然，孙犁作为他的老师，对他有重大的影响，但这种影响在他走上"自由之路"的时候，就变成了潜移默化的作用，如同后来契诃夫、屠格涅夫、梅里美、曹雪芹、鲁迅对他的影响一样。显然，他们作品中的语言、风俗、人情都极为相似，但我们不能忘记他们同植根于冀中这一块土壤上，自然会有许多共同点。但韩映山的语言也有他自己的风格。这里，我们并不否定孙犁的引导作用，他们毕竟有相同的哲学观点和美学观点，有共同的对人生的崇高愿望。这就使他们的风格相近，也只是相近而已，正如人的性格也有相近的一样。创作是艰巨而复杂的劳动，不能用简单的条文来对待。

目前，倘若有一个"荷花淀派"，孙犁当然是其主帅，韩映山无疑则是其中积极的、不可缺少的骨干。所以，我们把他的创作风格概括为五个方面。

（一）不写叱咤风云的英雄，表现普通人民的日常生活，反映时代的社会主潮，着重描写人物的命运和性格变化，揭示人民的心灵美和人情美。

（二）描绘生动丰富的风俗画和风景画面，创造优美和深沉的意境，以致含蓄蕴藉，耐人寻味，突出人物的形象。

（三）采用明快、行云流水般的语言，结合人民活生生的日常用语，生动简练，具有鲜明的民族色彩和地方色彩。

（四）场面丰富，篇幅短小，人物事件似随手拈来，构成"河水清且涟漪"的情节。

（五）像饮一杯美味果露酒，给人以柔和喜悦的感受，对提高社会主义精神文明有积极的作用。

他的代表作，包括《日常生活》《麦收时节》《塘水清清》《田珍小传》等篇。尽管作者曾经说过，这些作品大都不是轰动文坛的佳作，但他的作品一直被许多读者所喜爱，尤其二十年前的作品仍能随着时间的流逝而被今天越来越多的读者接受。这向我们提出了一个发人深省的问题，即不要忘记创作是"艺术创作"，也说明了他的"散文式小说"的成功。

在欣赏探讨韩映山的作品时，我们也发现并非全是十全十美的。故事性较弱，就容易零散。他的少量作品也给人以过于"散文化"的感觉。例如在《激奋》篇中，金兰、田宝的回忆占有很大的比重，抒情的文字较多，人物性格刻画受到局限，很像是"小说式的散文"。但要作为小说创作，这是应该注意避免的。

韩映山同志从《鸭子》到《水乡散记》，从《水乡散记》到《日常生活》，到《塘水清清》，再到《田珍小传》，以及近年来向中篇小说的进军，表现了"他不断有新的成就，他的视野越来越广阔，他的驾驭题材的手段，也越来越强。"（孙犁：《韩映山〈紫苇集〉小引》）。让我们真诚希望作家总结经验，"向新的目标大踏步前进"。

《满淀荷花香》艺术特色浅探

□ 邓英华

《满淀荷花香》是中年作家韩映山同志继《绿苇丛中》之后又一部儿童中篇小说。

《绿苇丛中》（中国少年儿童出版社1978年版）以抗日战争后期冀中白洋淀地区为背景，以水乡孩子对敌斗争生活为题材，从一个侧面再现了1943年那个艰苦的战争岁月中国人民和日本侵略者浴血奋战的情景，比较成功地塑造了一群抗日儿童团员的形象。这部作品的问世，给20世纪70年代末期精神上处于严重饥馑状态的广大少年儿童及时提供了精神食粮。

如果说《绿苇丛中》像一曲慷慨激昂的战歌，那么《满淀荷花香》（载儿童文学季刊《朝花》1983年第1期）则是对新时期中国农村大好形势的热情礼赞，是一首情景交融的散文诗，也是一曲情意酣畅的田园交响乐。

作品写了这样一个故事：城市五年级小学生文文，随妈妈到有着光荣革命传统的白洋淀一个小渔村探亲。在那里，他尽情领略了在城市无法看到的自然风光，结识了一群天真无邪的小伙伴，和他们一起捕虾捉蟹，摘菱角，采荷叶，逮蝈蝈，吃西瓜；又在大人引导下，参观了渔民的家庭副业和淀边的鱼市，看到了这里的人民为四化辛勤劳动的身影。作品通过少年文文的耳闻目睹，真实地再现了党的十一届三中全会以来中国农村的巨大变化，反映了中国人民刚刚开始的甘甜如蜜的幸福生活，讴歌了党在新时期的农村经济政策，赞美了劳动人民崇高美好的心灵。

读《满淀荷花香》，会使人情不自禁地想到老作家孙犁同志那些脍炙人口的名篇佳作。孙犁同志的作品，多取材于白洋淀地区人民的斗争生活，它们不以惊险紧张的矛盾冲突和曲折离奇的故事情节取胜，而以揭示蕴含于生活中的浓郁诗意和水乡人民丰富美好的内心世界见长，宛如满淀盛开的荷花，亭亭玉立，香气四溢，清新自然，朴实无华，从而在文坛上独树一帜。韩映山同志的新作师承了孙犁同志的艺术经验，充分照顾到少年读者的欣赏能力和好奇好动的生理、心理特点，使老一辈作家的艺术风格在儿童小说中得到发扬。

韩映山并不满足于自己的艺术实践经验，他在不断追求，不断探索，不断开辟自己的艺术新天地，让作品表现出既不同于前人又不同于自己已往作品的新特色。读他的新作，总觉得有一股拂面而来的清新气息，令人耳目为之一新。

探讨《满淀荷花香》的艺术特色，对于繁荣儿童小说创作，不是没有益处的。

一

《绿苇丛中》和《满淀荷花香》都是写给孩子们看的，都在追求着引人入胜的艺术效果，但由于它们的题材不同，在情节的安排组织上有着明显差异。

《绿苇丛中》采用的是革命战争题材，反映的是战争年代少年儿童对敌斗争生活，因此，作品主要写他们在党的教育和父辈指导之下，如何颠簸于烟波浩渺的湖面，辗转于岗楼林立的敌后，战斗在绿苇丛中；写他们在险恶的环境里，如何救护伤员，传递情报，配合人民武装雁翎队，胜利破坏日寇水上交通线。这是两军对垒的厮杀，是正义与邪恶的较量，是血与火的考验，所以情节安排偏重于紧张性和惊险性。这样的战斗故事，自然会引起小读者的浓厚兴趣。《满淀荷花香》采用的是现实生活。它所表现的是新时期农村的新气象，特别要展示出农民生活日益提高后的精神面貌，新的社会风气以及人与人之间的新型关系。这里没有紧张激烈的阶级搏斗，没有呛人的战火硝烟，只有平凡的普通日常生活。这样的内容，如何组织情节才能吸引住孩子让他们读下去，关键在于作家的生活积累、对生活的深刻认识和巧妙的艺术构思。韩映山同志不愧是一位有功力、有经验而又勇于创新的作家，他一方面学习借鉴了孙犁等老一辈作家的可贵经验，同时又从生活本身出发，独运匠心对作品情节做了巧妙安排。

首先，作家采用了记游散文式的结构。《满淀荷花香》不像《绿苇丛中》，它没有一贯到底的完整故事，也没有贯穿始终的矛盾冲突，只是以城市小学生文文在农村的活动为线索，通过他的所见所闻，把作者所要表现的看似平凡的农村现实生活有声有色地表现出来。

让文文以水乡新貌的目击者身份出现，是作家构思的巧妙之处。文文长年生活在城市，不熟悉水乡，但那里绮丽的风光、动人的抗日斗争故事，对亲人的思念以及对农民现实新生活的向往，使他梦牵魂绕，产生一种恨不得立刻要去看一看的强烈急切心情。文文的这种心情，自然会影响到和他同龄的少年读者，使小读者也急文文所急，想文文所想，要和文文一起去领略他们所不熟悉的水乡生活了。

作者在安排材料时，又照顾到读者对象的心理特点和欣赏习惯，采用顺叙写法，记述了文文的一系列活动：喂家兔、观水貂、看鱼塘、吃西瓜、逮蝈蝈、捉螃蟹、捕鱼虾、逛鱼市、摘菱角、采荷叶等等，前铺后垫，环环相扣，种种场面，犹如颗颗珍珠，通过文文活动这条线把它们穿连起来，紧凑自然，使作品具有诱人的魅力。

有些青年习作者往往有一种误解，以为给孩子写小说，必须有惊险离奇的故事，跌宕起伏的情节，所以在写作时，把更多的精力放在情节组织上，结果，作品远离了生活，失去了真实性，也失去了读者。《满淀荷花香》的作者坚持从生活实际出发，采用"串糖葫芦"的方法，虽然作品没有曲折复杂的矛盾冲突，表现的只是水乡生活一个又一个片段，但同样表现了重大的主题，收到了引人入胜的艺术效果。

其次，《满淀荷花香》也借鉴了老作家孙犁的艺术经验，着力开掘生活中蕴含的诗意美，竭力表现出鲜明的时代特色。

文学是时代的一面镜子。社会主义文艺的首要任务是通过艺术形象，及时反映当代人民的生活情景和城乡各条战线的大好形势。儿童文学也不例外。它要及时向亿万孩子介绍他们还不知道、急于知道和应当知道的社会生活，让他们的脉搏和国家民族的脉搏按照相同的频率跳动。《满淀荷花香》是很好地完成了这一任务的。

作品把读者引进了这样一个艺术天地：党的十一届三中全会后，农村经济很快呈现欣欣向荣的局面，家家丰衣足食，人人安居乐业，到处欢声笑语，一派蓬勃生机。物质生活的日渐富裕，必然改变着人的精神面貌。在这里，从饱经沧桑的老人，到重新振作的中年，从朝气十足的青年，到天真烂漫的孩子，人人想国家，个个奔四化，在他们身上，时时闪射着公而忘私的时代火花。

人与人之间的关系，也因经济形势的好转而变得融洽和睦、亲密无间。这里没有尔虞我诈、钩心斗角，也没有投机耍滑、藏奸取巧，大家想的是国家、集体、他人。请听鱼市上买卖双方的一段对话：

> "相好的，你这鲫瓜鱼要多少钱一斤？"
> "你看着给个价儿吧……又不是外人，也不是头一回买鱼，能留给你个赚儿就行。"
> "我也不少给，你起早贪黑，这么大年纪，捞鱼也不容易，给你这个数怎么样？"
> "弄走，卖啦！"

旧社会，买方与卖方矛盾重重、针锋相对，为了一己利益，卖方"漫天要价"，买方"就地还钱"，讨价还价，争执不休。现在不同了。买卖双方互相照顾、互相体贴，人与人之间出现了一种新型同志关系。

人们经常想到的是集体、他人。下淀打河田，对没长成的菱角、莲蓬和幼蟹小鱼，自觉不动；孩子们走在地里，小心翼翼，并互相提醒，唯恐"蹭坏了豆棵儿""踩了瓜蔓"；老人承包的西瓜地里，会有少先队员帮忙看瓜园，压瓜蔓；心灵手巧的少女，为了共同富裕毫无保留地向伙伴传授织席经验；遇到损害集体利益的人和事，他们会挺身而出，坚决制止。

作品饶有兴味地写了这样一个细节：两个孩子吃了文文姥爷的西瓜，临走还要留下瓜钱，作品写道："'这是怎么说呢！一村当块的，吃个瓜还给钱……'姥爷嗔怪地说，又呵呵地笑了。"这一嗔一笑，表现了多么丰富的内容！瓜是老人种的，"一村当块"，吃瓜给钱，像是在"寒碜我老头子"，他"嗔"；可是孩子留的纸条写得明白："向老八路学习"，老人从这里看到了社会风气的改变，看到了下一代的茁壮成长，他又欣慰地"笑"了。

作品满含感情，给读者展示了一幅20世纪80年代水乡社会风情画，它恬淡宁静，和谐淳朴，散发着幽香，洋溢着诗意，给小读者也给成人读者不尽的艺术享受。

二

《满淀荷花香》艺术上的另一成就，是塑造了一群社会主义新人形象。

儿童小说与成人小说，除读者对象不同外，并无根本区别，都离不开情节、人物和环境，都要写出"典型环境中的典型性格"。茅盾说："典型性格的刻画，永远是艺术创造的中心问题。"（《关于艺术的技巧》）如果作品缺乏性格鲜明的人物形象，只有引人入胜的情节，那也只能叫作儿童故事而不能称之为儿童小说。

一般说来，惊心动魄的斗争场面和紧张曲折的情节，人物性格比较容易展示，但弄得不好，也容易被情节所掩盖。然而要在日常平凡的生活事件中写出有个性的人物来就比较困难。韩映山同志的这部新作，由于构思的新颖和对少年儿童心理特点的充分掌握，使他笔下的人物一个个站立起来。在这方面，它比《绿苇丛中》更为成功。《绿苇丛中》比较注重安排故事情节，而对人物性格的刻画却比较一般，特别是对主人公雁勇形象的塑造，似乎没能完全摆脱"三突出"的桎梏，虽然使用的笔墨不少，但个性不鲜明。《满淀荷花香》不同。作品出现的人物较多，有的出场次数也不多，但大都给人留下了较为清晰的印象。

贯穿作品的人物是文文，作者把他写得很有个性：天真活泼、聪明伶俐、好奇好动。但作品的真正主人公是水乡人民群众，这里不仅有和文文年龄相仿的少年儿童，更有青年、中年乃至老人。作家通过对他们平凡生活的描写，尽力挖掘着人物丰富的精神世界和优良品质，从而体现作家的写作意图和作品的深刻主题。在这些人物身上，烙印着新时期劳动人民的共同特点：热爱集体，勤劳善良，竭诚拥护社会主义和党的方针政策，助人为乐，关心体贴别人，为着共同的目标，他们在默默无闻地工作着。

"捕蟹"一节，比较集中地揭示了他们这种共有品德。小小螃蟹淀，成了几代人活动的舞台。老人们告诉文文，国家为了发展水产事业，从千里之外的崇明岛运来蟹苗，社员们打着手电，连夜把只有扣儿大的小蟹撒在淀里，精心护养，"盼着它们成活长大"；人们自觉相约，不能"光顾自个儿赚钱"而糟害这些远来的"小客人"。连那些涉世未深的孩子也主动"发动起来"，配合大人，"防止捕捞小鱼小蟹"。然而人的思想觉悟并不都在一个水平上，也会有个别私心太重的人，不顾集体，他们当然要受到严肃的批评。光淀村一个"陌生人"，因贪小便宜随意捕捞，首先受到小雨点夫妇的坚决反对，人们闻讯赶去，及时制止了"陌生人"的错误做法，表现了四代人高度的主人翁责任感。

中年渔民小雨点也给人们留下了鲜明印象。小雨点，外号"懒秧子"，十年动乱期间，他消极沉闷，成天躺在家里睡懒觉，"把炕席压了个身子印儿"。"四人帮"倒台后，党的农村经济政策合乎国情，顺乎民意，极大地调动了广大农、渔民的生产积极性，小雨点躺不住了。他向队里承包了一只小船，和妻子一起风里来雨里去，"天天下淀打河田"，要"一天当十天干，要挣回十年的工钱"，争取"第一批先富起来"！日子过好了，小雨点对集体的感情更深了：损公肥私的事他不干；捕的鱼，只把"小篓里的棘甲鲶鱼"卖给鱼贩，大的一定要交水产收购站，私人给的钱再多，不卖，妻子说他"爱凿死卯儿"，像"傻罐儿"，他回答得好："一个人要讲点良心，国家想着咱们的小日子，咱们也应该想着点国家的大日子。不能见钱眼开，叫钱迷糊住咱们的心眼子。"捕蟹时，他一发现"陌生人"乱捕小蟹，立刻挺身而出，勇敢地维护了集体利益。

《满淀荷花香》中，作家很注意根据每个人的经历、教养、气质和年龄，写出他们性格上的差异。老一辈，如姥爷、老福夫妇，这些战争年代为国家民族做出过贡献的人，深知今天幸福来之不易，处处以身作则，是水乡群众拥戴的引路人。长期的磨炼，培养了他们的乐观主义精神，在作品中主要表现为中国农民所特有的诙谐和幽默。同是老人，性格也不尽相同。老福夫妇少言寡语，善良厚道；文文姥爷则开朗豪爽，苟于言笑。

其他人物，有的虽出场不多，却有着鲜明性格，如小雨点认真执着；大凤荣粗犷爽朗；水蓬聪明美丽，正直热情；小苇天真纯朴，谨慎细致；小船活泼好动，又有点儿粗心顽皮。作品正是通过对人物不同个性的揭示，表现了水乡人民的共同品质。

《满淀荷花香》塑造人物的主要手法是，或用速写方式，选择一两个典型事例，粗线条地勾勒轮廓，突出人物性格的某一方面；或用工笔方式，精雕细刻，既写人物的外表，更注意揭示人物的内心世界。

对小雨点、大凤荣、老福夫妇、菱香荷香姐妹的描绘属于前一种方式。写小雨点，作者只用了卖鱼和捕蟹两个场景，就把他热爱集体公而忘私、疾恶如仇的高度原则精神表现出来了：再加上一段洗练的回忆，突出了他精神状态的前后变化，增强了人物的时代感和形象的立体感，也使作品有了深度。

对水蓬的描写属于后一种。她一出场，作品就通过文文的观察用近乎白描手法，写了她的外貌，"三姨穿着月色的短袖褂儿，墨黑的头发，红扑扑的脸儿，水灵灵的眼睛"，突出了少女的健美和朴实。接着又用近一节的篇幅写姑娘织席的情景，她边唱边织，极力表现她热爱劳动、心灵手巧和初恋时的幸福和羞涩。为了突现人物性格，作品又颇带感情地写了她织席的动作：

> 只见三姨的手，像风卷荷叶一般，把雪白柔软的苇眉子，涌起一层层波浪，不一会儿，她的身子下边就有了一片片白云似的席子，三姨就像传说中腾云驾雾的仙女似的，那么美丽，那么动人。

这段文字，使人自然联想到孙犁同志的名作《荷花淀》里水生妻子织席的场面。韩映山同志采用了老作家的写法，通过一系列通俗恰当的比喻，传神地写出了主人公织席技巧的娴熟和动作的优美，最后又通过孩子特有的想象——"把三姨织席的情景画下来，回家贴在墙上，多会儿想三姨了就看看"——既突出了人物，又富于儿童情趣。"验席"是表现人物崇高精神境界的重要章节。老商叔是供销社一位有经验而又自以为是的验席员，工作有时从印象出发，听到寡妇大嫂说他偏心，"看人下菜碟"便很不高兴。水莲立刻批评了他的工作态度，同时主动把自己用次苇编的两片席子由"饺子"（甲）降为"饼"（丙），表现了姑娘高度的主人翁责任感和实事求是、大公无私的优良品德。

《满淀荷花香》塑造人物的另一特点，是准确地运用个性化语言。

高尔基十分佩服巴尔扎克小说里人物对话的巧妙，"以为并不描写人物的模样，却能使读者看了对话，便好像目睹了说话的那些人"，鲁迅说，只要写出"各人的特色的谈话来，我想，就可以使别人从谈话里推见每个说话的人物"（《看书琐记》（一））。老作家孙犁笔下的人物语言个性特点很突出，韩映山笔下人物也具有这一特点。

> "哎！傻外孙儿，可不来了呗，不来你怎么能看见我呀！这个傻外孙儿，哈哈哈！叫我好等。"
>
> "要说念书识字儿就是懂事儿，多知情识礼儿呀！——姥姥在家给你炖大鱼哩，一大清早就催我去插鱼，还算俺傻外孙儿有福气，开叉大吉，插住了一条五六斤重的大鲤鱼……"

作品开头姥爷站在岸边迎接女儿和外孙的两段对话，把一位年近古稀的老人的性格活脱脱地展示在读者面前：开朗、乐观、勤劳、忠厚、风趣、幽默。

再如大凤荣出场的对话：

> "这是那外孙儿吗？哎呀，多俊呀，活像水莲小的时候，快叫我妗子，回头我给你逮个小王八玩！"文文听话地叫她一声妗子，她立刻响亮地答道："哎！我那宝贝儿！城里人说话就是好听，绵言细语儿，不像我这大叫驴嗓子。"

闻其声，如见其人，一个快人快语、高声大嗓、泼辣粗犷的中年妇女立刻跃然纸上。

有人曾以为，给小孩子写小说，应以儿童为主人公，不宜以成年人为主要人物。这其实是片面理解，而且早已被一些优秀作品所证实。如都德的《最后一课》中的小学教师韩麦尔、鲁迅《孔乙己》中的孔乙己，班台莱耶夫《文件》中的红军指战员、盖达尔《学校》中的成年人、任大星《我的第一个先生》中的乡村教师上海小舅公等等，这些成年人都是作品着力描绘的主要人物，关键是怎么写。韩映山的《满淀荷花香》再一次有说服力地证明，儿童小说虽然反映的是成人生活，但由于它从儿童的角度（儿童的视觉、儿童的听觉、儿童的心灵）去看、去听、去感受，同样可以使成人形象鲜明突出、真实可信，因此同样能感染广大少年读者。

在人物塑造方面，《满淀荷花香》也不是没有可挑剔的地方。比如，作品出现的人物过多，其中一些人物如荷香、菱香等人的性格尚觉平面化，缺乏棱角和立体感。如果能恰当合并一些人，适当集中一些场景和事件，人物形象就会更加鲜明。

三

热爱大自然的秀丽风光，是具有一定阅读能力的少年儿童的天性。儿童文学作品中必要而精彩的景物描写，是陶冶少年读者的性情，培养其审美能力的重要手段。《满淀荷花香》在这方面也取得了可喜的成功。

请看开头这段景物：

> 大自然真美啊！天空那么蓝，蓝得像淀水；空气那么新鲜，像有一股香味。苇荡连着苇荡，壕沟通着壕沟，绿树映进水里，随着涟漪波动着。那芦苇绿得发黑，摇曳着紫红色的缨子，像丝绒似的放亮，散发着甜丝丝的气息。不知是什么鸟儿在苇塘里鸣啭：唧呱唧呱，唧呱呱呱，呱唧，像是唱歌；还有像小鸭又像小鸡的鸟儿，浮在水面上，仰着头儿，随着水波，一起一伏，发现

什么动静，就一头扎进水里去了，好远好远又冒出来。还有许多
开白花和黄花的水草，也不知是什么植物……

　　船再往前走，便是开阔的大淀，远远的什么地方，绿树丛
丛，像是绿色的烟云，飘在天边。

作家笔下的白洋淀，实在太迷人了！波光激滟，水天一色，远树近
苇，郁郁葱葱。作家寄情于景，使所绘景物绚丽多彩，又充满诗意。这一
切，又都通过文文的耳闻目睹去表现，自然会使小读者倍感亲切。

　　为了表现中午时分大淀气氛的静谧，作家像一位高明画师，以冷色
为基调，写了天空和淀水的蓝，写了芦苇和树丛的绿，又间以水草黄白相
间的小花和紫红色的苇缨，冷暖搭配，突出了一个"静"字。为了表现静
谧气氛，作家又以水鸟的"动"相衬托，有的在苇塘啁啾鸣啭，有的在水
面仰头漂浮，"发现什么动静，就一头扎进水里去了，好远好远又冒出
来"。这种动中显静的写景，也是我国传统的艺术表现手法。唐代著名山
水派诗人王维的"明月松间照，清泉石上流。竹喧归浣女，莲动下渔舟"
的佳句，历来被人称道，认为是用喧闹之词，极写幽静境界的范例。我觉
得韩映山笔下的景物，也有异曲同工之妙。

　　生动形象通俗恰当的比喻，也使作者笔下景物绘形绘色，精彩动人。
如上文所引，作家简直在调动读者的视觉、听觉、嗅觉、触觉、味觉，大
淀风光，不仅使读者可视可听，而且能让缺乏水乡生活体验的孩子可嗅可
触，甚至可以咀嚼品味，有亲临其境之感。

　　再如对荷花淀的描写，层次清晰，观察点随着船的行驶由远及近，由
上至下。比喻也用得好：用箭头比喻荷花骨朵儿，用女孩子的笑比喻含苞
待放的花蕾；同是写荷叶，形状不同，比喻也不同："荷叶大得就像倒竖
的小伞儿""刚分叶的荷叶，卷卷着，像女孩头上的发卷""贴水面的荷
叶，像一个个玉面圆盘"。一片绿色世界，在作者笔下，可视可感，意趣
无穷。

　　读《满淀荷花香》，很惊羡于作家观察的细致入微。你看：那像小岛
漂浮在水波上的小小渔村，那雪花般飞舞的苇毛毛，那躲在草棵下窝着脖

子睡觉的鸭子，那卧在门口吐着舌头"哈哧"的小狗，那像碧绿的湖的庄稼地，那一弯长虹似的河堤，那晒红米的高粱，那正甩红花线的老玉米，那变化万端的晚霞，那傍晚时分西边天际的一抹余晖，以及那雨后清晨小草尖上挑着的水珠儿，都给人留下了深刻的印象。难怪一些小读者边读边赞不绝口："真美！"他们向往地说："啥时候，咱们也坐上小船，亲眼看看白洋淀该多好！"

大家知道，韩映山同志是一位在创作上有成就的乡土文学作家。1952年，处女作《鸭子》问世时，他还是一个十九岁的中学生。三十年来，他辛勤耕耘，发表了不少反映白洋淀水乡人民生活的篇什。这些作品，清新朴实，带着荷花淀菱藕的清香和强烈的时代气息，形成他独特的艺术风格。近几年来，他又以极大的政治热情，熟练的艺术技巧，怀着一颗纯真可贵的童心，努力从事儿童小说的写作，为日益繁荣姹紫嫣红的儿童文学园地浇花育苗，培植新株，这种对孩子负责的精神，益发令人高兴和感动。我们热切期望着韩映山同志给小读者写出更多更好的作品来。

（原载《吉林师范学院学报》1983年第2期）

记韩映山
——兼谈荷花淀派

□ 郭志刚

初识韩映山同志，是20世纪80年代，在白洋淀召开的一次孙犁作品研讨会上。也就是这么一面，此后再没见过，因此，不敢说是深交。虽然说不上深交，却必定是"神交"，我从此就记住了他：微黑的面孔，硬朗的身板，不低的个头儿，看上去很健康，也很开朗；言谈率直，待人诚恳，是鲁迅先生说的那种清可见底，与之相接，直可登堂入室、不用设防的人。像他这样，很容易成为人们的朋友，我有一见如故的感觉。后来，接到他一封信，这感觉在他那里得到证实："在谈话中（指孙犁同志和我的一次谈话）有两处你提到了我，看样子我们很投缘。在白洋淀短短的接触中，谈话虽不多，但很知心。我们都是孙犁作品的崇拜者，所以，属于一种气质的同志。"这几句平常的话，至今还能使我回忆起他那开门见山、推诚相见的坦荡。古人说，"习与性成"，这或许就是他平时待人接物的习惯反映。我觉得这是一种可贵的本色，正像他的名字。至于他对我的"知言"，一见于初识，再见于通信，事或有偶然，但在他却是习由性遣，情之必至，施之于我这个仅见过一面的人，也就是很可纪念的缘分了。古来有河北多义士之说，他这种初见不弃、便肝胆相照的气度，很有燕赵之风，他也是一个把道义和感情看得很重的"义士"。

既然是"风"，就可以广人、化人，受到他的人格感染的，当然不会仅限于我，也不会仅限于周围的一些人，因为他是一位作家。对于作家来说，他的任何与传统相接的美德与品性，最终都将移情于作品，成为个人创作风格的有力支柱。这不是单纯的"义气"问题，而是一笔可以广而化之的精神财富。何况，韩映山同志是在社会主义环境里成长起来的作家（1956年，他不过二十三岁，就参加过那次至今仍为人道的"全国青年创作会议"），他的作品所承载的思想、文化内涵，必定远在传统的义气等等之上。因此，即使我在同他的接触中所见者甚小，而他在作品中所示人者必大，因为作家的人格力量，会在作品中发酵。这是生命力的必然反应，它在作家创作中的潜在影响，会随着作家的成长、成熟而与日俱增，既无可代替，也无法限制。对此，他的作品就是最好的说明（他的五卷本文集即将付印），我的话反而显得啰唆了。

韩映山同志的作品我读的不多，也是在20世纪80年代，他把新出版的长篇小说《明镜塘》寄给我，我读过后，详细地写下了意见，给他寄去。我已经不大记得自己说了些什么，总归会有不少琐细的、甚至是鸡毛蒜皮的批评吧。不料他很快回信，竟对我的意见全盘肯定，还说后悔没有在出版前给我看看，否则，有些缺点是可以避免的。这又是他的虚怀若谷、从善如流的君子风度，导致他对别人的意见如此看重。我不可能说得都对，他大概把我说错的也反复推敲过，从积极方面给予首肯，就像我给他的是一把本该废弃的"弯尺"，他却把它反复校直，当作正品使用了。这件事我知道，人不见得非要说自己信里的话，却记得他信里说了些什么。从这件事我知道，人不见得非要说自己如何正确，反倒是那些大处着眼、"善与人同"的人才更正确。在向艺术高峰攀登的路上，所谓高尚的境界，过硬的学品，乃至良好的学风、科学的方法等等，无一不联系于某种认识层次，而这一层次，又只是"真理的无限性"上的一个环节。在这些问题上，默默无言的韩映山同志，以自己朴素的实践方式，显示了探索真知的开放性。

正因为他开放，因为他对于真理和艺术的执着追求，他才不是一个随波逐流的人。文坛上到底有没有"荷花淀派"可以另说，我们只知道任何一个文学流派，都必须有自己的风骨，还要有一个共同体现这风骨的群体。而风骨之成，光说不练是不行的，没有冰冻三尺的功夫也不行。韩映山同志被视为荷花淀派的一员，在一些人心中，他可能打不上"主力"，但他绝对是一个真练的人，是干累活和细活的人。他又是"直士"，他认准的方向，就会坚持去做，不去看人脸色，随人俯仰，或做做停停，一曝十寒，因为那不是他的"艺术个性"。流派"虚拟"不来，与其空谈流派，不如先看一个人一个人的"真练"。这样，也许时机成熟，能"练"出一个流派，但那时叫什么名字，还要另说。因为生活之河永远是变化的，不可重复的，艺术之河自然也会这样，只能这样。对此，实在没有别的好说，最佳的期待还是泰戈尔在《飞鸟集》里说的：故乡的荷花在这陌生的水上又开了花，虽然清香如故，但把名字换了。

（原载《文艺报》2006年12月7日第3版）

韩映山：荷花淀里迟来的歌者

□ 金 星

韩映山是"荷花淀派"作家中具有较高影响力的一位。他原名韩祖盼，曾别号杜鹃、映山红、山红、山梅等。他爱用这些植物的名称作为自己的别号，他小说中的人物名也常常采用自然之物，如"水清""玉莲""清风""明月""喜鹊""大牛"等，或许这些有意味的细节都印证着他对乡土书写的热爱。韩映山自20世纪50年代开始发表作品，80年代才在文坛立名，他在"荷花淀派"作家中是成名较晚的一个，但却是最能体现"荷花淀派"风格的一个。韩映山的文学创作主要集中在小说和散文两个方面，而其中尤以小说著称。他的小说创作师承了孙犁"诗化小说"之风，语言朴素自然，意境清新优美，较好地将乡土生活的诗意同时代现实的氛围结合起来，通过小说向人们展现了一个自然气息与时代气息相交融的"江北水乡世界"。

韩映山最初的文学灵感来源于他对乡土生活"诗意的发现"，"诗意"也同样成就了韩映山小说的艺术高度。1952年，韩映山的第一部作品《鸭子》得以发表在《天津日报·文艺周刊》上，正是因为"诗意的描绘"打动了主编孙犁。小说通过"一个下午"的时间讲述了一个放鸭的青年在大水来临前，为了集体利益而牺牲个人利益的故事，情节虽简单但是却很好地将优美的风景与淳朴的人性结合起来。或许从那个时候起，韩映山就已经表现出自己小说的鲜明风格。他注重景物的描写，同时也赞美普通民众的美好心灵，"纯美的风景"与"淳朴的人性"构成了韩映山小说中乡土诗意的两个方面。风景是韩映山最擅长的写作对象，他在风景描写上既师承了鲁迅与孙犁的诗化风格，又表现出一种独特的个性。他自小生长在白洋淀边，对淀边的一草一物都非常熟悉且充满着感情，他笔下的白洋淀风景始终给人一种具象和实在之感。芦苇荡中的人和动物，一个个都是水灵灵、活生生的，人、景物、动物，三者之间都在进行着生生不息的对话与交流。从某种程度上说，韩映山在小说中的风景描写超越了孙犁，抵达了一个更加纯粹自然的境界，这一切不仅与他细致深入的观察有关，更与他对白洋淀的个人情感与真实体验有关。韩映山曾经在散文集《作画》的后记中这样写道："家乡的一草一木都无比的亲切，感到生活里有一种诗的、美的东西，时时在冲击着我，我想尽力捕捉住它们，想描绘下乡亲们那朴实忠厚的面影；渲染上淀水和庄稼的色彩。我力求把他们写得朴素，自然，亲切，感人。"在韩映山对乡土生活诗意的发现中，与"风景的发现"相对应的是"人性的发现"。在人性的书写上，韩映山更贴近沈从文的"优美"一派，他始终坚持书写优美、健康的人性，不习惯刻意夸大人性中的假丑恶，更愿意将大多数笔墨都集中在对真善美的弘扬上。他说："我喜欢描写日常生活，喜欢在平凡的普通的人们身上，发掘真善美。"在韩映山小说的人物世界里，善良淳朴的老人和热情活泼的青年构成了一组组优美的人性风景画，"劳动"和"爱情"是表现优美人性的两种方式。例如在小说《水乡散记》中通过对"老豪"个人劳动事迹的写真，从一个侧面反映了水乡人淳朴无私、热爱劳动的天性。在《瓜园》中的"秋高老头"为了保住集体的利益，舍弃了自己辛勤耕种的瓜园；《日常生活》中的朴实而善良的"母亲"为了集体和家庭，任劳任怨。韩映山小说中的"劳动"不仅反映着普通劳动人民热爱土地的天性，更表达了一种乐观向上的生活态度。在韩映山的小说中，"爱情"是一个常见的主题，从早期的作品《鸭子》到中后期的作品《塘水清清》《串枝红》，青年男女的纯洁爱情永远是韩映山乡土人性书写中的一道美丽的风景线。或许从"爱情"这一角度出发，更容易反映出青年人的人格和品性，他们淳朴的爱情背后是水乡人民不被物欲遮眼的人性坚守。

如果说韩映山在文学创作中只是耽于乡土生活的诗意描绘，那么他尚不足以被称为"荷洋淀派"的文学主将。准确地说，韩映山不是一个在诗意中寻求个人安逸生活的"隐士派"，他的内心深处有着对新时代和新生活无限向往的热情，这种热情又区别于宏大叙事"高大全"，表现在创作中即是朴素的现实主义追求。韩映山的小说创作受到现代作家影响较大，尤其是鲁迅等人所创立的写实主义传统，他不仅师承了鲁迅、孙犁等人的诗化小说，也延续了二者的现实主义风格。从1952年发表的第一篇小说《鸭子》开始，韩映山创作经历了几个较为明显的创作阶段，横跨了公社时代、"文革"时代和改革时代三个重要的历史时期，在这几个重要的历史时期中，韩映山在小说创作中对"现实主义"追求也逐渐走向成熟。

韩映山第一个创作阶段是1952年至1956年这5年间，这一时期是韩映山文学创作的个性展示期，在这一时期里，他写出了《鸭子》《弯弯的河堤》《水乡散记》《冰上雪花飘》《瓜园》等作品，相比于他中后期的作品，这一时期的小说给人的感觉是率真自然、灵气十足，创作个性十分明显，尽管这一时期的文学创作诗意与时代密切结合的方面，处理得不够成熟，但是却奠定了他一生小说创作的风格基础。1960年至1964年是韩映山创作的第二个阶段，这一阶段是韩映山小说风格的探索期。这个时期内孙犁对他的创作进行了较为细致的指导，尤其是在现实主义创作手法上，韩映山受益颇多。1961年秋天，《新港》编辑部给了他三个月创作假期，韩映山回到故乡白洋淀在实际的生活体验中，写下了《作画》《放鸭》《雪里还家》《摘菱角》等作品，这些作品都非常简短，带有了散文化的特点。1962年创作的《淀边》《一天云锦》《瓜园月夜》等小说，更具有"采风"的性质，非常形象地反映了淀边的生活风貌。1963年创作的《爱兰》《麦收时节》《父子之间》这些小说带有了强烈的形式探索意识，尤其是"写实主义"的自觉介入。韩映山这几年间创作的作品因为处在探索期，表现出一种"不稳定"的状态，尚不能认为是小说风格的进一步"深化"。而关于这一时期孙犁对其创作的指导，韩映山则回忆道："后来，孙犁同志进一步指出，美是应该追求的，但美不应该是孤立的，她是和时代环境相关联的，否则，美是无力的。"孙犁的这观点让韩映山觉得有"重新回到生活中去，并面对现实"的必要，为此他开始探索小说的纵深度，尤其是开始注重创作视野的开拓。然而正当韩映山面临创作上"新的开始"的时候，"文革"风暴席卷了天津。在文艺界面临着复杂动向的"文革"时代，韩映山毅然选择"辍笔"，回到了冀北的故乡白洋淀并且一待就是十年。"文革"结束后，韩映山迎来了他创作生涯的第二个"黄金时代"，1977年到1984年是韩映山创作的成熟期，在这一段时期内，韩映山不仅保持着较高的创作量，《绿苇丛中》《田珍小传》和《残阳如血》等作品，无论是内容上还是在形式上都显示出"写实主义"应有的深度与高度。这一时期的作品还有《采菱村》《串枝红》《清风明月》等，不仅继承了孙犁小说的诗化与圆融的风格，在写实上更是紧贴着时代，写出了时代人民的心声。1985年后韩映山的创作趋于平缓，1993年他推出了毕生唯一一部长篇小说《明镜塘》，这部小说虽然融汇了他前期创作的所有经验，但是在艺术个性上，尤其是在诗意和写实的融汇上，却未能真正超越他前期创作的中短篇作品。

真的时代体验、美的风景发现、善的人性追求成就了韩映山小说艺术的高度，但是他的成功不仅仅归功于他个人的才华和努力，"荷花淀派"这一文学流派给予了他更多精神上的引导与支持。20世纪五六十年代，以孙犁为代表的乡土小说流派"荷花淀派"曾经给文坛吹去了一股持久清新的"荷风"。刘绍棠、从维熙、韩映山等几个主要的"荷派"作家，以《文艺周刊》为创作阵地，在孙犁的影响和指导下，以趋同的艺术手法和创作风格树立起"荷派"的文学旗帜。韩映山在文学流派上归于"荷花淀派"，他不仅坚持了孙犁诗化小说的风格，也坚守了"荷派"的"风骨"意识，尤其是对现实生活的书写上和美学倾向上，始终坚持书写那些充满时代热情、健康向上且给人以"美"的熏陶的作品。韩映山曾经多次谈到孙犁的作品对他产生的重要影响："《风云初记》，像早晨的一片云霓，淀上的片片白帆，林间黄鹂的鸣啭，平原上摇曳的红高粱，带着绮丽的光彩，诗一般的意境，浓郁的生活气息，清新的溪流，出现在中国的文坛上。"他和"荷派"重要的作家刘绍棠、从维熙和房树民等人更是保持着真诚的友谊，他们互相通信，在文学创作上取长补短、相互学习、相互启发。正是基于这样一种真诚的创作认同，"荷派"作家不仅在艺术手法上继承了孙犁开创的"诗化现实主义"传统，在美学倾向上对"真与美"这一审美旨趣亦保持着高度一致。以韩映山为例，他的小说充满着一种乐观的精神氛围和引人向上的勇气，这不能仅仅归功于他所生活的那个时代，而是"荷派"作家坚持追求"真善美"坚持"人格与文格统一"的精神外化。韩映山说："艺术的生命在于真实。这主要看作品的生活细节真实和作家的感情的真诚。虚伪造作是欺骗不了广大读者的。作品能否存在，不在于几个评论家捧场，它要经受广大群众的鉴别和时间的考验。有的作品出世时，并不大引起人们的注意，但时间越久远，越能发光放彩。"在对于美的寻求上，他更是坚持了"荷派"一贯的"道德净化论"主张，他的作品书写美、歌颂美，追求一种美的人格和人生境界，并非来自一种单纯的理想主义创作热情，而是有着鲜明的精神倾向。1980年，韩映山在《绿荷集》后记中这样写道："文学是人学，它应该像人生那样丰富、多彩。它应该在鞭挞假丑恶的同时，宣扬真善美，给人以道德力量，鼓舞人类前进。它的功力应该是寓于潜移默化之中，陶冶人的灵魂。"而对于小说创作中的"现实主义"，韩映山又有着自己独特的理解。他说："文学作品应该在反映生活真实的基础上，引导生活前进，写出人的品德和情操。作品的思想境界应该高一些。既不自然主义地照搬生活，又不应该凭着主观意念制造假大空。"纵观韩映山一生的艺术实践，他在乡土诗意中的现实主义追求，并没有简单地停留在"图解"政治的理念上，而是深深地扎根在自己的生活当中，从时代的、人民的审美视角出发，复归于理想社会人性的探求。或许，这不仅仅是韩映山个人艺术经验的反映，更是"荷花淀派"文学精神的重要体现。

"荷花淀派"是中国当代文学中极具影响力的一支乡土文学流派，著名作家铁凝、贾平凹等人的初期创作也多受其影响。然而，这一流派的传承与发展却充满坎坷，尤其是在20世纪50年代至70年代之间经历了几次政治运动的冲击后，许多"荷派"作家在艺术风格上有了新的转向，刘绍棠、从维熙两人更是因为"错划"与"错判"的冲击，复出后在创作风格上发生了不小的变化，韩映山虽然幸运地躲过这场运动，但是"荷花淀派"却如他所说的那样已经到了"留得枯荷听雨声"的地步了。对于这种变化，韩映山在惋惜"荷派"变化的同时给予了文友们更多的理解与支持。在他看来："'荷派'虽有起有落，有兴有衰，然而此流派的影响是不会中断的，它不会是强弩之末。"他个人从20世纪80年代以来一直坚守"荷派"精神从事乡土小说的创作，不去追赶那些"赶时髦"或者"哗众取宠"的现实主义，始终追求乡土诗意中的现实主义书写，捍卫着"荷花淀派"文学精神的纯洁性，更是一种难能可贵的坚守。1990年，韩映山在《关于"荷花淀"文学流派》一文中，又重申了"歌颂真善美、鞭挞假丑恶"这一创作宗旨，并且认为"如果违背这一宗旨，就是对'荷派'艺术的亵渎"，他在后期的创作中一直坚守着这一宗旨直至生命结束，当之无愧地成了"荷派"文学最忠诚的传人。

（原载《文艺报》2014年11月24日第7版）

六、铁凝研究专辑

天真无邪和新人成长问题

——再谈铁凝的小说创作

□ 冯健男

两年半以前，当《夜路》出版的时候，我写过一篇读后感[1]。在这以后，铁凝又发表了不少小说，进一步显露了她的特点和才华，因而更加引起人们的注意和兴趣。那么，什么是铁凝的特点呢？且让我列下几个有关的文章标题，看是否回答了这个问题——

她有一颗纯真的心[2]

敞开了青少年的心扉[3]

美——在于真诚[4]

真诚地去寻找真诚[5]

前三题是评论者对铁凝的评论，后一题是铁凝的自我评论。我的意思也近似，不过感到天真和真诚也需要正确的思想和理论力量来引导。现在把我的感受写在下面。

铁凝是天真的，可以说，"思无邪"是她创作的特点。她以天真无邪的心灵去感受和观察生活，去发现和抒写美的心灵，特别是女孩子（青年和少年）的心灵。

比如说吧，她早先到农村去插队，就发现了荣巧的心灵，它就像她手中提的灯，给插队的那个小姑娘照路，壮胆（《夜路》）；过了几年，这个生产队的两姐妹不再整天坐在炕上纳袜底儿，却自己买了织毛衣的机子，开了一个毛衣工厂,她发现了她们精神上的变化,她们的胆略(《一片洁白》[6]);有一次,一个爱看小说的农村姑娘对她说:"书就够复杂了吧,可书都不如我的心复杂。"原来她所爱的一个小伙子被另一个姑娘抢走了,她决心把他从那个姑娘手里夺回来,这便是《小酸枣》[7]里发生的故事。小酸枣是一个俏丽聪颖的姑娘,她和一个名叫志海的小伙子自由恋爱,但她家要彩礼太多,他家拿不出来,"又给他说了一个"。但事情比这还要复杂,不只是"因为那女的一分钱彩礼也不要",他"答应了";而且还因为村里把这当成好典型报到公社,公社又报到区上,区上要把他俩接到区里举行婚礼,这就使小酸枣更不甘心了。她并不怨她爹娘要彩礼,因为她娘病着,兄弟大了也盖不起房,她只怨那"好典型":"就算是一分钱彩礼也不要,把人家的心上人抢走,那就是好典型?"还有,"他算个男子汉吗?任凭人家摆布,还有脸去当好典型?"而且,她感到这事"我有一百张嘴也说不清",因为据说"她妈要的价太高,不合上边要求的潮流",那么反过来说,他们成为"好典型"就是因为他们的作为合乎"潮流"了?小酸枣从自己遭遇的问题出发,来思考社会问题,来向"典型"和"潮流"提出质问。她深知,农民要不要彩礼,是从生活出发的,她考虑问题,也是现实的。她要在这里分清是非曲直。她要把那个"任凭人家摆布"着去当"好典型"的小伙子"抢"回来。我们不能不说她是对的,把农民要彩礼只是当作封建思想残余在作怪,是不够现实的。我们在此可以看到,小说作者是深入到生活里去发现问题的,正是因此,才能辨明典型和不典型,美和不美。要不然的话,就只能是把公社和区里树的"好典型"当作美来写——这样的作品并不少见。铁凝在谈到《小酸枣》时说:"姑娘是有自尊心的啊,维护一下自己的自尊心有什么不好?……文章发表后,我真像替那位姑娘说了句公道话一样,我的自尊心也像得到了一次维护。"是的,姑娘的"自尊心"和对它的维护——这正是心灵之美!她还说:"人们常说要注意一种倾向掩盖另一种倾向。就说那个要作为好典型上报区里的大队干部吧,表面无可非议,仿佛是代表先进的。但当你了解到问题的真相后,你敢说他没有个人的目的在里边?为什么不去关心一下前一个姑娘那种真挚的爱情?为什么迫不及待地报到区上?难道要彩礼真的不能通过调解得到解决吗?"[8]这是一位认真思考问题的青年人所发出的正义的声音。美从来不是什么冷漠的东西。美和正义一起，是经常需要维护的。要维护，就要斗争。就是这样，《小酸枣》写出了心灵胜景，表现了生活的诗情画意和文章的蕴藉含蓄之美。而这正是铁凝创作的特点和优点之一。

如果说《小酸枣》有诗情画意，那么《哦，香雪》[9]就更是这样了。在《小酸枣》里，作者主要还是在说故事，而《哦，香雪》呢，用孙犁同志的话来说，"这篇小说，从头到尾都是诗"[10]。作者把她的爱和激情，都渗透到诗的境界中去了。不但是香雪和她的女伴们，就是那大山，那山村，那里的一草一木，也都是有血有肉有情有义的存在。请看吧，台儿沟的十几户乡亲，"一心一意掩藏在大山那深深的皱褶里，默默地接受着大山任意给予的温存和粗暴"；就是那两根纤细闪亮的、从远处缓伸过来的铁轨也是有感情的，"它勇敢地盘旋在山腰，又悄悄地试探着前进，弯弯曲曲，曲曲弯弯，终于绕到台儿沟脚下，然后钻进幽暗的隧道，冲向又一道山梁，朝着远方奔去"；不知多少年来，它从来不理会小小的台儿沟，在这里从不停步，而"台儿沟，无论从哪方面讲，都不具备挽住火车在它身边留步的力量"。

然而，在列车的时刻表上，终于添上了"台儿沟"这一站；每天晚上七点钟，火车在这里停留一分钟。于是，这里的大山欢喜得颤动了，这里的少女的心因欢喜而颤动了，每天晚上的这一分钟都是她们的盛大节日，她们的心灵因这一分钟而放出奇异的光彩。香雪，这个文静、安详的姑娘，在那一天的晚上七点钟，突然来了勇气，提了装满鸡蛋的篮子，跨上火车，向一位女大学生要求用这一篮鸡蛋换她的一只泡沫塑料铅笔盒。女大学生把铅笔盒送给了香雪，但火车开动了。在下一站，她下了车（把那篮鸡蛋悄悄塞在女大学生座位下面），走了三十里夜路，回到台儿沟。故事那么单纯，而单纯里含着丰富。铁凝说，这"仅是香雪生活海洋里泛起的一个小波澜，并不是这个十七岁山村姑娘生活海洋的全部""然而，香雪的希望和追求好像就装在了那个泡沫塑料铅笔盒里，这就是生活足以引起人们的几分心酸，但又具有几分庄重和严峻之处"[11]。难得的是香雪的心灵在生活的海洋里发现了那个铅笔盒；难得的是铁凝在生活里有所发现，创造了这个铅笔盒，香雪和她的女伴们不再安于父母辈那种坐在街口和屋里发愣的困窘生活。就说关于铅笔盒的发现和"交易"吧，香雪是台儿沟唯一考上初中的人，她的同桌同学有一个泡沫塑料铅笔盒——

> 这是一只可以自动合上的铅笔盒，很久以后，香雪才知道它所以能自动合上，是因为铅笔盒里包藏着一块不大不小的吸铁石。香雪的小木盒呢，尽管那是当木匠的父亲为她考上中学特意制作的，它在台儿沟还是独一无二的呢。可在这儿，和同桌的铅笔盒一比，为什么显得那样笨拙、陈旧？它在一阵哒哒声中（这是同桌同学故意摆弄她的泡沫塑料铅笔盒的声响——引者）有几分羞涩地畏缩在桌上。

我之所以要引下这一段话，不但是想要说明：香雪想要有一只"现代化"的铅笔盒是有道理的，而且想要说明：认为《哦，香雪》离"现代化"太远因而没有多大意思是没有道理的。香雪的苏醒，铅笔盒的故事，不是正在启发我们深思，从而真切地感到建设四个现代化的伟大意义，并且加强了我们创造新生活的责任感吗？哦，香雪，这就是你的灵感的力量！

《没有纽扣的红衬衫》[12]写的也是一个中学生的故事，不过这里面的安然是个城市里的中学生，她的天真和真诚，与大山皱褶里的香雪不同。安然心灵的美，在于它的青春和天真里饱含着诚实和正直。这在安然对她所见到的社会事物的率真的评论中都表现出来。令人不平的是，她的热情、天真、诚实和正直，反而使她处在不利的境地。她唱"不要假正经"的歌表示她对一个"假正经"同学的反感，她帮助一位男同学复习英语，她说"和男生在一块儿讨论功课比和女生在一块儿还好，废话少"，她爱穿姐姐安静给她买的那件没有扣子、背后带一条拉链的红衬衫；她在作文中对班长（"三好"学生）的不诚实进行批评；她在课堂上公然指出班主任老师读字上的错误……这一切，使她经常受班主任韦婉的批评指责，注定了她不能当上"三好"学生。但安然毕竟是安然，她认定她自己是正确的。她不向班主任低头，不向"假正经"转化。在评选"三好"的那天，她偏要穿上没有纽扣的红衬衫！这红衬衫真有那早春充满生机的果园里的鼓鼓的花苞的意味和韵致。它要开放，它要歌唱，它要给人间以美和真诚，它应该受到欢迎，得到扶持！

铁凝说："不知为什么，在思考香雪时，我总是想到安然。……是天真和真诚赋予了安然那胸怀坦荡、对一切毫无顾忌的性格，还是天真和真诚，同样也塑造了香雪那颗洁如水晶的心灵。"[13]她的比较和评价，当然是有意义的和准确的。

但我却又由安然想到小酸枣。小酸枣不也是有"胸怀坦荡、对一切毫不顾忌的性格"吗？她要撕破"好典型"，安然要揭露"假正经"，不都是值得赞美的吗？在现实中，她们受着不公正的对待，但她们的前途是美好的。《小酸枣》中那个女画家的感觉是真实的："大自然还是那样美好，因为那一座座的高山，人毕竟还是翻越过去了，毕竟还是看到了山那边一个又一个的新天地。"

还有一篇题为《微笑的铃兰》[14]的短篇小说，我想说，发表在先的这个短篇是《没有纽扣的红衬衫》的前奏和准备。铃兰（韦婉也是）在上中学的时候是天真和真诚的，但后来变了，变成"假正经"了。而"我"（安然也是）则保持天真无邪的心灵。

是不是可以说，安然就是"我"的影子呢？就是作者的影子呢？这样提问是有理由的。因为铁凝就像安然（有时也像香雪）那样看世界，从而表现了她的天真无邪的心灵。

铁凝写的是日常生活，但她往往又是在探险——心灵的探险。就以香雪来说吧，她那"一分钟"的心灵碰撞，也是够险的了，然而她的心灵正是在那一瞬间爆发出美的火花。安然、小酸枣的情况不一样，但那心灵的美也往往是在尖锐的矛盾斗争中表现出来的。但我在这里还要说的是另外两个短篇小说里的主人公的故事。

其一是《渐渐归去》[15]里的黄爱珍，即黄渐渐。她改名渐渐，是因为算命先生说她生来就带着一身罪孽，改名黄渐渐才得超脱。她确实是个不幸的姑娘，曾两次落入男人的圈套，投靠姑姑，姑姑给她的只是刻薄和阴冷。当代姑娘向算命先生求助，这就够险的了。这还不算，她还要去求神拜佛，还要出家为尼。她真的上了五台山，到了显通寺，进了文殊殿，她感到这里是她得救的地方，她要跪下去，她要向神佛倾诉内心的一切苦衷，她要……说真的，读小说读到这里，我为铁凝捏了一把汗，但我还是冒险读下去，于是我得救了。原来小说写的是，黄爱珍刚跪下去，"她的眼睛不知为什么一下盯住了文殊的膝盖，她突然发现那金色的膝盖破了一块。她先是一阵心疼，进而又发现破口处露出了一块鸡蛋大的白乎乎的东西。是皮肤，还是白骨？然而那实在只是一块灰泥。……"这个发现，使她的虔诚一下子消失了，她站起来，走出去，回头再看那高大的神，和进殿时看他的印象不一样，"这一次他给了她一个不太美好的印象，她觉得他虽然双目微闭，但仍然露出一脸狡黠。"请看，这难道不是一篇心灵历险记吗？作者不是在探险吗？当然，探险要有一个限度。不达极限不能尽情尽意，而一过这限度，就不是探险览胜，而是滑下去了，成了虚妄和荒谬。铁凝还是掌握了分寸的。

还有一篇《那不是眉豆花》[16]。小说中，哥哥是个好心眼的傻子，而嫂子长得好看，也聪明能干。她嫁到这里来，是因为家乡穷苦，而这里生活较好，这家又新盖了一座"洋瓦房"。婚后，年纪轻轻的嫂子默默承受着一切，没有怨言地、得体地尽着一个媳妇和妻子的义务。弟弟感到新嫂子的眼光是热情欢乐的，还带着稚气，到后来，她的眼光就有了变化，欢乐的光暗淡下来了。这是当然的事情，她落在一个多么难堪的境地啊！后来嫂嫂和弟弟的关系发展得有一点微妙。她喜欢亲近他。有一次，他们在地里干活，她对他说："为什么媒人偏偏把我许给了你哥哥，这也是天定的？……你要懂点这里面的事就好了。"

读小说读到这里，我又为铁凝捏了一把汗。事态怎样发展呢？怎么想到写这么个故事呢？这不是给自己找麻烦吗？其实，就作家来说，自己给自己找麻烦是不可避免的。问题是既然把它找出来，就要认真对待。就这篇小说来说，嫂子是掌握了分寸的，她对他"变得像长者一样温存"，她鼓励和督促弟弟考上了大学。这样写，自然不失为解决问题之一法，但似乎不及黄爱珍发现文殊菩萨膝盖上的破洞，因而恍然大悟、迷途知返那样干净利落和明确无误。但无论如何，这篇小说的写作，又是一次心灵的探险。

《那不是眉豆花》发表后，引起了一些议论，读者注意到了这次险情。作为回答，铁凝谈了她创作这篇小说的情况，她说，"朝着洋瓦房奔来的这个年轻女人，不能不说是在新的历史时期，农村经济有了彻底的好转之后的一个悲剧""把这种社会现象亮出来，让人去思考，去痛恨那些旧的封建势力，我总认为主题是积极的"。她还说，弟、嫂之间的感情发展"没有超出道德范围""一味去谴责嫂子和弟弟那种自然萌发的、一时难以讲清的朦胧的感情，我是不忍心的"[17]。

我感到，她的说法是合乎实际的，是合乎情理的。问题不在于这篇小说的主题（它是积极的），也不在于作者对人物感情的描写（那是可信的，真实的，也没有超出道德范围）；问题在于，既然写的是新的历史时期的故事（或悲剧），生活的色彩和情绪应该更明亮些、强烈些才好。铁凝的不失其赤子之心的心力和目光，是不是过多地投向抑郁和阴暗的地方呢？难道美和真诚，只能因此而较多地发现和较易于表现吗？难道对于生活的思考，只是在阴暗处才能见出力度和深度吗？

我的这个问题，并不只是就《那不是眉豆花》提出的。《渐渐归去》的色彩和情调也是那样低沉，使人抑郁。即使在黄爱珍面前，神的世界破灭了，但人的世界仍然不是好的归宿：姑姑的阴冷的面孔和刻薄的语言在等待着她，而且，说不定还有第三个第四个圈套在等待着她，使她成为什么男人的猎获物。不但如此，就是在《小酸枣》中，在《没有纽扣的红衬衫》中，甚至在《哦，香雪》中，社会生活仿佛也都是被大山的阴影蒙上一层暗淡的色彩。铁凝所极力歌颂和抒写的，是女孩子的天真的美，青春的力。而这美，这力，却被一种普遍的力量压抑着甚至破坏着。当然，她所写的都是生活的真实，甚至在她所写的范围以内，她写得有深度，有特色，有诗意，但是就新的历史时期的生活的全面及其发展来说，那真实的程度就值得考虑了。我们现实生活中的新的、正面的和主导的力量在哪里呢？安然？香雪？小酸枣？黄爱珍？嫂子？她们都是有希望的，但目前还不是，或不全是。女画家，老画家（安然的父亲），香雪的女伴们，送铅笔盒给香雪的女大学生，"洋瓦房"里的父亲、母亲、哥哥和弟弟……都是好心人，这当然是生活的真实；但他们也都不是（没有写成是）创造新生活的新的、正面的和主导的力量。凡是有些权力和能显出自己的力量的人物，如大队干部、韦婉、姑姑（她不但是姑姑，而且是政工干部）等等，都是美和真诚的反面和压制者、破坏者。现实既然是这样，那么，香雪、安然们心灵的美和真诚，由什么力量来引导从而得以发展呢？使她们自发地萌生就行了吗？

当然，我完全无意于要求铁凝牺牲自己的创作个性，改变她所追求的艺术风格，停止她对于生活的认真的思考和探求。无疑，这些正是这位年轻女作家的可贵之处。我只是想说，她的创作个性、艺术风格和对于生活的认真的思考和探求，还有更大的潜力和能量，还有更广阔的天地和更高的境界。我想，要说明我的这个意思，不妨回顾一下铁凝开初的创作。比如《夜路》，写的是"文化大革命"时期的生活，那两个女孩子走的是"夜路"，但她们的心和眼光却是明亮的、欢乐的，我当时曾说，《夜路》这本小书的生活图画和思想内容，作者的生活经历和创作个性，可以这样表达和概括："夜路"——"啊，阳光"！那种色彩，那种情调，是令人喜悦和怀念的。

铁凝此后的创作有了可喜——甚至有时是令人惊喜的发展。但是，就大多数的作品看来，尽管她现在不是在走"夜路"，但色彩和情调却暗淡了、低沉了。铁凝说，她写安然，是写一个十六岁的女孩子"面对这个庞杂人生的喜、怒、哀、乐"，这无疑是对的，而且她写得好，写得真切；但她接着说，"况且，总是哀多于喜的"[18]，这就令人纳闷了。为什么到了新的历史时期，却是"哀多于喜"了呢？当然，我绝不希望铁凝回到《夜路》的境界中去。马克思说得好："一个成人不能再变成儿童，否则就变得稚气了。但是，儿童的天真不使他感到愉快吗？他自己不该努力在一个更高的阶梯上把自己的真实再现出来吗？"[19]铁凝是极为珍重自己和别人的"儿童天真"的，她正是"努力在一个更高的阶梯上把自己的真实再现出来"。我也正是希望她走上"更高的阶梯"。这当然需要她自己努力攀登，需要马克思主义的观点和理论的指引，而不宜只是任凭赤子之心向高空飞翔。

铁凝较多地写女孩子的生活和心灵，但她也写男青年，也写成年人和老年人的心灵，也表现了她的创作才能。

比如《明日芒种》[20]就是引人深思之作。七十二岁的看林人文昌老汉是一个晚年幸福和欢乐的老人，他老当益壮，挺着腰板像棵树，走起路来快如风；他儿孙满堂，他们对他非常孝顺，他独自一人时，快乐地哼梆子腔，或弹三弦，遇到人时，总是满面笑容。可是，就是这样一个幸福的文昌老汉，在芒种的前一日自缢身死。这件事好奇怪呀，作者却写得入情入理。老汉得了胃癌，这并不是他的死因。他的死因是大队支书通过广播喇叭告诉"全体社员"说："从芒种画条杠，都记住了啊，芒种为界，啊。芒种前办事，愿埋就埋了，自打芒种这天起，再办丧事一律实行火葬，就是烧了，啊，烧了。违者罚款五百块，还得刨出来重烧，啊，重烧！"这位支书，"文化大革命"当中就是这样通过广播向社员下命令的，现在还是这样，唯一的改变，就是把"全体贫下中农"改成了"全体社员"。正是因此，文昌老汉死了，这一天的日历上写着：明日芒种。

明日芒种！这是一个给人以希望的节令，但在铁凝的笔下，这个题目却引出了一个悲剧的结局。这说明她是在对生活做认真的思考。是的，在新的历史时期，"文化大革命"的余毒还在危害人民，这是不能不认真对待的！在这里，我们看到作者又在做一次心灵的探险，她总是不肯走平直的路。不过这一次，她遇到的是一个老人的心灵。

《穿过大街和小巷》[21]也是引人深思和别具一格的。牛小伍高中毕业后，接过父亲的职业，骑着摩托给人家送电报。他懂得他那"带电"的职业，需要尽可能快速地将那些包括喜、怒、哀、乐的文字送给用户，所以他工作很努力、很认真。但他发现，人们大都把他当成一架机器（比如摩托）看待，接过他送上的电报以后，就赶紧关上房门，而电报通常是报忧多于报喜，所以在大多数的情况下，他的到来就等于灾难临门，他被认为是不祥之物。于是，这个青年电报投递员的感情起了变化，他的摩托气也粗了，步子也快了，在大街上任意驱散着人们和车辆，他"革新"了呼喊用户的方式，把温和的"×××，电报"改成了粗鲁的"×××，出来"。这不清不白的呼叫，引起这家惊慌、那家腻味；后来到了一位女作家的家，女作家接过电文，叫他"同志"，请他坐下，给他水喝，问他岁数。她把电报给他看："高山考察雪崩遇险虎正在抢救中望保重地质局"。"虎"是她的独生子的名字，牛小伍想不出安慰女作家的话，他只怕想起她听见他叫喊的那声"出来"！《穿过大街和小巷》《明日芒种》提出了一个共同的问题：在我们的社会主义社会里，公民之间，同志之间，应该互相亲爱，互相敬重，互相支持，讲究文明礼貌，用铁凝的话来说，事关人的真诚和心灵美。她在这方面是敏感的，所以写出这样的故事来。

写成年和老年的作品，还有《两个秋天》[22]《失眠》[23]《短歌》[24]等，都是可读之作。由此可见，铁凝的视野和思路还是相当开阔的。不过，就这些作品来说，也多少令人觉得沉思有余而亮色不足。

铁凝是天真的，又是早熟的。正是因此，她的作品的成熟程度还参差不齐，例如，《小酸枣》里的志海这个人物形象比较模糊，影响到作品画面的完整、清晰和主题的深刻的表现；《那不是眉豆花》构思不够精密，照应难以周全，也就失去了作者素有的细致和诗意。而《哦，香雪》和《没有纽扣的红衬衫》则是比较醇美的佳品。

铁凝的小说并不都是精品，但可贵的是，她每有所作都见个性，也都有新意，她的眼睛总在观察，心灵总在感受，头脑总在思考，笔力总在磨炼。她正当青春年华，创造力旺盛，我希望她不断地深入生活，创作出更多更好的作品。我希望她密切地注视香雪们和安然们的成长，并希望当她们再出现在铁凝笔下的时候，她们的天真和真诚能焕发出社会主义新人的气质和神采。

1983年11月

注释：

[1] 题为《"啊，阳光"——读铁凝的短篇小说集〈夜路〉有感》，天津《文艺》1982年第4期。

[2] 于建：《她有一颗纯真的心》，《河北文学》1982年第2期。

[3] 雷达：《敞开了青少年的心扉》，《十月》1983年第4期。

[4] 杨世伟：《美——在于真诚》，《文学评论》1983年第5期。

［5］［11］［13］［18］铁凝：《真诚地去寻找真诚》，《长城》1983
年第4期。

［6］《一片洁白》，《中国青年报》1982年2月25日。

［7］《小酸枣》，《青年文学》1982年第3期。

［8］［17］《认识生活浅见》，《莲池》1982年第5期。

［9］《哦，香雪》，《青年文学》1982年第5期。

［10］《谈铁凝的〈哦，香雪〉》，《青少年之友》1982年第32期。

［12］《没有纽扣的红衬衫》，《十月》1983年第2期。

［14］《微笑的铃兰》，《文艺》1981年第2期。

［15］《渐渐归去》，《河北文学》1981年第3期。

［16］《那不是眉豆花》，《河北文学》1982年第5期。

［19］《马克思恩格斯选集》第2卷，第114页。

［20］《明日芒种》，《花山》1983年第1期。

［21］《穿过大街和小巷》，《莲池》1983年第5期。

［22］《两个秋天》，《莲池》1982年第1期。

［23］《失眠》，《文汇月刊》1982年第8期。

［24］《短歌》，《人民文学》1982年第7期。

（原载《当代文坛》1984年第2期）

柔顺之美：革命文学的道德谱系

——孙犁、铁凝合论

□ 郜元宝

上编　孙犁"抗日小说"的"三不主义"[1]
与《芸斋小说》的心理依归

尽管文坛对《书衣文录》（1965～1994）《耕堂劫后十种》
（1977～1995）大量深邃老到的读书笔记、随笔、杂感、书信交口称赞，
孙犁本人似乎更看重小说。他晚年常以《风云初记》和《芸斋小说》馈

人，认为自己的一生都写在这前后两个阶段的小说中了[2]。

孙犁前期（20世纪40年代下半期到50年代中期）的小说创作，多以抗战为背景，几乎每篇都写到"冀中平原"和"晋察冀边区"（主要是晋西山区）中国军民的抗战。1945年抗战结束，孙犁从延安返乡，参加率先发动的华北解放区"土改"。内战烽火并未烧到冀中，孙犁没有亲历"解放战争"，这以后他的小说仍然写抗战，这种情况一直延续到20世纪50年代长篇小说《风云初记》和中篇《铁木前传》，所以他称自己这一时期的创作为"抗日小说"[3]，晚年并有清楚的定位："我的创作，从抗日战争开始，是我个人对这一伟大时代、神圣战争，所做的真实记录。其中也反映了我的思想，我的感情，我的前进脚步，我的悲欢离合"；"我最喜欢我写的抗日小说。"[4]

孙犁的后期创作，只有薄薄的一本《芸斋小说》，主要是一组关于"文革"的"笔记体"的回忆，其中多有对人性丑恶的洞察与惊怵，对人生苦短、穷愁老病的哀叹，几乎扫尽"抗日小说"的乐观钟情与柔媚明丽。但是，写《芸斋小说》的孙犁最喜欢"抗日小说"，说明二者之间尽管差别很大，却仍然具有某种始终吸引着孙犁的根本的同一性价值。他晚年更看重小说，原因或许就在这里。

那么"抗日小说"和《芸斋小说》究竟有怎样的同一性价值呢？

先说"抗日小说"。

从1945年在延安《解放日报》副刊发表《杀楼》《荷花淀》《村落战》《麦收》《芦花荡》等开始，孙犁就一直根据自己在冀中参加抗战的经历，深情讴歌战争中的人情美与人性美。他毫不吝啬地饱蘸浓墨，深情赞颂那些接受了革命思想、支持共产党、对未来充满信心的新型农民，特别是那些既有革命热情又富于美好人性的乡村女子。在萧条粗砺的时代背景下，他的作品别具一种阴柔妩媚的幽美。

然而早就有疑问：孙犁的充满自传色彩和抒情特征的小说，是否"真实记录"了北方人民抗击日本侵略的"神圣战争"？孙犁说，"看到真善美的极致，我写了一些作品；看到邪恶的极致，我不愿意写"，这段话前半部分说的就是"抗日小说"，后半部分解释他为什么经历了"文革"却没有写出更多有关"文革"的作品。"抗日小说"浓墨重彩地描写战争年代"真善美的极致"，尽量回避"邪恶的极致"，这是孙犁个性使然，但并不因此就缺乏真实性。"真善美的极致"不仅客观存在，也符合人们的真实愿望。如果真实就是这种真实存在并且符合人们真实愿望的"真善美的极致"，这在孙犁的作品中是十分充盈的。问题是，在残酷的抗日战争和同样残酷的国内矛盾中，"真实"是否就限于"真善美的极致"？人们对孙犁的"抗日小说"的态度与其说是"怀疑"，不如说是"不满"，即不满他只写"真善美的极致"而不写"邪恶的极致"，最终无法抵达全面而深刻的真实。

孙犁的"抗日小说"不属于托尔斯泰《战争与和平》那样宏大壮观的史诗，也不是苏联作家巴别尔《骑兵军》那样混杂着血腥和丑恶的英雄传奇，甚至没有达到他所钦佩的一生坎坷的女作家萧红20世纪30年代的《生死场》和40年代的《马伯乐》的水平。萧红前一部长篇被鲁迅誉为展现了"北方人民的对于生的坚强，对于死的挣扎"，且多有女性作者"越轨的笔致"，后一部长篇更自觉坚持鲁迅传统，在抗战初期中国军民浴血抵抗并严重失利的情况下，仍然不肯放弃"国民性批判"的立场。孙犁"抗日小说"也写了"北方人民的对于生的坚强，对于死的挣扎"，但风格温婉柔和乃至带着几分妩媚，"越轨的笔致"很少见，从民众中提出"马伯乐"式的典型加以辛辣嘲讽，更是绝无仅有。萧红写故乡"呼兰河"也着眼于国民性批判，充满了对于肮脏、混乱、愚昧和残酷的揭露，这和孙犁无限爱恋和欣赏的"冀中平原"有天壤之别。

孙犁"抗日小说"固执的这种主观性的真实观（是他晚年坚持不放的价值理想），至少会引出三个无法回避的问题。

一、"抗日小说"为什么没有出现基于正面把握中华民族内部矛盾而进行的上述萧红或20世纪40年代初期胡风派青年作家路翎的那种不妥协的国民性批判，那种对农民、知识分子和政府官员身上数千年"精神奴役的创伤"的无情揭示？抗战中北方农民果真都那么单纯可爱吗？作家是否因为政治宣传而美化了战争中的国民？

孙犁描写抗战时期的"北方人民"，主要挑选热心抗战、支持共产党、对战争的正义性和必然胜利的前景充满信心、无私奉献一切、相互提携彼此关爱的底层民众作为对象；具有上述一切优秀品质又青春勃发、活泼健康、温柔多情的农家少女和少妇，尤其占有举足轻重的地位。她们热情支持并积极参与抗战，热爱第一线子弟兵，在孙犁看来，就代表着战争年代"真善美的极致"。时代的"政治正确性"，人类亘古不变的高贵情性（特别是青年男女之爱和女性的青春之美），是孙犁描写战争年代"北方人民"的着眼点，也是满目疮痍的中华大地仅存的美的源泉，是在诗人艾青深情吟诵的"北国人民的悲哀"之外唯一能够鼓舞和激励人们热爱生活、热爱土地、热爱国家的力量的源泉。孙犁反复歌颂"北方人民"的优秀代表所表现的这种人性美和人情美，他不会意识到这里会有什么特别的"美化"。

值得追问的也确实不应该是孙犁的"美化"，而是孙犁的"选择"。就是说，他选择了"北方人民"优秀代表身上的美好品质作为讴歌对象，却较少正视作为集体概念的"北方人民"必然包含的也许是极大的缺陷。

其实，孙犁并非完全没有写到"北方人民"的"阴暗面"。在短篇《钟》（1946年）里，他写了风流成性、良心泯灭的老尼姑，和老尼姑通奸又企图霸占小尼姑的地主林德贵，来历不明的某汉奸。如果说这些人因为身份关系而只属于"北方人民"的极少数，那么《光荣》（1948年）中的"小五"就有一定的普遍性了。她出生贫苦农家，却嫌贫爱富，不喜稼穑，只图眼前利益，不理解、不支持、不肯等待出门抗日的未婚夫，把众人眼里保家卫国的"光荣"看得一钱不值。这等"闲人"和"落后分子"，虽然处于孙犁小说世界的边缘和背景，然而就像阴影一样侵蚀着光明，孙犁并没有把他们从"北方人民"中剔除。在后来的《风云初记》和《铁木前传》中，"闲人""落后分子"的数量一定程度上还有逐渐攀升的趋势。

如果说孙犁在描写"极少数"坏人和像阴影一样占据背景的一大批"闲人"和"落后分子"时，严格按照战争年代的政治标准将他们划入"败类"，因而还是没有触及"北方人民"本身的缺点，那么，小说《钟》写"抗日村长"大秋的糊涂思想，性质就不同了。在地主林德贵的铺子里打工的大秋和村里的小尼姑慧秀有私情，后来老尼姑死了，敌人赶走了，大秋和慧秀成为一对恩爱夫妻。这是故事的结局。但在这以前，大秋始终不敢公开自己和慧秀的私情，一夜苟且令慧秀有了身孕，大秋再也没有露面，也没有给忧愁绝望的慧秀任何帮助。慧秀在林德贵和老尼姑的责骂奚落中痛苦而屈辱地生产，忍着巨大的悲哀掩埋她和大秋的私生子，这些事大秋明明知道，却忍心不去看望。那时日本人并未"扫荡"，抗战积极分子大秋没有理由隐蔽自己。

抗战提高了北方农民的思想觉悟和道德水平，这是包括孙犁在内的众多革命作家共同的叙述模式，但抗战并没有一下子抹去大秋心里的历史积垢，相反，他忍心不去看望正在生产的无助的情人，理由是他既然参加了抗战组织，受到同志们和领导"看重"，就必须"自重""一切都积极，一切都勇敢，一切都正确，不要有一点对不起上级"，当他听到尼姑庵的钟声而想去看望慧秀时，"他又想：这不正确的，不要再做这些混账事"。如果仅仅因为碍于小尼姑出家人身份而不敢公开自己与她的私情，那还是"旧道德"作怪；从共产党领导的抗战中学到"积极""正确""勇敢""不要有一点对不起上级"的道理作为标准，继续弃绝困境中的情人，就不能不说是糊涂思想。

慧秀后来在日本人刺刀下掩护"抗日村长"，大概正是这一点"积极""正确""勇敢"的表现，使大秋觉得她已经在村里人面前改变了先前的形象，这才"提出来和她结婚。组织上同意，全村老百姓同意"。大秋最后"接受"被他长期弃绝的慧秀，主要理由还是他自己意识中的"政治正确性"，以及来自"组织上"和"全村老百姓"的认可，而不是两个人之间的爱情。个人感情的被压抑、被曲解以及后来在集体意志中被公开和被承认，这和《光荣》中描写思想积极并尊敬老人的秀梅代替落后的小五，光荣地成为抗日英雄原生的妻子，有异曲同工之妙。中国古代戏曲小说中"奉旨完婚"的叙事模式隐然可见。

在孙犁"抗日小说"所塑造的人物形象中，像大秋这样正面人物却又隐藏着微妙的缺陷的不多。孙犁更多是像在《邢兰》（1940年）中那样，着重刻画其貌不扬、乏善可陈的平凡的北方农民如何在战争的磨炼中焕发出惊人美好的人性，或者像《光荣》中的原生、《浇园》（1948年）中的李丹、《"藏"》（1946年）中的新卯、《小胜儿》（1950年）中的小金子那样毫无瑕疵的抗日战士。至于女性形象，占绝对优势的则是《荷花淀》《嘱咐》（1946年）里的"水生嫂"、《"藏"》中的浅花、《蒿儿梁》（1949年）中的"主任"那样积极上进的少妇以及《光荣》中的秀梅、《吴召儿》（1949年）中的"女孩儿"那样美丽、温柔、进步、勇敢的少女。她们是孙犁正面描写的"北方人民"的精华。《荷花淀》《嘱咐》中的"水生嫂"和《光荣》中的秀梅，则是这一群女性形象的代表。在这些正面人物笼罩下，上述"北方人民"的"败类"或先进人物身上某些微妙的缺点，简直不算什么。

　　孙犁正式走上文坛是1944年到达延安以后。这时的延安刚结束"清查"和"整风运动"不久，孙犁作为"清查""整风"以后从敌后抗日根据地来延安的知识分子，没有经过那番革命内部的严酷洗礼，思想包袱不多，但1944年延安文坛正处于"清查""整风"后的萧条期，以《野百合花》等杂文直率地揭露边区内部缺陷而被指为国民党奸细、"托派分子"并遭逮捕的王实味仍然关押在边区监狱，许多受到"批评"和"帮助"的来自亭子间的小知识分子身份的作家纷纷放下手中的笔，下基层，上前线，希望通过改造自己而在创作方面寻找和工农兵结合的新路。1944年就已经发表《小二黑结婚》《李有才板话》《李家庄的变迁》的赵树理，暂时也还没有获得广泛认可。这种政治气候，在冀中即以文学理论开始其文字生涯的鲁迅艺术学院研究生孙犁不可能完全隔膜，他在延安窑洞里也不可能一点没有创作禁区。他之所以写出了几乎洗净尘埃的幽美的抒情作品《荷花淀》，固然因为在延安受到"贵宾待遇"，因为三十一岁的他对远在家乡的发妻的思念，因为特别爱美、特别崇拜年轻貌美的女性的"天性"，因为身在黄土高原而倍加怀念冀中平原的山水——但政治因素也很重要，只不过他呼应政治的方式比较特别，即在不违背当时"政治正确性"的前提下，巧妙地选择了熟悉的题材，充分挖掘了这个题材可能蕴含的美。

　　在"全民抗战"的意识形态笼罩下，战争是最大也最具超脱性的政治：抵御外侮的民族解放战争超脱了国民内部复杂的矛盾。孙犁选择华北敌后抗战作为小说题材，有利于他把国内和党内复杂政治问题摆在一边，聚精会神地表现战争年代美好的人性，而美好的人性确实可以成为背井离乡的革命战士的精神滋养，可以从另一个角度服务于政治。何况被孙犁大书特书的美丽、温柔、青春焕发、积极上进的青年男女都是"工农兵"，这就使孙犁的创作在抗战之外获得了另一种"政治正确性"，他也因此成为从敌后抗日根据地和解放区出来的少数几个能够坚持以自己的风格创作而较少受到外界影响的作家之一。

人情美，人性美，尤其是女性的青春美，就是在主观"选择"和客观"规训"的交互作用下得到了强化。恐怕不能说，孙犁的这种"选择"是为了政治宣传而对"北方人民"进行"美化"，尽管客观上它确实起到了美化和宣传的作用。从五四新文学开创以来，如此深情地赞美本国人民的人情与人性并且达到这样成功的境界，实自孙犁开始。也就是说，抗战以后涌现出来的孙犁以及和孙犁取径相似的革命作家，确实在精神谱系上刷新了中国的新文学。在孙犁以前，文学中的理想，是塑造桀骜不驯、反抗挑战的社会批判和文明批判的民族文化的反抗者与叛逆者，而在孙犁以后，文学中的理想则是旗帜鲜明地发掘和歌颂那种心悦诚服、欢喜快乐地与民族国家整体利益保持高度一致的柔顺之德。

二、在孙犁的"抗日小说"中，为什么没有正面描写挑起战争的日本人？对战争中敌人的形象始终作淡化处理，将敌人远远推到视野的尽头，是否不利于理解战争本身？

日本人（确切地说是日本军人）在孙犁小说中确实很少见。即使有，也十分模糊。《钟》只含糊地提到"一个汉奸两个鬼子"勒令慧秀出来受审；对他们的形象没有任何具体描写。后来"鬼子"干脆换成更加抽象的"敌人"，并很快被从丛中跃出的"青年游击组"赶跑了（另一篇小说《"藏"》在处理"鬼子"的问题上如出一辙）。在《荷花淀》中，"鬼子们"坐在大船上，被游击队用手榴弹炸沉。他们面目不清，没有言语动作，处在叙述者视野的边缘。在《芦花荡》（1945年）中，一群洗澡的"鬼子"被神勇的老船工骗进布满鱼钩的水域，下身被钩住动弹不得，任凭老船工用竹篙打他们的头，"像敲打顽固的老玉米一样"。把刚刚打伤中国女孩的日本侵略者的头比作"顽固的老玉米"，并无多少憎恶和丑化。在《碑》中，老百姓隔着一条河远远看到将八路军战士逼下冰河的"敌人"，也只是模糊的影子。在反映游击战士躲避日军"清剿"和"扫荡"的《蒿儿梁》《吴召儿》中，"鬼子""敌人"根本没露面，只出现在我方情报里，或通过岗哨的警号来推断其位置。他们总是被八路军游击队远远甩在后面。

这有两个原因。首先，孙犁主要表现的是中国军民在抗战时期勇于献身、坚强不屈、相互提携、充满必胜信念的美好情操，这种创作意图无须正面描写日军形象也能实现。其次，孙犁在冀中参加抗战，最初加入吕正操部队。吕曾担任张学良副官、秘书，西安事变后秘密加入共产党，1937年抗战爆发后遵中共北方局指示，率原东北军六九一团随国民党第五十三军南撤，半路脱离主力，放弃番号，改称"人民自卫军"，和共产党领导的地方武装汇合建立敌后抗日根据地，长期坚持游击战。孙犁属于"人民自卫军"文职人员，因体弱不宜做战地记者，只在军中担任宣传鼓动和文件编辑工作，没有遭遇实际战斗，也没有和日本人照面。加上他不懂日语，没有研究过日本文化（恐怕也无兴趣），因此即使他想正面描写日本军人也没有条件。孙犁不是有意淡化日本军人形象，而是主观上不必写，客观上不能写。

当时绝大多数反映抗战的作家都很少正面描写日本军人，孙犁并不是一个例外。但这不等于说，孙犁完全无视日本军人的存在。他经常渲染敌我对抗的紧张气氛，反复描写日本侵略者带给北方人民的深重灾难，以及中国军人在后方缺医少药的条件下养伤的情景，这些内容已经足以让任何没有战争经历的读者感受到中华民族的敌人之凶残了。

尽管如此，一个具有明显殖民野心、"一衣带水"的敌对国军人形象，包括这个自封的殖民宗主国的普通国民及其"优势文化"，在孙犁小说中根本阙如，仍然值得我们深思。

中国现代文学，哪怕是以反抗侵略为主题的革命作家孙犁的"抗日小说"，和当时世界范围内殖民地反抗文学以及后来的"后殖民文学"具有明显差异。中国现代文学和革命文学并不属于世界范围内殖民地的反抗文学。中国现代文学和革命文学在20世纪50年代以后，也没有汇入世界范围的"后殖民文学"。在孙犁的"抗日小说"中，我们看不到殖民地作家的反抗文学或后殖民时代的文学所呈现的那种基于不同国族文化冲突的普遍的人类性的仇恨心理。恰恰相反，在孙犁"抗日小说"中，我们更多看到的，是维护民族国家主权、不屑于正面了解异族之敌的普通中国民众自身止于至善的心理建构，以及作家对这种心理建构由衷的欣赏和赞叹。

三、不正面描写敌人，一味关注我方军民人情美、人性美，必然无法正面和具体描写战争或战斗场面，这样会不会掩盖至少是让读者看不到战争本身的残酷，一定程度上美化了战争？尤其当作家代表战争受害者一方时，这种未能充分表现战争的残酷而一味追求美好的写作方法，会不会本末倒置？

孙犁的"抗日小说"确实不经常写到大规模战争场面。小规模的战斗，也避免描写血腥屠杀。无论敌人覆灭或我方牺牲，都以极俭省的笔墨轻轻带过，战斗场面始终放在远景。《钟》里面不肯屈服的慧秀的遭遇，是"鬼子一刺刀穿到她的胳膊上，她倒下去，血在地上流着"。《"藏"》里面鬼子惩罚不肯交出抗日头领的村民，方法是"看着人们在那里跪着，托着沉重的东西，胳膊哆嗦着，脸上流着汗。他们在周围散步，吸烟，详细观看"。总之都没有战争中血腥、残酷和疯狂的场面。

涉及我方军民牺牲的情节，孙犁更是尽量避免直接详细地描写，往往以间接手段寥寥数语交代过去。比如《小胜儿》写"华北八路军第一支骑兵部队"的失败：

> 杨主任在这一仗里牺牲了，炮弹炸飞的泥土，埋葬了他的马匹。小金子受了伤，用手刨着土掩盖了主任的尸体，带着一支打完子弹的枪，夜晚突围出来，跑了几步就大口吐了血。

完全不事渲染。

可能算是孙犁最残酷的小说《碑》，写十八名八路军游击战士被"敌人"逼到冰河里的场面，全部文字如下：

> 他们在炮火里出来，身子像火一样热，心和肺全要炸了。
> 他们跳进结冰的河里，用枪托敲打着前面的冰，想快些扑到河
> 中间去。但是腿上一阵麻木，心脏一收缩，他们失去了知觉，
> 沉下去了。

没有写八路军战士在三面之敌的枪弹中倒下，也没有写他们在冰河里
继续受到敌人扫射，只写冰冷的河水让他们沉入水底。宁愿强调最后导致
他们死亡的不是敌人的无情的枪弹，而是家乡的河水，这显然是要减少牺
牲场面所激起的悲哀和绝望。

至于以我方胜利告终并且没有我方人员牺牲的战斗，孙犁的笔致就更
加轻松明亮（或者说"美"了）。《吴召儿》写漂亮的山地姑娘独自为游
击队断后，"截击""扫荡"的日军，本身就有点儿传奇色彩，具体战斗
场面更是优美地呈现出来：

> 她蹬在乱石尖上跳跃着前进。那翻在里面的红棉袄，还不断
> 被风吹卷，像从她身上撒出的一朵朵火花，落在她的身后。
> 当我们集合起来，从后山上跑下，来不及脱鞋袜，就跳入山
> 下那条激荡的大河的时候，听到了吴召儿在山前连续投出的手榴
> 弹爆炸的声音。

与其说是描写战斗，不如说是借战争来欣赏女性美的表演。这样的场
面，在关于"花木兰""杨家将""樊梨花"的民间传说与说唱文学中，
大概也不鲜见罢。

最有名的是《荷花淀》，写刚刚成立的游击队成功地伏击一船日军，
整个战斗只用了短短两句话：

> 枪声清脆，三五排枪过后，他们投出了手榴弹，冲出了荷花

淀。手榴弹把敌人的那只大船击沉，一切都沉下去了。

这之前和之后，年轻媳妇们的欢歌笑语，她们在背后对解救她们的丈夫的充满娇嗔和自豪的议论，远远超过枪弹的声音，才是小说叙述真正的主体内容。

将激烈的战斗场面有意处理得轻松自若，甚至走向极端的，是《纪念》（1947年）。这篇小说写"我"率领一队八路军战士（当时还没有改称为"解放军"）在一个军属家的屋顶上抗击"还乡队"进攻。"我"一面射击，一面和躲在屋里的姑娘"小鸭"和她的母亲从容谈笑、直到我方占据优势，准备"冲锋"为止。这就确如茅盾所说，是"用谈笑从容的态度，来描摹风云变幻"[5]了。

但孙犁的"抗日小说"并不完全回避残酷。他写"残酷"，不是具体的战斗或敌我之间的流血与死亡，而是"北方人民"在日本强加给中国的这场战争中遭受的极度的贫穷与苦难。战场上的残酷转移到人民的日常生计的艰难，体现为日常性的贫穷、哀伤、凄凉与恐惧，这些内容的震撼力，即使孙犁的唯美的笔致，也不曾令其减少分毫。"北方人民"日常性的贫穷、哀伤、凄凉和恐惧，是孙犁小说无须明言的背景，因此他更加需要在这满目疮痍的背景中寻找美好的安慰和激励。他的任务，不是在纸上重复当时的中国读者放眼皆是的"残酷"，而是用"北方人民"的坚韧、乐观、无私和美好来战胜"残酷"。

表现战争中的残酷，孙犁完全有材料，但他节制了笔墨，留出更多的空间来表现他想要表现的。有节制的表现更容易让读者发挥想象，具有更大的暗示性，所以他丝毫不担心这样节制的描写会冲淡战争的"残酷"。只有从未经历战争的磨难、不知道"残酷"为何物的某些当代作家，才会拼命渲染"残酷"，生怕读者看出他不会写"残酷"。在这方面，孙犁的"含蓄"和某些作家对战争的"残酷"的刻意渲染，是有区别的。尽管如此，如果我们把孙犁的"抗日小说"和20世纪二三十年代大多数中国作家描写乡土的文学比较起来，差别还是十分巨大的。最主要的差别，是20世纪二三十年代的作家主要着眼于乡土的破败与消亡，因此基调是低回凄凉的，而孙犁笔下的乡土，因为注入了新的社会理想以及与之相联的新的人性价值，整体上就显得光明澄澈。

从以上三个方面的分析，大概可以看出来，创作"抗日小说"时期的孙犁，既不简单地从属于五四以来知识分子启蒙文学的传统，也不简单地延续20世纪30年代的"革命文学"。他成长于20世纪40年代主权国家合法政党领导的革命文学队伍，他以敌后抗战生活为背景创作的"抗日小说"，是关于中国抗战的清新优美的浪漫主义抒情诗。不正面描写北国人民的"阴暗面"，不正面描写"敌人"，不触及激烈而残酷的战争场面，这种"三不主义"显明了中国现代革命文学一种至今还没有获得充分阐释的品质：它的美学上的基调，不是日益紧张化的悲苦愁绝、低回凄凉，而它的主要使命，也不是抗击外侮，或清算（启蒙）国民内部的劣根性。以孙犁"抗日小说"代表的20世纪40年代以后的现代革命文学的基调与主题，乃是以对新的人情美和人性美的痴迷追求，是以乐观的理想和明朗温情的风格，表彰柔顺之德，着意寻求自然人性的美好和顺服于革命需要的"政治觉悟"的综合，由此在中国现代革命文学内部建构一种特殊的美学（历史）原则、以抚慰和激励来自乡土并渴望建立新的民族国家的年轻革命者们。

因为民族战争的机缘，也因为个人的性之所近，孙犁为20世纪40年代中期以后的中国现当代革命文学开辟了一条独特的道路。许多成名更早或者和孙犁同时或稍后走上文坛的作家描写抗日战争、解放战争乃至新中国成立初期土改和农业合作化运动，如赵树理的许多作品，如周立波的《山乡巨变》、柳青的《创业史》、曲波的《林海雪原》、冯德英的《苦菜花》等等，尽管个性风格迥异，但与孙犁式的抒情笔调，孙犁式的对混合着青春气息和女性美的革命理想的钟情，孙犁式的竭力表彰贫苦农民无条件地理解和支持革命政治需要的柔顺之德，并无二致。相对于20世纪20年代的革命文学、30年代的左翼文学、50年代以后的社会主义文学（"当代文学"），这一系传统呈现出不同的风貌。但至少在孙犁等作家自己看来，恰恰只有他们的作品才是真正的革命文学。

因此我们可以研究孙犁的特点，可以通过深入研究孙犁的特点来阐明革命文学在20世纪四五十年代的多样性与复杂内涵，但不可以将孙犁放在革命文学传统之外。果真有"红色经典"的话，不仅孙犁的"抗日小说"应该是一个独特而重要的组成部分[6]。至于他晚年在"伤心悟道"[7]乃至心力交瘁、至于病态的情况下[8]创作的《芸斋小说》，并非告别革命或忏悔革命，而是痛惜当下现实与青年时代革命理想严重不合，重点是抚今追昔，是由于目睹今天的败坏而追念往昔的单纯与美好[9]。

晚年孙犁对其"革命一生"的价值从来没有怀疑过，他也从来没有将自己的文学生涯和自己的革命生涯分开来过，所以他一再以艰辛而乐观的"挂着墨水瓶到处打游击"为莫大的骄傲。他的孤绝与超脱，对人性彻骨的透视，绝对不是针对自己所参与的"革命"和"革命文学"，而是针对"文革"以及"'文革'后遗症"。孙犁否定"文革"，但不否定"革命"。他将"文革"描述为"三四跳梁，觊觎神器，国家板荡，群效狂愚"[10]，言下之意，这并非"革命"的逻辑展开，而是"三四跳梁"的败坏。这确实是传统儒家的思维方式[11]。早在20世纪50年代中期，孙犁就有感于"进城"之后人情淡薄而创作了《铁木前传》[12]，当时的忧患，和晚年抨击"文革"败坏革命（主要是败坏"革命"年代美好的人情和人性），正一脉相承。所以他越是沉浸于萧索穷愁的心境，就越加珍惜早年的美好记忆，特别是北方人民在战争岁月迸发的人性光彩。"文革"以后，孙犁甚至更加贪婪地到处去寻觅类似的人性美，哪怕一瞬间的绽放，也使他唏嘘嗟叹久之。"余至晚年，极不愿回首往事，亦不愿再见悲惨、丑恶，自伤心神。然每遇人间美好、善良，虽属邂逅之情谊，无心之施与，亦追求留恋，念念不忘，以自慰藉。彩云现于雨后，皎月露于云端。赏心悦目，在一瞬间，于余实为难逢之境，不敢以虚幻视之。"[13]他的心在两个极端之力拉扯下继续流血。赵树理、周立波、柳青、冯德英等作家或已物化，或无法体验并写出这份情感，唯孙犁不仅长久体验了，而且得享高寿，无所顾忌地写出：这才是晚年孙犁真正的悲哀。如果满目丑恶悲惨，或大彻大悟到连早年的革命也一并否定，他大概不至于那么枯寂愁绝。

无法忘怀的早年革命战争的美好经历，不仅是他晚年的心理倚赖（这在古书旧籍中绝对找不到），也是《芸斋小说》抨击人性丑恶的唯一价值根基。正因为他对早年美好经历有铭心刻骨的记忆，才无法对现实丑恶保持沉默；正因为有过描写"真善美的极致"的"抗日小说"，才不得不违反个性地去创作那些揭露"邪恶的极致"的《芸斋小说》。我前面说孙犁前后期小说虽风貌迥异，却有内在联系和同一性的价值理想，也就是这个意思。

如果孙犁要对世界提出抗议时，早年革命战争的经历，早年革命文学热情讴歌的普通人的柔顺之德，总是他的理所当然的价值根基和归宿。这就使我想起另一个问题：出生于20世纪50或60年代、成名于80年代的"知青作家"，走出80年代上半期玫瑰色的文学梦而进入80年代后期、90年代直至21世纪的灰色现实，这一群作家，倘若也想抚今追昔，提出自己对于当下现实的思考与抗议，他们所能依赖的价值根基又会是什么呢？

事实上，20世纪80年代后期至今，经常能碰到这一代作家或露骨或暧昧的牢骚。从他们镇定从容与满怀委屈的文字来看，似乎自有其确凿的根基，但究竟是什么，又委实难以看清。直到我统观孙犁早年与晚年的心理流变，再把孙犁和这一批如今已人到中年的文坛中坚联系起来，才稍稍可以品出一点滋味。

姑以铁凝为例，转入这个新的话题吧。

下编　铁凝：红色经典的隐秘遗产

二十四年前，铁凝的成名作《哦，香雪》对欢呼中国心灵和中国文学大复苏的许多痴情读者来说，无疑是前所未有的一次"甜蜜的拍打"[14]。铁凝由此在文坛上迅速获得稳固地位，作品一再获奖，受到各方面欢迎，她本人也再接再厉，继续精心"拍打"着读者。许多人渐渐在这种"拍打"中被催眠，享受其中那份似乎永远不变的柔顺之美，懒得放出理性的挑剔的目光了。

2006年铁凝又发表长篇新作《笨花》[15]，至此，她已经在现实和历史题材两方面，运用中篇、短篇和长篇小说的不同形式、在创作生涯的不同阶段，甚至透过表面上差异颇大的风格变化，显示了她对柔顺之美——现当代中国社会特殊的道德理想之文学阐释——始终不渝的追求。从《笨花》出发反观铁凝前此创作，将使我们有机会从谱系学上重审铁凝这一代作家与某种现代文学传统的血缘联系。

《笨花》的雏形是铁凝著名的"三垛"之一《棉花垛》（1989年）[16]，其中农村妇女"钻窝棚"的风俗（用色相赚取"花主"棉花）、地下党领导抗日夜校、武工队锄奸等细节和主要人物，都很少改动，照搬过来。另一些情节曾见于中篇《埋人》（1991年）和《午后悬崖》（1997年）。由散文《我们与保定》可知，《笨花》主要人物"向喜""向武备""向有备"等原型乃作者曾祖与叔祖两代人。这部长篇时间跨度很大（从清末维新变法写到抗战胜利），所积也深（琢磨了很长时间），所蕴也厚（包含家世之感），无疑是铁凝的倾力之作。

但首先我们不难发现，《笨花》上下两部分很不协调。上半部大量北方农村人情习俗的描绘，执着地扑向历史现场的耐心与细心，丰富的口语的化用，都显示了"中青年作家"罕有的写实功底。尤其在所谓想象力和创造力的神话掩盖下脱离现实、脱离个人生活积累而粗制滥造成风的情况下，铁凝始终面向现实、面向真实的生活积累的写实风格，尤为可贵。如果说《笨花》是20世纪80年代中期"寻根文学"和90年代初期开始、至今势头不减的"家族小说""新历史小说"的一个新收获，似乎没错。

然而，下半部围绕"向家"青年一代"革命"和"抗日"展开，就拘泥于既定的政治历史框架，虽驾轻就熟——或者正因为驾轻就熟——却不如上半部写晚清民初至20世纪20年代末期的历史那么放得开。

似乎刚刚在平原上行走，忽然就转进了狭窄的胡同。

上下两部分变化突兀，却并非没有线索可寻，也并非完全脱节。《笨花》上半部舒徐、细腻、丰富，下半部急促、草率、缺乏新意，但作者对人性和历史的宽容态度和永远不变的柔美之情始终不变。实际上，这并非"家族小说""新历史小说"的主体风格，而是铁凝创作一以贯之的精神主脉。

读李锐的《旧址》、陈忠实的《白鹿原》、张炜的《家族》、莫言的《檀香刑》，更不用说刘震云的《故乡相处流传》、刘醒龙的《圣天门口》，明显可以感受到作家希图为历史翻案的激情或者将历史传奇化、审美化的倾向。至于被某些作家（比如陈忠实）视为"新历史小说"前驱的20世纪80年代中期王蒙的《活动变人形》、张炜的《古船》，更充满了对父辈乃至祖父辈无情的审视，或者对积淀在历史深处的人性分裂与家族仇怨的反复叩问。《笨花》显然并不具备"家族小说"和"新历史小说"的这些元素。如果要为《笨花》面对历史的宽容柔顺之情寻找文学渊源，我们只能回到孙犁，因为只有在孙犁眼中，残酷而宏大的历史才显得那么柔和、轻盈而又清丽。孙犁和铁凝的差别仅仅在于，民国初年至20世纪20年代这段历史，孙犁未曾着笔，铁凝只能遗其形而取其神，神似形不似，自由发挥的空间比较大，所以好像有一点"创新"，而一旦转到"向家"青年一代的"革命"和"抗日"，一脚踏进孙犁早已经精耕细作过的园地，就只得循规蹈矩、亦步亦趋、露出底色来了。

《笨花》上下两部分有异有同，而无论同异，都和孙犁有关。尽管孙犁不承认有一个以他为中心的文学流派[17]，尽管许多曾经受他奖掖和影响的青年作家后来都自立门户，但二十多年过去，铁凝还是那样紧紧依托于孙犁。

《笨花》的基调是赞颂北方人民的人情美与人性美，依托孙犁是很自然的事。但铁凝的另一批取材于现实而痛诋人性堕落的作品如《大浴女》，也并不悖乎孙犁精神。孙犁"文革"后也写了一些暴露人性假、恶、丑的作品，比如《芸斋小说》中的《鸡缸》《女相士》《言戒》《幻觉》《小D》等。不过孙犁是历经劫难而痛感人性堕落，《大浴女》则是在"崇拜名人的年代"看到改革开放时期文化界一些历经劫难的"名人"新的张狂与丑态。彼此所占历史时机不同，揭露和针砭的对象以及效果也各不相同。新的文学环境和同龄作家的竞赛，允许并鼓励铁凝下笔更猛，在这些方面，她有理由后来居上。但孙犁"暴露"之后的冷峻与旷达、唯经历生死、远避喧嚣的老人才有的孤寂落寞，铁凝学不像，也无须学。

尽管有这些区别，铁凝小说的心理结构与孙犁还是可以相通的。写过假、恶、丑之后的铁凝与《芸斋小说》的作者一样，也习惯性地去寻找心里的一方净土。孙犁很具体地告诉我们，他的心灵净土就是战争年代目睹亲历的北方人民的美好情性，铁凝就比较复杂了。她不可能简单效法《芸斋小说》抚今追昔、"厚古薄今"的价值判断。比如《大浴女》最后，当尹小跳试图超越芜秽喧嚣的人世而升华到她的心灵净土时，突然冒出一个不具有任何历史感的纯粹象征性的所谓每个人都头顶波斯菊的"内心深处的花园"，好像塞林格《麦田守望者》里那片突然出现的有一群孩子在玩耍的悬崖边的麦田，这可是《芸斋小说》作者从未采用的凿空的写法。

显然，铁凝并不甘心完全追蹑孙犁的脚踪，客观上她也不可能简单地重复孙犁，即不可能像孙犁一样，把20世纪40年代"抗日小说"中记录的北方人民的美好情性拿过来作为今天（20世纪80至90年代）的衡量标准和心理归宿，尽管实际上，铁凝所能依靠的真实的传统也只有这个。换言之，铁凝主观上很想为读者（也为自己）开一条新的出路，但不知道这个出路在什么地方，另一方面她又不可能重蹈孙犁的故辙，所以只好借助古老的东方式象征手法，凭空想象出"内心深处的花园"来，以此证明自己并非空虚，还是有依持、有出路的。但这样一来，不仅她所设计的精神出路与归宿因为缺乏历史感而浮漂不实，她和孙犁之间真实的精神谱系也被遮蔽，最终给人一种错觉，好像她在孙犁的传统之外果真另有什么新的道德资源。

往往作家最想掩饰和逃避的价值恰恰是他们始终倚赖和坚持的。铁凝晚近创作无论怎样冷峻，也不敢走向揭露、讽刺和抨击的极致，她最终还是回到了由孙犁"抗日小说"奠基而《哦，香雪》早就认准了的老路上去，那就是：将无法直面的悲惨丑陋予以淡化或美化，赞美人的柔顺之德，并以柔顺之德为超越的价值根基，对现实进行委婉地指责和虚幻地超越。

在《玫瑰门》《大浴女》以及《棉花垛》《午后悬崖》《对面》《埋人》《谁能让我害羞》《阿拉伯树胶》等一大批直面真相、讽刺性强的小说之后，铁凝竟然还能写出如此温暖柔顺的《笨花》，更显明了她这种一以贯之的价值取向。

《笨花》无疑实现了铁凝创作中各种因素的综合与总结，比如我前文提过的北方农村人情习俗的描绘，执着地扑向历史现场的耐心与细心，丰富的口语的化用，家族历史的回忆等等。但就铁凝在《大浴女》等作品中已经完成的对人性与历史的大胆揭露和突进来说，《笨花》还是大踏步地后退了，即退回到她的文学生涯开始的地方，退回到她本来不愿意回归而在意识里也不想回归的孙犁的传统。

这恐怕只能说明，孙犁的传统在铁凝身上仍然具有强大的同化力，而铁凝的道德谱系并没有另外更强有力的资源，回归孙犁（主要是早期孙犁）乃是铁凝的必由之路。

《笨花》也涉及一些人性丑恶，但很节制。比如，《午后悬崖》一开始对那个在抗战胜利后向县委书记打黑枪却始终没有追查到的、消失在人海中的神秘人物的谴责，《棉花垛》中对武工队员"国"在锄奸之前向汉奸（破鞋"小臭子"）发泄性欲的揭露以及对"国"后来隐藏恶行而官运亨通现象的忧虑，这些情节《笨花》都采用了，但明显减弱了越轨的笔致（《棉花垛》负责锄奸的"国"对汉奸"小臭子"先奸后杀，《笨花》中"西贝时令"对"小袄子"则压抑性欲，只是处决）。如果说，《午后悬崖》《棉花垛》《大浴女》因为有感于人性理想的失落与被践踏而从弱者和受害者一方伸出似乎与一贯温婉柔顺的铁凝风格不太统一的愤激的利刺，《笨花》则是把《午后悬崖》《大浴女》和《棉花垛》中所看到的龌龊与刺挠包容起来，专门张扬人性的理想，即柔顺之德。或者说，铁凝希望坚定地站立于人性理想的立场，她不愿意像《大浴女》《玫瑰门》那样再次跳进芜秽的旋涡去挣扎了。

即使在《大浴女》《棉花垛》等作品中，所揭露的恶也并非绝对，只是相对于"柔顺之德"才愈益显明。比如因为男性（《大浴女》中"名人方兢"、《棉花垛》中"秋贵"和"国"）不尊重女性的柔顺之德，反而利用女性的柔顺来践踏和侮辱女性，这才导致了罪恶，甚至导致了女性随着男性一同堕落。但如果男性懂得尊重和爱护女性的柔顺，甚至能够包容女性或有的张狂，像《笨花》中几乎被描写成模范男人的"向喜"对一妻二妾那样，女性的柔顺之德就会愈加彰显，男女之间最易滋生的诸般恶性也就可以避免。"向喜"之妻"同艾"是柔顺女性的代表，两个小妾"顺容"和"施玉蝉"则是不肯顺服的女性的典型，但她们都能和"向喜"保持互敬互爱的和谐关系，因为向喜对她们的个性一视同仁予以尊重。换言之，"向喜"以自己的无言之德征服了这两个本来冰炭不容的女性。

《笨花》不仅再次歌颂了女性的柔顺之德，也以"向喜"这个性格鲜明的人物形象强调了男性的柔顺之美。"向喜"不仅柔顺地对待妻妾和家人（特别是他的自私精明的弟弟"向桂"），而且在铁凝笔下，这个农民出身的将军，无论在家务农还是应征入伍，以及其后整个军旅生涯，都无不显示出那个王纲解纽、豪杰蜂起的时代少有的温顺和平的品质。在清末至20世纪40年代社会背景中写出"向喜"这样的人物，与其说是铁凝的"发现"，不如说是铁凝根据自己的道德标准而对现代中国历史的一种误读，是将她所心仪的孙犁式的道德理想强行嵌入晚清至20世纪40年代的中国社会。"向喜"不仅弥补了孙犁的空白，在孙犁未曾着笔的历史时空"发现"了孙犁在20世纪40年代塑造的"水生"式的温顺柔美的男性形象。与此同时，"向喜"的出现也完成了铁凝自己对现代中国的整体想象。民国时期"向喜"不就是我们在铁凝的短篇小说如《灶火的故事》和《砸骨头》里早已熟悉的共和国时期柔顺如水的男性形象的道德先驱吗？至于"向喜"的那个既是卫兵又是仆役的忠心耿耿的随从"甘运来"，和功勋显赫的主人也有异曲同工之妙。

上一辈人的高尚品德遗传下去，到革命年代"向文成"父子身上，自然就越发显出孙犁小说中那些男性形象所特有的柔美了。

在铁凝作品中，不仅具体表现了男人和女人的柔顺之德而且他们的柔顺之德的根源都一律指向"民族国家"的最高理念。铁凝反复描写和赞颂的美德，比如《笨花》中的"向喜"以及以"向喜"为中心弥漫开来的整个"笨花村"的精神气质，比如我们在她最好也最有孙犁味道的短篇小说《灶火的故事》（1979年）、《哦，香雪》（1982年）、《砸骨头》（1992年）、《孕妇和牛》（1992年）、《永远有多远》（1998年）中看到的献身、忍耐、乐观、勇毅乃至可敬的愚昧和麻木，都无不切合不同时期民族国家的最高价值理念。

让我们再以《大浴女》为例，来解说这个其实并不深奥的问题。那个屡遭不幸却知命知足通达仁厚的姐姐尹小跳，跟浑身带刺、自私自利、在中国和美国之间徘徊无定的妹妹尹小帆之间，不仅有个性差异，已存在着"民族国家"理念、尊严与利益的严重对立。美籍华人尹小帆爱面子，回国后大感失落，却又不甘心，因此变得十分敏感，而她在中国的姐姐尹小跳却有能力迅速治愈和"名人方兢"初恋失败的创伤，不仅获得心理宁静，也取得了事业成功，还果断拒绝美国的求爱者，将全部的爱一次性交托给具有共同的童年记忆、知根知底的中国情人"陈在"。尹小跳、尹小帆姐妹俩性格与命运的强烈对比，浓缩了后革命、后八九时代国内某些"中青年知识分子"普遍的身份认同的重建和民族国家诉求的回归〔成色复杂的"新左派"也正是在这一时期产生的〕。《笨花》只是将这种重新调整和重新确立的身份认同与价值诉求放回到20世纪新旧两个革命过程，加以重新书写而已。

《笨花》写历史，写民间社会，写家族，写民俗民风，用的是具有泥土气息的方言，《大浴女》则写现实，写当代城市乃至国际社会，很少民俗民风因素，更多采用富有时代气息的流行话语，但肯定柔顺之德并将此柔顺之德统一于民族国家的最高理念与最高利益，并无二致。

在现代民族国家诸价值系统中，文化传统、国民美德、民间社会、乡风民俗、民间传说、家族血缘、包括地形学在内的乡土景观、一般读者必须借助字典才能读通的大量方言、宁静的小城、广大黝黑的内陆腹地，始终是主要的内容，甚至被视为民族国家内在固有的精神边界，其意义远远超过实际的地理或政治疆域。所有这些内容，在铁凝小说中都被充分展现并予以放大。

取材于现代都市女性生活的《大浴女》虽然没有像《笨花》那样大量呈现上述民族国家的价值内涵，但现代都市女性的生存想象仍然被严格限制于民族国家内在的价值边界：这主要是通过主人公尹小跳极其固执并自我欣赏的"小城情结"和"内地情结"（实际上是隐含的"中国情结"）实现的。《大浴女》中的尹小跳对她生活的小城"福安市"有深刻的爱恋。她在开放的大都市北京与"名人方兢"不成功的恋爱，她在美国与年轻的美籍汉学家麦克短暂的遭遇，都没有像"福安市"那样带给她最终的慰藉和升华。在不断趋于开放、加速变化的北京，在全球化的旋涡中心美国，尹小跳常常感到迷失，只有回到"福安市"，她才能找到"内心深处的花园"。内地小城"福安"被铁凝赋予了一种特殊的价值并最终指向民族国家的理念。尹小跳从"福安"出差到北京，心理上只是一种暂时的出行，因此她尽量缩短在北京的逗留。从国外回来，北京是回国的第一站，却并不能给她真正回家的感觉。只有连夜赶回"福安"，她才能获得内心的宁静。

对北京（内地）的这种悬殊的感受，在《永远有多远》中表述得淋漓尽致。"我"毕业之后回到和"福安"一样的B城，过着安稳充实的生活，对于急剧变化的北京很不适应，只想把童年时代生活过的宁静素朴的老北京珍藏在记忆里，而和老北京一起为"我"所珍念的，还有"我"的表妹白大省。小说这样形容白大省："我的这位表妹白大省，长大以后仍然傻里傻气的纯洁正派，常常让我觉得是这个世道仅有的剩余。"白大省确实可以视为铁凝小说中代表柔顺之德的一个极致性的人物，正是"这个世道仅有的剩余"维持着安于内地B城的"我"对于不断发展也不断在文化上去中国化的北京的心理联系，有白大省在，"即使北京所有的胡同拆光了，我也永远甘心做它忠实的观众"。

我所谓的铁凝一贯追求的柔顺之德，其价值论核心，就是对《笨花》所展现的混合着民俗、方言和集体记忆的中国乡村或《大浴女》《永远有多远》等作品所描绘的具有特殊现代化指向的自在殷实的内地小城（象征文化上半封闭或重新封闭的中国）的无限忠诚。

对铁凝来说，这种忠诚是自然生长、发乎本能的，是个人在巨变的时代、宽敞的世界、混乱的道德中受到伤害之后所要寻求的心理支持。孙犁的柔媚明丽的风格也是一种抚慰，但那是针对集体（革命队伍）中流浪征战的个人。铁凝继续发扬20世纪40年代革命文学的柔顺之德，却是为了安慰被巨变、混乱、敞开的新世界甩出去、未及建立新的自我认同因而不得不回归旧的道德谱系的新时代的孤立无援的单个的中国人的空虚灵魂。

在这个背景中，铁凝短篇近作《谁能让我害羞》（2002年）和《阿拉伯树胶》（2004年）流露的愤激之情，就不难解释了。《谁能让我害羞》中那个送水民工之所以陷入"激情犯罪"，是因为"白领少妇"在精神和人格上对他的高度蔑视和侮辱所致。送水民工本来非常"柔顺",和"香雪"一样对生活充满憧憬。作者与其说同情他的犯罪,不如说是惋惜一种柔顺之德的被破坏与遭践踏。正如她也曾在短篇小说《峡谷歌星》(1992年)中同样惋惜过诡诈而无知的城里人对天真的乡村少年的戏弄。

《阿拉伯树胶》的重点,则是提醒目前处于弱势和屈辱地位的内地小城的青年人,应该像那个善良而务实的女孩那样顺应时代,满足现状,知足感恩,而不可学习那个一度成为她的男友和崇拜对象的青年人。后者眼高手低,沉浸于幻想,最终一事无成。更坏的结果,则是失去柔顺之德,变得愤世嫉俗,令人嫌厌,并且也容易铤而走险,成为社会的负累。

《谁能让我害羞》《阿拉伯树胶》所隐含的这种严厉的人生训诫,不是仍然基于铁凝对柔顺之德始终不渝的恪守吗?

无论《砸骨头》所描写的那种极端的柔顺之德(村长和会计为了完税而大施苦肉计互相厮打最终赢得村民的理解和支持从而顺利完税),还是自称一向"遵守规矩"的铁凝偶尔饱含惋惜、愤激甚至讥讽的某些"犯规"之作[18],其不变的价值核心,都是呼唤与不同历史时期民族国家理念和利益高度一致的柔顺之德。这种道德理念与价值理想,当然难以纳入鲁迅所主张的"敢说,敢笑,敢哭,敢怒,敢骂,敢打"[19]的反抗文学之谱系,只有把它放在20世纪40年代后期崛起的以孙犁为代表的革命文学的浪漫主义传统中,才可以理解其历史的底蕴。

在铁凝作品中,作为柔顺之德的对立面的粗暴自私、桀骜不驯、不切实际、牢骚满腹、道德下滑诸性格特征(比如《大浴女》中的"名人方兢"与尹小帆、《阿拉伯树胶》中的男青年),仍然残留着中国新文学在20世纪40年代被重新整合之前所葆有的那种典型的富有阳刚之气和反道德倾向的狂人精神(事实上学术界也正是在所谓"人性复归"的意义上一度肯定过"新时期"以来的当代文学与20世纪40年代以前的现代文学的内在联系的)。在20世纪40年代以前,"狂人"在我们的文学中被普遍赞许,而在20世纪40年代以后以至于铁凝,狂人精神逐渐沦为被解剖、被嘲弄、被抗议、被谴责的对象了。始终立于不败之地的,则是偏于女性的阴柔顺服的道德原则。

这是中国现当代文学在道德谱系上发生的一次整体性转换。

在这过程中，曾经也有不少作家企图对新的道德谱系进行再次的翻转。比如20世纪50年代初期，张爱玲就在《秧歌》中尖锐指出，中国作家刻意表彰的农民的柔顺之德实际上是人为制造出来的，表面上兴高采烈激情昂扬的秧歌，实际上掩盖着被迫柔顺地扭动身体的舞蹈者许多辛酸乃至鬼魅性的故事。新时期文学许多作品也都有类似的价值翻转的努力。但几乎与此同时，另一种希望修复乃至强化柔顺之德的文学也应运而生，铁凝就是其中的一例。

今天看来，这后一种努力恐怕才是主导性的。

针对包括中国现代文学在内的世界范围第三世界文学的主导精神，弗·詹姆逊曾经提出"民族寓言"的理论架构来进行高度概括。但"民族寓言"在孙犁、铁凝的作品中是以"美德"的形式出人意料地被一再建构的。甚至《埋人》《棉花垛》中已经初露端倪，《笨花》更以大量篇幅（可能也是以中国当代作家罕见的耐心与同情）探索的宗教信仰的意义，也毫无例外地被编入以美德为核心的"民族寓言"。《埋人》中那群取名为"约翰""雅各""彼得""耶利米"的北方农民，早就忘记这些名字的信仰之源，他们的柔顺之德按照乡土中国的固有方式被重新塑造。现代中国一度兴盛的宗教信仰的遗迹，包括它所教训的外表上非常近似的谦卑柔顺之德，在铁凝笔下已经失去其宗教信仰的原有根基，而融入民国初年直至20世纪90年代中国现代民族国家的道德建构。《笨花》中向文成与瑞典牧师的交往始末很有代表性。向文成身上所表现的乡土中国的无言之美，他的本分、聪慧、笃定、忠厚、谦逊、涵容，甚至他的荏弱以及在宗教和科学上的无知，都略略胜过瑞典牧师夫妇对于教义和仪式的恪守，并最终赢得对方的信任与赞佩。而向家的邻居、那个虔诚的基督徒西贝梅阁向着天国的行进，也被改写为对异族入侵的抗议。她的独腿弟弟紧接着的壮烈复仇，更强化了这一层含义。

铁凝小说的"民族寓言"和弗·詹姆逊所理解的第三世界国家反抗殖民宗主国文化冲击和政治经济与军事压迫的集体意志无关。《笨花》和孙犁"抗日小说"一样，对入侵者的形象根本不感兴趣。《笨花》尽管出现了孙犁所不敢想象的一个被我方感化的日本军人，但这个日本军人的存在并不能改变《笨花》对企图殖民的入侵者的整体的盲视。中国现当代社会并没有被完全殖民，更没有企图殖民的入侵者对"原住民文化"的大规模改写，因此也就很少出现霍米·巴巴所谓宗主国与殖民地之间的文化"杂交"与"第三空间"（也许张爱玲某些涉及香港和上海两地英国人或犹太人的小说如《琉璃瓦》《沉香屑·第一炉香》《红玫瑰与白玫瑰》《桂花蒸·阿小悲秋》以及20世纪90年代的王安忆的《我爱比尔》和卫慧的部分作品除外）。霍米·巴巴的后殖民理论必须有一个前提，即殖民与被殖民双方实际发生了持久的文化对抗和文化融合，然而无论孙犁的"抗日小说"还是铁凝的《笨花》都明白无误地告诉我们，在20世纪三四十年代，企图殖民的日本帝国和最终未被殖民的主权国家中国之间，仅有军事政治和经济对抗，并无文化的深度接触，更谈不上文化的对抗与融合。

因此中国现代文化基本上并没有殖民和反殖民的历史。相反，作为主权国家，中国现代拥有引以为豪（尽管其意义尚未获得充分阐释）的伴随着独立的文化重建的不断"革命"而且不断"胜利"的光荣的历史。中国现当代文学的"民族寓言"乃是"革命寓言"，而"革命寓言"最终又通过各种形式的"革命文学"落实为符合革命逻辑的特殊的道德谱系。

中国现代革命文学始终疏于描写被殖民者针对殖民者的反抗以及被殖民者与殖民者之间文化交往的辩证法，却始终敏于且勤于建构一整套符合民族国家内部革命逻辑的道德及话语体系。

早在20世纪30年代，那些蜗居"半租界"的作家就多半是左翼文学青年，他们为之献身的主题首先是反抗国内暴政而非外族侵略——因为国内的暴政妨碍了国民对外族侵略的正常回应。20世纪30年代中期以后，在严格区分"异族"和"自己人"的前提下，中国文学加速将"异族"撇在一边，而精心建构"自己人"内部的道德谱系。这只要读一下《财主底儿女们》所描写的在日本人的飞机肆虐下抗日演剧团内部的精神绞杀与严酷规训，就非常清楚了。

这一点很快就被鲁迅敏感地意识到："用笔和舌，将沦为异族的奴隶之苦告诉大家，自然是不错的，但要十分小心，不可使大家得着这样的结论：'那么，到底还不如我们似的做自己人的奴隶好。'"[20] 20世纪40年代，即使在和异族军事冲突趋于白热化的民族危亡的情况下，文化上的建设和军事政治经济上的敌人仍旧了无干系。孙犁"抗日小说"的"三不主义"便是一个最好的典型。20世纪50年代、60年代、70年代迄今，作为入侵者的"异族"在国境以内几乎踪迹皆无，但"自己人"道德谱系的建构依然如火如荼。

铁凝的创作就处于这一文学史运动当中。她所追求和赞颂的柔顺之德，不仅是上述"革命寓言"的美学形式，也是这种"革命寓言"的最高价值内容。革命需要柔顺之德。在绝对美好的柔顺之德之上永远树立着绝对正确的革命的价值理念：这正是铁凝所提供（重现）的孙犁文学早就蕴含了了的美学（历史）原则。这个原则早就被20世纪40至70年代的革命文学经典一再书写，铁凝不过为其补上一层新的化妆罢了。

1982年，铁凝以《哦，香雪》一举进入文坛中心，然而当时和现在都很少有人注意到，这个故事柔美无比的外衣下面其实包含着残酷而凄凉的人生处境。中国北方穷山沟一位女中学生在漆黑的夜晚，手里揣着刚刚在火车上用四十个鸡蛋换来的泡沫塑料铅笔盒，孤独一人步行三十里山路回家。作者硬是将这个残酷而凄凉的情境处理得异常柔美，唯一的理由是：香雪怀揣的"宝盒子"象征着充满希望与幸福的明天。在那个被当时的政治正确性所鼓励的对于未来一律充满憧憬的集体做梦的文学年代，作家只能让香雪姑娘流出"欢乐的泪水，满足的泪水"，才契合特殊年代的意识形态和民众的精神面貌。

对柔顺之德矢志不渝的典型的"孙犁—铁凝式"的赞颂在《笨花》中达到了极致。《笨花》扉页有三句偈语似的话："笨花、洋花都是花。笨花产自本土，洋花由域外传来。有个村子叫笨花。""笨花村"确实是温暖柔和的"产自本土"的"花"的世界。在这里，一切历史和现实、社会思潮和个体灵魂的冲撞都消失了，就像《哦，香雪》中那冰冷的铁轨、那狰狞的山形、那凄清的夜色，都沐浴在一派"柔和"的晚风中。

现在，这"柔和"的风再次吹到了"笨花村"上空。

将《笨花》放在铁凝整个创作历程中来打量，将铁凝的全部创作放在整个现当代革命文学的精神谱系中来把握，就不难透过20世纪80～90年代文学和文化的喧嚣，触摸到铁凝及其众多同辈作家一直比较暧昧的精神线索。某种意义上，他们都属于20世纪40年代后半期成熟起来的革命文学之浪漫主义传统的一份隐秘遗产。他们在精神饥饿的岁月为这个传统所滋养，日后走上文坛，理所当然要以各自的方式显出这个传统的骨骼与血肉来。

但毕竟时代在迁移，中青年作家们若要保守和发挥这一笔隐秘的遗产，势必不可能像孙犁等前辈作家当年那样，从真实的信仰和经验出发，堂堂正正地抒写处于困苦、匮乏与灾难中的国民绝对符合民族国家建构的柔顺之德。他们在内心深处依傍这个传统，却不愿公开承认。他们要掩盖的，不仅是他们实际所属的从20世纪40年代"红色经典"贯穿下来的道德谱系，也是他们在介入当下现实时道德资源的贫弱和虚幻。

注释：

[1] 本文"上篇"关于孙犁"抗日小说"部分，曾以《孙犁"抗日小说"三题议》为题发表于《杭州师范学院学报》2005年1期，这里有较大的增补和修改。

[2] 孙犁：《曲终集·故园的消失》《曲终集·文虑》，百花文艺出版社1995年11月第1版。

[3] 本文有关孙犁生平的叙述，参考郭志刚《孙犁评传》，重庆出版社1995年版。

[4]《孙犁文集·自序》，百花文艺出版社1982年版。

[5] 茅盾：《反映社会主义跃进的时代，推动社会主义时代的跃进》。

[6] 杨联芬：《孙犁：革命文学中的多余人》，中国文联出版社2004年2月第1版。第一篇同名论文原载《中国现代文学研究丛刊》1998年4期。该文有助于读者把握孙犁文学的特点，但对孙犁和"革命文学传统"的关系，表面的距离强调得多了点，而对于孙犁与"革命文学传统"的同质性特别是对于孙犁以其独特的风格开辟了革命文学新的道路并丰富了革命文学的概念，则阐发得不够。

[7] 孙犁：《远道集·芸斋琐谈·谈友》。

［8］阎庆生：《晚年孙犁研究》，关于孙犁病态心理的分析颇详，中国社会科学院出版社2004年12月第1版。

［9］孙犁《曲终集·反嘲笑》最后说："我每天兀坐在楼台上。我不知道，我现在看到的，是不是我青年时所梦想的，所追求的。我没有想再得到什么，只觉得身边有很多的累赘。我时常想起青年时的一些伙伴，他们早已化为烟尘，他们看不到今天，我也不替他们抱憾。人有时晚死是幸运，有时早死也是幸运。"一方面是批判现实，一方面是追念往昔，两种心理互为因果，紧紧联系在一起。

［10］孙犁：《澹定集·幻华室藏书记序》。

［11］杨联芬对此有较精彩的论述，参见《孙犁：革命文学中的多余人》，中国文联出版社2004年2月第1版。

［12］孙犁《秀露集·关于〈铁木前传〉的通信》说："它的起因，好像是由于一种思想。这种思想，是我进城以后产生的，过去是从来没有的。这就是：进城以后，人和人的关系，因为地位，或因为别的原因，发生了在艰难环境中意想不到的变化。我很为这种变化所苦恼。"山东画报出版社1999年9月第1版。

［13］孙犁：《如云集·芸斋小说·我留下了声音》。

［14］这是铁凝1992年一部短篇小说的题目，2001年长江文艺出版社、群众出版社几乎同时出版铁凝中短篇小说选，都以此为书名。

［15］铁凝：《笨花》，人民文学出版社2006年1月第1版。

［16］"三垛"指铁凝的《麦秸垛》（1986年）、《棉花垛》（1989年）、《青草垛》（1995年）。

［17］1980年，针对记者关于"孙犁派""荷花淀派"的提问，孙犁断然否认："这个所谓流派，至少是目前还没有形成。将来能不能形成？我看希望也不会很大的。"又说，"在中国历史上，以某一个人形成一个流派的史实很少。即使像李白、杜甫那样名垂千古的大作家，在当时也没有流派之说。唐诗无流派，而名家辈出，风格多样，诗坛繁荣。散文方面，唐宋八家，也是各自为战，未立门墙。五四以后，鲁迅先生及其他几位大作家，在文坛上，都是星斗悬天，风靡一代，也没听说哪一个曾有流派产生——唐无

流派，而诗的成就那样大，明清多流派，而文章越来越猥琐卑弱。"（《澹定集·答吴泰昌》）1982年孙犁又告诉友人："荷派云云，社会虽有此议论，弟实愧不敢当。自顾不暇，何言领带？回顾则成就甚微，瞻前则补救无力。名不副实，必增罪行。每念及此，未尝不惭怍交加，徒叹奈何也。"（《尺泽集·再论流派——给冯健男的信》）。

［18］参见铁凝为《铁凝文集》所写的序言。

［19］鲁迅：《华盖集·忽然想到（五）》。

［20］鲁迅：《且介亭杂文末编·半夏小集》。

2006年4月初稿于悉尼

2006年10月6日改于上海

（原载《南方文坛》2007年第1期）

"天地之间有大美"

——荷花淀派与铁凝早期创作论

□ 闫　红

在中国当代文坛，铁凝就像一株夺目的玫瑰，沉静、坚忍而美丽地绽放着。她是当代文坛上少有的真正保持创作的想象力、纯美激情和时代乌托邦冲动的作家。她以自己丰厚的创作实绩成为新时期以来屈指可数的贯穿性作家。但学界对她的研究多看重她成名后的创作，笔者认为要真正了解认识铁凝的创作，对她早期作品的研读是必不可少的，因为大凡有成就的作家在早期作品中就奠定了她的创作基调的。铁凝的早期创作，即"香雪时期"，是从1975年的《会飞的镰刀》到1986年的《麦秸垛》。其时，在20世纪50年代中期曾因极左政治风云流散的荷花淀派主要代表作家，孙犁、刘绍棠、从维熙、韩映山等在新时期重返文坛，铁凝置身于浓重荷派氛围中。正是孙犁的《村歌》给了铁凝最早的文学启蒙，使她"在武斗的枪炮声中，在文学最沉寂的时候爱上文学"。正如她自己所说的："引我去探究文学的本质、去领悟小说审美层面的魅力，去琢磨语言在千锤百炼之后所呈现的润泽、力量和神异奇彩的，是孙犁和他的小说。"

一

20世纪70年代末、80年代初，整个当代文学的历史充满了那种过渡时期的阵痛：即"新的以和平经济建设为中心的文化规范诞生以前必然会经历的痛苦的文化蜕变和自我斗争"。深厚、凝重的伤痕文学、反思文学、改革文学等等表现着"文革"的苦难和新时期起飞的艰难。人们经历十年浩劫那浓重阴霾，再也不愿回忆那窒息的空气、咀嚼那苦涩的记忆。铁凝早期的创作，特别是《哦，香雪》《没有纽扣的红衬衫》《村路带我回家》，其创作中的真善美的人生追求、生机勃勃的进取精神、乐观昂扬的时代情绪、对美好生活的诗意憧憬，就像一股清纯的溪流，涤荡过人们的灵魂，激起人们无愧于新时代的向善向美的强烈愿望，巨大的社会反响、独特的文学魅力，使青春的铁凝成为新时期文坛上一道亮丽的光芒——

这正是荷派创作精神、原则的师承。荷花淀派之所以独步于现当代文坛，就是在于她有自己独特的美学特色：追求真善美，宣扬真善美。真诚地表现鲜明的时代生活、民族精神，塑造具有极致美的女性形象，诗、情、画相交融的明丽、清新的艺术风格。把自己作品中的人物放在"阳光照射之下、春风吹拂之中"并"如实而高昂浓重地把这种感情渲染出来"。在弘扬"时代大美"的现实主义旗帜下，真诚是他们现实主义创作的灵魂。铁凝似乎天然地就迷恋孙犁的文字，迷恋这文字带来的愉悦，《铁木前传》她甚至可以背诵。更为幸运的是，她早期创作的每一步都受到孙犁大师的真诚厚爱。当孙犁看到她第一本小说集《夜路》时，他在1979年10月9日写给铁凝的信中说："如果比较，自然是《丧事》一篇最见功夫。你对生活是很认真的，在浓重之中，能做淡远之想，这在小说创作上是非常重要的。不能胶滞于生活。你的思路很好，有方向而能作曲折。《夜路》一篇，只写出一个女孩子的性格，对于她的生活环境，写得少了一些。《拍戏》一篇，好像是一篇散文，但我很喜欢它单纯的情调。"在铁凝创作初期，文学大师的教诲不仅给了铁凝极大的自信，也更增添了她追求的自觉，她走在了孙犁先生开创的健康的现实主义道路上。当她的《灶火的故事》受到指责和批评时，也正是孙犁先生给予她支持和鼓励，他觉得灶火这个人物很真实，"我很喜欢你的这个人物"，并立即安排在《天津日报》的《文艺周刊》上发表。但孙犁先生也发现了铁凝早期创作中的主题，有些是迎合当时批判"四人帮"的大潮的，创作上也没跳出长期政治化造成的二元对立的思维模式，作品中有肤浅的一面。他透彻地指出："创作的命脉在于真实。这里指生活的真实和思想意态的真实。这是现实主义的起码之点。有些评论家认为反映当前之急务，以功利主义代替现实主义的假现实主义是经不起推敲的，作者的思想意识是虚伪的。"这谆谆教诲犹如指路明灯，照亮了铁凝在"夜路"中摸索的道路，这孕育出了铁凝的成名作、也是她创作道路上那类似古希腊的已不再重复的艺术辉煌：《哦，香雪》。

但《哦，香雪》的成功，并不是一帆风顺的。20世纪80年代初期的文坛仍然笼罩着浓浓的政治气氛，伤痕文学、反思文学、揭批"四人帮"的文学是主流，开始小说并未受到重视，正是孙犁先生的远见卓识和当时文学界对作品文学性和艺术美感的初步重视，才使这颗明珠放射出璀璨的光芒。香雪那对美好理想的憧憬、改变自身贫穷落后的坚韧毅力以及流淌在小说中那纯美明丽的色彩，引起孙犁先生的巨大审美共鸣。他在1982年12月14日给铁凝的信中说："在灯下一口气读完你的小说《哦，香雪》，心里有说不出的愉快。这篇小说，从头到尾都是诗，它是一泻千里的，始终如一的。这是一首纯净的诗，即是清泉，它所经过的地方，也都是纯净的境界——我希望经常能读到你这种纯净的歌！"这封赞许有加的信的公开发表，引起文学界的重视，人们才发现这篇给人以巨大审美满足、极富天籁感的短篇小说一扫当时伤痕、反思文学的沉重的痛苦和冷峻的严肃，著名评论家缪俊杰的《论铁凝的艺术世界》中这样写道："作品之所以受到重视，在于它体现了审美意象的转变，这在新时期文学中首先独树一帜，给人以耳目一新的印象。"著名作家王蒙也因了香雪这个人物形象而对铁凝这个文学新人倍加关注，也正是因为王蒙的明确提议，《哦，香雪》获得了1983年全国短篇小说一等奖。王蒙在《漫话几个青年作者和他们的作品》中说："我虽只看了一篇她的新作《哦，香雪》，但我不能不佩服她的取材，她的构思，她的细致入微的艺术感觉和她的语言天籁感。——这真是一支纯化人的心灵的歌，怀着这种对生活的美好情致而写作的作者是幸福的，读这样的作品也是幸福的。"可以说，如果没有孙犁先生，铁凝也许会在创作道路上摸索更长的时间。正是孙犁先生的一片冰心，使铁凝在继承中有师法、有创造，更蕴含着自身的艺术追求。可以看出，她初期的作品与荷派的审美理想是一致的。孙犁在《文学和生活的路——同〈文艺报〉记者谈话》中说："文学是追求真善美的，宣扬真善美的——我们愿意看到令人充满希望的东西，春天的花朵，春天的鸟叫，不愿去接近悲惨的东西。"在风雨如晦的20世纪三四十年代，孙犁悬置了战争的血雨腥风，一支生花妙笔为民族解放战争和人民革命战争而讴歌，《荷花淀》《芦花荡》《风云初记》等，真实地记录了抗日战争时期那美好的景致，为我们描绘了一幅幅伟大的民族共同御辱的英雄画卷。在新时期，他曾对从维熙的《大墙下的红玉兰》的悲惨结局感到心情沉重，建议用真善美的力量去击败丑恶的势力，以唤起读者奋发的精神。铁凝早期创作中也不愿面对现实中的丑恶，但她也不愿违背生活的真实。她说："在悠长而严肃的人生岁月中，我应该珍惜生活给予我的一切馈赠，欢乐的、忧伤的、美好的、痛苦的——生活很美，也很苦，一个在生活中不感到累的人，也不可能深刻地认识到生活中的美。"就如同在战争年代孙犁那独特的抗战文学，并不充满战火硝烟，但同样跳跃着时代的脉搏，充盈着战斗的气息，洋溢着革命英雄主义的气概。铁凝也是以自己独特的文学发现在改革大潮中旁逸斜出。铁凝早期创作中，传统的美德与现代人的价值观是相通的，香雪那改变贫穷落后的强烈愿望和勇敢的行为，无疑是连着我们民族的历史和血脉的，而安然身上所萌动的那种少女对独立的个性的新的追求和对庸俗人生的批判精神，更具改革时代的风貌。铁凝本人认为安然的这种精神是人类生存不能没有的，它点燃了人类的热情，给人类以希望。这正是契合了我们民族摆脱羁绊，重振中华雄风的昂扬奋发的时代精神——这也正是铁凝对孙犁先生创作神韵深切感知后，表现出的一个作家的高度使命感和责任感。荷派对真善美追求的创作底色，造就了铁凝追求"时代大美"的宽容气度，她的早期创作，不仅提供了同时代的别的作家所没有提供的东西，而且超越了她的前辈们提供的新的时代精神和审美理想，不仅在新时期文坛上独树一帜，而且这样的起步和奠基也使铁凝一步步走向她人生和创作的辉煌。

二

可以说，铁凝是以塑造女性形象成功地登上中国新时期文坛的，又以女性形象的塑造成为当代文坛上的一面旗帜的。所以，对铁凝创作初期女性形象的研究具有重要意义。在这一点上，铁凝与孙犁先生有更多相同之处。铁凝曾经说过，世界上最纯洁、美丽的情感就是少女的梦想，她可以洗涤人性中那些功利的、自私的、丑陋的部分，至少可以作为这些东西的反衬和对照。香雪的那洁如水晶的目光，那洁静得仿佛一分钟前才诞生的面孔，那善良纯朴、自爱自尊，为改变自身落后贫穷，勇敢地登上火车的那种热烈执着的追求；少女凤娇对"北京话"那纯洁无邪的情感；还有女孩儿们那飘荡在山谷里的天真烂漫的笑声，至今打动着无数的人。孙犁曾十分欣喜地说："我也写过一些女孩子，哪里有你写得好！——二十多年里，我确实相信曹雪芹的话：女孩子心中埋藏着人类原始的多种美德！"这里我们很容易联想到孙犁在《山地的回忆》《吴召儿》《风云初记》所讴歌的那些可敬可爱的女孩子，《荷花淀》中那些思夫心切的少妇，结伴去看望打鬼子的丈夫，在遇敌获救的遭遇中，她们看到了丈夫们歼敌的勇猛、机智，在获胜的喜悦鼓舞下她们成为出没荷花淀的女战士。作为孙犁先生的私淑弟子，铁凝曾说过，在战争年代里，冀西山区的一个单纯、善良的女孩子为孙犁缝过一双结实的布袜子，而作家更珍爱的，是那女孩子为缝制袜子所付出的真诚劳动和在这劳动中倾注的难以估价的感情，倾注的是一个民族坚韧不拔、乐观向上的天性。滋养作家心灵的，始终是这种感情和天性。所以当孙犁先生指出："我总感觉，你写农村最合适，一写到农村，你的才力便得到充分的发挥，一写到那些女孩子们，你的高尚的纯洁的想象，便如同加上翅膀一样能往更高处、更远处飞翔。"铁凝遵守了先生的教诲。《远城不陌生》中的郁南妮、《啊，阳光》中的"我"、《村路带我回家》中的乔叶叶等，虽然都经历过"文革"、经历过下乡、经历过曲折的人生之路，她们都包藏着一颗闪光的心灵，她们都把正直、热情、真诚当作宝贵的道德原则来身体力行。很明显铁凝把自己的人生目标和审美理想倾注在她所爱的人物身上。正如孙犁所说："有的作家看到人生的变革向上的力量，看到人物的美好崇高的品质，他努力发扬这些，在他的作品里，很多的人物更完美更有生气，他把人生和人物美化了成全了。"

1985年王蒙对铁凝初期的创作做了总体评价。他对她初期创作的《意外》《那不是眉豆花》《喜糖》《短歌》《没有纽扣的红衬衫》《村路带我回家》等作品说："我们不是都或隐或现地看到香雪的一双善良、纯朴、充满美好向往而又无限活泼生动的眼睛吗？在描写青年与青年写的作品里，这样的目光实在是凤毛麟角！——这一切在'浩劫'和'动乱'之后几乎像天使的声音。铁凝确是更新的一代人，不但与刘心武、冯骥才不同，也与张抗抗、王安忆迥异。"这中肯的评价点出了铁凝的特色。铁凝描写的女性形象既与孙犁先生有所不同，更不同于其他女作家。孙犁先生以男性的眼光关注女性，他笔下那些美到了极致的女性形象，刚烈、要强又柔情满怀，爱国、爱家、爱丈夫，这更多是传统观照下的女性美。铁凝笔下的女性美更真实、更天然、更纯粹。"十七年"使女作家的创作普遍地出现了政治化、无性化倾向，而新时期之初张洁、张辛欣在创作中错误地把女性雄化作为反抗男权、实现女性价值的手段。把男女两性的和谐关系片面地演变为对立关系，使这些女主人公陷入的永远是"一片尴尬"，把本属于女性的多姿多彩的生活染上浓重的悲剧色彩。张抗抗、王安忆同时期的创作也大都表现出浓郁的自传色彩。铁凝突破了这一创作模式，荷派积极、主动、乐观的创作基调使她作品中的女性形象更多的是给人们带来欢欣鼓舞，是作为女性的神圣和美好，而不是畸形的"雄化"或"幽闭"，她笔下的女性更具社会价值，她笔下的女性世界更加健全和开阔，更加激动人心。从火春儿、荣巧等到20世纪80年代初尽人皆知的香雪、安然，铁凝笔下的女性形象从对集体、对国家、对民族命运的自觉承担，到新时期之初伴随着祖国的复苏而涌起的个人高涨的理想主义情绪，在铁凝早期创作中形成一条清晰的脉络。铁凝希望的是在香雪、安然们身上的热情和真诚能引起读者的激动，能让社会重视，"我盼望社会不要（有意或无意）再忽略乃至扼杀这种难能可贵的品性，因为她对于净化人的心灵，对于更新那些活着但已衰老的生命，对于人类的进步甚至于民族的兴盛永远是不可缺少的"。即使在铁凝以后的创作中，如《孕妇和牛》中的孕妇、《他嫂》中的他嫂、《秀色》中的张品、《寂寞嫦娥》中的嫦娥、《永远有多远》中的白大省等等都是香雪、安然们在不同时代的呼应，都灌注了铁凝自己的人生理想和人格操守，为当代文学的人物画廊提供了美轮美奂的女性形象。这些形象会使你感到某种美好的向上的东西在撞击心房，某种伟大的理想的东西在高高飞翔——

三

孙犁先生在《论风格》一文中说，风格形成的主要根基是作家丰盛的生活和对人生的崇高愿望。20世纪80年代的时候，冯健男在《〈荷花淀派文学作品选〉序》中，最早把孙犁为代表的"荷花淀派"风格定为"诗情画意之美"，认为："他的作品的人物活动，鸟儿的飞翔和鸣叫，都是和人的和鸟的全部生活史和整个大自然相关联的，他却是通过每一具体形象的描写而反映了'晴空日丽'或'风暴迅雷'，令人赏心悦目而思有所作为。"在《荷花淀》中，孙犁曾用他那"像织布穿梭、缝衣透针一般快"的小船，把读者带进那有铜墙铁壁一样的大荷叶、哨兵般的荷花、箭一样的白洋淀，让我们领略到革命的豪情、战斗的诗意。而铁凝的小说继承了这一诗情画意的传统，"铁凝把生活的'块垒'抱在怀里，用自己的心溶解成'情'这种流水般月光般的东西，再凝成自己的小说，形成一种意境深邃的画面"。初登文坛的铁凝正是以她那清明高远、晶莹剔透的荷派文风征服读者的。那坚韧不屈、纯洁无瑕，从不想世上会有欺诈与险恶的香雪的一声"你看着给吧"，托出了这个纯洁的少女对世界的无限信任，也托出了青春的铁凝心中的整个光明的世界。那时小说的情感基调是清新、明丽、优美、纯净的。王蒙、雷达、季红真、戴锦华等许多评论家都承认铁凝在艺术上对荷花淀派的师承，指出"那篇小说深得荷花淀派抒情小说乡土氛围渲染的精髓，以纯情的笔调，写了一个在封闭的乡村环境中，渴望现代文明的小姑娘，那小姑娘实在天真纯朴得可爱"。

我们可以看出，在对孙犁先生写作风格的继承中，铁凝是不同于荷花淀派其他作家的。刘绍棠、从维熙、韩映山等作家的早期创作中很成功地继承了孙犁对乡村生活的写实性描绘和地域色彩的诗意描绘；而铁凝更多地汲取了孙犁那对生活充满浪漫主义精神的诗意化表现，这在传统上甚至可以上溯茹志鹃、萧红、沈从文、鲁迅先生等。

在中国现当代文学史上，"荷花淀派"是农村题材创作的两大流派之一。与赵树理所代表的朴实厚重的现实主义色彩的"山药蛋派"不同，"荷花淀派"是在现实主义底色上笼罩着浓重的"温暖人心灵"的浪漫主义，闪耀着乐观的、理想的光芒。这与荷派和铁凝本人的人生观和创作观紧密相连：对真善美的塑造是他们创作的重要的价值体现。在环境那样残酷、恶劣的战争年代，孙犁所感受到的是："我觉得在洞口外面，院外的街上，平铺着翠绿的田野里，有着伟大、尖锐、光耀、战争的震动和声音，昼夜不息。生活在这里是这样充实和有意义，生活的经线和纬线，是那样复杂、坚韧。生活像一匹由坚强意志和明朗的智慧织造着的布，光彩照人。"而在"文革"的惊吓中战栗着长大的铁凝，一个纯粹的城市姑娘在经历着农村那种艰苦、繁重的体力劳动时，满溢在她眼前的却是"北方深棕红色的大山，明丽、爽朗的蓝天，缠绵散漫的河滩、流水——有的是早春充满生机的果园，那鼓鼓的花苞缀满枝头，正默默地等待时机，只等大自然的一声令下，好像就同时爆炸出颜色和芬芳"。燕赵大地上山的雄浑、水的柔美，不仅使她的儿女清纯明丽、浪漫纯美，那"自古燕赵多慷慨悲歌之士"的文化遗存，更使得这里的人们向往那种精神气概。我们很容易看到，在孙犁那浓郁的诗情画意里，那秀美、轻盈、美轮美奂的女性形象中，是饱含着悲壮激越的时代情感的。铁凝早期这些纯美的创作中也满溢着女性坚忍地追求人的尊严和自身价值的英武之气。孙犁先生在读完"从头到尾都是诗"的《哦，香雪》以后，他"第一个想到的，竟是苏东坡的《赤壁赋》"。

　　荷派和铁凝的早期创作的一个共同的特色，是在创作中能够把主题和精神与环境的自然结合相交融，在生活的凝重甚至残酷之中，能做淡远超逸之想，把时代抒情、生活哲理、传统的伦理熔为一炉，锤炼出达到极致状态的优美与崇高，无可辩驳地揭示出这种"天地之间存在的大美"的真实性和可信性。这是荷花淀派和早期铁凝创作中不可替代的、无法觊觎的美学贡献，是优美与壮美、婉约与豪放的和谐统一，为中国现当代文学开拓出一种崭新的艺术氛围和写作风格。从文学史观来看，每一种风格都有它的长处，同时也有它的缺陷。有评论家已指出，荷派作品的抒情成分超过了精雕细琢的现实主义刻画，不善于立体地刻画人物的灵魂和展示宏大的斗争场面，追求崇高美中也包含了对于描绘假恶丑事物的鄙弃态度。而对于铁凝，王蒙则直言："她的香雪式的难能可贵的对善与美的追求是她的长处，但她不能老是用一种比较幼稚的方式去处理复杂得多的题材——应该在不失赤子之心的同时，艰苦地、痛苦地去探寻社会、人生、艺术的底蕴。"虽然后期的荷派和铁凝成名后的创作都走向了开阔和深邃，但对待科学的批评应该有这样的态度："要是人家端给您的是咖啡，那么请您不要在杯子里找啤酒。"综观古今中外的文学大家，哪一个不是反映了纷繁复杂的社会生活整体的一个片面，也正是这种片面的深刻，才使得荷花淀派以优美清新的浪漫主义诗篇独步于现当代文坛。

　　铁凝的早期作品，都是时代的短歌。那些清新的、优美的、令人一唱三叹的精品，在清新温婉的情怀中显露着现实的凝重。她认为"文学要有捍卫人类精神健康和心灵高贵的勇气和能力，文学应该有温暖整个世界的力量"。铁凝的早期创作，在思想上有不深刻的地方，艺术上有不成熟的地方，但并不像某些研究者所说的简单、幼稚。那是人们过多地陶醉于铁凝给我们带来的爱与美的愉悦之中，而忽视了她早期创作中由美携来的沉重。在《丧事》（1979年）、《灶火的故事》（1980年）、《渐渐归去》（1981年）、《罗薇来了》（1981年）、《闰七月》（1982年）、《豁口》（1985年）等，铁凝都敏锐地揭示了生活的丑陋和复杂，但在那些混浊的文字下面，我们依然看到铁凝那颗真诚、向上的灵魂。即使她后来创作走向成熟和冷峻，撕开了人生的丑陋和血污的一面，也如她自己所说：

"正如同千变万化的生活中总有不变的东西，我前后看上去差异很大的小说中也潜藏着在本质上始终一致的精神，这便是对人类和生活的爱和体贴。"正是荷派的师承，使铁凝这个学养和生活并不丰厚但追求纯美的少女，一起步就登上了较高的文学平台，使她在新时期之初的创作出现了类似于古希腊艺术的辉煌。

"彩云流散了，留在记忆里的，仍是彩云；莺歌远去了，留在耳边的还是莺歌"，无论现实生活在商业时代的大潮冲击下变得怎样繁复、诡谲、光怪陆离，铁凝给人们带来的那高尚、纯美将会像宝石一样，在灰暗的底色下永远会放射出它璀璨的光芒——

参考文献：

［1］铁凝：我的小传［J］.《铁凝文集》（第5卷），南京：江苏人民出版社，1996.

［2］铁凝：四见孙犁先生［J］.《人民日报》，2002年10月24日.

［3］陈思和：中国当代文学史教程［M］.上海：复旦大学出版社，1999.

［4］孙犁：关于《山地的回忆》的回忆［J］.《孙犁文集》（第4卷），天津：百花文艺出版社，1982.

［5］《夜路》.百花文艺出版社，1980年版.

［6］《萌芽》.1984年第1期.

［7］王蒙：香雪的善良的眼睛——读铁凝的小说［J］.文艺报（京），1985（6）.

［8］雷达：铁凝和她的女朋友们［J］.《花溪》，1984（2）.

［9］铁凝：我爱，我想［J］.《中篇小说选刊》，1983（5）.

［10］季红真：返回原欲［J］.《众神的肖像》，北京：人民文学出版社，1996.

［11］孙犁：游击区生活一星期［J］.《孙犁文集》（第3卷），天津：百花文艺出版社，1982.

［12］铁凝：没有纽扣的红衬衫［J］.《十月》，1983（2）.

［13］孙犁：谈铁凝的《哦，香雪》［J］.《孙犁文集》（7），北京：人民文学出版社，2004.

［14］契诃夫：给阿·谢·苏沃陵［J］.《契诃夫论文学》，合肥：安徽文艺出版社，1997.

［15］黄莹、铁凝：贯穿始终是对生活的爱［J］.《中国青年报》，2003年1月24日.

［16］铁凝：答〈女友〉记者问［J］.《铁凝文集》（5），南京：江苏文艺出版社，1996.

［17］孙犁：鸡叫［J］.《孙犁全集》（8），北京：人民文学出版社，2004.

（原载《名作欣赏》2006年第10期）

香雪一直走过来……
——论铁凝的文学底色
□ 贺绍俊

铁凝还在少年时代就自作主张地为自己确定了当作家的人生目标，为此她中学毕业后就选择了去乡下当知识青年，因为她以为要想当作家就得到工农中间去深入生活。她在河北农村待了四年，这四年无疑对她今后的文学起到了深远的影响。我以为，铁凝在农村最大的收获就是认识了"香雪"。香雪并非实有其人，只是铁凝早期小说《哦，香雪》中的主人公，然而这位由铁凝塑造的文学形象又确乎真实地生活在她的身边。《哦，香雪》是铁凝的成名作，发表于1982年，小说发表后相继被《小说选刊》《新华文摘》《人民日报》转载，获得当年的全国短篇小说奖，并被改编为电影，翻译成多种文字介绍到国外。《哦，香雪》带着铁凝脱颖而出。人们在谈论铁凝时，自然就要谈到香雪。这就对啦。因为香雪从她诞生以后，就与铁凝的文学生命结合在一起，铁凝将自己的文学理想附着在香雪身上，于是，香雪在牵引着铁凝的思绪，影响着铁凝的情感，约束着铁凝的视线，也跟随着铁凝的文学步履朝前行走。

一

首先，香雪决定了铁凝的文学底色。

铁凝怀揣着一个当作家的美丽梦想，以昂扬、兴奋的情绪面对农村的新鲜场景，农村的一切在她的眼里都变得可爱起来，或者准确地说，是她眼底的感光板只对那些可爱的内容发生作用。特别是她在农村每天主要接触的对象是一群与她年纪相仿的农村姑娘。农村姑娘的纯朴和青春，与铁凝的情绪产生了共鸣。铁凝说："到那儿去，接触到的也就是十七八岁、二十岁左右的乡村女孩子，从城市里来到乡村这样一个陌生的地方，我觉得首先是这些女孩子接纳了我，我想非要刨这个根的话，这可能是我的一个非常重要的一个根基。你说乡村是什么？是一片土地接纳了你吗？你必须有一个具体的内容，什么接纳了你，什么使你在那儿还有快乐。本来我们也是小孩嘛，那时候正因为有了她们，我觉得不那么陌生了，你的温暖、暖意从哪儿来的，你的那种相对的踏实感从哪里来的，我觉得就是从这些女孩子身上来的。"[1]铁凝在她的散文中就多次提到过当年在乡下的一位农村姑娘素英。她忘不了她在乡下过生日时，"农村的女友捧着我的手把麦秆编成的戒指套上我的手指"，当然她更忘不了，那时她的手上因为劳动打了十二个血泡，看到这些血泡，"一个名叫素英的农村女友捧着我的手哭起来"。铁凝一再地提到素英的哭，这是一种怜惜的哭，也是一种理解的哭，热泪中传出的是农民的、女性的善良。《哦，香雪》写了一群这样的女孩，虽然性格各异，有外向的如凤娇，也有内向的如香雪，但善良却是她们共有的。铁凝的善主要是农村生活酝酿起来的，是源于她走进农村生活时的精神准备、精神向度和她当时的人生态度，是她对农村生活的一种理想化过滤。香雪这一人物形象则是她的理想化过滤的完美结晶。以后，铁凝一度把视角从农村生活中移开，转向她另外的创作源头，但她同样把这个源自农村生活的理想化过滤的结晶带到了另外的生活场景之中。我们仍然会在铁凝所描写的另外的生活场景中发现香雪的影子。因此，香雪为铁凝的文学打下了一层厚实的底色，这是一层清丽、纯净的底色，一层充满温馨、善良的底色。随着以后的阅历丰富起来，铁凝对生活与人生的认识也不断地深化，而这个深化的过程是始终携带着《哦，香雪》的清丽，始终是从善良的底色出发的。所以，尽管《哦，香雪》的思想内涵显得过于单纯，它在那个思想主题大爆炸的20世纪80年代初期，不像其他一些产生影响的小说，往往因其思想的呐喊而让人们有振聋发聩的感受。但小说表现出的充分的善良之心和温暖情怀，其实具有永恒的精神魅力。一位美国朋友曾对铁凝谈起了《哦，香雪》，对她说："你知道你的小说为什么打动了我们？因为你表现了一种人类心灵能够共同感受到的东西。"

香雪在慢慢长大，铁凝的创作也在逐渐走向成熟。

1990年到1991年，铁凝到河北涞水山区挂职生活了一年多时间，她的职务是该县的县委副书记。涞水山区正是当年她构思《哦，香雪》时生活过的地方。十几年过去，这里也发生了变化，当地凭着山水的资源，正在开发成一个新的旅游风景区，静谧的大山逐渐变得喧闹起来。但这种喧闹毕竟不同于城市的喧闹，铁凝在这儿又找到了那种清丽、明亮的感觉，那种善良之心和温暖情怀又在内心充盈着，这使得她的沉思很快就坐实了，她的回归自然、质朴、纯真的内心向往被大山和清泉所接纳。挂职期间，她就以这样的心态写出了短篇小说《孕妇和牛》（《中国作家》1992年第2期）。

《孕妇和牛》就是一首恬淡的诗，一幅素雅的水墨画。它不是靠故事编织起来的，而是有赖于灵感之泉的喷发。铁凝的灵感来自乡村的诗意。铁凝说："有一次，我到一个地方去，都快收麦子了，麦穗已经很饱满，麦田一望无际，在地头上，站着一个怀孕的妇女，挺着大肚子特别自豪。我觉得那个'景象'特别打动人，就想把它写成小说。"[2]《孕妇和牛》发表后，自然引起了良好的反应。有的批评家说："作家本人的个性和气质与她的创作追求融为一体所诞生的作品必然是一曲曲清新真诚的歌谣，这歌谣里而因为渗入一颗执着的心灵对生命的纯净瞬间的捕捉和追求而显得尤为动人。同样是因为这一点，铁凝才能在20世纪90年代的文坛上，在早已消逝了牧歌的时代，又唱出一曲悠扬的

'牧歌'。《孕妇和牛》应该说是继《哦，香雪》之后的又一个短篇杰作。"[3]老作家汪曾祺十分推崇这篇小说，说"这是一篇快乐的小说，温暖的小说，为这个世界祝福的小说"。

《孕妇和牛》是一个标志，标志着铁凝思想上的成熟。孕妇和那头唤作"黑"的牛悠悠地行走在乡间的路上，"她和它各自怀着一个小生命仿佛有点儿同病相怜，又有点儿共同的自豪感"，这多少有些像铁凝当时的内心写照，显然通过这一两年的观察和思索，铁凝对社会人生有了新的体认，这些新的体认孕育在她的内心，就像是孕育着新的生命。我想，铁凝一定是对内心孕育着的生命有着切实的感悟，现实生活中的孕妇形象才会引发她在情感上的共鸣，于是，铁凝由衷地赞美起孕妇。赞美孕妇，说到底是在赞美女性，孕妇凸显了女性的伟大之处：女性是新生命的孕育者和制造者，因为制造新生命的伟大使命，女性才由少女转变为孕妇，孕妇是新生命的征兆。"孕妇信手撒开缰绳，好让牛自在。缰绳一撒，孕妇也自在起来，无牵挂地摆动着两条健壮的胳膊。她的肚子已经很明显地隆起，把碎花薄棉袄的前襟支起来老高。这使她的行走带出了一种气势，像个雄赳赳的将军。"这样的孕妇形象肯定在文学作品中还很少见，所以汪曾祺会惊异地说："写孕妇的小说我还没有见过。"汪曾祺的惊异显然并不是说以往的小说中没有孕妇的形象，而是说没有像铁凝这样把孕妇描写得如此美、如此富有诗意。因此评论家马云感慨地说："铁凝的《孕妇和牛》已经给我们传递了一个新的叙述信息，孕妇可以成为话语的中心，孕妇可以写得这样美这样俊，简直'俊得少有'。""《孕妇和牛》对孕妇美的张扬和生殖伟大的抒写，孕妇的觉悟，及其在觉悟中产生的对于学习文化和破译父权文化的渴望，这一切都远远游离于父权语境之外。"[4]

我以为，《孕妇和牛》这篇小说固然可以引申出一些关于女性写作、关于男权文化的话题，但具体到铁凝本人写作这篇小说的心态，也许她没有想得那么复杂，她只是"有感而发"，她要借助夕阳下的静穆的孕妇形象来传达她已经获取的静穆的精神境界。谈到铁凝获取的静穆的精神境界，也许我们有必要对20世纪90年代初的文化和文学背景做一简要的回顾。在90年代最初的一两年内，曾在文坛活跃非凡的作家们的身影几乎都隐退到了台后，显然，面对社会文化环境的急剧变化，作家们需要调整思路。铁凝也不例外，但当她来到山区，再一次与香雪的身影相遇时，香雪唤醒了曾在城市的喧嚣中有些迷茫的那个纯真的铁凝。铁凝在山村重温了少女时代面对田园时的清新经验，于是，一种恬静、温馨的田园诗意在她的心底升起，她自然而然地写出了《孕妇和牛》这样的作品。

但是，《孕妇和牛》并不是《哦，香雪》的重复，在铁凝内心，香雪已经长大，从一个少女长成一个怀孕的少妇。如果说当年的香雪对大山外面的文明怀着一种朦胧的憧憬的话，那么，到了此刻的孕妇，她怀着新生命，这生命已经成形，只等着降生，瓜熟蒂落。生命意味着成熟，成熟的生命是沉甸甸的。我把《孕妇和牛》看作是铁凝的有感而发，就在于她意识到自己在思想上的成熟，这种感受正好通过成熟的孕妇抒发出来。表面上看，铁凝写孕妇，应该是接续着从《麦秸垛》开始的对于女性生存和生命意义的探寻。但事实上，在这篇小说中铁凝的兴奋点明显不在这方面，而是在关注着孕妇的成熟方面。小说注重思想及文学的叙述，很巧妙地将她思想的成熟传递给了小说中的孕妇，因此就有了后来关于字碑的细节。铁凝让这位不识字的孕妇对石碑上的文字产生了兴趣。孕妇向放学的孩子要了一张白纸和一支铅笔，她要把碑上的文字一笔一画地描摹在纸上。石碑，文字，这一切象征着历史、文化、思想，人类因为有了历史、文化、思想，生命才变得充实和有意义。铁凝相信，要让未来的生命更加"美好地成长"，就应该对这一切怀有一种神圣感和敬仰之情。"孩子终归要离开孕妇的肚子，而那块写字的碑却永远立在了孕妇的心中。每个人的心中，多少都立着点儿什么吧。"我想，当铁凝写下这些文字时，一定是强烈地感觉到了孕育在她内心的越来越成熟的思想果实要跳荡出她的躯体，要展现其思想的光芒。

所以我把《孕妇和牛》作为铁凝成熟的标志，这个成熟既指思想上的成熟，也指文学上的成熟。在文学上，特别是在中短篇小说创作上，铁凝的艺术功力几乎达到了炉火纯青的地步。而1992年这一年铁凝的创作就是最直接的证实。这一年，除《孕妇和牛》以外，她一口气还写了《笛声悠扬》《砸骨头》《马路动作》《棺材的故事》《峡谷歌星》《大妮子和她的大披肩》《甜蜜的拍打》等八九个短篇小说，还写了一个中篇小说《他嫂》。把这一年的小说摆放在一起，我们就会惊奇地发现，它们的艺术质量相当齐整，几乎每一篇都很成熟，作家也基本上持一种平和、深邃的心态，每一篇小说写得都不急不躁，因为铁凝心态的平和，她创作的小说中的人物总是有一种坚强和精神、宽容的情怀和幽默的情绪在其中。

二

在这之前，香雪基本上还生活在一个童话般的世界里，她与现实隔着一层。但现实中存在着邪恶和黑暗，当铁凝直面现实的邪恶与黑暗时，就变得更为理性更为冷静。铁凝不得不去思考这样一个严峻的问题，如果将香雪驱赶到现实生活中，去应对那些邪恶以及生活的艰难，香雪还能保持着单纯吗？于是我们就读到了《小黄米的故事》。

《小黄米的故事》写于1995年，距《哦，香雪》的写作有十多年的间隔。十多年的岁月里，中国大地上发生了巨大的变化。对于封闭在大山里的香雪来说，不仅火车把现代文明带进了山村，香雪本人也会从山村走出来。走出山村的香雪，与现代文明相遇的香雪，还会是当年那样清纯，那样满怀朴素的希望吗？现实却是残酷的，铁凝不得不面对现实，她很痛心地发现，当现代文明浸染到大山里以后，香雪们有可能沦为小黄米——路边小店的妓女。十六岁的小黄米也许比香雪大不了几岁，她们都是生活在贫困的山村里，她们都向往着现代文明，在香雪眼里，一个磁铁铅笔盒就代表着现代文明，而到了小黄米眼里，现代文明就纯粹转换为物质性的东西，在她看来，"哪里有酱油，哪里就文明"。尽管看到了这种现实的堕落，铁凝仍然没有闭上她那双善良的眼睛。铁凝很细致地观察那位名叫秀琴的小黄米，从她早晨起床，到她打开店门接哑巴送来的豆腐，到她洗漱打扮完毕，开始一天的生意。在这琐细的描写中，我们感觉到了一个乡村女孩勤劳、纯朴的影子，但这只是一丝影子而已，令铁凝痛心的则在于女孩的精神已经钝化。而铁凝并不是为了写这女孩的精神钝化，她要表达的是精神钝化也许不完全是女孩本人的责任，因为这个社会就是一个精神钝化的社会。所以那个要拍裸体照的老白为自己的行为做一番表白时，"她们谁也没有理会他这声明的高尚"。从小黄米的故事里我们看到了铁凝的一番善意，她在为这位不懂事的女孩子痛惜，进而她要对这个犯有教唆罪的社会表示谴责。铁凝在小说中反复描述的小黄米门内张贴的歌星画片，其实就是暗喻着社会文化的堕落。她是从善良之心出发对这个世界仍充满着希望。

从这以后，铁凝的创作进入成熟后的凝练期。

凝练——包含着两层意思：一是思想、责任、思考的凝练。这说明她对社会、人生有了更显成熟的体验和认识，她在表达上就不再是仗着一股子热情，不再是一位充满善意的少女心无遮挡地"脱口而出"，她的表达更为深思熟虑，更加充满力量，也更具有一种思想的内涵和密度。这种思想的密度来自她越来越强烈的承担意识。相对于谐趣来说，凝练才有可能承载起越来越强烈的承担意识。二是艺术上的凝练。她的作品越来越注重思想的密度，这就在于她在艺术上进入一种游刃有余的境界，她娴熟自如地运用含蓄、象征等手法，有节制地把握情感抒发和叙述节奏，在语言上也更注意色彩和质地上的打磨。

把铁凝这一时期的创作之所以归结为凝练期，是因为她在艺术上有了更为自主的追求和更为成型的艺术主张。她对小说艺术的认识有两点值得特别关注：一是小说要传达"思想和表情"，二是小说要写"关系"。铁凝认为，小说的思想性非常重要，但小说不应该直接去表达思想，而是要传达出思想的表情。她说："小说对读者的进攻能力不在于诸种深奥思想的排列组合，而在于小说家由生命的气息中创造出的思想的表情以及这表情的力度、表情的丰富性。""我想我必得有本领描绘思想的表情而不是思想本身，我的小说才有向读者进攻的实力和可能。"从铁凝关于思想的表情的见解，可以看出她很注重小说的思想内涵，同时她又很注意思想内涵的文学表现方式，她很自觉地回避那种外露的、直奔主题的写作。所以铁凝在这一段时间里写的小说，明显具有较鲜明的思想厚度和力度。另外，铁凝这一段时间对"关系"二字做了很多思考。她说："我想讲小说中的关系这个词。当我们谈到小说的时候，小说可以是很多种东西，小说是什么东西呢？比如说小说可以是：小说本身就是叙述的艺术；小说可以说是人的欲望在想象中的一种满足；小说还可以是人类共同需要的一种精神上的高级游戏。那么套用国画的一种说法来讲，小说还可以是什么呢？我有的时候用一种不太科学的、不太确切的一种写意的说法来形容短篇小说、中篇小说和长篇小说。我经常想：当我想到短篇小说的时候，我想得最多的一个词是景象；当我想到中篇小说的时候，我想得最多的一个词是故事；当我想到长篇小说的时候，我想得最多的一个词是命运。那么小说还是什么呢？还可以是很多很多。所以小说反复表现的还可以是人和自己的一种关系，这种关系包括自己的肉体和自己的精神的关系、人和他人的关系、人和世界的某种关系，以及这种种关系的无限丰富的可能性。作家通过对各种关系的表现，达到发掘人的精神深度的目的。因此关系这个词，我认为在小说当中是非常重要的一个词。"读读这一段时间铁凝的小说，就会发现这些小说的基本主题几乎都可以归结到"关系"二字上。

铁凝最初对关系的表达主要是有感于人与人之间的缺乏真诚的相互理解，因为利益的原因，使人与人之间有了太多的提防、太多的误解。因此，铁凝就对现实生活中貌似正常的人际关系投去了最不信任的票。相反，她对那些反常的人物和行为表现出极大的兴趣和理解。这种对正常与反常的逆向思维也助长了她一个阶段写作的荒诞特征。如《我的失踪》《马路动作》《蝴蝶发笑》等几篇小说的荒诞性都是通过对反常行为的夸张处理而造成的。

马克思早就精辟地指出："人的本质并不是单个人所固有的抽象物。在其现实性上，它是一切社会关系的总和。"[5]人从降生之际就落在社会关系网中，他的一举手一投足，都要受到这张网的牵制。实际上，铁凝关于"关系"的认识，也就是对人的社会存在的认识，对人的社会属性的认识。对于人的社会属性，马克思主义做出了十分精辟也十分深刻的概括。如果说铁凝认同马克思主义的精辟概括，那么，她这一阶段的创作，就是以她独到的文学目光去捕捉到传达出这一思想的生动表情，她确实感到了"无限丰富的可能性"，因此她从不同角度、不同侧面不断地深化"关系"这个主题。比如，《安德烈的晚上》表现了关系让人习惯于统一模式的生活方式和情感方式，一旦人们逸出这种统一的模式，就有可能连自己的方位都辨识不清了。比如，《小郑在大楼里》写因为新县长突发奇想，使得乡村的小郑成了伺候县长的公务员，于是我们就看到一个从未受到官场关系熏染的人突然卷入这种关系中遭遇到的难堪、尴尬，他是如何被人捉弄，又是如何去适应这一切的，在适应中他可爱的一面也磨蚀掉了。比如，《省长日记》中的孟北京虽然只是一名普通的工人，可是他也必须顺应着大家的思维习惯，这种思维习惯会把他压迫得扭曲变形，使他自己也无法左右自己的行为。

铁凝不断开掘"关系"的无限丰富性，她对"关系"的认识逐渐由抽象化向具体化转变。20世纪90年代中期的作品多半带有抽象化的特点。铁凝是通过适度的夸张凸显一种典型意象所包含的理念，因此这一阶段的小说往往显得简洁、空灵，具有某种象征意义。进入21世纪以后，铁凝仍持续着"关系"的思考，而这种思考也逐渐向具体化转变，如《谁能让我害羞》《有客来兮》《逃跑》。在这些小说中，铁凝再一次充分调动她观察生活之细致、敏锐的能力，发挥她描摹生活本相的优长，完全是靠非常生活化的细节来打动读者。自然地，她也就不再使用适度夸张的手法了。另一方面，铁凝对"关系"的认识逐渐由简单向复杂转变。比如《B城夫妻》让我们感到了现实关系的神秘性。这是一篇第一人称的小说，叙述者讲述了新中国成立初期发生在B城的故事。叙述者当年在革命部队的剧社里管理服装，因此就与新丽成衣局的冯掌柜夫妻俩有了来往。冯掌柜夫妻俩的恩爱在他们所在的那条街上是出了名的。而叙述者所看到的也是他们相敬如宾的事实。但其实小说隐藏着种种谜团和蹊跷。最大的蹊跷是冯太太因病去世，出殡那天，"抬埋者不慎将一口不厚的棺材失手落地，棺材被摔碎。此时，已咽气四十八小时的冯氏却忽然从地上坐起，还阳于人间"。尽管后来冯掌柜夫妻俩仍"相敬如宾，情感如初"，但一年后，冯太太又死了，"与上次不同的是，这次冯太太出门前，冯掌柜悄声对抬埋手做了些嘱咐，说：'千万小心些，侧身出门就不会失手了。'"抬埋手自是小心翼翼，没有再发生摔棺事件。有人把它解读为对美德的歌颂，但我在读这篇小说时，就一再地心生疑惑，也许铁凝所要表达的并不是美德，而是人的不可捉摸，哪怕是一对看似相敬如宾的夫妻，他们的真相恐怕藏在背后我们并不知晓。铁凝通过一对夫妻的扑朔迷离的关系，表现出人心的难以莫测。然而正是这种复杂性，才揭示出"关系"的无限丰富性。

更为重要的是，铁凝在关注人与人之间的关系网时始终倾注着强烈的人文关怀。在这些小说中，她痛感恶劣演化的社会规矩对人性的伤害、扭曲，她也为一些人热衷于关系网的运作而变得麻木不仁感到痛心。当然，在这种人文关怀中她越来越体现出鲜明的平民立场。在面对社会的各种矛盾冲突时，她往往会把更多的理解和宽容放在弱者的一方，因此，面对乡村文明和城市文明的对立时，她理直气壮地为乡村说话；在普通百姓与知识分子发生冲突时，她宁可让知识分子多承担一份责任；至于与权势者的矛盾，无论是老百姓还是知识分子，那她一般都是毫不犹豫地站在后者的一边，毫不留情地批判权势者。如发表在《中国作家》1999年第1期上的《寂寞嫦娥》就是这样一篇作品。小说的主角自然是一位女性，她叫嫦娥，但不是我们想象中的与皎洁月光联系在一起的美丽仙女，而是一位土得掉渣的农村寡妇。这位寡妇后来被人介绍到大作家佟先生家去做保姆，她的生活就从乡下移到了城市。铁凝通过嫦娥在城市的"寂寞"和她的不甘寂寞，不动声色地嘲弄了城市文明的矫情和虚伪。

尽管如此，我们从这些小说中仍能看到，其底色仍是由香雪铺就的，只不过铺设底色的方式有所不同罢了。20世纪80年代末到90年代初，铁凝主要精力放在"拷问"和反省，凝重构成了作品的主要成分，她的善良之心和温暖情怀则处在一种蛰伏的状态。经历了20世纪90年代初的谐趣期之后，铁凝逐渐从抽象化的意象中走出来，恢复到她所最擅长的生活化的叙述中，当她贴近非常具体的生活场景时，她的善良之心自然而然地浮出地表，再次成为她作品中的一个亮色。比较典型的是她的获得鲁迅文学奖的中篇小说《永远有多远》。在这篇小说里，铁凝精心塑造了一个独特的艺术典型白大省，她有一颗善良之心，用北京土话说，就是胡同老奶奶评价的她"仁义着呢"。白大省的"仁义"受到人们的好评，也给人们带来了方便和满意，但白大省自己却不能从"仁义"中获得幸福。显然，铁凝不再是像在《哦，香雪》那样，为善良唱一支单纯的赞歌，而是以直面现实的方式，为善良撰写一份伤残的诉讼书。不仅仅这些，铁凝对于善良的思考还要复杂和深沉得多。她在为善良的不公正待遇写下诉讼书后，则进一步地对善良的合理性提出了质疑，因为在这个物欲化的社会，善良往往成为人们巧取利益的遁词，善良是社会强加给人的，是遮掩利益不公的一块布帘。白大省的丰富内涵恰在这里，这个人物从本性上说是善良的，但她本性上的善良并不等同于社会所要求的善良，当这个社会把利益与善良捆绑在一起时，白大省的善良就失去了她的本性，所以白大省会对跪在地上求她帮助的男人喊出这样的话：我现在成为的这种"好人"从来就不是我想成为的那种人。这样，我们大致上就可以理解"永远有多远"的含义：只要这个社会还是任由利益支配着人们时，善良就永远也不会成为人的本性的自然流露。

三

前面我是从铁凝的中短篇小说来讨论铁凝的文学底色的，这是因为铁凝的文学起步从中短篇小说开始，她的文学发展轨迹也在中短篇小说写作上体现出清晰的连贯性。但是我们不能绕开铁凝的长篇小说。铁凝至今已经出版了四部长篇，这在当代作家中不算数量多的，但是她的每一部长篇都可以看作是她栽植的一棵大树。铁凝始终把长篇小说当成大树来培植的，每一部小说都是在心里酝酿培育多年，因此这四棵大树更显得郁郁葱葱。铁凝写的第一部长篇小说是《玫瑰门》，这是一棵种植在悬崖峭壁上的松树，遒劲的树干顺着崖壁向上挺拔，有一种奇峻之美。第二部长篇小说是《无雨之城》，这有点像作者在春意盎然时节随手在江畔插下的一棵速生杨树，也许质地不如悬崖上的松树那般缜密，但它袅娜柔曼的枝条随风摇曳，有一种悠闲之美。第三部长篇小说是《大浴女》，这是一棵满树红花如火如荼的凤凰树，它洋溢着激情，引领你的心灵飞升，有一种神圣之美。第四部长篇小说是《笨花》，这是屹立在华北辽阔大平原上的一棵大槐树，它是那么朴实，与普通民众融合在一起；它又是那么敦厚，记录着岁月的年轮，有一种凝重之美。四棵大树是四种不同的风景，但是将这四部小说并置在一起时，它们又构成一个整体，让我们看到铁凝一路走来的轨迹：从单纯到成熟，从犹疑到坚定，而这一路走来，同样有着香雪的相伴。在《玫瑰门》中，铁凝是以一个女孩子的眼睛去面对世界，这个女孩子苏眉就像是一位生活在城市的香雪，她的眼睛里充满了好奇，也充满了疑惑，由于她看到了"文革"，因而也充满了惊悚。而铁凝写到《笨花》时，主视角换成了一位沉稳、成熟的乡村知识分子，他即使在遭受外国侵略的民族危难时刻，也心有主见，脚踏实地。从这样的变化里，或许也折射出铁凝写作的发展、延伸。但无论是疑惑的女孩，还是成熟的乡村知识分子，他们都怀着一颗温暖、善良的心。这正是铁凝的文学底色。

铁凝的第一部长篇小说《玫瑰门》写于1988年，这部小说通过对女性生存状态的拷问去探究社会的症结。司猗纹、姑爸、竹西，分别代表了三种不同类型的女性生存方式，因此铁凝通过这三个人物，完成了对"她们"的拷问。而在小说中，这种拷问是通过苏眉这个人物来实现的，铁凝把自己的眼睛安置在这个女孩子的身上，孩子的童真，使得这种拷问的眼光更为纯洁、更为真实。更重要的是，苏眉在看到女性长辈的命运的同时，仿佛也在思考自己未来的命运，苏眉的设计就包含着这一层意思，尽管在拷问"她们"的过程中我们会发现"她们"的很多缺陷、很多不幸、很多不争气、很多无奈，但是这一切都掩饰不了女性的伟大与永恒。

《无雨之城》表面上看是一个畅销小说的故事框架，但故事的内核却是一个官员的政治抱负与个人情感的冲突。铁凝笔下的普运哲是一位具有现代意识的领导者形象，他作为长邺市的常务副市长，应该说有能力，也有政治智慧。小说虽然没有详写普运哲的政治活动，但普运哲与陶又佳的情爱显然带有政治家的特点，是与他的政治活动交织在一起的。官场的规则以及官员的政治性格制约着普运哲的情感生活。所以，铁凝通过这个婚外恋的故事，也表达了她对官场的批判。多年以后，文坛风行起官场小说、反腐小说等，这类小说明显良莠不齐，但也有一些严肃的作家在这类作品中表达了鲜明的社会性批判。说到社会性批判，铁凝的《无雨之城》也许可以说是比这些官场小说或反腐小说先走了一步。即使从官场文化的角度看，《无雨之城》也为我们提供了一个独特性的人物，这就是市长夫人葛佩云。葛佩云本是一个家境贫寒的女子，因为在特殊的政治年代，她才与当时下放到农村的普运哲成了亲。"文革"以后，普运哲走上官运亨通的从政之路。葛佩云也就毫无准备地迎来了眼花缭乱的生活变化，成为一名市长夫人。生活的变化凸显了葛佩云与普运哲之间本来就存在的文化差异，在普运哲的眼里，作为妻子的葛佩云更"像是随意沦落在街头或者车站的一个市民"。这只会加深葛佩云的自卑感，使她根本无法融入新的生活之中，她因此陷入孤独、压抑的境地，心理也不可避免地发生扭曲和变态。显然这是一个悲剧性的人物，她的悲剧揭露出官场的冷酷、非人性化。

毫无疑问，《大浴女》是一部内涵丰富的严肃作品，这是铁凝对自己生活体验的一次总盘点，农村的善意，家庭的情趣，历史的沧桑，还有女性的生存和生命，全都涌向这里。相比于《玫瑰门》，《大浴女》更具有一种心灵的震撼力，这种震撼力缘于铁凝在写作中的全身心的投入，是一次彻底的"灵魂在场"。当然，《玫瑰门》也是一次"灵魂在场"的写作，但《玫瑰门》的"灵魂在场"显然不像《大浴女》这般彻底。如果说《玫瑰门》还只是通过一位初涉世事的女孩眉眉的眼睛来看待这个纷繁的世界的话，那么，在《大浴女》中，铁凝就把自己的灵魂附着在主人公尹小跳的身上，直接进入到小说的情感氛围了。《大浴女》可以说是一部忏悔小说。小说以尹小跳的自我反省为基本结构，讲述了一个当代青年如何摆脱俗世烦恼与困惑，从而走向了"内心深处的花园"的故事。尹小跳生活的时代是一个物欲得到最充分的释放和纵容的时代。以俗世的眼光看，尹小跳是成功的，或者以伦理的眼光看，她也是完美的，但尹小跳始终处在一种自责的心理状态之中，显然这是一种试图超越俗世的心理状态。尹小跳超越俗世的企图具体化为不断的内心忏悔，而一步一步走向更纯净的精神境界。在尹小跳这个人物身上，我们可以感觉到一种清新的宗教情怀。这突出表现在作者并不是以否定俗世的方式来达到超越俗世，恰恰相反，作者充分肯定了俗世的意义。在作者的笔下，尹小跳同样是一个对俗世生活充满情趣的人。还是中学生的尹小跳和她的两位好友悄悄地在家里尝试烹调、时装、化妆。当她们在蜂窝煤炉上做成了烤小雪球时，激动得快要哭了，这时她们觉得所展示的"不再是小手艺，而是大艺术"，她们屏气凝神地咀嚼自己的成果，就觉出了"生活是可以这样美"。在那个否定俗世情趣的年代，尹小跳与她的母亲都在寻求着俗世的幸福，母女俩在这一点上是共同的。问题是，在这个年代结束之后，她们都面对着一个欲望化的时代，当个人欲望的实现不再被禁止，反而变得冠冕堂皇时，母女俩的精神差异就显露出来。母亲在反常年代追求个人的欲望，还有一种反抗精神的支撑，而到了欲望化时代，她不再需要为了欲望去反抗，卸下了精神支撑的武装，所以陷在俗世的精神痛苦中不能自拔。尹小跳却有一种自我反省的勇气，这使她没有沉湎在俗世的情感之中，她始终有一种不满足感，这种不满足感不是来自世俗的欲望，而是来自精神的召唤。在这里，香雪的身影再一次显现，因为这种精神的召唤，就是从香雪憧憬着大山外的美好理想而发源的。

当新世纪以后，铁凝动笔写长篇小说《笨花》时，她的文学底色已经铺得非常坚实了。而她对历史和人生的越来越深入的把握，使她有了更强烈的敬畏之心。这种敬畏之心置于她的温馨、善良的文学底色上是相当和谐。这就决定了铁凝在《笨花》中所表现出的写作姿态，这是一种对民族和历史充满敬畏之心的写作姿态。因为有这种敬畏之心，她在写这部作品时就收敛起以往的主观色彩和情感倾向，用她自己的话说，就是面对历史和人物时"不要多嘴"。追根溯源，这可能与她自小景仰祖父祖母的心理有关。而在中国文化心理图像中，父辈就意味着历史。所以20世纪80年代的反思历史也就带来了文学中的父亲形象的变迁。由质疑父亲到反叛父亲，再到弑父的叙事，最后是无父的时代。在无父的状态下文学叙述变得更加放纵，作家以一种头朝下的方式嬉弄着历史和文明。铁凝的创作其实就贯穿在这一父亲形象变迁的二十余年，但她面对父亲形象的变迁，始终保持着审慎的态度。她并不去赶时尚，参与反叛父亲的大合唱。当然，她也不会去当一名守旧派，一味地维护父亲的形象。所以她在很长的时间里对父辈和历史保持着沉默。因为敬畏并不等于盲从，她始终在用自己的眼睛和心灵去体察历史。到了《笨花》，她觉得自己大致上把历史看清楚了，于是她也觉得自己成熟了，可以与父辈做一了结了。于是她面对父亲和父辈，请他们在《笨花》中唱主角。从一定程度上说，《笨花》是铁凝第一次以正面的姿态，怀着敬畏的心情来塑造男性人物形象的。向喜、向文成，可以看成是她在祭祀祖父和父辈们时的内心想象。《笨花》中有两个相似的细节透露出了铁凝的这一心理。小说写向喜离开军队回到老家，向家一家人来看向喜。铁凝特意写了一个细节，大家用各自的称呼与向喜打招呼，向喜的儿子向文成却没有叫爹，但后来借介绍情况的机会"巧妙地称呼了爹"。类似的细节也发生在向文成的儿子向有备的身上。这是小说的结尾。有备从医院回家看望父母，但一直到要离家了也没有叫爹。后来他装作要找袜子故意返回家，对着向文成说："爹，我那双线袜子呢？"也是以一种巧妙的方式补叫了爹。一个人长大成人后，仿佛就与爹拉开距离，因为未来要靠自己去开创，但即使如此我们也不能忘记爹在前面为我们走过的历史。这其实也就是铁凝对待历史的姿态：父辈的历史我们应该敬畏，但我们不会去重复历史，未来将是一幅新的图景。

四

2006年，铁凝当选为中国作家协会主席，她的身份发生了明显的变化，这种身份的变化会不会影响到她的文学创作，我想这大概是人们都非常关注的事情。换句话说，最早为铁凝的文学铺上底色的香雪，还会继续与铁凝同行吗？终于，在《北京文学》2006年第3期上，我们读到了铁凝的短篇小说《咳嗽天鹅》，这似乎是她近两年内发表的第一篇小说，我欣喜地从中又看到了香雪的影子。

这篇小说堪称以小见大的经典之作。铁凝是从咳嗽这一日常生活中非常细小的现象入手的。也许正常的人每天也会有三两声咳嗽，可是又有多少人还记得每天有过几次咳嗽呢？要知道，咳嗽，是我们身体内部出现某些异常问题时发出的一种信号，因此爱惜身体的人会很在意自己的咳嗽，会在咳嗽的时候赶紧去医院就诊。但也许是生活中的咳嗽太习以为常，许多人往往并不在乎咳嗽向我们发出的警告。比方说在铁凝的这篇小说中就有一位天天咳嗽的女人,这个女人叫香改,香改的咳嗽来得比较蹊跷,她是因为有一次和丈夫吵嘴,话没说完就"大声咳嗽起来,从此这咳嗽没有一天断过"。然而香改从来没有想过要去医院治疗,反而是借着这咳嗽的毛病,"索性躺倒在床上什么也不干了",也就是说,她不仅没有把咳嗽看成是一种身体出问题的警告,反而把咳嗽当成了一种武器,一种遁词。也许这就是现实生活中普遍存在的生活理念,但当我们学会了生命意识,学会了个人生存权利等等这些现代性的思想时,就会对现实生活中的这些淡薄生命的习以为常的理念感到震惊和不安。这种震惊和不安更多地会从作家们的心里传递出来,因为作家对生命和精神的现象应该特别敏感。由此我想到了俄罗斯著名作家契诃夫的小说《一个公务员之死》,一个卑微的小公务员,因为在剧院看戏时打了一个喷嚏,竟变得精神紧张,惶惶不可终日,最后因为这个喷嚏所产生的恐惧而一命呜呼。喷嚏和咳嗽一样,在人们的日常生活中只是一种不足挂齿的生理现象,但契诃夫以小见大,看到了在一个专制的俄国,普通人的内心变得多么脆弱。铁凝对于日常生活的细微观察丝毫不会逊色于文学前辈契诃夫,从以小见大的艺术效果来说,《咳嗽天鹅》与《一个公务员之死》有着异曲同工之妙。中国和俄罗斯的两位作家相距一个世纪,然而他们对于人性和人情的敏感仿佛是相通的,这种相通也不会被时间和空间的距离所阻隔。当然,更应该说的是,时间和空间在两位作家的作品中同样留下了痕迹,因此,从人的一次喷嚏或者咳嗽出发,20世纪的作家感受到了人性的压抑,而当下的作家接收到的是关于生态的信息。也就是说,作家对世界的忧思无论在哪个时代都不会消失,但在契诃夫时代,作家们基本上是围绕着人态的忧思而展开的,而到了大举现代化和全球化的今天,人态的忧思似乎不足以容纳作家更加放大的胸襟了,于是就有了生态的忧思。不得不承认,生态的忧思大大拓宽了当代作家的视野,关注着人与自然的关系,以此去反思人类文明的困境和前途。为此我们还创造了一个新的概念:生态文学。

或许可以把铁凝的《咳嗽天鹅》看作是一篇因为生态的忧思而有了创作冲动的小说。铁凝发现,"咳嗽"的不仅有人,还有天鹅。天鹅才是铁凝这篇小说的主角。天鹅在人们的心目中是纯洁、忠诚和高贵的象征,因此常常被作家和艺术家们视为一个美丽的意象，融入他们的作品之中，像柴可夫斯基的舞剧《天鹅湖》、圣桑的大提琴曲《天鹅之死》，都是脍炙人口的艺术经典。那优雅而伤感的旋律，那轻盈而华丽的舞姿，几乎成了天鹅的化身，天鹅为我们营造了一个精美的艺术世界。可是今天我们已经失去了将天鹅化作美丽的艺术意象的现实条件。铁凝敏感的思维捕捉到了这一点。小说的题目就典型地体现出铁凝对于生态问题的敏感。天鹅的别名是咳声天鹅，这已经属于比较专业化的知识了。这其实也从一个侧面反映出在现实生活中，生态意识逐渐被社会广泛接纳。铁凝总是能在不动声色的构思中创造出震撼人心的艺术效果，她仿佛从一开始就在装置一枚定时炸弹，随着发条的一圈圈上紧，在我们毫不知晓的情景中炸弹准时爆炸了。

我并不想过多地停留在铁凝艺术创造性的分析上，因为在情节上采用这种出乎意料的突变，并不是铁凝的独创，这是短篇小说惯常的技法，关键在于是不是用得自然而不留痕迹。也许更值得我们分析的是这种突变背后的思想。铁凝在小说《咳嗽天鹅》的前部分让我们充分看到了一个开始注意生态问题的现实，生态意识成了现实生活中真实可感的内容。在这篇小说中出现的物事，按常理说最具备生态意识的应该是野生动物保护协会以及与这个协会关系密切的动物园。但是，那只病天鹅没有死在普通的村民手上，而是死在天鹅馆的工作人员手上，这真是一个让人深思的讽刺。难道说，动物园的工作人员还不如普通的村民，懂得要保护珍稀动物吗？事情并不是这么简单……

于是，我们随着铁凝的思路，从生态的忧思转到人态的忧思，也就是说，生态问题不仅仅依赖于人的理性来解决，它从本质上也是与人态相关的，人的情感状态、心理状态和精神状态如果没有与生态意识融洽起来，人们再多么有理性地认识到生态的重要，如果他的天性没有醒来，是不会真正与动物们成为朋友的，就像铁凝小说中的那位天天与天鹅相伴的景班长，他比刘富更加了解天鹅，他把天鹅馆收拾成了天鹅们的"天堂"，但他与刘富相比就是自己的天性没有醒过来，所以他不会像刘富那样为一只衰老天鹅的生命而心疼。现在，我们的生态意识还只是停留在理性的阶段。自然生态的日益恶化让人类感到了文明的危机，检点人类欲望的恶性膨胀，批判人类中心主义，从而在人类文明发展的路途上进入生态化的时代。当代作家青睐于生态文学也主要是理性思考的结果，当然，这一结果也带给我们不少体现生态意识和现代精神的优秀作品，如贾平凹的《怀念狼》、郭雪波的《雪狐》、陈应松的《豹子最后的舞蹈》，等等。生态文学的兴起，反映出当代社会对生态问题的重视。从目前来看，生态文学主要立足于生态的忧思，揭露人类欲望的膨胀所导致的环境破坏，批判人类破坏生态的行为和观念，通过这种批判去探寻生态危机根源，这大概就是生态文学的基本主题。铁凝通过这个短篇小说，让我们看到了拓宽这一基本主题的可能性。铁凝从生态的忧思进去，再从人态的忧思出来，这一进一出，仿佛又回到了契诃夫的《一个公务员之死》的状态之中。但铁凝强调的是理性与感性的谐调、生态与人态的合一，而不是单向地对人性的关注了。

香改在《咳嗽天鹅》里虽然不是一个主要人物，但她对深化作品的思想主题至关重要。香改让我想起了铁凝早年作品《哦，香雪》中的香雪。二十多年前的香雪，是一个单纯可爱的乡村女孩子，她怀着对现代文明的憧憬，贸然地登上了从城市开进大山里来的火车。就是这个单纯的乡村女孩子曾让我们分外感动，感动的缘由是因为我们当年同样怀着理想，我们从香雪身上获得了共鸣，也想象着香雪走出了大山，去开创美好的未来。然而，当年的香雪如果最终没有走出大山，也许就成了现在的香改。不知道铁凝在为香改这个人物起名字时，是不是想到了香雪。但铁凝想没想到并不重要，重要的是，从香雪到香改，其实也暗示了铁凝写作姿态的变化。当年铁凝是以一种远眺的目光去写香雪的，那时她更看重的是理想层面而非现实层面，但那时的理想多少有些与现实脱节。而今铁凝的目光里更多的是一种坚定的现实性。因此，她果断地接受了在现实中显得困顿和平庸的香改。或许，香改就是当年的香雪呢，难道我们仅仅由于香雪没有走出乡村就要责难她吗？难道由于成了一名普通的乡村妇女就可以不珍惜她的生命吗？铁凝显然是不赞同的，所以她对香改的丈夫刘富有所批评。刘富到外面见过世面，他就对香改左右都看不惯，也动了离婚的念头。刘富的问题也是一种人性的麻木，这种麻木可以说是现代性造成的。但铁凝给了刘富改过的机会。这个机会是由天鹅带来的。天鹅之死让他震惊，也让他的天性向着自己的妻子敞开，他终于醒悟妻子也是多么需要得到他的爱惜和呵护，这时候，他再听到妻子的咳嗽声时，"竟意外地有了几分失而复得般的踏实感"。而我则从这样的叙述中感受到了一种充满踏实感的人态的忧思。

香雪，就是这样一路跟随着铁凝走过来，这就是铁凝的文学底色，温馨，善良，一直不变。我相信，香雪还会一如既往地往前走……

注释：

[1] 铁凝、王尧：《文学应当有捍卫人类精神健康和内心真正高贵的能力》，《当代作家评论》2003年第6期。

[2]《精神的家园——铁凝访谈》，引自《2003中国年度文坛纪事》，漓江出版社2004年版，第335页。

[3] 丁帆、齐红：《寻找生命的纯净瞬间——论铁凝的短篇小说》，《上海文论》1995年。

[4] 马云：《男性叙事话语中的孕妇情境——铁凝小说〈孕妇和牛〉引起的话题》，《河北师范大学学报》（社会科学版）1995年第7期。

[5]《马克思恩格斯选集》第一卷，人民出版社1995年版，第18页。

（原载《中国作家》2009年第7期）

后　记

　　本书第一编"荷花淀派作家文谈"主要是从荷花淀派创作群体"局内人"的视角出发，辑录他们有代表性的文学观点、个人对自己创作经历的叙述、作品序跋和文评、通信、日记以及师友之间忆旧的文章，为人们研究荷花淀派提供尽可能翔实、全面的第一手材料。

　　"荷花淀派"肇始于孙犁20世纪40年代发表的以《荷花淀》《芦花荡》为代表的抗日题材小说，成形于50年代他主编《天津日报·文艺副刊》时期，扶持、培养了以刘绍棠、从维熙、韩映山、房树民、冉淮舟为代表的一批青年作家。他们以《文艺周刊》为阵地，发表了大量反映新中国成立以后北方水乡农村新人新事新气象的作品，语言清新优美，充满田野牧歌情趣，具有强烈的地域文化特色，荷花淀派一时蔚起。

　　由于1957年反右斗争扩大化和随之而来的"文化大革命"，荷花淀派创作基本停滞；而在新时期，随着文学本位的复归，荷花淀派发展进入一个新高潮，荷花淀派创作影响下的贾大山、铁凝、贾平凹等人取得了丰硕的创作成果。原来的荷花淀派主要成员刘绍棠转向倡导运河乡土文学，和20世纪50年代作品风格差异甚大，但是写农民、写乡土仍然是他创作的主流。尤其是他在担任保定地区文联创办的《荷花淀》杂志（双月刊）名誉主编时期，更是大力肯定荷花淀流派在20世纪的中国文学史上的地位和成就，倡导具有鲜明的河北地方特色的作品的创作。韩映山因为一直在河北地区主编文学刊物，创作上也始终如一地坚持荷花淀派的风格，用清新秀丽的文笔勾勒白洋淀水乡人民新生活的优美画卷，成为荷花淀派在新时期最积极的倡导者和组织者。

从维熙复出以后，以《大墙下的红玉兰》等描写劳改生活的小说，被文坛喻为"大墙文学"之父，基本上和荷花淀派创作没有了直接关系；然而，他的散文随笔描述了他对师长孙犁真挚的感情，也记叙了他们之间的交往，具有珍贵的史料价值。房树民在1964年以后基本上停止了创作，《文艺周刊》出版1000期和2000期的时候，他应邀写了短篇的纪念文章。作为《中国青年报》的编辑，他和孙犁之间有着比较密切的书信往来，为人们认识荷花淀派群体内部的密切联系提供了宝贵的材料。

本部分主要辑录以上作家中与荷花淀派创作有关的内容，分以下五个部分：

文学创作主张：主要收录孙犁、刘绍棠、韩映山的文章和从维熙20世纪50年代《对"社会主义现实主义"的几点质疑》一篇。时间跨度从1938年到1991年，基本上展现了荷花淀派作家的文学追求、美学风格的生成和流变。

序跋与文评：主要收录孙犁、刘绍棠、从维熙、韩映山的文章。时间跨度从1953年到1991年，而其中20世纪80年代的文章比较多，可见那一时期出版和再版了较多荷花淀派作家的作品，是荷花淀派影响力的高峰时期。

作家自叙：主要收录孙犁和刘绍棠的文章，从维熙和韩映山各收录一篇。孙犁和刘绍棠是荷花淀派作家群体中创作时间长、成就高、个人风格突出、具有创作自觉性的作家，相关的材料也比较丰富。

通信、日记：主要收录的是孙犁的书信和韩映山回忆与孙犁交往的部分日记。孙犁作为当代文坛有影响力的作家，书信基本都保留出版，收集比较方便。荷花淀派成员间也有不少的书信往来，因为没有印刷出版，大多散佚难考。

文坛忆旧：收录的资料比较多，几乎包括所有荷花淀派的代表作家和受影响的其他作家。主要围绕孙犁和他主编的《文艺周刊》这一文学阵地，展示了荷花淀派群体内部之间紧密的人物关系和他们之间真挚的师友情感，勾勒了一幅荷花淀派作家群体的人际关系图谱，为我们深入了解荷花淀派群体的内部肌理提供了可以征信的原始素材。

第二编"荷花淀派主要作家创作和流派活动年表"第一次把荷花淀派代表作家放在流派活动的视野中去编撰创作年表，既可以比较全面、宏观地展现荷花淀派作家的创作轨迹和流派的生成脉络，也可以微观地展示这些成员之间的汇聚和相互影响以及他们在荷花淀派形成过程中的地位和作用。本部分按照编年体的形式从1913年开始至2017年国家设立雄安新区时止。白洋淀位于新区核心区，也使表现白洋淀水乡秀丽风光和人民生活的荷花淀派再次成为人们关注的焦点。

第三编"荷花淀派研究论文选"据知网数据库检索，共有研究荷花淀派及其代表作家的论文近3000篇；21世纪以来，关于荷花淀派及其相关作家研究的硕博论文400余篇，这充分说明荷花淀派在文学界的地位与影响。关于荷花淀派的研究，自1956年全国青年文学创作会议召开为肇始；1981年，《河北文学》专门召开"关于'荷花淀派'流派座谈会"将之达到高潮；2017年，河北省作协主办的"'荷花淀派'继承与创新——京津冀三地作家、评论家研讨会"开启了创新发展阶段。正如有的研究者所说，"孙犁是说不尽的"，其引领的荷花淀派同样也是说不尽的。在六十余年的研究中，经过广大的文学爱好者和众多优秀的文学评论家的共同努力，对荷花淀派作家及其作品进行研究的论文著作成果累累，精品众多。本书中的"荷花淀派研究论文选"主要择其精华和有代表性的文章介绍给研究者和读者。

感谢花山文艺出版社社长张采鑫先生提出这一选题并对本书的出版给予大力支持，也感谢苗雨时、许振东教授的精心策划和认真指导，尤其是八十高龄的苗雨时先生不仅亲自执笔撰写了"综论"性质的总序，还非常关心编辑工作的具体细节；许振东教授更是从内容体例的架设和具体格式的要求进行了认真细致的把关。他们对工作的热情和对文学的热爱值得我们敬仰与学习。

尽管我们希望能够在本书中尽可能较全面地收集展示荷花淀派作

家的主要生平和研究资料，但受时间及个人学术水平的限制，在编选工作中难免挂一漏万，留下颇多遗珠之憾；只希望通过这次编选能引起广大专家和文学爱好者的兴趣，并恳请大家多多批评指正，以待来日有机会再修订完善。

　　具体的编写分工情况如下：第一编"荷花淀派作家文谈"孙犁部分由申朝晖辑录，其余部分由向淑君辑录；第二编"荷花淀派主要作家创作和流派活动年表"由向淑君编撰，孙犁相关内容（1981年前）由申朝晖提供；第三编"荷花淀派研究论文选"由任朝科编选。

编　者

2019年8月